박창묵·리룡득 (외) 채록 민담집

Series of Korean Literature at China

이 전집은 대산문화재단의 2007년 해외한국문학연구 지원을 받았습니다.

연세국학총서 73
중국조선민족문학대계 28

# 박창묵·리룡득 (외) 채록 민담집

연변대학교 조선문학연구소
김동훈·허경진·허휘훈 주편

보고사

◉ 권 철

중국 연변대학 조문학부 졸업. 연변대학 조문학부 교수로 재직하며 민족연구소장을 역임
하고, 현재 조선문학연구소 고문으로 있다. 저서로『광복전조선민족문학연구』,『중국조선
족문학』등이 있다.

◉ 김동훈

중국 중앙민족대 중문학과 졸업. 중앙민족대와 연변대 교수를 거쳐 현재 상해공상외대
한국어 학부장으로 있다. 연변대조선언어문학연구소 소장, 북경대조선문화연구소 고문
역임. 저서로는『중국조선족구전설화연구』,『조선족문화』,『중국조선족문학사』(공저),『간
명한국백과전서』(주필),『중국조선족문화사대계』(총주필) 등이 있다.

◉ 허경진

한국 연세대 국문학과 및 동 대학원 졸업. 목원대 국어교육과 교수를 거쳐 현재 연세대
국문학과 교수로 있다. 2005년부터 중국 연변대 겸직교수로 재직중이다.

◉ 허휘훈

중국 연변대 조문학부 및 동 대학원 졸업. 문학박사. 현재 연변대 조문학과 교수로 있다.
연변대 조선문학연구소 소장, 연변민간문예가협회 이사장이다. 저서로『조선민간문화연
구』,『조선문학사』(공저),『중조한일민담비교연구』(주필) 등이 있다.

연세국학총서73
중국조선민족문학대계 28

# 박창묵·리룡득 (외) 채록 민담집

초판 1쇄 발행 _ 2010년 6월 15일

주편자 _ 김동훈·허경진·허휘훈
　　　　연변대학교 조선문학연구소
발행인 _ 김흥국
발행처 _ 도서출판 보고사
등　록 _ 1990년 12월(제6-0429)
주　소 _ 서울시 성북구 보문동 7가 11번지 2층
전　화 _ 922-5120/1(편집) 922-2246(영업)
팩　스 _ 922-6990
메　일 _ kanapub3@chol.com
홈페이지 _ www.bogosabooks.co.kr
ISBN _ 978-89-8433-429-8(94810)
　　　　 978-89-8433-401-4(세트)
정　가 _ 36,000원

# 간 행 사

　우리 조상들이 중국 땅에 이주해온 이후, 오랜 역사를 통해 탁월한 저력으로 독자적인 문화를 창출해냈고 또한 많은 문화유산을 물려주기에 이르렀다. 그 가운데 우리 조상들의 알찬 삶의 지혜와 다양한 경험들이 축적되어 있다. 바로 이 때문에 문화유산 중 큰 비중을 차지하는 구비문학과 기록문학이 소중하며, 다시 읽어야할 보전(宝典)으로 남게 되었다.

　과경(跨境)민족으로서의 중국 조선민족은 19세기 후반이래로 수차의 문화적 격변의 시대를 살아왔다. 이른바 개화기의 격류 속에서는 전통문화와 서구문화사이의 갈등, 한문학과 국문문학 간의 교체를 경험했고, 식민지시대에는 국문문학의 문체혁신과 일제에 의해 책동된 전통문화의 쇄멸 말살이라는 시련을 겪기에 이르렀다. 이런 변화와 역경 속에서도 중국 땅에 망명하였거나 이 땅에서 유·이민 혹은 정착민으로 생활해온 우리 겨레의 지조 있는 애국문인들은 결코 붓을 던지지 않았다. 류인석, 김택영, 신규식, 신채호, 안중근, 리상룡, 김정규, 김소래, 최서해, 염상섭, 주요섭, 최상덕, 강경애, 현경준, 김창걸, 안수길, 박영준, 황건, 김조규, 윤동주, 박팔양, 이육사, 함형수, 리학성, 천청송, 김학철, 윤해영, 채택룡, 설인 등 헤아릴 수 없이 많은 문학도와 시인, 작가들이 바로 필설로 그 시대를 증언해온 대표적인 지성인들이다.

　그들 중에는 고국을 떠나 갈바람에 흩날리는 낙엽처럼 정처 없이 떠돌다 두만강, 압록강을 건너와 허허 넓은 만주벌판, 낯선 이국땅 서러운 추녀 밑에서 간도아리랑을 부른 망향시인이 있었고 하늬바람 불어치는 산해관을 넘어 북경, 서안, 상해, 무한 등 천년고도에 떠돌이로 남아 언론매체를 빌어 '천고'를 울리고 '진단'을 노래하고 청구의 '광명'을 만방에 호소한 청년전위가 있었는가 하면 백산, 흑수, 송료, 제로, 태항, 중원의 고전장에서 융마일생을 수놓아 가며 목숨을 바친 무명용사도 있었다. 여순, 나가사끼, 후꾸오까의 감옥에서 단지혈맹의 뜻을 굽히지 않고 다리를 절단해가면서도 끝까지 혁명의 지조를 지켜왔거나 끝내 '한 점 부끄럼 없이' 꽃처럼 피어나는 피를 민족의 제단 앞에 바친 암흑기의 푸른 별들도 있다. 그들은 문자에 앞서 몸으로 지탱해온 삶 그 자체가 더 고결하고 값진 것으로 여겨왔던 것이다. 그들의 피와 땀으로 가꾸어온 문화의 숲은 헌걸찬 우리 민족의 에너지를 부단히 충전시켜 주는 불멸의 혈맥, 끈질긴 생명력의 고동으로 무성하게 자라고 있으며 영광과 비애의 굴곡, 흥망과 성쇠의 기복이 교차되는 수많은 역사 주체의 명멸을 간직한 채 굳건하고 강인한 기백으로 오늘날까지 민족의 정기를 면면히 이어주고 있다.

그들이 남긴 풍부한 문학유산은 그동안 중외(中外)학자들에 의하여 적지 않게 발굴 연구되었으나, 지금까지의 연구는 단편적인 자료에 근거를 둔 것으로서 그 진면목을 체계적으로 파악하기에는 역부족이라고 할 수 있다. 이런 의미에서 중국 조선족과 광복 전 재중 한인, 조선인들의 문학 자료를 체계적으로 발굴, 정리, 출판하는 것은 정체(整体)적인 민족문학연구에서 대단히 중요한 작업이 아닐 수 없다. 그들이 남긴 문학 자료는 지금도 중국각지와 해외의 여러 도서관, 박물관, 문서보관소에 신문, 잡지, 일기, 필사본, 프린트본, 활자본 등 형식으로 흩어져있다. 이런 현실을 감안하여 본 대계는 선배들이 중국 땅에 남긴 문학 자료들을 집대성하여 후세인들로 하여금 문화민족으로서의 자긍심을 갖게 하고 애국애족의 정신을 계승 발양하며 문학, 언어, 역사, 민속, 언론, 사회 등 여러 분야를 망라한 학계인사들에게 21세기 중국 조선민족문화의 새로운 비약을 위한 계통적인 연구 자료를 제공하는데 그 목적과 의의가 있다.

중국조선민족문학의 진수를 정리, 간행하기 위한 계획이나 준비 작업은 연변대학 조선언어문학연구소(현재의 조선문학연구소)의 창립과 더불어 20세기 80년대부터 본격적으로 시작되었다. 권철교수를 비롯한 연변대학 조선언어문학연구소의 조선문학 관계 선배학자들은 1950년대부터 벌써 재중조선인

문학자료 수집에 착수하였고 1990년에는 권철, 조성일, 최삼룡, 김동훈 등 네 연구원의 공동 집필로 된 《중국조선족문학사》를 공개출판하기에 이르렀다. 1992년 연변대학 조선언어문학연구소(현재의 조선문학연구소)는 한국 숭실대학교 인문대학과의 공동연구과제로서 소재영, 권철, 김동훈, 조규익 교수를 중심으로 집필한 《연변지역조선족문학연구》를 펴냈다. 같은 시기에 김영덕, 최문식 교수를 비롯한 연변대학 고적연구소에서는 《류린석전집》, 《김택영전집》, 《윤동주유고집》, 《한양가》, 《연변조사실록》 등 중국지역에서 발굴, 정리한 17권의 민족고전을 출판하였다.

　이와 동시에 문학현장의 사실을 증언하기 위해 두 연구소 산하의 수십 명의 연구원들은 연변의 각 현시와 북경의 백림사, 상해의 서가회, 남경의 용반리, 심양시 서류보관소 그리고 하얼빈, 대련, 서안, 남통 등지의 도서관, 박물관 등 중국 국내 수백처의 자료관을 누비면서 우리 민족의 해방 전 문학자료들이 흩어져 실려 있는 《천고》, 《진단》, 《천고》, 《진단》, 《독립신문》, 《민성보》, 《북향》, 《만선일보》, 《카톨릭소년》, 《광복》, 《신한청년》, 《조선의용대통신》, 《한민》, 《연변문화》 등 신문과 잡지, 그리고 지난 세기 초부터 이 땅에서 유전되었던 《백두산민담》, 《장백산강강지략》, 《초등소학수신》용 우화집과 《싹트는 대지》, 《재만조선인시집》, 《혈해지창》 등 최초의 소설집, 시집 및 극본들을 속속 발굴하였으며 무려 1,500만자에 달하는 작가문학 자료와 800여 수의 민요, 2,000여 편의 전설과 민담을 수집하였다. 그들은 하늘을 비상하는 나비가 아니라 발로 땅을 기어 다니는 지네와 같이 지나간 역사와 문화현장에 파고들어 문학현상 자체를 자기의 피부로 촉감하고 확인함으로써 오늘의 이 방대한 민족문학대계의 탄생을 준비하였던 것이다.

　본 대계의 출간과 관련하여 우리는 다음과 같은 몇 가지 원칙에서 이 사업을 추진키로 하였다.

　첫째, 본 대계에는 중국 조선족 작가와 재중 한국인, 조선인 작가들이 건국(1949년) 이전에 창작한 시, 소설, 일반 산문, 극작품 등 일체의 문예작품들을 수록한다.

　둘째, 우리 문학의 세 가지 큰 갈래인 조선문 문학, 한문문학, 구비문학을 통해 역사적으로 이룩한 모든 양식을 함께 수록한다. 먼저 건국 전에 창작된 작품을 30권에 나누어 1차적으로 간행하고 이를 더욱 확대하여 진정한 의미의 문학대계가 되게 한다.

셋째, 구비문학작품은 건국 전에 수집된 것과 건국 후에 수집된 것을 망라하며, 그 내용이 해방 전에 이미 구전으로 전승되었음을 감안하여 이를 모두 1차 간행분에 포함시킨다.

넷째, 언어상으로나 역사적으로 가치가 있는 일부 원전은 원전과 현대어역을 동시에 수록한다. 현대어역을 통하여 한문과 원전의 감상을 가능하게 하고 정확한 원전의 제시로 그 연구의 자료가 되게 한다. 단 일부 한시와 고문은 번역 사업이 미처 미치지 못해 원문만 그대로 싣기로 한다.

다섯째, 건국 전의 작가문헌은 그 문체들이 발생한 시대적 선후를 염두에 두면서 한시, 현대시, 소설, 산문, 희곡 순으로 배열하고 구비문학은 민요, 전설, 민담 순으로 배열한다. 건국 이후의 작품은 대부분 쉽게 찾아볼 수 있는 것들이어서 2차적으로 그 출간을 계획해보려 한다.

1차 간행에 교부된 작품집 목록은 아래와 같다.

제1-3권 한시집
제4-6권 시집(조선문)
제7-13권 소설집
제14-16권 산문집
제17권 희곡집
제18권 민요집
제19권 문헌설화
제20-21권 전설집
제22-27권 민담집
제28-29권 중국에 번역 소개된 문학작품
제30권 별책(색인)

끝으로 본 대계가 편집 출판되는 동안 관심 있는 모든 분들의 협력과 질정을 바라며 어려운 가운데도 이 사업에 동참해주신 편찬위원, 책임편자, 역주자 여러분과 연변대학 고적연구소 임원들에게 감사드린다.

그리고 본 사업의 취지를 이해하고 편집비를 지원해주신 한국 대산문화재단, 2005년도 연세특성화지원금으로 「중국내 한국관련 문헌자료집성사업단」을 지원해주신 한국 연세대학교의 후의에 감사드리며, 아울러 편집과 교정에서 제작에 이르기까지 노고를 아끼지 아니한 보고사 여러분께도 고마움을 표한다.

2005년 12월 26일

중국 연변대학교 조선문학연구소 전 소장 김동훈
중국 연변대학교 조선문학연구소 소장 허휘훈
한국 연세대학교 국학연구원 허경진

# 편집위원 명단

**명예주필**: 권 철
**주　　편**: 김동훈, 허경진, 허휘훈
**감　　수**: 권 철, 전성호

**편찬위원**: **중국** 권 철(연변대 조선문학연구소 고문, 교수)

김경훈(연변대 조선-한국학학원 부교수, 문학박사)

김동훈(원 연변대 조선문학연구소 소장, 교수)

김병민(연변대 총장, 교수, 문학박사)

김영덕(원 연변대 고적연구소 소장, 교수)

김호웅(연변대 조선-한국학연구중심 주임, 교수, 문학박사)

리광일(연변대 조선-한국학학원 교수, 문학박사)

전성호(원 연변문학예술연구소 소장, 연구원)

채미화(연변대 조선-한국학 학원 원장, 교수, 문학박사)

최문식(연변대 민족연구원 원장, 교수)

최삼룡(연변문학예술연구소 연구원)

허휘훈(연변대 조선문학연구소 소장, 교수, 문학박사)

**일본** 오오무라 마스오(일본 와세다대 교수)

**한국** 고운기(연세대 국학연구원 연구교수, 문학박사)

김영민(연세대 국문과 교수, 문학박사)

김 철(연세대 국문과 교수, 문학박사)

유중하(연세대 중문과 교수, 문학박사)

이경훈(연세대 국문과 교수, 문학박사)

전인초(연세대 중문과 교수, 문학박사)

최유찬(연세대 국문과 교수, 문학박사)

표언복(목원대 국어교육과 교수, 문학박사)

허경진(연세대 국문과 교수, 문학박사)

**책임편집** : 허휘훈
**편 찬 자** : 허휘훈, 서채화, 장경림, 조선미, 권기호

## ◉ 일러두기

이 ≪대계≫는 다음과 같은 요령으로 엮었다.

1. 중국 조선족의 기록, 구비문학작품을 비롯하여 재중한인(韓人), 조선인이 중국 지역에서 창작한 작품들을 함께 수록하였다.

2. 20세기 전반기에 창작 발표된 문학작품을 일차적 선제대상으로 확정하였다.

3. ≪대계≫ 각권의 출판은 한시, 현대시, 소설, 산문, 희곡, 민요, 전설, 민담 순으로 배열하였다.

4. 한시와 기타 한문(漢文)으로 쓰인 원전은 매 편마다 원문을 앞에 싣고 역문을 뒤에 함께 수록하여 상호 참조하기에 편리하도록 하였다.

5. 원전에 나오는 일부 지명, 인명, 전고, 방언과 알기 어려운 글자, 누락, 오기 등에 대해 필요한 주를 달았다. 주석표기는 원문(혹은 역문)에 번호를 붙이고 해당 면 하단에 각주(脚注)함을 원칙으로 하였다.

6. 고한문 원전은 번체자로 표기하고 이해가 어려운 한자어의 경우에는 괄호 안에 한자를 넣어 병기하였다.

7. 간행사와 일러두기 그리고 해설은 한국에서의, 작품의 맞춤법·띄어쓰기·외래어 표기는 중국에서의 현행 조선말 규범원칙을 따르되, 어학적·민속적 가치가 높은 해방 전 원전은 원문 그대로 수록하였다.

8. 본문은 연변의 표기방식대로 실었으며, 해설은 한국의 표준법에 맞추어서 윤문하였다.

9. 이 ≪대계≫에서 사용한 주요 부호는 다음과 같다.

   1) (　) : 음이 같은 한자를 병기함.

   2) [　] : 음은 다르나 뜻이 같을 때나 혹은 풀이한 한문을 병기함.

   3) ≪　≫ : 책명, 작품명, 대화나 인용을 나타냄.

   4) 〈 ? 〉 : 불확실한 경우를 나타냄.

   5) 　□ : 원전 또는 원문에서 누락된 문자를 나타냄.

   6) 주석은 ①②로 표시하여 해당 면 하단에 표기함.

차 례

## 사랑산 - 박창묵 채록

## 삼태성 - 김명한 채록

# 불로초 - 리룡득 채록

## 고산장군 - 정영석 채록

# 제2세대 민담채집자들과 그 업적

최삼룡

## 1. 들어가는 말

《중국조선민족문학대계·28》로 박창묵(42편), 김명한(30편), 리룡득(90편), 정영석(15편) 4명 제2세대 민담채집자들의 수집, 정리, 출판한 설화 177편을 묶는다.

여기서 제2세대민담채집자들이라고 하는것은 조선족 민간문예 채집자들중의 제2세대를 지칭하는것이다.

주지하는바 중국조선족사회에서 민간문예에 대한 수집하고 정리하고 출판하는 사업은 중화인민공화국이 창건된 다음 지난 세기 50년대로부터로 시작되였다. 제1세대채집자들은 바로 지난 세기 50년대에 채집에 참가한 사람들인데 그 대표가 바로 정길운(1919~1991) 선생이였다.[1]

이들 제1세대 민담채집자들은 바로 해방전에 배양된 혁명적인 지식인 혹은 진보적인 지식인들이였다.

제2세대 민담채집자들 주체는 바로 중화인민공화국 건국초기에 배양해낸 지식인들이다.

중국의 사회학계는 보편적으로 20세기 신중국의 지식인들을 4대로 나누어 연구하는데 대체적으로 중화인민공화국이 건립되기전에 배양된 혁명지식인들과 진보적지식인들을 제1 세대의 지식인이라고 칭하며 중화인민공화국이 건립으로부터 문화대혁명이 발동되기전 즉 1949년 10 월부터 1966년 5월 사

---

[1] 정길운선생의 업적에 대하여서는 《중국조선민족문학대계·27》해제에 상세하게 소개되였다.

이에 배양된 지식인들을 제2세대 지식인이라고 칭하며 문화대혁명시기로부터 개혁개방이 정식으로 시작된 1970년에 배양된 지식이들을 신중국의 제3세대 지식인이라고 하며 개혁개방후 즉 80년대와 90년대에 배양된 지식인들을 제4세대 지식인 이라고 칭한다.2)

이 책에 수록된 설화들을 채집한 박창묵, 김명한, 리룡득, 정영석 네분 선생은 바로 여기서 지칭하는 신중국의 제2세대의 지식인들이다.

이제 아래서 구체적으로 소개하겠지만 이들 네분은 모두 1930~40년대에 태여났으며 건국후 문화대혁명전 사이 즉 20 세기 50년대말 60년대초에 중학, 혹은 대학을 졸업하고 문화사업에 참가했고 본직사업에 참가 하는외에 과외로 민간문예에 대한 채집활동에 참가했다.

조선족의 민간문예의 채집과 정리 사업에 대하여 조금이라도 료해가 있는 사람들은 공통된 인식이지만 박창묵 등 제2세대 민담채집자들이 정길운 등 제1대 채집자들의 뒤를 이어 중국조선족의 민간문예작품을 채집, 정리, 연구하는 사업에서 세운 거대한 업적을 높이 평가하여야 한다. 만약 그들의 피타는 노력이 없었더라면 중국조선족의 많은 민간문예작품들이 세월의 저쪽으로 영영 사라지고 말았을것이다.

그러나 오늘 문화학적시각에서 보면 이들이 채집, 정리, 연구한 민간문예작품들에는 어쩔수없이 그 력사시대의 문화적특징들이 반영되여있다는것도 명기하여야 한다.

여기서 우리는 잠간 제2세대 지식인들의 지식고조나 인격 혹은 성격에 어떤 특점이 존재 하는가에 대하여 사고해볼 필요가 있다.

중국의 저명한 지식인연구학자 허기림(許紀霖)은 이 세대 지식인들의 특점에 대하여 다음과 같이 개괄한바 있다

"17년세대 지식인 거개가 1930~40년대에 태여났다. 그들의 지식바탕은 쏘련공산당(볼세위크력사)의 영향을 크게 받았으며 짙은 의식형태색채를 띄고 있다. 지난날의 자산계급의식형태와의 결렬을 반복적으로 강조하였기에 그들

---

2) 徐彦文: ≪紅與綠≫(東方出版社, 2004년) 제2편 3장.

은 전통지식의 뿌리가 없는 세대로 되여버렸다. 그들은 맑스주의 틀안에서 학술연구에 힘을 썼으며 맑스주의 학술규범의 건립을 시도했다. 그러나 그 앞세대의 지식인들과 마찬가지로 그들의 문학과 학술쟁명은 런이어 벌어지는 정치운동때문에 자꾸만 끊어지군 하였다. 이에 대하여 그중 일부분 사람들이 1976년 후에야 비교적 심각한 반성을 하게 되였으며 맑스주의 틀안에서 서방의 우수한 문화성과를 흡수하기 시작함으로써 사상해방운동의 주요한 참여자로 되였으며 그 다음 세대의 사상성장에 직접 영향을 주었다."[3]

필자가 구태여 이 세대 지식인들의 이 특점을 강조하는 리유는 바로 이들의 민간문예에 대한 수집, 정리, 연구의 과정에 이 특점이 고스란히 반영되였기때문이다.

우선 이 제2세대지식인들의 지식구조가 협소하고 좌적이여서 민간문예에 대한 지식도 편면적이고 좌적인데가 다분하였다. 민속학 혹은 민간문예리론에는 좌적인 색채가 농후하였기에 민간문예와 작가문학의 구별점을 무시하고 민간문예의 원초적인 특점을 무시하는 경향이 엄중하였는바 정리, 연구, 출판하는 과정에 원시신앙, 토템, 금기, 원시종교적 색채를 죄다 로동인민의 품성에 어긋나는 봉건사상이라고 보면서 의도적으로 삭제하는 경향이 엄중하였다.

다음, 설화에서 나타나는 인간관계를 죄다 계급관계로 보면서 원래 인간의 보편적인 인성에 관계되거나 생명개체 혹은 사회성원들의 개별적인 품성이나 도덕수준에 의하여 생성되는 문제마저 모두 계급성으로 분석하거나 판단하는 경향이 엄중하였다.

그 다음 문예는 인민대중을 교육하는 도구로 되여야 한다는것을 강조하였기에 설화의 교육적기능을 높이기 위하여 구술자의 의도를 존중하지 않고 주관적으로 주제를 승화시키고 설화작품의 구조적특성과 설화작품은 문체표달방식상에서 서술이 위주라는 특성을 무시하고 현대소설처럼 인물의 심리묘사나 환경의 풍경묘사를 펼치는 경향도 있다.

먼저 박창묵이 채집한 설화들을 보자.

---

3) 許紀霖 ≪中國知識分子十論≫84페지.

## 2. 박창묵의 민담집 《사랑산》

박창묵은 대표적인 제2세대 조선족민간문예채집자이다.

그는 1935년에 길림성 화룡현 용화향 신아촌에서 출생하였다. 1961년에 연변대학 언어문학학부 조문전업을 졸업하고 다년간 연변인민방송국 문예편집으로 일하다가 문화대혁명이 결속된후 연변문련에 전근하여 민간문예연구회 부주석 겸 비서장으로 활동하다가 1996년 정년퇴직하였다. 중국민간문예연구회 회원, 길림성민속학회 회원. 그가 채록, 정리, 출판한 책으로는 《사랑산》, 《바우돌과 현부인》, 《파경노》 등 민담집이 있고 중편소설 《대문산비곡》이 있다. 그가 채록한 민담 《사랑산》 등 은 연변주와 기림성 민간문예연구회의 우수문학상을 수여받았고 민담집 《파경노》는 길림성정부의 《장백산》 문학상을 받았다.

이 책에 수록하는것은 그의 처녀작품집 《사랑산》에 수록되였던 전부의 작품인데 이 설화집은 바로 박창묵의 채집한 설화의 특점을 가장 집중적으로 체현한 작품이다.

박창묵의 민담은 몇가지 특점이 있다.

첫째, 제재가 다양하고 시공간이 상대적으로 넓다. 시골, 서울이 나오는가 하면 임금, 관리, 농부, 서생이 나오기도 하며 동물도 귀신도 나오고 마귀도 나온다.

둘째, 근대적인 색채가 농후하다. 봉건사회의 신분제도에 대한 서민들의 반발이 보이고 봉건적인 신분차별의 멍에서 해방되려는 경향이 선명하다. 이것은 조선족이 이 땅에 와서 삶의 터전을 닦고 뿌리를 내리던 개척시기가 이미 근대화가 시작된 시기였다는 사실과 련계된다고 볼수 있다.

셋째, 민담이 원색이 쇠퇴된 흔적이 농후하여 많은 민담에서 금기와 도템이 사라졌다. 이것은 그때 특히는 채록되던 시기의 문화적인 분위기에 의하여 결정된 현상이라고 생각된다. 이야기는 빈부의 차이, 신분의 차이가 뚜렸하며 가난한자, 약한자의 승리가 선명하다

넷째, 문학적인 묘사가 거의 모든 민담에 가미되여있다. 이것은 박창묵이

소설가였던것과 관계된다. 환경묘사, 인물묘사, 심리묘사가 거의 소설적인 수준에 이르렀다. 이것은 채록자가 독자들의 환심을 사려는 동기에서 출발된것이라고 볼수도 있고 또 작가문학이 락후하던 시대에 민담이 해야할 구실이였다고도 생각된다.

여기서 민담 ≪박의협≫, ≪말발굽산≫, ≪사랑산≫은 박창묵의 민담채집상에서의 특접을 제일 잘 과시한 작품이라고 평가할수 있다.

먼저 ≪박의협≫을 보자.

이 민담의 화소를 보이면 다음과 같다.

1) 옛날 어느 시골 박씨문중에 의협이라고 부르는 젊은이가 있었다. 의협이 나이 스무살이 되어 가정과 문중의 여러분이 도움을 받아 서울로 과거 보러 간다.

2) 서울에 와 첫날밤 주숙하던 집 주인을 통해 과거를 보자면 리대감을 찾아가야 한다는 말을 듣고 곧바로 리대감을 찾아갔는데 리대감은 박의협1 갖고 온 돈을 죄다 받아내고 자기 집 물지게를 지게 하면서 일만 잘하면 과거를 보게 하겠다고 약속했다. 그러나 3년 석달 일하였으나 리대감은 같은 말을 곱섭을뿐 과거를 보게는 하지 않았다. 엽집 할아버지의 말을 통해 뢰물을 먹이지 않았기때문이라는것을 알게 된 박의협은 또 가정과 박씨문중 사람들이 모여서 보내온 돈을 모조리 리대감에게 받쳤다.

3) 이러기를 세번 반복해 이미 10년 세월이 흘렀으나 리대감은 의협에게 끝내 과거를 볼 기회를 주지 않고 그사이 의협의 집은 망하게 된다. 의협은 리대감에 대한 한을 품고 고향으로 돌아가는 길에 오르게 된다.

4) 어느 날 해가 저무니 한 객주집에 찾아들었는데 밤중에 어떤 사내에게 맞는 량주의 울음소리에 깨여나게 된다. 사람을 때리는 사내에게 사연을 물으니 거지로서 잠자리 동냥까지 하기에 리대감의 명을 받고 때린다는것이다. 이에 의협은 그 량주의 숙박비를 내고 자기 방으로 모셔오고 밥을 사주었다. 밤중에 녀자는 딸을 낳았다. 의협은 아무것도 가진게 없는 그들에게 사랑을 베풀어 자기의 단벌 적삼으로 갓난애기를 감싸주고 또 수중의 돈 한푼 남기지

않고 그들에게 주고 이름도 남기지 않고 류랑의 길에 올랐다.

5) 한편 그 집 세 식구는 빌어먹으면서 류랑하다가 서울부근의 어느 산밑에서 땅뙈기를 찾아 가꾸어 생계를 유지하게 된다. 이렇게 10여년 세월이 흘러가고 세식구는 남편이 밭일을 하고 안해가 서울에 들어가 고추, 마늘같은 일감을 맡아오고 딸이 그것을 절구로 찧어주는것으로 살아가는데 하나의 갈망은 딸을 살려준 그 이름도 모르는 은인을 찾는것이다.

6) 그런데 나라에서 세자빈을 간택하는데 그 인물이 출중한 외동딸이 간택되였고 그의 부친도 부원군이라는 벼슬을 하게 되고 량주는 궁실의 사람이 되였고 임금은 이들이 10여년전 저들을 사경에서 구해준 그 은인을 애타게 찾는줄 알고 잔치를 베풀어 자기의 지나온 이야기를 잘하는 사람을 골라 돈 천냥에 벼슬자리까지 준다고 전국에 방을 붙이고 이야기군들을 접대하였는데 제일 마지막 사람으로 박의협이 나타나 이들 세 식구의 원을 끈다.

7) 임금은 사람을 시켜 그 리대감을 붙잡아다 곤장 백대를 치고 궁중에서 쫓아버리고 박의협은 자기의 소원에 따라 학발부모가 계신 고향에 돌아가 만년을 잘 살았다.

이상 이 민담의 화소를 보면 사상내용이 복합적이고 근대적인 색채가 담담하게 깔려있다는것을 쉽게 보아낼수 있다. 여기에는 자기의 신분을 개변하려는 농민들의 꿈도 보이고 농민이나 시민이나 궁실의 관료나 모두 평등하다는 사상도 깔려있으며 백성을 압박하고 착취하는 못된 관료들에 대한 반항도 보이고 현명한 임금에 대한 기대감도 보이고 역시 인과에 따라 선악의 대갚음을 받는다는 불교적인 설교도 보인다.

《사랑산》도 박창묵의 채록한 민담중에서 가장 대표적인 작품으로 헤아릴수 있다.

이 민담의 화소를 정리하여보면 다음과 같다.

1) 옛날 어느 자그마한 고을에 부자가 있었는데 슬하에 일점혈육이 없더니 40이 넘어서야 예쁜 딸을 낳았다. 이름을 옥이라고 지었다.

2) 옥이 일곱살 되는 해에 이 집에서는 열살 되는 애기머슴을 두게 되었는데 이 머슴과 옥의 사이가 자별하였으며 어느때부터인가 둘사이에는 사랑이 싹트기 시작하였다. 이에 사람들속에서 부귀비천을 모르는 집안이라고, 패가망신을 시킬 잡년놈이라고 류언비어를 하였으며 이에 부자는 머슴에게 다시는 옥이와 접촉하지 말라는 경고를 내리고 옥이를 외딴 초당에 가두었다.

3) 옥이에게 청혼자들이 모여들고 부자는 어지간한 자리를 거들떠보지도 않았는데 이 고을에 절세의 미녀가 있다는 소문은 널리 퍼져 외동아들이 있는 내직에서 락향한 리대감의 귀에까지 닿았다. 리대감은 부자집에 청혼을 하고 부자는 허혼을 하였으나 옥이는 거역하여 식음을 전폐하고 울다가는 자고 자다가는 우는 나날을 보냈다. ·

4) 매일같이 머슴총각이 부는 피리소리를 들으며 울며 비몽사몽간을 헤매는데 어느날 백발로인이 나타나서 옥의 두볼에 흐르는 눈물을 닦아주며 주문을 외우라 이 주문을 외우면 소원성취되리라 하였다. 옥이는 그날부터 그 백발로인이 머리맡에 놓아둔 주문책을 외우기를 석달, 이제 열흘만 지나면 옥이 그 리대감님의 집으로 시집 가는 날이다.

5) 잔치날 리대감의 짜개바지 아들이 신부를 데리고 오는 길에 갑자기 회오리바람이 불어쳐 신랑은 울음보를 터뜨리고 신부가 탄 가마가 리대감네집 마당에 도착하여 가마문을 열어보니 옥이 아닌 호랑이가 뛰여 내려 모인 사람을 혼비백산하게 하고 초례상을 뒤엎고 머슴총각을 덮쳐물고 어디로 사라졌다.

6) 10년후 마을 사람들은 산에서 부자집 와동딸과 머슴총각이 산에서 산다는것을 알게 되고 리대감은 한다하는 포수들을 동원하여 그들을 없애버리려 하였지만 모두 헛물을 켜고 그 산에서는 무시로 피리소리와 노래소리가 들려오고 사람들은 그 산을 사랑산이라고 불렀다.

보는것과 같이 이 민담의 내용도 복합적이다. 봉건적인 강제혼인에 대한 반항도 보이며 리대감과 같은 못된 관료들의 횡포에 대한 반항도 보이며 부자의 봉건적인 신분차별에 대한 반항도 보이며 옥이와 머슴총각의 순수한 사랑에 대한 찬양도 보이며 또 모든 인간은 신분의 차이와는 관계없이 평등하여야 한다는 주장도 보인다. 그리고 막다른 골목에 이른 주인공들에게 신선의 힘에 기탁하여 출로를 열어주고 주문을 외는것으로 소원을 성취시키는것, 나중에 신부가 범으로 변신하여 복수를 하게 하는것은 모두 전형적인 민담의 내용과 구조를 갖고있음을 증명하여준다.

이 민담에서 채집자가 제일 힘주어 내세운것은 신분의 차이를 초월한 인간의 평등의식에 대한 고양이다. 예쁜 얼굴과 가정의 부를 리용하여 평생의 부귀를 탐하는것이 아니라 빈부귀천을 초월하여 진정한 사랑을 쟁취하려는 부자집 외동딸의 어여뿐 마음을 구가하려는것이 이 민담의 중심사상이라고 볼수 있다.

> 원쑤로다 원쑤로다
> 빈부귀천 원쑤로다
> 빈부귀천 뉘만들고
> 부자딸은 왜되였노
> 머슴으로 생겼더면
> 밭에가고 산에가서
> 님과함께 있으련만

옥이가 부르는 이 노래는 이 민담의 중심사상을 직접 나타낸것이라고 볼수 있다.

≪아버지 어머니, 아버지 어머니는 날 낳아 키우신 량친 부모인데 어이하여 이 딸더러 철부지신랑을 섬기라 하시나이까? 코빠는 애를 신랑으로 섬기면 금슬지락 어데 있으리까? 내 죽어 황천에 갈지언정 그런 신랑은 못 섬기겠나이다.≫

아버지 어머니앞에서 하는 이 몇마디 말은 딸의 마음은 조금도 헤아려주지 않는 부모에 대한 견책이며 또 옥이의 순수한 사랑에 대한 공개적인 추구이다.

이 작품의 채집, 정리과정에 대하여 구체적인 조사가 없지만 우리는 이 민담에 채집자의 주관이 많이 침투되였음을 보아낼수 있다. 그 결과 이 민담은 소설적인 문체를 많이 띠게 되고 시적인 표현도 있게 되고 결미에는 제목과 조응되는 랑만적인 격정마저 나타내게 되였다. 이것은 기실 이민담 한편의 특징이 아니라 박창묵이 채집, 정리한 많은 민담들의 특징이기도 하다.

## 3. 김명한의 《삼태성》

김명한(1938~2002)도 제2세대 조선족설화 채집자들중에서 성과를 쌓아올린 한분으로 헤아릴수 있는분이다.

1938년에 길림성 용정에서 출생했다. 연변사범학교를 졸업하고 줄곧 룡정시 석문향 소학교에서 교편을 잡았으며 1950년대말부터 설화수집에 참가하였는데 민담집 《삼태성》을 세상에 내놓았다.

민담 《삼태성》과 《민들레》는 길림성과 연변주의 민간문예우수작품상을 받았다.

2002년에 병으로 사망하였다.

이 책에는 김명한 선생이 채집, 정리한 민담집 《삼태성》에 수록된 전부의 설화를 묶었다.

김명한 선생은 비록 채집, 정리한 설화가 몇편 되지 않지만 자기의 독특한 특점이 보이는 민담으로 우리의 주의를 끌고있다.

김명한선생이 조서족민간무예작품에 대한 채집, 정리활동에 참가한 시대는 대체적으로 무산계급문화대혁명이 결속된후 개혁개방이 시작된시대, 다시말하면 민간문예에 대한 좌적인 인식이 점차 극복되던 시기라고 할수 있다. 하기에 그의 작품에는 채집자의 주관적인 참여가 적으며 이른바 교육기능을 높이기 위하여 설화의 원모습이거나 구술자의 의도를 마음대로 외곡하거나 수정하여 주제를 승화시키는 경향 그리고 이른바 문학적인 감화성을 높이기 위하여 환경묘사나 인물묘사를 펼치는 경향이 많이 극복된 상태로 우리앞에 접근하고있다.

그러므로 그의 민담집 《삼태성》에는 상대적으로 설화의 원시적요소를 갖추고있는것들이 많다.

더욱 보귀한것은 김명한선생이 채집, 정리한 설화중에는 나라를 잃고 고향을 등지고 여기 두만강, 압록강변, 장백산기슭에 와서 황무지를 일구고 삶의 터전을 닦고 뿌리를 내린 조선족들의 새로운 삶과 관념을 체현한 작품이 있다는것이다.

그 대표적인 민담으로 《은혜》를 들수 있다.

이 민담의 화소를 다음과 같이 정리할수 있다.

1) 조선 명천의 김씨성을 가진 시아버지와 며느리, 세 손군이 사는 집에서 살길을 찾아 집안 재물을 다 정리하고 100원 남은 돈을 가지고 간도로 가는 길에 올랐다.

2) 그런데 종성고개에서 시아버지는 그 목숨같은 100원돈을 휴식하던 종성고개 돌꼭대기에 놓고 내려왔다. 그 돈을 잃어버인것을 알았을 때는 종성주막집에 와서 저녁을 먹고 자리에 누울 때다. 목숨같은 돈을 잃어버렸으니 이제 어떻게 한단말인가 하면서 로인이 통곡을 하는데 며느리는 그 돈이 뭐 그리 대단합니까 하면서 시아버니를 위로하였다. 이때 한 정정한 로인이 종성고개에서 주운 돈이라면서 그 돈을 내놓았다.

3) 이튼날 종성나루터에서 배를 타고 두만강을 건너는데 그만 배가 얼음장에 부딪쳐 한 청년이 물에 빠지게 되였다. 그러나 누구 하나 이 청년을 구하려 찬물에 뛰여드는이 없었다. 이에 며느리는 그 돈 100원을 내걸고 누가 만약 저 청년을 구하면 돈 100원을 준다고 소리를 치자 한 사람이 뛰여들어 그 청년을 구해주었다.

4) 강을 건넌 며느리는 말 한대로 청년을 구해준 사람에게 돈 100원을 주었다. 이에 감동된 청년은 시아버지와 며느리에게 감사의 절을 올리고 며느리를 종신 누님으로 모시겠다고 하면서 다른데로 가지 말고 자기네 사는 산골마을로 가자고하였다. 그들은 다른수 없어 그 청년을 따라갔는데 그 청년과 마을 사람들의 방조를 받아 임시 먹을 식량도 해결하고 새집을 짓는 등 새 생활의

터전을 잘 닦았다.

5) 새집들이를 하고 며칠이 지난후 그 청년의 부친이 돌아왔다. 만나보니 그 청년의 부친이 바로 그 종성주막에서 돈을 돌려주던 그 로인이였다.

6) 며느리의 착한 마음에 감동되여 그 로인이 돈을 임자에게 돌렸고 그 돈이 결국 청년의 생명을 구했으니 이것이야말로 하늘이 준 인연이라고 하면서 두 집은 결의형제를 맺고 화목하게 살았으며 온 동네사람들도 더욱 화목하게 살아가면서 두메산골을 개척하였다고 한다.

사림의 마음을 훈훈하게 녹여주는 이야기다. 실화에 가까운 이 민담은 대량의 이민들이 살길을 찾아 두만강, 압록강을 넘던 이주초기의 진짜 이야기다. 두집사이에 우연하게 맺어진 인연은 어진 백성들사이에 맺어지는 필연적인 인연이기도 하다. 주은 돈을 임자에게 돌리는 량심, 그리고 죽는 사람을 구하려는 동정심, 돈보다 사람을 더 중히 여기는 인성, 그리고 자기보다 없는자를 도와주려는 인심은 사람을 감동시킨다. 이런 인심, 량심, 동정심, 인성의 소유자들이기에 그들은 서로 도우며 화목하게 살아가면서 수많은 애로를 박차면서 오늘에 이르렀던것이 아닌가.

이 민담에는 비록 원초적인 신앙이거나 신비한 화소는 없지만 생활에 존재하는 우연성을 잘 리용하여 이야기줄거리를 자연스럽게 재미있게 꾸렸다. 그러면서 며느리의 너그럽고 부드럽고 인성이 넘치는 성격을 인상깊게 그려내였다.

《홍송과 인삼》은 비교적 복잡한 내용을 담고있는 복합적인 민담으로서 그 화소에는 낡은 사회에서 량반과 농민들의 갈등도 보이며 우리의 설화중에서 가장 기본적인 형식의 하나인 "방리득보"형설화와 비슷한 화소도 보이며 민담의 후반부에 홍송과 인삼처녀가 살길을 찾아 장백산으로 찾아갔다는 화소는 중국조선족의 이민사를 상기시키는 상징적의의가 있다. 이 민담은 그 내용과 구조상에서 재래설화가 여기 동북에 와서 어떻게 변이되는가를 보여주는 생동한 례로 된다.

김명한 선생이 채록한 설화작품에서 가장 고귀한것은 많은 설화들이 원초적인 품격을 비교적 완전하게 보존하고있다는점이다.

지혜로운 아들에 의하여 온 집식구들이 살아났을뿐만 아니라 세상사람들이 도깨비의 행패에서 벗어났다는 ≪박서방과 도깨비≫이야기에는 결국 인간은 도깨비보다 지혜롭다는 이야기인데 갈등과 대립에 의하여서가 아니라 지혜로써 재난을 피하고 죽음을 피했다는 이야기는 아주 원색적이며 흥미가 있으며 또 교훈적이며 욕심이 극단에 이르러 세상에 존재하는 모든 진리를 망각하고 인간에 인성이란 무엇인지 모르고 사는 한 린색한에 대한 이야기를 극단적으로 펼친 ≪장재비늪과 광주리바위≫ 린색한에 대한 풍자의 의미도 담고 또 중을 괄세하면 하늘의 보복을 당한다는 불교적의미를 가미하였다. 이 것은 민담의 원초적인 의미이다. 그리고 이 민담은 이 책에 수록된 설화중에서 몇면 안되는 금기가 삭제되지 않은 민담으로 헤아릴수 있다.

민담 ≪처사의 딸≫ 처사와 처사의 외동 딸의 초인간적인 재주를 발휘하여 임금을 비롯한 관료들의 폭행과 싸워이기는 랑만적인 이야기를 펼치고있는데. 인간밖의 외물 즉 신선이나, 신에 의하여 자기의 꿈을 이루는것이 아니라 인간 자체의 지혜와 힘으로 꿈을 이루는것이 특수하며 이야기가 신기하고 흥미있고 곡절적으로 흘러내려가는것이 재미있다. 민담 ≪달이 둘로 보이면 출세한다≫는 참말을 하기 힘들다는 인간의 가장 원시적인 신앙을 나타낸것으로 인상이 깊다. 옛날이나 지금이나 참말을 하기는 힘든것이다. 특히 정계에서 아첨쟁이는 왕왕 거짓말로 승천하는것이다. 참 심도가 있는 풍자적인 의미가 다분한 이야기다. 제목 또한 시적이고 풍자적이고 역설적이다.


### 4. 리룡득의 ≪불로초≫

리룡득선생은 제2세대 조선족민담 채집자중에서 제일 부지런하고 작품이 많은분이다.

그는 1940년 길림성 안도현 량병향 보광촌에서 출생하였다. 1954년에 안도 초급중학교를 졸업하고 선후로 현 농업중학교 교원, 현문공단 창작원, 향문화소 소장 등 사업을 하였다. 지금까지 여러가지 형태의 글 1000여편 발표하였다.

동화집 ≪금돌이네 이야기≫, ≪꽃사슴≫, ≪히히의 힘자랑≫, 민담집 ≪불로
초≫, ≪도적잡은 이야기≫, 우스운 이야기집 ≪히히히 호호호≫ 등 20여권의
개인 작품집을 출판하였다.

2005년에는 또 ≪신기한 여우모자≫, ≪백두산 소나무는 왜서 푸른가≫,
≪며느리밥풀꽃≫, ≪제비는 왜서 처마밑에서 사는가≫ 등 백두산전설집 4권
을 출판하였다.

민담 ≪산양포수≫ 등 10여편이 성, 주급문예상을 받았고 민담집 ≪불로
초≫가 료녕성 우수도서상을 받았다. 중국, 길림성 민속학회 회원, 연변민간
문예연구회 부주석, 안도현문련 주석을 력임한바 있고 안도현문예가협회 고
문으로 일하고있다.

한평생 안도현을 떠나지 않고 기층에서 살아오면서 붓대를 잡고있는 리룡
득선생의 설화 채집, 정리 사업은 그 제재령역이 넓은것이 가장 큰 특점이다.
리룡득선생이 채집, 정리한 설화에는 민담도 있고 설화도 있고 민요도 있고
소화도 있으며 반도에서 재래한것도 있고 여기 대륙에 와서 변이한것도 있고
근대적인 실화도 있고 항일이야기도 있다.

50년대 중반으로부터 조선족 민간문예의 채집, 정리에 참가한 리룡득선생
의 설화작품에도 력사시대의 영향을 받은 흔적이 력연하다고 말하여야 할것
이다. 채집자의 주관이 침투된것이 적지 않으며 민간문예에 대한 좌적인 관념
으로 인하여 금기, 토템, 무술(巫術) 등 표현을 마구 삭제해버리고 이른바 작
품의 교육적 기능을 높이기 위하여 주제를 승화시키고 구술자의 의도를 외곡
하거나 수정한 작품이 적지 않다.

이 권에 수록한 리룡득선생의 첫 민담집이라고 칭할수 있는 ≪불로초≫에
서도 우리는 이러한 흔적을 많이 찾아볼수 있다.

그러나 리룡득선생이 채집, 정리한 1000여편의 설화작품에는 그래도 민담
의 원초적인 맛을 그대로 보여주는 작품이 적지 않으며 장백산아래 연변지구
의 향토적특색을 보여주며 조선족의 20세기 정신발전의 궤적을 보여주는 보
귀한 자료로 삼을수 있는 작품이 적지 않다.

이제 그의 첫민담집의 총제목으로 된 민담 ≪불로초≫를 보자.

　　장백산아래 시골 어느 마을에 어머니와 아들이 가난하게 살고있었다. 로쇠한 어머니가 병이 들어 누었는데 백약이 무효였다. 효성이 깊은 아들은 동네 로인에게서 백두산의 불로초라면 어머니의 병을 뗼지 모른다는 이야기를 듣고 홀로 장백산으로 들어간다. 때는 겨울이라 장백산에 눈보라가 휘몰아치는지라 숫한 고생을 하는데 꿈에 백발할머니가 나타나서 한봉지의 종자를 주면서 이것을 장백산고봉에 올라 뿌리라고 하여 아들은 다시 숫한 고생끝에 장백산고봉에 올라 그 씨를 뿌리니 즉시 장백산에 푸른 봄빛이 무르익었다. 비몽사몽간에 눈을 뜨고 보니 그 할머니가 진짜 땅에 가득 자란 불로초를 가리키면서 어서 이 불로초를 캐여 집에 가서 어머니에게 이 불로초를 다려드리라고 하였다. 이 약을 잡수시고 어머니 병은 완쾌해지시고 모자는 잘 살았다.

　　이 이야기의 기본적인 화소는 재래설화에서 찾아보기 힘들지 않다. 가난한 살림, 백약이 무효인 병환, 자기의 모든것을 바치는 효성 그리고 신선이나 신 혹은 무술적인 힘에 의한 소원성취 이런것들은 재래설화들에서 자주 만날수 있는 화소들이다.

　　우리가 보다 구체적으로 정독해보면 이 민담 ≪불로초≫가 재래설화의 이런 화소들을 그대로 갖고있음을 알수 있다. 달라진것이라면 지점이 장백산으로 분명하게 밝혀진것이다. 그리고 문체상에서 보다 문학적인 묘사가 많아진것이라고 할수 있다.

　　리룡득선새의 ≪해갈삼≫은 ≪불로초≫보다 새로운 양상을 띄고 우리에게 접근하는 새로운 내뇽의 민담이다.

　　항일전쟁시 항일유격대의 한 부대에서 먹을것, 입을것, 약품 등이 다 떨어졌다. 대장은 산삼을 잘 캔다는 두 대원에게 산삼을 캐오라는 임무를 주었다. 두 대원은 장백산에 들어갔지만 며칠 지나도록 산삼 한포기도 캐지 못하였다. 그러다가 닷새날 밤에 두 대원은 홍의삼동자와 청의삼동자를 만나는 꿈을 꾸었는데 꿈에 두 아이는 저들도 항일에 참가하겠다 하면서 저들의 집은 저기 산꼭대기 청송 두그루밑 맑은 샘이 흐르는 거기에 있다고 하면서 래일 아침 데리러 오라고 했다. 한자리에서 둘이 꼭같은 꿈을 꾼 두 대원이 두 아이가 알려준 곳에 가보니 삼엽삼 두포기가 있었다. 그것을 캐여 물통에 넣어가지고 부대에 돌아왔다. 그런데 이상하게도 그 물은 아주 달고 맛이 있었을뿐더러 마시고 또 마셔도 계속 흘러나와 모든 유격대원들의 갈한 목을 추겨주었다. 그 두뿌리의 동자삼을 큰 물독에 넣었더니 역시 계속 달콤하고 시원한 삼물이 차고넘치는것이였다. 이리하여 유격대원들은 이 동자삼을 먹고 갈한 목을 축이고 힘을 얻으면서 왜놈들과 용감하게 싸웠으며 이때로부터 이 동자삼을 해갈삼이라고 불렀다고 한다.

이 민담에는 원초적인 맛도 있다. 꿈에 신선(삼동자)이 나타나 두 유격대원을 도와주는것이라든가 인삼을 넣은 독에 달고 시원한 삼물이 끊임없이 넘쳐나는것은 모두 설화의 원초적인 화소라고 할수 있다.

이렇게 원초적인 화소에다가 이 민담에는 항일유격대는 신선들의 도움을 받았으며 하늘의 도움을 받았으며 바로 그런 도움이 있었기에 항일유격대는 최후의 승리를 취득할수 있었다는 인민대중들의 원초적인 소박한 사유가 깔려있다.

총적으로 이 민담은 아주 가치있는 항일설화라고 평가할수 있다.

이 민담은 재래설화가 우리 조선족들속에서 20세기의 복잡하고도 간고한 민족투쟁과 계급투쟁속에서 어떻게 변이되였는가를 말해주는 고귀한 자료로 읽을수 있으며 중국조선족의 정신발전사의 일면을 보여주는 생동한 사례로 접근할수 있다.

이밖에도 리룡득선생이 채집한 설화중에는 재미있고 가치있는것들이 적지 않은데 편폭이 짧고 내용이 철리적인 소화가 여러편 있다.

## 5. 정영석의 《고산장군》

정영석은 1939년 길림성 훈춘시 하다문향 중심촌에서 출생하였다. 1964년에 연변대학 어문학부 로어전업을 졸업하고 훈춘시 공안국, 중학교, 문화관,

창작조, 문련 등 기관과 단체를 전전하면서 일하면서 과외로 작품활동을 벌렸다.

중국민간문예협회 회원, 연변작가협회 회원으로서 연변민간문예가협회 부주석, 훈춘시문학예술계련합회 전직 부주석을 력임한바 있으며 주요작품으로는 중편소설 ≪제2호순라선에서≫, 항일투사 회상기 ≪눈보라 치는 밀영≫, 장막가극 ≪장백의 진달래꽃≫, 민담집 ≪고산장군≫ 등이 있다.

이 권에 수록하는것은 정영석의 민담집 ≪고산장군≫에 수록된 전부의 설화이다.

정영석선생이 채집, 정리한 설화작품들중 우수한것들은 대개 복합적인것이 특징적이며 일부 우화적인 색채가 농후한것이 특징적이다.

여기서 먼저 민담 ≪측은이≫를 보자.

옛날 어려서 부모를 여이고 이집 저집 떠돌아다니며 물이나 길어주며 연명하는 측은이란 아이가 있었는데 열두상 되던 해에 민가라는 부자집의 부엌데기로 들어갔다.

그 부자집에는 서당이 있었는데 측은이는 공부하고싶어 매일 짬만 있으면 서당문앞에 와서 창문너머로 글자를 익히며 공부를 하였다.

이를 살펴본 서당훈장이 종이와 필묵대신 모래판을 만들어주면서 학비를 받지 않고 배워주겠다고 하였다. 총명이 과인한 측은이는 하나를 들으며 열을 통하여 몇년 공부한 결과 과거시험에도 응할수 있는 정도로 되였다.

서당훈장이 머리를 써서 측은이를 과거보러 가는 민씨의 아들의 집군으로 따라가게 하였다.

서당훈장과 측은이 그리고 민씨네 아들 등 과거보러 가는 세 부자집 아들 모두 다섯이 서울로 가는 길에 오른 사흘째 되는 날 흑송령고개에서 하루밤을 지내게 되였는데 과거보러 가는 민씨 아들 등 세명의 부자집 아들들은 저들보다 공부를 잘하고 아는것이 많은 측은이를 죽이려고 음모를 꾸며 뒤를 보겠는데 지켜달라면서 외딴 곳에 데려가 벼랑에 내리던졌다.

벼랑에서 떨어진 측은이는 참솔가지에 걸려 살아남았고 어디선지 흰 두루미 세마리가 날아와 측은이를 태워가지고 서울의 한정승네 집뒤에 놓아주면서 저 집에 7년째 병환에 시달리는 외동딸이 있는데 빨간 파란 노란 세알의 구슬을 토해주면서 이것으로 그의 병을 고쳐주라 하고 사라졌고 측은이는 그대로 하여 외동딸의 7년 앓은 병을 치료하여주었다. 한정승이 소원이 무엇인가 물으니 측은이는 자기가 과거 보러 오는 길에서 당한 봉변을 이야기하였다.

이에 한정승은 병조판서를 불러 그 민씨네 아들 등 셋을 붙잡아다 곤장 100개를 안기고 귀양살이를 보냈다. 이 소식을 들은 왕이 탄복하여 측은이와 서당훈장을 왕궁에 불러들여 큰 벼슬을 주고 국록을 받도록 하였다.

이 이야기에는 재래설의 화소도 있는바 벼랑에 떨어진 측은이를 구해주고 한정승의 딸의 병을 뗄수 있는 구굴을 뱉어주는것이 그 생동한 실례로 된다. 그리고 이러한 신적인 존재에 의하여 구원되고 그 보응으로 복수를 하고 소원을 성취하는것도 전통적인 재래설화에 흔히 나타나는 화소들이다. 그러나 이 민담에는 근대적인 색채도 농후하게 깔려있다. 배워서 자기의 신분을 바꾸려는 주인공의 노력과 그것을 도와주는 서당선생은 봉건적인 신분제도에 반항하는바 모두 반봉건적인 근대적인 성격의 소유자라고 할수 있겠다.

총적으로 복합형인것만은 틀림없다.

민담 ≪고산장군≫도 기본상 복합형구조를 가진것으로서 여기에는 고산장군이라고 불리우는 아들의 효성에 대하여 찬양하는 화소도 있고 인간의 운명이 극한에 이르렀을 때 신선이 나타나 구해준다는 화소도 있고 어머니를 구하는것이 나라를 구하는것보다 더 중요하다는 화소도 있고 악마와 싸워이기는 영웅의 화소도 있으며 부채한 중에 대하여 반항하는 화소도 있다. 역시 아주 복합형이다.

≪메추리와 꿩≫은 우화적인 요소가 다분한 민담이다.

어느해 겨울 산새들이 숱해 얼어죽고 굶어죽는 어느 날 메추리와 꿩이 오랜만에 만났는데 식량을 다 도적질 당한 꿩은 굶어 죽을 지경이 되였다. 메추리가 내준 량식으로 배부르게 먹은 꿩은 메추리의 입을 통해 식량을 도적질해간 놈은 바로 굴쥐라는것을 알게 되고 둘은 량식을 도적질을 해간 굴쥐놈에게서 량식을 도루 찾아올 계획을 세운다.

원래 굴쥐가 남의 량식을 빼앗는 수단은 남몰래 남의 창고의 량식을 도적질해 가는외에 또 수수께끼시합에서 이겨 진자의 량식을 빼앗는것이였는데 총명한 메추리는 시합에서 꿩에게 지지 않았기에 겨울식량을 보존할수 있었던 것이다.

메추리의 권유에 따라 꿩이 굴쥐네 집에 찾아가서 수수께끼시합을 벌렸다. 원래 메추리가 어찌어찌하면 굴쥐와의 시합에서 일수 있다고 다 알려주었는데 기억력이 약한 꿩은 굴쥐에게 지게 되고 성이 난 꿩이 굴쥐에게 욕을 퍼부은 대가로 숫해 얻어맞았을뿐만아니라 시합의 규정대로 꿩은 굴쥐네집에서 석달동안 절구질을 하게 되였다.

며칠 기다리던 꿩이 나타나지 않으니 메추리가 굴쥐집에 찾아가서 한번 더 수수께끼시합을 하여 메추리가 이기게 되니 굴쥐는 숫한 수하의 쥐들을 불러 메추리에게 뭇매를 안기려 히였다.

이때 이미 잘 배치해놓은 고양이가 메추리의 신호에 따라 뛰쳐나와 굴쥐들을 쫓아버리였다. 그리하여 굴쥐는 량식창고를 털어놓지 않을수 없었으며 메추리는 그 량식으로 굶주린자들을 구하고 또 굴쥐에게 억류되여있는 모든 집승들을 풀어주었다. 창고에 량식이 없어지자 굴쥐들은 사방에 흩어져 살게 되였고 차차 굴쥐라는 이름도 사라지게 되였으며 메추리는 장꿩을 데리고 다시 보금자리에 돌아와 함께 화목하게 살았는데 장꿩의 몸은 그때에 굴쥐들에게 뭇매를 맞은 어혈로 지금까지 앞가슴은 뻘겋고 목은 희고 엉뎅이쪽은 꺼멓다고 한다.

이 민담은 어찌보면 쥐의 생성 전설이라고도 볼수 있지만 역시 우화적인 성격도 없지 않다. 시합에서 꿩은 지지만 메추리가 이기는것을 통하여 작은미물이라도 큰 거물을 이길수 있다는 도리를 설명하고있으며 역시 아무리 권력자라고 해도 끝없이 탐욕을 부리고 약자를 없수이 여기다가는 언제라도 한번 코피가 터질 때가 있다는 도리를 해학적으로 설명하고있는것이다.

이렇게 정영석의 설화는 복합적이며 다소 우화적인 성격을 띤 민담이 많다는것이 특징적이다.

## 6. 나가는 말

이상과 같이 28권에 수록된 설화작품들의 내용과 구조의 특점을 채집자별로 고찰해보았다.

이 설화작품들의 문학적가치와 문화사적의의는 결코 낮게 평가할수 없다.

첫째, 박창묵 등 제2세대 조선족민간문예 채집자들이 채록, 저리한 이 설화작품들은 월경민족으로서 중국조선족의 개척초기의 삶의 모습과 정신상태를 그대로 보여주고있다는데 그 문학 내지 문화사적 가치와 의의가 있다.

앞에서도 언급했지만 만약 제2세대들의 노력이 없었더라면 조선족의 많은 민간문예가 세월의 저쪽으로 사라지고 말았을것이다. 이들의 문화대혁명전후 수십성상의 끈질긴 노력의 결과 100여권의 민간문예집이 창출될수 있었으며 민족문화사의 큰 공백을 메울수 있었던것이다. 이런 의미에서 우리는 정길운 등 제1대의 중국조선족 민간문예채집자들과 더불어 이 책에 수록한 설화의 채집자들인 박창묵 등 네분 선생님외에 또 이 책에 수록되지 않은 수천편의 설화를 채집, 정리, 연구하신 제2대 조선족민간문예채집자들에게 심심한 감사의 경례를 드려야 할것이다.

둘째, 많은 석학들이 견해에 따르면 민간문예란 교육을 받지 모한 농민의 문학이라고 하는데[4] 그렇다면 모국을 떠나 고향을 등지고 여기 동북대지에 찾아온 이민 대다수가 교육을 받지 못한 농민이였다는 점을 고려하면 우리는 이 설화작품들이 이민 초기의 조선족인민대중에게 얼마나 소중한 문학이였겠는가를 가늠할수 있을것이다.

그리고 문화학적 시각에서 보면 인류가 21세기에 들어온 오늘에 와서도 민간문예는 자신의 독특한 매력을 잃지 않고있는데 중국조선족들속에서의 상황도 다름이 없는것이다.

우리는 다른 말을 더 하지 말고 책방에서 아직도 민간문예작품들이 다른 형태의 도서들보다 더 잘 팔리고 있다는 이 한점만 상기해도 이 설화작품들의

---

4) 호쎌의 ≪예술사회학≫ 漢文 292페지. 원문은 이러하다. "정영예술은 문화엘리티들의 예술이고 통속예술은 도시에서 절반교육을 받은 사람들의 예술이고 민간예술은 교육을 받지 못한 농민의 예술이다"

채집, 정리, 출판하는 사업을 결코 낮게 평가할수 없다는 결론을 내릴수 있을 것이다.

셋째, 박창묵 등 제2세대 중국조선족민간문예채집자들은 어쩔수 없이 력사 시대적인 대문화분위기의 영향을 받지 않을수 없었다. 그러므로 필연적으로 그 시대의 정치적, 계급적 요소의 자국이 찍혀있다. 그러나 이것도 부정적으로 만 평가할 반면재료라고만 볼수 없다. 이들이 채집, 정리한 설화작품에 금기, 토템, 무술적이것의 무단적인 삭제라든가 구술자의 의도에 대한 주관적인 수 정에 대하여서도 우리는 민족의 정신사적(精神史的) 시각에서는 연구의 자료 로 된다는것을 평가하여야 한다.

# 사랑산

— 박창묵 채록

# 박의협

먼 옛날에 있은 이야기이다. 어느 산골 박씨네 문중에 박의협이라는 젊은이가 있었다. 애시적부터 남달리 총명한 박의협은 글공부에 아주 열중하였다. 그러다 남아 스무살이 넘으니 하루는 서울에 과거보러 가겠다고 오복전 조르듯 부모들을 졸랐다. 그 부모들도 아들을 보매 총명이 초군하여 장원급제쯤 과히 힘들이지 않고도 할수 있음직한데 가세가 너무도 빈궁하여 방도가 없는지라 이 일을 어쩌면 좋겠느냐고 문중의 여러 어른들과 의논하였다. 그러니 문중의 여러 사람들은 열이 한마음이 되여 지팽이 짚고 빌어먹는 한이 있더라도 의협이만은 서울 보내여 과거를 보게 해야 한다고들 하면서 돈있는 사람은 돈을 내고 물건있는 사람은 물건 내고 밭있는 사람은 밭까지 팔아서 보태였다. 이렇게 여럿이 십시일반으로 네 한푼 내 한냥 하니 의협이는 소원을 이루고 서울에 과거보러 떠나게 되였다.

의협이는 괴나리보짐을 싸지고 산넘고 물건너 서울 장안에 들어섰다. 그는 이거리저거리 돌아다니다 엿을 달여파는 집에 찾아들어가 주숙을 정하려고 하였다. 엿방집엔 늙은 령감로친이 아들 하나를 데리고 살았는데 아달은 엿장사를 나가고 없었다. 저녁을 치르고나자 령감은 의협이를 자상히 뜯어보더니 무슨 생각을 해서인지 꼬치꼬치 캐여묻기 시작했다.

《자네 행장을 보니 하계에서 오는것 같은데 무슨 일로 서울에 왔는가?》

《네, 하방에 사는 사람이기는 하나 애시부터 글방에 다녔사와 과거나 볼가하여 왔습니다.》

《과거를 보자면 리대감을 몰리우곤 안되네.》

엿방집령감은 리대감네 집이 아무아무데 있는데 한번 가서 사귀여보라는것이였다.

의협이는 엿방집령감이 시켜주던대로 그 이튿날로 리대감을 찾아갔다. 때마침 리대감은 마루턱에 나앉아 여러 대감들과 한담을 하고있었다. 리대감은 의협의 생김생김과 옷매무시를 살피더니 어디서 오느냐고 물었다.

《하토에 사옵니다. 사람이란 사람 많이 모인 곳에 사는것이 좋사옵고 후에 집이라도 잡게 되면 자식 키우는데도 보는것과 듣는것이 많아 좋을줄 생각하고

서울을 왔습니다. 본디 일하던 몸이라 손발만 쉬우지 않으면야 살아갈수 있겠습지요.≫

≪음, 그래그래, 서울엔 남의 손을 바라는 일이 쌔고 버렸는데 걱정할건 없네. 대인들의 교자군이나 견마군으로 있을수도 있고 량반대인집에서 머슴살면서 물지게도 질수 있지!≫

≪대감님 감사하옵니다. 소인은 심심산골에서 자라놔서 견마나 교부노릇은 못해봤지만 나무패고 물긷는데는 번개올시다.≫

의협의 말에 리대감은 귀가 버쩍 열렸다.

≪그래 자네가 정말 물지게를 져봤나?≫

≪져보다뿐이겠습니까? 소인은 기운깨나 써서 집의 물은 물론 몇십호되는 온 동리 물을 도맡아 지다싶이 했다고 해도 과언은 아니옵니다.≫

리대감이 의협의 말을 듣고 다시 쳐다보니 과연 키가 구척이나 되고 뼈마디가 굵직굵직한 녀석이 황소처럼 힘꼴이나 쓸것 같았다.

등치고 간빼먹는데 이골이 튼 리대감은 떨어진 길복이 남한테로 굴러갈세라 단마디에 의협이를 자기 집 물지게를 지도록 응낙하였다.

그날부터 의협이는 대감집물을 긷게 되였는데 늘 과거볼 생각을 잊지 않고 밤이면 밤마다 괴나리보짐에 싸지고 간 책을 들고 글을 읽었고 때로는 대감 몰래 대감의 책을 훔쳐다보기도 하였다. 이렇게 하루 이틀 한달 두달이 지나게 되니 대감도 그 내석을 알았던지 하루는 의협이를 불러놓고 말하였다.

≪자네 시골에서 살았다구는 하지만 배속에 먹물이 든 사람 같네.≫

≪네, 부모님덕에 시골 글방에 다니긴 했습니다.≫

≪그럼 과거볼 생각은 없는가?≫

의협이 오매불망 생각하던 일인데 대감이 먼저 물으니 가슴속에는 즐거움뿐이요, 얼굴엔 웃음뿐이였다.

≪뜻은 그러하오나 가세가 극빈하고 시골에서 태여난것이 한이외다.≫

≪허허, 념려말고 부지런히 물을 긷게. 그럼 될거네, 되구말구!≫

≪그래 정말 되오이까?≫

≪되구말구. 내가 된다면 되느니. 걱정말고 일이나 잘하게! 난 일구이언을 하지 않네!≫

의협이는 눈앞이 트이는지라 곱절 힘이 나서 부지런히 물도 긷고 앞뒤뜨락을 달아다니며 눈에 뜨이고 손에 잡히는 일은 죄다 하였다. 그런데 과거볼 때가 되여 온 나라 선비들이 서울에 구름모이듯 모여드는데도 리대감은 과거보라는 말 한마디 없었다. 의협이는 답답한 가슴을 잡아뜯다못하여 리대감을 보고 물었다.

≪대감님, 인젠 과거볼만합니까?≫

≪내가 뭐라든가? 그저 념려말고 부지런히 일을 하라구… 차차 되네. 되구말구!≫

≪그래 이담엔 정말 되오이까?≫

≪되구말구, 내가 된다면 되느니. 걱정말고 일이나 잘하게! 난 일구이언을 하지 않네!≫

그래서 박희엽이는 일년내내 뼈빠지게 일했건만 그 이듬해 받은 대답은 또 처음 듣던 그 말이였다. 혹시나 하고 삼년세월을 또 기다렸건만 의협이 될만합니까 하고 물으면 또 그저 그 대답뿐이였다.

박의협은 하는수 없어 엿방집로인을 찾아가 리대감이 하던 말을 되뇌이며 자초지종을 아뢰였다. 그랬더니 로인이 하는 말이

≪틀렸네 틀렸어. 뢰물을 먹여야 하겠는데 배안에 들어가는것이 적어서야 되겠나?≫

하고 ≪후…≫ 한숨을 내쉬는것이였다.

의협이는 그날 밤으로 만장같이 적은 편지를 띄워 서울에 발길을 들여놓은 이상 소원이나 끄고 가려 하니 부모 량친과 여러 문중 어른들께서 부디 살펴주십사고 눈물겹게 사정하였다.

의협의 부모 량친은 물론 박씨네 문중 여러 사람들도 그 편지를 받아보니 듣던 말과 같이 서울에 가서 과거를 본다는것은 하늘에 별따기였다. 하지만 의협의 말 들어보니 삼년세월을 하루와 같이 궂은일마른일 가리지 않고 일함도 그 과거를 한번 보자는것이요, 남아가 품은 소원 이룩하자는건데 빈한하여 쌀독에 거미줄이 친대도 그 뜻만은 생각해주어야 했다. 그리하여 문중의 여러 사람들은 또 십시일반으로 너 한푼 내 한냥 해서 서울에 가있는 의협이한테 돈을 보냈다.

의협이는 집에서 돈만 오면 수중에 돈 한푼 남기지 않고 리대감께 올리며

과거를 보게 해달라고 하였다. 그러면 리대감은 사양도 없이 그 돈을 제 호주머
니에 넣고는 의례 하는 말이 또 그 말이였다. 그러나 한강에 돌을 던졌는지 과거
본다는 소식은 여전히 감감하였다. 이러구러 세월은 세월대로 흐르고 흘러서
9년 세월도 다 지나가고 십년철이 되였다. 의협이는 십년철이 되니 이번에야
과거를 보게 되겠지 하는 생각으로 또 편지를 만장같이 써서 집에 보냈다.

집에서는 또 돈을 부쳐왔는데 편지에는 집은 물론 온 문중의 가가호호가 인제
는 가산까지 다 팔아먹고 알거지신세가 되였으니 이번이 마지막이라는 기막힌
사연이 적혀있었다. 그런데 십년세월이 다 가고 래일같이 과거는 보게 됐는데
리대감은 여전히 말 한마디 없었다. 의협이는 더는 참을수 없었다. 고기는 썹어
야 맛이요 말은 해봐야 안다구 대감을 찾아가서

≪래일이면 모두들 과거를 본다는데 소인도 될만합니까?≫

하고 물었다.

그러니 대감이 한다는 소리는 또 그소리였다.

≪되구말구. 내가 된다면 되느니. 걱정말고 자네 일이나 잘하게. 난 일구이언
을 하지 않네.≫

박의협은 이튿날아침 지게를 벗어던지고 대문에 아래와 같은 글을 써붙였다.

리대감의 일구이언에
물지게를 십년졌소.
일가재산 다 털어먹고
가오가오 나는 가오.

리대감의 일구이언에
공든탑이 무너졌소.
일구월심 한을 품고
터벅터벅 나는 가오.

박의협은 구름처럼 모여든 선비들이 과거장에 들어갈 때 서울을 등지고 피눈
물을 삼켜가며 산을 넘고 물을 건너 정처없이 걸어갔다. 가고가고 가다나니 서산

에 해가 져서 객주집을 찾아들게 되였다. 객주집은 어떻게나 컸던지 올라가는 마바리군, 내려가는 마바리군들이 한쪽켠에 들고 한쪽켠에는 서울을 오르내리는 행객들이 들었다. 의협이 객주집에 들어서니 객주집주인은 의협이를 서울에서 오는 손님이라고 널직한 방 한칸을 독으로 내주었다.

의협이 저녁을 먹고나니 삭풍은 나무끝에서 울부짖는데 눈송이까지 휘날려 천지만물은 백설속에서 떨고있었다. 추움도 추움이려니와 로곤이 몰려들어 의협이는 지체없이 자리를 깔고 누웠다. 그런데 이때 웬 녀인의 애처로운 울음소리가 가슴을 후비고 누군가 자끈자끈 매질하는 소리가 밖에서 들려왔다.

의협이 밖에 나가 보니 의복이 람루하여 볼꼴없는 량주가 백설우에 꿇어앉아 두손을 마주 비비며 비는데 곰같이 둔한 사내가 씩씩거리고 사정도 없이 자끈자끈 모진 매질을 하며 그들을 내쫓고있었다. 의협이는 너무나도 어이없어 매질하는 사내앞에 막아나서며 물었다.

≪혹한에 객주집 찾아들어온 사람 무슨 연고로 이렇게 사정도 없이 때리는거요?≫

≪주인님이 때려서 내쫓으래서 때리오.≫

≪주인은 무슨 연고로 때리라는거요?≫

≪허, 어디서 오는 량반인지 옴니암니 캐여도 문소. 그래 보면 모르겠소? 거지로 생겨났으면 동네방네 다니며 밥동냥이나 할것이지 객주집에 찾아와 잠자리 동냥까지 하니 매를 대서 쫓게 안됐소?!≫

≪그래 당신도 사람이요? 사람이 사람을 믿고 들어왔는데 거지라고 백설이 쏟아지는 밤에 내쫓으면 가면 어디로 간단말이요? 주인량반한테 이르오. 돈은 내가 낼테니 이 사람들을 내 방에 보내오!≫

돈을 내겠다는데는 주인도 말문이 막혔다. 하여 의협이는 맞아서 류혈이 랑자한 류객네 내외를 제 방으로 데리고 들어왔다. 방에 들어와 보니 녀자는 만삭이요 남자는 앙상한 뼈에 가죽만 붙은 사람인데 옷은 어느 천년에 해입은것인지 모진 살도 채 가리지 못하는지라 차마 두눈을 뜨고서는 볼수 없었다. 의협이는 뚤렁뚤렁 뜨거운 눈물을 떨구며 두 내외의 피자국 눈물자국을 닦아주고는 주인장을 불러 저녁을 시켜 들여왔다.

저녁상이 들어올 때 녀인은 매를 어떻게나 맞았던지 인사불성이 되여 쓰러진

채 신음하고있었고 남편되는 사람은 밥상에 마주앉았으나 밥 한술 뜨지 못하고 어린애처럼 엉엉 울고있었다.

《우지 마오 가련한 류객, 올리막길 있으면 내리막길 있고 고생도 하고나면 끝에는 락이 오는 법이요. 어서 밥을 뜨오. 그대까지 쓰러지면 부인은 누가 돌보고 부인이 일어나지 못하면 배속의 아이는 어이하겠소?》

의협의 말에 남편되는 사람은 억지로 몇술 뜨더니 상을 물렸다.

박의협이 그럭저럭 두 류객 내외를 안돈시키고 로곤에 취해 잠이 들었는데 어느때나 되었는지 애기울음소리에 놀라 깨여보니 그 남편되는 사람이 갓난애를 받아안고 어쩔줄을 몰라 땅이 꺼지게 한숨만 쉬고있었다. 박의협이 그 애기를 보니 남자는 아니로되 달덩이같은 어여쁜 옥동녀였다. 의협이는 아무말없이 불쌍한 류객네 세 식구를 지켜보다가 주인을 찾아 더운물 떠들여다 깨끗한 물에 아이부터 목욕시키고 괴나리보짐을 헤쳐서 류경살이 십년에 단벌 남은 적삼을 꺼내여 아이 몸을 가리워주었다.

이튿날아침, 박의협은 수중의 돈 한푼 남기지 않고 류객내의 앞에 내놓으며 작별을 고하였다.

《이 돈은 어린애가 탈이 생기거나 산모가 몸탈이 나면 쓰오. 그리고 녀애라고 서러워말고 부디부디 곱게곱게 기르오. 자, 나는 가오!》

류객이 생각해보니 죽는 사람 살려준 은공만 해도 백골난망인데 뒤일까지 이렇게 보살펴주니 목이 메여 말은 못하고 의협의 두루마기자락을 와락 쥐여잡았다.

《이걸 놓소. 갈길이 바빠서 같이 있으며 돌보지 못하니 어서 놓아주오!》

《갈, 갈길이 아무리 바쁘시기로 죽는 사람 살려주고 성함 석자 안 알려주고 떠나시겠소이까?》

《은혜란 당치도 않은 소리요. 사람인자를 붙이고 세상 본 사람 이만한 일도 못하면 인생의 의리 어데 있겠소. 자, 어서 놔주오!》

류객이 들어보니 들을수록 가슴에 깊이 안겨오는 말이라 두루마기자락 더더욱 틀어잡고 성함 석자만 알려달라고 애걸했다.

《길은 올리막이 있으면 내리막이 있는 법이구 산 사람 일후에 만나기 일쑤인데 성함 석자 알려주시오!》

《허허…십년 류경살이에 물리게 지고 일가문중 가산을 다 팔아먹은놈 제 성함 남겼겠소 갈없이 팔어먹은 이름 묻지를 말고 어린 자식이나 곱게 길러주오.》

의협이 말을 맺기 바쁘게 두루마기 잡아채고 성큼성큼 걸어가는데 류객네 부부는 떨어진 두루마기자락 부여잡고 대성통곡하였다.

의협이는 주막집을 나서자 걸인이 되고말았다. 그는 자락이 떨어진 두루마기를 입고 산을 넘고 물을 건느면서 이 동리 저 마을 찾아 정처없는 류랑의 길을 떠났다.

한편 주막집에 들었던 류객은 의협의 신세로 한달동안 주막집에서 보내다가 안해가 몸을 취서자 주막집을 나와 서울로 갔다. 빌어먹어도 인가가 많은데 가서 빌어먹는것이 나을상싶어 서울에 왔으나 서울인심은 산골보다 못하였다. 그래서 아이를 업고 부인은 바가지를 들고 동냥밥 먹으며 서울을 나서는데 마침 서울 가까운 어느 산밑에서 보안 다북쑥이 꼭 박아선 땅째기를 찾았다.

《여보, 이 땅을 일구면 우리 세 식구 입은 말릴것 같은데 어떠세요?》

안해의 말에 남편도 그것 참 좋겠다고 무릎을 쳤다.

그날부터 부부는 그곳에 움막을 짓고 남편은 밭을 일구고 안해는 서울거리에 다니며 밥동냥을 했다. 이렇게 한해 두해 딸의 나이 이팔이 되도록 떼기밭 가꾸었으나 살림은 좀처럼 피이지 않았다. 그러던 어느 하루 남편이 산에 가더니 큰 나무를 베여다 절구를 만들었다.

《여보 마누라, 갓마흔에 본 애가 이팔청춘이 되도록 돈 한푼 못 모았으니 무슨 돈으로 그 은인을 찾아보겠소. 내 절구통을 파놓았으니 오늘부터 서울에 소망하여 고추나 마늘따위를 찧어주면 돈냥이라도 생길게 아니요?》

이리하여 마누라는 서울거리에 내려가 일거리를 얻어오고 남편은 밭을 가꾸고 딸은 절구질을 하였다. 다 큰 규수가 고운 옷 한 벌 못해입고 손이 터갈라지도록 일만 하니 부모의 마음 쓰리고 아팠으나 딸은 돈을 벌어 생명을 구해준 은인을 찾겠다고 눈만 뜨면 절구질이었다.

이때 나라의 늙은 왕은 죽고 나이 스물이 된 왕세자가 부왕의 뒤를 이어 나라를 다스리게 되었다. 왕은 미혼전이라 황태후는 왕세자 즉위하자 문무백관들 모여놓고 세자빈을 간택하라 분부하였다. 황태후의 령이라 류판서 열두 대신들이 친행하여 세자빈을 물색하는데 금상님은 성례를 이룰 생각이 없는지 양귀비

같이 고운 처녀를 갈택해도 도리질이라 안달아난것은 류판서 열두 대신이였다.

그러던 어느 하루 리조판서와 례조판서가 친행하여 세자빈 간택을 나가는데 서울을 갓 벗어나니 갑자기 맞은켠 산기슭에 해달이 일시에 솟았는지 금빛 광채가 찬란하고 쿵쿵하는 절구질소리가 들려왔다. 그리고 그 절구질소리에 맞추어 두루미 뚜름뚜름 울며 너울너울 날아예고 기러기 끼룩끼룩 울며 춤추는지라 두 판서 이상한 생각이 들어 저도 모르게 발걸음을 그리로 옮겼다. 가까이 가보니 웬 규수가 고추가루를 찧는데 그 규수의 머리우에서 두루미와 기러기 날아예고 눈이 부시는 빛은 절구공질하는 소저의 얼굴에서 뿌리는 빛이라 두 판서 깜짝 놀라 쳐다보는데 규수 공손히 머리숙이며 하는 말이 ≪어디로 가시는 대인들이신지 소녀 고추가루 찧느라 악성스런 냄새 풍기여 죄송하옵니다.≫

들어보니 례절이 해달같이 밝은데다 목소리 또한 금쟁반에 옥을 굴리는듯 아름다웠다.

≪절구질하는 소녀, 집이 어딘고?≫

≪네, 이 움막에 사옵니다!≫

이때 령감이 움막에서 나오며 두루미와 기러기를 쫓느라고 비자루를 휘휘 둘렀다.

령감은 대인들을 보자 무릎 꿇고 땅에 엎드려 머리도 들지 못하고 말하였다.

≪대인님들께 아룁니다. 가세가 빈한하여 고추가루 찧어주고 생계를 유지하옵는데 두루미와 기러기 저렇게 날아드니 저 애가 어찌 절구질을 할수 있겠습니까? 그래서 두루미와 기러기를 쫓사옵니다.≫

≪허허, 날아드는 두루미, 기러기를 쫓지 말고 예 와 앉아 묻는 말이나 대답하소. 저 절구질하는 소저는 집의 딸인고?≫

≪네, 소인의 딸이옵니다.≫

≪올해 나이 얼마나 되는고?≫

≪이팔이옵니다!≫

두 판서 령감의 말을 듣고 소저를 다시한번 쳐다보니 비록 의복은 람루하여 볼모양없으나 두눈에 새별이 돋고 두볼은 해달이 뜬듯 환했다.

두 판서 한시도 지체할세라 그길로 황태후와 금상님전에 자초지종을 보하니 황태후는 아들의 안색만 살피는에 임금이

≪왕모께옵서 싫다 하시지 않고 경들 보기에도 틀림이 없다면 경들의 생각대로 행할지라!≫

라고 하니 두 판서 허리굽혀 절을 하며 하는 말이 ≪허물이라면 람루한 옷차림에 글 한자 배우지 못한것인줄 아뢰옵니다.≫

≪옷은 바꿔입고 글은 배우면 되지 않는고?! 내 평생 소원이 어진 백성 보살피려는것이니 신분을 가리지 말고 사람됨을 보고 가부를 아뢰여라!≫

임금의 말에 황태후도 다른 말 없이 아들의 생각을 좇는지라 삼정승이 친행하여 두 판서 앞세우고 구혼을 떠났다. 세 정스과 두 판서가 개딱지같은 움막에 이르러 구혼을 하니 령감은 꿈에도 생각지 못하던 일이라 깜짝 놀라 아무 말도 못하고있는데 딸이 하는 말이 라고 하니 령감도 정신을 가다듬고 그 자초지종을 말하며 흐느껴울었다.

≪들어보니 덕성이 태산같이 높으신분이요. 경이 임금님께 보하여 어서 찾도록 하겠으니 그 일은 근심말고 어서 허혼하시오.≫

령의정이 일어나 절을 하니 령감도 황망히 맞절을 하였다. 이렇게 되여 류객의 딸은 한 나라의 왕후로 되고 류객도 부원군으로 받들려 세 식솔이 다 궁실의 사람으로 되였다.

류객의 딸 의포단장을 하니 세상에는 그런 가인이 없는것 같은데 날마다 웃는 가색이라고는 없이 하루 삼시 서북간 마주 향해 절을 하고 첫술을 떠서 상머리에 담아놓고야 밥을 먹었다. 하루이틀도 아니요 석달열흘 백날이 되도록 이렇게 하니 임금도 그 소행에 눈물지는 지라 부원군을 찾아가 궁전에 잔치 베풀고 객주집에서 만난 은인을 찾겠노라 아뢰니 부원군내외는 기뻐 어쩔줄 몰라하였다.

그 이튿날부터 석달열흘을 기한으로 자기의 지나온 력사를 잘 이야기하는 사람에겐 돈 천냥에 벼슬자리까지 준다는 방이 온 나라에 나붙고 궁전에서는 큰 잔치를 베풀어 방방곡곡에서 모여오는 이야기군들을 접대하였다.

온 나라의 이야기깨나 한다는 사람들이 돈 천냥과 벼슬자리를 바라보고 왕궁에 구름처럼 모여드는데 웬 일인지 석달열흘 기한이 다 되도록 박의협은 나타나지 않았다.

박의협은 그동안 방랑생활끝에 늙고 병든데다가 벼슬자리때문에 수십년을 고생했는지라 바을 보고도 아예 서울로 갈 궁리조차 하지 않았다. 그러나 정작

기한이 다 되여가니 류경살이 십년에 김대감집 물지게만 지고 문중가산을 탕진한 일을 생각하며 원통한 가슴 풀어헤치지 않고는 죽어 눈을 감을것 같지 않았다. 그래서 류경살이 십년에 입다남은 두루마기를 떨쳐입고 서울길에 올랐다.

의협이 람루한 옷차림으로 궁전에 들어가 상다리 부러지게 차린 음식 만포식하고 방에 들어서니 부원군내외가 앉아 이야기를 듣는데 어디서 한번 상면한것 같기도 하고 초면강산인것 같기도 하였다. 부원군내외도 같은 생각을 하는지 의협의 낯을 눈자리나게 바라보다가 물었다.

≪그대는 어디서 오셨소?≫

≪네, 하토에서 왔소이다.≫

≪그대 남에게 덕성을 베푼 일 있으면 말해보소.≫

≪네, 소인은 시골에 사는 백성으로 남에게 덕성을 베푼 일은 없사오나 과거보러 서울 왔다 십년 물지게만지고 일가친척들의 가산을 탕진한 죄는 있소이다. 그리고 십년 류경살이에 가문재산 탕진하고 환고향하다가 아무 객주집에 들러 매맞은 류객부인의 몸풀이를 본 일이 있사온데 살았는지 죽었는지 종무소식이 오니 아마도 죽은줄 아립니다. 그러니 죽어가는 사람 끝까지 구해주지못한 한이 있사옵니다!≫

의협이 눈물이 그렁그렁해서 쌓이고쌓인 그 이야기 엮으니 부원군의 부인 의협의 발아래에 엎어지며 대성통곡을 하는데 부원군도 의협의 손 와락 끌어잡으며 눈물을 쏟는다.

≪아이구 아이구, 저승에 가야 만날줄 알았더니 이승에서 만났구려. 이게 꿈이요 생시요?≫

이때 중전에서 통곡소리 들은 임금과 황후가 달려나와 의협이를 맞는데 황태후 삼정승이 뒤따라 들어섰다.

≪아버지―≫

황후가 의협의 목을 끌어안으며

≪아버지, 머리 드시고 저를 보셔요. 저애요, 아버지 적삼에 새빨간 몸 가리우고 이 세상을 본 저애요. 아버지!≫

≪아버지라니 당치않은 말씀 마시오. 한평생 홀애비로 걸인의 딸 적삼에 싸준 일은 있어도 해달같은 왕후님 딸을 낳아 기른적 없소 아소아소 이러지 마소…≫

박의협이 너무도 놀랍고 겁이 나서 뒤주춤하며 물러서는데 왕후가 재차

≪아버지, 상기도 그 헌 두루마기 못벗었구료. 아이구 불쌍한 아버지!≫

하고 목놓아 우는지라 부원군 그제야 정신이 들어 몸에 품고 오매불망 그리던 그 떨어진 두루마기자락 내여 들고 의협의 두루마기자락에 맞추어보니 틀림없는 생명의 은인이였다.

그 이튿날 임금은 리대감을 잡아다 곧장 백대를 쳐서 궁전에서 내쫓은 뒤 의협이에게 홍문관벼슬을 봉하고 무슨 소원이 또 없느냐고 물었다.

그러니 의협이 임금앞에 허리굽혀 절을 하고는 공손하게 대답하였다.

≪상감마마의 어지신 처분 고맙기 그지없사오나 이 늙고 병든 몸이 어찌 무거운 짐을 떠멜수 있으리까. 소인은 나라에는 인재가 없는것이 아니옵고 또 일국의 흥망성쇠가 인재등용에 달렸사은즉 바라보건대는 뢰물을 받고 인재등용하는 일 없게 하고 시골사람, 서울사람, 량반쌍놈 가리지 말고 재주가 있는 사람 등용해주었으면 사는것이 평생의 소원입니다. 소인은 환고향하여 학발쌍친 모시고 금상님의 하해같은 은덕으로 남은 여생을 보낼가 하나이다.≫

임금이 그 말 들어보니 또한 천만지당한 말이라 쾌히 승낙하였다. 그리하여 의협이는 궁전에 가서 임금과 왕후 그리고 부원군내외의 후한 대접을 받으며 잘 지내다 고향에 돌아갔다.

그후 젊은 임금이 정사를 보는데 풍문에 아무 대감이 뢰물을 받아먹다 곤장맞고 쫓겼다는둥 아무 부제사는 바디장사의 아들이요 아무 참판은 소금장사의 아들이라는둥 별별 희한한 소식이 서울에서 전해오니 백성들 모두가 칭찬하지 않는 사람이 없었다. 그리하여 나라가 창성하고 백성들 격앙가를 부르며 기뻐하니 박의협도 갱소년한듯 날마다 얼굴에 웃음을 담고 학발쌍친 모셔가며 잘살았다 한다.

구술자: 김규찬 / 수집지점: 훈춘현·훈춘진 / 수집시간: 1979년

# 말발굽산

사철푸른 소나무 우거진 모아산고개를 넘어 과일나무 줄지어선 산기슭을 따라 서쪽으로 20리가량 가면 해란강물 굽이치는 세전이벌을 굽어보며 우뚝 솟은 산이 있으니 그 이름 말발굽산이라 부른다.

그 생김생김이 신통이도 말발굽과도 같아 말발굽산이라 부르기도 하겠지만 그보다도 사람들이 이 산을 말발굽산이라 부르는데는 그럴만한 이야기가 있다.

호랑이 담배피우고 곰이 말하던 그렇게 아득히 먼먼 옛날의 이야기는 아니지만 그래도 지금으로부터 세여보면 꽤 먼 옛날에 있은 일이다. 그때 지금의 말발굽산이 솟은 그곳은 좀 높은 산언덕이였고 그 언덕밑에느 넓고도 깊은 십리늪이 있었다. 그리고 늪아래와 남쪽엔 기름진 벌이 있었다. 바로 이 늪에서 그리 멀지 않은 곳에 고래등같은 기와집을 쓰고 이 벌을 차지하고 사는 큰 부자가 있었다.

어느해 어느달인지는 알수없으나 어느 하루 그 부자가 뢰마루에 나앉아 멀리 벌을 내다보는데 뼈가 황소뼈마디처럼 굵고 키가 구척이나 되며 눈이 불처럼 이글이글 타는 젊은이가 지게에 쪽바가지를 달고 뜨락에 들어섰다. 젊은이는 부자집 뜨락에 들어서자 지게를 벗어놓고는 부자앞에 와서 절을 하며 사정했다.

《부모 량친을 잃고 살길을 찾아 구름처럼 떠돌아다니다가 먼먼길을 걸어 이곳까지 찾아왔사오니 부디 불쌍한 사람 굽어살펴서 일을 시켜주시와요!》

부자는 지게다리에 달랑달랑 달린 쪽바가지와 그의 람루한 옷차림을 번갈아 보면 한마디 응대도 없었다. 그러니 그 젊은이는 그 자리에 꿇어엎딘채 일어나지도 않고 다시 부자에게 여쭈었다.

《소인은 양처럼 순해서 말을 잘 듣고 황소처럼 부지런해서 일을 잘하오니 다문 며칠이라도 일을 시켜주시와요.》

그 말에 깍쟁이부자는 그만 귀가 솔깃해서 너럭바위 같은 어깨가 짝 바라진 젊은이를 찬찬히 뜯어보았다. 옷은 비록 람루하나마 얼굴이 준수하고 뼈마디가 굵직굵직한것이 꾀는 없어도 황소같은녀석이라 일에는 막힐데가 없을것 같았다.

《좋네, 내 시키는대로 일만 잘하세. 그럼 난 자네를 쫓지도 않을거고 차차 장가까지 보내줄테네. 자, 저 사랑채에 들게!》

이리하여 외도토리 이 젊은이는 부자집머슴이 되여 이튿날부터 들에 나가 밭일을 하게 되였다.

부자는 대답은 했으나 어딘가 미심쩍어 은근히 그의 뒤를 따라나가 일하는것을 살펴보았다. 보니까 과연 말과 같이 힘도 세거니와 솜씨 또한 날래였다. 김을 맬라 치면 남들이 밭머리도 채 긁기전에 호미날에서 번개일듯 번쩍번쩍하더니 풀 한대 남기지 않고 저쪽 밭머리에 나갔다. 이렇게 허리쉼도 없이 진종일 일하는데 허리 아프다느니 맥없다느니 하는 말 한마디 입밖에 내지 않았다. 게다가 꼴단이나 나무짐 같은것을 지고 돌아올 때 보면 등짐이 어찌나 큰지 작은 산이 움씰거리고 움직이는것 같았다.

부자는 검불속에서 수은을 얻고 땅속에서 진주라도 얻어낸듯 입이 함박만해서 집식솔들앞에서 제자랑 절반 머슴자랑 절반을 했다.

≪허허…모두들 내가 깍쟁이여서 머슴으로 오자는 사람이 없다고들 말하지만 어디 들어보게, 내가 어떤 머슴을 두었나.≫

부자는 얼음에 박밀듯 머슴총각의 일본새를 슬슬 엮어 자랑하는데 말하는 사람도 신이 나서 말했지만 듣는 사람도 옛말같은 말에 정신이 팔려 구수하게 그 말을 들었다. 그중에서도 눈 한번 깜박하지 않고 귀가 솔깃해서 듣는 사람은 그의 딸이였다.

부자는 갓마흔에 첫버선이라고 무남득녀 외딸애기를 두었는데 이쁘기로 물찬 제비 같고 꽃본 나비 같았다. 딸은 아버지의 말을 듣고난 뒤부터 어인 연고인지 저도 몰래 그 머슴총각을 한번 보고싶었다. 그래서 하루는 아버지 몰래 뜨락을 거니는체하며 사랑방을 훔쳐보았는데 보자는 머슴은 일밭에 나갔는지 보이지 않고 그대신 사랑방앞에 생전 보지도 못했던 각가지 꽃들이 떨기떨기 웃음지으며 향기를 풍기고있고 처마밑에 매단 새초롱속에 이름모를 새들이 청아한 목소리로 우짖고있었다. 이날부터 부자집 딸은 날마다 몰래 나와서 곱게 핀 꽃을 보고 웃음지기도 하고 재잘거리는 새들과 동무하며 노래도 불렀다. 꽃과 즐기고 새들과 동무하며 하루하루 보내느라니 어쩐지 그 머슴총각이 더욱 간절하게 보고싶어졌다.

그러던 어느날 부자집딸은 오늘은 기어코 그 총각을 보리라 마음먹고 해질녘부터 일밭에서 돌아오는 머슴총각을 기다렸다. 서산에 해가 꼴깍 넘어가자 머슴총각이 구척장신에 산더미같은 짐을 지고 들어서는데 갑자기 눈앞에 태산이 막힌듯하였다. 머슴총각은 짐을 벗어놓고 품속에서 황금같은 꾀꼬리를 꺼내여 새초롱에 잡아넣더니만 이글이글한 두눈에 부드러운 웃음을 담고 사랑채로 들어갔다. 그때까지 부자집딸은 무엇에 홀리것처럼 멍하니 머슴총각만 지켜보며 말뚝처럼 그 자리에 서고만 있었다.

그후부터 부자집딸은 더욱 자주 나오게 되었고 그러니 머슴총각을 만나는 경우도 자주 생겼다. 처음에는 부끄러워 머슴총각이 허리굽혀 인사하면 머리도 들지 못하던것이 차차 날이 가고 달이 감에 따라 서로 말도 주고 받았고 나중에는 머슴총각이 무거운 짐을 지고 들어서는 걸 보기만 하면 손에 든 짐을 받아주기까지 하였다. 오는 정이 있으면 가는 정이 있고 정이 깊으면 사랑이 움이 튼다고 머슴총각과 부자집딸은 서로 사랑까지 하게 되였다.

머슴총각은 진종일 고되게 일하다가도 집에 들어설때면 혹시 부자집딸이 자기를 맞아주지나 않을가 하여 부랴부랴 집에 들어섰고 부자집딸은 긴긴 하루낮을 해만 쳐다보다는 해 넘어가기 바쁘게 뜨락에 나와서 머슴총각을 맞았다. 저녁이면 머슴총각은 사랑채에서 피리를 불며 부자집딸을 그리였고 부자집딸은 련당에서 못가에 비낀 달을 보며 구성진 피리소리를 들었다. 보면 반갑고 보지 않으면 그리워 서로 애타는 가슴만 조였다. 하여 부모 량친들이 깊이 잠든 밤이면 부자집딸은 쥐도 새도 모르게 련당에서 나와서는 머슴총각과 함께 사랑채에서 노닐기도 했고 수양버들 휘늘어진 못가에서 놀기도 했다.

그러나 꼬리가 길면 드러나는 법이다. 어느날 저녁 부자집딸은 사랑채에 가 놀고 오다가 그만 어머니의 눈에 띄우고 말았다. 어머니는 딸이 사랑채에서 나오는걸 보자 깜짝 놀라 말 한마디 하지 못하고 그만 기혼하고말았다. 부자는 대인이요 빈자는 소인인 세상에서 귀한 집딸이 머슴총각과 좋아하니 기절초풍할노릇이 아니고 뭐랴. 그러나 어머니는 호랑이같은 남편이 귀한 딸에게 날벼락이라도 안길것 같아서 입을 꾹 다물고 까딱 말을 내지 않았다. 그대신 그 이튿날부터 날마다 남편을 보고 한다는 소리가 머슴총각을 내보내자는 말이였다.

부자는 처음엔 안해가 하는 소리를 듣고 녀편네가 편히 굴러온 복더이를 차던지려 한다고 퇴박을 주었지만 두번 세번 말하니 차츰 의심이 생겼다. 그러다가 하루밤은 안해가 꿈결에 혼자말하는것을 듣고야 그 내막을 눈치채고 당장 안해를 깨워놓고 따지고들었다. 부인은 하는수 없어 딸이 머슴총각과 눈이 맞아하는 사실을 털어놓고말았다.

부인의 말을 들은 부자는 도끼를 찾아들더니만 딸이고 머슴이고 다 없애치우겠노라 펄펄 날뛰였다. 그러자 부인이 부자앞을 막아나서며 소리쳤다.

≪이…이러지 마세요… 제 딸 죽이고 제 허물 드러나면 집안이 망하는데 어찌자고 맨발로 바위를 차려 하시우?≫

≪그럼 어쩐단말이요?≫

그러니 부인이 목소리를 낮추어 하는 말이

≪인젠날도 밝아오는데 어찌겠어요. 래일밤 단단히 잡도리를 했다가 밤중에 몰래 잡아죽여 저 못에 처넣읍시다.≫

라고 하였다. 부자는 그제야 그만 손에 들었던 도끼를 스스로 놓았다.

어느새 해가 뜨고 머슴총각은 또 일밭으로 나갔다.

총각은 밭에 나왔으나 웬 일인지 일이 손에 잡히지 않고 마음이 뒤숭숭했다. 간밤에 부자집딸이 놀러 왔다가 인젠 어머니까지 눈치를 챈것 같은데 아버지까지 알면 큰 야단나니 어서 도망치자고 하던 일이 생각났다. 둘이 함께 도망하면 어디로 가서 어떻게 살며 그렇다고 사랑하는 사람 남겨두고 어떻게 혼자서 떠나가랴. 머슴총각은 눈앞이 그믐밤처럼 어두워 종일 한숨으로 보냈다.

억만가지 갈피잡을수 없는 생각을 하고있는데 어느새 하루해는 까까중머리에 콩알 굴듯 서산에 떨어지고 있었다. 바로 이때 백마가 먼지를 뽀얗게 일구며 머슴총각을 향해 화살처럼 씽 날아오고있었다. 백마가 머슴총각앞에 와 멎자 뜻밖에도 말잔등에서 부자집딸이 뛰여내렸다.

≪어서 이 말을 타고 우리 함께 도망하자요. 집으로 들어가면 그대는 죽는 몸이 돼요!≫

≪아가씨, 그게 웬 말이요?≫

머슴총각이 청천벽력같은 그 소리에 영문을 몰라 물으니 부자집딸은 어제저녁에 아버지어머니가 꿍꿍일 하던 일을 자초지종 얘기했다. 머슴총각이 그 말을 듣고 ≪아가씨, 그대는 귀한 몸이니 미천한 이 인간을 따라 고생함이 당치 않소 외톨이 이내 신세 살아도 죽은 거나 다름없으니 두려울것 없소 내 비록 싸우다 죽기는 할망정 잡히지는 않을테요. 아가씨 먹은 마음 변함없거든 우리 이승에서

못맺은 인연 죽어 황천에 가 맺자구려. 자, 어서 가소!≫

라고 하니 부자집딸이 무릎꿇고 두손 모아 하는 말이

≪사람이 사람으로 태여날제 빈부귀천이 따로 없었거늘 그 말씀 당치 않소이다. 소녀 한번 먹은 마음 철석과 같사오니 이승으로 가실라거든 소녀도 함께 데리고 가사이다!≫

머슴총각 들어보니 마디마디 피눈물되여 가슴속에 떨어지며 구곡간장이 찢어지는듯하였다.

이때 저쪽에서 구름처럼 먼지를 일구며 숱한 사람이 말타고 쫓아왔다. 머슴총각은 말없이 입술을 옥물고 눈에 불을 일구며 부자집딸을 부여안고 풀쩍 말잔등에 뛰여올랐다. 그러자 백마는 기다리기나 했다는듯 뒤발로 땅을 차고 하늘에 솟더니 네굽을 안고 번개같이 내달렸다. 말발굽에서 불꽃이 번쩍번쩍하고 길에 먼지가 뽀얗게 이는데 바로 그뒤에 숱한 말들이 효용하며 쫓아왔다.

앞에서는 머슴총각과 부자집딸이 탄 백마가 달리고 뒤에서는 부자네가 탄 말들이 뒤쫓고있었다. 앞에서 한발 내뛰면 뒤에서도 한발 뒤쫓고 앞에서 채찍을 안기면 뒤에서 박차를 가했다.

그런데 한식경이나 달리니 눈앞엔 넓고 깊은 십리늪이 나타났다. 머슴총각과 부자집딸은 그 자리에 멈춰섰다. 넘자니 날개가 없어 넘을수 없고 건느자니 늪이 너무 깊어 수중혼이 될판이였다. 그렇다고 되돌아서자니 그것은 목을 늘여 칼을 받는거나 다름없었다.

두사람이 가슴을 졸이며 망설이고있을 때 부자네가 탄 말들은 발굽소리를 요란히 내며 거의 지척에 다가오고있었고 ≪이놈 게 섰거라!≫ 하는 부자의 웨침소리까지 들렸다. 이렇게 되니 부자집딸은 하늘을 우러러 탄식하였다.

≪하늘도 무심하오 사랑이 죄가 되어 우리 두사람 천추의 원귀가 되게 되었사오니 창천은 부디 굽어살피옵소서!≫

바로 이때였다. 백마가 뒤발로 땅을 차고 하늘공중에 솟으며 천지가 떠나갈듯 효용을 하더니 단숨에 십리늪을 날아넘어 늪맞은켠 산마루를 콱 박아차고 또다시 하늘에 높이 솟아올랐다. 급해맞은 부자는 눈에 달이 올라 연신 말을 채질하다보니 말을 탄채 수중혼이 되고말았다.

머슴총각과 부자집딸이 어느곳에 가서 어떻게 금슬지락을 누리는지는 여직껏 아는 사람이 없다. 그러나 그들이 탄 백마가 땅을 차고 올라간 산언덕에는 그때 그 백마의 자국이 그냥 그대로 남아있어서 사람들은 그 산을 일컬어 말발굽산이 라 부르고 말발굽산에 깃든 전설을 후세에 길이길이 전하였다.

구술자: 김한명 / 수집지점: 연길현 룡정진 / 수집시간: 1979년 7월

# 남성(南星)

옛날 한 자그마한 고을에 청렴하고 개결한 선비가 있었다. 서당방에 다니며 글읽을 때는 총명이 초군하여 한자를 배워주면 열자를 알아서 가근방에 소문이 자자했다. 하지만 가세가 극빈한데다 량반의 피줄을 물고 나지 못한탓으로 여러 번 서울에 과거보러 갔지만 번마다 락방이라 한숨짓고 눈물짓고 돌아오는수밖 에 없었다. 그러니 별수없이 자그마한 고을에서 일하며 생계를 유지하여야 했다.

세월은 흘러흘러서 부모 량친도 다 세상뜨고 두 내외가 슬하에 자식들을 두고 사는데 가세가 어떻게나 구차했던지 서발막대 휘둘러야 가로 걸칠것 하나 없었다. 안해는 삯빨래 아니면 삯바느질을 했고 선비는 품팔이도하고 산에 가 나무를 해서 팔기도 했다. 그러니 산 사람의 입에 거미줄은 치지않았지만 손톱발톱이 젖혀지도록 일을 해야 했다. 헌데 못된 나무에 열매만 많다고 째지는 가난에 생기는건 자식이여서 내리내리 칠형제를 낳다보니 두 부처가 손에 일을 달고 다녀도 열네손이 나와서 밥달라 젖달라 하는바람에 도시 살아나갈 재간이 없었다.

선비네 두 내외는 별을 지고 나가서 달을 이고 들어오면서 황소처럼 일했지만 아이들은 굶기를 부자집 아이들 떡 먹듯했다. 헌데 엎친데 덮치고 설상에 가상이 라고 곡식이 누렇게 익어가는데 가을장마까지 졌다. 주룩주룩하며 내리기 시작 한 비는 시작은 있는데 끝이 없이 밤에 낮을 이어 내리기만 하니 선비네 내외는 그만 일거리를 잃고 말았다. 품팔이라도 하자니 품 사자는 사람 없고 나무라도 해서 팔자니 비가 쏟아져 그것도 허망한 생각이였다. 방안에 앉아서 부질없이

내리는 비만 그치기를 바라니 오지 말라는 비는 질적거리고 내리기만 하여 선비는 한숨이요 안해는 눈물인데 젖달라 가슴을 쥐여뜯는 놈으루 배고프다 발버둥치는놈으루 입가진 애들이 다 달려들었다. 아무런 방도도 없이 한숨과 눈물만 짓다보니 입에 쌀 한알 넣어보지못한 애들은 나중에는 기진하고 맥진해서 바람에 쓰러진 삼대처럼 이리저리 되는대로 쓰러져 손가락 하나 까딱하지 못하였다.

어느날 밤이였다. 비가 좀 즘즉해지니 안해는 기아부종한 애를 품에 안고 흐느껴울면서 남편을 보고 ≪여보, 이 애들을 좀 보시라요. 래일을 넘기지 못하고 굶겨죽을것 같은데 어떻게 하겠나요?≫ 하니 남편은 말이 나가지 않아 한참 있더니 ≪글세 어떻게 하겠소? 날이 좋아야 애들도 살리겠는데 비만 오니 무슨 수가 있소?≫ 라고 하며 땅이 꺼지게 한숨만 내쉬였다. 안해는 남편의 손을 잡아쥐며 통사정했다.

≪여보, 막부득이한 경운데 어떻게 하겠어요. 저 벌에다가 남의 벼라도 좀 베여오세요! 애들을 죽물이라도 먹여야 살리지 않겠어요?≫

안해의 뜨거운 눈물이 비오듯 남편의 손등에 떨어지는데 선비는 도리머리를 떨었다.

≪그, 그건 차마 못할 일인데…≫

≪글세, 다 죽게 됐는데 어떻게 하겠어요? 어서 나가서 베오시라요!≫

안해의 옥문 입술에서 피가 주르륵 흘러떨어졌다.

그는 품에 안았던 애를 내려놓더니 낫을 가져다 남편에게 쥐여주었다. 선비는 눈물이 그렁해서 애들을 바라보았다. 이리저리 밥달라고 손을 내젓던 그 모양 그래로 쓰러진 애들은 바람앞에서 가물거리는 등불처럼 언제 어떻게 숨을 떨어질지 모를 일이였다. 죽음이 눈앞에 와 애들의 생명을 노리고있는지라 선비는 낫을 들고 밖에 나섰다.

참으로 이상한 일이였다. 선비가 낫을 들고 밖에 나서니 그렇게 짓궂게 내리던 비는 어느새 멎고 넓고넓은 하늘은 누가 쓸어놓기라도 한듯 구만리장천에는 은구슬을 뿌려놓은듯 무수한 별들이 반짝반짝 빛을 뿌렸다.

선비의 눈앞에는 주린 배를 부여잡고 쓰러진 애들이 삼삼하였다. 그는 모진 마음을 먹고 논판으로 발을 옮겼다. 헌데 낫을 들고 물고를 지나는데 하늘의 달이 물고에 내려앉아 자기를 쳐다보았고 이름모를 별들도 반짝이며 저를 지켜보았다. 물고를 내려다보던 선비는 가슴이 덜렁 내려앉아 그 논판에는 들어 못서고 아래 논판으로 갔다. 그런데 아래답에 들어서는데 또 아래답 물고에 달이 뜨고 별이 돋아서 그를 보고있었다. 세 번째 논답에 가봐도 여전히 그 달과 그 별이 살피고 있었다. 쥐도 새도 모르게 논판에 나왔건만 하늘에는 달과 별이 떠서 그를 내려다보고있었다. 주림에 시달려 죽는다고 어찌 이웃을 속이고 하늘이 내려다보는 일을 하랴 하는 생각이 들어 선비는 벼 한대 베지 못하고 낫만 들고 집을 나서던 그 모양대로 집으로 돌아왔다.

남편이 얼마간이라도 벼만 베오면 쌀을 내여 죽어가는 애들에게 죽이라도 쑤어주리라 생각한 안해는 일각이여삼추로 남편 오기만 기다렸다. 헌데 그렇게 기다리던 남편이 나가던 그 모양으로 빈몸에 낫만 들고 들어오니 천란뜻밖이라 안해는 그만 눈에 불이 번쩍 일었다.

≪아니, 아이들이 다 죽어가는데 왜 베오라는 벼는 안베여오고 빈몸으로 들어서요! 내 애들 죽는 꼴 보지않게 그 낫으로 이 목이나 베여주오!≫

안해의 눈에서는 번개 이는데 남편의 입에서는 연기같이 탄 한숨이 쏟아져나왔다.

≪여보, 이리질랑 마오! 범도 새끼 둔 골을 센다는데 나라고 애들이 죽어가는데 마음이 편하겠소 하지만 하늘에 달이 뜨고 별이 떠서 천하의 일을 내려다보는데 제 새끼 귀하다고 어찌 세상에 하지 못할 도적질을 한단말이요?≫

남편은 후 한숨을 내쉬며 통통 부어서 면목도 알아보기 힘든 애들의 머리를 쓰다듬었다. 티없는 구슬같은 눈물이 주르륵 굴러떨어졌다. 남편의 어진 소행에 그 안해도 마음이 누그러지며 눈물을 떨구었다.

≪여보 울지 마세요. 듣고보니 당신 생각이 옳아요. 녀자의 좁은 생각에 제 새끼만 살리려고 그 못된 궁리까지 하였사오니 제발 용서해주세요!≫

두 부부는 이제 밤을 자고나면 불쌍한 애들을 잃을 생각에 기가 막히여 그저 애들의 머리만 쓰다듬으며 멍하니 앉아있었다. 소슬한 가을바람에 문풍지가 울고 찢어진 창문사이로 밝은 달도 눈물에 젖어 물끄러미 방안을 들여다보고있었다.

바로 이때였다. 덜컥하고 문이 열리더니 팔척장신 웬 더벅머리총각이 흰 입쌀 죽을 한함지 담아들고 들어오더니 이리저리 쓰러진 애들을 빙 둘러보고는 그 함지를 놓고 말 한마디 없이 나가버렸다. 꿈만 같은 일이였다. 너무나도 뜻밖의 일이라 선비내외는 그 사연도 묻지 못했고 그 고마운 총각의 성명 석자도 묻지 못했다.

한함지 가득 담아놓은 입쌀죽에서 흰 김이 문문 피여오르며 집안에 구수한 밥내가 풍기였다. 기갈이 들어 쓰러졌던 아이들은 밥내를 맡자 허공중에 막대질하듯 손만 내저었다.

≪애들아, 잠간만 참으렴! 우리 집에 들여온 음식이다만 그 사연 알지도 못하고 어찌 죽부터 먹는단말이냐?≫

또 겨릅대처럼 마른 애들의 손이 허공중에 올라갔다가 맥없이 방바닥에 떨어졌다. 그러자 안해는 더는 참을수 없어 남편의 손을 쥐여잡으며 통사정을 했다.

≪여보, 영문모를 음식이지만 애들이 죽어가니 먼저 먹이고봅시다 네?≫

≪그러다 임자가 오면 어떻게 하겠소?≫

≪내 머리 뽑아 신을 삼아 올리리다!≫

안해가 이렇게까지 말하니 남편도 잠자코 말이 없었다. 안해는 한함지나 되는 죽을 한술 두술 떠서 애들에게 먹이였다. 그 죽을 다 먹이고나니 아이들이 정신을 차리고 눈을 떴다. 애들이 눈을 뜨니 집안에 별이 돋은듯한데 어른들의 얼굴에도 웃음이 떠돌아 눈물에 젖던 집안에 환한 꽃이 핀것 같았다.

달 뜨고 별이 반쪽이던 밤은 어느새 가고 동녘하늘에 봉황의 나래같이 눈부신 해살이 비치더니 불덩이같은 아침해가 불끈 솟아올랐다. 뜨근뜨근한 죽을 먹은 애들은 궁둥이에서 해가 솟는줄도 모르고 쌔근쌔근 잠만 자는데 또 인적기도 없이 덜컹하더니 문이 열렸다. 이번에도 그 팔척장신 더벅머리총각이 들어왔는데 함지는 매양 같은 함지였지만 들고 들어온것은 죽이 아니라 배꽃같이 하얀 이밥이였다. 선비내외는 너무도 고마워 땅바닥에 엎드려 절을 올렸다.

≪고맙소이다! 이 몸이 죽어 백골이 된들 이 은혜를 잊으리까? 바라건대 존함 석자 알려주시면 천만 감사하겠사옵니다!≫

말을 마치고 머리 들어보니 그 더벅머리총각은 오간데 없고 이밥함지에서 흰 김만 서리서리 피여오르고있었다. 세상에 고마운이가 있다더니 죽은 사람 구해주고도 말 한마디 남기지 않는 이런 고마운이 어데 있으랴! 선비네 내외는 애들이 잠에서 깨자 눈물이 그렁그렁해서 그 배꽃같은 흰 이밥을 애들에게도 주고 어른들도 먹었다. 굶던 사람들이 무슨 음식인들 입에 당기지 않으랴마 그처럼 고마운이가 꿈처럼 나타나서 구수한 이밥까지 가져다주니 한술 밥도 백술 맞잡이로 배가 불렀다.

어른, 아이 할것없이 그 좋은 이밥을 배가 남산이 되도록 먹고 나앉으니 또 그 고마운 은인 생각인데 밖에서 자취소리가 나고 뒤미처 주인을 찾는 소리가 들려왔다. 선비가 신 찾아 신을 새도 없이 맨발바람으로 달려 나가니 또 그 더벅 머리총각이 왔는데 집에 살 도리가 생길터이니 자기를 따라가자고 말하는것이 였다. 죽어가는 아이를 살려준 은인의 말인데 죽으라고 한들 죽지 않으랴. 선비 는 두말없이 집에 들어가 안해한테 고마운 은인따라 간다는 말을 하고는 서당에 다닐 때 입던 두루마기를 꺼내입고 필낭을 차고 더벅머리총각의 뒤를 따랐다.

더벅머리총각이 앞에서 걷는데 어떻게나 빨리 걷는지 말 한마디 건널새도 없었다. 산을 얼마나 넘고 강은 몇이나 건넜는지 모르나 해가 너울너울 기울어지 는데 큰 동리에 들어서게 되였다. 동리에 들어서니 뼈마디에 피동이나 같인 장정 들이 우물을 파고있었다. 며칠 팠는지는 모르나 땅 깊이가 눈뿌리 아득하게 내려 다보이고 버럭이 산더미처럼 쌓였다. 헌데 물은 한방울도 나오지 않았다. 더벅머 리총각은 선비의 두루마기자락을 쥐여당기고 좀 멀리쯤 가 서더니 그의 귀에다 대고 무어라고 소근거렸다. 그리고는 다시 우물 파는데 가 서서 우물밑바닥만 내려다보더니 선비가 몸 가까이에 와 서자 허리굽혀 절을 하고는

≪선생님, 이 우물을 들여다보십시오. 저렇게 눈뿌리 아득하게 내리팠는데 물 한방울도 보이지 않습니다!≫ 라고 하니

선비 소탈하게 웃으며 하는 말이

≪동리는 큰데 물이 없어 대동지환 겪는구려! 이고장은 백길을 내리파도 물구 경은 하지 못할 고장이니 괜히 헛고생들 하지 마소!≫ 했다.

선비가 이렇게 말하니 애기주먹같은 땀을 뚝뚝 떨구며 우물파던 사람들은 그만 락망이 들어 일하던 자리에 풀썩풀썩 맥없이 주저앉았다. 이때라 더벅머리 총각이 선비한테로 바싹 다가섰다.

≪선생님, 예로부터 물을 보고 동리를 앉힌다는데 물없는 동리가 있겠사옵니 까?! 선생님께서는 지세를 보시는데 능하시온데 부디 한번 살펴보시고 물이 나 올만한 곳이나 알려주시옵소서!≫

더벅머리총각의 말이 떨어지기 바쁘게 숱한 일군들이 선비앞에 와 절을 하며

굽어살펴주시면 대대손손 그 은혜를 잊지 않겠노라며 물러서지 않았다.

《내 동리에 들어서며 보니 동구밖에 서있는 느티나무를 베고 그 밑을 파면 틀림없이 물이 나올것일세! 물맛이 좋은데다 약수여서 아이들 그 물 먹으면 무병하고 로인들 그 물 마시면 장수할거네!》

숱한 사람들이 떠답는바람에 선비는 갑자기 룡상에 올라앉기라도 한것 같았다. 상다리부러지게 차려놓은 음식을 먹고 한밤을 자고나니 날이 희붐히 밝아올 때는 고추장독이나 먹은 장사들이 홰치는 닭의 모가지를 쥐고 일어나서 벌써 몇아름되는 그 느티나무를 베여제끼고 그 밑을 파내려가기 시작했었다. 아침해가 서너발 될 때까지 내리파니 바위틈새에서 백옥같이 맑은 물이 퐁퐁 소리치며 솟는데 물맛을 보니 시원하고 달콤해서 온몸이 날아갈듯 거뜬해지고 팔다리에서 힘이 부쩍부쩍 솟았다. 동리에 경사났다고 온 동리 남녀로소가 우물가에 달려나오니 말 그대로 인산인해였다. 사람들은 서로 다투어가며 물맛을 보고는 저마다 춤이라 온 동리가 들썽했다. 이때 백발이 성성한 동리 존장이 선비를 보고

《백세 장수할 물이요. 어디 사는 선비이신지 성함과 주소나 알려주오!》 하니 선비 말을 받기도전에 더벅머리총각이 로인에게 공손히 인사하였다.

《로인님, 감사하옵니다! 우리 선생님은 아무곳에 사는분이신데 슬하에 칠형제를 두어 가세가 극빈하오니 쌀이 있으면 쌀 몇되라도 보내주시고 돈이 있으면 돈 몇푼이라도 보내주시면 선생님께서 우리들을 근심없이 가르칠가 하옵니다.》

더벅머리총각은 넙적 엎드려 절을 하고나서 또 건정건정 앞서 걸었다. 선비는 또 그를 따라 걸었다. 한낮쯤 되니 한 동리가 나타났다. 동리 한가운데 들어서니 네기둥에 풍경을 단 고래등같은 기와집이 덩실하게 섰는데 더벅머리총각은 또 선비의 귀에 대고 소근거리더니 그집 뜨락에 들어섰다.

이 큰 기와집엔 서울에서 락향한 리대감이 살고있었는데 쥐면 부서질가 낳으면 날아날가 하며 애지중지 기르던 외동아들이 득병하여 생사를 다투고있었다. 서울에서 내직으로 있으면서 나라 정사를 보던 대감이라 안면이 강산처럼 넓어서 온 나라 다 알려지고 돈이 있어 온 나라의 명의라는 명의는 다 불러들였고 한다하는 무당과 손꼽는 점쟁이도 다 불러들였다. 하지만 침이 소용없고 백약이 무효한데 굿과 점도 무방도였다. 대감은 구곡간장이 타서 배속에 재가 내려앉고 대감의 마누라는 눈물로 옷자락만 적시고있었다.

이때 더벅머리총각과 선비가 앞서거니뒤서거니하며 리대감앞에 이르렀다.

≪대감님께서 어인 일로 이렇게 락담천만이시옵니까?≫

더벅머리총각이 점잖게 물었다. 리대감은 막잎에 오른 사람이라 행객의 래력도 따져묻지 않고 제 집에 들어온 사람이면 외동아들 병보러 온 사람인줄 여겼다. 그래서 더벅머리총각의 손을 덥석 잡으며 아들이 생사를 다투니 제발 살려달라고 애걸복걸하였다. 더벅머리총각은 뒤로 물러서서 선비에게 공손히 절을 하며 말하였다.

≪선생님, 죽는 사람 보시고야 어찌 지나리오까?! 사정을 들어보니 외동아들이온데 길이 바쁘시더라도 한번 봐 주시와요!≫

≪응 그래! 태산이 무너진대도 죽는 사람 보고 지나면 의원이라 하겠느냐? 어서 들어가 보자!≫

선비는 가타부타 말이 없이 반나절이나 환자의 맥을 짚어보더니 필낭을 꺼내여 행연에 먹을 갈아 초필에 묻혀 약처방을 적어서 리대감께 주고는 인차 길 떠날 차비를 하였다.

≪이 약을 쓰면 사흘이 지나지 않아 병이 돌아설것이오니 대감께서는 근심 덜으시옵소서! 소인들은 길이 바빠 물러가옵니다!≫

≪가시다니 무슨 말씀이요≫ 저 자식 일어나는걸 보지 않고 가면 난 어떻게 하오?≫ 하고 선비의 두루마기자락을 잡는데

≪병이 낫지 않으면 아무 고을 아무개를 찾아주옵소서≫ 하고 선비는 대감이야 잡든말든 두루마기자락을 휙 잡아채고 더벅머리총각을 따라나섰다.

저승길을 간다고 밤낮으로 울며불며 하던 대감의 외동아들이 선비가 낸 약을 지어다 쓰니 말고 같이 사흘이 지나지 않아 병이 나았다. 과연 천하에 다시없는 명의였다. 아들을 살린 대감은 아낄것이 없었다. 집에 재산 절반을 갈라서 고을 선비네 집으로 실어보냈다.

시골선비가 이렇게 더벅머리총각을 따라 온 나라의 촌촌마을을 다 돌아다니다보니 세월이 얼마나 흘렀는지 지나간 일이 옛말같이 되였는데 하루는 더벅머리총각이 작별인사를 했다.

≪서울에 봐야 할이가 있어 가야겠으니 어려운 일 있으면 서울 동대문에 와서 찾으시오. 내 이름은 남성이요.≫

≪아니, 간다니 웬 말이요? 얽히고얽힌 정 어이 떼고 간단말이요? 상전이 벽해돼도 이 정만은 못떼니 가지를 마오!?

선비 더벅머리총각을 덥석 잡고 대성통곡하는데 더벅머리총각은 선비를 홱 뿌리치고 눈깜짝새에 자취도 없이 사라졌다. 몇년을 따라다녔지만 갈라질 때에야 이름을 남기고 간 고마운 그이의 은혜 석달 열홀 말해도 다 못하겠는데 말 한마디 할 새도 없이 자취를 감추니 생각할수록 메는것은 목이요 쏟아지는것은 눈물이였다.

선비는 서운한 마음으로 천근같은 무거운 다리를 끌고 터벅터벅 고향으로 발길을 돌렸다. 고향이라고 돌아오니 산도 옛산이요 땅도 낯설은 땅이 아닌데 전에 살던 달 뜨고 별이 돋는 옛집을 찾아가니 옛집은 간 곳 없고 그 자리에 궁전같은 기와집이 솟아있는데 뜨락에 들어서니 백발이 된 로파가 마루턱에 올라서서 먼 남산만 바라보고 서있었다.

≪여보시오, 말 좀 물읍시다. 이고장에 살던 칠형제네 어디 갔는지 모르시오?≫

로파는 한참이나 선비를 뜯어보더니

≪아유, 이게 뉘시오?! 령감이 돌아왔구만요!≫ 하며 운다.

≪령…령감이라니 웬 말이요?≫

≪그세 세월이 삼십년이나 흘러가서 머리에 서리내렸으니 령감이 아니시우?!≫

서로 주고받는 말이 나무토막처럼 끊어지긴 해도 사연을 들어보니 그리운 집에 들어선것이 분명했다. 이런때는 울음이 그리웠다는 말이요 기쁘다는 말이라 령감로친이 붙잡고 우는데 아들 칠형제가 우르르 달려나와 ≪아버지≫ 하고 부르며 기쁨의 눈물을 흘리였다.

저녁에 온 집 식솔이 단란하게 모여앉으니 서로 하는 이야기가 자연히 지나온 왕사였다. 로친은 그세 아무곳에서 쌀은 얼마 오고 돈은 얼마나 오고 재물은 얼마나 왔다는 이야기부터 시작해서 일가가 잘살게 된 이야기와 온 동리가 잘살게 된 이야기를 내리엮는데 령감이 이야기를 받아물고 더벅머리총각을 따라다니던 이야기를 했다. 이야기에 이야기가 꼬리를 무니 긴긴밤은 다 지나가고 동산에 아침해가 웃음짓고 솟았다.

아침을 치르고나자 맏아들이 아버지앞에 절을 하며

《아버지, 아버지 말씀을 듣기전에는 그분의 존함을 몰라 찾아뵈옵지 못하였으나 이제 와서야 어찌 가만 있겠사옵니까?! 우리가 이렇게 잘살게 된것도 다 그 고마운 은인이 있었기때문이온데 우리 집에 모셔다 따뜻한 밥 한끼라도 대접하는것이 도리가 아니겠습니까?! 자식은 그 은인을 찾아 떠나렵니다!》

선비가 들어보니 아들 생각이지 제 생각인지라 쾌히 허락하며 어떻게 하나 그 은인을 모시고 오라고 천당부만당부하였다.

늙은 선비는 맏아들이 떠나간 그날부터 일일이 여삼추로 더벅머리총각이 들어서기만 바랐다. 낮에는 해를 쳐다보며 기다렸고 밤에는 달과 별을 쳐다보면서 기다렸다. 이럭절거 낮과 밤도 바뀌고 세월도 가서 맏아들이 돌아왔다. 헌데 은인 찾아 떠난 맏아들이 터벅터벅 맥없이 혼자 들어섰다. 맏아들은 낯설고 땅선 서울 동대문에 가서 밤에 낮을 이어가며 남성이라는 은인을 찾았으나 남성이라는분은 그림자도 얼씬하지 않고 만나는이마다 물어보아도 저마다 모른다니 맏아들은 소원을 이루지 못하고 돌아왔다. 그러니 둘째아들이 나서며 제가 찾아가 모시고 오겠노라 하고 길을 떠났다. 헌데 둘째아들도 형과 마찬가지로 소원을 이루지 못하고 돌아왔다. 일이 이렇게 되니 늙은 선비가 나섰다.

《사람이 은인을 몰라서는 안되느니라! 우리가 이렇게 잘살게 된것도, 우리 이 동리가 잘살게 된것도 모두 그 은인의 덕인데 덕을 몰라서야 되겠느냐?!》

령감이 이렇게 말하고 집을 나서니 아들 칠형제가 주르르 따라나서고 온 동리 사람들이 묻어나서는데 앞에서 무엇인가 반짝하더니 더벅머리총각이 나타났다.

《모두들 왜 이러시우? 내 서울에서 일보고 오다나니 이제야 옵니다!》

온 동리 사람들이 절을 하고 반갑다는것이 울음인데 울음뒤엔 서로 제 집에 가자는것이 싸움이다. 더벅머리총각이 선비네 집에도 가보고 온 동리 집집을 돌아보고나니 별이 돋는 저녁이 되였다.

《동방의 례의지국이란 말 듣고 와보니 사람들이 가난하기는 해도 마음이 백옥같아 티잡을데없이 깨끗하고 례절이 해달같이 밝아서 내 좀 도와드렸소. 그저 길이길이 그 마음 그 례절 지켜가며 잘사시오. 난 하늘의 남성이요! 그럼 나는 가오!》

눈앞에서 빛이 반짝하자 남쪽하늘 쳐다보니 유난히 밝은 별 하나가 새로 생겼다.

선비네 일가와 온 동리 사람들은 밤마다 그 별을 쳐다보면서 남성에 대한 이야기를 자자손손에 전해주었다한다.

구술자: 량순달 / 수집지점: 영길현 · 알라디 / 수집시간: 1981년 4월

# 할미꽃

한식날이 지나 아지랑이 아물아물 피여오르는 산기슭에 가면 긴 잎꼭지에 깃모양으로 쩨진 쪽잎들이 마주붙고 희고 잔털이 보시시 난 등곱은 꽃줄기우에 자지빛 꽃이 핀 꽃을 보게 되는데 사람들은 이 꽃을 할미꽃이라 부른다. 할미꽃은 다른 꽃들처럼 그윽한 향기도 뿜지 않고 모란꽃이나 장미꽃처럼 그렇게 곱지도 않다. 수수하고 순박한 할미꽃은 소리없이 피였다가는 하루사이에 등곱은 허리우에 백발을 풀어헤치고 우는듯 봄바람에 흐느적거리다 때가 되면 바람타고 산지사방으로 날아간다. 그래서 ≪천만가지 꽃중에 무슨 꽃이 못되여 가시돋고 등곱은 할미꽃이 되였나≫ 라는 노래까지 전한다. 어찌하여 세상에 할미꽃이 생겨났느냐 하는데는 눈물겨운 이야기가 깃들어 있다.

지금으로부터 아득히 멀고먼 옛날 할미꽃이 생기기 이전의 이야기이다. 어느 시골에 외홀로 난 젊은 부인이 있었다. 기둥같이 믿어오던 남편이 갑자기 득병하여 백약이 무효로 세상을 뜨니 애비없는 세 딸을 키우느라 모진 고생을 겪었다. 삯방아 생기면 긴긴해가 지도록 삯방아찧어주고 쌀되박이나 얻어왔고 삯빨래 생기면 추운 겨울에도 얼음구멍파고 빨래해주고는 돈을 주면 돈을 받고 쌀을 주면 쌀을 받아가지고 왔다. 그러다가도 삯일이 떨어지면 남정들처럼 산에 올라가 나무를 해서는 등짐에 지고 다니기도 했고 들에 나가 씨뿌리고 김매는 일도 하였다. 어머니는 이렇게 일년 삼백륙십여일을 하루도 편안히 앉아 쉬는 날이 없이 손끝에 피가 나도록 일했지만 세 딸에 대해서는 남달리 자별하였다. 고된 일에 지쳐서 진종일 얼굴의 주름살을 펴지 못하다가도 집에 들어설 때면 딸애들

의 고운 낮에 애비없는 서러운 그림자라도 비낄가봐 애들이 좋아하는 꽃을 한아름씩 꺾어가지고 들어왔고 동리에 나갔다는 색다른 음식이라도 생기면 옷섶에 싸가지고 들어왔고 한밤중이 되도록 일하면서도 애들의 이불깃이라도 여며주어야 시름놓고 자리에 누웠다. 그러니 동네방네에서 그를 칭찬하지 않는 사람이 없었다. 어머니의 극진한 보살핌으로 세 딸은 날에 날마다, 달에 달마다, 해에 해마다 몰라보게 커갔다. 어려서는 오뉴월 오이처럼 자랐고 차차 나이들면서부터는 얼굴도 해달이 돋은듯 환하게 변해갔다. 스무나이 갓 벗어난 맏딸은 이슬머금은 양귀비같았고 스무나이잡아든 둘째딸은 꽃중의 왕 모란꽃에 비할만했고 이팔청춘 셋째딸은 티없는 옥 같았다. 그러니 동네방네 아들 가진 사람들은 문턱이 닳게 청혼하러 드나들었다. 그렇지만 혼인이란 인생 일생에 한번밖에 없는 대사라 어머니는 세 딸을 불러놓고 그들의 의향을 물었다. 그랬더니 맏딸과 둘째딸은 서로 뒤질세라 부자집에 시집보내달라 졸라댔다. 그바람에 셋째딸은 맨 나중에야 어머니를 보고 말했다.

≪어머니, 남들이 말하는데 고래등같은 기와집엔 호랑이보다 더 무서운 사람이 있어요. 전 그런 집엔 금을 주고 은을 준대도 못가겠어요!≫

≪그럼 너는 어떤데를 가려니?≫

≪어머니, 저는 어머니슬하에서 호의호식은 못하였사오나 마음고생은 모르고 자랐어요. 세상에 고생고생하여도 못할 고생이 마음고생인줄 알아요. 그러니 저는 마음씨 곱고 부지런한 사람 있으면 랑군으로 섬기겠나이다.≫

세 딸의 의향을 들은 어머니는 큰딸은 웃동리에 땅마지기나 있고 먹을것 근심이 없는 집에 허혼하여 시집을 보내고 둘째딸은 아래동리 유족한 가문에 시집을 보내고 셋째딸은 앞남산 고개너머 가난한 농군한테 시집을 보냈다.

세 딸을 고이고이 길러 시집까지 보내고나니 어머니는 회갑나이도 지나 낮에는 잔주름이 거미줄처럼 얽히고 머리에는 흰서리가 내리기 시작했다. 그래도 어머니는 딸들이 새살림에 고생하는것 같아 웃동리 큰딸집에 가서 큰딸의 일손을 거들어주기도 하고 아래동리 둘째딸집에 가서 빨래를 해주기도 하고 험한 고개를 넘어 셋째딸네 집에 가서 헌 옷가지를 기워주고 베를 짜주기도 하였다. 그때면 큰딸은 어머니 가기전부터 숱한 일거리를 내놓고 어머니를 기다렸고 둘째딸은 어머니가 문턱에 들어서기 바쁘게 이 일 저 일 해달라고 부산을 떨었다.

그런데 셋째딸만은 어머니가 일감을 들세라 남편과 함께 이 일 저 일을 다해놓그는 저희들은 멀건 죽물을 먹으면서도 어머니에게는 색다른 음식에 맛좋은 산나물채를 해드렸다.

이렇게 한해 두해 지나다나니 세 딸은 저마다 귀한 자식을 낳아서 기르게 되였다. 큰딸은 첫 아이를 낳자 어머니를 불러다 우는 아이 달래달라, 기저귀를 빨아달라 하며 진종일 어머니 손 한번 쉬게 못하였다. 둘째딸도 아이를 낳자 미처 기다리지 못하고 사람까지 띄워 어머니를 불러다 제 집 시중을 들게 하였다. 그러다보니 어머니는 사흘이 멀다하고 아래웃마을에 오르내리며 허리 펼 새조차 없었다. 그런데 셋째딸만은 애기를 낳았으나 어머니 한번 부르지 않고 부부간에 마음 맞춰 어린것들을 길렀다.

이러구러 세월은 덧없이 흘러서 세 딸은 아이들을 다 키우고 어머니는 늙어서 파파할머니가 되였다. 한창 젊은 나이에 피는 꽃과 같이 곱던 얼굴에는 밭고랑같은 주름이 패이고 가마반들반들 윤기나던 치렁치렁한 머리채는 파뿌리가 되고 곧은 나무같이 곧던 허리는 활등처럼 굽어서 지팽이 짚고 세발걸음하는 신세가 되였다. 그러니 어머니는 더는 딸들을 돕지 못하게 되였고 오히려 딸들의 신세를 지지않으면 살아갈수 없게 되였다. 어머니가 이런 신세가 되니 큰딸은 어머니를 보고 이젠 저희집에 그만 있고 동생네 집에 가서 며칠 있으라 했고 둘째딸은 또 어머니 문턱 넘기 바쁘게 언니네 집엔 왜 있지 못하고 찾아왔느냐고 야단을 쳤다. 그래도 어머니는 그것도 자식의 말이라 탓해듣지 않고 들어서서 며칠 주는 밥을 얻어먹었다. 그러면 둘째딸은 펄펄 뛰며 빨리 셋째딸집에 가라고 을러댔다. 그러나 어머니는 차마 셋째딸네 집에는 갈수 없었다. 구차한 살림살이를 도와는 못줄망정 더 고생시키고싶지는 않았던것이다. 그래서 한 겨울 모진 추위에 갖은 천대를 받으면서도 고개너머 셋째딸집에는 발길을 돌리지 않고 아래웃동리 두 딸네 집만 오르내렸다

어머니가 이렇게 한겨울 칼바람을 맞으며 큰딸집에서 쫓겨나면 둘째딸집에 가고 둘째딸집에서 쫓겨나면 또 다시 큰딸집에 찾아다니는 사이에 한해 겨울도 다 지나가고 새해 정월 보름이 가까워왔다. 로쇠한 어머니가 겨우겨우 자리에서 일어나 앉으니 큰딸은 씻지도 않은 사발에 절반도 차지 않은 멀건 죽사발을 덜렁 어머니앞에 내놓으며 그 죽이나 먹고 당장 이 집 문턱을 넘어서라고 을러댔

다. 어머니는 분이 머리끝까지 치받쳐 죽 한술 뜨지 않고 화김에 자리를 차고 일어나 밖에 나섰다. 집을 나서니 온몸의 맥이 뚝 떨어지는데다 매서운 바람까지 일어서 한발자국 옮겨놓기도 여간만 힘들지 않았다. 어머니는 추위에 떨고 치미는 분에 떨면서 지팡이를 짚고 이리 비틀 저리 비틀거리며 한발 두발 걸어서 둘째딸네 집에 이르렀다. 그런데 둘째딸 역시 어머니를 하대하였다. 둘째딸은 가을배추잎처럼 퍼러덩덩해서 가마뚜껑을 열더니 한사발도 못되는 누룽지를 훑어 어머니앞에 덜렁 내놓으며 떠놓은 누룽지나 먹고 더는 아래웃동리를 오르내리지 말고 셋째딸네 집에 가 있으라고 야단이였다. 애비없는 자식을 고이고이 길러 시집보내느라 갖은 고생 다했건만 늘그막에 자식신세 보기는커녕 온갖 천대 받게되니 어머니는 더는 말이 나가지 않아 입술만 바르르 떨다가 그만 둘째딸네 집에서 나와버렸다.

둘째딸네 집에서까지 쫓겨난 어머니는 이제는 가난한 셋째딸네 집에 찾아가는수밖에 없었다. 셋째딸네 집에 가자고 문밖에 나서니 높고높은 고개가 눈뿌리 아칠하게 솟았는데 세찬 바람까지 맞받아불어서 어머니는 지팡이에 몸을 싣고 간신히 한발 두발 옮겨놓았다.

산고개가 어찌나 높고 길던지 어머니가 지팡이걸음으로 겨우 고개마루에 오르고나니 동산에 떠올랐던 해는 서산에 기울어졌었다. 어머니는 서산에 기울어지는 해를 쳐다보고는 급히 내리막길을 걷기 시작하였다. 고개마루에 오르기만 하면 이제부터는 내리막길이라 당장 셋째딸네 집에 이를것만 같았는데 정작 내리막길에 잡아드니 맥이 진하고 시장기가 들어 두다리가 후들후들 떨리는것이 올리막길을 오를때보다 더 힘이 들었다. 지팡이에 몸을 의지해서 겨우 한발 옮겨디디고는 한참 서서는 떨리는 두다리를 진정시키고 두다리가 진정되면 또 한걸음 옮겼다. 그런데 무진 애를 써가며 걸어가던 어머니는 고개중턱을 채내려가지도 못하고 그만 얼음길에 미끄러져 넘어지고 말았다. 어머니는 안간힘을 써서 상한 다리를 끌며 언덕진곳에 찾아가 앉았다. 그리고는 셋째딸네 그 허술한 초가집을 내려다보고 또 보았다. 어쩌면 셋째딸이 티없는 옥과 같아 어머니는 셋째딸네 집만 내려다보았다. 그렇지만 셋째딸이 어떻게 어머니가 산중턱에 앉아있는걸 알수 있었으랴? 싸늘한 바람은 몰아만 치고 지는 해는 서산에 말랑거리는데 어머니는 이제 일어설 기운조차도 없었다. 소리라도 한번 질러봤으면

바람이 그 소리를 싣고 저 바라보이는 초가 삼간집에 찾아가 셋째딸 불러서 자기를 모셔갈것만싶었지만 어머니는 이젠 소리칠 맥도 없었다. 어머니는 산중턱에 앉아서 셋째딸네 집을 바라보며 하염없이 눈물만 흘리다 등곱은 허리에 호호백발을 떠인채 영영 이 세상을 하직하고말았다.

며칠이 지난 어느날이였다. 뼈을 에는듯한 매서운 바람도 멎고 음산한 구름속에 싸여 얼굴 한번 내밀지 않던 해님도 새파란 하늘에 둥실 떠 따스한 빛을 내리뿌렸다. 날이 이처럼 따스해지니 추워서 며칠새 집에만 갇혀있던 셋째사위는 누덕누덕 기운 옷을 입고 산으로 나무하러 떠났다. 그런데 산중턱에 오르던 셋째사위는 언덕진 곳에 장모님이 앉아계신걸 보고 깜짝 놀랐다. 어머니는 무릎을 맞쥐고 앉은채 멍하니 산아래만 바라보고있었다. 셋째사위는 그립고그립던 장모님을 보자 《장모님, 장모님!》 하고 불렀다. 그런데 그렇게도 자상하시던 어머니는 대답 한마디 없었다. 셋째사위가 달려올라가보니 어머니는 호호백발을 봄바람에 흩날리며 영영 입을 다문채 앉아있었다. 셋째사위는 어머니앞에 무릎꿇고 앉아서 주먹으로 가슴 치고 땅을 치며 《장모님, 장모님!》 하며 어머니를 피타게 불렀다. 슬피 우는 소리는 길게길게 산곡간에 메아리쳤다. 이때 집일을 하던 셋째딸은 《장모님, 장모님》 하고 슬피 우는 소리가 들려오는지라 하던 일을 그만두고 밖에 뛰여나갔다. 남편은 보이지 않으나 그 울음소리 들어보니 분명 남편의 울음소리라 셋째딸은 소리를 따라 정신없이 산으로 올리달았다. 산중턱에 다달으니 남편이 얼어 사망한 어머니앞에 무릎꿇고 앉아서 대성통곡을 하고있었다. 셋째딸은 갑자기 벼락에 얻어맞은 사람처럼 눈앞이 아찔해져 정신잃고 그 자리에 쓰러졌다. 남편이 부축하여 앉혀도 셋째딸은 그저 애타게 어머니만 불렀다. 그처럼 곱게곱게 기른 셋째딸을 보면 손이라도 쥐여주고 머리라도 쓰다듬어주련만 불쌍하고 가련하게 이 세상과 영별한 어머니는 셋째딸이 그렇게 애절하게 부르는 소리에도 아무 대꾸 없었다.

이렇게 한나절이나 울고난 남편이 안해를 부축하여 일으키며

《여보, 인젠 그만 우오 우리가 울어서 돌아가신 어머니 살아오신다면 눈물이 흘러 강이 되도록 울겠지만 이미 세상뜨신 어머니 운다고 다시 오겠소 어머님께서 추워하실텐데 더 떨게 하시지 말고 어서 장사나 지내기요.》 하였다.

그러니 셋째딸이 흑흑 느끼며 남편을 보고 이렇게 말했다.

≪여보, 우리 어머님을 이 자리에 모십시다. 그러면 어머님도 날마다 우리 집을 내려다보시고 우리도 날마다 어머님을 볼게 아니애요.≫

셋째딸과 사위는 어머님을 앉아 사망한 그 자리에 모시고 장사까지 지냈다.

날이 가고 달이 바뀌어 정이월도 다 가고 한식날이 왔다. 셋째딸네 내외는 성묘도 하고 제사도 지내려고 어머니 산소에 이르렀다. 그런데 이상하게도 어머니 산소에는 전에 본적이 없는, 흰 털이 보시시한 등곱은 줄기우에 핀 자지빛꽃들이 여기저기에 서있었다. 셋째딸네 내외는 그 꽃이 어머니 산소에서 피여난 꽃이라 한포기도 다치지 않고 그냥 집으로 돌아왔다. 그런데 며칠후에 가보니 그 꽃은 피였는듯말았는듯 눈깜짝새에 자지빛꽃이파리가 오간데없이 자취를 감추고 머리에 호호백발을 떠이고있었다. 어찌보면 그 모양은 세 딸을 키우느라 잠간사이에 청춘시절을 보내시고 등곱은 허리에 호호백발을 떠인채 아래웃동리를 오르내리시던 어머님의 모습과도 같았다.

이때로부터 사람들은 이 꽃을 할미꽃이라 부르고 그 꽃속에 깃든 눈물겨운 이야기를 후세에 전하였다 한다.

구술자: 한병률 / 수집지점: 하룡현 두도공사 / 수집시간: 1962년 12월

# 비겁한 사람

아득히 멀고먼 옛날에는 사람보다 짐승이 더 많았다. 밤이면 범이 마당앞에 와서 으르렁거렸고 낮에도 산에 가면 흔한것이 짐승이였다. 하여 사람들은 짐승들의 해를 적지 않게 입었다.

어느날 한 시골에 사는 아래웃집 두 젊은이가 산에 발구채를 하러 떠났다. 이웃사이인데다 서로 싸움 한번 하지않고 화목하게 지냈다. 하여 산에 갈 때도 산에 가면 범이나 곰 같은 사나운 짐승이 많으니 화를 당하면 도끼를 들고 둘이 함께 짐승들과 싸우기로 했다. 그들은 이렇게 죽어도 함께 죽고 살아도 함께

살자고 굳은 약조를 하고 산으로 갔다.

헌제 아랫집 젊은이가 한창 땀을 뚝뚝 떨구며 발구채를 베는데 황소만큼한 시꺼먼 곰이 씩씩거리며 그들한테로 다가왔다. 아랫집 젊은이는 제가 먼저 곰을 본지라 곰이 온다고 큰소리를 지르며 도끼를 꼬나들었다. 헌데 곰이 몸가까이까지 박근했는데 윗집친구는 그림자도 보이지 않았다.

윗집 친구는 곰이 온다는 소리를 듣자 겁을 접어먹고 저 혼자 살겠다고 슬그머니 높은 나무우에 바라올랐던것이다.

아랫집 친구는 인제느 죽었다고 생각하니 맥이 빠져 도끼를 뚝 떨어뜨렸다. 그러나 다음순간 곰이란놈은 산사람은 해쳐도 죽은 사람은 해치지 않는다던 생각이 들어 그 자리에 쭉 늘어져 죽은체했다.

곰은 씩씩러리고 달려오더니 아랫집 친구의 귀강에 코를 대고 냄새를 맡아보더니 그냥 가버렸다. 곰이 멀리가자 아랫집 친구도 자리에서 일어나고 윗집 친구도 나무에서 내려오자 아랫집 친구를 보고 물었다.

≪내가 나무우에서 내려다볼라니까 곰이 자네 귀에다 대고 뭐라 하던데 그래 곰이 자네를 보고 뭐라던가?≫

아랫집 사람은 무엇인가 생각하더니 윗집 사람을 보고 말했다.

≪곰이 말하기를 ≪친구라 함은 위급할 때에 생사를 같이하는것이 진짜친구다. 좋은 일엔 극진하고 환을 당할 때는 저 혼자 살겠다는 사람은 비겁쟁이니 일후에 친구를 사귈 때 그런 비겁한 사람과 사귀지 말아라!≫ 라고 하셨네.≫

그후로 아랫집 사람은 윗집 사람과 싸우지는 않았지만 더는 그를 친구로 믿고 위험한 걸을 같이하지 않더라 한다.

구술자: 한병률 / 수집지점: 화룡현 / 수집시간: 1982년

# 스승을 다시 찾아가다

서울 허대감에게는 갓마흔에 본 외동아들이 있었는데 풍채좋아 옥골선풍이요 눈은 정기좋아 타는 숯불이였다. 허대감이 그 아들을 장중보옥같이 귀히 여기는데다 또한 그 아들이 총명이 남달리 뛰여나 하나를 배워주면 둘을 아니 허대감의 홍안에 웃음이 떠날줄 몰랐다. 허대감은 본디 박학다문한데다 그 아들이 또한 총명이 초군하니 그 아들을 아무데도 보내지 않고 조정에 나가 정사를 보고 와서는 아들에게 글 가르치는것을 락으로 삼았다. 하지만 허대감의 글밑천도 한이 있는지라 한해가 지나고 두해가 지나고 아들이 열다섯 나이되니 더는 그 아들을 배워줄 밑천이 없었다. 그러니 아들도 허대감만큼은 학문을 아나 허대감은 이에 만족하지 않았다.

어느 하루 허대감은 아들을 불러놓고 이렇게 말하였다.

≪이 애야, 세상사람은 인충만충 구만충이나 되고 세상일은 천갈래 만갈래여서 네가 배운 그 글재간을 가지고는 세상사람 상대하기 어렵고 세상사를 처리하기 어려우니 래일로 집을 떠나 스승님을 찾아가도록 하여라!≫

허대감의 아들은 나이 열다섯이 다 되도록 백리밖에 나가본 일이 없고 제 부모 중한줄밖에 몰랐다. 그런데 아버지가 갑자기 래일로 집을 떠나 스승을 찾아가라 하니 꿈에도 생각지 않던 일이라 아버지에게 절을 올리며 빌었다.

≪부친님, 부친님의 령을 거역하기는 황송하오나 자식은 부모님 슬하를 떠나서는 살것 같지 않사오니 널리 생각하여주옵소서!≫

허대감의 얼굴에 늘 가실줄 모르던 웃음은 종적도 없이 사라졌다. 허대감은 엄한 눈길로 아들을 뚫어지게 지켜보았다.

≪사내대장부가 그것도 말이라고 하느냐? 큰뜻을 세우고 글공부하자면 아버지어머님생각 버리고 어려움을 이겨가며 부지런히 글공부하여야 하느니라! 아버지의 령이니 입밖에 다른 말 내지 말고 래일아침으로 떠나거라. 북으로 아홉고개 넘어가면 산좋고 물좋고 경치좋은 시골에 글방이 있을테니 거기서 글을 배우되 스승님이 가라하기전에는 집에 발을 들여놓지 못한다! 들었느냐?≫

≪네, 들었사옵니다.≫

　　허대감의 아들은 더는 다른 말을 입밖에 내지 못하고 공손히 물러나왔다. 이튿날 아침 허대감의 아들은 부친의 령대로 집을 나섰다. 북으로 가고가다나니 발은 부르터서 걷기도 어려운데 흰구름을 머리에 떠이고 눈뿌리 아칠하게 솟은 첫 령이 눈앞으로 막았다. 처음 걷는 산길인데다 맥까지 진하여 몇걸음 옮겨놓지 않았는데 숨이 턱밑에 헐떡이고 목에서 겨불내가 나서 더는 걸을수 없었다. 앉아서 다리쉼을 하며 서울쪽을 바라보니 걸어온 길이 얼마인지는 모르나 서울이 어디 가 붙었는지 보이지도 않았다. 그러니 서울생각과 부모님에 대한 간절한 생각으로 하여 쓰린것은 가슴이요 솟는것은 눈물이였다. 그는 글공부고 뭐고 다 집어치우고 당장 집에 돌아가고싶었다. 하지만 이런 생각을 할 때마다 집 떠나 스승을 찾아가라 하시던 부친의 엄한 얼굴이 눈앞에 선히 나타나서 눈물을 씻고 허리띠 조여매고는 한발자국 두발자국 옮겨놓으며 높고높은 령으로 올라갔다. 허대감의 아들은 이렇게 난생처음으로 따뜻한 부모님의 슬하를 떠나 갖은 고생을 다하며 아흐레만에 시골 서당방에 찾아갔다.

　　시골 서당방은 말 그대로 산좋고 물이 맑고 경치좋은 곳에 자리잡았는데 서당에 찾아들어가니 석자나 되는 백발수염이 가슴을 내리덮은 로인이 그를 맞아주었다. 허대감 아들은 로인님앞에 가서 공손히 엎드려 절을 하였다.

　　≪스승님, 강녕하옵십니까? 저는 부친의 분부 받고 스승님 찾아 글배우러 왔사옵니다!≫

　　≪자네 부친은 누군고?≫

　　≪서울 사는 허대감이옵니다!≫

　　≪허대감… 그래 자네가 과연 허대감의 아들이란말인가?≫

　　스승은 무릎을 툭 치며 웃었다.

　　≪허허허… 자네 어쩌면 그렇게도 신통히 부친을 닮았나. 자네 부친이 이 글방에서 글공부한지 어제같은데 자네가 이렇게 찾아오다니. 정말 세월이 류수라더니 그런가보다! 내 더 말치 않겠으니 오늘부터 삼년간 내곁에 있으면서 배울지어다! 잡생각하지 말고 어려움을 스스로 이겨나가며 흐르는 물처럼 부지런히 글을 읽어야 하느니라! 소년은 늙기 쉽고 학문은 성공하기 어려우니 일촌광음을 일촌금과 같이 귀히 여기며 일심으로 글공부에 열중하여라!≫

　　≪네, 스승님의 당부 가슴깊이 듣사옵니다!≫

허대감의 아들은 정말 그날부터 주야장천 흐르는 세월을 금싸락같이 귀히 여기며 일심으로 글공부했다. 낮에는 해와 동무하고 저녁에는 밝은 달과 동무하면서 글공부했고 부모님생각나면 그 생각 밀어버리느라 목청돋구어 글을 읽었다. 세월은 하루 한달 지나서 이태라는 세월이 눈깜짝새에 지났다.

허대감의 아들은 학문이 바다같이 깊은 스승을 모시고 글도 많이 배웠다. 이제 일년이란 세월이 지나면 허대감의 아들은 학문에 성사를 하게 된다. 헌데 하루는 불시에 어머니아버지 보고싶은 생각이 머리를 들기 시작했는데 아무리 밀어버리려 해도 오뉴월 독사대가리처럼 일어만 나서 밀어버릴수 없었다. 밥술을 드니 밥이 목구멍으로 넘어가지 않았고 자리에 누우니 잠이 오지 않았고 책을 드니 글이 보이지 않았다. 눈을 감아도 삼삼히 떠오르는것은 부모 량친의 모습이요 눈을 떠도 눈앞에 앉은듯 선한것이 부모의 모습이였다. 해를 쳐다봐도 그리운 부모님생각, 달을 쳐다봐도 그리운 부모님생각이였다. 허대감의 아들은 더는 참을수가 없어 스승님앞에 찾아가 절을 하며 빌었다.

≪스승님, 그리운 부모님 생각에 더는 글공부 안되오니 집에 한번 갔다 오게 윤허하여주옵소서!≫

늙은 스승은 한참이나 허대감의 아들을 보더니 말한마디 없이 고개만 끄덕이는데 허대감의 아들은 스승님의 허락을 받았다고 다시한번 절을 하고는 물러서 나왔다.

허대감의 아들은 인사도 하기 바쁘게 서당문을 나섰다. 처음에 서당을 찾아올 땐 아홉고개를 아흐레만에 넘었지만 집으로 가는 길은 얼마나 좋았던지 날개라도 돋친듯 여덟고개를 낮을에 다 넘었다. 이제 한고개만 넘어서면 그리운 부모님의 슬하에 안기게 된다. 너무도 좋아 아홉 번째 고개를 쳐다보며 걷는데 산밑에 산굽이를 에돌아 흐르는 내가에서 백발이 성성한 웬 할머니가 석마돌같이 큰 돌우에 앉아서 쇠방아공이를 물에 묻혀서 썩썩 갈고있었다.

갈길도 멀지 않은데다 길을 다그치느라 땀동이나 흘렀는지라 허대감의 아들은 바지가랭이를 걷어올리고 시원한 내가에 들어서서 세수를 하고 할머니를 바라보았다. 그런데 아무리 생각해도 백발할머니가 하는 일이 알수 없는 일이라 할머니앞에 가서 물었다.

≪할머니, 할머니는 어찌하여 쇠방아공이를 돌에 대고 그렇게 가십니까?≫

≪갈아서 바늘을 만들려고 그러네!≫

≪아이구 참 할머니두…≫

허대감의 아들은 배를 끌어안고 눈물까지 쥐여짜며 웃었다.

≪아니 자네 뭐가 우스워 그렇게까지 웃나?≫

≪할머니 하는 일이 우스워 웃습니다. 글쎄 그렇게 크고 실한 쇠방아공이를 갈면 어느 세월에 바늘이 됩니까? 공연히 고생하시니 웃음밖에 나올게 있사옵니까?!≫

허대감의 아들은 또 배를 끌어안고 죽어라 하고 웃는데 백발할머니느 정색했다.

≪젊은이, 그만 웃고 내 말 들어보게! 세상만사가 손쉽게 성사되는게 어디 있나? 쇠방아공이를 갈아 바늘을 만들자면 헐한 일은 아니나 어려움을 이겨내며 부지런히 해가노라면 이 쇠덩이가 커지지는 않고 작아지기 마련이니 성사 못할 것은 없네!≫

백발할머니는 말을 마치자 또 쇠방아공이를 돌에다 대고 썩썩 갈았다. 허대감의 아들은 그만 부끄러워 머리가 떨어졌다. 쇠방아공이를 갈아서 바늘을 만들겠다고 백발이 성성한 할머니가 그렇게 힘든 일도 날마다 해가는데 부모님 그립다고 이런 더 하면 될 글공부를 집어던지고 집에 가는것이 한없이 부끄러웠다. 그는 머리를 번쩍 들고 할머니에게 고맙다는 말 한마디를 남기고 서당으로 향했다.

가던 길을 돌아서니 금싸락같이 귀한 세월이 헛되이 흘러간것이 후회막급이였다. 오금에 불을 일구며 사흘낮사흘밤을 내내 걸어서 서당방에 들어서자 스승님앞에 절을 올리고 백번 사죄하며 백발할머니의 이야기를 했다. 그러니 늙은 스승은 허허 웃으며 그의 머리를 쓰다듬어주었다.

≪자네 걸음이 헛걸음은 아닐세! 자네가 그 길에서 한가지 도리를 배우고 왔으니 나도 기쁘네! 공든탑이 무너지랴고 세상만사가 공 안들이로 되는 일이 없네!≫

허대감의 아들은 다시 책을 들고 스승님앞에 앉았다. 백발스승은 그날부터 허대감의 아들에게 더 어려운 글을 가르쳤지만 허대감의 아들은 백발할머니가 쇠방아공이를 갈아서 바늘을 만들던 일을 생각하며 입밖에 어렵단 말을 내지 않고 일심으로 공부하였다 한다.

구술자: 김장영 / 수집지점: 왕청현 중평공사 / 수집시간: 1962년 12월

# 밥 한술, 말 한마디

옛날 서울에 리정승이라는 명관이 있었는데 백성들에게 어진 정사를 하여 백성들의 칭찬을 받았다.

리정승은 어느 하루 통인을 데리고 시골에 내려가다 한 주막에 이르러 점심밥을 청하였다. 주인은 보리밥에 김치뿐인데 어찌하겠느냐며 리정승의 얼굴만 쳐다보았다.

≪그것도 좋으니 어서 가져오너라!≫

주인은 길손이 보리밥도 나무라지 않고 기꺼이 가져오라 하니 주저없이 상을 차려 내왔다. 그런데 리정승이 상을 받아놓고 보리밥 한술을 떠서 달게 먹으려는 때였다. 갑자기 사령들이 우르르 뛰여들어 목사가 온다고 야단하며 부산을 피웠다. 리정승은 사령들더러 목사를 아랫목에 모시도록 하라고 하고는 밥상에 마주 앉아 밥을 달게 먹었다.

목사는 위풍이 당당하게 부액을 받으면서 마루를 밟고 방에 들어오더니 다리가 쏜다며 목침을 가져오너라, 담배를 붙여오너라 하며 분주하게 굴었다. 목사는 벌렁 나가누워 담배를 피우다가 대감이 밥 먹는것을 보더니 담배를 꼬나문 그래도 물었다.

≪령감, 무얼 그렇게 맛있게 먹소?≫

≪보리밥이요!≫

≪보리밥이 그렇게 맛있소? 나 좀 먹어보기요.≫

목사는 벌떡 일어나 상앞에 마주앉았다.

≪어서 자셔보오!≫

리정승은 보리밥 한술을 푹 떠서 목사의 입에 넣었다. 목사는 보리밥 한술을 입안에 넣고 뒤서너번 우물우물하더니 ≪에 튀튀!≫ 하며 입안의 밥을 다 뱉어버리고 또 제자리에 나가 벌렁 누웠다.

≪그것도 밥이라고 먹소? 허, 령감은 목구멍도 찔러버리지 않는 모양이구려.≫

헌데 리정승은 아무 말도 없이 제 먹던 밥을 다 먹고 주인보고 밥을 잘 먹었다고 공손히 인사를 하고 주막집을 나왔다. 통인들은 리정승이 고약한 목사를 한마디 훈계하지도 않고 주막집을 나서니 분이 상투밑까지 치받쳤다. 하지만 리정승이 함구무언이니 통인들도 별 수 없어 리정승을 따라 나섰다.

리정승은 얼마를 가지 않더니 가던걸음을 멈춰서서 통인을 불러 령하였다.

≪주막집에 가서 리정승이 목사를 부른다고 일러라!≫

통인은 그제야 마음이 풀려 발꿈치 뒤등에 닿게 달아서 주막집에 들어서며 소리쳤다.

≪목사 듣소? 리정승이 부르시오!≫

리정승이 부른단 말을 듣자 목사는 불시에 되매라도 얻어맞은 사람처럼 정신이 아찔하여 머리를 싸쥐고있다가 정신이 좀 도서니 주인을 보고 물었다.

≪아까 여기서 보리밥 자시던 로인이 누구시냐?≫

≪그분이 서울 리정승이옵니다!≫

≪아니, 그럼 왜 미리 알리지 않았느냐?≫

≪그분은 우리 이고향에 여러번 와서 민심을 살피였으나 늘 제가 누구라는걸 말하지 못하게 하였소이다!≫

목사는 제정신없이 뒤쫓아가 머리도 들지 못하고 리정승앞에 부복하였다.

≪작죄하였나이다!≫

리정승은 대로하여 목사를 보고 령하였다.

≪너 이놈 듣느냐? 보리밥 한술 목구멍으로 안넘어가는놈이 백성을 어떻게 다스리느냐? 내 네 목숨만은 살려주니 즉각에 의복과 감투를 벗어놓고 가거라!≫

그 이튿날 리정승은 한 농가를 지나다 터밭에서 일하는 로인을 보고 그와 함께 일하고는 일이 끝나자 담배를 말았다.

≪담배를 좀 법시다!≫

≪그러시오!≫

리정승은 담배를 뻑뻑 빨더니 로인을 보고 말했다.

≪로인님, 먼저 인사올리지 못하였소이다.≫

≪피차 일반이올시다!≫

≪난 리종성이라 하오!≫

≪리종성이라? 무슨 종자에 무슨 성자인자유?≫

≪마루종자에 진실성자요!≫

≪여보시오, 우리 나라 리정승의 명함을 아시우!≫

≪난 모르오!≫

≪그분의 명함이 꼭 당신의 명함과 같소이다. 그분은 우리 나라의 주석지신이니 당신의 명함을 고치는것이 좋을듯하옵니다.≫

≪그럴 필요가 없소.≫

≪보아하니 당신은 갓이나 쓰고 다니는 량반 같은데 그런분 존대 못하고 우리 이곳 목사 같은이나 받들고 살분이요!≫

로인은 씽하니 집으로 들어갔다. 리정승은 또 아무말없이 한참 걷다가 뒤를 보더니 통인을 불러 령하였다.

≪방금 나와 이야기하던 그 로인을 불러오너라!≫

통인이 농군을 데리고 오니 리정승이 농군을 보고 물었다.

≪당신은 어찌하여 이고장 목사를 그렇게 나쁘게 보오?≫

≪민심이 쌀독에서 나온다 하였는데 그 목사는 농사군의 질고를 헤아리지 아니하고 제 배만 채우니 어찌 나쁘다 하지 않겠소!≫

≪글을 좀 읽었소?≫

≪과거나 볼가 해서 시골글방에서 글을 좀 배웠소!≫

≪그럼 됐군, 나 리정승이요 이고장 목사자리 비였으니 당신이 그 일을 보도록 하오. 여기 갓이며 도복이며 모든 것이 죄다 있으니 행장 차리고 떠나오!≫

하여 보리밥 한술에 목사가 파직당하고 민심이 쌀독에서 나온다는 한마디 말에 농군이 목사가 되였다 한다.

구술자: 한병률 / 수집지점: 화룡현 / 수집시간: 1962년 12월

# 금덩이와 형제간

옛날 어느 시골의 의좋은 형제가 길을 가다가 강을 건느게 되였다. 그런데

강 한복판에 이르니 거울같이 맑은 물속에서 눈부신 금빛이 뿌려나왔다. 두 형제가 손을 잡고 조심조심 찾아가서 건져보니 주먹만큼한 금덩이였다. 두 형제는 그 금덩이를 주어가지고 강가에 나왔다. 그런데 금덩이는 주었지만 단 한 개여서 두 형제는 서로 밀며 제가 가지려 하지 않았다. 형은 동생에게 밀어주면서 그래도 동생네 살림이 더 구차하니 동생이 가져야 한다 했고 동생은 형네는 아이들이 더 많아 살아가기 더 어려운데 형님이 가져야 한다고 했다. 의좋은 형제는 금덩이 하나를 놓고 밀어주면 되밀어놓고 하며 서로 사양하다보니 반공중에 떴던 해는 서산에 가서 너울너울 하고있었다. 그래도 누구도 그 금덩이를 제가 가지려 하지 않았다.

형은 그 금덩이를 동생에게 밀어주다못해 끝내 밀어주지 못하게 되니 동생을 보고

≪동생, 동생이 한사코 가지지 않겠다니 할수 없네. 금덩이는 하나니까 둘로 쪼갤수도 없은즉 이 금덩이를 도로 물속에 던지고 가세, 그래야 우리 형제사이에도 마음이 편할거네!≫라고 했다.

동생도 형의 말을 듣고 머리를 끄덕이였다.

≪형님, 참 좋은 생각을 했습니다. 금덩이는 버리고 살지언정 형제사이에 정이 떨어져서는 못삽니다. 형님, 형님이 말씀한대로 그렇게 합시다.≫

두 형제는 금덩이를 들고 강 한복판에 갔다. 그런데 두 형제가 두손에 금덩이를 맞잡고 물속에 던지려는 순간이였다. 아직 금덩이를 물에 던지지도 않았는데 먼저 금덩이를 건져내던 그 자리에서 또 눈부신 광채가 뿌려나왔다. 두 형제는 어리둥절하여 손에 든 금덩이도 보고 맑은 물속도 들여다보았다. 틀림없이 물속에서 뿌려나오는 황금빛이였다. 하여 형은 맞잡고있던 금덩이를 동생에게 밀어주며 그 물속의 금덩이를 꺼내였다. 들고 보니 주먹만한것이 먼저 꺼낸 금덩이와 꼭같았다. 그리하여 두 형제는 꼭같은 금덩이를 하나씩 얻어들고 더는 누구도 섭섭한 생각이 없이 즐겁게 다시 길을 걸었다. 그후 의좋은 형제는 그 금덩이를 팔아서 서로 써라 먹으라 하면서 검은 머리 파뿌리 되도록 얼굴 붉히는 일 한번도 없이 의좋게 잘 살았다 한다.

구술자: 한병률 / 수집지점: 화룡현 / 수집시간: 1962년

# 남생이의 줄당기기

옛날하고도 까마아득한 옛날 동해바다가에 남생이 한 마리가 살고있었다. 먹을것을 찾아 서쪽 산골에 가면 늪속의 하마가 불쑥 나오며 잡아먹자고 하고 산너머를 가면 코끼리가 긴 코를 휘두르며 잡아먹자고 하여 살아가기가 그믐밤처럼 막막하였다.

남생이는 머리를 짜고짠 끝에 한가지 꾀를 생각해내고 늪에 사는 하마한테로 갔다. 남생이 오는 자취를 들은 하마는 물속에서 불끈 솟더니 입은 쩍 벌리고 남생이를 잡아먹자고 했다. 이때 남생이가 비켜서며 말했다.

≪하마님, 하품하시는걸 보니 꽤나 심심하신 모양인데 나하고 줄당기기를 안하겠어요?≫

≪어허허허…네따위 하잘것없는 미물짐승이 나하고 줄당기기르 하자구? 어허허허, 당돌한놈같으니라구!≫

≪아니올시다! 줄당기기를 해서 제가 지면 날 잡아먹으세요! 정말이얘요!≫

≪어허허…그녀석 정말이냐? 그럼 어디 해보자!≫

≪그럼 내가 가서 바를 얻어올테니 기다리세요!≫

남생이는 바를 얻어오겠다는 핑계를 대고 코끼리한테로 갔다. 코끼리도 남생이를 보더니 긴 코를 내둘렀따. 남생이는 또 하마를 얼리듯 코끼리를 얼려서 줄당기기를 하기로 하였다. 남생이는 코끼리를 보고 기다리라해놓고는 가서 길고긴 바를 얻어다 한끝을 하마에게 주고 다른 한끝을 코끼리에게 주며 자기는 산우에 올라가서 당기겠다고 하였다.

남새이는 산우에 올라가서 두켠에 대고 ≪시작!≫ 하고 소리쳤다. 코끼리가 긴 코로 바줄을 둘레둘레감고 힝하고 힘쓸 때면 하마가 물우에 불쑥 솟고 하마가 잉하고 물을 뿜으며 힘쓸 때면 코끼리가 막 끌렸다. 서로 남생이한테 지는것 같아 죽기내기로 힘을 스니 바줄이 활시위처럼 팽팽해졌다. 이때 남생이가 바줄을 툭 끊어놓았다. 코끼리는 쿵하고 엉덩방아를 찧으며 나넘어졌고 하마는 물속의 바위에 엉덩방아를 찧고 넘어져 정신도 차리지 못했다.

남생이는 코끼리도 찾아가고 하마도 찾아가서 제가 한창 힘을 쓰려는데 바줄이 끊어져 힘을 못썼는데 다시 바줄당기기를 하자고 하였다. 그러니 코끼리는 긴 코로 엉뎅이를 만지며 낯을 찡그리고 대답도 없었고 하마는 물속에 숨더니 다시 나오지도 않았다.

그로부터 남생이는 아무런 근심걱정 없이 살아갔다 한다.

구술자: 한병률 / 수집지점: 화룡현 / 수집시간: 1962년 12월


# 금덩이와 돌담


산좋고 물맑은 어느 자그마한 시골에 가난한 농군이 슬하에 아들 삼형제를 두고 살았다. 가난한 농군은 마음씨 비단고름처럼 고운데다 쉬임없이 흐르는 물처럼 부지런해서 얼굴 한번 붉히지 않고 늘 아들 삼형제를 거느리고 별을 지고 밭에 나갔다가는 달을 이고 집에 들어왔다. 가난한 농군의 아들들 역시 그러했다. 어린때 쭉 벗고 장골사내된 삼형제는 마음씨 착하고 부리런한 아버지를 따라다니며 황소처럼 일했다. 가난한 시골농군 호미들고 나서면 아들 셋이 호미메고 앞에 나서서 걸었고 가난한 농군이 하루일을 끝낼 때면 아들 셋은 저마다 나무 한단씩이라도 해서 지고 뒤따라 걸었다. 그래서 가난한 농군은 세 아들을 데리고 다니는것이 더없이 기뻤다. 시골농사군은 세 아들을 데리고 맑은 물 돌돌흐르는 개울을 건너 하늘의 별처럼 총총 잔돌이 널린 강변을 지나 고운 꽃들이 울긋불긋 네 먼저 내 먼저 다투어피는 산기슭으로 발길을 돌렸는데 웬일인지 양지바른 기슭에 이러자 가던 걸음 멈추고 세 아들을 불러세웠다.

≪애들아, 잠간만 게 서서 이 땅을 보아라. 내 보기엔 이곳은 양지도 바르고 땅도 좋은데 흠이라면 돌이 많은것이다. 그러나 이 돌도 우리 부자가 합심하여 부지런히 주어낸다면 다 주어낼수 있을것이다. 그래 너희들 생각은 어떠하냐?≫

세 아들은 아버지를 따라 일밭으로 오갈 때마다 아버지가 말없이 이곳에 머물러 이 땅에 정을 붙이며 속생각을 굳혀가는걸 보아온지라 너도나도 선뜻이 응해

나섰다.

이날부터 부지런한 농군과 그의 세 아들은 밭일을 나갔다가 올 때면 꼭 이 돌밭에 들려 돌을 주어내고 그중 큼직한 돌은 저마다 하나 둘씩 집으로 들어다가 초가삼간이나마 집주위에 돌담을 쌓기 시작했다.

가난한 농군이 정해놓은 밭자리에는 정말 돌도 많았다. 물동이같이 큰 돌이 여기 우뚝 저기 우뚝 앉았는가 하면 베개통같은 돌이 이리저리 누워있고 주먹만 한 조약돌은 여기 총총 저기 총총 구만리장성에 널린 별보다 더 많았다. 그래도 부지런한 농군은 세 아들을 데리고 궂은 밭자리의 돌을 주었고 주은 돌로는 집주위에 돌담을 쌓아갔다. 그러는 사이에 세월은 흘러 어느덧 꽃이 피는 봄이 가고 락엽지는 가을이 지나 눈내리는 겨울이 찾아왔다. 그동안 사부자는 하루도 빠짐없이 손 끝에 피 맺히도록 돌을 주었건만 돌밭의 돌은 어찌나 많았던지 별로 눈에 뜨이게 줄어들이 않았고 집주위의 돌각담도 겨우 한쪽 귀퉁이만을 쌓았을뿐이였다. 그래도 가난한 농군은 락심 한번 하지 않았고 그의 세 아들도 싫다는 말 한마디 없이 손을 쉬우지 않고 부지런히 돌을 주었고 주은돌은 날마다 돌담을 쌓았다.

이렇게 춘추가 세 번 바뀌니 농군과 세 아들은 그 밭자리의 돌을을 다 주어내였고 초가삼간집주위의 돌담도 다 쌓게 되였다. 그런데 농군은 별처럼 총총하게 들어앉앗던 그 많은 돌과 베개통처럼 이리저리 누워있던 큰 돌까지 오간데없이 다 날라냈는데 단 하나 석마돌보다 더 큰 돌이 그 밭자리 한가운데 그냥 박혀있는것이 가슴에서 내려가지 않았다.

그 돌은 어찌나 무거웠던지 가난한 농군이 혼자서는 물론 황소같이 힘이 센 장골아들 셋이 모여서 들자 해도 들수 없었다. 농군은 그래도 부자 네 사람이 합심하면 되리라 믿고 아들들과 의논하니 모두가 당장 두동강이 날것 같았고 어쩌뼈가 바사지는것 같았으며 허리는 활들처럼 휘고 얼굴에서는 애기주먹같은 땀이 뚝뚝 떨어졌다. 그러나 힘꼴좋은 세 아들은 목청좋은 아버지의 먹임소리에 맞추어 천근같이 무거운 발을 옮겨놓으며 끝내 그 큰 돌을 집까지 메고 왔다. 아버지는 마음이 흐뭇해서 그 큰돌을 보기 좋게 돌담 한 귀퉁이에 놓았다. 이렇게 가난한 농군과 그의 세 아들은 삼년동안 매일과 같이 부지런히 일해서 밭도 일구고 집주위에 보기 좋은 돌담도 다 쌓아놓았다.

이 농군이 사는 초가집뒤에는 고래등같은 기와집을 쓰고 사는 욕심많고 심보 고약한 한 부자놈이 살고 있었다. 공것이라면 내버린 동네집 부지깽이도 제 집 부엌에 가져다놓는 그 부자놈은 앞집 가난한 농군네 돌담이 욕심났다. 돌담이라 고는 하지만 아무리 생각해도 삼년 세월에 하나 둘씩 들어다 쌓은 그 담이 돌담 같지 않았다.

그래서 장밤 이리뒤척저리뒤척 잠을 이루지 못하고 궁리하다가 일출동령하여 밝은 해살이 창문에 비쳐들때 문을 열어제끼고 높은 마루턱에 서서 또 앞집 돌담을 바라보았다. 그런데 아침해살을 받은 돌담이 눈부신 광채를 뿌리는지라 부자는 눈을 뜰수가 없었다. 욕심많은 부자가 그 눈부신 광채에 깜짝 놀라 두눈 을 이리비비고 저리비비며 돌담을 보고 또 보니 그것은 돌담이 아니라 온통 황금빛으로 눈부시는 금덩이였다.

≪저런! 저놈의 돌담이 온통 금더이로구나. 저 돌담만 손에 넣는다면 세상에 둘도 없는 부자가 될것이 아닌가!≫

부자는 그 눈부신 돌담을 이윽토록 바라보며 침을 꿀꺽 삼키고나서 눈알을 판들판들 굴리더니 무슨 신통한 묘안이 떠올랐는지 무릎을 탁 치고는 가난한 농군을 찾아갔다.

≪여보게, 내 한가지 의논할 일이 있어 찾아왔네. 이웃사촌이라구 우리 앞뒤집 은 본래부터 의좋게 사라가는 처치가 아니였나, 임자네 가긍한 처지를 불쌍히 여겨 돕자느 생각이 있어서 왔네. 글쎄, 빈부귀천은 팔자라고는 하지만 앞뒤집에 서 어찌 내 홀로 부귀영화 누리며 자네들의 가긍한 처지를 모르는척하겠나. 내 땅마지기로 주고 우차도 줄테니 인젠 집을 바꿔듭세나. 나야 돈이 있으니 또 큰 집이 생각나면 한 채 사면 그만 아닌가. 달리 생각말고 어서 바꿔듭세.≫

부자는 가살을 피워대며 붉은 혀바닥에 침이 마르도록 말했지만 앞집 농군은 그 부자의 심사를 제 손금보듯 잘 아는지라 가타부타 아무 말도 입밖에 내지 않았다. 그런데 뒤집 부자가 어떻게나 횡설수설하며 찰거마리처럼 달라붙는지 농군의 재간으로는 떼여버릴수가 없었다. 한생 초가집을 쓰고 농사일밖에 해오 지 않은 앞집 농군은 그 집에 정을 붙이고 살아온지라 기와집에 갈 생각은 아예 없었지만 부자대인의 분부를 거역했다가 큰 화가 미칠것만 같아 울면서 겨자먹 기로 응낙하지 않으면 안되였다. 그래서 앞집 농군은 뒤집 부자를 보고 이렇게 말했다.

《생각해서 은혜를 베푸시니 고맙소이다. 우리같은 농군은 초가삼간이라도 제 손으로 지은 집에 사는것이 제일입지요. 그리고 정들어 살아오던 집을 떠나기도 아쉽소이다만 부자대인의 소원이 그러하시다니 바꿔드리지요. 하지만 소인에게도 한가지 소원이 있사오이다.》

《그게 무슨 소원인고?》

《네. 우리 부자가 삼년을 애써 일군 밭 이야기를 훗날 자손들에게 말이라도 전해주게 그 밭에서 날라온 큰 돌 하나만 가지고 뒤집에 갈가 하나이다.》

이 말을 듣고 뒤집 부자는 이모저모로 생각해보았으나 막상 그 돌 하나가 금덩이일지라도 그것 하나때문에 다 성사된 일이 뒤틀리어 일확천금이 날아날가봐 앞집 가난한 농군의 소원을 들어주겠노라고 대답했다.

이렇게 되어 뒤집 부자는 약정한대로 소수레와 땅 몇마지기를 농군에게 주고 고래등같은 기와집도 냈다.

앞집 가난한 농군도 말한대로 돌담 한귀퉁이에 놓인 큰 돌 하나를 가지고 뒤집 기와집으로 이사하였다.

그런데 앞집 가난한 농군이 그 큰돌 하나를 가지고 뒤집에 이사하고 뒤집 부자가 앞집 가난한 농군네 집에 옮겨가자 그렇게도 눈부신 광채를 뿌리던 금덩이담이 삽시에 빛을 잃으며 돌담으로 되어버렸다. 이렇게 되자 그 부자놈은 일확천금의 달콤한 꿈이 일각에 차쥐없이 사라지는지라 땅이 꺼지도록 한숨을 쉬더니 앉을 맥도 없어 자리에 눕던것이 영영 일어나지 못하였다.

하지만 마음씨 착하고 부지런한 농군은 세 아들을 데리고 새로 일군 그 밭을 해해년년 알뜰살뜰 가꾸어가며 풍년농사를 지어놓고 근심없이 잘 살아갔다고 한다.

구술자: 림수웅 / 수집지점: 연길시 / 수집시간: 1962년 7월

# ≪과부≫가 장가들다

옛날 한 시골에 늙은 부자가 살고있었다. 하루 세끼 먹는것은 산해진미요 몸에 칭칭 두른것은 비단이라 게다가 남들이 활등같이 허리굽혀 하는 인사까지 받으니 세상 부러운것이 없었다.

헌데 내리막길이 있으면 올리막길이 있다고 밤낮으로 아양떨던 마누라가 하루아침 갑자기 ≪아이구 배야!≫ 하며 대굴대굴 나뒹굴더니 눈깜짝새에 숨을 거두고말았다. 워낙부터 여자라면 오금을 못쓰는 부자령감은 마누라가 죽어 사흘도 넘지 않아 새 마누라 들여올 궁리만 하다나니 입맛이 떨어져 기름기도는 이밥도 모래알처럼 깔깔했다. 그러다가 하루는 무슨 수가 생겼는지 쇠돌이를 불렀다. 쇠돌이란 부자머슴인데 힘이 장사인데다가 구변이 좋고 익살꾼이여서 부자령감은 다른 머슴은 소부리듯했지만 쇠돌이만은 구슬려서 일을 시켰다.

≪애, 너 오늘부터 일밭에 나가지 말고 내 말을 듣거라!≫

≪아유, 나리님께선 무슨 말씀을 그렇게 하십니까? 소인의 팔자는 소팔자라고 밤낮 일만 하려고 하시더니… 이거 참, 호박이 넝쿨채로 떨어졌습니다!≫

쇠돌이 한창 익살을 피우는데 늙은 부자는 시침을 뚝 따며 정생하고 말하였다.

≪애 이녀석, 익살은 그만하고 내 말 듣거라! 너 마나님 세상뜨고 나 혼자 한적하게 보내는걸 알고있지 않느냐?≫

≪네, 네, 알다뿐이겠습니까? 대인께서 닭의 똥 같은 눈물을 떨구는것도 소인은 두눈이 있어서 보았구요. 구곡간장이 타서 구새통같이 내뿜는 그 한숨소리도 이 소인은 두귀가 성해서 다 들었삽니다.≫

늙은 부자는 듣기가 거북했지만 그래도 쇠돌이를 구슬르는수밖에 없었다.

≪이자식아, 내가 너를 일밭으로 나가지 말라 할 때는 요긴한 일이 있어 부른 것이니 익살은 그만 부리고 어서 갓 쓰고 비단옷 입고 고개너머동리에 한번 갔다오너라!≫

쇠돌이는 어머니 배속에서 나올 때부터 쌍놈이란 딱지가 딱 붙었는지라 갓이요 비단이요 하는 말을 들으니 거짓말같아서 멍청히 서있었다.

≪아니, 이건 어떻게 하시는 말씀이옵니까?≫

≪허 그자식, 량반이 따로 있는줄 아나? 돈만 있으면 량반이 없다가도 생기는 거다. 잔말말고 어서 갓쓰고 비단옷 입고 산너머동리에 갔따 오너라.≫

≪산너머동리엔 왜 가라 하시나이까?≫

≪음… 거… 그 동리에 젊은 과부부자가 살고있지 않나. 한번 가서 집을 잘 살펴보고 오너라!≫

≪아니 부자대인께서 과부사냥 하실겁니까?≫

≪허 그자식, 그런데는 어쨌나? 임금이나 대감이나 점잖은체해도 밑을 들추면 말과는 다르네라. 한시가 급하니 어서 가보고 오너라. 그래야 동여올게 아니냐?≫

쇠돌이는 무슨 생각이 들었던지 더는 익살을 부리지않고 상투 쫓고 난생처음 갓을 쓰고 비단옷 떨쳐입고 나섰다. 쇠돌이 원체 이목구비가 바로 생긴데다 의포단장이라 차려입고 나서니 진짜량반이 틀림없었다.

량반차림을 하고 떠난 쇠돌이가 보리저녁때쯤해서 고개너머 과부부자네 기와 집뜨락에 들어서니 한 머슴이 뜨락을 쓸고있었다. 쇠돌이가 그 머슴을 찬찬히 보니 애시적에 한동리에서 자란 소꿉동무 억쇠였다.

≪아니 너 움막집 억쇠 아니야?≫

≪네, 그렇사옵니다. 조실부모하고 떠돌아다니다 예와서 머슴살이하옵니다, 량반님!≫

억쇠는 허리를 굽히고 머리도 들지 못하였다.

≪이놈아, 량반은 무슨 량반, 개 팔아 두냥반이냐? 나 쇠돌이다!≫

억쇠가 그제야 머리들고 보니 틀림없는 쇠돌이라 소목잡고 사랑채에 들어갔다. 그날 밤 쇠돌이는 목소리를 낮추었다높였다 하며 자초지종을 내리엮었다. 그리고 억쇠의 귀에 대고 여차여차하자고 소근거렸다.

쇠돌이는 늙은 부자의 애를 말리느라고 실컷 놀다가 사흘째되는 날에야 돌아왔다. 담배만 빽빽 빨며 애타게 기다리던 부자는 싱글벙글 웃으며 들어서는 쇠돌이를 보자 일이 성사된듯싶어 어떻게 됐느냐고 급히 물었다. 하지만 쇠돌이는 침을 꿀꺽 삼키더니 딴전을 부리기 시작했다.

≪나리님께서 들으시와요 소인이 난생처음 갓을 쓰고 나섰으니 아 글쎄, 바람이 나지 않을수 있습니까? 날 파람을 일구며 태산같이 높은 고개도 단숨에 척 넘어서는데 청산은 말 그대로 푸를 청자요 물은 맑아서 맑을 청자인데 갖가지

꽃들이 꽃 화자를 자랑하며 네가 곱다 내가 곱다 다투어폅디다요! 그래서…≫

≪야 이녀석. 긴말 말고 어서 갔던 일이나 말해라!≫

≪네, 그래서 경개가 절승이니 대인님 마나님되실분도 천하 절색이겠구나 이런 생각을 하며 고래등같은 기와집뜨락에 척 들어서니 참 과연 가관이였사옵니다…≫

≪야 이녀석, 긴말 말고 어서 갔던 일이나 말해라!≫

≪네, 그래서 경개가 절승이니 대인님 마나님되실분도 천하 절색이겠구나 이런 생각을 하며 고래등같은 기와집뜨락에 척 들어서니 참 과연 가관이였사옵니다…≫

≪야 이녀석, 내 언제 산천이 어떻고 그 집 뜨락이 어떻고 하는걸 묻더냐? 다른 말은 아예 싹 거두고 내가 시킨 일이 어떻게 됐나 말해라!≫

≪네, 네, 그렇게 합지요! 기와집 네 기둥에 달린 풍경소리가 왈라당절라당하는데 갑자기 목이 마르는지라 목에 이는 불부터 꺼놓구 보자구 주인을 찾고 물 한모금 먹읍시다 하고 들어서니…≫

≪예끼 이자식, 네 말 듣다 내가 지레 죽겠다. 어서 내 듣자는 말부터 해라, 그래 그 집에 들어서니 어떻더냐?≫

≪네, 하회를 들어보시와요 하 글쎄, 주인을 찾았는데 대답이 없사와요. 그래 나도 진짜량반은 아니라도 림시량반은 된지라 량반행세를 했습니다.≫

≪허 그자식, 내가 너더러 량반행세한 말 하랬느냐? 그까짓 말은 걷어치워!≫

≪네, 그럼 그만 말하지요.≫

쇠돌은 일부러 입을 꾹 닫아버렸다. 그러니 안달아난 사람은 늙은 부자라 그는 쇠돌의 손을 잡아쥐며 사정했다.

≪아니 이녀석아, 내가 어디 널 보고 말을 하지 말라고 그랬니? 곁가지를 치고 본줄거리를 말하라고 그랬지. 제발 어서 말해다구!≫

쇠돌이는 한식경이나 입에 자물쇠를 잠가놓고있다가 늙은 부자가 안절부절못하는 꼴을 보고는 픽 웃고 말을 이었다.

≪글쎄올시다. 목이 말라 물이나 얻어마시자는 격으로 주인을 찾아 넓으나넓은 뜨락에 척 들어서니 뜨락은 쥐죽은듯 고요한데 한 녀인이 문을 방긋이 열고 얼굴을 내밀었사옵니다!≫

≪그래 내가 말하던 그 과부던가? 동여올수 있겠던가?≫

≪하, 주인님은 꽤나 성급합니다. 콩밭에 가 두부를 찾는다고 날콩알이 두부될줄 아십니까?≫

≪그래, 그래 그렇지! 어서 말을 하게나, 내 다시는 자네 말을 꺾지 않겠네!≫

≪그래서 나는 지나가는 길손인데 목이 말라 물마시러 왔다니까 백옥같이 흰 사발에 구슬같이 맑은 물을 떠가지고 나왔는데 그저 온 뜨락이 대번에 환해지며 해빛도 무색해지옵더이다!≫

≪그래 정말 내가 말하던 그 과부던가?≫

≪입술은 앵두같구 두볼은 잘 익은 능금 같고 두눈은 새별처럼 반짝이는데…≫

≪그래 그 과부가 그렇게 말과 같이 절세가인이던가?≫

≪웃는양을 볼작시면 피는 꽃과 같고 가는양을 볼작시면 꽃본 나비 춤을 추는 것 같구 오는양을 보니 물찬제비 같사옵더이다!≫

≪그래 정말 나한테 그런 과부가 생긴단말이지? 허허허허!≫

쇠돌이는 또 일부러 한참이나 입을 닫아버렸다. 그랬더니 늙은 부자는 그게 정말인가, 거짓말은 아니겠지 하며 어서 말하라고 졸라댔다.

≪제가 입술이 다슬라고 허튼소리를 하겠사옵니까?! 보아하니 천생배필인데 과부라도 색시 같사옵더이다.≫

≪그래 집을 지키는 녀석들은 많던가?≫≪과부가 머슴을 거느리면 얼마나 거느리겠사옵니까? 그렇게 젊고 절색인 과부는 동서고금에 다시 없는줄 아뢰오니 어서 손을 써야지 어느날 저녁 누가 동여가겠는지 어떻게 알겠사옵니까?≫

≪그…그래, 자… 자네 말이 옳네. 당장 나가 머슴들을 부르게. 그래야 오늘저녁에라도 남먼저 선손을 쓸게 아닌가?≫

≪네, 주인님 분부대로 하옵지요 그런데 그 녀자에게는 한가지 흠이 있사옵니다.≫

≪무슨 흠인가?≫

≪녀자란 본디 실버들처럼 유순해야 하겠는데 듣는 말에 의하면 힘이 장수같아서 누구도 당해내지 못한다 하옵더이다!≫

≪흥, 자네 내 솜씨를 모르나?! 난 죽은 송장도 다스려 일을 시키는 사람일세. 제아무리 힘이 장수래도 내 이 손에 들면 갈데가 있나? 조롱속의 새지!≫

《안될 말씀이옵니다. 그 집 부자대인께서는 어찌나 독살스러운지 기여가는 뱀을 쏘아보기만 해도 그 눈독에 뱀이 다 죽었다고 합니다. 그런데도 그 량반은 생전에 그 녀자만은 후려잡지 못했다 하옵더이다.》

《그럼 자네 무슨 수라도 없겠나?》

《좋은 수야 있지요. 듣자니 그 과부가 녀자들의 말만은 그렇게 고분고분 잘 듣는다 하옵더이다. 그러니 집의 규수를 내세우면 길을 들일것 같사옵니다!》

《그그, 그렇지. 오…옳네!》

늙은 부자는 무릎을 툭 쳤다.

《과부란 동여온 첫날에는 사람을 잡아먹을듯하지만 차차 날이 가면 정을 붙이고 살게 되는 법이네. 게다가 꽃같은 우리 딸년이 엄마엄마하고 나사들면 더구나 빨리 정을 붙일걸세. 이 사람, 그럼 남들이 동여가기전에 우리 오늘밤으로 손을 쏩세!》

쇠돌이는 늙은 부자의 분부대로 힘꼴이나 쓰는 동아리를 데리고 그날 밤으로 고개를 넘어가 과부를 동여왔다.

밤에 불도 켜지 못하고 남몰래 하는 일이지만 늙은 부자는 머슴들이 과부를 동여가지고 뜨락에 들어서는것을 보자 맨버선발로 달려나와 맞았다. 헌데 듣던 말과 같이 감때사나운 과부는 늙은 부자가 달아나오는것을 보더니만 사정없이 발로 내찼다. 그바람에 늙은 부자는 그만 《아이쿠!》 하며 나넘어진채 일어도 나지 못했다. 그는 넘어진 자리에서 헐떡거리며 외마디소리만 쳤다.

과부가 행악질을 하건말건 여러 머슴들은 과부를 신부방에 억지로 밀어넣고 나와서 들숨날숨을 겨우 이어대는 늙은 부자를 부축하여 집으로 들어왔다. 부자는 그래도 그 그림같이 고운 부인을 어서 보자고 신부방께로 어정어정 걸어갔다. 그러나 과부가 어느새 불까지 꺼버렸는지라 부자는 볼수가 없게 되였다. 그래서 손더듬으로 술 몇잔을 거나하게 마시고 담을 키우고나서 아예 신부방으로 들어섰다. 그런데 늙은 부자가 들어서기 바쁘게 젊은 과부가 불이 버쩍 나게 뺨을 갈기고 발로 냅다차는바람에 부자령감은 또 덜렁하고 나넘어졌다. 그래도 생각은 새파랗게 살아서 넘어지면 다시 자리를 차고 일어나 들어가면 또 차넘어뜨렸다. 서너번 이런 봉변을 당하고보니 부자령감은 더는 들어갈 엄두를 못냈다. 그제야 부자령감은 쇠돌이가 하던 말이 생각되여 딸을 불렀다.

≪이애야, 이 애비가 불쌍하지 않으냐, 네가 날 대신해서 어머니방에 들어가 어머니를 달래다구…녀자들이란 그런 법이니…어이구 어허…≫

늙은 부자는 숨을 헐떡이며 말도 겨우 했다. 부자집딸은 애비 말을 들으니 화가 동했다. 자기도 인제는 이팔청춘 시집갈 나이가 되였는데 애비된 사람으로 딸 시집보낼 생각은 하지 않고 자기부터 과부를 얻어들이니 안그럴리 없었다. 그러나 한편 같은 녀자로서 그 과부에 대한 동정심이 슬그머니 머리를 들었다. 짐승처럼 묶이워 와서 백발이 허연 령감을 랑군으로 섬겨야 하니 세상도 참 한심했다. 그래서 딸은 두말없이 신방에 들어갔다.

처음에는 그 딸도 몇번 밀려나왔지만 나중에는 과부도 지쳤는지 더는 행악질을 안했다.

이튿날 아침에 딸은 소리없이 어머니방에서 나왔다. 그때에야 잠에서 깬 부자 령감은 벌떡 자리를 차고 일어나며 딸을 보고 물었다.

≪이…이애야! 어머니가 너를 더 차지는 않던?≫

≪별일 없었사와요!≫

≪그럼 그렇겠지, 이 애야, 오늘은 그년한테 밥 한술도 주지 말어! 제가 이기나 내가 이기나 어디 두고보자!≫

늙은 부자는 과부를 당장 손에 후려잡고싶었지만 또 잘못 건드렸다간 자는 호랑이 깨운 격이 될가 념려되여 할수 무가내로 딸을 따라나와 아침을 먹었다. 아침을 먹고나니 긴긴밤을 밀고닥치고 한지라 늙은 부자는 사지가 나른하고 정신이 혼몽해서 또 그 자리에 곤드라져갔다.

헌데 딸은 본래부터 측은한 생각을 가지고있던차 하루밤이라도 동무해준 정이 있어 아버지가 밥 한술 주지 말라던 당부도 그믐밤같이 까맣게 잊고 밥을 들고 과부방에 들어갔다. 딸은 과부한테 공손히 밥을 놓고는 어쩐지 그저 불쌍히만 생각되여 말 한마디 하지 못하고 나와버렸다. 뭐라고 말하다가는 자기도 함께 울것만 같아서였다.

하루해는 또 중대가리 콩알 굴듯 눈깜짝새에 서산마루에 뚝 떨어지고 뭇별이 반짝이는 밤이 왔다. 밤이 되자 늙은 부자의 생각은 오뉴월 독사처럼 살아났다. 그는 곧추 과부방으로 들어갔다. 헌데 또 전과 같이 발들여놓기 바쁘게 불이 버쩍 나게 몇대 얻어맞고 발에 채여밀려나와 ≪아이구!≫ 하며 쓰러졌다.

딸은 아버지가 불쌍하기도 하고 괘씸하기도 하여 자리에 눕히고 또 제가 과부
방에 들어갔다. 헌데 과부도 같은 생각을 하는지 그만은 때리지도 차지도 않았다.
딸은 말없이 슬그머니 과부곁에 가 누웠다. 그래도 과부는 가타부타 아무런 말도
없었다. 그럴수록 그가 더 불쌍하게만 생각되었다. 딸은 사람이 짐승처럼 묶여다
니는것이 생각할수록 기가 막혀 끝내 과부의 품에 머리를 파묻고 울고야말았다.
그러니 그렇게 이악스레 굴던 과부도 늙은 부자의 딸을 쓰다듬어주었다. 그럴수
록 딸은 더 흑흑 느끼며 울기만 하였다. 울면 울지 말라 머리를 쓰다듬어주고
머리를 쓰다듬어주면 또 울고 하다나니 이튿날 밤도 다 갔다.

늙은 부자는 꽃과 같은 젊은 과부를 신변에 가져다놓고 제 손아귀에 당장
넣지 못하는것으로 해서 밸이 막 새끼처럼 비비탈렸지만 벌써 이틀저녁이나
호된 맛을 본지라 쇠돌이 말대로 사흘째되는 날에도 딸을 들여보냈다.

그런데 나흘째되는 날 늙은 부자가 인제는 제가 들어갈 날이 되였다고 과부방
에 들어가려는데 그 딸이 막아나섰다.

≪아버지, 안돼요! 제가 들어가야 해요!≫

≪아니 사흘이면 된다던데 아직도 굽어 안들던? 고, 고년이 정말 사람 잡아먹
는 호랑이보다 더한년이로구나! 아무쪼록 잘 얼려라!≫

늙은 부자는 하는수없이 또 자기 딸을 들여보냈다.

그런데 일은 시작이 있어도 끝이 없었다. 닷새날저녁에도 엿새날저녁에도
늙은 부자는 과부방에 발을 들여놓지 못했다. 열흘이 되였는데도 딸은 또 자기가
들어가야 한다고 말하였다. 늙은 부자는 그만 독오른 고추가 되고말았다.

≪애 이 계집애야, 그게 벌써 며칠이냐? 그래 상금도 얼려내지 못했어?≫

≪그럼 아버지 한번 들어가보세요!≫

≪들어가라면 못들어갈가?!≫

늙은 부자는 짐승을 길들이듯이 한번 호된 매를 대서 길들여보려고 팔뚝같은
몽둥이를 쥐여들고 문을 차고 과부방에 뛰여들었다. 그러나 늙은 부자가 그 몽둥
이를 써보기도전에 몽둥이는 동강이 나서 방바닥에 나딩굴었다. 늙은 부자는
또 쫓겨나고말았다.

≪아버지, 인젠 그만두세요!≫

≪아니 뭐…뭐뭐?≫

≪이따위 법은 누가 냈는가요?≫ ≪홍, 남편없는 과부는 짐승과 같아서 동여오는건 하늘이 낸 법인데 그래 그 계집년이 어쩔테냐? 내 꼭 길을 들일테다!≫

늙은 부자는 석자넉자 뛰였다.

≪그럼 난 몰라요! 아버지 또 들어가보세요. 그렇지만 그 방은 아버지 들어가실 방이 아니애요.≫

≪저… 저리 비켜라! 오늘저녁엔 내 그년을 가만놔두지 않겠다!≫

무지막지한 늙은 부자는 딸의 말귀를 알아도 못듣고 불문곡직하고 죽기내기로 과부방에 뛰여들었다. 그런데 이번에는 과부가 아니라 딸이 따라들어와서 아버지앞을 막았다.

≪아버지, 아버지는 이 방에서 나가야 해요!≫

≪아니 뭐가 어쨌다구?≫

≪아버지, 저 사람을 보세요. 저이는 아버지가 바라는 그 과부가 아니라 그집 머슴 억쇠입니다.≫

≪아니 뭐…뭐?≫늙은 부자는 그만 그 자리에 풀썩 주저앉고말았다.

≪아버지, 저는 저이를 따라갑니다! 하느님더러 다시는 그런 법 내지 말라 하옵시와요!≫

억쇠는 부자집 딸과 함께 연기처럼 사라졌다. 늙은부자는 젖먹던 힘까지 내서 겨우 문설주를 잡고 일어서서 소리쳤다.

≪아이구, 이게 누슨 꼴이람! 하느님, 이게 무슨짓이옵니까? 과부사냥 나갔다 사위사냥 해왔으니… 아이구 내 가슴이 터지우다! <과부>가 내 딸 차고 가오… <과부>가 장가가오… 엉…엉…≫

늙은 부자는 울음에 목이 막혔는지 그만 꼬꾸라져 다시는 일어서지도 못했다.

이때 사랑채에서는 쇠돌이랑 머슴들의 웃으미 터져나왔다.

≪이놈의 법은말이야 <과부>를 장가보낸대!≫

구술자: 홍종환 / 수집지점: 돈화현 / 수집시간: 1979년 6월

# 황금몽

옛날 한 나라에 임금이 있었는데 나라정사를 할넘은 하지 않고 눈만 뜨면 만조백관들을 거느리고 산에 가서 사냥을 했다. 평생 흥취도 사냥이요 평생의 락도 사냥이였다.

어느날 그는 궁인들의 간언도 듣지 않고 숱한 궁인들을 데리고 사냥을 나갔다 가 그만 창대같은 비발이 내려쏟아지는바람에 물병아리가 되여 겨우 궁전에까 지 돌아왔다.

그날부터 임금은 자나깨나 오매불망 생각하는것이 비에 젖지 않고 불에 타지 않는 옷을 입을 생각이였다. 만조백관들을 모여놓고 하는 소리도 그 소리였고 밤에 잠자리에 누워서도 그 생각이였다. 하지만 만조백관들도 무방도였고 꿈에도 그런 옷은 보이지 않았다. 그러니 날마다 한숨에 수척해가는것은 임금이였다. 산해 진미를 대접해도 모래씹듯 맛을 몰랐고 궁인들의 춤노래로 위로해도 역증만 났다.

그러던 어느날 밤이였다. 룡침을 베고 누워 이생각저생각하다 어슴푸레 잠이 들었는데 하늘에서 너울너울 신선이 내려오더니 황금으로 강선대(降仙台)를 만 들고 석달 열흘 기도드리면 비에 젖지 않고 불에 타지 않는 옷을 입을수 있다는 것이였다. 어찌나 반가운지 신선의 손을 덥석 잡으며 백골난망이요 하고 인사를 하니 꿈이였다.

황금옷 만들 꿈을 꾸고난 임금은 그 이튿날부터 숱한 궁인들을 내세워 금을 끌어들였다. 온 나라 강산을 서캐훑듯하고 촌촌마을을 죄다 뒤번지며 금은 물론 누런색붙은 가장집물과 가락지까지 죄다 끌어들여 강선대를 만들었지만 금이 적어서 강선대는 절반도 되지 못하였다. 생각던끝에 장병들을 내세워 이웃나라 를 치고 금을 빼앗아오라 령하였지만 싸움나간 장병들은 번마다 금이 아니라 시체를 메고 왔다. 그러니 임금의 입에서 나오는건 숨이 아니라 연기였다. 임금 은 성이 상투밑까지 올라 싸움에서 패배하고 돌아오는 장병들을 파리목 따듯 죽이고 금을 바치지 않는 백성들을 룽지처참을 했다. 그러니 나라 형편은 갈수록 어지러워지고 백성들의 원한소리는 갈수록 높아갔다. 그래도 임금은 그저 그 비에 젖지 않고 불에 타지 않는 옷이 눈앞에 삼삼하여 물불을 가리지 않았다.

　그러던 어느날 또 잠이 어슴푸레 들었는데 하늘에서 또 신선이 내려와서 누런 책과 푸른 책 두권을 주며 누런 책속의 진언을 읽고나면 손에 닿는 물건이면 다 황금으로 되고 푸른 책속의 진언을 읽으면 황금으로 되였던 물건이 다시 제 물건으로 된다고 알려주었다. 임금은 황금만 있으면 비에 젖지 않고 불에 타지 않는 옷을 입게 되는지라 신선에게서 누런 책만 받아들고 푸른 책은 돌려주었다. 신선은 아무말없이 하늘에 날아올랐다.

　임금은 황금빛이 번쩍번쩍 나는 누런 책을 받아들고 그 속의 진언을 단숨에 내리읽고는 궁전을 손으로 만졌다. 그랬더니 대궐궁전이 눈깜짝새에 황금궁전이 되였다. 어찌나 좋았던지 달려들어와 왕후를 흔들어 깨웠다. 그랬더니 졸지에 이불이 금이불이 되고 룡침이 금침으로 되고 왕후가 금으로 변했다. 왕자를 쥐여 흔드니 왕자가 또 금으로 되였다. 강선대가 막 눈앞에 솟지만 왕후와 귀여운 태자가 금으로 되였으니 기가 막혔다. 아무리 통곡하며 쥐여흔들어도 금덩이로 된 왕후와 태자는 말 한마디 할줄 몰랐다. 임금은 하느님께 두손 비비며 다시 푸른 책을 달라고 했으나 신선은 들었는지 말았는지 그림자도 언뜰하지 않았다. 후회해도 쓸데없고 빌어도 쓸데없었다. 울다가는 왕후를 흔들어보고 왕후를 흔들다가는 울고 했지만 그렇게 경국지색이요 꽃본나비같던 안해는 영영 금덩이가 되여 댕댕 쇠소리만 났다.

　임금은 어린애처럼 엉엉 울기 시작했다.

　궁인들이 아침이 되여 일어나니 임금의 방에서 엉엉 우는 소리가 났다. 너무나 이상하여 가보니 임금이 룡침에 머리를 파묻고 울고있었다.

　《상감마마께서는 어이하여 이다지도 슬피 우시나이까?》

　이때에야 임금은 잠에서 깼다. 임금은 꿈에서 깨여났다. 헌데 임금이 그 꿈이야기를 하기도전에 원한에 찬 백성들이 손에 괭이요 쇠스랑이요 칼이요 쥐이는 대로 들고 궁전에 달려들어왔다. 분노한 백성들은 임금을 단매에 때려눕히고 궁전에 불을 질렀다. 궁전에서 솟는 불길이 하늘에 치솟아올랐다. 하여 비에 젖지 않고 불에 타지 않는 옷을 입으려고 병정들을 싸움터에 내보내고 백성들을 해치던 임금은 황금몽속에서 울다가 꿈을 깨자 황금몽이야기도 하지 못한채 치솟는 불기둥에 휘감겨 저승으로 가고말았다.

　　　　　　구술자: 강효혁 / 수집지점: 도문시 월청공사 / 수집시간: 1962년 11월

# 거위뚱속의 진주

옛날 윤희라는 사람이 서울 과거보러 가다가 날이 저물어 례천주막에서 자고 가려 하였다. 헌데 주막집에는 손님이 꽉 차서 빈자리라곤 하나도 없었다. 때는 이미 해가 지고 날이 어두운 때라 더 갈데도 없어 마루에서라도 앉아 자려고 윤희는 마루에 걸터앉았다.

그런데 마당에서 진주를 가지고 놀던 주막집어린애가 진주를 잃어버렸다고 ≪왕~≫하고 울음보를 터뜨렸다. 주인이 뜨락에 나와 온 뜨락을 활짝 뒤집으며 찾아 봐도 진주는 나지지 않았다. 그러니 주인은 윤희를 보고 진주를 내놓으라고 했다.

≪여기는 당신 한사람밖에 없으니 그 진주를 다른 사람이 가져갈리 없소. 어서 진주를 내놓소!≫

≪난 가지지 않았소!≫

≪다른 사람이 있었으면 몰라도 당신밖엔 사람그림자도 없었는데 누가 가졌 겠소? 안가진체하지 말고 어서 내놓소!≫

≪안가졌다는데도…≫

윤희가 딱 잡아떼니 주인은 고을군수한테 송사를 하겠다고 을러멨다.

≪할테면 해보시우. 어쨌든 난 안가졌소!≫

≪안가졌다면 되는줄 아오? 난 래일 송사하겠는데 당신이 도망가지 낳도록 이기둥에 매여놓겠소!≫

≪소원대로 하시구려, 그런데 밤새 동무나 하게 거위도 내곁에 매두오!.

≪그렇게 하오!≫

이튿날 아침에 주인은 송사하러 간다면서 문을 열고 마루턱에 나섰다. 윤희는 주인을 보고 거위뚱을 가리키며 저속에 진주가 있으니 어서 찾아보라 하였다. 주인이 그 말을 듣고 거위뚱을 헤치니 과연 그속에 진주가 있었다. 그제야 주인 은 부랴부랴 매여놓은 윤희를 풀어주며 사죄하였다.

≪작죄하였으니 용서하여주소서!≫

≪용서라 할게 있소?≫

≪손님께서는 왜 거위가 진주를 먹은줄 알면서도 진작 말하지 않고 긴긴밤 이렇게 매여있었사옵니까?≫

≪허허허…주인도 참 아둔하오. 그때 내가 본대로 말하면 저 거위가 죽지 않소? 내 편하겠다고 불쌍한 거위를 잡겠소? 밤자면 거위도 살리고 진주도 찾겠는데!≫

이때 주막에 든 손님들은 윤회의 말을 듣고 그를 칭찬하지 않는 사람이 없었다 한다.

구술자: 한병률 / 수집지점: 화룡현 / 수집시간: 1962년 12월

# 명약은 명약이야

속담에 아는 길도 물어가고 세 살 먹은 애들 말도 귀담아 들으라는 말이 있다. 그런데 옛날 어느 고을에 사는 안선생이라는 선비는 평생 남을 가르치려고만 하지 남의 가르침을 받으려 하지 않았다.

때는 바로 아지랑이 아물아물 피여오르고 만물이 소생하여 산과 들에 각가지 꽃들이 떨기떨기 다투어피는 봄이였다. 안선생에게는 뜻하지 않던 일이 생겼다.

안선생은 이 봄따라 무슨 생각을 했던지 송아지 한 마리를 사서 길렀다. 헌데 때가 마침 봄이라 송아지는 버짐을 먹었다. 봄에 송아지가 버짐을 먹는것은 큰 병이 아니라는것을 시골에 사는 사람치고 모르는 사람이 없었지만 송아지를 처음 길러보는 안선생은 이것을 알리 없었다. 안선생은 귀여운 송아지가 허옇게 버짐먹는것을 보자 앉지도 서지도 못하며 송아지가 당장 죽을것만 같아서 누런 책장을 보풀이 일게 번져가면서 송아지 구할 방도를 찾느라 애를 썼다. 암만 애를 써보아야 옛날 책에서는 소버짐 떼는 방도를 찾아낼수 없었다. 하지만 평생 남을 가르치기만 하던 사람이라 동네방네에 나가 물을넘도 하지 않았다. 물어야 할 사람이 입을 닫아매고 있으니 벙어리속은 낳은 에미도 모른다고 안선생이

송아지 때문에 속을 앓고있다는것을 알 사람도 없었다. 묻는 사람이 없으면 자연히 가르칠 사람도 나서지 않는 법이다. 일이 이렇게 되니 안선생은 안절부절못하고 따잉 꺼지게 한숨만 쉬였다.

바로 안선생이 아무런 방도 없이 한숨만 풀풀 내쉬고있을 때 마침 큰사위가 놀러왔다. 사위는 장인에게 공손히 절을 하며 인사를 하는데 안선생은 절은 받으면서 한숨을 끊지 못했다. 이에 이상하게 생각한 시골사위는 장인을 보고 물었다.

《장님, 무슨 연고로 땅이 꺼지는 한숨만 쉬나이까?》

시골사위가 이렇게 묻자 안선생은 갑자기 무릎을 탁 쳤다.

《그럼 그렇겠지. 묻는 사람이 있어야 말을 하지. 자네 우리 집 저 송아지를 나가 보게. 송아지가 죽을병에 걸려 백약이 무효할것 같네!》

《무슨 병에 걸렸기에 백약이 무효하오이까?》

《난 남의 말 듣기를 꺼려하네. 어서 나가 보게나!》

장인의 령이라 시골사위는 지체없이 밖에 나가 송아지를 보았다. 말뚝에 매야놓은 송아지는 누워서 사각사각 새김질을 하는데 아무리 훑어봐도 병든 송아지가 아니였다. 한참이나 송아지를 살펴보던 시골사위는 송아지에게 난 버짐을 보고 양천대소하고는 집에 들어왔다. 헌데 안선생은 여전히 그 모양을 하고 앉아서 한숨만 쉬며 입밖에 말을 내지 않았다. 시골사위는 장인의 버릇을 혹뗴버리듯 뚝 떼버리리라 마음먹었다.

《장님, 장인님 말씀이 천만지당하옵니다. 송아지가 정말 죽을병에 걸렸사옵니다. 그놈의 악한 벌레들이 소를 잡아먹는데 가죽을 막 헤치고 허옇게 밖에 나오기 시작했습니다. 장인님 왜 이러구 앉아계시나이까? 어서 송아지를 구해야지요. 장인님께 왜 방도가 없겠습니까?》

《그래…그래 방도는 있네만…》

없는 방도를 있다고 대답은 해놓았지만 뒤말을 이을 말이 없어 그만 입을 닫고말았다. 그래도 방도가 없다고 말하기보다는 훨씬 나았다.

시골사위는 안선생앞에 잘을 올리며 말하였다.

《장인님. 석유를 얻어다치는 방도라도 써야지요?! 그래야 벌레도 죽이고 송아지도 구할게 아닙니까?》

《허, 내 사위 농사일만 하는줄 알았더니 정말 박학다문일세! 이 사람 사위,

내 말 듣게…수화는 자고로 무사정이라 석유를 치고 불을 달면 벌레를 못잡겠나?!≫

하며 무릎을 쳤다. 시골사위는 너무나 우스워 입을 싸쥐고 밖에 뛰여나오고 말았다. 세상에 모르면서 아는체 하는것처럼 가소로운 일이 없다.

안선생은 본디 급할 때는 보리밭에 가 술을 찾고 바늘을 허리 매여 쓸 지경으로 성미 급한 사람이라 사위가 나가자 즉시로 자리를 차고 일어나 석유를 통째로 들어다 송아지에게 치고는 불을 달았다. 그러자 화광이 하늘에 충천하는데 급해맞은 송아지는 불달린 고삐를 끊고 꼬리를 곤추 세워가지고 한참 내달리더니 그만 네각을 뻗어버리고 나자빠졌다. 안선생은 목에 겨불이 일도록 두 주먹을 불끈쥐고 송아지를 뒤쫓았다. 마침내 안선생은 영영 나자빠진 송아지꼬리를 잡고야말았다.

≪애, 송아지야! 벌레가 다 타죽고 네 그 몹쓸 병도 떨어졌으니 어서 집으로 가자!≫

송아지는 아무런 응대도 없이 나자빠진 그대로였다.

성미 급한 안선생은 ≪이놈의 송아지야, 왜 남의 타이름도 듣지 않고 누워서 떼질쓰느냐≫ 고 하면서 송아지꼬리를 툭 잡아챘다. 그랬더니 일어나라는 송아지는 일어나지 않고 송아지꼬리가 뭉청 물러났다. 그제야 안선생은 송아지가 죽은줄 알고 대성통곡했다.

≪아이구 불쌍한 너까지 죽였구나! 수화는 무사정이라 벌레만 잡는줄 알았더니 너까지 죽였구나! 그놈의 약이 명약은 명약인데 벌레잡을 생각만 하다나니 너까지 그만…≫

안선생은 또 대성통곡했다. 이때 마침 이곳을 지나가던 농부가 이 광경을 보고 웃으며 말했다.

≪선비님, 속담에 이르기를 아는 길도 물어 가고 세 살 먹은 애 말도 귀담아들으라 하였소이다. 선비님, 세상사를 다 아는이는 없사온데 이런 일이야 우리 농군보고 물어도 알 일인데 공연히 멀쩡한 송아지만 죽였사옵니다. 봄에 송아지에게 버짐먹는것은 약 쓸 병도 아니 옵니다!≫

≪오 그, 그래 ≪아는 길도 물어가고 세 살 먹은 아이말도 귀담아들으라!≫자네 그 말이 명약은 명약이야!≫

안선생은 제꺽 일어나 농부에게 허리굽혀 절을 하고는 집으로 돌아갔다. 그후부터 안선생은 다시는 자기만 세상사를 다 안다고 하지 않고 남에게 거리낌없이 물어가면서 세상사를 잘 처리해갔다 한다.

구술자: 김장영 / 수집지점: 왕청현 중평공사 / 수집시간: 1962년 12월

# 의좋은 형제

옛날 한 시골에 의좋은 형제가 살고있었다. 콩 한알도 반쪽씩 나누어먹으면서 싸움 한번 하지 않고 자란 두 형제는 부모 량친이 돌아가자 원래 가지고있던 밭을 한이랑도 차없이 꼭같이 나누어가졌다. 형님은 웃지경으로 해서 밭을 가졌고 동생은 아래지경으로 해서 가지였다.

봄에는 서로 두엄을 나라다 펴주었고 여름에는 서로 도우면서 기음도 함께 맸다.

그러던 어느해 가을이였다. 그해따라 산에는 울긋불긋 단풍도 곱게 들었는데 밭에는 어거리풍년이 들었다.

이해 두 형제는 아래우 밭에 모두 조를 심었다. 조가 어떻게나 잘 되였던지 개꼬리같은 조이삭이 가을바람에 흐느적거리며 춤을 추는것을 보는 두 형제는 어깨춤이 절로 나왔다.

두 형제는 또 서로 도우면서 가을을 했다. 그런데 묶어서 무져놓고보니 신통히 한단도 차없이 똑같았다.

그날 밤 형이 집에 돌아와 생각해보니 동생네는 식솔이 자기네보다 하나 더 많은지라 밤에 동생 몰래 밭에 나가서 조 몇조배기를 동생네 밭에 옮겨놓았다.

형이 방금 동생네 밭에 조단을 옮겨놓고 온 뒤였다.

동생이 가만히 생각해보니 형님네는 큰집이라 일가친척들의 거래도 많고 또 부모 량친의 제사도 지내야 하니 식량이 더 있어야 할것 같았다. 이런 생각이

들자 동생은 슬그머니 어둠을 타고 밭에 나가 조 몇조배기를 지야다 형님네 밭에 가려놓고 들어왔다.

이튿날 형이 밭에 나가 조단을 세여보니 하나도 줄지 않았다. 동생도 몰래 제것을 세요보니 밤에 형님네 밭에 조를 날라갔는데도 한단도 줄지 않았다. 두 형제는 모두 별일이라고 생각하며 그날 밤에도 또 조 몇조배기씩 날라다주었다. 그러나 이상하게도 그 이튿날에 나가봐도 여전히 조단이 줄지 않았었다.

사흗날이 였다. 이튿날밤이나 헛수고를 했지만 두 형제는 처음 마음먹은대로 또 어둠을 타서 형은 동생네 밭에 조를 지여나르러 가고 동생은 형네 밭에 조를 지여나르러 갔다. 이날 밤은 신통히도 같은 시각에 가다보니 조를 지여나르던 두 형제는 조짐을 진채 서로 마주쳤다.

≪아니 동생, 이게 웬 일이요?≫

≪아니 형님, 이게 웬 일이시오?≫

그래서 동생이 먼저 자기 생각을 말하고 형님도 자기 생각을 말했는데 형님이 가져가라거니 동생이 가져가라거니 하며 누구도 양보하려 하지 않았다. 이렇게 서로 버티다가 마침내 형이 하는 말이

≪동생,우리 이렇게 밤마다 서로 고생하지 말고 동생 그 조를 내가 준셈치고 도로 가지고 가세. 나도 이 조를 동생이 준셈치겠네.≫ 하니

동생의 말이

≪나도 같은 생각이올시다.≫ 라고 하였다.

두 형제는 이렇게 화목하게 지내니 동리사람들은 저마다 그들을 화목한 형제 간이라 하며 그들에 대한 이야기를 두고두고 하였다 한다.

구술자: 한병률 / 수집지점: 화룡현 / 수집시간: 1962년

# 퉁소

옛날 어느 산골에 가난한 농부가 살고있었는데 그에게는 아들 셋이 있었다. 그중에 맏이와 둘째는 아버지를 따라다니며 황소처럼 일을 했지만 셋째만은 눈만 뜨면 퉁소를 입에 달고 다니며 부는것이 일이였다. 밭에 나가 일을 하다가 쉴참이 되면 아버지와 형들은 땀을 들이느라 서늘한 그늘을 찾았지만 그많은 밭머리에 호미를 놓기 바쁘게 퉁소를 불었다.

슬픔에 잠긴 사람을 보면 그를 위로해서 한곡조 불었고 불쌍한 사람을 보면 가련한 신세 동정하여 한곡조 넘기였다. 집에 가서는 부모형제들이 즐거워하라고 한곡조 불었고 동네에 나가면 동네애들이 곱다고 한곡조 넘기였다. 실버들 늘어진 내가에 가면 맑은 물이 흐르는 소리에 맞추어 퉁소를 불었고 심산유곡에 가선 곱게 피는 꽃을 보고도 한곡조 넘기였다. 낮이면 해를 쳐다보며 한곡조 불었고 밤이면 뜨는 달과 반짝이는 별을 보고 한곡조 넘기였다. 가을이면 오곡백과 물결치는 소리에 맞추어 퉁소를 불었고 겨울이면 펑펑 쏟아지는 함박눈을 보고도 한곡조 불었다. 그러니 하늘의 해와 달도 그를 반겨하였고 경치좋은 산천도 그를 반겨주었으며 이웃에 사는 사람들도 그를 좋아하였다.

그러나 일은 언제나 지나치면 탈이 생기는 법이다.

농부의 셋째아들이 그 바쁜 농사철에도 밤이면 밤마다 밤가는줄 모르고 퉁소를 불어대는데 온 동네 농사군아이들까지 그 퉁소소리를 듣느라 이 집에 모여와서 함께 밤을 새우군 하였다. 하루밤도 아니요 밤에 밤마다 내내 이렇게 지내다나니 농부의 셋째아들은 물론이요 온 동네 농사군애들까지 아침에는 일어나지 못하였고 밭에 나가서는 꾸벅꾸벅 졸며 머리방아만 찧었다. 그러니 밭에는 풀이 성하여 농사가 거덜날판이였다. 이렇게 되자 그를 반겨맞던 동네사람들은 그를 보기만 하면 량미간을 찌푸리였고 농부는 아들을 보기만 하면 눈을 흘기며 대갈라지는 소리를 질렀다. 허지만 셋째아들만은 들었는지말았는지 싱글벙글 웃으며 여전히 그 모양 그 본새로 밤마다 퉁소만 불었다. 그리고 동네아이들도 여전히 퉁소소리만 나면 죽기를 내기하고 이 집에 찾아와서 퉁소소리를 들었다. 욕해도 쓸데없고 매를 대도 그때뿐이지 아무런 소용이 없었다. 귀에 말이 들지 않았고 살에 매가 들어가지 않았다.

노루도 악이 나면 무는 법이다. 마음이 고인물처럼 잔잔하던 농부도 이제는 그만 화가 상투밑까지 동하여 화김에 아들을 집에서 쫓아내고말았다.

셋째아들은 수중에 돈 한푼 없이 퉁소를 집어들고는 집을 나섰다. 이팔도 못되는 어린 나이에 량친 부모 리별하고 하늘에 떠다니는 구름처럼 정처없이 떠돌아다니며 살자니 고생이 막심했다. 산설고 물설고 사람선 고장에서 혹 마음 좋은이를 만나면 그래도 퉁소나 불고 밥 한끼니 얻어먹을수 있었지만 부랑배나 심사가 호랑이같은 부자대인을 만나면 밥보다 매를 밥먹듯하였다. 그러나 농부의 셋째아들은 고생을 락으로 삼고 언제 한번 퉁소를 놓아본적이 없었다. 그럭저럭 세월은 여류하여 삼년이란 세월이 흘러갔다.

어느날 농부의 셋째아들은 자그마한 고을에 머물러 퉁소를 불게 되였다. 숱한 사람들이 나와서 구경하는바람에 그는 신이 나서 날이 어두워질 때까지 퉁소를 불었다. 헌데 시각때가 되여 사람들이 뿔뿔이 헤여져가자 날은 어둡고 갈곳은 없었다. 농부의 셋째아들은 퉁소를 들고 이골목저골목 빙빙 돌다가 키넘는 담장 안에 큰 배나무가 서있는것을 보았다. 낯선 고을에 들어서서 빌어먹느니보다 주먹같이 큰 배나 뜯어먹고 요기하는것이 나을상 싶었다. 그리고 땅에 엎드려 자느니보다 배나무우에 올라가 고프던참이라 아지 칭칭 휘게 열린 배를 보니 견딜수가 없었다. 그래서 그는 지체없이 배나무에 올라가 범본놈이 창구멍 틀어 막듯 주먹같은 배를 뜯어서 넓적넙적 먹었다. 진종일 굶은지라 한참 정신없이 배를 뜯어먹고 나니 갈한 목도 추기고 배도 불렀다.

이때라 마침 동산에서 둥근달이 불쑥 솟아오르는데 사위를 살펴보니 고래등 같은 기와집에서 풍경소리 절랑절랑하고 그 같이 아름다운 후원 련못가에는 대나무들이 바람결에 설레이고 불밝은 초당에서는 랑랑한 글소리가 바람타고 들려왔다. 농부의 셋째아들은 흥에 겨워 허리에 찼던 퉁소를 빼여들고 한곡조 넘기였다. 그 소리 어떻게나 구성지고 아름다웠던지 설렁이던 바람도 자고 반공 중에 떴던 밝은 달도 걸음을 멈추었다.

이 집인즉 락향한 서울 리대감네 집인데 때마침 초당에서 한창 글공부하던 리대감의 딸 그 소리를 듣고는 더는 앉아있지 못하였다. 달빛 타고 들려오는 소리는 선경에서 들려오는 옥피리소리처럼 아름다웠다. 리대감의 딸이 초당문을 열고 나서니 그 아름다운 소리는 선경에서 들려오는것이 아니라 바로 담장곁에 선 배나무에서 들려오는데 그 소리에 맞추어 배나무에 둥이 틀고있던 까치까지 나와서 은빛 달빛을 타고 배나무를 빙빙 돌아치며 깍깍 울어대는것이였다. 리대감의 딸은 저도 모르게 퉁소소리에 끌려 배나무밑에 와서 섰다.

농부의 아들은 제 흥에 겨워 퉁소를 불다나니 대감의 딸이 배나무밑에 와 선것도 모르고있었다. 리대감의 딸은 홀린듯 한식경이나 서서 그 소리를 듣더니 그만 배나무우에 대고 당돌히 말을 걸었다.

《배나무우에서 퉁소부는이 선인이신가요? 선인이면 하늘에 올라가고 사람이면 내려오세요!》

농부의 아들은 퉁소를 불다가 그 소리 듣고 깜짝 놀라 배나무에 딱 붙어 숨을 죽이고있었다. 헌데 배나무밑에서는 또 방금 하던 말로 다시 묻는데 그저 순순히 물러설것 같지 않았다. 큰 죄를 진것도 아니요 더 숨어 자취를 감출바도 못된지라 농부의 아들은 큰 마음 먹고

《나…난 사람이요.》

하고 나무에서 내려왔다.

나무우에서 내려와 보니 앞에 선 사람은 옥안이 준수하여 천태만염이 요요작작한 녀인이라 농부의 아들은 뒤로 주춤 물러섰다. 헌데 대감의 딸은 주저도 없이 섬섬옥수 고운 손으로 농부 아들의 손을 쥐더니 두말없이 잡아끄는데 걸어가는양을 보니 화용월태였다.

농부의 아들이 대감의 딸에게 끌려 은빛 달빛을 밟으며 후원초당에 들어서니 등촉이 휘황하여 대낮처럼 밝은데 람루한 제 옷차림에 머리가 숙어졌다. 대감의 딸은 농부의 아들을 잡아앉혔더니 집은 어데며 어인 연고로 배나무에 올라가 퉁소를 불었느냐고 꼬치꼬치 캐여물었다. 농부의 아들은 묻는대로 몇마디 대답하고는 퉁소를 불기시작했다. 자기가 지나온 일과 지금의 심사를 말로 대답하느니보다 퉁소를 불어서 말해주는것이 더 나을것 같았다. 꽃이 핀 동산에서 조무래기들과 노닐며 퉁소불던 어린 시절이며 밤이면 밤마다 동네 아이들을 모여놓고 퉁소불던 이야기도 퉁소에 담아 불었고 삼년세월 모진 고생 다하며 정처없이 떠돌아다니며 퉁소불던 이야기도 퉁소에 담아서 불었다. 즐거운 이야기를 할 때면 낯에 웃음짓고 어깨를 들썽이며 그 이야기 엮었고 슬픈 사연 말할 때는

눈물짓고 구슬픈 곡조를 넘기였다. 리대감의 딸은 총명이 초군한 규수라 농부의 아들의 퉁소소리를 들으며 농부의 아들과 같이 웃음도 짓고 눈물도 홀리더니 그를 보고 이렇게 말하였다.

≪그대 퉁소소리 들어보니 고생을 많이 하였사와요.≫

≪고생은 무슨 고생이요. 초년고생은 금을 주고도 못산다는데 고생을 해야 장차 퉁소를 더 잘 불게 아니요!≫

≪소녀 그대 마음 아오니 꺼리시지 않으면 잠시 우리 집에 남아서 머슴으로 있으면 장차 성사할날 있으오리다.≫

≪감사한 말이요. 내 퉁소 부는것은 사람들에게 즐거움과 힘을 주려 함이니 퉁소만 마음대로 불수 있다면 무슨 일 못하리오.≫

≪저의 부친은 소시적부터 퉁소소리 듣기를 각별히 즐겨하였은즉 머슴노릇 한대도 날마다 퉁소부는것이 일일거애요. 우리 부친 이제 며칠후이면 서울에 갔다 오실터이니 기다리시와요.≫

≪기다리다니 어디서 기다린단말이요?≫

이때 바로 후원초당에서 나는 퉁소소리를 듣고 몸채에서 달려나온 어머니가 집에 들어섰다. 그바람에 농부의 아들은 깜짝 놀라 돌처럼 굳어졌고 대감의 딸은 얼굴이 새빨간 고추처럼 붉어졌다.

≪너 이게 어찌된 일이냐? 야밤에 초당에 이 거지같은 녀석은 왜 끌어들였느냐? 천벌을 면치 못할지니 어서 내쫓지 못할고?≫

농부의 아들은 허둥지둥 문가로 걸어갔다. 이때라 대감의 딸이 한사결단 문을 막아서며 농부의 아들에게 눈짓으로 퉁소를 가리켰다. 농부의 아들은 인차 그 뜻을 알아채고 퉁소를 꺼내 불기 시작했다. 본래 대감의 부인 늘 대감과 함께 퉁소소리 듣기를 즐겨하던터인데 이처럼 구성지고 아름다운 퉁소소리는 처음 듣는지라 얼이 나간듯 퉁소소리만 들었다.

≪어머니, 소녀 부당한 생각 해본 일 없고 저이도 불측한 마음으로 이 방에 들어온것이 아니와요. 저이가 우리 배나무우에 앉아 퉁소부는 소리를 듣고 부친님 께서 퉁소 잘 부는 사람 있으면 머슴으로 맞아들이겠다던 말씀 생각나서 이 방에 불러다 퉁소소리 들었사와요. 어머니, 아버지 다녀오실 때까지 저이를 사랑방에 모셨다 아버지 오시면 물어서 윤허하면 집의 머슴으로 둠이 어떠하옵니까?≫

어머니는 금옥같은 딸이 이렇게 간청하는데다 과연 이렇게까지 퉁소를 잘 부는 사람은 처음 본지라 두말없이 농부의 아들을 데리고 사랑방으로 갔다.

과연 며칠 지나지 않아 서울 갔던 리대감이 돌아왔다. 리대감은 부인한테서 자초지종을 듣더니 농부의 아들을 불러 퉁소를 불라고 하였다. 농부의 아들이 대감이 시키는대로 한곡조 넘기니 대감은 무릎을 툭 치며 그를 머슴으로 두라고 윤허하였다. 이렇게 되여 농부의 아들은 이날부터 리대감네 머슴으로 있게 되였다.

리대감은 농부의 아들을 머슴으로 두고 날마다 두세번씩 불러다 그의 퉁소소리를 들었다. 기뻐도 불렀고 속상해도 불렀다. 속상할 때 들으면 찡그렸던 얼굴에 웃음이 저절로 피여올랐다.

농부의 아들은 이렇게 삼년동안 리대감네 집에서 퉁소를 불다나니 퉁소재간이 또 부쩍 늘었다. 그리고 리대감의 딸하고 정분이 더 두터워졌다. 그런데 리대감은 퉁소소리는 듣기 좋아하면서도 농부의 아들을 천하게 여기였다. 그래서 말을 타고 어디로 나갈 때면 꼭 농부의 아들을 꿇어엎디게 하고 그의 등을 밟고 말을 탔다. 그때마다 대감의 딸은

≪아버지, 사람이 말을 타는건 지당한 일이오나 사람이 사람 등을 밟고 말 타는건 부당한 일인줄 아오니 부친님께서 제발 그러시지 마옵소서.≫

하고 간청을 했지만 리대감은 아예 듣는체도 안하고 번마다 농부의 아들을 불러서는 그의 등을 밟고 말을 탔다.

어느날인가 아래동네에 있는 박대감이 환갑잔치를 쇠게 되였다. 리대감과 박대감은 소시적부터 친구요 조정에 있을 때 함께 내직으로 있으면서 정사를 본 일이 있는지라 리대감은 온 가솔을 데리고 박대감네 집으로 가게 되였다. 대감의 딸과 부인은 가마를 타고 가고 리대감은 또 말을 타고 가게 되였다. 딸은 가마를 타기전에 아버지가 타고 갈 말을 퇴마루옆에 세우고 마루를 밟고 말을 타라고 빌었다. 그래도 그는 딸의 말을 듣지 않고 또 농부의 아들을 불러 그의 등을 밟고 말에 올라앉았다.

모두들 떠나간 뒤 속이 상한 농부의 아들은 마구간에 들어가 말과 동무하면서 퉁소를 불어 속을 풀려고 하였다. 농부의 아들이 흰말을 싹싹 쓰다듬어주고 퉁소를 불기시작하니 말은 좋다고 웃입술을 들고 웃기도 하고 꼬리를 흔들며 머리를 젓기도 했다. 이때라 농부의 아들의 머리속에 번개같이 스치는 생각이 있었다.

그는 초당에 달려들어가 먹을 갈아가지고 나와 흰말에게 어룽어룽 먹칠을 하였
다. 그러니 흰말은 호랑이보다 더 무서운 짐승 같아 보였다.

농부의 아들은 또 집안에 들어가 대감의 딸이 시집갈 때 가지고 갈 신랑의
옷을 떨쳐입고 머리에는 사모를 쓰고 몸에는 관디를 두르고 허리에는 서띠를
띠고 발에는 목화를 찾아 신고 나와서 말을 타고 박대감네 집으로 향했다. 의포
단장이라 농부의 아들 이렇게 차리고 나서니 기세호한하여 람루한 옷차림을
하고 다닐 때 면목은 전혀 찾아볼수 없는데다 줄이 죽죽 건너간 말까지 타니
인간세의 사람이라기보다 선경에서 사는 선인과도 같았다.

농부의 아들이 말을 타고 박대감네 뜨락에 들어서니 기생들이 춤을 추고 삼현
륙각을 울리며 한창 놀아대고있었다. 농부의 아들이 기괴한 짐승을 타고 들어서
는바람에 삼현륙각소리가 뚝 끊어지고 춤추던 기생들이 한참 물러서 숨을 죽이
고있었다. 박대감도 내다보니 신선이 온것 같았다. 그는 버선발로 달려나가 허리
굽히고 무슨 행차인가 물었다. 그러니 농부의 아들 채성좋게 대답하였다.

《내 수중 룡왕의 아들인데 이곳을 지나다 들으매 삼현륙각을 울리며 잘 놀기
에 한번 구경하자고 왔소!》

박대감이 이 말 듣고 즉시에 상을 차려 올리라 령하니 령이 떨어지기 바쁘게
상이 나왔다. 농부의 아들은 말에서 내리지 않고 상다리를 높이 들어올리게 하고
는 말등에 앉은채 술도 마시고 산해진미도 이것저것 맛보고는 상을 물리라 하
는 박대감을 보고 말하였다.

《내 지나가던 과객이니 삼현륙각소리를 듣고 만포식하고 어찌 그거 가리오.
내 한곡조 불고 가리다.》

농부의 아들 말등에서 퉁소를 부니 신선두루미소리라 모두들 어깨 들썽들썽
해서 춤을 추는데 반공을 쳐다보니 청학 백학이 무리지어 날아와서 춤을 추고
기러기떼가 날아와서 빙빙 도는데 하늘이 꽉 덮였다. 그러니 반공에서 춤을 추는
학을 보고 정말 선인이 왔다는 사람으로, 퉁소소리를 듣고 선인이 왔다는 사람으
로, 박대감네 마당안은 바짝 끓었다. 농부의 아들은 신이 나서 점점 퉁소를 더
잘 불었다. 이때 한켠에서 그 퉁소소리를 귀담아듣던 리대감의 딸은 선인이라는
말탄 사람을 누구보다 자상히 뜯어보았다. 사람도 눈에 들어왔고 옷과 관디가
눈에 익었다. 헌데 리대감의 딸이 다시한번 쳐다볼새도 없이

≪그럼 이만 답례하고 갑니다.≫

하고 농부의 아들은 말을 돌려세웠다. 그러니 반공중에서 춤을 추던 청학 백학이 떼지어 날아가고 기러기도 기럭기럭하며 날아가버렸다.

농부의 아들은 말을 타고 집에 오자 차리고 나섰던 행장을 벗어서 제자리에 놓고 물을 끼얹어 말도 말끔히 씻었다.

저녁때가 되니 리대감네 내외와 그의 딸이 집에 돌아왔다. 리대감은 뜨락에 들어서자 농부의 아들을 불러서 말밑에 엎디려놓고 그의 등을 밟고 내려서는 박대감의 환갑에 갔다 선인이 퉁소부는걸 보았다고 입에 침이 마르도록 자랑했다. 그러나 농부의 아들은 아무런 내색도 내지않고 사랑방으로 물러갔다.

그날 밤 리대감의 딸은 삼경이 되기를 가렸다가 농부의 아들이 있는 사랑채에 몰래 들어왔다. 농부의 아들은 낮의 일을 생각하고 무슨 화라도 미칠것 같아서 가슴을 조이고있는데 월하에 문 열고 들어오는것을 보니 대감의 딸이였다. 농부의 아들은 제꺽 마주 나가 대감의 딸을 맞아들이며 사과했다.

≪내 오늘 그대와 상의도 없이 무례한짓을 하였으니 나무람 말고 용서하오?≫

≪소녀 그대를 찾아옴은 나무람하자는게 아니옵고 래일일을 의논하자는거예요.≫

대감의 딸은 이렇게 말하고는 농부의 아들의 귀가에 대고 귀속말로 무어라고 소근거리더니 농부의 아들이 알았노라 머리를 끄덕이자 달빛을 안고 나가버렸다.

이튿날아침에 리대감은 농부의 아들을 청하지 않았다. 신선이 부는 퉁소소리를 듣고보니 아예 하찮은 머슴의 퉁소소리는 들을 생각조차 하지 않았다. 아침상을 물린후 부인께서 사내머슴의 퉁소소리를 듣지 않겠느냐고 물으니 리대감은 도리머리질만 했다. 이때 이대감의 딸이 찾아왔다.

≪아버지, 어머니… 한가지 여쭐 일이 있어 찾아왔사옵니다. 어제 박대감 환갑 잔치에 왔던 신선이 우리 집에 있사와요.≫

리대감내외는 깜짝 놀라더니 딸을 보고 부모 량친을 놀린다고 야단을 쳤다. 하지만 리대감의 딸도 먹은 마음이 있는지라 우리 집에 신선이 있다고 우기였다.

≪그래 그 신선이 어디 있단말이냐?≫

≪우리 집 사랑채에 있는 머슴이 바로 신선이올시다.≫

≪허…허튼소리다! 어서 썩 물러가거라!≫

리대감이 눈에 불을 일구며 호통질했다. 그래도 대감의 딸은 해죽거리며 웃기만 했다. 웃는 낯에 침을 뱉지 못한다고 딸이 웃으며 말하는바람에 끝내 듣기싫은 말이라도 다 듣고야말았다. 딸은 오늘점심때면 그 신선이 나온다고 말하고는 물러나왔다.

점심때가 되니 말과 같이 신선두루미소리와 같은 퉁소소리가 들려왔다. 리대감이 깜짝 놀라 자리에서 일어나 밖으로 나가보니 부인도 나오고 딸도 나왔는데 과연 박대감네 환갑잔치에 본 그 괴상한 짐승을 탄 신선이 퉁소를 부는데 청학백학이 반공중에서 너울너울 춤을 추고 기러기가 기럭기럭하며 춤을 추며 반공을 까맣게 덮어 하늘이 보이지 않았다.

≪우리 집이 과연 신선당이로구나! 신선님, 일년 삼백육십오일 하루도 빼지말고 우리 집에 찾아와주소!≫

≪그럴진대 내 그대와 할말이 있으니 여기와 꿇어엎소.≫

리대감이 괴상한 짐승을 보며 와들와들 떠는데 또 령이 내렸다. 그 소리 들어보니 당장에 날벼락이라도 내리칠것 같아서 리대감은 울며 겨자먹기로 가서 엎디였다. 농부의 아들은 리대감의 등을 밟고 말에서 내렸다. 리대감은 또 무슨 령이 내릴지 몰라 엎디여 일어나지도 못하고 와들와들 떨었다. 이째 농부의 아들은 사모 벗고 관디 벗고 옷을 벗었다. 속에 입은 그 람루한 옷을 보니 사랑채에 있는 머슴이 틀림없었다. 이때 딸이 아버지를 부축하여세우며 말하였다.

≪아버지, 보시와요. 머슴인 저이가 바로 신선이올시다. 아버지께서는 사람으로 사람의 등을 밟고 말을 타고 말에서 내렸으니 이럴법이 있습니까? 나는 이제부터 저이를 따라가겠습니다!≫

리대감은 입술이 바르르 떨려 말도 제대로 하지 못하였다.

≪아…아니… 대감의 딸이 하찮은 농사군을 따라간단말이냐?≫

≪아버지, 그럼 우리는 우리대로 물러가옵니다!≫

농부의 아들이 말에 펄쩍 뛰여오르니 대감의 딸도 지체없이 말등에 뛰여올랐다. 말이 두사람을 등에 싣고 네굽을 안고 뛰는데 리대감이 소리쳤다.

≪아유, 신선이 달아나오…아… 아니 저놈의 농사군녀석이 내 딸을 차고 뛰오…≫

헌데 천지지간에는 리대감의 소리는 들리지 않고 퉁소소리만 울려퍼졌다.

그때로부터 리대감의 딸은 고생을 락으로 삼고 농부의 아들을 따라다녔고 농부의 아들은 온 나라의 촌촌 마을을 다니며 퉁소를 불었다. 그러니 온 나라 가는 곳마다에 퉁소소리가 들리였고 퉁소소리 구성진 마을마다에는 청학 백학 이 떼지어 날고 기러기가 춤을 췄다. 마침내 이 소식은 금상님전까지 가서 금상 님은 대연을 치르고 그들을 청하였다. 하지만 벼슬도 싫고 부귀영화도 탐하지 않고 오직 퉁소를 불어 백성들에게 즐거움과 힘을 주려는 시골농부의 아들은 부르는 궁전에는 가지 않고 향간에 다니면서 퉁소만 불더라 한다.

구술자: 김규찬 / 수집지점: 훈춘현 훈춘진 / 수집시간: 1979년 6월

# 주먹맛

옛날 어느 시골에 리서방이라는 부자가 살고있었다. 만석지기 논은 없어도 천석지기 논은 있어 먹을 근심 입을 근심 없이 잘살았는데 한낱 출신이 미천하여 늘 량반들한테 하루 세끼 밥먹듯 천대와 구박을 받으니 자나 깨나 그것이 한이였다. 그리하여 리서방은 생각하고 생각하던 끝에 아들을 서울에 보내여 과거를 보고 자그마한 벼슬자리나마 얻어오라 하였다. 그리하여 리서방은 생각하고 생각하던 끝에 아들을 서울에 보내여 과거를 보고 자그마한 벼슬자리나마 얻어오라 하였다.

리서방의 아들은 나뒤등이 휘게 실은 돈을 가지고 서울거리에 들어서서 이사람저사람 물어서 김정승네 집으로 찾아갔다.

그의 말을 자초지종 듣고난 김정승은 머리를 끄덕이며 하는 말이

《알아듣네. 남아로 세상에 태여나 벼슬 한자리 못해서야 되겠나? 기다리게, 돈만 있으면 못할 일이 없네! 내 한자리 얻어줌세.》

리서방의 아들은 아버지의 평생소원이 당금 이루어지는것만 같아서 넙적 엎드려 절을 하고 나귀등에 처매온 돈을 내놓았다. 김정승은 그 돈을 한잎도 남기

지 않고 다 받았다.

그날부터 리서방의 아들은 김정승네 집에서 일이란 일은 다해가며 일일이 여삼추로 벼슬자리 생기기만 기다렸다. 그런데 일년 삼백예순닷새가 다 지나도록 좋은 소식은커녕 김정승이 차차 개 닭보듯하였다.

그제야 리서방의 아들은 돈만 있으면 못할 일 있느냐 하던 김정승의 말이 다시 생각되였다. 그는 총망히 집으로 돌아가 아버지에게 자초지종을 다 말하고 또 돈을 나귀등이 휘게 싣고 와서는 김정승에게 올렸다. 그러니 김정승이 하는 말이 또 그 말이였다.

≪알아듣네! 남아로 세상에 태여나 벼슬 한자리 못해서야 되겠나? 기다리게, 돈만 있으면 못할 일이 없네! 내 한자리 얻어줌세.≫

리서방의 아들이 들어보니 말은 처음 돈을 올릴 때 하던 소리와 꼭같으나마 이젠 나귀등에 돈을 두번이나 실어다 올렸으니 이번에야 되겠지 하는 생각이 들어 별말없이 또 김정승네 사랑방에서 류경살이를 계속하였다.

헌데 이번에도 일은 꿩구워먹은 자리가 되고말았다. 이러구러 또 한해가 다 가는데 김정승은 도 리서방의 아들을 보기만 하면 낮부터 찡그리며 당장 한매 안겨 내쫓을 상이였다.

리서방의 아들은 또 나귀등에 돈을 실어왔다. 이렇게 한해 두해 지나다보니 세월은 흘러서 십년이 되고 리서방네는 가산을 탕진하여 알거지신세가 되였건만 벼슬자리는커녕 이렇다는 말 한마디 없었다. 리서방은 하는수 없어서 아들에게 어서 돌아오라는 기별을 보내였다.

리서방의 아들이 되돌아가려고 십년이나 들어있던 사랑방을 나서고보니 눈에서 불이 일고 밸은 탈려서 끊어지는것 같았다. 그래서 한번 김정승을 찾아가 그 까닭이나 속시원히 알아보고 분풀이라도 하고 가리라 마음먹었다.

때마침 김정승은 조정에 나가지 않고 방에 누워있었는데 리서방의 아들이 들어오는걸 보더니만 갑자기 ≪아구 배야!≫ 하며 죽어가는 소리를 질렀다. 리서방의 아들은 그렇건말건 당돌하게 들여댔다.

≪정승님, 할말이 있어 왔소이다!≫

≪아… 아이구 배…배야! 아이구!≫

김정승은 제 배를 부여잡고 당장 죽을상을 하면서도 리서방의 아들을 흘끔흘끔 곁눈질하며 말했다.

《그… 그래 할말이 있다구… 어서 집에 갔다 와서 말하게… 그러면 내 그 말 안들어줄라구… 아이구 배야…》 리서방의 아들은 《또 집에 갔다 오면》 벼슬자리를 준다는 말을 들으니 눈에서 번개가 일었다. 그리고 그놈의 배는 무슨 배길래 숱한 사람의 뢰물을 주는대로 다 받아먹고도 트집을 거느냐 하는 생각이 들면서 더는 참을수가 없었다. 리서방의 아들은 주먹을 불끈 쥐고 젖먹던 힘까지 내여 김정승의 배를 내리박았다.

《이 망할놈아, 네놈의 그 배때기속에 우리 일가 가산을 다 밀어넣고 나는 간다. 인젠 돈도 없고 뢰물도 없어 네 배속에 들어갈게 없다. 남은것이 이 주먹뿐이니 옛다 주먹맛이나 봐라!》

리서방의 아들이 마음먹고 내리박았는지라 김정승은 당장 숨이 넘어가는 소리를 질렀다. 그 소리에 김정승의 세 아들이 달아들어왔다. 리서방의 아들은 죽어가는 김정승을 가리키며 말했다.

《아유, 집에 가려고 대감님을 하적하러 왔더니 대감님께서 글쎄…》

김정승은 숨을 거두느라 혀가 굳어져 말 한마디 못하였다. 그는 세 아들이 들어온걸 보더니만 겨우 손을 들어 리서방의 아들만 가리켰다. 무슨 말이라도 할것 같아 바라보니 김정승은 입술만 바드드 떨며 말은 못하고 그저 두번이고 세번이고 리서방의 아들만 가리켰다. 그러자 김정승의 맏아들이 알았다는듯 아버지앞에 꿇어앉아 눈물을 흘리며 말했다.

《아버지, 아버지께서 말씀하지 않아도 알만하옵니다. 아버지 뜻대로 우리 집에서 십년이나 류경살이해온 리서방의 아들에게 한자리 주겠사오니 마음놓으시고 눈을 감으시오!》

김정승의 맏아들은 꼭 그렇게 하겠다는 표시로 리서방 아들의 손까지 잡았다. 그러자 김정승은 말은 못하나 어디서 난 기운인지 제 가슴을 떡치듯 내리치며 둘째 아들을 쳐다보았다. 둘째아들도 아버지앞에 무릎꿇고 앉았다.

《네, 저도 아버지의 뜻을 아옵니다! 그것이 부친님의 가슴속에 맺힌 소원이신데 자식된 몸으로 어찌 부친님의 높은 뜻을 받들지 않으리까?! 부디 안심하시고 눈을 감으소서!》

둘째아들의 말까지 들은 김정승은 숨이 당장 넘어가는데다 억이 막혀 더는 가슴도 잡아패지 못하고 그저 눈을 희번덕거리며 셋째아들을 쳐다보았다. 셋째 아들은 두 형님이 나서서 말씀 올렸는데 자기만 말하지 ○낳고 있으니 노여워 그러는줄 알고 제꺽 머리를 아버지품에 묻으며 말했다.

≪아버지, 죄송하옵니다! 형님네가 말씀올렸기에 여직껏 말씀올리지 못하였 습니다! 저도 아들된 몸이라 형님들과 같은 생각을 하오니 어서 노염을 푸시고 눈을 감으옵소서!≫

셋째아들의 말이 끝나자 바람앞의 등불같던 김정승의 숨도 뚝 끊어지고 말 았다.

김정승의 장례가 끝나자 김정승의 세 아들은 이 일을 임금에게 보하였다. 그랬더니 임금은 다른 말 없이 리서방의 아들을 아무 고을 군수로 내려보내라 령하였다. 그러나 이때 리서방의 아들은 벌써 그림자도 보이지 않았다.

구술자: 김장영 / 수집지점: 왕청현 중평공사 / 수집시간: 1962년 12월

# 숙종대왕과 홍서방

숙종대왕은 백성들에게 덕을 베풀고 나라를 잘 다스려 국태민안하고 농민들 은 격앙가를 부르며 농사하였다.

숙종대왕이 수수한 두루마기에 헌 갓을 쓰고 한 령을 넘어서니 웬 농부가 웃통을 벗어버리고 주먹같은 땀을 뚝뚝 떨구며 산전을 파고있었다. 숙종은 농부 한테 다가가서

≪여보 산전 파는 농부, 좀 쉬면서 담배나 피우고 일함이 어떠하오?≫ 하니

≪네, 그리합시다!≫ 하고 시원스레 대답하고는 괭이를 땅에 내리박아놓고 나오는걸 보니 관골이 툭 뻐여지고 뒤잔등이 가마반들반들하게 됐는데 키가 또한 팔척장신이였다.

숙종대왕은 농부가 옆에 와 앉자

《인사나 하게오. 난 서울에 사는 리서방이요.》

《난 이 산골 사는 홍서방이요.》

둘이 통성명하고 앉아 담배를 피우며 서로 알고보니 나이도 동갑인데 생일도 하루였다. 출생시를 따져보니 홍서방이 새벽이라 숙종은 그를 형님이라 불렀다.

해가 너울너울 지니 홍서방은 숙종대왕을 보고

《이 사람 동생, 우리 집에 가세. 집에는 벌이 백통이나 있고 맛있는 굴밤도 있네!》 하고는 숙종대왕의 팔을 잡아끌었다.

숙종대왕이 홍서방을 따라 홍서방네 집에 가니 홍서방은 차조밥에 꿀을 버무려 담근 밤을 들여왔다. 숙종대왕은 궁전에서 먹어보지도 못한 음식이라 기껏 먹고는 술을 놓았다.

이튿날 숙종대왕이 홍서방네 집을 나서려는데 홍서방은 꿀에 담근 밤을 한짐 해주었다.

《형님 잘 먹고 가오. 서울에 한번 놀러 오우!》

《서울 가면 동생네 집을 어떻게 찾나?》

《서울서 제일 큰 집을 찾아오면 되오!》

《그럼 동생 잘 가게!》

일년해가 지난 어느날 홍서방은 초롱에다 꿀에 절군밤을 담아들고 서울에 갔다. 서울에 들어가서 보는 사람마다 리서방네 집이 어디냐고 물으니 모두들 모르겠다고 도리질이라 서울에서 제일 큰 집이 어디냐고 물었다. 그러나 보는 사람마다 대궐이 제일 크다고 하는지라 홍서방은 궁전에 찾아들어갔다. 헌데 궁전문지기가 들여놓지 않는다.

《왜 못들어가게 하노? 내 동생 리서방이 우리 집에 놀러 와서 서울서 제일 큰 집이 제 집이라 해 찾아왔는데 안들여놔?》

팔척장신이 초롱을 들고 와서 이런 소리를 하는지라 하도 이상하여 임금에게 보하니 숙종대왕이 어서 모셔들이라 했다.

홍서방이 궁전에 들어서니 만조백관이 모여 조회를 하는데 숙종대왕은 룡상에 앉아있었다. 홍서방은 숙종대왕을 보자

《자네 이 사람 동생, 참 좋은 자리에 앉았네!》 하고는 껄껄거리며 웃었다.

조회에 나왔던 만조백관들은 임금을 보고 자네 동생 하는바람에 눈이 종지만

히 둥그래져 서로 쳐다만 보았다.

≪짐의 형님일세, 시골에서 왔으니 어서 좋은 자리에 모셔 쉬게 하게! 형님, 내 조회가 끝나면 찾아가리다!≫

홍서방은 하루 삼시 산해진미를 먹으며 명산대천도 구경하고 서울거리도 구경하며 잘 놀았다. 헌데 아무리 놀아봐야 집에서 괭이자루나 휘두르기보다 못했고 꿀벌치고 어깨 뻐근하게 나무짐 지고 다니기만 못했다. 그래서 그는 숙종대왕을 보고 말을 나누었다.

≪여보게, 난 집으로 가겠네!≫

≪왜 더 놀지 않구?≫

≪일하기만 못하네!≫

≪그럼 더 말리지 않겠소. 헌데 형님 뭐 요구되는것은 없소?≫

≪나한테 동지라는 벼슬이나 주게. 일해 먹고 살자니 그 불한당녀석들이 자꾸 말썽일구는데 그게나 먹게 동지나 주게!≫

≪더 큰 벼슬은 싫소?≫

≪허, 불한당이나 말리면 편히 농사를 하겠는데 더 큰 벼슬은 해서 뭘 해? 그저 동지면 돼!≫ 하고는 그 벼슬을 가지고 집에 돌아왔다.

집에 돌아오니 또 불한당녀석들이 행패를 부리는데 홍서방은 서울 가 받은 동지라며 그놈들을 붙잡아 하나 하나씩 처단하였다. 그러니 마을에 화가 없어지고 농부들이 저마다 시름놓고 농사일을 하였다. 이것이 홍서방과 숙종대왕사이에 있은 이야기이다.

구술자: 량순달 / 수집지점: 영길현 알라디 / 수집시간: 1981년 4월

# 근심없이 산 로인

옛날 한 시골에 학발이 된 로인이 살고 있었는데 그에게는 아들 삼형제가

있었다. 삼형제를 키울제 해죽해죽 웃는양을 보니 피는 꽃을 본듯하고 아장아장 걷는양을 보니 저마다 귀염스러워 꿈에도 웃음이 절로 났다.

삼형제 차차 커가며 일재간이 늘어 아버지 일손을 돕는데 장가를 보내니 며느리들까지 마음 또한 비단이여서 저마다 부모를 모시겠다니 아무 근심이 없었다. 큰아들 집에 가면 술 떠온다 닭잡는다 하며 끼니마다 김이 문문 피여오르는 색다른 음식을 대접했고 둘째아들집에 가면 발들여놓기 바쁘게 물고기를 사들인다 배꽃같이 하얀 이밥을 짓는다 하며 야단쳤고 셋째아들집에 가면 산에 나는 산나물에 바다에서 나는 해어 해서 하루 삼시 산해진미였다. 입는것도 그러했다. 큰아들집에 가면 큰아들집에 왔다고 새옷 한벌이요 둘째아들집에 가면 비단옷이 좋다고 또 한벌이요 셋째아들집에 가면 막동며느리 솜씨내여 또 새옷 한벌이여서 일년 사철 철철이 옷을 갈아입고 다녔다. 아들들은 효자요 자부들은 효부여서 먹을것 입을것 근심없다는데다 마음 또한 늘 명절날처럼 기뻐서 평생 머리발 희도록 근심이란것이 무엇인지 모르고 살았다.

그러니 차차 소문이 자자하게 되여 온 나라에 아무시골 아무 로인은 한평생 근심이 무엇인지 모르고 살아간다는 소문이 쫙 퍼졌다. 발없는 말이 하루에도 천리를 간다고 시골에 사는 한 로인이 한평생 근심을 모르고 산다는 말은 임금의 귀에까지 전하여졌다.

임금은 문무백관들을 모여놓고 경들가운데 누가 근심걱정없이 보내는고 하고 물으니 무관은 외세의 침략때문에 늘 근심이고 문관들은 간신이 생겨날가 근심이라며 백관이 백가지 소리를 하는데 근심이 없이 산다는 사람은 하나도 없었다. 임금도 그러했다. 룡상에 앉아 령 한마디면 산천초목이 다 떨지만 나라정사 잘못하면 백성이 란을 일으킬가 근심이요 부모자식, 형제사이에도 그놈의 룡상에 앉을 생각때문에 죽고사는 일이 있으니 근심이였다. 한 나라의 임금도 이런저런 근심이 있는데 시골에서 사는 창생이 백발이 되도록 근심이 없이 살아간다니 임금은 다장 그 로인을 궁전에 대령시키라 령하였다.

시골에 사는 로인은 임금의 령대로 대령하였다. 임금은 백발수염이 가슴을 내리덮는 로인을 반나절이나 뜯어 보더니

≪그대가 백발이 되도록 근심 한번 없이 살았다는 말이 실말인고?≫ 하고 물었다.

　시골로인은 임금에게 절을 하고 부모 품에서 자랄때는 부모의 사랑이 지극해서 근심이 없었고 부모가 되니 자식들이 곱게 자라서 영락이였고 자식들이 자라서 성가를 하니 부모에게 효성이 지극해서 근심이란것이 무엇인지 모르고 산다면서 지나온 일을 하나부터 열까지 임금에게 아뢰였다. 임금은 사흘낮 사흘밤을 시골에서 온 로인의 이야기를 듣더니 금으로 만든 구슬을 주면서 한달후에 이 구슬을 가지고 다시 궁전에 대령하라 하였다.

　시골로인은 임금이 주는 구슬을 지니고 총총걸음으로 집으로 돌아오고있었다. 이제 다리만 건너면서 집도 멀지 않았다. 그런데 다리에 금방 들어섰을 때 뒤에서 갑자기 웬 사나이가 나타나더니 금구슬을 내놓으라고 을러대였다. 금구슬은 임금한테서 받은것이요 또 한달후면 그 왕궁에 가져다 바쳐야 할것이므로 시골로인은 그 금구슬을 꽉 틀어쥐고 놓지 않았다. 그러니 뼈마디에 피 아홉동이나 깊인 구척같은 사나이는 로인의 손을 잡아쥐고 금구슬을 빼앗자고들었다. 금구슬이자 생명인지라 로인은 죽기내기로 놓지 않자거니 사나이는 손을 잡아펴며 내놓으라거니 하며 다리복판에서 싸우다보니 그만 아무도 금구슬을 손에 넣지 못하고 금구슬을 강 한복판에 떨어뜨리고말았다.

　로인은 허둥지둥 집에 돌아왔고 그 사나이는 건정건정 오던길로 뒤 한번 돌아보지 않고 가버렸다.

　시골로인은 아들집에 들어서자 자리에 눕더니 침식을 잊고 말 한마디도 없었다. 늘 웃음이 피던 얼굴에 수심이 가득차서 서울에 갔다 온 시골로인은 그만 딴사람으로 변했다. 아들이 《아버지 어찌 된 일이옵니까?》 하고 물어도 함구무언이요 며느리들이 물어도 묵묵부답이였다. 끼니마다 색다른 음식을 해 대접해도 드는둥마는둥했고 산해진미를 상다리 부러지게 해올려도 수저를 들고 먼 산만 바라보며 한숨이였다. 그러니 열길 물속은 들여다보아도 한길 사람속은 들여다보지 못한다고 아버지말 한마디 없으니 그 연고를 알길이 없었고 그 연고를 알길이 없으니 로인의 근심을 덜 방도도 없었다. 그래도 아들며느리들의 효심만은 여전히 변함없었다. 아침에 일어나면 아버지 밤새 편안하셨습니까 하며 절을 하였고 때가 되면 로인의 구미에 맞는 음식들을 받쳐올렸다.

　그런던 어느날이였다. 세 며느리가 모여앉아 아버님께서 서울에 갔다 오시더니 아마도 효성이 지극한분들을 많이 보구 오시여 우리 효성이 모자란다고 일어나지 않으시지 않느냐며 오늘은 아버님 즐겨하시는 물고기를 잡다가 대접함이 어떠냐고 의논했다. 그래서 세 며느리 고기그물을 들고 강에 나가니 동네방네 입가진 사람들이 어찌나 효성이 지극하면 며느리들까지 시부모 대접하려고 고기그물 들고 나서느냐며 저마다 칭찬이였다.

정성이 지극하면 돌우에도 꽃이 핀다고 평생 고기잡이라고 해보지 못한 이집 며느리들이 고기그물을 치니 팔뚝같은 고기들이 걸려나오는데 한참동안에 숱한 고기들을 잡아가지고 왔다.

그런데 셋째며느리가 제일 큰 고기 밸을 따다가 뜻밖에도 고기배속에서 금구슬을 발견했다. 셋째며느리는 눈부신 금구슬을 보자 두 형님에게 알렸다. 두 형님이 보니 난생 보지 못한 희귀한 금구슬이라 아버님한테 올려서 로인을 기쁘게 해드리자고 하였다.

세 며느리가 금구슬을 아버님한테 내놓았다. 로인은 금구슬을 보자 벌떡 일어나앉더니만 수심이 졸지에 사라지고 웃음이 피는 꽃처럼 피여올랐다. 로인은 세 며느리를 번갈아보며 전후사연을 이야기하고는

≪너희들이 효성이 지극하여 내 또 근심없이 살게 되였구나≫ 하며 찬탄하였다.

날은 하루 이틀 류수와도 같이 흘러서 어느덧 한달이 되였다. 임금은 궁인들을 시켜 금구슬을 강 한복판에 떨어뜨린지라 인제는 근심없이 산다는 로인이 꼭 피골이 상접하고 얼굴에 수심이 흐린날처럼 끼여 들었으리라 생각하고 룡상에 앉아서 시골로인이 찾아오기를 기다렸다. 헌데 때가 되여 들어서는 시골로인을 보니 한달전에 보던 그래로 만면에 웃음을 담고 앞에 와서 ≪령대로 대령하였소이다.≫ 하며 절을 하였다. 임금은 너무나도 생각밖이라 깜짝 놀랐다.

≪그래 짐이 주던 그 금구슬을 가져왔단말인고?≫

≪네, 가져왔나이다.≫

시골로인은 눈부신 빛을 뿌리는 금구슬을 임금에게 올리였다. 과연 한달전에 가지고 오라고 준 그 금구슬이 틀림없었다. 임금은 시골로인을 보고

≪그대 서울에 왔다 갈 때 다리 한복판에서 웬 사나이가 이 금구슬을 빼앗자고 한일이 없는고?≫ 하고 물었다.

≪네, 있사옵니다. 그때 이 금구슬을 내라거니 못주겠다거니 하다 그만 강

한복판에 떨어뜨렸소이다!≫

≪그래 그 깊은 강에서 누기 이 구슬을 찾아냈는고?≫

≪소인에게는 세 며느리가 있사옵니다. 소인이 서울에 왔다 간후 신색이 좋지 못하니 세 며느리가 생선을 대접하려고 강에 나가 고기를 잡아왔는데 그 고기배 속에서 이 금구슬을 얻었다고 아뢰나이다.≫

≪그래 그게 실말인고?≫

≪우리 시골사람은 거짓말할줄 모르나이다!≫

≪오, 장할시고! 과연 듣던 말과 같구려! 그래 근심없이 살 사람이로다. 부모되여 자식 키움에 고생이 없으랴만 그 고생을 락으로 삼았은즉 근심이 있을소며 자식들이 커서 성가한후로는 자식들이 또 부모를 하늘인양 극진히 떠받드니 근심이 있을손가?! 과연 이 나라의 자랑이로다!≫

임금은 궁전에 큰 잔치를 베풀어 시골로인을 후히대접하고 문무백관들더러 온 나라 백성들에게 이 일을 널리널리 알리라고 령하였다. 그때로부터 이 이야기는 온 나라에 자자히 퍼져서 오늘에까지 전하여졌다.

구술자: 박련옥 / 수집지점: 연길시 / 수집시간: 1962년 7월

# 전백록

옛날 산좋고 물좋은 한 시골에 자그마한 동리가 있었는데 이 동리 전씨네 가문에 한 청상과부가 살고있었다. 마음씨 착한데다 일도 잘해서 가문에서는 물론 온 동리 입가진 사람은 너나없이 모두 입에 침이 마르도록 그를 칭찬하였다.

그런데 이 진씨네 청상과부에게 뜻하지 않은 일이 생겼다. 때는 산도 푸르고 물도 푸른 한여름이였다. 넓고넓은 하늘에는 구름 한점 없고 말끔히 거두어놓은 뜨락에는 해볕이 쟁글쟁글 내려쪼이는데 건과부는 뜨락에 앉아서 배를 매고있었다. 솔에 풀을 발라서는 베실을 죽죽 내리 훑고 베실을 노랗게 훑어서는 둘둘

도투마리에 감았다. 전과부가 한창 베를 매고있을 때 갑자기 머리에 솔뿌리같은 뿔을 떠인 백사슴이 입에 허연 거품을 물고 눈이 종지만해서 그의 앞에 와 떡 버티고 섰다. 사람을 피해 사는 산짐승이 이렇게 사람앞에 와 설 때는 필유곡절이 분명하였다. 말수 적고 마음씨 봄날처럼 따스하여 남의 어려운 일 잘 돌봐주는 전과부는 말없이 백사슴을 뜯어보고는 살그머니 고집문을 열었다. 그러자 백사슴은 고집에 성큼 뛰여들어가 몸을 숨겼다. 전과부는 고집문을 닫아걸고 치마자락으로 백사슴의 발자국을 자취도 없이 쓸어버렸다. 그리고는 또다시 아무 일도 없은것처럼 조용히 앉아서 곁눈 한번 팔지 않고 베를 냈다.

얼마 지나지 않아서 사냥군이 두 주먹을 불끈쥐고 황소 다락에 오르듯 헐떡이며 뜨락에 들어섰다. 사냥군은 한창 베를 매고있는 녀인을 보자 인사도 없이 급히 물었다.

≪여기로 백사슴이 뛰여오는걸 보지 못했소?≫

≪보지 못했어요!≫

전과부는 사냥군이 활을 들고 뜨락에 들어서자 가슴이 방망이질했지만 썩썩 베를 매여 뛰는 마음을 다 잡아먹었다. 그는 사냥군이 묻는 말에 단마디 대답을 하고는 머리를 다소곳이 숙이고 앉아서 베만 매고 있었다. 초면인데다 녀자가 혼자 앉아 베만 매면서 더는 말할념도 하지 않으니 사냥군은 캐여묻기도 면구스러웠다.

싸리꽃이 빨갛게 피는 한여름철 사슴의 뿔은 제일 값이 가는 땐데 더구나 백사슴의 뿔은 모래속에 묻힌 금싸락같이 귀한지라 이틀째나 쫓아다니던 백사슴을 잃고 보니 사냥군은 맹랑하기 그지없었다. 그래서 면구스러운대로 또 말을 걸었다.

≪여보 부인, 이 집 뜨락에 안들어왔단말이요? 정말 보지 못했소? 분명 들어서는걸 보았는데…≫

≪보지 못한걸 어떻게 보았다고 거짓말을 하오리까?≫

전과부는 아예 입을 딱 닫아버리고 더는 말하지 않았다. 사냥군은 할수 무가내로 ≪후-≫ 하고 땅이 꺼지게 한숨을 쉬고는 뜨락을 나와 가버렸다.

사냥군이 나가서 한식경은 잘되였다. 해를 쳐다보니 해가 정수리를 곧추 내리쪼이는것이 점심때가 다 된상싶었다. 전과부는 그제야 뜨락에 나서 사위를 살펴보고 더는 사냥군이 보이지 않는지라 돌아들어와 고집문을 열었다. 백사슴이 껑충 뛰여나오자 그는 양푼에 시원하고 맑은 샘물을 떠다 백사슴앞에 놓았다. 백사슴은 쭉 소리를 내며 양푼에 찰랑찰랑하게 담은 물을 단숨에 다 켰다. 그리고는 전과부를 쳐다보더니 주르륵 눈물을 흘리였다. 전과부는 백사슴의 등을 쓰다듬으며

《백사슴아, 어서 가거라! 산에서 사는 짐승이 인가에 내려오면 무슨 화를 당할지 모르니 어서 떠나거라!》 하였다.

백사슴은 앞발을 꿇고 절을 하더니만 울컥하고 박씨하나를 토하고는 전과부더러 먹으라고 떠밀었다. 과부는 하얀 박씨를 주어들고 섰는데 백사슴은 물러가지 않고 그의 등을 밀며 박씨 먹는 시늉까지 했다. 전과부는 말못하는 짐승이나마 하도 권하니 그 하얀 박씨를 통채로 삼켰다. 그러자 백사슴은 좋아라고 보기 좋은 뿔을 내혼들며 껑충껑충 뛰여서 수림속에 사라졌다.

그런데 그후부터였다. 전과부는 점점 몸이 무거워나고 밤에 잠자리에 누우면 늘 몽중에 백사슴이 찾아오군 하였다. 전과부는 이상한 생각이 들었다. 하지만 그는 이런 생각을 누구와도 말할수 없었다. 꿈에만 찾아오는백사슴과 물었대야 잠을 깨고나면 헛일일것이요 그렇다고 가문의 어른들과 시원히 물어보자니 과부의 몸으로 그것은 더구나 안될 일이였다. 그러다보니 말없이 속우는 동안에 백사슴이 주고 간 박씨를 먹은지도 어언간 십삭이 지나갔다.

전과부는 십삭만에 티없는 옥과도 같은 귀동자를 낳았다. 아이는 귀한 아이를 낳았으나 남편없는 녀자가 아이를 낳았으니 이보다 더 큰일이 어디 있으랴.

전과부가 아이를 낳았다는 호랑이보다도 더 무서운 말이 전해지자 전씨가문에서는 과부가 행실이 고약하여 온 가문을 더럽힌다면서 더 소문이 퍼지기전에 쥐도새도모르게 아이를 없애치워야 후환이 없어진다고 야단들이였다. 이때 전씨가문의 존장어른만은 우선 그 연유나 알아봐야 할게 아니냐고 여러 사람을 꾸중하면서 전과부네 집으로 찾아갔다.

백발이 성성한 로인이 전과부네 뜨락에 들어서니과연 듣던 말과 같이 집안에서 갓난애의 울음소리가 울려나왔다.

로인은 떨리는 손으로 문을 열고 들어가 근엄한 눈길로 과부를 보며 이제 대체 어인 일인지 이실직고하라고 말하였다. 그러니 그 청상과부 하는 말이

≪소첩은 홀로 난 녀자의 몸으로 여염집 남자와 범접한 일이라군 꼬물도 없사옵니다. 단지 어느 한번 이런 일이 있었을뿐이옵니다.≫ 라고 하며 사경에 처한 백사슴을 살려준 전후사연을 그대로 말했다. 존장어른은 전후사연을 듣고나더니만 자리에 눕혀놓은 동자를 보고 만면에 웃음을 지었다.

≪이 사람, 내 모든것을 알았네. 울지를랑 말고 저 애를 잘 기르세!≫

로인은 가문의 여러 사람들을 모여놓고 전후사연을 말하고나서 아이의 이름을 온전 전(全)자에 흰 백(白) 사슴 록(鹿) 해서 전백록이라 지어주었다. 일이 이렇게 되니 누구든 다시는 전과부를 나무람하지 않고 온 가문이 일심이 되어 청상과부를 도와 백록이를 마른자리 굳은자리 가려가면서 고이고이 길러주었다.

이와 같이 백록이 차츰 자라서 륙칠세되니 그의 어머니는 백록이를 서당방에 보냈다. 서당방에 간 백록이는 남달리 총명해서 한자를 배워주면 열자를 아는데 더구나 공부에 열심하기를 앉아 글을 읽을라치면 누가 와서 귀를 떼간대두 모를 지경이였다.

세월은 흘러서 백록이 서당방에 가 공부한지도 어언간 10년이 되였다. 백록이는 그새 독파만권하여 필하에 유신(有神)이라 서울에 가 과거를 보겠다고 졸랐다. 그러니 전씨네 가문에서는 십시일반으로 돈있는 사람은 돈을 내고 물건있는 사람은 물건을 내여 과거보러 가게 하였다. 어머니는 더 말할것이 없었다. 금이야옥이야 하며 기른 자식 서울에 가겠다 하니 치렁치렁한 머리를 베여 달비만들어 내놓고 잠자리날개같이 곱게 짠 베도 있는대로 다 내놓으며 로자나 하라고 하였다. 하여 백록이는 서당방 스승님과 그리운 어머니를 리별하고 서울로 과거보러 가게 되였다.

백록이 산을 넘고 물을 건너 서울에 오니 과거볼 날은 며칠 잘 남아있었다. 시골에서 자란 백록이는 서울이 처음이라 한번 서울구경하고싶은 생각이 나서 그 이튿날 거리로 나갔다.

백록이가 이곳저곳 구경하다 한 고래등같은 기와집 앞을 지나노라니 두 로인이 뜨락에 앉아 장기를 두고 있었다. 백록이 원체 장기를 좋아하는지라 서울사람 장기두는 구경을 하고 싶어서 이 댁이 뉘 댁이냐고 지나가는 행객에게 물으니 서울 김대감댁인데 김대감과 박대감이 늘 장기를 둔다는것이였다. 대감들이 장기둔다는 말에 백록이는 더구나 구경하고싶은 생각이 들어 윤허도 없이 뜨락안

으로 들어갔다. 두 대감은 수가 비슷한 적수라 서로 지려고 하지 않았다. 김대감
이 차를 몰고 나가서 박대감의 말을 뚝 떼니 박대감이 포를 들어 김대감의 상을
뚝 떼여버렸다. 이렇게 한창 신이 나서 뚝딱거리다가 박대감이 귀에 놓인 차를
들 때 옆에서 구경하던 백록이가 서글픈 웃음을 웃으며 말했다.

≪대감님, 말씀올리기는 황송하오나 대감님께서 장기를 졌소이다. 이제 스물
네수만 쓰면 꼼짝못하고 통장을 받게 되였소이다!≫

박대감은 장기쪽을 들다말고 안면부지인 백록이를 보고 버럭 성을 냈다.

≪뭣이? 네가 그걸 어떻게 안단말이냐?≫

≪네, 시골에서 왔지마는 장기는 좀 두어봤사옵니다. 방금 박대감께서 귀차를
저쪽에 놓았으니 김대감께서 이 포를 쓸게 아닙니까? 그러면 박대감께서 상을
내몰것이고 김대감은 코졸을 이렇게 옮겨놓을테지요.…≫

백록이 여기까지 말하니 김대감은 우쭐해서 언녕 그렇게 생각했노라며 포를
들었다. 박대감은 백록이를 찬찬히 뜯어보더니만 어이없어하며 말했다.

≪이 사람아, 내 장기수 세수까지 내다본다는 말은 들었어도 스물네수까지
내다본다는 말은 금치초문일세. 그래 자네가 정말 그렇게 내다본다는말인고?≫

≪네, 그럼 소인이 장기쪽을 옮겨놓을테니 보시오이다!≫

백록이가 이렇게 말하고 량편 장기쪽을 옮겨놓는데 두 대감은 눈이 점점 동그
래졌다. 백록이가 마지막에 ≪장군≫을 치니 틀림없는 스물네수만에 박대감 장
기가 통수를 받게 되였다. 그제야 박대감은 백록이를 놀란 눈으로 다시 쳐다보며
어디서 온 선비이며 이름은 무엇이냐고 물었다. 백록이는 대감들이 묻는대로
대답하고 두말없이 뜨락에서 물러나왔다.

백록이 나간후에 두 대감이 생각해보니 과연 범상치않은 인물이라 시골에서
왔다 하지만 나라의 동량지재로 될 사람같았다. 하여 두 대감은 백록이에게 한번
지혜시험을 쳐보자고 의논했다.

이때 서울에는 강정승이라는 대감이 있었는데 그는 일년에 단 두마디 말을
하고는 누가 뭐래도 입을 열지않는 사람이였다. 그래서 여태 아무도 그 이상
말을 시켜보지 못했다.

이튿날 두 대감이 장기를 두는데 백록이가 또 장기구경을 왔다. 두 대감은
이미 의논이 있은지라 백록이를 보자 놀던 장기를 그만두었다.

《이 사람, 자네 시골서 과거보러 왔다지?》

《네!》

《그래 과거에 급제할만한고?》

《선비들마다 다 보는 과거인데 초시에야 떨어지겠습니까?》

두 대감이 네 한마디 내 한마디 수문수답을 해보았지만 백록이는 정말 남아호 걸이였다.

《이 사람 듣는가?》

《네!》

《자네 과거를 보고 안볼것이 없네. 우리 서울에 강정승이라는 분이 계신데 일년에 두마디 말밖에 하지 않는다네. 나라의 국사를 의논할 때 한마디 하고 나라정사가 잘못될 때 한마디 할뿐이지. 자네가 만일 그 강정승님을 두마디이상 말을 시키게 되면 우린 자네 한테 큰 벼슬을 주려는데 그래 어떤고?》

《네, 대감님들의 의향대로 하옵지요. 입가진 사람 말 못시키겠습니까?》

백록이는 아무런 우려도 없이 선선히 대답하였다. 그러니 김대감이 묻는 말이

《그런데 자네 그 강정승님을 말 못시키면 어찌할텐고?》

《대감님들 생각대로 처분하십시오. 그러하오나 대감님들로 말씀한대로 하셔야 합니다. 그럼 수고스러운대로 강정승님한테 대감님들께서 연통해주시옵소서.》

두 대감이 고개를 끄덕이자 백록이는 자리를 물러나와 즉시 장인바치를 찾아가서 돈은 달라는대로 줄터이니 가죽주머니 두개만 만들어달라고 하였다.

약조한 날이 되자 백록이는 발밑에까지 줄줄 끌리는 끈을 가죽주머니에 달아서는 한어깨에 주머니 하나씩 메고 강정승네 뜨락에 들어섰다. 백록이는 뜨락에 들어서자 한발 옮겨놓고는 줄줄 끌리는 가죽주머니를 들어서 옮기고 또 한발 옮겨놓고는 또 다른 가죽주머니를 옮겨놓으므려서 서에서 동으로 가고 동에서 서로 가면서 한마디 말도 하지 않았다. 담밖에서는 사람우에 사람이 올라서서 이 희한한 광경을 보고 있었다.

강정승은 집안에 을방자를 틀고 앉아 백록이 아무말도 하지 않고 가죽주머니를 끌고 다니는 꼴을 내다보고 있었다. 머리발이 허연 강정승이건만 난생처음 보는 일이라 볼수록 괴이쩍게만 생각되였다. 강정승은 그래도 말은 하지 않고있

는데 반나절이 지나도 그 모양 그 꼴이라

≪이 사람, 자네 대체 누군고?≫ 하고 물었다.

≪네, 소인은 시골 서당방에서 글을 읽던 전백록이옵니다!≫

강정승은 그저 한마디 묻기만 하고는 다시 입을 닫았다. 꾹 다문 입은 철문을 잠가놓기라도 한듯 더는 열릴것 같지 않았다. 그러니 밖에 선 구경군들이 이제 더는 강정승이 말을 할것 같지 않다거나 시골사람이 보아하니 호걸남아인데 꼭 말을 시킬것 같다거나 하고 서로 갑론을박을 하면서 술렁거렸다. 하지만 백록이는 백록이대로 오가는 말 한마디 귀주어 듣지 않고 매양 그 모양 그대로 가죽주머니만 끌고 다녔다. 강정승이 반나절이나 보아도 역시 그 모양 그 본새니 차차 다른 생각이 들었다. 그래서 저도 몰래 입을 열었다.

≪이 사람, 자네 시골서 온 선비라지? 그런데 가죽주머니는 왜 둘씩이나 끌고 다니는가?≫

≪네, 소인은 이 한몸에 담과 지혜가 차고 넘어서 이쪽 주머니에는 담을 담고 이쪽 주머니에는 지혜를 담아 가지고 다닙니다. 다 쓸모있는것이온데 차넘는다고 버리지야 못하옵지요!≫

강정승이 이 말을 듣고 귀가 번쩍 띄여서 백록이를 쳐다보니 눈이 타는 숯불처럼 이글거리는지라 또 한마디 물었다.

≪그럼 자네 저 한강이 몇근이나 되는지 알만한가?≫

≪네, 그걸 모르겠습니까? 얼핏 보매 경기도를 저울판으로 삼고 삼각산을 저울추로 삼으면 그 무게가 될것이옵니다. 한냥도 틀림이 없으니 정승님께서 떠보시오다!≫

이 말이 떨어지자 강정승은 맨 버선발로 뛰여나와 백록의 손을 덥석 잡으며

≪과연 이 나라의 동량지재로 될만한 인재로다!≫ 하고는 그를 집안으로 맞아들였다.

그후 백록이는 궁인이 되여 나라 정사를 돌보았는데 백성들에게 선치선덕을 베풀고 홀로 계신 어머니에게 효성을 다하는데서 백성들에게 떠받들려 살아가더라 한다.

구술자: 허영준 / 수집지점: 연길현 룡정진 / 수집시간: 1979년 6월

# 사랑산

옛날 한 곳에 거부는 아니지만 자그마한 고을에서는 갑부로 불리우는 알부자가 살고있었다. 이 부자네 집은 대궐같지는 않았으나 닐리리기와집을 기와담장이 둘러쌌는데 앞마당에는 면벽이요 뒤울안에는 련당이 있고 련당가에는 초당이 있으며 몸채, 사랑채, 행랑채 등 가지가지가 즐비하였다. 이처럼 살림은 요부했으나 그에게는 한낱 슬하에 일점혈육이 없어 늘 수심에 잠겨있었다. 그러던차에 천지신명이 도왔던지 일월성신이 그를 불쌍히 여겼던지 사십 넘어서야 그 부인에게 태기있더니 십삭만에 옥같이 고운 딸을 낳았다. 그래서 그 딸의 이름을 옥이라 짓고 쥐면 부서질가 놓으면 날아날가 금이야옥이야 애지중지 키웠다. 옥이 나서 석달이 지나매 아가아가하고 부르면 방실방실 웃으니 내외간에 옥이를 볼 때 주옥으로 새기자니 티있을가 우려되고 그림으로 그리자니 채색이 없는 것 같았다. 내외는 보고보아도 볼수록 옥이가 고왔는데 돌이 지나니 아장아장 걸음발타서 짝자꿍을 하며 생글거리면서 어머니한테도 가고 아버지한테도 갔다. 옥이 두세살 먹으니 재잘거리며 앵무새처럼 말도 잘했고 나비처럼 나풀거리며 춤도 잘 춰서 부자네 부부는 날 가는줄 몰랐다.

옥이가 일곱살이 되는 해였다. 부자네 집에서는 의지가지없는 열살되는 애기머슴을 맞아들였다. 부자집 부처가 딸 옥이를 귀히 여기며 고와하니 부자집 머슴애도 저보다 세살아래인 그 애를 고와했다. 그래서 밭일을 나갔다가는 빈손으로 돌아오는 일 없이 봄이면 빨간꽃 노랑꽃을 꺾어다가 머리에 꽂아주었고 가을이면 새빨갛고 달콤한 딸기도 따주었으며 새곰달달한 머루도 따주었다. 그러면 부자집 딸 옥이는 새물새물 웃으며 받아먹으면서 좋아서 풍풍 뛰였다. 딸 옥이가 이처럼 좋아하니 부자네 부부는 그가 비록 머슴이기는 하나 자기 딸애와 말도 하고 놀기도 하는걸 보고도 좋다궂다 아무런 말이 없었다. 그래서 머슴애와 옥이는 소꿉동무가 되여 놀았다. 머슴애가 밭에 나가 일하다 산에서 고운 새를 잡아가지고 오면 옥이는 좋아서 깡충깡충 뛰며 고운 새를 쥐고 놀았다. 그러면 머슴애는 옥이에게 새조롱까지 만들어주었다. 옥이는 머슴애의 명주고름같이 고운 마음씨와 재간있는 솜씨를 무척 좋아했다. 때로 그는 머슴애를 따라 일밭에 나가 놀다가 집에 돌아오기도 했다. 옥이는 머슴애가 땀 흘리며 김매는걸 보고는 ≪애, 바쁠텐데 내가 풀 뽑아주마.≫ 하며 머슴애를 거들어 풀도 뽑아주었다. 그러다도 집에 돌아올 때면 머슴애가 지고 오는 나무를 저도 이고 가겠다며 발을 동동 구르는통에 나무 한대라도 갈라주지 않고는 못견디였다. 부자집부처 는 그렇게 귀하게 여기는 애가 머슴애를 따라 밭에 나갈뿐더러 집에 들어올 때면 고운 손에 흙먼지까지 까맣게 묻혀가지고 오는지라 낯을 찡그린적이 한두 번이 아니였다. 그렇지만 산열매를 따들고 들어와서 맛나게 먹으며 어머니 입에 도 넣어주고 아버지 입에도 넣어주는바람에 꾸중하자던 말도 꿀꺽 삼키며 옥이 를 다라 웃고말뿐이였다. 이와 같이 부자집 딸 옥이는 이팔청춘 꽃나이될 때까지 머슴애와 함께 구속없이 지냈는데 어느때 어디로부터였던지 그들사이의 동정 (童情)은 가뭇없고 청춘의 꽃정이 피여났다.

옥이가 십팔구세되고 머슴총각이 스무살 넘으니 그들사이가 점점 깊어만져서 옥이 머슴총각을 보면 귀밑까지 새빨간 능금이 되여 머리를 숙이면서도 그옆을 떠나기 싫어했고 머슴총각 또한 옥이를 하루만 보지 못하면 눈앞에 삼삼했다. 이렇게 동정이 싹이 되여서 청춘의 꽃피였으니 그 꽃열매 어이 없으리. 이들 둘사이가 이렇게 되니 눈 가진 사람들이 말하지 않을수 없었다. 돈깨나 있는 량반들 집에서는 머슴총각을 그림자처럼 따라다니며 산에도 가고 밭에도 가는 부자집딸을 보고는 빈부귀천모르고 패가망신시킨다고 야단들이였고 머슴총각 과 같은 동아리들은 후환을 근심걱정하였다. 동네방네에서 이렇게 부자집딸과 그 집 머슴총각을 두고 말을 날라가지고 다니니 옥이네 량친부모의 귀에 안들어 갈리 없었다. 그래서 옥이네 량친은 딸 옥이를 불러놓고 빈부는 타고난 팔자요, 빈자는 소인이고 부자는 대인인데 과년한 규방처녀로서 머슴을 따라다니는것은 패가망신이라고 엄히 단속하였다. 그리고 머슴총각을 불러놓고 지나간 일은 묻 지 않겠으니 이제 다시는 옥이와 거래하지 말라고 다짐하였다.

이때로부터 부자집딸 옥이는 외딴 련당옆 초당에 갇히여 조롱속의 새의 신세 가 되여 머슴총각을 다시 볼수 없게 되였으니 머슴총각은 중문밖의 헐망한 행랑 채에 갇히여 먹물같이 새까만 방에서 다시는 해달같이 환한 옥이의 얼굴을 보지 못하고 외홀로 지내는수밖에 없었다. 이렇게 되니 장골이 되여 어린 때 벗은 머슴총각의 얼굴엔 구름이 덮이고 꽃이 피는 옥이의 얼굴에는 서리만 내리는지라 머슴총각은 한숨이요 옥이는 눈물뿐이였다.

머슴총각은 진종일 밭에 나가 외홀로 고된 일 하고는 별이 총총 뜨는 저녁이면 행랑방에서 옥이를 그리는 정 피리에 옮겨 불었다. 그러면 조롱속의 새처럼 후원 초당안에 갇힌 옥이 높은 담장넘어 울려오는 머슴총각의 피리소리 들으며 구곡 간장 갈기갈기 찢기는듯 가슴치며 통곡하였다.

원쑤로다 원쑤로다
빈부귀천 원쑤로다
빈부귀천 뉘만들고
부자딸은 왜되였노
머슴으로 생겼더면
밭에가고 산에가서
님과함께 있으련만

옥이 초당안에 갇혀 긴긴 밤과 낮을 보낼제 뿌리나니 눈물이요, 나오나니 한숨 인데 속절없이 울면서 나날을 보내는 옥이의 마음을 알리 없는 청혼자들은 이 집으로 구름처럼 모여들었다. 그런데 부자집부처는 해달같은 무남독녀 외동딸을 옥과 같이 귀히 여기며 곱게곱게 길러온지라 어지간한 자리는 아예 거들떠보지도 않았다. 그럴수록 소문은 더 널리 퍼져 청혼자들이 부자집대문턱이 닳도록 드나 들었는데 옥이의 그림자조차 보지도 못하고 돌아온 사람들이 허공에 뜬 옥이를 놓고 말하기를 하늘에서 내려온 선녀라거니 월궁의 항아 광한전에 내린듯하다거 니 하는지라 고관대작들의 귀에도 그 말이 들어가지 않을리 없었다.

마침내 이 소문은 옥이네 집에서 좀 멀리 떨어진 곳에 소시에 급제하여 내직에 서 내직으로 영전하다가 락향한 리대감네 귀에 들어가게 되였다. 그런데 그 리대 감네 집에는 코밑에 제 주먹만큼한 코방울을 달고 다니는 아들이 있었다. 리대감 은 이 아들을 놓고 며느리비위를 했다. 리대감은 주제가 그와 같은 철부지아들을 두고도 명문가의 며느리감이랍시며 어지간한 자리는 아예 눈떠보지도 않고 귀 전에 가까이하지도 않았다. 그러다가 마침 고을에 사는 부자집딸이 그렇게 절세 의 가인이라는 소문이 우뢰같이 울리니 귀가 솔깃해서 자기가 친행하여 고을부자네 집으로 청혼을 갔다.

내직으로 있던 리대감이 친행하여 청혼을 하니 옥이의 부모는 리대감을 버선발로 맞아들이고 또 말 몇마디 주고받지 않고 인차 허혼을 하였다. 리대감이 허혼례로 맞절까지 하고 돌아간후 고을부자 생각해보니 리대감은 구대감이기는 하지만 내직으로 있을 때 명망이 높은 대감이였으니 그 아들이 아직 어려서 짜개바지를 못벗었다할세 싸리그루에서 싸리 나고 참대그루에서 참대 난다고 장차 크면 벼슬을 할것이라고 무척 기뻐하였다. 이리하여 딸 옥이를 불러놓고 이 회사를 알리였다.

≪애 옥이야, 너도 알지만 이 애비와 에미에게는 혈육이란 너 하나뿐이여서 너를 키울제 궂은자리 마른자리 가려가며 금이야옥이야 키워왔다. 그런데 너도 인젠 과년했으니 어찌 집에다 그냥 두겠느냐? 너도 좋은 가문을 찾아 대사를 이루어야 할게 아니냐! 혼사라는것은 하늘이 정해주는것으로 사주팔자이고 천생연분이느니라. 그런데 하늘이 너를 어여삐 여겨 리대감댁으로 가게 했다. 리대감댁의 동자 비록 나이는 어리나 명문거족의 가문이고 게다가 구대장손이니 장차 이 가문의 동량지재로 될것이 아니겠느냐? 그러니 이제 기일을 택하거든 리대감집에 가서 신랑을 잘 섬기며 부귀영화 누리도록 하여라.≫

피는 꽃에 찬서린가, 웃는 낯에 벼락인가, 시골부자 옥이 심사 모르고 어이 이런 말 내놓는가. 옥이 아버지 말 듣고 가슴은 오리오리 실오리처럼 찢기고 눈앞엔 새까만 먹물천지라 정신나간 사람처럼 허둥지둥하는데 어머니 딸애의 손 잡아주며 달래였다.

≪옥이야, 옥이야…구슬같이 고운 너를 대감집에 보내라고 하늘이 점지하였구나. 천상에서 정한 연분 오늘에야 성사되였으니 그시지 말고 손꼽아기다려서 길일을 택하여 가도록 하여라.≫

어머니의 말을 듣자 옥이 아버지앞으로 걸어가며 하는 말이

≪아버지, 어머니…아버지 어머니는 날 낳아 키우신 량친 부모인데 어이하여 이 딸더러 철부지신랑을 섬기라 하시나이까? 코빼는 애를 신랑으로 섬기면 금슬지락 어데 있으리까? 내 죽어 황천에 갈지언정 그런 신랑은 못섬기겠나이다.≫

옥이의 말이 떨어지자 그 애비 화가 상투밑까지 치밀어 눈에서 불이 일고 입에서는 우뢰 울었다.

≪아무리 귀엽게 키웠기로 어이 감히 부모의 말 거역하느뇨? 너도 부모 량친이 있어 푸른 하늘을 이고 살아가거늘 이 애비 입으로 허혼하고 이 애비 허리굽혀 리대감과 맞절까지 하였는데 그래 부모의 뜻을 거역할테냐? 배안의 량군도 섬길라니 계집애가 감히 대감집 례의범절 더럽히고 부모 량친 정해준 례 이루지 않는다면 천벌을 받느니라 천벌. 알겠느냐? 어서 후원으로 물러가거라.≫

딸 옥이가 호랑이같이 으르릉거리는 애비의 호령소리 듣고 문을 나서 후원 초당으로 갈제 땅을 보니 땅이 꺼겨들어가며 헤여나오지 못할 심연속에 빠지는 것 같았고 하늘을 보니 혼몽한 하늘이 일시에 내려앉는데 솟아날 구멍도 없는듯 싶었으며 뜨락에 선 나무를 보니 나무가 뿌리채 뽑히면서 제앞으로 창창 넘어지는것 같고 고래등같은 기와집을 보니 집도 이리 흔들 저리 흔들 하며 이그러지는 것 같았다. 옥이는 허둥지둥 후원 초당으로 들어서자 그만 정신없이 자리에 쓰러졌다.

옥이 이날부터 식음을 전폐하고 자리에서 일어나지도 않고 울다가는 자고 자다가는 깨여나 울고 하였다. 아무리 생각해도 기가 딱 막히고 구곡간장이 다 타서 재만 남을 일이였다. 녀자 나이 열여덟이면 애어미도 되련만 임금이 이런 법을 내렸는가, 대감이나 부자들이 이런 례법 만들었는가. 18세의 녀자보고 어이하여 짜개바지신랑 섬기라 하는가? 짜개바지 입은데다 노랑대가리상투를 올리면 그것도 신랑이라니 우는 신랑 업어 키우고 코홀리는 신랑 안아 키우는 이런 례법 어디 있나? 빈자는 소인이고 부자는 대인이라는 천양지판은 누가 만들어서 내 머슴총각 못섬기게 한단말인가? 못갈 길은 가라 하고 가야 할 길은 못간다니 이런 법은 누가 만들었나? 옥이 식음을 전폐하고 이런 생각 저런 생각 하니 천만가지 생각이 이리 얽히고 저리 얽히였다. 이럴 때 높은 담장밖에서 별빛 타고 달빛 타고 구슬픈 피리소리 애타게 울려왔다.

옥이 머슴총각의 피리소리를 듣더니 자리에서 일어나 헝클어진 머리도 바로 잡고 눈물에 젖은 옷섭도 바로잡고나서 창문가에 다가가서 달빛어린 창문지를 혀끝으로 구멍내고 피리소리 울려나오는 사랑채를 내다보았다. 십오야 둥근달은 예전과 다름없이 대낮같이 밝은데 피리소리는 그칠줄 몰라도 그리운 그 총각은 얼굴 한번 내밀지 않았다.

모질도다 모질도다
우리부모 모질도다
사람잡는 호랑이도
사정들땐 있다건만
어이하여 우리부모
이초당에 날가두고
저사랑채 님가두고
오도가도 못하라냐.
달아달아 밝은 달아
이내소원 네알거던
저기저기 저사랑채
거울같이 비춰다오.
그리운님 나서며는
한번보고 두번보고
다시다시 보고보게
밝게밝게 비춰다오.

옥이 이처럼 일편단심 머슴총각만 그리는데 어느날 밤중에 어슴푸레 잠이
드니 비몽사몽간에 백발이 성성한 로인 한분 나타나서 옥이 두볼에 흐르는 눈물
닦아주며 ≪이 애야, 정신을 차리고 일어나 주문을 외워라. 이 주문을 백날 외우
면 네 소원 성취되리라.≫ 하는지라 옥이 눈을 번쩍 뜨고 일어나앉으니 남가일몽
이였다. 그런데 백발로인은 오간데없고 머리맡에 주문이 적힌 책이 놓여있는지
라 이날부터 옥이는 밤에 낮을 이어가며 그 주문을 정성들여 외우기 시작했다.
옥이가 주문을 외운지 석달, 이제 열흘만 지나면 소원성취하게 되는데 바로 그날
이자 리대감네가 택한 길일이여서 옥이가 시집을 가게되는 날이였다.

고을부자네 집에서는 꽃같이 고운 딸을 리대감네 구대장손한테 보내는지라
색시 첫날옷을 짓는다, 이부자리를 꾸민다, 례단을 갖춘다, 떡살을 찧는다 하면
서 밤에 낮을 이거가며 야단법석하였다. 이렇게 분망하게 지내다보니 부자집에
서는 어느새 아흐레 낮과 밤이 지나가고 잔치날이 왔는지도 몰랐다. 이날 부자네

집에서는 한다하는 사람들을 청해다 옥이에게 얼굴화장도 곱게곱게 해주고 옷단장도 곱게곱게 해주려 했다. 그런데 이날따라 옥이는 제 손으로 정결하게 목욕하고 분화장하며 연지곤지 찍고 장옷입고 족두리 쓰고 경대앞에 나서서는 방긋 웃고 방싯 웃었다. 딸 옥이가 이렇게까지 좋아하니 부자네 부부는 옥이보다 더 기뻐했다.

옥이 초례상에 나설 차비를 다하자 신행도 당도하였는데 부자집의 잔치구경을 온 사람들이 인산인해를 이루었다.

노랑대가리에 상투를 쫓은 애기신랑이 가마타고 먼길을 와서 처가집 뜨락에 들어서자 가마를 내렸다. 애기신랑은 전배들이 가마문을 열어주자 뛰여나와서 짜개바지를 헤치고 소피부터 보았다. 모였던 사람들은 너무 어처구니없고 기가 막혀서 배 끊어지게 웃어댈 일이였으나 부자집가문의 경사날이고 또한 신랑이 리대감네 구대장손이라 입만 싸쥐고 돌아서서 소리없는 웃음만 웃었다. 그런 애기신랑에게다 사모관디 띠우고나서 초례상앞에 내세워서 례의를 이루었다. 초례가 끝나자 간단한 음복을 마치고 신행이 떠났다. 새각시 머리숙이고 가마에 오르니 그 부모는 눈물이 앞을 가리나 그렇게 식음을 전폐하던 딸이 아무말없이 가마까지 타니 근심이 풀리여 눈물보다 웃음이 앞섰다.

그런데 애기신랑이 탄 가마가 앞에 서고 각시의 사인교가 뒤에 따르며 말탄 상객들이 또 그뒤에 서서 산굽이를 돌 때 난데없이 회오리바람이 불어치며 맑던 천지가 그믐밤처럼 컴컴해졌다. 그러니 교군들은 눈을 뜨지못하고 마부들도 견마할수 없는데다 아우성을 치는통에 촌보난행이였다. 애기신랑은 이 별안간의 봉변에 놀라 가마안에서 엉엉 울어댔다. 이윽고 모진 회오리바람은 갑자기 멎고 푸른 하늘에서 따스한 해볕이 내리쪼이였다. 그제야 신행은 우는 신랑을 달래며 또다시 길을 떠났다. 신행이 리대감네 집에 당도하여 신랑가마가 앞서고 각시의 사인교가 뒤따라들어오는것을 본 리대감네는 가마들어오는 길에 비단을 늘이고 내외가 나와서 덩실덩실 춤을 추니 가마가 뒤로 물러서거니 앞으로 걸어오거니 하며 뜨락에 들어섰다. 먼저 애기신랑이 가마문을 열고 나오더니만 제 에미를 보더니 와 울음보를 터치면서 ≪어머니, 난 다시는 장가 안갈래, 오는길에 바람이 불고 하늘이 새까매지는바람에 죽을번했어. 엄마 난 다시는 안갈래, 장가 안갈래.≫ 하고 말하는데 눈에서는 눈물이 쭈르륵쭈르륵 흘러내리고 코에서는 흰강아지가 좁은 코구멍으로 들어갔다나왔다하는통에 눈물코물이 두범벅이 되였다. 그래도 리대감내외는 오늘은 자부를 맞아들이는 날이라 아들을 달래여놓고는 가마문을 열고 꽃같은 각시를 맞으려고 서둘렀다.

그런데 바로 각시의 가마문을 열었을 때다. 꿈밖에도 꽃본 나비같은 고운 각시 대신 두눈에 퍼런 불이 뚝뚝 떨어지는 호랑이가 가마속에서 썩 내달아왔다. 이바람에 리대감내외는 당장에서 눈을 홉뜨고 기혼해넘어지고 애기신랑은 짜개바지에 오줌을 쏘며 농짝밑에 기여들어가고 구경군들은 뿔뿔이 산지사방으로 줄행랑을 놓았다.

호랑이는 리대감네 집에 뛰여들자 차려놓은 초례상을 뒤엎어놓고는 또다시 으르릉거리며 고래등같은 기와집을 훌쩍 뛰여넘어 후원으로 들어가서 사랑문을 위패를 뒤죽박죽 만들어놓은 뒤 두눈에 퍼런 불을 뚝뚝 떨구며 그 집을 떠나 이번에는 시골부자네 뜨락에 달려들어 《따웅!》 하고 집이 들썽하게 무서운 소리를 질렀다.

부자집에서는 일가친척들이 모여앉아 한창 술을 붓거니 권커니 하다가 난데없는 호랑이소리를 듣자 깜짝 놀라 숨을 죽이고있는데 또 《따웅!》 하는 소리와 함께 문짝이 나떨어지더니 호랑이가 방으로 뛰여들어와 으르렁거렸다. 부자집 부처는 언녕 거품을 물고 나가넘어졌고 일가친척들도 다 기혼해서 쓰러졌다. 그러자 호랑이는 또 머슴이 들어있는 사랑채로 달려가서 문을 열었다. 호랑이소리도 못듣고 눈물을 흘리며 구슬픈 피리만 불고있던 머슴총각이 갑자기 나타난 호랑이를 보고 뒤로 주춤하는데 호랑이는 번개같이 앞발로 머슴총각을 감아쳐 등에 올려놓고는 어디론가 종적을 감추어버렸다.

리대감네 내외와 일가친척들이 사흘낮 사흘밤을 지나서야 겨우 개복하고 동리에 나가니 잔치날 호랑이가 나타나 각시를 물어가고 리대감과 고을 부자네 집을 뒤죽박죽 만든후 또 머슴총각을 물고 산으로 들어갔다는 소문이 자자했다. 고을의 부자 역시 사흘만에 개복했는데 들으니 마찬가지 소문이였다. 구사일생으로 살아난 리대감네는 이 일을 산신령의 조화라 여기고 후환이 걱정되여 신행이 바람 만나던 산굽이에다 산신당을 지어놓고 해마다 그날이면 산제를 지냈으며 범한테 물려간 자부의 제도 지냈다.

어언간 날이 가고 달이 가고 해를 바꾸어 삼년이라는 세월이 흘렀다. 그러던 어느날이였다. 동네에서 누군가 산에 나무하러 갔다 와서 하는 말이 세 동리 한가운데 있는 높고높은 산에서 삼년전에 호랑이한테 물려갔던 부자집딸과 머슴이 함께 사는데 신랑이 구성진 피리를 불면 각시는 덩싱덩실 춤을 추면서 깨알이 쏟아지게 나날을 보내더라는것이다. 처음엔 누구나 이 말을 허튼소리라고 하며 귀담아듣지도 않았고 더구나 리대감은 석자세치나 펄쩍 뛰며 어느놈이 대감가문에 똥칠을 하자고 그러느냐면서 죽인다살린다 야단쳤다. 그런데 날이 갈수록 그 산에서 부자집딸과 머슴이 피리불고 춤추는걸 보았다는 사람이 점점 늘어났고 소문도 더 굉장히 퍼졌다.

또 한해가 지나니 아지랑이 아롱아롱 피여오르고 갖가지 꽃들이 구십춘광 저혼자 만났다고 네 먼저 내 먼저 다투어 피는 새봄이 찾아왔다.

새봄철이 돌아오자 동네에는 또 신기한 일이 생겼다. 간해만 해도 부자집딸 옥이와 머슴총각이 산에서 산다는것을 소문으로만 들어오던 동네사람들이 이번에는 모두가 제 눈으로 직접 그것을 목격하게 되였다. 세 동리에서 해빛 밝은 날에 구름우에 아칠하게 솟은 산을 바라보면 옥이와 머슴총각이 밭갈이하고 씨뿌리며 노래하고 춤을 추는것이 완여히 보이였는데 간간이 즐거운 피리소리와 노래소리도 들리군 하였다. 이 떠들썩한 소리에 리대감도 높은 마루턱에 올라서서 하늘높이 아칠하게 솟은 산봉우리를 쳐다보니 과연 듣는 말과 같았다. 흰구름을 허리에 두른 산봉우리에 해달같이 생긴 각시가 부자집에서 보던 머슴총각과 함께 서서 노래를 부르고있었다.

리대감은 눈깔이 까뒤집혀 당장에서 칼찬녀석들과 명궁수들을 불러 산으로 보내면서 그것들을 없애치우든지 붙잡아오든지 하라고 불호령을 내렸다.

리대감이 이렇게 칼찬 장수 내몰고 활멘 명궁수도 보냈건만 웬 일인지 그들은 강원도 포수의 신세가 되여 움도 싹도 없었다. 하지만 흰구름을 허리에 두른 산우에선 날에날마다 한쌍의 부부가 노래를 부르는것이 세 동리에 울려퍼졌다. 그래서 세 동리 사람들은 그 산을 사랑산이라 부르고 옥이와 머슴총각의 사랑을 자자손손 전하여갔다.

구술자: 김한명 / 수집지점: 연길현 룡정진 / 수집시간: 1979년 2월

# 황진사와 그의 딸

리진사와 황진사는 소시부터 아주 가까운 사이였다. 한 서당방에서 글공부도 함께 하고 서울에 가 함께 과거를 보고 소과에 급제하여 다 같이 진사가 되었다. 헌데 진사가 되어 자그마한 벼슬이라도 하게 되니 서로 멀리 떨어져 자주 상면하지 못하였다. 그래도 리진사는 늘 황진사를 외웠고 황진사는 늘 리진사를 잊지 않았다.

황진사에게는 외동딸이 있었는데 후원 련못에 피여난 련꽃처럼 고와서 그이름 련화라고 불렀다. 련화 비록 사내애가 아니여서 서당방에 가 글공부는 못하였어도 박학다문한 황진사한테서 글배우고 재질에 뛰여난 어머님한테서 거문고 배웠는지라 글을 지으면 한다하는 선비들도 며칠씩 앉아서 그 글풀이를 해야했고 거문고를 타면 날아가던 새들도 나무가지에 내려 그 소리를 듣고야 다시 날아갔다. 하여 련화의 명성이 가근방에 자자하게 되었다. 게다가 련화 이팔청춘 꽃나이에 들어서니 맑은 못에 피여난 련꽃처럼 곱게 번지는데 화공도 채색이 모자라 제대로 그 용모를 그리지 못하였다.

련화 나이 열여섯에 황진사의 부인이 갑자기 득병하였는데 의원을 불러다 보여도 쓸데없고 좋다는 약을 다 써도 백약이 무효하여 그만 세상을 하직하고말았다. 그러니 련화가 한어깨 떨어진것은 물론 황진사도 마음 한구석이 비여서 늘 한숨이였다. 이러구러 한 이태 지나다 황진사는 후실을 맞아들였다.

황진사의 후처는 생김생김은 환하게 생겼지만 재물에 눈이 그믐밤처럼 어두워 황진사에게 개가하여온 첫날부터 제가 데리고 들어온 아들만 아들이라 하고 집에 제물은 실 한오리 다칠세라 하였다. 그러니 자연히 눈에 든 가시처럼 미워하는것이 련화였다. 하지만 황진사가 남달리 그 딸을 금이야 옥이야 하니 남편앞에서는 궂은소리 싫은소리 한마디 하지 못하고 그저 벙어리 랭가슴앓듯하며 은근히 련화를 해칠 꿍꿍이만 생각했다.

그런데 어느날 황진사는 관가의 일로 서울에 가게 되었다. 황진사의 후처는 더없이 좋은 기회를 얻었는지라 황진사가 떠난지 사흘만에 각별히 다정하게 굴며 련화를 불러서는 강에 나가 머리도 감고 빨래도 해오라 하였다. 규중에만 갇혀있던 련화는 그러잖아도 한번 들에 나가 봄구경이나 하고싶던차라 두말없이 빨래함지를 이고 큰강에 나갔다.

때는 바로 아지랑이 아물아물 피여오르고 천자만홍 갖가지 꽃들이 다투어피고 나무가지에 움이 트고 잎이 피는 봄이라 련화 강가에 나오니 만리창공에 날아갈듯 마음 상쾌하였다. 봄물은 소리치며 흐르는데 청산은 용용히 흐르는 흰구름을 떠이고 서있었다. 범나비는 화간에서 춤을 추고 꾀꼴이는 버드나무가지 타고 노래불렀다. 련화는 석마돌같이 둥실한 돌우에 서서 양춘가절의 아름다운 경개를 바라보다 맑은 물에 시원히 세수하고는 빨래를 했다. 난생처음 해보는 빨래라 힘은 들어도 물에 담근 옷들을 넙죽한 돌우에 올려놓고 쩡쩡 방치질해서는 맑은 물에 휘휘 헹궈냈다.

련화 한창 빨래를 하는데 후모가 왔다. 후모는 빨래터에 오자 백설같이 하얗게 빨아서 백사장에 널어놓은 빨래를 힐끔거리고 보더니 련화곁에 와서 속에는 칼을 품고 혀끝에는 웃음발린 말을 하였다.

≪아유 참 빨래도 깨끗이 빨아 널었구나!≫

련화는 그 말에 미소를 머금고 머리도 들지 않고 수걱수걱 빨래를 주물렀다.

≪처음하는 일이여서 잘 안돼요!≫

이때라 후모는 세귀눈을 해가지고 련화를 쏘아보다가 불시에 덮쳐들어 빨래질에 여념이 없는 련화를 물에 콱 떠밀어넣었다.

석달후에 서울에 갔던 황진사가 돌아왔다. 황진사는 돌아오자바람으로 련당에 가보았다. 딸이 꽃같은 웃음을 짓고 나와 반겨맞으려니만 생각한 황진사는 련당에 들어서자 깜짝 놀랐다. 일일이 여삼추와도 같이 보고만싶던 딸은 보이지 않고 방안에 먼지가 손두께만침 앉았다. 황진사 가슴에 널장이 뚝 떨어져서 허둥지둥 돌아나와 후처를 보고 그 사연을 물었다.

후처는 반나절이나 쿨쩍거리며 말하지 않았다. 그러니 속에 불이 붙는것은 황진사였다.

≪왜 말도 없이 그렇게 쿨쩍거리기만 하오 내 속에 불이 이니 어서 말하오.≫

그제야 새앙쥐눈물마도 못한 눈물을 억지로 쥐여짜는체하면서 후처가 입을 열었다.

≪저라고 가군의 심정 모르겠어요. 말하자니 말이 나가지 않아 그래요!≫

≪그래 이 애가 대체 어떻게 되였단말이요?≫

≪가군께서 가시자 얼마 안되여 련당에 인기척이 나서 가보니 웬 총각과 마주 앉아 놀던것이 그날 밤으로 종적을 감추었나이다!≫

≪그래 그년의 계집애가 감히 그런짓을 했단말이요?≫

≪가군님 믿고 이 집에 발들여놓은 제가 가군을 속이겠나요. 나도 진사의 안해라 남한테 이런 말은 하지 못하고 밤낮 찾아다녔지만 오늘까지 찾지 못하고 그저 가군님 돌아오기만 기다렸소이다!≫

황진사는 그래도 고을에서 관가일을 보는 사람이라 딸이 야밤삼경에 웬 남자를 따라 나갔다는 말에 그만 말문이 막혀 다시는 딸에 대한 이야기를 입밖에 내지도 못하였다.

한편 사나운 물결속에 떠밀려들어간 련화는 얼마를 떠내려갔는지 모르나 구사일생으로 강역에까지 밀려나왔다. 련화는 악몽에서 허덕이다 깨여난것 같았는데 정신을 차리고보니 세찬 물결에 걸친 옷이 다 벗겨져 알몸으로 물역에 나와있었다. 몸에 걸친것 없이 알몸이 된데다 머리까지 삼거웃처럼 헝클어졌으니 옛말에 나오는 머리 풀어헤친 물귀신과 다름없었다.

가자니 스무나이 다 된 녀자가 알몸으로 찾아가 구원받을데도 없고 살자니 몸두고 살아갈 곳도 없었다. 가자니 태산이요 돌아서자니 숭산이라 오도가도 못할 신세니 터져나오는것은 울음이였다. 련화는 강가에 앉아 슬피슬피 울었다.

이때 리진사는 서당에 가서 아들이 글공부하는걸 보고 돌아오고있었는데 강역에서 난데없는 울음소리가 들려오는지라 깜짝 놀라서 걸음을 멈추고 그 소리에 귀를 기울였다. 아무리 들어봐도 녀인이 우는 슬픈 곡성이라 리진사는 지체하지 않고 울음소리를 따라 강역에 이르렀다.

련화는 울면울수록 설음에 겨워 땅을 치며 통곡했다. 리진사는 한참이나 슬피 우는 련화를 내려다보다 하도 가긍하여 입을 열었다.

≪뉘 집 규수인데 어인 일로 이렇게 슬피 울기만 하는고?≫

련화는 사람을 보자 묻는 말은 대답 못하고 더 목놓아 울기 시작했다. 울고울고나니 맥도 진하고 하루해도 지고 날도 어둡기 시작했다. 리진사가 재차 물어서야 련화는 입을 열었는데 아무 진사의 딸이라고 대답하자니 차마 말할수 없어 거짓말로 둘러댔다.

≪저는 조실부모하고 문전걸식하며 살아가다 너무나도 살길이 없어 죽자고 물에 뛰여들었는데 죽지도 않아 이렇게 슬피 우옵니다!≫

≪허, 그게 무슨 소린고? 태산을 넘으면 평지를 본다는 말이 있느니.≫

리진사 제가 입었던 두루마기를 벗어서 련화에게 주었다.

≪자, 어서 일어나 내 두루마기라도 입으세. 사경에 이르러 허물할게 있느냐? 어서 입고 우리 집으로 가세!≫

≪로인님, 고마와요. 하지만 살아도 죽은것만 같지 못한 목숨이오니 관계말고 어서 가사이다!≫

≪당치도 않은 소리 말게! 인피를 쓰고난 사람이 죽는 사람 보고 관계치 않을 수 있는가? 내 자네를 제 딸처럼 보살펴줄것이니 두말말고 따라서게!≫

리진사가 물에 빠진 처녀를 데리고 집에 돌아가 가긍한 그 신세를 낱낱이 이야기하니 리진사의 부인 또한 마음이 비단처럼 고운 녀인이라 다른 말 없이 눈물이 그렁해서 련화의 머리를 쓰다듬어주었다.

이날부터 련화는 리진사 부인의 살뜰한 보살핌을 받으면서 리진사네 집에서 살아갔다. 그런데 하루 이틀, 한달 두달 지나며 아무리 보아야 련화의 행동거지가 문전걸식하던 사람 같지 않았다. 그래서 몇번이고 다시 물어보았으나 처녀의 대답은 처음과 다름없었다.

리진사내외는 더는 묻지 않고 련화를 친딸처럼 키우는데 그 행실이 어찌나 고운지 그만 저도 모르게 마음이 끌리기까지 했다. 그러다가 나중에는 아들이 글방에서 돌아오면 그 의향을 물어 련화를 며느리로 맞아들일 의논까지 하게 되였다.

며칠후에 마침 글공부하던 아들이 집으로 돌아왔다. 리진사 아들은 집에 어머니 혼자 계신줄로만 알고 정지간으로 뛰여들다 웬 처녀가 서있는걸 보고 주춤하고 돌아서 방으로 들어갔다.

리진사는 내외가 의논끝에 기다리던참이라 그날 밤 아들을 불러놓고 련화의 일신경력을 낱낱이 이야기하고나서 나중엔 아들의 의향까지 물었다.

리진사의 아들은 글공부하느라 전혀 생각지 않던 일이여서 한참이나 입을 봉하고 섰다가 리진사가 그냥 제 입만 쳐다보는바람에 하는수없이 이렇게 대답했다.

≪아버지, 어머니! 자식된 몸으로 부모의 령을 거역하기는 어려우나 소년된 몸은 지금까지 글공부하느라 그런 생각 해보지 못하였사오니 후일에 다시 생각하게 하여주옵소서!≫

리진사는 아들의 말도 일리가 있는 말이라 더는 아들을 보고 이 일을 담론하지 않았다. 리진사의 앝르은 이튿날아침 다시 글방으로 돌아갔다.

그때로부터 세월은 또 나는 화살과도 같이 달려서 오월이라 단오날이 돌아왔다. 란초꽃이 철따라 피여 그윽한 향기를 풍기는데 집집의 처녀들은 곱게곱게 몸단장하고 휘늘어진 수양버들 그네터에 가서 하늘같이 파란 치마자락 구중천에 날리면서 그네놀이에 성수가 났다. 맵시고운 코신 신고 쿵덕쿵덕 널뛰는 처녀들은 제 랑군감 보련다며 허공중에 뛰여올라 비단치마자락을 날리였다.

리진사는 동리에 단오놀이를 나가고 진사부인도 그네터에 나갔는지 집에 없었다. 련화는 그네터에 가자고 진사부인이 여러번 조르는것을 도리만 흔들고 집에 남았다. 그러나 모두들 단오놀이를 나가고 홀로 집에 앉아있으니 또 지나간 설음이 북받쳐 눈물이 솟구쳤다. 한참 울고울다가 생각하니 리진사내외가 금시 돌아오는것만 같아서 옷고름으로 흐르는 눈물 씻고 뒤방으로 들어갔다. 뒤방으로 들어가니 벽에 거문고가 걸려있었다. 련화 이전에 련당에서 늘 거문고를 탄 일이 있는지라 오동나무에 현을 메운 거문고를 조심히 내려서 타기 시작했다. 련화는 배사공의 안해가 바다가에 나간 님을 그리며 타던 곡과 고을 군수한테 비참하게 맞아죽은 남편을 그리며 타던 곡들을 골라서 탔다. 애절한 거문고소리가 은은히 뜨락으로 울려나갔다.

이때라 리진사의 아들이 단오명절을 쇠려고 집으로 돌아왔다. 뜨락에 들어서니 거문고소리가 들리는데 때로는 흐느껴 우는듯 떨리다가도 때로는 애타게 하소연하는듯 가락을 튕기는 그 소리 그의 마음을 울려주는것 같았다. 리진사 아들은 저도 몰래 거문고소리를 따라 뒤방문가에 다가가 슬며시 방안을 들여다보았다. 방안에는 몇달전에 부모 량친께서 말하던 련화가 앉아있었다. 전에는 얼핏 봐서 몰랐지만 자세히 보니 그 처녀의 얼굴 팔자청산 고운 눈섭아래 새별같은 두눈이 반짝이는데 두볼은 일월같이 환했다. 리진사의 아들은 전에 아버지께서 들은 말도 있는지라 큰맘을 먹고 헛기침을 뒤번 한후 성큼 방안에 들어섰다. 그러니 련화 제꺽 거문고를 벽에 걸어놓고 눈에 대롱대롱 맺힌 눈물을 닦으며 몸둘바를 몰라했다.

《량친님께서 들어 안지는 오래나 남녀유별하여 집에 온 손님 오늘에야 처음 뵙고 인사올리니 인사나 받아주오!》

리진사의 아들이 이렇게 먼저 인사를 하니 부득이한 경우라 련화도 머리 숙이고 그 인사를 받았다.

《문전걸식하다 죽게 된 몸을 진사님께서 구해주시고 친딸처럼 살뜰히 돌봐주시와 그 은혜 난망이온데 오늘에야 도련님 찾아 인사올리오니 널리 생각해주옵소서!》

초면에 서로 이렇게 인사의 말이라도 주고받으니 구면은 되였다. 하지만 련화는 어쩐지 얼굴이 불같이 달아올라 서있기에 거북했고 리진사의 아들은 가슴에서 마구대고 방망이질하는바람에 무슨 말을 할지 몰라 서성거리기만 했다.

이때 진사와 부인이 거의 함께 집에 들어섰다. 리진사의 아들은 깜짝 놀라서 방에 뛰여들어가 말없이 뛰는 가슴만 달래였다.

저녁에 리진사의 아들은 아버지앞에 무릎꿇고 앉아서 자기의 의향을 말하였다.

《아버지, 제가 전번에 집에 왔을 때 부모님께서 하신 말씀을 후일에 다시 생각해보겠다 하였는데 오늘 집에 돌아와 거문고 타는 소리를 들으니 안해보다 스승으로도 모실만한 사람이오니 부모님들께서 허락하여주옵소서!》

《네가 그렇게 생각한다면 우리야 더 할말이 있겠느냐?! 백년을 가약하고 부귀영화를 누리면 우리 또한 기쁠지어다!》

이렇게 되여 리진사의 아들과 련화는 청실홍실 늘이고 잔치를 하였다. 련화는 리진사의 아들과 백년을 가약한후로는 밤마다 한시를 써두었다가는 서당방에서 글공부하는 남편이 오면 그 한시를 보이였다. 시도 잘 쓴데다 글씨 또한 옥필이였다.

세월이 흘러서 어느덧 리진사의 아들은 서당 글공부를 마치고 서울로 과거보러 가게 되였다. 리진사의 아들은 함께 글공부하던 선비들을 보고 몸이 불편하여 동행하지 못하겠으니 그들더러 먼저 떠나라 하고는 집에 돌아왔다. 리진사의 아들은 집에 들어서자 어머니를 보고 과거보러 가겠는데 급히 남장 한벌을 지어달라고 했다.

《해놓은 옷들이 있는데 한벌 가지고 가려무나!》

≪어머님, 그런게 아니라 과거보는데 저의 안해를 데리고 가려고 그럽니다. 어머님도 아시겠지만 저의 안해는 학문이 깊어서 과거보는데 함께 가면 도움이 있을줄아옵니다!≫

이렇게 되여 련화는 남장을 하고 남편을 따라 서울에 갔다. 과연 리진사의 아들 생각과 마찬가지로 그는 서울에 가서도 안해의 도움을 받아 과거에 급제하였다.

과거에 급제한 리진사의 아들은 남원군의 군수로 가게 되였다. 리진사는 아들이 남원군수로 가게 되였다는 말을 듣고 남원군을 잘 다스리려면 가는길에 황진사네 집이 있으니 거기 들려 황진사의 조언을 들으라고 아들에게 당부하였다.

황진사는 딸을 잃은 남에게 알릴수 없는 일로 하여 이날도 문을 확 열어제끼고 먼산만 쳐다보며 한숨을 후 내쉬였다. 그런데 이때 생각지도 않은 쌍교가 뜨락에 들어섰다. 교군군들이 가마를 내려놓으니 꽃같은 젊은 부인은 말없이 내실로 들어가고 리진사의 아들은 가마에서 내리자 황진사앞에 가서 절을 하였다.

≪저는 리진사의 아들이온데 부친님의 분부를 받고 남원군수로 내려가기전에 이렇게 찾아뵈옵니다!≫

황진사는 리진사 아들의 말도 채 끝나기전에 딸생각이 되살아나 눈물부터 좌르르 흘렸다. 그렇다고 남에게 알릴수도 없는 일이여서 그 말을 못하고 그저 울기만 했다. 리진사의 아들은 이상한 생각이 들었지만 전부터 부친님과 가까이 지내던분이라 감히 묻지 못하고있다가 저녁이 되니 찾아온 사연을 아뢰였다. 그러니 황진사도 더는 다른 말 없이 남원군을 잘 다스리려면 여사여사해야 하느니라고 밤늦게까지 말하였다. 이야기가 끝나자 리진사의 아들은 자리에 누워 잤다. 리진사의 아들이 자리에 누우니 황진사는 불을 끄고 긴긴밤을 눈물로 베개를 다 적시였다.

≪남의 아들은 고을군수까지 되였는데 내 신세 어이 이토록 기박하여 내 딸 죽었는지 살았는지 오늘까지 그 소식도 못듣는단말인가…≫

생각하면 할수록 눈물이 비오듯했고 생각하면 할수록 구곡간장이 타는것만 같았다.

이튿날아침에 쌍교는 남원군을 향해 떠났다. 황진사는 쌍교가 떠나자 자리에 다시 누웠는데 일어날 맥도 없어 누운자리에서 그저 슬피슬피 울기만 하였다.

그런데 이때 녀종이 달아들어오더니 황진사에게 절을 하며 아뢰였다.

≪진사님, 지난밤 내실에 든 부인이 분명 진사님의 딸이옵니다!≫

≪무엇이? 내 딸이라고? 당치 않은 소리 그만둬라!≫

≪정말이옵니다!≫

≪썩 물러가지 못할가? 그러잖아도 딸생각에 간장이 찢어지는데 너마저 붙는 불에 키질이냐. 어서 썩 물러가라!≫

황진사 눈에 불을 켜고 입에 우뢰를 울리며 호랑이처럼 무섭게 굴었지만 녀종은 물러가지 않았다. 그러니 황진사도 이상한 생각이 들었던지 녀종을 보고 다시 캐여묻기 시작했다.

≪그게 정말인가?≫

≪진사님, 제가 어찌 진사님앞에서 거짓말을 하오리까?! 후원 련당에 가보시와요. 진사님 따님께서 글을 써붙여놓고 갔사옵니다.≫

황진사는 벌떡 자리를 차고 일어났다. 이 집에서는 글 아는 사람이 자기밖에 없는데 련당에 글이 나붙었다니 황진사는 그 말에 귀가 번쩍 띄여 부랴부랴 후원 련당에 가보았다. 글씨를 보니 모래밭에 기러기가 내린듯이 잘 쓴 글씨인데 필체를 보니 분명 딸의 필체였다.

갑작스런 바람에 부러진 나무아지
세찬 물결에 휩싸였으니
나무가지 간 곳을 뉘 알리오만
오얏나무 보시면 알수도 있으리오!

황진사 벽에 붙은 그 시를 읽고 또 읽노라니 딸이 물에 빠졌다 구원받은것이 분명한데 후처가 한 말은 대체 어찌된 감투끈인가? 황진사 당장 후처를 잡아앉히고 대체 어찌된 일이냐고 족처대고싶었으나 제 눈으로 그 딸을 보지 못했으니 우선 딸을 만나보고 후사를 처리하리라 마음 고쳐먹었다.

≪오얏나무(李) 보시면 알수 있으리오.≫ 하였으니 련화는 리진사의 구원을 받은것이 틀림없었다.

황진사는 그길로 오금에 불을 일구며 남원군을 찾아갔다. 리진사의 아들과 련화는 남원군어구에 나와서 기다리다 황진사 오는걸 보자 함께 절을 하며 맞아 주었다.

≪아버지!≫

≪아니 네가 정말 련화냐?≫

≪아버지! 이 딸이 아버지를 속였사와요. 진사님댁에 이런 일 생겼으니 아버지를 걱정하여 다시 상봉하는 날 말하자고 오늘까지 속여왔소이다! 부디 불효녀석을 용서하여주옵소서.≫

련화 예까지 말하니 황진사 이게 꿈이냐 생시냐 하며 딸의 손목 잡고 흐느껴 우는데 련화 또한 울면서 자초지종을 말하였다. 그러니 황진사 목이 메여 말을 못하고 풀썩 주저앉았다. 리진사의 아들과 련화는 황진사를 부축여가지고 집까지 가서 긴긴밤이 새도록 지나온 이야기를 했다.

아침조반이 끝나자 련화는 분에 치받쳐 당장 떠나려는 아버지를 보고 이렇게 말하였다.

≪아버지, 집에 돌아가시면 긴 말 마시고 어머니와 가르세요. 그리고 내가 여기 살아있다는 아야기나 하고 오세요!≫

황진사는 그길로 집에 돌아오자 안해를 불렀다.

≪이년, 내 딸을 어떻게 해쳤는가 바른대로 아뢰여라!≫

≪전에 다 말씀올렸는데 새삼스레 그건 왜 물으세요?≫

≪너 이실직고하지 못할가? 간밤 내실에 와 자고 간 군수 부인이 바로 내 딸이다!≫

≪아…아니….아이구!≫

후처 와들와들 떨며 머리를 싸쥐는데 머리우에서 불꽃이 번쩍하더니 후처는 통나무 넘어지듯 쓰러졌다. 황진사는 집에 있는 재물 하나 손대지 않고 그길로 돌아서서 리진사한테 가서 자초지종을 말하며 백배 사례하였다. 그러니 리진사도 깜짝 놀랐다.

련화는 후에 리진사의 아들과 함께 황진사를 잘 모시며 두 집이 화목하게 살아갔다.

구술자: 허영준 / 수집지점: 연길현 룡정진 / 수집시간: 1978년 7월

# 북두칠성

옛날 한 부자가 장가를 들어 십삼만에 그 부인이 아들 일곱둥이를 낳았다. 남편은 주렁주렁 눕혀놓은 아이들을 보더니 안해를 짐승이라 나무라고 그길로 집을 떠났다.

부인은 태산같이 믿던 남편이 발가숭이 어린것들을 버리고 달아나니 살아 살길이 막연하였다. 하지만 그는 이미 아이 어머니가 된지라 이를 악물고 애들을 고이고이 키웠다.

어머니가 일천정을 애들에게 붙이고 정성을 다하니 아이들은 날마다 달마다 몰라보게 커갔다.

어머니는 아이들이 밑터진 바지를 입고 다닐 때부터 서당방에 보내여 글을 읽게 하였다. 일곱둥이들은 서당방에 가자 어른이나 된듯 말썽 한번 일으키지 않고 저저마다 남달리 글공부에 열중하였다. 게다가 아이들은 총명까지 뛰여나서 스승이 한자를 배워주면 백자를 알았다. 그래서 스승도 각별히 이 일곱둥이들을 사랑하였다.

그런데 서당방 아이들이 모여놀 때면 일곱둥이를 보고 애비없는 애들이라고 놀려주었다. 처음 한두번은 그렇게 탄하여듣지 않았으나 그냥 그렇게 놀려주니 철없는 아이들도 차차 낯을 찡그리게 되였고 나중에는 어머니를 보고 묻기 시작하였다. 어머니는 처음에는 철없는 애들이라 되는대로 대답했지만 애들이 자꾸 묻게 되니 그만 뚝 잡아뗐다.

《너희들은 아버지가 없는 애들이다!》

어머니는 아예 뒤를 꾹 맺어버리려고 했지만 아이들은 좀처럼 물러서지 않고 더구나 꼬치꼬치 캐고들었다.

《남의 집 애들은 다 아버지가 있는데 우리는 왜 아버지가 없나요?》

《너희들은 본래부터 아버지가 없단다.》

밑터진 바지를 입고 다닐 때는 어머니의 말을 믿고 본래부터 아버지가 없거니 했지만 열살을 잡아드니 듣는것이 있어서 더는 어머니 말을 믿지 않았다.

하루는 일곱둥이를 눈에 눈물을 대롱대롱 달고 어머니앞에 와 무릎꿇고 조롱

조롱 앉더니 이렇게 말하였다.

≪어머니, 세상에 뿌리없는 나무가 있을수 있습니까? 어머니는 저희들을 속이고 있어요.≫

이렇게 되자 어머니는 더는 애들을 속이려 하지 않고 눈물이 그렁해서 말하였다.

≪어머니가 철없는 너희들을 속였구나.≫

≪어머니, 그럼 우리에게도 아버지가 있다는 있다는 말씀이지요?≫

일곱둥이들이 일제히 어머니한테 매달리면서 물었다. 어머니는 바람에 떠는 문풍지처럼 떨리는 입을 열었다.

≪내가 너희들 일곱을 낳았다고 너희들 아버지는 나를 나무라고 영영 어디로 떠나가버렸다.≫

어머니의 말이 떨어지자 일곱둥이들은 주르르 일어서더니 눈물을 씻고 어머니앞에 넙적 엎드려 절을 하며 말했다.

≪어머니, 저희들은 아버지를 찾아가 뵈옵겠습니다.≫

어머니도 아이들 생각을 제 손금 보듯 잘 알고있는지라 애들의 앞을 막아나서지 않았다. 어머니는 소리없이 깊고깊은 마음속에 눈물을 떨구며 명절에 입히려고 간직해두었던 옷을 꺼내여 일곱둥이들에게 입혀주었다. 새옷까지 갈아입은 애들은 아버지를 찾으려고 한발자국 내디디고는 뒤를 돌아보고 또 한발자국 내디디고는 뒤를 돌아다보면서 어머니의 품을 떠나 정처없는 길을 떠났다.

일곱둥이들은 구름같이 믿지 못할 세상에서 연기같이 자취도 없이 사라진 아버지를 찾아다녔다. 무릎을 넘는 강물도 손에 손을 맞잡고 건느고 하늘을 찌르는 높고 높은 산도 허리띠 졸라매며 넘어서 이동리저동리 다니며 아버지를 찾았다. 이렇게 가고가다나니 어느새 꽃이 피고 새우는 봄도 다 지나고 록음방초 우거져 황금같은 꾀꼬리가 휘늘어진 버드나무가지를 타고 춤을 추며 노래하는 여름철이 되였다. ≪정성이 지극하면 돌우에도 꽃이 핀다≫는 말이 있다. 일곱둥이가 어머니 해준 옷이 다 해지고 발바닥에 못이 박히도록 아버지를 찾아다녔으니 어찌 소원이 성취되지 않을수 있으랴.

어느날 일곱둥이는 네 기둥에서 왈랑절랑 풍경소리 나는 고래등같은 부자집 뜨락에 들어서게 되였다.

《주인님 계시옵니까?》

《게 누가 왔느냐?》

집안에서 주인의 말소리가 울려나왔다. 아이들은 가가호호 문전에 가서 하던 말을 잊지 않고 그대로 했다.

《네. 저희들이올시다. 아버지를 찾아온 일곱둥이올시다.》

전같으면 이 말 뒤끝에 누구든 나와서 애들을 내쫓지 않으면 그 사연 다시 물으련만 집안에선 아무런 기척도 없었다. 일곱둥이가 또한번 《아버지를 찾아온 일곱둥이올시다.》 하고 말하니 얼마 지나지 않아 집안에서 떨리는 목소리로

《이…일곱둥이라니? 아, 아니… 이녀석들아. 너희들이 어떻게 알고 예까지 찾아왔다는말이냐? 아…아이구…》

하는 말소리가 들려왔다. 주인은 일곱둥이가 아버지를 찾아왔다고 하니 너무나도 당황한김에 아이들이 미리 알고 찾아온줄 알고 그만 어망결에 자기 신분을 털어놓은것이였다. 그러자 일곱둥이는 너무도 기뻐 주르르 문앞에 가 서더니

《아버지, 어머니 지어준 옷이 이렇게 다 해지도록 찾았더니 끝내 아버지를 찾았습니다. 아버니, 그간 기체일향 만강하옵십니까? 일곱둥이의 절을 받으십시오!》

하고 넙적 엎드리며 절을 했다. 그러나 부자는 갑자기 가랑잎으로 눈 가리우고 아웅하는 격으로 두손으로 제 얼굴을 싸쥐며 꽥 소리를 질렀다.

《너희들은 문을 잘못 들어섰다. 나에게는 그런 아들이라고 없으니 어서 썩 물러가거라! 어서!》

《아버지, 그런 말씀 마옵소서. 아버지 말씀 들어보니 그 성음이 우리 아버지 성음 틀림없고 얼굴을 쳐다보니 꿈에도 찾던 그 얼굴이 틀림없사옵니다.》

《아니 그럼 그때 너희들이 내 목소리를 듣고 내 얼굴을 봤단말이냐? 그땐… 아, 아니 당치도 않은 소리로다!》

《그 말씀 들으니 과연 틀림없는 아버지이십니다. 우리 아버지가 아니시라면 그때란 말씀 어이 하오리까?》

아버지는 더는 할말이 없게 되였다. 하지만 그는 낯을 잔뜩 찡그려붙이더니만 일곱둥이들을 보고 으르렁댔다.

《그래, 나에게도 일곱둥이 아들이 있다. 하지만 세상에 일곱둥이가 너희들뿐

이겠느냐? 너희들이 필시 내 아들 일곱둥이라면 저 대문을 열어봐라. 저 대문이 소리없이 열리면 내 아들이고 소리가 나면 내 아들이 아니로다. 자 대문을 열어 보아라!≫

≪네, 부친님 분부대로 하오리다!≫

일곱둥이들은 얼굴 한번 찡그리지 않고 대답하고 저마다 나가서 대문을 여는 데 드나들 때마다 그렇게 삐걱 거리며 소리나던 대문은 아무소리없이 열렸다.

≪아버지, 저희들이 아들이 옳지요?≫

일곱둥이들이 또 일제히 아버지라 하며 달라붙는데 부자는 또 일곱둥이들을 밀쳤다.

≪한가지 더 시켜보아야 알겠다. 저 나막신을 신고 저 나무밑에 있는 모래불로 걸어봐라. 모래우에 신자리가 나지 않으면 내 아들일시 분명하나 신자리가 나면 내 아들이 아니로다. 알겠느냐?≫

≪알았소이다. 분부대로 행하겠소이다. 부친님!≫

일곱둥이는 또 선선히 대답하고나서 저마다 아무런 주저도 없이 나막신을 신고 모래불우에서 건성건성 걷는데 그렇게 사불사불한 모래터에는 발자국 하나 찍히지않았다.

아버지는 더는 다른 방도가 없었다. 일곱둥이 애들을 하나하나 올리훑고 내리 훑어봐도 범상티 않은 애들인데 이 애들을 내 쫓았다가는 당장 생벼락이 일고 모진 천둥이 내리칠것만 같아서 울며 겨자먹기로 일곱둥이를 집에 들여놓았다.

일곱둥이를 집에 들여놓은 그날부터 애비는 오만상을 하고 앉아있었고 계모 는 여우상을 해가지고 눈알만 팽글거리고있었다. 그래도 일곱둥이들은 무슨 생 각을 해선지 대수로 여기지 않고 애비앞에서 뱅뱅 돌며 좀처럼 떨어지지 않았다.

그러던 어느날 계모는 머리가 어지럽다며 자리에서 일어나지도 않았다. 그바 람에 애비는 가슴이 덜컥하여 애들 보고 밖에나가 놀라 했다. 그러니 애들은 또 아버지 분부대로 합지요. 하며 우르르 밖으로 나갔다.

≪여보, 부인이 없으면 난 살것 같지 못한데 왜 이렇게 누워있소? 어디 아프 오?≫

≪아이구… 아…≫

부인은 묻는 말엔 대답하지 않고 고양이 락태한것처럼 신음만 했다.

≪여보, 왜 말이 없소 내 부인 관상 보매 저 애들 때문에 그런것 같은데 어떻게 하겠소?≫

≪아… 아이구 배… 배야… 아이구 나 죽소…≫

남편은 여우상을 한 부인이 갑자기 배를 끌어안고 나뒹구는바람에 눈앞이 캄캄해서 돌처럼 굳어져버렸다.

그러자 배를 붙안고 뒹굴던 부인은 남편을 사정없이 마구 때렸다.

≪아. 아이구 배야… 아이구, 나 죽는다는데 왜 이러고있어요…아이구 아래동리 무당 찾아 죽는 사람 살려주… 아이구. 아…나 죽소!≫

부인한테 한바탕 얻어맞은 남편은 그제야 정신을 차리고 두주먹을 불끈 쥐고 아래마을 무당한테로 달려갔다. 남편은 턱밑까지 닿은 숨을 돌려쉴 새도 없이 무당을 보자 울며불며 부인이 갑자기 득병하여 사경에 이르렀은즉 살릴 방도를 대달라고 손이 닳도록 빌었다. 무당은 돈냥이나 푼히 받고 벌써 부인과 계책을 꾸며놓은지라 머리만 절레절레 흔들며 아무 대꾸도 하지 않았다. 그럴수록 남편은 구곡간장이 바작바작 타서 허리를 굽신거리며 빌기만 했다.

≪령지하옵신 무당께서 방도가 없으면 부인이 죽사옵니다. 하느님전에 빌어서라도 방도를 대주소서!≫

≪백약이 무효하고 방도가 없어 죽음을 면키 어려울것 같소이다.≫

≪그래 정말 방도가 없단말이요? 그럼 좋소. 부인 죽고 나 죽고 하는판에 당신 살리겠소?≫

부자는 갑지가 호랑이같이 눈에 불을 일구더니 무당의 멱살을 거머쥐였다. 그러자 무당은 무어라 넋두리를 하더니 부자를 보고 손을 놓아달라고 빌었다.

≪그래 정말 방도가 없소?≫

≪제발 신령님을 노엽히시지 말고 어서 손을 놓소이다. 신령님 하시는 말씀들으니 한가지 방도는 있사오나 부자대인께서 행하지 못할가 저어됩니다.≫

부자는 무릎꿇고 앉으며 애원하였다.

≪부인이 죽는데 행하지 못할 일 무엇이옵니까? 그저 방도만 내놓으시오.≫

무당은 부자가 다급해할수록 입을 열지 않았다. 그러니 부자는 불가마에 든 개미마냥 뱅뱅 돌아치며 어쩔바를 몰랐다. 그제야 무당은 입을 열었다.

≪한가지 어려운 방도란 다름이 아니외다. 부인께서 사경에 이르게 된것은

그 일곱둥이들 때문이오이다!≫

≪뭐요? 그놈의 일곱둥이때문이라구요?≫

≪그 애들은 사람이 아니라 악귀들이니 악귀를 집에 들여놓은 이상 부인께서 무사할리 있겠소이까? 이제 부인한테 미친 액을 물리치고 부인을 살리자면 그 일곱둥이들의 배를 가르고 간을 빼 먹어야 하오이다!≫

≪애들의 간을 빼 먹으라구?≫

≪방도는 이뿐이니 마음이 내키는대로 하옵소서.≫

부자는 벌떡 자리를 차고 이러나 오금에 불을 일구며 집으로 향하였다. 그놈의 원쑤같은 일곱둥이가 찾아와 귀한 부인이 사경에 이르게 된걸 생각하니 이가 갈리면서 집에 도착하는 즉시로 애들의 배를 가르리라 마음 먹었다. 그러면 부인도 구하고 고래등같은 기와집에서 악귀도 없애버리게 된다. 여기까지 생각하니 걸음걸이가 무척 빨라졌다. 그런데 부자가 이를 바득바득 갈며 동구밖에 들어서려는데 난데없는 구렁이가 길을 막고 누워있었다. 구렁이는 소상강물결같이 노한 눈을 디룩거리며 부자를 쏘아보았다. 그바람에 부자는 놀라서 머리가 곤두서고 눈이 뒤꼭뒤에 가 박혔다. 더는 피할길이 없이 구렁이밥이 되고말것 같았다. 헌데 구렁이는부자의 앞으로 스르르 기여오더니 그를 잡아먹지는 않고 울컥울컥하며 신통히도 일곱둥이와도 똑 같은 애들을 조롱조롱 일곱이나 토해놓았다. 그리고는 꼬리를 휘둘러서 혼비백산한 부자를 툭 쳤다. 와뜰 놀라며 눈을 뜨니 구렁이는 오간데 없고 배를 가른 애들이 일곱이나 주렁주렁 누워있었다. 정신을 가다듬고 보고 또 보아도 꿈아닌 생시인데 배를 가른 애들을 보니 틀림없는 일곱둥이였다. 그제야 부자는 이 일은 하느님이 도운것이 분명하니 애들의 배속에서 어서 간을 빼들고 가야겠다고 생각했다. 부자는 누가 볼세라 부랴부랴 간을 빼들고 불행랑을 놓았다.

집에 다달으니 천행으로 안해도 죽지 않았었다. 남편은 배를 부여잡고 나딩구는 안해에게 자초지종을 말하며 호박잎에 싸들고 들어온 간을 내놓았다.

≪자 어서 먹소! 하느님께서 우리를 도와 당신을 구하고 집에 들어온 악귀를 물리쳤다오.≫

≪아… 아이구… 내 어찌 가군님 앞에 놓고 입에 피를 묻히겠어요… 아이구… 나 죽소.≫

《여…여보, 제발 죽지 마오. 그대 죽으면 내 홀로 어이 살리오. 부디부디 죽지 마오. 이 일은 하느님 도운 일인데 어서 먹소. 내자리를 피하겠소!》

남편은 말을 마치기 바쁘게 자리를 떴다. 그러자 당장 죽는다고 나뒹굴던 안해가 벌떡 일어나앉아서 호박잎에 싼 간을 부엌아궁이에 처넣고는 한식경이 지나서 남편을 찾았다. 남편은 안해가 살아난것을 보더니 덥석 안해의 손을 잡았다.

《그래 정말 나았소?》

《그래요. 이 일은 정말 하느님께서 도우신것 같아요!》

《내 저것들이 사람이 아닌줄을 벌써 알고 집을 나와 당신을 맞았는데 글쎄, 그놈의 악귀들이 날 찾아올줄 누가 알았겠소 이제는 그놈의 악귀들을 없애치웠으니 만시름을 놓고 우리 부부가 검은 머리 파뿌리 되도록 부귀영화 누리며 잘 살게 되였소 아래동리 령지하신 무당의 은혜를 갚아야 하겠소 참 령지한 무당이요. 악귀를 물리치고 다신을 구하였은즉 이세상에 다시없는 무당인줄아오!》

헌데 이 말이 끝나기전에 산에 가 꽃놀이하던 애들이 저마다 꽃묶음을 들고 보라는듯이 그들 부부앞에 나타났다. 그바람에 녀편네가 먼저 악 소리를 지르고 넘어졌고 남편이 뒤따라 흰눈을 희번덕거렸다.

《악… 아… 아유, 못살 때를 만났소 저놈의 악귀들이 죽…죽지 않았소…저…저놈의 악귀를…》

이바람에 얼음판에 넘어진 소처럼 눈이 휘둥그래졌던 남편이 생사결단하고 자리를 차고 일어서더니 도끼를 찾아들고 들어와 일곱둥이들을 찍으려 했다. 일곱둥이들은 깜짝 놀라 밖으로 뛰여나갔다. 그런데 큰대문은 절컥 잠가져서 아이들은 독안에 갇힌 쥐신세가 되여 뛸래야 뛸수도 없게 되였다. 일곱둥이들은 오도가도 못하고 죽게 되였다. 피줄을 물려준 아버지까지 도끼를 들고 죽이려고 하니 더는 믿을 곳이 없게 되였다. 불쌍하고 가련한 아이들은 두손을 마주 비비며 하늘에 대고 빌었다.

《하느님이시여, 불쌍한 우리를 보살펴주옵소서! 아버지를 찾아서 부모 량친 모시고 천년만년 살자 하였더니 우리 아버지 사람 잡아먹는 호랑이보다 더 독하여 죽게 되였소이다. 인생일사 정한 일이나 우리 죽고보면 홀로 남은 우리 어머니 어이 살리까? 불쌍한 우리를 굽어 살펴주옵소서.》

이때라 계모도 남편의 뒤를 따라나와 일곱둥이들을 당장 잡아죽이라고 세길

네실 뛰였다. 그러나 그 순간 도끼를 든 애비는 도끼를 꼬나든채 돌덩이마냥 굳어져버렸다. 안해는 악에 받쳐 남편을 쥐여뜯고 밀어치며 야단을 쳤다. 그래도 남편은 그 모양 그대로 있었다. 뱀이 꼬치꼬치 탈린 안해는 남편을 와락 밀어쳤다. 돌덩이처럼 굳어진 남편이 통나무 넘어지듯 한일자로 나넘어졌다. 그러니 인젠 비벼낼 언덕도 없었다. 계모는 생사길단하고 아이들에게 달려들었다.

≪하느님이시여, 되없는 사람 살리고 죄있는 사람 벼락이나 내리옵소서!≫

일곱둥이의 말이 끝나자 눈에 쌍심지를 켜고 애들한테 덮쳐들던 계모의 머리우에서 ≪우르릉 꽝!≫ 하고 모진 소리가 나더니 그를 땅속에 처박아버렸다. 이때부터 땅속에는 짤막한 앞다리와 넙적한 주둥이로 땅을 파면서 해별을 실허 피해다니는 동물이 생겼으니 그것이 바로 세상 하지 못한 일을 하고 천벌을 받아 땅에 묻힌 계모 였는데 그 이름 두더지라 하였다.

일곱둥이들은 더는믿을 사람이 없었다. 그들은 잠가놓은 대문을 도끼로 두드려 마스고 어머니를 찾아보았다. 그런데 유일하게 남은 어머니마저 집에 없었다. 어머니는 일곱둥이들이 집을떠나자 날마다 신새벽에 일어나서 동산마루에 올라가서는 애들이 가는 길에 가시밭이라도 가로막지 않았나 살피고 몹쓸놈의 짐승이라도 덮치지 않나살피면서 얼굴에 구름같은 수심을 담고 애들을 기다렸다. 기다리고기다렸으나 일곱둥이들은 오지 않았다. 어머니는 그 동산마루에서 애타는 가슴을 쥐여뜯다가 영영 한많은 세상을 뜨고말았다. 일곱둥이들은 동리사람들한테서 이 비통한 소식을 듣고 땅을 치며 대성통곡을 했다. 일곱둥이들은 저희들끼리 서러 부여잡고 울고울다가 어머니생각이 나서 동산마루에 올라갔다.

일곱둥이들은 어머니 외로운 무덤앞에 가 절을 하고 어머니 무덤을 허비며 대성통곡하였다.

≪어머니, 어머니… 저희들이 돌아왔어요.≫

높은 산은 죽은듯 고요한데 하늘에는 뭇별들만 반짝이였다. 일곱둥이들은 어쩌면 하늘에서 반짝이는 별을 쳐다보며 울었다.

≪어머니, 어머니는 어이하여 우리를 두고 먼저 가셨어요. 어머니, 어머니가 우릴 두고 가면 우린 누굴 믿고 살며 산다면 밤같이 어두운 이 세상에서 어떻게 살겠어요. 어머니, 어머니… 우린 어머니를 떠나서는 못살겠어요!≫

이때였다. 반공중에 서기 어리더니 귀에 익은 말소리가 들려왔다.

≪애들아, 그만 울어라. 밤같이 어둡고 험악한 세상에선 살아갈길이 없구나. 어머니를 따라오너라!≫

≪어머니!≫

≪애들아, 어머닌 여기 있다.≫

일곱둥이들은 어머님의 소리를 따라 가고 또 갔다. 가다가는 어머니를 부르고 어머니 소리를 듣고는 또 갔다. 얼마를 가고 몇날 몇밤을 가고갔는지 모른다.

그때로부터 북쪽하늘에는 국자모양으로 선 일곱개의 별이 생겼다. 그것은 어머니 따라서 하늘로 올라간 일곱둥이였다. 사람들은 전에 없던 이 일곱개의 별을 보고 북두칠성이라 부르며 일곱둥이에 대한 이야기를 대대로 전하였다.

구술자: 인성춘 / 수집지점: 도문시 / 수집시간: 1979년 6월


# 지혜겨룸


옛날 한 서당방 훈장이 글방 애들의 지혜를 떠보려고 애들을 보고 누구든 방안에 있는 나를 밖으로 나가게 하면 상을 줄테다 하고 말했다.

훈장의 말이 떨어지자 한 애가 눈을 까물까물거리고 생각하더니 훈장을 보고 말했다.

≪스승님, 방안에 계신 스승님을 방밖으로 나가시게 하기는 어렵지만 방밖에 계시는 스승님을 방에 들어오시게는 할수 있사옵니다!≫

훈장이 생각해보니 방안에 있는 자기를 방밖으로 나가게 하는것이 어려울진대 방밖에 있는 자기를 방으로 들어오게 하는것도 마찬가지로 어려울것이였다. 그래서 훈장은 서슴없이 밖에 나갔다.

이때라 그 애는 캐드득 웃으며 훈장을 보고 말하였다.

≪스승님, 어서 상을 주시오이다! 스승님은 내 말 한마디에 방안에서 밖으로 나오시지 않았소이까?!≫

훈장은 무릎을 탁 치고 웃더니 그 애의 머리를 쓰다듬어주며 그 애에게 상을 주더라 한다.

구술자: 한병률 / 수집지점: 화룡현 두동공사 / 수집지점: 1963년 11월

## 셋째딸네 집으로 가다

옛날 한 고을에 늙은 내외가 살았는데 슬하에 딸 셋을 두었으나 서운한 마음 조금치도 없이 딸 셋을 금이야 옥이야 하며 아들삼아 길러서 다 시집을 보냈다. 세 딸이 다 시집가고 세월이 한해 두해 물흐르듯 흘러가니 늙은 내외의 머리에는 하얀 서리가 내리고 등도 활등처럼 굽어서 지팽이 신세를 지지 않으면 걸음도 제 마음대로 걸을수 없게 되였다. 딸 셋을 고이고이 길러 시집 보낼때까지는 부모의 힘이 들었지만 늙은 내외가 사지를 바로 쓰지 못하니 자식들의 신세를 져야 했다. 헌데 어느 딸한테 가면 좋을지 몰라 큰딸한테 가자거니 둘째딸한테 가자거니 막내딸한테 가자거니 하며 가부를 짓지 못했다. 하루는 령감이 밤을 자고나더니 로친을 보고 말했다.

≪여보 로친, 어느 자식이면 다르겠소만 그래도 마음편한데로 가야지 않겠소?! 우리 한번 저 자식들의 마음을 알아보는것이 어떠하오?≫

≪어떻게 알아본단말이우?≫

≪내 큰 널우에 이불쓰고 누울테니 로친이 세 딸에게 내가 죽었다고 기별하오! 그 애들이 와서 뭐라나 들어보기오!≫

두 내외가 의합이 맞으니 령감은 칠성판을 깔고 이불쓰고 눕고 로친은 세 딸한테 부고를 내고 애고대고하며 울었다.

점심때쯤 해서 큰딸이 먼저 들어섰다. 그는 집에 들어서자 머리를 풀어헤치고 땅을 잡아치며 울었다.

≪애고애고 울 아버지 작년가을 우리 집에 왔을 때 큰개 잡아주시니 그렇게

맛스럽게 자시며 집의 재산은 몽땅 너한테 주마 하시더니 왜 돌아갔어요? 애고 애고…≫

큰딸이 땅을 치며 우는데 둘째딸이 들어섰다. 둘째딸은 집에 들어서자 칠성판에 모신 아버지를 보더니 ≪아이구 아버지!≫ 하고는 이불을 쥐여잡아 흔들며 애고대고하며 울었다.

≪애고애고 울아버지 작년봄에 우리 집에 왔을 때 씨암닭을 잡아주시니 그렇게 맛스럽게 자시며 너한테 땅도 주고 집도 주마 하시더니 왜 벌써 돌아가셨어요? 애고애고 이내 신세 왜 이리 기박하오? 애고애고 아버지…≫

두 딸이 서로 제 사정 이야기를 하며 애고대고하는며 야단하는데 셋째딸이 왔다. 셋째딸은 집에 들어서자 머리를 풀어헤치고 아버지를 쥐여흔들며 울고 어머니를 부여잡고 울었다.

≪애고애고 아버지, 그렇게 고생하시며 우릴 키우시더니 왜 우릴 다시한번 보시지도 않고 가시나요? 애고애고 난 집이 멀어 언니들처럼 아버지도 자주 못보았어요. 아버지, 아버지 그 얼굴 내 한번 다시 보게 해주세요. 애고애고…≫

셋째딸이 그리운 부친님의 얼굴 다시한번 보자고 이불을 홀 제끼니 죽었다던 령감이 눈을 껌쩍껌쩍했다.

≪아이구 아버지!≫

≪아이구 내 딸이야!≫

령감이 반갑다고 셋째딸의 손목을 덥석 잡으며 일어나니

≪아이구 아버지, 우린 어쩌라오?≫ 하며 큰딸과 둘째딸이 얼굴에 화로불을 뒤집어쓰고 내뺐다.

그후 늙은 내외는 셋째딸에게 모든 재산을 다 넘겨주고 그 딸네 집에 가서 늘 명절처럼 즐겁게 지내더라한다.

구술자: 량순달 / 수집지점: 영길현 알라디 / 수집시간: 1981년 4월

# 가슴에 맺힌 원을 풀어주다

박문수는 어머니가 품삯으로 받아온 돈 두잎을 받아들고 산넘고 물건너 총총 걸음으로 서울로 과거보러 가고있었다. 며칠을 걸었던지 다리도 아픈데 마침 좋은 정자가 있어서 박문수는 정자에 앉아 쉬였다. 날씨는 유난히 따스하고 유정한 바람은 솔솔 불어왔다. 박문수 한창 기분좋게 쉴 때 흰 포장 두른 가마가 정자앞에 와 멎었다. 교군군들도 정자에 와 쉬였다. 헌데 소복단장한 녀인이 가마문을 열고 정자에 앉은 사람들을 힐끔거리고 내다보는것이 인물은 경국지색이지만 행동거지가 이상스럽게 보였다.

교군군들은 한쉼 쉬고 다시 길을 떠났다. 박문수는 아무리 생각해도 소복단장한 녀인의 눈길과 행동거지가 이상스럽게만 생각되여 가마를 따라 걸었다. 해가 서산에 너울너울할무렵 가마는 큰 동리에 들어서더니 고래등같은 기와집 뜨락에 들어섰다. 이 집은 이 동리에서 갑부로 불리우는 리진사네 집이였고 소복단장한 녀인은 리진사의 며느리였다.

박문수는 리진사를 보고 서울 과거보러 가는길인데 하루밤 묵어가자고 사정하였다. 리진사는 박문수를 아래우로 뜯어보더니 쾌히 승낙하였다.

박문수는 저녁을 치르자 리진사와 이 이야기 저 이야기 하는데 리진사는 박문수를 쳐다보며 아들생각이 나서 울기만 하였다. 리진사가 어떻게나 슬피 우는지 박문수는 더는 말할수가 없었다. 한참 함구무언하고있노라니 리진사가 눈물을 씻고 문수도러 사랑방에 나가 편히 쉬라 하고는 며느리방으로 들어갔다. 박문수는 더욱 이상한 생각이 드는지라 쥐도 새도 모르게 마루밑에 숨어서 시아버지와 며느리가 주고받는 이야기를 엿들었다. 리진사는 며느리방에 들어서더니 땅이 꺼지게 한숨을 쉬고는 며느리를 위안하는것이였다. 그런데 며느리는 하숨 쉬는 양도 없고 눈물 흘리는 기척도 없었다. 부모자식간의 정이 태산같아서 부친된 리진사가 한숨짓고 눈물짓는 일은 인간사리에 맞는 일이나 부부정은 칼로 물베기라고 끊을수 없는 정인데 한숨 한오리 없고 눈물 한방울 없으니 더욱 이상한 일이다.

박문수는 사랑방에 나왔으나 잠이 오지 않으니 자연 밖의 동정을 살피게 되였다.

밤은 소리없이 깊어만 가고 사위는 쥐죽은듯 고요한데 어느때나 되였는지 웬 팔척장신의 사나이가 귀신마냥 담장을 뛰여넘더니 두리번거리고 사위를 살펴보고는 리진사네 며느리방에 주저도 없이 뛰여들었다. 담배 뒈대 태울만하니 장승은 며느리방에서 나와 또 시꺼먼 담장을 뛰여넘었다.

박문수는 인차 그놈의 뒤를 밟았다. 그놈은 서당방에 들어가자 딴전을 부리며 주눅좋게 이야기를 하고있었다.

이튿날 박문수는 리진사에게 밤을 편히 류하고 가노라 인사를 하고 서울을 향해 걸었다. 얼마를 걸었는지는 모르나 솟은 해를 쳐다보니 늦은아침때는 잘되였는데 갑자기 눈앞에 초립동이 나타나 허리굽혀 인사한다.

≪보아하니 선비어른같사온데 이렇게 바쁜 걸음으로 어디를 가시옵니까?≫

≪과거보러 가오!≫

≪어유 참, 안되였구만. 과거는 벌써 끝났소이다!≫

≪끝나다니? 래일이 과거볼 날인데.≫박문수는 가슴이 덜렁 내려앉았다. 초립동은 한숨을 후 내쉬더니 박문수를 다시 쳐다보았다.

≪이왕지사 떠난길이니 이번에 장원급제한 글이나 들어보실라우?≫박문수 아무리 손꼽아 세여보아야 과거볼 날은 지나지 않았건만 초립동은 장원급제한 글을 수수대에 기름바르듯 거침도 없이 줄줄 내리외웠다.

≪과거제목은 락조(落照)인데 장원한 글은 이러하오이다.≫

줄줄 내리외우던 초립동은 ≪아차≫하고 무릎을 치더니 마지막 한구절을 그만 잊었다고 말하고는 사라져버렸다. 오매불망 바라던 과거시험날이 지났다니 박문수는 숨이 딱 막혔다. 하지만 어머니 품삯 받아들고 과거보러 떠난 문수의 송죽같은 마음은 드팀이 없어 또 총총걸음을 옮겼다. 헌데 서울에 다달으니 다행히도 과거가 지나지 않아서 박문수는 과거를 보게 되였는데 뜻밖에도 시험제목이 또한 ≪락조≫였다.

박문수는 길가에서 만난 초립동이 외우던 그 구절을 다 쓰고는 마지막 구절은 자기가 지어넣었다.

시관이 박문수의 글을 받아보니 앞의 글은 사람의 글이 아니고 신작(神作)이라 버리려다가 맨 마지막 구절은 인작이라 문수를 장원급제시켰다.

박문수는 장원급제하고 임금에게서 마패를 받아차고 술 한잔 받아서 마시고 집으로 돌아오게 되였다.

암행어사가 된 박문수는 돌아오는길에 또 리진사네 집에 찾아들어갔다. 박문수는 하루밤 류하면서 이 이야기 저 이야기 하며 아무런 내색도 내지 않았다. 리진사는 이제는 박문수와 구면이 된지라 아들이 첫날밤에 귀신도 모르게 죽은 이야기를 하며 비오듯 눈물만 흘렸다. 그래도 박문수는 아무런 내색을 내지 않고 리진사가 한숨쉴 때는 같이 한숨쉬고 울 때는 같이 눈물만 지었다.

이튿날아침에 박문수는 《어사출도!》를 부르고 서당방의 팔척장승과 리진사네 며느리를 묶어 대령시키고는 지은 죄를 어서 말하라 령하였다. 어사출도소리만 나면 산천초목이 떠는판인데 제아무리 팔척장승이라 해도 고양이앞의 쥐신세요, 구렁이앞의 토끼신세라 모든것을 그대로 털어놓았다. 원래 서당방 훈장은 리진사 며느리와 간통했었는데 둘이 가만히 짜고들어 첫날밤 리진사 아들의 가슴에 매돌같이 큰 돌을 달아 후원 련못에 처넣었다는것이다.

박문수 박아서 령을 내려 련못에 고인물을 퍼내니 과연 가슴에 돌을 단 리진사 아들의 시체가 나왔다. 그러니 팔척장승과 며느리는 릉지처참을 당하고 리진사 가슴에 맺힌 원을 풀었다. 이것이 박문수가 어사되여 향간에 나와 백성들에게 쾌락을 준 한가지 이야기다.

구술자: 조승만 / 수집지점: 영길현 알라디 / 수집시간: 1981년 4월

# 살인한 중을 처단하다

박문수는 과거에 급제하고 어사가 되여 내려오던걸음으로 리진사네 집에 들러 그의 가슴속에 맺힌 원한을 풀어주고는 곧바로 집으로 돌아왔다. 집에 돌아오자 그는 품을 팔아서 살아가는 어머니에게 서울에 가서 과거에 급제한 이야기를 하고는 집을 나섰다. 박문수는 페의파립하고 헌 초신을 신고 집을 나서 산골길을

처처 걸어갔다. 얼마를 걸었는지 가다가 앞을 내다보니 까까머리중놈이 털털거리고 걸어가고 있었다. 박문수 뒤에서 보니 높은데는 낮게 디디고 낮은데는 높게 디디며 걸어가는것이 아무리 봐도 이상하였다. 박문수 괴이쩍은 생각이 들어 오금에 날파람 일구며 따라잡으니 그 중놈이 병아리 잡아먹은 개 주인눈치 살피듯 힐끔거리며 박문수를 쳐다보는것이였다.

《중님, 어디로 가시우?》

《허, 그자식 꽤나 무식하다! 이 무식한녀석, 중님이란게 뭐냐? 대사라고 일러라!》

《네, 대사님, 어디로 가십니까?》

《아따 그녀석 무식두 하다. 대사가 갈데 있나, 절에 가지!》

《거참 잘되였소이다. 소인도 절에 가는길이니 동행합시다!》

왜가리목같이 긴 목에 념주를 건 중은 박문수를 말끝마다 무식쟁이라 욕은 하면서도 절에 간다니 떼놓을수도 없구 해서 할수 무가내로 함께 걸었다. 가고 가다나니 동산에 떴던 해가 서산마루에 너울너울하고 앞에는 마을도 없어 더는 길을 갈수 없게 되였다. 때마침 자그마한 시골 주막집이 있어 박문수는 중과 함께 그 주막집에서 하루밤 묵어가게 되였다.

저녁을 먹고 한담하다 자리에 누우니 박문수는 로곤에 잠이 쏟아져 백지장같은 눈까풀이 막 천근무게로 내리덮이는데 중은 이리뒤척저리뒤척하며 도시 잠을 못이루고있었다. 이때 박문수는 이 중놈에게 필시 말못할 사연이 있는것 같으니 꾀를 써서 알아내리라 생각했다. 박문수는 잠꼬대나 하는듯이 우정 중놈의 몸에 다리를 올려놓으며

《허, 밤이 오니 난 처자생각에 못견디지만 대사님이야 처자도 없는데 왜 잠을 못자겠소이까?》라고 하였다.

박문수가 이렇게 말하는바람에 중이 그만 발칵 화를 냈다.

《이 무식한녀석아, 모르는 소리는 하지두 말라! 중이면 그저 절에서 넘불이나 외누는줄 아느냐?! 나도 너처럼 꽃같은 색시를 데리고 론적이 있어!》

박문수는 살살 나사붙으면서 중의 비위를 돋우어서 그 말을 하게 했다.

《아니, 대사께서 녀자와 즐겼다지만 그 녀자가 저의 처자처럼야 이쁘오리까. 저의 처자는 천하일색여서 춘삼월에 피는 꽃과 같고 이슬머금은 양귀비 같고

명사십리 백사장에 핀 해당화 같아서 모두들 천궁선녀가 지상에 하강하였다 하옵나이다!≫

≪허 그자식, 무식한 소리만 하는줄 알았더니 말이 청산류수로구나. 너 내 말 들어봐라. 3년전 그날 내가 목화동냥 나갔는데 큰 집 울안에 들어서니 천기 잠잠하고 만기 잠잠했다. 때마침 그 큰 집에는 아무 사람도 없고 갓 시집온 며느리만 있었지. 꽃본 나비 같고 물찬 제비 같고 월궁의 상아같은 녀인인데 안보면 몰라도 보니 불꽃같은 욕심이 막 치솟아 견딜수가 있어야지. 그래서 나도 그 계집을 데리고 논 일이 있다.≫

≪그래 그 계집이 그렇게 순순히 말 들어줍더이까?≫

≪사내대장부가 계집년 하나 못다루어. 헌데 그 꽃같이 고운 각시를 인젠 다시 볼수도 없게 되었구나.≫

중은 후 한숨을 내쉬였다.

≪아니, 다시 볼수 없다니요? 그렇게 고운 녀인을 놔두다니요?≫

≪허, 그렇게 됐느니라!≫

이녀석이 겁탈하고 살인한것이 분명한데 더는 입밖에 말을 내지 않았다.

이튿날 박문수는 중을 따라 절에 갔다. 박문수가 불공하러 왔다고 하니 공양미 얼마를 바치라 했다. 박문수는 이을 딱 벌리며 산 사람의 입도 겨우 살리는데 부처님한테 그렇게 많은 쌀을 올리느냐고 물었다. 그러니 절간 중들이 모여서 그를 쫓아냈다. 박문수는 어서 절에서 빠져나는것이 목적이라 못이기는체하며 나와버렸다. 절에서 나온 박문수가 중이 말하던 그 동리의 그 큰집을 찾아 들어 가니 집은 고래등같으나 뜨락엔 잡초가 우거져 사람이 사는 집 같지 않았다.

집안에는 피골이 상접한 로인이 남산이 거꾸로 비낀 멀건 죽사발을 상우에 놓고 한숨만 풀풀 내쉬고있었다. 박문수 주인을 찾고 지나가는 행객인데 하루밤 류하고 가자 하니 로인은 한숨을 후 하며 류해가는것은 좋겠지만 꼴이 보는바와 같아서 류하라는 말을 못하겠다 하였다. 박문수는 허물치 않겠노라 하면서 로인과 함께 멀건 죽물을 마시고는 자리에 누웠다. 박문수는 자리에 누워서 이말저말하다가 로인에게 어이하여 집앞에는 잡초가 무성하고 로인은 어찌하여 피골이 상접해서 한숨만 쉬느냐고 물었다. 그러니 로인이 하는 말인즉

≪삼년전 어느날 부친님 제사에 온집식구들을 다 데리고 갔는데 철부지며느

리를 집에 두고 간것이 걱정되여 오금에 불을 일구고 돌아오니 며느리 가슴에 칼이 박혔더이다. 기가 막혀서 그 칼을 잡아빼는데 공교롭게도 동리 할머니가 들어서며 아이구 이게 웬 일이요 하고 소리치니 그만 이 늙은것이 며느리를 겁탈하고 칼을 박은걸로 되였소이다. 래일 오시면 형장에 끌려나가 죽게 되는데 늙은 몸 죽는것이야 겁날가마는 억울한 루명을 쓰고 죽게 되니 죽어 저승에 간들 어찌 이 마음 풀리겠나이까!≫

이튿날 오시에 로인이 붙잡혀 칼을 쓰고 형장에 나가는데 박문수 어사출도를 하고 중놈을 잡다 부관참시하고 그 로인을 살려주었다.

박어사 박문수 이처럼 악한자를 징벌하고 착한 사람 도와주니 그 현명한 처사에 칭찬을 보내지 않는 사람이 없게 되였고 그 소문이 팔도에 퍼지며 ≪박어사 박문수≫를 모르는 사람이 없게 되였다.

구술자: 조승만 / 수집지점: 영길현 알라디 / 수집시간: 1981년 4월

# 효자

옛날 한 동리에 늙으신 부모에게 극진히 효도하여 가근방에 소문이 자자한 젊은이가 살고 있었다. 어느날 그의 아버지는 아들을 불렀다.

≪이 사람아, 지금은 매가 새끼를 내리우는 땐데 자네 오늘 나하고 같이 매새끼 내리우러 가세.≫

≪아버지 생각이 그러하시다면 제가 따라가옵지요.≫

이렇게 되여 아들은 아버지를 따라 매새끼를 내리우러 깊은 산중에 찾아갔다. 아버지는 해마다 이 일을 해오는지라 깊은 산중에 이르자 이 나무 저 나무를 쳐다보더니 얼마 지나지 않아서 매둥지를 찾아냈다. 아버지는 하늘을 치받아 눈뿌리 아찔하게 솟은 나무밑으로 아들을 데리고 가서 한참이나 무엇인가 생각 더니 하는 말이 ≪아 사람아, 나무가 너무 높아서 아무래도 내가 올라가야 하겠

네.》 하였다.

《부친님께서 칠십고령에 어떻게 눈뿌리 아칠하게 솟은 나무에 올라간다고 그럽니까? 올해부터는제가 올라가겠으니 그저 밑에서 여사여사하라고 가르쳐만 주십시오. 그러면 이 아들이 부친님 분부대로 하오리다.》

《아니, 자네가 올라가신 안되네. 처음 나무에 오르는 사람이 저렇게 높은 나무엔 오르지 못하네. 내가 올라가겠네.》

《아니올시다. 늙으신 부친님을 저렇게 높은 나무에 올려보내고 자식된 몸이 그저 밑에서 쳐다만 보아서야 되겠습니까?》

《안되네. 올해까지는 내가 올라가고 래년부터 자네가 올라가세. 더는 내분부를 거역하지 말게.》《부친님께서 정 그렇게 하시겠다면 이 아들은 더는 다른 말을 안하겠사옵니다.》

효자는 아버지가 더는 자기의 분부를 거역하지 말라는바람에 늙으신 아버지를 막아나서지 못하였다. 칠순에나는 아버지는 백발수염을 날리며 나무우에 올라가더니 매새끼를 들추어 끈달린 주머니에 넣어서 나무밑에 선 아들한테 내려보냈다. 아들이 매새끼를 받아쥐고 보는데 나무에서 갓 내려오기 시작한 아버지가 소리쳤다.

《아이구, 죽었구나! 눈앞이 아찔해 옴짝도 못하겠구나.》

올려다보니 늙으신 아버지는 나무를 꼭 그러안은채 눈도 뜨지 못하고있었다.

《아버지, 아버지! 갑자기 왜 그러십니까?》

아들은 다급해서 나무우의 아버지를 보고 말했다. 하지만 아버지는 여전히 눈도 뜨지 못한채 나무를 끌어안고 대답도 못하였다. 그러자 아들은 아버지를 쳐다보며 버럭 성을 냈다.

《흥, 잘됐다. 내가 올라가겠다는데 제가 올라가겠다고 야단이더니 잘됐다. 죽겠으면 죽고 살겠으면 살고 난 모르오. 난 매새끼를 메고 가오.》

아들은 매새끼를 메고 뒤도 돌아보지 않고 건성건성 걸어갔다. 이바람에 나무우에서 정신을 깜박 잃었던 그의 아버지는 울컥 화가 동했다.

《너 이놈 효자라더니 이런놈의 불효자식이 어데 있단말이냐? 내 죽더라도 내려가서 네놈을 단매에 때려죽일테다.》

아버지는 분이 상투밑까지 올라서 눈에 불을 일구더니 이를 악물고 나무에서 내려왔다. 이때 건성건성 걸어가던 아들이 돌아서서 아버지한테로 달려오더니 넙적 엎드리며 절을 했다.

《아버지, 참 요행이올시다!》

《이 불초한놈아, 네가 방금 나보구 뭐랬느냐?》

《아버지, 노여워하지 마십시오. 그때 제가 부친님의 분을 돋우지 않았더면 부친님은 정말 정신을 잃고 나무에서 내려오지도 못했을것이옵니다. 그래서 아버지를 구하려고 우정 분을 돋군 소리오니 부친님께서는 널리 생각해주십시오.》

이때에야 노기에 찼던 아버지는 아들을 다시 보며 웃으시였다.

《네가 이 아버지를 살렸구나. 과연 효자는 효자로다!》

구술자: 류중표 / 수집지점: 연길시 / 수집시간: 1979년 6월

# 그림 한장

옛날 한 시골에 조실부모하여 의지가지없는 아이가 오두막에서 살았다. 나이 어린 그는 어려서는 삼동리에 다니며 동냥밥 빌어먹으며 살았고 나이 열살이 넘어서부터는 삯품을 팔고 지게나무를 해 팔기도 하며 내내 그 오두막에서 살았다.

그가 스무살이 된 겨울이였다. 대한이 소한네 집에 문안가다 얼어죽었다는 어느날이였다. 그날따라 칼바람이 뼈를 에이며 죽을놈은 나오라는듯 야단인데 설상가상으로 집에 땔나무마저 없었다. 집에는 헌 누덕이불이 있었지만 덮으나마나 춥기는 매 한가지였다. 그래서 그는 헌 초신에 가랑잎이며 옥수수잎을 넣어서 신고 나무하러 떠났다.

날씨는 깃을 치며 나는 새도 얼궈떨어뜨릴듯 추웠지만 양지바른 산에 가서 토끼를 휘둘러가며 나무뿌리도 요동쳐 뽑아내고 낫을 들고 단나무도 베였더니 얼어들던 손에서도 땀이 나고 꼬부라붙기만 하던 허리도 쭉 펴졌다. 총각이 이렇

게 여기 번쩍 저기 번쩍 하며 나무를 하니 잠간사이에 나무 한짐이 실히 되였다. 그래서 그 총각은 나무짐을 지게꼬리로 조여매놓고 이마에 돋은 땀을 씻으려 했다. 그런데 머리를 들고 이마의 땀을 씻으면서 보니 바로 눈앞에 전에 없던 오두막이 나타났다. 총각은 이상한 생각이 들어 그 오두막을 바라보는데 오두막 안에서 가는 신음소리가 바람결을 따라 새여나왔다. 총각은 오두막에서 나오는 신음소리를 듣자 인가없는 이런 산중에서 누가 병들어 누운것이라고 생각하니 애처롭기 짝이 없어서 오두막으로 달려갔다.

나무하던 총각이 숨을 헐떡거리며 바삐바삐 찌그러져가는 오두막에 뛰여들어 가 보니 피골이 상접한 로인이 한사람이나 겨우 누울만한 온돌에 헌 이불을 덮고 누웠는데 인사불성이 되여가며 신음소리만 내고있었다. 아무리 자상히 뜯어봐도 초면강산인데 어디 사는 로인이 어인 연고로 인가도 없는 산중에 와 앓고있는지 알수 없었다. 눈도 뜨지 못하고 누워있는 로인의 목에서는 가르릉가르릉 가래가 끓었고 손발은 다 식어서 얼음장처럼 차거웠다. 온돌을 짚어보니 랭돌이요 솥을 열어보니 물 한방울 없었다. 조실부모하여 부모 량친의 사랑을 받아보지 못하고 자란 총각은 인가없는 산중에서 이렇게 병들어 누운 로인을 보니 가긍한 생각에 눈물부터 앞섰다. 그는 눈물을 뿌리며 바가지를 들고 밖에 나가 깨끗한 흰눈을 담아다 가마에 넣고 제가 해놓은 나무를 져다 불을 지폈다. 총각은 불을 지펴놓고서야 집안을 이리저리 살펴보았다. 집안에는 자기가 들고 나갔던 바가지 하나와 구들 한구석에 휘주근한 자루가 있을뿐이였다. 그래서 그 자루를 헤쳐보니 다행히도 좁쌀이 한되 되나마나하게 들어있었다. 총각은 그 쌀을 한홉 실히 되게 퍼다가 바가지로 일어서 끓는 솥에 넣어 마음을 쑤었다. 미음이 다 되니 총각은 그 미음을 바가지에 담아서 로인앞에 가지고 갔다.

≪할아버지, 할아버지 따뜻한 미음 한술 자시세요. 미음이라도 자셔야 일어나지요.≫

이렇게 말한 총각은 놋숟가락에 미음을 떠서 로인의 입에 한술 두술 떠넣었다. 로인은 한참이나 총각이 떠넣어주는 미음을 받아자시더니 감았던 눈을 뜨며 더는 미음을 받아자시지 않고 눈앞에 총각을 보도 또 보더니 눈물이 그렁해서 미음 담긴 바가지를 가리켰다. 말은 하지 않으나 총각에게 남은 미음을 몇술이라도 떠먹고 한끼니 에우라는것이였다. 하지만 나무하러 갔던 총각은 자루에 얼마

남지 않은 쌀을 보았는지라 로인앞에서는 고개를 끄덕이고 돌아앉아서는 그 미음을 한술도 뜨지않았다. 나무하런 갔던 총각은 무의무탁한 로인이 사경에 처한것을 버리고 올수 없어서 사흘동안이나 로인의 병시중을 지성껏 들어주었다. 속담에 정성이 지극하면 돌우에 꽃이 핀다더니 실로 그러했다. 로인은 인가 없는 산중에 병들어 누워 약 한첩 쓰지 못하고 인사불성이 되였지만 마음씨 착한 총각을 만나 극진한 보살핌을 받은탓으로 사흘째되는 날엔 자리에서 일어나 앉아 이야기도 할수 있게 되였다. 로인의 병세가 이렇게 돌려지니 나무하런 갔던 총각은 두말없이 자리에서 일어나 집에 돌아가려 했다. 이러자 병석에 누워 계시던 로인이 그 총각을 손잡아 앉히며 ≪젊은이, 감사하이. 젊은이 몸에 걸친 걸 보니 부모량친이 재세한것 같지 않고 생활형편도 구차한것 같은데 내 은혜 보답할바 없네만 배운 재간이 그림그리는것뿐이니 그림 한장 그려주겠네. 가지고 가게.≫라고 하였다. 로인은 말을 마치자 품에서 흰 백지를 꺼내놓고 그림을 그렸다. 로인은 한참 있더니 나는 기러기 날개 같은 로송이 선 아칠한 벼랑아래 샘이 솟고 샘터에 청학이 서있는 그림 한장을 그렸다. 로인은 그 그림을 총각에게 주면서

≪이 그림을 집에 가지고 가서 벽에 붙여놓고 종이밑을 쥐고 살래살래 흔들면 청학이 나래르 칠것이고 그러면 또 맛좋은 술이 흘러떨어질거네. 이 술을 먹으면 향긋한 냄새에 날아갈것 같고 먹은 다음엔 장수할걸세. 자 이걸 가지고 떠나게.≫ 라고 하였다.

나무하런 갔던 총각은 너무나도 감사하여 로인앞에 공손히 절을 하고 그 그림을 정히 싸서 품에 넣고 집으로 돌아왔다. 총각은 산에서 지고 온 나무를 한아름 들여다 불을 지피고 얼음장같이 된 온돌을 덥히였다. 그리고는 로인이 준 그림을 품에서 꺼내여 벽에 정하게 붙이였다. 혼자 사는 기구한 살림이라 집안에는 눈에 뜨일만한 물건은 하나도 없었지만 로인이 주던 그림 한장을 벽에 붙여놓으니 집안이 한결 산뜻해보였다.

오두막에서 살아가는 총각은 산에 가서 로인의 병을 보살펴드리느라 련 사흘이나 아무 일도 못한탓으로 아침을 해먹고나니 점심저녁때거리가 없었다. 그래서 옹배기를 그림장밑에 가져다놓고 그림종이밑을 살래살래 흔들었다. 그랬더니 샘터에 서있던 청학이 푸득푸득 나래를 치고 청학이 나래칠 때마다 옹배기에

술이 쭈르륵쭈르륵 흘러 떨어졌다. 한 옹배기의 술을 받아놓으니 그 향긋한 냄새가 바람결에 풍기고 풍기는지라 동네방네 술군들은 그 향긋한 술내를 따라 이 오두막까지 찾아와서 돈부터 내놓으며 술을 청하였다. 이리하여 총각은 옹배기에 담아놓은 술을 한근 두근씩 팔게 되였다. 한 옹배기의 술을 다 팔고나니 돈냥깨나 생겨서 동네에 나가 쌀말이나 사서 며칠간은 근심없이 지내게 되였다. 총각은 그 쌀로끼니를 에우면서 나무하러도 다니고 이듬해 농사차비도 하였다. 그런데 이 오두막에 와서 고금에 마셔보지 못한 술을 마시고 간 술군들이 오두막집 술이 어떻게 맛이 좋고 마시고난 다음엔 어떻게 장수힘이 솟더란 말을 하는 바람에 그 소문은 소문을 낳고 사면팔방에서 꼬리에 꼬리를 물고 술군들이 구름처럼 모여들어 오두막집총각은 어쩌는수없이 술을 팔아서 살아가지 않으면 안되였다. 오두막집총각은 술군들이 모여오면 흔들어서는 술을 받아서 팔았다. 이렇게 되니 오두막집총각도 살아가기가 이런처럼 구차하지 않았고 마을사람들도 맛이 좋은 술을 마시며 즐거운 나날을 보내게 되였다.

그런데 이 동네에는 욕심이 돼지보다 더하고 심사가 가마밑굽보다 더 검은 부자가 살고있었다. 어느날인가 이 욕심사나운 부자놈은 오두막집총각이 청학이 푸득푸득 나래치는 그림 한장을 붙여놓고 청학이 나래치며 쏟아지는 술을 팔아서 잘 살아간다는 말을 들었다. 원래 돈이 나오는 구멍수만 있다면 거북등에서도 털을 긁어내려고 하는 위인이라 이 말을 들은 부자놈은 더 지체하지않고 주먹달음을 해서 오두막집에 찾아왔다. 찾아와보니 과연 듣던 소문과 같이 고금에 구경해보지 못한 명화가 붙어있었다. 벼랑우엔 푸른 창공에 기러기 나래펼친 듯 로송이 서있는데 벼랑아래에는 수정같이 맑은 샘물이 바위틈에서 솟아나고 샘가에 선 청학은 까만 눈알을 대룩거리며 명려한 산천을 보고 있었다. 욕심많은 부자는 그림을 보고 또 보아도 명불허전이라 냉큼 떼여 제 품에 넣고 갔으면싶었지만 숱한 사람들이 모여있는지라 그렇게 할수 없었다. 그래서 오두막집총각을 보고 새집이나 짓고 고운 안해나 맞아들이게 돈을 후에 줄터이니 그 그림을 팔라고 했다. 그런데 이만하면 즉각에서 그림장을 넘겨주려니 한 총각이 돈 백냥을 준대도 싫고 후한 안해를 얻어준대도 싫다면서 딱 잡아떼였다. 그러자 부자놈은 성이 버럭 나서

《이녀석아, 네 아무리 부모없이 자란놈이기로서니 하늘이 알아보는 이 부자

의 말을 거역하느냐? 백냥에 안된다면 천냥을 줄터이니 래일아침 우리 집에 와 가져가거라.≫ 하며 그림자을 홱 채가지고 집으로 갔다.

이튿날아침에 동네사람들은 오두막집총각을 떠밀다싶이 데리고 욕심사나운 부자놈을 찾아갔다. 부자는 하는수없이 돈 천냥을 오두막집총각에게 주었다. 돈까지 치른 부자놈은 그 천냥돈을 며칠안에 벌어낼 심산으로 뜨락에 건 늙은 비술나무에 그림을 붙여놓고 집에 있는 큰 독 작은 독을 죄다 들어내놓고는 하인들을 시켜 동네방네 다니며 알리게 하였다.

오두막집총각이 가지고있던 그림을 부자가 돈 천냥을 주고 샀다는 소문과 함께 청학이 나래치며 쏟는 술을 먹으면 장수하다는 소문은 하루에도 천리를 퍼져 관가대인들과 부자대인들이며 명부지 성부지한 숱한 술군들이 이 자그마한 마을이 미여지게 모였다. 그럴수록 욕심많은 부자는 일약 천금을 얻으려고 술자랑을 입에 침이 마르도록 했다. 그러니 숱한 사람들이 술을 빨리 내놓으라고 불같은 독촉을 했다.

그때에야 욕심많은 부자는 수염을 씻고 팔자걸음을 빼며 그림장을 붙여놓은 데로 어정어정 걸어나갔다. 그러니 모였던 사람들은 서로 제가 청학이 나래치며 술을 쏟아주는것을 보겠다고 밀고닥치며 모여들었다. 그제야 부자는 ≪조용들 하시오.≫ 하면서 벼랑밑에 청학이 서있는 그림장을 쥐여 흔들었다. 그런데 어쩐 일인지 흔들기만 하면 푸득푸득 나래치던 청학이 눈도 깜짝하지 않고 서있었다. 욕심많은 부자는 제 눈으로 청학이 나래치며 술을 쏟는걸 보고 천냥값에 그 그림 한장을 사온지라 너무나도 뜻밖의 일로 생각되여 눈을 비비적거리고 그 그림을 들여다보다가 또 흔들었다. 그런데 이번에도 청학은 그 모양을 하고 서있 기만 했다. 욕심많은 부자는 안달아서 구곡간장이 불이 달린듯한데 청학은 죽었 는지 잠을 자는지 털 한대 움직이지 않았다. 목을 빼들고 청학이 나래치며 술을 쏟는걸 보겠다던 관가대인들과 부자대인들이 노발대발하였다. 급해맞은 부자놈 이 정신나간 사람처럼 그림장이 찢어지도록 대구 흔들었지만 역시 그 모양 그 꼴이였다. 이렇게 되니 숱한 술군들은 부자놈에게 주먹방망이질을 하기 시작했 고 관가대인들은 릉지처참할놈이니 당장 묶어 고을 원님한테 보내라고 호통하 였다. 일약에 만냥부자가 되여보려고 그림 한장을 천냥주고 사온 욕심많은 부자 는 일각에 목이 왔다갔다 하게 되였다. 욕심많은 부자는 미친개 다리 틀리듯하고 죽음까지 경각에 이르니 눈이 희뜩 번져져서 이 사람 밀치고 저 사람 밀치더니 오두막에 달려가 총각에게 돈 천냥을 지워가지고 와서는 고래고래 소리를 질렀다. ≪다르 보시우다. 이녀석이 짊어진 돈은 내가 준 돈이웨다. 이녀석이 이런 그림 한장을 나 한테 천냥이나 받고 팔았수다. 이 녀석이 날 속이고 여러 대인님들을 속였수다. 롱지처참할녀석은 이놈이웨다!≫

이렇게 되여 오두막집총각은 고을 원님한테 잡혀가게 되었다. 오두막집총각은 고을 원님한테 그 그림을 한장을 얻게 된 일과 부자한테 그 그림을 팔게 된 경과를 자초지종 다 말했다. 그러나 부자놈한테서 뢰물을 받아먹은 고을 원님은 부자가 콩을 팥이라 해도 고개를 끄덕였지만 명경지수와 같이 깨끗한 마음을 가진 오두막집총각의 말은 아예 들으려고도 하지 않았다. 오두막집총각은 하는수없어 천냥돈을 원님한테 내놓으며 그 그림 한장을 돌려주면 당장에서 술을 받아 다들 맛보게 하겠노라 사정했다. 고을 원이 생각해보니 정말 술이 쏟아지는 날에는 부자가 송사에 지게 될것이므로 돈 천냥은 제앞에 받아놓으면서도 큰 상앞에 붙여놓은 그 그림만은 다치지도 못하게 했다. 눈에서 불이 인 총각은 더는 참지 못해 번개같이 뛰여가 그 그림장을 떼려 했다. 그러자 원이 아전들을 보고 령하였다.

≪저놈이 그림 한장에 천냥돈을 받아먹고 부자대인들과 관가대인들을 속였으니 당장 목을 낮추어라!≫

원의 령이 내리자 아전들이 라졸들을 내몰아 오두막집총각을 죽이려고 잡아끌 때 하늘에서 내렸는가 땅에서 솟았는가 갑자기 백발이 성성한 로인이 흰 두루마기자락을 날리며 원님앞에 나타나더니 ≪내 네놈들에게 천벌을 주리로다≫ 하고는 그림장앞에 가서 그 그림을 흔들었다. 그러자 잠자는듯 죽었는듯 그림속에서 털 한대 움직이지 않던 청학이 푸득푸득 나래치더니 그림속에서 날아나와 오두막집총각을 등에 앉히고 구만리장천에 날아올랐다. 잇달아 백발로인도 눈깜짝새에 오간데없이 사라지고 원님앞에 붙여놓은 그리장만은 남아서 흔들거렸다. 고을 원과 시골부자놈이 눈이 휘둥그래서 그림장앞에 다가가 보니 그림속의 청학은 오간데없고 다만 아찔한 절벽만 불시에 눈앞에 솟았다. 눈앞에 솟은 절벽은 움씰움씰 움직이기 시작하더니 고을 원과 시골부자가 미처 악 소리도 칠 새 없이 와그르르 무너져 내렸다. 이리하여 고을 원은 돌벼락을 맞았고 욕심많은 부자는 돈 천냥을 지고 뛰려다 집채같은 돌에 깔려 천길지옥으로 가고말았다.

구술자: 김장영 / 수집지점: 왕청현 중평공사 / 수집시간: 1962년 12월

# 백정의 아들

옛날 어느 고을에 한 백정이 살고있었는데 솜씨가 어떻게나 날랜지 하루에도 소와 돼지를 수십마리씩이나 잡았다. 재간이 좋은데다 부지런하여 수십년을 하루와 같이 일하니 돈도 천냥부자 부럽지 않게 많이 모았다. 하지만 백정은 미천한 천민이라 량반 부자들이 노는 곳엔 자리도 같이 못했을뿐아니라 감히 머리를 들고 나다니지도 못했다.

백정에게는 금이야 옥이야 키운 외동아들이 있었는데 애비된 사람이 미천한 백정이다보니 그 아들 역시 량반가문 도련님들의 놀림을 받으며 물매맞기를 하루 세끼 밥먹듯하였다.

백정은 생각하고 생각하던끝에 수십년을 해오던 백정노릇을 그만두고 가산을 팔아가지고 산넘고 물건너 멀고도 아득히 먼곳에 이사를 갔다.

새고장에 이사한 백정은 돈은 천냥부자 부럽지 않게 가지고있는지라 전답도 사고 고래등같은 기와집도 사서 네귀에 풍경을 달았다. 백정이 몸에 비단옷 두르고 등거리 받쳐입고 갓을 쓰고 제법 량반행세를 하니 매관매직을 식은죽먹기로 하고 량반도 팔고 사는 세월이라 누구도 그를 백정으로 보는 사람이 없었다.

백정의 아들 또한 인물이 잘난데다 도련님행세를 하니 딸가진 사람들은 저저마다 그를 쳐다보았다. 때마침 서울에서 내직으로 있다가 이 고을에 락향한 리대감네 집에 걷는양을 보면 꽃 보고 나풀거리며 춤추는 나비같고 웃는양을 보면 명사십리 해당화처럼 고운데 마음씨 또한 티없는 옥과 같이 흠잡을데라고 없는 셋째딸이 있었다. 그래서 백정이 리대감네 집에 가서 청혼을 하였더니 리대감은 벌써부터 백정의 아들로 사위 맞을 생각을 하고있던차라 즉시 허혼하고 그 자리

에서 맞절까지 하였다. 이렇게 되여 백정의 아들은 한때 서울에서 내직으로 있던 리대감의 셋째사위로 되게 되였다.

잔치날이 오자 신랑은 갓을 쓰고 관디 띠고 말을 타고 리대감네 뜨락에 들어섰다. 신행이 도착했다는 전갈을 듣자 감사벼슬하는 맏사위도 나오고 부사 벼슬하는 둘째사위도 나왔다. 그런데 백정의 아들이 말잔등에서 내리기도전에 우뢰울며 날벼락이 쳤다. 감사벼슬하는 맏사위가 팔자걸음하며 나오더니 신랑을 보자 고래고래 소리질렀다.

≪저…저 말탄녀석을 당장 내쫓아라. 저…저녀석은 량반의 자제가 아니라 백정의 아들이다! 어서 썩 내쫓아라!≫

리대감이 ≪백정의 아들≫이란 말에 대로하여 허연 수염까지 부르르 떨며 덩달아 ≪어서 썩 내쫓아라≫ 소리지르니 구경군들은 뿔뿔이 헤여지고 신랑과 신행온 사람들은 침을 뱉으며 돌아가고 잔치는 엎질러진 묵사발이 되고말았다.

리대감의 셋째딸은 첫날 새각시 행장을 다하고 연지곤지 곱게 찍고 고운 웃음짓고 초례상에 나와 앉으려다 이 광경을 목격하였다. 리대감의 셋째딸은 필묵을 갖추어들더니 백설같은 흰종이에다 글 몇글자 정히 써서는 몸종에게 주면서 몰래 백정의 아들한테 가져다주라 분부했다.

백정의 아들이 그 조이장을 펼쳐보니 이런 글이 적혀있었다.

≪님 향한 소녀의 마음 청송록죽과 같사오니 소녀 만나시려거든 오늘밤 후원 초당에 오사이다.≫

편지에 적힌 말 몇마디 아니여도 백정의 아들 그 글월을 보니 가슴 뜨거워지며 주먹같은 눈물이 뚝뚝 떨어졌다. 주옥같은 글도 글이려니와 비단같이 고운 마음, 청송같이 굳은 절개에 백정의 아들은 목이 메여 눈물만 흘리며 그 글발을 보고 또 보았다.

일락서산에 해가 지고 땅거미지더니 어두운 장막이 산천을 뒤덮었다. 하늘엔 이름 모를 별들이 구만리 장천에 보석을 뿌려놓은듯 여기저기에서 반짝거렸다. 밤이 깊어지자 백정의 아들은 리대감네 집으로 향했다. 그런데 리대감네 집앞에 이르니 낮에 말 타고 들어가던 대문은 꽁꽁 잠겨있고 담장은 거무충충한 어둠속에 오르지 못할 벼랑처럼 높이 솟아 깃을 치는 새가 아니면 넘을수가 없을것 같았다.

백정의 아들은 담장넘을 생각만 하며 담장둘레를 돌고돌았다. 몇번을 돌았는지 모르나 갑자기 눈앞에 허연것이 눈에 띄우는지라 머리 들어 살펴보니 담장안 큰 오동나무가지에서 흰 명주필이 담장밖으로 드리워져있었다. 백정의 아들은 그 명주필을 쥐고 제꺽 담장을 넘어 쥐도 새도 모르게 후원 초당으로 갔다.

사위는 쥐죽은듯 고요한데 초당에선 밝은 불빛이 정다웁게 흘러나왔다. 백정의 아들은 사위를 살펴보다 살며시 문을 열고 집안에 들어섰다.

리대감의 셋째딸은 꽃같은 웃음을 짓고 백정의 아들을 반갑게 맞아주었다. 백정의 아들 또한 원앙이 록수를 만난듯 리대감의 셋째딸을 보고 반기였다.

《천한 몸 불러주어 감사하기 그지없소이다.》

《무슨 말씀 하시옵니까? 소녀 이미 그대에게 맡긴 몸이니 그런 말씀 마옵소서.》

《백정의 아들이라 대감집뜨락에 들어서자 쫓겨난 몸이오니 지난 일 잊음이 어떠하나이까?》

《소녀는 가세를 보고 랑군을 섬기려 아니하고 마음따라 랑군을 섬기려 하오니 그런 말씀 다시는 하지 마옵소서!》

리대감의 딸은 옥반에 맑은 물 떠놓고 청실홍실 늘이더니 백정의 아들에게 큰절을 두번 하였다. 백정의 아들도 천길 물속 같은 마음에 백옥같이 티없는 소녀의 사랑 받으며 맞절을 하였다. 이렇게 그들 둘은 옥반에 맑은 물 떠놓고 백년을 살리라 천년을 살리라 굳은 마음 다지고다지며 부부의 인연 맺었다. 그렇지만 낮과 밤은 누가 만들었는지 수탉이 홰를 치니 이 밤도 다 지나가고 백정의 아들은 떠나지 않을수 없었다.

《여보, 나는 가오. 리대감 눈에 띄우면 나 죽는건 원통찮으나 부인께 련루되니 지체없이 나는 가오. 후일에 만날길 있으리니 부디 상심말고 기다려주오.》

리대감의 셋째딸은 말없이 일어나더니 백정의 아들에게 수십권되는 책을 묶어내놓으며

《이 책을 가지고 가세요. 가서 훌륭한 스승님 찾아배우세요. 소녀는 10년이고 20년이고 랑군님 기다리겠나이다.》 라고 했다.

정들자 리별도 분수가 있지, 하루밤에 꿈같이 인연맺고 언제 다시 만날지 기약하기 어려운 길 떠나자니 백정의 아들은 애가 끊고 간장이 찢어지는듯하였

건만 사나이 눈물을 속으로 떨구며 담장을 넘어 집으로 돌아갔다.

날이 훤히 밝자 백정의 아들은 아버지앞에 무릎 꿇고 앉아서 자초지종 이야기를 다하고는 책을 짊어지고 집을 나섰다.

백정의 아들은 산넘고 물건너 낯선 길을 따라 서당방을 찾았다. 가고 또 가다 보니 얼마를 갔는지 모르나 한곳에 이르니 맑은 개울물이 옥처럼 돌돌 굴러떨어지고 앞뒤산에 락락장송이 보기 좋게 서있는 심산에 이르렀다. 그는 심산에 흐르는 물소리가 어쩌면 선비들의 랑랑한 글소리 같기도 하여 개울가에 책짐 벗어놓고 앉아 쉬였다. 그런데 정말로 그리 멀지 않은 곳에서 흐르는 물소리보다 더 듣기 좋은 랑랑한 글소리가 들려왔다. 백정의 아들은 그 소리에 귀가 번쩍 띄워 지체없이 책을 둘러메고 글소리를 따라 걸음을 재우쳤다.

백정의 아들이 얼마 가지 않으니 양지바른 산기슭에 늙은 소나무가 섰는데 그옆에 아담한 귀틀집 한채가 나타났다. 백정의 아들은 밖에 한참이나 서있다가 글읽는 소리가 그치자 방에 찾아들어갔다. 방에 들어서니 백발수염이 자반이나 되는 글방훈장이 그를 한참이나 쳐다보았다.

≪스승님…≫

≪소년은 어디서 무슨 일로 예까지 찾아와 나를 스승이라 부르는고?≫

백정의 아들은 등에 지였던 책을 조심스레 스승님앞에 내려놓고는 무릎을 꿇고 앉아서 찾아온 사연을 아뢰였다.

≪아뢰옵기는 황송하오나 소년은 천민의 집에서 태여난탓으로 여태 눈을 띄우지 못했습니다. 이 책은 저의 부인이 첫날에 준것이온데 훌륭한 스승님을 찾아서 이 책의 글이나 배우려 하옵니다.≫

≪오 그런고! 들을진대 소년은 과연 장한 뜻을 품었으니 내 오늘부터 소년을 내 제자로 삼을터이네.≫

≪은혜 난망이올시다!≫

백정의 아들은 스승님앞에 공손히 머리숙이고 절을 하였다. 이날부터 그는 밤에 낮을 이어 늙은 스승님의 가르침을 받으며 글을 열심히 읽었다. 달밝은 밤이면 달빛을 빌어 글을 익혔고 긴긴 대낮엔 흐르는 물처럼 한시도 쉬지 않고 글을 읽었다. 백정의 아들이 이렇게 주야불문하고 공부를 열심히 하니 스승도 기뻐서 짬만 있으면 일심으로 배워주었다. 날이 가고 달이 가고 해가 바뀌여 백정의 아들이 서당방에 와 글 읽은지도 삼년이라는 세월이 흘러갔다. 그사이에 백정의 아들은 지고 갔던 책도 다 배우고 서당방 네 벽에 빈틈없이 꽂힌 책들도 다 읽었다.

백정의 아들은 이렇게 이름 모를 산간서당방에서 삼년이란 세월을 보내고 다시 산넘고 물건너 집에 돌아왔다. 이제 나라에서 과거를 본다는 말만 떨어지면 서울에 가볼판이였다. 그런데 집이라고 와보니 부모 량친들은 량반들의 등쌀에 가산을 탕진하고 고생하던끝에 세상을 뜨고말았고 리대감네 셋째딸은 집에서 쫓겨나와 헐망한 초가집 잡고 근근득식으로 살아가고있었다. 안해는 칠년대한 가문날에 단비를 기다리듯 남편을 기다리는데 남편이 들어서니 일희일비라 대성통곡을 하였다. 백정의 아들도 너무 기막힌 정상에 그만 참지 못해 안해를 붙잡고 목놓아울었다.

잔치날에 쫓겨나 야밤삼경 담을 넘어 후원초당에서 꿈같이 하루밤 인연을 맺고 긴긴 삼년세월 갈라졌다 또다시 만났으니 가슴에 서린 만단심회 그 얼마였으랴. 백정의 아들 부인의 손목 부여잡고 지나온 이야기 엮어갈제 그의 부인 하는 말이

《랑군님 들으시오. 사람이 사람으로 태여날적엔 다같은 사람으로 태여났건만 원쑤놈의 빈부귀천이 우리 부부 삼년세월 갈라져 눈물로 세월 보내게 했사오니 이 아니 통분하오리까. 이제 더 이런 페단 고치지 아니하면 우리 부부 또 몇삼년을 고생하리. 듣자니 며칠새에 서울서 과거를 본다 하니 바라건대 랑군님께선 소첩을 생각말로 래일아침 지체없이 떠나옵소서.》

말을 마치고 품속에서 달비팔아 모은 돈과 은가락지 하나를 꺼내여주니 백정의 아들 떨리는 손으로 그것을 받아 품에 지니고 이튿날로 즉시 서울길을 떠났다.

백정의 아들은 부인의 열당부를 마음깊이 지니고 서울길을 떠났건만 중로에서 도적을 만나 가락지 팔고 달비 판 돈 다 잃고보니 서울에 들어서자 문전걸식하는수밖에 없었다. 그런데 설상가상으로 서울거리에서 감사벼슬하는 맏사위와 부사벼슬하는 둘째사위를 맞띠우게 되였다. 그들 동서간은 백정의 아들이 리대감의 셋째딸을 망쳤다고 생트집을 걸면서 라졸들을 불러 그에게 인사불성이 되게 물매를 안기였다.

죽도록 얻어맞은 백정의 아들은 별이 돋은 밤이 되여서야 정신을 차렸지만

더는 갈길이 없었다. 돈이나 있으면 정승이나 판서댁을 찾아가 뢰물을 먹이고 과거를 보련만 수중에는 돈 한푼 없었고 그렇다고 문전걸식을 하면서라도 과거를 보자니 또 리대감 사위네들의 행패를 당할가봐 겁이 났다. 그러니 집으로 돌아가는수밖에 없었다. 그러나 집으로 돌아가면 무슨 면목으로 달비까지 팔아 주던 안해를 대한단말인가?! 이것도 저것도 안되였다. 천민의 자식으로 태여난 그는 살아 살길이 막히고말았다. 그는 오직 이 험악한 세상을 하직하는 길이 자기가 가야 할 길임을 알게 되였다.

백정의 아들은 떨리는 몸을 겨우 가누며 자리에서 일어나 비칠비칠 강가로 향하였다. 백정의 알르은 이제 저 검푸른 물결에 몸을 던지면 한많은 이 세상과 영리별하게 된다. 그렇게 애타게 기다릴 안해도 다시 보지 못하고 배운 재간 써볼 기회마저 얻지 못하고 짧으나 짧은 한생을 마치게 된다. 세상은 너무나도 무정하고 험악하다. 어찌하여 피는 꽃에 찬서리 치고 한창나이에 청춘을 물에 던져야 하는가? 백정의 아들은 대성통곡을 하며 울부짖었다.

《세상도 험악하오 백정질한것이 무슨 죄가 되여 부모 량친 이 세상 하직하고 내 신세 또한 이렇게 험악한고?》

백정의 아들은 울고 울다가 다 해진 짚신을 물역에 가지런히 벗어놓고 물에 뛰여들려 했다. 헌데 누군가 갑자기 물에 뛰여드는 그의 허리를 잡아끌었다.

《젊은이 이게 웬 일이요?》

《나를 놔요! 나는 죽어야지 살길이 없는 사람이요. 나를 놔주오.》

《젊은이, 내 지나가던 과객이나 슬피 우는 소리 듣고 왔은즉 살아 살길이 없다는 사연이나 들어야 놔주지 않겠소?》

밤이여서 백정의 아들은 자기를 끌어안은 사람의 얼굴은 보이지 않으나 백발이 성성한 로인이였다. 로인의 말을 들어보니 부모 량친의 정처럼 뜨겁게만 생각 되는지라 백정의 아들은 땅에 풀썩 주저앉으며 자초지종 이야기를 하였다. 로인은 백정의 알르과 함께 눈물을 홀리며 이야기를 듣고나더니 그를 보고 말하였다.

《젊은이, 죽는다니 무슨 말이요. 하늘이 무너져도 솟아날 구멍이 있다는데 너무 상심마오 내 대책을 대여 과거를 보게 할테니 날이 밝으면 서울 아무 거리에 와서 기다려주오!》

《그게 정말이옵니까? 그럼 지나가던 손님한테는 무슨 방도가 있소이까?》

《무슨 대책이 있겠는지 좌우간 래일 날밝은 다음에 아무 거리에 찾아오면 알게 아니겠소. 자 나는 가오!》

로인은 말을 마치자 어둠속에 사라졌다. 죽을 길에 들어섰다가 은인을 만나 살아난 백정의 아들은 주린것도 잊고 날이 밝기를 기다려 서울 아무 거리에 갔다. 그리로 가니 웬 가마가 와서 기다리다가 그를 태우고 한 집에 들어갔다. 그 집은 어제밤 백정의 아들을 구해준 로인의 집이였는데 로인은 임금의 령을 받고 야간순시를 하는 어사였다. 로인은 백정의 아들에게 새옷을 갈아입히고 과거를 보도록 주선하여주었다. 백정의 아들은 이 이름 모를 사또로인앞에 엎드려 절하고는 급히 과거보러 갔다.

과거장에는 삼정승, 륙판서가 나왔는데 백정의 아들이 가니 과거가 한창이였다. 그래서 백정의 아들도 과거시험을 봤다. 공든 탑이 무너지랴고 백정의 아들이 써올린 과거장을 보더니만 임금은 고개를 끄덕이며 그 과거장을 자기의 무릎 밑에 넣었다.

이리하여 백정의 아들은 대과에 급제하였는데 임금은 그에게 암행어사의 마패를 채워주면서 벼슬아치들의 소행을 살피고 민간의 실정을 잘 알아오라 분부하였다. 백정의 아들은 그길로 나와 생명의 은인이신 어사한테 찾아가서 허리굽혀 절을 하였다.

《은혜 난망이옵니다!》

《은혜란 말 당치 않네. 내 직책이 바로 관리들의 소행을 살피고 백성들의 고초를 살피는것일세. 내 인제는 늙어 그 책임 감당하기 어려우니 뒤일은 자네에게 부탁하네.》

이리하여 백정의 아들은 폐의파립하고 서리옥졸들을 잘 단속해놓고 고향으로 돌아오게 되었다. 백정의 아들이 걸인의 행색으로 자기 집에 들어서니 부인이 자기의 꼬락서니를 보고도 낯을 찡그리기는커녕 반가운 기색으로 맞이하는지라 《여보, 그새 고생 많이 했소》 하니

부인이 옷고름으로 눈굽을 찍으며 하는 말이

《서울 가셨다 과거도 못보시고 모진 매만 맞으셨다니 이 가슴 칼로 저미는것 같소이다.》

《그 일은 어떻게 아오?》

《감사 부사 지내는 언니네 남편들이 아버지한테 와서 랑군님 때려준 이야기
하며 술을 마시옵더이다.》

《여보, 그런 말 마오. 량반은 량반행세가 있고 천민은 천민행세가 있다 하지
않소. 내 이렇게 살아온것만도 다행이니 샘물 길어다 그 물에 쌀 일어 진지니
지어주오. 량반들 등살에 세상뜬 부모 량친의 제사나 지내기오.》

백정의 아들은 안해가 지어준 진지로 부모 량친의 제를 지내고 날이 밝자
간다온다 말이 없이 슬그머니 리대감집으로 찾아갔다. 람루한 옷차림에 볼꼴없
이 된 백정의 아들이 들어서는것을 본 리대감은 대로하여 당장 내쫓으라고 을러
멨다. 그래도 백정의 아들은 들은체를 아니하고 주눅좋게 장모앞에 가더니

《장모님, 세상에 사위 밉다는 장모 없다는데 내 문전걸식하다 배고파 찾아왔
으니 밥이나 좀 주소!》

장모는 기가 막혀 낯을 잔뜩 찡그렸지만 울며 겨자먹기로 어서 밥이나 먹여
내쫓으리라 마음먹고 밥을 주었다. 그러니 백정의 아들은 밥사발을 받아서 제앞
에 끌어당겨놓고는

《장모님, 게걸이 감식이요!》 하더니 열손가락을 수저삼아 한사발 게눈감추
듯하였다. 그리고나서는 일어날념도 하지 않고 그 자리에 앉은채 끄덕끄덕 졸더
니 코까지 쿨쿨 골았다. 장모는 더는 참을수 없어 백정의 아들을 내쫓으려고
흔들어깨우려다 얼결에 그의 괴춤에 처맨 마패를 보았다. 장모는 그만 악 소리를
지르고 뒤로 나넘어졌다. 그 소리에 놀란 리대감이 뛰여들어와 불문곡직하고
백정의 아들을 잡아패려 했다. 그런데 나넘어졌던 마누라가 신이 오른 대처럼
와들와들 떨며 정신나간 소리를 쳤다.

《다…다치지 마슈…큰…큰일났수다…저…저…마…마패를…》

《뭐…뭣이?》

리대감의 마누라는 말을 못하고 백정의 아들의 괴춤만 가리켰다. 그제야 마패
를 본 리대감은 이리 휘청 저리 휘청 하다가 통나무 쓰러지듯 한일자로 거꾸러지
더니 입에 거품을 물고 정신을 잃었다.

이때라 백정의 아들은 달같은 마패를 버쩍 들고 《어사 출도!》 하고 소리질렀
다. 그러니 서리옥졸들이 류모방망이를 들고 리대감네 집에 달려들었다.

백정의 아들은 부사와 감사를 당장 잡아오라 령하였다. 서리옥졸들이 부사와

감사를 잡아오니 두 사람은 백정의 아들임을 알아보고 와들와들 떨기만 하였다.

≪내 너희들에게 묻겠다. 량반만 사람이고 천민은 사람이 아니겠지?≫≪네…아니, 모두 사람이올시다!≫

≪그래 너희들은 량반이란말이냐?≫

≪네, 량반…아니 쌍놈이올시다.≫

≪여봐라, 저놈들이 지금 량반 쌍놈 가리지 못하고 정신나간 소리를 하니 각각 2백도씩 쳐라.≫

2백도의 매를 맞은 감사와 부사는 그래도 실오리같은 목숨은 붙어있어서 제발 살려달라고 두손을 맞비비기만 했다. 그러니 백정의 아들 하는 말이

≪너희들 하는 ㅎ애세를 봐선 백번 죽여 시원찮겠으나 한번만은 용서한다. 듣거라. 당금 갓을 벗어놓고 시골에 가 농사하며 쌍놈의 맛을 보아라. 아무때고 그 맛을 다 보고나면 나를 찾아오너라!≫백정의 아들은 그후부터 악한 행세를 하는 관리들을 처단하고 백성들의 고통을 잘 살펴주어 현숙한 안해를 데리고 잘살았다 한다.

구술자: 홍종환 / 수집지점: 돈화현 / 수집시간: 1979년 7월

# 이밥과 콩밥

옛날 한 시골에 동네방네 나다니며 남의 매돌도 쪼아주고 석마돌도 쪼아주고 돌절구도 파주는 석수쟁이가 살고있었다. 그런데 안해가 갑자기 득병하여 백약이 무효하여 슬하에 일곱살난 아들을 남기고 세상을 뜨고말았다. 석수쟁이는 늘 나다니지 않으면 두 입을 살려내기 어려웠다. 하지만 어린것때문에 어쩌는수가 없었따. 그래서 그는 생각하고 생각하던끝에 후실을 맞아들이였다. 그런데 후실로 맞아들인 처도 전실처가 남겨놓은 아들과 나이 꼭같은 아들을 데리고 들어왔다.

처를 새로 맞아들인 석수쟁이는 마음을 놓고 일곱살난 아들을 집에 두고 전과 같이 동네방네 나다니며 매돌도 쪼아주고 돌절구도 파주었다. 그런데 후실로 맞아들인 그의 부인은 남편이 집문을 나서기만 하면 쪽을 갈라놓고 제 아들만 제 아들이라고 금이야 옥이야 하면서 제 아들은 이밥을 해 먹이고 전실의 아들은 콩밥을 해 주면서 거들떠보지도 않았다. 한두번도 아니고 남편이 나가기만 하면 이렇게 하니 아들도 어린 나이지만 서러워 눈에 눈물이 마를 새 없었다. 언젠가 석수쟁이가 쌀말이나 얻어가지고 집에 돌아오니 일곱살난 아들이 와하고 울음을 터치며 매여달렸다. 그래서 석수쟁이는 그 애를 끌어안고 눈물을 씻어주며 왜 그리 슬피 우느냐고 물었다. 때마침 안해와 그가 데리고 온 아이도 집에 없는지라 아들은 콩밥먹던 이야기며 매맞던 일을 낱낱이 말하였다.

석수쟁이는 눈물이 그렁해서 아들의 머리만 쓰다듬더니 무슨 생각이 머리를 스쳤던지 우는 애를 달래고는 귀에다 대고 뭐라고 소근거렸다. 울던 애는 아버지 말을 듣고나자 눈물을 거두고 입술을 옥물었다.

저녁이 되였다. 아버지가 오래간만에 집에 돌아온탓으로 모두들 저녁도 맛있게 하여 잘 먹었다. 전실의 아들도 오래간만에 배꽃같이 하얀 이밥을 배가 남산같이 량껏 먹었다. 애들이 숟가락을 놓자 아버지는 두 아이를 불렀다. 그리고는 안해를 보고 말하였다.

≪여보 내 타지에 나다니는 새에 어린것들을 데리고 고생 많이 하였소 그런데 내가 집떠날 때는 저 애들이 얼굴이 크게 다르지 않았는데 이번에 집에 와보니 왜 저렇게 다르오?≫

첫마디는 듣기가 좋았는데 두번째 묻는 말은 제 행실을 손금보듯하고 말하는 것 같아 안해는 그만 얼굴에 화로를 뒤집어쓴것만 같았다. 그래도 남편의 묻는 말이라 대답하지 않고 앉았다간 당장 벼락이 떨어질것 같아서 어물거리며 단마디 대답을 했다.

≪그래요?≫

안해는 대답이라고 하면 대답이 되고 되물었다면 되묻는 말이 되는 그런 말을 겨우 입밖에 내고 몸둘 곳을 찾지 못하는데 남편은 허허하고 웃으며 안해보고 말했다.

≪여보, 내 타지에 나가 다니는 사람이 그걸 모르겠소 나다니며 봐도 이밥을

먹은 아이들은 백지장처럼 창백해서 맥을 추지 못하는데 기름기있는 콩밥을 먹은 아이들은 낯이 기름이 번지르르한게 힘도 씁데. 씨름판에 가봐두 콩밥먹은 녀석이 황소처럼 기운을 쓰더란말이요.≫

남편이 이렇게 말하니 안해는 ≪후≫하고 안도의 숨을 내쉬였다. 이제는 남편 나간 다음에 전실아들한테 콩밥만 해준것이 드러난다손쳐도 할 말이 있게 되였다. 그래서 그는 남편 입에서 무슨 말이 떨어지겠는가고 다시 쳐다보는데 남편은 그와 더는 말하지 않고 두 아들을 앞에 불러놓고 씨름을 시켰다. 전실의 아들은 이미 아버지한테서 들은 말이 있는지라 후실의 아들이 손쓸 새도 없이 그를 버쩍 들어서 메쳤다.

≪흥, 정말 콩을 먹은놈은 콩먹은놈이로구나!≫

얼마 지나지 않아서 남편은 또 타지에 일하러 나갔다. 계모는 남편이 집문턱을 넘기 바쁘게 제가 데리고 온 아이에게는 끼니마다 콩밥을 해 먹이고 전실의 아들에겐 끼니마다 이밥을 해주었다. 이렇게 한달이 지나서 남편이 또 집에 돌아왔다. 후실의 아들은 끼니마다 투정질하며 먹기 싫은 콩밥만 대충 먹다보니 여위여서 말이 아니였다. 그래도 남편은 모르는척하며 또다시 두 아이를 불렀다.

≪애들아. 이리 오너라. 그새 누가 콩밥을 많이 먹었나 보자. 자, 또 씨름 한판 해보아라!≫

두 아이가 씨름을 하였다. 그런데 그렇게 끼니마다 얼려서 콩밥을 먹인 후실의 아들이 그만 덜렁 넘어졌다. 그러자 안해는 성이 버럭 나서 비자루를 쥐고 철모르는 애를 때리려 들었다.

≪이녀석아, 내 한달동안 끼니마다 콩밥을 해먹이면서 황소처럼 힘내기를 바랐는데 그렇게 기름있는 밥 먹고 끼니마다 이밥 먹은 녀석한테 나넘어지다니?≫

안해는 씨근덕거리며 비자루를 들고 불쌍한 아이의 볼기를 한대 후려쳤다. 이때 그의 남편은 안해의 손에서 비자루를 빼앗은 뒤

≪여보, 불쌍한 애를 그렇게 때려선 뭘 하오.≫ 하며 안해의 손을 잡아쥐고 부드러운 어조로 그를 타일렀다.

≪당신도 우둔하기 그지없소. 어쩌면 콩밥이 이밥만 낫겠소? 이건 모두 내가 당신을 타이르기 위해 한 일이요. 당신이 데리고 온 애는 친애비가 없는 애고 내가 데리고있는 애는 친에미가 없는 애요. 우리 둘이 마주설때는 우리가 저

애들의 친애비 친에미가 되자는것이 아니겠소. 그러니 어찌 부모된 사람으로 아이들을 슬하에 데리고 살면서 네 낳은 자식이요 내 낳은 자식이요 하며 쪽을 가른단말이요?》

안해는 더는 머리를 추켜들지 못했다. 남편은 자리에서 일어나 씨름에 두번이나 지고 에미한테 얻어맞기까지 한 아이곁에 가서 뜨거운 손으로 애어린 얼굴에 가랑가랑 맺힌 눈물을 닦아주었다. 그리고는 그 아이를 뜨거운 품에 껴안았다. 안해도 목석은 아니여서 그 자리에 그냥 앉아있지 못하고 일어나서 멍하니 서있는 전실의 아들을 품에 안으며 뜨거운 눈물을 떨구었다.

그후부터 계모는 더욱더 전실의 아들을 사랑해주었고 남편은 더욱더 후실의 아들을 돌봐주었다. 하여 두 아이는 잘 자라서 부모 량친을 모시고 잘살았다 한다.

구술자: 김장영 / 수집지점: 왕청현 중평공사 / 수집시간: 1963년 12월

# 범의 위풍을 빈 여우

옛날 한 산중에 허리가 잘라놓은 통나무 같고 방치같은 굵은 꼬리가 발반이나 되는 호랑이가 위풍을 부리며 다른 짐승들은 옴짝도 못하게 했다. 그런데 어찌 된 일인지 한번 따웅 소리만 질러도 산짐승들이 옴짝달싹못해서 배라고 곯아본 일이 없던 호랑이는 요즘 산짐승 한마리 눈에 얼씬하지 않는바람에 고기 한점 입에 넣어보지 못했다. 굶주린 호랑이는 배가죽이 등에 가 달라붙고 퍼런 불이 돌돌 굴러떨어지던 눈도 차차 빛을 잃었다. 그러던 어느 하루 호랑이는 허기증에 걸려 헤매고다니다가 때마침 쥐 한마리 잡아먹지 못하고 어슬렁거리며 돌아다니는 여우를 만났다. 여러날 굶은 범은 여우를 보자 두눈에 불을 번쩍 켜고 여우 앞에 와 섰다.

《이녀석아, 마침 잘되였다. 배가 고파 더는 참기 어렵던참인데 너를 만났으니

초요기라도 해야겠다.≫

시장기나 말려보려고 굴속에서 쥐사냥을 나왔던 여우는 쥐는 고사하고 제가 오히려 범의 아가리에 들어가게 되였다. 여우는 눈알이 아쩔하여 꼼짝도 못하고 섰다. 그러나 여우란 본래 꾀가 많은놈인지라 다시 눈을 똥그랗게 뜨고 정신을 바싹 차렸다. 여우는 눈알을 팽글팽글 굴리며 제 생각을 하고는 범을 보며 말했다.

≪그런 말은 애당초 하지도 마오. 산중의 온갖 짐승들은 나를 산중의 왕으로 모시고있소. 세상에 임금없는 백성이 어데 있단말이요? 내가 이 세상을 하직하고보면 산짐승들이 흥하지 못하고 멸하고말테니 지금의 시장기는 말릴세 장차는 쥐 한마리 없을테니 무얼 먹고 살아간단말이요?≫

여우의 말을 들은 범은 침을 꿀꺽 삼키고는 ≪따웅!≫하며 버럭 성을 내였다.

≪홍, 내 이 한입에도 차지 않을녀석이 무슨 위풍이 있다고 만짐승들이 너를 무서워하며 너를 또한 임금으로 섬긴단말이냐?≫범은 시뻘건 입을 짝짝 벌리며 으르릉거렸지만 여우는 정신을 잃지 않고 눈이 새똥그래서 잡아라도 먹으라는 듯 담대하게 범의 앞에 썩 나서며 쟁쟁한 목소리로 말했다.

≪난 나서부터 거짓말이라고는 해보지 못했소 그래 정 그렇게 믿어지지 않으면 내뒤를 따라와 보시오. 내가 정말 내 말한대로 산중의 왕이라면 나를 잡아먹지 말고 아니라면 잡아먹소. 그래야 이후에라도 걱정없이 살아갈게 아니요?≫

늙은 범은 시장기를 말려내기 어려웠지만 아차 한번 실수에 앞으로 살아갈길이 막힐것만 같아서 하는수없이 군침을 꿀꺽꿀꺽 삼키며 여우의 말에 머리를 끄덕이였다. 여우가 앞에서 달랑거리며 뛰여가니 범은 뒤에서 어슬렁거리고 따라갔다. 하지만 산중에서 위풍을 떨치던 짐승이라 여우의 뒤를 쫓으면서도 긴 꼬리를 휘휘 저으면서 쉭쉭 바람을 일구기도 하였으며 시뻘건 입을 딱 벌리고 ≪따웅!≫하며 산천이 찌렁찌렁 울리게 소리도 쳤다. 그래도 여우는 눈만 똥그랗게 뜨고 앞에서 뛰였다. 여우는 먼저 참나무 우거진 산속에 뛰여갔다. 한창 냠냠거리며 참나무이파리를 맛스레 뜯어먹던 노루와 사슴은 쉭하는 바람소리가 나자 두귀가 벌쭉해서 머리를 버쩍 쳐들었다. 이때 눈치빠른 여우가 시침을 따고 큰소리를 쳤다.

≪산중의 왕, 여우가 왔다! 들었느냐?≫

여우의 말이 끝나기도전에 노루와 사슴은 황갈색 털에 검은 줄의 무늬가 간

사나운 범이 눈에 불을 일구며 여우의 뒤를 바싹 쫓아오는것을 보자 걸음아 날 살려라하고 네각을 안고 내뛰였다. 노루사슴이 정신없이 꼬리를 빼는걸 본 여우는 범을 보고 을러멨다.

《저 꼴을 좀 보란말이요! 내 비록 체대는 크지 않으나 임금이여서 모두들 저렇게 무서워한다니까. 그래 이래도 내 말이 믿어지지 않소?》

위풍있는 범은 여우의 말을 듣고는 아무 대답도 하지 못했다. 여우는 의기양양해서 또 범을 뒤에 세우고 앞에서 달랑달랑 뛰였다. 여우는 범을 데리고 산돼지들이 있는데로 갔다. 산돼지들은 여우가 산중의 왕이 왕림했다는 호령을 내리기도전에 범을 보자 그만 산지사방으로 줄행랑을 놓고말았다. 눈치빠른 여우는 또 당돌하게 범의 앞에 나서며 큰소리를 쳤다.

《어떻소, 보았겠지? 저놈의 짐승들은 내가 어떻게나 두렵던지 소리 한마디 치지 않았는데도 나를 피뜩 보자 무서워 저렇게 줄행랑을 놓는단말이요. 그래 지금도 믿어 안지오?》

위풍있는 범은 못들었다는듯 점잔을 빼며 눈만 꺼벅기리고 서있었다. 꾀많은 여우는 벌써 범의 내속을 손금보듯 들여다보았는지라 우쭐해서 말했다.

《형, 지금도 믿어 안지면 나하고 같이 곰한테도 가보고 승냥이한테도 가보기요. 그래야 믿을게 아니겠소.》

이리하여 범은 배가 몹시 고팠지만 여우를 잡아먹기는커녕 오히려 여우헤게 자기의 위풍을 빌려주고는 주린 배를 건어안고 달래고말았다.

구술자: 한병률 / 수집지점: 화룡현 / 수집시간: 1962년

# 투금진

옛날 한 시골에 쌍둥이는 아니나 년년생으로 나서 가지런히 자라는 의좋은 형제가 있었다. 가세가 더없이 가난하여 부자집 애들처럼 언제 색동저고리 한번

입어보지 못하고 산해진미 한번 먹어보지 못하고 자랐건만 형제사이는 남달리 자별했다. 부모들이 꼭같은 베옷이나 초신을 삼아줘도 서로 제것을 찾아들었다 가도 제것이 형이나 동생것보다 더 좋은것만 같아서 서로 좋은걸 입으라 신으라 야단이였고 배고플 때 콩 한알이라도 주어들면 제 입에 넣을줄 모르고 그것을 쪼개여 콩 한알도 꼭같이 나누어먹었다. 그래서 동네방네 입가진 사람들은 그들을 칭찬하지 않는이들이 없었다.

의좋은 형제는 글공부도 그렇게 사이좋게 서로 도우며 잘했다. 형이 한글자라도 더 알면 그 글자를 동생에게 배워주었고 동생이 한글자 더 얻어들은것이 있으면 그 글자를 꼭 형한테 알려주었다.

세월은 흐르고 흘러 시골 서당방에서 글공부하던 가난한 집 두 형제는 괴나리보짐을 가뜬하게 짊어지고 산도 넘고 물도 건너며 서울을 향해 가고 또 갔다. 그런데 날씨가 어떻게나 무더웠던지 목에서는 겨불내가 나고 온몸은 땀투성이가 되였다. 그런대로 가는 길이 서울길이라 두 형제는 가고 또 가고 걸어가기만 하는데 그들의 마음을 살피기라도 한듯 앞에 큰 강이 소리치며 용용히 흐르고있었다. 그래서 두 형제는 시원한 강에 뛰여들어 세수도 하고 목욕도 하였다. 그런데 두 형제가 한창 재미나게 목욕을 하는데 강 한복판에서 찬란한 금빛이 눈부신 빛을 뿌렸다. 두 형제는 무엇이 저렇게 눈부신 빛을 뿌리는가 하는 이상한 생각이 들어 강 한복판에 가보았다. 강 한복판에서는 크지도 작지도 않은 금덩이가 그러헤 눈부신 빛을 뿌리고있었다. 그리하여 두 형제는 그 금덩이를 주어가지고 강가에 나왔다. 본디 의좋은 형제라 누구도 더 가지려 하지 않고 반분하여 꼭같이 나누어가졌다.

두 형제는 다시 행장을 차리고 그 강을 건넜다. 금덩이가 얼마나 귀중하였던지 두 형제는 그 금덩이를 저마다 손에 들고 강을 건너며 보고 또 보았다. 그런데 강을 채 건너지도 않았는데 형이 동생을 보고 말했다.

≪이 사람 동생, 내 이전에도 콩 한알 주어서 동생에게 꼭같은 반쪽을 주면서도 어쩐지 동생의것이 작은것같이 생각되여 바꾸어 입에 넣었는데 이 금덩이를 쥐고보니 황금에 흑사심이라고 내것이 작고 동생의것이 커보이네.≫

형이 이렇게 말하니 동생이 받는 말이

≪형님, 이 동생도 방금 그런 생각을 했습니다. 이전에는 무엇이나 생기면

형님한테 더 드리지 못해 걱정되였는데 금덩이를 들고보니 어쩐지 형님한테
더 드린것 같아서 아쉬운 생각만 드누만요.≫

≪동생도 그런가? 동생, 난 이 금덩이를 안가지겠네. 황금이 아무리 소중한들
우리 형제간의 정에 비기겠나.≫

≪형님, 저도 그렇게 생각합니다. 이 금덩이를 나도 안가지겠습니다.≫

두 형제는 의논끝에 손에 들었던 금덩이를 원래 놓여있던 강 한복판에 도로
던졌다. 하여 두 형제는 그 강을 건너 서울에 과거보러 갔지만 금덩이는 강 한복
판에서 더욱더 눈부신 빛발을 뿌렸다.

후세의 사람들은 이 강 한복판에서 눈부신 빛을 뿌리는 그 금덩이를 보고
그 의좋은 시골형제에 대한 아름다운 이야기를 전하며 형제간의 정을 황금보다
더 소중히 여겨 황금을 던진 그 강을 투금진(投金津)이라 불렀다 한다.

구술자: 한병률 / 수집지점: 화룡현 / 수집시간: 1962년 11월

# 효녀

옛날 한 고을에 부녀간이 살고있었는데 아버지가 나라의 돈 천냥을 꾸쓰고
갚지 못하여 나라에 잡혀가 당장 목이 떨어지게 되였다. 그러니 그 딸이 국처에
찾아가서 한달만 연기해주면 천냥을 갚겠으니 제발 아버지를 살려달라고 애걸
복걸하였다. 내쫓으면 들어와서 빌고 내쫓으면 들어와 비는바람에 국청에서도
그만 그 딸의 청구를 들어주었다.

딸은 집에 돌아오자 남장을 하고 촌촌마을로 돌아다니며 돈을 빌었다. 집집에
들려서 돈 천냥이 있어야 아버지를 구하겠는데 한냥도 좋고 한푼도 좋으니 달라
고 돈동냥을 했고 길을 가다가 과객을 만나도 ≪아버지 살리게 돈 좀 주시오≫
하며 빌었다. 하지만 흐르지 말라는 세월은 흘러만 가고 비는 돈은 생기지 않았
다. 열흘낮 열흘밤 다리 한번 쉬여보지 못하고 발편잠 한잠도 자지 못하며 빌고

빈 돈을 세여봐도 석냥 서푼도 안되였다. 어진 사람들은 돈이 없어 돈 대신에 한숨을 주고 악한 사람들은 돈이 있어도 돈 대신에 매와 욕을 주니 나오는것은 한숨과 눈물뿐이였다. 그러나 아무리 눈물이 옷을 적시고 눈물이 강을 이뤄도 아버지를 구할 방도는 없었다. 한살도 못되여 어머니 잃고 아버지 품에서 일천정 다 들이고 자란 몸이라 아버지 대신 제 죽어 된다면 천번 죽고 만번 죽어도 원이 없겠지만 돈 천냥 없이는 아버지 목숨 살리지 못한다니 소녀된 몸 한푼 두푼도 아니요 한냥 두냥도 아닌 천냥돈을 어디서 구하랴. 그렇지만 지성이면 감천이고 정성이 지극하면 돌우에도 꽃이 핀다고 하였으니 딸은 아버지를 구하겠다는 오직 한마음으로 울다가는 빌고 빌다가는 울면서 이동리저동리를 찾아다녔다.

그러던 어느날 날이 어둑어둑하여 한 고래등같은 기와집에 들어서니 머리발이 허연 로인이 ≪뉘 집 자제인데 무슨 일로 찾아왔느냐?≫ 하고 묻기에 ≪지나가던 행객이 날이 저물어 하루밤 묵어가자고 들렸소이다≫ 하니 반갑게 맞아들이였다.

돈동냥 다니는 딸은 남장을 했는지라 저녁을 먹고는 주인장로인과 이말저말 주고받다가 그만 또 그 아버지 살릴 방도가 막연하여 저도 모르게 눈물을 떨구며 슬피 울었다. 로인이 그 울음소리를 들어보니 자기 가슴속에도 눈물이 지는지라

≪여보게 도령, 도령은 어인 일로 이렇게 슬피우는고? 내가 알아 될 일이면 그 사정이야기나 하게! 그저 말없이 울기만 하니 내 가슴도 답답하네!≫

로인의 말을 들어보니 참으로 고마운 말이라 돈동냥 다니는 딸은 울다가는 말하고 말하다가는 울면서 지나온 이야기를 자초지종 다 말했다. 주인령감은 이야기를 다 듣고나더니 뜻밖에도

≪과연 기특한 일이로다! 내 돈 천냥을 줄테니 나라에 바치고 아버지를 살리게나!≫라고 하였다.

≪아니 그게 정말이옵니까? 이게 그래 꿈이나 아니옵니까?!≫

돈동냥 떠난 딸이 코가 땅에 닿게 엎디여 절을 하고는 령감의 손을 부여잡고 대성통곡하는데 령감이 하는 말이

≪이 사람 울지 말게. 나한테도 자네와 같은 외동아들이 있는데 그만 풍병에 걸렸다네. 돈은 많아도 백약이 무효하고 백의원이 무방도니 제 자식도 살리지

못하는 그 돈은 해서 뭣 하겠나! 어서 가져다 죽게 된 자네 부친이나 구하세!≫

돈동냥 다니던 딸은 감지덕지하여 말 한마디 하지 못하였다.

주인령감이 이튿날아침 나귀등이 휘게 돈을 실어주어서 딸은 그 길로 나귀를 몰고 나라에 가 천냥돈을 바치고 아버지를 구하였다.

나라에 잡혀가 죽을 날만 기다리던 아버지는 꿈같이 살아나 사랑하는 딸을 다시 보게 되니 기쁘기 한량없었다. 그런데 아무리 생각해야 그 돈 천냥이 어디서 왔는지 이상하게만 생각되였다. 그래서 딸을 보고 돈 천냥이 어디서 났느냐고 캐여물었더니 그 딸이 세상에는 마음이 열두폭치마처럼 너르고 비단고름처럼 고운 사람들이 있다고 하면서 자초지종을 아버지에게 말씀올리였다. 딸의 말을 듣고난 아버지는 세상에 그렇게 고마운 사람이 어디 있느냐고 하면서 두볼에 줄 끊어진 념주처럼 눈물방울을 주르르 흘렸다. 이때라 딸은 아버지앞에 무릎꿇고 말하였다.

≪아버지, 아버지를 구해주신 그 은혜 태산보다 높아 갚을 길이 없사옵니다. 머리털 뽑아 신을 삼아 올린들 그 은혜 갚으리까. 아버지, 불효녀석은 그 집으로 시집갈가 하나이다.≫

아버지는 아무말없이 그저 듣고만 있었다. 그러니 딸이 또 말을 이었다.

≪아버지, 그 집 외동아드님이 풍병에 걸려 백약이 무효하여 한숨뿐인데 제가 시집가서 아들노릇도 하고 며느리노릇도 하며 그렇게 마음 고운 이를 고이고이 받들어모시면 한숨과 눈물뿐이던 집에 꽃이 피지 아니하오리까?! 아버지 부디 허락해주옵소서!≫

아버지 들어보니 은혜를 갚으려고 풍병이 든 사람에게 시집가려는 딸의 마음 갸륵하기가 한량없는지라 ≪오냐, 천만지당한 말이로다.≫ 하고 허락하였다.

이튿날, 딸은 아버지한테 절을 올리고 옷단장 곱게 하고 떠나는데 딸의 모습을 보니 일월같이 환한 얼굴에 웃음은 지었으나 두눈에 이슬이 맺혔는지라 아버니는 어서 가라고 손만 내저었다. 무남독녀 외딸애기 고이고이 길러내여 풍병있는 사람한테 보내는 아버지의 마음 오죽하랴만 고마운이의 아들이 되고 며느리로 되여 그 고마운이를 고이고이 받들어 모시겠다는 딸의 소행이 꽃같이 아름다워서 아버지는 두볼에 눈물이 강줄기를 이루었지만 온 얼굴에는 웃음이 춘삼월꽃처럼 피여났다.

딸은 아버지와 리별하고 고래등같은 그 기와집 은인을 찾아가서 절을 했다. 눈물짓고 한숨짓던 주인령감은 갑자기 월궁의 상아 같은 색시가 찾아와서 절부터 하니 깜짝 놀라

≪네가 대체 귀신이냐? 사람이냐? 내 아들 풍병에 걸려 다 죽게 되였는데 꽃같은 색시가 나비처럼 날아드니 필시 귀신이 내 아들 데리러 온것이 분명코나! 아이구, 아이구! 외동아들 키웠다 이런 불행 어데 있노?≫ 하며 대성통곡이다.

≪아버님, 진정하시고 제 얼굴 다시한번 보아주옵소서. 천냥돈으로 아버지를 구해주신 그 은혜 갚으려고 소녀 찾아왔나이다.≫ 하고 처녀가 자초지종을 말하니 로인은 눈물이 그렁해서 말하였다.

≪네 말이 곱고 그 소행 또한 기특하다만 풍병 든 자식 두고 곱게 기른 남의 자식 자부로 삼아 어찌 한평생 한숨짓고 눈물짓게 한단말이냐?! 아서라, 내 돈 천냥 내놓은것이 죽는 사람 구하자는것이였지 내 돈내고 남의 집 고운 규수를 데려다 고생시키자 함이 아니였으니 어서 돌아가거라!≫

머리발이 파뿌리같이 허연 령감이 막무가내로 집에 들어온 꽃같은 색를 내쫓는데 색시 또한 막무가내로 버티고서서 나가주지 않았다.

색시는 하루고 이틀이고 매양 같은 말만 하고 나가지 않으니 령감은 하는수없이 허락하였다. 색시는 령감의 말이 떨어지자 물 한그릇 정히 떠들고 풍병 앓는 외동아들 방에 뛰여들어가 지나온 이야기를 하고는 사발을 가운데 놓고

≪우리 둘이 백년가약하옵니다.≫ 하며 절을 하였다.

이쯤하면 남처럼 청실홍실 늘이고 잔치는 하지 않았어도 부부는 된셈인데 풍병 걸린 랑군 얼굴에 화색 하나없이 식음을 전폐하고 말 한마디 없더니 남다 자는 어느날 밤에 집을 뛰쳐나갔다. 그는 제 한몸 죽으면 늙으신 량친부모도 더는 고생시키지 않고 해달같은 남의 집 규수도 한생을 고생시키지 않을것이라 생각하고 깊은 산중으로 가고 또 갔다. 얼마를 갔는지 모르나 아침해가 솟는데 어찌도 갈증이 나는지 죽는 몸이라 해도 물이나 마시고 죽자고 물을 찾아 헤매였다. 한참 찾아 헤매는데 웅뎅이진 곳에 바가지같은데 물이 담겨있었다. 그는 자세히 살펴볼 새도 없이 단모금에 그 물을 다 마셔버렸다. 그 물을 한껏 마시고 나니 온몸에 땀이 바짝 나며 잠이 막 쏟당져 그 자리에 누웠다. 몇날 몇밤을 잤는지 알수 없으나 누군가 흔들어깨우는바람에 눈을 뜨니

≪랑군님, 어서 집에 가시자요! 어서 일어나시와요!≫ 하고 부인을 재촉을 하는데 아버지도

≪자 어서 일어나거라! 마음을 잘 먹으면 칠성이 굽어본다더니 과연 옳은 말이다. 천년 묵은 두골에 고인물 마시면 네 병이 떨어진다더니 네가 저 두골에 고인물 마셨으니 인젠 됐구나. 네 병 떨어지고 내 고운 며느리 봤으니 이런 영화가 또 어디 있느냐. 애야, 어서 일어나거라!≫ 하고 좋아하였다.

참 별일이였다. 아들이 일어나 움직거려보니 몸도 거뿐하고 풍병이 가신듯 떨어졌었다. 이때 새색시 고운 웃음 짓고 절을 하니 그도 넙적 엎드려 절하며 절을 받았다. 그리고는 또 둘이 같이 일어나서 아버지 절 받으시오. 어머니 절 받으시오 하며 절을 했다.

죽게 된 아버지를 구해낸 딸의 효성 한없이 지극하고 은혜를 갚으려 죽을 병에 든 사람 찾아 시집간 그의 마음 꽃같이 아름다우니 하늘인들 어찌 무심하랴.

그후 새각시 새신랑은 량친부모와 아버지 모셔다놓고 아들딸 낳아 기르며 록수에 뜬 원앙같이 의좋게 잘살아가더라 한다.

구술자: 조승만 / 수집지점: 영길현 알라디 / 수집시간: 1981년 4월

# 룡궁에 갔다 오다

옛날 한 고을에 성이 김가라는 사람이 슬하에 아들 셋을 데리고 살았는데 하늘이 굽어보는 만냥부자는 아니여도 한 고을에서는 이름있는 부자였다. 부부 사이에 금슬이 좋고 슬하에 끌날같은 아들 셋이 있어 남부러운것이 없었으나 남들이 선녀같은 딸애를 앞세우고 다닐 때마다 못내 딸자식을 두지 못한게 한이였다.

그러던 어느날 중이 문전에 와서 목탁을 치면서 동냥을 했다. 부인은 목탁두드리는 소리를 듣자 석되들이 큰 바가지에 백설같이 흰 입쌀을 수북이 담알르고

나가 중의 전대에 정히 쏟아넣었다. 중이 후히 주는 동냥쌀을 받고 목탁치며 나가려 할 때 부인이 하는 말이

≪대사님, 대사님께서는 늘 문수보살, 보현보살, 관세음보살하고 넘불을 외우시는데 소첩의 소원 풀어줄수 없나이까?≫

≪무슨 소원이요?≫ ≪소첩은 슬하에 아들 셋을 두었으나 딸이 없어 원이오니 딸자식 점지하여주옵소서.≫

≪네, 부처님전에 공양 잘하면 소원성취하리라.≫

김부자내외는 절에 가서 부처님전에 공양미 수십석을 올리고 딸자식 점지하여주십사고 빌었다. 그랬더니 과연 그 부인이 그달부터 태기있어 십삭만에 티없는 옥과 같이 맑고 천상의 선녀같은 고운 딸을 낳았다.

오매불망 바라던 소원이 성취된지라 김부자네 내외 그 딸을 키울제 쥐면 부서질가 놓으면 날아날가 장중보옥같이 귀히 여기였다. 그 딸이 차츰 자라면서 온갖 재롱을 피우는데 김부자내외는 그 딸에게 정만 붙이다보니 세 아들에 대해서는 주었던 정도 되빼앗는판이였다. 세 아들이 콩을 보고 콩이라 해도 딸이 그것을 팥이라 하면 부자네 내외는 눈을 펀히 뜨고 보면서도 딸의 편에 서서 그것을 팥이라 하였다. 부자네 내외는 딸이 곱다못해서 나중엔 딸이 제 뺨 치는것마저 좋아했다. 딸애가 찰싹하고 애비의 뺨을 치면 에미가 서운해하면서 딸의 손을 잡아다 또 제 뺨을 찰싹 치게 했다. 이렇게 딸애를 곱게곱게 키우는 사이 어느새 딸의 나이 이팔청춘 열여섯을 잡게 되였다.

그런데 딸이 열여섯살 잡는 그해부터 김부자네 집에는 이상한 일이 생겼다. 어느날 아침 일찌기 일어난 김부자가 뜨락을 돌다 외양간을 들여다보니 지난밤 자기전까지만 해도 아무 탈 없던 소가 죽었었다. 그런데 그 이튿날도 또 소가 죽어나가고 사흘째되는날도 또 소 한마리가 죽었다. 매일 저녁 소 한마리씩 세마리나 죽어나가니 김부자는 이상한 생각이 들어 큰아들을 불렀다.

≪애, 연고없이 외양간의 소가 죽어나가니 너 오늘저녁엔 자지 말고 외양간을 잘 살펴라!≫

≪네, 어김없이 살펴보리다.≫

큰아들은 아버지 분부대로 외양간을 지켰다. 초저녁엔 도정신해서 살폈다. 소들이 여물을 먹는 소리밖에는 아무런 자취도 없었다. 그래서 만사시름을 놓고

밤이 깊어지자 그만 앉은자리에서 잠들어버렸다. 그런데 아침에 일어나니 또 소 한마리가 죽었다. 부자는 대로하여 아들을 보고 물었다.

≪이녀석아, 장밤을 지키라 했는데 왜 소 한마리가 또 죽었느냐? 그래 저놈의 소가 어째서 죽었느냐?≫

아들은 만사시름을 놓고 자다나니 소가 어째 죽었는지 알지 못했다. 하지만 그는 아버지가 무서워서 제가 잤다는 말은 못하고 거짓말을 했다.

≪글쎄올시다. 장밤을 눈 한번 붙이지 않고 살폈는데 소가 저렇게 죽었으니 귀신이 한 일 같습니다.≫

≪그래 너 귀신을 봤느냐?≫

≪못보았습니다!≫

≪허, 이놈의 집안이 망하는판인데 너 장자란녀석이 장밤을 새우면서도 그 영문을 몰랐단말이냐?≫

저녁이 되여 부자는 또 둘째아들을 보고 외양간을 지켜보라 했다. 둘째는 제 형이 꾸지람을 듣는것을 본지라 깊은 밤까지 눈 한번 붙이지 않고 살피였다. 북두칠성이 앵돌아지고 은하가 기울어질무렵이였다. 뜻밖에도 제 누이동생이 칼과 도마를 들고 외양간에 뛰여들더니 소엉뎅이에 손을 쑥 넣어서 간을 빼서는 도마우에 놓고 썩썩 썰어먹고는 감쪽같이 사라졌다.

이튿날아침에 부자가 나와보니 또 소 한마리가 죽었다. 그는 목에다 손가락 같은 피줄을 세우고 둘째아들을 보고 고래고래 소리질렀다.

≪애 이녀석아, 다 큰 녀석이 외양간도 바로 살피지 못해서 소 한마리를 또 죽였느냐? 어서 영문을 말하지 못하겠느냐?≫

둘째아들은 입을 꾹 다물고있었다. 간밤에 생긴 일이 악몽과도 같아서 생각만 해도 모서리치는데 누이동생만 고와하는 아버지가 사실대로 말한다 해도 곧이 들을것 같지 않았다. 곧이듣기는 고사하고 무슨 일을 저지를지도 모를 일이였다. 그래서 둘째아들은 생각하고 생각하던 끝에 전날 형님이 아버지한테 대답하던 말이 생각되여 그대로 옮겨놓았다.

≪글쎄올시다. 저도 형님처럼 장밤을 눈 한번 붙이지 않고 살폈는데 소가 저렇게 죽었으니 귀신이 한 일 같습니다!≫

≪그래 너 귀신을 봤느냐?≫

≪못보았습니다.≫

≪허허, 이놈의 집안이 정말 망하는판이로구나!≫

부자는 진종일 땅이 꺼지게 한숨만 풀풀 쉬더니 저녁녘이 되자 셋째아들을 불렀다.

≪애 셋째야, 너 오늘저녁에 저 외양간을 잘봐야한다. 너까지 알아내지 못하는 날엔 정말 우리 이 집안이 망하는판이다. 너 죽고 나 죽는건 서럽지 않으나 저 꽃같이 고운 내 딸이…≫

부자는 말을 맺지도 못하고 그만 어린애처럼 울음까지 터뜨렸다. 셋째아들은 아버지의 눈물까지 씻어주며 아버지분부대로 꼭 잘 살펴보겠느라 대답하면서 오늘저녁에까지 알아내지 못하면 아예 집에서 쫓아내달라고 하였다.

셋째아들은 대처럼 곧은 사람이라 제 한 말을 어겨보지도 못했고 남을 속여본 일도 없었다. 그는 정말 말한대로 눈에 쌍초롱을 달고 지켰다.

밤이 깊어 삼경이나 되였다. 별빛도 희미하고 사위도 쥐죽은듯 고요했다. 헌데 이때라 검은 그림자 언뜰 하는지라 정신을 바짝 차리고 보니 글쎄, 누이동생이 도마와 칼을 들고 나와 외양간으로 들어가더니 눈깜짝할새에 소간을 빼서 도마에 놓고 썩썩 썰어 먹고는 감쪽같이 사라지는것이였다. 셋째아들은 날벼락에라도 얻어맞은것처럼 그만 선자리에 굳어져 숨도 크게 쉬지 못하였다.

날이 새니 부자는 또 나와서 외양간을 살피였다. 소 한마리가 또 죽었다. 셋째 아들은 그때까지 박아놓은 말뚝처럼 멍하니 서있는데 애비는 땅을 치며 울었다.

≪망, 망했구나…이놈의 집안이…아이구 귀여운 내 딸아…≫

셋째아들은 아버지가 딸을 부르며 통곡하는통에 정신이 들었다. 그는 우는 아버지를 부축여세우고는 제가 본대로 곧이곧대로 말하기 시작하였다.

≪아버지, 소가 매일 저녁 죽어나가는 연유는 다름이 아니라 저의 누이동생때 문이옵니다!≫

≪아…아니 이녀석아, 소가 죽는것과 누이동생이 무슨 상관이냐? 엉?≫

애비는 호랑이처럼 눈에 불을 일구더니 셋째아들의 먹살을 거머쥐였다. 그래 도 셋째아들은 떡 버티고 서서 좀처럼 굽어들지 않았다. 그는 아버지의 손을 풀어놓으며 말했다.

≪누이동생은 사람이 아니라 악귀올시다… 그가 매일 저녁마다 도마에 칼

을…≫

≪이, 이녀석아, 저리 썩 물러가지 못할가?≫

애비는 몽둥이를 찾아들고 아들을 당장 때려눕히자고 들었다.

≪네, 아버지가 가라면 물러가겠습니다만 후일을 부디부디 잘 보살펴 처리하옵소서.≫

≪너 이녀석, 내가 그 애를 어떻게 본건줄 알고 그애를 잡자고 드느냐? 어서 썩 물러가라!≫

딸만 딸이라고 하는 애비는 호랑이보다도 더 무서웠다. 호랑이도 새끼둔 골을 센다지만 부자는 호랑이보다도 더하여 셋째아들을 내쫓고야말았다. 셋째아들은 사실대로 말한 죄로 쫓겨났다. 그러니 간장이 타는것은 에미라 남편의 령은 막지 못하고 농짝속에 깊이 간직했던 금덩이 세개를 들고 나와 아들한테 주며 그 금덩이 팔아 초가삼간이라도 마련하고 부디부디 잘살라고 울며불며 당부를 하였다.

셋째아들은 집을 나와 터벅터벅 발길이 가는대로 정처없이 걸음을 옮겼다. 얼마를 걸었고 어디로 갔는지는 모르나 정오가 가까와올무렵 큰 강이 앞을 가로막았다. 그래서 강을 따라 한참 걸어가는데 앞에서 조무래기들이 왁작 떠들어대고있었다. 조무래기들은 무엇인가를 한가운데 놓고 작대기로 이리치고저리치면서 웃고 손벽치며 야단이였다. 그런데 한 아이가 말했다.

≪애들아, 인젠 그만 가지고 놀고 불피워 구워먹자.≫

≪난 싫어, 불쌍해서 못구워먹겠어.≫

≪그럼 팔아버리자!≫

부자네 셋째아들은 그 애들이 무엇을 가지고 그렇게들 고아대는가 하고 가까이 가보았다. 아이들은 등껍데기가 둥그스름한 자라를 한가운데 놓고 야단인데 자라는 도마에 오른 고기신세되여 짧고 밭은 목을 잔뜩 움츠리고 눈물을 뚝뚝 떨구고있었따. 가만히 서서 내려다보니 죽음을 면키 어렵게 된 자라의 신세가 집 쫓겨난 자기의 신세보다 더 가련했다. 과부가 과부설음 안다고 부자집 셋째아들은 자기도 모르게 자라한테 동정이 가면서 눈물이 나왔다. 그래서

≪애들아, 그 불쌍한 자라를 구워먹지 말고 나한테 팔려무나.≫

라고 하니 아이들은 얼마를 주겠느냐고 물었다.

부자네 셋째아들은 그만 자라가 불쌍한 생각에 뒤일은 조금도 생각지 않고 금덩이 세개를 주고 자라를 바꾸었다.

부자네 셋째아들이 자라를 안고 강을 따라 내려가며 궁리해보니 자기는 집을 떠나 정처없이 가는 몸이지만 자라는 물에서 사는 미물이니 어서 놓아주어야겠다는 생각이 들었다. 그래서 그는 자라를 물속에 넣었다. 물속에 들어간 자라는 가다가는 돌아서서 부자네 셋째아들을 보고 그를 보다가는 가면서 천천히 물속으로 사라졌다.

부자네 셋째아들은 자라를 품에 안고 걸을 때만하여도 말못하는 미물이나마 동무가 되어 마음이 허전하지 않았는데 자라를 물속에 놓아주고나니 갈길이 막연한데다 마음까지 허전하여 걸음조차 제대로 되지 않았다. 그럴수록 그는 정말을 한 친자식 쫓아내고 악귀같은 딸을 고와하는 아버지 처사가 억울하여 눈물만 자꾸 또록또록 떨어졌다. 얼마를 걸었는지 너무도 배가 고파 앞뒤를 살펴보니 바로 눈앞에 실실이 늘어진 큰 버드나무 한그루가 서있었다. 배고프고 의지가지없는 그에게는 버드나무도 의지가 되였다. 그래서 잠간 쉬려고 버드나무에 기대여앉았다.

그런데 바로 이때 큰 강에 집채같은 물결이 일더니 물이 좌우로 쭉 갈라졌다. 소리치며 흐르던 강은 쭉 갈라지자 흐름을 뚝 멈춰버리고 그 갈라진 강복판으로 해서 지상에서는 보지도 못한 아름다운 처녀가 고운 얼굴에 웃음을 짓고 사쁜사쁜 걸어나오는것이였다. 부자네 셋째아들은 꿈인지 생신지 몰라 몸둘바를 몰라하는데 처녀는 어느새 그의 앞에 와 합장하고 섰다.

《부왕의 령을 받고 모시러 왔사오니 소녀 따라가옵소서!》

《허허…소인에겐 실말한 죄밖에 없는데 집에서 쫓겨난 사람 궁전에서는 왜 부르시오?》

《소녀는 룡궁에 계시는 룡왕의 딸이옵니다. 잠간 물역에 나와 놀다가 철부지 아이들에게 잡혀 죽게 되였더니 은인의 구원을 받고 살아돌아갔나이다. 부왕의 령이오니 어서 소녀를 따라가사이다!》

부자네 셋째아들은 룡녀의 뒤를 따라 룡궁에 이르렀다. 룡궁에 이르니 좌우에 선녀들이 갈라서서 춤을 추고 류판서 삼정승이 줄쳐 서있는데 흰 수염이 가슴을 내리덮은 룡왕이 룡안에 웃음짓고 친히 그를 맞았다. 룡왕을 비롯하여 문무백관

백배 사례하고 황홀한 룡궁에서 그를 환대하는데 3일에 소연이요 5일에 대연을 베풀었다. 그리고 룡왕은 마침내 룡녀와 부자네 셋째아들을 백년해로하게 하고 금슬지락을 누리게 하였다.

부자네 셋째아들은 룡녀와 백년가약하고 수정궁에서 살아갈제 낮에는 무예를 닦고 밤에는 글공부를 하였는데 어느새에 십년세월이 흘러 슬하에 아들 셋을 두게 되었다. 이렇게 자식까지 두고보니 자연히 나는것은 부모형제에 대한 생각, 집생각과 고향생각이라 차차 얼굴에 수심이 지면서 웃음을 거두게 되였다. 룡녀가 그의 마음 헤리고 룡왕에게 그 사연 아뢰였더니 룡왕은 한번 집에 갔다 오라고 쾌히 승낙하면서 생사가 위급할 때 쓰라고 하며 푸른 병과 붉은 병, 흰 병 세개를 주었다. 부자네 셋째아들이 룡왕에게 절하고 뭍으로 나오는데 룡녀가 방망이를 들고 나와 물을 툭 가로치니 수십 수백길되는 물이 좌우로 쭉 갈라지면서 드넓은 길이 틔였다. 부자네 셋째아들은 룡녀의 도움을 받아 뭍으로 나왔다. 뭍에 나와보니 십년전에 의지가지없이 앉아쉬던 버드나무가 그냥 그자리에 서 있었다. 룡녀는 예가지 남편을 바래고

≪더 바래지 못해요. 부디부디 몸 조심하사이다.≫

하고 말을 마치자 눈깜짝새에 사라졌다. 부자네 셋째아들은 큰 강을 따라 오금에 불을 일구었다. 비록 정말을 한것이 죄가 되여 부모한테서 쫓겨났지만 부모있어 하늘을 보았으니 부모를 모른다 할수 없고 갈라진지 십년이니 형제와 고향생각 간절하였다.

그런데 부자네 셋째아들 고향이라 찾아와보니 텅 빈 집집은 찌그러져가고 거리와 뜨락엔 온통 키를 넘는 쑥대뿐이였다. 십년이면 강산도 변한다고는 했지만 과연 변해도 험악하게 변했구나 하는 생각뒤끝에는 누이동생이 도마와 칼을 들고 나와서 산 소의 간을 빼먹던 무시무시한 정경이 눈앞에 나타나며 머리카락이 솔잎처럼 일어서고 식은땀이 오싹 돋아났다. 과연 한 집 문을 열고 들어서니 남녀로소의 유골이 여기저기 널려있었다. 셋째아들은 지체없이 자기 집으로 가보았다. 자기 집조 마찬가지였다. 구들에는 부모형제들의 유골이 소복이 쌓여있고 외양간에는 손의 뼈가 널려있었다. 틀림없이 요놈의 악귀가 온 집안을 망치고 온 고을을 망쳤구나 하는 생각에 그만 이가 부득 갈렸다. 하지만 부디 몸조심하라던 룡녀의 당부가 머리에 떠올라 조심스레 사위를 살폈다. 쑥대가 꽉 들어산

사이에 개밸같이 오불꼬불한 길이 나있었다. 셋째아들은 그 길을 따라서 걸었다. 한참 사위를 살피며 걸어가는데 앞에서 호독호독 웃는 소리가 나더니 누이동생이 마주오고있었다.

≪아유 오빠, 왜 인제야 오시우. 일가혈친 내곁에 없고 온 고을 사람 하나 없으니 오빠가 그리워 못살번했어요!≫

누이동생은 해죽거리고 간사스럽게 웃더니 오빠의 팔을 쥐여끌었다. 눈에 불이 확 일며 단매에 숨이 지게 하고싶었지만 서뿔리 건드렸다간 무슨 봉변을 당할지 몰라 꾹 참고 두고볼 작정을 하였다. 셋째아들은 이궁리저궁리하며 누이동생에게 끌려 쑥대밭 한끝에 자리잡은 자그마한 오두막에 들어섰다.

≪너 여기서 사니?≫

셋째아들은 모르는척하며 물었다.

≪그래요, 량친부모님과 오빠네들의 뼈만 남은 그 집에서 내가 어떻게 살겠어요!≫

누이동생은 억지로 울상을 해가지고 모기다리의 피보다도 적은 눈물을 짜는 체하더니만 오빠를 핼금핼금 바라보았다. 넘불에는 맘이 없고 재밥에만 마음둔 중놈처럼 말은 말대로 하고 생각은 언녕 딴데 있었다.

부모형제가 그립고 나서 자란 집과 고향생각이 간절하여 찾아왔건만 기다리는것은 부모형제의 유골과 쑥대만 들어선 페허인데 누이동생이란 악귀는 배속에 칼을 품고 때되기만 기다리고있다.

부자네 셋째아들은 어서 피해야 하겠다고 생각하고 한가지 꾀를 궁리하여냈다.

≪애, 먼길을 걸어오다보니 로곤이 심해서 좀 눈을 붙여야겠다. 그새 오이밭에 가서 오이 뜯어오고 파밭에 가서 파를 캐다 랭국이나 풀어다구.≫

누이동생은 눈알을 뱅글뱅글 굴리며 오빠를 훑어보았다. 얼굴을 보니 피곤이 어린데다 눈을 붙이겠다니 잘됐다고 속으로 좋아하였다. 누이동생은 오빠 하나쯤은 당장 마파람에 게눈감추듯할수 있으나 그래도 자기 꼬리를 감추는것이 후에 살아가는데 더 나을것 같아 오빠가 자겠다고 목침을 베고 눕자 헌 바구니 찾아들고 파밭으로 갔다. 사람은 죽으면 그뿐이지만 파라는것은 났다는 죽고 죽었다는 이듬해봄에 되살아나는것이여서 쑥대가 앙상한 이집저집 뜨락에 파만은 다 있었다.

누이동생이 이웃집 뜨락으로 파 뽑으러 간 동안에 목침을 베고 누웠던 셋째아들은 때를 놓칠세라 벌떡 일어나 줄행랑르 놓기 시작했다. 헌데 어찌 알았으랴, 파뽑으러 나갔던 누이동생이 죽기내기로 뒤쫓아오고있었다. 둔덕을 넘으면 뒤쫓아 둔덕을 넘었고 바위를 훌쩍 넘으면 뒤쫓아 바위를 뛰여넘었다. 잡히면 죽는 판인데 거리는 점점 가까와졌다. 이때라 셋째아들은 룡왕이 주던 푸른 병을 꺼내여 뒤쫓아오는 누이동생에게 뿌렸다. 푸른 병이 터지더니 갑자기 푸른 물결이 성난 맹수마냥 사품치며 흘렀다. 성난 물결은 집채같은 돌도 굴리고 아름드리나무도 뿌리채 뽑으며 흘렀다. 셋째아들은 이쯤하면 누이동생이 물귀신이 되였으려니 생각하고는 한숨 돌리려 했다. 헌데 셋째아들이 바쁜 숨을 몰아쉬기도전에 사나운 물결을 헤치고 붉여우 한마리가 풀쩍 뛰여나왔다. 그바람에 셋째아들은 또 뛰였다. 그런데 방금 물결 헤치고 나온 여우는 오간데 없고 또 누이동생이 오빠오빠하며 뒤쫓아왔다. 뛰고뛰다나니 장바 한컬레쯤은 떨궈놓았으나 한사코 뒤를 쫓아왔다.

≪오빠오빠, 왜 그처럼 무정하게 날 버리고 가오. 아유 난 그래도 오빠를 생각해서 파 뽑으러 갔댔는데…오빠도 무정하오…엉엉…≫

셋째아들이 앞에서 달려가다 뒤를 돌아다보니 누이동생은 땅에 펄쩍 주저앉아 땅을 치며 울고있었다. 그래도 셋째아들은 그 꼬임수에 들지 않았다. 셋째아들이 다시 주먹을 불끈 쥐고 뛰기 시작하자 누이동생도 자리를 차고 팔짝 뛰여일어나더니 또 뒤쫓아왔다. 이때라 셋째아들은 또 붉은 병을 꺼내여 뿌렸다. 붉은 병이 잉하고 날아가 터지자 화광이 충전하여 불이 일었다. 갑자기 천지간이 불바다로 되여버렸다. 셋째아들은 그 불길을 보자 만사시름을 놓고 먼 바위턱에 걸터앉아 쉬였다. 그런데 또 얼마 안되여 충전하는 화광을 헤치고 여우란놈이 비호같이 뛰쳐나왔다. 셋째아들은 바위에서 풀쩍 뛰여내려 큰 강을 따라 뛰기 시작했다. 그러나 숨돌릴 기회도 찾지 못한 그는 맥이 진하여 더 뛸수도 없는데 누이동생이 생사결단하고 뒤쫓아왔다. 급해난 그는 또 세번째 병을 꺼내서 던졌다. 세번째 병이 터지자 사위가 온통 가시밭으로 변하고 갑자기 눈보라 터지면서 세상만물을 떵떵 얼궈놓았다. 헌데 누이동생은 새노란 털옷을 떨쳐입고 요리조리 피하면서 또 가시밭에서 헤여나왔다. 이렇게 쫓거니 달리거니 하다보니 큰 버드나무가 서있는데까지 왔다. 룡왕한테서 받은 병사리도 다 쓰고보니 이제는 더 방법이 없었다. 그는 급한김에 젖먹던 힘까지 내여 버드나무에 기여올랐다. 마침 실실이 늘어진 무성한 버드나무가지들이 그의 몸을 덮어서 몸을 숨길수가 있었다.

가시밭을 헤여나온 누이동생은 앞에서 뛰던 오빠가 갑자기 자취없이 사라지는바람에 버드나무밑에 와 앉아서 동그란 눈알을 뱅글뱅글 굴리면서 사위를 살폈다. 이때 바람이 획 불면서 버드나무가지가 날리는바람에 그만 형체가 드러나고말았다. 오빠를 발견한 누이동생은 앙천대소했다.

《어허허허, 그래 네가 감히 내 손아귀에서 빠질라구 허허허허…불쌍하고 가련하다. 가련하고 불쌍하다. 어서 내려오지 못할가. 난 네 누이동생이 아니라 네 애비가 불공하여 이 세상에 나온 여우다!》

셋째아들은 나무를 꼭 부여잡고 까딱하지 않았다. 불여우는 캥하더니 훌쩍 뛰여서 나무 한가지를 우지끈 끊어내렸다. 그리고는 그 나무가지를 밟고 서서 또 나무우에 대고 어서 내려와서 간을 내놓으라고 소리질렀다. 셋째아들은 그래도 까딱 움직이지 않았다. 불여우는 더는 말하지 않고 한번에 나무가지 하나씩을 꺾는데 한참 지나니 나무가지가 다 부러져떨어졌다. 셋째아들은 나무꼭대기에 올라갔는데 더는 의지가지할 나무가지도 없었따. 불여우는 수두룩이 쌓인 나무가지우에 올라서서 붉은 혀를 날름거렸다. 이제 캥하고 한번만 솟으면 옴짝못하고 잡혀내려올판이다. 생각하면 기가 막히는 일이나 피할 방도가 없었다.

불여우는 캥하고 불끈 솟았다. 헌데 이때라 난데없는 보라매가 하늘공중에 나타나더니 화살같이 내리박히면서 검푸른 부리로 불여우의 눈을 쿡 찍고는 누런 다리로 불여우를 걸고 허공중에 솟았다가 천길 하늘에서 떨어뜨려놓았다. 그러나 불여우는 마지막 발아리라 헐치 않았다. 부리에 찍혀 터진 눈에서는 피가 나고 땅에 떨어져 오장이 뒤집혔지만 불여우는 캥하고 또 솟았다. 보라매는 또 불여우의 다른 눈을 찍고 불여우를 하늘공중에 차고 올랐다가 툭 떨구었다. 두눈에서 피가 쏟아지는 불여우는 그래도 캥하고 또 뛰였다. 보라매는 불여우의 옆구리에 발톱을 박아가지고 천만길 공중에 솟더니 큰 강 한복판에 떨어뜨렸다. 이때 갑자기 모진 광풍이 휘몰아치더니 집채같은 파도를 일구어 불여우를 물속에 처박았다. 불여우는 영영 다시는 솟아나지 못했다. 이와 동시에 꽈르릉하고 날벼락이 일더니 산중의 절간을 쳐서 재더미로 만들었다.

셋째아들은 구사일생으로 살아서 나무에서 내려왔다. 하늘공중을 쳐다보니 자기를 살려준 보라매는 오간데 없고 쟁반같은 해가 서산에 기울어지고있었다. 이때 큰 강이 쭉 갈라지더니 룡녀가 웃음지으며 그를 마중했다.

셋째아들이 룡궁에 돌아가니 궁녀들이 춤을 추고 문무백관들이 버선발로 나와 맞아주었고 룡왕과 룡녀의 반가움은 더 비할데 없었다. 또 삼일에 소연이요 오일에 대연을 베풀었다. 셋째아들은 갈라졌던 처자를 다시 만나고 날마다 진수성찬에 풍악을 잡히며 놀았으나 불쌍하게 죽은 부모형제와 페허가 된 고향을 생각하니 눈물만 쏟아졌다.

하루는 룡녀한테서 이 사연을 들은 룡왕이 셋째아들을 불렀다.

≪그대는 어인 연고로 울기만 하는고?≫

셋째아들은 눈물을 씻고 아뢰였다.

≪인간세상이 너무나 험악해서 우나이다!≫

그 말을 듣고 룡왕이 가로되

≪눈물만 흘려서야 어찌 대장부라 하리오. 인간세상도 예와 마찬가지로 망했다가는 다시 흥하고 쇠했다가는 다시 성하거늘 락심말고 그대 소원을 아뢰여라!≫

룡왕의 이 말을 듣고 셋째아들이 말했다.

≪임금께옵서 저를 영영 뭍에 나가 살게 하여주옵소서. 페허로 된 터자리에 새집짓고 새 고을 다시 세우고 억조창생들이 편히 살며 즐겁게 보내게 함이 소원이오로소이다.≫

셋째아들의 말을 듣고 룡왕은 무릎을 툭 쳤다.

≪장할시고! 그럴진대 짐이 특별히 윤허하여 내 딸 공주와 애들을 함께 보내려니 지체말고 떠날지라! 그리고 내 그대 생각 미리 짐작하고 보배를 장만하였으니 가지고 가거라!≫

셋째아들은 룡왕앞에 끓어엎디여 보배를 받은 뒤 절을 올리였다. 그리고 처자를 거느리고 뭍에 나와서 페허로 된 고향에 이르렀다. 고향이라 찾아오니 빈집엔 유골이요 뜨락엔 쑥대만 섰는데 안해는 한숨이요 아이들은 무서워서 에미애비 옷자락 부여잡고 놓지 않았다.

고향에 다시 돌아온 셋째아들은 보배를 꺼내들고 집한채 지어주고 농사일 하게 식량과 소와 쟁기들을 장만해달라고 하였다. 그랬떠니 보배속에서 집이 솟고 식량이 쏟아져나오고 가장집물과 쟁기가 나오고 황소가 영각하며 나왔다. 셋째아들은 자식들을 거느리고 그 고장에서 농사일하며 살아갔다.

세월이 감에 따라 인적기 멸했던 이고장에 강남제비도 다시 찾아오고 사람들도 한집두집 이사를 왔다. 악귀가 없어졌으니 대풍이 들고 사람들도 안거락업하여 고을은 해마다 흥성해갔다.

셋째아들은 자식들을 잘 키우며 농사를 짓다가 차차 늙게 되니 농사를 그만두고 저서를 하게 되였다. 몇년을 썼는지 모르나 늙어 이승과 영영 리별하게 될 때 그는 세 아들을 불러놓고 이렇게 말하였다.

≪애들아, 난 인제는 늙어서 이승과 영리별하게 되였다. 너희들에게 넘겨줄 귀물이 따로 없다. 아버지 지은 책 한권을 넘겨준다. 이 책에 쓴 이야기는 아버지가 직접 겪은 이야기인데 인간만사를 대함에 도움이 있으리라!≫

세 아들이 그 책을 정히 받아 펼치니 서명은 ≪룡궁에 갔다 오다≫였고 첫장에는 아래와 같은 글이 적혀있었다.

≪절에 가서 시주하고 부처를 믿지 말어라, 부처밑을 들추면 삼거웃이 드러난다. 그리고 그속에 숱한 악귀들이 있으니 각별히 조심하라. 편애(偏愛)하는 사람은 악귀를 사람으로 보고 성실한 사람을 해치니 편애하지 말어라. 편애하여 처자를 죽이고 저마저 죽고 한 고을을 망치게 한 일이 있다. 믿어 안지만 아래에 그 이야기 들어보라! …≫

셋째아들은 그 책 한권 남기고 이 세상을 하직하였다. 하지만 그의 자손들과 온 고을 사람들이 그 이야기를 내리내리 전한탓으로 이 이야기는 오늘까지 전하여왔다.

구술자: 최일청 / 수집지점: 길림지구 영길현 / 수집시간: 1981년 4월

# 화목한 가정

옛날 산좋고 물맑은 시골에 늙은 내외가 아들며느리를 데리고 살았다. 어느날 길가던 손님이 다리쉼이나 하려고 이 집에 찾아왔다. 손님의 행장을 보니 점잖은 귀객이라 주인령감은 손님에게 주효를 대접하고저 주간에다 주안상을 차리라 분부하였다.

얼마후에 주안상이 들어왔다. 그런데 생각밖으로 안주가 타서 그슬음냄새가 확 풍겨왔다. 시골에서 각박한 살림살이를 해가나는지라 여남이 있으면 안주를 다시 끓이라 하겠는데 단지 그것뿐이니 안주를 다시 볶아오라는 분부를 입밖에 낼수는 없었다. 주인령감은 사정이 너무나도 딱하게 되여 지나가던 길손을 보고 술을 들라는 말도 못내고 주간에 대고 다시 하 말도 없어 그저 묵묵무언하고 앉아서 보기에 난처한 표정을 짓고있었다. 손님은 주인령감이 난감해하는것을 보자

《주인님, 기왕 차려놓은 술상인데 어서 듭시다. 지나가던 손님을 이렇게까지 대해주니 고맙소이다.》 하며 술잔을 들려 했다.

이때 주인령감은 송구스레 손님을 쳐다보며

《여보시오 손님, 참 미안하게 됐수다. 제가 한 가정을 제대로 타일로 나가지 못한탓으로 손님이 찾아오셨는데 그만 술안주를 태웠소이다. 다 이 늙은이탓이오니 널리 생각해주시고 술이나 듭시다.》

그러니 아들이 문밖에 합장하고 서서

《아니올시다. 아버지, 오늘 술안주를 태우게 된것은 제가 나무를 너무 많이 안아들인탓이올시다.》 하고 말했다.

아들의 말이 끝나기 바쁘게 며느리가 문밖에 합장하고 서서

《아버님, 죄송하옵니다. 제가 물을 적게 부은탓이오니 저를 나무람해주시옵서서.》 하며 빌었다.

아들며느리가 서로 제탓이라 비는데 로친네가 또 문밖에 합장하고 섰다.

《령감님, 그저 이 늙은것이 정신없이 불을 많이 땐탓이올시다.》

온 가정이 다 나서서 합장하고 하는 말을 들은 지나가던 길손은 머리를 끄덕이

며 찬탄을 금치 못했다.

《참 화목한 가정이옵니다. 세상사람들은 흔히 잘한 일은 제가 했다 하고 못한 일은 남이 했다 하는데 이 집에서는 잘못한 일을 서로 제가 했다고 하니 참으로 이 세상에 내놓고 자랑할만한 화목한 가정이올시다.》

길가던 손님은 말을 마치자 주인령감과 함께 그 그슬음냄새나는 안주도 달게 먹으며 한상 술을 다 마시고는 홍안에 웃음담고 다시 길을 갔다. 길손은 길을 가다가는 그 일이 잊어지지 않아서 촌촌마을에 들려 이 화목한 가정에 대한 이야기를 전하였다. 하여 이 이야기는 오래고 오랜 그 옛날에 나온 이야기지만 오늘에까지 전하여졌다 한다.

구술자: 한병률 / 수집지점: 화룡현 / 수집시간: 1962년

# 형제사이

옛날에 강 하나를 사이두고 두 형제가 의좋게 살았다. 형은 집살림이 그렇게 넉넉치는 않으나마 먹을것만은 크게 걱정되지 않았다. 하지만 동생은 해마다 식량이 부족하여 봄갈이가 시작되기만 하면 남의 장리쌀을 맡아서 먹군 했다.

어느해 봄이였다. 이집저집의 량식을 꿔먹던 동생은 생각다못해서 형을 찾아갔다.

《형님, 올해농사는 지어야겠는데 당장 먹을것이 없어 큰일났소 어떻게 하겠소, 량식이나 꿔주오. 햇 농사가 되면 어김없이 갚아드리겠소.》

동생의 말을 들은 형은 형제사이에 꾸니 뭐니 할게 있느냐면서 동생더러 량식 뒤주에서 량도가 되게 마음대로 퍼가라는것이였다. 형의 말에 동생은 어찌나 기뻤던지 입도 다물지 못하고 뒤주에서 조 한마대 실히 되게 퍼담아 지고 집에 돌아왔다.

형네 신세를 본 동생은 그해 농사를 괜찮게 지었다. 동생은 형이 량식뒤주에서

마음대로 퍼다먹고 새해농사를 잘하라던 일이 고맙게 생각되여 마당질이 끝나자 선참으로 조 한마대 실히 되게 담아 지고 형을 찾아갔다. 형도 동생이 한해 농사를 지어가지고 찾아온것이 여간만 기쁘지 않았다. 그렇지만 형은 동생을 보자 정색하고 말하였다.

≪그래 아무리 형제사이래도 꿔간것은 제때에 가져오는것이 좋다. 조농사를 잘했느냐 어디 보자.≫

그런데 형은 동생이 지고 온 조를 손에 들고보더니만 이마살을 찌프리며 동생을 보고 말했다.

≪동생이 지고 온 조를 받지 못하겠네. 우리 조는 알알이 가뜬하게 여물었는데 동생이 지고 온 조를 보게나, 쭉정이가 얼마나 많은가. 어서 돌려가고 래년에 농사를 잘해서 가져다주게.≫

그렇게 마음씨 비단결처럼 곱던 형님이 생각밖으로 이렇게 꿔간 조를 알알이 봐가며 받자고 드느바람에 동생은 화가 버럭 치밀어 두말없이 가지고 온 조를 도로 지고 뒤도 돌아보지 않고 돌아가버렸다.

동생은 이듬해에 마음을 먹고 농사를 해서 가을이 되자 선참으로 조타작을 해가지고 형한테서 꿔온 조를 갚아주려고 또 형을 찾아갔다. 동생은 형을 만나자 작년일이 머리에 불끈 솟아나느지라 두말없이 조마대를 형앞에 메쳤다. 그런데 형은 이번에는 그 조를 손에 들고 보지 않고 한웅큼 쥐여서는 물에 띄워보더니 또 동생을 나무람하였다.

≪동생, 우리 조는 물에 띄워도 물우에 뜨는것이란 없었네. 기음을 몇번이나 맸는지 난 이런 조는 못받겠네. 돌려가고 명년농사를 잘해서 갚아주게.≫

타남도 아닌 형제사이에 조를 물에까지 띄워보며 꿔간 조를 받자도 드니 동생은 성이 상투밑까지 치밀어 또다시 지고간 조를 도로 지고 집으로 돌아왔다.

삼년째 되는 해에 동생은 형이 조를 물에까지 띄워보며 기음을 몇번 맸는가고 묻너 말이 생각되여 조밭 네벌을 매고 네번 후치기까지 했다. 그랬더니 이 해 농사는 정말 잘되였다. 방치같은 조이삭이 모개가 끊어질듯 숙었는데 조알은 알알이 가뜬하게 여물었다. 동생은 또 조타작을 하자 세번째로 조를 담아 지고 형을 찾아가 뚝 잘라 말했다.

≪형님, 꿔간 조를 가져왔으니 어서 받소. 형제사이에 너무 린색하게 굴어서

올해는 정말 마음먹고 어느해보다 고생스레 지은 농사요. 내 이제 굶어죽더라도 다시는 형님을 찾아와서 손을 내밀지 않겠소.≫

형은 동생이 가지고 온 조를 보더니 동생을 보고 웃음을 지으며 물었다.

≪동생, 이 조는 몇벌 매고 몇벌 후쳤소?≫ ≪네벌 매고 네벌 후친것인데 더 흠잡을데는 없을거요.≫

형은 만족스레 빙그레 웃었다. 그는 동생의 어깨를 정답게 툭툭 치며 말했다.

≪그래, 조가 참 개암알처럼 잘 여물었네. 동생, 이 조를 받지 않겠네, 도로 지고 가서 어린것들을 바 한끼라도 더 해먹이게. 난 본래부터 조를 받을 생각을 해서가 아니라 동생이 늘 건달농사를 하기에 농사일을 근하게 잘하도록 일러주기 위해서 그렇게 한것이네.≫

그후 형의 참된 뜻을 알게 된 동생은 형한테서 삼년농사를 지으며 배운바를 한생 잊지 않고 상농군이 되여 부지런히 일하며 밭곡식을 알뜰히 가꾸어 생활이 유족하게 잘살아가더라 한다.

구술자: 유병흡 / 수집지점: 훈춘현 / 수집시간: 1962년 12월

# 운봉전

서울에서 멀리 떨어진 심산유곡에 자그마한 동네가 있는데 춘하추동 사시절 기암괴석밑에서 백옥같은 샘이 솟아난다고 그 이름 샘골이라 불렀다.

샘골에 김서방이라는 사람이 있었는데 갓마흔에 옥동자를 보았으니 아들의 이름 운봉이라 불렀다. 운봉이 금방 태여나니 기골이 비범하여 호걸의 기상을 타고났는데 울음소리 또한 요란하여 한번 울라치면 천둥이 우는듯 온 샘골이 들썽했다. 그래서 동네방네에서는 김서방집에 나래돋친 장수가 났다는둥, 개천에서 룡이 났다는둥 별의별 말이 다 돌았다.

그런데 천지도 무심하고 귀신도 야속했다. 운봉이 겨우 걸음마 타며 아빠엄마

를 부를 때 운봉의 부친 갑자기 득병하여 백약이 무효로 구천에 가고말았다. 그러니 홀로 남은 부인이 운봉이를 기를제 애비없는 자식 슬퍼할가 남의 삯빨래 하고 삯방아 찧으면서도 얼굴 한번 찡그리지 않았고 산에 가서 나무단 해 이고 돌아오며 구슬같은 땀을 흘리면서도 언제나 웃는 얼굴로 운봉이를 반겨주었다.

운봉이 일곱살을 잡으니 어섯눈을 떴는데 가세가 극빈하고 애비없는 자식이라 작은 내를 건너 서당방이 있었지만 어머니는 감히 글공부시킬 엄두를 내지 못하였다. 헌데 운봉이는 무슨 생각이 들었던지 날마다 밥술만 놓으면 서당방 애들을 따라가서는 저녁에야 돌아왔다. 그리고 저녁술을 놓기 바쁘게 하늘 천, 따 지 하고 글을 읽군 하였다.

어두운 방에 누워서 아들 운봉이 글읽는 소리 들으니 이에서 더 기막힌 일이 없었다. 운봉의 모친 며칠밤 아들 몰래 눈물로 옷고름 적시다 하루는 큰마음 먹고 서당방 훈장을 찾아갔다.

《훈장님, 부디 이 가련한 신세 생각하여주옵소서. 슬하에 귀한 자식 두었사오나 가세 빈한하고 미천한 상민이라 감히 글공부시키겠다는 말 입밖에 내지 못하였소이다. 그런데 저 철모르는 자식이 밤낮 서당방 도련님들을 그림자처럼 따라 다니니 애비없고 가세가 빈한하나 어찌 자식의 소원 풀어주지 않겠소이까.》

운봉의 모친 머리도 들지 못하고 꿇어엎디여 사정하는데 서당방훈장이 운봉의 모친 부축하여 앉히였다.

《이러지 마소 내 글 배우겠다는 애들을 문밖에 내쫓고야 어찌 훈장이라 하리오. 벌써전에 운봉이 글방에 와 공부하도록 윤허하였으니 마음놓고 돌아가소》

이리하여 운봉이 서당방에 이름 올려놓고 글공부하는데 총명과 재질이 과인하여 하나를 배우면 열을 알고 열을 배우면 백을 통하는지라 훈장은 운봉이를 장중보옥같이 귀히 여겼다.

운봉이 서당에 들어온지 칠팔년이란 세월이 흘러가니 공든탑이 무너지랴 글 잘 써 왕희지요 글 잘 지어 리백인데 구척장신에 풍채 또한 름름하였다.

어느날 훈장은 제자들을 거느리고 산놀이를 갔다. 때는 마침 추구월 황금계절이라 이산저산에 단풍들어 천자만홍 갖가지 꽃들이 핀듯한데 들에는 누렇게 익은 오곡이 추풍에 춤을 추는지라 훈장은 제자들을 보고 산천경개 절승이요 추흥 또한 도도하니 한수씩 지어 읊으라했다. 그러니 운봉이 선참 나서 한수

지어 읊기를

≪하늘은 높아도 억조창생 못살피고

천지는 넓으나 숨이 막혀 한이로다.≫

하였다. 훈장은 운봉의 시를 듣고 못내 놀라움을 금치못하였다. 그런데 가뜩이나 운봉이를 시샘하던 권세있고 돈있는 량반집 도련님들이 우르르 몰켜오더니 운봉이가 대역무도한 소리를 한다고 트집을 걸며 욕하고 때리기시작했다. 운봉이는 너무도 분하여 한아름이나 되는 나무를 부여잡고 주먹같은 눈물을 뚝뚝 떨구다가 힝하니 나무를 뿌리채 뽑아 산아래로 뿌려던지고는 두말없이 집으로 오고말았다.

운봉이는 집에 오자 어머니앞에 무릎꿇고

≪어머니, 난 오늘부터 서당에 안가겠습니다. 불쌍하신 어머님을 도와 일을 하렵니다.≫

하고 어머님의 손을 으스러지게 잡으니 어머니는 기뻐할 대신 대로하여 운봉의 손을 뿌리쳤다.

≪너는 내 자식이 아니로다. 내 허리띠 졸라매고 너를 서당에 보낼 때는 글공부해서 나라정사는 몰라도 한동네 일이라도 잘 살필가 하여 보냈는데 서당에 안가겠다는 말이 웬 말이냐? 내 자식이면 에미 생각 모르고 감히 그런 말을 할소냐? 어서 내앞에서 썩 물러가거라!≫

그래도 운봉이는 다시 엎드려 어머니에게 여쭈었다.

≪어머니, 이 자식도 어섯눈이나 떠서 서당에 간놈인데 어찌 모친님의 생각 모르리까! 하오나 량반 쌍놈이 하늘과 땅 같은 세상에 과거 한장 못보겠으니 더 배운들 어찌 어머님의 뜻을 이루리오까. 어머니, 제발 아들의 마음 굽어살펴 주옵소서.≫

운봉이 이렇게까지 사정하는데 모친인들 어이하랴.

어머니 더는 다른 말 하지 않고 저녁때가 되니 밥을 지었고 운봉이는 어머니를 도와 부엌에서 불을 땠다. 그런데 운봉의 모친 쌀을 가마에 일어안치며 불때는 아들을 내려다보니 운봉이 나무를 부엌아궁이에 집어늫는데 곧은 나무를 엿처럼 쭉 당겨 늘궈서는 뚝뚝 끊어넣는것이었다. 어머니는 그만 깜짝 놀랐다. 그제야 어머니도 비로소 아들이 력발산 항우와 같은 힘장사라는것을 알게 되였다.

이때로부터 운봉이는 어머니를 도와 집일을 하며 동네일까지 도와나서는데 입가진 사람치고 칭찬하지 않는이가 없었다. 나무근심하던 운봉의 집 마당에는 밤을 자고나면 나무가리가 집보다 더 높이 쌓였고 우차가 없는 운봉의 집이였건만 가을이면 하루이틀사이에 덩실한 낟가리가 솟아났다. 걸핏하면 가난한 사람들에게 행패를 부리던 량반 부자나 불한당들이 운봉의 이름만 들어도 벌벌 떠는 바람에 샘골동네사람들은 허리를 펴고 살게 되였다. 그래도 운봉의 어머니는 혹시 아들이 힘을 믿고 공연한 짓을 하지나 않을가 근심되여

≪애 운봉아, 불쌍한 사람과 구차한 사람들을 일심으로 도와야지 절대 남을 해쳐서는 안된다.≫

라고 하면 그때마다 운봉이 하는 말이

≪어머니, 근심마옵시오. 호랑이 힘세다고 임금노릇 하리까. 의리에 어긋나는 일 행하지 않을테니 안심하옵소서!≫ 라고 했다.

그런데 운봉이 서당방에서 나온 이듬해여름 갑자기 샘골동네에는 몹쓸 병이 돌기 시작했다. 그 병에 걸리기만 하면 백약을 써도 무효하고 무당 불러다 굿을 해도 소용없었다. 한집두집 드러눕기 시작하여 한사람 두사람 죽어나가더니 그 몹쓸 병이 온 샘골동네에 쫙 퍼져나가기 시작했다. 온 동네가 한숨과 눈물이였다. 운봉이는 그 병 힘으로는 고칠수 없는지라 속만 바질바질 끓었다. 바로 이때 서당방훈장이 운봉이를 찾아왔다. 운봉이는 훈장님을 보자

≪스승님, 무슨 일로 스승님께서 저를 찾아오셨습니까? 스승님이 저를 부름은 도리에 맞는 일이오나 스승님이 절 찾아왔으니 죄를 졌소이다. 그러지 않아도 스승님을 찾아가려던참이였소이다.≫ 하였다.

훈자은 백발수염을 쓰다듬으며 운봉이를 보았다.

≪그래 무슨 일로 날 찾아뵈려 했는고?≫

≪네. 동네에 자주 몹쓸 병이 돌고있습니다. 저에게는 방도가 없지만 스승님께야 방도가 있겠습지요.≫

≪나도 바로 그 일때문에 왔네. 서울에서 멀지 않은 곳에 쌍바위골이라고 있는데 그곳에 이 불치의 병을 떼는 약이 있다네. 헌데 그 약을 가져올수가 없네. 쌍바위골에는 온 산에 구렝이천지여서 그 약을 구하러 들어간 사람은 있어도 나온 사람은 없다네. 그래서 자네 힘을 바라자고 왔네.≫훈장의 말이 끝나기

바쁘게 운봉이는 어머니앞에 무릎꿇고 앉았다.

《어머니, 내 한몸 바쳐 동네 여러분이 산다면 내 어찌 죽기를 겁내리까. 어머님께서는 허락 한마디 해주옵소서!》

《장하다, 내 아들 운봉이 장하고나. 어머닉걱정 말고 지체없이 어서 떠나거라!》

이리하여 운봉이는 뫼산자보짐을 메고 쌍바위골로 떠나게 되였다.

사흘낮 사흘밤을 내처 걷다가 하루는 늘찬 고개길에 들어섰는데 안개가 주욱하여 좌우 산천도 분간할길이 없었다. 이때 갑자기 웬 녀자의 다급한 비명소리가 들려왔다. 아무리 가는길이 급해도 사람이 당장 죽어가는 소리를 지르는데 그저 지나칠수 없었다. 운봉이 급히 소리나는 곳으로 가보니 콩밭옆에서 황소같은 범이 시뻘건 아가리에 녀인의 삼단같은 머리채를 잡아물고 으르릉거리고있었다. 운봉이는 더 생각할 새도 없이 천둥같은 모진 고함을 지르며 달려들어가 범의 꼬리를 잡아채니 범의 꼬리가 뭉청 빠져나왔다. 그바람에 범은 물었던 사람을 내버리고 운봉이한테 덮쳐들었다. 운봉은 몸을 홱 돌려빼며 범이 땅에 떨어지는 순간 그놈의 등을 타고 목덜미를 힘껏 눌렀다. 운봉이가 호랑이의 목덜미를 어찌나 눌렀던지 호랑이는 대번에 피똥을 쏘며 네각을 뻐드러버렸다. 그제야 운봉이 범에 물린 녀인을 가보니 그 녀인은 김을 매다가 호랑이에게 잡혔는데 호미를 쥔채로 있고 갓난애기가 기절한 어머니 품에서 발버둥치며 울고있었다. 운봉이는 우는 애기 품에 안고 기혼한 녀인 등에 업고 인가를 찾아 달음질쳤다.

운봉이 멀지 않은 곳에 인가가 있는것을 보고 오금에 불을 일구는데 마침 한 농부를 만났다.

《여보 농부, 이 부인 뉘 집 부인이고 이 애 뉘 집 애인지 모르겠소?》

그 농부가 어린애와 부인을 보더니만 아이구 이게 웬 일이냐면서 풀썩 주저앉아 통곡하였다.

《여보 농부, 앉아서 울면 무엇 하오. 어서 부인이나 구원하오. 내 갈길이 바빠 더 돕지 못하오. 콩밭에 내가 잡은 범이 있으니 가죽을 벗겨 팔면 부인의 병구완은 될것이요. 자 나는 가오.》

운봉이 말을 마치고 떠나니 농부가 운봉의 옷자락 쥐고 놓지 않았다.

《죽어 백골이 되여도 이 은혜 잊을길 없는데 아무리 가는길이 바쁘기로 밥

한술 안뜨고 물 한모금 안마시고 가다니 웬말이시오.》

《한사람은 살았으나 온 동네 사람 생사를 다투니 어서 놓아주오.》

《그러면 성함 석자라도 남겨주소. 이후에라도 내 머리 뽑아 신 삼아 올리리다!》

《농사하는 시골사람에게 성함이란 당치 않소 부디 부인 병구완 잘하고 어린 자식 곱게곱게 키우소.》

운봉이는 말을 마치기 바쁘게 다시 길을 떠나는데 걸음이 하도 빨라 걷는지 뛰는지 산골길에 한줄기의 번지가 뽀얗게 일었다.

운봉이는 그 걸음으로 하루낮 하루밤을 걸어서 이튿날 점심때 한 동리에 이르렀다. 배가 출출하여 한 집 뜨락에 들어서려는데 사람을 자끈자끈 내리패는 소리와 매맞는 사람이 사람 살려달라는 아우성소리가 들려왔다. 듣지 못했으면 몰라도 듣고서는 차마 그저 지날수 없었다.

운봉이 뜨락에 들어서니 머리에 갓을 쓴 녀석들이 스문나문살 먹은 총각을 잡아패는데 한놈은 총각의 머리태를 감아쥐고 사정없이 볼을 치고 한놈은 툭 삐여진 눈을 부라리며 몽둥이찜질을 하고있었다. 매맞은 사람은 사람살려달라고 모진 소리를 지르고 다리병신 늙은 애비는 세발걸음으로 기여나와 자기를 대신 죽여달라고 애걸하고 집안에서 집안에서 병석에 누워 일어도 못나는 에미는 두손으로 허공을 헤비다가 가슴만 쾅쾅 치는것이였다. 운봉이가 차마 눈을 뜨고 볼수 없어

《일이 있으면 말로 할것이지 사람은 왜 잡아패는거요?》하고 막아나서니 운봉의 허름한 차림새를 본 김좌수의 두 하인이 홍 하고 코방귀를 뀌며 대들었다.

《형, 너는 웬놈이야? 하늘이 얼마나 높은지 맛 좀 볼테냐?》두녀석이 몽둥이를 버쩍 들고 운봉이를 때리려는데 운봉이 슬쩍 손을 들어 몽둥일를 빼앗더니 그 몽둥이를 끊어서 버리는것이 아니라 엿처럼 쭉 늘궈서 두동강을 내였다. 이 광경을 본 좌수네 두 하인은 간이 콩알만해지고 눈이 뒤꼭뒤에 가 붙어서 무당의 손에 든 대처럼 와들와들 떨었다. 운봉이는 맞아서 류혈이 랑자하게 된 이 집 아들을 집에 들여다놓고 사연을 물으니 령감이 하는 말이

《삼년전부터 부인이 득병하여 자리에서 일어 못나니 약을 쓰느라 김좌수네 집에서 돈 삼십냥을 꿔왔소이다. 약조한 기일은 되였는데 갚을 돈 없어 갚지

못하니 김좌수 사람을 보내여 빚 대신 아들을 잡아다 십년 머슴을 시키겠다 하옵니다. 기둥같은 외아들 가고나면 다리병신 이 늙은이 누굴 믿고 살겠습니까? 그래서 아들녀석이 안가겠다 버티다가 저렇게 맞아죽게 되였으니 이제 우리 집 세 목숨은 살아도 죽은거나 한가지웨다.≫ 하고 탄식하였다.

운봉이 들어보니 로인의 신세 가긍한지라 갈길은 바빠도 한번 김좌수를 찾아가 혼뜨검 내고 불쌍한 세 식구를 구하리라 마음먹었다.

운봉이 좌수네 집에 찾아가니 좌수가 마침 집에 있었다.

≪당신이 김좌수요?≫

운봉이 묻자 김좌수 운봉의 차림새를 보더니 펄쩍 뛰였다.

≪너 이놈, 어디서 온놈이기에 그 말본새냐? 저녁석을 정신들게 내앞에서 곤장을 안겨라!≫

그러나 두 하인은 운봉의 맛을 보았는지라 그저 서서 와들와들 떨기만 했다. 그러자 좌수가 몽둥이를 버쩍 추켜들었다. 이때라 운봉이 허허 웃으며 몽둥이를 잡아채여 엿가락 늘구듯 쭉 늘궈 팽개치니 좌수는 깜짝 놀라 선자리에 굳어져버렸다.

≪좌수량반, 내가 누군지 알고싶소? 난 바로 샘골에 사는 운봉이요!≫

김좌수도 풍편에 샘골 운봉이 력발산 항우도 필적할만한 힘장사라는 말을 들었는지라 더구나 초풍기절하였다. 김좌수가 이쯤 되자 운봉은 외동아들 태산같이 믿고사는 그 집 아들을 때려눕혀 삼년전에는 그 집에 일손이 없게 되였으니 삼년 먹을 식량과 삼년 지낼 돈을 당장 내놓으라고 했다. 김좌수는 본디 거북등에서 털을 긁어내 자는 깍쟁이요 감기도 남을 빌려주지 않는 위인이지만 주먹은 가깝고 법은 멀어 곱삭곱삭 내놓지 않을수 없었다.

운봉이 그 돈을 받아쥐고 돌아와 늙은 내외에게 주고는 또 길을 떠났다.

운봉이 사오십리길을 단숨에 걸어 땅거미질무렵 한 골짜기에 들어서는데 목에서 겨불내가 나며 갈증이 나서 견딜수가 없었다. 마침 골어구에 오두막집이 보이는지라 주인찾으며 문을 열고 들어섰다. 그런데 집안에는 주인은 없고 열대여섯살난 보이는 처녀가 머리를 풀어헤치고 누워 허공에 손질하며 ≪어머니, 물…~물≫ 하며 물을 찾고 있었다. 운봉이 입술이 말라터지고 코밑에 재가 앉은 처녀를 가긍히 내려다보다가 집에 또 누가 없나 살펴보니 아무도 없었다. 그래서 자기가 물을 떠줄수밖에 없는데 정작 물을 떠주지나 물을 먹다 죽을것 같고 안떠주자니 당장 목이 타서 죽을것 같았다. 운봉은 잠간 망설이다가 그래도 물 못먹고 죽느니보다 먹고 죽는게 나을것 같아 바가지에 찰찰 물을 떠서 처녀의 머리를 받쳐들고 물을 먹이였다. 처녀는 입가에 바가지가 닿자 꿀꺽꿀꺽 단모금에 한바가지 물을 다 마시더니 또 물, 물 하고 물을 찾았다. 운봉이는 또 한바가지 떠다 먹이였다. 처녀는 물을 두바가지나 받아먹더니 속이 후련한지 색색 고르로운 숨소리를 내며 이내 잠들어버렸다.

운봉이는 그제야 물을 떠서 자기도 한바가지 마시였다. 갈한 목을 추기고 정신이 드니 처녀가 어머니를 찾는걸 보아 필시 가까이에 사람이 있을상싶다는 생각이 들었다. 운봉이는 인차 집을 나와서 골안 여기저기를 살피였다.

이때 언덕아래에서 갑자기 악하는 녀자의 비명소리가 났다. 지적에서 나는 소리라 지체없이 소리를 따라 가보니 큰 구렝이가 웬 녀인을 칭칭 감고 단입에 삼키려하고있었다. 생사가 경각이라 요강덩이같은 대가리를 내두르며 검은 혀를 날름거리는데 눈깔은 소상강 물결처럼 사나왔다. 운봉이는 더 생각할새도 없이 번개같이 손을 써서 구렝이의 모가지를 꽉 틀어쥐고 구렝이를 녀인의 몸에서 풀어내서는 자기 몸에다 칭칭 감았다. 그리고 다른 손으로 구렝이꼬리를 단단히 틀어쥐고 횡하고 온몸의 힘을 다 썼다. 그러자 몸에 칭칭 감겼던 구렝이가 몇토막이 나서 땅에 떨어졌다.

알고보니 그 녀인은 처녀의 어머니였다. 그는 외동딸이 앓아누워 병세가 위중하게 되니 약지으러 갔다가 오는길에서 그만 구렝이가 덮쳐들어 죽게 된것을 운봉이가 살려준것이였다.

《이 은혜 어떻게 갚으리까. 나 ᄌ구고보면 딸까지 두 목숨 죽는것을 나 살렸으니 딸까지 살게 되였소이다. 어디 계신 손님인지 집이 루추한대로 하루밤 류하고 가옵소서.》

그 녀인이 붙잡고 만류하였으나 운봉은 모녀간만이 사는 집에 묵기도 거북한데 갈길까지 급해서 길떠날 차비를 하였다.

《고마운 말씀이나 길이 급해 가겠습니다. 그런데 저 구렝이는 금구렝이여서 세상에 다시없는 보신제오니 가져다 매일 고기 한점씩 먹으면 병도 낫고 몸도 인차 쳐서오리다. 자, 그럼 저는 갑니다.》

《불쌍한 우리 모녀 살려주고 그저 가시다니 웬 말이요? 가더라도 이름 석자 남겨주면 후일에라도 찾아뵈리다.》

《시골사람이 무슨 이름이 있겠소이까? 살아가노라면 만날날이 있겠지요.》

운봉이는 말을 마치자 밤길을 떠났다. 밤새 다리쉼도 없이 내처 걸으니 서울도 한 오십리밖에 남지 않았다. 그러니 쌍바위골도 그리 멀지 않았다. 운봉이는 한동리에 들려 아침을 얻어먹고 또 길을 조였다. 한식경이나 가느라니 좌우에 백버들, 황버들이 꽉 들어선 경치좋은 버들방천이 나졌다. 운봉은 버들방천그늘에서 다리쉼하면서 방천을 감돌아 흐르는 내물소리도 들어보고싶었지만 쌍바위골이 멀지 않은지라 걸음만 재우쳤다.

이때 이상하게도 버들바언에서 캐드득캐드득하는 웬 녀자의 웃음소리가 들려왔다. 인가도 없는 방천에 웬 사람일가 하는 생각이 드는데 또 웃음소리가 나고 뒤미처 쐑쐑하는 바람소리와 함께 누린내가 확 풍기였다. 소리나는 곳으로 가보니 석마돌같은 너럭바위우에 검은줄이 죽죽 건너간 호랑이가 버티고앉아 제가 물어다놓은 웬 녀인을 노려보고있었다. 이윽고 호랑이가 그녀자를 놓고 양공질을 하는데 쐑 바람소리를 내며 녀자의 꼭뒤우로 날아넘어가면 호랑이에게 잡힌 녀인은 간이 뒤집힌듯 허파에 바람든듯 캐득캐득 웃는것이였다. 호랑이에게 잡혀서 정신없이 웃고있는 사람은 녀성인데 몸에는 비단을 두르고있었다.

운봉이는 죽는 사람 놔두고 갈수 없어 호랑이를 노려보고있다가 호랑이가 또 허공중에 솟았다떨어지는 순간에 번개같이 뛰여들어가 두손으로 호랑이의 모가지를 누르고 한발로 호랑이의 허리를 내리밟았다. 운봉이가 어떻게 힘이 셌던지 호랑이는 찍소리 못하고 대번에 늘어졌다.

운봉이가 호랑이를 잡아죽였을 때 호랑이에게 잡혀온 녀인은 그만 정신을 잃고 쓰러졌다. 운봉이는 사람을 구할반엔 끝까지 구해야겠다고 생각하고 그제야 찬찬히 보니 천상선녀같이 고운 처녀였다. 몸에 두른 비단옷을 보아 대감집규수가 틀림없는지라 임자도 찾고 사람도 살리자면 서울까지 업고 가야겠다고 생각했다.

운봉이 처녀를 등에 업고 서울길을 가는데 저 앞으로부터 먼지를 뿌옇게 일구며 말타고 칼차고 활을 멘 병정들이 길이 미여지게 달려오고있었다.

말탄 무관이 운봉이 등에 업고 오는 녀인을 보자 말등에서 뛰여내렸다.

≪당신은 웬 사람이요?≫

≪보면 모르겠소? 어느 대감집규수를 호랑이한테서 빼앗았소. 가는길이 급하니 어서 길이나 비켜주오.≫

그 무관은 ≪대감집규수≫라는 말에 운봉의 등에 업힌 녀자를 찬찬히 보더니만 ≪아!≫ 소리를 지르며 운봉의 손을 맞잡는것이였다.

≪고맙소이다! 저희들은 상감마마의 분부받고 호랑이에게 잡혀간 공주님 구하러 떠난 사람들이외다. 그대 공주님을 구하였으니 나라의 기쁨이외다. 자, 상감마마께서 기다리시니 어서 궁전으로 가사이다.≫

운봉이는 이 말 듣고 대희하여 공주를 정히 내려눕히였다.

≪갈길이 급한데 마침 잘되였소이다. 지체말고 공주아씨를 궁전에까지 모셔가옵시오. 소인은 어머님과 동리 여러 사람들이 생사를 다투고있어 더 돕지 못하고 가옵니다!≫

운봉이 말을 마치기 바쁘게 걸음발을 다그치는데 아무도 막지 못했다.

운봉이 쌍바위골로 들어설 때 궁전에서는 경사가 났다. 십오야 밝은 달밤에 달구경하러 후원에 나왔다 담을 날아넘은 대호에게 잡혀간 공주가 구사일생으로 살아왔으니 온 궁전이 발칵 뒤집히는판이였다.

임금은 죽은줄로만 알았던 딸이 살아 돌아온것이 꿈만 같은데 더구나 딸을 구해주고도 갈길이 바쁘다 연기같이 사라진 사람의 소행을 생각하니 고맙기만 한량없었다. 그래서 임금은 그날로 운봉이와 갈라지던 그 길에 병사들을 풀어 파수를 세우고 운봉이를 찾게 하였다.

한편 운봉이는 쌍바위골어구에 이르렀다. 운봉이 험한 산세를 바라보며 서있는데 어디선가 사람들의 말소리가 들렸다. 그래서 말소리를 따라가보니 골어구에 자그마한 막이 있는데 백발이 성성한 로인들이 앉아있었다. 로인들은 운봉이를 보자 깜짝 놀라며 그의 앞을 막아나섰다.

≪젊은이는 어디로 가오?≫

≪쌍바위골로 약캐러 갑니다!≫

≪젊은이, 키꼴을 보니 힘이나 쓸것 같으나 쌍바위골엔 못가오. 거기엔 대망이 욱실거리는데 범같은 장사도 못당한다오. 대망이란놈은 대가리가 물동이만큼 크고 몸뚱아리가 물독처럼 실해서 사람을 통채로 삼키는바람에 이곳에 들어간

사람은 있어도 나온 사람은 없소. 우리도 아들을 이 골 대망에게 잃고 여기와 있소. 제 자식은 죽었지만 남의 자식 죽는걸 가만히 눈뜨고 보겠소? 그래 우린 늙은것들이 골어구를 지키며 들어가는 사람들을 말리는것이 부디 로인들의 말이라 흘려버리지 말고 들어주오.≫

백발이 성성한 로인들이 이렇게까지 말하며 막아서는데 운봉이 그저 뿌리치고 지나갈수 없었다.

≪로인님들 고맙사옵니다. 하오나 어머님이 병석에 누워계시옵고 동리 여러분들이 생사를 다투고있사온데 어찌 제 한목숨 아끼오리까? 로인님들 저는 가옵니다!≫

운봉이 이렇게 말하고 쌍바위골 산에 잡아드는데 불시에 흑운이 몰려들더니 창대같은 비가 억수로 쏟아졌다. 헌데 그렇게 억수로 쏟아지던 비가 또 졸지에 끊고 하늘에는 구름 한점 없었다. 해빛이 쨍쨍 내려쪼이였다. 이때 운봉이 산을 쳐다보니 산에는 집채같은 바위들이 온 산에 널려있는데 비온 뒤라 바위마다에 구렝이가 나붙어서 온 산이 번들번들하였다. 과연 듣던 말과 같이 바위도 셀수 없고 대망도 그 수를 알수 없이 많았다. 운봉이는 산세도 살피고 구렝이도 살펴보고는 구렝이와 싸울 궁리를 하고있었다. 이때라 천화만변하는 쌍바위골에는 또 검은 구름이 모여들고 번개치듯 천둥이 울더니 하늘이 밑창이 빠진듯 비를 쏟아붓는데 눈앞이 새뽀애서 아무것도 보이지 않았다. 천재일우의 좋은 기회였다. 운봉이는 소나기 쏟아지는 틈을 타서 산꼭대기에 올랐다. 운봉이는 소나기 쏟아지는 틈을 타서 산꼭대기에 올랐다. 운봉이 산꼭대기에 오르니 또 비가 멎고 해가 났다. 해가 나니 구렝이들이 또 때를 만났다고 바위에 나붙어 온 산이 번들번들하였다. 이때 운봉이는 미리 생각한대로 산우 여기저기 드러누운 집채같은 바위를 굴리기 시작했다. 본디 힘장사인데다 젖먹던 힘까지 내여 바위를 굴리니 얼마 안가서 산우엔 바위 하나 찾아볼수 없었다. 산꼭대기에 굴려놓은 집채같은 바위들이 그 아래바위들을 짓찧으며 함께 굴러내려가는데 하늘이 무너지는듯 땅이 박산나는듯 요란한 소리가 쌍바위골을 뒤엎었다. 이바람에 바위에 나붙었던 대망들이 거의 다 집채같은 바위에 짓찧여죽고 요행으로 요행으로 살아남은 것들은 도망쳐서 온 산엔 산 구렝이라곤 한마리도 없었다.

운봉이 이렇게 대망들을 물리치고 산정에서 내려오며 살필제 한곳에 이르니 손이나 겨우 드나들만한 바위틈에 손바닥같은 쪽잎이 다섯개이고 황록색의 꽃이 핀 이상한 풀이 서있었다. 운봉이도 산골사람이지만 이런 풀은 본적이 없었다. 주위를 다시 살펴보니 그 주위에 어느 천년에 죽었는지는 모르나 노루, 사슴, 호랑이의 뼈가 수두룩이 쌓여있었다. 이상한 풀은 바로 이런 바위틈에 나서 자랐었다. 운봉이 조심조심 쥐여흔들어보니 묵직한 뿌리가 내려앉은것이 기묘하였다. 운봉이는 참대칼을 가지고 조심스레 그 기묘한 풀의 뿌리를 돋구었다. 반나절이나 걸려서야 그 진묘한 풀을 실뿌리 한대 다치지 않고 뽑아들고 산에서 내려왔다.

골어구막에 내려오니 로인들이 깜짝 놀라는것이었다. 그 산에 들어갔다 나오는 사람을 처음 본것도 있겠지만 더구나 손에 들고 내려온 기묘한 풀을 보더니 더욱 놀라는것이었다. 로인들은 그 풀을 보더니 운봉이를 보고 그것이 바로 만병을 다스리는 진귀한 약재인데 꽃은 젊은이들에게 먹이고 뿌리는 늙은이들께 대접하라고 하였다. 운봉이는 길이 급하여 로인들에게 넙적 엎드려 절을 하고는 그 진귀한 약재를 봇나무껍질에 싸서 들고 집으로 향했다.

운봉이 정신없이 걸음만 재우치는데 한곳에 이르니 궁중 병사들이 그의 앞을 막아나섰다. 운봉이 버쩍 머리를 들고보니 백발이 성성한 임금과 꽃같은 공주가 눈물이 그렁하여 그를 맞는데 문무백관들이 다 허리굽혀 절을 하였다.

≪내 인제 내 눈으로 그대를 보게 되였으니 이보다 더 큰 기쁨이 없도다. 그대는 우리 이 나라에 웃음을 준 은인이요, 나라의 충신일세! 모두들 듣느냐!≫

≪네잇-≫

문무백관들이 일시에 대답하고 또다시 허리를 굽히였다.

≪나라의 충신을 어서 궁전에 모셔갈지어다!≫

≪네잇-≫ 소리와 함께 시종들이 운봉을 팔인교에 인진하려 하는데 운봉이 넙적 엎드려 절을 하고 아뢰는 말이

≪금상님, 황송하옵니다. 지금 소신의 모친이 병이 위중하여 생명이 경각에 달렸사옵고 동리 여러분들도 생사를 다투고있사옵니다. 그러니 어머니 구하지 못한 아들에게 무슨 기쁨이 있고 동리사람 구하지 못한 젊은이에게 무슨 희사가 있사오리까? 길사는 후에 론하시고 어머님을 구하게 어서 저를 놓아주시옵소서!≫

이때 공주 사뿐사뿐 걸어가 임금과 중전마마 앞에 가 섰다.

≪아바마마, 저이가 하는 말씀 천만 지당하옵니다. 어머님 병이 위중하고 동리 사람 병석에 누웠는데 무슨 희락이 있사오리까? 어서 떠나보냄이 좋겠나 하나이다!≫

공주의 말을 듣고 임금은 운봉이를 보고 어서 길을 떠나라고 머리를 끄덕이였다. 그러니 공주 달려나와 운봉의 손목잡고 어머니 병 나으면 어머님 모시고 오라고 천번만번 당부하며 금덩이 세덩어리를 운봉이에게 주었다. 운봉이는 가타부타 한마디 말도 없이 주는 금덩이를 받아들고는 또다시 오금에 불을 일구었다.

처처 오던 길을 따라 걷고걷다나니 김좌수 하인들의 봉변을 당하던 그 집에 이르렀다. 운봉이를 본 그 집 세 식솔은 반가와서 야단이였다. 운봉이는 금덩이 세덩이를 내놓으며 이걸 가지면 세 식구가 한생은 족히 살아갈수 있으니 아예 먼먼곳에 이사하여 소 사고 밭을 사서 농사일 하면서 마음 편히 지내라고 하였다. 그리고는 말을 마치자 총총히 길을 떠났다.

운봉이는 집에 돌아오자 병석에 누우신 어머니앞에 절을 올리고 약을 내놓았다. 운봉이 캐온 약은 과연 말 그대로 만병을 다스리는 특효약이였다. 운봉이는 그 약으로 어머니도 구하고 병석에 있는 동리 여러분들도 구하였다. 그러니 어머니는 물론 온 동리가 운봉이를 두고 찬사가 이만저만이 아니였다.

몇달이 지났다. 하루는 운봉이 산에 가서 나무 한짐 해다놓고 도끼를 들고 나무를 툭툭 패는데 머리발이 희슥한 녀인이 웬 처녀를 데리고 운봉이네 뜨락에 들어섰다. 처녀는 그이 딸인 모양인데 한창 꽃피는 나이라 그야말로 월태화용이였다. 그 녀인은 나무패는 운봉이를 한식경이나 뜯어보더니 갑자기 운봉의 팔을 덥석 잡으며 울음을 터뜨렸다. 갑자기 닥친 일이라 운봉이 영문을 몰라 벙벙해 서있는데 로친은 목이 메여 말은 못하고 그저 운봉의 손을 잡고 울기만 하였다. 그러니 운봉이 하는 말이

≪어머니, 무슨 일로 이렇게 슬피 우시나이까? 제가 도와서 될 일이면 선뜻이 나서겠으니 어서 말씀이나 하여주시오.≫

이때에야 녀인은 눈물을 씻으며 운봉이를 다시 쳐다보며 하는 말이

≪이 사람아, 어쩌면 그렇게 어디 산다는 말 한마디 하지 않고 떠나서 우리 모녀를 이렇게 고생시켰나? 내 딸 구하고 나까지 구했으니 우린 이 두 목숨을

자네에게 맡기려고 왔네.≫

녀인은 운봉이에게 두 모녀가 그의 구원을 받고 살아난 이야기며 그뒤 운봉이를 찾아 헤매던 이야기를 하며 말하다가는 울고 울다가는 말을 이으면서 운봉이를 잡고 놓지 않았다.

운봉이 들어보매 약캐러 가는길에 있은 일이 분명한데 딸까지 데리고 와서 아주 맡기겠다니 제가 대답해야 할 일이 아니라고 그들 모녀를 데리고 어머니앞에 가 무릎꿇고 그 자초지종을 다 아뢰였다.

운봉의 어머니는 듣고나더니 다른 말 없이 일어서 맑은 물 한사발 떠다놓고 청실홍실 늘였다.

≪가세가 빈한하여 물 한사발뿐이지만 어서 맞절을 하고 백년을 해로해라.≫

이렇게 돼여 운봉이는 시골에서 이쁘장하게 피여난 한떨기 꽃과 같이 아름다운 시골처녀와 백년을 가약하고 두 늙으신 부모를 모시고 살아갔다.

그러던 어느날이였다. 나라 임금이 령을 내려 공주를 구한 사람을 찾는 방이 온 나라 방방곡곡에 나붙었고 관가사람들이 촌촌마을에 나타나며 운봉이를 찾는다는 소식이 운봉의 귀에까지 들어왔다. 이 일은 동리사람은 물론 부모나 안해도 모르는 일이라 운봉이는 까딱 내색도 내지 않고 제 생각을 하면서 눈만 뜨면 어디 나갔다가는 밤이 되여서야 집에 돌아왔다.

어느날 운봉이는 밖에 나갔다 밤늦게야 집에 들어서더니 두 어머니앞에 절을 올리고 안해를 불러 제앞에 앉히더니만 아닌 밤중에 홍두깨 내밀듯 이 밤으로 이사를 가자는것이였다. 그러니 두 모친은 물론 안해까지 갑자기 놀라 그 연고를 물었다. 그러니 운봉이 약캐러 가다 공주를 구한 이야기를 죽 내리엮고나서 하는 말이

≪나는 남이 어려운 일 당했을 때 그를 도와줬다고해서 그 은혜를 갚아주길 기다리는 사람이 아니옵니다. 시골서당방에서도 량반집 선비들에게 쫓겨나다싶이 한 사람이 궁전에 가서 벼슬하면 마음 편하리까? 그러니 시골사람은 시골사람대로 살아가는것이 좋은가 하옵니다.≫

≪그래도 한 나라의 임금이 부르는데 자취를 감춘다는 말이 웬 말이냐?≫

≪어머니, 제가 공주를 구해주지 않았던들 임금이 한 상민의 아들을 보기나 했겠습니까? 어머니 어서 떠납시다. 시골사람은 시골사람과 살아야 마음이 편합

니다. 한평생 시골에 살면서 힘이 자라는대로 남을 도와줌이 이 아들의 소원이오
니 어서 피합시다.≫

운봉의 말을 들어보니 과연 도리가 있는지라 안해는 물론 두 모친들까지도
다른 말을 하지 않았다. 하여 이들 네 식구는 야밤삼경에 쥐도 새도 모르게 샘골
을 떠나고말았다.

그후 샘골사람들은 운봉이를 다시는 보지 못하였다. 그러나 아무아무 곳에서
어떤 사람이 여차여차하게 남을 도왔다는 이야기만 들으면 그 사람이 곧 샘골동
네 운봉이라고 믿고 너나없이 운봉의 이야기를 하며 침이 마르도록 칭찬하였다.
그래서 운봉의 이야기는 사람들 입에 올라 옛말로 남고 오늘에까지 전하여졌다.

구술자: 김규찬 / 수집지점: 훈춘현 / 수집시간: 1980년 7월


# 효자의 불효


박어사 박문수가 페의파관하고 온 나라 땅을 메주밟듯하며 다니는데 한 고장
에 이르니 아무 산골에 사는 아무개는 사흘에 한번씩 제 어미를 떡패듯 잡아팬다
는것이였다. 박어사 들어보니 보지도 듣지도 못하던 소리라 주소성명을 세세히
캐여묻고는 지체없이 그고장으로 찾아갔다.

박어사 총총걸음으로 산넘고 물건너 처처 가느라니 심산벽곡에 자리잡은 자
그마한 동리가 있었다. 박어사 주소성명 내여놓고 물으니 그 불효자는 바로 이
동리에서 살았다. 박어사 해진 옷과 부서진 갓을 쓰고 아무런 내색도 내지 않고
한 초가집 뜨락에 들어서서 주인을 찾았다. 그러니 검은 머리가 파뿌리처럼 허옇
게 센 안로인이 나와서 하는 말이

≪바깥주인은 이미 세상뜨고 제가 아들 데리고 사옵니다!≫ 하기에

박문수 묻는 말이

≪아드님은 어데 갔소?≫

≪어유, 내 그자식이 외동아들이여서 금이야옥이야하고 길렀는데 보다싶이 가세가 이렇게 극빈하여 사냥하러 산에 갔수다.≫

≪그럼 어느때쯤 하면 돌아오우?≫

≪사흘후면 돌아옵니다!≫

박어사 그 말을 듣고 돌아서는데 학발이 된 안로인 박어사를 다시 보니 페의파관으로 수면양배한 자태라 뛰여나가 박어사앞을 막아섰다.

≪지나가던 행객이나 피유곡절이여서 우리 집에 찾아오신것 같사온데 제가 내 아들을 부르리오다!≫

박어사 들어보니 말은 감사하나 산에 간 아들을 집에서 불러오겠다니 너무도 어이없어 껄껄 웃었다. 그러니 그 로파가 하는 말이

≪웃지 마시우다! 내 아들은 십리를 갔든 백리를 갔든 그저 내 이 마당에 서서 아무개야 오너라 하면 이 에미 소리를 듣고 옵니다!≫

박어사 들어보니 에미한테 사흘에 한번씩 매를 댄다는 말도 처음 듣는 소린데 마당에 서서 백리밖에 나간 그 아들을 불러도 제 어미 말 알아듣고 온다는 말은 더구나 꿈에도 들어보지 못한 소리였다. 박어사 이상히 생각하여

≪그게 참말이요?≫ 하고 물으니 로파가

≪허, 내가 왜 지나가는 행객보고 멀쩡한 거짓말 하겠수?≫ 라고 하더니

≪애, 아무개야 집에 손님 왔으니 사냥 그만하고 어서 집에 오너라!≫ 하고 제 아들을 부르고는 저녁전으로 돌아올터이니 들어가 기다리라고 했다. 박어사는 방에 들어가 올방자를 틀고 앉아서 먼 남산만 쳐다보며 정말 그 녀석이 말대로 들어서는가만 보고있었다. 그런데 정말 보리저녁때쯤 되여 해가 너울너울 서산에 기울어지는데 키가 구척이나 되고 앞가슴이 바위처럼 푹 삐여져나온 녀석이 노루 한마리를 둘러메고 땀을 촬촬 흘리며 마당에 들어서더니 둘러멘 노루를 마당에 내려놓고 늙은 로파앞에와 절을 했다.

≪어머니, 손님이 찾아오셨다기에 돌아왔습니다. 백리나 되는 산길을 걸어오다보니 좀 늦었사오니 용서하옵소서!≫

≪오, 그래!≫

≪어머니, 좀 기다리와요. 제가 노루 한마리 잡아가지고 왔습니다!≫

아들은 날이 시퍼렇게 선 칼을 들고 나가더니 노루가죽을 썩썩 발라놓고는

밖에 건 가마에 네각을 떠넣었다. 한참이나 장작불이 탕탕하고 튀는데 고기가 익을만하니 손님한테 한사발 가져다놓고는 어머니한테도 가져갔다. 아들은 ≪어머니, 혀가 맛있습니다, 등심고기가 좋습니다, 요기가 만만합니다.≫ 하며 아주 정성스레 어머니를 권하였다. 박어사 방에서 내다보니 아들은 고기 한점 제 입에 넣지 않고 어머니를 권하는데 참으로 효성이 지극하였다. 박어사 가만히 생각해보니 가루는 칠수록 보드라와지고 말은 할수록 거칠어진다고 이 효자를 보지도 듣지도 못한 사람들이 그를 불효자라고 말들 하니 세상인심이 정말 한심스러웠다. 박어사는 이 집에서 하루밤 잘 자고 세상인심이나 바로잡으려고 길을 떠나자는데 뜻밖에도 이 집 아들이 몽둥이를 찾아들고 백발이 된 어머니를 잡아패기 시작했다. 늙은 로인이 손을 싹싹 비비며 빌어도 사정 하나 보지 않고 떡치듯하였다. 한참이나 몽둥이질하던 아들은 몽둥이를 집어던지고 어머니를 부축여일궜다.

≪됐습니다! 어머니, 인젠 일어나시와요!≫

푸르딩딩해서 어머니를 잡아패던 아들은 갑자기 딴 사람으로 되였다. 그는 어머니앞에서 뱅글뱅글 돌며 늙으신 어머니를 남달리 돌보았다 어머니도 아들한테 그렇게 된매를 맞고도 매가 끝나자 그 아들을 보고 히죽히죽 웃으며 털끝만한 성도 내지 않았다.

박어사는 생각할수록 이상한 생각마 들어서 이 집 아들을 불러놓고 물었다.

≪너 어찌하여 늙으신 어머니를 그렇게 때리는거냐?≫

≪네, 손님은 모르실겁니다. 우리 부친이 생전에 녀자라는건 사흘만 안때리면 여우가 된다고 말씀하면서 저의 모친님을 사흘에 한번씩 때렸습니다. 본디 세 식솔이 살다가 아버지가 세상뜨니 저와 모친뿐인데 어머니가 여우로 변하면 제가 누굴 믿고 살며 인자하신 어머니가 그 몹쓸놈의 여우로 변하면 어떻게 합니까. 그래도 세상사람들한테서 내가 욕먹는게 낫지 모친님이 여우로 변해서야 되겠습니까?! 그래서 때리니 지나가는 행객께서는 널리 량해하여주옵시오!≫

말을 마치자 그는 박어사앞에 엎드려 코가 땅에 닿도록 절을 했다. 박어사 들어보니 세상인심이 한심해서도 아니고 아들이 불효해서 그런 일도 아니였다. 보고 듣고 배운것이 그것뿐이니 효자가 불효한 일을 하면서도 부모에게 효성하는것으로 아니 이들 모자를 큰 동리 효자네 집옆에 이사를 시켰다. 기구하게 살아가던 모자가 박어사 덕분에 새집에 살게 되여 자나깨나 웃음인데 아들이 아래집 효자네 집에 놀러 다니며 보고 듣고 배워서 ≪효자의 불효≫한 버릇 고치고 늙으신 어머니를 더욱 잘 모시고 재미나게 살아가니 세상사람들이 그 이야기를 내리내리 오늘에까지 전하였다 한다.

구술자: 조승만 / 수집지점: 영길현 알라디 / 수집시간: 1981년 4월

# 고기장사

옛날 한 동리에 갓을 쓴 점잖은 량반이 살고있었는데 가세가 극빈하여 하는수 없이 이웃집 쌍놈과 함께 고기장사를 떠났다. 머리에 갓도 써보지 못한 이웃사람은 평생 업이 고기장사요 또 그 고기 팔아 생계를 유지하는 신세니 동네방네에 들어서기 바쁘게 온 동리 사람이 다 듣게 소리를 쳤다.

≪고기들 사시오, 명태 사시오. 자 맛좋은 조기도 있소! 고기를 사시오!≫

그러면 돈 가진 사람들은 우르르 나와서 너도나도하며 그의 고기를 샀다. 그래서 고기장사가 잘되였다. 그런데 량반은 제 체신만 생각하다나니 고기를 사란 말을 입밖에 내지 못했다. 그는 머리에 쓴 갓을 만져보고는 이웃사람이 고기를 사라고 소리친 꼬리를 물고 ≪나두…나두…≫ 하고 소리를 쳤다. 그럴 때마다 온 동리 사람들이 와그르르 폭소를 터뜨리고는 량반이 지고 다니는 고기는 한마리도 사지 않았다.

이웃사람은 량반한테서 천대도 받았지만 그래도 지금은 한길에 나서 다니는 고기장사라 동리사람들이 웃을때마다 그들을 보고 말했다.

≪우리는 다같이 가세가 극빈한 고기장사니 저 량반 고기도 사시오!≫

≪그 량반도 고기는 메고 다니지만 나두, 나두 하는걸 보니 고기를 팔자는게 아니라 량반 팔자는건데 고기는 사서 먹지만 량반이야 사서 뭘 하겠소?≫이웃 가난한 사람은 갓 쓴 량반의 뒤에 가 서서 큰소리로 말했다.

≪동리 여러분, 이 량반은 어디까지나 량반이니 량반체신 지켜야 하지 않소? 그러니 고기 사란 말은 쌍놈인 내가 하고 이 량반님은 그런 말 대신 <나두, 나두> 하는거요! 아무리 량반이 값없기로서니 어찌 죽은 고기 파는 곳에서 산 량반을 팔겠소! 자, 고기를 사시오, 량반이 아니라 죽은 고기를 파웨다! 고기를 사시오!≫

량반은 이웃사람의 말이 떨어지기 바쁘게 또 ≪나두, 나두≫ 하고 소리쳤다. 이바람에 고기 사러 나왔던 사람들은 또 온 동리가 날아날듯 폭소를 터뜨렸다.

그후에도 그 량반은 ≪나두, 나두≫ 하는 소리만 했지 ≪고기사시오≫ 소리를 안했으니 그 버릇이 량반이 없어진 뒤에야 떨어지겠는지?

구술자: 류증표 / 수집지점: 연길시 / 수집시간: 1979년 6월

# 세 병신이 한 동리를 지나다

옛날 한 시골에 다리병신이 있었는데 길을 걸을 때 한쪽 다리는 살룩 절고 다른 한쪽 다리는 새끼꼬듯 비틀어가지고는 빙 한바퀴 둘러치며 걸음을 옮겨놓았다. 걸음걸이가 하도나 우스워 그의 걸음거리를 보고 웃지 않은 사람이라곤 없었다.

그런데 어느 하루 그는 부득이한 일로 먼길을 가지 않으면 안되였다. 동리사람들은 그의 걸음거리를 보고 그저 웃기만 하고 놀려주지는 않지만 타고장에 가면 필시 놀려댈것이니 병신된 설음만 북받쳤다. 그렇다고 부득이한 경우니 가지 않을수도 없었다.

그가 땀동이나 흘리며 반나절 걸어서야 고개마루에 올라 다리쉼을 하는데 령아래를 내려다보니 큰 동리가 들어앉아있었다. 그 동리를 지나며 한바탕 놀림 받을걸 생각하니 기가 막혀 다리병신은 애꿎은 담배만 뻑뻑 빨았다.

이때 마침 한 사람이 령을 따라올라오고있었다. 어려운 때 사람을 보면 의지가

되는 법이다. 그래서 정신을 차리고 령알를 내려다보니 령을 따라올라오는 그 사람도 같은 병신이였다. 그 사람은 오리목처럼 긴 목을 뒤로 뚝 꺾어제치고 곧추 하늘만 쳐다보며 텀벙텀벙 걸어오고있었다. 다리 부러진 노루 한데 모인다더니 정말 그러했다. 하지만 초록은 동색이요 과부설음은 과부 안다고 병신이 올라오는것이 성한 사람이 올라오기보다 한결 더 좋았다. 하여 다리병신은 담배를 피우며 그 사람이 올라오기를 기다렸다.

담배 한대를 거의 피우니 목덜미를 뒤에 꺾어붙이고 하늘만 쳐다보며 걸어오던 사람이 령마루에 올라섰다. 그러자 다리병신은 제꺽 일어서서 길손을 불렀다.

《여보 길손! 어디로 가는 길손인지 여기와 앉아 담배나 피우며 다리쉼이나 하고 같이 갑시다!》

《어, 거기 누가 있소?》 《나요, 길손이요!》

목병신도 바로 보이지 않는 령길을 오르느라 땀동이나 흘렸는지라 쉬고 가자는 말이 너무도 고마워서 말소리를 따라 텀벙거리며 다리병신옆에 와 앉았다.

두 병신이 고개마루에 앉아 겨우 숫인사나 하였는데 또 한사람이 고개를 향해 올라오고있었다. 다리병신이 내려다보니 그 사람은 목을 딱 꺾어서 앞에 붙이고 땅만 보고 걸었다. 그도 틀림없는 병신이였다.

《여보 당신도 보아하니 병신같은데 고개에 오르느라 고생했소 여기와 앉아 다리쉼이나 하오!》

목을 꺾어 앞에 붙인 병신도 사람은 바로 보지 못하면서도 다리병신 말을 거역하지 않고 그들곁에 와 앉았다.

정말 다리 부러진 노루 셋이 한곳에 모인셈이다. 령마루에서 다리쉼을 하다니 세 병신이 한자리에 앉게 되였다. 다리병신은 담배를 말아물고 고개아래 동리를 보더니 옆에 앉은 두 병신을 보고 말하였다.

《여보게 친구들, 내 임자네 보고 쉬고 가라 한건 다리쉼도 쉼이겠지만 우리 모두 병신인데 저 아래동리를 지날일이 걱정돼서 그랬네. 나 하나면 몰라도 우리 셋이 생각을 합치면 저 동리를 무사히 지날수 있지 않겠나? 임자들 생각은 어떻소?》

다리병신이 곁에 앉은 두 목병신을 보고 물었다. 그러니 땅만 보고 걷는 목병신이 다리병신의 말을 받았다.

≪나도 혼자 이 령에 오를 때만 해도 근심이 태산이였소. 저 동리에는 남을 놀리는 녀석들도 많다오! 하지만 구두쟁이 셋이면 제갈량을 당한다고 우리가 아무리 병신이래도 세 사람의 궁냥을 합치면 동리 하나야 못지나겠소!≫

땅만 보고 걷는 목병신의 말이 끝나기도 바쁘게 하늘만 쳐다보고 걷는 목병신도 뒤질세라 말을 받았다.

≪허, 그렇지 않구! 이목구비가 바로 붙지 못한 병신이라구 궁냥까지 남만 못하겠소!≫

두 병신이 이렇게까지 말하자 다리병신은 담배연기를 후 내뿜으며 제 생각부터 내놓았다.

≪임자네를 만나니 싹수가 트오! 나는 임자네 보다싶이 다리병신이여서 걸을 때 둘레치기를 하며 걸으니까 사람들이 나와 구경하면 내가 자네들을 보고 <자, 내 다리로 글을 쓰면서 걷겠으니 임자네들 무슨 글자인지 알아맞추게!> 할테란 말이요. 그러면 그 사람들이 나를 다리병신이라 놀려줄수 있겠소? 길을 걸으면서까지 글을 쓰니 필시 학문이 깊은 사람이라고 할거란말이요.≫

≪난 그럼 임자뒤에 서서 걸으며 <임자 쓴 글이 어디 맞나 보자> 라고 하면서 땅만 보고 걷겠소 그러면 누가 날 병신이라 하겠소? 저 선비는 길을 가면서까지 남이 쓴 글을 보아주는걸 보니 학문이 바다같은 사람이라고 할거란말이요.≫

≪두분께서 그렇게 하신다면 나에게도 방도가 있수다. 난 목을 뒤로 꺾고 하늘만 쳐다보며 걷는 목병신이니까 맨뒤에서 걸으면서 <그까짓 다 아는 글자를 봐선 뭘 하나, 아예 보지도 않겠네!> 할테란말이요. 그러면 모두들 제가 병신인줄 모르고 저 선비가 제일이라 하지 않겠소?!≫

세 병신은 서로 제가 말한대로 앞뒤에 서서 령아래 큰 동리를 지나게 되였다. 아니나다를가, 세 병신이 동리를 지나려니 숱한 구경군들이 나왔고 벌써부터 킥킥 웃으며 놀려줄 생각을 하는 사람들도 있었다.

이때 다리병신이 둘레치기를 하며 말했다.

≪임자네들, 난 글을 쓰며 걷는데 어디 무슨 글잔가 맞춰보게.≫

목을 앞으로 꺾은 병신이 그뒤에서 제꺽 말을 받았다.

≪임자가 옳게 쓰나 어디 볼가?≫

≪그까짓 다 아는 글자를 봐선 뭘 해? 난 아예 보지도 않겠네.≫

목을 뒤로 꺾은 병신이 하늘만 쳐다보며 텀벙텀벙 걸었다.

그러니 병신인가 구경하러 나왔던 사람들과 한바탕 놀려주려고 나왔던 사람들이 저마다 혀를 차며 말하였다.

≪과연 박학다문하신선비들이요!≫

옛말에 성한 사람이 병신궁냥 당하지 못한다는 말이 있는데 이 말은 아마 이런 이야기에서 나왔으리라!

구술자: 최영선 / 수집지점: 왕청현 / 수집시간: 1979년 6월

# 모자간의 깊은 정

옛날 한 자그마한 동네에 남산이 거꾸로 비낀 멀건 죽물로 겨우 연명해가는 모자간이 살고있었다. 어머니는 남의 방아품도 팔고 삯바느질도 하면서 나어린 아들 원길이를 고이 키웠다. 이들 모자간이 생활은 비록 극빈했으나 정의만은 각별하였는데 무정한것은 세월이라 어언간 어머니의 머리에는 백설이 내리였고 아들 원길이는 장정이 되였다. 어머니는 자기 머리에 백설이 내린것은 원통치 않았으나 한낱 가난이 원쑤래서 장남한 아들 장가를 들이지 못하는것이 한이였다. 그리고 아들 원길이는 어머니의 머리에 흰 서리 내리도록 따뜻한 밥 한끼 제대로 대접하지 못하였고 마음에 드는 옷 한벌 지어올리지 못한것이 원통했다.

어머니는 진종일 밖의 일을 하고도 집에 돌아오면 저녁을 지어놓고는 아들이 어두운 길을 터벅거리고 걸어올것이 걱정되여 날마다 아들마중을 나가군 했다. 원길이네 집에서 얼마 떨어지지 않은 곳에 맑디맑은 늪이 있었는데 원길이는 일하고 돌아올 때면 늘 버릇처럼 이 늪에 들려 시원한 물에 세수를 하고는 늪가에 해놓은 쑥 한단이라도 더 지고 집에 돌아왔다. 그래서 어머니는 날마다 이 늪가의 언덕진 곳에까지 가서 아들의 나무짐을 갈라 이고 함께 돌아오군 하였다. 이럴 때면 아들 원길이는 늙으신 어머니가 어두운 길을 더듬더듬하며 걸으시는

것이 괴롭기도 하고 고맙기도 하여 어머니앞에서 길잡이도 해드리고 혹 산짐승이라도 덮쳐들가싶어 어머니 뒤에 가 어머니의 신변을 살피기도 했다. 그러면 어머니는 어머니대로 아들의 신변이 걱정되여 슬그머니 뒤떨어져 걷다가도 혹 아들이 무거운 짐을 지고 앞에서 걸어가다 어두운 밤에 돌부리라도 차고 넘어질가싶어 아들앞으로 성큼 나서 걷기도 하였다. 이렇게 어머니와 아들은 날에 날마다 서로서로의 정을 다 몰부어가며 늪가 언덕진 곳으로 오갔다. 지상의 가난한 모자의 고운 마음씨를 천상의 달과 별이 보았던지 달뜨는 저녁이면 달은 유난히 밝은 빛을 뿌리며 그들을 길동무해주었고 달없는 밤이면 뭇별들이 너나없이 반짝이며 그들의 걸어가는 길을 밝혀주었다.

이렇게 살아가다가 어머니는 그만 몹쓸병이 들어 몸져눕게 되였다. 어머니는 병들어 눕자 그날부터 병세가 위중해서 사랑하는 아들의 미음 한술 받아먹을수 없었다. 어머니 병세가 이처럼 위중하게 되니 아들은 약 살 돈을 꾸느라고 이 집에도 가보고 저 집에도 달아가 사정사정 비난사정 해보았지만 가난한 사람들은 그에게 한숨만 주고 부자집에서는 그에게 욕 아니면 매를 주어 쫓아냈다. 그래도 아들은 락심하지 않고 이 의원 저 의원을 찾아가 어머니 병세를 말하고 어머니의 병이 나을 약방문을 내달라 애걸했다. 그러다 요행으로 약방문을 내서 주먹달음으로 이 약방에서 저 약방으로 달아다녔지만 빈손으로 간 그에게 어느 약방이고 약 한첩 줄리 없었다. 아들 원길이가 문고리를 쥐고 긴 한숨 쉬는 소리를 들은 어머니는 맥없이 《원길아, 원길아》 하고 불렀다. 아들 원길이는 그 소리를 듣자 정신을 차리고 강줄기같이 흘러내리는 눈물을 팔소매로 훔치며 어머니앞에 가 무릎을 꿇고 앉았다. 어머니는 눈물자국이 마르지 않고 낯빛이 흐린 아들을 눈주어살피더니 떨리는 입술을 열고 말하였다.

《애 원길아, 네 얼굴이 왜 그렇게 좋지 못하냐? 또 이 에미때문에 어디 가서 매라도 맞지 않았느냐?》

《어머니, 아무 일 없으니 걱정 말으세요. 이 아들은 몸져누우신 어머님께 약 한첩 지어올리지 못해서 죄송하기 그지없소이다.》

아들 원길이는 더는 참을수 없어 어머니앞에 빈손을 내들어보이며 흐느껴 울기 시작했다. 샘솟듯 솟아나는 뜨거운 눈물은 원길의 두볼을 적시고 어머니의 손등에 방울방울 떨어졌다. 어머니는 마지막으로 무거운 머리를 돌려 아들의 눈도 뜯어보고 입도 다시 보더니 그의 손을 꼭 잡아쥐였다.

≪원길아, 울지 말고 이 어머니를 마지막으로 한번만 더 봐다구!≫

아들이 눈물어린 눈으로 어머니를 바라보니 어머니 눈에서도 눈물이 방울져 굴러떨어졌다.

≪원길아, 내 너를 홀로 두고 가자니 눈을 감을수 없구나.내가 죽거들랑 날마다 너를 볼수있게 어머니가 늘 너를 마중가던 그 늪가의 언덕에 묻어다오.≫

어머니는 마지막유언을 남기고 이 세상을 하직하고말았다. 원길이는 어머니를 쥐여흔들며 ≪어머니, 어머니 왜 날 두고 이렇게 가시나요?≫ 하고 목이 터직 부르고 또 불렀지만 어머니느 영영 대답이 없었다.

어머니의 유언대로 어머니를 늪가의 언덕진 곳에 모신 아들은 그 이튿날부터 아침마다 어머니묘앞에 가서 무릎을 꿇고 앉아 울고 또 운후 일하러 나갔고 저녁마다 일하고 돌아올 때도 어머니를 부르며 목놓아 울다가 집에 돌아왔다.

그러던 어느날이였다. 이날따라 원길이는 어머니 생각이 더 간절하여 일도 손에 잡히지 않아서 어머니 분묘에 엎드려 울다가 늪가에서 쑥나무를 한짐 해 지고 집에 돌아가려 했다. 그런데 나무짐을 지고 일어서려고 하니 지게목발 있는 데서 무엇인가 물고 늘어지는것이 있어서 일어설수가 없었다. 원길이가 몇번 안간힘을 쓰다가 웬일인가싶어 지게를 벗어놓고 지게목발을 내려다보니 등껍데기가 둥그스름하고 푸르죽죽한 자라가 지게다리를 딱 물고 있었다. 원길이는 화가 버럭났다. 어머니를 여읜후로 서러운 생각에 눈물만 나는데 어찌하여 말 못하는 자라까지 남의 나무짐을 물어당기는가싶어 그 자라를 훌쩍 집어 늪에 다 내쳤다. 그리고는 씨근덕거리며 또 나무짐을 지고 일어서려 했다. 그런데 나무짐이 또 움쩍도 하지 않았다. 원길이는 화가 동해 나무짐을 벗어놓고 나무짐 뒤에 가 보았다. 물에 처넣었던 자라가 어느새 기여나와 또 나무짐을 물고 버티 는것이였다. 원길이는 더는 참을수 없어 자라를 왈칵 집어들어 땅바닥에 동댕이 치려다가

≪이 망할놈의 자라야, 네 아무리 미물짐승이기로 어찌 내 심정을 그리도 몰라주냐?≫ 라고 한탄하고는 자라를 땅바닥에 놓고 또 지게를 지려 했다. 헌데 이번에도 나무짐은 땅에 떡 붙어 떨어지지 않았다. 그제야 원길이는 어른들께서 들은 말이 생각났다. 자라는 수정궁으로 래왕하는 사자라고 했는데 그가 필연코

무슨 연고가 있음직하다고 생각되여 자라를 훌쩍 집어 나무짐우에 올려놓고 집으로 돌아왔다. 집에 돌아온 원길이는 나무짐우에 앉은 자라를 보고 ≪너도 목숨 붙은것인데…≫라고 하면서 빈 고방에다 고이 놓았다. 그리고는 저녁을 대충 해먹고 자리에 누웠다.

자리에 누운 원길이는 어서 자고 래일 또 일하러 가야 할텐데 하며 눈을 감았으나 동산에 둥실 솟은 십오야 밝은 달이 은은히 창문에 은빛을 뿌리는바람에 저절로 어머니생각이 더욱 간절하게 떠오르며 잠을 이룰수가 없었다. 어쩌면 어머니가 달빛밝은 창문을 열고 ≪원길아!≫ 하고 부르며 들어설것만 같아 장밤을 창문만을 바라보며 지새웠다. 아침에 원길이는 대충 몇숟가락 밥을 뜨고는 일밭으로 나갔다. 밤을 지새운데다 아침까지 설친 원길이는 허리띠를 졸라매고 날이 어둑어둑할 때까지 일을 하고 집에 돌아왔다.

이렇게 종일 밭에 나가 일하고 집에 돌아온 원길이는 손가락 하나 까딱할 맥도 나지 않았다. 이런 때 어머니가 살아계시면 멀건 죽물이라도 끓여놓고 늦가에 와서 자기를 맞아주었으련만 어머니가 안계시니 맞아줄 사람도 없고 따뜻한 죽물 한사발 떠줄 사람도 없었다. 그래서 원길이는 땅이 꺼지게 한숨을 지으면서 집에 들어가자 솥부터 바라보았다.

그런데 이것이 웬일이냐? 가마 반들반들 윤기도는 솥에서 흰 김이 뿜겨져나오고있었다. 원길이는 이것이 정녕 꿈같아 신을 벗기 바쁘게 뜨거운 김을 뿜는 솥뚜껑을 열었다. 솥뚜껑을 열어제끼니 삼십이 다되도록 먹어보지 못한 배꽃같이 하얀 이밥이 있었고 또 한쪽 가마를 열어보니 부글부글 된장국이 끓고있었다.

배꽃같이 하얀 이밥을 퍼놓고보니 어머니 살아생전에 이밥 한끼 잘 대접하지 못한 생각이 나서 목이 메고 눈물이 앞을 가려 그 밥을 뜰수 없었다. 원길이는 하염없이 밥그릇만 보다가 무슨 생각이 들었던지 그 밥 한술 뜨지 않고 흰 김이 서려오르는 밥식기에 뚜껑을 꼭 닫아가지고 늦가의 어머니 무덤으로 달려갔다. 원길이는 따뜻한 밥그릇을 열어놓고

≪어머니, 어머니 살아생전에 따뜻한 이밥 한끼 못자시고 세상을 뜨셨는데 이 아들이 오늘 어머니 령전에 이밥을 가지고 왔사오니 식기전에 드세요.≫ 하며 놋숟가락을 밥식기에 꽂고 세번 절하고 집에 돌아왔다.

어머니 령전에 하얀 이밥을 대접하고 돌아온 원길이는 윤기도는 가마만 보며

이처럼 고마운 일을 누가 했으라고 생각하고 생각해보았으나 알길이 없었다. 부엌에 내려가 봐도 종적이 없고 가마를 살펴봐도 찾아볼만한 흔적이 없었다.

그 이튿날이였다. 원길이가 아침 일찍 조반을 먹고 밭일을 나갔다가 해가 중천에 올라왔을무렵 집쪽을 내려다보니 또 누가 와서 밥을 짓는데 굴뚝에서 삼단같은 연기가 머리를 풀어헤치고 하늘에 오르고있었다. 원길이는 이때를 놓칠세라 하던 일을 내버리고 주먹달음으로 집을 향해 달려갔다.

집에 들어서 보니 웬 일인지 가마에서 더운 김은 나는데 집안엔 사람 그림자조차 없었다. 원길이가 서운한 생각을 금치 못하여 솥을 열어보니 또 하얀 이밥에 된장국이 끓고있었다.

이틀이나 고마운 사람을 찾지 못한 원길이는 사흘째 되는 날엔 아예 일밭에 나가지 않고 뜨락에 몸을 숨기고 점심때가 되기를 기다렸다. 해가 중천에 오르니 아니나다를가 또 굴뚝에서 검은 연기가 나기 시작했다. 원길이는 발자취소리가 날세라 발끝걸음을 하고 숨소리 들릴세라 숨을 죽여가며 창문가에 다가섰다. 이때 집안에서 도란도란 말소리가 새여나왔다.

《이 사람아, 오늘이 벌써 사흘째네. 그러니 자네에게 당부하고 난 돌아가야 하겠네. 착한 우리 애를 잘 돌봐주게.》

귀에 익은 그 소리에 놀란 원길이는 얼른 창문구멍으로 집안을 들여다보니 오매에도 그리던 어머니가 부엌에 앉아 불을 지피며 가마목에 앉아 밥을 안치는 낯모를 색시와 말하고있었다.

원길이는 너무나도 그립던 어머니를 뵈옵자 눈물을 억수로 쏟으면서 《어머니, 어머니!》 하고 부르며 문을 열어젖혔다. 그런데 생전같았으면 자기의 손도 잡아주고 머리도 쓰다듬어주실 어머니였건만 웬 일인지 오늘은 아들도 본체만체 번개같이 구들에 뛰여오르더니 말 한마디 없이 고방문을 열고 들어갔다. 그러자 난데없는 새뽀얀 안개가 감돌더니 어머니는 그속으로 자취를 감춰버렸다. 원길이는 자취없이 사라진 어머니를 부르며 속절없이 땅을 치며 넋없이 울고울었다. 한참만에야 제 정신이 든 원길이는 가마전에 고개를 돌리고 보니 꿈에도 본적없는 웬 낯모를 색시가 밥상을 차려놓고 앉아있었다. 다시한번 찬찬히 살펴보니 천하일색이라 두볼은 해가 솟고 달이 뜬것 같이 환하고 반달같은 눈썹아래에는 새별같은 눈이 반짝이며 웃는듯 말하는듯 자기를 쳐다보는데 그 아릿다움이 피는 꽃과 다름없었다. 그래서 원길이 하도 놀랍고 황홀하여 다시다시 색시를 눈여겨보는데 색시 아미를 숙이고

≪시장하시겠는데 어서 진지드세요.≫ 라고 권했다.

원길이 고마운 생각에 목메여 떨리는 소리로 물었다.

≪그대는 뉘 집 규수인데 어인 일로 어머니 잃고 외로이 사는 나같이 루추한 집에 찾아왔습니까?≫그러니 색시는 더는 부끄러워하지 않고 그 사연을 말했다.

≪늦가에 계시는 어머니 수정궁에 찾아오시여 물 맡아보시는 우리 부친 하백에게 모자간에 살아오던 기구한 이야기를 하시면서 어렵고 험한 세상에 외홀로 남겨둔 아들을 불쌍히 여겨 도와달라고 사흘낮 사흘밤을 슬피 울며 사정했습니다. 우리 부친 이를 가긍히 여기시여 소녀보고 인간세상에 나가 랑군과 배필을 뭇고 백년해로하라 하옵기에 소녀 자로 변신되여 랑군따라 이 집에 오게 되였소이다. 소녀 이 집에 온후 우리 아버지 저를 걱정하여 사흘을 기약하고 또 어머니를 보내셨는데 사흘동안 어머니는 소녀곁에 계시면서 소녀 하는 일을 보살피다가 방금 돌아갔나이다.≫

색시의 말을 듣고난 원길이는 깊이 감동되여

≪이 은혜 다 갚을길 없소이다!≫ 라고 하며 일어서서 동쪽에 서니 각시 또한 급하게 서쪽에 마주서서 맞절을 하여 이날부터 부부일가를 이루었다.

이렇게 되여 의지가지없이 외톨이 굴밤알같이 굴러다니던 원길이는 이날부터 그 용모 일월같이 환하고 마음씨 비단같이 고운 하백의 딸과 백년 가약하고 금슬지락을 누리게 되였다.

시골집 가난한 원길이가 꽃같이 고운 색시와 짝을 뭇고 금실지락을 누린다는 소문은 동네방네 자자하게 퍼졌을뿐만아니라 바람처럼 이 입에서 저 입으로, 이 동네에서 저 동네에로, 이 고을에서 저 고을로 산을 넘고 물을 건너 온 나라에 쫙 퍼졌다. 그러니 이 소문이 왕의 귀에까지 미치지 않을리 없었다.

왕은 룡궁의 선녀라면 천녀인데 어찌 하찮은 시골 농사군이 그와 배필이 될수 있겠는가, 이에는 필연코 불칙한 일이 있을터이니 그놈부터 잡아오라고 령하였다.

왕명이면 법이거늘 어명을 어찌 어길소냐. 궁안에서는 숱한 칙사를 풀어 통천하를 서캐훑듯 샅샅이 훑어 사흘만에 원길이를 잡으니 원길이 할수없이 어전에 부복하게 되였다. 대왕은 원길이를 한참이나 뜯어보다가 껄껄거리며 앙천대소

하더니 한마디 물었다.

≪네 이놈! 룡녀는 선녀이고 선녀는 천인(天人)인데 어찌 너같이 하찮은놈과 배필이 될수 있단말이냐. 이는 천상지도를 어지럽힌것이니 죽어 마땅하다.≫

그 말에 원길이 고개숙여 아뢰였다.

≪가인이 천인인지는 모르오나 천민(賤民)은 선친의 주선으로 백년가약하였 다고 상감께 아뢰나이다.≫

하지만 벌써부터 속구구를 하고있는 왕은 듣는체도않고 호령하였다.

≪이놈 네 한갖 천민으로서 룡녀와 배필을 무었다는것은 네게 호풍설우하는 어떤 재간이 있었음이려니 래일부터 사흘간 장기시합을 해서 만일 짐이 지면 첫날에는 돈 천냥을 주고 이튿날에는 2천냥을 주고 사흘날에는 3천냥을 줄것이 고 네가 지는 날로 네 그 천녀를 입궁시키도록 해라!≫

원길이 하도 기가 막혀 당장 숨이 끊어질것 같았으나 상감의 안전에서 무슨 방도 있으랴. 그래서 그는 ≪알았소이다.≫ 하고 외마디대답을 하고 출궁했다.

궁전을 나온 원길이는 무거운 발을 옮겨 집으로 돌아왔다. 원길이는 집에 들어서자 말 한마디 하지 않고 밥 한술 뜨지 않고 그저 한숨만 쉬고있었다.

랑군이 상심함을 본 안해는 무슨 일이 생겼기에 밥한술 들지 않고 한숨만 쉬느냐고 물었다. 본디부터 성실한 원길이는 안해가 묻자 숨김없이 자초지종을 다 말하고는 땅이 꺼지게 한숨을 쉬였다. 남편의 말을 듣고난 안해는 아무 걱정 할것 없다는듯 생긋 웃으며

≪가군께서는 어찌 그만한 일로 그처럼 상심하시옵니까?≫라고 했다.

≪임금의 말은 법이고 한유한 상감은 장기놀이로 해달을 보냈겠은즉 내 어찌 그와 장기를 비길수 있으리오 그러니 래일 장기내기가 끝나면 가인을 빼앗기게 될것이고 나는 또 홀로 남게 될터이니 이 일을 장차 어찌하면 좋겠소?≫

≪그런 근심을랑 마시오. 저에게 방도가 있소이다.≫안해는 이렇게 말하고 남편의 귀에다 무어라고 귀속말로 속삭였다.

이튿날 왕은 장기판을 벌려놓고 원길이의 입궁을 기다렸다. 원길이가 입궁하 자 궁인들이 쭉 둘러서서 종지같은 눈알을 굴려가며 장기판만 살피는 가운데 왕과 원길의 장기내기가 시작되였다. 왕이 먼저 주먹같은 장기쪽을 들어 궁전이 들썽하게 옮겨놓았다. 장기쪽이 한참 오고갈 때였다. 웬 파리 한마리가 나타나더

니만 장기판우에서 이리저리 날아다녔다. 원길이가 파리 날아다니는 길을 따라 장기쪽을 옮겨놓으며 몇수를 쓰자 왕은 통수에 걸려 꼼짝못하고 지고말았다. 장기 몇쪽 옮겨놓지 못하고 진 왕은 분이 상투밑까지 올리밀었지만 장기판주위에 숱한 궁인들이 서있고 또한 자기가 한 말을 어길수도 없고 하여 돈 천냥을 내놓고 다음날 시합을 기다릴수밖에 없었다.

원길이를 물러가 기다리라 한후 왕은 다시 장기시합을 해서는 못이길것 같아서 여러 궁인들에게 래일의 시합을 어떻게 벌이면 되겠느냐고 물었다. 궁인들은 왕의 재간을 제 손금보듯 아는지라 쇠눈같은 눈알을 뒤룩거리면서

≪래일은 시합을 그만두옵시고 그놈에게 세상에 없는 물건을 얻어오라 하옵소서.≫라고 간하였다.

임금은 과시 그러겠노라고 고개를 끄덕이며 그럼 어떤 물건을 얻어오게 하면 되겠느냐고 물었다. 그러자 옆에 있던 신하가 꽃병을 들고 나서면서

≪상맘마마께 아뢰나이다. 세상에 웃는 꽃병은 없을것이오니 그녀석더러 웃는 꽃병을 얻어오라 하옵소서.≫라고 했다.

이에 왕은 원길이를 다시 불러들여 래일은 웃는 꽃병을 얻어오라고 령하였다.

원길이는 첫날 장기내기에서는 안해의 재간으로 이겼지만 래일은 어디 가서 보지도 듣지도 못한 웃는 꽃병을 얻어올것인가고 생각하니 또 나가는것은 한숨밖에 없었다.

원길이가 집에 돌아오니 그 안해 남편의 수심긴 얼굴을 보고 물었다.

≪래일은 또 무슨 시합을 하자해서 그렇게 상심하십니까?≫≪래일은 웃는 꽃병을 가져오라고 하니 세상에 웃는 꽃병이 어데 있겠소?≫원길이가 긴 한숨 쉬며 대답하니 그 안해 웃으며 말하기를

≪가군님, 그런 근심 마세요. 어제 일은 제가 나섰지만 래일 일은 우리 친정오래비의 신세를 져야겠나 보외다. 래일아침 길떠나실 때 늪에 가서 <처남, 처남, 처남> 하고 세번 부르면 제 오래비가 나올테니 그더러 집에서 쓰던 낡은 병을 달라 해서 가지고 가소서.≫라고 했다.

원길이는 안해가 시켜준대로 이튿날아침 늪가에 나가 ≪처남, 처남, 처남≫ 하고 세번 불렀더니 고요하던 늪에 물결이 일며 늪이 량쪽으로 쭉 갈라지더니 흰옷 입은 젊은 사내가 매부라고 부르며 무슨 일로 불렀느냐고 물었다. 원길이는

다른 말은 하지 않고 급히 써야 할 일 있으니 집에서 쓰던 낡은 병을 달라고 했다. 처남은 급히 물속으로 되돌아가더니 터실터실한 낡은 병을 들고 나왔다. 원길이는 처남이 준 낡은 병을 들고 나왔다.

원길이 입궁하니 숱한 궁인 궁녀들이 그의 뒤를 따라 우르르 구름처럼 몰려왔다. 왕은 원길이를 보더니만 살기등등해서 웃는 꽃병을 내놓으라고 호통했다. 원길이가 터실터실한 그 낡은 병을 두손으로 받들어올리니 왕은 앙천대소하며 궁전에 놓인 고운 꽃병을 손짓해가리키면서

《이놈 듣거라. 아무리 무지몽매한 놈이기로 저렇게 고운 꽃병도 웃지 못하는데 그따위 낡아빠진 병사리를 웃는 꽃병이라고 가져왔단말이냐?》라고 했다.

그런데 신기스럽게도 왕이 이렇게 말하며 병을 한켠으로 밀어던지자 그 병이 왕앞에서 덜렁소리를 내며 뛰기 시작하는데 그 터실터실한것마다가 숱한 입이 되여 와그르르 웃어댔다. 이렇게 되자 숱한 궁인 궁녀들이 저마다 그 신가한 웃는 꽃병을 보자고 밀고닥치며 야단들이였다. 왕은 또 내기에 지고 하는수없이 돈 2천냥을 내놓았다. 절세의 가인을 애첩으로 맞아들이자던 노릇이 돈 3천냥을 떼우고나니 왕은 밸이 비탈려서 당장 나넘어질것만 같았다. 화가 동할대로 동한 왕은 웃는 꽃병이 놓이 상을 바사지게 치며 령을 내렸다.

《다들 듣거라, 래일은 여러 장수들이 은장도를 차고 나서서 저놈과 싸움을 하리라!》

왕이 하과 동하여 펄펄 뛰며 생사를 내거는바람에 문무백관들은 사시나무떨듯하여 말 한마디 못하고 서있었다.

원길이가 궁전에서 나오자 이번에는 집으로 돌아가지 않고 늪가로 가서 장인을 찾아 그 사정이야기를 하려고 마음먹었다. 그래서 곧추 늪가로 가서 장인을 세번 불렀다.

《빈장님, 빈장님, 빈장님! 저를 한번 더 돌봐주시옵소서, 이제 날이 밝으면 저는 대궐에 가 생사를 결단하게 되나이다. 은혜 베풀어주신 빈장님께서 한번만 더 도와주시여 이 몸이 래일 그놈들을 쓸어버리게 하여주옵소서.》

원길이 말을 끝내자 조용한던 늪이 대번에 쫙하고 갈라지더니 백발이 성성한 하백이 나왔다. 원길이 조심조심 그앞에 절을 올리니 하백이 원길이를 보고

《내 인간세상에 내 딸까지 보내여 불쌍한 사람을 도우려 했는데 세상이 너무

도 험악하여 너희들 살아가기가 어렵게 되였구나. 듣거라, 래일 이걸 가지고 가서 그자들에게 엄벌을 내리여라. 그러면 편히 살 날이 올지니라.≫라고 하며 푸른 조롱박 하나를 주었다. 원길이 그 조롱박을 받아들고 다시 한번 절을 올리고 머리를 드니 하백은 벌써 오간데없이 사라졌다.

원길이는 그길로 집에 돌아와 밤을 자고는 날이 희붐히 밝자 안해가 지어준 밥을 띠끓어지게 먹고 하백이 주던 푸른 조롱박을 고이 싸들고 왕궁을 향해 걸음을 재우쳤다.

왕은 궁전에서 얼마 떨어지지 않은 산밑에서 원길이 오기를 기다렸다. 원길이 산밑에 당도하니 구척같은 장수들이 은장도를 빼들고 숱한 궁수들이 활에 시위를 먹여들고 왕의 입만 쳐다보고 있었다. 왕은 원길이를 보자 퉁방울같은 눈에 불을 켜고 싸움을 걸었다. 그러자 원길이 두말없이 산에 펄쩍 날아오르며 푸른 조롱박을 산아래로 내리던졌다. 푸른 조롱박이 씽 날아가 깨여지는 곳에서 갑자기 난데없는 산홍수가 터지더니만 집채같은 돌을 굴리며 물사태를 이루어 성난 사자처럼 내달아서 은장도를 든 장수들과 활을 든 궁수들을 물속에 처박았다. 홍수는 점점 더 사나운 물결을 이루어 왕을 삼키고 왕궁까지 밀어버리고말았다.

이리하여 원길이는 마음씨 곱고 해달처럼 환한 하백의 딸과 두손을 맞잡고 농사를 지으며 금동자 옥동녀를 낳아기르면서 잘살았다.

구술자: 허영준 / 수집지점: 연길현 / 수집시간: 1978년 3월

# 삼태성

## - 김명한 채록

# 종녀

옛날 서울장안에 명문거족인 량반이 살았는데 이 집에는 꽃같이 아름다운 무남독녀 외딸이 있었다.

어느 한해 단오날이였다.

그 옛날 단오날은 굉장한 명절이였다. 록음방초 짙어가고 양류버들에 꾀꼬리 날아들고 백화가 다투어 피는데 놀이터에는 남녀로소 모여들어 처녀들은 양류버들에 맨 그네를 뛰며 제비처럼 반공중에 날아오르고 젊은 남아들은 씨름판을 벌리였다. 이같이 굉장한 단오는 북방에 있어서 거족적명절이였는데 이해 단오날은 례년에 없이 더욱 굉장히들 쇠려고 동분서주했다. 그 일인즉 새로 등극한 나라님이 이 단오놀이에 거동한다는 소문이 파다하게 퍼졌기때문이이였다. 그때 나라님은 왕후를 간택하지 않았기 때문에 서울장안에서 딸 둔 집들에서는 은근히 제 딸이 왕후로 간택되여 자기가 부원군으로 되지 않을가 하는 속셈을 했다.

이 량반은 꽃같은 딸을 둔지라 천재일우의 기회를 놓칠세라고 단꿈을 꾸었다. 명문거족인 량반인지라 만년에 무남독네 외딸 두었다가 홍서가 되여도 대단한데 부원군까지 된다면 이보다 더 큰 영락이 어디 있으랴고 생각했다. 그래서 단오날을 앞두고 천하 좋다는 주단필과 칠보를 구해들이고 한다는 침선군들을 삯내여 딸의 옷을 짓게 하였다.

왕후의 간택은 우선 임금의 눈에 들어야 하므로 량반집 마나님은 단오날이 가까워오자 마을의 규수들을 올리세고 내리세며 곰곰이 생각하면서 자기 딸과 비교해보았다. 아무리 비교해봐야 제 딸이 으뜸이라 혼자 흡족해하다가 한가지 문뜩 생각났는데 어전지 자기 집 종녀가 딸보다 더 고운것 같았다. 마나님은 당장에서 종녀를 불러놓고 난생처음 보는듯이 아래우로 눈박아 뜯어보니 어딘지 딱히 말할수는 없으나 확실히 자기 딸보다 썩 나은것 같았다.

마나님은 깜짝 놀라 종녀를 돌려보내고 량반에게 이일을 알리니 량반은 믿어지지 않아 머리를 저으며 두눈을 슴벅거리다가 자기가 직접 딸과 종녀를 불러놓고 보았다. 그랬더니 과연 그러했다.

량반과 마나님이 고개를 맞대고 숙덕공론하니 묘책이 나졌다.

단오날아침이였다.

여우같이 앙큼한 마나님은 머슴들을 불러서 명석을 펴고 기장 석섬을 넓게 한후 종녀를 불러 말했다.

≪듣거라, 아무리 단오명절이라 하되 어찌 먹지 않겠느냐? 이 기장 석섬을 다 찧고 저앞의 외양간을 말끔히 치고 저 무쇠독 세 개에 물을 길어다 채워놓고 단오놀이에 나오너라!≫

어느 명이라고 거역하랴. 종녀는 공손히 대답할수밖에 없었다. 고개를 숙이고 일일이 대답하나 종녀는 천지가 아득했다. 마나님은 속으로

≪네년이 석사흘을 해도 못다할 일이니 오늘에야 꼼짝못했지.≫하고 흐뭇해 했다.

모두들 단오놀이를 떠나자 종녀가 너무도 기막혀 발버둥치며 대성통곡하였다.

| 모지도다 | 모지도다 |
|---|---|
| 부자량반 | 모지도다 |
| 단오명절 | 돌아와도 |
| 악착스레 | 일시키네 |

| 불쌍토다 | 불쌍토다 |
|---|---|
| 종녀신세 | 불쌍토다 |
| 만인들의 | 명절날에 |
| 나는어이 | 못노는고 |

종녀가 애절한 가슴 두드리며 대성통곡하는데 난데없이 하늘공중에서 푸드득 푸드득 소리가 나더니 새중에 대왕인 봉황새가 날아들어 종녀에게 물었다.

≪애야 애야, 웬 일이냐? 오늘은 즐거운 단오명절인데 대성통곡 웬 말이냐?≫

종녀는 눈물닦고 울먹울먹하며 봉황새에게 절하고 오늘 단오날이래도 명석에 퍼놓은 기장 석섬을 찧어서 뒤주에 넣지 못하면 줄란장 맞겠으니 너무도 원통해서 통곡한다고 대답하였다.

봉황새가 머리를 끄덕이고 한숨쉬더니

≪내가 도와주마.≫하고 하늘공중 날아올라 빙빙 날아돌며 긴소리로 몇 번 우니 수천수만마리 온갖 잡새 날아들어 지지굴굴거리더니 잠간사이에 기장 석 섬을 말끔히 까서 뒤주에 넣었다.

종녀가 봉황새에게 절하며 감사드리려 했으나 새무리는 온데간데 없었다. 종녀는 사방을 휘둘러보다가 두손 합장하고 하늘 우러러 감사를 드렸다.

≪천지신명께서 굽어살피사 봉황새를 보내여 기장 석섬 찧었으니 이제는 줄 란장 면할수 있나이다. 두터운 그 은혜 백놀난망이로소이다.≫

종녀는 담장밖에 있는 삼년묵은 외양간으로 나갔다. 외양간에 이른 종녀는 억이 막혀 일을 딱 벌리고말았다. 산더미같은 소똥무지는 석사흘에도 쳐낼것 같지 못했다. 종녀는 기장 석섬을 찧었으니 줄란장은 면할수 있으나 몸서리치게 줄욕을 먹을것을 생각하니 불운한 신세라 억울한 옛일까지 함께 떠올라 비감한 눈물이 비오듯하였다. 이러는데 하늘에서 내렸는지 땅에서 솟아났는지 키가 구 척이나 되는 대걸총각 둘이 나타나서 무슨 일로 단에날에 이리도 비감한 눈물을 흘리느냐고 물었다. 종녀가 봉황새가 날아들어 도와준 이야기와 함께 자초지종 이야기를 했다.

두 대걸총각은 후 한숨쉬며 종녀를 도와주겠다고 하였다.

두 대걸총각은 팔을 걷고 나서더니 잠간사이에 삼년 묵은 외양간을 말끔히 치고 큰 무쇠독 세 개에다 물을 찰찰 넘게 채워놓고 감사를 드릴새도 없이 어디 론지 사라져버렸다.

종녀는 천지신명께 재배하며 감사를 드리고 어깨의 천근짐 벗어놓은듯 만사 시름놓고 툇마루에 앉아 안도의 한숨을 몰아쉬였다.

이윽히 앉아있노라니 놀이터에 가볼 생각이 불현듯났다.

이리하여 자리에서 일어선 종녀는 제몸을 아래우로 훑어보았다. 몸에다는 모진살이 미죽미죽 나가는 옷을 입었으니 어디로 놀러 나갈 형편이 못되였다.

종녀는 한숨쉬고 눈물을 닦았다.

≪나는 어이하여 조실부모하고 종으로 되어 단오놀이에도 못가는고? 애닮도 다 이내 신세 어이하여 이다지도 불운하냐?≫

한창 이러는데 하늘에 칠색무지개 걸리더니 여섯 선녀가 내렸다. 종녀가 여섯

선녀에게 절하니 여섯 선녀 종녀를 부축하여 언니라 부르며 인간세상에서 얼마나 고생하느냐고 섬섬옥수로 종녀를 매만지며 서글퍼하였다.

한 선녀가 말했다.

≪오늘 언니를 모시고 단오놀이에 함께 가려고 우리는 하늘에서 내려왔나이다.≫

그러자 여섯 선녀는 가지고 내려온 비단필을 종녀몸에 대고 마르고 베고 짓고 하더니 잠간사이에 종녀에게 날아갈듯한 신선옷을 해입혔다. 거기에다 머리를 곱게 빗어 치렁치렁 땋고 붉은 댕기 드리고 칠보단장 곱게 시키고서 별돈은 꽃신까지 신기니 종녀는 선녀들가운데서도 으뜸이였다.

여섯 선녀 종녀를 인진하여 나서니 세상 소문난 칠선녀라 하늘의 밝은 해도 빛을 잃었다.

대에 올라 단오날을 즐기던 나라님이 바라보니 일곱처녀 놀이터에 들어서는데 칠선녀 광한전에 내린듯 앞에선 처녀가 그가운데서도 으뜸이였다. 황홀하여 칠선녀를 바라보는데 홀연 여섯 선녀 온데간데 없고 앞에 섰던 처녀만이 수집이서 아미를 숙이고 섰다. 그 규수의 아름다움을 말로 형용하자니 합당한 말이 없고 붓으로 그리자니 채색이 없었다.

나라님은 선녀같은 그 처녀가 첫눈에 들어 불러다 뉘 집 처녀인가고 물으니 처녀는 조금도 숨기지 않고 이실직고하였다. 나람님은 대희하여 하늘이 선녀를 인간세상에 내려보내여 정해주는 왕후라 하면서 대에 오르게 하였다.

나라님은 당장에서 종녀의 주인집 량반일가를 불러놓고 호되게 꾸짖었다. 량반네는 죽을죄를 지었느라고 이마에 피가 맺히도록 조아렸다.

나라님은 그 량반을 쫓아버리고 종녀와 함께 단오날을 즐기였다.

종녀는 하늘의 도움을 받아서 왕후가 되어 한뉘평생 잘살았다고 한다.

# 박서방과 도깨비

삼남지방에는 먼 옛날부터 도깨비가 많았다 한다.

달빛 휘영청 밝은 밤이면 숲속 오솔길로 키가 구척이나 되는 검은 그림자가 어적어적 움직이는데 그것도 도깨비요, 키넘는 수풀속에서 껑충껑충 뛰며 산짐승을 쫓는것도 도깨비요, 내물에서 가마만큼씩한 돌을 척척 번져놓으며 고기잡이하는것도 도깨비였다. 그런데 어느 도깨비든지 사람만 보면 《거, 누구요?》하고 소리친다. 《박서방이요.》하고 대답하여야 다른 대답을 하면 톡톡히 경을 치거나 목마른 죽음을 당했다고 한다. 그리하여 모두들 《박서방이요.》하고 대답하는데 그러면 도깨비는 《집에 아들이 있소?》라고 묻는다 한다. 《아들이 집에 있소》하고 대답하면 도깨비들은 《이걸 가지고 가오. 이걸 가지고 가오.》하고 소리치며 멀찌감치서 따라서는데 때로는 도깨비무리가 따른다고 한다. 집에 이르러 문을 닫아걸면 도깨비들은 밖에서 《물건을 두고 갑네.》하고 달아나버리는데 이튿날아침에 나가 보면 길짐승,날짐승이 있는가 하면 버들꼬쟁이에 죽 꿰놓은 고기,개구리,뱀 같은것이 수두룩하다고 한다.

도깨비들이 어찌하여 박서방이라고 하면 무서워하고 아들이 집에 있다고만 하면 자기들의 문걸을 죄다 가져다 바치는가 하는데는 그 사연이 있다고 한다.

옛날 삼남지방 어느곳에 박서방이라는 농부가 있었는데 집에는 안해와 열두어살 먹은 총명한 아들이 있었다. 그때 이고장에는 도깨비들이 많았는데 밤이면 곳곳에서 출몰하여 사람과 가축을 해쳤다. 그리하여 사람들은 항상 불안한 나날을 보냈다.

어느 하루는 박서방이 나무를 하려고 지게에다 낫을 꽂아 지고 앞산으로 나무하러 가는데 방금 고개마루에 올라서자 어디선지 여럿이 함께 부르는 멋들어진 타령소리가 들려왔다. 어디서 타령을 불러대는가 아무리 둘러봐야 사람은 보이지 않고 타령소리만 높았다. 박서방은 무인지경이라 귀신의 조화라고 생각되여 낫등으로 길옆의 돌을 치며 호령했다.

《어떤놈들이 대낮에 이렇게 떠들어대느냐? 당장 걷어치우지 못할가?》

그러자 타령소리가 뚝 끊고 잠잠하였다.

　박서방이 시름놓고 몇발자국 걷는데 난데없이 키가 구척이나 되는 흉측한 도깨비들이 와르르 쓸어나왔다. 대낮에 도깨비가 출몰하리라고는 꿈에도 생각지 못한 박서방은 깜짝 놀라 황황해서 어쩔바를 몰랐다.

　≪꼬락서니 괴사한 녀석이 호령질하는 바람에 노래꼭지를 잃어버렸군?≫

　두령인듯한 외눈통도깨비가 박서방을 노려보며 투덜거리자 뭇도깨비들이 박서방과 노래꼭지를 내라고 을러멨다. 노래꼭지가 어떻게 생겼는지 알지도 못하는것을 내라고 하니 박서방은 기겁하여 꺽꺽거리며 아무 대답도 못하였다.

　≪이놈이 노래꼭지를 내지 않으면 잡아먹어치우자!≫

　외눈통이 버럭 소리지르자 뭇도깨비들은 먹을것이 나졌다고 좋아서 야단들이였다. 모두들 박서방을 빨리 잡아먹기 위해서 노래꼭지를 내라고 더욱 성화질했다.

　박서방이 생각해보니 이 자리나 피해야 방법을 대지 그렇지 않으면 그저 목마른 죽음을 당할것 같았다. 그리하여 물었다.

　≪그래 너희들이 우리 집을 아느냐?≫

　외눈통이 말했다.

　≪알구말구, 알다뿐이겠니? 너네 집 식구들까지 다 안다.≫

　박서방은 별다른 방도가 없는지라 집에 가서 안해와 아들을 만나보고 뒷일이나 부탁하겠으니 래일 점심때쯤에 와서 잡아먹어달라고 사정했다. 그러니 외눈통은 쾌히 승낙했다. 외눈통의 예산은 겸사겸사해서 박서방도 잡아먹고 한때 잘 우려먹자는것이였다.

　도깨비들이 없어진후 박서방은 빈손으로 집에 돌아와서 락심하여 후—후—한숨만 쉬다가 비감한 눈물을 주르르 흘렸다. 안해가 무슨 영문인지 몰라서 다급히 물어도 대답하지 않고 아들이 물어도 대답하지 않았다. 박서방 생각은 말했대야 방법이 없는 일이라고 여겼다. 안해는 박서방이 비감한 눈물을 흘리니 같이 앉아 눈물이 글썽해 한숨을 지었다. 그러자 아들이 물었다.

　≪아버지, 무슨 일이기에 말씀도 하지 않고 그러세요?≫

　그래도 박서방은 대답없이 그냥 락루만 했다.

　≪하늘이 무너져도 솟아날 구멍이 있다는데 하늘이 무너지는것보다 더 큰 일입니까?≫

아들이 재차 다그쳐 물었다.

아들이 하도 되알지게 묻는바람에 행여나 하는 생각이 나서 박서방은 앞고개 령마루에서 도깨비를 만났던 이야기와 도깨비와 약조한 이야기를 했다. 그랬더 니 안해는 너무도 놀라 창백해져서 굳업버린채 멍해졌는데 아들은 하하 웃더니

≪그까짓 도깨비들의 일을 가지구 속태울게 있습니까? 안심하시구 래일점심 때쯤 고방에 숨어서 제가 어찌는가 보기만 하십시오.≫라고 했다.

코빼는 어린애 말이기는 하나 방법이 있다고 하니 어찌도 반가운지 대번에 화기가 돌면서 그래 어떻게 하면 되느냐고 물었다. 아들은 여하튼 아무 걱정 말고 래일 보라고 하였다.

이튿날 점심때쯤 박서방은 별다른 뾰족한 수가 없는지라 안해와 함께 고방에 숨어있었다. 아니나다를가 점심때가 죄자 도깨비들이 우르르 쓸어왔다.

≪박서방! 박서방!≫

외눈통도깨비가 박서방을 불렀다. 그래도 문을 꽁꽁 걸어닫고 아무 대답도 없으니 뭇도깨비들은 마당에서 왁작 떠들어대다가 마루에 올라서서 집에다 불 을 지르자고 했다.

이때 박서방의 아들이 문을 박차고 나가며 소리질렀다.

≪야, 이놈들아, 네놈들이 떠드는바람에 내 하던 일꼭지를 잃어버렸다. 사람이 란 일을 항상 잘해야 하는데 일꼭지를 잃어버렸으니 어찌겠느냐? 그러니 네놈들 이 내일꼭지를 찾아내라!≫

외눈통이 눈을 뚝 부릅뜨고서

≪우리가 네 일꼭지를 어떻게 아느냐? 일에두 꼭지가 있느냐?≫고 소리쳤다.

박서방의 아들은 외눈통을 닦아세웠다.

≪네놈들이 밖에서 떠드는바람에 내가 방에서 일하던 일꼭지를 잃어버렸단말 이다.≫

외눈통이 부아통이 터저 씨벌였다.

≪네가 방에서 일꼭지를 잃어버린걸 우리가 알게 뭐냐?≫

박서방의 아들이 되받았다.

≪그러면 어저께 너희들이 땅밑에서 노래꼭지를 잃어버린걸 땅우에 있는 우 리 아버지가 알게 뭐냐?≫

≪거…거…거…≫

외눈통은 말문이 막혀 낯판대기가 지지벌개나서 뭇도깨비들을 돌아보았다. 박서방을 잡아먹겠다고 떠들어대던 뭇도깨비들은 자라모가지가 되어 눈만 팬들거렸다.

외눈통은 배가 출출해나는지라 회제를 돌렸다.

≪그럼 좋다! 시비는 차차하구 먼저 우리 점심을 해내라!≫

박서방의 아들은 픽 쓴웃음을 치면서

≪우리 집에는 가마가 한짝이 돼서 끼니를 못한다.≫하고 대꾸했다.

외눈통이 버럭 성을 냈다.

≪애 이놈아, 이 큰집에 가마가 한짝뿐이라니 말이 되냐?≫

박서방의 아들이 되받았다.

≪너는 어쩨 그 큰 낯에 눈이 한쪽뿐이냐?≫

외눈통이 어쩔줄 몰라 쩔쩔매는데 얼굴에 구멍이 숭숭 난 놈이 두눈을 뚝 부릅뜨고 꽥 소리쳤다.

≪잔소리 그만하고 빨리 밥을 해라!≫

박서방의 아들은 그놈을 빤히 올려다보며 대꾸했다.

≪우리 집은 쥐구멍이 많아 연기가 나서 불을 못땐다.≫

≪이자식, 이 작은 집을 거두지 못해 쥐구멍이 그리 많다는말이냐?≫

≪너는 어째 자그마한 낯판대기도 거두지 못해 그렇게 구멍이 많으냐?≫

그놈은 자라모가지가 되어 입을 실룩거리며 흉측한 눈알만 들들 굴렸다.

박서방의 아들이 소리질렀다.

≪이놈,네가 한쪽 눈깔이 멀때의 일을 잊었느냐?≫

이 소리에 외눈통은 사시나무 떨듯 와들와들 떨며 제발 목숨만 살려달라고 손이야발이야 빌고 뭇도깨비도 엎드려 이마에 피가 맺히도록 대가리를 땅에 조아렸다.

박서방의 아들은 그 놈이 외눈통이니 외눈통이 될 때는 필연코 혼났으리라고 생각됐기에 그렇게 넘겨짚었는데 이렇게까지 절절맬줄은 몰랐다. 그러나 시치미를 뚝 따고 을러멨다.

≪이놈들 듣거라. 네놈들이 행패가 심하기에 아버지를 보내여 네놈들을 얼려

서 데려온게다. 지금부터 내 말대로 하지 않는놈은 톡톡히 경을 칠줄 알아라!≫

도깨비들은 ≪예! 예!≫하며 절절맸다.

≪너네 물건을 몽땅 나한테로 가져오구 다시는 인간세상에서 행패를 부려서는 안된다. 알겠느냐? 썩 물러가거라!≫

도깨비들은 골을 싸쥐고 걸음아 날 살려라고 귀 떨어지는줄도 모르고 줄행랑을 놓았다.

그날 밤으로 도깨비들은 저들이 갖고있던 보물을 몽땅 가져다 박서방네 툇마루에 놓려놓고 달아나버렸다. 이라하여 박서방네는 잘살게 되었다.

그때부터 도깨비들은 거지로 되었는데 사람의 그림자만 보면 또 박서방이 자기들을 데리러 온줄 알고 ≪거, 누구요?≫하고 묻고 박서방이라고만 대답만 하면 아들이 있는가고 묻고 아들이 있다고만 하면 어떻게 혼났던지 그때 약조대로 하느라고 자기들의 물건을 몽땅 가져다 바친다고 한다.

강성동 구술

# 은혜

이것은 조선에서 많은 사람들이 살길을 찾아 두만강을 건너 간도로 들어올 때의 이야기이다.

조선 함북 명천땅에 집은 큼직하나 가산을 다 털어먹은 김시성을 가진 한 집이 있었다. 제 밥술이나 그럽지 않던것이 운수불길해서인지 이럭저럭해서 살림살이가 거덜나니 죽물로 끼니를 에우기도 어려워졌다. 이러다보니 해마다 빚은 고슴도치 참외 짊어지듯 짊어져서 빚이 키를 넘게 되었다. 이렇게 집 살림살이가 궁색해졌는데 설상가상으로 이 집 동량인 독자아들이 이름모를 급병으로 세상을 작고하였다. 며느리는 하늘이 무너져내린것처럼 눈앞이 캄캄해났다. 늙은 시아버지와 바시시한 어린것들이 제 손을 바라고 살아야겠으니 이 험악한 세상을 어떻

게 살아간다는말인가! 더는 버티고 살아갈 방도가 나지 않았다. 그렇다고 한날한
시에 몽땅 자는듯이 죽을수도 없었다. 아이들의 장래를 봐서라도 살아가야 했다.
며칠이고 번민하던 며느리는 피눈물 훔치며 시아버지와 공론했다.

≪아버님, 모두들 말하기를 간도에 들어가면 살길이 열린다고 하는데 우리도
집과 재물을 팔아 빚을 물고 로자나 갖춰가지고 간도로 가십지요.≫

아들을 잃고 며느리 손을 바라며 모진 목숨을 살아가는 시아버지는 하염없이
락루하며 목메여 말도 못하고 머리만 끄덕였다.

이리하여 집과 장롱, 몇마지기 뙈전과 옷견지들까지 팔아 빚을 다 물고나니
돈 백원 푼히 남았다.

그돈에서 푼돈은 가는 도중의 로자로 떼내놓고 돈 백원은 따로 보자기에다
싸서 김로인이 허리에다 든든히 띠고 아홉 살짜리 손자의 손목을 잡고 앞에
섰다. 며느리는 젖먹이를 업고 일곱 살짜리 둘째아들의 손목을 잡고 피눈물 휘뿌
리며 정든 고향을 떠났다. 때는 눈석이 풀려 내리는 이른봄이라 햇볕은 따스한것
같아도 때로는 쌀쌀한 바람이 몰아쳤다. 하늘에 닿을듯한 종성고개에 올라서니
유유히 풀려내리는 두만강이 바라보이고 두만강건너 산설고 물선 간도땅이 푸
른 실안개속으로 바라보였다. 종성고개에 올라 고향산천을 돌아보니 비감한 눈
물 앞을 가려 더는 걸을수 없었다. 김로인은 그만 어린애처럼 명천땅을 향해
앉아서 목놓아 통곡하였다. 며느리도 함께 통곡하다가 잠에서 깨여난듯 자기까
지 이래서는 안되겠다는 자책이 들어 치맛자락으로 샘물처럼 솟구치는 눈물을
훔치며 시아버지를 위로하기를

≪아버님이 이러시면 소부는 어떻게 살아가람둥?≫하고는 저도 모르게 발버
둥치며 대성통곡하였다. 이바람에 세 아이까지 울음판이 터졌다. 이러다나니
산천도 울음이고 초목도 눈물을 흘리였다.

김로인은 통곡하는 며느리와 불쌍한 손자손녀들을 생각하자 속으로 주책없는
자기를 책망하고 며느리를 위안했다.

≪이 사람, 그만 울게나 저 두만강건너가 마도강이라는 곳이네. 마도강에 가면
살길이 트일걸세.≫

이리하여 서로 위안하며 울음을 그치고 앞일을 의논했다. 김로인은 그제야
속호주머니에 넣은 담배쌈지를 꺼내느라고 돈보따리를 벗어서 돌꼭대기에 풀어

놓았다. 그리고는 천갈래만갈래 갈기갈기 난 앞길을 어느 길로 걸어야 하겠는가고 오순도순하다가 해가 기울어지니 빨리 주막으로 내려가자고 했다.

종성 주막집에 들려 저녁상을 물리고 잠자리에 누우려고 겉옷을 벗다가 김로인은 소스라쳐 놀라며 며느리를 불렀다.

≪이 사람, 돈을 잃었네. 종성고개의 돌꼭대기에다 두고 왔으니 이 일을 어찌겠느냐?!≫

목숨같은 돈을 잃어버렸으니 어디로 간다는말인가. 김로인은 주막집 문어구에 나앉아서 밤이 깊어가는 종성고개를 올려다보며 가슴을 두드리면서 대성통곡하였다. 숱한 사람들이 사연을 듣고 둘러서서 한숨쉬며 비감한 눈물 훔치는데 며느리는 피눈물 속으로 삼키고 어석프게 억지로 웃으며 시아버지를 위로했다.

≪아버님, 그 돈 백원이 뭐 그리 대단해서 그러십니까! 천만금보다 귀중한 독자아들도 땅속에 묻고 갈라니 그 돈 백원이 없어서 못살겠습니까. 간도에 가면 그래두 살길이 나설것이오니 너무 락루 마시옵소.≫

모두들 천하 무던한 며느리라고 치하하면서 머리를 끄덕이는 한 정정한 로인이 눈물을 주르르 흘리며 품속에서 돈을 꺼냈다.

≪내가 종성고개에서 그 돈을 주었수다. 이것이 아니오? 자, 돈을 받으시우!≫

정말로 꿈같은 일이였다. 목숨같은 큰 돈을 이렇게 찾을줄은 꿈에도 생각지 못했다. 며느리가 보자기를 받아보니 돈은 싼대로 있었다. 며느리는 너무도 반가와 그돈 절반을 꺼내여 로인님께 드리니 그 로인은 눈물을 닦고 웃으며

≪내게도 돈이 있네, 돈이 있어.≫라고 하면서 손을 내저었다. 그래도 밀어드리니 돈을 받지 않을뿐만아니라 그 자리를 뜨고말았다.

멍했던 김로인은 그 로인이 어둠속으로 사라진후에야 문뜩 생각나서 며느리를 책망했다.

≪하, 이 사람 어찌 그런 구명은인의 성함도 주소도 묻지 않는가?≫

며느리도 돈을 들고 이 일을 어쩌랴고 발을 동동 굴렀다. 그러나 그 로인이 떠나가버렸으니 후회막급해도 할수 무가내였다.

이튿날아침, 이런 고해를 겪으며 종성나루터에 나서니 나루터에는 람루한 옷차림을 한 남녀로소가 장사진을 이루고서 배를 기다리고있었다. 김로인네는 처배에 올랐다. 한드작거리는 자그마한 배에는 이십여명이나 빼곡이 올라탔다. 장대를

집고 얼마간 들어가 쌍노를 젓자 배는 눈속이물결을 헤가르며 흔드적흔드적하며 물결따라 비스듬히 건너갔다. 대부분이 간도로 살길 찾아가는 사람들이여서 고향 산천만 멍하니 바라보며 한숨만 쉬는데 그중 한 청년은 기쁜지 슬픈지 먹먹해서 배 뒤 끝에 앉아 배안의 사람들을 빙 둘러보기도 하고 시름없이 사방을 두리번두리번 하였다. 맥없는 얼음장들이 배에 맞혀서는 툭툭부서며 배옆을 스르륵스르륵 소치며 흘러내렸다. 그런데 배가 한복판에 이르렀을 때였다. 구들장같은 얼음장이 배를 탁 박는바람에 그만 배가 기울어지고 배 끝에 앉았던 그 청년이 ≪앗!≫하는 비명소리와 함께 물속에 곤두박질쳤다. 청년은 물속에서 솟아올라 부스러떨어지는 성에장을 잡고 사람살리라고 비명을 질렀다. 배우의 사람들은 뉘나없이 사람죽는다고 고함을 질렀으나 감히 키넘는 눈석이물에 뛰여드는 사람은 없었다. 청년은 또 한번 물속에 들어갔다 나왔다. 청년은 생사고비에 처해있었다. 이런 찰나에 며느리는 품속에서 돈뭉치를 쑥 꺼내들고 소리쳤다.

≪누구든지 저 청년을 구하면 이 돈 백원을 몽땅 드리겠어요!≫

돈이라면 배안에 있던 아이도 나온다더니 돈뭉치를 보자 한사람이 물에 뛰여들어 그 청년을 구하여 배우로 올렸다. 배에 탔던 사람들은 그제야 쥐였던 가슴을 놓고 숨을 내쉬었다.

두만강을 건너선 며느리는 말한대로 그 사람에게 돈을 주면서 치사했다. 그리고는 불을 피워서 그 청년의 옷을 말리워주었다. 그 청년은 자기를 구해준 사람들에게 돈을 주는것도 보았고 또한 각가지로 구원해주니 너무나 감격되여 죽을 때까지 누님으로 섬기겠노라고 말하고는 먼저 김로인에게 절하고 며느리에게도 절했다. 며느리와 그 청년이 기뻐하는데 김로인은 명줄같은 돈 백원이 눈 깜짝사이에 잊어져버려서 억이 막혀했다. 그러나 며느라가 한 일이여서 말도 못하고 그저 한숨만 쉬였다. 그러면서도 속으로는 그래도 며느리가 한 일이 장하다고 머리를 끄덕였다.

그 청년은 김로인네가 마도강으로 살길 찾아 떠났다는 말을 듣자 뛸듯이 기뻐하면서

≪누님, 우리고장으로 갑시다. 산골이기는 하나 그래도 살기는 괜찮은 곳입니다.≫라고 하면서 끌었다. 마도강이라는 말은 했지만 기실은 어디로 갈지 막연했던 김로인은 청년의 말을 듣자 앞이 열리는것 같았다. 김로인네 일가는 이렇게

려로에서 생사고비에 처한 청년을 구하고 그 인연이 또 의지가지없는 이 집의
구원성이 되여서 그 청년을 따라 만진기를 지나고 널구시령에 올라섰다. 그 청년
이 김로인네 일곱 살짜리 손자를 업고·걸으니 길도 빨리 축나서 널구시령 끝으로
나가도 한낮이 되나마나하였다. 청년은 쑥 삐여져나간 산봉에 앉아쉬면서 위쪽
에 멀리 바라보이는 큰 부락을 가리키며 저기는 대립자요 아래쪽은 룡드레촌이
라 하고 산봉우리아래로 첫골안치기가 자기네 고장인데 고작해야 삼사십리 넘
지 않으니 해지기전에 당도할것이라고 했다.

　그들이 령을 내려 골안에 잡아들어서니 자그마한 수레길이 심산밀림속으로
들어갔는데 수레길을 딸라 들어가고 또 들어갔다. 이렇게 해동갑하여 걸었을
때 골안의 펑퍼짐한 곳에 이르니 밭들이 보이고 산굽이에 귀틀질여섯채가 나졌
다. 바로 이고장이 청년네 마을이였다. 김로인도 그 며느리도 기가 딱 막혔다.
이런 곳에서 어떻게 사는가? 아무리 두메산골이라 해도 이런 곳이 어디 있겠는
가? 정말로 사람이 못살곳 같았다. 그렇다고 다른곳으로 갈 곳도 없었다. 할수
없는 일이여서 청년을 따라 그 집으로 들어갔다. 청년의 아버지는 조선에 나갔는
데 며칠 지나야 돌아온다고 하였다. 그런데 그 청년이 이집 식구들을 모시고
온 전후사연을 말하고나서 그러기에 누님으로 삼았다는 이야기를 하니 청년의
어머니는 눈물을 흘리면서 김로인 며느리의 손을 잡고 은인이 내집에 왔다고
야단쳤다. 그러니 형과 형수도 한집식구처럼 반가이 맞고 닭잡고 기장밥 하는
한편 동네사람들까지 청하여다 인사시키고 일가친척을 모시듯 잔치를 베풀었다.
주안상과 저녁상을 치르자 주기가 거나한 동리 로인들과 장년들이 모여앉아
새로 온 김씨네 일을 공론하기 시작했다. 통나무는 무져놓은것이 있으니 이삼일
이면 집은 문제없는데 솥이 문제라고 했다. 그러니 또 한 로인이 대립자로 사람
을 띄우면 되니 이튿날부터 일을 시작하자고 하였다. 김로인이 들어보니까 뚝배
기보다 장맛이라더니 곳은 좁은 두메산골이래도 사람들의 인품은 호남벌같아서
서운한 생각이 절반쯤 가시여졌다.

　이튿날부터 동네사람들이 모여들어 양지바른 곳에다 집터를 닦더니 먼저 구
들돌을 놓고 구새먹은 통나무로 연통을 세웠다. 그러더니만 거미줄을 늘이고
북을 올리고는 불을 때며 통나무로 세통 귀틀집을 짓는데 저녁때가 되니 서까래
를 올리고 진새까지 올렸다. 그 밤도 장밤 구들에 불을 때고 이튿날은 바름질까

지 다하고나니 초가삼간집이 넌지시 일어섰다. 그리고는 큼직한 감자움까지 파놓더니 집집마다에서 목침같은 감자를 한두마대씩 가져다 쏟아넣었다. 김로인과 며느리는 세상 못살곳이라고 여겼더니 세상에 이보다 더 좋은 곳이 없는것 같았다. 감자만 먹어도 배고픈 고생은 모를 곳이였다. 김로인도 며느리도 기뻐서 입을 다물지 못하였다. 사흘만에 지붕까지 잇고 새집들이를 하는데 어떤 집은 좁쌀마대를 메여오는가 하면 또 어떤 집은 기장쌀, 찹쌀, 콩 등을 가져오고 씨암탉도 몇 마리 가져오고 강아지도 가져왔다. 김로인네 일가는 졸지에 부자가 된듯 싶었다. 정말로 세상에 이런 좋은 곳이 있으리라고는 꿈에도 생각하지 못하였다.

김로인네가 새집들이를 하여 열흘 푼히 지나자 청년이 들어와서 조선에 갔던 아버지가 돌아오셨다고 하였다.

김로인네 일가가 나서서 인사를 하는데 청년의 아버지가 김로인보다 나이가 아래여서 결의형제로 아우라 칭하고 그다음에 며느리를 인사하였다. 대뜸 ≪작은 아버님!≫하고 공손히 절한 며느리는 일어나 앉아서 바다같은 은덕으로 살길을 찾았다고 인사를 드리며 쳐다보다가 그만 깜짝 놀랐다.

≪아니, 작은아버님! 종성 주막집에서 만나보시였습지?≫

≪아니, 이거 자네가 그 착실한 며느리였군!≫

청년의 아버지가 바로 종성고개에서 돈을 주었던 로인이였다.

로인은 감개무량하여 말했다.

≪자네의 착실한 마음에 감동되여 내가 주은 그 돈 백원을 돌렸는데 그 돈 백원으로 또 내 아들을 구할줄이야 꿈엔들 어찌 생각할수 있겠는가. 이것은 하늘이 준 인연일세. 하늘이 준 인연이여.≫

이리하여 두집사이는 더 가까워졌다.

서로 은인인데 누가 은인인가? 마을사람들은 이 일을 가지고 공론하는데 아무리 공론해보아야 서로 은인이였다. 마을 사람들은 사람이 살아가자면 서로 의지하게 되고 은혜는 엎음갚음이라고 하면서 온 마을이 더 화목하게 잘살면서 두메 산골을 개척했다고 한다.

주영권 구술

# 퉁소

까마아득하게 멀고먼 옛날 퉁소가 이 세상에 있기전의 이야기이다.

한 해변가에 수십척의 고기배를 가진 어주가 있었다. 이렇게 고기배가 많다나니 가까운 바다는 물론이거니와 먼바다까지 어장을 도맡아노은 곳이 매우 크고 많았다. 그리하여 어주는 매일 잡아들이는 고기로 재산이 장마에 물 붇듯했다.

어주는 생각하기를 매사가 순조롭고 그에 따라 붙는 재산은 모두 천지신과 수신의 은덕이라 하면서 수신제 지내는것을 극진히 했다. 때마다의 수신제는 산 사람을 칠성판에 앉히여 바다에 띄우고서 제주를 뿌리며 어찌나 순풍이 불고 고기가 많이 잡히게 해달라고 비는것이였다. 이렇게 산 사람으로 수신제를 지내는것은 해마다 정초에 진행했다.

억만금도 생명과는 바꾸기 힘든 일이여서 이 어주가 제물로 쓸 산 사람을 사들이는 일은 해마다 힘들어졌고 혹 구한다 해도 값이 하늘을 찔렀다. 이리하여 어주는 밤낮으로 변두통을 심히 앓게 되였다.

그러던 어주는 어느 하루 상책인 궁리가 났다. 그것은 사람도적질이였다. 어느 날 어주는 심복들을 이끌고 사람도적질을 나섰다. 과연 사람도적질은 폭이 맞는 일이였다. 돈도 적게 들뿐만아니라 제때에 수신제를 지낼수 있었다.

이렇게 사람도적질로 몇 년 수신제를 지낸 어느해 정월초였다. 그해도 심복들을 거느리고 산골로 사람도적질을 떠났다. 일이 잘될라니 방금 산골로 잡아들어서자 산에서 한 나무군 총각이 나무를 짊어지고 내려왔다. 인적기 없는것이 얻기 어려운 좋은 기회라 어주가 눈짓하자 도가집 강아지 같은 심복들이 와락 달려들어 구제비소리를 늘어놓다가 총각에게 큰 소가죽주머니를 뒤집어씌웠다. 총각은 영문 몰라서 어리둥절하다가 소가죽주머니속에서 몸부림쳐봐야 독안에 든 쥐 같아서 어찌는수 없었다. 총각은 소가죽망태안에서 사람살리라고 고함을 질렀으나 무인지경인데다 가죽주머니안의 소리가 새나갈리 만무였다.

새끼나절이나 되여 총각은 소가죽주머니에 든채로 범선에 오르게 되였다.

어주는 이번에 얻은놈은 특별히 크고 살졌으니 제일 큰 바다에 나가 수신제를 지내겠다고 하였다.

먼바다에 이른 어주는 술을 휘뿌리고 넉두리를 하였다. 어주의 넉두리가 끝나자 심복들은 매생이같은 큰 칠성판에다 소가죽주머니에 놓은 대걸총각을 싣고 머리쪽에는 제물을 차려놓고서 만경창파에 띄웠다.

얼마나 떠갔던지 소가죽주머니에 든 대걸총각은 어디인지는 모르나 밖에 인기척이 없다는것을 느꼈다.

그제야 그는 어떻게 하면 소가죽주머니를 뚫고 나갈것인가를 궁리하다가 주머니칼생각이 퍼뜩 났다. 대걸총각이 주머니칼을 뽑아서 소가죽주머니를 째고 기여나와 보니 자기는 보쌈에 걸려 수신제물로 되어 망망창파에 띄워있다는것을 알게 되니 이가 갈리였다. 그러나 바닷물우에서 무슨 소용이 있겠는가. 그래도 어찌나 살고보자고 사해를 둘러보니 자기는 칠성판에 얹히여 파도에 밀리고 밀려 무인고도에 닿고있었다.

대걸총각은 매생이같은 칠성판에서 손으로 물을 지어 겨우 섬에 올라 휘둘러보니 섬은 그리 크지 않으나 숨가진 짐승조차 없고 참대숲만 우거진 고도였다. 섬가운데의 바위우에는 천년 자란 아름드리 소나무 한 대가 서있고 그밑에 움푹한 바위틈에서 샘물이 송골송골 솟아올라 개꼈다가는 졸졸 흘러서 바다로 들어갔다.

총각은 절해고도에서 우거진 참대숲을 휘여서 지붕삼고 조수물을 돌로 막아서 잔 물고기와 해초를 량식삼으며 산같은 파도를 벗으로 쓸쓸한 나날을 보내면서 큰배가 지나는것을 기다렸다.

봄철이라 날씨는 가물고 훈풍이 불어왔다. 출렁이는 서쪽바다우로 해가 지고 동녘하늘과 바다사이로 둥근달이 솟아올라 반공에 걸렸어도 총각은 잠들지 못하였다. 집에 홀로 계시는 로모를 생각하며 눈물을 흘리는데 어디선지 난데없이 ≪딩디르릉, 딩디르릉! 흐르룩, 흐르룩!≫하는 소리가 들리였다. 아름다운 그 소리는 밤이 깊어가는데도 그치지 않고 높았다낮았다하며 울리는데 이럴수록 고향생각과 로모의 생각은 더욱 간절하였다.

총각은 더는 앉아있을수 없어 일어나서 도대체 무엇이 이렇듯 아름다운 소리를 내는가고 귀를 기울이고 그 소리나는 곳으로 찾아갔다. 돌아다니며 찾으니 참대숲 한가운데서 그 아름다운 소리가 났다. 달빛을 빌어 찬찬히 살펴보니 웃초리가 무지러운 참대 한 대가 뚝 끊어져 드리웠는데 끊어진 부분이 오래고오래서 강대로 되었다. 그 강대가 소슬바람에 이쪽 대에 맞히고 저쪽 대에 맞히면서 ≪딩디르릉, 딩디르릉!≫소리가 났다. 때로는 끊어진 아가리로 바람이 흘러들면서 ≪호르륵, 호르륵!≫소리가 나는데 바람의 변화에 따라 때로는 구슬프게 때로는 흥겨웁게 소리가 났다. 총각은 세상없던 신비스러운 일이라 참대에 기대여 멍하니 바라보는데 밤가는줄도 몰랐다. 날이 밝고 해뜨자 바람이 잠드니 그 아름다운 소리도 멎었다. 그 아름다운 소리가 멎자 총각은 어찌도 서운한지 강대주위를 빙빙 돌며 메마른 입술만 감빨았다. 그러다 총각은 자기가 그 참대를 불어봤으면 하는 생각이 불현듯 났다. 그리하여 총각은 그 참대를 끊어서 주머니칼로 거치마리를 깎아버리고 불어보았다. 그랬더니 과연 아름다운 소리가 났다.

이날부터 대걸총각은 매일 그 참대를 불었다.

이러던 어느 하루였다.

한창 신이 나서 참대를 부는데 하늘에서 푸드득푸드득 소리가 나기에 쳐다보니 어디서 나타났는지 선학 한쌍이 날아와서 울창한 참대밭을 감돌았다.

선학은 다시 날아가지 않고 소나무에 보금자리를 꾸미더니 둥이를 틀고 알을 낳고 새끼를 까서 길렀다.

참대만 불면 선학 한쌍은 춤을 추었다. 과연 신선풍악이였다!

이리하여 총각은 번마다 무릎을 탁 치고

≪좋다 신선풍악이나 울려보자!≫하고는 참대를 불었다.

참대불기에 능통해지자 총각은 숱한 참대를 끊어서 같은 모양으로 길고 짜르게 만들었다. 그가운데서 참대 여섯 대만이 그것을 불어야 선학이 춤을 추는데 그 춤도 각기 달랐다. 이리하여 총각은 그 참대 여섯 대만 바꾸어 불고부는데 어쩐지 심통치 않았다. 어떻게 해서나 그 아름다운 소리를 참대 한 대에서 나게 하면 얼마나 좋으랴 하는 생각이 들었다. 이리하여 궁리하고궁리하다가 제일 참대에 몇마디사이에다 자리를 정하고 손가락으로 막을만한 구멍을 뚫어보았다. 그랬더니 아니나다를가 그 소리 더욱 아름답고 여섯가지 소리를 마음대로 낼수 있었다. 그랬더니 선학 한쌍은 그 소리에 맞추어 변화다단한 아름다운 춤을 추었다.

반년이 지나니 총각은 구멍 판 참대 불기에 문리가 터서 그 참대에 자기의 마음을 옮기게 되었다. 고향산천 그려보며 로모를 그리는 마음을 그 참대에다 담아 불면 그 절묘한 소리는 통곡하는듯 애원하는듯 구슬픈 그 소리 구곡간장 다 녹고 창자가 토막토막 끊어질듯하였으며 참대숲도 흐느끼고 넓은 바다도 흐느끼는듯, 선학 한쌍도 곁에 내려서는 고개를 숙이고 슬픈 눈물 방울방울 떨구었다.

이렇게 슬프고 고독한 나날을 보내던 어느 하루였다.

총각이 낮잠을 자다가 소란스러운 선학의 울음소리에 잠을 깨니 선학 두 마리가 소나무의 둥지를 둘러싸고 날아돌며 부산하게 울어댔다.

총각이 웬 일인가고 소나무를 쳐다보니 어디서 나타났는지 팔뚝같은 구렝이가 소나무에 감겨 바라오르고있었다.

《고약한놈, 선학을 해치다니 죽어봐라!》

총각은 팔뚝같은 참대를 꺾어들고 번개같이 달려가서 구렝이의 대가리를 후려갈겼는데 어찌도 힘을 주었던지 참대도 구렝이의 대가리도 모두 박산났다. 소나무밑에 늘어진 구렝이는 구불떡거리더니 죽어버리고말았다.

그날 밤부터 총각이 다 해여진 옷을 입고 덜덜 떨며 새우잠을 잘 때마다 선학은 새끼들을 데리고 날아내려 총각과 함께 밤을 자는데 그 큰 날개를 펴서 총각을 입혀주었다. 이렇게 선학무리와의 정은 날따라 깊어갔다.

이러던 어느 하루 아침이였다.

그날도 총각이 신선풍악이나 울려보자고 하며 참대를 불자 천학 일곱 마리가 반공중에 날아올라 재간껏 춤을 추었다. 그런데 춤을 추고난 선학들은 땅에 내리지 않고 부산히 울어대며 하늘로 솟아올라 멀리 바다너머로 날아가버렸다. 날아가버린 선학은 돌아오지 않았다.

총각의 마음은 섭섭하기 그지없었다. 서글픈 눈물이 두볼을 적시였다.

《미물이니 할수 없구나!》

이리하여 대걸총각은 또 절해고도에 홀로 남게 되었다. 그런데 석사흘이 지난 뒤 어느날 머리우에서 푸드득소리가 나기에 올려다보니 반갑게도 선학무리가 날아왔는데 엄청나게 큰 선학 한 마리를 데리고 왔었다.

큰 선학이 총각앞에 내리더니 마치나 인사드리듯이 머리를 주억거리였다. 그러더니 그 앞에 엎드려서 날개를 파들파들하였다. 큰 학의 뜻을 알아차린 총각이 네 등에 업히라는거냐 하니 학은 긴 목을 끄덕이였다.

총각은 큰마음 먹고 학의 등에 올랐다. 그러니 학은 푸르릉 날아 하늘로 오르는데 다른 학들도 일시에 따라 올랐다. 총각은 큰 학을 타고 멀고먼 열두 바다를 건너서 륙지에 나오게 되었다.

기암절벽 울뚝불뚝 솟아 산천경개 그림처럼 아름다운 한 산봉에 대걸총각을 내려놓고 큰 학은 고개를 끄덕이더니 또다시 하늘로 날아올랐다. 학무리는 반공중에 날아올라 머리우를 빙빙 날아돌더니 멀리멀리 날아가버렸다.

학무리를 바랜 총각은 흥에 겨워 산꼭대기에 턱 들어앉아서 무릎을 툭 치며 ≪좋다, 신선풍악이나 울려보자!≫하고 참대를 불었다.

총각이 참대를 불자 지상계에서 처음 듣는 신선풍악이라 날짐승 날아들고, 길짐승 기여들고, 뛰는 짐승 뛰여왔다. 이리하여 하늘에는 온갖 잡새 날아들어 춤을 추고 땅에는 온갖 짐승 기여들어 덩실덩실 춤추었다. 미묘하고 아름다운 참대소리는 바람타고 구름타고 멀리멀리 메아리쳤다.

바로 이때 풍악에 능통한 이 나라 공주가 해변가 별당에서 거닐다 천하 신묘한 음률을 듣자 어깨춤이 절로났다.

귀를 기울이면 지척에서 소리나는듯하고 머리를 들면 머리에서 들리는 소리였다. 하늘을 올려다보니 그 소리가 어찌나 미묘한지 흐르던 구름도 제자리에 멈추어섰다.

공주는 찬탄을 금치 못하였다.

≪선간의 음률이 아니고야 어찌 이렇듯 아름다울수 있으랴!≫

공주는 치맛자락을 걷어쥐고 아름다운 음률이 울리는 곳으로 발길을 옮겼다. 공주는 음률을 따라 수풀을 지내고 내물을 건느고 산을 넘어 깊은 산속으로 들어갔다. 음률을 따라 가고가다나니 어디가 어딘지 몰랐다. 깊은 골안에 들어섰는데 신묘한 음률이 뚝 끊어졌다. 기다리고 기다려야 다시는 그 신묘한 음률이 울리지 않았다. 두리번거리던 공주는 그제야 정신이 들어 그만 깜짝 놀랐다. 이 깊은 산속에서 어디로 갈지 몰랐다.

≪애고, 이걸 어쩐담?≫

공주가 어쩔바를 몰라 쩔쩔매는데 산우로부터 갈기 갈기 찢긴 람루한 옷을 걸친 총각이 서너자되는 참대를 둘러메고 벙글거리며 내려왔다.

공주는 깊은 산중에서 구명은인을 만나게 되었는지라 부끄러움도 잊고 절을 올리며 자기를 이 심산밀림속을 벗어나게 해달라고 사정했다.

총각은 깜짝 놀라 어떤 규수인데 이런 심산밀림속으로 들어오게 되였는가고 물었다. 공주는 자기가 공주라는것만은 기이고 세상 들어보지 못한 신묘한 음률소리를 따라 이곳까지 들어오게 되였는데 이곳에 이르자 음률소리가 멎어 정신을 가다듬고보니 음률소리만을 따르면서 어떻게 이곳까지 왔는지 길을 모르겠다고 하였다. 총각이 규슈말이 들어보니 자기의 참대소리를 따라온것이 분명한지라 허허 그 소리를 한번 더 들어보겠는가고 하였다. 공주가 반색하며 한번 들어보기를 간청하니 총각은 척 들어앉으며 무릎을 툭 치고

《좋다, 선신풍악이나 울려보자!》라고 하고는 머리를 떨며 참대를 부는데 그 소리가 어찌도 절묘하고 흥겨웠던지 공주는 그만 더는 앉아배기지 못하고

《좋다, 좋지! 좋구, 좋다!》하며 일어서서 덩실덩실 춤을 추었다. 어느새 모여들었는지 온갖 잡새 날아들어 머리우에서 춤을 추고 온갖 짐승 모여들어 빙빙 돌며 춤을 추었다.

총각은 해달같은 규수가 춤을 추니 더욱 신명이 나서 참대를 불고불었다. 대결총각과 공주는 어찌도 흥이 났던지 해지고 달뜨는것도 몰랐고 달지고 해뜨는것도 몰랐다. 이튿날 점심때가 되여서야 공주는 춤추기에 지쳐서 이마의 홍건한 땀을 훔치고있었다. 총각은 어찌도 참대를 불었던지 볼과 입이 시큰해나서 참대불기를 그쳤다.

기진해지자 그만 공주는 깜짝 놀랐다. 어느새 어떻게 되여 춤을 추었는지도 모르게 낯모를 총각앞에서 공주가 춤을 추다니 천하 망신스러운 일이였다. 공주는 너무도 부끄러워서 아미를 숙이고 낯을 붉히면서도 참대속에서 어찌하여 인간세상에서 낼수 없는 신묘한 소리가 나는가고 만져도 보고 퉁퉁 두드려도 보았다. 이러던 공주는 찬탄을 금치 못하며 물었다.

《참, 신비스러운 일이로소이다. 만제보면 매끌매끌하고 두드려보면 속이 비여 퉁퉁소리밖에 나지 않는데 그런 아름다운 음률이 흘러나오니 이 악기의 이름은 무엇이라 하옵니까?》

총각은 무엇이라고 대답해야 할지 얼핏 생각나지 않았다. 《매끌매끌》이라고 대답하자니 이름같지 않고 그래도 《퉁퉁소리》라고 하는게 좋을것 같아서 눈을 꺼벅거리다가 허허 웃으며

≪퉁퉁 소…입니다.≫하고 말끝을 흐리웠다.

공주는 참대를 들고 살펴보며

≪퉁퉁소? 퉁퉁소?≫하고 머리를 갸웃거리더니

≪퉁퉁소보다 퉁소라고 하는게 나을것 같소이다.≫라고 했다.

총각은 신통한 말이라 무릎을 탁 치고 껄껄 웃으며 대꾸했다.

≪하,하하하…좋소이다! 좋소이다! 퉁소입니다! 퉁소입니다!≫총각과 공주는 앞서거니뒤서거니 거닐어 심산밀림속을 벗어났다.

별장이 가까워오자 공주는 총각과 작별하며 그에게 로자를 주면서 말했다.

≪제가 듣자니 근간에 나라에서 명악사를 뽑는다 하옵니다. 수일간 길을 재촉하여 서울로 올라가면 영화가 트일것입니다.≫

총각은 일후에 깊은 은혜에 보답하겠노라 인사하고 낯모를 규수와 작별하고 그가 시키는대로 서울을 바라고 길을 재촉했다.

총각이 서울에 들어서니 나라에서는 명악사를 탐문한다는 소문이 들리고 그 소문을 듣고 방방곡곡에서 한다하는 악사들이 서울로 구름처럼 모여들었다.

드디어 명악사를 뽑는 날이 돌아왔다.

먼저 악장들이 가지고있는 각가지 악기들을 진렬해놓으라 했다. 임금과 공주 친히 거동하시여 이 나라에 도대체 어떤 악기들이 있는가 돌아보신다는것이였다.

각가지 악기들이 수백가지인데 같은것이라 하여도 그 모양이 수십가지였다.

한곳에 이르러 공주는 눈익은 퉁소를 보고 부왕에게 간하였다.

≪부왕께 아뢰오이다. 이것은 지상계에 없는 신비로운 악기로소이다. 악기가 신비로울뿐만아니라 그 음률 또한 신비로울줄로 아룁나이다. 그러하오니 오늘은 이 악기를 소리내는 사람을 명악장으로 뽑음이 좋을듯하옵나이다.≫

임금은 공주의 말을 듣고 대회하여 공주의 말대로 하라고 탑전교시하시였다.

두 궁녀는 그 참대를 금쟁반에 받쳐들고 빙 둘러앉은 악장들에게 소리를 내보게 하였다. 뭇악장들은 난생 처음 보는 악기로서 구멍이 났으니 부는 악기인것만은 틀림없겠다고 단정했으나 어떻게 소리를 내는지는 몰랐다. 어떤자는 거꾸로 불어보고 어떤자는 가락짚는 구멍마다에 입을 대고 불어보는데 때로 짤막한 새된 소리가 나서 그 무슨 음률 같지 않았다. 혹자는 제대로 입을 대고 부나 쉭쉭소리만 났지 음률이라고는 낼수 없었다. 마지막에 한 거지가 앉아있으니 두 궁녀는 이 참대로 소리내는 악장이 없다고 아뢰였다.

임금이 괴이하여 물었다.

≪그럴수 있느냐? 그래 이 참대가 하늘에서 떨어졌다는말인고? 땅에서 솟아났다는 말인고?…≫

공주가 그럴수 없다고 머리를 가로젓더니 자기 한번 직접 돌아보겠다고 하였다.

두 궁녀가 참대를 받쳐들고 뒤따랐다.

공주가 빙 돌아보니 대걸총각은 제일 마지막에 앉아있었다.

공주가 두 궁녀를 돌아보며 물었다.

≪이분께 불려봤느냐?≫

두 궁녀는 악장이 아니라 거지기에 불려보지 않았다고 하자 공주는 아주 정색하며 어떤 사람이든 모두 불어보게 하라고 엄령을 내렸다.

두 공녀는 황송하여 참대를 대걸총각에게 받쳐올렸다.

총각이 바라보니 그 산중에서 만났던 규수가 바로 공주요, 해달같은 공주가 자기를 보고 은근히 추파를 보내는지라 흥이 나서 앞에 썩 나앉아 무릎을 탁치며

≪좋다, 신선풍악이나 울려보자!≫하더니 머리를 떨며 참대를 부는데 그 음률은 신선두루미소리도 비할바 못되는 세상 처음 들어보는 절묘한 음률이였다.

모두가 어깨를 들썩이는데 누구부터인지는 모르나

≪좋다, 좋지! 좋구, 좋다!≫하면서 모두 일어나 춤을 추기 시작했는데 사람마다 덩실덩실 춤을 추었다. 임금도 저도 모르게 춤판에 끼여들어 덩실덩실 춤을 추니 어느 한사람 총각을 내놓고는 춤을 추지 않는 사람이 없었다.

춤판이 끝나자 임금은 총각을 의포단장시키라는 어명을 내렸다. 이리하여 대걸총각이 의포단장하니 천하준걸이였다. 임금은 대희하여 그 자리에서 총각을 례조판서로 봉하고 부마로 맞아들였다.

임금이 부마에게서 퉁소를 만들게 된 자초지종을 듣더니 크게 깨닫고 그 어주를 붙잡아올리려다 릉지처참에 처하고 산 사람으로 수신제를 못지낸다는 어명을 내렸다. 그리고는 인교를 파하여 대부인을 서울로 모시게 하였다. 몇 년만에 생리별했던 모자가 만나니 일희일비였다.

임금은 모자의 상봉을 위하여 대연을 베풀고 통소를 울리며 만조백관이 함께 즐기려 했다. 이에 부마는 학왕의 부탁을 생각하고 서울앞 백옥산에 올라 대연을 베품이 어떠냐고 하였다. 임금은 더욱 좋은 일이라고 껄껄 웃으며 머리를 끄덕였다.

이튿날 임금은 백옥산 상상봉에 대연을 베풀고 부마와 대부인 만조백관과 함께 즐기였다.

부마가 턱 나앉으며 무릎을 탁 치고

≪좋다, 신선풍악이나 울려보자!≫하고 머리를 떨며 통소를 부니 임금과 만조백관이 춤을 추는데 온갖 잡새 날아들고 온갖 짐승 모여들어 함께 춤을 추었다. 이때 큰 학이 선학무리를 거느리고 백옥산 하늘가에 날아들어 너울너울 춤을 추었다.

백옥산 령마루에서 울리는 통소소리가 바람타고 구름타고 산지사방으로 울려가자 산지사방에서

≪좋다, 좋지! 좋구, 좋다!≫하고 인산인해를 이루어 남녀로소 춤을 추며 백옥산으로 올라왔다.

이로부터 통소는 우리 인민들이 가장 즐기고 애지중지하는 악기로 되었다.

# 삼태성

밤하늘을 올려다보면 유난히 빛나는 삼형제 별이 동쪽 하늘로 천천히 흘러가고 있는데 이 별을 우리 민간에서는 삼태성이라고 부른다. 예로부터 이 별을 두고 우리 인민들속에서는 아름다운 이야기가 전해지고있다.

까마아득한 옛날이였다. 이 세상 한곳에 흑룡담이라는 큰 늪이 있고 늪가에 둔덕아래 햇볕이 잘드는 곳에 오붓한 마을이 있었는데 이 마을의 한 어머니에게 유복자로 태여난 삼태자가 있었다.

삼태자의 어머니는 매우 엄하고도 훌륭한 분이였다. 어머니는 삼태자가 여덟살을 잡는 해에 세 아들을 이 세상에서 쓸모있는 훌륭한 사람으로 키우려고 십년을 기약하고 집을 내보냈다. 이리하여 삼태자는 세상에 나가 저절로 스승을 찾아 십년을 하루와 같이 학문을 닦고 재간을 배우고 돌아왔는데 맏이의 재간을 보면 교묘하고 아름다운 방석에 앉아 손바닥을 한번 탁 치면 구만리를 눈깜작새에 갈수 있고 둘째의 재간을 보면 한쪽 눈만 감으면 다른 한쪽 눈으로 구만리안을 손금처럼 환히 내다볼수 있었고 셋째는 십팔반무예에 능통한 재간을 닦았는데 보검을 휘두르면 번개불이 이는듯하고 활을 들면 나는 새의 눈통을 백발백중하였다. 이렇듯 학문과 재간을 배우고 돌아온 삼태자는 어머니를 모시고 농사를 짓는 한편 마을에 서당을 세워 어린아이들에게 학문을 가르치고 재간을 배워줄뿐아니라 남의 일이라도 의로운 일이라면 한결같이 발벗고 나서니 마을사람치고 그 누구도 칭찬하지 않는 사람이 없었다.

그러던 어느해 여름이였다. 하루는 맑고 청청한 하늘에 갑자기 광풍이 휘몰아치며 어디서 나타났는지 매지구름이 온 하늘을 뒤덮더니만 하늘땅이 캄캄해지면서 번개가 번쩍이고 우레가 울고 동이로 퍼붓듯 소낙비가 억수로 쏟아졌다. 광풍은 불수록 세차서 천지가 뒤집힐듯하고 하늘땅은 어찌도 캄캄한지 눈앞조차 분간할수 없었다. 모두들 난생처음 보는 살풍경이라 황황해서 어쩔줄을 모르는데 얼마간 지나자 광풍폭우가 멎고 날이 좀 훤해졌다. 그제야 사람들이 문밖에 나서 보니 하늘은 구름 한점 없이 맑게 개였지만 해는 어디로 갔는지 종적도 없고 별들만 총총했다.

마을의 로인들은 하늘개가 해를 삼켰으니 얼마간 지나면 꼭 해가 나타날것이라고 하였다. 그러나 아무리 기다려도 해는 나타나지 않았다. 사람들속에서는 의론이 구구했다. 하늘개가 해를 삼키면 따가와서 인차 토하는 법인데 이처럼 오래도록 해가 나타나지 않는것을 보면 필시 무슨 변이 있다고들 했다.

아니나다를가 하루가 지나고 이틀이 지나도 해는 나타나지 않았다. 사람들은 근심과 공포에 싸여 우울해지고 수풀도 고요해지고 새도 노래부르기를 멈추었다. 오로지 맹수들만이 때를 만났다고 마을로 기여들며 탐욕스러운 울음을 울어댔다.

사흘 째 되는 날 어머니는 삼태자를 불러앉히고 너희들을 쓸모있는 사람으로 만들려고 재간을 배우게 했건만 정작 큰일에 부딪치니 아무 쓸모 없다고 개탄하면서 엄하게 당부했다.

《너희들은 사내대장부로 태여나서 마을에 큰일이 생겼는데 어찌 어머니 무릎밑에서 가만히 있겠느냐. 어서 해를 찾기전에는 아예 집으로 돌아오지 말아라!》

삼태자가 머리를 수그려 《예》하고 일제히 대답하고 일어서자 어머니는 입었던 세폭치마를 쭉 찢어 하나에게 한폭씩 머리수건으로 주었다. 삼태자는 어머니의 치마폭으로 머리를 질끈 동이고 어머니의 말씀대로 해를 꼭 찾고 돌아오겠노라고 굳은 맹세를 다졌다.

삼태자는 어머니와 작별하고 해를 찾아 떠났다. 해를 찾아 떠난 삼태자는 맏이의 재간으로 새로 만든 교묘하고도 아름다운 방석을 타고 이 세상 그 어디나 샅샅이 찾았으나 해는 보이지 않았다. 이렇게 되자 맏이는 무턱대고 찾아서는 석삼년을 돌아다녀도 못찾을것 같으니 다른 방도를 세워야겠다고 말하였다. 그의 말에 둘째와 셋째가 세 스승을 찾아가서 가르침을 받는게 좋겠다고 하였다. 그리하여 삼태자는 세 스승을 찾아갔으나 스승과 제자 여섯이 한자리에 모여 공론해봐도 해가 어디로 갔는지는 누구도 몰랐다.

맏이의 스승은 《우리의 학문과 재간으로는 이 일을 알수 없으니 가르침을 받아야 할것 같소》라고 두 스승에게 말하며 자기의 스승님이 지금 향산기슭에 생존해계시니 그곳에 가서 가르침을 받는것이 좋겠다고 말하였다. 이 말에 두 스승도 가르침을 받는것을 기뻐하는데 삼태자는 스승의 스승께서 가르침을 받게 되니 더구나 기뻤다.

세 스승과 삼태자가 향산기슭에 찾아가 보니 로스승은 은발수염이 석자나 되는 정정한 로인이였다. 제자와 제자의 제자들까지 여섯을 초당으로 맞아들인 로스승님은 은발수염을 쓰다듬으며 청춘이 다시 돌아온듯 손에 손을 잡아주며 정다운 이야기 끝없었다. 로스승님은 제자들이 찾아온 연유를 알자 일월성진에 대하여, 세상만물에 대하여 세세히 가르치는데 세 스승과 삼태자는 눈앞이 환해지는것 같았다. 로스스은 이 세상에서 해가 없어지게 된 연유를 알려주었는데 그것은 이런 일이였다. 흑룡담에는 암놈과 수놈해서 흑룡 두 마리가 있는데 몸뚱이의 길이는 십리요, 허리통은 삼백륙십장이나 되는 큰 괴물인데다 어찌나 포악스럽고 날파람이 있는지 한번 구불떡 요동쓰면 구만리창공을 주름잡아 내달린다. 이 흑룡 두 마리는 몇백년이거나 혹은 몇천년에 한번씩 밤하늘에 날아올라가 행패를 부리는데 이번에는 밤하늘로부터 낮하늘에 기여들어 광풍폭우를 휘몰아 행패를 부리다가 암룡이 해를 삼키고 하늘 끝에 올라가자 수놈도 따라올라가 지금 하늘우에서 놀고있다는것이였다.

로스승은 한숨을 휴 쉬며 말을 이었다.

≪그러니 이 세상에 뛰여나고 용맹스러운 용사들이 나타나지 않는다면 이 세상은 영영 암흑속에서 벗어나지 못할것이네.≫

삼태자가 로스승님앞에 무릎을 꿇고 앉아 자기들은 어머니의 분부를 받고 어머니의 치마폭으로 머리를 동이고 해를 찾아 떠난 몸이니 해를 찾기전에는 집으로 돌아가지 않겠다는 맹세를 다지였다. 로스승님은 너무나도 반가와 희색이 만면해서 해를 찾아오라고 서슴없이 유복자를 내놓은 어머님이야말로 이 세상에서 가장 훌륭한 어머님이며 해를 찾으려고 목숨을 바치고 나선 삼태자야말로 이 세상에서 가장 기특한 젊은이들이라고 칭찬했다.

로스승님의 가르침을 받은 삼태자와 세 스승은 다시 마을로 돌아왔다. 그 이튿날 흑룡담기슭에서는 어머니와 세 세승 그리고 마을사람들이 하늘우로 싸움을 더나는 삼태자를 바래였다. 모두들 꼭 흑룡과 싸워이겨 해를 되찾고 돌아오라고 손에 손을 잡아주며 간절하게 부탁하였다.

삼태자는 마을사람들과 일일이 작별인사를 나누고 어머니와 세 스승앞에 무릎 꿇고 앉았다.

≪이제 우리는 떠나겠습니다.≫

세 스승은 저마다 제자를 붙들어일으키며 부디 지혜와 용맹을 떨쳐 끝까지 용감히 싸우라고 재삼 당부했다.

어머니는 옷깃을 여미더니 서리발 내린 머리를 훔쳐 올리고 삼태자에게 말했다.

≪애들아, 사람이 세상에 나서 의로운 일에 목숨바침은 떳떳한 일이니라. 목숨을 바쳐서라도 해를 구하거라. 해가 없이는 세상의 모든 것이 살아갈수 없다. 자 어서 떠나거라.≫

삼태자는 맏이의 방석에 올라앉아 하늘우로 날아올랐다. 구만리장천에 솟아오르자 둘째가 한쪽 눈을 지그시 감더니만 일만 팔천리우에 흑룡 두 마리가 보인다고 소리쳤다. 삼태자는 싸울 준비를 갖추고 더욱 높이 하늘우로 날아올랐다. 가운데 선 둘째가 방향을 가리키고 맏이는 뒤에서 방석을 몰고 셋째는 활과 전대를 메고 장검을 비껴들고 섰다.

땅에서 바라보니 하늘우에서 번개불이 번쩍이고 우레소리 요란하였다. 셋째가 장검을 휘두르니 번개불빛이요 흑룡 두 마리가 삼태자를 보고 으르렁거리며 사납게 덮쳐드니 우레소리였다.

싸움은 치렬했다. 하늘 이쪽에서 저쪽으로 번개불이 하늘을 갈기갈기 찢고 온 하늘에 우레소리 요란하였다. 이윽하자 흑룡 두 마리는 용맹스러운 삼태자를 당해내지 못하고 이쪽 끝에서 저쪽 끝으로 피해 달아나기 시작했다. 흑룡 두 마리가 서로 앞다투어 주자를 놓는데 셋째가 시위에 화살을 매워 만월처럼 당겼다놓으니 화살은 별찌가 흐르는듯 하늘복판을 가르며 날아가서 해를 삼킨 암룡의 허리에 가 박혔다. 원체 흑룡은 대단한 괴물인데 대가리가 아니라 허리에 화살이 박혔으니 치명상은 아니였다. 그러나 그 화살이 극독을 바른 화살이라 참기어려운 아픔에 암룡은 허리를 구부렸다펴면서 하늘이 무너지듯 무서운 소리를 지르며 해를 탁 토해버렸다.

삽시에 하늘중천에 해가 나타나고 대명천지 밝은 날이 되돌아왔다. 흑룡담기슭에서 환성이 천지를 진동하고 온 천하가 기쁨으로 들끓었다. 들끓는 사람들속에서 어머니는 치맛자락으로 기쁨의 눈물을 훔치고 세 스승은 제자들의 승리로 하여 얼굴에 웃음꽃을 피웠다.

이때 둘째 스승이 한눈을 지그시 감고 한눈으로 하늘을 올려다보더니만 말하였다.

《흑룡이 해는 토해버렸지만 아직 죽지는 않았소. 지금 제자들이 내려오며 계속 싸우고 있소. 저런, 저런…자, 우리 늙은이들도 제자들을 도와 싸우기요》

이리하여 세 스승도 싸울 준비를 갖추고 하늘로 날아올랐다.

삼태자와 세 스승이 뒤쫓고 덮치며 흑룡 두 마리와 싸우니 흑룡의 몸뚱이에는 얼룩덜룩 칼자국이요, 칼자국마다 선지피가 흘렀다. 마침내 흑룡 두 마리는 더는 달려들 엄두도 못내고 죽기내기로 흑룡담으로 뺑소니치려했다.

흑룡 한 마리가 흑룡담상공으로부터 흑룡담에 곧추 내리는 순간 《슝!》하는 하늘을 째는듯한 소리와 함께 화살이 그놈의 목덜미로 쑥 들어가 박히자 흑룡은 땅이 꺼지는듯한 무서운 소리를 지르며 흑룡담으로 들어가버렸다.

얼마간 지나자 또 한 마리가 흑룡담상공에 나타났는데 삼태자와 세 스승이 그놈의 몸뚱이를 감고 돌면서 찍고 찔렀다.

그놈은 너무도 바쁜김에 땅이 쪼개지는듯한 요란한 소리를 지르며 흑룡담에 내린다는것이 그만 흑룡담기슭에 뚝 떨어졌다. 흑룡담기슭에 떨어진 흑룡은 늪으로 기여들려고 대가리를 흑룡담으로 돌리고 기를 쓰다가 두눈을 뚝 부릅뜬채 죽어버리고말았다.

삼태자는 끝내 큰 공을 세우고 개선하였다. 흑룡담기슭에서 환성이 천지를 진감하고 삼태자와 세 스승은 서로 얼싸안고 기쁨의 눈물을 흘렸다.

삼태자는 《어머니!》하고 부르며 이제는 어머니를 모시고 다시 농사를 지으며 행복하게 살게 되었다고 기쁨에 겨워 말하였다.

기쁨의 눈물이 낯을 가리고 기쁨에 목메여 말도 못하던 어머니는 삼태자를 얼싸 안고 기뻐하다가 문득 무슨 생각이 들었는지 근심스레 물었다.

《애들아, 흑룡 한 마리는 저렇게 죽었는데 물속으로 들어간 흑룡은 대체 죽었느냐 살았느냐?》

삼태자는 머리를 설레설레 저으며 그놈은 원래 대단한 괴물이여서 화살을 맞고서는 죽지 않는다고 여쭈었다. 어머니는 삼태자의 말을 듣자 깜짝 놀랐다.

《그렇다면 그놈이 언제 또 해를 삼키려고 들겠는지 누가 아느냐?》

어머니의 말씀에 삼태자는 서로 쳐다보며 덤덤히 아무 대답도 못하였다.

어머니는 휴— 긴 한숨을 쉬더니 결단을 내리고 말을 이었다.

≪애들아, 어머니 걱정을랑 말아라. 마을사람들이 있으니 얼마든지 살아갈수 있을거다. 그러니 너희들은 오늘부터 하늘에 올라가 영원히 해를 지키거라.≫

삼태자는 ≪예!≫하고 일시에 대답하였다.

이를 본 세 스승과 마을사람들은 너나없이 머리를 끄덕이며 어머님은 세상 훌륭한 어머님이고 그 어머님이 길러낸 아들들 역시 세상 훌륭한 아들들이라고 찬탄하였다.

해가 서산마루에 뉘엿뉘엿 넘어가고 어둠이 깃들무렵 밤하늘을 영원히 지키려고 삼태자는 하늘길에 나섰다.

어머니는 저녁바람에 흩날리는 머리를 쓰다듬어 올리고 웃음지으며 삼태자를 재촉하였다.

≪장하다, 기특한 애들아! 밤이 되는구나! 어서 하늘에 오르거라!≫

삼태자는 어머니와 세 스승, 그리고 마을사람들과 작별하고 다시 밤하늘로 날아올랐다. 땅에서 바라보니 밤하늘로 날아오른 삼태자는 마치도 하늘복판에서 나란히 반짝이는 세 별 같았다.

이때로부터 하늘에는 전에 없던 삼형제 별이 생겨났는데 사람들은 그것이 밤이면 밤마다 어머니의 말씀대로 밤하늘을 지키고 섰는 삼태자라고 하여 삼태성이라고 불렀다 한다.

아라에 삼태성을 두고 전하는 노래를 들어보라. 정말이 아닌가고?


밤하늘에 반짝반짝 별이 삼형제
삼태성이 정다웁게 빛뿌립니다.


은하건너 반짝반짝 별이 삼형제
밤하늘을 지키면서 흘러갑니다.


박정희 구술

# 초동의 재판

옛날 서울장안에서 태여나서 서울에서 자라 공부하여 과거에 급제하고도 그냥 내직으로 있던 두 대감이 있었는데 그들이 하루는 굉장한 언쟁을 하였다.

《노루란 짐승은 본래부터 알을 낳아 새끼를 까는 짐승인거요.》

하고 말하니 다른 대감이 말하였다.

《하하, 공은 정말 모르는 말씀이요. 노루는 새끼를 낳아서 재래우는거요.》

이렇게 되어 두 대담은 서로 옳고니그르거니 시비하였다.

《정말 모르는것은 공이외다. 공은 그래 노루가 새끼를 낳는걸 봤습니까? 내 책을 가져오겠으니 공이 친히 보시오. 노루는 알을 낳아 새끼를 깐다고 씌여 있습니다.》

《저런, 저런, 그래 공께선 노루가 알을 낳아 새끼를 까는걸 봤습니까? 책에는 노루가 새끼를 낳는다고 엄연히 씌여있단말입니다.》

서로 손을 내젓고 상앗대질을 하며 목에 피대를 세워 고래고래 소리쳤으나 서로 제 말이 옳다고 우겨댈뿐 옳고그름을 가를수 없었다. 결이 나서 약이 숫구멍까지 치민 두 대감은 옥신각신하다가 천냥내기를 하기로 하였다. 누가 재판할 것인가. 두 대감이 공론해보니 초동은 산에서 나무를 하니 노루를 보았을것이라 초동을 청하여 묻기로 하였다. 그리하여 하인을 시켜 장거리에 나가서 나무장사 초동을 불러들이게 하였다.

초동이 툇마루밑에서 꿇어엎디자 한 대감이 말했다.

《네가 산에서 노루를 보았느냐?》

《소동 아뢰오이다. 소동은 일년 사시장철 나무를 하기에 노루를 자주 봅나이다.》

《어— 그렇다면… 나는 노루가 알을 낳아 새끼를 깐다구 했는데 저 대감께서는 그것을 모르시고 새끼를 낳는다고 하시니 어느 말이 옳으냐? 맞게 말하면 상을 주고 틀리게 말하면 중곤을 면치 못하리라!》

다른 대감도 말했다.

《그래, 그래, 맞게 말하면 상을 주지만 틀리게 말하면 한각이 아니라 두각을

분질러버릴테다!≫

초동이 생각해보니 진퇴량난이라 두 대감이 다 이겨야 무사하지 어느 대감이라도 지는 날에는 배겨낼것같지 못했다.

초동은 말미를 얻으려고 직접 대답하지 않고 물었다.

≪두 대감께서는 정말 소동이 옳게 말하면 상을 주시겠습니까?≫

≪더 여부가 있느냐. 어서 말해라!≫

≪더 여부가 없지, 어서 말해라!≫

두 대감은 천냥내기라 황금 백냥씩 선뜻이 내놓았다.

초동은 그새 생각하고 대답했다.

≪예, 두 대감님의 말씀이 다 옳습니다. 봄이 되면 노루란놈은 산꼭대기에 떡 나서서 천기를 보고 가물것 같으면 알을 낳아 천천히 새끼를 까서 기르고 장마가 질것 같으면 얼른 새끼를 낳아 기릅니다.≫

두 대감은 무릎을 쳤다.

≪아— 내가 본 노루는 가물받이의 노루였구나. 그러기에 알을 낳아 새끼를 깐다고 했도다.≫

≪아— 그렇지, 내가 본 노루는 장마철의 노루였구나. 그러기에 노루는 새끼를 낳는다고 했도다.≫

두 대감은 초동을 치하하며 서로 체면을 세우느라고 내놓았던 상금 백냥씩을 모두 초동에게 주었다.

상금 이백냥을 쪽지게에 지고 대문간을 나선 초동은 너무도 어처구니없어 하늘을 쳐다보며 크게 웃었다.

주영권 구술

# ≪매 눈≫

우리 인민들속에는 ≪녀자의 눈은 매눈이다≫라는 말이 있는데 그를 이야기하는 옛말이 있다.

옛날 한곳에 한 부자가 있었다. 그는 거부는 아니지만 문전에 벼 수백석지기인 옥토가 있고 뒤에는 대대의 선산을 모신 큰 가산까지 있는데 산기슭에는 밤나무, 대추나무, 감나무가 우거져서 감만 해도 수백동을 따는 알부자였다.

이 주인량반은 늘그막자식을 보아 슬하에 남매를 두었다. 딸은 과년하여 출가시켰으나 아들은 아직도 짝바지입는 형편이였다. 집안형편이 이러니 늙은 내외 생각하기를 사위자식도 반자식이라 하니 당분간 이 집의 가간사를 사위와 딸에게 맡기기로 했다. 사위 또한 쾌히 응하므로 이 집의 살림살이는 딸과 사위가 도맡게 되였다. 이렇게 되여 량반내외간은 차라리 한시름 놓게 되였다.

세월이 여유하여 어언간 십년이라는 년광이 흘러 이집 아들도 장가를 들수 있는 나이가 되였다. 응석받이인 이 집 아들은 장가를 들고도 그냥 서당으로 다니며 글읽기에 게으르지 않았다. 원래 늙은 량주는 아랫방에서 자고 딸과 사위는 웃방에서 자고 새사람인 며느리는 며느리방을 차지하게 되였다. 십여년이라는 세월을 지내는동안 이 집의 살림은 해마다 좋아져 가산이 곱절로 붇게 되였다.

때는 춘삼월인데 하루는 장인이 사위를 불러놓고 말했다.

≪자녀 십년간 우리 가간사를 맡아가지고 고생 많이 했네. 그러기에 살림살이도 더 좋아지게 됐네. 이제 칠월이 되면 집의 아이를 과거를 보게 하고 돌아오는 가을에는 자네네를 세간내겠네. 나두 자네 고생한것만큼 해주려고 생각하네.≫

사위는 겉으로는 무슨 그런 말씀을 하시는가고 했으나 속은 선뜻했다. 졸지에 황금루각에서 떨어지는것만 같았다.

황금은 혹사심이라고 사위는 이궁리저궁리하며 밤잠을 이루지 못하다가 하루 저녁은 안해에게 장인이 자기네를 세간내련다는것을 말하고서 이제는 이 집 가산이 자기네것이 아니라는 말을 했다. 가재가 게편이라고 남편의 말을 듣자 안해도 가슴이 섬뜩했다. 이 팔각기와집에 문전옥답을 통차지 못하는것을 생각하니 천지가 아득했다.

안해는 흐르는 눈물을 훔치고 남편에게 물었다.

≪우리 팔자 이리도 기박하오. 그래 아무런 방도도 없다는말이요?≫

남편은 한숨을 후 쉬고 입을 쩍쩍 다시더니 방책은 있는데 참 어려운 일이라고 했다. 안해는 바싹 다가들며 무슨 방책인가고 물었다. 남편은 하자고만 들면 어려운 일도 아닌데 문제는 안해에게 달렸다고 하니 그 안해는 어떠한 일도 하겠으니 방법만 대라고 하였다. 남편은 자기의 계책을 안해의 귀에다 대고 소곤거렸다. 그리고는 이렇게 하지 않고는 가산을 손에 넣을수 없고 한뉘 고생을 하게 될것이라고 했다. 안해는 안도의 한숨을 몰아쉬고는 가산을 독차지할수 있는 일이라면 그보다 더 큰 일이라도 하겠는데 그까짓 일은 아무것도 아니라고 말하고 어쩌나 일이 성사되게끔 감쪽같이 해야 한다고 말했다. 부부간은 신이 나서 쑥덕공론을 했다.

이달 대보름날이였다. 까마귀 날자 배 떨어진다더니 과거시험 치려던 량반의 아들이 감쪽같이 없어져버려서 온 마을이 들썩하였다. 온 마을이 떨쳐나서서 하루 찾고 이틀 찾고 사흘 찾아도 없으니 량반의 집은 초상난 집처럼 울음천지요, 마을사람들도 눈물 닦으며 세상 살다 기막힌 일을 본다고 저저이 탄식했다.

시간이 약이 되여 량반네 집의 울음소리는 그치였으나 늙은 량주와 며느리는 그냥 눈물로 나날을 보냈다. 한 반년 지나니 눈물도 마르게 되였다.

사위는 겉으로는 걱정하는체했으나 속셈은 딴판이였다. 아들이 없어졌으니 이제는 이 집 가산의 바늘 하나 실한오리까지 가지 재산이 되였다고 속이 흐뭇해 하였다.

어느덧 삼년이 되는데 하루 저녁은 딸이 피뜩 떠오르는 생각이 있어 남편에게 말했다.

≪여보 어째 그런지 나는 송곳방석에 앉은것 같은게 안심되지 않소.≫

≪그건 무슨 소리요?≫

≪저 늙은이들은 속태우다 죽겠지만 살아나간 오래비가 돌아오는 날에는 우리는 그저 털고나앉게 되지 않수?≫

≪음…≫

남편은 침울하게 대꾸는 했으나 안해의 말이 지당한 말이라 획책이 나지 않아 한숨을 후 쉬는데 안해가 소곤거렸다.

≪이러면 어떤가?≫

≪어떻게?≫

≪저 늙은이들 생전에 오래비를 나가서 찾소. 그래 아버지, 어머니가 죽기전에 오래비를 보려 하니 빨리 집으로 돌아가자고 하시오. 그러면 말은 못하고 죽기를 내기하구 돌아오지 않을거요. 그럴 때 이제는 늙은이들도 앞날이 멀지 않은데 가산은 어찌겠는가고 묻소. 그러면 영낙없이 우리게 될것 같소.≫

≪녀자들 골이 패뜩골이라더니 과연 묘한 생각이요. 래일 당장 떠나지!≫

이튿날아침이였다.

사위는 장인에게 자기가 어떻게 하나 처남을 찾겠다고 하니 장인은 물론 장모와 처남댁까지 더없이 감격해했다.

사위는 일년 쓸 로자를 장만해가지고 길을 떠났다.

산을 넘고 물을 건너 한 고장에 이르니 번창한 읍이였다. 사위는 이곳에 이르러 며칠 돌아다니며 보아야 처남같은 사람은 보이지 않았다. 그는 이곳에서 며칠동안 마시고 논다는것이 주색에 빠져서 어느덧 한달이 지나게 되었다. 그새 일년 로자를 다 불어먹고말았다. 한달만에 밖에 나오니 어찌나 지쳤던지 하늘땅이 새노랗고 사맥이 나른하여 손가락 까딱할 맥이 나지 않았다. 그리하여 양지쪽에 앉아 볕쪼임을 하는데 한 사람이 황아장수 짐을 지고 불쑥 나타나는것이 틀림없는 처남이였다. 처남을 보자 정신이 부쩍 나서

≪처남!≫하고 달려나갔다.

처남은 초면강산인듯 이상해하며 이거 누구길래 자기를 처남이라고 부르는가고 하였다. 량반의 사위는 자기가 계집질에 형편없이 변모한 모양이라고 생각되여서

≪아이, 처남이 집 떠난지 이년 되더니 이 자형까지 몰라본다는말이요?≫라고 했다.

처남은 하하 웃으며

≪이거 사람을 잘못 봤겠소. 내게는 당신같은 자형이 없소.≫라고 했다.

≪이거, 이거 롱담은 그만하오. 처남이 어째 집에서 나왔소? 이제는 빈장님과 빈모님께서 앞길이 많지 않은데 그 가산을 어찌겠소?≫

황아장수는 황아짐을 내려놓고 앙천대소하더니 자기의 이름성명을 대고 대대

로 황아장사를 하여 생계를 이어나간다는것과 자기네 집은 본 읍에 있는데 삼년 전에 장가를 들어 아이까지 있다고 하면서 확실이 사람을 빗본것이라고 했다. 아무리 뜯어봐도 처남 몰골과 꼭같으나 말을 듣고보니 분명 처남은 아니였다. 그리하여 이거 실례했다고 사과하니 그런 폐단이 종종 있는데 실례될것까지 있느냐고 하면서 황아장수는 다시 황아짐을 짊어지고 ≪싸구려! 싸구려!≫웨치면서 징검징검 떠났다.

그 뒤모양을 번히 바라보던 량반의 사위는 묘한 계책이 떠올라 다급히 소리쳤다.

≪여보시오, 여보시오, 게 좀 서시오!≫

황아장수가 서니 량반의 사위는 급급히 달려가서

≪여보시오, 황아장수를 그만두고 한뉘 잘먹고 잘살 장사를 한번 해보지 않으려우?≫하고 물었다.

황아장수는 두눈이 황해서 세상에 그리 대단한 일거리가 어데 있느냐고 물으니 량반의 사위는 자기 말만 들으면 한뉘 잘살뿐만아니라 다시 장가까지 들게 될것이라고 하면서 잡아끌었다. 돈 벌수 있다는데 싫다 할 사람이 어데 있겠는가. 황아장수는 반신반의하였으나 량반의 사위를 따라섰다.

량반 사위는 즉시로 집에 있는 안해에게 처남을 찾을수 있으니 돈냥을 푼푼히 가지고 읍으로 오라는 기별을 띄웠다.

안해는 남편의 기별을 받자 이튿날로 돈냥을 가지고 읍에 당도했다. 남편의 계책을 들은 안해는 세상에 그런 묘한 일도 있느냐고 하면서 황아장수를 만나보니 과연 오래비와 똑같은지라 일이 잘되여간다고 맞장구를 쳤다.

부부간은 한달 푼히 묵으면서 황아장수를 진짜처남, 진짜오래비처럼 행동하게끔 조련시키고 집형편을 세세히 알려주어 익숙시켰다. 그리고 스승과 친구 인사를 어떻게 할것까지 조련시켰다. 부부간이 보기에는 아주 그럴듯하게 되였다. 그래가지고 황아장수를 데리고 고향으로 돌아왔다.

마을친구들은 물론 부모도 죽었던 아들이 되살아온듯 온 집이 기쁨이였다. 며느리도 눈물을 훔치며 기뻐서 어쩔줄 몰랐다. 두루 수인사가 끝나고 집안이 모여앉아 황아장수가 집떠난 이야기와 그새 이야기를 내리엮는데 황아장수를 찬찬히 살펴보던 며느리는 오쫄 일어나 머리방으로 들어갔다.

량반 사위는 어서 머리방으로 들어가보라고 넌지시 눈짓했다.

황아장수가 머리방에 들어서자 며느리는 한구석에 붙어서며 새된 소리를 질렀다.

≪어머니!≫

늙은이들은 생각하기를 아들이 안해를 오랜만에 만나 반갑다고 장난하는거라고 시무룩이 웃었다.

황아장수는 반죽좋게 웃으며 다가섰다. 과연 각시가 절세의 가인이라 속이 막 근지러워났다. 두눈에 색이 가득 오른 황아장수는 술내를 훅훅 풍기며 두팔을 쩍 벌려 각시를 끌어안으려 했다.

각시는 악에 받쳐

≪이 도적놈아!≫하고 악을 쓰며 있는 힘껏 가슴을 밀었다. 황아장수는 뒤로 벌렁 나넘어지며 문짝에 골을 박았기에 문이 왈칵 열리며 대청마루에 나가 늘어져 정신을 잃고말았다.

늙은 내외는 이게 웬 일이냐고 대경실색하고 온 집안이 떠들썩하는데 며느리는 시어머니 품에 와락 안기며 저것이 남편이 아니라고 하고는 대성통곡하였다.

시어머니는

≪야, 이 사람. 내 기른 아들인데 내 모르겠는가? 틀림없네!≫라고 했다. 시아버지도 그게 무슨 소린가고 호령했으나 쓸데없었다. 일변 정신잃은 황아장수를 구완하느라 야단법석이였다.

황아장수는 인차 정신을 차렸다. 온 집안이 며느리를 달랬으나 며느리는 펄펄 뛰였다.

빌붙던 황아장수도 성이 펄펄 나서 죽일년살릴년하고 대성질호하였다.

≪이 쌍년아, 실말을 하면 네년이 군서방질하길래 그 꼴을 보지 않으려고 내가 도망쳤던게다. 지금도 이 모양이냐? 화냥년같으니라구!≫

황아장수는 각시를 둘러패기 시작했다. 늙은 량주도 이제야 알아보니 그런 연고라 되지못한 행실로 집안을 망하게 한다고 야단이였다. 사위와 딸은 펄펄 뛰며 저런년은 맞아 싸다고 입에 거품을 물고 야단했다. 그래도 며느리는 굴복하지 않고 제 남편이 아니라고 했다.

떠들썩하여 동네가 다 모이자 사위가 싸움을 말렸다.

≪처남, 그만두오. 그러다 살인죄를 짓겠소. 저런 발칙스러운년은 관가에 소송해서 오차를 시켜야지 집에 둘수 없소.≫

마을사람들도 사연을 듣고 분개하지 않는 사람이 없었다.

악을 쓰며 버둑거리는 며느리를 결박하고 오쟁이를 지워가지고 죽일년 살릴년 하고 고을 원님 있는데로 소송하러 갔다.

고을 원님이 소송을 듣더니 세상에 이런 법이 어디 있느냐고 펄쩍 뛰면서 큰칼을 씌워 하옥하라고 명하였다.

이날 저녁 원님은 익덧이 인명에 관계되는 일이라 소홀할수 없다고 량반의 며느리를 불러서 자초지종을 묻고 그 말을 자상히 듣더니 그래 남편이 아니라는 것을 어떻게 아는가고 물으니 다른 말은 더하지 않고 어쨌든 제 남편이 아니라고만 했다. 원님이 생각해보니 과연 모를 일이였다. 그 녀인이 목숨을 내걸고 자기 남편이 아니라하니 여기에는 필유곡절이라고 판정했다. 그리하여 먼저 하옥한 대로 두고 옥사쟁이에게는 넌지시 범인을 잘 돌봐주라고 당부했다. 그래놓고 량반네 집 사람들과 마을사람들을 불러들여서 한사람한사람 말을 시켜 들어보니 이구동성으로 며느리가 나쁜년이라고 했다. 그런데 이상한 기미가 있어서 결단을 내리지 못하고 이궁리저궁리하다가 마침내 좋은 궁리가 떠올랐다. 원님은 그 이튿날 그 집 아들을 다시 불러들이고 화공을 불러 화상을 그리게 하였다.

원님이 그 화상을 가지고 죄인을 찾아가 보이니 범인은 대성통곡하며 자기 남편이 틀림없다고 하였다. 원님은 머리를 끄덕였다.

원님은 범인의 큰칼을 벗기여 하옥한대로 두고 옥사쟁이에게 여사여사 잘 돌봐주라고 부탁했다.

저녁에 원님은 밤이 깊도록 잠을 이루지 못하고 족자를 앞에 놓고 자기 생각이 틀림없는데 어데 가서 진짜 아들을 찾겠는가고 궁리했다. 량반의 아들이 서당에서 글공부를 했고 과거시험을 보려 했으니 이제는 선비라 어느 절에 가서 있을것 같았다.

원님은 이튿날로 변복하고 여러 가지로 가장한 사령들을 거느리고 길을 떠났다. 그리하여 원님이 당도하는곳에는 벌써 사령들을 매복해놓았다.

이절간저절간 돌아다니다나니 달포가 걸렸는데 하루는 해가 일몰하여 산중한 절간에 들어가니 수도중들이 둘러앉아 한담을 하는데 그중 한자가 화상과 꼭같았다. 이튿날 밝은 날에 밖에 나가 화상을 펴들고 보니 정말 틀림없었다.

다시 절에 들어간 원님은 무망간에 량반 아들의 이름을 부르며 아무개 하니 그 수도중은 깜짝 놀라 돌아보며 어망간에 《예!》하고 대답했다.

그 대답소리와 함께 사령들이 욱 쓸어들어 량반의 아들을 나포하였다.

원님은 허허 웃으며 말했다.

《젊은이, 두려워말게. 젊은이 때문에 사람 하나가 죽게 되네. 그래서 젊은이를 데려가려는거네.》

량반의 아들은 제발 불쌍히 여겨 자기를 이 자리에서 죽여달라고 이마를 조아리며 흐느꼈다.

《그게 웬 망설인고? 본관이 짐작하는바 있도다. 나 따라가면 스스로 알게될것이요, 현숙한 안해와 부모를 만날것이로다.》

그 말에 량반의 아들은 더욱 새파랗게 질려서 제발 죽여달라고 애걸하였다.

원님이 생각해보니 그저 말로는 될것 같지 않아 호령했다.

《에끼 이놈! 거역관장하는 죄 어떠한지 아는고?》

량반의 아들은 할수 무가내로 원님에게 끌려가게 되었다.

원님은 똑같은 옷 두벌을 지어 량반의 아들과 황아장수에게 입혔다. 그래놓고 보니 정말로 자기도 분별하기 어려웠다.

이래놓고서는 죄인을 재판한다고 량반네 일가를 불렀다.

동헌뜰 한가운데 똑같은 옷차림새를 한 량반 아들과 황아장수를 좌우편에 세워놓고 꼼짝못하도록 엄령을 내리고 먼저 늙은 량주를 불러들여 진짜 아들을 찾으라고 하였다.

늙은 량주는 그만 대경실색하였다. 난데없이 아들이 둘이 되었는데 가려낼 방법이 없었다.

늙은 량주는 엎드려 이마를 조아리며 자기네는 알수 없으니 해달같이 현명하신 원님께서 진짜아들을 찾아주시면 그 은혜 백골난망이겠노라고 락루하였다.

원님은 머리를 끄덕이고 잠시 물러가게 하고 딸과 사위를 불러들였다. 딸과 사위도 가려내지 못하였다. 그리하여 딸과 사위를 물리치고 세 번째로 량반의 며느리를 불러내왔다.

량반 며느리는 두사람앞에 가서 한번씩 살펴보더니 원님앞에 꿇어엎드려 눈물을 방울방울 떨구며 왼쪽에 선 사람이 자기 남편이 틀림없다고 말했다.

원님이 들어보니 자기 생각이 틀림없었다. 그리하여 못내 탄복하여 어떻게 남편인줄 아느냐고 물으니 자기 남편은 오른쪽 눈귀 속눈섭밑에 희미한 짐이 하나 있다고 하였다. 원님이 내려가 보니 정말이였다.

≪과연 여자들 눈이 매눈이라더니 허언이 아니로다!≫

그러면서 왜 진작 말하지 않았는가고 하니 량반의 며느리는 대답하기를 벽에도 귀가 있다는데 발설되면 간계에 떨어질것 같아 그랬노라고 여쭈니 원님은 과연 현숙하고 참하다고 치하하였다.

원님은 량반네 일가를 몽땅 들어오게 하더니 한쪽옆에서 화들거리는 황아장수를 가리키며 저놈을 엎어놓고 중곤 열매를 치라고 호령했다.

집장사령들이 욱 달려드니 황아장수는 엉엉 울며 이실직고하겠으니 제발 용서해달라고 애걸복걸하였다.

원님은 그러면 어서 말하라고 하니 황아장수는 부들부들 떨며 읍에서 이 집 사위를 만나게 된후부터의 이야기를 죽 내리엮었다.

원님은 그의 상소를 듣자 대로하여 량반의 사위를 가리키며

≪저놈을 주리대에 매고 주리를 틀어라!≫하고 추상같이 호령했다.

원님은 량반의 사위를 주리대에 달고 주리를 틀며 문초를 들이댔다.

량반의 사위는 주리를 틀리니 실토정하지 않을수 없었다. 장인의 재산을 통차지하자고 계교를 꾸미다 처남을 죽이지는 못하고 그를 쫓아내기 위해 장인의 갓신을 며느리의 머리방 문앞에 가져다놓은것과 서당에서 돌아오던 처남이 자기 안해의 방앞에 있는 아버지의 갓신을 보자 창피당할것으로 여겨 집을 버리고 떠나게 한 계책을 꾸미던데로부터 부부간이 밀모한 일을 모조리 실토했다.

원님은 재물에 눈이 어두워 고약한짓을 한 딸과 사위는 무인도에 한뉘 정배를 보내고 황아장수는 곤장을 쳐서 쫓아버렸다.

이리하여 젊은 부부간은 다시 만나게 되었고 로부모를 모시고 평생 잘살았다고 한다.

허정동 구술

# 빈집의 비밀

옛날옛적 마을에서 동떨어진 어느 큰 산기슭에 높고 넓은 담장 두른 속에 고래등같은 골기와집이 있었다. 고래로 궁궐같이 큰 집이나 작은 집이나 모두 사람이 자기의 형편과 의사에 의하여 지어놓기 때문에 집주인이 엄연한것이다. 그런데 이 큰 집은 지금 집주인이 없다. 그렇다고 집이 처음부터 집주인이 없었던것은 아니다. 원래 이 집은 돈을 물쓰듯하고도 다 쓰지 못하여 고간에다 다락같이 루만금을 쟁이여두었던 한 파정승의 집인데 중년에 살이 들어서 정승네 일가가 큰 변괴없이 몰살했다. 그후였다. 재산이 욕심난 사람이 이펑게저펑게 다 붙어서 이 집에 들었댔는데 그들도 며칠 못지나고 몰살당했다. 이렇다나니 이 큰 집은 뎅그렁 빈채로 남아있게 되었다. 그러면서 이 집에 무서운 귀신이 있다는 말이 떠돌게 되었다.

마을사람들은 이 집을 헐어치우거나 하다못해 불이라도 달아놓고싶었으나 무서워서 감히 손을 쓰지 못하고 한 유명한 풍수를 청하여다 이 빈집을 놓고 점쳐보게 하였다.

풍수는 멀리에서 빈집을 살펴보더니 머리를 끄덕였다.

≪음, 터이 센 집이로군! 앞으로 저 집에서 사람이 많이 죽겠군! 그런데 안됐소이다. 주검을 이틀만 넘기면 화가 마을에 미칠거오다.≫

집을 차라리 헐어버리거나 불을 달아버리면 어떻겠는가고 물으니 풍수는 펄쩍 뛰며 머리를 저었다.

≪안되우다! 안되우다! 그러면 온 마을이 몰살할거우다.≫

그후부터 할수 무가내라 울며 겨자먹기로 마을에서 돈푼이나 모아서 사람을 내여 그 집을 매일 한번씩 돌아보며 동정을 살피게 하였다.

그때 이 집을 돌아보게끔 정한 사람은 이 가근방마을에서 외도토리 굴밤알처럼 홀몸으로 굴러다니며 남의 집의 궂은일 마른일을 돌봐주며 사는 한 중년 머슴군이였다. 그 농군은 싫기는 했지만 하루에 이 집을 한번 먼발치로 돌아보면 술값이나 되는지라 매일 점심때면 술 한되박 마시고는 한번씩 그 빈집에 가보았다.

이러던 어느 한해 초겨울이였다.

하루는 진눈까비가 질척거리고 찬바람 몰아치는데 사십이 가까워보이는 한 녀인이 기사지경으로서 일남이녀 세 아이를 데리고 이고장에 이르게 되었다. 이 녀인은 본래 삼남지방에서 살길 찾아 북으로 들어오다가 중도에서 남편을 잃고나니 의지가지없게 되어 천지가 아득하게 되었다. 그렇다고 세 아이를 데리고 죽을수도 없었다. 그러니 할수 없어서 세살짜리를 업고 여섯 살짜리는 손목을 이끌고 열두살나는 아들을 앞세우고 문전걸식하면서 정말 죽지 못하는 삶을 살아가며 이곳까지 왔다.

진눈까비 흩날리는 날이라 아이들은 추위와 기근에 이를 딱딱 맞쪼으며 몸을 옹송그린것이 보기만 해도 눈물날 지경이였다. 여섯 살짜리는 더 걷지 못하고 진창에 쓰러졌다. 어미도 지치고 지쳐서 옴짝달싹할 맥이 나지 않았다. 이제는 네식구가 꼼짝못하고 얼어죽고말것 같았다. 진눈까비가 어찌도 퍼붓는지 불과 백여보앞도 바라볼수 없었다.

기사지경에 처함은 매일반이지만 그래도 어머니여서 마음을 가다듬고 마을이 얼마나 먼곳에 있는가고 목을 간신히 들어 사방을 둘러보는데 오른손편쪽으로 큰 집의 까치박공이 희미하게 얼른거리는것 같았다.

≪야, 집이 멀지 않구나! 어서 저 집으로 들어가자!≫라고 애 어미는 신음같은 소리를 쳤다.

과연 얼마 가지 않아 담장두른 팔각기와집이 나타났다. 뜨락에 들어서 보니 먼지를 뒤집어쓴 쑥이 두키나 되는것이 빈집같았다. 빈집이라도 들어가서 불만 지피면 따스하게 몸을 녹일수 있으니 지금 그보다 더 바랄것이 없었다.

애 머나는 불문곡직하고 세 아이들을 데리고 집안에 들어서 보니 과연 빈집이였다. 살림살이의 가구와 삿자리들이 그대로 있는데 다만 먼지가 가득 쌓였었다. 애 어미는 너무도 반가와 하늘이 준 복인가싶었다. 아궁이 옆에 착착 패서 쌓아놓은 장작도 며칠 뗄것이 있었다.

애 어미는 집안의 먼지를 쓰는것쯤은 넘두에 둘 새도 없이 얼어서 곱은 손을 입김으로 녹이고 남편의 손때묻은 부시를 쳐서 아궁이에 불을 지폈다. 이글이글 타는 아궁이의 장작불앞에 모여앉은 네식구는 그만해도 해동된것 같아서 무척 기뻐했다. 더구나 커다란 청동화로에 숯불을 떠놓으니 얼마 지나지 않아 온 집안이 훈훈해졌다. 세 오누이는 화로불을 둘러싸고 앉아 좋아서 재잴거렸다.

애 어미는 잠간사이에 관솔불을 켜들고 고방에 들어가 보니 꽁꽁 덮어놓은 가지가지 쌀독들이 있는데 쌀독마다 백옥미가 차넘쳤다. 애 어미는 너무 좋아 어찔바를 몰라하다가 그중 한독에서 쌀을 푹 떠내니 좀이 있기는하나 괜찮았다.

저녁까지 푸짐히 먹은 어린것들은 웃음꽃이 활짝 피여 이제는 다른 곳으로 가지 말고 이 집에서 살자고 서로 어머니를 졸라댔다.

밤이 되여 세상모르는 어린것들은 비단금침을 덮고 따뜻한 구들에서 포근히 잠들었다.

애 어미도 졸음이 물밀듯했으나 마음은 놓이지 않아서 혼곤히 잠든 아이들을 번갈아보면서 숯불을 가득 떠놓은 청동화로의 인두로 불을 돋구며 앉아있었다. 밤은 깊어갔으나 이생각저생각하니 점점 정신이 맑아졌다. 남편이 살았다면 얼마나 좋으랴고 생각하니 눈물이 두볼을 적시였다. 이렇게 몽롱한 속에 갑자기 눈앞에 털이 부스스한, 사람의 손 같기도 하고 짐승의 발 같기도 한것이 나타나서 무엇을 걷어쥐려는듯 거분적거렸다.

《빈집에 이렇게 보기 싫은 괴물은 어째 있는가?》

애 어미는 화로불 쑤시던 새빨간 인두로 그것을 탁 쳐놓으니 《아 따가와라!》하며 사라져버렸다. 그러자 애 어미는 도정신하여 또 무슨 일이 생길가봐 사위를 두리번거렸다. 한참동안은 별일 없더니 또 그런것이 나타났다.

《이것은 또 뭣이기에 시끄럽게 구는가!》라고 하면서 또 인두로 탁 쳤다. 그러니 그 괴물은 《아 따가와라! 아 따가와라!》하고 비명을 질렀다.

이러자 녀인은 정신을 부쩍 차렸다. 어떤 잡놈이 자기를 희롱하는것이 아닌가 하여 사위를 빙 돌아보았다. 큰 집안에는 쌔근쌔근 잠자는 아이들외에는 아무도 없었다. 어쨌든 괴상한 일이니 다시 나타나면 단단히 혼내주려고 인두를 새빨갛게 달구며 사방을 살폈다.

이윽토록 아무것도 나타나지 않았다. 아마도 단 인두에 두 번 맞아대고 뺑소니 친게라고 짐작되여 시름놓고있는데 이번에는 천정에서 버스럭거리는 소리가 났다.

얼른 소리나는 곳을 올려다보니 천정 널틈새로 노오래기같은것이 쑥 내려오더니 그 끝이 점점 커졌다. 그것은 커지면서 털이 부스스한, 마치 사람의 손

같기도 하고 짐승의 발 같기도 한 그런 괴상한 물건으로 변했다.

≪괘씸한놈, 나를 과부로만 보는거로구나. 어디 혼나봐라!≫

애 어미는 이를 악물고 그것이 눈앞에 이르자 날쌔게 덥석 틀어잡고 인두로 마구 지졌다.

그 괴물은 마구 비명을 질렀다.

≪아이구 따가와라! 아이구 따가와라! 나를 놓아주시우! 나를 놓아주시우!≫

괴물이 누그러드는것을 느낀 애 어미는 매섭게 물었다.

≪너 이놈 어떤 잡놈이냐? 응? 바른대로 대라! 바른대로 대지 않으면 이 인두로 지져서 태워버리겠다.≫

≪예,예! 이실직고하오리다! 저는 재물신이옵니다.≫

≪그렇다면 네가 이 집의 성주란말이냐? 성주라면 사람을 보호할 대신 어째서 해치느냐?≫

≪예, 저는 성주가 아니옵고 이 집 천정우에 간직해놓은 불의지재 수만냥을 지키는 재물신이외다.≫

애 어미는 호령했다.

≪이놈, 그것이 정말이라면 내가 왔는데도 물러가지 않겠느냐?≫

재물신은 벌벌 떨며 떠듬거렸다.

≪예,예! 저를 놓아주…주시면 당장 물러가…가겠소이다.≫

애 어미는 오금을 박았다.

≪조금만 지체해봐라! 당장 천정에 올라가서 네놈을 박살낼테다!≫

재물신은 쿨쩍거리며 놓아만 주면 당장 떠나겠노라고 손이야발이야 애걸복걸하였다. 재물신은 자기가 숱한 사람을 죽여버린것을 녀인이 알고서 꼬치꼬치 캐고드는것 같아 무서워났던것이다.

애 어미가 그 터럭속을 놓아버리자 괴물은 감쪽같이 사라지고 문앞에서

≪저를 살려준 마님께 가산을 죄다 드리옵니다. 저는 지금 곧 떠나가옵니다.≫

하는 말소리가 들리더니 씽하는 바람소리가 멀리로 사라졌다.

원래 재물신은 사람의 정신을 흐리워놓고 사람을 파리잡듯 죽여버리는데 녀인은 정신이 흐려지지 않을뿐만아니라 자기를 틀어잡고 인두로 지져놓으니 그만 꼼짝못하고 애걸하며 도망쳐버렸던것이다.

재물신이 도망쳐버린 이튿날 녀인은 중복간에 올라가서 우엇이 있는가고 찾으니 생금이 가득 찬 독이 다섯 개나 있었다.

그날 점심때였다.

집을 돌아보는 농군이 빈집에 이르러 보니 연통에서 연기가 났다. 그는 귀신의 조화로 생각되여서 눈이 뒤꼭지로 올라갔으나 또 간혹 어떤 걸인이 불을 지피는지 들어가보지도 않을수 없어 죽기보다 더하랴고 건기침을 떼고 집에 들어섰다.

집안에 들어서니 한 녀인이 세 아이를 데리고 점심을 먹고있었다.

농군이 물었다.

《당신들은 귀신이요, 사람이요?》

《귀신이 대낮에 나오겠습니까? 우리는 사람입니다.》

《그럼 어디서 온 사람들입니까?》

녀인은 황망히 일어서며 물었다.

《집주인이신지요. 이거…》

농군은 황급히 손을 내저었다.

《아니, 아니오다. 이집은 주인없는 빈집이옵니다. 저는 이 마을에서 남의집살이하는 농군인데 푼돈이나 받구 이 집을 돌아봅니다.》

녀인은 반색했다.

《이 집의 주인이 없다면 우리가 이 집에 살아도 일없겠습니다?》

농군은 이 집은 사람이 살수 없다는 진정담을 하였다.

녀인은 지난밤의 이야기를 하며 근심걱정할것 없다고 했다. 그러니 그 농군은 재물이 주인을 찾았다고 치하하면서 통성명했다. 그러다나니 남녀간에 마음이 동하여서 이 집에서 이 집 재산 가지고 함께 살자고 굳은 맹세하였다.

이리하여 녀인과 농군은 부부간을 맺고 이 집에서 천정의 금독을 헤치고 문전옥답을 다루며 잘살게 되였다한다.

후세의 사람들은 이 이야기를 두고 재물은 산 물건인데 산 재물을 가두어두면 귀신이 되여 산 사람을 잡아먹는다고 전하였다.

연길현 덕신공사 석문대대  김윤식 구술

# 우돌이

하토 어느곳에 성은 우가이고 이름은 돌이로서 우돌이라는 머슴군총각이 있었다. 재수없는놈은 뒤로 자빠져도 코가 깨진다고 일이 안될라니 우돌이의 집주인이 졸지에 파산되여서 우돌이는 남의 집 머슴질도 못하게 되여 하늘을 지붕삼고 떠돌아다니는 품팔이군이 되였다. 품팔이군이란 농사철에는 일거리가 있으나 농한기에는 일거리가 없어서 남의 집 문전에 입을 걸고 다니기 마련이다. 이러다보니 우돌이는 발길닿는대로 정처없이 떠돌아다니게 되였다.

이렇게 떠돌아다니다 서울에 이르게 되였는데 서울거리는 크고 번다하나 ≪서울깍쟁이≫라고 인심이 어찌 야박한지 걸식하기조차 어려워서 한두끼 굶기는 례사일이였다.

하루는 진종일 밥 한술가락 얻어먹지 못해 주린 배를 걸어안고서 잠자리나 편한 곳을 찾자고 했다. 이리저리 잠자리를 찾아 돌아다니다가 한 높은 담장밑에 이르니 그곳에 바람의지가 될것 같아 보였다. 그리하여 몸을 웅크리고 담밑에 드런누웠는데 저쪽으로부터 초롱불이 언뜰언뜰하며 웬 사람이 걸어오는것이 보였다. 그 사람은 곧추 우돌이 있는데로 다가와 초롱불로 비춰보더니

≪음, 심상치 않은놈이군! 야, 이놈, 발리 일어나라!≫하고 꽥 소리질렀다.

그 사람은 다짜고짜 우돌이 목덜미를 틀어쥐고 일으켜세우더니 걸으라고 억박질했다. 우돌이는 단단히 걸려들었다는 생각이 번개같이 스쳐지났으나 순순히 말을 듣는수밖에 다른 도리가 없었다. 그 사람은 높은 담장을 에돌아 솟을대문으로 끌고 들어가더니 우돌이를 행랑채한칸에 쳐넣었다.

이때 한 녀인의 목소리가 들렸다.

≪외삼촌, 웬 사람이오니까?≫

외삼촌이라는 그 사람이 대꾸했다.

≪웅, 내가 담장굽이를 돌아보다가 키가 장승같은놈이 드러누워있기에 틀림없이 도적놈같아서 잡아 가둬놓았다.≫

이런 화단이라고 있는가. 우돌이는 천지가 아찔하여 자기는 도적놈이 아니고 집없는 걸인이라고 변명하면서 제발 놓아달라고 사정했다. 이러는데 그 녀인이

초롱불을 받아 우돌이 아래우를 찬찬히 비춰보더니 나가서 외삼촌과 귀속말로 수군덕거렸다.

외삼촌은 장탄식하고 ≪음, 그래라.≫하더니 들어와 우돌이를 데리고 나가는데 그리 감때사납던것이 아주 너그럽게 대했다. 그리고 몸채로 데리고 들어가더니 여자종을 시켜 우돌이를 잘 대접하게 하였다.

우돌이는 무슨 영문인지는 몰랐지만 당장 배불리 먹을수 있게 되니 나중에는 삼수갑산을 갈지언정 우선은 좋았다.

우돌이가 반주까지 받쳐놓은 저녁상을 물리자 목욕을 하라고 해서 난생처음으로 집안에서 목욕을 하고 나오니 새옷을 갈아입으라 하였다. 새옷을 입은 우돌이는 영문을 몰라서 주저주저하는데 두 시녀가 청사초롱을 받쳐들더니 우돌이를 후원별당으로 인진했다.

이 집은 황대감네 집이였다. 황대감은 무남독녀 외딸을 두었는데 그 팔자 기박하여 사주를 내니 두 번 시집갈 팔자였다. 처음 시집가면 과부로 되고 두번째 시집가면 죽을 팔자였다. 이런 기막힌 일이 어디 있겠는가. 보쌈으로 첫 액운을 막는다 해도 시집가면 죽겠으니 딱한 일이였다. 황정승은 이궁리저궁리하다가 하토의 여염집아들이라도 꼴꼴한 총각을 골라서 데릴사위를 두어 외손이나 남기게 되면 딸을 두 번 시집 보내지 않게 되리라고 여겼다. 그래서 두루 수소문하여 걸싸게 생긴 총각을 얻어다 데릴사위를 삼았는데 그 데릴사위가 사흘만에 덜컥 죽어버리니 모든 꿈이 끝장이 되고말았다.

황정승에게는 외독신 처남이 있었는데 한집에 있으면서 가간사를 도맡아보았다. 이날 저녁 그 처남되는 사람이 우돌이를 도적놈으로 잘못 알고 붙잡아들였는데 마침 황정승의 딸과 우연하게 맞뜨렸다. 황정승의 딸은 량반의 딸로서 다시 재가는 할수 없으나 한창 꽃피는 시절이라 한번 그 총각과 인연을 맺어볼 생각이 났다. 그래서 외삼촌과 말했더니 생질녀를 매양 쓸쓸하게 보아오던 외삼촌은 기뻐하며 그대로 주선해주었던것이다.

이렇게 되어 우돌이는 꿈에도 생각할수 없는 별당에서 황정승의 딸과 함께 즐거운 나날을 보냈다.

며칠이 지난후였다. 그날은 황정승이 집으로 돌아오는 날이였다. 이날 새벽 황정승의 딸은 우돌이에게 자그마한 궤짝을 안겨주며 고향으로 돌아가 열어보라고 하였다. 하루저녁에도 만리장성을 쌓는다고 하는데 우돌이는 황대감의 딸과 정이 들대로 드러서 떠나고싶지 않았으나 그야말로 시키는 서방질이라 떠나지 않을수도 없었다. 외삼촌의 인진을 받아 후원문으로 나가는 우돌이를 가만히 바래며 황정승의 딸은 별당문앞에 선채 얼굴을 싸쥐고 흐느끼며 울었다.

우돌이는 세상에 태여나서 처음 만난 녀인의 말을 금싸락처럼 소중히 생각하며 궤짝을 지니고 환고향하였다.

우돌이가 고향에 발을 들여놓는걸음으로 궤짝을 열고 보니 글쓴 백지 한 장이 있고 그밑에 주먹같은 금덩이가 다섯 개나 있었다.

낫놓고 기윽자도 모르는 우돌이는 대체 백지에다 무엇이라고 썼는지 알수 없었다. 그리하여 그 백지를 받쳐들고 생각하다가 서당훈장을 찾아갔다.

서당훈장이 그 백지를 척 펼쳐보더니 과연 명필이라고 치하하며 내리읽었다.

뜻하지 않던 천리인연
짧은것이 한이로다
석별눈물 뿌리나니
야속토다 이내팔자

돌아오는 칠월칠석
하늘나라 오작교서
견우직녀 상봉할제
정든님을 맞이하리

서당훈장은 우돌이에게 자상히 묻고 우돌이와 꽃다운 인연을 맺은 황정승 딸이 우돌이를 명년 칠월 칠석날 오라는 글이라고 말하니 그는 떨듯이 기뻐하였다. 집에 돌아온 우돌이는 명년 칠월 칠석을 손꼽아가며 기다리면서 금덩이 하나로 문전옥답 깔고 앉은 팔각기와집과 바꾸었다.

일각이 여삼추라더니 날은 예와 다름없으련만 그에게는 더디게도 지났다. 밤낮으로 황정승 딸을 그리며 그날을 바라고바라는데 날은 오월 단오가 지나고 류월 류두가 돌아왔다. 우돌이는 더는 참을수 없었다.

우돌이는 로자를 짊어지고 서울로 떠났다. 우돌이는 길을 가는것이 걷는것이 아니라 달음박질치다싶이 걷다보니 다른 때 같으면 십여일 걸릴것을 나흘에 당도했다.

우돌이는 황대감네 집 가까운데다 객주집을 정하고서 황정승네 담장을 둘러싸고 돌아다니기 시작했다. 하루 이틀 열흘을 지나고 한달이나 애타게 돌아쳤으나 황정승의 딸은 고사하고 그 외삼촌도 만나지 못하였다.

드디여 칠월 칠석날 저녁이 되었다. 우돌이가 초저녁부터 황정승네 담장을 둘러싸고 도는데 그 외삼촌이 나왔다. 외삼촌은 우돌이를 알아보고 기뻐하면서도 말을 못하고 그저 후원 중문으로 가자고 하였다.

후원 중문에 들어서니 초생달빛에 황정승 딸이 커다란 궤짝을 자기앞에 놓고 흐느끼는것이 바라보였다. 황정승 딸은 우돌이를 한번 바라보더니 울음소리는 내지못하고 속눈물 흘리면서 별당안으로 들어가버렸다.

우돌이는 영문을 몰라 멍해 섰는데 외삼촌이 장탄식하며 흐르는 눈물을 훔치면서 우돌이에게 어서 이 궤짝을 조심스레 지고 집으로 돌아가라고 하였다.

영문모르는 우돌이로서는 시키는대로 하는수밖에 없었다. 큼직한 궤짝을 조심스레 지고 후원문을 나선 우돌이는 아무리 생각해봐야 그 사연을 알수 없었다. 한걸음에 열 번씩 황정승네 집을 돌아다보며 떨어지지 않는 걸음을 저벅저벅 걸으며 연해연방 장탄식하였다. 이렇게 걷고걸어 이제는 산굽이만 도아지면 황정승네 집을 다시 바라볼수 없게 되는 곳에서 궤짝을 조심스레 벗어 언덕에 놓고 그옆에 앉아 혼나간 사람같이 황정승네 집만 멍하니 바라보았다. 얼마나 오래 앉아있었던지 서편하늘에 기울어졌던 반달이 서산마루에 걸려 희미한 여광을 뿌리였다. 그때 문득 궤짝에서 아이울음소리가 났다. 우돌이는 깜짝 놀라 정신을 부쩍 차리고 조심스레 궤짝을 열어보니 다듬이돌같은 옥동자가 배고프다고 주먹을 쭐쭐 빨며 울어댔다. 그제야 우돌이는 얼마간 속짐작이 갔다. 그리하여 동네방네 들리여 애기에게 동냥젖을 얻어먹이며 집으로 돌아오게 되었다.

우돌이가 집에 돌아와 궤짝의것을 몽땅 꺼내니 어린애 옷, 포대기, 기저귀 해서 세 살까지 키울것이 들어있고 제일 밑 백지장에는 만장같이 쓴 글발이 있었다.

우돌이는 어린애를 업고 그 글발을 가지고 또 서당훈장을 찾아갔다.

서당훈장이 그 글을 내리 읽었다.

≪오매에도 잊지 못할 정든 님, 팔자 기박한 소첩을 만나 봉시불행이옵니다. 명이 경각에 달려 오늘일가 래일일가 조여드는 가슴 안고 귀여운 애기를 석달 열흘 길렀소이다. 태몽에 룡이 품속에 날아들었으니 소첩으로 말하면 우연히 룡을 얻은것이옵고 우씨가문에 룡이 생겼으니 애기 이름을 우득룡이라 하옵소서. 정든 님 생각하면 비감한 눈물 앞을 가리고 귀여운 애기를 생각하면 구곡간 장이 토막이 납니다. 정든 님과 귀여운 아들과의 생리별을 어찌하오리까만 적막 강산 달밝은 밤 님을 그려 눈물로 베갯잇 적시고 귀여운 애기를 그려 가슴속이 갈기갈기 찢기면 소첩의 액운을 벗는다 하오이다. 그러면 이 세상에 더 살아 님과 귀여운 애기를 그려볼줄로 아옵니다. 소첩에게는 그 길밖에는 다른 길이 없사오니 부디 득룡을 고이고이 길러주옵소서.≫

서당훈장은 끝까지 내리읽고 무슨 영문인지는 딱히 몰랐으나 우돌이와 같이 눈물을 흘리면서 이제 우돌이네 부자간이 다시 찾아가면 황정승 딸이 죽을것이니 찾아가지 말라고 했다.

이후로 우돌이는 부지런히 농사일에 힘쓰는 것으로 울적한 심사를 풀고 정성을 다해 득룡이를 길렀다. 가세가 넉넉하여 의포단장 잘하니 이전의 우돌이가 아니라 딸 주자는 집도 많았으나 우돌이는 일심으로 황정승 딸을 생각하고 모두 사절하였다.

재롱스럽게 자라는 득룡이는 어느덧 일곱 살이 되어 서당방에 다니게 되었는데 어찌도 총명한지 삼년을 글공부하니 시골서당에서는 더 배울것이 없게 되었다. 그러던 어느 하루 득룡이가 아버지를 보고 청하는 말이 로자를 주면 자기절로 서울에 올라가 독선생을 찾아 5년을 더 글공부하고 과거시험을 보겠노라고 하였다. 우돌이는 아들의 말을 듣고 깜짝 놀라 어린아이가 어찌 그렇게 할수 있느냐고 하니 득룡이는 아버지께서는 아무 근심 마시라고 하면서 극구 간청하였다. 이 일을 안 서당훈장도 득룡이가 사람됨이 출중하니 대사를 이룰것이라고 두둔했다. 이에 우돌이도 큰마음을 먹고 아들을 앞세우고 로자를 짊어지고서 서울을 향하여 떠났다.

서울에 온 우돌이는 황대감네 집을 먼빛으로 바라보면서 그 가까이에다 득룡의 객주집을 정하고 글공부할 서당까지 찾아놓고 돌아갔다.

득룡이가 서울공부를 와서 세해째 되는 가을이였다. 추구월 망간이라 하늘높고 구름 맑은데 서안에 의지하여 밖을 내다보니 돌연히 동심이 돋아나서 읽던 책을 덮어놓고 객주집을 떠나 큰집들이 있는 골목을 거닐었다. 한곳에 이르니 담장안에 주렁진 석류들이 탐스럽게 무르익어 새빨간 얼굴을 담밖으로 내밀었다. 득룡이는 어린 마음에 그 석류를 따먹어보고싶었다.

그리하여 담장옆 비술나무에 기여올라 가지를 타고 조심조심 담장에 내려 석류가지로 옮겨갔다. 담장결 석류가지에 앉아 보니 그곳에서 멀지 않은 우물가 석류나무에는 특별히 크고 맛있음직한 석류들이 주렁주렁 열려있었다. 사방을 휘둘러보니 네귀에 풍경달고 여덟귀에 줄방울을 단 기와집 후원인데 마침 인적기라고 없었다. 득룡이는 안심하고 다시 땅에 내려 우물가 석류나무에 기여올랐다. 득룡이가 그 석류나무에 기여올라 방금 큼직한 석류를 뚝 떼서 맛있게 서너입 떼먹는데 인적기가 났다. 그쪽을 바라보니 후원꽃밭속으로 난 길로 선녀같은 부인이 시름없이 만보로 걸어나왔다. 득룡이는 숨을 죽이고 석류나무를 꼭 끌어안고 그 부인만 눈박아보았다. 그런데 이런 환이라고야! 그 젊은 부인은 우물결으로 다가와 우물속을 들여다보더니만 석류나무를 올려다보며 상냥스레 말하였다.

≪애야, 우물에 떨어질라 조심스레 내리거라.≫

득룡이는 일이 이 지경에 이르니 내리지 않을수 없었다.

득룡이는 석류나무에서 내려 젊은 부인앞에 무릎을 꿇고 빌었다.

≪마나님, 저는 도적놈이 아니와요. 어린 마음에 석류가 너무 뜯어먹고싶어 들어왔사오니 너그러우신 마나님께서 용서하옵소서.≫

젊은 부인은 그 모양이 너무도 기특하여 버릇처럼 한숨쉬고 미미히 웃더니 자기 방으로 따라가면 더 맛있는 과일들을 많이 주겠다고 하였다. 득룡이는 젊은 부인이 꾸지람 대신 이렇게 말하니 어쩔바를 몰라 멍했는데 그 젊은 부인은 득룡의 손을 잡아끌고 별당으로 들어갔다.

득룡이가 들어가보니 정말 말과 같이 다담상에 각가지 이름모를 과일들이 가득했다. 부인은 득룡이를 보고 많이 먹으라고 권하면서 어데 사고 뉘집 귀공자냐고 성명을 물었다.

득룡이는 그 젊은 부인이 발라주는 귤쪽을 쥐고 맛나게 먹으면서 하토 아무곳에 사는 우득룡이라고 대답했다. 그러자 젊은 부인은 그만 ≪아!≫하고 짧막히

소리치며 낯색이 새파랗게 질려 쓰러질듯 몸을 가누지 못했다.

득룡이는 이 뜻밖에 일에 놀라 귤쪽을 놓고 울상이 되어 젊은 부인을 부축하며 《마나님! 마나님!》하고 불렀다.

이윽해서 젊은 부인은 좀 마음을 진정하자 입술을 바르르 떨며 《너의 아버지가 우돌이시지?》하고 간신히 묻는데 두눈에서는 눈물이 줄지어 떨어졌다.

《예, 그러하옵니다.》

젊은 부인은 득룡의 손을 잡고 눈을 감고서 이윽히나 안간힘을 써서 숨을 돌리더니 또 물었다.

《집에 어머니가 계시냐?》

《안계셔요!》득룡이는 이렇게 대답하고는 아버지가 말씀하시기를 너의 어머니는 세상에 생존해있지만 우린 같이 살수 없는 사정이 있다고 하더라는 말을 하였다.

그러니 부인은 득룡이를 와락 품에 끌어안으며

《애야, 내가 너의 어머니다!》하고는 하염없이 흐느꼈다. 득룡이도 뜻밖에 어머니를 만난지라 어쩔줄 모르고 그저 목이 메여 어머니를 부르지도 못하면서 눈물흘리는 어머니 품속에 머리를 파묻고 엉엉 울기만 하였다. 득룡의 울음소리에 정신을 가다듬은 어머니는 눈물을 훔치고 아들에게 자기 팔자가 기박힌탓이라고 그 이야기를 했다.

어머니의 이야기를 듣고 그제야 자기 신세를 알게된 득룡이는 일어나 어머니에게 절하고 무릎꿇고 앉아서

《어머니, 어머니 팔자 그러하시오나 아버지는 안해복이 있고 저에게는 어머니복이 있으니 우리 함께 살면 아무 걱정 없을게 아니옵니까?》라고 절절한 목소리로 말했다.

어머니는 아들의 말을 듣고 크게 깨닫는바가 있어 대답했다.

《정말, 네 말이 옳도다. 내 오늘까지 산게 너의 아버지에게 안해복이 있고 너에게 에미복이 있어 그런게 틀림없도다.》

어머니의 어깨에 있던 천근 짐을 벗어놓은듯 마음속이 후련하여 아들의 손을 잡고 외할아버지를 찾아뵈였다.

딸의 기박한 팔자 때문에 밤낮 한숨으로 세월보내던 황정승은 딸이 득룡의 손을 잡고 들어와 여사한 이야기를 여쭈고 절을 올리니 꿈이냐 생시이냐고 하면서 꿈이거든 깨지 말고 생시이면 어데 보자고 기뻐하였다.

며칠후 황정승은 정승자리에서 사퇴하고 딸과 외손자와 함께 가산을 걷어가지고 하토로 향하였다.

이리하여 우돌이네 가정은 함께 모이게 되었다. 우돌이는 안해와 함께 빈장을 모시고 아들딸 낳아기르며 행복하게 평생을 살았는데 부부간이 동년동갑이라 아흔아홉살까지 살았다고 한다.


# 달이 둘로 보이면 출세한다


옛날에 한 선덕 높은 임금이 있었는데 나라를 어찌나 잘 다스렸는지 온 나라가 태평성대 요순시절과 같았다. 그렇지만 인명은 한명이라 아무리 임금이래도 장생불로하는 법은 없어 이 임금이 이 세상을 하직하자 새 임금이 즉위하게 되었다. 그런데 새 임금이 즉위하여 삼년이 되니 나라는 혼란에 빠지고 백성은 기아와 도탄속에서 헤매고 도처에는 도적무리가 살판쳤다. 이리하여 날따라 원성이 높아지는지라 임금은 한번 나라를 잘 다스려보려고 작심했다. 그래서 선왕때 재상으로 있던 원로에게 어떻게 나라를 잘 다스릴수 있는가고 물었더니 그가 하는 말이 나라를 잘 다스리자면 정사를 바로 잡아야 하는데 정사를 바로 잡자면 인재를 등용해야 한다고 했다. 임금은 크게 깨닫고 그대로 하기로 하였다.

임금이 인재를 등용한다는 방이 곳곳에 나붙자 이제야 대명천지 밝은 세상을 보게 되었다고 방방곡곡의 유지지사들이 구름처럼 서울로 모여들었다.

임금은 특과를 보아 세 선비를 선발했는데 그들은 모두 세상만사에 모르는것이 없는 신선같은 사람들이였다.

임금은 이런 인재들을 얻었으니 이제는 정사가 바로 잡히고 천하가 태평스럽게 될수 있으리라고 흐뭇해하였다.

　때마침 팔월 대보름날 저녁이라 임금은 어화원에 연석을 베풀고 세 선비와 자리를 같이하였다. 나라의 동량지재들과 자리를 같이하고보니 임금은 하냥 마시던 금잔미주이건만 이날 저녁따라 더욱 향기로운것 같고 하늘중천에 솟아오르는 보름달도 더욱 밝아보였다.

　임금은 술이 거나하여 흥에 겨워 담소하다가 세 선비가 재간은 있다 하나 그 마음이 어떤지 한번 떠보고싶은 생각이 들었다. 그런데 마땅한 방책이 떠오르지 않아 끙끙거리다가 무심결에 하늘에 걸린 소리날듯 쟁쟁한 둥근 보름달을 쳐다보자 묘한 궁리가 떠올라 깜짝 놀란듯 무릎을 탁 치며 세 선비를 돌아보고 말했다.

　≪저게 원 일인고? 경들은 저 달을 쳐다보게. 이제 보니 오늘저녁 보름달이 둘로 되어 보이니 심히 괴이토다!≫

　세 선비는 일제히 머리를 들어 하늘의 보름달을 쳐다보았다.

　그러더니 그중 한 선비가 깜짝 놀라 부르짖었다.

　≪금상님의 말씀을 듣고보니 정말 그러하오이다. 분명 오늘저녁 보름달은 둘로 되어 보이오이다.≫

　다른 한 선비가 슬쩍 웃더니 임금에게 여쭈었다.

　≪금상님, 소신은 오늘저녁 보름달이 솟아오를 때부터 둘로 되어 보이는것을 괴이쩍게 생각하면서도 감히 발설하지 못하였소이다.≫

　세 번째 선비는 두눈을 감았다폈다하고 달을 찬찬히 쳐다보더니 나중에는 두눈을 재삼 닦고 쳐다보며 머리를 기웃거렸다. 그리고는 임금과 두 선비를 의아하게 돌아보고 또다시 눈을 닦고 달을 쳐다보았다.

　임금이 그 선비에게 물었다.

　≪경은 왜 말이 없는고?≫

　세 번째 선비가 대꾸했다.

　≪글쎄말이옵니다. 소신은 아무리 바돠 달이 하나로 밖에는 보이지 않는데 둘로 보인다니 과연 괴이한 일이로소이다.≫

　연석을 파한 임금은 침소에 돌아가 자리에 누웠으나 이리뒤척저리뒤척 잠을 이루지 못했다.

≪앞의 두 선비는 옳건그르건 내 말이면 옳다고 하니 나의 심복지인이 될것이요, 두 날개가 될것이다. 그런데 세 번째 선비는 방자한 녀석이야…벌써부터 나를 까밝히려고 드니 이제 날이 감에 따라 더할것은 물론 여차하면 역심까지 가질것이다. … 그러니 중용할수는 없고 나부락벼슬이나 줘야겠다. 아니! 곁에 되면 심복지환이 될수 있지! 쫓아버리는것이 상책이야!≫

이리하여 임금은 달이 둘로 보인다는 두 선비는 중용하며 좌우에 두고 세 번째 선비는 쫓아버리고말았다. 이 이야기를 두고 민간에서는 ≪달이 둘로 보이면 출세한다.≫는 웃음거리가 전해지게 되었다.

리인봉 구술

# 장재비늪과 광주리바위

함북 경원땅에는 장재비늪이라는 늪이 있다. 이 늪어구에 이르면 마치도 아이를 업은 아주머니가 광주리를 이고 늪을 돌아보는것 같은 바위가 서있는데 이 바위를 광주리바위라고 부른다.

멀고먼 옛날 장재비늪과 광주리바위가 생기기전의 일이였다. 지금의 장재비늪이 있는 곳의 양지바른 산기슭에는 네귀에 풍경달린 팔각기와집이 자리잡고있었는데 왼쪽에는 내물을 끼였으니 좌청룡이요, 오른쪽에는 뛰는 범 같이 생긴 산봉우리가 거연히 솟아 노루밭장대를 덮치는듯하니 우백호로서 천하 명당지였다.

그때 한 대풍(아주 용한 풍수)이 이 집터를 보았는데 대풍은 무릎을 탁 치며 ≪천하 명당지로다. 이곳에 집을 지으면 자손만대 흥하리라!≫라고 말했다.

이 소문은 날개가 돋친것처럼 삽시에 온 경원땅에 퍼졌다. 그리하여 장재비라는 욕심쟁이가 소문을 듣자마자 남먼저 이곳에다 집을 지었다. 그랬더니 아니나 다를가 매사가 형통하여 졸지에 벼락부자가 되어 이고장의 갑부로 꼽히게 되었다. 아흔하읍 곡간에 오곡이 차넘치고 좌우옆 행랑채에는 안팎일을 맡아보는 행랑살이와 종들이 욱실거렸다.

장재비는 입이 함박만큼 되어

《정말 대풍은 대풍이로구나. 이름난 풍수의 말씀 아로새겼더니 지금 이렇게 되었는데 이제 십년만 더 지나면 천하 갑부로 되리로다.》라고 기뻐했다.

이리하여 장재비의 재물은 장마의 물붇듯하는데 그에 따라 욕심도 점점 커가서 돈 5리를 보고도 십리길을 아끼지 않았으며 밥이 많이 달아난다고 해어나 육류를 사먹지 않았다. 한번은 한 해어장사가 이놈의 깍쟁이가 정말 해어를 안먹는가 보자고 담밖에서 마른 고등어 한 마리를 집안에다 던졌다. 그러니 장재비는 날아들어온 마른 고등어를 보자 《에크, 밥도적놈이 날아들어왔구만!》라고 하면서 도로 내던지기까지 했다.

이렇게 천하 으뜸가는 깍쟁이다보니 종과머슴, 행랑살이들은 물론 집의 식구들이 밥축을 내는것조차 가슴이 쓰려하였다. 그래서 집식구들은 밥술을 세여 먹게 하고 머슴과 종들은 쌀알을 세여 먹게 했다.

《이 식충같은놈들아, 내 쌀은 썩은 쌀인줄 아느냐? 한알도 더 먹어서는 안된다!》

장재비가 쌀알까지 톱으로 켜먹게 하는통에 머슴과 종들은 피골이 상접다못해 나중엔 하나둘 말라죽게 되었다.

이와같이 2, 3년 지나니 지치고 굶어죽는자 부지기수라 일락서산에 해가 지고 어슬어슬해지면 담벽밖으로는 크고작은 귀신불이 들들 굴러다니고 애곡소리 그칠줄몰랐다. 집식구들은 소름이 끼쳐서 안절부절못하는데 장재비는 배심이 든든해서 코방귀를 뀌였다.

《그래두 재산만 많으면 근심걱정없이 잘살수 있느니라!》

나중엔 집식구들도 골수에 살기가 접하여 하나둘 시들시들 죽어갔다. 그래도 장재비는 재산만 많으면 잘살수 있으니 근심걱정할것 없다고 하였다. 이러면서 동전한푼 쌀 한알 축나지 않나 해서 이른새벽부터 밤 늦게까지 곡간과 행랑채를 돌아보는데 하루도 빠짐없었다. 이렇게 10년이 지나니 가정식구는 반나마 죽고 머슴은 하나도 남지 않고 방아찧는 종과 불때는 종 둘만 남게 되었다. 그래도 장재비는 재물이 축나지 않으니 속이 흡족했다.

밥하는 종까지 죽고나니 할수 무가내라 셋째며느리가 밥을 짓게 되었다.

어느 하루 아침이였다. 셋째며느리가 밥을 지으려고 하는데 방아찧는 종이 쌀을 떠들여오지 않았다. 셋째며느리는 더는 기다릴수 없어 종알종알 두덜거리며 방앗간으로 나가니 방아찧던 종이 방아호박에 엎디여 죽어버렸었다. 기겁하여 집으로 달려들어오니 불때는 종도 아궁이앞에 골을 틀어박고 마지막숨을 몰아쉬고있었다. 셋째며느리는 두눈이 뒤꼭지로 올라가서 뛰여나가 시애비인 장재비를 찾아 사연을 알랐더니 장재비는

《음, 그래? 그래두 우리는 재산이 많으니 잘살거네. 근심걱정할것 없네.》라고 했다.

이튿날아침이였다. 종들이 몽땅 죽은지라 셋째며느리가 혼자 밥을 지으려니 아궁이에 물이 찰랑찰랑하였다.

며느리가 하도 괴이하여 장재비에게 물었다.

《아버님, 아버님! 이게 웬 일임둥? 아궁이에 물이 골똑하옵꼬마.》

《음, 그래 물긷는 종이 없으니 자네를 편하게 하느라고 그렇지.》

장재비 대답을 듣고 그러려니 하면서 방앗간에 들어가니 방아호박에도 물이 찰랑찰랑하였다. 셋째며느리가 더욱 괴이하여 장재비에게 알리니 장재비는 부엌의 물은 먹을수 없으니 방아호박에서 샘물이 솟아난것이라고했다.

셋째며느리는 아궁이의 물을 퍼내고 방아호박의 물로 밥을 지었다. 밥을 다 짓고 구정물을 던지러 나가니 기둥뿌리마다에서 샘물이 솟아나왔다. 셋째며느리는 두눈이 휘둥그래져서 이 일을 장재비에게 알리니 장재비는 너털웃음을 웃었다.

《허허허…그것도 모르겠는가? 우리 집 재물이 물처럼 붇자고 그런거네.》

한참 아침밥을 먹는데 대문밖에서 동냥중의 목탁소리가 들렸다.

장재비는 두덜거렸다.

《식전아침부터 재수없군! 내 쌀을 축내려구? 어림도없지.》

장재비는 밥술을 놓고 나가더니 이윽해서야 들어왔다. 그러자 그냥 목탁소리와 넘불소리가 들렸다. 장재비는 듣다못해 버럭 성을 냈다.

《그놈 정말 성가시게 군다! 이 사람 며느리, 아직도 적어서 저러는 모양이네. 내 방금 새똥을 세사발이나 퍼주었는데두 저 모양이니 이번엔 자네가 나가서 뒤울안의 새똥을 댓사발 더 쓸어내다 주게나.》

셋째며느리는 《예!》하고 다소곳이 물러났다. 그러나 뒤울안에 나가 새똥을 댓사발 쓸어담은 셋째며느리는 원채를 빙 돌아가서 그것을 시궁창에다 쏟아버리고 방앗간에 들어가 좁쌀 한말을 푹 떠다가 중을 주었다. 동냥중은 새똥을 쏟아버리고 좁쌀 한말을 받더니 감사를 드리며 돌아섰다.

이때 셋째며느리가 동냥중에게 물었다.

《대사님, 대사님, 우리 집 아궁이와 방아호박, 기둥뿌리에서 샘물이 솟아나니 이게 웬 일입니까?》

동냥중은 길게 한숨쉬고 대답했다.

《세상에 복을 심으면 복이 나고 죄를 심으면 죄가 나는데 이 집은 죄가 차서 곧 망하게 됩니다. 죽지 않고 살려거든 누구도 알리지 말고 내 막대를 끌고 가는 금을 따라오시오. 그러되 뒤에서 아무리 요란한 소리가 나더라도 뒤를 돌아보지 말아야 합니다. 나무아미타불!》

동냥중은 말을 마치자 막대를 끌며 떠나갔다.

제자리에 못박힌듯 서서 멀어져가는 동냥중을 멍하니 바라보던 셋째며느리는 동냥중이 산굽이를 돌아서자 제정신이 버쩍 들어 집으로 달려들어갔다.

집으로 들어가니 장재비는 재물을 돌아보러 나가고 집식구들도 제칸으로 흩어져가버리고 정지간에 자기 젖먹이만이 누워있었다. 셋째며느리는 더는 앞뒤를 가릴것이 없었다. 먼저 살고봐야겠다는 생각으로 젖먹이를 얼른 등에 업고 광주리에 옷견지나 담아이고 불바람나게 큰길에 나섰다.

황황해난 셋째며느리는 동냥중이 끌고 간 막대금을 따라 허둥지둥 걸었다. 있는 힘을 다해 빨리 걷느라고 기를 쓰니 얼마 못가서 진땀을 줄줄 흘렸다.

장재비의 셋째며느리가 골안어구 둔덕에 이르렀을때였다. 뒤에서 하늘이 무너지는듯 땅이 꺼지는듯한 요란한 소리가 났다.

셋째며느리가 흠칫 놀라 뒤를 돌아보았다. 뒤돌아보니 집터에서 태산같은 물기둥이 솟아올라 집채같은 물사태가 성난 맹수마냥 아우성치며 산지사방으로 흩어졌다.

셋째며느리는 까딱도 않고 반나절이나 바라보다가 한탄했다.

《에구, 우리 집과 우리 재물을!…》

셋째며느리가 그 자리에서 사흘간 바라보니 자기네 집터는 뉘연한 큰 늪으로 변했다. 눈물이 앞을 가려 몽롱하였다. 차츰 셋째며느리는 온몸이 굳어가며 눈물이 말라갔다. 또 사흘 지나니 셋째며느리는 굳어지고굳어져서 바위돌로 변하였는데 등에 업힌 젖먹이도 머리에 인 광주리도 뒤이어 바위돌로 변했다.

이리하여 장재비늪이 생겨났고 광주리바위가 생겨났다고 한다.

박정희 구술

# 문짜기

옛날 어느곳에 천하 명목수라고 자랑하는 한 목수가 있었습니다.

천하 명목수는 그 누구도 자기를 릉가할 사람이 없다고 하면서 자기와 내기할 사람이 있거든 어떤 내기도 좋으니 나서라고 하였습니다. 이 소문이 퍼지자 방방곡곡에서 목수들이 모여들어 내기를 하였으나 모두 다 지고말았습니다. 그리하여 이 천하 명목수는 더욱 의기양양해졌습니다.

어느 하루였습니다. 한 길손이 이 천하 명목수를 찾아 내기를 하자고 하였습니다. 이리하여 내기를 하는데 목수는 자기가 지게 되면 모든 재산을 내여놓겠으나 길손이 지면 아무것도 받지 않겠다고 장담을 하였습니다.

내기는 마을 한 집에서 벌어졌는데 마당은 구경군들로 차고넘었습니다. 그들은 한방에서 각기 같은 쟁기와 재목을 놓고 마을 좌상령감이 만들라는 것으로 하되 곱게 하면서 빨리 만드는 사람이 이기기로 되었습니다. 좌상령감은 사방을 살펴보다가 이집 문을 떼고 문설주만 남겨놓고 두사람에게 문틀에 맞게 문을 짜라고 하였습니다.

목수와 길손은 일제히 일을 시작했습니다. 내기는 참말 굉장했습니다. 서로 한번씩 가늠하고는 재목을 베고 깎고 밀고 맞추는데 톱밥, 자귀밥, 대패밥이 눈보라같이 흩날리였습니다.

문 두짝이 삽시간에 짜졌습니다.

그러나 비슷한 적수라 누가 더 낫다고 결정짓기 어려웠습니다. 그리하여 서로 맞춰보고 달기로 하였습니다. 목수가 거듭 사양하니 길손이 먼저 자기 짠 문짝을 문틀밖으로 냉큼 집어던졌습니다. 그러니 문짝은 문틀을 살짝 **빠져** 마당에 나가 뚝 떨어졌습니다. 구경군들은 모두 ≪야!≫하고 감탄하였습니다. 이번에 목수가 짠 문짝을 문틀밖으로 냉큼 집어던지니 문짝이 문틀에 빈틈없이 꼭 끼였습니다. 그러니 모두 ≪야, 정말 귀신같구나!≫라고 하면서 박수갈채를 보냈습니다.

뒤이어 목수와 길손은 문을 달려고 나섰습니다.

목수가 싱글벙글 웃으며 대패를 쥐고나가 문돌쩌귀를 달 문선을 미는데 길손은 소리없이 일어나 망치를 들고 나가더니 마당에 살짝 떨어진 문짝에다 뚝딱 문돌쩌귀를 달아 꾹 닫으니 문이 빈틈없이 딱 들어맞았습니다. 그제야 마을사람들은 마당이 떠나갈듯 박수갈채를 보내며 길손이 목수보다 더 능란함을 알게 되었습니다.

내기에서 진 목수는 말대로 재산을 내놓으려 했으나 길손은 ≪난 이런 날돈벌이 하는 사람이 아니요. 벼이삭은 익을수록 고개를 숙인다고 재간을 자랑하게 못되오.≫라는 말 한마디를 남기고 떠나갔습니다.

그후 명목수는 언제나 자기의 기술을 부족하다고 생각하며 일생을 두고 게으름없이 배우며 익혀서 참말 천하 명목수로 되었답니다.

# 나무군과 세 건달

옛날 초겨울의 어느 하루였다. 자귀눈이나 내렸는데 세 건달이 술기운이나 풀자고 산놀이를 나갔다. 앞을 내다보니 억대우같은 나무군이 도끼를 둘러메고 터벅터벅 산에 오르고있었다. 그중 한 건달이 ≪우리 저 곰같이 우직한자를 한번 곯려줄세.≫라고 하여 세 건달은 수군거리며 약조했다.

세 건달은 걸음을 재우쳐 나무군을 따르니 나무군이 상냥스레 물었다.

≪세 선비님들은 이 눈속에 어디로 가십니까?≫

이에 한 건달이 대답했다.

≪곰의 발자국을 따라 곰잡이를 가는길이요.≫

두 건달은 키드득 웃었다.

나무군이 내려다보니 자기 발자국이 큼직한것이 정말 곰발자국같은지라 씽긋 웃고 대답했다.

≪아, 그 곰이 새끼 세 마리를 데리고 올라왔는데.≫

나무군이 이렇게 말하고 눈을 뚝 부릅뜨니 무참당한 세 건달은 게걸음쳐 달아나버렸다.


# 같지 않은 두사람


까마아득하게 멀고먼 옛날옛적 천계와 지상계가 서로 오가는 때의 일이였다. 땅이 생기며 생긴 백두산줄기 뻗어내린 헌 산촌에 동년 동월 동일에 출생하여 함께 자란 원필이와 은필이라는 송아지동무가 있었다. 한날한시에 난 친구나 다른것이 몇가지 있었다. 첫째는 용모가 다를뿐만아니라 마음씨도 달랐다. 두번째로 다른것은 타고난 팔자였다. 원필이네는 본래 제밥술이나 뜨던 살림살이였는데 아버지가 일찍 세상뜨고 집식구들도 하나둘 죽다보니 모자간이 마을 뒤산기슭에 게딱지같은 오돌막집에서 죽물과 푸성귀로 주린 배를 달래며 살아가는 고생살이였다. 은필이네는 본래도 괜찮게 보냈댔는데 해를 갈면서 점점 더 잘살게 되어 덩실한 기와집에 연자마 들들 굴리고 당나귀 컹컹 우는 집이라 시골치고는 손꼽히는 부자집이였다. 이렇게 팔자는 달라도 송아지동무로 자란 친구라 자라서도 그사이가 극진했다. 그들은 꺽은 오십을 올려다보게 되니 은필이는 장가를 들어 성머리에 뿔이 났으나 원필이는 그냥 떠꺼머리총각으로 그날그날 보내게 되었다. 이렇게 고생살이를 하는 원필이는 속으로 자기네도 남부럽지 않게 잘 살아봐야겠다는 생각이 가슴에 불붙듯했다.

어느 한해였다. 이제는 가을을 기다리는 때인데 원필이는 백두산으로 인삼캐러 가보려는 생각이 불쑥 일어나 한번 기어이 가보려고 동네방네 돌아다니며 인삼이 어떤 곳에 있고 어떻게 생겼고 어떻게 파는가를 세세히 물었다.

초가을도 막 다가왔는데 원필이는 어릴 때 친구인 은필이를 찾아가서 백두산으로 인삼캐러 가자고 권했다. 은필이는 돈벌이생각은 그리 간절하지 않았으나 인삼을 먹으면 장생불로한다는 말을 들은지라 한번 산천구경도 할겸 잘하면 장생불로할것이요, 못된다 해도 본전 밀어넣은것이 아니니 선선히 대답했다.

은필이가 선심을 써서 대주는바람에 원필이와 은필이는 각각 쌀 대두 한말씩 짊어지고 백두산을 향하여 떠났다. 백두산까지 삼백리길인데 사흘을 걸으니 천리림해에 이르렀는데 머리에 백설을 떠이고 중천에 솟은 웅위로운 백두산이 바라보이였다.

그들은 소나무와 봇나무 그리고 각가지 아름드리고목들이 들어선 밀림속에 잡아들어서 한 개울가에 이르러 초막을 짓고 먼저 이곳에서 며칠 돌아보기로 하였다.

이튿날 이른새벽에 일어나 새밥을 지어 산천을 위하고 아침을 든든히 치른 다음 아침안개속으로 산삼을 찾아 떠났다. 길을 잃지 말려고 물곬을 끼고 나가면서 좌우를 돌아보는데 아침안개속가 꽉 끼여 무엇이 무엇인지 분간해볼수 없고 아름드리고목사이에는 넝쿨로 뒤엉켜 헤집고 다니기가 여간만 힘겹지 않았다. 얼마 가지 않아 진땀이 내배고 숨이 턱에 닿았다. 새끼나절이 지나서야 안개가 걷히는데 이름모를 잡초가 어찌 무성한지 푸른 하늘도 잘 내다볼수 없었다. 원필이는 물불을 가리지 않고 덤벙거리나 은필이는 웬 일인지 슬그머니 겁이 더럭 났다. 산짐승이나 만나면 어찌는가 하는 근심으로 사방을 두리번거리게 되고 무슨 자취가 나도 진땀이 오싹오싹 돋았다. 그러나 겁쟁이로는 보일수 없어서 겉으로는 짐짓 태연한체하였다. 이렇게 하루 헤맸으나 아무것도 찾지 못하고 아주 녹초가 되어 초막으로 돌아오게 되었다.

초막에 돌아오자 은필이는 락심해서 원필에게 말했다.

≪이거 정말 개없는 사냥보다 더 한심한 일이다. 싹싹 걷어치우고 래일 돌아가자!≫

원필이는 히죽이 웃고 대꾸했다.

≪아니, 하루 찾고 돌아가다니 남의 웃음거리가 되겠다. 그래 헛고생할셈 치고 대엿새야 못찾아보겠니?≫

은필이는 이날 지치고 혼났는지라 골을 내저으며 기어이 돌아가자고 고집하였다. 원필이는 할수 없어 그러면 은필이는 초막에서 쉬고 자기 혼자 나가 돌아보겠다고 하였다. 은필이도 할수 무가내로 그럴수밖에 달리 할 방도가 없어 그러면 그러라고 하였다.

원필이는 련속 사흘이나 나가서 헤매다가 초막으로 돌아들어왔다. 은필이는 초막에서 보내자니 지루하기로 기가 딱 막혔다. 그래서 어느때가 되었는가 하여 초막을 나와서 하늘의 해를 쳐다보니 점심때가 가까웠다.

≪아직도 반날 더 기다려야겠구나! 오늘까지 사흘이라 래일은 기어이 돌아가야겠다…≫

은필이가 이렇게 중얼거리는데 원필이가 헬레벌떡 달려오며 기쁜 소리를 질렀다.

≪은필아, 은필아! 찾았다! 찾았어…≫

≪엉?≫

은필이는 무슨 말인지 몰라 물었다.

≪뭘 찾았단말이냐?≫

≪인삼을 찾았다, 인삼을!≫

그리고는 두눈이 휘둥그래진 은필에게 말하기를 찾기는 찾았는데 난처하게 되었다고 하였다.

은필이는 말귀를 죄다 알아듣지 못하면서 그저 펄쩍 뛸듯이 기뻐했다.

≪그럼, 지금 함께 가서 빨리 캐자!≫

원필이가 대답했다.

≪함께 가보자. 그런데 캐기가 힘든데 있단말이다.≫

≪있기만 하면 캐는거야 문제없지.≫

원필이는 머리를 저었다.

≪그렇게 쉽지 않을게야.≫

≪글세 빨리 가보자!≫

신이 난 원필이와 은필이는 맥드는줄도 모르고 두주먹을 부르쥐고 달렸다. 초막에서 1리나되나마나한 곳에 이르러 원필이는 은필에게 자칫하면 떨어져 죽을수 있는 곳이니 조심하라고 주의를 주었다. 은필이가 두눈이 황해서 머리를 끄덕이고 앞을 내다보니 큰 바위함정이 나타났다. 원필이는 먼저 나뭇가지를 휘여잡고 내려다보더니 은필이더러 한번 내려다보라고 하였다. 그 말에 은필이가 나뭇가지를 휘여잡고 조심조심 바위함정속을 내려다보니 함정은 바위를 깍아지른듯한 절벽인데 대여섯길밑에 이르러 한마지기나 되는 펑퍼짐한 곳이 있고 그곳에 이야기에서 듣던것과 꼭같은 새빨간 인삼씨를 떠인 마당삼이 내려다보였다. 요 며칠동안 원필이는 헤매고다니다 앞에 함정이 나지니 그속에 무엇이 있나 해서 들여다보다가 이 인삼을 찾게 되였다는것을 말했다.

은필이가 물었다.

≪그래 저걸 어떻게 캐겠니?≫

원필이는 대답했다.

≪글세, 어떻게 캘지 둘이서 함께 궁리해보자.≫

원필의 대답에 은필이는 흥이 절반이나 사라졌다. 아무리 바라봐야 사람이 들어가지도 못하고 막상 들어갔다 해도 날새가 아니고서는 나올수 없는 곳이였다. 이러고보면 그림의 떡을 보고 군침을 삼키는 격으로 눈요기나 했지 아무 쓸모 없는것이였다.

은필이는 쓴 입맛을 다셨다.

≪그저 구경이나 했지 하늘의 별따는 재간이 있다면 몰라도 그렇지 않고서야 저 인삼을 캘수 없지.≫

원필이는 무슨 하늘의 별따기에까지 비기겠느냐고 하면서 장바만 있으면 되겠는데 그까짓 함정이 대단할것없다고 했다. 그러면서 말하기를 집에 돌아가 장바를 가져오자면 적어두 이레가 걸릴것이니 이곳에서 피나무껍질을 벗기여 바를 드린다면 늦어두 이틀이면 될것이라고 했다.

은필이는 좀 맥을 더 들이더라도 일자를 앞당기는것이 상책이라고 여겼기에 이곳에서 피나무껍질을 벗기자고 했다. 이리하여 그들은 까치박공같은 나무아지를 다듬어서 자새를 만들어가지고 바를 드리는데 맥없는 줄 모르고 손이 부르터도 아픈줄 모르며 밤낮으로 일손을 다그쳤다.

하루 반 걸려 피바를 다 드리게 되었다.

사흗날 함정에 이르러 원필이는 피바를 함정곁 고목밑둥에 동여매고 한번 지근지근 당겨보고 사리여 함정에 내려뿌리니 쭉 퍼져내려가 밑바닥에 닿이고도 뒤발 남았다.

원필이는 내려다보고 은필에게 우에서 당기라는대로 당기면 어려울게 하나도 없다고 하니 은필이는 넘려말라고 했다. 원필이는 피바를 잡고 척 내리더니 잠간 사이에 함정밑에 내려갔다.

우에서 내려다보던 은필이가 소리쳤다.

《모두 몇뿌리냐?》

《가만있거라, 세여보구.》하더니 풀섶을 샅샅이 뒤지며 세여보고 소리쳤다.

《큰것만 열두뿌리다! 》

원필이는 마을의 로인들에게서 들은대로 방초를 부르고 꽁무니에 찼던 나무칼로 인삼을 캐기 시작했다. 수염뿌리가 상할세라 조심스레 한뿌리 한뿌리씩 캐다보니 시간이 퍼그나 흘렀다.

원필이는 인삼을 다 캐자 봇껍질에 두 번 세 번 싸가지고 피바에 달아맸다. 그리고는 은필에게 인삼을 달아맸으니 조심스레 끌어올리라고 소리쳤다.

은필이는 인삼을 풀어보니 과연 사람처럼 생긴것이 희귀하였다. 인삼을 바라보는 은필이의 마음은 방망이질하듯 높뛰였다.

《야, 이 좋은 보배를…원필이가 찾았고 원필이가 캤으니 나야 한두뿌리밖에 차례 못지겠지! 어떻게 할가?…》

이러는데 함정속에서 원필이가 소리쳤다.

《빨리 바를 내려보내라!》

《엉?》하고 끔쩍 놀랐던 은필이는 피뜩 좋은 꾀가 떠올라 소리쳤다.

《피바 중간이 두곳이나 뙜다. 좀 손질해야겠다.》

《응, 그러면 든든히 손질해라!》

원필이는 대꾸하고는 앉아서 곰방대를 붙여물었다.

황금에 혹사심이라더니 은필이는 보배를 보자 이를 악물고 생각했다. 원필이를 그대로 함정에 두면 굶어 죽을것이니 근심할것 없고 집에 돌아가서도 자기는 몇뿌리 파게 되니 먼저 돌아왔다고 하면 그만일것이 아닌가고 생각하였다.

≪옛다 모르겠다!≫하면서 곱쳐쥐였던 피바를 고목뒤쪽에 팽개치고 인삼 열 두뿌리를 싸가지고 꽁무니를 빼고 말았다.

함정속에 앉은 원필이는 담배 한 대를 다 피웠는데 웅기가 없어서 기다리다못 해 올리 소리쳤다.

≪아직두 바를 못 손질했니?≫

우에서는 아무런 응대도 없었다.

몇 번 소리쳐도 응대가 없으니 속이 후끈 달아난 원필이는 련속 목이 터지게 은필이를 불렀다. 그래도 대답이 없는지라 무슨 일이라도 생긴것 같아 속이 두근 거렸다.

≪웬 일일가? 무슨 일이 생겼을가?…≫

어느덧 해가 저물었는데도 감감무소식이였다.

해가 지니 하는수 없어서 바위밑에 기대여앉아 뜬눈으로 장밤을 새웠다. 이튿 날 원필이는 함정밑에서 온 하루 돌아쳤으나 병풍을 둘러친것 같은 함정은 정말 올라갈만한 곳이라곤 없었다.

사흘만이였다.

배는 등에가 붙고 맥이 몽땅 떨어졌다. 앉은채 쪽빛하늘을 쳐다보니 집에 홀로 계시는 어머니도 저 하늘을 쳐다보며 자기를 기다리시라고 생각하니 울분 한 마음 가득하여 눈물이 주르르 흘러내렸다. 셈들어 처음 기만당한 일이였다.

눈물을 훔친 원필이는 이를 악물었다.

≪아니 살아지! 하늘이 무너져도 솟아날 구멍이 있다는데 아직 하늘이 무너 지지도 않았는데 죽을 생각을 하다니! 안된다! 방법을 대보자! ≫

원필이가 다시한번 사방을 빙 둘러보며 찬찬히 살펴보니 한쪽 구석에 반키쯤 올라서서 바위가 도트름하고 그우로 대여섯키되는 홈타기가 있고 그우에는 머 루넝쿨이 드리워있었다.

≪되든 안되든 그래도 저기로 올라가봐야겠구나!≫

이를 옥문 원필이는 결단을 내리고 손톱과 발톱으로 바위를 톺으며 벼랑을 오르기 시작했다. 한키나 톺아오르니 손톱과 발톱이 터져서 피가 줄줄 흘렀다. 두 엄지발톱은 찌그러져 한쪽에 가 붙었다. 팔굽과 무르팍에서도 선지피가 흘렀 다. 그야말로 사느냐죽느냐는 생사결판이였다. 벼랑은 원필의 선혈로 붉게 물들었다. 생사결판이지만 뒤키 오르자 더는 움직일수 없었다. 기진맥진한데다가 피가 흘러내린 벼랑은 미끌미끌하여 그 자리에 붙어있기도 어려웠다. 이러다가 원필이는 정신이 아찔하여 한쪽 발이 쭉 밀키며 그만 바위에서 굴러떨어지고말 았다.

선혈이 랑자하여 함정밑에 굴러떨어진 원필이는 죽는지 사는지 불변세상이라 가느다란 날숨만 팔락팔락할뿐이였다.

시간이 얼마나 흘렀던지 어렴풋한 가운데

≪참, 참된 젊은이!≫하는 말소리가 들렸다. 원필이가 한번 눈을 뜨고 바라보 려 하니 눈까풀이 어찌나 무거운지 눈을 뜰수 없었다. 모지름을 써서야 겨우 눈을 뜨고 바라보니 백발로인이 자기곁에 꿇어앉아 자기 몸을 이리저리 주물러 주고있었다.

원필이가 일어나려고 힘을 쓰니 백발로인은 원필이를 다독이며 상냥하게 말 했다.

≪어, 용하군! 용해! 정신차렸으니 됐네. 누운대로 있게. 내가 자네 상처를 치료해주지.≫

그제야 원필이는 온몸이 바늘로 쑤시는듯 아파나서 이마살을 찌푸리며 가는 신음소리를 냈다. 백발로인은 손을 훈들어 솔가지 같은 것으로 원필이의 몸을 올리쓸고내리쓸었다. 그러니 원필이는 그 자리에서 온몸이 거뿐해나고 새힘이 솟구쳤다. 그래 벌떡 일어난 원필이는 백발로인에게 감사를 드리며 어디서 오신 로인님이신가고 물으니 백발로인은 은발수염을 쓰다듬으며 대답하기를 자기는 백두산 인삼시조로서 천리림해의 인삼이 모두 자기의 후손이라고 했다. 그리고 는 계속 말하기를

≪착한 젊은이, 젊은이가 캔 인삼 열두뿌리는 천벌받을 고약한놈이 가지고 도망쳐버렸네. 내가 천년 묵은 인삼 한뿌리를 줄테니 자, 받게나!≫

원필이는 자기가 함정밑에서 캔 인삼뿌리 열두개를 합친것보다 더 큰 인삼을 받아들고 기뻐하다가 깜짝 생각나서 말했다.

≪로인님 은혜 백골난망이오나 소인이 이 함정을 벗어날 수 없사오니 어찌하 면 좋겠습니까?≫

백발로인은 원필의 어깨를 다독이며 말했다.

≪젊은이 근심말게! 오래지 않아 이제 오시가 되면 이 함정에 들어와 인삼꽃을 따먹는 신선꽃사슴이 내릴텐데 자네가 그 꽃사슴을 타면 함정을 벗어날거네.≫

감격된 원필이는 얼른 꿇어엎드려 절하려다가 깜짝 놀라 깨니 남가일몽이였다.

벌떡 일어서 보니 온몸에는 상처 한곳도 없어졌고 손에는 꿈에서 본 백발로인이 쥐여준 천년묵은 인삼이 쥐여있었다. 자기가 바라오르던 벼랑을 바라보니 그곳은 그냥 피가 랑자한 그대로였다. 실로 꿈 아닌 꿈이요 꿈같은 사실이라 꿈인지 생시인지 분간하기 어려웠다. 이러나저러나간에 원필이는 다시 엎드려 백발로인이 어데 계시든 자기 목소리를 들을것이라고 생각하고 이마를 조아리며 곤백번 사례하였다.

한창 이러는데 쉭하는 바람소리와 함께 덜컥 소리가 나기에 일어나 보니 머리에 물레뿔을 떠인 당나귀만큼한 꽃사슴이 눈앞에 나타나 정답게 자기를 바라보고있었다.

≪야, 네가 귀여운 신선꽃사슴이냐?≫

원필이가 물으니 신선꽃사슴은 머리를 끄덕였다.

원필이가 슬쩍 등에 올라타니 신선꽃사슴은 설컹 뛰더니 마치 나래라도 돋친듯 눈깜짝사이에 함정을 날아올랐다. 원필이가 제격 등에서 뛰여내리자 어느새 어떻게 사라졌는지 신선꽃사슴은 가뭇없이 종적을 감추고말았다.

한편 은필이는 인삼 열두포기를 걷어안고 제정신없이 주자를 놓았다. 해가 일몰하고 함정과 백여리 떨어지자 그때에야 비로소 배가 출출해남을 느꼈다. 허둥지둥 도망치다보니 량식주머니를 두고 왔다는것이 생각났다. 그대로 인삼 열두뿌리를 생각하니 그것은 아무것도 아니였다.

≪흥, 별 대수냐? 산열매를 따먹고 풀뿌리를 파먹은들 2백리길이야 그리 어려울것 없지.≫

악몽속에서 허덕인 은필이는 새벽이슬에 몸이 으슬거려 이른새벽에 일어나앉아 화들화들 떨며 이를 딱딱 맞쪼았다. 이러면서도 품속의 인삼 열두뿌리가 그대로 있는지 근심되여 헤쳐보았다.

인삼을 헤치고 가뜩이나 큰입이 귀밑까지 올라가게 헤벌쭉거리던 은필이는 문뜩 생각나서 중얼거렸다.

≪내가 이 좋은 인삼을 가지고 왜 언녕 먹지 못했을가? 장생불로하고 힘이 세진다는 인삼을 당장 먹어야지!≫

은필이는 제일 작은 인삼을 골라서 한뿌리 먹어보니 쌉쌀한 맛이 나는것이 별로 마뜩한것 같지 않았다. 한뿌리 더 먹기 시작하는데 가슴이 후끈후끈해나고 온몸이 쭉 펴지는것 같고 추위가 절반이나 가시여졌다.

은필이는 기뻐서 무릎을 탁 쳤다.

≪그러면그렇겠지! 틀림없겠지! 이제 두뿌리만 더 먹자.≫

인삼 세뿌리를 다 먹자 얼마 지나지 않아 손발에 땀이 휘주근하고 온몸이 날듯이 거뿐하고 새힘이 북받쳤다. 배고픔도 없어졌다.

≪힘을 내여 걸어보자!≫

은필이는 흥이나서 불이 번쩍 나게 걸었다. 걸을수록 힘이 나서 쉬지 않고 줄창 걸으니 해 동갑하여 이백리길을 걸어 마을에 거의 당도하였으나 조금도 맥진하지 않았다. 마을 동구밖에 이르러 샘터에서 갈한 물을 마시고 다시 인삼 아홉뿌리를 펴보고 생각해보니 이제 세뿌리만 더 먹으면 장생불로하여 삼천갑 자 동방삭이 부러울것 같지 않았다. 그리하여 또 세뿌리를 얼른 먹었다. 세뿌리를 더 먹고 생각하니 아직도 좀 부족한것 같아서 다시 세뿌리를 더 먹었다.

은필이가 해가 나불나불 넘어가려 할때 집에 들어서게 되었다.

집에 들어선 은필이는 이상하게 눈앞에 시뿌옇게 안개끼는것 같고 속이 갑갑 해나서 앉아있지 못하고 드러누워 꿍꿍거렸다.

백두산 인삼캐러 갔다가 은필이 돌아왔다는 소문에 원필이의 어머니가 허겁지 겁 달려와서 원필이는 왜 안아느냐고 하니 은필이는 대답하기를 자기는 웬 일인 지 몸이 불편해서 먼저 돌아오고 원필이는 그냥 남아서 인삼을 캐려고 돌아다니 고있으니 앞으로 돌아올것이라고 했다. 원필의 어머니는 근심되여 돌아갔다.

은필이는 날도 채 어둡지 않았는데 캄캄하다고 불을 켜라고 잔소리했다. 그리 하여 불을 켰는데도 불을 환하게 켜라고 성화질했다. 하도 이상하여 집식구들이 불을 들고 두눈을 들여다보니 피가 어찌나 폭 겼는지 흰자위와 검은자위가 알리 지 않고 새빨갛게 피가 고인것 같았다.

모두 어찌된 일이냐고 절절매는데 은필이는 가슴속과 눈에서 불이 난다고 고함지르며 펄펄 뛰였다. 집식구가 의사질하는 복술을 데리러 떠나는데 시뻘건 두눈이 개구리눈처럼 불뚝 삐여져나왔다. 보기만 해도 끔찍스러웠다. 복술을 청해왔으나 그도 속수무책이여서 그저 절절매고있는데 은필이는 온몸이 퉁퉁 부어올랐다. 그러더니 무서운 소리를 지르고 각혈하는데 입과 코는 말할것도 없고 오관에서 피가 줄줄 흐르더니 꺽꺽하면서 숨을 거두고말았다. 복술은 기겁 하여 눈만 꺼벅거리다가 입속으로 중얼거리더니 산에 갔다 돌아오는길에 살을 맞았다고 하였다. 몸에 무엇이 없는가고 들춰보라기에 품속을 뒤지니 봇나무에 꽁꽁 싼 인삼 세뿌리가 나졌다.

복술이 머리를 끄덕였다.

≪그래 이런 보물을 하나두 아니구 셋이나 가진게 살을 맞지 않을수 있수? 이제라두 저 동제단에 가서 동신(銅神)에게 빌고 산삼 세뿌리를 동신에게 바치 시오. 그러지 않으면 후환이 있겠소.≫

복술의 말대로 하여 복술은 인삼 세뿌리를 옆채기에 넣게 되었고 은필의 장례 도 끝났다.

그 이튿날 원필이가 왔다.

원필이는 은필이의 소행이 괘씸하여 펄펄 뛰였으나 지금 자기는 어쨌든 살았 고 은필이는 죽었으니 더 말할것 없고 또 그가 삼캐러 갈 때 량식쌀 대주던것을 생각해서 말을 안하고, 돌아와보니 일이 그런 판이라 별말하지 않고 하늘을 우러 러 장탄식하고 은필이 두고 온 량식주머니를 돌려주었다.

그후부터였다.

원필이네는 어찌된 일인지 거미줄쳤던 쌀독마다에는 여러 가지 쌀이 차넘치 고 농짝에는 새옷이 찼으며 무엇이나 잘되여갔다. 이제는 게딱지 같은 오돌막집 에서도 오붓한 생활을 하게 되었다.

이러던 어느 하루였다.

천도국의 임금이 병이 나서 백약이 무효로 위중한데 오직 지상계의 백두산에 서 천년 자란 인삼을 써야 낫는다고 하여 천도국의 인삼박물이 지상계에 내려와 백두산기슭마을로 찾아가다가 이 마을에 들리게 되었다.

마을에 들어선 천도국 인삼박물은 기이한 현상에 깜짝 놀랐다.

때는 한낮이라 해빛이 쨍쨍 내리쪼이는데 사굽이에 한 오돌막이 있고 그 오돌 막우에 서광이 비끼고 칠색무지개 걸려있었다.

≪아니, 내가 잘못보지나 않았는가?≫

천도국 인삼박물은 자기 눈을 의심하여 눈을 비비고 다시 보았으나 서기와 칠색무지개는 그냥 눈부신 빛을 부리였다!

천도국 인삼박물은 이는 심상치 않은 일이라고 곧추 오돌막으로 찾아들어갔다. 때마침 집에는 모자간이 있는지라 천도국 인삼박물은 곧이곧대로 실토정하였다.

≪소신은 천상계 천도국 인삼박물이옵니다. 지금 천도국 임금이 득병하여 명이 경각을 다투고있나이다. 이 병에는 천년묵은 백두산 인삼을 써야 낫는다고 하여 백두산 있는 지상계에 내려왔는데 이 집에 있을듯하여 찾아들어왔소이다.≫

본래 원필이는 한평생 인삼로인이 준 천년북은 인삼을 두고두고 보려 했는데 특히 천상계 천도국에서 임금의 병이 경각을 다툰다니 내놓지 않을수 없었다.

원필이가 백두산 천년묵은 인삼을 내여놓으니 천도국 인삼박물은 대희하여 값이 얼마냐고 물었다. 원필이는 이제는 자기네도 밥술이나 들만큼 되였으니 그저 가져가라고 하였다. 그러자 천도국 인삼박물은 더욱 감격해하다가 머리를 저었다.

≪세상 정직하고 착하신분이오이다. 그 어진 마음 감사하와 천도국 만백성에게 알리리다. 그러나 이런 보물은 제값을 주지 않고 쓰면 구족이 멸하는 법이라 값을 부르되 높이 불러야 하오이다.≫

할수 무가내라 원필이는 한냥에 소를 두세마리씩 살수 있으니 큰 마음 먹고 스무냥을 불렀다. 더 불러야 한다고 해서 곱절로 마흔냥을 불렀다.

천도국 인삼박물은 올리는 흥정을 하기가 너무도 갑갑하여 천냥이면 어떠냐고 하니 원필이는 이게 웬 말이냐고 손을 저었다.

≪천냥이면 하늘이 아는 부자라는데 거 되기나 할 말씀이옵니까?≫

그러나 천도국 인삼박물이 백두산 천년묵은 인삼값은 한냥도 꿇일수 없는 천냥이라고 하니 천냥을 받지 않을수도 없었다.

천도국에서는 지상계에 그런 어진 사람이 있느냐고 하면서 돈 천냥에 또 례물로 신선주단과 곡식섬을 보내니 례물이 천수레였다.

원필이는 돈냥과 물건들을 온 마을 가난한 집들에 골고루 나누어주고 자기도

한몫 가지고 기와집 짓고 문전옥답 마련하고도 가득 남아서 창고에 처넣을수밖
에 없었다.

원필이는 격은 오십에 장가들어 아들딸 키우며 로모를 모시고 안해와 함께
평생을 잘살았다고 한다.

리인봉 구술 / 1980년 12월 수집

## 처사의 딸

옛날 한곳에 한 처사가 살고있었다. 그 처사는 마을한끝 그윽한 수림속에
자리잡은 정결한 초옥에서 약간한 전답으로 끼니를 이으면서 글읽기를 업으로
삼아 음양의 리(理)를 알고 그의 도(道)를 닦으니 하늘의것은 성군(星群)의 위치
와 그 행(行)함을 아는 것으로 태극음양설(太極陰陽說)을 통달하였다. 그로 하
여 인간은 천기이기(天地二氣)가 합한 것으로 정신은 천기(天氣)이고 육제는
지기(地氣)라고 하며 천기는 리지(理智)를 담으므로 총명하고 지기는 정욕(情
欲)을 생하므로 어둡고 우둔하다고 여겼다. 이리하여 그는 륙도삼략(六韜三略)
을 통달하고 둔갑장신술에 능통하게 되었다.

처사는 슬하에 꽃같은 무남독녀 외딸만을 두어 딸과 나날을 보내면서 외딸에
게 글을 가르치고 도술을 배워주었다. 그의 딸은 인물이 천하일색이고 마음씨는
비단같이 고우며 기질은 일편단심하여 그 이름 금단이라 했다. 금단이는 재질
또한 출중하여 고을의 녀호당이라고까지 불렸다. 금단은 아버지에게서 음양의
술도 배워가지고 어려서부터 마을사람들의 병을 고쳐주기도 하고 어떤 난관이
생기면 그것을 풀어주기도 하였다. 그리하여 이 고을 사람들은 처사 부녀를 신선
처럼 떠받들었다.

금단이가 과년하자 그의 소문이 우레같이 울리여 총각을 둔 집들에서는 모두
금단이를 넘겨보는데 가근방 명문거족치고 매파를 띄우지 않는 집이 없었다.

그러나 처사의 부녀는 거들떠도 보지 않았다.

이러던 어느 하루였다.

처나네 집으로 관행이 행차했다. 감사또가 아들을 둔지라 며느리감을 수소문하다가 처사의 딸이 학문과 재질에 뛰여났을뿐만아니라 천하절색이란 말을 듣고 이 고을 원을 시켜 혼방을 띄웠던것이다.

고을 원이 처사에게 례를 올리고 청혼하니 번히 듣던 처사는

《봉이 까마귀둥지에 들수는 없으니 까마귀는 까마귀를 찾는것이 짝일것이요.》라고 단미디로 못박았다.

고을 원은 노발대발해서 돌아가 감사또에게 이 일을 고자질했다.

감사는 죽일놈살릴놈하면서 하늘같이 뛰며 당장 처사를 붙잡아올려 릉지처참하라고 불호령을 질렀다.

무사로 명성떨친 감사또의 아들은 분이 상투밑까지 치밀어올라 직접 병마 백여기를 거느리고 시공르 향하여 질풍처럼 달려내려왔다.

처사는 어느덧 마을어구 나지막한 산봉우리에 앉아 옆에다 보검을 놓고 벙글벙글 웃고있었다.

감사또의 아들은 산기슭에 이르러 처사를 보자 우레같이 소리쳤다.

《이 늙은 당나귀 같은놈아, 관장 모욕한 죄 어찌 용서를 바랄소냐? 빨리 내려와 목을 늘여라!》

처사는 껄껄 웃고서 감사의 아들을 꾸짖었다.

《이놈! 네놈들이 짐승보다 낫단말이냐! 이마의 소똥도 마르지 않은놈이 허풍치지 말고 이 어른이 가만있을때 순순히 돌아가거라!》

감사또 아들이 채찍으로 처사를 가리키며 즉쳐올라 가라고 호령하자 백여기가 함성을 지르며 일시에 쳐올라갔다. 처사가 분노하여 일어서서 내려다보니 감사또 아들이 백여기를 거느리고 산중턱에까지 기여올랐다. 그를 보자 발을 탁 굴렀다. 그러니 사람이고 말이고 그냥 그 자리에서 맴돌이쳤다.

감사또 아들은 술법에 걸렸다고 깜짝 놀랐다. 그때 처사가 소리쳤다.

《이 무지막지하고 무례한 짐승같은놈들아. 이 어른의 솜씨를 보았은즉 더는 앞으로 시끄럽게 굴지 말아라.》

처사는 붓에다 먹을 걸직하게 뚝 찍어 한번 휘두르고는 모두 목을 만져보라고

했다. 모두가 두눈이 휘둥그래서 목을 만져보니 목옆 큰 대혈마다에 먹점이 찍혀 있었다. 서로 바라보며 그 신묘한 재주에 입을 딱 벌리는데 처사가 보검을 잡고 소리쳤다.

≪이제 내가 보검을 한번 휘둘러 네놈들의 목을 몽땅 따겠는데 떨어진 대가리 를 말궁둥이에 달아가지고 돌아갈지어다.≫

모무들 꼼짝못하고 죽게 되었는지라 말에서 굴러떨어져 머리를 싸쥐고 대 성통곡하며 자비를 베풀어 죽을죄를 용서해달라고 이마에 피가 맺히도록 조아 렸다.

처사가 호령했다.

≪네놈들이 고두사죄하니 한번만은 용서할터이다.그러나 다시는 고약한 짓을 하지 말아라. 다시 그러는놈은 용서치 않으리라! 냉큼 물러가라!≫

그 호령소리와 함께 저마다 말에 올라 줄행랑을 놓는데 귀떨어지는것도 모르 고 뒤도 돌아 못보고 달음아 날 살려라고 냅다뛰였다. 삼십여리 달려서야 서로 제 골이 붙어있는가고 만져보며 요행 살아난것을 천만다행으로 여겼다.

처사는 맥없이 집으로 돌아내려와 딸을 앉혀놓고 말했다.

≪내 너를 위해서 좀 살막이하느라고 그랬는데 너도 이제는 배필을 정해야겠 다. 충성스러운 사람을 골라야겠다. 내보기에는 일전에 우리 마을에 와서 날품팔 고 간 막득이라는 대걸총각이 지금 아랫마을 부자집의 상머슴질을 하고있는데 그 총각이 좋을듯하구나. 혼사는 인륜의 대사기에 내 혼자 정할수 없다. 네 의향 은 어떠냐?≫

금단이는 아버지에게 읍하면서 부친의 명에 좇겠다고 했다. 딸의 대답을 들은 처사는 한숨을 후 쉬고 나들이 옷을 떨쳐입더니 총각 데리러 떠났다.

막득이는 분에 넘치는 청혼이여서 대뜸 응하지 못하다가 처사의 강청에 의하 여 마지못해 응했다. 막득이와 금단이의 초례는 동네의 남녀노소가 다 모여서 음식을 푸짐히 장만하여 춤노래로 즐기였다. 마을사람들은 학무과 재질이 출중 한 금단이가 그냥 이 마을에 있게 된것을 무척 기뻐했다.

혼례를 치른 사흘후였다. 처사는 딸과 사위를 앞에 불러놓고 말했다.

≪자네들도 이제는 어른이 되였네. 어지럽고 험악한 세상을 살아가자면 그리 쉽지 않은 일이네. 앞으로 부부간에 화애롭고 일이 있으면 상론해서 처사해야

하네. 마을사람들과 화목하고 남의 일을 제일처럼 생각해서 도와주고 의로운 일에는 발벗고 나서며 불의지재를 탐내지 말아야 하네.≫

딸과 사위는 어버이의 가르침대로 리행하겠노라 다짐했다. 처사는 그 말을 듣자 이제는 시름놓겠다고 하면서 새옷을 갈아입고 웃방으로 올라가서 돗자리를 펴고 드러눕더니 자는듯이 세상을 뜨고말았다.

딸과 사위는 물론이요, 온 마을 남녀로소가 호천망극하여 대성통곡하였다. 그러나 다시 못올 길을 떠난 그가 돌아올리 없어서 마을사람들의 도움을 받아 처사의 초상을 치르게 되었다.

처사의 초상을 치른후였다. 신랑인 막득이는 열흘이 지나 스무날이 지났는데도 일할념을 하지 않았다. 또 열흘이 지나자 안해인 금단이는 남편을 타일렀다.

≪여보세요, 랑군님께서는 일에서 잔뼈가 굵어졌는데 어찌하여 일을 하려 하지 않으십니까?≫

남편인 막득이는 머리를 긁적거리며 낯을 붉히더니 속심의 말을 하였다.

≪나는 당신을 보고 또 보아도 그냥 보고싶어 잠시도 당신의 옆을 떠나고싶지 않소.≫

안해가 생각해보니 굴밤알신세로 홀로 떠다니다 가정을 이루고 살아가니 충성스러운 그 마음 오죽하랴. 아버지가 생전에 이런 사람이 세상 충성스럽다던 말이 떠올라 눈물이 두볼을 적시였다. 안해가 눈물을 닦고 일을 해야 함을 차근차근 말하니 남편은 그 말을 옳이 듣고 이날부터 일하러 나가는데 먼 밭이나 가까운 밭이나 일을 나갔다는 한숨 지나면 집에 와서 안해를 보고는 또 일하러 나갔다.

안해인 금단이는 남편의 속셈을 아로새기고새기다 붓을 들어 자화상을 그리여 채색까지 올리니 해죽 웃는 그 모습은 마치 금단이가 남편을 그리는 모습이였다. 일터에서 돌아온 막득이는 그 화상을 보자 안해의 미모를 그릴뿐만아니라 뛰여난 재질에 탄복하며 화상을 끌어안았다. 안해는 족자화상을 남편에게 주면서 일터에 나가보면서 일하라고 하였다. 그후부터 막득이는 안해의 화상을 가슴에 간직하고 일밭에 이르러 밭머리에 걸어놓고 기음을 매는데 어찌도 날래게 일하였던지 열흘 할 일을 하루에 하였다. 이러던 어느 하루였다. 불시로 회오리바람이 불어오더니 족자화상을 하늘로 감아올렸다. 막득이는 정신없이 달았으나 회오리바람을 따를수 없었다. 회오리바람에 감기여 하늘로 올라간 화상은 하늘 높이에서 가물거리다 어디론지 사라져 가뭇없었다.

막득이는 너무도 맹랑하여 집에 달려와 이 일을 안해에게 알리니 안해는 뒷일이 근심된다고 하면서 앉은 자리에서 또 화상을 한 장 그려주었다. 남편은 일하고 일해도 기쁨이요, 일할수록 새힘 솟아 힘드는줄 몰라했다.

그후였다. 괴상한 소문이 떠돌았다. 나라님이 하늘에서 하강한 미인을 찾는데 그 미인을 찾아주는 사람에게는 천금상을 내린다고 하였다. 이 소문을 들은 막득이는 그것을 안해에게 말했다.

《여보, 내가 세상을 돌아다녔기에 세상물정을 좀 아니 내 그 미인을 찾아 떠나면 어떻소? 만약 일이 여의하여 그 미인을 찾게 되고 천금상을 탄다면 우리도 남부럽지 않게 살수 있지 않소!》

안해는 몹시 근심하면서 남편에게 읍에 가서 그 방을 한번 보고 오라고 하였다.

남편이 읍에 이르니 실소문이였다. 방을 보고 고을관아에 이르러 어떤 사람을 찾는지 자기가 찾으려 한다고 하자 비단에 정히 싼 족자화상을 내놓는데 그만 눈이 뒤꼭지로 올라가서 모른다고 머리를 가로저었다. 바로 나라님이 찾는 사람이 자기의 안해였다!

회오리바람에 감겨올라간 족자화상이 왕궁에 떨어졌는데 임금은 그 화상을 보자 하늘이 자기의 덕행을 옳이 살피여 선녀를 내려보낸것이라고 기뻐하면서 탑전하교하기를 화장 불러 그 족자화상의 미인을 찾으라 했다. 찾는자에게는 천금상을 내린다는 어명을 내렸던것이다.

남편이 집에 달려와 안해에게 이 일을 알리니 안해는 이마살을 찌푸리고 이윽토록 생각더니 남편에게 말했다.

《이런 일이 생기리라는것을 짐작했습니다. 일이 이렇게 된바 하고는 선손을 써서 화를 물리쳐야지 가만 놔두고있다가는 생각지 못하는 불의지변이 생길것 같습니다.》

안해가 화를 물리치겠다고 하니 남편인 막득이는 적이 놀란 마음을 진정하며 어떻게 하겠는가고 물었다. 안해는 먼저 천금상을 타도록 하고 관리들을 데리고 오라하였다. 그러면 그때 가서 대처할것이라고 했다. 그래도 남편은 이마를 찡그

리며 못미더워하니 안해는 그까짓 허풍만 치는 무지몽매한것들을 겁낼것 없으
니 안심하라 하면서 남편을 들을 밀어 보내였다. 남편은 다시 읍에 올라가 아문
에 들어가서 자기가 임금이 찾는 미인을 찾았다고 보하였다.

고을 원은 그 선녀가 우리 고을에 하강했느냐고 기급하여 몸소 출동하여 당장
길안내를 서라고 하였다. 막득이는 안해가 당부하던대로 천금상을 내놓지 않고
는 길안내를 설수 없다고 딱 잡아뗐다. 이리하여 막득이는 그 선녀가 아닐 때는
관장속인 죄로 릉지처참해도 좋다는 다짐장을 쓰고 천금상을 타서 수레에 싣고
길안내를 섰다.

고을 원이 사령군노 어중이떠중이들을 거느리고 당도해 보니 처사네 집이라
속에 얼음장이 건너가나 처사가 죽었으니 한시름 놓였다. 고을 원이 처사의 딸을
보니 과연 족자화상과 일호반점도 어김없는 절세의 미인이였다. 고을 원은 당장
에서 임금에게 천상에서 하강한 미인을 찾았다는것을 상주하고 선녀를 지키였다.

임금은 미인을 입궁시키라는 어명을 내렸다.

금단이는 남편이 타온 천금상을 마을사람들에게 골고루 나누어주었다. 그런
데 미인을 시급히 입궁시키라는 어명이 하달되였다. 금단이는 남편을 자기앞에
세워놓고 백지로 홀 덮고 무어라고 주문을 외우니 남편은 삽시에 그림으로 변하
였다. 그래놓고 붓을 들어 투구를 씌우고 갑옷을 입히고 장검까지 턱 채우니
홍문연의 번쾌도 비하지 못할바라 그 위엄 당당했다.

금단이는 그림속에 감춘 남편을 품속에 정히 품고 평교자에 앉아 서울로 올라
갔다.

하늘에서 하강한 선녀라는 금단이가 어명을 받고 임금앞에 대령했다.

임금이 바라보니 과연 족자화상의 미인과 일호반점도 어김없는데 마치 월궁
의 상아 광한전에 내린듯 온 궁전안이 환해진것 같았다. 임금은 넋을 잃고 두눈
이 황해서 입을 헤벌리고 숨도 바로 쉬지 못하고 미인만 내려다보는데 금단이
임금에게 여쭈기를 금상님 령대로 대령하였는데 어찌라는가고 했다.

그 목소리 또한 진주 옥반에서 구르는듯 아름답기 짝이 없었다. 임금은 당장에
서 구곡간장 다 녹아내리는것 같아 절세의 가인을 통째로 삼키고싶었으나 만조
백관이 있으므로 어물어물하다가 말하였다.

≪짐이 네 인물이 범상치 않기로 한번 보려고 청했는데 과연 한번 보기만

해도 천냥 싸도다! 후일 너만 부를테니 오늘은 물러가거라!…≫

금단이는 살짝 웃으며 임금에게 은근히 추파를 던지며 말했다.

≪불민한 소첩을 한번 보시는데 천냥 싸다고 하시니 감격해마지않나이다. 상 감께서 정말로 천냥을 내리시면 말씀과 같음을 알겠나이다.≫

임금은 너무도 기뻐서 일이 다되였다고 속이 흐뭇해서 당장에서 천냥을 내놓 았다.

별궁에 돌아온 금단이는 천냥돈을 내놓은 뒤 그림속의 남편을 보고 긴히 쓸데 가 있으니 좋은 말을 백두필 사서 여사여사 준비하라 하면서 무어라고 중얼중얼 외우니 남편이 살아서 궁전을 나섰다.

며칠후, 임금은 두 번째로 처사의 딸인 금단이를 불렀다.

금단이가 고개를 숙이고 대령하자 임금은 미칠듯이 기뻐하며

≪미인은 고개를 들라!≫하고 긴소리를 뽑았다.

미인이 고개를 들자 임금은 그만 깜짝 놀랐다가 개운해져서 눈을 내리뜨고 입맛만 다시였다.

다시 음흉한 두눈으로 이리 뜯어보고 저리 뜯어봐도 그 미인이 틀림없는데 먼저번에 볼 때와는 아주 팔결이라 정말로 볼품없었다. 이리저리 찌그러진 상판 은 차마 보기 구차하였다.

임금은 너무도 어처구니없어 선웃음을 웃었다.

이때 처사의 딸이 이그러진 입으로 겨우 말했다.

≪몹쓸 병에 걸려 앓는 몸이오나 이 땅의 수토를 먹는 것으로 거룩하신 상감님 의 명이라 대령하였사온데 어찌하오리까?≫

그 말소리 또한 어찌도 거친지 귀에 거슬렸다.

임금은 흥이 싹 식어서 김빠진 소리를 했다.

≪오늘은 물러가거라! 후일 다시 부를테다!≫

처사의 딸은 물러가기전에 간하기를 오늘은 두 번 봤으니 의례 2천냥을 내야 하지 않겠는가고 하면서 백지에 써서라도 돈을 주어야 물러가겠노라고 하였다.

임금은 딱 보기싫은데다가 백지에 써주는것이라 몇천냥인들 상관하랴고 일필 휘지하여 2천냥을 써주니 금단이는 재삼 절하며 물러가는데 임금은 너무도 보기 싫어 천정만 올려다보았다.

임금은 처사의 딸이 물러가자 락심천만해서 끙끙거렸다. 미인이 저렇게 루추해졌는데 공연히 천금상까지내려 돈 2천냥을 떼웠으므로 무척 아까와했다. 천냥이라도 하늘이 아는 부자라는데 2천냥이니 정말로 대단한 돈이였다.

벙어리 랭가슴 앓듯 끙끙거리던 임금은 그래도 미인을 다시한번 보려고 처사의 딸을 불러들였다.

처사의 딸이 고개를 푹 수그리고 입궁하자 임금은 이번에는 해달같은 얼굴이 나타나기를 고대하면서

≪미인은 고개를 들라!≫라고 했다.

두눈을 뚝 부릅뜨고 내려다보던 임금은 그만 입을 딱 벌리고 다시 내려다도 보지 못했다.

그 얼굴이 세상 추한 박박색인데 어찌도 추하고 이그러졌던지 귀축같은 그 모양 꿈에 보일가봐 몸서리쳤다.

임금은 당장 물러가라고 고래고래 소리쳤다.

처사의 딸은 또 세 번 보였으니 세 번 본 값을 적어주어야 물러가겟노라고 여쭈었다.

임금은 다시는 오지 말라고 하면서 마지막이니 콱 가지라고 백지에 만냥을 써주었다.

처사의 딸이 백배 사례하며 물러가는데 임금은 아예 돌아앉고말았다.

별궁에 돌아온 금단이는 말 백필 등에 백지에다 일백 이십냥이라고 쓰고 걸바리를 치고 떠나는데 남편은 말을 타고 앞에 서고 자기는 허리에 쌍보검을 차고 뒤에서 따랐다. 말은 넉줄로 서서 정연하게 걸었다. 얼마간 걸어가자 말등마다에 돈액수를 쓴 백지가 금은보화로 변하였다.

미인을 보낸 임금이 하도 어이없어 제자리에서 일어도 못나고 천정만 올려다보고 눈만 꺼벅거리는데 호조판서 급히 들어와 고하였다.

≪상감님께 아룁니다. 어떤놈이 국고를 몽땅 털어갔습니다.≫

뒤미처 내금위장군이 호조판서와 같은 사실을 보했다.

임금이 대경실색하여 생각해보니 필시 그 요물같은 미인의 조화라 당장 군사를 풀어 그 두 년놈을 붙잡아들이라고 불호령을 질렀다.

금단이와 남편인 막득이가 방금 서울을 벗어나는데 고함소리 천지를 진동하

며 먼지가 구름처럼 일면서 한무리 병마들이 질풍처럼 달려왔다.

남편은 이미 안해의 귀띔을 들은지라 히죽이 웃으며 뒤돌아보고는 태연하게 앞에서 걸었다.

이윽하자 인마가 당도했는데 앞에선 장수가 벽력같이 소리쳤다.

≪국고를 훔친 도적놈들, 게 섰거라!≫

처사의 딸이 뒤돌아서서 그 장수를 꾸짖었다.

≪이 무례한놈아, 상감이 내게 준 물건인데 네놈은 무슨 큰소리냐? 행패를 부리지들 말고 순순히 돌아가거라!≫

그 장수는 부아통이 터져서 다 말도 않고 인마를 휘몰아 짓쳐나왔다.

그 장수가 삼십여보앞에 이르자 처사의 딸이 보검을 쑥 뽑아들고 흔드니 인마가 더는 앞으로 달려 못나오고 제자리에서 맴도는데 처사의 딸이

≪서라! 서라!≫하고 소리치니 하나도 꼼짝못했다.

이때 공중에서 푸른빛이 번쩍하더니 그 장수가 말밑에 곤두박질치는데 처사의 딸은 그 장수의 수급을 보검 끝에 꿰들고 어느놈이 감히 대적하겠느냐고 꽥 소리쳤다.

뭇장수들은 대경실색하여 흙빛이 되었는데 처사의 딸은 보검끝의 장수의 수급을 던져버리고 호령했다.

≪너희들 듣거라. 내가 칼을 한번 휘두르면 네놈들의 모리를 몽땅 따겠으나 오늘만은 용서한다. 돌아가서 상감님에게 아뢰여라! 한 나라의 어버이로서 만백성의 유부녀를 희롱하는 못된짓을 다시 하면 내가 직접 와서 상감의 수급을 따갈테라고 해라!≫

말을 맺은 처사의 딸은 뒤도 돌아보지 않고 말을 몰고 길을 떠나는데 뭇장수들은 아연실색하여 바라보다가 멀리 사라진 뒤에야 제 정신이 들어서 돌아와 임금에게 상주하니 임금도 흙빛이 되어 화들화들 떨었다.

처사의 딸은 남편과 함께 말을 몰고 내려오면서 가난한 마을에 이르면 말 한필에 실은 보물을 주어 가난뱅이들을 구제하다보니 고향에 이르러서는 부부간이 탄 말 두필밖에 남지 않았다.

이런 일이 있은후 다시는 이 시골에 관아나부랭이들이 얼씬거리지도 못했다. 이리하여 금단이는 남편과 함께 농사를 지으며 잘살았다고 한다.

# ≪호 환≫

먼 옛날에 집이 없이 홀몸으로 날품팔이하며 돌아다니는 떠꺼머리총각이 있었다. 사람이 못난것도 아니요 등신도 아니고 이목구비도 구전했으나 타고난것이 가난뱅이신세라 굶기를 부자집 밥먹듯했다.

날품팔이를 하다보니 정한 곳이 없이 길이 난 곳이면 발길닿는대로 갔다. 이렇게 돌아다니다 하루는 깊은 산중에 이르렀다. 온하루 걷고 걸어도 산길은 끝나지 않고 인연은 묘연하였다. 일락서산에 해는 지고 밤이 되었는데도 앞길은 막연했다.

총각이 한숨쉬며 이마에 흐르는 진땀을 씻고 허리띠를 졸라매면서 사방을 둘러보니 저 멀리 앞쪽에서 무슨 불빛이 반짝반짝하였다.

총각은 온몸에 힘이 부쩍 나서 바지춤을 추고 불빛을 향해 걸음을 재우쳤다.

떠꺼머리총각은 깊은 산중이니 오막살이집이리라 생각하고 불빛을 찾아갔는데 뜻밖에도 산기슭에 팔각기와집 한 채가 있었다.

총각은 불문곡직하고 그 집 대문에 이르러 건기침을 하고 주인을 찾았다. 서너번 찾았으나 인기척이라곤 없었다.

밸이 꼬인 총각은 혼자말로 구시렁거렸다.

≪이 집은 사람이 살지 않는 빈집인가?≫

그러자 대문이 빠끔히 열리며 불빛 어렴풋한 가운데 한 규수가 머리를 내밀고 ≪죽을 사람이면 들어오고 살 사람이면 돌아가세요.≫라고 구슬피 말하였다.

총각은 천하를 돌아다니다 별난 집을 다 본다고 하면서 ≪죽을 사람이요.≫라고 하며 집안으로 쑥 들어섰다. 집에 들어서 보니 집에는 다른 사람은 없고 규수 혼자뿐이였다. 여하튼 시장하니 밥이나 한때 얻어먹고보리라고 묵은밥이라도 있으면 좀 달라고 했다. 규수는 다소곳하고 저녁상을 차려들여왔다.

떠꺼머리총각은 배고픈김이라 밥을 제정신없이 먹었다. 총각이 달게 밥을 먹고 밥상을 물리고서 아랫방을 내다보니 등촉을 밝혀 대낮처럼 환한데 규수는 함지에다 참기름을 떠놓고 머리를 감고있었다. 하도 이상하여 저것이 요귀인가 사람인가 하여 멍하니 바라보니 참기름에 감는 규수의 가마반질반질한 머리채는 한발이나 되는데 해달같이 환한 얼굴에는 슬픔과 고뇌가 가득차있었다. 규수는 참기름에 머리를 감아 땋아올리더니 저녁상을 물리였다.

총각은 하도 괴이하여 잦은 기침을 하고 물었다.

≪묻기는 거북합니다만 랑자께서는 어찌하여 이렇게 큰 집에서 혼자 사시며 머리를 왜 참기름에다 감습니까?≫

반질반질한 긴 머리채를 내려뜨린 규수는 가냘픈 한숨을 쉬더니만

≪손님께 기이지 않고 말씀드리리다.≫라고 하면서 집사정을 말했다.

원래 이 집은 량반가정으로 식솔이 할아버지,아버지,어머니,오빠네와 형님들 해서 모두 스물이였는데 반달전부터 한밤중이 되면 난데없이 큰범 한 마리가 집에 뛰여들어 하루저녁에 한사람씩 물어가다나니 이제는 자기만 홀로 남게 되었다는것이였다. 그리고 오늘저녁은 마지막으로 자기가 물려갈 차례인데 참기름에 머리를 감으면 혹시 참기름에 미끄러져서 살아날 구멍이 있을가해서 머리를 감았다는것이였다.

≪아, 그런 일이였구만요!≫

총각은 알겠다고 고개를 끄덕이고나서 오늘저녁은 자기가 범을 막을테니 규수는 숨어있으라고 하였다.

슬픔으로 눈굽이 젖은 규수는 땅이 꺼질듯 한숨쉬더니 머리를 가로저었다.

≪문을 닫아걸고 아무리 숨어도 쓸데없어요. 이제 저 앞산에서 쐐— 소리가 나고 마당에서 범이 세 번 울면 사방 문들이 저절로 쫙쫙 열리고 범이 뛰여드는데 아무데 숨어도 영락없이 물어가요.≫

총각은 호언장담을 했다.

≪사내대장부로서 범 한 마리를 당해내지 못한다면 어찌 장부라 하겠습니까! 그러나 범이 집안에 뛰여들고 하루에 한사람씩 물어간다는데는 필유곡절이 있는것 같습니다. 그러니 근심말고 내 말대로 하십시오.≫라고 했다.

총각은 두 가마에 참기름을 부글부글 끓게 하고는 술이 있는가고 물었다. 규수는 고방에 들어가 솔향내나는 송엽주와 산포도주를 한동이씩 내왔다. 그리고 닭을 잡아서 끓는 기름가마에 넣으니 훌륭한 안주였다. 총각은 난생처음으로 받는 대접이라 닭고기안주에 술을 실컷 마셨다.

이렇게 떠꺼머리총각이 술을 마시며 마지막 닭의 다리를 집어들 때 앞산에서

과연 쏴—하는 소리가 났다.

《범이 와요!》

쏴소리를 듣자 규수는 창백해서 사시나무 떨듯 화들화들 떨었다.

총각은 술잔을 놓고 정신을 번쩍 차렸다. 술기운이 뻗쳐 온몸에 힘이 솟구쳤다.

《랑자는 고방에 들어가 숨으시우.》

이윽하자 밖에서《따웅! 따웅! 따웅!》하고 천둥이 우는듯 범울음소리가 나더니 사방문이 쫙쫙 열리고 광풍이 휙 몰아치고 누런놈이 언뜰하였다.

이때라 총각은 주먹으로 땅을 치며 태산이 무너질듯 호령을 질렀다.

《이놈, 웬놈이 이런 행패냐?》

그러자 황소같은 범이 구들 한가운데 떡 버티고서서 등잔같은 두눈을 뚝 부릅뜨고 총각을 노려보며 으르렁거렸다.

총각은 《제길할놈!》하고 번개같이 일어나 범을 걷어차며 소리질렀다.

《이놈, 네놈을 저 끓는 기름가마에 집어넣을테다!》

떠꺼머리총각이 자기 발에 걷어채여 풀썩 거꾸러지는것을 보니 범이 아니라 떡구유같은 도사였다. 총각은 번개같이 달려들어 두 번째로 놈을 걷어차니 도사는 마당에 내려가 곤드라졌다가 흙빛이 되어 부들부들 떨며 이마를 조아렷다.

총각은 도사를 내려다보며 을러멨다.

《이 요사한 중놈아, 이실직고하지 않으면 끓는 기름가마에 집어넣겠다.》

중놈은 이마에 피가 맺히도록 조아리며 연신 중얼거렸다.

《예, 예, 이실직고하리다. 소승은…》

원래 이 중놈은 산너머의 절당에 있는 도사였다. 규수네 일가는 대를 두고 내려오며 산너머에 있는 절간에다 시주하고 명복을 빌었다. 이 사원의 주지인 도사는 명복을 비는 시주인 이 집의 규수에게 눈을 걸게 되었다. 그리하여 둔갑장신술을 써서 범으로 되어 이 집 식구들을 하나하나 잡아치우고 오늘저녁부터 밤마다 이 집에 드나들며 규수를 간음하려 했는데 이렇게 떠꺼머리총각을 만났던것이다.

도사는 화들화들 떨며 용서를 빌었다.

《대자대비하신 신선님! 목숨만 용서해주시옵소사!》

도사는 떠꺼머리총각을 신선으로 보았던것이다. 그리하여 할수 무가내로 법

술을 거두고 애발대발 빌었다.

고방에 숨었던 규수가 중놈의 말을 들으며 문틈으로 내다보니 과연 산너머 사원의 주지인지라 이가 갈리였다. 규수는 이를 악물고 살며시 나와 함지박으로 펄펄 끓는 참기름을 퍼가지고 고두사죄하는 주지의 대가리에다 쳤다. 그랬더니 도사놈은 비명을 지르며 나뒹굴었다.

이때 총각이 언뜻 달려내려가 중놈의 종아리를 쥐여서 문밖으로 내뿌렸는데 대문간에 탁 부딪치는 소리가나고 울안은 잠잠했다.

≪좋은 허울을 쓴 짐승보다 못한놈을 아주 없애치워야지.≫

떠꺼머리총각이 팔을 걷어올리고 대문간으로 달려나가니 도사는 대문간 기둥에 부딪쳐 대가리가 박산나서 죽어버렸다.

≪더러운놈 까마귀나 뜯어먹어라!≫

총각은 도사놈을 쥐여서 아주 먼곳에 던져버렸다.

이튿날아침 규수는 정성들여 아침을 지어 성찬에 닭고기국 차려놓고 술양푼을 들고 와서 무릎꿇고 앉아서 권했다. 총각은 든든히 먹고 또 정처없는 길을 떠나려 하였다. 이때 규수가

≪우리 집 원쑤를 갚아주시고 소녀의 생명을 구해주신 은인께서 버리시지 않는다면 한평생 함께 다니며 시중들겠습니다.≫라고 했다.

떠꺼머리총각은 허허 웃으며 이제는 그 고약한 중놈을 없앴으니 근심없게 됐는데 함께 살면 이 집에서 살지 이 좋은 집과 땅을 버리고 어디로 가겠는가고 하였다. 그러니 규수 일어나 절을 하려 하니 총각 또한 급히 일어나 맞절을 하였다. 이리하여 아침상이 전안상으로 되고 방안이 전안청으로 됐다.

이날부터 떠꺼머리총각과 규수는 부부간을 맺고 이집에서 한뉘를 잘살았다고 한다.

# 남잡이가 제잡이

　예로부터 ≪남잡이가 제잡이≫라는 속담이 있는데 이를 두고 전해지는 이야기가 있다.

　옛날 한곳에 살림살이가 꽤 넉넉한 량주가 살고있었다. 무남독녀 외딸애기를 고이 길러 마음드는 사위를 삼고 한마을에서 살며 극진히 보내였다. 그런데 좀 탈이라면 사위가 씀쓰기 헤프고 도박을 좋아하는것이였다. 그러나 늙은 량주는 공연히 말했다가 이가 벌면 어찌랴싶어 은근히 속만 태울뿐 내놓고 말은 못하였다.

　본래 이 집 마누라는 삼남오녀를 낳았으나 모두 세 살을 넘기지 못하고 요행 딸 하나를 구사일생으로 길렀다. 마누라는 이것이 자기 팔자가 거북한탓이라고 한탄하며 늘그막에라도 선덕을 쌓느라고 손님대접을 게을리하지 않았다. 심지어 마을에 거지가 나타나도 잘 보살펴주었다. 령감은 마누라가 이렇게 하는것이 퍼그나 못마땅했지만 겉으로는 잠자코 있었다.

　이러던 어느 한해였다. 팔월 한가위가 방금 지난 어느날 저녁 한 길손이 찾아들었다. 추석뒤끝이라 마누라는 소고기국에 햇기장밥으로 손님을 푸짐히 대접했다. 허술한 옷차림에 억대우같은 길손이 시장했던차에 그 음식을 게눈감추듯하니 마누라는 길에 나서면 시장하기 마련이라고 하면서 또 더 담아다 어서 많이 드시라고 권했다. 령감도 권하기는 했으나 길손의 행색을 찬찬히 뜯어보니 어쩐지 떠도는 난봉군이 아니면 날도적놈같아서 속에는 그늘이 비꼈다.

　그래서 잠자리에 누운 령감은 어쨌든 경계하는것이 상책이라고 느껴져 마음을 도사리였다.

　길손은 잠자리에 눕자마자 드렁드렁 코를 골기 시작했다. 령감이 가만히 생각해보니 아무리 곤하기로 이처럼 빨리 잠든다는것이 어쩐지 의심스러웠다. 의심해서 그런지 코고는 소리가 점점 높아지자 틀림없이 그 길손이 딴맘을 먹고 자기가 잠들기를 기다리는것 같이 생각되였다. 그러고보니 령감은 점점 정신이 맑아져서 이궁리저궁리하며 담배만 연신 태우다나니 달은 벌써 하늘중천에 솟아올랐다. 그러나 아무리 엿들어봐야 길손은 정말 단잠에 빠진것이 분명했다.

한밤중이 되어서야 령감은 시름놓고 어슴푸레 잠들기 시작했다. 그런데 바로 이때 길손이 슬그머니 일어나더니 문을 살짝 열고 밖으로 나갔다.

령감이 깜짝 놀라 후닥닥 일어나 앉으며 자취를 엿들으니 길손은 분명 외양간 쪽으로 가고있었다.

≪에크, 이놈이 틀림없이 소도적놈이로구나!≫

령감은 이런 생각이 번개같이 스치자 얼른 일어나 바당구석에 세워놓은 도끼를 더듬어쥐고 외양간 문결에 바싹 붙어서 동정만 살폈다. 아니나다를가, 외양간 문어구를 다가오는 자박자박하는 조심스러운 발자취소리가 들리더니 안으로 걸어놓은 문고리를 벗기려고 문틈으로 커다란 손이 쑥 들어왔다. 그 손이 들어와 문고리를 쥐려는 찰나에 령감은 ≪이놈!≫하고 손문을 뚝 찍었다.

≪아이쿠!≫

비명소리와 함께 팔이 쑥 빠져나가고 쿵쿵 마당쪽으로 달려가는 소리가 들렸다.

영문을 모르는 로친이 화닥닥 놀라 깨며 웬 일이냐고 물으니 령감은 로친이 놀랄것 같아서 도끼를 구석에 놓고 로친을 나무람했다.

≪여보, 당신이 손님접대를 좋아하더니 엊저녁 그놈이 소도적이였소. 그놈이 방금 소를 훔치려는걸 쫓아버렸소. 다시는 아무 손님이나 들여놓지 마오.≫

로친은 너무도 뜻밖의 일이라 어안이 벙벙하여 더 대꾸도 못하고 멍해있었다.

과연 길손은 돌아들어오지 않았다.

뒤숭숭한 밤이 지나가고 새날이 훤히 밝아왔다. 장밤을 뜬눈으로 보낸 령감이 외양간에 가보니 외양간 문안에 커다란 손목이 뚝 떨어져있었다.

령감은 로친을 불렀다.

≪여보, 이걸 와보오!≫

로친은 피가 랑자한 손목을 보고 두눈이 뒤꼭지로 올라가 화들화들 떨었다.

≪아니 령감두, 아무리 소도적이기로 손목까지…≫

령감은 코방귀를 꿨다.

≪소도적놈인데 손목이 떨어져도 싼 일이지!≫

령감은 떨어진 손목을 내다 두엄무지속에 파묻어버린후 비자루를 들고 마당에 흘린 피혼적을 싹싹 쓸어버렸다.

그새 마누라는 손목이 떨어진 그 길손이 어느 언덕밑에 가서 마지막숨을 몰아쉬는것 같은 무서운 생각이 들어 피자국을 따라가보았다. 그런데 그 피흔적은 한길에 나서 얼마간 가다가 한집으로 돌아졌는데 다름아닌 사위네 집이였다. 마누라가 가슴이 덜컥하여 인기척을 내고 문을 여니 피비린내가 코를 찔렀다. 그는 눈앞이 아찔하여 눈을 꼭 감았다. 한참만에 큰맘을 먹고 다시 눈을 떠보니 소도적은 손이 떨어진 팔목을 칭칭 감고 이불을 반쯤 가리우고 누웠는데 아무리 봐야 틀림없는 사위였다! 피가 싹 빠져 백지장같은 사위는 수을 쉬는것 같지 않았다.

《아이구, 이게 웬 일이냐?》

눈이 뒤꼭지로 올라가 머리를 드니 대들보에 사람이 달려있었다. 그것은 또 틀림없는 딸이였다! 그는 너무도 기가 막혀 쓰러지고말았다.

외양간을 다 치고난 령감이 이윽토록 기다려도 마누라가 돌아오지 않으니 아마도 딸집으로 갔나보다고 딸집으로 찾아가니 이런 기막힌 일이 어디 있겠는가! 딸은 대들보에 목을 달았고 손목이 떨어진 사위는 피를 너무 흘려 죽었고 마누라도 구들에 엎어져있었다. 령감은 너무 급한김에 《여보, 마누라!》하고 구들로 달려올라가다가 곤두박칠쳤는데 공교롭게도 청동화로에 삭은코를 박고 쓰러진채 다시는 일어나지 못했다.

그제야 마누라가 일어나보니 령감까지 잘못되였는지라 손벽을 두드리며 대성통곡하면서 마을로 뛰쳐나갔다.

이른아침 대성통곡소리에 온 마을 남녀로소가 놀라깨여 내달아와 보니 피못이 된 로친네가 손벽을 두드리며 령감을 부르고 딸을 부르는지라 붙잡고 영문을 물어도 실성한 로친네는 두눈이 멍해서 령감과 딸을 부를뿐 대답을 못했다.

이때 길손이 나타나서 자기가 엊저녁 한밤중 변소에 들어가자 웬 사람이 외양간문에 다가들기에 소도적이라고 소리치려는데 《아이쿠!》소리와 함께 그놈이 도망치더라는것과 자기는 집안에서 주고받는 말을 듣고는 다시 나타나면 좋지 않을것 같아 고간에 숨어 밤을 샜는데 알고보니 그 소도적이 이 집 사위라는것을 이야기했다.

길손의 말을 들은 마을사람들은 모두 《남을 잡는다는게 저를 잡았구만!》하고 혀를 끌끌 찼다.

이때부터 우리 민간에는 《남잡이가 제잡이》라는 속담과 《나무를 베여도 그루는 남기라》는 말이 생겨나게 되었다.

연길현 광신 / 허옥금 구술

# 민들레꽃

봄이면 봄마다 따사로운 봄빛아래 파릇파릇 잔디풀이 언덕을 덮을 때면 마을 주변과 길가에 눈에 띄우게 환하지는 않으나 소박하고 아름다운 민들레꽃이 얼마나 아름다운가를 찬찬히 살펴보지 않은 사람은 그 아름다움을 딱히 모른다. 한번 찬찬히 살펴보라. 가새친 잎에 자그마한 연통 같은 꽃대가 서있고 그우에 야들야들 웃는듯떠는듯한 노란 꽃송이를 떠이고있는데 그 순결함과 아름다움을 두고 우리 인민들속에서는 실로 아름답고 비장한 이야기가 전해지고있다.

멀고먼 옛날이였다.

오궁두리에 오서방이라는 사람이 있었는데 그는 성품이 어지고 강직하고 의리가 있는 사람이였다. 오서방의 안해는 성은 민가요, 이름은 들녀라 불렀는데 선량하고 절개군은 착실한 녀인이였다.

젊은 부부간인 오서방과 민들녀는 일이 있으면 공론하고 맘과 힘을 한데 뭉쳐 맞들고 벌어 오붓한 살림을 차리고 행복하게 살아갔다. 어찌도 화목하게 아지자기 참께 쏟아지듯 극진하게 서로 사랑했던지 마을에서는 천상배필이요, 한쌍의 원앙새라고 했다.

바로 오서방과 민들녀가 성혼하여 오붓한 새살림을 차려 두해가 방금 넘은 어느해였다. 오궁두리마을에는 외적이 침노하여 량식과 엄지가축을 빼앗아가고 늙은이와 아이들은 모조리 잡아죽이고 처녀들과 젊은 아낙네들을 빼앗아간다는 어수선한 소문이 떠돌았다. 실소문인지 헛소문인지 몰라 모두들 근심스러워 수군거리는데 또 외적이 삼십리밖에까지 쳐들어왔다는 놀라운 소식이 전하였다.

놀라운 소식에 접한 마을사람들은 황황하여 어쩔줄을 몰랐다. 속시원히 한번 목숨 걸고 겨루어보자는 사람들도 있고 무턱대고 맞선다는것은 너무나도 당돌한 일이니 고향을 버리고 깊은 산속에 들어갔다가 외적이 물러가면 돌아오자는 사람들도 있고 그저 벌벌 떨기만 하는 사람, 별의별 사람이 다 있었다.

평소에 말수가 적던 오서방은 무거운 입을 떼였다.

《이 땅은 우리 선조들이 일군 땅이고 우리는 이고장에 태를 묻고 자란 사람들이요. 그래 우리가 이고장을 버리고 가기는 어디로 간다는말이요? 맹탕 싸워두 안되겠지만 앉아서 죽기를 기다려서는 더구나 안되오.》

모두들 숨을 죽이고 오서방의 말을 들었다. 오서방은 마을일을 늙은이들과 아낙네들에게 부탁하고 젊은이들은 의병을 세워가지고 열마을 백마을 사람들을 묶어세우면 외적을 대적할수 있을뿐만아니라 이 땅에서 몰아낼수 있을것이라고 말하였다.

모두들 오서방의 말을 들어보니 마디마디 옳은 말이였다. 이리하여 늙은이들과 아낙네들에게 마을일을 부탁하고 오서방을 두령으로 의병이 일어서게 되었다.

마을사람들은 마을앞으로 뻗어나간 큰길에서 의병들을 바래였다.

늙은이들은 아들을 바래고 안해는 남편을 바래고 아이들은 아버지와 형님을 바래였다. 민들녀는 오서방을 바래였다. 모두들 동구밖까지 배웅나왔을 때 청룡도를 비껴들고 활과 전대를 멘 건장한 오서방은 민들녀를 보고 늙은이들과 아낙네들을 잘 위안하고 앞으로 마을일을 잘 돌보라고 타이르면서 이제는 그만 돌아가라고 하였다. 민들녀는 가볍게 한숨 쉬고 생긋 웃으며 장지에서 은가락지를 빼내여 오서방의 새끼손가락에 끼워주며 속살거렸다.

《여보세요. 이 은가락지를 볼 때마다 저를 보는듯이 생각하고 더욱 용감히 싸우세요.》

오성방은 민들녀를 보고 벙싯 웃고 은가락지를 내려다보며 자기도 무엇을 선물하려고 했으나 마땅한것이없이 잠간 망설이다가 전대에서 화살 한 대를 쑥 뽑아 민들녀에게 주며 말했다.

《내 몸에 선물할건 이것밖에 없소. 나는 이 은가락지를 보며 열배 백배 힘을 내겠소. 당신은 이 화살을 볼때마다 내가 제일 앞장에서 용감히 싸우리라는걸

믿어주오. 우리는 꼭 외적을 물리치고 돌아올것이요.≫

외병들은 싸움터로 나갔다. 오서방을 두령으로 열마을 백마을 묶어일어선 의병들은 싸움마다에서 승전고를 올렸으나 가증스러운 외적들은 한사코 물러가려 하지 않았다.

어느덧 일년이 지났다.

민들녀는 밤낮으로 의병들의 옷을 지을 무명을 짰다. 졸음이 마구 몰려올 때 잉아대우에 걸어놓은 화살을 보면 싸움터에서 외적의 목을 베는 남편을 보는듯 정신이 번쩍 나고 새힘이 솟구쳐 땀방울을 줄줄 떨구며 들고 짱짱 놓고 짱짱 무명을 짜고짰다.

또 일년이 지났다.

의병들은 싸움마다 승리하여 싸움터는 멀어졌다. 민들녀는 마을 늙은이들과 아낙네들을 이끌고 싸움터로 량식을 날랐다. 민들녀의 량식임우에는 언제나 화살이 꽂혀있었는데 남들보다 곱절이나 무거운 임을 이고서도 민들녀는 늘 맨앞장에서 나는듯이 달렸다. 모두들 진할라 치면 화살을 한번 만져보고는 돌아서 소리쳤다.

≪모두들 힘을 내세요. 이 량식 잡숫고 힘을 내여 외적을 모조리 쳐부수게 하자요.≫

이러면 모두들 장사힘이 솟구쳐 민들녀를 따라 나는듯이 달렸다.

삼년 석달 싸워서 의병들은 끝끝내 외적을 물리치고 대승전하여 개선가 높이 부르며 귀향하게 되었다.

오궁두리마을사람들이 온통 의병용사들을 바래던 마을앞에 뻗은 큰길에 떨쳐나와 농악을 울리고 춤을 추며 개선하는 용사들을 맞을 때 민들녀도 기쁨의 눈물을 머금고 화살을 받쳐들고 사람들속에서 춤을 추며 오서방이 어서 보이기를 눈뿌리 빠지도록 기다렸다.

끝내 승리한 용사들은 마을박에 이르렀다. 마을 사람들은 환성을 올리며 마주 달려나갔다. 민들녀는 정작 오서방을 만날 시각이 되니 그립고그립던 그이를 만나면 무슨 말을 해야 할지 몰라 쑥쓰러운 생각이 들면서 주춤거리다보니 사람들의 뒤에 떨어졌다. 그러면서도 오서방을 어서 보려고 발돋움을 해가며 앞으로 달렸다. 그런데 웬 일인지 오서방은 보이지 않았다. 민들녀가 아마 사람들속에 휩싸였겠지 하고 사람들속을 헤집을 때 한 젊은 용사가 민들녀를 보더니만 눈물을 비오듯 흘리며 오서방이 쓰던 청룡도를 높이 받쳐들어 올렸다.

정말로 청천벽력이였다. 민들녀는 그만 손에 쥐였던 화살을 뚝 떨구고 그 자리에 굳어졌다. 눈앞이 아찔하여 두눈을 꼭 감고 이를 악물었다. 귀에서는 윙윙 소리가 났다. 마을사람들속에서 조용히 흐느끼는 소리가 들려왔다. 민들녀는 어렴풋한 가운데서도 오서방말고도 마을에서 네 젊은이가 성스러운 싸움에 생명을 바쳤다는것을 알게 되었다.

다시 정신을 가다듬은 민들녀는 쏟아지는 눈물로 몽롱한 가운데서 땅우에 떨군 화살을 보자 앞장에서 적진으로 돌진하는 오서방이 눈앞에 선히 떠올랐다. 민들녀의 가슴속에서는 붉은 피 끓어번지고 새힘이 솟구쳤다. 민들녀는 얼른 땅에 떨어진 화살을 주어들고 눈에 맺힌 피눈물을 속으로 삼키고

≪마을을 지키고 이 땅을 지키기 위해 피 흘리고 생명을 바침은 대장부로 나서 떳떳한 일이요, 남부러워할일이온데 내 어찌 눈물로 장하고 장하신 랑군님을 맞으리요.≫라고 하며 화살 담은 행주치마폭을 벌리여 젊은 용사가 머리우에 받쳐든 오서방이 쓰던 청룡도를 정중히 싸안았다.

민들녀가 청룡도를 싸안고 일어서자 사람들속에서는 흐느낌소리가 자취를 감추었다. 개선한 용사들과 마을의 젊은이들은 슬기롭고 용감한 오서방을 본받아 이땅을 길이길이 지키리라 검을 뽑아들고 굳은 맹세를 다지였다.

마을의 년장어른은 이 모든 것을 보고 은발수염 쓰다듬으며 머리를 끄덕이더니 오서방이 쓰던 청룡도를 매만지며 감개무량하여 말하였다.

≪영웅의 성스러운 피와 우리 아낙네들의 충성스러운 마음은 자자손손 수천만의 영웅을 길러낼거네.≫

이날 저녁 마을사람들과 개선한 용사들이 민들녀를 위안하고 돌아간 뒤였다. 한밤중이 되자 자리에 누워 애절한 가슴을 뜯던 민들녀는 일어나 앉아 머리를 싹 빗고 소복단장하고 상우에 랭수 한그릇 정히 떠 웃방에 들여놓고 소리없이 흐느꼈다. 가슴을 치고 땅을 치며 하늘을 우러러 소리없이 울고울었다.

장밤을 울고나니 날이 훤히 밝아왔다. 민들녀는 이를 악물고 머리를 질끈 동이고 기음 매러 나갔다.

민들녀가 새벽이슬을 맞으며 장사래밭 한이랑을 다 맸을 때에야 일군들이

밭으로 나오기 시작했다. 마을사람들은 하나둘 민들녀가 있는데로 모여들었다. 민들녀를 둘러싼 마을사람들은 눈물이 글썽하여 목메여 울먹거리며 마을에서 도와줄테니 쌀근심 살림살이근심을랑 하지 말고 집에 들어가 쉬라고 권고하였다. 민들녀는 마을사람들을 돌아보더니 한숨을 쉬며 눈굽으로 솟아나오는 피눈물을 속으로 삼키며 마음을 억누르고 조용히 대답했다.

≪제가 그렇게 하구서야 저승에 간들 무슨 면목으로 남편을 대하겠습니까? 피흘려 지킨 땅을 흘려 가꾸어가야 하지요.≫

모두들 민들녀의 말에 감동되여 피흘려 지킨 땅을 땀을 흘려 아름답게 꽃피워 가리라고 다짐했다.

그후로 마을은 나날이 꽃피여가고 젊은이들은 씩씩하게 자라났다.

민들녀는 매일같이 밭에 나가 일하면서도 언제나 남편을 잊지 않았다. 병풍에 그린 저 닭이 홰쳐 울면 남편이 돌아올가? 닭은 콩에 싹이 나면 남편이 돌아올가? 돌아 못올줄을 번연히 알면서도 민들녀는 언제이고 오서방을 기다리고기다렸다.

≪그래도 행여나, 행여나 돌아올지 누가 안담?≫

민들녀는 푸름푸름 새날이 밝아올 때면 남모르게 툇마루에 나서서 남편이 떠나던 큰길쪽을 바라보았다. 그러나 툇마루가 낮아서 멀리 바라볼수 없었다. 민들녀는 룡마루에 올라서서 멀리 바라보았다. 얼마간 지나자 룡마루도 낮은것 같았다. 민들녀는 사다다리를 놓고 연통우에 올라서서 멀리머리 바라보았다.…

어느덧 세월이 흘러 민들녀도 세상을 떴다. 그런데 민들녀가 세상을 뜬 그 이듬해 봄이였다. 오궁두리마을 오서방네 집주위와 길가에는 세상에 여직 본적 없는 순결하고 아름다운 꽃이 피여났다. 찬찬히 살펴보니 가새친 잎에 연통같은 꽃대가 서있고 그우에 야들야들 웃는듯떠는듯 한 노란꽃송이를 떠인 아름다운 꽃이였다. 늙은이들은 이 꽃을 보고 틀림없이 민들녀의 아름다운 령혼이 꽃으로 피여난것이라고들 말하였다. 잎사귀가 가새친것처럼 생긴것은 온몸이 갈기갈기 찢기는듯 아프던 민들녀의 마음을 말하는것이요, 꽃대가 연통같이 생긴것은 민들녀가 늘 사다다리를 놓고 연통우에 올라서서 돌아도 못올 남편을 기다리던 그 정경 그대로를 보여주는것이요, 그 꽃대우에 핀 노란 꽃송이는 바로 꽃처럼 아름다운 민들녀의 령혼이라는것이다. 이리하여 이 꽃을 민들녀의 이름을 달아

≪민들녀꽃≫이라고 불렀는데 우리 말의 발음습관에 따라 후에 ≪민들레꽃≫으로 불렀다. 그후에 민들레꽃은 이 세상 방방곡곡에 널리 퍼지며 더욱 아름답게 피여났다고 한다. 전하는 말에 의하면 민들레꽃의 작은 연통같은 꽃대를 꺾어들고 ≪범벅궁, 가새궁, 갤궁!≫하면 그 꽃대가 생전에 너무도 속을 태우고태워 가슴속에 맺힌것이 지금도 풀리지 않아 고양이의 발톱처럼 꼬부라든다고 한다.

허옥금 구술

# 산 정과 죽은 정

옛날옛적 한곳에 원앙같은 젊은 부부가 있었다. 어쩌면 세상에 내가 있고 네가 있었느냐는듯 그사이 자별나게 끔찍스럽고 화기애애했던지 마을에서는 이 젊은 부부간을 천생배필이라고들 했다.

그런데 이렇듯 행복하던 가장에 뜻하지 않던 불행이 닥쳐왔다. 눈썹밑에 화가 있다더니 그만 남편이 급병으로 세상뜨고말았다.

안해는 머리를 풀어헤치고 가슴을 두드리며 하늘도 무정하고 땅도 무심타고 대성통곡하는데 그 애절한 울음소리에 목석도 눈물흘릴 지경이였다.

≪여보시오, 이게 웬 일이요. 내 당신 없이 어찌 살겠소. 정 가겠으면 나도 같이 가겠소…≫

어쩌나 구슬피 애곡하며 안타까이 애원하는지 남편은 차마 눈을 감을수 없어서 생불(生佛)이 되였다.

생불이 된 남편은 다른 사람의 눈에는 보이지 않으나 안해의 눈에는 살아생전처럼 보이면서 들어가나 나가나 안해의 옆에 꼭 붙어다녔다. 그리고 평상시와 꼭 마찬가지로 이야기를 주고받고 웃고 하는데 그 말소리와 웃음소리는 곁에서도 들을수 없었다. 뿐만아니라 생전의 친구들과도 이야기를 주고받았다.

안해는 생불이 붙어있으니 처음에는 위안이 되였지만 정작 남편이 죽었다고 생각하니 웬 일인지 점점 정이 물러섰다. 물길러 다녀도 따라나서고 변소를 가도 따라나서니 남들이 보는것 같아서 민망스럽기도 했다.

그리하여 안해는 생불에게 말했다.

《여보, 이제는 물길러 나가거나 변소를 가거나 마을로 나갈 때는 따라다니지 말아요.》

생불은 웃으며 대꾸했다.

《좋소, 좋소! 그렇게 하지. 나야 당신을 생각해서 그러는거요. 당ㅅ딘의 말이면 무슨 말인들 안듣겠소.》

그후부터 생불은 정말 그렇게 하였다. 안해가 먼길을 떠날 때만 같이 다니고는 그냥 집에 앉아있었다. 그래도 안해가 돌아오면 손을 맞잡고 춥지 않은가 덥지 않은가 괴롭지 않은가고 살아 생전처럼 살뜰히 보살피는 이야기를 하고 저녁이면 곁에 누워 잤다.

그 안해는 한 일년쯤은 그래도 생불이나마 남편이 집에 있는것 같아 의지가 되더니 일년 푼히 지나니 슬그머니 싫어지기 시작했다. 그러니 집으로 들어갈 때마다 몸이 으쓱해났다. 한밤중에 잠에서 깨여나면 생불이 왜 더 자지 않고 깨여나는가고 살뜰히 물어도 몸이 으쓱해났다.

이때 그 아랫집에는 큰 부자가 살고있었는데 머슴과 행랑살이가 많았다. 그중 한 농군은 나이 젊고 키꼴이 쑥 빠지고 어글어글하게 생긴것이 정말 사내대장부다왔다. 청상과부는 문밖에 나서면 은근히 그 농군을 바라보게 되었고 그 농군도 은근히 청상과부에게 눈독을 들이고 추파를 던지게 되었다.

청상과부는 밤에 잠자리에 누우면 이리뒤척저리뒤척하며 속으로 후회하였다.

《야, 저런 남편을 얻었더라면 내가 무슨 과부로 되었겠는가? 이내 팔자 기구하구나!》

이러다도 곁에 누워있는 그림자같은 생불남편을 보기만 하면 무슨 물건이나 훔치다 들키운것처럼 깜짝 놀라 들뛰는 가슴을 붙안고

《실없는 생각을 하지 말아야지.》하고 머리를 저었다.

그러나 이럴수록 농군에 대한 생각이 점점 되사아나 한밤중이 지나도록 잠을 이루지 못하고 한숨만 풀풀 쉬였다.

눈치 모르는 생불은 이제는 밤도 깊었는데 어서 자라고 달래였다.

이러던 어느 하루였다.

그 농군은 사람들이 없는 틈을 타서 길목에서 청상과부를 기다리다가 두손을 덥석 잡고 통사정하였다. 본래 청상과부도 농군이 마음에 들었던지라 속심을 털어놓고 이야기하기를 자기도 농군에게 맘이 있으나 집에 생불이 된 남편이 있어 어찌할수 없노라고 하였다. 이리하여 둘은 앞날을 기약하고 헤여지는수밖에 없었다.

이후부터 농군과 청상과부는 남몰래 서로 만나서는 죽자살자하였다.

생불은 안해가 유별나게 밤낮으로 오래 나가있으니 이상스러워 물었다.

≪당신은 어디 나가 그리 오래 있소?≫

청상과부는 건성을 썼다.

≪속이 타서 어찌 집에만 배겨있겠소? 앞의 할머니네 집 아니면 우의 아주머니네 집, 강건너 배나무골집에 마실을 갔다 오지. 어디 갔다 오겠소?≫

생불은 한숨을 쉬였다.

≪나야 그저 당신을 생각해서 그러지.≫

청상과부는 생불이 된 남편이 진절머리가 나게 미워났다. 집에 들어설 때면 인제는 모발이 곤두섰다. 그러나 어찌할 방도가 없었다.

어느 하루 청상과부는 농군을 만나서 말했다.

≪저, 우리 집 생불을 없애버려야겠어요. 이제는 무서워죽겠어요.≫

농군이 대꾸했다.

≪글세 그래야 우리가 함께 살림두 할수 있겠는데 생불이라는게 예로부터 떼놓기두 바쁜거요. 가만있소, 내가 방법을 대보지.≫

봄철이라 오월 단오날이 다가오는 때 농군은 마침내 묘한 생각이 떠올라 청상과부를 보고 여사여사하면 영낙없을것이라고 했다. 청상과부는 그대로 하기로 했다.

오월 단오날이였다.

청상과부는 한상 푸짐히 차려가지고 남편의 산소에 갔다. 제석에 제상을 차려놓자 생불은 얼른 제상에 마주 앉았다. 절을 받고 술 석잔을 받아마신 생불은 흡족해서 말했다.

≪야, 이거 정말 제상 잘 차렸구만.≫

청상과부는 그저 마음뿐이지 별로 차린것 없노라 대답하고는 유리단지에 각가지 꽃송이를 따넣은것을 제상에 올려놓았다.

생불이 물었다.

《이건 또 뭐요?》

청상과부는 대답했다.

《당신이 생전때 꽃놀이도 실컷 못했는데 이 유리단지에 각가지 꽃송이를 따넣었으니 당신이 단지안에 들어가서 그 꽃이름들을 나한테 알려주며 논다면 어찌 꽃놀이보다 못하리까?》

생불은 매우 기뻐했다.

《그러지, 그러지! 그것도 정말로 재미있는 일이지!》

생불은 제꺽 유리단지속에 들어가 이것은 진달래요, 이것은 제비꽃이요 하고 꽃이름을 주어섬기기에 여념이 없었다. 이때라 청상과부는 《예, 예!》하고 대답하다가 찰떡 사발을 들어 유리단지 아구리를 꼭 덮었다. 그러자 말소리가 뚝 끊고 잠잠해졌다. 청상과부는 찰떡사발을 단단히 눌러놓고 언덕밑에 숨은 농군을 불렀다. 농군이 달려나와 이미 준비해두었던 왼새끼 석동으로 생불이 든 유리단지를 칭칭 감으니 점점 커져서 동이만큼 되었다. 농군은 그것을 제꺽 짊어지고 바다에다 던져버렸다. 왼새끼를 칭칭 감은 유리단지는 파도에 실려 멀리멀리 흘러갔다.

이리하여 생불은 없어지고 청상과부와 농군은 새 가정을 이루고 단란한 살림을 하게 되었다. 서로 맞들고 벌며 들어가도 웃음이요, 나가도 웃음이라 그 정이 깊고깊어 참깨들깨 쏟아지듯했다. 달을 갈고 해를 바꾸어 어언간 십년이라는 세월이 흘렀는데 그사이에 상머리에 두뿔이 돋아 오누이를 기르게 되었다.

어느 하루였다. 한 어부가 바다에서 그물을 늘였는데 무엇인지 묵직한것이 걸렸다. 대단히 큰 고기가 걸렸다고 기뻐하며 건져내고 보니 무슨 물건인지 새끼로 동인것이라 그것을 조심스레 한 벌한벌 풀고 보니 고운 유리단지를 사발로 마주 엎은것이였다. 어부는 무슨 보배단지인가고 사발을 뚝 떼니 그속에서 연기 같은것이 풀썩 솟아오르며

《야, 이제야 살았구나!》하고 환성을 질렀다.

어부가 너무도 놀라서 뒤로 벌렁 나넘어져 두눈이 뒤꼭지로 올라갔는데 공중

에서 말소리가 났다.

《감사합니다! 감사합니다! 이 은혜 백골난망이옵니다. 이제는 원쑤를 갚게 되었소이다.》

이것이 바로 농군이 바다에 내던진 생불이였다.

생불은 그 자리로 산을 넘고 물을 건너 복수하려고 고향으로 달렸다.

생불은 집으로 달려들어가며 우레처럼 불호령을 질렀다.

《이 음탕한 쌍년아! 이 잡놈아! 이 천벌받을 놈들아!》

두 부부간은 청천벽력이라 대경실색하였다.

생불은 먼저 취약한 안해에게 달려들어 머리채를 틀어잡아 엎어놓고 대성질호하였다.

《그래 이 쌍년아, 제 남편을 두고도 음부와 눈이 맞아 나를 해치니 너를 어찌 용서할소냐?》

안해는 악에 받쳐 발명했다.

《죽은 남편을 어찌 남편이라고 섬기겠소? 죽은 정은 멀어가고 산 정은 가까워지는것이 인간의 도리라오. 생사는 유별이라는데 인간세에 살아있는 제가 어찌 이 세상을 뜬 가군님과 살리까?…》

생불이 들어보니 그 말도 그럴듯하였다. 그리고 곁에서 발을 동동 구르며 우는 두 오누이를 보니 그것들이 어미 없이 살아갈것도 측은한 생각이 들었다. 그렇기는 해도 괘씸하여 그저 둘수는 없었다. 자기를 속이고 거짓말한 죄로 문치(앞이발)한대를 빼놓고는

《이제는 간다! 잘살아라!》하고 저승으로 가버렸다.

후에 두 부부간은 자식을 키우며 평생을 잘살았는데 그 후손의 녀자들은 모두 문치가 먼저 빠졌다.

이때부터 후세의 사람들은 홀로 난 과부를 보면 생불도 개가를 용서하는데 귀신 아닌 사람이야 어찌 개가하는것을 마다하겠는가. 그러니 그까짓 문치 하나쯤을 잃더라도 개가를 하라고 권했다 한다. 그리고 이때부터 민간에서는 《거짓말을 하면 앞이가 빠진다.》는 격언이 있게 되었다 한다.

리명갑 구술

# ≪독장사 구구≫

우리 항간에서는 실속없는 허황한 궁리를 하는것을 ≪독장사 구구≫또는 ≪독장사 궁리≫라고 말한다. 여기에 이런 이야기가 전해져 내려왔다.

옛날 한곳에 독을 구워 파는 독장사가 있었는데 술을 무척 좋아하였다. 두푼을 벌어도 술이요 한푼을 벌어도 술인데 서푼을 벌면 다섯푼어치나 마셨다. 그때는 독이 아주 값이 있다보니 장사를 잘하면 엔간히 살수 있었지만 이 독장사의 집살림살이는 그놈의 술 때문에 정말 말이 아니였다.

안해는 남편이 집에 들어서기만 하면 밤낮으로 지청구였다. 몇 번이나 닭을 쳐보자고 씨암탉을 사놓았지만 독장사는 이틀이 넘지 않아 씨암탉으로 술을 바꿔먹었으니 왜 그렇지 않겠는가. ≪에구에구, 한배만 깨웠으면 닭 스무마리 되겠는걸!≫그때마다 안해는 이렇게 말하며 눈물을 지었다.

독장사도 목석은 아닌지라 안해와 애들의 눈물어린 정상을 보니 마음이 움직였다. 그래서 한번은 큰 결심을 내렸다. 속구구를 해보니 두 개만 팔면 밀린 빚은 다 물수 있을게고 하나만 더 구워서 팔면 안해가 좋아하는 씨암탉을 여러마리 사놓을수 있을것 같았다.

독장사는 잘 구워낸 묵직한 독 세 개를 쪽지게에 짊어지고 장사를 떠났다. 그런데 술집을 지나자니 또 목젖으로 닭알춤이 넘어갔다.

≪에라, 이번만 마지막으로 술을 마시자! 그래도 씨암탉 한 마리 값이야 남겠지…≫

그는 술집에 가서 외상술 서되를 받아 쭉 들이마시고는 입을 썩썩 문지르고 흥이 나서 독짐을 지고 씨엉씨엉 앞고개너머마을로 독팔러 떠났다.

큰독 세 개를 짊어지니 가파로운 앞고개길이 과연 힘겨웠다. 산중턱에 이르니 이마에서는 땀방울이 굴러떨어지고 단숨이 턱에 닿아 헐떡거렸다. 그러나 한번 먹은 마음이 있는지라 이를 악물고 톺아올랐다. 고개에 오르니 온몸이 땀자루가 되고 두눈이 핑핑 돌아갔다. 그는 평평한 곳을 찾아 독짐을 벗어 잘 받쳐놓고 너무도 기진맥진하여 잔디밭에 힌들 나누웠다. 그러니 천근짐을 벗어놓은듯 온몸이 홀가분했다. 인제는 내리막길이라 근심될것도 없었다. 시름놓고 푹 쉬고 떠나면 될판이였다.

이윽하여 가쁜 숨을 돌린 독장사는 흐뭇하여 두눈을 지그시 감고 이리저리 속구구를 해보았다.

《가만있자, 큰독 두 개면 빚은 문제없고 큰독 하나면 씨암탉 열 마리는 사겠다. 녀편네가 하는 말이 한 마리가 스무마리씩 된다니 1년지나면 2백마리요, 2년이면 사천마리라. 야, 그게 정말 할만한 일이로구나! 3년이면…어이쿠, 3년이면 팔만마리!……》

그다음은 세기조차 아름찼다. 자기 집 뜨락이 아니라 몇 년후이면 온 마을에 자기네 닭이 차고 넘칠것이라 그의 눈앞에는 닭무리만 얼른거렸다. 뒤미처 닭알가리가 쌓여지는데 한키, 두키…열키…태산처럼 쌓여졌다. 눈앞에 온통 닭알천지라 그 닭알들이 뱅글뱅글 돌더니 이번에는 번쩍번쩍 빛나는 금전과 은전으로 되어 무둑하게 쌓여졌다. 돈가리는 커만 갔다. 온 마을의 문전옥답을 다 사고 안해와 아이들이 비단으로 몸을 감고 팔각기와집을 짓고도 얼마를 남을지 몰랐다.

《야, 이 많은 돈을 어데다 다 쓴다?…그렇지, 나두 김대동처럼 첩을 둬야겠다. 김대동은 둘이지만 나는 셋, 아니 다섯을 둘테다! 그리고 술도 마셔야지!》

그러자 예쁘장한 개미허리같은 다섯 미인이 술잔과 닭다리를 들고 서로 술을 마시라고 아양을 떠는 모습이 눈앞에 완연히 떠올랐다.

그의 코앞에서는 술냄새가 물씬 풍겼다.

《그래, 그래, 다 마실테다! 다 마실테다!》

그 닭다리안주에 다섯 첩이 받쳐든 술을 다 마시고나니 세상이 팽그르르했다. 그런데 다시 정신을 차리니 입을 뺐죽이 내민 꾀죄죄한 보기 싫은 안해가 눈앞에 나타났다.

《에키 이년, 저리 비, 비켜!》하고 허꼬부랑소리를 하며 안해를 걷어찼다.

《퍽석!》하는 요란한 소리에 독장사가 정신을 벌떡 차리고 일어나앉아 보니 안해를 걷어찬다는것이 그만 독짐을 걷어놓아 큰독 세 개가 산산쪼각이 나고 말았다. 큰독과 함께 독장사의 구구도 박산나고 말았다.

《이걸 어쩐다? 이걸 어쩐다?》

독장사는 울상이 되어 박산난 독주위를 빙빙 돌며 절절매기만 하였다.

김대만 구술

# 서춘보

리조후엽에 벼슬이 형조판서로서 명성을 사해에 떨친 서대감이란 사람이 있었다. 서대감은 두 아들을 두었는데 맏아들은 소시에 급제하여 전라감사로 갔다. 둘째 아들 서춘보는 어려서 글 잘하고 무예가 출중하였으므로 장차 큰 인재로 되리라 짐작했는데 생각과는 판판 달리 자라면서 서울장안에서 일등가는 불한당으로 되었다. 그는 동아리를 무어가지고 귀 가문에 뛰여들어 로략질하고 지어는 임금에게 올리는 진상물까지 후무려먹는 천하무도한놈으로 됐다. 그러니 서울장안뿐만아니라 통천하에서 서춘보를 모르는 사람이 없게 되었다. 그래도 명문거족의 후예여서 춘보가 열다섯살을 먹자 한 대감의 딸과 혼례를 치러놓고 좀 얼러볼가 했다. 그랬으나 불한당으로된 춘보는 녀색에는 거들떠보지도 않아서 혼례를 치르고나자 집에는 들지 않고 밖에서 돌아다녔다. 이러다가 장가들어 삼년만에 서대감의 환갑날이 되니 그래도 아들자식이 된 도리를 차리느라고 그랬던지 거지행색으로 대문간에 나타났다. 서대감은 노발대발하여 그따위 대역무도한놈은 들여놓지도 말라고 불호령을 질렀다. 문지기 하인들은 서대감의 분부라 거역 못하고 서춘보를 대문밖으로 떠밀어냈다.

서춘보는 발끈해나서 고함을 질렀다.

≪빌어먹을자식들! 무슨 뚱딴지같은 소리냐? 내가 내집으로 들어가는데 감히 어른을 건드리다니 아직 매란 소리만 들었지 맞아 못본놈들이구나! 어디 한번 톡톡히 가르쳐줄테다!≫

서춘보는 식객들을 주먹으로 때리고 발로 차는데 순식간에 여라문놈 때려눕히니 나머지놈들은 머리를 싸쥐고 비명을 지르며 달려들어가 서대감에게 고했다. 서대감은 너무도 어이없어 큰 망신을 면하려고 전라감사로 있는 맏이를 내보냈다.

맏이는 나가서 노하여 동생을 꾸짖었다.

≪이 무례한놈아! 아버님의 회갑에 이게 무슨 행패냐?≫

서춘보는 허허 웃으며 대수롭지 않게 대꾸했다.

≪못난녀석들을 좀 가르쳐줬는데 형님은 만나자부터 덮어놓고 열닷냥 금으로

욕설부터 하우? 형님, 욕설을 그만두시구 인사나 받으시우.≫

하고 눈을 뚝 부릅뜨고 ≪형님, 그간 안녕하셨습니까?≫하고 절을 하니 동생의 체면보다도 잘못했다가 불한당녀석에게 욕을 볼것 같아서 할수 무가내로 맞인사를 하고 입을 다물어버리고말았다.

서대감은 맏아들에게 오늘 춘보녀석을 서뿔리 건드렸다가는 큰 망신을 할것이니 조금도 건드리지 말아야한다는 말을 듣고는 그만 놔두었다.

그러자 춘보는 집에 들어서 초인사나 하고는 야단법석이는 판에 다리를 토시고 앉아 호령을 질렀다.

≪거 컬컬한데 술이나 어서 들여오너라!≫

식객들이 절절매며 춘보의 요구대로 음식을 날라들이는데 배불리 먹고는 주정을 넘겨팼다. 상을 두드리며 쌍놈들이 부르는 노래를 불러대는데 마지막에는 ≪배띄워라! 배띄워라!≫하고 사공의 노래까지 불렀다. 량반들은 어이없어 입만 다시고 서대감은 장탄식하였다.

≪저놈이 죽지도 않고 살아서 저 성화니 이 일을 어쩌겠노?≫

이때 서대감의 문형제간이 되는 어른이 서대감에게 춘보를 경원군수로나 보내라고 귀띔했다. 서대감이 들어보니 귀가 솔깃했다. 경원이란 곳은 화적패가 많고 이악스러운 곳이여서 군수조차 배겨내지 못해 줄란장을 맞는가 하면 혹자는 맞아죽기까지 했다. 인민들속에서 ≪사흘사또≫란 얘기가 있는데 바로 경원군수를 두고 한 말이다. 새 군수를 보내면 배겨내지 못해 사흘을 넘기지 못하고 도망하니 ≪사흘사또≫라는 이야기가 나오게 된것이다. 서대감이 생각해보니 아들을 경원군수로 보내면 맞아죽지만 않는다면 량반 쌍놈 가릴줄은 알게 될것이고 어쩌면 그 나쁜 버릇을 뗄수 있을것 같았다. 맞아주는다 쳐도 집안에 우환이 없어지니 그리 애잡잘할것도 없었다.

이튿날 서대감은 춘보를 불러놓고 말했다.

≪애, 춘보야, 너 이제는 나이도 어리지 않는데 벼슬을 하지 않겠느냐?≫

≪예, 하겠습니다.≫

춘보는 선뜻이 대답했다.

서대감은 아들에게 경원군수로 보내주겠는데 할만하냐고 물으니 춘부 대답하는 말이

≪나라도 다슬리라니 손바닥만한 군도 다스리지 못하면 어찌 사내대장부라 하겠습니까?≫라고 했다.

이리하여 춘보는 경원군수로 벼슬길에 나서게 되었다. 그때 경원군수는 부임 행차로 함경감찰사를 배알해야하였다.

춘보는 동아리를 모아가지고 짐과 보교를 메워 권속까지 데리고 말을 타고 함경감찰부를 바라고 길을 떠났다.

함경감찰사의 부중 대문간에 이르자 마상에서 내리지도 않고 문지기들에게 무었다.

≪예가 감찰사령감네 댁이냐?≫

문지기들이 들어보니 말에서 내리지도 않고 대감을 령감이라 얕잡아 부르는 것을 보니 만만한 인물이 아닌것 같아서 ≪예! 예!≫하며 굽실거렸다.

춘보가 말했다.

≪여봐라, 내가 령감을 만나보러 왔는데 대문이 낮아서 어디 말을 타고 들어가 겠느냐? 저 대문을 헐어라!≫

이 말에 짐군들과 보교군들이 ≪어르신님께서 들어가시게 어서 대문을 헐란 다.≫하고 맞장구를 치며 웃어댔다.

문지기들은 어쩔줄 몰라 쩔쩔매였다.

춘보는 버럭 성을 냈다.

≪왜 꾸물거리는거냐. 채찍맛을 봐야겠구나!≫

그리고는 채찍을 들어 문지기들을 마구 후려갈겼다. 대문간에서는 란장판이 벌어졌다.

함경감찰사는 대문간에 어떤 작자가 나타나 말을 타고 들어가게 대문을 헐라 고 행패를 부린다는 말을 듣자 깜짝 놀랐다.

≪틀림없이 서춘보겠구나! 경원군수로 부임한다더니 여기로 온 모양이구나! 함부로 건드리지 말지어다!≫

함경감찰사는 버선바람으로 달려나와 서춘보를 맞이했다. 서춘보는 그제야 분을 삭이고 씩씩거리며 눈을 들늘 굴려놓았다.

≪돼먹지 못한 녀석들! 감찰사령감의 면목을 봐서 네놈들을 용서한다.≫

함경감찰사가 당명해보니 춘보네는 말 못할 불량패라 잘 얼려보내려고 인진해들인후 인채 대연을 베풀고 좋은 말로 구슬렸다. 서춘보는 상좌에 앉아서 머리를 끄덕이며 함경감찰사에게 한마디 부탁했다.

《앞으로 감찰사령감님께 소관을 많이 보살펴주실것을 바라오이다.》

함경감찰사는 서춘보가 한시바삐 뜨기를 바라는지라 일일이 수긍했다.

《공은 념려할것이 없을것이요. 여하간 힘자라는데까지 도와드리지요.》

서춘보는 함경감찰사의 말을 듣자 두눈을 뚝 부릅뜨고 을러뗐다.

《일후에 힘이 모자라서 못돌본다고 하지 마시오.》

《그럴리 있습니까? 일심으로 도와드리지요.》

감찰사와 군수의 차는 하늘과 땅인데 군수가 이처럼 틀을 차리고 감사를 이래라 저래라 하기는 나라가 생겨서 처음이였다.

함경감찰사는 또 뒤의 일이 고려되여 경원에다 사람을 띄워 아전들과 좌수, 백성들이 삼십리밖에 나와서 새로 부임하는 군수를 성대히 맞이하라는 엄령을 내렸다.

서춘보일행이 경원땅에 들어서니 마중하는 사람들이 인산인해를 이루었다.

한 아전이 서춘보의 말앞에 이르러 굽신거렸다.

《대감께서 원로에 행차하시느라고 수고하셨습니다.》

서춘보가 마상에서 꽥 소리질렀다.

《이놈, 우리 부친님이 대감이지 내가 어디 대감이냐? 첩년처럼 아양을 떨건 뭐냐? 채찍맛을 봐야 정신을 차리겠느냐?》

아전의 의외의 일이라 어쩔줄 몰라 무서워서 벌벌 떨었다.

서춘보는 아전에게 훈계했다.

《내가 내려온다는것을 알았으면 관아에서 좌기하고 일일이 배알하는 법이지 이제 무슨 꼴이냐? 법도도 모르는 무지한 녀석들, 내가 오경에 좌기할테니 시간을 어기는자는 곤장맛을 면치 못하리라!》

서춘보는 이렇게 아전을 훈계하고는 보교와 짐군들은 천천히 오도록 하고 근친 몇몇을 데리고 닫는 말에 채찍질하며 경원읍을 향하여 달리였다. 주색과 행악질로 머리털이 센 아전들과 좌수들은 시간이 박두하는지라 울상이 되여 불바람나게 달렸다. 그래도 건강한 사령들은 넘려없었으나 아전들과 좌수, 초시들은 숨이 턱에 닿아 하늘을 우러러 탄식했다.

≪하느님마옵소사, 저런 악귀 같은 군수가 내려왔으니 우리 어찌 살리오리까?≫

길가의 백성들은 새 군수는 그림자나 언뜻하니 보나마나하고 서로 아우성치며 달리는 아전들과 좌수, 사령들구경이였다.

서춘보는 오경에 좌기하고 그때까지 당도하지 못한 아전들은 대부분 곤장을 쳐서 내쫓고 제 동아리들로 아전을 시키고 좌수와 초시들은 다시는 실책이 없도록 하라고 단단히 꾸짖고는 돌려보냈다.

서군수는 부임한 이튼날로 동아리들과 공론하고 군내 마을마다의 농사군로인들을 상빈으로 청하라는 통령을 내렸다. 각 동리의 좌수들은 원의 부임행차때 혼줄이 났는지라 춘보의 통령대로 농사군로인들을 모시고 당날로 관아에 이르렀다.

숱한 농사군로인들이 모여오자 서춘보는 주석을 베풀고 로인들앞에 넓적 엎드려 절을 하며 말하였다.

≪소관은 나라의 중임을 맡고 이 고을 군수로 왔사온데 로인님들의 가르침을 받으려 합니다.≫

농사군로인들은 황송하여 어쩔줄 몰라했다. 소문에 들으니 서춘보는 세상없는 불한당이라고 하던데 정작 대면하고보니 나이는 어려도 사람됨이 기특하다고들 수군덕거렸다. 단단히 경이라도 칠것 같아서 겁을 먹고 온 농사군로인들은 서춘보의 청산류수와 같은 구변에 가슴속의 얼음장이 풀려 한시름 놓았다.

서군수가 도도한 열변을 토하는바람에 농사군로인들은 마음속의 말을 하였다. 정사란 백성을 위한것인데 경원군수는 경원땅의 백성이 안돈하고 농사에 힘써서 먹을것과 입을것이 유족하도록 만들어야 한다고 말하고는 농사철이 당전하는데 무슨 곤난이 제일 큰 곤난인가고 물었다. 로인들은 그저 농사에 힘쓰겠노라고 대답할뿐 곤난은 말하지 않았다.

서춘보가 물었다.

≪그래 식량들은 있습니까?≫

로인들은 머리를 저으며 탄식하고 대답하기를 경원은 본래 식량이 모자라는 곳이니 할수 없는 일이라고 했다.

서춘보는 머리를 저었다.

≪안될 말씀입니다. 농사군들이 배를 곯고 어떻게 농사를 짓겠습니까? 배불리 먹어야 힘도 내지요. 이곳은 변강이여서 해마다 군량으로 도조를 많이 바쳤는데 그 식량을 도로 찾아서 농량으로 삼으면 농사를 잘 지을수 있지 않겠습니까?≫

≪사또께 아뢰오이다. 이런 란시에 국고의 군량을 어떻게 다치오리까. 나라의 구제미나 좀 하사하셨으면 죽물이라도 마시며 농사를 잘 짓겠습니다.≫

≪그러게말이유. 죽물이라도 먹으면 풀뿌리에 비하겠습니까.≫

서춘보는 예상하던바와 같이 식량이 제일 큰 일이라 로인들을 진정시키고 물었다.

≪그래 어떻습니까? 많이는 몰라두 금년 햇곡이 나올때까지의 식량을 돌려주면 어떻겠습니까?≫

농사군로인들은 너무도 놀라서 입을 딱 벌리고 그 많은 량곡을 누가 주겠느냐고 물었다.

서춘보가 선뜻이 자기가 주겠다고 대답하자 환성이 터지고 로인들은 ≪산보살님이 우리 새로 오신 군수님이요.≫하고 덩실덩실 춤을 추었다. 로인들은 춤판에 서춘보까지 끌어넣는바람에 서춘보도 춤을 추지 않을수 없었다.

춤판이 끝나자 서춘보가 정색하고 말했다.

≪식량은 있습니다. 그러나 로인들의 도움이 없이는 안됩니다.≫

농사군로인들은 서춘보가 시키는대로 칼산, 불바다라도 뛰여들겠다고 가슴을 두드렸다. 서춘보는 농사군로인들에게 마을에 돌아가서 남녀로소를 동원하여 아무 날 아무 시에 관부에 대기했다가 여차여차하라고 일러주고는 소문을 크게 내지 말아야 한다고 당부하였다.

서춘보는 딴 칸에서 기다리는 좌수들을 불러들여서 지시를 하달했다.

≪너희들은 듣거라. 오늘부터 삼일간 모든 사람들과 수레와 마소와 당나귀는 이 로인님들이 관리한다. 그 어떤자나 여기에 항거하는놈은 엄벌에 처한다. 량반 타는 당나귀도 몽땅 내놓아야 한다. 내가 타는 말까지 내놓거늘 여기에 조금이라도 소홀하면 먼저 너희들을 문초하고 당사자는 키를 낮춘다.≫

좌수들은 절절매며 물러나가고 로인들은 흐뭇하게 돌아갔다.

서춘보는 경원땅 백성들이 먹을 식량이 없어 농사를 짓지 못하니 십년 도조를 돌려달라는 문서를 만들어 감영부에 보내고 회답을 기다렸다.

함경감찰사는 서춘보의 상소문을 받자 가슴이 덜컥했다. 일년 도조도 아니고 십년 도조라니 기가 딱 막혔다. 함경감찰사는 심복지인들을 불러놓고 이 불량패를 어떻게 대처하겠는가고 공론했다. 심복지인가운데 소년에 한림학사까지 한 자가 하늘을 우러러 너털웃음을 웃었다. 그러니 감찰사는 어이없어서

≪공은 어째 웃소? 내 생각은 이 일을 서울에 알려야 할것 같소≫하고 말했다.

한림학사는 손을 저었다.

≪그럴 필요도 없습니다. 일년 도조면 몰라도 십년도조이니 근심할것 없습니다.≫

≪거, 웬 말이요?≫

≪도리는 간단하지요. 일년 도조면 저그마하니 인차 가져갈수 있지만 십년 도조야 무엇으로 나른다는말입니까? 그러니 십년 도조를 돌려주겠는데 수레가 해결 되는대로 보내주겠으니 기다리라고 하시오. 그리구 감사또님께서 직접 서울 가서 이 일을 나라님께 알리면 일은 어차피 잘될것이옵니다.≫

함경감찰사는 그 말을 옳이 듣고 십년 도조를 돌려주겠는데 수레가 해결되면 보내주겠으니 기다리라는 답장을 띄웠다.

서춘보는 농사군로인들과 함께 애타게 기다리고기다리다가 짐작한것과 같은 답장을 받았다.

서춘보는 이튿날새벽으로 경원사람들을 끌고 관찰부영에 이르렀다. 서춘보는 함경감찰사에게 례의범절로 대하고는 류방관속들을 불러놓고 주인행세를 하였다.

≪모두들 듣거라, 감사또의 명이다. 감사또께서 경원백성이 굶어죽는것을 알으시고 경원백성을 구하고저 경원에다 십년 도조를 돌려주기로 하옵기에 지금 경원에서 수레와 인부들이 왔으니 당장 시행하라. 여기에 조금이라도 소홀한자가 있다면 그 어떤놈이든지 감사또의 명으로 당장 목을 낮춘다.≫

모두들 숨이 한줌만해서 ≪예!≫하고 대답하니 서춘보는 감찰사를 재촉했다.

≪빨리 식량창고를 열고 식량을 주라고 명하십시오.≫

함경감찰사는 서춘보가 칼자루를 어루만지는것을 보고 가슴이 섬뜩하여 울며 겨자먹기로 목을 빼들고 떠듬거렸다.

≪어…어서 시행하라!≫

반날해가 지나니 국고가 거덜났으나 륙칠년 도조밖에 안되였다. 창고관리가

땀을 뻘뻘 흘리며 쩔쩔매는데 경원의 한 아전이 그의 귀에 대고 수군덕거렸다. 그러자 그 관리는 헤벌쭉거리며 관아로 뛰여들어가더니 울상이 되여 관찰사에게 고하였다.

《국고의 량식을 몽땅 내도 모자랍니다.》

그때 서춘보가 불호령을 질렀다.

《감사또의 령인데 어째서 이리 꾸물거리느냐!》

《감사또님께 문의하러 들어왔습니다. 잠간만 만류하십시오.》

감찰사는 엎질러놓은 물이라 어쩔바를 모르는데 호방이 그 자리에서 방법이 있다고 하니 선뜻 해결해주라고 하였다.

《방법을 대서 어서 해결해주라.》

《예, 예, 방법은 간단합니다. 관아에 부호들이 많으니 집집이 절반 식량만 내면 될듯합니다.》

감사는 호미난방이라 그렇게 하라고 대답하였다.

서춘보는 이렇게 경원사람들을 이끌고 함경감찰부를 겁략해가지고 당날로 돌아왔다.

감찰부의 벼슬아치들은 분해서 펄펄 뛰였다.

《춘보놈이 대역무도한놈이니 당장 나라에 상소해라!》

감사또가 눈을 뚝 부릅뜨고 꽥 소리쳤다.

《어리석은 소리 걷어치워라. 모두 경들과 공론해 한 일이 아닌가? 모두 내 입으로 대답한것인데 나를 해치려구 그러느냐!》

모두들 들어보니 감사또의 말이 옳은지라 입이 광주리라도 할 말이 없었다.

감사또가 한탄했다.

《할수 없는 일이네. 우리 여기에 문벌과 계교나 완력 할것없이 그놈을 담당할 사람이 없구려.》

이리하여 서춘보가 경원에 와서 24개월 만기될 때까지 경원땅에는 화적떼가 나타나지 않았을뿐더러 전 군이 풍요한 곳으로 되였다. 만기가 가까워오니 각 마을 농사군로인들이 백성들을 이끌고 관아에 이르러 련임할것을 탄원했다. 서춘보는 쾌히 응낙하고 련임했는데 3년째부터는 나라에 도조를 물고도 여남이 있어 경원곡식이 외지로 나가게 되였다. 이리하여 서춘보가 천하호걸남아라는 명성이 다시 팔도강산에 우레같이 퍼지게 되였다. 아무도 가서 배기지도 못한다던 경원군을 다스려내는것을 보니 과연 나라의 동량감이였다.

그 당시에 나라의 정치가 어찌나 어지러웠던지 말이 아니였다. 관리배들은 회로에 눈이 어두워 서로 감싸고 돌면서 부화사치에만 눈을 돌렸다. 국고의 재물로 창기를 기르고 음풍영월하며 주색에 빠져 헤매는 간특한짓들뿐이였다.

임금은 서춘보를 서울로 불러 이를 다스릴 의향을 말했다.

《지금 나라가 동란에 처하고있으며 백성이 도탄속에 빠져서 국력이 나날이 쇠약해져가니 짐이 크게 근심하는바 경은 이를 구할 묘책이 없는고?》

서춘보가 탑전에 엎드려 상주하기를 나라의 화근은 내직의 간신인데 그들은 우로 임금을 속이고 아래로 백성을 우롱하면서 나라를 동란속에 빠뜨렸고 내직이 이럴때 외직인 팔도 감사와 군수들은 어지러운 틈을 타서 정사는 돌보지 않고 횡재에만 눈을 돌리니 원성소리 높아만 간다고 하였다.

임금은 우울하여 고개를 끄덕이더니 그러면 어떻게 해야 되겠느냐고 물으니 서춘보가 대답하기를 간신을 처단하고 법으로 나라를 다스리면 국운을 돌려세울것이라고 하였다.

왕은 서춘보의 말을 듣고 대희하여 당장에서 서춘보를 어부어사로 삼아 나라의 정사를 돌보도록 하였다.

이리하여 서춘보가 자기 동아리중에서 경원군수를 추천해놓고 입궁하여 정사를 맡으니 삼정승 류판서는 물론이요 내직의 대소관리들이 그 옛날의 서춘보라고 우습게 보았다. 서춘보 그런 눈치를 모르는바 아니나 내색하지 않고 며칠 있다가 집에 돌아와 형조판서인 아버지를 훈유했다.

《부친님께서 국은을 입으사 관직이 정헌대부에 이르고 후한 국록으로 복을 누리시면서 나라의 법은 있어도 그를 지키지 않아서 이다지 문란하니 무슨 면목으로 조정에 나가십니까? 뢰물을 받아먹고 간특한자들을 눈감아주니 어찌 보국충신으로 될수 있겠습니까?》

서대감은 처음엔 노하여 붉으락푸르락했으나 춘보의 일장설화에 간담이 서늘해져 눈물을 주르르 흘리며 한숨을 쉬더니 실토정을 하였다.

《나라고 왜 그런 사정을 모르겠느냐마는 원체 그놈들의 세력이 대단해서 어쩔수 없구나!》

서춘보는 아버지 말을 듣더니 그렇다며 아버지께서 자원퇴위하고 담략있는 인재를 천거해달라고 부탁했다.

서대감은 무릎을 탁 치며

≪과연 네 말이 옳도다! 네 말이 옳도다!≫하고 감탄했다.

며칠후 서대감은 퇴우하고 형조판서가 부임하였다. 새로 부임한 형조판서는 서춘보와 손을 잡고 한무리의 간신을 붙잡아내여 더러는 처단하고 더러는 정배살이를 보냈다. 이때로부터 조정의 문무관원들은 모두 서춘보를 우러러보게 되었다.

그후 서춘보는 또 임금에게 이제는 팔도를 다스려야 하겠다고 간하였다.

임금은 서춘보의 말을 옳이 여겨 서춘보를 팔도순찰어사로 삼으며 직접 나가서 팔도를 다스리게 하였다.

서춘보는 어명을 받고 팔도치고는 괜찮다는 전라도를 나가보려고 맏형인 전라감사에게 아무 때에 순찰사가 당도한다는 로문을 내게 했다. 서춘보가 형이 감사질하는데로 첫 행차를 하는데는 속셈이 있었다.

서춘보가 로문보다 한달 앞당겨 암행으로 전라땅에 이르러 돌아보니 생각하던바와 같이 온통 헛소문이고 정사가 란장판이였다. 처자를 팔고 패가망신하는 집이 부지기수요, 류리걸식하는 사람 또한 부지기수였다. 인연이 희소한 곳에는 화적떼가 출몰한다는 소문이 빈번하고 세력을 등대고 유부녀를 간음해도 고소할 곳이 없으며 이런 명목 저런 명목으로 백성의 재물을 수탈하니 사방에 원성소리 높고 기생집에 노래소리 높았다. 전라감사질하는 형도 기생집에 드나들며 주색에 파묻혀 정사는 뒤전이라 반달에 한번도 출정하나마나 했다. 순찰어사가 당도한다는 로문을 받았으나 그것이 다른 사람도 아니요, 동생 춘보라 근심할것도 없다고 마음놓고 흥탕망탕 즐기였다.

로문을 낸 날이 되자 순찰어사행차가 당도했다. 의례 감사또가 나와 마중해야 할것인데 전라감사는 이날도 출정하지 않았다.

서춘보가 노기충천하여 불호령을 질렀다.

≪전라감사 서가놈을 붙잡아다 대령시켜라!≫

벙거지 쓴 사령들이 류모방망이를 들고 기생집에 달려가서 전라감사의 목덜미를 집어다가 당하에 꿇어앉혔다. 전라감사는 죽일놈살릴놈하고 발을 구르는데 추상같은 호령소리 울렸다.

≪저 대역무도한놈을 형틀에 올려라!≫

그제야 전라감사는 정신을 버쩍 차리고 제발 잘못했노라고 빌었다. 그러나 어사의 명이라 사령들은 전라감사를 형틀에 달았다.

서춘보가 형을 꾸짖었다.

≪감사질하는놈이 나라의 법도도 모를법이 있느냐? 어명을 받든 나를 업신여긴것은 임금을 업신여긴것이라 그 죄를 알만하냐?≫

전라감사는 울며불며 죽을 죄를 용서해달라고 빌었으나 취중에 망설한 죄로 곤장맛을 보게 되었다.

전라감사는 곤장맛을 보곤 얼굴색이 흙빛이 되어 당하에 엎드려 문초를 받았다.

≪네가 정사를 어떻게 했느냐?≫

전라감사는 대답도 하지 못하고 벌벌 떨기만 하였다.

≪전라도에 패가망신하고 류리걸식하는 사람이 얼마나 되느냐? 이놈 듣거라, 유부녀를 간음해도 고소할 곳 없고 백성들은 살아갈수 없어 원성소리 높은데 너는 무슨짓을 했느냐?≫

전라감사는 이마를 조아리며 울상이 되어 중얼거렸다.

≪예, 죽을 죄를 졌습니다.≫

춘보는 대성질호하였다.

≪관직이 감사에 이르러 국록으로 호의호식하며 정사는 돌보지 않고 실책하여 만백성을 도탄속에 밀어넣었은즉 죽을 죄가 옳도다! 여봐라! 이놈을 당장 끌어내라!≫

일이 이 지경에 이르니 전라감사는 울며불며 제발 목숨만 살려주옵소사 하고 빌었다.

이때 뒤문으로부터 서춘보의 로모가 나왔다.

≪어사또 래림인가.≫

춘보는 잠시 휴정하고 외인들을 내보내고 어머니앞에 인사를 드렸다. 그리고 당하에 꿇어엎드린 형을 당상에 올려다 앉히고

≪아까는 국법이요 지금은 가법이니 형님 인사를 받으시우. 형님, 그간 무사하

셨습니까?≫

하고 꾸벅 절을 하였다. 형은 혼이 절반이나 날아났는지라 겨우 응대했다. 로모가 웃으며 말했다.

≪어찌겠느냐? 한피를 묻고 난 형제간이 아니냐? 너의 형의 죄를 용서하거라!≫

≪가법은 가법이고 국법은 국법입니다. 국법을 지키지 않으면 나라가 망합니다.≫

로모는 한숨쉬고 머리를 끄덕이고 형은 동생이 조금도 용서할 기색이 보이지 않는지라 눈앞이 캄캄하여 천길같이 아득했다.

다시 개정하였다.

전라감사는 다시 당하에 꿇어앉았다.

서춘보가 말했다.

≪이놈 듣거라! 그새 국법이 문란하여 경거망동하였은즉 다짐장을 쓸만하냐?≫

전라감사는 귀가 번쩍 뜨이여 이마에 피가 맺히도록 조아리며 다짐장을 쓰겠노라고 하였다. 그리하여 전라도를 잘 다스려 만백성을 안돈시키며 형사소송에 소홀함이없이 잘하겠다는 다짐장을 쓰고 다음번에 어사가 당도할 때 다짐대로 시행하지 못하면 릉지처참을 당하여도 원이 없노라고 하였다.

이로부터 전라도는 법으로 다스려 몰라보게 변하게 되었다.

이 일은 온 천하를 진동시켰다. 감사들은 벌벌 떨었다. 그래도 정사가 밝다는 전라도요, 그 형이 감사질하는데도 그렇게 호되니 다른 감사들은 말할것도 없었다. 다른 감사들은 똥집이 달아서 밤낮으로 출정하여 도를 다스렸다. 이렇게 하자니 뢰물을 먹이고 기여오른 무능력한자는 파면파직시키고 인재를 등용시키며 다른 도에 뒤떨어지지 않으려고 기를 썼다. 서춘보는 팔도강산을 일일이 돌아다니며 훌륭히 다스렸다.

이리하여 후세의 사람들은 리조의 수재는 박문수, 박대감이고 명관은 서춘보, 서대감이라고 말하게 되었다고 한다.

김명한 정리

# 바다구경

옛날 시골의 한 부자가 앉은 영웅이 나들이 어리보기만 못하다는 말을 듣고서 서당에서 글공부하는 아들을 데리고 바다구경을 갔다. 난생처음으로 바다를 보니 보기만 해도 과연 대단하였다. 넘실거리는 물이 하늘과 맞닿았는데 바닷물은 많고도 많았다.

부자 아들은 두눈이 데꾼해서 입을 딱 벌리고 감탄했다.

≪야, 저 바닷물은 백동은 될겁니다.≫

부자는 넋없이 바다를 바라보다가 아들의 말을 듣자 아들을 퀭하니 내려다보며 말했다.

≪글공부를 하구서두 바닷물을 백동이라구 하니? 저 바닷물이 천동이나 된다!≫

하인은 너무도 기막혀 탁 웃어버렸다.

≪이놈 왜 웃느냐?≫

부자가 묻자 하인이 대답하였다.

≪주인량반님이 아니시구서야 누가 바닷물이 천동이되는것을 알겠습니까?≫

부자는 흡족해 머리를 끄덕였다.

≪그래, 그래. 바닷물은 천동이지. 아마 딱 옳을거네.≫

주영권 구술

# 지성감천

옛날 한곳에 형제간이 한마을에 살았는데 형은 다자식하였으나 동생은 무자식하였다. 이들 형제간은 화목하게 지내는데 형네는 자식은 많았으나 살림살이는 곤궁하여 하루 세 끼 입에 풀칠하기도 어려웠다. 동생네는 무자식하였으나 살림살이는 유족하여 팔각기와집에 문전옥답 마련하고 먹을것 입을것 근심걱정 없었다. 형네는 일년 사시장철 동생네 신체를 크게 졌으나 그냥 비루를 털 지경 이였다.

동생이 무자식하니 형의 차자를 계자로 정했다. 당시 이렇게 계자로 정한 다음 계자가 자라서 장가를 들어야 제 집으로 맞아들이는것이 상례라 이렇게 계자로 정했을뿐 차자는 계속 삼촌집으로 가지 않고 부모슬하에서 자랐다.

계자가 너덧살먹은 해였다.

이 마을에 한 젊은 부부간이 있었는데 그 남편은 팔자가 기박해서 그랬던지 유복자를 두고 기세하고 그 애 어미마저 생남한지 칠일만에 이 세상을 하직하니 피덩이 같은 어린애는 의지가지없는 고아로 되고말았다.

매양 슬하에 일점혈육도 없어 쓸쓸해하던 동생은 그 어린애를 수양아들로 삼았 다. 그래도 자라서 제 부모를 잊지 말라고 이성을 태운대로 새 이름을 지었다.

세월은 여류하여 덧없는 년광에 계자 이팔이 되니 계자부를 삼게 되였다. 상례대로 하면 삼촌은 계자와 계자부를 제 집으로 맞아들여야겠는데 삼촌은 수양아들이 기가 꺾이고 학대를 받을것 같아서 계자에게 자기를 모시려는 저성 이 지극하면 일후에 죽은 다음 향화나 끊지 않으면 만족이라고 하였다. 그러니 지금은 수양아들과 함께 있겠노라고 하였다. 계자는 속이 풀럭거렸으나 울며 겨자먹기로 수긍하는수밖에 없었다.

몇 년이 지나 수양아들이 장가를 들게 되였다. 수양아들은 인생으로 세상에 태여날제 부생모육지은이 세상에서 제일 깊다고 하나 자기에게는 수양아버지 은덕이 하늘보다 더 큰지라 안해와 함께 수양아버지 어머니를 평생 잘 모시리라 마음먹었다. 그러나 수양아버지는 아들며느리를 불러놓고 이제는 사람이 제구 실을 해야 하는데 부모가 없는 자식이 어디 있겠느냐고 하면서 수양아들 친부모 의 제삿날을 알려주면서 친부모의 향화를 끊지 말라고 당부했다. 이럴수록 수양 아들과 며느리는 수양아버지 어머니에 대한 정성이 더욱 지극하였다.

그런데 이 집에 뜻하지 않은 큰 불상사가 생겼다. 수양아들의 혼례를 이룬 반년만에 수양어머니가 그만 세사을 폈다.

초상을 치르자 계자는 벙어리 랭가슴 앓듯 끙끙거렸다. 자기가 계자이니 응당

삼촌의 재산을 물려받아야 하겠는데 지금 삼촌이 수양아들을 데리고있으니 자기에게는 차례질것 같지 않았다.

그리하여 계자는 삼촌을 찾아 인간의 도리가 이럴수 없으니 이제는 자기가 삼촌을 모시겠노라고 ㅎ였다. 그러나 솜촌의 대답은 처음과 같은지라 별다른 뾰족한 수가 없었다. 이리하여 밤낮으로 상심하며 머리를 짜다가 마침 묘한 수가 떠올랐다.

계자는 이튿날로 마을 년장어른을 찾아갔다. 그 당시에는 마을에 일이 있어도 년장어른을 거쳐야 관가에 소송할수 있었다. 계자는 년장어른앞에 이르러 말도 못하고 눈물코물 흘리며 서럽게 흐느꼈다.

년장어른은 깜짝 놀라 무슨 억울한 일이 있어 그러는지 어서 말하라고 했다. 계자는 울며불며 자기가 숙부네 계자로 되어 대를 이을 사람인데 숙부가 수양아들을 두고 자기를 따돌리니 계자로서 낯을 들고 살수 없어서 자결하려 하다가 년장어른을 찾아 뵙고 관가에 소송하려한다고 여쭈었다.

년장어른은 그 말을 듣더니만 과연 옳은 말이라고 하면서 자기가 알아서 조처할터이니 돌아가 기다리라고 하였다.

년장어른은 그 숙부를 불러다 꾸짖고 당장 계자로 정한 조카를 받아들이라고 하였다. 이리하여 할수 무가내로 계자를 맞아들였다.

계자는 들어오자마자 정말로 주인질을 하였다. 그들부부는 수양아들며느리가 미워서 죽을 지경이었다. 그래서 밤낮 욕질과 싸움질이였는데 수양며느리가 생남까지 하니 기둥뿌리가 빠질 지경이었다.

이렇게 되니 로인은 할수 없어서 수양아들네를 세간내려 하였다. 이에 계자는 두덜거리며 삼십여리밖에 가서 몇푼 주고 헐망한 두간짜리 집을 사주고 가마 두짝을 지워 쫓아버리면서 남의 집에 와서 그만큼 자라도 좋지 낯짝이 두텁게 세간내주기까지 바란다고 욕질을 하였다. 그래도 수양아들은 할말이 없는지라 길러준 은혜 백골난망이라 죽어도 잊지 않겠노라고 아버지앞에 엎드려 이마를 조아리고 주먹으로 눈물을 닦으며 길을 떠났다. 이제는 계자가 가사를 주관하므로 로인은 어쩌지 못하여 수양아들을 내보내며 눈물을 비오듯 흘렸다.

계자는 본래 투전놀이와 주색잡기에 이골이 나서 돈을 물쓰듯하였다. 계부는 너무도 기가 막혀 좀 타이르면 주정을 넘겨패고 가장치기를 하며 그 행패가

더 심하여 말도 못하고 속만 태웠다. 이러다나니 불과 일년에 숙부가 모아두었던 돈냥은 거의다 써버리고 집의 물건을 팔아먹기 시작했다. 그리고 계자아들과 며느리는 로인에 대한 학대가 하루하루 가심해졌다. 이럴수록 로인은 수양아들 며느리가 못내 그리웠다. 그러나 늙은 몸이라 마음뿐이지 갈수도 없었다.

집살림이 궁색해지자 두 부처는 입이 하나라도 많은것이 부담이라 로인이 미워나서 죽을 지경이였다. 로인은 더는 참을수 없었다. 동지섣달 추위는 여물어 가는데 로인은 수양아들며느리를 찾아보고 죽어도 죽자고 지팽이와 동무하여 무거운 다리를 끌며 수양아들집을 찾아떠났다. 계자부처는 앓던 이를 들어낸듯 가슴앓이에 청심환을 쓴듯 속시원했다. 이제는 한푼이라도 돈냥이 적게 들것이요 보기 싫은 모양을 보지 않게 되었으니 밥을 먹어도 살로 갈것 같다고 했다.

수양아들네는 제 밭이라고는 한고랑도 없는지라 남의 집 행랑살이를 하였다. 두 내외간은 엄동설한에 수양아버지가 오신것을 보고 십중팔구는 속짐작이 가는지라 극진히 맞아들이였다.

≪아버님, 근심마시고 우리 집에 계시옵소. 우리가 행랑살이하는 신세지만 아버님께 하루 세끼 더운밥 대접이야 못하오리까.≫

로인은 감격하여 머리를 끄덕였다.

≪아무렴, 자네네야말루 내 아들 며느리네. 오늘에야 제집에 온것 같네.≫

수양며느리는 돌이 지나 터벅터벅 걸음발을 타는 손자를 로인의 품에 안겨드리며 오늘부터 할아버지가 계시니 좋다고 여간만 기뻐하지 않았다.

이튿날로 내외간은 변돈을 말아가지고 술되박에 소고기안주를 마련하여놓고 동네 로인들을 청하여 수양아버지를 인사시키고 주배를 썼다. 로인은 친아들이면 이보다 더하랴고 감개무량하여 여러 로인들앞에 아들며느리에 대해 여사여사한 이야기를 하고 치하하니 여러 로인들도 저저이 탄복했다.

나어린 손자는 자기를 곱다고 하니 할아버지 무릎에서 내리려 하지 않았다.

며칠후였다.

아들며느리는 행랑살이하는 주인집에서 회갑잔치를 차린다고 바삐 돌았다. 아들며느리는 밤낮으로 주인집일을 돌보는데 주인집도 꽤나 인품이 후한 집이였다.

회갑잔치 전날저녁이였다.

이튿날 쓸 음식들을 다 마련해놓자 주인마누라는 주안에 떡 한사발까지 받쳐서 한상 차려주면서 로인이 홀로 계시겠으니 빨리 올라가보라고 하였다.

며느리가 인적기를 내고 집안에 들어서니 로인은 어두운 정지간에서 손자를 안고있었다.

며느리는 화로의 재를 밀고 숯불을 불어서 인차 등을 켜놓고 로인의 품에서 아이를 받아안으며 곤하시겠는데 어찌 아이를 안아재우시는가고 하니 로인은 웃으며 대답했다.

《손자를 좀 안아재워서야 지치겠는가? 아이가 울며 깨여나니 또 우는것이 아까와서 안고 재웠지!》

며느리는 얼른 아이를 가마목에 눕혀놓고 음식상을 차려 로인께 대접했다. 로인께 술도 부어드리고 떡도 베여드리고 어찌나 많이 자시도록 권하고권했다.

로인은 식사를 다하자 상을 물리고 취기가 있어서 잠자리에 누웠다. 애어미는 그제야 아이가 숨쉬는것 같지 않은것을 알았다. 깜짝 놀라 살펴보니 아이는 언녕 숨이 진지 오래였다.

며느리는 이를 악물고 눈물을 삼키며 도정신하였다.

《어떻게 하나 아버님께 이 일을 알리지 말아야한다.》

며느리는 주인집일을 마저 보고 돌아오겠노라고 로인님께 여쭈고는 남편을 찾아 떠났다.

내려가는길에 일을 마치고 집으로 돌아올라오는 남편을 만나자 눈물을 머금고 아이가 죽게 된 사연을 이야기했다.

남편은 깜짝 놀라 물었다.

《그래 아버님께 알렸소?》

안해가 로인님이 너무도 상심하실가 기이고 내렸다는것을 말하자 안해의 발끝에 꿇어엎드려 절했다.

《당신은 안해이자 은은이니 이 은혜를 언제 다 갚겠소 내게서 절이나 받소》

《은혜라니 무슨 말씀이옵니까?》

《죽은 아이는 이미 죽었거니와 아버님께서 이 일을 아시면 기막혀 결단코 세상을 버릴것인데 당신이 아바님을 구하였으니 내 어찌 절하지 않겠소.》

안해는 남편에게서 어떻게 절을 받고 가만있으랴고 서로 맞절을 하였다.

안해를 부축해 일으킨 남편이 말했다.

《어쩌나 소문을 내지 말아야겠소. 아이가 죽으면 밤을 넘기지 않는다는데 내가 곡괭이와 삽을 얻어가지고 저 뒤산기슭 돌각담옆으로 갈테니 당신은 집에 가 아이를 업고 오우.》

그믐달이 동산마루에 걸려 희미한 빛을 뿌리는데 안해는 죽은 아이를 업고 허둥지둥 뒤산기슭 돌각담옆에 이르니 남편은 어느새 왔는지 땀을 뚝뚝 떨구며 곡괭이질을 하고있었다. 그러나 꽁꽁 언 땅이라 바가지굽만큼도 파지 못하였다. 기를 쓰고 파야 손톱만큼씩 똑똑 떨어질뿐 파낼 재간이 없었다.

어느새 동살이 트기 시작했다. 남편은 할수 무가내라 먼저 돌각담을 허물고 그밑에 두었다가 해동하면 묻자고하였다. 안해도 일이 되도록 하자고 아이를 내려놓고 내외간이 손을 맞춰 돌각담을 허물었다. 한쉼 푼히 돌각담을 허무니 밑바닥이 나졌다. 그런데 돌을 치우고 보니 돌각담밑에서 큰 오지단지가 나졌다. 눈이 깊이 덮인 돌각담이라 밑은 얼지 않아 그 오지단지를 뽑아내니 구뎅이가 생겼다. 그것을 삽으로 우비적우비적하니 아이를 묻을만하였다.

《일이 손쉽게 됐군! 얼른 아이를 안아오우.》

안해는 눈앞이 아찔하여 눈을 꼭 감고 섰다가 비오듯하는 눈물을 훔치며 애를 안아들었다.

그러자 《와!》하고 애가 울었다. 참 별일이였다. 죽었던 애가 개복하였다.

두 내외간은 꿈이냐 생시냐 하며 아이를 둘쳐업고 오지단지도 둘러메고 돌아왔다.

두 내외간이 기쁨에 겨워 피곤도 잊고 집에 이르렀을 때는 날이 밝았다. 로인은 일어나앉아서 기다리다가 아들며느리가 들어서니 말했다.

《아무리 행랑살이라고 자네네를 이다지도 부려먹는다는말인가! 에, 기막힌 일이네.》

며느리는 더는 속일수 없어 밤에 있은 일을 낱낱이 이야기했다. 로인은 그런 일이였느냐고 깜짝 놀라며 손자가 헤쩍헤쩍 웃는것을 바라보더니만 거북스러운게 왔다가 귀한 손자를 죽일번했다고 하면서 래일아침으로 떠나겠다고 하였다.

로인을 말린다는것은 붙는 불에 키질이라 아들이 생각하다 화제를 돌리느라고 말을 꺼냈다.

≪아버지, 참 신기한 일도 있습니다. 글쎄 돌각담밑에 이런 단지가 있습디다.≫

아들의 말을 듣자 로인은 속짐작이 가는바가 있어 단지를 열고 들여다보더니 무릎을 탁 쳤다.

≪지성이면 감천이라고 자네네 지성이 하느님께 이르러 이 금단지를 보내준 걸세. 한편생 쓰고써도 다 못쓸 금이 이속에 들었네.≫

아들며느리는 로인님이 복이 있어 이렇게 하늘이 인진했다고, 로인님덕에 한 평생 잘살게 되었다고 이마를 조아렸다. 서로 이렇게 말하며 온집안에 기쁨이 차넘치였다.

수양아들며느리는 그 금을 조금 내여 팔각기와집 사고 문전옥답 마련하고 로인을 모시고 평생을 잘살았다고 한다.

연길현 광개공사 자동대대 윤재석 구술

# 참회

옛날 한 사람이 왕의 성인 전주리씨로 태여났다. 그는 소시에 등과하여 벼슬이 판서에까지 이르렀다가 퇴위하니 사람들은 그를 리판대감이라 불렀다.

리판대감은 선산의 은덕으로 고량진미로 배를 불리고 비단으로 몸을 감으며 고래등같은 팔각기와집에 네귀에 풍경달고 여덟귀에 줄방울 달아 동남풍에 월 그렁절그렁하는데서 만년을 보내고있었다.

인간만년의 복은 자식복이라 하는데 리판대감은 자식복이 없어서 슬하에 일 점혈육도 없다가 명산대천에 기도를 드리고 서른이지나서야 딸 셋을 얻게 되었 다. 리판대감은 아들이 하나도 없어 서운하기야 이루다 말할수 없었으나 세 딸이 있으니 다행으로 여겨 딸을 고이 길러 명문거족의 사위를 삼아서 만년을 의탁하 려 했다. 그리하여 맏사위를 삼으니 그는 정승의 아들이였고 둘째 사위를 삼으니 같은 판대감의 아들이였다. 리판대감은 이만하면 홍서(鴻緖—임금의 혈통)는

못되였지만 다 내직의 고관대작이라 속이 흐뭇했다. 이제 셋째딸인 홍련(鴻蓮)
이 하나가 남아서 수소문했는데 그만 부인이 기세했다. 그러니 리판대감은 마음
이 허전하여 홍련에게 글공부만을 가르치면서 혼사의 일은 밀막아버리고 한해
두해 지났다. 어러다보니 어느덧 홍련이는 이팔도 넘어 스무살을 먹게 되였다.

리판대감은 잠에서 깨난듯 깜짝 놀랐다.

≪에쿠나, 이게 웬 로망이람! 이제는 홍련이의 대사를 결정해야지!≫

그후 어느 하루였다. 리판대감은 싱글벙글 만면에 웃음을 담고 홍련이를 불러
말했다.

≪애야, 오늘 너의 대사를 결정했다.≫

홍련이는 깜짝놀라 이게 웬 말씀인가고 하니 리판대감은 새사위감은 부원군
의 아들인데 왕후의 버금이니 이제는 홍서가 됐다고 기뻐하였다. 그리고 올해
열 살이니 삼가례(三加禮)를 이루면 의젓한 대자관이라고 흡족해하였다. 아버지
의 말에 홍련이는 그만 천지가 캄캄했다. 그도 그럴것이 맏언니가 여덟살되는
정승의 아들에게 시집가서 눈물겨운 시집살이를 한다는 이야기를 루루이 들었
고, 둘째 언니도 일곱 살되는 판대감의 아들에게 시집가서 청춘의 못할 고생을
다한다는것을 들었기에 열 살이라는 말에 치가 떨렸다.

홍련이는 울음이 탁 터져 흐느끼며 목메여 애걸했다.

≪아버님, 외로우신 아버님 모시며 한뉘 살겠사오니 불초녀는 시집가지 않겠
소이다.≫

리판대감은 좋은 말로 달래다가 그래도 듣지 않으니 자기 마음도 괴로웠지만
인류대사는 부명을 좇는 법이라 어서 물러가라고 호령했다. 홍련이가 흐느끼며
할수 무가내로 물러나가자 리판대감도 셋째 딸을 시집보낼 일을 생각하며 가슴
이 쓰리여 눈굽이 젖어들어서 장탄식하였다. 그러나 셋째딸이 과년했으니 더는
미룰수 없고 혼사는 정했으니 만사대길이라고 머리를 끄덕이였다.

홍련이는 그날부터 침식을 전폐하고 하염없이 흐느끼다가 이를 악물었다.

≪죽으면 죽었지 그 집으로는 시집가지 않을테다!≫

그는 죽을것을 다지다가 홀연 죽느니보다 조롱같은 울안을 벗어나서 인간의
천지를 보는것이 좋을것 같다는 생각이 들었다. 그래서 남장을 갖추고 자기가
배우던 책과 옷견지들을 한보따리 싸들고 후원 칠성당앞에 이르자 꿇어엎드려

≪비나이다, 비나이다. 현명하신 칠성님전 비나이다. 이 소녀를 불쌍히 여겨 앞길을 가리켜주옵소서.≫하고 빌고는 후원문을 빠져나갔다. 후원을 벗어났으나 어디로 갈지 앞길이 막연했다. 큰길로 가면 사람들에게 띄울것 가아서 골짜기의 오솔길로 찾아들었다. 반날해나 걸어서 령을 넘어 깊은 산속으로 들어갔다. 산을 톺아오르라니 수림은 울창하고 산은 가파로왔다. 때는 늦은 봄이라 날씨까지 좋으니 진땀이 창창 흐르고 산중턱도 오르나마나했는데 온몸이 지치고 발이 부르터서 촌보도 옮기기 어려웠다. 옆에 선 나무에 몸을 의지하고 가쁜숨을 몰아쉬며 진땀을 씻던 홍련이는 옆에 있는 반석을 보자 백사불구하고 드러누웠다. 반석에 드러눕자 온몸이 녹아내리는듯 꼼짝할 맥이 없었다. 두눈을 스르르 감으니 정신이 흐리멍덩하고 아리숭하여 졸음이 조수밀리듯했다.

시간이 얼마나 흘렀던지 홀연

≪하, 이거 뉘 집 규수인데 이 산중에서 낮잠을 자는고?≫하는 소리에 두눈을 번쩍 뜨니 옆에 새깃부채를 든 풍채 름름한 백발로인이 자애로운 눈길로 자기를 내려다보고있었다.

홍련이는 절망속에서 구명은인을 만났다고 생각되여 얼른 일어나 꿇어엎드리며 자기 신세를 하소연하였다.

≪오, 그런 일인고? 그래 어떤 곳으로 가려 하는고?≫하고 백발로인이 물었다.

홍련이는 이마를 조아리고 집 병풍의 그림에서 본것을 더듬으며 원앙이 쌍지어 록수에 놀고 사슴이 무리지어 뛰노는 곳으로 가려 한다고 아뢰였다. 그러자 백발로인은 품속에서 길다란 새의 꼬리깃 한 개를 꺼내여주면서 이 새깃을 머리에 꽂으면 그런 곳으로 갈것이라고 말하였다. 홍련이가 감격하여 백발로인에게 백배사례한다는것이 반석에다 이마를 박아서 깨여나니 남가일몽(南柯一夢)이였다.

꿈에서 깨여난 홍련이는 들뛰는 가슴을 붙안고 사방을 두리번거렸으나 인적기라고는 없는지라 내려다보니 이상하게도 꿈인지 생시인지 큰 새깃 한 개가 손에 쥐여져있었다. 그저 일이 아니라고 생각한 홍련이는 새깃을 찬찬히 살펴보다가 머리에 꽂으니 난데없이 머리우에서 푸두득 소리가 났다. 쳐다보니 엄청나게 큰 백학 한 마리가 날아내렸다. 홍련이가 깜짝 놀라 뒤로 물러서니 학은 그앞에 날아내려 납작 엎드려 무슨 말이라도 하듯 대가리를 주억거렸다. 홍련이는 꿈에서

본 백발로인의 가르침을 상기하여 마음을 진정하고 학을 싹싹 어루만지며

≪그래 너를 타면 내가 가고싶은 곳으로 갈수 있느냐?≫하고 물었다. 그러자 학은 그렇다고 연신 대가리를 끄덕였다.

≪죽건살건 가보자!≫

다른 길이 더 없는지라 홍련이는 학을 탔다.

학은 하늘높이 솟아올라 북쪽으로 날아갔다. 산을 넘고 들을 지나고 강을 건느고 또 산을 넘어 날고날았다. 이렇게 날고날다나니 앞에 한 웅위한 산이 나타나는데 웃부분은 희고 한가운데서는 커다란 보경이 반짝거렸다. 선학이 나래쳐 계속 나니 그 웅위한 산이 점점 눈앞에 다가오는데 머리에 흰눈을 썼으니 백두산이요, 한가운데것은 보경이 아니라 하늘이 내려앉은듯한 맑디맑은 천수였다. 선학은 스칠듯말듯 백두산을 날아넘어 만화방초 우거진 산기슭에 내렸다. 홍련이 사위를 휘둘러보니 백화가 만발하여 어여쁨을 다투고 수양버들 우거진 곳에는 원앙이 쌍쌍 노닐고 풀밭에는 노루사슴이 떼를 지어 풀을 뜯고있었다. 과연 이곳은 그 옛말에 나오는 별유천지인 선경 같았다.

홍련이는 황홀하여 사방을 둘러보다가 곁을 살펴보니 선학은 어디로 갔는지 그림자도 보이지 않았다. 머리에 꽂았던 새깃도 온데간데 없어졌다.

홍련이는 선경같은 곳을 보며 즐기였는데 그 기쁨은 오래가지 못했다. 갈수록 심산이라더니 선경의 해가 서산마루로 넘어갔다. 해가 지니 원앙새는 제 보금자리로 들어가버리고 노루사슴도 숲속에 숨어버리고 멀리 바위옹두라지에서 ≪부엉! 부엉!≫하는 스산한 울음소리가 들렸다. 마치도 그 바위옹두라지에서 악마가 숨어서 자기를 내려다보며 밤이 되기를 기다리는것 같았다. 어둠컴컴해지는 골 숲속마다에는 도깨비와 괴물들이 기지개를 켜며 일어나서 슬금슬금 걸어나오는것 같았다. 사방을 휘둘러보니 모발이 곤두서는 일뿐이였다. 정말로 이런 곳엣더 밤을 난다는것은 천지가 아득한 일이였다. 그렇다고 무슨 뾰족한 수도 없었다. 당황하여 어쩔바를 모르던 홍련이는 물길 따라 내려가면 인가가 나지지 않을가 하는 생각이 피뜩 떠올랐다. 그러자 앞뒤를 더 생각해볼것도 없이 물길 따라 내려갔다. 어느덧 날이 어두워지기 시작했으나 다행히도 반달이 하늘공중에 걸려있어 앞길을 헤가르고 나갈수 있었다. 개울물은 한 오리쯤 흘러내려 산골짜기로 흘러들었다. 이 굽이를 돌아지면 개짖는 소리나 들릴가 저 굽이를 돌아지면

불빛이나 보일가 굽이굽이 돌고돌며 내려가도 개짖는 소리도 들리지 않고 불빛도 보이지 않았다. 얼마나 걸었던지 온몸이 기진맥진하여 다리가 후들거렸다. 갈증이 나서 물을 몇모금 마시고 바위를 붙잡고 일어섰으나 온몸이 해나른하여 촌보도 옮겨디디기 힘겨웠다. 바위에 몸을 의지하고 서서 반달을 올려다보니 집이 눈앞에 선히 떠오르고 창너머 달을 바라보며 궁상에 잠기던 일이 선히 떠오르고 당한 처지를 생각하니 눈물이 주르르 흘러내렸다. 두눈을 스르르 감자 대로하여 노발대발하며 수염까지 부들부들 떠는 부친이 눈앞에 얼른거렸다.

홍련이는 피눈물을 훔치며 이를 악물었다. 큰언니가 차라리 죽으면 죽었지 인간청춘의 못할짓인 짝바지서방 있는데는 시집가지 말라고 당부하며 흐느끼던 것과 둘째언니가 ≪애고 애야, 말도 말아, 코흘리개서방을 업어키우는것은 죽느니보다 못하니라.≫라고 하던 말이 귀전에 들리는것 같았다. 홍련이는 이런것을 생각하다가 머리를 바라보니 숲속에서 불빛이 반짝반짝하였다. 홍련이는 하늘의 구원성이 떨어졌는가 지상의 은인이 횃불을 쳐들었는가 새힘이 솟구쳐 정신을 부쩍 차리고 바라보니 불빛이 완연하였다.

홍련이는 백사불구하고 그 불빛을 향하여 죽을판살판 걸었다. 점점 걸어갈수록 어스레한 창문의 불빛이 확연히 바라보였다.

집앞에 이르러 보니 인가는 인가같은데 울도 담도 없는 자그마한 오돌막집이였다.

홍련이는 일가친척집을 찾은듯 마당가에서 주인을 찾았다. 귀틀집의 정지문이 열리더니 떠꺼머리 총각이 나와서 누구를 찾느냐고 물었다. 홍련이는 지나가던 행객이 길을 오끼였으니 하루밤 쉬여가자고 하였다. 주인인 떠꺼머리총각이 쾌히 승낙하여 그를 따라 들어가 보니 집안은 서발막대를 휘둘러도 거칠것 없는 말끔한 살림살이인데 모자간이 살고있었다. 총각은 옷이라고는 람루한 헌 누데기를 걸쳤는데 숯검댕이가 묻어 얼굴은 새까맣고 커다란 두눈만 새별같이 반짝거렸다. 모자간은 자기네 집에 어쩌다 손님이 찾아들었다고 더없이 반가와하며 저녁이라고 차려놓는것이 좁쌀에 산나물을 넣고 풀떼기죽을 쑨것이였다. 알고보니 아들이 숯팔러 장에 갔다가 이제야 돌아와 장에서 사가지고 돌아온 좁쌀을 좀 넣고 풀떼기죽을 쑤다보니 저녁이 이렇게 늦었던것이다. 아들은 그것도 게눈 감추듯했으나 홍련이는 입에 떠넣는 풀떼죽이 목구멍으로 넘어가지 않았다. 그래도 마음씨 좋은 로모가 어찌 살뜰히 권하는지 그 말이 반찬이 되어 겨우 반종 지나 먹었다. 그러면서 생각해보니 살림살이가 궁색해그렇지 모자간의 마음은 후한것 같았다.

모자는 홍련이가 남장을 하였으므로 여자인줄은 모르고 괜찮은 집 도령이라고 여겼다.

저녁을 치르자 주인인 떠꺼머리총각이 관솔불을 켠 코콜밑 등디불을 파헤치더니 누름누름하게 익은 목침같은 감자 다섯 개를 파내였다.

하느를 툭 끊으니 김이 무럭무럭 나는것이 과연 먹음직하였다. 홀연이는 총각이 권하는것을 받아 먹어보니 과연 별미였다. 길손이 감자를 맛나게 먹자 그집 모자는 더없이 기뻐하며 서로 구운 감자를 권하는데 마음이 후하기도 하겠지만 정성이 지극하여 세상에 이보다 더 좋은 사람들이 있을것 같지 않았다. 그리하여 어딘지 마음이 끌려서 우습강스럽고 우직해보이는 떠꺼머리총각을 찬찬히 뜯어보니 잔솔밭같은 눈썹밑에는 어글어글한 두눈이 빛나고 코마루가 덩실한것이 숯먼지가 씌워서 그렇지 생김새는 과연 사내대장부다왔다.

잠자리에 누운 홍련이는 이궁리저궁리하다보니 졸음이 오지 않았다. 모자간이 깊이 단잠이 든 한밤중이 지나서도 졸음은 오지 않고 정신은 점점 맑아지였다.

≪이제 어떻게 할가?≫

동살이 훤히 터오자 로모가 일어나더니 아들을 흔들어 깨우며 조용히 말했다.

≪애야, 날이 밝는구나!≫

아들은 데꺽 일어났다.

이바람에 홍련이도 정신이 번쩍 들어 일어나앉았다. 그 집 모자는 홍련이에게 곤하겠는데 좀 더 자라고 극진히 권했으나 홍련이는 밤을 잘잤노라고 대답하고는 옹송그리고 일어나앉았다.

아들은 숯짐 마련하러 나가고 로모는 밥을 지었다. 홍련이는 오도카니 앉아있기가 너무도 민망하고 어색하여 불을 때겠다고 부엌으로 내려갔다. 불은 이미 지펴놓았으니 장작을 하나하나 주어넣으면 됐다. 그것도 얼마간 집어넣으니 더는 집어넣지 않아도 불이 저절로 붙었다.

≪어떻게 할가?≫

산길에 들어섰다가 길을 잃었노라고 했으니 이 집을 떠나야겠는데 아무데도 갈 곳이 없었다. 차라리 궁색한 집이라도 모자간의 마음씨 비단 같으니 실토정하고 이 집에 있을 생각도 났다. 그러나 차마 입을 떼기 어려웠다.

≪어떻게 할가?≫

착잡한 생각에 사로잡혀 아궁이의 불을 들여다보며 부지깽이로 부엌이마를 똑똑 두드렸다. 이러다가 홍련이는 부엌이마돌의 검뎅이가 떨어지니 누런빛이 보이는것 같아서 그 그을음을 긁어버렸다. 그제야 보니 그것은 큼직한 생금덩이였다. 눈어림짐작에도 수천냥이 갈것 같았다. 천냥부자면 하늘이 안다는데 이런 생금덩이가 있으니 천하 갑부가 부러울것 없는 집이였다.

날이 훤히 밝으면서 텁수룩한 더벅머리밑에 땀줄기가 흘러내려 얼룩덜룩 밭고랑같고 옷소매로 이리 문지르고 저리 문질러 사람몰골같지 않은 아들이 땀을 훔치며 들어서니 어머니가 물었다.

≪오늘아침에는 숯가마에 가서 왜 이리 땀을 흘렸느냐?≫

아들은 시무룩 웃으며 손님 한분이 왔으니 쌀 한되박 더 사오려고 이전보다 곱절 지였더니 숯짐이 좀 묵직하더라고 하였다. 어머니는 대견스레 머리를 끄덕이며

≪오, 그래야지, 그래야지!≫라고 하였다.

그 말을 들은 홍련이는 자기네 집에서는 값싸지도 않은 숯을 이렇게 아글타글 기를 쓰고 등짐으로 수십리 지여서 가져간다는것을 알게 되니 과연 기가 막힌 사연이였다. 게다가 곱절을 져가야 좁쌀 한되박 더 산다니 숯 한짐에 좁쌀 한되박인셈이였다.

홍련이는 그에게 오늘은 자기 시키는대로 하라 하였다. 이 부엌이말돌이 생금덩이이니 빼서 자그만치 떼여가지고 가서 팔라고 하였다. 모자는 금이 보물이란 말만 들었지 여직 어떤것이 금인지 몰랐던것이다.

아들은 어쩔바를 몰라 뒤통수를 썩썩 긁더니 자기가 숯가마를 쌓다가 시누렁고 특별한 무거운 돌이 나지니 그 모서리를 깨여버리고 밀어버렸다가 후에 그 돌로 부엌이마돌을 놓았다고 했다. 그리고 지금도 그 부스레기들이 숯가마곁에 널려있는데 그것을 팔아보고 정말 금이면 부엌이마돌을 빼내겠다고 하였다. 그래서 홍련이는 총각과 함께 숯가마있는데로 가보자고 하였는데 주먹같은 시누런 금덩이 세 개를 들고 돌아왔다.

홍련이는 보꾸레미에서 새옷 한 벌을 꺼내놓고 떠꺼머리총각을 목욕시킨후 머리를 빗기고 외태를 땋아 갑사댕기까지 드리니 과연 미남자였다. 어머니는 아들의 의젓한 몰골을 보고 장탄식하고 푸념했다.

≪에미를 잘못 만나고생이구나!≫

그리고는 홍련이를 돌아보며 말했다.

≪에구 이제는 얘 나이 스물다섯이라우. 죽기전에 며느리라는 말이나 들어보 겠는지?≫

홍련이는 모닥불을 뒤집어쓴듯 새빨개졌다. 그런데 그 집 아들이 어머니의 말을 반죽좋게 받아서 헌신짝도 짝이 있다는데 때가 되면 장가를 갈건데 뭐 걱정할게 있는가고 우스개를 하여 자리를 면하게 되었다.

홍련이는 금덩이 하나를 총각에게 주어 장으로 떠나보내며 여사여사하라 하 고는 로모와 마주앉아 자기 신세를 말했다. 그리고는 어머니의 며느리가 되겠노 라 했다.

로모는 너무도 기뻐서 홍련의 손을 꼭 잡고 싹싹 어루만지며 기쁜 눈물을 방울방울 떨구며 진정담을 하였다. 로모는 엊저녁에 홍련이가 집에 들어온것을 보고 처녀가 남장을 했다는것을 알았다. 그러나 자기네 집 같이 루추한 집에 있으리라고는 생각지도 않았다. 장밤 생잠을 자며 생각해보았으나 해달같은 이 런 며느리를 삼는다는것은 하늘의 별따기라 신세를 한탄할뿐이였다. 이제 자청 하여 며느리질하겠다니 자기는 이 자리에서 죽는대도 원이 없노라고 했다.

며느리와 시어머니는 화기애애한 속에 이야기로 말꽃을 피웠다.

한편 장으로 간 아들은 돌덩이를 내놓았다가 어디서 이런 미친녀석인가고 할것 같아 인차 내놓지 못하고 이리저리 돌다가 장군들이 많이 모이자 으슥한 한쪽옆에 앉아 보자기를 풀어놓았다. 보자기를 풀어놓자 금 팔러 왔는가고 하면 서 사람들이 확 모여들었다.

진짜 순금이라거니 천냥도 넘겠다느니 하고 의론도 구구했다. 이러는데 통량 갓 쓴 한 량반이 앞으로 비집고 나오더니 홍정을 걸었다.

아들은 천냥이라는 말을 귀결에 들은지라 단마디에 천냥을 부르니 그 량반은 더 홍소리 없이 금덩이를 빼앗듯 샀다.

아들이 량반네 집에 들려 돈 천냥을 가지고 먼저 소수레를 사고 거기에 쌀

한섬에 소고기, 물고기를 사가지고 집에 이르니 길손은 온데간데 없고 어디서 왔는지 새각시와 어머니가 마중나왔다. 어안이 벙벙했던 아들은 어머니에게서 자초지종을 듣자 너무도 기뻐 입도 다물지 못했다. 그날로 새 밥 지어 어육과 산채 반찬을 차려놓고 맞절하고 어머님께 인사드리니 의젓한 부부였다. 새 부부는 소수레에다 나머지 금덩이들을 몽땅 걷어싣고 로모를 모시고 벌판으로 나가 땅을 사고 명목수를 청하여 리판대감네 집과 꼭같은 팔각기와집을 짓고서 농사를 하며 행복하게 살았다. 그래도 금덩이는 겨우 부스레기를 반분의 반의 절반도 쓰지 못했다. 절반을 다 쓰재도 아직 이런 집 얼마를 더 지을지 모를것 같았다. 그 소문을 듣고 찾아오는 사람들이 많았는데 그들에게 땅주고 집 지어주니 이곳은 인심도 고래등같다고 모여오는 사람이 더 많아졌다.

다른 한편 서울의 리판대감은 셋째딸이 감쪽같이 잃어지니 처음에는 부명을 거역했다고 노발대발했으나 나중엔 너무도 애절하고 기가 막혀서 석사흘이나 누워 일어나지 못했다. 석사흘후에 겨우 일어났으나 앉으나서나 셋째딸이 눈앞에 삼삼하였다. 금시 별당문으로 쑥 나오는것 같고 죽문을 떼고 쑥 들어서는것 같아 안절부절못했다. 엎친데덮친다더니 정신이 오락가락하던 맏딸이 목을 매 자결했다는 비보가 있어서 가슴이 터지는것 같아 대성통곡하는데 련이어 둘째딸까지 첩의 모해에 빠져죽었다는 놀라운 소식이 왔다. 리판대감은 너무도 억이 막혀 하루에 세 번씩 까무러쳤다. 그래도 모진 목숨이 붙어있어 사흘만에 좀 골을 들게 되었다.

리판대감은 정신을 차리자 주먹으로 땅을 치며 또 대성통곡하며 푸념했다.

≪내가 전생에 무슨 죄를 지었기로 이런 천벌을 받는다는말인고? 내가 무슨 못할 일을 해서 멸문지화를 당한다는말인고? 통분하도다 통분해!…≫

며칠 지나서였다. 리판대감은 자결하려다가 죽더라도 살아나간 셋째딸을 기어이 찾아보고 죽을 생각이 버럭 나서 자리에서 벌떡 일어났다. 생각해보니 북회령에 먼 외가들이 있는데 셋째딸이 그곳으로 가지나 않았는지 하는 생각이 피뜩 떠올랐다. 그리하여 하인 불러 로자를 갖추게 하고 이튿날로 말등에 의지하여 죽을판살판 북회령을 향해 길을 떠났다.

간난신고를 다 겪으며 한달 걸려 북회령에 이르니 셋째딸은 없었다. 그곳의 로인들이 말하는것이 두만강건너 마도강땅으로 살길 찾아간 사람들이 실로 많다고 하였다.

≪혹시 그곳에 가면 찾을수 있지 않을가?≫

리판대감은 이런 생각이 들어 처가친척들이 극구 말리는것도 마다하고 나룻배에 몸을 싣고 두만강을 건너섰다.

이 넓은 땅에서 살았는지 죽었는지 모르는 셋째딸을 찾는다는것은 과연 한바다에서 바늘건지기였다. 석달을 걸어 삼복철이 되였으나 셋째딸의 소식은 알수 없었다. 하루는 점심때가 가까워지는데 그리 높지 않은 령마루에 올라서니 산기슭에 한 마을이 바라보였다. 마을은 좌청룡 우백호요, 앞에는 로적봉 솟았으니 풍의족식하고 인재가 날곳이요, 내려다보니 마을 집들이 몽땅 자기네 집과 꼭같은 팔각기와집이였다.

리판대감은 마을을 내려다보며 감탄했다.

≪산좋고 물맑은 곳이라 이고장에는 몽땅 부자들이 모였구나.≫

리판대감이 다리쉼이나 하고 령을 내려서니 들판은 옥토라 오곡이 푸르싱싱했다. 얼마간 더 가니 베수건으로 머리를 질끈 동인 호걸다운 젊은이가 논김을 매다가 물을 툭툭 털고 논뚝에 올라섰다.

리판대감이 젊은이에게 길가던 길손이 로독이 났으니 하루 신세를 지는것이 어떻겠는가고 말하니 젊은이는 오랜만에 친척이나 만난듯 반갑게 맞이하여 제집으로 인진했다.

집에 이르러 보니 이상하게도 모든 것이 자기 집과 꼭같았다.

젊은이는 길손을 사랑방에 모신후 안해는 지금 뽕밭에서 돌아오지 않았다고 하면서 자기가 직접 반찬에 청주를 받쳐들여와 부으며 더운데 갈증이나 풀라고 하였다. 리판대감은 과연 인품도 후한 곳이라고 연신 탄복했다.

젊은이가 소에게 물을 먹이러 나가자 사랑방에 남은 리판대감은 한쪽옆에 있는 서재를 바라보았다. 서재에는 책은 그리 많지 않았다. 리판대감은 손이 닿는대로 책 한권을 잡아 펼쳐보고는 대경실색하였다. 책뚜껑에 자기 필치가 있는 바로 자기가 셋째딸에게 가르쳐주던 책이였다. 부랴부랴 다른 책들을 펼쳐보니 모두 눈에 익은 책들이였다.

젊은이가 다시 들어오자 리판대감은 책을 받쳐들고 화들화들 떨며 떠듬떠듬 이 책 임자가 어데 있는가고 물었다. 젊은이가 이 책 임자가 바로 자기 안해라고

대답하니 리판대감은

≪끝내 찾았도다! 끝내 찾았도다! 내 딸이 살았고나!≫하고 눈물이 비오듯하였다.

젊은이가 깜짝 놀라 그러면 빈장님이신가고 물으니 리판대감은 눈물만 훔쳤다.

그때 홍련이는 뽕밭에서 부친이 자기를 찾아왔다는 소식을 듣자 아버지를 부르며 목놓아 울면서 집으로 달렸다. 영문을 모르는 마을사람들은 서로 소식을 전하며 이 집으로 달려왔다.

리판대감의 셋째딸이 문전에 이르러 부친님을 부르며 꿇어엎드려 대성통곡하니 리판대감은 맨버선발로 달려나와 딸을 얼싸안아 일으키며 어찌다가 너를 보느냐고 함께 통곡하였다.

이러기를 마치고 셋째딸이 울먹이며 두 언니의 소식을 물으니 리판대감은 기이지 않고 알려주며 신세가 이리도 기박하다고 장탄식하고 그래서 죽기전에 불효녀식이라도 세상에 하나뿐이니 이렇게 찾아다녔노라고 말하였다.

셋째딸은 눈물을 훔치고 맏언니가 세상철부지 짜개바지한테 시집가서 정신이 들락날락하고 그냥 자결하려 하던 말과 둘째언니가 신랑을 업어키웠는데 철이 드니 나어린 첩을 해서 그 첩들의 시샘에 죽지 못해 산다는 말을 하더라는것과 자기도 그런데로 또 시집가라니 죽을판살판 도망친 이야기를 여쭈었다.

셋째딸의 말에 리판대감은 멸문지화를 당할번한것이 팔자가 아니라 자기가 처사를 잘못했다는것을 크게 깨닫게 되었다.

리판대감은 후회막심해하면서 자기를 뉘우치고 말하기를

≪애야, 그만 말해라! 내 딸을 내가 해쳤도다. 륙십 평생 살았어도 오늘에야 그걸 알았으니 부끄럽기 측량없도다!≫

리판대감이 참회하니 셋째딸과 사위가 로인을 위로했다.

리판대감은 딸과 사위의 극진한 권고와 마을사람들의 만류에 이곳에 있으면서 서당훈장질을 하면서 여생을 참되게 보냈다 한다.

리명갑 구술

# 까마귀고기

옛날 한 사람이 주막집을 차렸다. 그런데 이상하게도 다른 주막들에서는 돈벌이는 잘되지 않아도 손님들이 전대거나 여러 가지 물건들을 두고 가는 페단이 많지만 이 집은 웬 일인지 돈벌이는 잘되나 손님들이 동전 한잎 잊고 가는 사람이 없었다. 이리하여 돈벌이라 하면 오리를 보고 십리를 가는 이 주막집주인은 어떻게 하면 손님이 물건을 두고 가게 하겠는가를 궁리했다. 궁리하고 궁리하다가 마을에 나가서 여러 사람들에게 사람이 무엇을 먹으면 잊음이 헤픈가고 물으니 이구동성으로 까마귀고기를 먹으면 잊음이 헤프다고 했다.

집에 돌아온 주막집주인은 크게 깨닫고 무릎을 탁 쳤다.

≪오, 비결이 여기 있었구나! 나도 그런 말은 일찍 들었는데 너무 고지식했거던. 이제라두 늦지 않으니 단단히 봉창해야지.≫

이날 저녁 이 주막집 주인은 숱한 푼돈을 팔아서 까마귀를 사들이여 그 고기를 손님들에게 먹이고 마음이 흐뭇해하였다.

≪래일아침에야 갈데 없겠지!≫

주막집주인은 뜬눈으로 밤을 새우며 손님들이 와서 밤을 자고 떠나기를 기다렸다.

이튿날아침 손님이 떠나자 주막집주인은 두눈이 황해서 전대나 귀중한 물품, 옷견지 같은것들이 없나 하여 칸칸이 돌아다녔다. 그런데 어느 방이나 샅샅이 뒤지며 삿자리밑까지 다 뒤졌으나 먼지와 담배꽁초, 과일껍질과 파지들뿐 동전 한잎도 없었다.

주막집주인은 사맥이 나른해서 머리를 절레절레 흔들며 한탄했다.

≪에, 이것도 팔자겠구나! 까마귀고기를 먹여도 물건을 잊고 가지 않으니…≫

이러던 주막집주인은 문뜩 생각나서 손님이 하나도 없는것을 보고 부르짖었다.

≪에크, 이걸 어쩌나? 까마귀고기를 먹였더니 그놈들이 숙박비 물건을 몽땅 잊고 달아나버렸구나!≫

주막집주인은 애가 말라 발을 굴렀으나 때는 이미 늦었던것이다.

주영권 구술

# 홍송과 인삼

아득히 멀고먼 옛날이였다.

어느 한 산골에 홍송이라 부르는 총각이 살고있었다. 조실부모하고 조모의 슬하에서 자라다가 소년에 조모까지 세상을 뜨고보니 혈혈단신 외톨이신세라 이십이 넘도록 장가를 들지 못하고 날품도 팔고 등짐나무도 팔아 근근득식으로 살아갔다.

어느해 하늘높고 물맑은 가을날이였다. 이날도 홍송이는 앞골짜기에 가서 등짐나무를 하고있었다. 깊숙한 골짜기에서 말동무도 없는지라 홍송이는 담배 참도 잊고 웃동을 벗어던진채 팔뚝같은 나무를 뒤동 했을 때였다. 낫날이 나무뿌리에 걸려 핀들하더니 그만 왼쪽식지를 썩베였다. 어찌도 깊이 베였던지 뼈까지 보였다. 홍송이는 오른손으로 왼쪽식지를 꼭 싸쥐고 집에 돌아와 헌 천쪼박으로 손가락을 꽁꽁 쌌으나 어찌도 가난했던지 손가락동일 실 한오리 없었다. 홍송이는 두루두루 살피다가 행여나 하고 고방에 들어가 농안을 들추니 예전에 할머니가 소중히 간직해오던 조그마한 보꾸러메가 나졌는데 헤치고보니 뜻밖에도 그 속에 빛깔 고운 청실홍실이 있었다.

청실홍실을 쥐여든 홍송이의 손은 떨리고 두눈에는 방울방울 눈물이 흘러 볼을 적시였다. 생전에 할머니께서 이 청실홍실을 홍송에게 꺼내보이며

≪애 홍송아! 이 청실홍실은 너의 아버지, 어머니 혼례때 드리웠던거란다. 내 죽은후에라도 이 청실홍실을 보면 아버지, 어머니를 보는듯이 생각해라.≫

라고 하시던 말씀이 귀에 쟁쟁했다. 홍송이가 눈물을 훔치고 청실홍실을 소중히 보꾸레미에 싸려는데 또 할머니의 말소리가 귀전에 들려왔다.

≪애 홍송아! 그 청실홍실로 손가락을 동여라. 거기에는 아버지, 어머니의 사랑이 깃들어있느니라.≫

꿈이냐 생시냐 하고 홍송이가 두눈을 크게 뜨고 보니 할머니는 분명 그 자리에 없었다. 홍송이는 다른 실이 없는데다 할머니의 간절한 부탁인지라 손가락이 나으면 다시 풀어낼셈치고 그 청실홍실로 손가락을 싸맸다. 그랬더니 언제 손가락을 베였느냐싶이 아픔이 인차 멎었다. 홍송이는 얼굴도 보지 못한 부모의 깊은

사랑에 가슴이 뭉클하여 또 눈물이 앞을 가리웠다. 홍송이가 세상에 태여나 철이 들어서부터는 할머니 세상을 뜰 때 한번 울었을뿐 그 어떤 일에도 눈물 흘린적이 없었는데 이날은 할머니와 아버지, 어머니 그리운 생각과 뜨거운 사랑에 목이 메여 두 번이나 눈물을 흘리였다.

홍송이는 이튿날 또 나무하러 갔다. 나무를 한섬 하고나니 배고프다못해 속이 쓰렸다. 그리하여 주린 배나 달래려고 막바지에 올라가 열매사냥을 하였다. 홍송이가 산열매를 실컷 따먹고 나무터로 돌아서는데 저만치에서 무엇인지 유난히 붉은 광채를 뿜는것이 보였다. 하도 눈부신 빛을 뿌리기에 그리로 다가가보니 박달나무밑에 새빨간 구슬을 머리에 인 이상한 풀 한포기가 있었다. 홍송이는 난생처음 보는 풀이라 찬찬히 살펴보았다. 그 풀은 외가지로 두어자 남짓하게 자랐는데 한가운데 길죽길죽하게 손을 펼친듯한 잎사귀 여섯잎이 붙어있고 줄기 끝에 빨간 구슬같은 꽃송이가 달려있었다. 홍송이는 어망결에 무릎을 탁 쳤다. 할머니가 살아계실적에 이야기하던 그 인삼과 비슷하였기 때문이다. 홍송이는 당장 파려다가 인삼은 귀중한 보물이라는데 다문 하루라도 더 키워서 꽃피는 래년 춘삼월에 캐자고 마음 먹었다. 그래서 무엇으로 표를 해놓자고 두루 살펴보니 마땅한것이 없는지라 손가락에 싸맨 청실홍실을 풀어서 절반을 뚝 끊어 인삼포기 밑그루에 매놓고는 한걸음에 두 번씩 돌아보며 산아래로 내려왔다.

나무터로 돌아온 홍송이는 다시 나무를 하기 시작했다. 이때 방금 홍송이가 산열매를 따먹던 그 골짜기로부터 웬 처녀가 걸어내려오고있었다.

≪이 깊은 산중에 어디서 오는 처녀일가?≫

홍송이는 하던 일을 멈추고 그 처녀를 쳐다보았다. 붉은 저고리에 연두색치마를 입었고 외태를 길게 딴 머리에는 새빨간 구슬을 가쯘히 박았는데 꽃같이 어여쁜 처녀였다. 홍송이는 너무도 황홀하여 뚫어지게 쳐다보건만 처녀는 곁눈 한번 팔지 않고 홍송이의 곁을 지나 사뿐사뿐 걸어갔다. 홍송이가 하염없이 처녀의 뒤모습을 바라보니 그 몸매 또한 물을 차는 제비런듯, 꽃속에 날아드는 나비런듯 세상없이 아릿다웠다. 그런데 그다음순간 처녀의 뒤모습을 바라보던 홍송이는 그만 깜짝 놀랐다. 처녀의 외태머리에는 가느다란 댕기가 흩날리는데 틀림없이 이제 금방 인삼포기에 감아놓은 그 청실홍실같았다. 홍송이가 두눈이 휘둥그래서 허둥지둥 박달나무밑으로 달려가보니 아까 본 그 인삼포기가 온데간데 없었다. 홍송이는 너무도 아쉬워서 혼자 중얼거렸다.

≪옛날에 인삼은 사람으로 변한다더니 정말이로구나. 내가 파갈가봐 도망친
게로구나. 그렇지만 인삼은 못캐도 청실홍실이야 찾아야지.≫

홍송이는 처녀가 사라진쪽을 바라보고 두주먹을 부르쥐고 그 처녀를 찾아
내달렸다. 홍송이가 숨이 턱에 닿아 한골짜기를 돌아서는데 어두운 밤에 홍두깨
라더니 뜻밖에도 이고장의 갑부로 그 세력이 당당해서 토황제라 불리우는 량반
이 라졸을 데리고 올라오는것과 마주쳤다. 량반은 자기네가 하자던 나무를 했다
고 생트집을 쓰며 홍송이가 한 나무를 몽땅 빼앗고 몽둥이찜질까지 해서 쫓아버
렸다.

이날 저녁 홍송이는 잠자리에 누웠으나 좀처럼 잠이 오지 않았다. 몽둥이찜질
을 당하고 나무를 빼앗긴 일을 생각하면 분하기도 했지만 그보다도 눈앞에 웃는
듯 떠는듯 인삼포기가 새물거리고 인삼보다 어여쁜 처녀가 새물거렸다. 홍송이
는 이리뒤척저리뒤척하여도 종시 잠이 오지 않아 문을 열어젖히고 문턱을 베고
누워 하늘을 올려다보았다. 하늘에는 뭇별이 반짝이고 둥근달이 은하건너 구름
속에서 헤염치는데 반짝반짝 빛나는 별은 낮에 본 처녀의 새별같은 눈동자인양
자기를 굽어보고 쟁반같이 둥근달은 빨간 구슬을 머리에 떠인 그 처녀의 얼굴인
듯 자기를 보고 웃음짓는것만 같았다. 홍송이는 눈앞에서 새물거리는 처녀의
그림자를 지워버리고 장밤 모대기다가 어슴푸레 잠이 들었으나 꿈에 찾아온것
도 바로 그 처녀였다.

이튿날 눈을 비비고 일어난 홍송이는 나무터를 앗기웠는지라 할수없이 마을
에서 멀리 떨어진 수리바위골로 나무하러 갔다. 홍송이는 나뭇가지를 휘여잡고
가파로운 비탈로 톺아올랐다. 얼마쯤 올라가니 오른손편 후미진곳에 나무가 꽉
들어선 좋은 나무터가 있었다. 홍송이는 속으로 참 잘되였구나라고 생각하며
그쪽으로 가려니까 가지런히 선 두그루의 아름드리 고목이 앞을 막아 지나가기
가 여간만 힘들지 않았다. 그래서 겨우 비집고나가는데 헌 바지가랭이가 무엇에
걸렸는지 쭉 째졌다. 그바람에 얼른 발아래를 내려다본 홍송이는 그만 깜짝 놀랐
다. 바로 두 고목사이에 어제 본것 같은 인삼포기가 있지 않는가! 홍송이는 이
인삼만은 놓치지 말고 얼른 파야겠다고 두손으로 인삼그루밑의 검불을 긁어내
기 시작했다. 그런데 손에 무엇인지 가느다란것이 걸리기에 살펴보니 뜻밖에도

그것은 바로 어제 인삼포기에 감아놓았던 그 청실홍실이였다.

≪아, 네가 여기로 왔구나.≫

홍송이는 기쁘기도 하고 한편 신비스럽기도 하여 멍하니 인삼포기를 바라보기만 하였다. 그러면서 가만히 생각해보니 인적이 없는 곳에 와서 숨어살려는 인삼을 억지로 판다는것이 어쩐지 가슴이 쓰리게 느껴졌다. 홍송이는 가슴에서 숯불처럼 타오르던 처녀에 대한 절절한 마음을 억누르고 빙그레 웃으며 마치 사람과 속삭이듯 인삼포기에 말을 건네였다.

≪겁내지 말아, 이 귀여운것아. 겁내지 말아, 널 파갈 내 아니다. 예서 마음놓고 자라거라. 천년만년 자라거라. 그렇지만 청실홍실만은 못주겠어. 못주고말고…≫

말을 마친 홍송은 인삼포기를 쥐고 청실홍실을 풀어 내리는데 웬 영문인지 인삼뿌리가 저절로 반나마 솟아올랐다. 뿌리가 내놓이면 말라죽을것 같아 곁의 흙을 끌어서 꽁꽁 묻으려 했더니 묻을 새도 없이 이번에는 인삼뿌리가 완연히 땅우에 솟아올랐다. 홍송은 사람과 꼭 같이 생긴 인삼을 두손으로 받쳐들고 어쩔바를 몰랐다. 홍송이는 아무리 궁리해봐야 일시 별다른 수가 나지 않았다. 그래서 이 귀엽고 사랑스러운 보물을 집에 가져다 평생 잘 건사해두리라 마음먹고 청실홍실을 다시 붉은 구슬밑에 감고 수염뿌리 하나 상할세라 이파리 하나 이지러질세라 조심조심 품에 품었다.

저녁때 집에 돌아온 홍송이는 품속에서 인삼포기를 조심스레 꺼내보니 생생한 그대로였다. 홍송이는 인삼포기를 보고 또 보다가 고방에 들어가 농안에 있는 할머니의 보꾸레미곁에 정히 세워놓고 농문을 꼭 닫았다.

이튿날이였다. 나무밭에서 돌아온 홍송이는 뜻밖의 일에 깜짝 놀랐다. 누가 한 일인지는 모르나 너저분하던 방안을 말끔히 거두고 저녁상까지 차려놓았는데 시렁우에 전에 없던 꽃사발까지 주르르 얹은것이 보기만해도 기름기 돌았다. 저녁상에 마주앉고보니 새 밥식기의 김이 물물 나는 새하얀 이밥도 별미려보니와 각자기 반찬 또한 어찌나 맛이 있는지 혀까지 함께 넘길 지경이였다. 난생처음 푸짐한 저녁을 먹고난 홍송이는 동네에 나가 어느 마음씨 고운 이웃에서 한 일인지 이집저집 물어봤으나 아무도 모른다는것이였다.

그런데 그 이튿날아침에 깨여보니 또 누군가 밥을 지어놓았고 저녁에 돌아오니 또 그러했다. 홍송이는 그날 밤 마음이 너무나 싱숭생숭해서 잠을 못이루다가 밤중에나 잠이 들었다. 그런데 아침에 깨여나보니 더구나 놀라운 일이였다. 가마목에 밥상을 차려놓았을뿐아니라 머리맡에 홍송이의 몸에 차붓이 맞을 새옷한 벌까지 해놓았다.

이날 밤, 홍송이는 잠들지 못하고 엎치락뒤치락하며 곰곰이 생각하다가 좋은 꾀가 떠올라 자는체하고 생코를 골았다. 홍송이는 마구 밀려드는 졸음을 참으며 정신을 도사렸다. 때로 아리숭해서 잠이 들라치면 손등을 꼬집어 인차 깨군 하였다. 드디여 마을에서 새날을 알리는 닭울음소리가 들렸다. 홍송이는 바싹 정신을 가다듬었다. 또 닭이 홰를 치자 문살이 훤히 텄다. 바로 이때였다. 고방에서 농문 열리는 소리가 달각하고 나더니 고방이 환해지면서 웬 처녀가 치맛자락을 쥐고 사뿐사뿐 걸어나오는데 바로 꿈에도 그립던 그 처녀였다. 머리에 가쯘히 박은 빨간 구슬이 빛을 뿌려 방안이 환하였다. 이를 지켜보고있던 홍송이는 더 누워있을수 없어 자리를 차고 일어나며 고방문을 막아섰다.

처녀는 와뜰 놀라 뒤돌아섰으나 고방문에 홍송이가 떡 버티여섰는지라 당황해 어쩔바를 모르는데 목에는 청실홍실이 곱게 드리워있었다.

홍송이는 처녀의 목에 드리운 청실홍실을 보자 용기가 나서 처녀의 두손을 덥석 잡으며

《날 무서워마오. 나를 이렇게 도와줘서 정말 고맙소》하고 인사를 건네고는 바다가 마르고 바위가 썩는한이 있더라도 일편단심 변치 않을테니 부부가 될것을 바란다고 하였다.

그러니 처녀는 고운 눈을 내리깔고 보조개진 두볼에 미소를 지으며 들릴락말락 조용히 말했다.

《당신은 이 세상에서 제일 부지런하시고 착한분이애요.》

그리고 자기는 천년 자란 인삼인데 삼녀라 부르라고 하면서 목에 감았던 청실홍실을 늘이며 공손히 절을 하니 홍송이 또한 맞을 하여 부부를 맺었다.

그런후 그들 부부는 두손을 잡고 일을 해나가니 살림은 늘고 정은 바다같이 깊어갔다.

홍송이가 해달같은 안해를 얻었다는 소문은 날개가 돋친것처럼 동네방네 퍼지고 그 량반의 귀에까지 들어가게 되었다. 본래 그 량반은 첩이 아홉이나 있는데도 미녀라면 오금을 못쓰며 절구통에 치마를 씌워놓아도 기어이 한번 들어보

고야 시름놓는 위인이라 이 소문을 들으니 속이 근지러워서 앉아있을수 없었다. 량반은 한번 제눈으로 보려고 나들이옷을 떨쳐입고 어슬렁어슬렁 마을 어구에 나가 물을 긷는 삼녀를 훔쳐보니 그 용모 월궁의 상아 광한전에 내린듯 그 어여쁨은 천지간에 비할바없을것 같았다. 아닌게아니라 아홉 첩에 본댁까지 몽땅 세워도 삼녀의 발뒤축에도 못설 형편이라 봉황과 까마귀를 비하는 격이다.

량반은 드디여 심복들을 불러놓고 삼녀를 빼앗을 꿍꿍이를 꾸몄다.

이튿날 량반은 홍송이를 불러 대대로 쌓인 빚을 당장 갚으라고 하였다.

≪빚을 받아두 가을이나 끝내구 받는 법이지 지금 무슨 돈으로 갚겠습니까?≫

량반이 말이발을 드러내놓고 허허 웃자 한 노복이 앞에 나서서 씨벌였다.

≪이 멀쩡한 자식 봐라, 사람은 돈이 아니고 무엇이냐?≫

홍송이는 그제야 그 량반이 자기의 안해를 빼앗으려는 음흉한 수작임을 알아차리고 속이 섬뜩했다. 그러나 하늘이 무너져도 솟아날 구멍이 있다고 삼녀와 상론하면 혹시 무슨 수가 있겠는지 하고 생각한 홍송이는 래일아침에 당장 빚을 갚겠노라고 선뜻이 대답했다.

홍송이가 나가자 량반은 너털웃음을 쳤다.

≪멍청이같은 홍송이란놈이 헛소리친게 틀림없네. 래일 아침 일찌감치 가서 삼녀년을 붙잡아오면 된다는말이다. 그래도 혹 실수가 없도록 지금부터 번갈아가며 그 집을 잘 지켜라.≫

심복들은 ≪예, 예!≫하고 굽실거렸다.

홍송이는 집에 돌아와 한숨 쉬며 량반네 집에 갔다온 이야기를 하니 삼녀 방긋이 웃으며 그까짓 천냥 빚이 아니라 만냥 빚이라도 래일아침 물수 있으니 지나치게 근심할게 없다고 하였다.

≪그 량반놈은 당신을 빼앗으려고 그러는거요.≫

홍송이는 머리를 저으며 구들이 꺼지게 한숨을 후— 내쉬였다.

≪세상에 그런 도리가 어데 있어요!≫

삼녀는 얼굴이 새파랗게 질렸고 목소리는 떨렸다.

홍송이가 차근차근 말해줘서야 삼녀는 어둡고 어지러운 인간세상을 알게 되었다. 홍송이는 삼녀를 보고 길은 천갈래만갈래라도 우리에게는 도망치는 길밖에 없다고 알렸다. 삼녀는 반색하여 그럼 천하명승 장백산으로 가자고 했다.

≪글세 장백산이 천하명승이라는 말은 들었소마는 어디 붙었는지도 모르니 어떻게 찾아가겠소?≫하고 홍송이가 망설이기만 하였다.

홍송이의 말을 들은 삼녀가 자기는 본래 장백산에서 살아서 길을 잘 안다고 하니 홍송이는 막혔던 숨이 열리는지라 삼녀의 두손을 꼭 잡고 해가 지고 날이 저물면 쥐도 새도 모르게 장백산으로 떠나자고 약속하였다.

날이 저물었다. 홍송이와 삼녀는 고락을 같이해가며 살던 정든 집을 떠났다. 삼녀는 홍송이더러 장백산으로 갈 때까지 자기 손을 꼭 쥐라 당부하고는 손에 손잡고 나들이가듯 길을 떠났다. 집을 방금 나서자 검은 세 그림자가 앞에 불쑥 나오더니 길을 막으며 소리쳤다.

≪이년놈, 어디로 도망쳐!≫

이 소리가 떨어지기 바쁘게 삼녀가 입바람을 혹 불자 세놈은 곤두박질쳐 넘어졌다. 그새 홍송이와 삼녀는 길에 나섰다.

≪저놈들이 도망칩니다. 저놈들 도망쳐요!≫

땅에 넘어진 노복들은 일어서며 소리쳤다.

그 량반은 급히 심복들을 이끌고 말을 달려 꽂아가니 멀지 않은 곳에 홍송이와 삼녀가 보였다. 그믐밤이지만 삼녀의 머리에서 구슬이 빛을 뿌려 똑똑히 볼수 있었다. 홍송이와 삼녀는 손에 손잡고 뒤도 돌아보지 않고 웃으며 이야기하면서 천천히 걸어가고있었다.

≪저놈들을 빨리 붙잡아라!≫량반은 말잔등에서 고래고래 소리쳤다.

노복들은 고함치며 내달리고 주인량반과 심복들은 말에 채찍질하며 바람처럼 뒤쫓았다. 량반은 눈깜짝사이에 붙들줄 알았는데 아무리 달려서 뒤쫓아도 홍송이와 삼녀는 그냥 한마장앞에서 걸어가고있었고 말과 사람이 지쳐서 천천히 달려도 홍송이와 삼녀는 그냥 한마장앞에서 걸었다. 량반은 애나게 쫓고쫓았다. 온밤을 쫓고쫓아 몇백리나 갔던지 날이 훤히 밝아오는데 홍송이와 삼녀는 손을 잡은채 산봉에 서있었다. 량반이 거느린 개무리들은 어서 빨리 붙잡을 생각으로 산봉우리로 톺아오르는데 기를 쓰고 오르고올라야 제굽으로 돌아오고 말았다.

≪어떡하나 저놈들을 붙잡아라!≫

량반은 목갈린 소리를 질렀다.

량반은 산봉우리로 오르려고 안간힘을 썼으나 돌고 돌아 제자리로 돌아올뿐이라 입에 거품을 물고 기를 썼다.

홍송이와 삼녀는 산봉에 서서 머리를 들어 바라보니 아침안개속으로 천리림해속에 천수이고 중천에 거연히 솟아있는 웅위로운 백두산이 한눈에 안겨왔다. 천하명승 백두산을 바라보고 홍송이와 삼녀는 서로 마주보며 행복의 웃음꽃을 피웠다. 백두산도 어서 빨리 오라고 부르는듯, 마중하는듯 손짓하는것 같았다. 삼녀는 홍송이의 손을 잡고 다시 백두산을 향해 걷다가 매서운 눈초리로 산중턱에서 헤매는 량반의 개무리들을 노려보며 오른발을 탁 굴렀다. 량반의 무리들이 그제야 기겁하여 보니 여직껏 헤맨 곳이 불시에 수백길되는 절벽중턱이라 어쩔바를 몰라 비명을 질렀다. 이때 삼녀가 다시 입바람을 훅훅 불자 말이고 사람이고 눈깜짝사이에 허궁에 날려 벼랑에 굴러떨어져 목숨은 고사하고 혼백까지 풍비박산되고말았다.

홍송이와 삼녀는 끝내 명승성지인 백두산에 이르렀다.

찬란한 아침해 솟아오르는데 삼녀가 빙그레 웃으며 사랑하는 님 홍송이를 산봉우리에 세워놓고 입바람을 혹 불자 홍송이는 한그루의 아름드리소나무로 되어 푸른 가지로 하늘을 떠받고 우뚝 솟았고 삼녀는 한포기의 인삼으로 되어 홍송이의 곁에 뿌리를 박았다.

이리하여 오랜 세월을 두고 홍송이와 삼녀는 백두산에서 행복하게 살았는데 장백림해에 지금도 홍송과 인삼이 많은것은 홍송과 삼녀의 후대가 퍼지고퍼진 까닭이라고 한다. 그리고 인삼을 찾았을 때 홍송을 두드리며 ≪방초! 방초! 방초!≫하고 세 번 소리를 치는것은 홍송에게 인삼을 데려간다는것을 알리는것이라고 한다. 이러지 않으면 홍송이가 안해를 찾고 인삼이 홍송이를 떨어질수 없어 파지 못하고만다고 한다.

# 어머니의 유언

옛날 나라와 나라간에 싸움이 잦을 때의 일이였다.

서울에서 한나절길도 되나마나한 산촌에 거부는 아니지만 벼 수백석을 하여 유족하게 살아가는 늙은 어머니가 세 아들을 두었다. 예나 지금이나 어버이의 심정은 같다. 이 어머니는 자기의 혈육을 나누어준 세 아들을 다 장가보내고 가산도 분에 맞게 골고루 나누어준 뒤에 시름놓고 죽었으면 했으나 인명은 재천이라 뜻대로 되지 않았다. 어머니는 둘째며느리를 삼은 이듬해겨울에 몸져눕더니 종시 일어나지 못하고 저승길이 점점 가까워졌다. 사람힘으로는 할수 없는 일이라 늙은 어머니는 애달파하였다.

림종이 가까워옴을 느낀 어머니는 맏아들을 불렀다.

《이 사람, 나는 이제 내 갈 길을 가야 할것 같네. 그러니 자네와 할 말이 있네.…》

맏이는 진작부터 어머니에게 가산을 어찌겠느냐고 자주 물었으나 어머니가 말없이 도리를 더니 하는수 없었는데 어머니가 유언하시겠다 하니 귀가 번쩍 띄였다. 그래도 자기가 맏이니까 집가산을 자기가 다 차지하고 동생들을 분에 맞게 잘 돌봐주라고 하겠지 하고 눈물코물 짜며 《예, 예!》하고 무릎을 꿇고 앉았다.

《내가 죽은후 우리 가산의 절반은 자네가 가지고서 선산을 모시도록 하게. 나머지 절반을 다시 두쪽 내서 둘째와 셋째에게 한몫씩 나누어주게. 그러되 재산은 나라의 덕과 내통하니 보국함을 잊지 말게. 그리고 자네는 맏이니까 내 죽은 다음 내 묘앞에서 이레밤을 지키게…》

맏이가 들어보니 어머니가 재산을 처리하는데는 제정신인것 같은데 자기 묘를 지키라는것은 정신이 오락가락하여 부질없는 헛소리를 하는것 같았다. 맏이는 기가 막혀 못들은척하면서 그저 평안히 누워계시라고만 하였다.

어머니는 안간힘을 쓰며 둘째아들을 불렀다. 둘째아들은 어머니가 유언하신다니 아마 집가산을 푼푼히 주려나보다 하고 조마조마해서 어머니앞에 들어가 앉았는데 자기가 죽은 뒤 묘앞에서 이레밤을 지키라는 엉뚱한 말을 했다. 둘째는 화가 나서 속으로 푸념하였다.

어머니는 마지막 힘을 다 모아 셋째아들을 불렀다. 맏이와 둘째는 어머니가 제정신이 아니니 들을 말이 없다고 수군거리며 손을 내저었다. 그래도 셋째는 두 형님의 말은 듣는둥마는둥 어머니앞에 꿇어앉았다.

어머니가 자기 죽은 다음 묘앞에 와서 이레밤을 지키라고 하니 셋째는 눈물이 비오듯하며《예, 예!》하고는 또 다른 부탁이 더 없는가고 물었다. 어머니는 앙상한 손으로 셋째의 손을 잡더니 머리를 가볍게 흔들고는 눈을 감고말았다.

어머니가 세상을 드고 장례를 치르자 맏이와 둘째네 두 내외는 가산을 나누느라고 눈에 쌍불을 켜고 밑진다거니 리득이라거니 하며 옴니암니 다투었다. 다툼은 해가 져도 끝나지 않았다.

밖에서는 눈보라가 기승을 부리는데 셋째는 슬그머니 집을 나섰다.

산속에 있는 어머니 묘앞에 이른 셋째는 두 형님이 가산을 나누느라고 옥신각신 다투던 일을 생각하니 세상 뜬 어머니가 더구나 가엾게 느껴져 봉분에 엎드려 목메게 흐느꼈다.

셋째는 흐느끼다가 그대로 잠들어버리고말았다. 눈보라 휘몰아쳐도 어머니 품속에 안긴듯 셋째는 비몽사몽간에 어슴푸레 잠들었다.

얼마를 잤는지 난데없는 말의 호용소리에 셋째가 눈을 번쩍 뜨니 어머니가 어떤 풍채름름한분을 모시고 왔다.

어머니는 미미히 웃으시면서

《에그 애두, 잠두 많은게…》하고는 데리고 온분을 향하여 말했다.

《이 애가 바루 내 셋째아들이웨다.》

그리고 또 아들에게

《애야, 인사드려라. 이 어른이 중원에 계시는 신선이신 백락(伯樂)이라는분 이시다.》라고 하였다.

셋째가 넓적 엎드려 백락신선에게 절을 올리자 백락신선은 셋째를 붙들어일 으키며 과연 착하고 충성스러워 나라의 동량으로 될만하다고 치하하시고 말하였다.

《자네에게 이 천마를 주겠네. 앞으로 보국충신이 되게나.》

그리고는 말갈기를 한줌 뽑아주며 아무 때고간에 이 말갈기 한 대만 태우면 천마가 나타날것이라고 하였다. 셋째는 말갈기 한줌을 받아 품속에 깊이 간직하고 백락신선에게서 온밤을 말타기를 배웠다. 말타기에 땀이 송골송골했는데 어머니가 치마폭으로 셋째의 땀방울을 훔쳐주며 이젠 그만하고 쉬라고 하였다. 셋째가 너무도 갈하여 언덕아래 골안으로 물마시러 내려가다가 그만 돌부리에 걸채여 넘어지는바람에 ≪아차!≫하고 깨여나니 남가일몽이였다.

어느새 새날이 밝았는지 동녘하늘에 노을이 붉게 타올랐다. 그런데 이상하게도 품속에 손을 넣어보니 꿈에 백락신선에게서 받은 말갈기털 한줌이 주머니에 있었다.

한편 맏이네와 둘째네는 온밤을 옥신각신 다투며 가산을 나누다나니 새날이 밝았다. 가산을 다 나누고서야 셋째동생이 없어진것을 알고 셋째동생도 한몫 달라면 어찌겠는가고 근심하는데 서리를 폭 쓴 셋째가 집에 들어섰다.

모두들 어디 갔다왔는가고 묻자 셋째는 자식으로 생겨서 어찌 어머니의 유언을 듣지 않겠는가고 하면서 어머니 묘앞에 가서 밤을 지냈다고 하였다.

맏이는 너무 어이없어 입만 다시다가 셋째를 책망했다.

≪그러면 어머니가 살아온다느냐? 돈이 나온다느냐? 금이 나온다느냐? 애야, 싹 걷어치워라!≫

둘째도 손을 내저었다.

≪그래도 얼어죽지는 않았구나. 이제 얼어봐야 우리 말이 옳다는걸 알게다. 애야, 그만둬라!≫

맏형이 가산을 나눈 정황을 말하자 셋째가 하는 말이 자기는 아무래도 좋으니 두 형님이 화목하게 지내기만 바란다고 말했다.

셋째는 미장가전이니 성가하기전에는 그냥 맏이네 집인 원집에 있기로 하였다.

이튿날저녁 셋째는 또 어머니 묘앞에 갔다.

이날 저녁 어머니는 소문난 고구려의 태조 동명성왕인 고주몽을 모시고 와서 인사시켰다. 셋째는 고주몽에게서 말타고 칼쓰기와 활쏘기를 배웠다. 마지막에 고주몽은 자기가 쓰던 장검과 활을 셋째에게 선사하였다. 셋째가 장검과 활을 안장에 걸고 고주몽에게 백배사례하는데 천마가 호용을 치며 달아다는바람에 놀라깨니 또 꿈이였다. 그런데 또 이상하게도 꿈에 고주몽에게서 선사받은 장검과 활이 어머니 묘의 봉분옆에 놓여있었다.

그후 셋째는 밤마다 천마를 타고 칼쓰기와 활쏘기를 련습했다. 마지막날 밤 셋째가 한창 신이 나서 천마를 타고 달리며 활을 쏘고 장검을 휘두르는데 어머니가 다급히 불렀다.

어머니는 셋째의 두손을 꼭 잡고 놓기 아쉬워하며 간곡히 당부하였다.

≪애야, 인간계와 저승길은 딴길이니 할수 무가내다. 이제는 이 어미와 갈라져야겠다. 그런데 며칠후이면 나라에서 보국인재를 구할거다. 그때 너는 꼭 자진하여 나가서 보국충신이 되어 나라의 만백성을 위하도록 하여라.≫

어머니는 끝내 눈물을 참지 못하였다.

셋째는 ≪어머니!≫하고 울음을 터뜨렸다. 그바람에 셋째는 꿈을 깨게 되었다.

며칠후였다.

과연 이 나라 방방곡곡에 보국인재를 구하는 방이 나붙었다. 나라의 강성을 도모하고 백성의 안녕을 위하여 나라에서 인재를 구하는데 칼쓰기, 활쏘기, 경마에서 한번 장원한자는 대장으로 삼고 두 번 장원한자는 선봉장군으로 삼고 세 번 장원한자는 오위도총부의 도총관(五衛都總府都總管)으로 삼는다고 하였다.

경기를 앞두고 온 나라 기사와 무사들이 물밀듯 서울로 모여들었다.

경기 전날이였다. 맏이네와 둘째네는 구경갈 차비를 하느라고 눈코뜰새 없었다.

두 집 식구가 모두 구경을 가려 하니 두 집의 소와 돼지, 닭은 셋째가 돌볼수밖에 없었다. 셋째는 근심말고 모두 구경가라고 하니 맏이네와 둘째네도 기뻐하며 떠날차비를 했다.

새날을 잡자 아침을 일찍이 해먹고 맏이와 둘째는 구경을 떠났다.

새날이 밝자 셋째가 두 집 마당을 다 쓸고 소를 내매고 되지를 먹이고 닭을 내놓고 모이까지 주고나니 아침해가 서발이나 솟아올랐다.

셋째가 세수를 깨끗이 하고 품속에서 말갈기를 하나 꺼내여 태우니 과연 금안장에 갑옷과 장검과 활을 건 천마가 눈앞에 나타났다. 셋째는 갑옷을 떨쳐입고 천마를 타고 서울을 향하여 바람처럼 달렸다.

셋째가 교련장에 이르렀을 때는 벌써 경기가 시작되여 인산인해를 이룬 구경군들속에서는 때때로 환성과 박수갈채가 터졌다. 셋째는 마지막에 가서 섰다.

바라보니 기사들과 무사들이 교련장 아름드리나무를 찍어넘길내기를 하였다. 기사들은 말을 타고 장검을 휘두르고 어떤 사람들은 도보로 달려나가며 청룡도를 휘둘렀다. 그러나 거의다가 한 대도 못찍는데 간혹 한 대씩 찍어넘기는자가 있어 그때마다 박수갈채와 환성이 터져올랐다. 이러다가 한 장수가 나타났다. 키가 구척이나 되고 구레나룻이 텁수룩한 장수는 걸어나가며 청룡도를 휘둘렀다. 장수는 등잔같은 두눈을 뚝 부릅뜨고 벽력같이 소리지르며 좌우로 뽑아찍는데 아름드리나무를 열대나 찍어넘겼다. 구경군들속에서 경기장이 떠나갈듯 환성이 터졌다.

구경군들은 이 장수가 틀림없이 장원할것이라고들 하였다. 그도 그럴것이 이제는 경기자가 몸매 날렵한 소년기사 하나밖에 남지 않았는데 소년장수는 어림도 없을것이 분명했다. 사람들은 교련장에서 흩어져 시상대있는데로 모여들기 시작했다.

바로 이때 소년기사가 말을 달려 나왔다. 교련장에서는 또다시 환성이 천지를 진동했다. 그바람에 흩어지던 사람들도 다시 교련장으로 모여들었다. 소년장수는 말을 바람처럼 달리며 장검을 휘둘렀다. 한번에 영낙없이 아름드리나무를 한 대씩 찍어넘기는데 눈깜짝사이에 온 교련장에 세워놓은 나무를 모조리 찍어넘겼다. 솜씨가 어찌나 날랬던지 천여대의 아름드리나무를 모조리 찍고 제자리에 돌아왔을 때에야 절반나무가 넘어지고 이윽해서야 모조리 넘어졌다.

소년장수가 장원훈패를 타자 구경군들이 소년장수를 보려고 물밀듯이 모여들었다. 그러나 구경군들 머리우에서 그림자가 언뜻하더니 소년장수는 어디로 갔는지 없고 급제한 십여명의 장수들이 사람들에게 떠받들려 거리로 들어갔다.

셋째는 장원훈패를 타자 그길로 돌와와 천마를 보낸후 소를 들여매고 돼지를 먹이고 닭모이를 주었다.

밤이 깊어서야 집에 돌아온 맏이네와 둘째네는 한집에 모여앉아 신이 나서 낮에 본 이야기를 하였다.

맏이가 말했다.

《야, 과연 그 소년장수가 천하에 둘도 없는 인재더라! 래일아침에는 일찍 일어나 집일을 끝마치고 셋째까지 데리고 같이 가자!》

셋째는 시무룩이 웃으며 대답했다.

≪그 소년장수가 무슨 그리 대단하다구 그러우? 그런 사람은 어머니 말씀을 잘 들었을거요.≫

둘째는 너무도 어처구니없어 말했다.

≪너는 정말 명청이구나! 네가 보았더라면 눈이 뒤꼭지로 올라갔을게다. 그러니 래일은 네가 가서 봐라!≫

셋째는 그냥 웃으며 자기는 구경을 좋아하지 않기 때문에 가지 않겠다고 하였다. 맏이와 둘째는 차라리 좋았다.

이튿날은 활쏘기시합이였다.

각가지 활쏘기 경기가 진행되였다.

해가 서편하늘에 기울어지자 나라님이 마지막 활쏘기경기를 선포했다. 나라님은 그 옛날 고주몽이 동네 아주머니가 이고가는 물동이를 쏘아서 구멍내고 ≪애비없는 후레자식≫이라는 욕을 먹고서 분통이 터져서 진흙을 활촉에 묻혀 한 살 더 쏘아 물동이구멍을 막았다는데 이대로 하라고 하였다.

궁녀 열이 물동이를 이고 교련장 한쪽에서 오락가락하고 우렬이 비슷하게 선발된 백여명의 궁수들은 그가운데 하나를 골라잡고 쏘았다. 어떤 궁수가 쏜 화살은 동이를 박산내는가 하면 어떤 궁수가 쏜 화살은 구멍은 뚫린대로였고 어떤 궁수가 쏜 화살은 진흙과 함께 뚫어진 구멍에 꽂히고 말았다.

이렇게 되자 나라님은 탄식했다.

≪이 세상에서 고주몽의 재간을 다시는 볼수 없게 되였구나!≫

마지막으로 장원훈패를 멘 소년장수가 나섰다.

교련장은 떠들썩하다가 물뿌린듯 조용해졌다.

소년장수는 천천히 말을 달려 나오더니 전대에서 화살 스무대를 뽑더니 열대에 진흙을 묻히고는 등자로 말배를 살짝 치자 말은 회오리바람처럼 달리는데 활을 쏘니 동이 열 개가 몽땅 구멍이 빠졌다. 그리고 다시 말머리를 돌려 들어오며 몸을 돌려 진흙묻은 화살을 쏘는데 화살 열 개가 모두 구멍에 가 박혀 흔들흔들하다가 뚝 떨어지니 열동이의 구멍이 몽땅 막혔다.

환성소리 천지를 진동하는데 나라님도 흡족해서 신선에 간 고주몽도 이 귀신같은 재간에 감탄하리라고 찬탄했다.

왕은 이번에는 꼭 두 번 장원훈패를 탄 소년장수를 보려 했으나 또 전과 같이 검은 그림자만 언뜻하는것을 보았을뿐이다.

이날 저녁 집에 돌아온 맏이네와 둘째네는 소년장수의 이야기로 더욱 신나하였다.

맏이가 또 셋째엑데 말했다.

≪사람이 나서 어찌 그런 구경도 안하느냐? 래일은 함께 가자.≫

셋째가 아무렇지도 않은듯 대꾸했다.

≪무슨 소년장수가 그리 대단하다구 그러우? 내 말하지 않았소. 그는 어머니 말씀을 잘 들었을뿐이라고.≫

둘째가 물었다.

≪그래, 네가 봤니?≫

셋째가 대답했다.

≪보구 안보구 할것 없이 그것두 모르겠소. 나는 다 아오.≫

맏이와 둘째는 셋째가 너무도 어처구니 없다고 한숨만 쉬였다.

셋째날 경기는 경마였다.

백여자되는 강을 건느고 백여자되는 담벽을 뛰여넘고 백여자되는 불바다속을 뚫고 지나 나라님앞까지 가는것이였다.

몇천명의 기사들이 일렬로 늘어서서 신호를 기다렸다. 쾅하는 징소리를 이어 북소리 장고소리 요란하자 경기가 시작되였다.

소년장수가 앞에서 바람처럼 달리는데 백자강을 언뜰 날아넘고 박차를 가하여 백자담벽을 하늘높이 나는듯 뛰여넘었다. 그때에야 다른 기사들은 물속에서 첨벙거렸다. 그것도 물을 건너뛰는 말은 불과 몇필이였다.

소년장수는 불바다에 이르러 채찍을 들어 하늘에 ≪쨍!≫울리자 말은 호용을 치며 화살처럼 불속을 날아지나 나라님앞에 이르러 급히 하마하여 례를 올렸다.

임금은 만면에 홍조를 띠우며

≪나라에 길조가 비끼여 천하명장을 보냈도다.≫라고 기뻐하였다.

소년장수는 세 번 다 장원하여 장원훈패 세 개나 받았다.

나라님은 소년장수를 만백성앞에 나라의 오위도총관으로 삼고 병사들을 사열시켰다.

소년 장수는 나라님과 함께 삼군을 사열하고 주위의 백성들에게 인사를 하였다.

소년 장수는 만백성앞을 지나다가 맏형과 둘째형 앞에 이르러 마상에서 내려 두 형님에게 인사를 올렸다.

두 형은 너무도 의외의 일이라 놀라서 ≪아니, 네가?!≫하고 아무 말도 못하였다.

셋째가 대답했다.

≪예, 어머니의 유언이 보국충신이 되어 나라와 백성을 위하라고 했습니다.≫

셋째는 세 장원훈패를 큰 조카의 목에 걸어주며 자라서 보국충신이 되어야 한다고 말하였다. 두 형은 감격으로 눈물이 주르르 떨어졌다.

셋째는 오위도총관이 되어 외적의 침입을 물리치고 나라와 백성의 고해를 면하게 했다 한다. 그리하여 그 장군의 이야기가 전하고 전해진다.


# 밀방사약


옛날 한곳에 아이들이 많고 벌손이 적어 궁강한 살림살이에 근근득식으로 살아가는 한 농부가 있었다. 부부간이 손이 발이 되도록 벌고벌어야 종시 가난에서 헤여나기 어려웠다. 그들은 참새발톱에서 피를 긁어모으듯 모으고모은 푼돈으로는 숙부에게서 진 빚의 리자도 갚을수 없었다. 농부의 숙부는 웃마을에 사는데 큰 부자이지만 일가친척도 모르고 오직 돈만 아는 위인이여서 친조카를 부조해주기는커녕 반푼이라도 긁어내지 못하여 애를 바득바득 썼다. 조카가 찾아가면 제노릇도 못하는 시라소니라고 즉살나게 욕하고는 삼촌의 신세가 아니면 어떻게 살겠는가고 수선을 떨었다. 그리고는 쌀되박이나 돈푼을 좀씩 꿔주기는 하나 높은 리자까지 한푼도 빠짐없이 받아갔다.

이러던 어느해 보리고개때였다. 호박잎에도 물이 갚는다지만 농부네가 종달전에 심은 보리는 가물을 타서 이삭이 나오다 말라버리니 쌀 한알 구경하지 못하게 되었다.

안해는 한숨쉬고 눈물 닦으며 남편에게 아이들을 보아서 작은아버지 집에 한번 갔다오라고 하였다. 농부는 부아통이 터져 손을 내저었다.

≪싹 걷어치우오. 작은아버지란분이 온통 자기노릇만 하는데 우리를 도와주리란말이요?≫

≪글세 내가 그걸 몰라 그러우. 아이들을 굶겨죽일것 같으니 하는 말이지.≫

안해는 다시 눈물을 닦고 한숨쉬였다.

이러는데 처마밑의 제비들이 쩍쩍거렸다. 올려다보니 뱀이 제비둥이에 기여들고있었다. 농부는 얼른 이러나서 낫등으로 뱀을 때려잡았다.

안해는

≪에구, 옛날에 흥부네는 제비덕에 잘살았다는데 우리도 뱀을 잡아준게 제비나 우리를 도와주겠는지…≫하고는 서글픈 웃음을 지었다.

꼬리를 스르스리하는 뱀을 낫날에 떠들고 찬찬히 내려다보던 농부는

≪그렇지! 그렇지! 이거면 되겠구나! 될수 있구말구!≫

농부는 뱀을 던져보리고는 싱글벙글거리며 돌아들어와 안해에게 말했다.

≪여보, 마을에 나가서 보리풀물이나 반종지쯤 구해다 두오 내 작은아버지네 집에 갔다 오겠소. 이번에 가서는 여직껏 벌어준것을 몽땅 찾아올 작정이요.≫

남편이 어디 나갔다 오더니만 자그마한 괴나리보짐을 둘러메고 떠나니 안해는 남편의 말을 반신반의하나 행여나 하는 생각으로 마을에 나가 보리풀물 반종지를 구해다 두었다.

농부는 온하루동안 시내가 숲에서 헤매며 무엇인지 찾더니 해질녘에야 작은아버지네 집에 이르렀다. 그가 작은아버지와 작은어머니에게 꾸벅 절을 하니 숙부는 시들히 여기며 귀밀눈을 판들거리더니 나이 삼십이 넘도록 이 모양이니 밥함지머리에다 매놓아도 굶어죽겠다고 사설이 분주했다.

이에 농부가 불쑥 숙부에게 말했다.

≪작은아버지께서는 들으셨지요. 요사이 여러 마을에서 줄창 큰일이 일어나고있습니다. 그것을 알려드리려고 왔습니다.≫

숙부는 두눈이 휘둥그래 물었다.

≪하, 글쎄 밤에 뱀이 집에 기여들어 사람을 무는데 물리기만 하면 백약이 무효로서 위불없이 죽는데 죽은 사람이 수두룩하오니 조심하옵소서.≫

《응 그래? 정말 큰일이구나!》

숙부는 돈과는 관계없는 일이라 시들히 여기며 빨리 사랑방에 들어가 일찌감 치 자고 래일아침 쌀말이나 가져가라 하였다. 그런데 남 같으면 장리로 받겠지만 조카이니 한말에 서되가웃으로 하라고 하였다. 조카는 한말에 서되나 올라붙은 줄을 번연히 알면서도 감지덕지해서 삼촌의 신세 아니면 어찌 살아가겠는가고 감사를 드리였다.

그날 한밤중이였다. 초복전의 염천은 땅을 태우는듯한데 한밤중이 되니 화기 는 좀 누그러들었어도 문을 닫으면 기가 막혔다. 때는 보름이 되어 둥근달이 하늘중천에 솟아올라 방안이 환하게 보였다. 조카가 안방을 들여다보니 한밤중 이 되도록 더위에 잠 못이루던 숙부는 엉덩짝까지 다 드러내놓고 코를 골아댔다. 농부는 괴나리보짐에서 삼베로 이발을 뽑은 휘른해진 팔뚝같은 율모기를 방 에다 풀어놓고 이미 준비했던 나무꼬챙이에 박은 막대바늘로 삼촌의 허벅다리 를 푹 찔렀다.

《악!》하는 비명소리와 함께 소스라쳐 깨여난 삼촌은

《아이구, 아이구, 사람죽는다!》하고 소리쳤다.

집식구들이 야단법석이며 분주히 서둘러 불을 켜는데 조카가 사랑방에서 뛰 여들어와서

《아니, 작은아버지 뱀에게 물리지 않았습니까?》하고 물으니 삼촌은

《모르겠네. 모르겠네.…이거…이거 신다리를…아이구!》하였다.

불을 켜고 보니 아니나다를가 팔뚝같은 율모기가 방구석에서 구불구불하였다. 모두들 혼비백산하여 비명을 지르는데 조카는 뱀의 꼬리를 제꺽 쥐여 둘렀다 메여치고 밖으로 던져버렸다.

삼촌이 꼼짝못하고 죽었구나 생각하니 온몸에 소름이 끼쳤다. 집식구들은 이 일을 어찌랴고 눈물코물 흘리며 야단법석이는데 조카가 한숨쉬며 말했다.

《글쎄, 다른 마을 사람들두 이렇게 뱀에게 물렸는데 약은 있어두 돈이 없어 서 시간을 지체했다가 모두 죽었답디다. 뱀에게 물리면 반날을 채우기두 어렵 답니다.》

급해난 삼촌은 그 약이 어데 있고 값이 얼마냐고 물으니 조카는 말하기를 방천골 방생원이 밀방으로 파는 《사약》인데 값이 무값이요, 천냥이 아니면

못산다고 하였다. 삼촌은 사경에 직면했는지라 금고의 금을 한덩이 꺼내주면서 당부하기를 얼른 말을 타고 가서 어떻게 하나 그 약을 사오라고 애걸하였다.

농부는 금덩이를 집에 갖다두고는 보리풀에 가마밑굽검댕이를 섞어가지고 돌아왔다. 삼촌집에 돌아와 삼촌의 허벅다리 상처에 그것을 붙이고 말했다.

《겨우 사정했습니다. 그런데 방생원이 말하는데 이걸 붙이면 시원해야지 그렇지 않으면 어려울게라고 하던데요.》

《사약》을 붙여 이윽하자 삼촌은 상처가 시원해난다고 하면서 명약은 명약이라고 조카를 치하하였다.

년광은 여류하여 눈깜짝사이에 십년이 지났다. 십년이면 물이 제굽이로 흘러든다는 말이 있는데 농부네는 아이들까지 쳐서서 남부럽지 않게 잘살게 되었다. 그새 삼촌네는 가산을 다 털어먹고 끼니도 잇지 못하게 되었다.

그때야 조카인 농부는 소잔등에 금과 은덩이를 실어가지고 삼촌네 집으로 갔다.

조카는 금과 은을 내놓고 백발이 된 숙부와 숙모 그리고 사촌들에게 지나간 사연을 이야기했다.

삼촌은 그제야 지나간 일생을 생삭하며 고개를 숙이고 참회의 눈물을 떨구었다.

그후 이들은 이 일을 교훈으로 일가친척과 벗들과 서로 도우며 잘살았다고 한다. 《올리막이 있으면 내리막이 있다.》 《십년이면 물이 제굽이로 흘러든다.》는 말은 이로부터 나왔다 한다.

주영권 구술

# 복 수

옛날 한 시골에 여름이면 농사를 짓고 겨울이면 숯구이를 하여 겨우 하루세끼씩 에우는 젊은 부부가 있었다.

농부의 안해는 안팎이 다 고와서 용모는 해달같이 환하고 마음은 비단같이 부드러웠다. 안해는 로년한 시부모를 꾸준히 모시면서 돼지치고 닭치고 개치며 어떻게 하나 남부럽지 않게 살려고 이를 악물고 기를 썼다. 예로부터 지성이면 감천이요, 정성이 지극하면 돌우에도 꽃이 핀다고 했으나, 이렇게 젊은 부부간에 맞도록 벌며 아글타글 기를 썼으나 웬 일인지 살림살이는 좀처럼 펴지지 않았다. 걷잡을수 없는 광음은 여류한데 인생의 한길은 갈수록 험악했다.

어느해 겨울 늙으신 아버지가 급병으로 갑자기 세상을 떴다. 사전에 마련해둔 돈 없고 물건 없으니 어찌하랴. 하는수 없어서 부자에게 가서 손이야발이야 애걸하여 빚을 내다 초상을 치렀다. 그런데 설상가상으로 또 로모가 중병으로 드러누웠다.

안해는 경각을 다투는 시어머니를 지켜보다가 눈물이 글썽해가지고 남편에게 말했다.

《여보세요, 이번 숯을 팔아서 어머님의 약을 삽시다.》

아들된 마음인들 오죽하랴만 이제 이번 숯가마만 팔면 빚을 다 물게 되는지라 농부는 길게 한숨쉬며 말했다.

《여보, 지금 그 빚이 오푼변으로서 닫는 말에 채찍질하는것처럼 늘어가오. 그러니 이번 숯가마는 빚을 물고 다음번 숯가마를 팔아서 어머니 약을 써드리기요.》

안해는 비감한 눈물 훔치며 남편에게 애원하듯 말했다.

《여보세요 저승길은 한번 가면 못오는 길이니 어머님이 세상뜨시면 세상에 다시는 어머니가 안계실거예요. 아버님도 돌아가셨는데… 먼저 어머님에게 약을 써드려 병을 고쳐드립시다. 우리 앞길은 천리같은데 고생을 좀 더하면 그 빚 못물겠어요. 모두들 이르기를 <젊어 고생은 돈주고 못산다>는데 우리 젊어서 좀더 고생합시다.》

티없이 맑고 박꽃같이 수결한 안해의 충성스러운 효성에 감격된 남편은 《그렇게 하지, 그렇게 하지. 내가 불효자식이요.》라고 했다.

그런데 숯 한가마를 팔아 약을 했으나 효험이 없어 로모는 끝내 세상을 뜨고말았다. 할수 무가내라 또 빚을 지게 되었다. 이제는 부부간이 기를 쓰고 벌고벌어야 변돈이나 되나마나하고 잘못하면 모자라니 빚은 점점 늘어만 갈뿐 줄어들지

않았다. 이럭저럭 일년 지나니 안해가 태기있어 일을 잘하지 못하게 되어 농부네
는 아주 빚구럭에 빠져 헤매게 되었다. 부모가 원쑤이냐? 배속에 생긴 애가 원쑤
이냐? 인간이 살면 부모도 있고 아이도 있는 법이니 어찌 원쑤라 하랴, 세상이
원쑤리라.

　부부간은 이를 악물고 밤낮으로 헤맸고 농부는 빚진 죄인이라 한달치고 보름
은 부자집에 가서 일을 하지 않으면 안되였다.

　그때 부자는 한 서른살 푼히 되는 난봉군이였는데 첩을 아홉이나 두었으나
무슨 죄가 차서 그렇던지 아이 하나도 없었다. 그리하여 주색에 파묻혔어도 자식
비위에 매양 랭가슴을 앓았다. 술이 얼근해지기만 하면 본댁과 첩들을 즉살나게
욕하였다.

　≪다 보기 싫다, 보기 싫어. 대가집 대를 끊어놓는 페물짝들! 엥— <아빠>라
고 부르는 말만 들어도 십년 가슴앓이가 떨어지겠다.≫

　세상도 불공평하다. 잉태하여 빚구럭에 빠지는자가 있는가 하면 아이 없어
애쓰는자도 있지 않는가.

　부자는 시부렁거리며 농부네 집으로 다니게 되었다. 농부의 안해를 보니 해달
같이 환한데다가 배가 불룩하게 잉태한것이 정말로 세상령물같았다. 그러나 농
부의 안해가 어찌나 매서운지 어쩔수 없었다. 부자는 농부의 안해에게 반하여
애끓는 가슴만 뜯었다.

　부자는 누우나 앉으나 궁리했다.

　≪야, 고 깜찍한년을 어떻게 하면 내손에 넣을가?…≫

　호의호식하면서 못된 궁리만 하는놈이라 며칠 두고 골머리를 앓다가 악독한
생각을 품었다. 그리하여 하루는 농부에게 나무실으러 가자고 했다. 그래 깊은
산중에 이른 부자놈은 농부에게 나무를 하게 해놓고 그가 나무하기에 여념없는
틈을 타서 도끼를 들고 뒤로 달려들며 농부의 골을 갔다. 농부는 골이 두쪼각이
되어 나무단 넘어지듯 수풀에 쓰러졌다. 모든 고생을 이겨내며 한번 잘살아보려
고 아글타글 밤낮을 모르고 헤매던 몸이 백주에 도끼날밑의 귀신이 될줄이야
누가 알았으랴! 애닲도다. 정든 초가집도 살뜰한 안해도 한많은 세상도 영영
버리고말았다. 옛날부터 날벼락이 있다는데 왜서 이런 악독한 놈에게는 날벼락
이 내리지 않는가. 정말로 하늘도 무정하고 땅도 무심하다.

며칠후부터 부자놈은 농부의 안해를 찾아와 발을 구르며 을러멨다.

≪빚을 물기 싫어 네 남편이 도망쳤다. 이제는 네가 빚을 물어야겠다.≫

부자놈의 빚재촉이 불같은데 며칠후에 사람들은 심산속에서 농부의 시체를 찾았다. 안해는 남편의 시체에 쓰러져 기절하고 대성통곡하였으나 할수 무가내였다. 마을 여러 이웃들이 관가에 소송하고 장례도 치러주었다. 그런데 관가에서는 이미 부자놈의 돈을 얻어먹은지라 눈을 감아주었다.

빚재촉이 성화같던 부자는 빚을 물수 없으면 농부의 안해를 자기 집 애옥살이를 하라고 하였다. 농부의 안해는 흉수는 이놈이요 이놈의 집으로 들어만 가면 이놈의 피해를 입을것을 생각하고 차츰 방도를 댈 말미를 얻으려고

≪글세, 며칠 더 방도를 생각해보구 정 빚을 물지 못하면 애옥살이라도 해야지요.≫라고 대답하였다.

부자는 이제야 영낙없이 농부의 안해를 차지하게 됐다고 흐뭇해서 돌아갔다. 농부의 안해는 흐르는 피눈물을 닦고 이를 악물었다.

≪갖은 치욕 당하며 이 세상에 살아서 무엇하랴. 아까울것도 없다.≫

해가 지자 농부의 안해는 강변으로 내달렸다. 강변에 이르러 너무도 애달파 눈물이 강물을 불구었다.

≪내가 전생에 무슨 죄를 지었기에 이리도 운수 기박한가?≫

농부의 안해는 깨끗한 몸으로 강물에 몸을 던지여 황천에 가 그리운 남편을 만나리라고 강언덕에 나섰다. 강물을 들여다보니 사품치는 물결은 야수처럼 날뛰는데 세상의 모든 것을 삼킬듯하였다. 그런데 다시 내려다보니 그 물속에서 징그러운 낯판대기가 입을 쩍 벌리고 기다리는것 같았다.

≪고약한놈아, 네놈이 나를 삼키자고 그러지, 어림도 없다.≫

농부의 안해는 한걸음 물러서며 하늘을 올려다보니 남편의 인자한 얼굴이 방불히 눈앞에 보였다. 남편은 노기등등하여 안해를 노려보다가 이를 악물고 말했다.

≪옳소, 그놈의 입에 뛰여들어서는 안되오. 살아야하오! 살아서 복수해야 하오!≫

농부의 안해는 두손 합장하고 남편을 올려다보며 이를 악물고 대답했다.

≪살겠어요. 살아서 복수하겠어요. 꼭, 복수하겠어요!≫

안해가 대답하자 농부는 빙그레 미소를 짓는데 두눈에서는 피눈물이 샘솟듯 하였다.

강바람이 휙 불어오는바람에 정신을 번쩍 차리니 하늘에는 별이 총총하고 물결만 세차게 출렁거릴뿐 아무것도 없었다.

농부의 안해는 남편이 부탁하는 말을 방불히 들은지라 강을 따라 걸으면서 이를 사려물고 되뇌였다.

《살자! 살자! 살아서 복수하자! 무참히 세상뜬 남편의 원쑤를 갚자! 복수하자! 복수하자!》

농부의 안해는 가고 또 갔다. 어두운 밤도, 짐승도, 도깨비도, 귀신도, 그 무엇도 두렵지 않았다. 남편이 자기와 함께 나란히 걷는것 같아서 하늘이 무너진대도 두려울것이 없었다. 목이 마르면 샘물을 마시고 배고프면 산열매와 풀뿌리를 캐먹으며 석사흘을 갔다. 정처없는길을 발길 닿는대로 가고 또 갔다.

농부의 안해가 강곬을 타고 석사흘 오르자 오른쪽으로 훤하게 트인 큰 골안이 나졌다. 길없는 산속에서 헤매는데 큰 골안으로 오솔길이 나있었다. 오솔길을 따라 오르고 오르노라니 어디선지 애곡소리가 처량하게 들렸다. 처량한 애곡소리에 눈물은 앞서나 이 산중에 사람이 있는것을 생각하니 더없이 반가왔다. 오솔길을 따라 그 애곡소리나는 곳을 찾아가니 땅막집이 나타났다. 주위에는 여기저기에 천년만년 풀잎 썩어 흙이 된 뙈기밭이 있었다.

주인을 찾고 집에 들어서니 반백이 된 로파가 송장을 놓고 통곡하고있었다. 사연을 알아보니 로파도 불운한 신세였다. 가난에 쪼들리고 빚에 몰려 더는 살길이 없게 되여 이런 심산밀림속에 피난했댔는데 설상가상으로 자식들이 다 죽고 령감까지 이렇게 세상뜨니 거친 세상에 홀로 남게 되였다는것이다. 동병상련이라고 로파를 도와 초상을 대강 치르고 서로 의지하여 함께 살기로 했다. 처음부터 며느리시어머니인듯 어미딸인듯 서로 극진했다. 그래도 며느리시어머니가 제일 좋다고 어머니, 며느리 하고 부르며 지냈다. 농부의 안해가 순산하니 귀동자라 땅막집은 기쁨으로 차넘쳤다. 가슴에 맺힌 원한의 피에 젖은 원쑤를 한시각도 잊지 않으려고 복수의 일념으로 이를 갈며 유복자가 태여나니 그 이름 복수라 지었다.

복수가 태여나니 땅막곁에 칠성당 세워놓고 로파와 농부의 안해는 복수가 무사히 자라 피에 젖은 아버지의 원쑤를 갚게 해달라고 발괄하였다.

세월은 여류하여 덧없는 년광 따라 복수는 오이 자라듯 가지 자라듯 무럭무럭 자랐다. 복수는 과연 총명하여 하나를 들으면 둘을 알았다. 그러나 심산밀림속이라 글공부를 시키지 못하여 로파와 농부의 안해는 속이 싹 타서 재가 되는것 같았다.

이듬해봄이였다. 로파가 감기처럼 앓으며 드러눕더니 자리에서 일어나지 못하는데 날이 지나감에 따라 피골이 상접해갔다.

로파는 거미발같은 손으로 며느리의 손을 잡고

≪이 사람아, 내 어찌나 살아서 복수가 애비원쑤를 갚고 잘사는것을 보자 했더니 하늘이 준 명은 이로써 끝나는것 같네. 내 죽은후에라도 같이 살던 정을 봐서 복수하는 그날에는 령감과 내 해골을 한곳에다 옮겨다주게. 황천에 가서라두 자네네 잘사는걸 보겠네.≫라고 했다.

농부의 안해는 눈물이 글썽해서 그런 말씀 말라고 하며 어찌나 구완하겠노라 말했다.

농부의 안해는 로파가 어떻게 하나 식미를 당기게 하자고 햇나물 캐러 나갔다. 아직 풀이 뾰족뾰족 돋아올라도 산나물은 나지 않았다. 그래도 좀 캐려고 양지쪽을 헤집고 다니는데 숲속에서 신음소리가 났다. 바라보니 백발로인이 숲속에 쓰러져 신음하고있었다.

농부의 안해는 깜짝 놀라 로인을 부축하며 자기네 집으로 모시고 들어가려 하니 로인은 머리를 가로저으며 잘못 걸려서 넘어졌으니 일없다고 하였다. 그러면서 농부의 안해에게 어째 산으로 왔는가고 물었다. 농부의 안해가 사정을 이야기하고 좀 산나물을 얻을가고 나왔다고 하니 로인은 함숨을 쉬더니

≪이 고개너머 나물이 있기는 한데 내 맥없어 못가겠네. 자네 나를 업고 가면 내가 알려주지.≫라고 했다.

농부의 안해는 기뻐서 로인을 업고 고개를 넘었다. 로인이 어찌나 무거운지 올마 못가서 다리가 떨리고 진땀이 흘렀다. 그럴수록 점점 더 무거웠다. 그래도 정신을 도사리고 이를 악물고 땀을 창창 흘리며 고개를 넘었다. 로인은 빙그레 웃으며 머리를 끄덕이더니 막대를 짚고 어정어정 음달쪽 바위굽으로 가더니 고목사이에 뿌죽뿌죽 올라온 풀을 가리키며 이것이 세상 좋은 나물이라고 하였

다. 농부의 안해는 로인이 가리켜주는대로 나물을 캤다. 나물을 한광주리 캐고 돌아다보니 그새 로인은 어디로 갔는지 없었다. 그는 심산밀림속에서 로인님을 부르며 찾았다. 그랬으나 끝끝내 찾지 못했다. 속이 바질바질 타는것 같아서 어쩔줄 모르는데 고목뒤에서 로인이 허허 웃으며 나타나

≪이 사람, 기특하네 기특해. 나는 이곳에서 사니 일이 있으면 찾아오게나. 빨리 집에 가 보게. 빨리!≫라고 했다.

농부의 안해는 그제야 시름놓고 로인에게 사뿐 절을 올리며 두터운 은혜 백골난망이라고 재삼 감사를 드리고 집으로 돌와왔다.

집에 돌아와 그 햇나물국을 끓여놓으니 로파는 몇모금 마셔보고 속이 시원하고 가슴이 훈훈하다고 하면서 뒤사발 마시였다. 그런데 참 별일이였다. 로파는 그 나물국을 마시더니만 힘이 부쩍 나서 제껏 일어나 앉았다. 그리고는 너무도 놀라와 이게 웬 일이냐고 자초지종을 물었다. 농부의 안해가 산에서 있은 일을 자상히 말하자 로파는 머리를 끄덕였다.

≪자네 선덕이 있어서 산령의 도움을 받은거네.≫

이튿날이 되니 로파는 병이 가신듯 나았을뿐만아니라 한 십년 젊어진것 같았다. 로파는 농부의 안해와 함께 나물캐던 곳에 가보자고 하였다. 가보더니 로파는 무릎을 탁 쳤다.

≪이 사람, 하늘이 굽어살피네. 이게 마당삼이네.≫

로파와 농부의 안해가 함께 돌아보니 마당삼은 큰마당 서너배가 되였다. 이해 삼캐는 계절이 되자 로파와 농부의 안해는 마당삼을 캐다 팔아서 고을에 나가 팔각기와집을 사고 문전옥답 마련하고 세 식구가 이사를 했는데 로파는 어머니로 농부의 안해는 친며느리로 가장했다.

고을에 오자 복수는 서당에 다니며 글공부를 하게 되였는데 그 누구도 비할수 없이 출중하고 부지런하였다. 이렇게 열 살이 되니 서당에서는 더 배울것이 없게 되였다. 이리하여 할머니와 어머니는 피눈물 삼키며 로자를 지워주면서 십년동안 스승을 찾아서 학문을 닦고 돌아오라고 하였다.

복수를 떠나보내고 할머니와 어머니는 속타는 나날을 보냈다. 할머니는 항상 큰길에 나서서 복수가 떠난 길을 바라보며 한숨을 쉬였다.

≪에구, 얘가 언제 돌아오겠누? 이제 겨우 삼년 지났으니!≫

　말없는 어머니도 아들생각으로 간장이 갈기갈기 찢기는듯하여 앉으나서나 한숨이였다. 그러나 십년을 기다리려는 철석같은 마음은 드팀없었다.

　과음은 서로 뒤쫓으며 애타는 세월도 빨리 흘러 복수가 집떠난지도 5년이 되었다. 어느 하루 복수의 머너니가 하루일을 끝마치고 지친 다리를 끌며 집에 당도하니 할머니가 달려나오며 기쁨에 넘쳐 소리쳤다.

　≪이 사람, 복수가 돌아왔네!≫

　≪어머니, 그새 안녕하셨습니까?≫

　할머니뒤에 섰던 복수가 어머니에게 절하였다.

　≪아니, 네가?≫

　기쁨으로 빛나던 어머니의 얼굴은 인차 흐려졌다. 이윽하자 마음을 진정하고 조용히 물었다.

　≪어째서 십년을 채우지 않고 돌아왔느냐?≫

　할머니가 복수 대신 대답했다.

　≪이제는 학문을 다 닦았다네.≫

　어머니는 엄하게 말햇다.

　≪그러면 내기를 해봐야겠다.≫

　저녁을 치르자 불을 끄고 자기는 길쌈질하고 복수는 글귀를 지으라고 하였다. 복수가 글귀를 다 지었다고 하자 등촉을 밝히였다. 불을 켜고 보니 어머님이 길쌈한것은 똑바르고 가즌한데 복수가 쓴 글은 바르지도 고르지도 못했다. 복수가 제무안에 취하여 지지벌개지는데 어머니는 한숨쉬며 글귀를 한번 읽어보라고 하였다.

　복수가 고성대독하는데 그 글귀에 쓰기를:

석양에 붉은해 서산에 치고
월출동명 달솟아 월세명이요
지당(池塘)에 춘초몽(春草夢)덧없어라
계전(階前)에 오엽(梧葉)은 의추성(疑秋聲)이라

　어머니는 멍하니 듣더니 무릎을 매만지며 목메여 흐느꼈다. 할머니도 복수도 영문을 몰라 어쩔바를 모르는데 어머니가 울먹이며 한탄했다.

≪일편단심 먹은 마음 너를 길러 무참히 세상뜬 너의 아버지 원쑤를 갚으려고 네 이름 복수라 지었는데 지금 네가 썼다는 글은 뜨락에 오동잎이 누르러지는것을 한탄하니 언제 복수를 하겠느냐?≫

이 말에 할머니도 눈물을 주르르 흘리는데 복수 흐느끼며 일편단심 굳은 마음으로 5년을 더 공부할테니 한번만 용서를 바란다고 했다. 어머니는 눈물을 닦고

≪그래야지, 그래야지!≫하고 이를 악물었다.

이튿날아침 복수는 또 공부하러 떠났다.

애타게 흐르는 세월 일각이 삼추 같으나 지나고보면 눈깜짝사이라 복수가 다시 집떠난지도 어언간 5년이란 년광이 흘렀는데 복수는 돌아오지 않았다. 죽었는지 살았는지 어미된 마음 창자가 토막토막 끊어지는듯 밤마다 속타는 눈물 하염없이 베갯잇만 적시였다. 할머니도 손자생각에 며느리생각에 속이 타서 재로 되고 치마폭은 눈물에 절어 썩었다.

복수가 다시 집 떠나 7년만이였다.

어느날 저녁 저녁밥은 해서 퍼놓았는데 할머니도 어머니도 밥이 넘어가지 않아 서로 권하기만 하는데 밖에서 누가 주인을 찾았다. 문을 여니 천하없는 거지가 들어섰다.

할머니, 어머니 하고 인사를 해서야 복수인줄을 알게 되었다. 복수가 구들에 올라와 할머니에게 절하고 어머니에게 절하는데 어머니는 너무도 기가 막혀 눈물만 훔쳤다.

그러나 할머니는 기뻐하며 절을 받고 복수가 어머니에게 절하는 틈에 궁둥이를 만져보더니 무릎을 탁 치며 일어나 춤을 덩실덩실 추었다.

≪내 손자가 그러면 그렇겠지! 갈데 있냐? 갈데 있냐?≫

≪할머니, 소리치지 마세요. 소문을 내지 말으셔야 합니다.≫

어머니가 웬 일인지 몰라 눈물을 닦고 돌아앉으니 할머니가 손으로 형용하며 ≪둥그란거네, 둥그란걸세. 마패가 틀림 없네.≫라고 했다.

어머니도 할머니도 기쁨의 눈물 훔치는데 복수 말하기를 집에 돌아와 할머니, 어머니 뵈올 마음은 불같으나 특과에 장원급제하여 어명을 받은 몸이라 이제야 오게 되었다는것이였다.

복수는 어머니더러 그 부자놈의 소식을 탐문해오라고 하였다. 며칠만에 돌아온 어머니는 그 부자놈은 돈을 물쓰듯하며 지금 이 고을 원이 되었는데 이제 닷새만 있으면 회갑을 쉰다고 하면서 향간에서 재물을 걷어들이기에 야단법석이더라고 하였다.

고을 원의 회갑날이라고 떠들썩하는 아침이였다. 암행어사 복수는 고을에 당도하여 고을 관하에 서리옥졸 물샐틈없이 묻어놓고 한 집앞을 지나는데 집안에서 늙은 량주가 대성통곡하였다. 암행어사는 그 사연을 알아보려고 그 집에 들어가서 주인장을 찾았다. 사연을 알고보니 이집 두 늙은 량주에게는 자식이라고는 꽃같은 무남독녀 외딸밖에 없는데 고을 원이 회갑잔치뒤에 열두번째 첩으로 삼으려고 방금 붙잡아갔다는것이였다. 복수는 이를 갈며 문을 나섰다.

고을 원의 회갑잔치라 류방관속과 량반나부랭이들이 모여들어 서로 올리추며 야단법석이였다. 한창 이러는데 좌중에 불청객 거지가 들어왔다.

원은 그를 보자 대노하여 고함을 질렀다.

≪저 거지놈을 당장 쫓아내라!≫

복수가 좌중을 휘둘러보니 모일놈은 다 모인것 같았다. 그때 복수는 마패를 내들고 암행어사출도령을 내렸다.

암행어사출도령에 산천초목이 벌벌 떠는데 숨었던 사령들이 륙모방망이를 들고 벽력같이 고함치며 달려나왔다.

혼비백산한 고을 원과 류방관속들은 서로 살겠느라고 밀고닥치며 야단법석인데 고을 원은 오금이 저려 나섰다는 물앉고 섰다가는 물앉고 하다가 아무데나 기여들어야 살겠다고 회갑상밑으로 기여드노라고 버둑거렸다.

복수는 좌기하여 고을 원의 죄상을 만군중에 선포하고 당장에서 파면파직하여 릉지처참에 처하고 간특한자들은 그 죄에 따라 치죄하니 만백성이 속시원했다.

자리에 모인 고을사람들이 복수의 손을 잡고 눈물을 닦으며 슬픈 한편 기뻐하는데 바로 대성통곡하던 무남독녀의 아버지도 그속에 있었고 복수의 어머니도 아낙네들속에 싸여 눈물을 닦으며 이야기를 주고받고있었다.

복수는 아버지의 원쑤를 갚고 늙은 량주의 무남독녀에게 장가를 들어 할머니, 어머니, 장인, 장모까지 잘 모시며 한뉘를 잘살았다고 한다.

주영권 구술

# 이깔나무와 소나무

산으로 가면 이깔나무와 소나무가 함께 서있는것을 흔히 볼수가 있다. 어째서 이깔나무와 소나무가 다정히 한데 서있는가 하는것을 두고 예로부터 아름다운 이야기가 전해오고있다.

옛날 한 시골에 고을 일부로 손꼽히는 손부자네가 살고 있었다. 손부자네 집에는 머슴들이 많았는데 그중에는 키가 훤칠하고 사자어깨에 룡의 허리요, 솔밭눈섭에 어글어글한 두눈을 가진 리갈이라는 총각이 있었다. 마음이 어진데 다 힘이 장수인 리갈은 식전아침에 마소를 내매고 외양간을 치고 마당을 쓸고도 콩밭 하루갈이를 손쉽게 매재꼈다. 리갈은 이처럼 일솜씨가 날래고 매사에 막히 는데가 없었으나 머슴의 신세라 헐벗고 굶주렸으며 과년해도 장가조차 들지 못했다.

손부자에게는 손화라는 외동딸이 있었는데 생김생김이 이름과 다름없어 그야 말로 이슬맞은 양귀비꽃 같았다. 후원 별당에서 금지옥엽으로 고이 자란 손화는 이팔이 되니 류례에 막힘없고 침선질도 귀신같아 인물곱고 재간있는 규수라고 그 소문이 원근에 자자했다. 그래서 매파가 문지도리에 불이 날 지경으로 손부자 네 집으로 드나들었지만 손부자는 아무 집에도 허혼하지 않았다. 가산은 많으나 문벌이 높지 못한 그는 사위를 골라도 정승이나 판서쯤 되는 사람을 택할 심산이 였던것이다. 그리하여 숱한 돈을 먹여 서울에 연줄을 달았는데 그 부탁이 ≪서울 감투부탁≫이 되었는지 소식이 감감해서 속만 태웠다. 그리고 그의 딸 손화 역시 한창 피여나는 시절이라 가슴에 정열이 넘치고 단꿈도 많았으나 조롱에 갇힌 새의 신세여서 속절없는 나날을 한숨으로 보냈다.

그러던 어느날이였다. 손화는 외할머니가 너무도 보고싶어 어머니와 함께 외가에 다녀오게 되었다. 부자집나들이라 독교 두 대가 가운데 서고 앞뒤에 하인 들이 줄느런히 섯는데 리갈은 례물을 실은 짐주레를 몰고 가마의 뒤를 따랐다.

리갈은 여태 손부자네 집에서 일해왔지만 이날 처음으로 손화를 보게 되었다. 과연 듣던 소문과 같이 선녀가 광한전에 내린듯 해빛이 다 무색할 정도였다. 리갈은 가마에 오르는 손화를 한번 보고나서 어쩐지 또 보고싶은 생각이 들었다.

한편 손화는 리갈과 눈이 마주치자 속으로 깜짝 놀라 아미를 수그렸다.

≪아니, 어쩌면 우리 집에 저런 남자가 있을가?≫

다시 슬쩍 바라보니 옷은 허름해도 과연 호걸남아였다. 손화는 가끔 부모들이 하는 말을 듣고 자기 집에 일솜씨가 번개같고 마음씨 고운 머슴이 있다는걸 알았는데 눈앞의 이 호걸남아가 그 머슴총각이라고 단정했다. 그래서 가는길에 줄창 그 총각의 행동거지를 훔쳐보았는데 틀림없는 의젓한 사나이였다.

이번 나들이가 있은후 리갈과 손화는 서로 은근히 사모하게 되었다.

하루일에 모대기다가도 리갈은 밤이 되면 손화를 생각했다. 그러나 지척이 천리라고 손화의 별당은 불과 몇십걸음밖이였지만 천만리 아득한 같고 그 멀고 먼 곳에서 손화가 별빛처럼 반짝이는것 같았다. 리갈은 한숨쉬였다.

≪정말 하늘의 별이로구나!≫

리갈은 그 별빛을 바라보는것만 해도 행복했다.

손화는 밤낮으로 하는 일이 없는지라 리갈의 생각뿐이였다. 날이 갈수록 사무치게 그리웠다. 한번 다시 만나보기만 해도 가슴에 맺힌 옹이 풀릴것만 같았다. 손화는 손톱을 씹으며 세상을 저주했다.

≪이놈의 세상에 빈부귀천은 왜 생겼는고?… 애고 내속이야!≫

그러다가 손화는 이미 해둔 신랑의 옷은 리갈의 몸에는 너무도 작은것 같아 리갈을 그려보며 다시 신랑의 새옷을 지으며 칠성전에 빌었다.

≪비나이다! 비나이다! 현명하신 칠성님전 비나이다! 천지신명은 굽어살피사 소녀 리갈과 더불어 평생연분을 맺게 하여주옵소서!≫

이렇게 빌기를 석달 열흘이였다.

하루는 고을 군수의 회갑날이라 손부자내외는 마름과 모든 하인들까지 데리고 회갑잔치에 가게 되었다. 리갈은 이런 기회에 먼 빛으로라도 손화를 한번 바라볼수 있지 않을가 하여 이일저일 손에 잡으며 집을 빙빙 돌았다. 손화도 리갈을 한번 보기라도 하려고 돌아치던참이였다. 둘은 끝내 남몰래 만나게 되었다. 말 타면 견마잡히고싶다고 손화는 리갈을 보자 얼른 자기가 지어놓은 신랑의 새옷을 입혀놓고 한번 보고싶은 생각이 불쑥 올라와 백사불구하고 리갈을 자기의 별당으로 청했다. 리갈은 천만뜻밖이나 이런 복이 어디 있으랴고 들뛰는 가슴을 진정하고 두다리가 떨려 후들거리며 손화를 따라섰다.

손화는 처소에 들어가자 리갈을 말끔히 세수시키고 새옷을 꺼내 입히고 머리태를 땋아주고 갑사댕기까지 드려놓았다. 그러고보니 정말로 리갈은 세상 둘도 없는 미남자였다. 어쩌면 가석하게도 머슴으로 태여났는가고 한탄하던 손화는 이제는 리갈과 갈라져 살것 같지 못했다. 그리하여 이를 악물고 결단을 내리고말았다. 그는 리갈에게 속삭였다.

≪오늘저녁부터 한밤중이면 후원문 빗장을 빼놓을테니 쥐도 새도 모르게 놀러 다니옵소서.≫

다른 사람의 눈에 뜨일가 오래 지체할수도 없었다. 리갈은 새옷을 벗어놓고 나가는데 손화는 섬섬옥수로 리갈의 두손을 부여잡고 차마 놓기 아쉬워하며 꼭 놀러 오라고 재삼 당부했다.

이리하여 리갈과 손화는 밤마다 만나서 어찌하다 세상에 내 생기고 너 생겼느냐며 아기자기 노는데 밤이 짧아 한이였다. 하루밤에 만리장성을 쌓는다 했거늘 어느덧 달포가 나나니 둘사이는 칼로 불을 벨수 없듯이 정이 들대로 들어 살아도 함께 살고 죽어도 함께 죽자고 곤백번 다짐했다.

이러구러 가을나무철이 되엿다. 리갈은 낮이면 마을서쪽골안에 들어가 나무를 했다. 손화는 담장너머로 멀리 서쪽골안을 바라보며 이마에 손을 얹고 해를 쳐다보면서 해가 가는것이 너무도 더디여 애간장을 태웠다. 그러다도 밤이 되면 리갈이 따온 머루다래와 개암을 놓고 함께 먹으면 머루다래는 어떻게 열리는가, 개암나무는 어떠하길래 이리도 맛있는가 하고 묻고 리갈은 그것을 이야기해주다보니 서로 밤가는줄 몰랐다.

그런데 예로부터 이를기를 고삐가 길면 밟힌다고 이일은 끝내 드러나고야 말았다. 손화에게 눈독을 들이고 늘 기회를 엿보던 마름이 이 기미를 알고 리갈의 뒤를 밟았던것이다. 모든 일이 밝혀지자 마름은 시기와 질투로 울컥했지만 다시 생각해보니 숱한 돈과 손화를 손아귀에 넣을 절호의 기회라 웃음주머니가 흔들흔들하였다.

이튿날 아침 마름은 리갈과 손화의 일을 손부자에게 메주알고주알 고해바쳤다. 손부자는 천만뜻밖의 청천벽력이라 대경실색했다. 얼이 빠져 멍했다가 제정신이 들자 손부자는 이 일 때문에 패가망신할것이니 어떻게 하면 좋으냐고 머리를 싸쥐고 장탄식하였다.

마름이 입을 열었다.

《나리님, 이 일은 저만 알고있사온데 제가 입을 병처럼 봉하면 무사할게 아니옵니까? 오늘저녁 제가 리갈이란놈이 돌아오면 그 자리에서 없애치우고 아씨는 감쪽같이 무인도에 가져다 보리면 만사대길인줄로 아룁니다. 며칠후 아씨가 병들어 죽었다고 소문을 내고 빈관으로 장사지내면 되지 않겠습니까?》

손부자가 들어보니 딸자식을 생리별하는것이 가슴은 아팠지만 그래도 패가망신하는것보다는 나은지라 자기 체면을 유지하려고 마름의 말을 좇았다. 그러나 아무리 그리하기로니 부인을 몰리울수는 없었다.

부인은 남편의 말을 듣고보니 기가 막혔다. 그는 딸이 무인도에 가서 불쌍하게 굶어죽을 일을 생각하고 가슴이 갈기갈기 찢기는듯하여 그 자리에 쓰러지고말았다.

부인이 다시 정신을 차렸을때는 하루해도 서쪽으로 기울어지기 시작했다. 그제야 부인은 문뜩 딸을 생죽음을 당하게 하는것보다는 그래도 집을 도망쳐서 살게 하는것이 낫겠다는 생각이 들었다. 부인은 그길로 딸의 별당으로 달려가 자초지종을 낱낱이 이야기하고 흐느끼는 딸의 등을 떠밀며 재촉했다.

《애, 손화야. 어서 도망치거라! 그런데 리갈이 어디로 갔는지 아느냐?》

딸은 대답 대신 머리를 끄덕였다.

어머니는 또 재촉했다.

《그럼 어서 그 애를 찾아 도망쳐라! 어서! 그리구 아무 때건 이 에미가 너를 그리워한다는걸 잊지 말구 네 애비 죽은 뒤에라도 꼭 찾아오너라!》

손화는 어머니에게 등을 밀리워 후원문을 벗어났다. 그는 눈물을 휘뿌리며 어머니에게 삼배를 올리고 한걸음에 두세번씩 흐느끼는 어머니를 돌아다보며 서쪽골안으로 향했다. 손화가 서쪽골안어구에 이르니 때마침 리갈이 네활개를 치며 걸어내려오고있었다. 리갈은 눈앞에 나타난 손화를 보자 자기가 너무도 생각하는바람에 그의 환영이 나타나지나 않았나싶어 《야, 정말 손화가 이렇게 눈앞에 있었으면 얼마나 좋으랴!》라고 중얼거리며 빙긋이 웃었다. 그러나 《여보세요!》라는 손화의 부름소리를 듣고 리갈은 깜짝 놀랐다. 아무리 봐도 정말 선화가 아닌가! 리갈은 달려들어 손화의 두손을 덥석 잡더니 꿈이냐 생시냐 하면서 꿈이거든 깨지 말라고 하였다.

손화가 리갈을 진정시키고 찾아온 사연을 말하니 리갈은

≪아이구, 이게 모두 하느님 덕분이요! 내 당신과 함께 멀리멀리 도망쳐서 한번 잘살아보자고 밤낮으로 궁리했는데 천지신명이 굽이살펴여 인제는 소원성취하는가보오!≫하며 기뻐 어쩔줄 모르며 춤까지 덩실덩실 추었다.

리갈이 이처럼 좋아하니 손화도 슬픔이 가뭇없이 사라지고 행복에 겨웠다. 노을비낀 하늘, 단풍든 숲, 곱게 핀 국화, 주위를 돌아보니 그림처럼 아름답고 신기하고 홍홀하였다.

그러나 손화는 이 좋은 경치에 사로잡혀있을 겨를이 없었다. 집사람들이 뒤쫓아올것을 생각하니 겁이 나서 어서 떠나자고 리갈을 재촉했다. 그러나 리갈은 너털웃음을 웃으면서

≪내가 있지 않소 그까짓 자식들이야 열놈이 달려든들 겁날게 뭐요? 모조리 목을 빼버릴테요. 그래도 떠나야 할 길이니 그럼 갑시다!≫하고 손화의 손을 잡았다.

손화는 리갈의 손을 잡으니 온몸이 훈훈해나고 두렵지 않았다. 그래도 웬일인지 눈은 자꾸만 뒤를 돌아보게 되었다. 손에 손을 잡고 몇리 더 걸어 령밑에 이르니 손화는 지치고 발이 부르터 더 걷기 힘겨워했다.

리갈은 씽긋 웃고 ≪그럼 내가 업고 가지!≫하고는 손화를 제꺽 둘쳐없더니 성큼성큼 령을 따라 올랐다. 고개마루를 넘고 령을 따라 내릴 때는 날이 저물었으나 초생 반달이 하늘중천에 걸려있어 길걷기가 좋았다. 내처 4.5십리 걸으니 반달은 서산마루에 걸리고 리갈도 땀으로 휘주근하게 젖었다. 그리하여 리갈과 손화는 길옆에 앉아 쉼을 하며 앞으로 어떻게 살아갈것인가를 공론했다.

이때 멀지 않은 곳에서 한 로인의 목소리가 들려왔다.

≪애, 꼼짝말고 예 있거라. 그리고 음식을 잘 간수해라. 내 뒤마을에 가서 제사음식이나 좀 얻어먹고 오겠다.≫

어린애 목소리가 대답했다.

≪예, 념려말아요. 먹을걸 단단히 간수하지요.≫

바라보니 좀 앞족에 아름드리고목이 서있고 그 아래에서 로인의 그림자가 언뜻하더니 그림자는 사라지고 멀리서 ≪에헴! 에헴!≫하는 기침소리가 들렸다. 음식소리를 들으니 그제야 리갈과 손화는 시장기를 느꼈다.

리갈은 일이 아침 잘 되었다고 손화의 손을 잡고 고목밑으로 그 어린애를 찾아갔다. 그러나 고목밑에 이르러 사방을 돌아보니 어린애는 고사하고 어린애의 그림자도 보이지 않았다.

리갈이 이상하여 중얼거렸다.

《거, 이상한데. 그 애가 어디로 갔을가?》

이러자 대답소리가 들렸다.

《여기 있지!》

《여기라니 어데냐?》

《여기 구새먹은 나무구멍속에 있지!》

리갈이 머리를 들고 바라보니 아름드리고목의 한키쯤 높은 곳에 사발만큼한 구멍이 뚫어졌는데 말소리는 그속에서 울려나왔다. 리갈이 하도 신기한 일이라 물었다.

《아니, 사람이 어찌 그런 나무구멍속으로 들어가느냐?》

《나는 사람이 아니라 신선조롱박이지. 여기서 리갈과 손화를 기다리고있지.》

《아, 그래. 내가 리갈이구 내 안해가 손화다.》

그러자 신선조롱박은 자기를 꺼내달라고 하였다. 리갈이 나무구멍속에 손을 넣으니 자그마한 조롱박이 손에 쥐였다. 꺼내보니 과연 깜찍스럽고 아름다웠다. 그 신선조롱박을 손화의 손에 놓으니 손화도 신기로워 매만지며 물었다.

《그래 먹을것은 어디 있냐?》

신선조롱박이 대답했다.

《내속에 있지. 내속에는 선단 세알이 있는데 한알이나 두알 먹으면 나무로 되고 세알을 먹으면 장생불로 하지.》

들을수록 신기한 일이라 리갈이 말했다.

《아니, 너는 방금 뒤마을로 들어간 로인님것이 아니냐?》

《아니지. 그 로인은 당신들을 찾아떠난 신선로인이지. 당신들이 나를 쥐면 다시 오지 않지.》

리갈과 손화는 그제야 천지신명이 자기들을 굽어살피는줄 알고 감격되여 북두칠성을 향하여 삼배를 올렸다. 그리고 신선조롱박과 물어서 꼭지를 꼭 누르면 선단(仙丹)이 나온다는것을 알고 손화는 두 손바닥을 모아펴들고 리갈이 신선조롱박의 꼭지를 꼭 눌렀다. 그러자 신선조롱박은 온데간데 없고 손화의 손박닥에서 세 개의 선산이 하늘의 별처럼 반짝반짝 빛을 뿌렸다.

리갈은 손화에게 말했다.

《여보, 이 선단 세알을 당신이 먹소.》

손화는 눈물이 글썽하여 머리를 가로저으며 대꾸하였다.

《아니, 당신은 사내대장부이니 당신이 잡수셔야 해요. 장생불로하시고 공명을 이루어 이 소첩의 루명을 벗겨주시고 제 대신 그리운 어머니를 만나주세요.》

리갈은 제 가슴을 두드렸다.

《보오, 난 이렇게 튼튼하지 않소. 당신이 이 선단세알을 먹어야 우리는 한평생 행복할거요. 그리고 루명이란 당치않소. 바보 온달도 공주에게 장가들어 부마가 되었을라니 나와 당신이 부부가 되지 못할 까닭이 어디 있겠소. 자, 어서 먹소.》

이렇게 서로 먹으라고 권하다보니 어느덧 새날이 푸름푸름 밝아왔다. 그냥 이래서는 안되겠는지라 리갈은 딴 방도를 내놓았다.

《그러면 좋소. 우리 둘이 나누어먹기요. 모두 세알이니 당신이 두알 먹고 내가 한알 먹지.》

손화도 질세라 대꾸했다.

《아니, 당신이 두알을 잡수세요. 제가 한알 먹지요.》

또 옥신각신하다보니 날이 훤히 밝고 동녘하늘에 불깃불깃 노을이 피기 시작했다.

이번에도 리갈이 수그러들었다.

《좋소, 내가 두알을 먹지! 그럼 당신의 손바닥에 놓고 한알씩 주어먹겠소.》

손화는 리갈이 먼저 두알을 먹은 다음 억지로 권해서 한알을 마저 먹이리라 속다짐하며 홍조를 띄우고 웃음짓고 반짝반짝 빛나는 선단 세알을 손바닥에 받쳐들었다.

선단 한알을 입에 넣은 리갈은 《꺽!》하더니 목에 걸려 넘어가지 않는다고 했다. 손화는 급한나머지 리갈의 손에 나머지 선단 두알을 쥐여주고는 골짜기로 내려가 물 한웅큼을 떠들고 달려왔다. 그런데 참 별일이였다. 손화가 돌아와보니 리갈은 아침노을속에 아름드리 푸른 나무로 변하여 우뚝 서서 자기를 내려다보고 빙그레 웃음짓고있었다. 손화는 그 나무그루턱에 떨어진 선단 두알을 받쳐들고 나무를 어루만지면서 눈물로 두볼을 적시며 애원했다.

《여보세요 가군님, 제발 빌어요. 이 선단 두알을 마저 잡수세요.》

이때 지난밤 나타났던 신선로인의 목소리가 하늘에서 울렸다.

《과연 참한 부부간이로다. 기특한 애야, 혼자서 선단 세알을 먹으면 그 자리에서 즉살한단다. 그러니 그 선단 두알은 네가 먹거라. 그러면 너희들은 천만년을 길이길이 함께 있게 되리라!》

신선로인의 말을 들은 손화는 옷깃을 여미고 북쪽하늘을 우러러 세 번 절을 한후 선단 두알을 삼켰다. 그랬더니 손화는 눈깜짝새 푸르디푸른 나무로 변하여 리갈의 곁에 함께 서게 되었다.

이때부터 산에는 전에 보지 못하던 두가지 나무가 새로 생겼는데 사람들은 이 나무를 《리갈나무》, 《손화나무》라고 했다. 그러던것이 차츰 《이깔나무》, 《소나무》로 불리게 되었다. 리갈은 선단 한알을 먹었으므로 이깔나무는 그리 푸르지도 못하고 겨울이 돌아오면 락엽이 지지만 손화는 선단을 두알 먹었으므로 소나무는 사시장철 푸르디푸르다고 한다.

그리고 이깔나무는 리갈처럼 훤칠하고 몸매가 곧고 소나무는 손화처럼 탑숙하고 발그레 곱게도 생겼는데 엄동설한이 되면 소나무는 헐벗은 리갈이 추워한다고 가슴이 아파서 《찡! 찡!》소리를 내고 이깔나무는 모진 눈보라속에서도 춥지 않다고 《윙! 윙!》손화에게 화답한다고 한다.

허옥금 구술

# 블로초

-리룡득 채록

# 두 형제

옛날옛적 어느 한 고을에 두 형제가 살아가고있었는데 웃마을에 사는 형은 늙으신 어머니를 효성스레 모시여 원근 각처에 소문이 났고 아랫마을에 사는 동생은 한다하는 명의여서 역시 원근 각처에 이름이 자자하였다.

그런데 어느해 여름에 어머니가 갑자기 중병으로 드러눕게 되였다. 그래서 형은 어머니를 모시고 동생을 찾아갔다.

한참이나 어머니의 맥을 짚어보던 동생은 《가불간이 약을 써보십시오.》라고 하면서 약 한첩을 주었다. 형은 집에 이르자 지체없이 어머니에게 그 약을 대접하였다. 그러나 어머니의 병은 차도가 보이지 않아서 형은 또 동생을 찾아갔다.

형이 뜨락에 발을 들여놓기 바쁘게 동생은 약 한첩을 던져주며 말했다.

《병이 떨어지든말든 이게 마지막 약이요.》

오만상을 한 동생이 약 한첩을 돌 뿌리듯 던져주자 형의 배속에서는 굵은밸 가는밸이 꿈틀거리며 일어났다.

《동생, 그래 요까짓 약으로 골수에 미친 어머님의 병환을 뗄수 있단말이냐?》

그러나 동생은 먼산 쳐다보듯하며 말했다.

《나도 별 방도가 없소.》

《거 무슨 소리냐?》

형이 노여워하자 동생은 도리여 펄쩍 뛰였다.

《나도 명색이 의원인데 약값을 가지고 오지 않은 병자에게 어찌 돈많은 약을 줄수 있겠소?》

《아니, 약값이 어찌고 어째?》

《그렇소. 형님도 보다싶이 나는 절름발이 병신인데 다 살림마저 넉넉하지 못하오. 그러니 아무리 형제간이고 모자간이라도 약값은 제대로 치루어야 되지 않소?》

동생의 말에 형은 못삼킬것을 삼킨듯 속이 울컥해났으나 좌우간 이번 약이나 써보자고 생각하고 치미는 분을 누르며 집에 돌아갔다. 그는 그 걸음으로 어머니에게 약을 달여 대접하였으나 역시 효험을 보지 못하였다.

(그놈 심지가 비뚤어져도 이만저만이 아니구나!)

화가 잔뜩 치민 형은 종주먹을 부르쥐고 헐헐거리며 동생을 찾아갔다. 형은 동생을 보자 죽장질을 하며 호령했다.

《너, 이놈! 타남의 병은 그렇게도 척척 잘 떼면서 친어머니의 병환에는 이렇듯 등한하단말이냐? 과연 짐승 개보다 못한 놈이다!》

그러나 동생은 코방귀를 뀌었다.

《형님, 내 일전에도 말하지 않았소? 아무리 혈육지간이라도 약값만은 옳게 제대로 치뤄야 한다고말이요. 번마다 돈 한푼 주지 않고 공으로 어머님의 병을 떼자고 드니 낸들 무슨 방도가 있겠소?》

형은 하도 억이 막혀 눈앞이 캄캄해났다.

《이놈, 이목구비가 바로 박혔으면 좀 말해봐라. 사경에 처한 어머님을 놓고 돈만 생각하느냐?》

《소시적엔 어머니였지만 세간을 난 오늘에는 타남이요. 이건 불을 보기보다 더 빤한 일이니 약값을 내야 하오. 그러면 어머님의 병환은 오늘 당장에라도 뗄수 있소.》

《황금은 흑사심이라더니 돈에 눈이 어두워 네놈은 낳아기른 어머니도, 한배 속에서 난 친형제도 몰라보는구나! 너의 요구대로 돈을 낼터이니 어서 약을 내놓아라!》

《그럼 약값을 그대로 낼수 있소?》동생은 희색이 만면하여 물었다.

《이놈아, 낼수 있겠기에 낸다고 하지 않느냐! 그래 도대체 무슨 약인데 얼마를 내라느냐?》

《내가 너무 린색해서 돈을 받는게 아니요. 어머님의 약은 백년 묵은 대호의 생피이니 낸들 어찌 이런 약을 공으로 준단말이요? 그러니 형님은 집에서 부리는 그 검정소 두마리와 살림집까지 내놓아야겠소.》

그 말에 형의 눈앞에서는 천지가 빙빙 돌아갔다. 한부모의 피줄을 타고난 이처럼 야박하고 몰인정한 동생도 있단말인가!

《의원이 되더니 형제지간 정분도 모르는구나! 의술을 믿고 나의 가산을 탕진하려는 너를 다시는 더 동생으로 부르지 않겠다.》

형은 말을 남기고 문을 박지르며 동생의 집에서 나왔다. 그는 동생에 대한 울분으로 하여 죽음을 맹세코 백년대호의 등골에서 생피를 내여 어머님의 병환을 떼드리고저 어머니를 둘쳐업고 집을 나섰다.

형은 무인심산을 바라고 걷고걸었다. 며칠을 걸어 아흔아홉 계곡과 아흔아홉 준령을 넘어 마침내 흰구름이 층층 서려 감도는 한 산중턱에 이르게 되였다. 때는 한창 지지고 볶는 삼복간이라 어머니를 업은 그의 잔등에서는 땀이 곬을 쳐 흘러내렸다.

형이 가쁜 숨을 돌리려고 허리를 펴려는데 어머니가 갑자기 물을 찾았다.

≪아, 물! 이같이 높은 고산준령에 물이 어데 있겠는가? 하지만 내 기어이 찾으리라!≫

형은 어머니를 내려놓고 흐르는 땀을 주먹으로 씻어 뿌리며 사위를 두루 살펴보았다. 바로 그때였다. 홀연 저켠에서 ≪따웅!≫하고 무서운 소리가 벼락치듯 귀전을 때렸다. 두눈을 모아서 바라보니 저만큼 앞 벼랑바위 한끝에 어룽더룽한 범 한마리가 잔뜩 도사리고 앉아있었다. 그놈은 화등잔같은 눈에 항아리같은 입을 짝 벌리고 단방 집어삼킬듯 형을 노려보고있었다.

≪과연 일점불차 백년 묵은 대호로구나!≫

형은 활에 살을 먹여 들고 한자국 두자국 범에게 다가갔다. 범은 몸을 핵 솟구치더니 어느결에 질풍같이 형에게 달려들었다. 그 순간 형은 만궁으로 당겼던 화살을 놓았다. 화살은 범의 왼쪽 눈통에 들어박혔다. 그러자 범은 ≪우왕 따웅-≫포효하며 몇길씩 올리뛰였다. 한참 울부짖으며 용을 쓰던 범은 다시 형에게로 덮쳐들었다. 형은 눈앞이 캄캄해났다.

≪아, 나 죽는건 일없어도 불쌍한 어머님을 어떻게 한단말인고?≫

빈 활을 들고 형이 탄식하고있는데 뜻밖에 쿵! 하더니 어디선가 날아오는 화살을 받아안고 범이 쓰러지고말았다.

≪이 무인산중에 나를 내놓고 또 활을 당길 사람이 어디 있는가?≫

형은 사위를 둘러보았으나 인기척이라곤 없었다.

≪필시 하늘에서 나를 생각하여 쏜 화살이로다!≫

형은 이렇게 혼자소리로 말하며 범에게 다가갔다.

임자없이 날아온 화살은 바로 범의 다른 한쪽 눈통에 푹 꽂혀있었다. 범의 입에서는 검붉은 피가 쿨쿨 흘러나오고있었다.

피! 바로 이것이 어머니를 구하는 진짜 약이로구나! 형은 심히 기뻐하며 두손으로 범의 피를 받아들고 어머니한테로 뛰여갔다. 숨이 진듯이 누워있던 어머니는 한모금 피를 마시더니 깊은 한숨을 내쉬면서 눈을 떴다. 다시 한번 받아다 드렸더니 어머니는 몸을 털고 일어났다. 세번째로 받아다 대접했더니 ≪이젠 아주 정신이 드는구나.≫라고 하며 걸음을 옮겼다.

≪이 사람아, 내 병이 이젠 완쾌해졌으니 어서 집으로 돌아가자.≫

≪어머님, 정말이신가요?≫

어머니는 머리를 끄덕여보였다. 과연 어머니는 두팔을 휘저으며 산중턱에서 나는듯이 내려왔다. 이렇게 두사람은 무사히 집에 돌아왔다. 그런데 집에 와보니 아래마을 동생이 와서 기다리고있었다.

≪산에 가서 형님이 고생 많이 했기에 어머님의 병환은 뚝 떨어졌습니다. 동생은 참으로 기쁩니다.≫

≪너 무슨 낯으로 감히 어머님 앞에 와서 입을 놀리느냐? 어서 썩 물러가거라!≫

형이 대노하여 추상같이 호령하는데 동생은 꿇어앉았다.

≪동생으로서 형님을 노엽힌것은 천지지간에 용납 못할 죄입니다. 하지만 어머님을 구원하기 위해서 부득불 이런 죄를 져야 했습니다. 어머니의 병환에는 백년 묵은 대호의 피가 약인데 이런 생피약은 황금 만냥을 주고도 구할수 없습니다. 오직 목숨을 헤아리지 않고 어머니를 업고 험한 산중에 들어가야 하는데 다리병신인 내가 어찌 어머니를 업고 험한 산중에 들어가 범을 잡겠습니까? 반드시 형님이 떠나야 하실텐데 제가 순순히 말하면 형님께서 떠나시기 저어할가봐 일부러 노엽혔던것입니다. 결국 형님은 저의 소행에 분을 누르지 못하여 산에 들어갔고 동생도 형님을 도와 활을 쏘았던것입니다.

그제야 형은 하늘이 내려준줄로만 여겼던 그 화살이 병신다리로 천신만고 무릅쓰고 험산준령을 넘어 뒤따라온 동생의 화살임을 알고 무릎을 탁 쳤다.

≪그러고보니 네가 나보다 효성이 더 지극하구나!≫

그때로부터 두 형제는 더욱 사이좋게 어머님을 모시고 복되게 살았다 한다.

구술자: 박흥룡 / 수집지점: 길림성 안도현 만보공사 / 수집시간: 1980년 12월 2일

# 연분홍 나팔꽃

여름한철, 마을의 길거리와 울타리에 타래치며 감겨올라 곱게곱게 피여나는 연분홍 나팔꽃은 애오라지 꼭두새벽 하늘창공에 유난히 빛나는 새별을 바라보면서 곱게곱게 피여나는데 이 꽃에는 다음과 같은 이야기가 깃들어있다.

멀고먼 옛날, 어느 한 마을에 얼굴이 해달같이 환하고 마음씨 착하며 일솜씨 잽싼 이구십팔의 한 처녀가 있었다.

그의 이름은 뭣인지 몰라도 첫새벽 해맑은 공기를 쥐여흔들며 울려퍼지는 나팔소리인양 그의 목소리는 랑랑하여 일터에서 노래하면 조잘대던 새들도 노래를 그치고 사람들의 일손엔 나래가 돋히게 하였다. 사람들은 누구나 그를 나팔처녀라고 정답게 불렀다.

어느해 여름, 이고장에 전대미문의 큰 가물이 들었다.

만풍년을 약조하여 푸르싱싱 자라던 오곡백과 삽시에 시들시들 메말랐고 호용치며 흐르던 강하도 홀연 밑바닥을 하얗게 드러내놓았다. 샘이란 샘은 죄다 노래를 멈추었고 우물이란 우물은 죄다 거울같은 얼굴을 거두어버렸다.

사람들은 대재난이 들었다고 한숨 쉬며 미간에 깊은 그늘을 지었다.

이때 나팔처녀네 마을 백세로인은 하늘이 무너져도 솟아날 구멍이 있는 법이라고 하며 급히 힘꼴이나 쓰는 젊은이들을 모이게 하라고 하였다.

그래서 약싹바른 나팔처녀는 동에 번쩍, 서에 번쩍 마을마다 다니며 랑랑한 목청으로 끌끌하고 담찬 총각들을 불러들였다. 삽시간에 심산벽고에서, 허허벌판에서 큰 마을, 작은 마을들에서 관골이 툭툭 불거져나오고 두눈에 불이 펄펄 흐르는 곽지통허리의 젊고 억센 남아장정들이 구름같이 모여들었다.

젊은이들이 다 모이자 백세로인은 말했다.

≪보아하니 천국에서 심술을 부려 실비마저 끊어버렸은즉 이제 방법이란 젊은이들중 어느 누구 승천입국하여 마왕과 더불어 결전을 벌려 승부를 가름할밖에는 다른 묘책이 없는것 같네.≫

그러자 젊은이들은 수군거렸다. 몇백리밖에 가서 아름드리 통나무를 찍어오고 천근메 휘둘러 바위를 동강내는 일이라면 두말없이 선뜻이 나서련만 하늘에 올라 우주만물을 좌우하는 천변만화의 마왕요물과 생사판가름을 해야 할 벅찬 일이라 누구나 선뜻이 나서기를 저어하였다.

바로 이때였다. 키는 구척이요, 두눈은 화등잔같고 가슴이 담벽처럼 쩍 버그러진 이십대의 총각이 벌떡 일어나 천국에 올라갈것을 탄원해나섰다.

≪제 재주 비록 미비하오나 정의를 주장해 결전의 길에 오를가 하옵니다.≫

이에 마을의 남녀로소 한결같이 박수갈채를 보내였다. 그것은 이 총각의 힘이야말로 태산바위도 드티고 칼 재주는 벼락도 잡아 동강낼수 있겠다고 믿었기 때문이다.

총각이 천국으로 떠나는 날 나팔처녀는 그의 앞에 다가가서 자기 목에 걸었던 금목걸이를 그의 목에 걸어주며 다정다감하게 말했다.

≪총각님, 열백번을 넘어지더라도 부디 악한을 잡아없애고 돌아오세요. 그러면 우리의 기쁨도, 행복도 붉게붉게 만발할것이에요.≫

나팔처녀의 축원을 받은 총각은 기쁨을 감추지 못하고 맹세하였다.

≪나팔처녀, 이 몸의 피가 도도히 굽이쳐 흐르고 온몸의 마디마다 힘이 솟구치니 사흘안으로 단비를 찾아오겠소. 만약 불행이 있어 귀로에 오르지 못할 때는 이 목걸이 암호로 되여 천상에 전에 없던 새별이 빛을 반짝일테니 그것이 나인줄 알아주오.≫

말을 마치고난 총각은 쌍보검을 허리에 차고 몇몇 청년들을 거느리고 아흔아홉개로 이어 만든 사닥다리를 타고 열두 구름층을 지나 하늘로 올라갔다.

총각이 하늘에 올간후 사람들은 애간장을 태우며 주야없이 소식을 기다렸다. 나팔처녀는 밤낮 뜬눈으로 하늘만 지켜보며 총각이 하루속히 승전하고 돌아올 것을 기다렸다.

사흘이 지났다. 하지만 웬 일인지 총각은 종무소식이였다.

≪꼭 무슨 일이 생긴것만 같아요.≫

나팔처녀의 말에 백세로인은 말했다.

≪설마 불우한 일이야 생겼을라구.≫

사람들은 초조한 마음으로 기다리고 기다렸다.

엿새가 된 날 새벽이였다. 십만팔천리 하늘에서 잘가당잘가당 쇠소리가 간간이 들려오고 구름새로 빛발이 번뜩이였다. 그 소리 분명 칼과 칼이 맞부딪치는 소리요, 그 빛발 분명 일어 튕기는 불꽃이였다.

마을사람들은 위구심을 가지고 다시 술렁거렸다.

《암만 해도 일이 생긴것 같아.》

《글쎄, 일이 순조로우면 언녕 돌아왔을텐데.》

나팔처녀도 더 참지 못하여 백세로인을 찾아 애타는 심정을 피력했다.

《로인님, 그이는 상기도 악마와 생사판가름을 하고 있는게 아닐가요?》

《쇠소리가 나는걸 봐서 싸움이 멎지 않은것 같구나. 누가 천국에 올라가서 보는게 상수일것 같다.》

그래서 사람들은 다시 모여 하늘에 오를 일을 의논하게 되였다. 누구도 선뜻 나서기를 꺼려하는 때 나팔처녀가 탄원해나섰다.

《제가 올라가겠습니다.》

《아니 녀자인 네가?》

《그래요. 녀자도 올라갈수 있어요!》

그리하여 나팔처녀는 쌍보검을 허리에 차고 마을사람들의 환송을 받고 아흔 아홉개로 이어 세운 사닥다리를 타고 열두구름층을 지나 하늘로 올라갔다.

천상에 오른 나팔처녀는 마왕궁을 보았다.

《총각님이여, 그대는 어디 계시나요?》

나팔처녀는 총각을 부르며 첫대문을 짓쳐들어갔다.

시신이 나뒹굴고있었다. 처녀는 두번째, 세번째…열한번째 대문까지 족쳐 들어갔다. 들어갈수록 시신은 더 많이 널려있었다.

그것은 총각의 서슬푸른 장검에 추풍락엽지듯 쓰러진것들이다.

나팔처녀는 열두번째 마지막 대문을 열고 들어갔다. 들어가니 총각이 열두대가리를 가진 마왕놈과 왱가당쟁가당 쇠소리를 내며 칼싸움을 하고있었다.

나팔처녀의 두눈에서는 불이 일었다.

《이 마왕놈아, 내 칼을 받아라!》

나팔처녀가 벼락같이 달려들자 마왕은 질겁하여 줄행랑을 놓는데 나팔처녀는 단숨에 쫓아가 그놈의 뒤통수를 탁 내리쳤다. 대갈통 세개가 대뜸 뚝 떨어져나갔다.

그러나 마왕놈은 휙 돌아서더니 아홉대가리를 내흔들며 진한 연기를 토하는것이였다. 그러나 나팔처녀와 총각은 연기속을 뚫고 쏜살같이 나가 마왕의 대가리를 좌우협공하여 탁탁 내리쳤다. 그바람에 마왕의 대가리는 또 여섯개 뚝 떨어졌다. 그러나 마왕놈은 남은 대가리 세개로 그냥 연기를 토했다. 하지만 슬기로운 두 청춘남녀를 당해낼수는 없어 남은 대가리 세개도 뚝 떨어지고말았다.

그러자 뜻밖의 기쁜 일이 나타났다. 마왕이 너부러지자 꽝 쫘르릉-마왕궁이 넘어가고 그 열두대문 기둥뿌리 박혔던 곳에서 샘이 콸콸 솟구쳐나왔다.

생명수는 삽시에 굽이치며 열두 구름층을 흘러 다시금 실실 세우로 지상에 내렸다.

나팔처녀가 기쁨의 환성을 올리려는 바로 그때였다.

《아!》하고 총각이 그 자리에 쓰러졌다. 총각은 마왕과 싸울 때 받은 치명상으로 하여 쓰러졌던것이다.

총각의 한가슴에서는 더운 피가 철철 흘러내렸다.

처녀는 얼른 총각을 부축하여 밖으로 내달았다. 정신을 좀 수습한 총각은 간신히 입을 열었다.

《사랑하는 나팔처녀, 나는 이미 틀렸으니 내 걱정을 더 말고 어서 내려가 지상사람들에게 기쁜 소식을 전해주오.》

처녀는 두어깨를 들먹이며 떨리는 목소리로 말했다.

《총각님, 그런 말씀 말아요. 일월이 결코 무심치 않을것이오니 어서 일어나시라요!》

그러나 총각의 진붉은 피는 그냥 줄줄 흘러 총각을 끌어안은 나팔처녀의 온 치마폭을 흥건히 적시였다.

《나팔처녀, 그대 마음 내 알겠소. 난 인젠 틀렸으니 나를 더 상관 마오. 나는 그대가 준 목걸이를 걸고 새별로 빛나겠소. 그러니 별을 보면 나를 본듯이 생각해주오.》

이렇게 말을 마친 총각은 처녀의 치마폭에서 미끄러져내려 고요히 숨지고말았다. 처녀는 숨진 총각을 다시 꼭 끌어안으려 했으나 총각의 싸늘해진 몸은 땅에서 떨어지지 않았다.

나팔처녀도 울다울다 졸도해 그곁에 쓰러지고말았다.

이때 단비는 실실 끊임없이 내려 사람들은 너나없이 환희에 들끓기 시작했으며 산천초목도 재생의 기쁨속에 너울너울 춤을 추기 시작했다.

마을사람들은 이제나저제나 하고 총각과 나팔처녀를 애타게 기다리다가 갑자기 하늘에서 붉은 치마자락을 날리며 떨어지는것을 보았다. 그래서 달려와 받아안고 보니 그는 다름아닌 나팔처녀였다.

미더운 마을사람들의 품에 안긴 나팔처녀는 최후의 안깐힘을 다 모아 사실의 시말을 설파했다.

말을 마친 처녀는 고요히 숨을 거두고말았다.

≪아, 그래 너까지 우리곁을 떠난단말이냐!≫

마을사람들은 비통한 심정을 누를길이 없어서 방성통곡하며 나팔처녀를 집뜨락에 고이고이 장사지내주었다.

그런데 장사지낸 이튿날 그 자리에서는 이름모를 싹이 움터나 며칠 안되여 줄기는 울바자를 타고 감겨오르더니 연분홍꽃이 송이송이 피여나 빛나는 새별을 보고 방글방글 웃는것이였다.

이때로부터 사람들은 나팔처녀의 넋을 타고났다 하여 이 꽃을 나팔꽃이라 부르고 해마다 가을이 되면 그 꽃씨를 받아두었다가 양춘가절 봄이 오면 뜨락과 우물가, 길가에 뿌리군 하였다.

구술자: 정란용 / 수집지점: 길림성 안도현 송강진 / 수집시간: 1979년 8월 7일

# 북두칠성

먼 옛날 어느 한 마을에 량친부모 모신 일곱 형제가 의좋게 살아가고있었다.

부모에 대한 지극한 효성이야말로 자식으로서의 응당한 도리라고 생각한 칠형제는 서로 타이르고 이끌면서 밖으로는 아버지를 도와 나무하기와 밭일을 부지런히 하였으며 안으로는 어머니를 도와 부엌일과 집안거두기도 분별없이 근하게 하였다. 어시 자식간에도 일이 사랑이라고 칠형제가 부지런하니 집안식

구 화목하고 살림 또한 부유해졌다.

열두고간마다에는 옥백미 황금미 가지가지로 차넘치고 마구간에는 마소가 우글우글하였다. 하지만 이런 오붓하고 화기애애한 살림은 오래가지 못하였다. 어머니가 갑자기 영문 모를 병에 걸려 인제는 저승길을 조석으로 다투게 되었다.

일곱 형제 원근 각처로 다니며 유명한 의사는 다 모셔들였으나 병세는 차도를 보이긴커녕 위중해만 갔다.

돈으로도 지성으로도 기울어져가는 어머님의 병세를 돌려세우지 못하니 이 일을 도대체 어찌하면 좋단말인가?

일곱형제 주야장창 어머니 머리맡에서 한탄과 울음으로 세월을 보내며 아버지와 더불어 하늘땅에 기원했으나 그 무슨 소용 있으랴!

어느날 어머니는 줄느런히 둘러앉은 일곱 형제를 간신히 바라보며 마지막 숨을 모아 이렇게 유언했다.

≪애들아, 인젠 내 죽는건 섭지 않으나 나 죽은후 너희들의 일이 몹시 걱정되누나. 나 죽은후 형제지간 의좋게 지내며 아버지 모시고 잘 살거라. 그리고 만일 아버지가 새어머니를 맞아들이신다면 친어머니 못지 않게 아무쪼록 잘 모셔야 하느니라.≫

어머니가 돌아가신후 일곱 형제는 어머니의 유언을 지켜 형제지간에 더욱 의좋게 지내는것은 물론 부처님 이상으로 아버지를 공경하였다.

얼마 지나지 않아 아버지는 새어머니를 맞아들였다. 일곱 형제는 새어머니가 들어오자 친어머니나 다름없이 존중하며 따랐다.

그들 형제는 새어머니가 저희들 잔밥많은 집에 들어와 불편해하고 고단해하실가보아 에미딸이 두부앗듯 사이좋게 앞다투어 박우물을 긷고 불을 때고 지어는 난생해보지 않던 음식까지 지었다. 뿐만아니라 어디서 간혹 별미의 음식이 생기기만 하면 아버지에게는 못드릴지언정 새어머니에게만 꼭꼭대접올렸다.

그러나 일곱 형제가 이렇게 할수록 어찌된 일인지 새어머니의 심사는 꼬여만 갔다.

원체 자식하나 없이 홀과부로 지내오다가 이 가문에 들어와서 온 집안에 와글보글 식솔이 많아 하루삼시 밥쌀도 한함박 넘치게 씻어야 했고 장국을 끓여도 한가마 가득 끓여야만 했다. 그보다 열두고간에 차넘치는 저 많은 쌀과 마소

등 재물들을 장차 한둘도 아닌 일곱 애들에게 각기 갈라줘야 할것을 생각하니 기가 딱 막혔다.

재물 바라고 들어온 내가 저 곱지도 않은 일곱 애들때문에 허망 나앉는다면 무슨 살재미 있으랴! 실로 생각만 해도 무서운 일이였다.

이에 후어머니는 옥에서 티를 잡아내듯 공연히 이트집저트집 잡아 말썽을 일으키던데로부터 점차 남편에게 고자질하기 일쑤였다. 그러나 아버지는 처음에는 후처의 언행에 대해 공연히 배부른 흥정을 한다고 치부했던것이다.

≪하, 그 애들이 어떤 애들이라고 당신에게 등한하고 무례하겠소? 차차 지내보오만은 부모에게 더없이 극진한 애들이니 이 점을 믿어 의심치 말기를 바라오≫

그러자 후어머니는 ≪아니 당신은 그전 애들만치 여기누만요 그래 친에미도 아닌 나를 무에 곱다고 바로 보겠어요?! 에그 이럴줄 모르고 이따위 가문에 들어선 내가 애당초 쓸개빠진년이였지!≫하고 대성통곡하였다.

이런 일은 수차 반복되였다.

박달나무에도 좀이 쓴다고 후처의 바가지 긁는 앙탈이 거듭되고 잦아지자 아버지도 차차 그 생각이 달라지게 되였다.

(공연히 애들만 두둔해주다가는 졸지에 가정파탄을 면치 못할것이 아닌가?)

이런 무서운 생각이 든 그는 차차 애들에게 호통을 치며 나중에는 무섭고 무지막지한 매까지 들이대게 되였다.

그러나 일곱 형제는 이 모든것을 달게 받아 새겼다. 그들은 너무도 일찍 상처한 아버지가 후처를 그처럼 아끼고 소중히 여기는 그 심정을 성심껏 리해해주었던것이다.

그러나 세상일은 너무나 야속했다.

얼마 안되여 후어머니마저 자리에 털썩 드러누워 식음전폐하고 앓기 시작했다. 날이 갈수록 신음소리는 구들장을 울렸다.

황급해난 칠형제는 사처로 뛰여다니며 용하다는 의원과 한다하는 무당을 죄다 불러들였으나 어찌된 감투끈인지 그들은 그 무슨 병이름 하나도 짚어내지를 못하였다.

이러던 어느날, 후어머니는 남편과 일곱 형제가 멀리 의원과 무당을 찾아떠난 기회를 엿보다가 부시시 털고 일어서서 흘끔흘끔 눈치를 보아가며 그 어딘가 나갔다가 이슥해서야 되돌아왔다. 그날 저녁부터 더 앓음소리를 했다. 배를 안고 뒹구는데 그 신음소리는 온 마을에 요란했다.

이렇게 되자 남편은 다시 홀애비가 될 자기의 불우한 신세를 통탄해 땅이 꺼지게 한숨을 쉬었고 일곱 형제는 어쨌든 어머님의 병을 떼드릴 일이라면 자기들 목숨도 서슴없이 내바치겠다고 속으로 다졌다.

동틀무렵에야 후어머니는 좀 진정되는듯 아버지와 일곱 형제를 불러앉히고 자기가 이 집 가문에 들어와서 이렇게 영문 모를 병에 걸려 인제는 목숨이 경각에 달렸는데도 이 집 애들은 후어머니니까 먼산 쳐다보듯한다고 생트집을 걸었다. 진정 생각해준다면 왜 엎어지면 코닿을 한마을에 사는 아무 무당도 불러주지 않느냐고 악바리를 썼다.

후어머니가 말한 그 무당이란 남을 얼려나 먹고 사는 허풍쟁이 로친인데 천상 무당질을 하는걸 본 일이 없으니까 여태 불러들이지 않은것이다. 하지만 후어머니의 소원이라 즉시 칠형제가 찾아갔다.

그 로친은 칠형제를 훑어보더니

《아니 보나마나 사람의 병이 인제는 골수에 깊이 파고들어 금명조석을 다툴 판인데 인제야 찾아왔는가!》고 욕사발을 퍼붓더니 《인젠 단 하나 묘책이 있긴 하나 너희들 앞에서 말하기 어려우니 애비를 보내라.》고 호령했다.

이에 아버지가 돈냥이나 가지고 찾아갔는데 로친은 한참 풍월아닌 풍월을 짓고 점 아닌 점을 치는체하더니 아무리 해도 단 한가지 묘책-일곱 자식의 생간을 빼 먹어야 처를 구할수 있다는것이었다.

후처와 로친이 미리 짜고든 궤계를 알길 없는 아비는 후처에게 홀딱 반해서 애들의 생사를 생각지도 않고 끓엎드였다.

《예예, 다른 방법이 없다면 분부대로 행하겠나이다.》

아버지는 즉시 집에 달려와서 일곱 형제를 불러앉히고 자식으로서 부모의 안강만수를 위해서라면 자기의 명도 선뜻 내바치는것만이 천하 제일의 어엿한 효도라는 사설을 늘어놓기 시작했다.

《그래 너희 일곱의 생각은 어떠냐?》

아버지의 말에 일곱 형제는 눈물을 머금고 후어머니를 구하는 일이라면 어찌 명을 아끼랴고 이구동성으로 대답을 드렸다. 그제야 아버지는 안도의 숨을 내쉬였다.

오래지 않아 생명을 내바치게 될 일곱 형제는 마지막으로 친어머니 산소를 찾아갔다.

친어머니 산소에 이른 일곱 형제는 설음이 북받쳐 울음부터 터뜨렸다.

바로 이때다. 갑자기 광풍이 일고 검은 구름 떠돌더니 뢰성벽력 울고 비가 억수로 쏟아졌다. 이에 산짐승도 울부짖으며 갈팡질팡하였다.

한참 지나서 구름떼 씻은듯 부신듯 밀려가고 북천벽공에 칠색 령롱한 무지개 그림처럼 내리드리웠다.

≪애들아, 어서 일어나거라!≫

귀에 익은 소리를 듣고 일곱 형제 머리를 쳐들고 보니 휘황찬란한 채색상하의를 떨쳐입고 머리에다는 눈부신 주옥면류관을 얹어쓰신 친어머니가 무지개를 타고 내려오는것이였다.

≪어머니!≫

일곱 형제는 꿈같은 일에 너무도 기뻐 저마다 날듯이 어머니한테로 막 달려 갔다.

땅에 내려 일곱 형제를 껴안은 어머니는 차례차례 머리를 쓰다듬으시며 말했다.

≪애들아, 듣거라. 지성이면 감천이라 너희들 정상을 일일이 통찰하신 옥황상제께서는 나더러 너희들을 지상천국에 데려오라 하옵시기에 내 오늘 분부를 받고 마중을 왔단다.≫

이에 일곱 형제는 어머니의 인진을 받아 저마다 칠색무지개의 한가지 색을 밟으며 손에 손잡고 하늘로 올랐다.

이때 집에서는 무지몽매한 아버지가 칼을 썩썩 갈면서 아들들이 속히 나타나기를 애타게 기다리고있었다.

그러나 일곱 아들들은 자정이 지나고 날샐녘이 되여도 종시 나타나지를 않았다.

≪이놈의 새끼들이 알고 도망을 쳤는가? 아니, 평소의 소행을 봐서는 그럴리가 없는데, 혹시 제 친에미 산소에 간것이 아닐가?≫

이렇게 생각이 든 그는 칼을 품고 전처의 산소에 갔다. 가보니 벼락을 맞은 일곱 시신이 나딩구는것이였다.

≪음, 하느님이 알고 처사하신게 틀림없군.≫

아버지는 그게 자기 아들들의 시신일줄 알고 비수로 배를 가르고 간을 썩썩 떼내였다.

간을 가지고 달려온 아버지는 죽는다고 데굴데굴 구으는 후처에게 ≪여보 옛소 어서 간을 먹고 일어나주오≫하며 피가 흐르는것을 내놓았다. 그러자 당금 죽는다고 야단치던 후처는 기뻐하며 일어났다.

≪참, 인제는 살아나게 되였군요. 여보세요, 산사람 앞에서 어찌 생간을 먹겠어요.≫

남편이 자리를 피해주자 그는 부엌앞에 쭈크리고 앉아 쩝쩝 먹는체하며 간을 모조리 부엌안에 쓸어넣었다.

이튿날 후처는 부시시 자리를 털고 일어났다.

≪아이고, 인제야 정신드는게 날것 같군요.≫

남편은 후처가 수척해진것을 안타까이 생각하며 가장 큰 종자소를 잡아 몸보양시키려고 외양간문을 열었다.

그런데 이게 어이 된 일인가? 방금까지 영각을 하던 소떼가 몽땅 넘어졌는데 만져보니 구데기가 욱실거렸다. 그래서 돼지울에 뛰여가 보니 돼지도 모두 피똥 서말씩 싸고 쓰러졌다. 할수없이 닭이라도 여러마리 잡아 안치자고 닭울문을 여니 닭우리에는 구데기만 욱실거렸다. 그래서 찰떡이라도 쳐먹이자고 고간문을 열어보았더니 쌀무지에서는 고약한 냄새가 확 풍겨나왔다.

그제는 할수없이 집에 있는 삽살개 두마리를 때려잡아 튀해 안치고 부엌에다 나무를 쑤셔넣었다. 불은 활활 타번지고 물은 부글부글 끓고 개고기는 냄새를 풍겼다.

그동안 폐병을 앓느라고 마음대로 먹지 못해 축해진 후처는 군침이 돌아 개고기를 건져다 뜯어먹으려는데 쾅! 쾅! 소리와 함께 가마가 박산나고 가마목이 뒤집어졌다.

그통에 후처는 홀 날려 불구뎅이에 처박히고 남편은 끓는 물을 뒤집어쓰고 정지웃목에 쓰러졌다.

그 소리는 다름아닌 후처가 부엌에 넣은 노루간 일곱개가 동시에 익어 터지며 일으킨 조화였다. 전날 우뢰울고 번개치며 채색무지개 드리운것은 하늘나라에서 일곱 형제의 정성을 가긍히 여겨 제때 승천하게 하고 산 노루 일곱마리를 몰아다 일곱 형제의 시신처럼 가장시키기 위함이였다.

그리하여 심보 고약한 후처와 후처살이에 푹 빠져 자기의 친혈육도 모르던 아버지는 천벌을 받고 염라지국에 잡혀갔다.

그리고 일곱 형제는 효도와 충성의 보응을 받아 하늘에 올라 북두칠성이 되여 밤마다 어머니 왕별을 모시고 영생불멸하게 되였다고 한다.

구술자: 최금녀 / 수집지점: 길림성 안도현 보광촌 / 수집시간: 1957년 9월

# 가정인심

옛날 두메고장 어느 한 마을에 이상지하 남녀로소 할것 없이 서로 몹시 아끼고 사랑하는 한 가정이 있었다.

험하고 무거운 일엔 남 먼저 다투어 나서고 가볍고 쉬운 일과 색다른 음식에는 서로 떠밀며 양보하여 그 극진함이 더 이를데 없었다.

이 소문을 들은 지하염라국의 염라대왕은 어느날 인간세상 그 집의 허실을 알아보리라 작심하고 죽음의 사자에게 호출장을 써주면서 그 집 식구 하나를 잡아오라 령을 내렸다. 죽음의 사자는 즉시 그 집 후주를 찾아 염라대왕의 호출장을 내놓았다. 호출장에는 ≪서로간에 상의한후 즉시작각 한사람을 보내여 뒤산 촉촉바위아래 련당못에 몸을 던져 염라지국에 대령입적할지어다.≫라고 썼다.

(우리 집 식구중의 한사람이라 했은즉 더 말할것 없이 내가 가야지!)

이렇게 생각한 로부령감은 마음을 정한후 작별차로 우선 마누라를 찾았다.

그러자 듣고 있던 마누라는

≪여보 령감, 물론 령감님의 말씀대로 좇으다면 의례 춘추가 높으신 령감부터 저승으로 가셔야 하겠지만 가세로 보아 령감님은 가문의 호주요 지존이라 어찌 경솔히 이세상을 저버리리오. 그러니 이번 걸음에는 내가 나섬이 천만번 지당할

가 하오.≫하고 말했다.

그러자 령감은

≪여보 로친, 그런게 아니요 나는 이미 환갑을 넘도록 살며 남자대장부노라고 안팎없이 갖은 존대와 공궤를 다 받으며 한세상 재미를 마음껏 누린거나 다름없으나 로친은 녀자의 몸으로 우로는 시부모를 공궤하고 남편을 섬기노라, 아래로는 오롱조롱 자식을 낳아 기르노라 온갖 풍상고초 다 겪었은즉 그 고생을 어찌 한입으로 다 이르겠소 그러니 이제 얼마 남지 않은 여생이나마 자손들을 거느리고 무사히 잘 지내가오.≫라고 말했다.

≪아니요, 령감, 난 이젠 며느리에 손자까지 다 보았으니 이 세상을 하직한들 무슨 소원이 더 있겠소? 하물며 우리 가문에 내가 없어도 무방하거늘 더 말씀을 마오.≫라고 하며 마누라는 호출장을 빼앗았다. 호출장을 빼앗은 마누라는 그 걸음에 신을 신고서 정지로 나갔다. 이때 이 일을 알고 쫓아나온 며느리는 시어머니 손에서 호출장을 와락 빼앗았다.

≪어머님, 어머님! 어머님이 먼저 저승으로 가시다니 웬 말씀이세요. 한평생을 고생속에 모대기신 어머님은 아직 못가십니다.≫

말을 마친 며느리는 얼른 옷매무시를 고쳐하고 쌕쌕 단잠든 어린것의 머리를 몇번 쓰다듬어준후 밖으로 나갔다. 밖에서 일하던 남편은 뜻 아니한 어머니의 곡소리에 놀라 뛰여들어왔다. 그는 사연을 알고 부인의 뒤를 따라가서

≪여보, 예로부터 부부일신 종신이라 했는데 당신이 가다니 웬 말이요? 하지만 이미 염라대왕의 사자가 잡으러 온 이상 당신이 가면 어떻고 내가 가면 뭐라요? 그러니 차라리 내가 가겠소!≫라고 말했다.

안해는 그 말을 듣고

≪저승길이란 한번 가면 다시는 못오는 길이애요. 당신은 이 집의 외독자이고 난 출가입적한 외인이니 어쨌든 내가 가야 옳지요.≫라고 말하며 좀체로 굽어들려 하지 않았다.

그러나 남편은 남편대로

≪아니요, 당신은 어린것까지 달린 몸인데 당신이 없으면 장차 우리 가문의 후손을 누가 알뜰살뜰히 돌보며 잘 키워주겠소?≫하며 안해의 손에서 기어이 호출장을 빼앗아가지고 사자를 따라나섰다.

하지만 안해는 도리여 어느새 남편의 손에서 호출장을 도로 빼앗아쥐고 시부모님을 찾아

≪아버님, 어머님, 이 불효자부는 떠나가오니 모쪼록 백세무강하옵세요.≫하고 다시 남편을 보고선

≪랑군님, 서방님, 부득이한 사정을 애당초의 백년가약을 저버리고 내 먼저 떠나가오니 과히 슬퍼 마시고 조만간 다시 장가 드시여 지성으로 부모님을 모시고 자애로 어린것을 키우시며 부부로서 금슬지락을 누려주소서.≫하며 사뿐 절하고 분연히 집을 나서는데 두눈에서는 줄끊어진 구슬마냥 눈물이 비오듯했다.

며느리가 죽음의 사자를 따라 가는데 때마침 산나물을 뜯으러 갔던 꽃같은 시누이가 집으로 총총 돌아오고 있었다. 시누이는 올케의 수상한 행색에 저으기 의심이 가서 어디로 가느냐고 따져 물었다.

그러자 올케는 할수없이 자초지종 사연을 일일이 피력하면서 작별을 고했다.

그 말을 듣고 난 시누이는 다짜고짜 달려들어 올케의 손에서 염라대왕의 호출장을 빼앗아 쥐고 사자를 재촉해 나섰다.

≪시누이! 아무리 그러기로 이제 한창 아질자질 피는 이팔청춘 꽃나이인 시누이가 먼저 저승으로 가야 옳단말이요?≫

올케의 말에 시누이는 맺고끊듯 단호히 말했다.

≪형님! 나야 비록 꽃나이 청춘이라지만 아직은 남편도 어린것도 시부모도 없는 혈혈단신이 아니예요. 우로는 섬겨드려야 할 시부모가 계시고 남편이 있고 아래로는 귀동자까지 달린 형님에게 비하면 내가 가는것이 천만번 지당하지요.≫

그러면서 사신을 재촉하여 바람마냥 뒤산으로 떠나갔다.

그리하여 시누이가 뒤산 촉촉바위 련당못에 몸을 던져 저승으로 갔다.

이때 이제나저제나 하고 초초히 기다리고있던 염라대왕은 뜻밖에도 하구많은 식구들을 다 버리고 젊으나젊은 처녀가 온것을 보고 하도 괴이쩍어 ≪참, 모를 일일진저- 년세높은 식솔들을 모두 다 버리고 하필 출가도 안간 새파란 처녀가 왔단 말이 웬 말이뇨?≫하고 물었다.

그러자 처녀가 말했다.

≪지존지엄하옵신 염라대왕님 들어보세요. 인간세상 한 가정을 놓고보면 아

버님은 지존위요, 어머님은 총목이요, 오빠는 기둥이요, 올케는 주부요, 어린것은
희망인데 때도 안되여 어이 지금 서뿔리 온단말입니까! 그래서 제가 온것으로
아뢰옵나이다.≫

　그 말을 들은 염라대왕은 그만 목이 꺽 메였다.

　≪참, 인간세상 한 일가의 인심은 과연 듣던바와 일점 불차로구나. 그렇게
극진히 아끼고 사랑하며 존중하는데 어찌 오동지달 돌같은 차디찬 심사 지닌
우리 염라지국이라 한들 무심할수 있으랴!≫

　이같이 감탄한 염라대왕은 다시 분부를 내렸다.

　≪기특한 처녀야, 너는 양춘가절 호시절이라 어서 인간세상에 다시 나가 부모
봉양 잘하고 형제간에 우애하고 가정화목 도모타가 조만간 심지바른 짝을 찾아
한평생을 고이고이 지내거라.≫

　그리하여 그 시누이는 다시 소생신의 인진을 받아 인간세에 나왔는데 이때로
부터 온 가정 식솔들은 더더욱 화목하게 잘 살아갔다고 한다.

구술자: 한인자 / 수집지점: 길림성 안도현 송강진 / 수집시간: 1981년 9월

# 천냥 금으로 늙으이를 사다

　멀고먼 예날, 한 두메산골에 일찍 부모를 여의고 단둘이 은실금실 늘이며
아기자기 살아나가는 젊은 내외가 있었다.

　하루는 그 남편이 일밭에 갔다각 돌아오는데 동구밖 당나무밑에서 사람들이
모여 쑤군덕거리기를 저 몇고개 넘어 어느 집에서 칠십고령의 아버지를 천냥
금에 판다는것이었다.

　≪원 아무리 야박한 세상이라도 어느 후레자식이 자기의 친아버지를 돈을
받고 팔겠나? 통 믿지 못할 소릴세.≫

　처음엔 적지 않은 사람들이 이렇게 말들 했으나 한사람이 거리에 붙은 방까지

보고 왔다며 하니 더 말치 않고 헤여져버렸다. 속담에 이르기를 아니 땐 굴뚝에 연기가 나랴고 남편은 방이 나붙었다는 거리에 가보았다. 가보니 과연 한 골목에 그 당사자가 자기 아버지를 팔겠다는 큼직한 방이 뚜렷이 나붙었다.

방을 본 남편은 속으로 남은 부모의 사랑을 받아보지 못해 안타까와하는데 도리여 팔려고 하는 사람이 다 있으니 모를것은 세상 인심이구나 하고 한탄하였다.

그날 집으로 돌아온 남편이 안해를 보고 골목에서 방을 본 이야기를 꺼냈는데 그 안해 역시 머리를 가로 저었다.

《원 말같지 않은 말씀 다 하시오. 아버지 없이 하늘에서 허망 떨어진 아들자식이 어디 있겠어요. 아버지가 늙었다고 돈까지 받아먹으며 팔려는 불효자식이 어디 있겠어요?》

남편은 너무도 기차서인지 애타서인지 한숨만 후 내쉬였다.

《그 말이 참말이라면 너무도 한심한 일이예요.》

남편의 말을 믿고 한숨을 내쉬던 안해는 한참이나 말없이 앉았다가 무엇을 결심한듯 다시 입을 열었다.

《여보세요. 부모를 팔아먹는 자식의 심사는 고약하다 할세 팔려가지 않으면 안될 로인의 마음이야 오죽하겠어요. 우리 그 늙은이를 사다가 다만 하루라도 따뜻이 봉양해 드리는것이 어때요?》

《우리가? 글쎄 우리 둘이 다 조실부모하고 어버이의 사랑을 받아보지 못한 처지이니 그 로인을 모셔다 조반석죽이나마 따뜻이 대접해드리며 어버이같은 그 사랑 받아보고싶은 마음 간절하오만은 당장 천냥 돈을 어디서 구하며 구한단들 언제 그 돈을 갚겠소?》

남편은 이렇게 말하며 애꿎은 담배만 뻑뻑 빨았다.

《그래도 세상에 돈이 나진 이상 몇날 몇달을 두고 꾸노라면 두루 되겠지요. 갚는거야 우리 내외 평생을 다하도록 벌어서 물지요. 우리 대에 못다 물면 자손 후대까지 벌어 물면 되겠지요.》

《옳소! 당신 마음이자 내 마음이요. 그렇게 해보기요.》

그리하여 젊은 내외는 그날부터 천냥 돈을 꾸려고 산을 넘고 물을 건너 이 마을에서 저 마을로 찾아다녔다. 그런데 부자집들에서는 《쳇! 환장한 녀석이지,

제 녀편네도 바로 먹여살리지 못하는 신세에 남의 애비까지 모시겠다고 흥!≫하
며 돈을 꿔주기는커녕 욕을 퍼부었고 가난한 집들에서는 ≪정말 고운 마음씨들
이지, 어떻게 하나 그 늙은이를 사다 모시오.≫하고 칭찬을 하면서도 돈이 없어
못내놓았다.

돈꾸러 다니다못해 실망한 내외 마지막으로 헛일삼아 세고개 넘어 짚신을
팔아서 살아가는 늙은 량주를 찾아갔다.

어느쪽으로 기울어졌으면 좋을지 몰라 여태 넘어 못지고 땅에 딱 붙어앉은
다 낡은 단간초옥을 찾아드니 눈을 쪼프린 안늙은이는 짚을 추리고 허리굽은
바깥늙은이는 끙끙 신날을 조이고 앉았는데 그 정경을 보아 천냥 돈은 고사하고
단돈 한잎도 있을상싶지 않았다.

(원, 정신나갔지, 이런 집에 돈 천냥을 꾸러 온 우리가 우둔하지.)

두 내외는 한심한 생각에 입도 못떼고 송구스레 앉았는데 늙은 량주는 하던
일을 멈추고 온 사연을 캐물었다.

두 내외는 기왕지사들어온바이라 오게 된 사연을 그대로 이실직고하였다.
그랬더니 천만뜻밖에도 그들의 이야기를 듣고난 두 늙은이는

≪참, 고금에 드문 기특한 마음씨들이군.≫하고 연신 찬탄을 금치 못하면서

≪우리 집에 그럴만한 돈이 있으니 어서 그 늙은이를 모셔다 봉양해드리게!≫
하고 얼른 대답하는것이였다.

≪아니, 정말 천냥 돈이 있으시단말씀이옵니까?≫

두 내외는 꿈같은 일에 두눈만 크게 뜰뿐이였다.

≪있네, 있구말구! 이 돈은 우리 늙은 량주가 젊었을적부터 지금까지 몇십년
초신을 삼아 팔면서 아껴 먹고 아껴 쓰며 오늘 이때까지 한푼 두푼 모아온 돈일
세. 다른데면 몰라두 자네들이 늙은이를 모셔오겠다는데 꿔주지 않으면 우리가
그래 사람 값에 가겠나?≫

바깥로인은 말을 마치자 거미줄이 얼기설기 뒤엉키고 먼지가 한치나 들어앉
은 천정대들보우에서 겹겹이 싸고싸고 또 싼 돈뭉치를 내주었다.

실로 의외의 뭉치돈을 받아쥔 두 내외는 감격의 눈물이 글썽하였다.

≪이 돈을 만냥 맞잡이로 쓰기는 하겠습니다만 언제 갚아드릴가요?≫

≪하, 천냥 돈인데 그래 단박 가져오라면 어디서 가져오겠나? 자식 없는 우리

신세도 팔려가는 그 늙은이 신세와 다를바 없으니 뒤일은 아예 근심말고 어서 갖다쓰게.≫

늙은 내외분에게 백배 사례하고 나온 젊은 내외는 그길로 곧추 산을 넘고 물을 건너 아버지를 판다는 그 집을 찾아갔다. 찾아온 집은 생각밖에도 네귀에 풍경단 고래등같은 기와집이 아니라 늙은 량주가 살던 집과 별반 다름없이 찌그러져가는 단간초옥이였다.

두 내외는 조심스레 사립문을 열고 주인을 찾았다.

그러자 수수한 토목옷에 머리수건을 질끈 동인 름름하고 풍신 좋은 로인이 마주나오며 물었다.

≪젊은이들은 무슨 일로 이렇게 우리 집을 찾아왔소?≫

남편은 정정하고 점잖은 로인을 보고 이렇게 이목구비 제대로 박힌 사람이 설마 아버지를 팔겠는가? 괜히 헛소문을 듣고 잘못 찾아온것 같아서 지나가는 걸음에 물 한모금 먹으러 들어왔오라고 거짓말을 했다.

물 한바가지 떠마시고 사립문밖에 나왔을 때 안해가 말했다.

≪여보, 이렇게 불원천리 먼길을 찾아왔다가 바른말 한마디 못해보고 그저 되돌아가서야 말이 되우? 어찌되였건 한번 불어나봅시다.≫

생각해보니 안해의 말도 그럴듯한지라 남편이 안해를 달고 되돌아 들어가자 그 로인이 반색을 하며 물었다.

≪아니, 무얼 두고 나갔던가?≫

두 내외는 머리를 숙이고 여쭈었다.

≪네, 사실은 일이 있어 왔습니다.≫

≪무슨 일인고?≫

≪말씀 올리기 황송하옵니다만 한가지 물어볼게 있어서 왔습니다.≫

≪어서 말해보게.≫

로인이 재촉했다.

≪저 소문을 듣고≫

≪웅, 그래 무슨 소문인데?≫

≪저 댁의 로부님을 혹 파신다는─≫

이쯤 되자 그 로인은 갑자기 두눈에 광채를 띠우며 물었다.

≪그래 그곳에서도 내가 붙인 방을 봤단말이지? 그럼 돈은 가지고 왔는가?≫

≪네, 이 철없는것들이 다소 갖추어가지고 왔습니다.≫

정말 천냥 돈을 갖추었다고 하자 로인은 얼굴에 심상치 않은 빛을 띠우며 물었다.

≪그래 젊은이들은 칠십에 나는 늙은 산송장을 다사가 무엇에 쓰려고 그러오?≫

말이 예까지 미치자 젊은 내외는 어려서 조실부모하고 부모의 사랑이란 어떤 것인지 알지도 못하고 한 많은 세상에서 섧게 살아오며 그처럼 부모가 그립던 이야기로부터 시작하여 이기까지 찾아오게 된 사연을 자초지종 죄다 말했다.

젊은 내외의 말을 듣고난 로인은 갑자기 주름잡힌 얼굴에 웃음의 꽃을 피우고 무릎을 탁 치더니

≪음, 과연 자네들이야말로 분명 내 아들이요, 내 며느릴세!≫라고 말하고는 두 내외의 손을 잡아끌며 덩실덩실 춤을 추는것이였다.

두 내외 어리둥절하여 한동안 어찌할바를 모르고있는데 늙은이가 말하였다.

≪실상 나는 로부를 천냥 받고 팔려는 도둑놈이 아니요. 우로는 부모 없고 아래로는 자식 하나 없는 무의무탁한 혈혈단신일세.≫라고 하면서 한달전 어느 하루 뒤산골로 나무하러 갔다가 뜻밖에도 백년묵은 산삼 세뿌리를 캤는데 그것을 팔면 돈은 한뭉치 잘 되겠지만 돈보다도 효성이 지극하고 마음씨 고운 젊은네를 찾아 친아들, 친며느리처럼 함께 살며 만년을 보내려고 궁리하고 궁리하던 끝에 그와 같은 헛소문을 퍼뜨렸다는것을 일일이 이야기했다.

≪한데 헛소문을 퍼뜨린지 달포가 지났지만 찾아오는 사람은 하나도 없었네. 생각해보게. 그래 어느 누가 돈이 흔해빠져서 다 죽어가는 산송장을 사려 하겠는가? 아마 그저 주어도 싫다고 할 송장을 말일세. 그러나 그대들 내외는 수중무일푼인 곤궁한 살림임에도 불구하고 다만 하루라도 늙은이를 따뜻이 모셔드리고저 이렇듯 거액의 돈까지 꿔가지고 허위단심 달려왔으니 참말로 하늘이 점지한 내 아들이요, 내 며느리가 아니고 무엇이겠나? 과연 하늘이 무심치는 않도다!≫

로인은 그날로 젊은 내외를 효자와 효자부로 삼고 아들과 며느리에게서 큰절을 받았다.

젊은 내외는 그날부터 로인을 모시고 백년삼 세뿌리를 팔아 새집 짓고 밭 사고 부지런히 일해서 남 부럽지 않게 살아가니 어려서 받지 못한 아버지 사랑 받게 되였고 혈혈단신이던 늙은이는 아들 며느리 얻어 그들의 지극한 효성에 흰머리가 거매지고 고목에 꽃이 핀듯 즐거운 만년을 보냈다 한다.

구술자: 김병준 / 수집지점: 길림성 안도현 차조구 / 수집시간: 1963년 6월 24일

# 약수

멀고먼 옛날, 어느 한 자그마한 산간마을에 나어린 두 오누이가 어머니를 모시고 살아가고있었다.

가까운 일가친척 하나 없는데다 가세마저 넉넉치 못한 외로운 세식구였다. 어머니는 사처로 다니며 부자집 삯바느질도 하고 빨래도 해주며 근근독식 살아 가는 형편이였다.

어머니의 고생을 보며 자라던 두 남매는 어언간 철이 들게 되자 어머니를 도와 집안일을 하고 산에 올라 등짐나무를 해오고 터전에 나가 남새를 가꾸기도 하였다. 그들은 가난하지만 오손도손 화기있고 재미나는 나날을 보냈다.

그런데 두 오누이에게는 의외의 큰일이 생겼다. 어느날, 어머니가 그만 몸져눕 게 되였는데 날이 갈수록 병환은 차도가 보이기는커녕 점점 더해만 갔다.

오빠는 날마다 산에 가서 나무를 해다 팔아 어머니에게 대접하군 했는데 오늘 따라 누이동생은 오빠를 만나자 울음을 터뜨리는것이였다.

≪애, 웬일이냐? 어머님이 더하시냐?≫

그러자 누이동생은 흑흑 흐느끼며 말했다.

≪아까 이웃집에서 의원을 모셔왔댔는데 오늘밤을 넘기기 어렵겠다고 했어 요.≫

≪뭐? 오늘밤을 넘기시기 어렵다고?≫

《응.》

《애, 걱정말아. 어머님이 그리 쉬이 돌아가실리 만무하다. 천생 남에게 고까운 일 한번 하신 일 없는데다 우리 이렇게 정성을 다하는데 그럴리가 있니? 의원이사 뭐라고 했든 우린 꼭 우리의 정성으로 어머님을 자리에서 일어나시게 해야 해.》

형편없이 수척해진 어머니는 천방지축 들어오는 두 남매를 일견해보시고는 잠간 면상에 웃음을 띠우셨으나 다시 맥없는 눈을 스르르 감아버렸다. 두 남매는 약을 달인다, 머리를 짚어드린다, 수족을 주물러드린다 하며 분주히 병구완을 했다. 밤 깊어지자 오빠는 저도 모르게 어머니곁에서 녹초가 되여 잠이들어 버렸다.

갑자기 어디선가 그를 부르는 소리가 났다.

《이 사람 젊은이!》

무망중 고개를 번쩍 들어보니 눈앞에 하얀 수염에 백포의를 떨쳐입은 준수한 로인 한분이 금빛 타래지팽이를 짚고 뜨락에 서있는것이였다. 오빠가 허리 굽혀 인사를 올리자 그 로인은 다가와 어깨를 툭툭 치며 말했다.

《애, 너희들 정성은 천지가 감심할바이로다. 이에 령험하신 신령님께서 은혜 베푸시여 래일 첫새벽 부활약수를 하사하시니 명심코 래일 아침 해뜨기전에 남쪽 백여리 떨어진 효자산아래 가서 약수를 떠다가 어머님께 드려라. 그러면 병환은 낫고 어머니는 다시 젊은이의 활력을 회복하실지니라.》

《아, 로인님!》

오빠는 소리질렀다.

《오빠, 웬 일이예요?》

누이동생은 오빠를 흔들어깨웠다. 깨보고나니 꿈이라 오빠는 누이동생에게 방금 있는 꿈 이야기를 자초지종 들려주었다.

《애, 신령님이 아회기를 남쪽 백여리 떨이진 효자산에 가면 아무리 모진 고질병이라도 단박 고쳐내고 피골이 상접한 사람을 부활시켜내는 약수가 있다 누나!》

《오빠 그게 정말이애요?》

《정말이구말구! 그런데 래일아침 해 뜨기전에 효자산 벼랑봉아래에 가서 약수를 떠다 어머님께 드려야 한다니 이러고있을 때가 아니다. 자, 내 한달음에 뛰여갔다올테니 너는 어머님을 잘 모시고있거라.≫

오빠는 이렇게 말하고 밖으로 나갔다.

바로 이때였다. ≪오빠 잠간만!≫하고 누이동생은 골방에서 눈부신 은전 두잎을 가지고 나왔다.

≪아니 이건 어디서 났냐?≫

≪오빠, 이건 나의 머리태값이예요. 이것이나마 갖고 가셨다가 필요할 때 쓰도록 하세요.≫

오빠는 누이동생이 쥐여주는 은전 두잎을 정히 잘 싸서 가슴깊이 품고 효자산으로 줄달음쳤다. 칠칠야밤에 어머님의 병 고칠 일편단심으로 험산준령 생길을 누벼나가고 울울창창 수림속을 꿰뚫기도 하고 깊고 험한 계곡을 가로질러 건느기도 하며 온몸이 물참봉이 되여서야 효자산 벼랑봉아래에 이르렀다. 오빠는 이리저리 헤집으며 약수터를 찾았으나 새까만 밤에 찾을수가 없었다.

≪아, 약수! 약수는 어디에 있는가요?

오빠가 애타게 부르짖는데 갑자기 저쪽에서 ≪허허 젊은이, 용히 찾아왔네, 자 이리 오게.≫하고 누가 부르기에 고기를 돌려보니 꿈에서 본 바로 그 로인이 황홀한 빛발속에 서있는것이였다.

≪로인님, 안녕하십니까?≫

하고 오빠가 반갑게 인사를 올리자 그 로인은

≪오냐, 자 얼른 이리 오너라.≫하고 인도하는것이였다.

로인은 타래지팽이로 돌틈사이를 허비적허비적했다. 그러자 아무것도 없던 돌틈에서 줄기샘이 솟구쳐올랐다.

별빛을 담아 금빛으로 번쩍이는 샘물은 흰김이 서리서리 피여오르는데 그 향기는 코를 찔렀다.

≪아, 약수!≫

오빠는 얼른 엎드려 조롱박에 약수를 떠가지고 일어났다. 처음 뜬 정갈한 약수를 로인께 대접하려고 했으나 로인은 벌써 오간데 없었다. 그는 집으로 달음질치기 시작했다.

집으로 오는 길에 로변의 오두막집을 보았는데 창문엔 불빛이 비쳤다.

(저 집은 무슨 집일가?)

하고 생각하며 지나쳐 가려는데 집안에서 한 녀자애의 흐느껴 우는 소리가 들렸다.

≪아버지, 아버지! 어서 정신을 차리세요. 인제 언니가 곧 돌아올거예요.≫

이 말을 들은 오빠의 가슴은 무섭게 두근거렸다. 마치 집에서 어머니를 지키고 앉아서 속태우며 자기를 피타게 기다릴 누이동생의 흐느끼는 울음소리와도 같았기때문이다.

오빠는 불문곡직 집안에 뛰여들어갔다. 들어가니 괴골이 상접한 로인 한분이 맥 버린채 누워있고 그 옆에는 여라문살 있어보이는 소녀가 앉아서 로인의 병구완을 하고있었다.

≪애, 이분은 누구시냐?≫

소녀는 눈물을 닦으며 말했다.

≪이분은 우리 아버지신데 며칠전부터 병이 발작해서 지금 이러고있는중이예요.≫

≪애, 념려말아, 여기 좋은 약수가 있다. 이것을 따라드리면 꼭 나으실거다.≫

하고 친절히 말하면서 귀중한 약수를 그 소녀에게 절반이나 따라주었다.

≪애, 나는 지금 급한 일이 있어서 더 돌보아드리지 못하고 이대로 떠난다. 아버지를 잘 조섭해드려라.≫

오빠는 품속에 고이 간직하고있던 은전 두잎마저 내놓았다.

≪참 고마와요. 이 은혜 언제 갚나요.≫

≪은혜라니 웬말이냐, 그런 말은 아예 말고 어서 아버지에게 약수를 대접하고 반찬이나 사다 올리도록 하여라.≫

이렇게 뒤말을 남긴 오빠는 다시 헐떡이며 종주먹을 부르쥐고 달음박질하기 시작했다.

(오래지 않아 날이 밝겠는데 지금 어머님은 어떠하실가? 동생은 또 얼마나 기다릴가?)

이런 생각이 들수록 오빠는 종주먹을 부르쥐고 더 발걸음을 다그쳤다.

한데 한 바위모롱이를 돌아서는 때였다.

≪이놈, 게 섰거라!≫

바위뒤에서 난데없는 돼지먹따는 소리가 났다.

그래서 소리나는쪽을 홱 돌아보니 키가 구척이나 되는 한 텁석부리 털보장정이 서있는것이였다.

≪저, 저는 갈길이 바쁩니다.≫

≪이놈아, 갈길이 정 바쁘면 수중의 돈이나 귀중품을 몽땅 내놓고 가거라!≫

그자는 한발한발 다가왔다.

≪저같은 가난뱅이에게 어디 귀중품이 있겠습니까? 전 급한 일이 있어서 곧 가야 하겠습니다.≫

≪그래 귀중품이 없단말이냐?!≫

그자는 눈을 부라리며 먹따는 소리를 질렀다.

≪없습니다.≫

≪좋다, 그러면 오늘부터 나 따라가서 시중군이 되야한다!≫

≪여보시오, 나는 지금 어머님 병환이 몹시 위중해서 약 얻으러 갔다 오는길입니다. 이제 해뜨기전에 가지 않으면 영영 돌아가게 됩니다.≫

≪하하하하, 너의 에미사 상천을 하든, 입지를 하든 나에겐 무상관이니 더 싱갱이질할것 없이 나를 따라왔!≫

무도한 산도적놈은 불호령을 치면서 불쌍한 오빠를 산속에 끌고가려 했다.

바로 이때였다. 열일여덟살 되여보이는 처녀가 비호같이 달려와서

≪이 도적놈, 꼼짝말고 게 섰거라!≫

하며 소리치고는 다짜고짜 그 산도적놈의 어깨에 화살 하나를 씽 먹이였다. 그러자 도적놈은 진대통마냥 그자리에 푹 꼬꾸라졌다.

처녀는 뛰여와서 그놈을 너럭바위에다 다시 쿵 하고 곤두처박아놓았다. 그런후 오빠를 보고 인사를 하였다.

≪착한 도련님, 참말 고마와요.≫

이때 오빠는 웬 영문인지 도시 알수 없어 멍해있는데 처녀는 말을 이었다.

≪도련님은 저의 가장 큰 은인이예요 저 고개너머 외딴 초막에서 앓고 계신이가 저의 아버지입니다. 제가 약뿌리 씻으려 샘터에 갔다가 돌아와 동생한테서 들으니 도련님은 돈에다 귀중한 약수까지 따라주어 그것을 잡수시고 아버지는 지금 병환이 돌아섰습니다. 그래서 치사도 할겸 산도적놈도 방비해주려고 따라

온길입니다. 어디 다친 곳은 없는가요?≫

≪참말 고맙습니다. 저도 어머님의 병환이 위중해서 애태우다가 신령님의 인진을 받아 이렇게 약수 가지러 갔다 오는길입니다. 저를 구해주셔서 대단히 고맙습니다. 안녕히 계십시오.≫

오빠가 인사말을 남기고 뛰여가려는데 그 처녀는 ≪아니 해가 뜨게 됐는데 도련님은 어떻게 간단말입니까?≫하고 걱정을 하고는 준마 한필을 구해다주는 것이였다.

바로 이때 집에서는 어린 녀동생이 경각에 달린 어머니를 모시고 앉아 애간장만 태우고있었다.

동녘에 붉은 노을이 서리기 시작했다.

≪단박 해가 뜨겠는데 오빠는 왜 아직도 안오시나? 오빠, 오빠!≫

어린 녀동생은 참을수 없어 흐느껴 울기 시작했다.

바로 이때였다. 문밖에서 다급한 말발굽소리가 나더니 뒤이어 ≪덜컥!≫ 문여는 소리가 났다.

오빠가 약수조롱박이를 들고 들어섰다.

≪아이고 오빠!≫

≪애, 어서 이 약수를 어머님에게…≫

누이동생은 약수를 받자마자 어머니에게 한술 두술 떠드렸다.…

그러자 어머니는 긴 한숨을 후- 내쉬고 눈을 뜨는것이였다.

≪애들아, 너희들의 정성으로 내 병이 인제는 낫는가보다. 인젠 아주 정신이 드는구나!≫

어머니는 얼굴에 희색을 띠우더니 자리도 척척 거두고 일어나기까지 했다.

바로 이때 동산마루에서는 두리둥실 아침해가 벙글벙글 웃으며 서서히 솟아올랐다.

구술자: 리민성 / 수집지점: 길림성 안도현 차조구 / 수집시간: 1962년

# 불로초

멀고먼 옛날 장백산아래 어느 편벽한 산골에 몹시 가난한 모자간이 살고있었다. 워낙 부자놈의 땅을 부쳐먹는데다 로모가 늘 중환에 있다보니 조반석죽도 극난인 살림이였다. 그러나 그처럼 각골한 살림살이였지만 아들은 어머니에게 온갖 효성을 다하였다.

어느해인가 아들이 갖은 고생 참아가며 한해 농사 알뜰히 지어 타작을 방금 다해놓으니 부자놈은 그 즉시에 달려들어 조상삼대의 빚문서를 들이대며 마당 찌꺼기까지 빡빡 긁어갔다. 자기가 굶주리는것은 그래도 괜찮으나 한해농사 뼈 빠지게 지어 어머니에게 햇쌀밥 한끼 지어 올리고 약 한첩 달여드리지 못한것을 가슴 아프게 생각한 아들은 부자놈에게 비난사정 해봤지만 도무지 소용이 없었다.

이때로부터 아들은 생각다못해 등짐나무도 하고 날품도 팔아 살림을 지탱햇다. 어느날, 아들은 등짐나무를 팔아 한푼두푼 모은 돈으로 어머니의 약도 사고 과일도 좀 사가지고 종종걸음으로 집으로 돌아왔다.

≪어머님, 인제야 돌아왔습니다. 병세는 좀 어떻습니까?≫아들의 목소리를 들은 어머니는 반색을 하며

≪네가 고생한 덕분에 오늘은 좀 나은것 같구나.≫하고 가냘픈 목소리에 애써 힘을 주어 대답했다.

≪어머니, 이 사과를 잡수세요 모두들 그러는데 사과를 잡수시면 입맛이 돌린대요.≫

아들은 품속에서 빨간 사과 세알을 꺼내놓았다.

≪저런, 그 사과 빛갈두 곱구나. 어서 너부텀 하나 먹어라. 그래야 나도 먹지.≫

≪어머나. 저는 방금 싫도록 먹었어요. 어서 어머님이나 잡수십시오.≫

어머니가 사과 한알을 잡수시고나자 아들은 어머니 머리맡에 가서 팔다리를 정성스레 주물러드리였다. 그리고 약도 달여 대접했다. 그런데 아들이 이처럼 온갖 정성 다했으나 하늘도 무심하고 땅도 무정하여 어머니의 병환은 나이시기는커녕 점점 더 위중해만 갔다.

동지달 어느날, 어머니는 아들을 머리맡에 불러앉히고

≪애, 우리가 저 버덕에서 살다못해 심산벽곡에 찾아들면 그래도 부자놈의 시달림 모르고 잘 먹고 잘 입으며 세상근심 모르고 살려니 하고 이 산골에 찾아온지도 벌써 십년세월이 흘렀구나. 그런데 십년을 하루같이 사지가 물러나도록 일했건만 일하면 할수록 가난은 귀신처럼 따라만 다니니 인제 나 죽는것은 한스러울것 없다만 네가 고생할걸 생각하니 차마 눈을 감을수 없구나!…≫하고 뒤말을 잇지 못했다.

≪어머니, 무슨 말씀을 그렇게 하십니까? 저는 꼭 어머님의 병을 고쳐드리고야말겠습니다.≫

≪애두 원, 마른고목이 봄이 온다 푸르러지며 불치의 병에 걸린 몸 약을 쓴다 재생하겠나? 그런 실없는 소리 아예 그만둬라. 이 험악한 세상에 너 어찌 홀로 살아가겠느냐.≫

≪어머니!≫

아들은 더 참지 못하고 어머니의 품에 엎드려 엉엉 목놓아울었다. 어머니의 말을 들은 아들이 가슴은 터지는듯싶었다. 오죽하시면 어머니가 이렇게까지 말씀하시랴!

아들은 몸이 부서져 가루가 되는 한이 있더라도 어머리를 구라히라 굳은 마음 다지였다. 그리하여 어머니를 구할 약을 찾으려고 마을에서 가장 년로한 로인 한분을 찾아갔다.

아들의 가긍한 이야기를 듣고난 로인은 후 한숨을 내쉬더니 말했다.

≪글쎄 나도 자네 어머니 사정을 안타까이 여겨 두루 생각은 해보았네. 한데 세상에 어디 그처럼 신통한 명약이 있어 자네 어머니를 춰세울수 있겠나?≫그리고 한동안 무엇을 생각하는듯하더니 로인은 아들을 똑바로 보며 말을 이었다.

≪하긴 세상에 불로초라는 명약이 있다고들 하데만.≫

≪불로초요?≫

≪그렇네. 불로초란 이름 그대로 한번 먹으면 무슨 병이나 뚝 떨어지고 영영 늙지 않고 무병장수하는 명약이라고들 하데. 그러기에 진시황도 그 불로초를 구해먹자고 숱한 신하와 부하들을 시켜 온 나라 명산대천을 샅샅이 찾았다지 않나.≫

≪할아버지, 그게 정말입니까?≫

≪하긴 그런 일이 있었다네.≫

≪그래 그 불로초를 얻었답니까?≫

그러자 할아버지는 머리를 가로 흔들었다.

≪허, 진시황이 불로초를 얻었다면야 지금가지 장생불로했을테지 땅에 묻혀 진토가 되였을턱이 있나?≫

그래도 아들은 더 캐고들었다.

≪할아버지, 그럼 이 세상에는 불로초가 없단말씀입니까?≫

≪글쎄, 아무나 말로만 들었을뿐 여태토록 본 사람이 없으니까 허황한 말 같기도 하네만… 헌데 내 생각엔 장백산은 예로부터 세상에 이른 높은 성산이니까 어찌보면 장백산에는 꼭 있음직도 하지.≫

≪장백산에는 꼭 있음직하다구요?≫

≪그렇네!≫

할아버지의 말씀을 듣고난 아들은 속으로 ≪내 꼭 그 불로초를 캐여다 어머님의 병을 고쳐드리리라.≫하고 굳은 마음을 다지며 벌떡 자리에서 일어났다.

그길로 집에 돌아온 아들은 얼굴에 환한 웃음을 짓고 어머니에게 방금 들은 이야기를 세세히 해드렸다.

그러자 어머니는 아들의 손목을 꼭 잡고 간곡히 만류했다.

≪애, 정말 불로초가 있다면야 왜 몇천년을 두고 캐본 사람이라군 없었겠나? 설사 장백산에 불로초가 있다고 한들 수백리 험산준령 눈보라길을 어찌 톺아가며 무슨 수로 캘수가 있겠나? 그리고 요행 얻어온다손쳐도 인제 피골이 상접하고 병독이 골수에까지 뻗쳐 목숨이 경각에 달린 이 몸에 무슨 효험이 있겠나. 아예 당치도 않은 생각이니 공연한 고생을 사서 하지 말고 마음을 고쳐먹어라.≫

기암절벽 명산을 끼고 살면서도 대대손손 그 누구도 그림자조차 못보았다는, 애오라지 전설로만 들어서 아는 불로초, 더구나 백설이 표표한 이 엄동설한에 어디가서 얻으랴만 어머니에게 그처럼 효성한 아들은 온 세상천지를 다 편력하고 지어는 하늘이 눈사태처럼 무너져 내려앉는 한이 있더라도 꼭 구해오리라 마음먹고 장백산을 향해 떠났다.

때는 마침 온 누리에 백설이 만지한 때라 하늘땅을 휘덮은 새뽀얀 눈보라에 어디가 산이고 어디가 계곡인지 분간하기조차 어려웠다. 하지만 아들은 푹푹 허리를 치는 생눈길을 헤치며 홍송, 백송이 하늘 창창 치솟은 원시림을 뚫고 높은 벼랑은 톺아오르고 깊은 골짜기를 날아내리며 낮이면 한홉의 미시가루로 주린 배를 달래고 밤이면 진대나무밑에 우등불 피워놓고 쪽잠을 붙이면서 걷고 또 걸었다. 이리하여 련며칠 신고끝에 마침내 아아한 절벽아래에 당도했다.

절벽아래에서 머리를 들고 쳐다보니 칠색비단필을 드리웠는가, 하늘의 은하수를 기울였는가, 몽몽한 흰구름 감도는 아아한 산정에서 백길폭포 쏴—쏴— 소리치며 쏟아져내리는데 그 장쾌하고 우람참이 세상에 더 이를데 없었다.

아들이 취한듯 홀린듯 황홀히 서서 폭포수를 쳐다볼제 하늘에서 내려왔는지 땅에서 솟아났는지 홀연 호호백발의 할머니 한분이 그의 앞에 나타났다.

≪이 사람 젊은이, 여긴 무엇 하러 왔는고?≫

할머니의 물음에 아들은 얼른 엎드려 절하며 장백산을 찾아오게 된 사연을 자초지종 아뢰였더니 그 할머니하는 말이

≪예가 바로 장백산이네.≫라고 하였다.

아들은 너무 기뻐 펄쩍 뛰여일어났다.

≪하지만 자고로 장백산에는 불로초가 없었다네.≫

아들은 그만 크게 락담실망하여 더 말을 못하고 멍하니 서있는데 할머니 하는 말이

≪여보게 젊은이, 예까지 오느라고 수고가 많았네. 나도 자네 어머니처럼 고생하는 처지일세. 그러니 이 늙은것의 부탁 하나를 들어줄수 없겠나?≫라고 하였다.

≪할머니, 제 비록 배운것이 없고 재주가 없지만 힘으로 할수 있는 일이라면 꼭 해드리겠습니다. 어서 말씀하십시오.≫

젊은이의 아름다운 마음씨에 감동된 할머니는

≪좋네 좋아, 자네 마음이 진정 그럴진대 이걸 가지고 이 산을 계속 톺아오르게.≫라고 하였다. 그러면서 차곡차곡 포개여 싼 봉지 하나를 품에서 꺼내주는것이였다.

≪알겠습니다. 할머니. 그런데 이것은요?≫

≪이것인즉 이 장백산 봉이봉, 현애절벽, 벼랑산마다에 꼭 뿌려야 할 귀중한

씨앗일세. 내 인젠 기력이 쇠잔해서 이 산을 더 톺아오르지를 못하겠으니 젊은이
가 나를 대신하여 이것을랑 이 산정에서도 제일 높은 봉우리에 뿌려주게.≫

≪예, 알겠습니다.≫

아들이 고개숙여 대답하고 머리를 들어보니 로인은 어느새 연기처럼 사라지
고 없었다.

종이봉지를 저고리안섶에 고이 간직한 아들은 또다시 현애절벽을 톺아오르기
시작했다. 그런데 그가 간신히 흰구름 휘휘 감도는 산중턱 바람받이에 이르렀을
때다. 갑자기 심술군은 눈보라가 세차게 터지더니 온 산벼랑바위를 뿌리채 뽑아
태질을 칠듯 무섭게 포효했다. 돌부리를 뽑아 굴리고 잔설의 허리중둥을 꺾어
하늘중천에 날렸다. 이통에 아들은 그만 산아래로 도로 굴러떨어지고 말았다.
손발에서는 선지피가 터져 흐르고 몸은 상처를 입어 연덩이처럼 무거워났다.
그러나 자기 친어머니와 다름없는 불쌍한 할머니의 간절한 부탁을 생각한 아들
은 몸을 가누고 정신을 가다듬어 다시 한발자국 두발자국 상상봉으로, 상상봉으
로 톺아올랐다. 미끄러지면 또다시 기여오르고 미끄러 떨어지면 또다시 피맺힌
손톱을 바위벼랑에 받으면서….

이리하여 마침내 아들은 가장 높은 봉우리에 오르게 되였다. 봉우리에 올라선
아들은 흐뭇한 웃음을 담고 저고리안섶에서 이름 모를 그 씨앗을 꺼내였다.

그러자 정말 신기한 정경이 눈앞에 벌어젓다. 방금까지 기승을 부리며 날치던
겨울은 언제 그랬더냐싶게 씻은듯 물러가고 온 상봉에 푸른 봄빛이 무르녹기
시작했다. 다양한 해살에 적설이 좔좔 녹아내리고 훈훈한 봄바람에 땅이 푸실푸
실 녹아 봄향기 상긋했다.

아들은 이 황홀한 정경을 보노라니 온몸에 새힘이 솟구쳐 이 산에서 저 산으로
날아다니며 활활 씨앗을 뿌리고 묻었다. 그러자 눈깜짝새 씨뿌린 곳마다에서
파아란 새싹이 봉긋봉긋 움트고 그 움에서 두가닥 가지가 쭉쭉 뻗어올라오더니
이윽고 좌우 두가지에 팥알같이 탐스러운 열매가 다람다람 팥알처럼 맺히였다.

참으로 기적같은 일이였다. 전설속같이 다변한 조화에 너무도 황홀하여 미처
정신을 가다듬지 못하고 멍하니 섰던 아들은 할머니의 부탁을 다했다고 시름을
놓는 순간 련며칠간의 피로가 단번에 몰려들어 그만 자리에 푹 쓰러지고말았다.

시간이 얼마나 흘렀는지 비몽사몽간에 그의 눈앞에 낯익은 그 할머니가 다시

나타났다.

≪이 사람 젊은이, 이게 바로 불로초라는 명약이네. 어서 몇포기 캐여다 어머니에게 대접하게나.≫

≪예? 불로초라구요?≫

≪그렇네. 이걸 술에 담그었다가 대접하면 어머님의 병이 대뜸 나을거네.≫

≪그래요? 그럼 할머니도 몇뿌리 캐가시지요.≫

≪고맙네. 허나 내 걱정은 말고 자네나 어서 캐가네나!≫

아들이 너무도 기뻐 불로초를 캐려고 자리를 차고 일어서니 꿈이였는데 그의 주위에는 은구슬같은 이슬을 머금은 생신한 불로초들이 한들한들 인사를 올리는듯 어서 캐라는듯 총각을 부르고있었다.

아들은 그중에서 두포기를 정히 캐여가지고 발걸음에 날개가 돋친듯 단숨에 집으로 돌아왔다.

어머니는 아들이 구해온 이 불로초를 먹고 백년장수하였는데 이때로부터 아들의 뜨거운 효성을 말하는듯 자지빛을 띤 불로초가 장백산 봉이봉이에 널리 퍼지여 이 나라 근로하고 마음씨 고운 사람들의 귀중한 약재로 되였다 한다.

구술자: 김경보 / 수집지점: 길림성 안도현 석문공사 / 수집시간: 1970년 8월 4일

# 신랑감을 튀겨 고르다

옛날옛적 한 마을에 일 잘하고 마음씨 고운데다 용모마저 남달리 환한 처녀가 있었다.

처녀가 그렇게 남달리 출중하다보니 그를 욕심내는 총각 또한 많아 그의 집에는 매일과 같이 총각들이 문턱에 불이 일 지경으로 드나들었다.

그러던 어느 하루 처녀는 아버지와 약조한후 날을 정하고 마음 둔 총각들에게 자기 집으로 청혼을 오라고 일렀다.

과연 그날이 오자 총각 셋이나 처녀의 집으로 일시에 달려왔다.

이목구비가 멀끔한 총각들이 자리에 앉자 처녀의 아버지가 물었다.

≪그래 임자네들은 모두 나의 딸을 진심으로 사랑한단말인가?≫

처녀의 아버지 물음에 세 총각은 이구동성으로 한결같이 머리를 조아리며 대답했다.

≪예, 거야 더 이를 나위 있겠사옵니까?≫

≪그럼 좋네! 어서 정지로 내려가 나의 딸을 만나보도록 하세!≫

그 말에 세 총각은 서로 뒤질세라 문을 열고 정지로 아져내려갔다.

그런데 이게 웬 일인가?

유두분면에 이포단장 곱게 하고 방글방글 웃으며 상냥하고 친절하게 맞아주리라고 생각했던 처녀가 천만뜻밖에도 자리에 누워 가슴이 짜릿짜릿한 신음소리를 내고 있지 않겠는가?

≪자 보게 이게 내 딸이네. 며칠전까지만 해도 그처럼 날파람을 일구며 희희락락 일해가던 나의 딸이 어제아침 일밭으로 나가다가 불행히도 외나무다리에서 떨어져 그만 다리뼈가 부러지고 오른팔마저 몹시 상했다네!≫

≪아니 이게 정말입니까?≫

≪그래 내가 무슨 로망이 들어 거짓말을 하겠나!≫

처녀 아버지의 말을 듣고, 또 고통만면해 누운 처녀를 보던 첫번째 총각은 낯색이 대뜸 변해졌다.

≪저 안됐소이다. 나는 집에 급한 일이 있어서 얼른 가봐야겠습니다.≫

첫번째 총각이 이렇게 떠듬거리며 말하고 일어나자

두번째 총각도

≪저, 저 역시 일이 있어 지금 가봐야겠습니다.≫하고 줄행랑을 놓았다.

그러나 세번째 총각만은 처녀한데로 다가가더니 ≪처녀, 너무 상심마오, 지성이면 감천이라구 하느님인들 어찌 죄없는 그대를 종신불구로 만들겠소? 나는 여전히 그대를 사랑하오!≫라고 했다. ├

그 말에 처녀는 간신히 힘겹게 눈을 떠며 말했다.

≪실없는 소리 그만두세요. 쌔구버린 처녀들을 다 마다하고 저같은 불구와 한평생을 지내다니요? 어서 다른데로 가보세요.≫

처녀는 더 말을 말라는듯 돌아누워버렸다.

그러나 총각은 처녀 얼굴께로 돌아앉으며 결연히 말했다.

≪처녀, 그런말 다신 마오. 그대의 다리 불구가 된다해도 나의 성한 다리가 있고 그대의 팔 다시 쓰지 못한다해도 나의 성한 팔이 있지 않소! 그대의 마음 불구가 아니니 나의 청혼을 받아주오. 불같이 뜨거운 진정만 있다면 어찌 서로 돕고 사랑하며 한평생을 지내가지 못하겠소!≫

총각이 진정을 쏟아놓자 처녀는 그만 더 참지 못하고 벌떡 일어나더니 총각의 드넓은 품에 와락 안기였다.

그바람에 총각은 깜짝 놀랐다.

팔다리 몹시 상했다던 불구자처녀가 갑자기 벌떡 일어나 자기한데 안겼으니 어찌 놀라지 않을수 있으랴!

이때 처녀는 아버지가 빙그레 웃으며 말했다.

≪이 사람아, 다르게 생각 말게. 실은 나의 딸이 아무데도 상하지를 않았네.≫

그 말에 총각은 더 어리둥절했다.

≪그런데 왜 그렇게 거짓말을 했습니까?≫

그러자 처녀의 아버지는 허허 웃고 다시 해석했다.

≪오늘 이 일은 나의 딸이 내놓은 연극이였네.≫

≪네 연극이라구요?≫

≪그렇네! 숱한 청혼자들 가운데서 어느 누가 진심인가를 가려내기 위해 꾸몄 단말일세!≫

그제야 모든것을 알아차린 총각은 여간 감개무량해하지 않았다.

그리하여 처녀는 자기를 진정으로 사랑하는 세상에 둘도 없는 훌륭한 신랑감 을 튀겨 골라 한평생을 아기자기 잘 살아갔다고 한다.

구술자: 백두인 / 수집지점: 길림성 안도현 이도백하 / 수집시간: 1981년 12월

# 머슴과 부자

## ≪밥가마안에 홈을 치자고 그럽네다.≫

옛날옛적 한 고을에 심보 사납고 린색다욕한 부자가 있었다. 그는 늘 쌀 한알이라도 농군들에게 적게 먹이려고 밥을 눅게 짓군 했다. 그래서 머슴들은 일년내내 죽밥을 먹어야만 했다.

이에 머슴들은 궁리하다못해 하루는 성깔 사나운 둥글황소에다 가대기를 메워가지고 ≪이랴 들어섯! 이랴 들어섯!≫하며 한창 밥을 끓이고있는 부엌으로 막 들이몰았다.

이를 본 주인은 깜짝 놀라 ≪아니 이놈아, 이게 무슨 짓이냐?≫하고 고래고래 소리를 지를 때 머슴이 얼른 대답했다.

≪아무리 두고봐야 가마안이 너무 습해서 가대기로 쭉 째서 홈을 치지 않으면 안되겠소이다.≫

≪뭐, 뭣이? 가마안에다 홈을 친다구?≫

≪그래요. 그러지 않고서야 어떻게 밥을 지을수 있겠습니까? 이랴 들어섯! 이랴 들어섯!!≫

이에 급해맞은 부자는 애발제발 빌고들수밖에 없었다.

≪일후부턴 밥을 제대로 짓도록 하겠으니 제발 그만 두게 엉?≫

## ≪량반의 쌀로 이럴 법이 있습네까?≫

린색다욕한 이 부자는 언제나 머슴의 밥그릇에 입쌀한알 섞일세라 엄히 단속하군 하였다.

그러다보니 머슴은 일년가야 늘 꽁보리밥, 귀밀강자밥밖에 맛볼수 없었다.

이에 머슴은 어느 하루 자기 밥그릇에서 입쌀 한알을 골라내여 그것을 긴 바 한끝에 매고 다른 한끝은 대들보에 잔뜩 달아맨후 물푸레나무로 ≪이놈! 이놈!≫하고 무섭게 호통치며 련속 매를 들이대였다.

그 매질소리 하도 요란스러워 부자가 밥을 먹다말고 나와 눈을 휘둥그렇게 뜬체 ≪아니 이건 무슨짓이냐?≫고 물었을 때 머슴이 씩씩거리며 대답하였다.

≪주인님, 세상에 이런 법이 어디 있습니까? 이놈의 입쌀들은 의례 주인님의 밥그릇에 들어가야 할 량반의 쌀인데 무모하게도 주인님을 기이고 나의 밥그릇에 슬쩍 끼여들었단말입니다. 오늘 단단히 혼땜을 내지 않으면 일후 더 많은 놈들이 그 본새를 따를것이기에 이렇게 엄히 단속하는길입니다.≫

그 말에 부자는 입만 딱 벌릴뿐 더 아무 말도 못하였다.

구술자: 길운, 성길 / 수집지점: 연길시 / 수집시간: 1979년


## ≪에익 날도적놈 같으니라구!≫

칠월칠석전후의 어느날이였다.

욕심 많은 부자는 제 집 소를 살찌우려고 머슴에게 말했다.

≪이 사람아, 소한테 콩이라도 베여다 먹여 살찌워야하겠네.≫

그 말에 머슴은 눈이 휘둥그래서 대답하였다.

≪콩이요? 이제 한창 꼬투리에 여물이 드는걸 어찌 베여다 먹이겠습니까?≫

≪아닐세. 누가 우리 콩을 베여다 먹이랬나? 저기 저 가난뱅이 아무 서방 있지 않나? 그놈의것을 몰래 베여다 먹이란말일세.≫

≪남의걸 더구나 어떻게 베여다 먹이겠습니까?≫

머슴이 놀라 묻자 부자는 대수롭지 않게 대답했다.

≪일없네. 혹시 들킨다 해도 제간 없는 놈들이 날 어쩔템이냐?≫

≪하지만 주인님두, 대낮에 제 혼자 어떻게 베내겠습니까?≫

≪그럼 어쩌잔말이냐?≫

≪수고스러운대로 어슬녘에 주인님께서 밭머리 망만 보아주신다면 그까짓걸 베오기야 어렵지 않지요.≫

≪그럼 그렇게 하세나.≫

저녁에 머슴은 미리 밭임자와 짜놓고 부자령감을 데리고 콩밭으로 나갔다. 머슴은 가자마자 콩밭에 접어들어 와락와락 베기 시작하였다.

불과 한단도 베지 못했는데 ≪도적이야!≫하고 밭주인이 몽둥이를 들고 달아

왔다.

콩을 베던 머슴은 날래게 밭이랑새로 빠져버리고 밭머리에서 망을 보던 부자놈만 걸려들게 되었다.

≪에익! 괘씸한 날도적놈, 한창 푸르싱싱한 콩을 베가다니?≫

밭주인은 짐짓 모른체하고 늘어질 때까지 부자놈을 뚜두려패주었다.

≪에익, 이 기장단을 고쳐 세여봐야지.≫

한창 가을걷이철이 되자 머슴은 기장을 베여묶어 착착 쌓놓았는데 이튿날 부자놈은 나와 보고서 첫무지에서 한단이 모자란다고 생트집을 부렸다.

≪잃어진 기장단을 당장 찾아오라! 그렇지 않으면 네놈의 삯전을 잘라낼테다!≫

≪주인님, 제가 짐작컨대 고놈의 기장단이 밤새 바람에 날려 다른 무지에 끼여든게 틀림없습니다. 내 다시 세여보며 꼭 찾아냅지요.≫

머슴은 둘째 무지에서부터 한단, 두단, 밭이랑에 탕탕 둘러메치며 세기 시작했다.

≪열단, 열한단…≫

그러자 바싹 마른 기장단에서는 낟알이 떨어져 밭은 기장알천지로 되였다.

이에 급해맞은 부자놈이 ≪아니, 이놈아 인제는 그만해라!≫라고 말하자 머슴은 ≪안됩니다. 아직 반단도 못찾아냈는데요.≫라고 대답했다.

머슴은 더 기장단을 둘러메치며 세여나갔다.

그러자 부자놈은 머슴의 두손을 움켜쥐며 애걸복걸하였다.

≪아니, 한단이 아니라 열단이 모자라도 관계없으니 인젠 제발 그만 세게나, 그만 세게!≫

≪별격정을 다 하십니다.≫

어느덧 인생의 말일이 닥쳐온 부자놈은 제 죽은후 천당갈 명당자리나 일찍 구해놓으려고 머슴더러 자기를 업고 뒤산을 돌아보자고 성화를 댔다. 머슴은 할수없이 달빛 밝은 어느날 밤 부자놈을 업고 산에 올라갔다.

그런데 얼마 못가서 부자놈은 뒤를 보겠으니 어서 내려놔달라고 호통을 쳤다.

≪채 못왔는데요.≫

≪야, 됐다 됐어!≫

≪아직 약정했던 곳까지 채 못왔는데요.≫

≪이놈아, 명당자리고 뭐고간에 죽겠다. 어서 내려놔라.≫

그제야 머슴은 남의 봉분앞에 척 내려놨다.

봉분앞에 쭈크리고 앉았던 부자놈은 월광에 비친 비문을 보더니 ≪아차, 이걸 어쩌노? 량반댁 묘가 분명한데.≫하고 기급한 소리를 쳤다. 그러자 머슴이 넘짓이 대답하였다.

≪별 걱정을 다 하십니다. 쎗개만 멀리 팽개치면 어느 개새끼가 싸다니다 뒤를 봤는가 할텐데요 뭐.≫

구술자: 김의옥 / 수집지점: 길림성 안도현 / 수집시간: 1962년

# 궁냥 좋은 셋째며느리

먼 옛날, 어느 시골 한 집에서 며느리 셋을 삼아 세간을 내왔다.

그 시아버지 차차 머리에 흰서리 듬뿍 내리고 면상에 잔주름 짙어감에 따라 ≪장차 어느 며느리에게 가사일을 도맡길것인가?≫하는 근심걱정 다심해지더니 하루는 세 며느리를 불러앉히고 말하였다.

≪너희들 듣거라, 내 오늘 꼭같은 온전 세잎씩 주겠는데 3년후에 이 은전을 누가 잘 썼는가에 따라 우리 집 살림살이 전부를 떠맡기려 하니 그런줄 알라.≫

은전 세잎을 받아쥔 맏며느리는 생각했다.

(큰집 맏며느리 된 어엿한 도리란 무엇보다 이상분을 공경하는데 있지 않는

가? 그러니 이 돈으로 시아버님 회갑잔치상을 푸짐히 차려올려야지!)

그래서 맏며느리는 회갑날 푸짐한 음식상을 장만하여 시아버니께 올렸다.

은전 세잎을 받아쥔 둘째며느리는 생각하였다.

(살림살이를 잘하려면 무엇보다 아껴쓸줄 알아야 한다. 그러니 아버님이 손수 주신 이 돈을 허투로 쓰지 말고 간수해두었다가 써야지!)

그래서 둘째며느리는 그 돈을 꽁꽁 싸고 싸고 또 싸서 농짝속에 깊이 간수했다.

은전 세잎을 받아쥔 셋째며느리는 생각하였다.

(집안살림을 잘하려면 적은 돈으로 새끼를 쳐 집살림을 늘일줄 알아야지!)

그래서 셋째며느리는 그 돈으로 몽땅 닭알을 사서 온돌목에 놓고 짬만 있으면 손으로 구울려 깨웠다. 그리하여 이해 가을 뜨락에는 구구구 닭으로 꽉 찼다.

이듬해 봄, 셋째며느리는 닭을 좀 팔아 또 돼지새끼를 사놓았다. 또 한해가 지나자 새끼돼지는 어머돼지로 되고 어미돼지는 또 새끼돼지를 낳다보니 3년만에 뜨락과 돼지울에는 닭과 돼지로 우글우글했다.

시아버지는 약정한 날에 세 며느리를 불러들였다.

《너희들은 그사이 돈을 어떻게 썼는가를 말들 해보라.》

그러자 세 며느리는 자기들이 생각하고 은전 세잎을 쓴 사연을 이실직고하였다.

다 듣고난 시아버지는 이렇게 정중히 말했다.

《맏며느리가 돈으로 음식을 장만하여 이상분을 공대하고 둘째며느리가 돈을 허투로 쓰지 않고 그대로 꽁꽁 간수해두는것도 도리가 없는건 아니다. 하지만 머리를 써서 살림살이를 더 크게 늘일줄 알아야 하니라. 그러니 난 셋째며느리에게 큰집살림을 떠맡기려 한다.》

시아버지의 말이 떨어지자 맏며느리아 둘째며느리는 고개를 푹 숙이고 묵묵부답 더 말하지 못하였다.

그리하여 이날부터 궁낭좋은 셋째며느리가 큰집살림 총목을 도맡아나갔다고 한다.

구술자: 정란용 / 수집지점: 길림성 안도현 송강진 / 수집시간: 1980년 9월

# 효자떠보기

옛날옛적, 어느 한 마을에 아들 삼형제를 둔 늙은 로인 한분이 살았다.

하루는 그 아버지가 문뜩 세 아들을 불러놓고 ≪애들아! 내 오늘 일신이 하도 신고스러워 저 아래마을 점쟁이한테 찾아가서 점 한장을 받아봤더니 글쎄 손자 하나를 지하염라대왕께 선물해야 무사할수 있다고 하니 이 일을 도대체 어찌하면 좋단말이냐?≫

아버지의 말씀이 끝나기 무섭게 맏아들이 펄쩍 뛰며 ≪아버지! 웬 로망의 말씀을 그렇게 하시옵니까? 아버지 병이 아무리 중하기로 어찌 한창 자라는 귀염둥이를 염라대왕께 선물하겠습니까?≫라고 했다.

맏이의 말에 이어 둘째아들도 펄쩍 뛰며

≪아버진 이미 회갑을 넘겨 그만 앉아도 되지만 앞길이 천만리같은 어린것이야 무슨 죄로 벌써 땅에 묻으리까?≫라고 동을 달았다.

두 아들의 말을 들은 로인은 락심해서 장탄식을 하더니 이번에는 셋째아들을 돌아보며 물었다.

≪셋째야, 너의 생각은 어떠냐?≫

이에 셋째아들은 얼른 대답을 올렸다.

≪아버지! 어린것이야 죽으면 다시 낳을수 있사오나 아버님은 한번 돌아가시면 다시 돌아 못오시기에 무엇을 더 아끼오리까? 내 쾌히 어린것을 바쳐 아버님의 무병장수를 기할가 하나이다.≫

셋째의 말을 들은 아버지는 못내 흡족하여

≪그럼 좋다! 오늘밤에 점쟁이 말대로 저 뒤동산 너럭바위 솔포기밑에 굴을 파고 손자녀석을 묻거라!≫하고 분부했다.

밤이 되자 셋째아들은 안해와 더불어 단잠 든 두살짜리 어린것을 둘처업고 뒤산으로 올라갔다.

정작 엄마 아빠 짝짝궁을 치며 맴돌던 어린것을 무작정하고 땅에 파묻자니까 가슴이 터지는것만 같았다.

하지만 그들 내외는 마음을 모질게 먹고 땅을 파기 시작했다.

한숨을 파 제끼고 애를 묻으려는데 숲속에서 호령소리가 들려왔다.

≪안된다. 좀 더 파거라!≫

셋째네 내외간이 또 한숨 잘 파고 묻으려는데

≪안된다. 아직도 좀 더 파거라!≫하는 호령소리가 들려왔다.

셋째네 내외는 몹시 지쳤지만 아버님을 위해 한숨 더 팠다.

이때 무엇인가 괭이끝에 걸려나오는것이 있었다. 달빛을 빌어 찬찬히 본즉 헝겊보꾸레미였다.

그들이 보꾸레미를 옆에 밀어놓고 단잠 든 어린것을 막 묻으려 할 때였다.

언녕부터 숲속에 은신해서 셋째아들 내외의 거동을 살피며 지시하던 늙은 로인이 불쑥 나오며

≪애들아! 애들 묻지 말아라!≫하고 말리는것이였다.

두 부처가 무슨 영문인지 몰라 어정쩡해 서있는데 늙은이가 다가와 이렇게 말하는것이였다.

≪애들아, 내가 왜 손자놈을 죽이고 욕심스레 늙은게 오래 살려 하겠느냐?≫

그제야 두 젊은 부처가 여겨보니 다가온이는 다름아닌 아버지였다.

하도 이상하여 그대로 서고만 있는데 아버지가 재촉했다.

≪자, 뭣들 하고 섰는가? 그 보꾸레미를 얼른 풀어해치게!≫

셋째아들과 며느리가 보꾸레미를 푸니 그안에는 은전과 동전이 있었다.

≪아버님! 이게 대체 웬 일이옵니까?≫

아들 며느리의 물음에 로인은

≪이것은 내가 몇십년을 두고 한푼, 두푼 남몰래 모은 돈이다. 늙은 애비가 돈은 해서 뭘 하겠느냐? 그래서 효자에게 물려주자고 오늘은 일부러 연극을 놀았으니 이상히 생각지 말아라.≫

그리하여 셋째네는 그 돈으로 세간살림을 보태면서 늙으신 아버지 모시고 잘 살아갔다고 한다.

구술자: 리순직 / 수집지점: 길림성 안도현 명월구 / 수집시간: 1962년 4월

# 장날의 유래

　전하는 말에 의하면 우리 조선족들은 예로부터 초하루날로 시작하여 닷새 건너씩 한달에 6장을 보아왔다 한다.

　이렇게 날자를 정하고 장을 보게 된데는 다음과 같은 이야기가 전해지고있다.

　멀고먼 옛날, 어느 한 부자집에 한 총각이 머슴일을 하며 살아가고있었다.

　명절이 닥쳐와도 용돈 한푼 주기 아까와하는 주인은 머슴보고 안팎일을 물샐틈없이 잘해놓고 짬짬이 틈타서 나무를 해다 팔아 명절에 쓰라고 했다.

　집에 량친부모 계시는 머슴은 이런 기회에 단 몇푼이라도 벌지 않으면 안되였다.

　하여 꼭두새벽에 일어나 집안 일을 말끔히 하고난 머슴은 산에 가서 나무 한짐 산더미같이 해지고 인가호총 즐비한 마을로 갔다.

　바로 스무이레되는 날이였다.

　돈냥이나 있는 집에선 흔전만전 먹고 마시며 노는판인데 뉘라서 나무를 사자고 들겠는가?

　머슴총각은 할수없이 나무를 지고 집으로 되돌아오는수밖에 없었다. 이렇게 런 나흘을 다녔으나 번마다 다 헛물켜고말았다.

　《에라, 나무도 못팔아먹을 팔자로구나!》

　이렇게 장탄식을 하고난 총각은 아예 이 일을 단념하려 하였다.

　하지만 부모님들께 푼돈이라도 갖다드리려면 이길밖에 다른 수가 없다는것을 생각했다.

　그리하여 머슴총각은 또 나무 몇단을 더 해가지고 팔러 떠났다.

　바로 초하루날이였다. 이날도 나무 사자는 사람이 없어 이 골목 저 골목 오르내리며 《나무 사시오!》하는데 해질녘에야 다행히도 수목이 수려하고 불그레한 새옷을 떨쳐입은, 인물 체격이 쭉― 빠진 새신랑같은 한사람이 다가와서 나무를 팔겠느냐고 묻는것이였다.

　머슴총각은 기뻐서 《예, 팔 나무입니다. 팔 나무입지요!》하고 대답하니 그사람은 《팔 나무라면 내 집까지 져다주오.》라고 말하는것이였다.

집이 어데냐고 묻자 그는 ≪나를 따라가기요.≫라고 하는것이였다.

나무를 팔려는 총각은 할수없이 따라가는수밖에 없었다. 그는 마을을 벗어나 한 골짜기로 들어섰다. 목에서 겨불내가 확확 나도록 반나절을 따라가서야 개밸같이 꼬불꼬불한 골짜기끝에 있는 쓰러질듯한 초가집에 이르렀다.

초가집앞에 당진하자 그 사람은≪자, 예가 바로 내집인데 인젠 나무짐을 내려놓고 값을 정하기요.≫라고 말하는것이였다. 총각이 나무짐을 내려놓고 땀을 훔치는데 그 사람은 ≪얼마를 받으려오?≫하고 재촉하는것이였다.

이에 머슴총각이≪나무가 한수레 맞잡이는 잘되는데 예까지 지고 온 값은 그만두고서라도 열냥 돈을 받아야겠수다.≫하고 말했다.

그러자 그 사람은 ≪열냥? 돈은 싫어하지 않는구만. 다섯냥이야 사지 한냥이라도 더 달라면 못사겠소!≫하고 딱 잡아뗐다.

≪여보, 도적해온 물건이 아닌 이상 가난한 사람의 물건이라도 그렇게까지 낮추봐서야 되오?≫

머슴총각이 더 참지 못하고 이렇게 말하자 그 사람은 제편에 눈을 부라리며 대들었다.

≪이자식, 무엇이 어쩌고 어째? 그 값밖에 안되기에 그만큼 주자는데 무엇이 어쨌단말이냐?≫

이 말에 머슴총각도 화가 벌컥 치밀어 ≪여보 량반, 아무리 그러기로 초면강산 성부지명부지의 사람보고 이래라 저래라 반말을 써가며 하대할것까지야 있소? 내 안 팔면 그만이지.≫라고 하니 그 사람은 ≪이자식, 뭐 안팔겠다? 안팔테면 내 손때맛이나 보아라!≫라고 하면서 귀빰을 부리나케 철썩 줴붙였다.

머슴총각은 제 물건을 팔면서 이마빼기에 피도 체 마르지 않은 젊은녀석한테 말박대를 받다못해 귀빰까지 얻어맞게 된것이 여간만 분하지 않았다.

≪에라 일이 이쯤 된바하곤 네 죽고 내 죽고 어디 해보자!≫

머슴총각은 드디여 나무단에서 팔뚝같은 물푸레나무 한가치를 쑥 뽑아내여 그 사람의 허리를 냅다 갈겼다. 그러자 억-하는 소리와 함께 그는 찍소리도 못하고 쓰러졌다.

분김에 쳐 넘겨뜨리기는 했으나 후회심이 든 머슴총각은 얼른 다가가 보았다. 찬찬히 들여다보는 순간, 그는 놀랐다. 그것은 사람이 아니라 인삼이였다.

이목구비수족이 완연한 백년 묵은 산삼 한뿌리였다.

그리하여 머슴총각은 난데없는 산삼을 팔아 머슴살이를 그만두고 량친부모 모시고서 잘살았다고 한다.

이 일이 있은후부터 초하루날은 머슴이 복받은 날이라 해서 장날로 정해진것은 물론이려니와 가난한 사람들이 복을 얻자면 머슴총각의 일로부터 미루어보아 닷새 건너 장을 보아야 한다고 해서 6일과 11일, 16일, 21일, 26일을 장날로 정하게 되였다고 한다.

구술자: 최국현 / 수집지점: 길림성 안도현 차조구 / 수집시간: 1986년 8월

# 승천했던 막동이

옛날옛적, 어느 시골 한 오두막집에 어머니 한분이 맏동이를, 둘째동이, 막동이 세 형제 아들을 데리고 살아가고있었다.

그 어머니는 규중처녀때부터 부모님들의 엄한 단속을 받아가며 임의로 양광, 월광에 취할세라 공연히 실없는 춘풍추풍에 취하여 허송세월할세라 깊고 좁은 골방에 앉아서 참참히 익힌 보람으로 수놓이 재간이 출중하여서 조실장부했으나 세 아들을 먹여 키울수 있었다.

빠른것은 세월의 흐름이라 어머니의 머리에도 흰서리 내렸으며 어머니의 수예는 더 정교하여져 집을 수놓으면 진짜 살림집 같고 화조월석을 수놓으면 그대로 그윽하고 생생하여 일견해도 눈앞이 황홀하였다. 그래서 어머니의 자수품은 부른는것이 값이요, 쥐는것이 임자였다.

한데 회갑을 넘기자부터 어머니는 안질일 어두워지고 손이 떨려 전처럼 날렵하게 수놓이를 할수가 없었다.

그래서 어머니는 한숨을 짓더니 어느 하루는 세아들을 줄느런히 불러 앉히고 말하였다.

《너희들 듣거라. 인제부터 너희들은 자력으로 살림을 꾸려나가거라. 내 마지막으로 집 한채와 정원을 수놓아주겠으니 그것을 팔아 고루 나누어 살림보탬을 하여라.》

그러고나서 어머니는 여력을 다 쏟아 한채의 집과 정원을 수놓았다. 열두 소슬대문을 지나 네귀에 풍경단 으리으리한 팔간 기와집은 그 웅위로움과 호화로움이 임금님이 거처하는 궁전에 못지 않았고 천종만종 색색의 꽃이 아질자질 피여 웃고 호랑나비 노랑나비, 일만 나비 춤추는 정원은 선경의 무릉도원도 무색할 지경이였다.

자수품의 진가를 알게 된 맏동이와 둘째동이는 서로 제가 차지하겠다고 싸움질 하게 되였다.

어느날이였다. 맏동이와 둘째동이는 어머니가 수놓은 한폭의 그림을 두고 아웅다웅 서로 치고 차며 무서운 싸움을 벌렸다. 싸움은 점점 커져 칼로 자수품을 절반 쪼개가지고까지 대들었다.

바로 이때였다. 하늘에서 뜻밖에 일진광풍이 일어 자수품은 구만리 장천에 날려가고 말았다.

뜻밖의 봉변을 당하자 어머니는 근심이 태산같아 그만 식음을 전폐하고 덜썩 자리에 드러눕게 되였다.

《애들아, 인제 이 일을 어찌한단말이냐? 내 좁은 소견이다만 아무리 날려갔다 해도 북풍이 말아갔으니 북쪽일것이고 아무리 멀리 날려갔다 해도 하늘나라 밖에야 갔겠느냐? 그러니 너희들 삼형제 맘을 옳게먹고 꼭 찾아와야겠다!》

그러자 다욕한 맏동이는 이렇게 생각했다.

(옳다, 내가 찾아와야지. 그래야 보물을 독차지하게 아닌가!)

맏동이는 두 동생을 제쳐놓고 혼자서 북쪽으로 떠났다. 정처없이 가고가고 또 가다가 어떤 촉촉바위우에 백발로인이 앉아있는것을 보았다.

《로인님, 로인님! 우리 어머니 수놓은 자수품을 북풍이 휘감아가는것을 보지 못했습니까?》

그러자 로인은 《자네 앞으로 더 가면 로변에 단간초옥이 나타나고 그 초옥에 처녀가 혼자있을거네. 그 처녀한테 물어 백마를 찾아 타고 가면 되네. 오직 그 백마만이 자수품 있는데로 데려다줄걸세. 그러니 그 말을 잘 돌봐주게. 하지만

처녀 말을 다 듣거나 그한테 혹해서는 안되네.≫

로인이 대준대로 가고가니 과연 로변에 단간초옥이 있고 집에는 어여쁜 처녀가 있었다. 찾아온 뜻을 말하자 그는 ≪총각님, 어서 올라오세요. 소털같은 날을 두고 그리 급해할건 뭔가요. 이 밤을 지내고 래일 보자요.≫라고 하는것이였다. 이어 한상 잘 차려주는지라 출출하던 만동이는 배껏 먹고 하루밤을 꿀같이 지낸 것은 더 말할것도 없다.

이튿날아침, 처녀의 인진을 받아 뒤울안으로 들어가니 십년묵은 앵두나무 한그루가 서있고 그 나무밑등에는 백마 한필이 매여져있었다. 백마는 만동이를 보자 오호홍 울며 머리를 가로 저었다. 그것은 그더러 못할 일을 범했다는 뜻이였다. 하지만 아랑곳하지 않고 서있으니 말은 다시 입을 쩝쩝 벌리였다.

만동이 말대가리 받쳐들고 입안을 들여다보니 어금이 세대나 빠져서 여물을 잘 씹지 못하고있었던것이다.

보물을 찾다가 이 꽃같은 처녀와 금슬지락을 이룰 생각이 간절해난 만동이는 두루 살펴보다가 얼른 앵두세알을 따서 대충 박아주었다.

그러자 말은 대충대충 여물을 먹고나서 옆디였다.

≪보물을 찾으려면 얼른 올라타요.≫

처녀는 말하면서 그의 옷자락을 잡고 함께 올라탔다.

한데 말은 도리머리를 지였다. 하지만 만동이는 얼른 처녀를 태우고 좋아서 말에게 채찍을 안겼다. 말은 네굽을 안고 내뛰였다.

얼마 가지 않아 시뻘건 불길이 황황 타오르는 불속에 뛰여들었다. 만동이의 온몸에도 불길이 달렸다.

만동이는 화가 나서 채찍으로 말을 사정없이 후려쳤다. 그러자 말은 오호홍 비명을 지르며 한길두길 올리 뛰는데 처녀가 만동이의 채찍으로 쌍 후려치자 말은 두눈을 맞고 나가 넘어졌다. 그 바람에 만동이는 불구뎅이속에 빠져들어가고말았다.

≪호호호호!≫

처녀는 하늘이 찢어지게 양천대소하더니 다시 종알거렸다.

≪해해, 간밤 밝히며 원기를 뺐으니 제놈이 무슨 수로 헤짚고 살아나온담. 만동이놈을 죽였으니 인제 둘째동이놈을 잡아 죽여야지.≫

맏동이가 안오기에 보물을 혼자 독차지한줄 알고 둘째동이는 급급히 집을 하직하고 북쪽으로 떠났다.

가고가고 또 가니 바로 그 촉촉바위우에 또 백발로인이 앉아있었다.

≪로인님, 로인님! 어떤 한 젊은이가 수놓은 보물 찾으러 가는걸 못보았습니까?≫

그러자 로인은 맏동이에게 알려주던대로 일러주었다.

둘째동이는 로인의 말대로 가고가고 또 가니 과연 한채의 오두막집이 나타났다. 그래 가서 문을 두드리니 처녀가 나와 맞아주었다.

≪얼른 들어오세요≫

둘째동이가 온 뜻을 말하자 처녀는 반갑게 대했다.

≪그런가요 한데 소털같이 많은 날을 두고 급해갈거 뭔가요. 날도 저물었으니 밤이나 지내고 가시라요.≫

둘째동이도 하루밤을 묵었다.

이튿날아침, 처녀의 인진을 받아 뒤울안으로 들어가니 십년묵은 앵두나무밑둥에 상처 입은 백마 한필이 매여져있었다.

말은 둘째동이를 보자 구슬프게 울었다. 그러나 둘째동이는 본둥만둥 우두커니 서있었다. 그러자 말은 다시 입을 쩝쩝 벌리며 오호홍 울었다.

그래서 말머리를 쳐들고 입안을 들여다보니 어금이 세대가 **빠져**있었다. 그래서 말은 잘 씹지 못하고 있었던것이다.

보물을 찾다 이 꽃같은 처녀와 금슬지락을 나누고 싶은 생각이 간절해난 둘째동이는 얼른 나무를 깎아 말에게 대충 박아주었다.

그랬으나 말은 맞갖지 않아 대충대충 여물을 먹고나서 엎디였다.

둘째동이가 망설이고있는데 처녀는 그의 옷자락을 잡고 말했다.

≪나도 함께 갈테니 어서 타요!≫

둘째동이는 너무도 좋아 처녀를 얼른 안아 말잔등에 앉히고 자기도 훌쩍 올라 탔다.

그들이 말잔등에 오르자 말은 네굽을 안고 내뛰였다.

한데 얼마 가지 않아 화염산의 시뻘건 불길속으로 뛰여들어갔다.

둘째동이는 이를 앙다물고 견뎌냈다. 화염산을 지나자 도 얼음고드름산속에 들어갔다.

눈보라가 쌩쌩 몰아치는통에 눈도 바로 뜰수 없었다. 한번 들숨에 페부까지 몽땅 얼어붙는듯 숨이 탁탁 막혔다.

《돌아가는게 어때요, 돌아가자요.》

하고 처녀가 말하자 둘째동이는

《빌어먹을것, 하필 이런데로 올건 뭐람.》

하며 채찍으로 말을 사정없이 후려쳤다. 그러자 말은 오호홍 비명을 내지르며 한길두길 올리뛰였다.

이때 처녀가 채찍을 훌 빼앗아 말의 두눈을 후려쳤다.

그통에 말은 앞뒤를 분간 못하고 나가넘어졌다. 그러자 둘째동이는 천길만길 얼음구뎅이속에 빠져들어가고 말았다.

이때 처녀는 해해해 웃으며 중얼거렸다.

《지난밤을 밝히며 원기를 빼냈으니 제놈이 무슨 수로 살아나온담. 해해해 두번째놈을 잡아죽였으니 인젠 막동이놈을 잡아치워야지! 그러면 그 보물 자수품은 틀림없는 내것이 될테지!》

맏형과 둘째형을 기다리다못해 이번에는 막동이가 나섰다.

《애, 그만두거라. 너마저 가버린다면 나는 어찌한단말이냐?》

어머니의 만류에 막동이는 말했다.

《어머니! 안심하고 기다려주옵소서. 어떤 일이 있더라도 어머님의 심혈이 슴배인 그 보물을 꼭 찾아오고야말겠어요.》

막동이는 정처없이 북쪽으로 떠났다. 가고가고 또 가다가 바로 그 촉촉바위우에 백발로인이 또 앉아있는것을 보았다.

《로인님, 로인님! 우리 형님 두분이 보물을 찾으러 가시는걸 못보셨습니까?》

그러자 로인은 맏동이와 둘째동이에게 타이르던 그대로 찬찬히 일러주었다.

로인에게 깊이 사례하고 가고가니 과연 로변에 단칸초옥이 나타났다. 주인 찾아 들어서니 웬 처녀가 반갑게 맞아주었다.

막동이가 온 뜻을 이야기하자 처녀는 어서 들어오라고 인사를 했다.

《그런데 백마는 어디 있소?》

《소털같이 많은 날을 두고 뭐 그리 바쁘신가요? 밤을 지새우고 래일 보자요.》

그러면서 처녀는 막동이의 손목을 잡아끄는데 막동이는 그의 손을 뿌리치며 엄연히 말했다.

《왜 이다지 무례하게 구는거요? 어서 말 있는 곳이나 알려주오.》

《호호호, 그럼 좋아요. 어서 가자요.》

처녀를 따라 뒤울안으로 들어가니 십년묵은 앵두나무 한그루가 있는데 그 밑둥에는 상처투성이 백마 한필이 매여져있었다.

백마는 막동이를 보자 벌떡 일어나 입을 벌리고 오호홍 울었다. 그래서 입안을 들여다보니 어금이 세대가 빠져있었다. 막동이는 온밤을 자지 않고 말의 상한 상처를 치료해주고 또 차돌을 갈고갈아 말에게 잘 박아주었다.

그런 말은 거뿐한 기분으로 오물오물 한구요 넘쳐나게 여물을 먹고나서 엎디여 키를 낮추었다.

막동이는 얼른 올라탔다. 그러자 처녀도 몸을 날려 말잔등에 올랐다. 막동이가 좋은 말로 타일렀으나 처녀는 세귀눈을 까츠랗게 모아 뜨고 듣는척도 안했다.

막동이는 할수없이 채찍으로 그를 때리려 했다.

《어서 내리오, 채찍에 얻어맞기전에!》

《싫어요! 나도 따라 갈래요!》

막동이는 할수없이 채찍으로 후려쳤다.

그러자 처녀는 앵-하고 나가넘어지는데 바라보니 백발로파로 변하는것이였다.

막동이는 하도 이상하여 얼른 내려 그의 곁에 다가가 사과한는척하며 보니 노린내가 코를 콱 찌르고 치마자락 뒤끝에 더부룩한 꼬리가 비죽이 나와있었다.

(음, 원래는 구미호였구나!)

막동이는 채찍을 들어 늘그대기를 후려쳤다.

그러자 로파는 캥-하고 나가 늘어지는데 보니 꼬리아홉 달린 불여우였다.

막동이가 다시 말잔등에 오르자 말은 네굽을 안고 내뛰였다.

한참 지나서 화염산의 불길속을 뚫고나가게 되였다. 불길은 말과 막동이의 몸에 닿는데 막동이는 자기의 옷을 벗어 말갈기에 달린 불을 먼저 껐다.

화염산을 지났는데 얼음산이 또 다가섰다. 모진 눈보라는 뼈속까지 속속 파고 들었다. 그런데 막동이는 자기의 옷을 벗어 말의 모가지를 감싸주었다.

드디여 훈훈하고 향기 그윽한 곳에 이르렀다. 노래소리가 들렸다.

《예가 어딜가?》

한데 이상하게도 말이 말을 했다.

《자, 다 왔네! 어서 내리게!》

《예가 어딘가요?》

《예가 바로 하늘나라 선경인데 저기 노래소리 나는곳에 가면 알수 있네. 내 여기서 기다릴테니 와야 되겠다고 생각되는 때 오게.》

막동이는 인사를 하고 노래소리 나는 곳에 갔다.

다가가보니 휘휘청청 늘어진 실버들새로 온갖 기화요초 란만하고 나비 쌍쌍이 날예는데 선녀 여덟이 아아한 목청으로 노래하며 수를 놓고있었다.

몇걸음 더 다가가보니 한폭 수놓은 그림을 한가운데 놓고 그를 본서 수를 놓고들 있는데 자세히 보니 어머니가 수놓은 그 자수품이였다.

《오, 지상국의 도련님이 자수품 찾으러 오셨구만요.》하고 큰 선녀가 말을 떼고 또 이었다.

《도련님, 미안해요 본래는 들어오려고 하지 않았는데 두 형님되시는 도련님들이 아웅다웅하는 꼴을 보고 무례한대로 바람의 힘을 빌어 말아올려왔어요. 참으로 죄송해요 그사이 빌려주어 인젠 저마다 수놓이를 승천하시여 가져가리라 기다리고있던중이애요.》

막동이가 깊이 사례하고 그것을 가지고 자리를 떠나려는데 옥황상제가 《잠간만!》하며 멈춰세웠다.

《애들아, 큰선녀를 거기에다 수놓아 보내거라.》

이에 큰선녀가 웃으며 서자 일곱선녀는 잠간새 큰선녀를 멀리까지 배웅해주라 령하시였다.

수놓이가 끝나자 옥황상제는 선녀들더러 그것을 둘둘말아 멀리까지 배웅해주라 령하시였다.

막동이 백배 부복으로 사례하고 말 타고 지상에 돌아왔다.

막동이네 집 근처에 이르자 말은 《자, 그럼 인젠 나는 가야겠네.》하면서 작별을 고했다. 이에 막동이 깜짝 놀라 물었다.

≪아니 가다니? 그래 어디로 간단말이요?≫

≪실상 나는 하늘천국 옥황의 아들이네. 소시적부터 놀음에만 탐하고 부화방자하여 늘 부명을 어겨 옥황께옵서는 나를 말로 변모양시켜 하토에 내려보내 속죄를 하게 했네. 그러다 일단 때가 되면 마음 착한 사람을 도와 그 소원 성취시켜주고 승천하라 하셨는데 인젠 그럴 때가 됐는가보네.≫

≪아, 그런가요? 그런데 그 구미호는 어찌된 일이요?≫

≪그 구미호는 지상의 요물이요. 그 요물은 그 자수진품을 임자네들이 가지지 못하게 하려고 세상작간 다 부리였네.≫

≪당신의 두 형은 다욕하고 부정했던탓으로 그만 일찍 명을 떼웠네. 당신은 무비의 지혜와 용감성이 있어 그 요물을 요정내고 자수품을 되찾아오게 되였네.≫

그러고나서 말은 연기처럼 사라졌다.

막동이는 집에 이르자 얼른 어머니를 찾았다.

≪어머니, 어머니의 심혈이 슴배인 그 자수품을 찾아왔습니다.≫

어머니가 ≪어디 보자≫하며 병석에서 일어나 자수품을 받아 펼치는데 갑자기 오두막집은 오간데 없어지고 화원에 꽃향기 차넘치고 봉접이 쌍쌍이 날아예는 팔간기와집이 우쭐 일떠섰다. 한데 언제 내렸는지 한 선녀가 걸어나와 ≪어머님, 만강하옵십나이까?≫하며 사뿐 절하고 이어 막동이를 보고서는 ≪랑군님, 다시 뵈옵습니다.≫라고 인사를 하는것이였다.

그리하여 마음 착하고 굴강한 막동이는 하늘 선녀와 백년가약을 맺고 궁궐같은 화려한 집에서 어머니를 모시고 먹을 걱정 입을 걱정 없이 깨가 쏟아지게 잘 살았다고 한다.

구술자: 강정희 / 수집지점: 길림성 길림시 / 수집시간: 1980년 11월 21일

# 백년삼

옛날옛적 산높고 물맑은 어느 두메마을 한 집에 일솜씨 잽싸고 마음씨 비단결
같은 아름다운 새각시가 있었다.

녀자의 몸이기는 하지만 밖으로는 남편을 도와 부지런히 농사일을 거들고
안으로는 시부모를 잘 공경하며 가마목일을 틈새없이 잘하는 그는 일년사철
한마음 한 정성으로 궂은일 거친일 개의치 않고 늘 얼굴에 춘풍화색을 돋구며
돌아갔다.

그런데 모진 일에 부대끼던 시아버지가 바로 삼년전부터 그만 병석에 드러눕
게 되였다.

그러자 그는 남달리 생각는바가 따로 있어 비록 여염집들에서처럼 로문하고
다병하신 시아버님에게 시시때때 호화롭고 즐비한 음식 대접은 못해올릴망정
거칠고 험한 석죽이나마 따뜻이는 대접해올리겠다는 갸륵한 생각으로 늘 질화
로에다 불을 떠놓군 하였다.

이런 알뜰한 정성으로 그는 시집온지 삼년광음 기울도록 화로불 한번 죽이지
를 않았다.

이러구러 어언간 한여름도 짙어가는 어느날 달 밝고 별 총총한 야밤이였다.

그가 편찮아 두문불출로 몸져 주우신 시아버지와 시어머님의 중참을 이글이
글한 화로불우에 올려놓고 기울써 발치잠으로 누웠을때이다.

무망간 ≪솨─≫하는 소리에 살풋잠에서 화닥닥 깨쳐일어나 보니 글쎄 화로에
서 재먼지가 모닥불 연기처럼 새뽀얗게 타래쳐 일어나고있지 않겠는가?

이게 무슨 조화속이냐고 급히 일어나 보니 아이참! 방금까지 돋구어놓아 이글
이글하던 화로불에 급기 누가 물을 쳤는지 불은 죄 반반 꺼지고 한창 보글보글
끓던 퇑국도 싸늘하게 식어가고있지 않겠는가?

새각시는 하도 애가 나고 어이없어 한동안 어찌할바를 몰라 멍해섰다가 살풋
이 잠들었던 자신을 나무람할수밖에 없었다.

새각시는 다시 부엌에 불을 지펴 화로에 불을 가득 떠놓았다.

그런데 한밤중이 되자 또 불이 죽이는 일이 생겨 그후부터는 도정샌해 지켜보

았다.

아닐세라 날샐녘이 거의 되자 정지문이 빠끔히 열리더니 이글이글한 눈망울, 하야맑진 상판에 외머리태 칭칭 땋아늘인, 상하신에 자지색 핫옷을 곱게 받쳐입은 미끈한 떠꺼머리총각 하나가 스리쌀짝 들어와 화로곁으로 왔다.

그는 화로불을 보자 빙그레 웃고 몇번 푸-푸 물을 내뿜어 졸지에 불을 다 죽여버리는것이였다.

이를 본 새각시의 애련한 가슴에선 일천 잰내비 마구 들뛰였다. 새각시는 이런 괘씸한 총각놈을 그냥 둘수가 없었다.

≪너는 대체 누구냐?≫

새각시는 홀 일어나면서 비자루를 잡아쥐였다. 그러자 총각은 들었는지 말았는지 아랑곳 않고 빠끔히 열린 정지문짬으로 나갔다. 밖에 나간 총각은 활개를 치며 걸어가는데 달빛 별빛도 무색하게 황황 눈부시고 향기 또한 그윽했다. 참으로 꿈속같이 황홀하고 기이한 일이였다.

새각시는 그저 마음만 뒤숭숭하여 이리뒤척 저리뒤척 뜬눈으로 날을 밝혔다.

아침이 되자 새각시 또 물동이 이고 박우물터로 나갔다.

물을 퐁퐁 떠서 한동이 참차름 채우고나니 그제야 동산봉끝에 아침해 발그레 얼굴을 내밀었다.

(아, 나도 언제면 로무하신 시부모님께 맘껏 대접하며 어엿이 살아보나? 아니, 그런 날을 바라지는 못할망정 하루삼시 따뜻한 조반석죽 기나라도 때울세라 화로불을 떠놓았는데 하늘천지신령은 그처럼 무정무심하여 그 불마저 기어이 꺼버리니 이 어이된 박명이냐.)

이런 허무하고 비감한 생각으로 잠시 집으로 돌아들어갈 생각도 감감 잊은채 하염없이 저 멀리 동구밖쪽을 내다보고 앉았는데 홀연 돌각담너머에서 난데없이 수목이 수려한 떠꺼머리총각 하나가 불쑥 나타나 자기를 보고 싱글벙글 웃으며 손짓하고있는것이 아니겠는가? 혹시 다른 사람을 보고 그러나싶어 주위를 간간 살펴보아야 박우물가에는 자기 혼자밖에 없지 않은가!

≪저 사람은 도대체 누구일가?≫

하도 이상하여 도정신해 여겨보니 그것은 전날 밤 넘량 좋게 자기 집에 뛰여들어 불문곡직 불을 꺼죽이던 그 사내녀석이였다.

새각시의 눈앞에는 지난 일들이 불찌처럼 언뜻러렸다. 새각시의 가슴에서는 분한 생각이 샘솟듯 치밀어올라 귀밑까지 빨갛게 타올랐다.

≪털도 없는게 부엌부엌한다고 렴치없이 화로불을 연거퍼 죽여놓고도 또 반죽좋게 유부녀를 건드려보구려? 너는 우리 집과 그 무슨 원한이 있기에 화로불을 죽이고 너는 어느 부호가의 방탕아이기에 백주에 유부녀를 감히 희롱하는거냐? 좋다. 오늘 내 너와 생사판가리를 내고야말리라!≫

새각시는 이렇게 그 성부지명부지한 총각의 값눅은 수작을 생각할수록 치미는 분을 못이겨 삼혼 칠백이 산산이 날아나는것만 같았다.

새각시는 어느결에 머리비녀를 활 뽑아들고 그 총각한테로 달려들었다.

그런데 그 총각은 여전히 느물느물 웃으며 따라오라는듯 일언반구의 응대없이 느질느질 잡힐듯말듯 걸어가는것이었다.

새각시는 그럴수록 분해서 더 악을 쓰고 총각의 뒤를 쫓았다.

어느덧 총각은 언덕길을 넘어 령길에 올라섰다. 새각시도 비지땀을 훔치며 언덕길을 넘어 령길에 올라섰다.

총각은 다시 령길을 내리였다. 새각시도 령길을 따라 내렸다. 아무리 명목수라도 재주를 피우다 메주 쑬때 있다고 총각은 홀연 발을 접디디며 허망 나가 너부러졌다.

바로 이때이다. 새각시는 비호같이 달려들어 총각의 숫구멍을 비녀로 꽉 박았다. 그러자 총각은 죽은듯이 너부러진대로 있었다. 그래서 새각시의 등허리에서는 진땀이 빠지지 내돋쳤다.

≪아, 이게 뭐냐? 내 큰일을 저질렀구나.≫

새각시는 얼른 비녀를 뽑아줄 심사로 다시 그 총각한테로 다가갔다. 그러나 총각은 머리에 비녀가 박혔든 말든, 새각시의 후회막급에는 전혀 아랑곳없이 툭툭 털고 일어나 비시시 웃고 고즈넉이 앞으로 내빼였다.

≪아니, 제 아무리 사내대장부라도 악소리 한번 안할수야 없겠는데 오히려 미소까지 띠우다니?!≫

그리하여 더더욱 맹랑하고 괘씸해난 새각시는 방금까지 괴여오르던 측은한 생각은 구중천외로 산산이 흩어지고 복수의 요염한 불길만이 더욱 한가슴 타올랐다. 하여 그는 젖먹던 때의 악까지 다해 바싹 뒤쫓았다. 아니, 구중천외로 천장

만장 들고뛴대도 백사만사 제치고 쫓아가 더 큰 복수를 해야 성찰것이였기때문이다.

이렇게 쫓기거니, 쫓거니 달리는데 낭떠러지가 앞을 떡 막아섰다. 벼랑바위를 쳐다보는 새각시는 눈이 아찔해나고 선자리는 당장 꺼져내리는듯하였다.

새각시가 머뭇거리고있는데 총각은 왜 어서 따라와 나를 때리지 않느냐 하듯 바위에 올라서서 팔다리를 너펼대였다. 참으로 괘씸했다.

《오냐 이놈! 그래 내가 너를 단념하고 돌아갈상싶으냐?》

새각시는 벼랑바위를 톺아올랐다.

《어서 올라 저놈과 생사결단을 내자!》

하여 새각시는 머루덩굴, 다래덩굴을 잡아쥐고 한자욱 두자욱 벼랑바위를 톺아올랐다.

이렇게 얼마를 톺아오르니 앞에는 삼복염천에 수박먹듯 씨원스레 탁 트인 허허벌이 있고 허허벌에는 눈뿌리 시도록 환한 백화가 싱싱 피여 천태만상을 이루고 그 향기 선경의 무릉도원처럼 그윽했다.

《아, 예가 어데냐?》

새각시는 이상야릇해 잠간 머뭇거렸다. 그러나 총각은 총각대로 백화란만한 꽃밭속에 접어들자 한발 내딛고는 돌아보고 두발 내딛고는 돌아보면서 정말이지 얄미운 수작만 부리였다.

《이 능갈친 놈아! 나의 손아귀에 걸리는 날이면 어디보자.》

새각시는 다시 눈에 불을 펄펄 일구며 한발 두발 육박해갔다.

그런데 하나의 눈부시고 희한한 꽃앞에 이르자 총각은 홀연 가뭇없이 사라지고말았다.

《아니 이놈의 총각이 어디로 갔을가?》

새각시가 가쁜 숨을 몰아쉬며 두루 살펴보는데 그 향기롭고 눈부신 꽃이 한들한들 웃음짓고있었다.

그런데 그 화판 한가운데 새각시의 비녀가 깊숙이 쑥 꽂혀있었다.

《흥, 이 천참만륙할 놈이 넘량 좋게 잔재간 변신술로 나를 희롱하려고? 좋다! 내 본때를 톡톡히 보여줘야지!》

새각시는 그 심술사납고 심지 야비한 총각을 다시 찌르려고 자기 비녀를 확

잡아당겼다. 그러나 비녀는 뿌리내린 원시림인양 끄덕도 하지 않았다.

새각시는 두손으로 비녀의 한끝을 잡아쥐고 발을 벋디디고 홀 잡아당겼다.

그런데 이게 대체 어이된 일인가?

우지직! 하더니 두팔과 두다리 한아름되는 인체형의 허여멀끔 탐스럽고 향기로운 뿌럭지가 세근 하나 상할세라 그채로 흙을 떠들고 고스란히 뽑혀나왔다.

새각시는 하도 기이하여 한동안 멍하니 섰다가 가불간 비녀나 뽑자고 다시 잡아빼기 시작했다.

그러나 그닥 깊이 박히지 않은 비녀이건만 요지부동이였다.

새각시는 자기 비녀를 당장 뽑을수도 없어 할수없이 뿌리 그채로 치마폭에 싸안고 집으로 내달아왔다.

집에 돌아온 새각시는 싸안고 온 물건을 내놓으며 시부모와 남편에게 전후사연을 피력했다. 그러자 모두 대경대회하였다.

그것은 다름아닌, 옹근 백년 삼만 륙천오백일동안 복잡다단한 풍진속세와 동간의 뜨게 멀리 떨어진 산 좋고 물 맑은 산간요지경속에서 양광조로, 월광석로 마음껏 받아들이고 마시며 고이 자라 풍신도 동탕한 백년 묵은 산삼이였다.

그리하여 늙으신 시부모를 공대하고 남편을 존경하여 가근방에 소문난 새각시는 검은 머리 파뿌리 되도록 여유작작 잘살았다고 한다.

그리고 또 신통히도 자기를 닮아 세상 견줄데 없이 부모에게 효성이 지극한 오누이 쌍태를 낳아 길러 마음고생 한고치 모르고 백세 고이 살아갔다고 한다.

구술자: 최금녀 / 수집지점: 안도현 구일툰 / 수집시간: 1985년


# 팔모여의주


옛날옛적 어느 한 시골 강변마을에 근하고 맘씨 고운 할아버지내외분이 살아가고있었다.

륙십평생 다하도록 슬하에 일점혈육이 없어 쓸쓸하게 지내는 두 내외는 그저 일에 재미를 붙이고 살아가는데 다행히 개와 고양이 있어 그것들을 아들인가, 딸인가싶게 잘 길러가면서 지내였다.

그러던 어느 하루 할아버지가 나무 한지게 해다 팔고 강변길로 해서 집으로 돌아오는데 여늬때없이 웬 애들이 가득 모여 오구작작 떠들썩하고있었다.

웬 일인가싶어 가보니 전에 보지 못했던 풀떡풀떡 뛰는 큰 잉어 한마리를 잡아놓고 어떻게 나눌것인가를 한창 고아대고있는것이였다.

할아버지가 한발 더 다가서자 잉어는 마치 ≪맘씨 고운 할아버지, 어떻게나 저를 좀 구해주세요.≫하고 애원이나 하듯이 눈물을 줄줄 흘리면서 바라보는것이였다.

이때 할아버지는 이상야릇한 생각이 들었다. 고기란 본래 눈물이 없는 미물인데 이 고기가 애달픈 눈물을 흘릴 때는 필유곡절일테니 불쌍한것을 먼저 살려놓고보자.

이렇게 작심한 할아버지는 모여선 다섯 애들을 둘러보며 상냥히 말을 건네였다.

≪애들아, 고기는 크다마는 너희들 다섯이 나누자면 판판 부족이요, 그렇다고 함께 끓여먹거나 구워먹자 해도 한입에 몇점 차례지나마나 하겠으니 차라리 나에게 팔아 돈을 나눠가지는것이 어떠냐?≫

그러자 애들은 거 좋은 수라고 하면서도 시골강에서 이렇게 큰것을 잡기는 난생처음이기에 헐값으로는 절대 못팔겠다고 잡아떼였다.

할아버지는 두말없이 나무 판 돈에다 주머니밑굽에 있던 돈까지 몽땅 털어 잉어를 샀다.

≪애, 말 못하는 잉어야! 어서 물에 들어가 마음껏 활개치며 살거라!≫

할아버지는 잉어를 고스란히 물에 넣어주었다.

그 이튿날아침, 할아버지가 전과 같이 나무 한짐 해다 팔아가지고 강변으로 돌아올 때였다.

얌전하고 어여쁘게 생긴 초립동 소년 하나가 패랭이를 쓴 우둑진 장정 한사람을 데리고 반갑게 막 다가오면서 ≪할아버지! 그새 안녕하셨습니까?≫하고 공손히 꿇어 엎드려 절하는것이였다.

할아버지는 아무리 보아야 초면강산의 초립동인지라 자네를 잘 모르겠다고 하자 그는 한번 더 공손히 엎드려 머리를 조아리며 ≪할아버지! 할아버지는 저를 몰라 보실것입니다. 저는 다른 사람이 아니라 수궁 룡왕의 외독자아들이온데 어저께 잉어로 변하여 세상구경을 나왔다가 의외로 어린 아이들의 낚시에 걸려 죽게 된것을 다행히 할아버지의 두터우신 보은을 입어 무사히 생명을 보존하여 되돌아가게 되였답니다. 제가 어제 부왕님께 이 일을 세세히 말씀드렸더니 부왕 께서는 그런 대은을 입고 그냥 있을수 있느냐, 네 곧 물에 나가 즉각 그분을 모시고 들어오라 하시옵기에 오늘 일찍 나와서 기다리고있던중이올시다. 그러 니 더 별다르게 생각마시고 함께 가주시기만 바라옵니다.≫라고 하는것이였다.

그 말을 들은 할아버지는 ≪참 왕자님도 별 말씀을 다하오. 나살이나 먹은 사람으로 남의 위급한 생명을 구해주는것은 의례 해야 할 응당한 일이거늘 구태 여 그만한 일로 궁중에까지 묻어들어가 공연한 폐단을 끼치겠소?≫하고 굳이굳 이 사양했다.

그러나 잉어왕자는 ≪내 만일 이번 걸음에 할아버지를 못 모시고 돌아가면 부왕의 엄한 꾸중과 책벌을 면치 못 할것인데 이런 난처한 일이 또 어디 있겠습 니까? 그러니 곤하신대로 함께 갑시다.≫하고 통사정하다싶이 했다.

할아버지는 할수없이 초립동왕자의 인진을 받아 패랭이 쓴 사람의 등에 업히 워 물속으로 첨벙 들어갔다.

물속에 들어가니 생각과는 판판 달랐다. 수중에도 휘황찬란한 일월이 있고 온갖 새 재잴잴 노래하는게 이 세상과 별다름이 없었다.

한동안 들어가니 붉은 산호로 총총 지은 눈부신 대궐이 꿈속같이 나타나는데 거기에서 내리라 하였다.

할아버지는 왕자가 이끄는대로 들어가는데 집가운데 또 집이요, 문가운데 또 문이라 열두대문을 들어가니 푸른빛 곤룡포에 련화관을 눌러쓰고 룡상에 점잖 게 앉아 늘어진 하얀 수염을 쓰다듬던 룡왕님이 일어서는것이였다. 할아버지가 앞에 가서 절하자 룡왕은 친히 뜰아래까지 내려와 아들 살려준 사례를 하고 이어 잔치를 베푸는데 기이한 풍악과 맛있는 음식잔치는 장장 사흘 낮 사흘 밤이나 계속되였다.

나흘째되는 날이였다. 미안스레 생각된 할아버지가 인젠 돌아가겠다고 하였으나 며칠 더 놀다 가라고 하여 할수없이 며칠 더 묵으면서 눈부신 진주창고며 산호꽃이 만발한 화원까지 속속들이 다 돌아보았다. 닷새만에 꼭 떠나겠다고 하자 하자 왕자가

≪할아버지! 할아버지가 떠나실적에 부왕께서는 틀림없이 소원을 물으실것입니다. 이때 다른건 다 받지 마시고 다만 부왕 룡상곁에 있는 팔모여의주 하나만 달라고 하십시오.≫하고 넌지시 일러주었다.

팔모여의주는 어디에다 쓰는가고 할아버지가 묻자 왕자는 이렇게 알려주었다.

≪팔모여의주는 이름 그대로 팔모인데 그 첫모를 굴리면서 소원을 말하면 온갖 음식이 다 나오고 그 두번째모를 굴리면서 소원을 말하면 피륙이 나오고 그다음은 가옥이 나오고 전답이 나오고 돈이 나오고 가축가금이 나오고 금은보화에 농구연장이 쏟아져나오는 소원성취를 시켜주는 여의구슬이옵니다.≫

왕자의 설명을 듣고 깜짝 놀란 할아버지가 ≪아니 수궁의 그런 무가지보를 내가 무슨 턱으로 가져가겠소?≫하자 왕자는 ≪수궁에는 그런 보물이 얼마든지 있습니다. 할아버지는 전생을 부자놈들의 성화에 그토록 고생하셨으니 이제 만년에는 꼭 대복을 누리셔야 합니다.≫하고 간절히 말하였다.

할아버니가 룡왕앞에 가서 하직을 고하자 룡왕은 섭섭한 기색을 띠우며 ≪정 가시겠다니 더 말리지 못하겠소 한데 인간실림에 소용되는 그 무슨 물건이 있으면 사양마시고 말씀하시오.≫라고 하였다.

할아버지는 차마 말떼기가 어려우나 왕자가 그처럼 간곡히 시켜주던 일으로 생각하며 팔모여의주를 말하자 룡왕은 갑자기 미간을 찌프리면서 천정만 쳐다보는것이였다.

바로 이때 왕자가 불쑥 부왕앞에 나타났다.

≪부왕마마! 부왕마마께서는 그따위 팔모여의주 하나를 소자의 목숨보다 더 소중하게 여기십니까?≫

그러자 룡왕은 팔모여의주를 내주면서 조심해 쓰라고 하였다.

할아버지는 팔모여의주를 받아가지고 다시 패랭이 쓴 사람 등에 업혀 왕자의 배웅을 받으며 수궁을 나와 집으로 돌아왔다.

집에 오니 할머니는 수심에 잠겨 식음을 전폐하고 자리에 몸져 누워있었다.

할아버지는 그 사이 일을 자초지종 이야기하고 팔모여의주를 꺼내놓았다.

할아버지가 ≪우리 집 안로인이 드러누워 밥 한술도 옳게 못들었는데 밥 한상이나 생겼으면 얼마나 좋겠소.≫하고 한모를 굴리니 난데없는 산해진미 주육반찬음식상이 척 나타났다. 그래서 두 내외간은 물론 개와 고양이도 처음으로 한끼 잘 먹었다.

할아버지는 또 깨끗한 집이나 한채 바꾸어주면 얼마나 좋으랴 하고 또 한모를 굴리니 초가집이 없어지고 으리으리한 기와집이 덩실 솟아났다.

그리하여 할아버지는 먹을 걱정, 입을 걱정, 쓸 걱정을 모르게 살게 되였다.

그런데 이때 강건너 북쪽마을에 욕심 사나운 부자 한놈이 살고있었다. 그 부자는 팔모여의주에 눈독을 들이고 한 수를 생각하고 자기 집 심부름군을 박물장수 차림새로 분장을 시켜 할아버지네 댁를 찾아가게 했다. 때마침 할아버지가 일을 나가고 없는데 부자놈의 심부름군은 기뻐 웃음주머니를 흔들거리며 맘씨 무던한 할머니를 살살 꼬이기 시작했다.

≪저 과객이 듣자니 이 댁에는 세상에 으뜸가는 팔모여의주란 보배가 있다고 하는데 한번 좀 보여줄수 없겠습니까? 참말이지 한번 보고만 죽는대도 원을 끄겠습니다.≫

이때 할머니 생각엔 그냥 보여주는데야 어떠랴싶어 팔모여의주를 그대로 내보였다.

그러자 그 박물장수놈은 ≪아! 참 신기하데요≫하며 입에 발린 찬사를 아끼지 않다가 갑자기 ≪저 그런데 랭수 한바가지만 청합시다.≫라고 했다.

마음씨 무던한 할머니 얼른 일어나 물 뜨러 간 사이 그놈은 잽싸게 미리 집에서 가지고 온 가자 팔모여의주와 슬쩍 바꾸어 손에 쥐고 그대로 보는체하다가 주는 물은 마시는둥마는둥하고 자리를 급급히 떠났다.

그러나 그 수작을 알길 없는 할머니는 그것이 진짜 자기 집 팔모여의주겠거니 하고 그대로 받아서 벽장속에다 깊이 간수했다.

한데 그 박물장수가 집문을 나서자 원래 으리으리하던 집은 온데간데 없어지고 많던 가장집물도 다 자취를 감추어버렸다.

할아버지가 일밭에서 돌아와 이 정경을 보고 벽장속의 팔모여의주를 꺼내보니 그것은 송진으로 만든 가짜 팔모여의주였다. 그래서 그 박물장수의 뒤를 쫓으려 했으나 어디서 굴러온 사람이며 또 어디로 굴러갔는지 알길이 없었다.

이런 일이 있은 그 이튿날아침, 그날도 할아버지와 할머니가 새벽일을 나가려고 집을 나서다가 무심결에 강북을 바라보니 부자집 댁의 층집이 눈부시게 빛나는것이였다.

≪갑자기 밤사이에 어찌된 일일가?≫

이건 틀림없는 팔모여의주의 조화속이라고 두 내외는 단정하고 그길로 배를 타고 부자댁을 찾아갔다.

할머니가 집안에 들어가 한사람한사람 자세히 뜯어보니 한 거간군놈의 찌그러지고 말라붙은 얼굴이 어제 찾아왔던 그 박물장수와 꼭 같았다.

그자는 할머니를 보자 인차 피해 달아났다.

그래서 할아버지네는 부자놈앞에 가서 가짜팔모여의주를 내놓고 자기 집 팔모여의주를 내놓으라고 하였다. 그러자 부자놈은 펄쩍 뛰며 ≪나더러 팔모여의주를 내놓으라니 이게 대체 무슨 놈의 미친 소리뇨? 그래 내가 이만한 재산에 아직 무엇이 부족해서 그따위 팔모여의주를 바꾸어냈단말이뇨? 그따위 허튼소리 한 죄로 릉지처참을 당하기전에 어서 썩 물러가지 못할가!≫하고 고래고래 호통을 쳤다.

그래도 할아버지가 사정사정하는데 부자놈은 숱한 하인을 시켜 다짜고짜 매질하고 내쫓았다.

그리하여 불쌍한 할아버지내외는 쫓겨 강을 건너 집으로 되돌아올수밖에 없었다.

그런데 이때 함께 따라갔던 고양이와 개는 어떻게 해서든지 주인집 팔모여의주를 꼭 찾아가자고 그대로 눌러있었다.

이때 고양이가 한 묘한 꾀를 생각해내였다.

고양이는 개더러 밖에서 잠간 기다리라 하고 자기는 쌀고간에 살짝 들어갔다. 이때 쌀고간에는 수많은 쥐들이 밤새 갑자기 불어난 쌀무지우에서 마구 먹어대고있었다.

고양이는 큰 쥐 몇마리를 잡아놓고 무섭게 호령을 내렸다.

≪이놈들 듣거라, 너희들이 내 말을 고분고분 잘 들어주면 살려주겠으나 만약 듣지 않으면 구대를 멸하겠다.≫

쥐들은 인젠 죽었다고 생각했는데 말만 들어주면 살려주겠다니 귀가 벌쭉해졌다.

≪무슨 일인지 령만 내리면 꼭 그대로 행하겠나이다.≫하고 대답하였다.

≪좋다. 그럼 묻겠다. 집주인이 팔모여의주를 어데다 감추더냐?≫

그러자 쥐들이 이구동성 발발 떨며 고해바쳤다.

≪네. 방안 벽장속에 깊이 간수한줄로 아뢰나이다.≫

≪좋다! 그럼 이제 당장 가서 그 팔모여의주를 물어오너라!≫

그 말을 듣고 쥐들이 ≪네, 그까짓 일은 아주 쉽사옵니다. 그저 목숨만 살려주신다면 당장 가져다드리겠나이다.≫하고 즉시 물러가 벽장을 이로 싹싹 갉아 구멍을 내고 팔모여의주를 물고 나왔다.

고양이는 얼른 그것을 받아물고 밖으로 나와 개와 함께 강으로 내달아갔다. 한데 고양이는 가을 건널 일이 아득했다.

이때 개가 있다가 ≪예, 어서 내 등에 업혀라.≫하고 고양이를 업고 물을 헴쳐 건너기 시작했다.

강복판에 이르러 고양이가 팔모여의주를 단단히 물기나 했는지 걱정이 된 개는 ≪애, 고양아! 꼭 물었니?≫하고 물었다.

하지만 고양이는 입에다 팔모여의주를 꼭 문탓으로 아무 대꾸도 할수 없었다.

대답이 없는것을 본 개는 더욱 조바심이 나서≪애, 그래 꼭 물었냐?≫하고 재쳐 물었다.

개가 또 묻자 고양이는 입을 벌릴수 없어 인젠 그만 물으라고 앞발로 개의 몸을 탁 쳤다.

그러자 개는 암만해도 물에 떨어뜨리고 애가 나니까 자기를 치는줄 알고 ≪아니 그래 물에 떨구었단말이냐?≫하고 헴발을 멈추고 뒤돌아섰다.

그러자 고양이는 급해나서 ≪아니야 꼭 물었다!≫하고 얼른 대답하였다.

그통에 팔모여의주는 강복판에 찰랑 떨어지고말았다.

하는수없이 그대로 강을 건너온 고양이와 개는 서로 ≪공연히 묻는탓에 떨구었다≫거니 ≪결국은 너때문에 떨구었다≫느니 하고 대판싸움이 벌어졌다.

한창 싸우다 개는 화김에 집으로 가버리고 고양이는 그래도 행여나 건질수 있을가 해서 강변을 오르락내리락하였다.

한참 헤매다나니 고양이는 배가 고파났다. 이때 마침 한 낚시질군이 강변에서 고기를 낚고있었다. 그래서 고양이는 살금살금 기여가 풀숲에 쭈크리고 앉아 기회를 보아 고기라도 집어먹자고 생각하였다.

한데 이때 마침 낚시질군은 큰 생선 한마리를 낚아내였다. 고양이는 살살 기여가서 살짝 그 큰 생선을 물고 냅다 뛰였다.

고양이는 먹어버리려다가 집에서 굶고있을 할아버지내외가 생각되여 그대로 물고 집에 왔다.

고양이가 난데없는 큰 생선 한마리를 물고 온것을 본 할아버지와 할머니는 몹시 기뻤다.

≪오늘 저녁은 생선국이나 끓여서 우리 네 식구 한끼 잘 먹어보자!≫

이렇게 말한 할아버지는 칼을 가져다 큰 생선 배를 쭉 갈랐다.

한데 눈부신 팔모여의주가 배속에서 똑또르르 굴러나오는것이였다.

팔모여의주가 한모한모 구을자 초가집이 기와집으로 변하고 피륙이 필필로 쏟아져나오고 금은보화에 돈, 농구연장이 빗가빗가하게 차례차례로 흘러나왔다.

그리하여 할아버지네는 또다시 잘살게 되였다.

그러나 이 일은 재빨리 강건너 부자놈의 눈을 홱 뒤집혀지게 하였다.

(음—저 가난뱅이 령감쟁이가 어느새 팔모여의주를 되찾아갔구나. 인젠 령감쟁이 내외를 죽여버려야겠군. 그래야 보배를 영원히 내 손아귀에 넣을수 있지!)

이렇게 생각한 부자놈은 숱한 졸개들을 데리고 떠났다.

할아버지와 할머니는 이 소식을 듣고 팔모여의주를 꺼내들고 락루하면서 말하였다.

≪팔모여의주야, 팔모여의주야! 암만 해도 너는 영원히 우리와 함께 있을것 같지 못하구나!≫

바로 이때였다. 팔모여의주는 살짝 온돌우에 떨어져 돌돌 구을더니 금은보화와 돈을 태산처럼 쏟아놓았다. 그리고는 난데없는 숱한 장정들을 내놓았다. 그들은 류모방망이를 들도 나와서 ≪얘, 고양아! 그 맘씨 고약한 부자놈이 어디 있냐.≫하고 묻는것이였다.

고양이가 강북을 가리키자 장정들은 할아버지앞에 얼른 꿇어엎드려 ≪할아버지, 안녕히 계십시오 우리는 수궁왕자님의 분부를 받고 왔사온데 인제는 팔모여의주를 그대로 두어야 할아버지네한테 해만 끼칠것 같아 한평생 쓸 물건만 남겨드리고 가옵다.≫하고 뛰여나갔다.

그들은 나가서 배를 타고 건너오는 부자놈을 단매에 요정내였다.

그리하여 이때로부터 할아버지와 할머니는 복을 받아 만년을 잘 보냈다고 한다.

그리고 이때로부터 고양이는 가마목에서 살게 되였고 개는 부엌구석이나 문밖에서 살게 되였다고 한다.

고양이가 가마목이나 구들에서 살게 된것은 집주인에 대해서 개보다 정성이 더 지극하여 총애를 받게 됐기때문이다. 그리고 또 고양이가 총애를 받기때문에 개는 고양이를 만나기만 하면 시기질투하여 지금도 몹시 으르렁거린다고 전한다. 그리고 지금 인간세상에 팔모여의주가 없는것은 그때 할아버지에게 주었던 그것을 막부득이하여 룡궁에서 되찾아간때문이라고 한다.

구술자: 최금녀 / 수집지점: 길림성 안도현 량병향 / 수집시간: 1954년 8월

## 숯쟁이총각께 목떼운 사또

어느때인가, 산 좋고 물 좋은 어느 한 고을에 사또가 부임한후 금준미주 미녀월색 부화사체에만 빠져 처처에서 백성들의 원성소리 높아만 갔다.

≪하늘도 정녕 무심한지고. 어느 현명한 암행어사 나타나서 저 작자의 키를 낮추어 못주나.≫

큰놈, 작으놈 그놈이 그놈인 세상에 어느 명철한 삼감마마 있어서 현인을 시골에까지 파해줄것이며 또 어떤 담찬 남아 있어서 그 패덕무도한 사또의목을 낮출 생각을 가질수 있으랴!

이때 이 고을 막바라지 숯골에 키가 훤칠 크고 미목이 수려한 한 숯구이총각이 있었다. 그는 소시적부터 도량이 넓고 주접 또한 좋아 이름이 짜하였다.

어느 하루, 그 총각은 무슨 수가 떠올라 정히 모아둔 동전을 로자로 삼고

한 친우를 말경잡이로 내세우고 고을에 올라갔다.

고을에 이른 총각은 먼저 사또의 출입이 제일 잦은 기생네 집에 가서 투숙을 청하였다.

총각은 사또의 애첩 기생을 불러다놓고 《만화방창화풍세우 호시절에 부어라 마셔라 하며 홍판 벌리는게 어떻소?》하고 주안상을 청했다.

술잔이 오거니가거니하다가 총각은 우정 기생을 자기 무릎우에 끌어당기며 수작을 피우고 총각의 동행인 《수종사령》 친우는 문지기노릇을 하고있는데 사또 행차가 왔다. 문지기가 길을 막아나서자 사또의 통인들은 《네 어떤 놈이고 이안에 든 놈이 어떤 쓸개빠진 놈이기에 감히 사또어르신님의 익은 발길을 막는 단말이냐?》하고 을러메였다.

그래도 문지기가 말을 듣지 않자 물매를 쳐 제끼고 사또가 내려 문을 뚝 떼고 들어섰다. 한데 자기의 애첩 기생년은 허줄하게 입은 어떤 놈의 무릎우에 앉아있는지라 화가 천둥같이 발작하여 《네 이놈! 어디서 구을러 온 잡놈이관대 감히 이리 어지러이 굴어 나의 심신만 상케 하는고?》하고 호통치나 총각은 까딱않고 앉은채로 《허, 그래 사또만 오뉴월 외따먹듯 계집을 다스리고 나는 오만한 눈요기도 할수 없단말인고?》하며 도도히 맞서는지라 사또 더욱 괴씸하여 《이 당돌한 놈, 네 대체 어떤 놈이관대 이다지도 무례한고?》

이에 총각은 꿋꿋이 대답했다.

《내 아직 고을 사또는 못됐으나 이런 계집 하나쯤은 가히 다룰만한 장부이노라.》

그러자 사또머리엔 번개같이 스치고 지나는 생각이 있었다.

(옷매무새 비록 람루하나 이글이글한 두눈에 만두기 같이 큰 두귀, 덩실한 코마루, 넓은 이마…과연 나무랄데 없는 풍채좋은 선비, 내가 사또인들 알면서도 땅땅 맞서는걸 봐서 너무 하대할 사람은 아니구나!)

《오늘 무례한것을 봐서는 당장 육장내고싶으나 각별히 생각하여 놔두니 더 잔말 말고 딴방 찾아 들어 묵어가거라.》하고 사또는 뒤길을 열었다.

이튿날새벽, 총각은 일어나자 주인령감을 불렀다.

《주인님, 집에 작두가 없습니까?》

어두운 밤에 홍두깨 내밀듯 당돌한 물음에 주인령감은 가슴이 떨렸다.

《예 있습니다.》

《날이 잘 듭니까?》

《예, 잘 듭니다.》

《그러면 지체말고 얼른 가져오십시오.》

《예, 예!》

주인이 대답은 하고도 멍해 서있기에 총각은 쐐기를 더 박았다.

《왜 서고만 있습니까? 그래 고을 사또의 목에 작두날이 안들가보아 그럽니까?》

그제사 주인은 단가마에 오른 개미처럼 쩔쩔매며 대답하고 나와서 급급히 사또 자는 방문앞에 달려가 《사또님, 사또님! 기침하셨나이까?》하자 사또는 《거 무삼일로 기침전부터 이리 들볶는고?》하며 호통을 쳤다.

《사또님, 큰일났사이다.》

큰일이란 말에 사또 벌떡 일어나 앉으며 주인령감을 불러들였다.

주인령감이 《어제저녁 쫓겨난 그 어른이 방금 작두를 가져오라고 호령하옵더이다.》하고 전갈하자 사또는 그만 눈앞이 새까매났다.

(예로부터 어명을 받고 민정을 살피는 암행어사야말로 파의파립 초라한 행색으로 팔도강산을 돌아다닌다고 했는데 바로 그가…)

《아차, 이거 잘못 걸려들었군!》

급급히 옷행장을 수습하고 일어난 사또 제일 끝방으로 달아가서 《어사님 계시는가?》하고 그 물매맞은 문지기에게 물었으나 그는 먼산만 쳐다보며 말뚝같이 서있는지라 어찌했으면 좋을지 몰라 망설이는데 방안에서 《여봐라, 거 밖에 누가 왔느뇨?》하는것이였다.

그제사 문지기가 여쭈었다.

《예, 천하방자무례한 고을 사또 거행한줄로 아뢰오.》

이때 사또 들어보니 일은 언녕부터 파밭을 매였는지라 마음은 더욱 황황해져 속죄하려는데 《암행어사》문을 차고 썩 나섰다.

《사또 듣거라, 나라에선 너에게 사또란 대관대직을 주고 한 고을에서 불의를 쳐 의리를 세우고 선덕으로 불선을 몰아 도탄아 허덕임이 없도록 백성의 질고를 살피라 했는데 너는 주색에 빠져 세월을 보내고 백성의 고초를 귀전에 놓았으니

그 죄의 경중을 너도 가히 가늠하렸다.≫

≪네, 황공하오이다.≫

≪이놈, 내 분감에 작두를 찾았다만 오늘 급보를 접해 그대로 떠나니 래일을 기다리라!≫

총각은 문을 쾅 닫고 더 말치 않았다.

아침후 ≪암행어사≫가 서울로 떠난다는것을 알고 사또는 기회를 놓치지 않고 사정을 들이대려고 하였다.

사또는 봉물짐까지 가지고 ≪암행어사≫의 뒤를 바싹 뒤쫓았다.

이때 ≪암행어사≫는 말을 세우고 불호령을 내렸다.

≪이놈! 오늘 이 길이 그 무슨 경사로운 길리라고 불축하게도 전후좌우에 숱한 라졸무리 배행을 하며 당치도 않은 봉물짐까지 뒤따르게 하는거뇨?≫

≪예 예, 약소한대로…≫

≪이놈! 나라 어명을 받고 민정을 살피는 나를 탐관오리로 보는거냐?!≫

그리하여 사또는 라졸들더러 봉물짐을 가지고 물러가라고 하였다. 그리고 사또는 그냥 뒤따르면서 사정하였다.

일행은 인적기 드문 송림속에 들어섰다.

≪너 이놈! 고을에 도임한지 몇해나 됐냐?≫

≪네, 옹근 삼년인줄 아뢰오.≫

≪그래 그사이 긁어모은 돈은 얼마이고 겁탈, 간통한 아녀자는 얼마이뇨?≫

≪예, 삼백냥 금에 백여명인것으로 아뢰오.≫

그 말에 ≪어사≫ 앙천대소하고 말했다.

≪이놈! 도임한지 3년세월에 삼백냥 금이 과시 적으며 백여명 아녀자를 겁탈 간통한것이 그래 적단말이냐?≫

이때 ≪어사≫총각은 품속에서 서리발치는 칼을 꺼내 벼락같이 탁 내리치니 사또는 꺽! 외마디소리 지르고 혼은 반공중에 흩어지고 시신은 염라국에 입적되고말았다.

그리하여 무도하고 방탕하며 무지몽매한 고을사또는 지혜로운 시골 숯구이총각한테 목을 잘리우고야말았다.

구술자: 김유천 / 수집지점: 길림성 안도현 차조구 / 수집시간: 1970년 11월 7일

# 해갈삼

해갈삼이란 《갈한 목을 추기는 산삼》이란 뜻인데 항일전쟁시기에 장백산일대에서 전해진 해갈삼이야기는 지금도 널리 전해지고있다.

바로 항일련군이 일본침략자들과 싸울 때에 있은 일이다.

일제놈들이 들어와서 집단부락을 만드는바람에 유격대는 곤난에 봉착했다. 먹을것, 입을것은 물론 약품도 없어 병자들을 제때 치료하지 못하였다. 그리하여 산에서 약초를 캐여 쓰는수밖에 없었다.

어느날 유격대 대장은 산삼을 캐는데 이골이 텄다는 두 대원을 불러놓고 산삼을 캐오라는 임무를 주었다.

임무를 받은 두 대원은 짚신감발에 닷새분 량식을 짊어지고 장백산으로 들어갔다.

때는 삼복염천이라 장백산엔 기화요초가 꽃동산을 이루었다. 그런데 참 이상한 일이였다. 어려서부터 산골에서 태여나 산골에서 자라 산을 타는데 이골이 텄다고 산삼총각이라 불리우는 두 대원이였건만 하루 점도록 헤짚고 다녔지만 일년삼 한포기 보지도 못했다.

그 이튿날도 허사였고 그 다음날, 또 그 다음날도 역시 허탕을 치고말았다. 안달아난 두 대원은 식미가 뚝 떨어지고 잠조차 제대로 잘수 없었다.

그런데 닷새날 밤이였다. 그날따라 류달리 달이 횅창 밝은데 두 대원은 밤도와 삼캐러 나섰다. 밤이 이슥하도록 지팽이로 풀숲을 헤치며 분주히 삼을 찾다가 홀연 귀엽게 생긴 두 아이를 만났다. 한 아이는 붉은 옷을 입었고 다른 한 아이는 새파란 옷을 입었다. 두 아이는 그들을 보고 방실방실 웃으며 다가왔다.

《아저씨들은 항일련군부대죠?》

《오냐 그래그래, 우리는 항일련군부대에서 왔단다. 그런데 너희들은 웬 애들이냐?》

두 전사가 무인지경 산중에 나타난 두 어린이의 당돌한 물음에 놀랍고도 기이하여 이렇게 반문했더니 《항일련군아저씨, 우리들 이름말인가요?》하고 두 동자는 조금도 두려워하는 기색이 없이 말을 건늬였다.

≪오냐, 너희들 이름말이다.≫

그러자 붉은 옷을 입은 아이가 ≪저는 장백산 홍의삼동자라고 불러요.≫하고 방실방실 웃으며 대답했다.

≪장백산 홍의삼동자?≫

≪네, 그래요.≫

뒤미처 푸른 옷을 입은 아이가

≪저는 장백산 청의삼동자라 불러요.≫하고 해죽해죽 웃으며 대답했다.

≪청의삼동자?≫

≪네, 그래요!≫

≪오, 거참 좋은 이름들이로구나, 그런데 너희들은 집이 어디냐?≫

두 대원은 더 캐물었다.

≪바로 저기 저 청석바위우에 천년송 두그루가 마주 서있지 않아요? 그 곁에 맑은 샘이 흐르는데 바로 그곳이랍니다.≫

두 동자는 고사리같은 두손으로 앞을 가리키며 자세히 알려주었다.

≪그래 너희들 집에는 누구누구 계시냐?≫

≪본래는 식솔이 많았어요. 그런데 왜놈들이 들어온후 피난을 가고 잡혀가다 보니 지금은 우리 형제만 남았어요.≫

≪오, 그러냐? 너희들 빨리 커서 원쑤를 갚아라.≫

두 대원이 동정해주자 홍의동자가 말을 꺼냈다.

≪아저씨, 우리는 아저씨들과 함께 있으려고 해요.≫

≪그래요. 우리는 꼭 아저씨들과 함께 혁명에 나설래요.≫

정의동자도 말을 보탰다.

그러나 두 대원은 그들의 두손을 잡아쥐며 말했다.

≪아무렴, 너희들이 원한다면 꼭 우리와 함께 있을수 있구말구!≫

이에 두 동자는 기뻐하며 풍풍 뛰였다.

≪좋아요! 그럼 아저씨들이 우리 집에 찾아와서 우리를 꼭 데려가요. 해가 방실 떠오르는 아침에 오셔야 해요. 우린 꼭 기다리겠어요 네!≫

≪오, 그래그래 꼭 가지!≫

두 대원은 두 동자가 사라지는쪽을 향해 손을 내젓다가 손이 서로 부닥치는바람에 홀 깨여보니 그것은 달콤한 꿈이였다!

아침해가 금빛을 뿌리고있는데 두 대원은 깨여나 꿈이야기를 했다. 한데 이상하게도 신통히 같은 꿈이 였다.

한자리에서 꼭같은 꿈을 꾼것이 놀랍기도 하고 이상도 하여 두 대원은 얼른 두동자가 가리켜준 곳으로 갔다.

깎아지른듯한 벼랑바위, 그 바위중턱 펑퍼지만 곳에 이르니 과연 우뚝 솟은 천년송 두그루가 서있고 그곁에 은방울을 굴리는듯한 석간수가 돌돌 흐르는데 자세히 살펴보니 천년송밑에 탐스러운 세잎삼 두포기다 고스란히 그들을 기다리고있었다.

빨간 인삼꽃은 웃는듯 방실방실 피여있고 푸른 잎사귀는 춤추듯 한들한들 바람에 나붓기고있었다.

두 대원이 보고 또 봐도 틀림없는 산삼이였다.

≪방초야! 방초야! 방초야!≫

두 대원은 세번씩 소리쳐 부르고나서 실뿌리 하나 상할세라 조심히 캐여 흙을 털었다.

그런데 정성다해 캐고보니 그것은 엄지손가락만한 동자삼이였다.

≪요까짓 동자삼을 가지고 가서 무엇에 쓰겠나.≫

≪그러게말이야. 배앓이하는 어느 전사나 주고말지.≫

두 대원은 제각기 한뿌리씩 물통에 집어넣고 돌아왔다.

부대에 돌아와서 대장에게 삼을 캔 전후사연을 자초지종 아뢰고 물통을 넘겨주었다.

≪아니, 산삼은 모두 홍송나무껍질로 싼다구 하더구만 왜 물통에다 넣었소?≫

대장이 우시개소리를 하며 물통을 받아쥐고 마개를 열어보니 삼이 우러난 새빨간 물이 찰랑찰랑하였다.

≪아니 삼을 물에 넣다니?≫

대장의 말에 두 대원은 어리둥절해졌다.

≪마시다 남은 물이 밑굽에 좀 있기는 했는데…≫

≪허허 좋소! 그러니 진짜삼이 우러난 물이구만.≫

대장은 호탕하게 웃으면서 삼이 새빨갛게 우러난 물을 한모금에 맛보았다.

한데 별일이였다. 두통 다 우러난 삼물이 쓰지 않은게 참 이상하였다. 그보다도 대원들이 너도 나도 한모금씩 마셨지만 물이 줄어들줄 모르고 그냥 찰랑찰랑 차넘치는것이였다.

이에 대장은 웃으면 웨쳤다.

≪동무들! 모두 와서 산삼이 우러난 물을 마십시다!≫

때마침 승전하고 돌아와 휴식하던 대원들이 하나하나 빠짐없이 그 물로 마음껏 갈한 목을 추기게 되였다.

너무도 희귀해서 이번엔 그 인삼뿌리를 다른 큰 물통에 넣어봤는데 역시 삼물이 차넘치는것이였다. 그래서 대원들은 우리고 우려도 마를줄 모르는 이 인삼을 갈한 목을 추겨준다고 하여 ≪해갈삼≫이라고 부르게 되였다.

이때로부터 항일유격대는 두뿌리의 산삼으로 전사들의 갈한 목을 수시로 추겨주는데 이 삼물을 마실 때마다 산을 옮기고 바다를 메울듯한 장사힘이 솟구쳐 날강도 일제놈들을 가을날 삼대베듯 척척 쓸어눕혔다고 한다.

구술자: 채만규 / 수집정리: 길림성 안도현 송강진 / 수집시간: 1978년 8월 27일

# 총명한 딸

옛날옛적 시골에 나어린 딸 하나만을 데리고 살아가는 오십대의 한 홀아비가 있었다.

그 홀아비는 와락와락 제 수족을 놀려 살아갈 궁리를 할 대신 늘 어떻게 하면 뼈힘 안들이고도 남보다 잘먹고 잘입고 잘쓰며 잘 지내가겠나 하고 약은 궁리만을 했다.

그런데 어느 하루 난데없는 한 소승이 쌀동냥을 왔다. 바로 이때가 좋은 기회라고 생각한 홀아비는 일부러 그 소승을 반갑게 맞아들였다.

≪여보시오, 스님!≫

이렇게 서두를 떼고난 그는 어떻게 하면 남보다 잘먹고 잘입고 잘쓰면서 살아갈 좋은 방도가 없느냐고 꼬치꼬치 캐묻기 시작했다.

그이 말을 듣고난 소송은 이때야말로 횡재의 좋은 기회라 생각하고 스스럼없이 지껄여댔다.

《하, 하늘이 무너져도 솟아날 구멍이 있다는데 남부럽없이 잘살 구멍수가 없겠나이까?》

그 말에 귀가 번쩍 뜨인 홀아비는 《아니 대사, 무슨 뾰족한 수가 있단말이지요?》하고 한발 더 다가앉으며 물었다.

그러자 소승은 털 한대 없는 호박골을 내저으며 지껄여댔다.

《예로부터 부귀는 재천이요, 지성이면 감천이라 하지 않았나이까? 그러하온즉 하느님을 지성으로 모시기만 하오면 모든것이 소원대로 이룩될줄 아오이다.》

《아니, 하느님은 도체 어디 계시오?》

《하하하하, 이렇게도 고지식하기라구사, 지고 무상하옵신 하느님이사 하늘천국에 계시지만 성당의 부처님으로 말하면 하느님을 대신해서 세상자비를 베푸시는 하느님의 전지전능하신 화신이 아니오니까? 해, 그러하온즉 부처님을 지성으로 모시면 안될 일이라군 없습지요.》

《예, 듣고보니 그럴 법도 하외다. 한데 그러자면 어떻게 해야 할가요?》

그는 더욱 바싹 다가앉으며 물었다.

《해해, 그건 어렵지 않지요. 우선 먼저 크고 작은 부처 수십개를 만들어 이산저산 이골저골 기암괴석 산수좋은 명당자리 처처에 모시고 수시로 지성 다해 공경하는 한편 공양미 수십석을 우리 절간에 보내주시면 통천대운이 틀것이라 아뢰오.》

《아 그러면 틀림이 없겠지요.》

《아무렴은 틀림없구말구요, 틀림없구말구요!》

그리하여 이튿날부터 그는 밭일은 아예 뒤전으로 하고 흙을 파다가 크고 작은 부처를 열심히 빚는 한편 사처에 수소문하여 공양미 주선에 분주히 돌았다.

홀아비는 밤낮 며칠 걸려 부처 수십개를 알힘 들여 빚어놓고 공양미 주선하러 나갔다.

언년부터 아버지의 어리석고 가소로운 거동과 다욕하고 가증스런 중놈의 허황한 행실을 아니꼽게 생각해오던 딸은 바로 이때 두팔을 걷어붙이고 벌떡 일어섰다. 딸은 물푸레나무몽둥이를 거머쥐고 웃방에 올라가서 큰 부처 하나만 남겨놓고 나머지는 돌아가며 모조리 짓부셨다.

이튿날이였다. 집에 돌아온 아버지는 웃방에 올라가보고 깜짝 놀라 딸을 당장 불러들였다.

《아니 이게 웬 벼락이냐?!》

아버지의 힐문에 총명한 딸은 얼른 대꾸했다.

《글쎄 어제밤이였어요. 제가 한창 달게 자고있는데 웃방에서 《우당퉁탕, 우당퉁탕!》어지러운 몽둥이질소리에 따라《아이구 나 주근다!》,《아이구 나 죽는다!》호는 새된 비명소리가 연해연방 막 나지 않겠어요? 깜짝 놀란 나는 처음엔 이불을 뒤집어쓰고 숨도 바로 못쉬고 있다가 《에라 죽어도 한번 죽겠지 두번을 고쳐 죽겠나.》하고 큰맘을 도사려먹고 일어나 살금살금 웃방문에 다가가 문짬으로 들여다보았지요. 그런데 글쎄 두눈에 불이 황황한, 제일 큰 부처님께서 두주먹을 불끈 틀어쥐고 《에익 빌어먹을 부처놈새끼들같으니라구. 너희들이 다 있으면 그래 내가 후한 대접을 받을수 있겠느냐? 그러니 일찌감치 네놈들을 없애버려야겠다. 이놈들, 오늘 저녁 싹 다 죽어봐라!》하고는 작은 부처들을 마구 짓부셔버리는것이였어요.》

딸의 말을 듣고 아버지는 와락 성을 내면 꾸짖었다.

《이년아! 그것도 말이라고 주둥아릴 놀리는거냐? 그래 부처가 무얼 안다고 말을 하고 싸움질을 한단말이냐? 그거야 진흙으로 빚어 만든 허수아비인데….》

아버지의 말을 듣고 딸은 딸대로 바로 좋은 기회라 생각하고 인차 말을 받았다.

《그래요, 아버지. 아버지 말씀마따나 순 진흙으로 빚어만든 허수아비가 무얼 안다고 요망스런 중의 감언리설을 그대로 곧이듣는것이옵니까?》

딸의 말에 아버지는 그제야 크게 깨닫고 드디여 그 큰 부처마저 밖에다 홀내던지며 말했다.

《옳다!옳다! 네 말이 과연 옳다! 애당초 내가 어리석었다. 인젠 부처고 공양미고 싹 다 걷어치우고 오늘부터 밭김 한이랑라도 더 잘 매야겠다.》

구술자: 김우봉 / 수집지점: 흑룡강성 목란현 / 수집시간: 1978년 12월 2일

# 거울을 깨고 랑군을 얻다

그 어느때인가 서울에 리판서란 대감이 있었다.

그는 슬하에 아들 삼형제와 딸 하나를 두었는데 딸을 금이냐 옥이냐하며 장중보옥으로 귀여워했다.

딸의 나이 어느덧 십팔세 되매 용매도 어여쁘거니와 침선방적과 인사범절도 훌륭하여 원근 각처에 소문이 자자했다. 그리하여 중매군이 문턱이 닳도록 드나드는데 리판서는 동대문밖 의정부 윤승지 아들이 준수하고 학문도 있어 그를 사위로 삼았다.

그런데 타고난 명이 그뿐인지 사위는 불과 두해만에 신병이 발작하여 그만 세상을 뜨고말았다. 그리하여 리판서의 딸은 청춘과부가 되어 하루하루 쓸쓸하게 나날을 보내다가 후엔 서울 본가로 돌아오고 말았다.

이때 리판서는 청춘과부로 고적히 지내는 딸을 볼적마다 늘 가슴이 찢어지는 듯했다.

세월은 살같이 흘러 어느덧 이듬해 춘삼월이 돌아왔다. 일기는 화창하고 만물은 다투어 소생하며 백화만화는 서로서로 시샘을 하며 쟁발하는 어느날, 리판서는 서재에 앉아 앉았다가 딸 생각이 나서 담배 한대 피워물고 딸 있는 후원별당에 갔다. 가서 보니 방안은 조용한데 흘러나오는 불빛에 그림자가 얼른거려 문틈으로 들여다보았다. 들여다보니 큰 경대앞에서 화장을 분주히 하며 앞뒤 몸맵시를 비춰보더니 별안간 경대를 탁 쳐서 깨뜨려버리고 엎드려져 통곡하는것이였다.

그 꼴을 본 리판서는 서재에 돌아와서 안절부절을 못하였다.

바로 이때 무반이란 낮은 벼슬을 하고있는 최씨청년이 어느 상관의 심부름으로 리판서를 찾아왔다. 그가 인사를 하자 리판서는 답례를 하고 그를 가까이 불러앉히였다.

《여보게 자네 내 말을 듣겠나?》

리판서의 물음에 최씨청년은 《그저 분부만 내려주사이다.》할뿐이다.

본디 최씨청년은 량반의 자식이나 조실부모한후 무의무탁으로 지내다가 자기

부친의 친구집에서 신세를 지우고있는중인데 사람 됨됨이 충직하고 호협하여
리판서가 항상 남달리 보아오던터였던것이다.

 그래서 리판서는 최씨청년을 잡아앉히고 말을 꺼냈다. 리판서는 자기 딸이
과부가 되여 지금 집에 와 있는데 우리 체면에 재가시킬수도 없은즉 내가 멀리
가서 잘살면 좋지 않겠느냐고 실토정했다. 그러자 최씨청년도 마음이 흡족하여
그 뜻을 받아들이는지라 리판서 즉시 궤문을 열고 은전 한꿰미 내여주며 《우선
이것을 가지고 가서 래일 말 한필과 보교 한채를 구해가지고 밤 삼경이 되면
우리집 후원 뒤문밖에 와서 기다리게.》라고 하였다.

 최씨청년은 그저 감사하다는 인사를 하고 나와서 그 이튿날로 시장에 나가
말 한필과 보교 한채를 사고 교군까지 얻어가지고 야밤삼경에 리판서네 집 후원
문밖에 왔다. 한참 기다리고있느라니 리판서가 딸을 데리고 나와서 《너희들
이 길로 동대문을 나가 북관으로 곧추가서 잘살아라.》라고 하였다.

 그리고나서 리판서는 딸 방에 들어가 안으로 문을 단단히 잠그고 방성통곡을
하였다.

 《아이구 이게 웬 일이냐, 내 딸이 죽었구나!》

 이에 집안 사람들이 모두 깜짝 놀라 모여들 오는데 리판서 안에서 《이 방에는
누구도 들어올 생각을 말아라. 내 딸 시신은 내가 손수 수습하여 입관할테니
소용되는 물건만 들여보내라.》라고 하였다. 그래서 부인이나 오빠네들도 밖에
서만 호곡할뿐 들어갈 엄두조차 못내였다.

 리판서는 밖에서 들여보내는 관을 받아가지고 이불과 베개등속을 시체모양으
로 만들어 입관시키고 이튿날엔 사돈집에 부고를 띄우고 삼일만엔 사위무덤에
다 합장을 지내서 누구도 이 진속을 알수 없었다.

 그때로부터 세월은 또 흘러 어느덧 십여년이 지나갔다.

 리판서의 맏아들은 함경도 어사가 되여 함흥지방에 나가게 되였다. 그는 골골
을 다니며 관리들의 치정과 민정을 탐지하던중 하루는 앞은 들이요, 뒤는 조그마
한 산이 남향으로 나온 그 기슭의 한 마을에 이르렀다. 그는 한 집을 찾아 들어갔
다. 집에 들어가 보니 주인은 삼십 남짓하고 아이는 둘이 있는데 하나는 열살쯤
되여보이고 하나는 칠팔세쯤 되여보이는데 어찌된 일인지 그저 타남같이 느껴
지지를 않았다. 그래서 주인의 래력을 묻게 되었다.

주인은 본시 경기도에서 살다가 이곳에 이사해왔다는것이다. 한고향 사람이라 남같이 생각되지 않았다. 안중인을 만나보고싶은 생각도 간절했으나 어느덧 해가 서산에 기울어져 서운한대로 일어나 떠나려고 하였다. 그런데 주인이 붙들어 앉히고 저녁상을 가져왔다.

저녁상을 물린후 주방문을 열고 젊은 부인이 들어오더니 손님을 보고 놀라나며 《오라버니, 어떻게 여기까지 오셨습니까?》하고 울음 반, 말 반으로 인사를 하는것이었다. 그래서 자상히 뜯어보니 십여년전에 죽었다던 자기 누이동생이 틀림없었다.

그러자 리어사는 누이동생의 두손을 와락 겹쳐잡고 《우린 네가 죽은줄로만 알고있었는데 이게 대체 어찌된일이냐? 넌 어떻게 살아났느냐?》라고 물었다.

그래서 누이동생은 아버지가 자기를 가긍히 생각하여 지금의 최씨와 함께 이곳에 오게끔 조처하여준 전말을 일장설화하였다.

리어사는 사흘만에 누이동생 내외를 작별하고 서울에 올라가자바람으로 아버지를 만나 기뻐서 누이동생 만난 일을 꺼내놓았다. 그런데 리판서는 기뻐할 대신에 노기충천하여 무섭게 흘겨보며 호되게 꾸짖는것이었다.

《넌 이제 철부지도 아닌데 왜 그따위 허튼소리를 함부로 지껄이냐! 다시 한번 그따위 소릴 꺼냈다간 큰욕을 면치 못할줄 알아라!》

그때로부터 리어사 다시는 누이동생의 말을 입밖에 내지도 못했다고 한다.

구술자: 윤영남 / 수집지점: 안도현 명월구 룡산촌 / 수집시간: 1960년 9월

# 우의

그 어느때인가 김정승과 권정승이 모두 퇴로재상하여 서울근방 본토에 돌아가 지내게 되였는데 두 정승 모두 그 슬하에 외독자 동갑을 두었다.

김정승과 권정승지간에 우의우애가 남달리 극진하여 형님, 동생 하면서 정사

를 볼 때도 낯 붉힌 일 없고 퇴로락향한후에도 ≪인생은 늙으면 잔병이 잦은 법이니 누가 먼저 별세하든 두 자식들을 제 자식 친형제처럼 잘 보살펴 나라의 동량지재로 내세웁시다.≫하고 말하였다.

그후 얼마 안되여 권정승은 그만 세상을 하직하게 되여 권정승 아들은 김정승 댁에 옮겨오게 되였다.

두집 아들은 한데 모였으나 우의우애는 날따라 깊어만 갔다.

세월은 살같이 흘러 어느덧 과년한 김정승 아들부터 근방의 명문거족 규수에게 장가를 들게 되였다.

이때 김정승 아들은 생각되는바가 따로 있어 아버지에게 간청했다.

≪아버지, 동갑이라 하여 꼭 한날한시에 장가들라는 법은 없으나 나는 단박 장가를 들게 되고 동생은 장가를 못들게 되니 마음이 평온하오리까. 원컨대 동생도 나와 꼭 같이 성관을 시켜 함께 출행케 하는것으로써 외로운 마음을 위로함이 어떠하니이까?≫

그러자 김정승은 ≪거 과시 좋은 생각이로다.≫하고 쾌히 응낙하였다.

그리하여 김정승 아들이 장가드는 날 권정승 아들도 함께 말을 타고 신부집으로 행차하게 되였다.

이때 규수집에서 마중나와보니 의외로 신랑이 둘이였다. 사연을 알게 된 신부집에서는 신랑의 절절한 의향에 좇아 큰상 두개를 차려 동시에 받도록 하였다.

밤이 이슥해지자 김정승 아들이 권정승 아들을 찾아 말하였다.

≪동생, 우리 비록 모두 명문거족의 귀한 자식이라 하지만 동생은 조실부모한데다 가세마저 기울어져 어쨌든 나보담은 등대맞는 처자 맞아오기 어려우니 오늘밤부터 나의 신부방에 들어주게.≫

≪아니, 세상에 그럴 법이 어디 있나?!≫

권정승 아들이 깜짝 놀라 펄쩍 뛰지만 김정승 아들은 오히려 제편에

≪동생 약조를 지켜야 해. 오늘밤 이 간곡한 청구를 거절한다면 우린 서로 동서로 영영갈라지고말자구!≫

김정승 아들이 정색하고 딱 잘라떼는바람에 권정승 아들이 잠시 어찌할바를 몰라 어리벙벙해 섰는데 김정승 아들은 어느새 훌쩍 말에 뛰여올라 채찍을 안기는것이였따.

밤 깊어 집에 당진한 김정승 아들이 아버지를 찾아뵈옵자 김정승은 《이 어이
된 일이뇨?》하며 자리를 차고 일어났다.

《소자 천조를 범했습니다. 소자는 외람하게도 부모의 엄명을 거슬리고 이렇
게 돌아왔습니다.》하고 돌아오게 된 자초지종을 일장설화하자 《야, 거 과연
장쾌한 일을 했구나!》하며 도량 넓고 의리 깊은 아들의 처사에 찬탄을 보내는것
이였다.

이건 그렇고, 그 이튿날 신부집에서 보니 들라는 새신랑은 없고 왕청같은
곁서방이 진짜 서방으로 신방에 들었는지라 황황하여 사실을 캐물었다. 이에
권정승 아들은 사실을 이실직고하였다.

《그나저나 하늘이 맺어준 연분이니 할수 없구나!》

신부집에서도 더 말치를 않아 혼사일을 그저 그렇게 처사되였다.

속담에 죄는 지은대로 가고 복은 닦은데로 간다구 의리 깊은 김정승 아들은
오라지 않아 다시금 명문거족의 규수를 안해로 맞아들이게 되였다.

김정승은 후원 못가에다 동별채, 서별채를 짓고 성가한 두아들을 자리잡아주
었다.

심지바른 김정승 아들은 공부에 전력하여 과거에 급제해서 전라도 감사직에
부임되여갔다.

정월 대보름날, 일기는 청청하고 월색은 명랑하였다.

김정승 아들이 전라감사로 집 떠난지도 두달이 잘되여 동생은 형님생각이
간절하였다. 그래서 뜨락에 나서서 명월을 바라보는데 별안간, 형수네 방문이
스르르 열리는것이였다. 그래서 바라보니 어떤 사나이가 살짝 들어가는것이였다.

《자야밤중 유부녀 방에 웬 사나일가?》

버쩍 의혹이 든 권정승 아들은 발자취를 죽이며 그 방문앞에 다가가 귀를
기울였다.

《우리가 이렇게 죽자살자하다가 감사가 돌아오면 어찌해요?》

가래중놈의 무릎우에서 형수가 아양을 떠는데

《허, 별걱정다하네. 조만간 없애치울수 있소.》

《어떻게요?》

《돈 천냥만 내놓소. 그러면 밤중에라도 자객을 보내 래일 초저녁이면 파리

잡듯 없애치울테니…≫

그이상 더 들을수 없어 권정승 아들은 급급히 물러나와 김정승께 부복하고 말했다.

≪아버님! 형님과 갈라진후로 동생은 보구싶어 식미마저 잃었으니 이 밤으로 떠나게 윤허해주십시오.≫

그러자 김정승은 ≪아무리 그립고 보구싶다 한들 밤길이야 어찌 떠나느뇨? 이제 밝거든 떠나거라.≫라고 하였다.

그러나 권정승 아들이 ≪아니옵니다. 일각이 여삼추라 지금 꼭 가야만 하겠습니다.≫라고 말하자 김정승은 정 그러면 밤색룡마를 타고 얼른 갔다오라고 하였다.

그리하여 권정승 아들은 룡마에 채찍을 안겨 전라도 감영에 이르렀다. 소식을 들은 형은 맨 버선발바람으로 마주 뛰여나왔다.

그날 저녁이였다. 동생은 가정세사를 두루 담론하고나서 한가지 청을 드렸다.

≪형님! 실은 내 욕심이 있어서 불원천리하고 달려왔소.≫

≪그래 무슨 욕심이냐?≫

≪형님도 보다싶이 내야 글공부에 게으르고 머리까지 아둔하다보니 늙어죽어도 감사노릇 한번 해보겠소. 그래서 단 하루밤만이라도 전라감사노릇 해보고 싶어 이렇게 올라왔소.≫

그 말에 형은 포복대소하였다.

≪허허허, 내 머리에 털 돋아 별 우스운 일 다보겠구나. 괜히 룡을 해도 분수가 있지!≫

≪형님, 이것은 정의 평생소원이오니 이 원을 실현시켜주오.≫

동생의 념원이 간절한것을 본 형은 웃으며 ≪좋다, 네 평생소원이 그렇다는데야 마다하겠느냐.≫하고 쾌히 수락하였다.

그러자 동생은 한술 더 뜨고들었다.

≪그럼 얼른 의관을 넘겨주오 그리고 칸마다 초불을 대낮처럼 밝혀주고 형님은 조용한 다른 방에서 쉬시오.≫

≪그럼 그러지.≫

형이 나가자 동생은 삼대문을 채우고 자리돋움해 도고히 좌정해 앉았다.

야밤삼경, 갑자기 대문이 삐걱삐걱하더니 키가 구척이나 되는 놈이 불문곡직 와락 뛰여들었다.

그러나 이때를 노려 언녕부터 도정신해 있던 동생은

《이놈! 네 유부녀 간통한 가래중놈의 천냥 돈을 탐하여 전라감사 나를 죽이러 왔구나! 살겠거든 단박 그 칼을 받치고 더러운 목숨을 바치겠거든 어서 날쳐보라!》

들어보니 귀신이 곡할노릇이다. 쥐도 새도 모를 천리밖의 비밀언약을 손금보듯 꿰뚫고있는 귀신같은 감사, 이 감사앞에서 불의의 행세를 행하려다가는 단통 큰 액을 면치 못할것은 뻔한 일이였다. 그래서 그자는 비수를 떨구고 떨기만 했다.

《이놈! 돈 천냥에 눈이 어두워 자객이 되다니 이제 돈 천냥을 더 얹어줄테니 유부녀 간통하는 그 중놈의 키를 낮출 용기와 담력은 없느냐?》

손의 실맥마저 다 풀린 그는 온몸에 진땀이 확 내돋았다.

《네, 네! 소인은 세상사를 알지 못하고 맹동했사오니 제발 한번만 용서해주신다면 그 어떤 분부라도 목숨걸고 나서겠나이다.》

《좋다. 네 말이 진정이라면 그대로 행라라!》

《네, 네!》

《돈은 장차 경기도 아무 댁에 가서 권아무개를 찾으면 되느라.》

《네, 황공하오이다.》

동녘하늘이 환해지자 형이 일어나 나왔다. 동생은 웃으며 말했다. 《거 형님덕에 하루밤 감사노릇 맘껏 해봤소. 인젠 평생소원을 다 껐소.》

동생은 아침 조반을 치른후 형과 작별하고 지체없이 집으로 돌아섰다.

동생은 김정승에게 갔다온 사연을 아뢰고 밤엔 형수의 방 근처에 은신해 살피였다.

밤이 이슥해지자 그 가래중놈이 또 유령처럼 나타나 주위를 홀금홀금 살피고는 방문을 착 떼고 들어가는것이였다. 그런데 좀 이슥하여 키가 구척이나 되는 한사람이 비수를 번뜩이며 뒤따라 들어갔다. 그러자 악-소리가났다.

문틈으로 달빛을 빌어 들여다보니 중놈은 뻐드러졌는데 형수년은 정신 잃기는 고사하고 중놈의 각을 뜨는것이였다. 각을 떠서 뼈는 명주필에다 싸고 뜯어낸

고기는 침을 담그는것이였다.

≪아, 형수는 요망한 구미호같은 요녀이구나!≫

한해가 기울어가는 어느날 전라감사 형이 며칠 집에 묵어가게 되였다.

그날 저녁이였다. 형수가 각별히 잘 차린 음식을 형이 들려고 할 때 동생이 뛰여들어 불문곡직하고 고기접시를 들고나왔다.

형수는 무례방탕히 논다고 앙탈을 쓰나 동생은 아랑곳 않고 제 집으로 달려와서 개에게 먹였다. 그러자 개는 찍 소리 한번 못내고 뻐뜨러지는것이였다.

며칠후 형의 장인 회갑날 형은 형수와 같이 처가행차, 본가행차 떠나가게 되였다.

그들 일행이 동구밖을 나섰을 때 동생은 급급히 형수의 방에 들어가서 명주필로 싼 뼈를 꺼내다 명주보로 더 싼후 말에 지위가지고 뒤를 바싹 따랐다.

그날 저녁이였다. 동생은 형님앞에 명주보따리를 내놓으며 말했다.

≪형님, 미소한 례물이지만 친히 풀어봐주오.≫

그래서 풀어헤치니 웬 중놈의 장삼과 넘주 그리고 뼈가 있었다.

김정승 아들은 물론 처가집의 사람들이 입만 딱 벌리고있는데 형수년은 어느사이 빠져나가 나무에다 목을 메고 자결했다.

집에 돌아온 김정승 아들은 하도 괴이하여 동생을 찾아 그 연고 꼬지꼬지 캐물었다. 그제야 권정승 아들은 모든 일의 전후좌우 자초지종을 일장설화하였다.

이에 크게 감복한 김정승 아들은 부친과 의논한후 세간 절반을 뚝 떼여 동생에게 갈라주었다. 그리하여 두 형제는 남부럽지 않게 살아갔다 한다.

구술자: 최원식 / 수집지점: 길림성 안도현 차조구 / 수집시간: 1964년 1월 12일

# 생금 한덩이

옛날옛적 찢어질듯이 가난한 두 젊은 친구가 길을 가다가 목이 갈하여 길역 심터를 찾아 물을 마시게 되였다.

그들이 물을 마시려고 엎드려 보니 맑디맑은 샘물속에 오뉴월 물오이만큼 능준하고 탐스러운 큼직한 금덩이 하나가 척 드러누워 눈부신 빛을 뿜고있었다.

《아, 금덩이!》

그들은 여간만 기쁘지 않았다. 하지만 단박 금덩이를 건져내려던 그들은 모두 주춤했다.

《두 사람에 금덩이는 하나, 둘이 나누어가지려면 필시 두동강으로 꼭같이 끊어야 할터이고 끊자고 보면 아무래도 무언중에 내가 좀 더 큰걸 가지려는 흑심이 일어날것이거늘 괜히 이 한덩이 금으로 해서 피자의 량심을 흐리우고 벗의 깨끗한 의리도 차츰 벌어질것이 아닌가! 그러니 차라리 안가짐만 못하다.

이렇게 꼭같은 생각을 한 두 친구는 금을 내버려둔채 다시 갈길을 재촉해 떠났다.

그들이 한창 가는데 맞은켠으로부터 한 낯선 사람이 마주오고있었다.

그를 맞띄운 두 친구는 《여보시오 손님! 이아래 샘터에 생금 한덩이가 있는데 우린 여사여사해서 그대로 버려두었으니 당신이나 건져가지고 가서 집 보탬이나 하시오.》라고 하였다.

금이란 말에 그 사람은 눈이 뒤집힐듯 몹시 기뻐하며 샘터로 내달아갔다.

그 사람이 헐레벌떡 샘터로 달려가 그속을 들여다보니 《웬걸, 이게 웬 일인가?》

금은 고사하고 금빛이 번뜩이는 큰 구렁이 한마리가 그를 향해 입을 딱 벌리고 혀를 날름거리는것이였다.

《에익, 빌어먹을 거지녀석들한테 감쪽같이 속히웠군!》

화가 천둥같이 일어난 그 사람은 얼른 돌을 들어 구렁이의 허리중등을 콱 내리깠다.

그리고나서 그는 바삐바삐 두 친구를 뒤쫓아갔다.

≪이 무지막지한 거지녀석들같으니라구, 그래 언감생심 성부지명부지 초면강산의 길손을 속여 구렁이를 금덩이라 하는 법이 어디 있어?!≫

그 사람은 이렇게 씩씩거리며 두 친구의 귀빰을 불이 번쩍나게 한번씩 줴박았다.

뜻밖에도 선심을 썼다가 얼얼히 얻어맞기까지 한 두 친구 아무리 생각해도 방금 본것이 금덩이가 틀림없었는데 구렁이라니 정말 억울하기 짝이없었다.

하여 그들은 다시 샘물터를 찾아갔다.

그런데 이게 어찌된 일인가?

구렁이는 고사하고 꼭 같은 두덩이로 동강난 싯누런 금덩이가 여전히 맑디맑은 샘물속에서 번뜩 거리고있는것이였다.

두 친구는 그 금을 한덩이씩 건져가지고 돌아가 집살림 보탬을 잘했다고 한다.

구술자: 최국현 / 수집지점: 안도현 차조구 / 수집시간: 1963년 7월 26일

# 부자놈을 골탕먹인 젊은 총각

전에 어느 마을에 맘씨 고약하고 변덕스러운 한 부자놈이 있었다.

그는 해마다 머슴군을 수십명씩 두어 한해 농사를 짓고는 거개 다 품삯도주지 않고 내쫓군 하였다.

본디 년초이면 한해 삯전을 정하는것이 상례이지만 이 부자는 ≪그건 걱정말게. 일만 잘한다면 삯전을 아끼지 않겠네.≫하고 겉발린 말을 해놓구선 한해 농사 끝나게 되면 이 저 구실을 달아 주지 않다가 정 못살게 굴면 ≪그럼 내가 내놓은 세가지 문제를 맞춰야겠네. 그래야만 삯전을 내주겠네.≫라고하는것이였다.

그 세가지 문제란 첫째는 큰 독을 그 절반되는 작은 독안에다 넣으라는것이요, 둘째는 정지간의 부엌이마를 하루종일 해볕받게 하라는것이요, 셋째는 자기의

머리 무게를 한푼 틀림없이 알아맞추어야 한다는것이였다.

그러니 어느 뉘라서 이런 난감한 문제에 꼭 맞는 대답을 하여 삯전을 받을수가 있으랴. 그래서 머슴군들은 년말이면 애매하고 억울하게도 빈손 털고 나앉는수밖에 없었다.

바로 이때 두메산골에 담차고 총명한 한 농군총각이 있었다. 그는 맘씨 고약하고 변덕스러운 부자놈이 있다는 소문을 듣고 일부러 그 부자댁에 찾아가서 한해 머슴을 자청했다.

총각은 달다 쓰다 아무 말 없이 한해 농사를 했다. 년말이되자 부자놈은 총각에게 그 세가지 문제를 내놓으면서 ≪이 문제만 옳게 대답하면 일년 삯전을 후히 주겠다.≫고 지껄였다.

그러자 총각은 서슴없이 나서서 대답했다.

≪좋습니다. 첫째는 큰 독을 작은 독안에 넣으라고 했지요?≫

≪음, 그렇네.≫

총각은 씽 달아나가더니 큰 독을 닁큼 들어 너래방석돌에 꽝 메쳤다. 독은 박산났다. 총각은 박산난 조각들을 작은 독안에 넣으며 ≪자, 보십시오 큰 독을 작은 독안에 넣었습니다.≫라고 말했다.

≪아니 이 놈아, 누가 깨서 넣으라고 했느냐?≫

부자놈이 펄펄 뛰자 총각은 허허 웃으며 물었다.

≪아니 그래 어느때 나보고 깨넣어서는 안된다고 일러주었습니까?≫

그러자 부자놈은 입만 딱 벌리고 ≪어, 좋다, 좋아. 그럼 둘째 문제는?≫

총각은 아무말도 없이 지붕꼭대기에 올라갔다. 그는 부엌간의 지붕을 잡아제끼기 시작했다.

이에 깜짝 놀란 부자놈은 ≪야, 됐다, 됐어. 얼른 내려오게!≫하고 돼지 멱따는 소리를 쳤다.

총각이 못이긴는척하고 내려오자 부자놈은

≪셋째는?≫하고 떨리는 목소리로 물었다.

젊은 총각은 얼른 대답했다.

≪한냥 꿇지 않고 여섯근 석냥입지요.≫

≪여섯근 석냥? 틀렸다, 틀렸어.≫

≪여섯근 석냥이 틀렸다구요? 그럴리가 없는데요.≫

≪아니다. 틀렸다. 틀렸어.≫

≪좋습니다. 그럼 아무래도 저울놀음 할수밖에 없군요.≫

총각은 정지간에 씽 달아가서 시퍼렇게 날이 선 식칼을 들고 왔다.

≪목을 내대시오!≫

≪아니 내 목을 자르겠나?≫

≪잘라서 떠봐야 알게 아닙니까?≫

총각이 기어코 목을 뗄 잡도리를 하느지라 부자는 혼비백산하여

≪아니 그러지 말게, 제, 제발 그러지 말게! 자네 삯전을 한푼 끊지 않게 다 줄테니 인젠 그만하세.≫하고벌벌 떨며 말했다.

≪내 삯전만 주면 되는줄 아오.≫

≪무슨 요구나 들어줄테니 그만하세.≫

≪그럼 그 댁에서 머슴 삯전 못받은 농군들을 다 불러들여 그 삯전을 한푼도 어김없이 내주도록 하시오.≫

이에 부자놈은 울며 겨자먹기로 찍 소리 못하고 이미 떼먹은 머슴들의 삯전도 모두 내주었다고 한다.

구술자: 송태섭 / 수집지점: 흑룡강성 해림현 / 수집시간: 1968년 7월 8일


# 포수총각 색시감을 고르다


옛날옛적, 어느 한 산간마을에 명포수총각이 살고있었다.

그는 일찍부터 살림살이 물샐틈없게 알뜰히 하는 색시감을 골라 장가를 덜어야겠다고 생각했다. 그런데 어떻게 해야 그런 알뜰한 처녀를 물색해내겠는가 골머리리를 앓았다.

며칠을 두고 처처 궁리에 궁리를 거듭하던 포수총각은 마침내 한 좋은 방법을

생각해내였다. 그는 날자를 정해놓고 판나서 구멍난옷을 가지고 오는 처녀들에게는 그 옷견지 수만큼 여러가지 피물을 바꾸어준다고 방을 내붙이였다.

방을 본 린근마을 처녀들은 너나없이 집구석에 처박아두었던 헌 옷이란 옷은 죄다 주어들고 총각께로 달려왔다.

어떤 처녀는 세견지 옷을, 어떤 처녀는 다섯벌 옷을, 또 어떤 처녀는 열견지씩이나 가지고 왔다.

이에 총각은 약속대로 피물을 바꾸어주면서도 저도 몰래 후-유하고 긴 한숨만 내쉬였다.

그런데 제일 마지막으로 웃마을에 있는, 아버지와 단두식구 살아가고있는 한 처녀만은 아미를 숙인채 총각포수네 집을 찾아 근심스레 들어서더니 조마조마해하며 입을 여는것이였다.

≪저, 포수총각님, 저의 집에서는 판나서 구멍난 옷은 죄다 제때에 씻어서 기워버리므로 아무리 찾아도 구멍나고 판난 옷이 없기로 이렇게 기운행주치마 한가지를 가지고 왔는데 되겠는지요?≫

그 말에 귀가 버쩍 뜨인 총각은

≪어디 좀 봅시다.≫하고 그 행주치마를 받아들어 보니 어찌나 깨끗이 빨고 찰찰 풀까지 먹여 쨍쨍 해빛에 잘 바래웠던지 꼭 마치도 백설기 같았다.

포수총각은 두말할것도 없이 그에게 남달리 후한 피물을 내주었다.

뿐만아니라 총각은 그날 밤으로 부리나케 그 처녀네 집으로 청혼을 떠났다.

처녀와 처녀의 아버지는 더 말할것도 없이 총각의 청혼을 기쁘게 받아주었다.

그리하여 포수총각은 이 세상에서 가장 알뜰한 처녀한테 장가를 들어 한평생을 남 부럼없이 잘 살아갔다고 한다.

구술자: 서옥순 / 수집지점: 길림성 안도현 송강진 / 수집시간: 1980년 9월 1일

# 뾰족금 한덩이

멀고먼 옛날, 어느 마을 한 집에 젊은 며느리가 늙고 병든 시아버지 한분을 모시고 근근득식 살아가고있었다.

집이 하도 구차하여 일년사철 품을 팔아다 시아버지를 대접하지 않으면 안되였는데 하루는 품팔이를 나가다가 길가에서 소들이 두루 먹다가 짓밟아서 뭉개놓은 보리 한단을 보았다.

그것이 비록 깨끗하지는 못하나마 그래도 알이 많은지라 알뜰살뜰 훑어 발방아에 찧은후 밥 한그릇을 따뜻이 지어 시아버지에게 대접했다. 시아버지는 오래간만에 자시는 햇보리밥이라 아주 달게달게 자시였다.

이런 일이 있은 다음날이였다. 갑자기 서풍이 휘감아치면서 하늘장천에 먹장같은 구름이 금시로 꽉 덮이였다. 뒤미처 우르릉 꽝꽝! 우르릉 꽝꽝! 우뢰가 무섭게 울고 번쩍번쩍 번개가 치더니 대줄기같은 비가 억수로 퍼붓기 시작하였다.

(어찌하여 방금까지 해맑던 날씨가 이렇게 심술을 부릴가? 정갈하지 못한 보리쌀밥을 아버지에게 대접했다하여 하늘에서 나에게 천벌을 내리는모양이구나. 그래 이건 틀림없이 불측한 나에게 내리는 천벌일게다. 한데 이대로 집안에 들어앉아있으면 시아버님도 위태할것이니 내 차라리 스스로 뛰쳐나가 벼락맞아 죽는것이 천만번지당하지!)

이렇게 생각한 며느리는 세상사 전혀 모르고 앉아계시는 시아버지에게 말없는 작별인사를 드린후 흐느껴울며 밖으로 막 뛰여나갔다.

그는 나가 정처없이 뛰고뛰다가 난데없는 돌부리에 탁 걸려 벌렁 나가빠졌다.

그 돌부리가 어찌도 컸던지 며느리의 발부리에서는 피가 뚝뚝 떨어졌다.

그러자 하늘에 꽉 찼던 구름이 산산이 흩어지며 언제 그랬더냐싶게 금시로 날이 활짝 개였다.

며느리는 하도 이상하여 다시 되돌아와서 그 돌을 찬찬히 여겨보았다. 돌에서는 눈부신 광채가 번뜩 거리였다.

눈을 더 크게 뜨고 다시 찬찬히 여겨보았더니 그것은 그 무슨 돌덩이가 아니라 끝이 뾰족한 하나의 큰 금덩이였다.

《아, 금덩이?!》

며느리는 얼른 그 금덩이를 뽑아 치마폭에 싸안고 시아버지한테로 막 뛰여들어왔다.

《아버님! 이것 보세요. 금, 금덩이를 주어왔어요!》

금덩이란 말에 시아버지는 귀가 번쩍 띄였다.

《뭐, 뭐라고?》

시아버지는 맨버선발로 구들에서 내려오며 소리쳤다.

《금, 금, 뾰족금이예요!》

《아니, 그게 정말이냐?》

《자, 보세요, 아버님! 큰 뾰족금이예요!》

《뭐, 큰 뾰족금이라고 어디 보자, 어디 보자!》

시아버지는 금덩이를 받아나고 보고보고 또 보다가 눈을 번쩍 떴다.

눈을 번쩍 뜨고 보니 과연 그것은 난생 들은적도 본적도 없는 진짜 순금, 황금덩이였다!

이렇게 며느리는 시아버지에 대한 효성의 보람으로 큰 금덩이를 얻었을뿐아니라 시아버지의 두눈까지 띄워드렸다.

이로부터 그 며느리와 시아버지는 한평생 먹고 입고 쓸 근심걱정 모르고 잘 살아갔다고 한다.

구술자: 한인자 / 수집지점: 길림성 안도현 송강진 / 수집시간: 1979년 6월 17일

# 비천한자 가장 총명하다

옛날 어느 고을에 박가 성을 가진 가난한 출신의 한 명의가 있었다.

돼밭을 다루어 가정권솔을 먹여살리면서 십년남짓 자학자습으로 모든 의술에

무불통지하였으나 원체 가세가 몹시 빈한하고 출신마저 미천한지라 지방의 량반나부랭이들은 애당초 그를 거들떠보지도 않았다.

≪에라, 이럴바하곤 서울대천으로나 올라가보자! 그러면 필시 소원대로 맘껏 일해보리라!≫

이렇게 일루의 포부를 지니고 서울로 올라가게 되였다.

그러나 뉘 알았으랴! 서울 가서 얻은것이란 오히려상 산골향리에 몇갑절 더한 조소, 천대와 모멸뿐이였다. 상민출신이라고 애당초 의원은 엄두도 못내게 했다.

세상사를 크게 개탄한 그는 할수없이 되 락향하는수밖에 다른 도리가 없었다. 날개 떨어진 새미인양 의기가 축 처져 주적주적 내려오다가 한 고을에 당도하니 때마침 일락서산에 해만 꼴깍 지는데 갈길은 묘연하고 초기 또한 심한지라 두루 궁리끝에 여유가 작작해뵈는 어느 한 소슬대문기와집을 찾아 들어가게 되였다.

막상 찾아들어가 보니 고을에서도 가장 부하고 세력있는 량반대이였는데 그 때 마침 열두살난 삼대 외독자가 까닭모를 병에 걸려 그 위급함이 오늘인가, 래일인가 금명 조석간을 나타고있었다.

겨우 객사랑에 인진되여 들어가니 상석에는 벌써 안하무인 내가 내노라는 선배명의 줄느런히 좌정해 앉아있었다.

≪여러분 평안들 하시오이까?≫

박의원이 들어가며 곱게 인사를 건늬였더니 옷매무시 람루하고 생김새 또한 왜소하여 변변치를 못해보이는지라 의원들은 거드름만 피우고 앉아 거들떠보지조차 않았다.

그런대로 식사를 마친 뒤 주인량반을 찾아뵙고 자제의 병세를 물었더니 ≪당신은 도대체 웬 사람이기에 병자의 병세를 다 묻나?≫하고 먼산부터 쳐다보았다.

≪한낱 미미한 시골촌민으로 세상물정 모르긴 하오만 대강 진맥할줄은 아오니 가히 미탑게 생각지 않으신다면 한번 볼가해 그러합네다.≫

람루한 객의 말에 주인이 다시 생각해보니 원근 각처 한다하는 명의란 명의는 모조리 다 불러다 런 삼년석달이나 보였지만 종시 속수무책으로 환자만 빼빼 고달피 말라가는판이라 한낱 피로한 과로행객이 세상물정 채 모르고 비위 두텁게 무모한 소리를 한다고 아니꼬운 생각도 없진 않았으나 다시 고쳐 생각해보매 귀한 아들의 생명이 인젠 경각에 달린판인즉 이저것을 옴니암니 캐묻거나 사양할 경황이 못되였다. 그래서 그는 밑져 본전셈치고 보겠거든 보라고 승낙을 내렸다.

병자의 병세를 자자세세히 진맥하고난 박의원은 말했다.

《주인님! 자제분을 이대로 놔두다면 불과 삼일을 넘기기 어렵겠나이다. 이제 유일한 방법이란 오늘 이 시각으로 당장 서둘러 차입쌀 두말을 씻고 큰 돼지 한마리를 잡기 바라나이다.》

《무엇이? 차입쌀을 씻고 돼지를 잡으라고?》

주인은 약방문 아닌 약방문이 하도나 기괴하여 이렇게 되물었다.

그러자 박의원은 《네! 차입쌀 두말을 씻어 쪄 떡을 치고 돼지를 잡아 푹 끓여 간새를 맛갈스레 장만해야 됩니다.》라고 말했다.

주인은 할수없이 그대로 했다. 음식이 다 되자 박의원은 또 말했다.

《주인님, 이제 점심때쯤 되여 댁의 일군들이 반나절 일을 필하고 들어올테니 그 혈기왕성한 청년장정 모조리 불러들여 음식을 먹게 하되 집의 자제분을 그 방 한구석에 옮겨 눕히기 바라나이다.》

까닭은 모르겠으나 일단 그의 말을 듣기로 한 주인으로서는 그대로 할수밖에 없었다.

이윽고 그 집 아들을 옮겨오고 우루루 쓸어든 일군들을 좌정시킨 다음 음식까지 들여오자 박의원은 손수 두팔을 불끈 걷어올려붙이고 차이떡은 뚝뚝 뜯어 담고 돼지고기는 썩썩 베여 젊은 머슴군들에게 연신 권하였다. 워낙 조반전에 황소일이라 출동하고 시장하기 그지없던 덞은 농사군들은 난데없는 진수성찬을 권하자 조겨대기 시작하는데 이때 한구석에서 이를 빤히 지켜보던 병자는 더 참지 못하고 박의원을 찾았다.

《의원선생님, 저도 저 떡 한개를 먹어보구싶은데요.》

《그래 먹을만하나?》

《하나만주십시오.》

박의원이 얼른 떡을 깨고물에 잘 묻혀서 주었더니 환자는 얼른 받아먹고 《한개만 더 주세요.》하는것이였다. 그래서 연신 두개를 먹이였다.

《또 안 먹겠나?》

박의원의 물음에 환자는 《인젠 못먹겠습니다.》라고 대답했다.

≪아니다. 저 사람들을 보아라. 앉은자리에서 몇그릇씩 먹는데 그까짓 떡 한개를 더 못먹겠나? 인제 딱 한개만 더 먹어라!≫

박의원의 권유에 병자는 할수없이 억지로 또 한개를 받아넘겼다.

이렇게 한 뒤 이윽터니 병자가 갑자기 뒤를 보겠다고 하였다.

박의원이 얼른 주인을 불러 양푼대야우에 아들을 건듯 안아 뒤를 시중케 했더니 환자애는 앉자마자 막혔던 내뚝이 끊어진듯 모질게 설사를 하던 끝에 떨-렁! 소리가 났다.

그런후부터 병자의 얼굴에 화색이 피여오르고 몸을 스스로 운신하게 되였으니 과연 놀라운 일이 아닐수없었다.

주인량반이 하도 기뻐 이 본시 어이된 병이며 어떻게 치료를 한것인가를 캐물으니 박의원은 대답했다.

≪제가 진맥하고 판단해보니 집 자제분의 병인즉 싹은 문절귀를 음식물과더불어 넘긴것이였습니다. 옛말에 토는 생금이라(土生金)했은즉 이로하여 생긴 병에는 꼭 정갈한 흙을 먹여야만 하는데 이같이 장장 삼년을 병석에서 식음을 전폐하다싶이 하여 메마를대로 메마르고 허약해질대로 허약히지고 기력이 진할대로 진해진 년소한 병자가 어찌 흙을 넘길수 있겠습니까? 그래서 맛갈나는 음식을 푸짐히 갖추어 먹음새 좋은 일군들에게 먹게 하는 한편 병자를 친히 그 좌석에서 목격케 함으로써 그의 비위를 부쩍 돋구게 했던것이올시다. 마침내 그의 비위가 부쩍 동하여 떡을 청했을 때 미리 준비해두었던 흙을 깨고물에 고루고루 잘 묻히여 먹이니 속벽에 박혔던 쇠덩이가 끝끝내 빠져나오게 된것이올시다.≫

그의 말을 듣고난 주인은 그제야 크게 감탄해서 ≪과연 세상에서 가장 총명한 사람이야말로 하토땅의 가장 비천한 사람이로군!≫라고 하였다.

이때로부터 박의원은 뭇사람들의 존경속에서 의술을 더욱 빛나게 발휘해갔다고 한다.

구술자: 림경률 / 수집지점: 길림성 안도현 경성대대 / 수집시간: 1069년 8월 11일

# 욕심 사납던 두 부자

바다는 매워도 사람의 욕심은 못채운다는 속담이 있다.

옛말 그른데 없다고 욕심이 너무 괴해도 잘되지 못하는 법이다.


### 닭알 빼앗아 먹고 송아지를 떼우다.

옛날 어느 마을에 욕심이 먹물통같은 한부자가 있었다.

집재산이 온동네 재산보다도 못지 않았건만 그것도 성차지 않아 늘 농부네들한테서 한알 재물이라도 더 긁어보려구 속구구를 했다.

그러던 어느날 부자는 그 무슨 묘책이 떠올랐던지 뚱기적뚱기적 뒤집 농부네 뜨락에 들어섰다.

≪이 사람 거 듣게나. 이 집 암탉이 알을 낳을수 있는것은 거 우리 집 수탉이 있기때문이 아니겠나? 그런즉 봄내 모은 닭알 한알도 남김없이 나한테 다 바쳐야겠네.≫

부자놈의 한심한 말에 억이 막힌 농부는 입만 쩝쩝 다시였다.

이때 부자놈의 터무니없는 앙탈을 언녕부터 괘씸하게 보아온 여나문살나는 농부의 아들애는 갑자기 그 무슨 좋은 수를 생각해냈던지 뒤고방으로 씽- 달려 들어 가더니 닭알광주리를 힘겹게 안고나와 두말없이 부자놈에게 주었다.

여름도 다 가고 어느덧 가을이 닥쳐왔다.

봄에 부자집 암소가 낳은 송아지는 언녕 젖을 떼고 매여먹이게 컸다.

어느날 농부의 아들애는 부자놈을 찾아갔다.

≪주인님! 집의 송아지가 인젠 젖을 뗐겠습지요?≫

소년은 문을 열고 들어서자바람으로 이렇게 오돌차게 물었다.

≪무엇이? 젖을 뗐으면 어쨌단말이냐?≫

≪참 주인님두, 인제는 우리 송아지를 찾아가야 합지요.≫

≪이 망할놈, 우리 암소가 낳은 송아지를 네가 무슨 턱으로 가져간단말이냐?

엉?≫

부자놈은 붉으락푸르락했다.

부자놈이야 그러건말건 농부의 아들은 더 오돌차게 댕답했다.

≪주인님두, 주인님네 암소가 새끼를 낳을수 있는것은거 우리 집 둥굴이가 있기때문이 아니겠습니까? 그러니 송아지야 의례 우리것입지요. 뭐.≫

소년은 말을 마치고 송아지를 몰고 집으로 돌아섰다.

그러자 부자놈은 눈알이 곤두서고 가슴이 풀떡풀떡 했으나 그 무슨 용빼는 재주가 없어 송아지를 떼울수밖에 없었다.

구술자: 최영선 / 수집지점: 왕청현 / 수집시간: 1979년 6월 26일

## 목숨 떼운 부자

옛날옛적 욕심이 구새통 같은 한 부자가 있었다.

그는 재산이 온 마을 재산보다 몇곱절 더 많았건만 그것도 성차지 않아 어떻게 하면 더 많은 재산을 긁어모아볼가 하고 생각하다가 그날부터 절당의 부처를 찾아가서 ≪그저 내 손에 잡히는대로 무엇이든 몽땅 금덩어리로 변하게 해주옵소서.≫하고 빌고 또 빌었다.

이렇게 손이야 발이야 비는데 석달 열흘, 옹근 백날이 다 차는 어느날 저녁이였다.

부처님이 뜻밖에 말하였다.

≪너의 소원을 풀어주겠노라. 이제 집에 돌아가면 손에 잡히는대로 그 무엇이든 금덩이로 변할테니 그리 알라.≫

이에 부자는 기뻐 입이 헤벌어져 집으로 막 뛰여와 대문을 활 열어제쳤다.

집안에 뛰여든 부자는 할 일이 없어 낮잠만 씩씩 자고있는 마누라를 막 흔들어 깨우며 소리쳤다.

≪여보 마누라! 얼른 일어나 저 대문짝을 보오!≫

그러자 기지개를 켜고 일어나던 부자 마누라의 몸도 번쩍했다. 그도 꿋꿋이 금덩이로 변했다.

≪흐흐흐! 이것 참 괜찮은걸! 그까짓 마누라야 다시 얻으면 돼.≫

흐뭇한 생각에 잠긴 부자가 한참 앉아있는데 배에서 꾸르륵 소리가 났다. 배가 고파난 부자는 종을 불렀다.

≪여보라, 게 있냐?…≫

아무리 불렀으나 종은 얼씬하지 않았다. 이날 종들은 다 일밭으로 나가고 없었다.

≪제길할 나절로 해먹을수밖에 없군!≫

할수없이 우쭐 일어나 곡간 쌀독을 열었다. 한데 그의 손이 쌀독에 닿자 쌀독과 쌀이 번쩍 하더니 온통 금으로 변해버렸다.

≪으흐흐흐 됐다, 됐어! 쌀독마저 몽땅 금덩이로 변했구나!≫

부자는 생각할수록 흐뭇하여 ≪흐흐흐! 인제야 세상일등부자 되였는걸!≫하며 얼싸절싸 춤을 추기 시작했다.

자기의 골머리 총명한 덕을 입었으니 어찌 기쁘지 않으랴! 그래서 그는 자기의 골통을 툭툭 치며 돌아갔다. 한데 그가 미처 생각이나 했으랴? 그가 자기의 골통을 툭툭 치자 마자 그 대갈통마저 번쩍하더니 온통 금덩이로 변해버렸던것이다. 그리하여 욕심통 부자놈은 억억 소리 한마디 못치고 백년묵은 진대통나무처럼 그 자리에 팍 쓰러지고말았다 한다.

구술자: 박병관 / 수집지점: 연길현 광신공사 / 수집시간: 1979년 6월

# 은전 백냥

옛날옛적, 한 토기장로인이 장보러 가다가 길가에서 은전주머니 하나를 주었다.

돈을 쏟아 세여보니 한푼도 틀림없는 백냥이였다.

마음 착한 로인은 그 돈을 그대로 고스란히 고을의 군수한테 갖다바쳤다.

돈을 받은 군수는 곧 방을 내붙여 ≪아무날 아무시에 한 마음 착한 시골 토기장로인이 돈주머니를 주어 바쳤는데 잃은자는 즉시 고을에 와서 찾아가라.≫하였다.

이때 마침 돈주머니를 잃은 한 장수군이 방을 보고 생각하였다.

(허, 잃었던 돈 백냥을 찾게 되였구나! 한데 돈을 얻어 바친자는 늙어빠진 토기장령감쟁이라니 돈푼이나 있겠군. 그렇지, 이 기회에 그 령감한테서 돈이나 톡톡히 앗아내야지!)

이렇게 작심한 그 장사군은 곧 고을로 급급히 찾아들어갔다.

≪군수님, 제가 돈을 잃었습니다.≫

≪자네 돈주머니는 어떤 색갈의 천인고?≫

≪예 붉은색 비단이올시?≫

≪돈은 어떤 돈인고?≫

≪예, 몽땅 한냥짜리 은전이올시다.≫

≪액수는 얼마나 되는고?≫

≪예. 이백냥이올시다.≫

≪뭐, 이백냥이라?≫

≪예, 한푼도 곯지 않습니다.≫

≪그럼 그 돈주머니는 자네것이 아닌즉 어서 돌아가라.≫

그러자 장사군은 그냥 조아리고 말했다.

≪아니올시다, 군수님! 본디 저는 일년 장철 동분서주하며 장사하는 몸인지라 장사의 편의를 위해서 돈주머니마다 꼭꼭 은전 이백냥을 넣어가지고 다니군 하는데 그 주머니에도 틀림없이 이백냥이 들어있었댔나이다. 한데 그 령감쟁이가 어물쩍하게도 은전 백냥은 꺼내여 자기 주머니에 넣고 나머지 백냥만 가져다 바쳐 인심을 얻자한것이올시다.≫

일이 이렇게 되자 군수도 난감하게 되였다. 그는 장사군더러 잠시 물러가라하고 령감을 불러들였다.

≪로인께서 혹시 은전 백냥은 꺼내고 백냥만 갖다바친게 아닌고?≫

그러자 토기장로인은 침착하게 대답하였다.

≪명철하신 군수님께서 들조시오. 그 돈주머니에다 한냥짜리 은전 백잎을 더

넣을수만 있다면 제가 틀림없이 가진것이고 그렇지 못하다면 그건 그 돈주머니에 애당초 한냥짜리 은전 이백개가 들어있지 않았다는것을 의미하는줄로 아뢰나이다.》

토기장로인의 말에 도리가 있는지라 군수 다시 로인더러 잠간 나가게 하고 돈주머니를 친히 시험해보니 은전 한냥짜리 이백잎을 넣을수 없었다.

진상이 명백해지자 군수는 곧 사령을 불렀다.

《여봐라.》

《예-이》

《어서 저 곁방에 있는 토기장로인을 모셔오고 그 장사군놈은 꽁꽁 결박을 지워 대령시키라!》

《예-이》

장사군놈을 잡아오자 군수는 호령을 내렸다.

《네 이놈, 돈 백냥을 얻어준것만 해도 감지덕지할 일인데 도리여 악으로선을 갚아 토기장로인한테서 돈 백냥을 더 짜내려 했으니 그 죄 중하도다.》

그러나 장사군놈은 불복하였다.

《그건 너무도 불가당한 말씀이외다.》

《이놈! 네 리욕에만 눈이 어둡다보니 돈주머니에 한푼짜리 은전 2백개 넣지 못한다는것은 미처 생각 못했으니 과히 가소롭도다!》

군수는 이렇게 말하며 거의 찬 돈주머니에다 은전 백냥을 더 놓아보라고 호령했다.

장사군놈은 돈주머니를 받아쥐고 아무리 애써봤으나 은전 백냥을 더 넣을수 없었다. 그제야 장사군놈의 얼굴은 부지깽이끝처럼 새까매졌다.

이에 군수는 서리발치는 호령을 내렸다.

《이 배은망덕한놈에게 볼기 백찰을 안겨라!》

그러고나서 그 토기장로인께는 주어 바쳤던 은전 백냥을 도루 내여주며 말했다.

《로인님은 하도 마음이 곧은탓으로 인사받기는 고사하고 저런 사리다욕하고 배은망덕한 놈에게 되잡혀 도적의 루명까지 쓸번했은즉 이 은전 백냥을 가용에 보태쓰시라!》

　그리하여 이런 일을 두고 항간에서는 《덕은 닦으데로 가고 죄는 지은데로 간다》고 말들 한다.

　　　　구술자: 왕세충 / 수집지점: 길림성 안도현 차조구 / 시집시간: 1970년 11월 19일

# 이상한 대통

　옛날옛적 어느 한 두메산골마을에 마음씨 곱고 부지런한 할아버지 한분이 계셨다.

　그가 어릴적부터 부자집에 들어와서 평생을 다하도록 뼈빠지게 일했으나 악착한 부자놈은 그에게 단돈 한잎 주질 않았다.

　그리하여 헌 누데기옷을 입고 입에 풀칠이나 겨우하는 할아버지는 평생에 장가도 들어보지 못하고 늙도록 혈혈단신으로 세월을 보냈다.

　할아버지가 륙십이 되는 그해 가을이였다.

　할아버지는 여늬때와 마찬가지로 쪽지게를 걸머지고 앞산으로 가을나무하러 떠났다.

　그가 방금 지게를 벗어놓고 나무를 시작하려는 때였다.

　《할아버지! 할아버지!》하고 그를 부르는 소리가 났다.

　사위를 두러보아야 인기척은 없는데 또 《할아버지, 할아버지!》하고 그를 친절히 불렀다.

　소리나는쪽에 귀를 기울이며 살랑 살랑 다가가 살펴보았더니 참 신기도 했다.

　울긋불긋 단풍든 나무숲속에서 딱정벌레 한마리가 올토라지게 입을 벌려 할아버지를 부르고 있었다,

　《아니 네가 나를 불렀나?》

　할아버지는 너무도 신기하고 반가와 이렇게 물으니까 딱정벌레는 《할아버지, 할아버지가 고시네로 떠던지는 첫밥을 먹고 자란 내가 왜서 말을 못하겠나

요?≫라고 오돌차게 대답했다.

원래 이 딱정벌에는 할아버지가 일년사철 산에 점심을 싸가지고 와서 첫술을 떠던질 때마다 그걸 몰래 받아먹고 자라난 미물이였다.

할아버지는 반가와하며 말했다.

≪음 인제야 알겠다. 네가 빈번히 받아먹는줄 알았더라면 더 많이 떠던질걸 그랬구나!≫

≪할아버지두, 이때까지 받아먹은 은혜만 해두 갚질못했는데… 할아버지, 저기 저 돌바위가 보이시죠? ≫

≪암, 보이구말구!≫

≪할아버지, 할아버지는 륙십평생 저 돌바위와 씨름도 많이 하셨지요?≫

≪씨름하다뿐이겠니, 저 돌바위를 깨여 숱한 주추돌과 온돌과 부엌돌을 놓았었지.≫

≪그래요. 그러니 어서 저기로 가보세요.≫

≪거기 가면 뭘 한다던?≫

≪어서 가보세요. 그러면 너래방석돌우에 나무대통 하나가 곱게 놓여있을거예요. 그 나무대통을 가지고 가서 똑똑 치며 <애, 밥 한상 차려주렴아.>하면 밥이 나올거예요.≫

할아버지는 나무 한짐 다 해놓고 딱정벌레가 대준대로 가보니 과연 대통이 있었다. 그래서 땅을 치며 밥 나오라고 하니 과연 밥상이 차려졌다.

할아버지는 한끼 잘 먹고 기뻐하시며 집으로 돌아왔다.

이때 부자는 할아버지가 오두막에 돌아와서 숱한 농군들을 청해놓고 대통을 땅에 두드리며 ≪애, 농군들이 시장하겠는데 때 한끼 차려주렴아.≫하는것을 보았다.

한데 상다리 부러지게 차려진 음식상이 꼬리를 물고 나오는것이였다.

≪음, 보배대통을 얻었구나!≫

이튿날 부자놈은 할아버지를 일찍 일 내보내고 그 대통을 훔쳤다. 그리고는 나무대통을 하나 깍아 그 자리에 놓았다.

저녁에 집에 돌아온 할아버지는 그런줄 모르고 또 농군들을 모아놓고 대통더러 밥 한끼 차려달라고 했으나 그렇게 될리가 만무했다.

할아버지는 또 전과 같이 입에 풀칠하기도 어렵게 되였다.

사흘이 지나서 할아버지는 또 그 딱정벌레가 나왔던 산에 나무하러 갔다. 산에 가서 쪽지게를 갓 벗어놓고 나무를 하려는 때였다.

≪할아버지! 할아버지!≫하고 누가 친절히 부르기에 다가가 보니 역시 그 딱정벌레였다.

≪할아버지! 저기 저 열하루갈이 밭이 보이지요?≫

≪보이다말다. 저 밭이야 몽땅 우리 농군들이 나무뿌리를 캐고 일군 밭이지.≫

≪그렇지요! 저 밭머리 농막으로 가보세요. 가면 구리태통 하나가 있을거예요.≫

≪구리대통?≫

≪그래요. 그걸 가져다 두드리며 <대통아, 옷이 헐었으니 옷견지나 내주렴>하고 말하세요. 그러면 소원하시는대로 옷이 나올거예요.≫

할아버지는 나무 한지게 다 한 다음 그 구리대통을 가지고 집에 돌아왔다.

마음 착한 할아버지는 그날 저녁에 또 헐벗은 농군들에게 옷을 한벌씩 내드렸다.

그러나 이 구리대통도 간악한 부자놈의 손에 들어가고말았다.

또 사흘이 지나서 할아버지는 쪽지게를 지고 나무하러 갔다.

≪할아버지! 할아버지!≫

딱정벌레는 또 친절히 할아버지를 불렀다.

≪할아버지, 저기 저 가없는 논벌이 보이지요?≫

≪음, 보이지 않구. 그 논도 우리 농군들이 피땀흘려 다룬 논이지.≫

≪그렇지요. 그러니 저 논머리 농막으로 가보세요. 가면 은대통이 하나 있을거예요. 그 은대통을 두드리며 <대통아, 돈을 내여주렴>하고 말하면 틀림없이 은전금전이 쏟아져나올거예요.≫

할아버지는 그 대통을 가져다 시험해보았는데 과연 은전금전이 쏟아져나왔다. 할아버지는 머슴들에게 은전금전을 골고루 나누어주었다.

그런데 이 일도 간악한 부자놈의 눈에 띄였다. 부자놈은 가짜 은대통을 만들어가지고 살짝 바꾸어냈다.

그러나 할아버지는 이 억울한 일을 누구에게도 하소하지 않았고 딱정벌레보고서도 일언반구 입밖에 내지 않았다.

사흘이 지나서 할아버지는 또 쪽지게 지고 나무하러떠났다.

한데 딱정벌레는 전과 다름없이 ≪할아버지, 할아버지! 어서 여기로 오세요!≫ 하고 친절히 부르는것이었다.

할아버지가 다가가자 이렇게 말하였다.

≪할아버지, 할아버지는 한평생 나무를 하셨지요.≫

≪음, 한평생 나무를 했느라!≫

≪할아버지, 저기 저 가둑나무가 보이지요?≫

≪보이지 않구, 내 여덟살에 량친부모 여의고 부자집에 머슴으로 된후 줄곧 저 나무밑에서 보리밥에 된장찌개를 먹으면서 나무를 해왔단다.≫

≪그렇지요 할아버지, 저 나무밑으로 가보세요. 가면 금대통 하나 있을거예요. 그런데 그 대통을 가져다 주인에게 맡기면서 <주인님, 잠시 이 대통을 맡기고 일하러 가는데 절대 대통아, 열려라 열려라 하지 마세요>라고만 하세요. 그러면 알 도리가 있을거예요.≫

마음 착한 할아버지는 더 묻지도 않고 나무 한짐 다해가지고 집으로 돌아올 때 그 나무밑에 가보니 과연 금빛이 번뜩이는 금대통 하나가 있었다.

할아버지는 그것을 가지고 집에 돌아왔다.

이튿날 일을 떠나는 때 할아버지는 딱정벌레가 시키던대로 그 대통을 주인에게 내놓으며 ≪주인님, 잠시 이걸 맡아주십시오. 그런데 절대 <대통아, 열려라 열려라>하지는 말아주십시오.≫하고 부탁했다.

할아버지가 내놓는 금대통을 본 부자놈은 입이 함박만해졌다.

(나무대통, 구리대통, 은대통 덕분에 세상 갑부가 되였는데 오늘은 이 무지막지한 령감이 금대통까지 맡기다니 그야말로 온 세상 복이 몽땅 굴러들어올라는가부다.)

≪그래 나더러 열려라 열려라 하지 말라구? 하하하! 이야말로 금 석냥을 묻어놓고 여기에는 금 석냥이 없네라하는 격이 아니고 뭔가?≫

부자놈은 할아버지가 일 나가기 바쁘게 온 가정 식구는 물론 배부른 일가친척들을 다 모여앉혀놓고 금대통을 문턱에 탁탁 두드려대며 큰소리로 웨쳤다.

≪대통아, 열려라! 대통아 열려라!≫

그러자 금대통에서 난데없는 오만가지 병장기로 무장한 병마장졸들이 우르르 꼬리에 꼬리를 물고 쓸어나오더니 불문곡직하고 모여앉은놈들의 목을 갈겼다.

그통에 집안은 수라장이 되고 애고대고 내지르는 고고성은 하늘을 찔렀다.

그바람에 일을 나가던 할아버지가 되돌아와보니 일은 이렇듯 통쾌한판인지라 ≪잘한다 쳐라, 쳐라!≫하고 응원을 해댔다.

흥이 난 병사들은 순식간에 부자집놈들의 구대족속들을 씨알머리 한개 남기지 않고 몽땅 요정내치웠다.

그리하여 할아버지는 머슴들과 같이 부자집 재산을 몽땅 차지하고 한평생 농사일을 해가며 잘살았다고 한다.

구술자: 오경숙 / 수집지점: 북경시 / 수집시간: 1933년 7월


# 총명한 안해


옛날옛적 두메고장 마을에 해냐 달이냐? 별이냐? 꽃이냐? 싶게 인물맵시 환하고 총명하기 그지없는 한 농군의 안해가 있었다.

집은 찢어지게 간난했지만 안해는 일년 삼백륙십오일을 하루같이 근하고 성의껏 남편을 섬겨 그사이 자별나게 화기애애하였다.

이때 웃마을의 기와높은 집에는 용모예쁜 녀자라면 사지오금을 못쓰는 한 부자가 있었다.

그 부자는 이 농사군의 안해한테 반해서 난데없는 속앓이만 끙끙하였다.

≪해달같이 어여쁘고 오뉴월 물외처럼 미끈하고 능준한 저런 계집이 하필 보잘것없는 가난뱅이놈의 안해로 되다니. 어떻게나 내가 앗아가지…≫

부자놈은 자나깨나 이 궁리뿐이였다. 일찍 빚을 지운 일이 있으면 빚 대신 앗아가련만 그런 일도 없으니 그저 맴돌아 막무가내였다.

그러던 어느 하루 올빼미눈을 팬들거리며 갖은 묘계를 짜내던 부자는 손벽을

탁쳤다.

그는 즉시 아래마을 그 농군을 불러들여다 난생처음으로 되는 공짜 주연을 베풀었다.

≪자 듣게나, 오래동안 한 이웃에 살아가면 서로 소닭보듯 하는것도 사람의 의리가 아니거던. 허 그러니 이제부터라도 서로 가까이 지내세나.≫

부자는 메기같은 입을 쉴새없이 놀려 너스레를 놓으면 농군에게 일배 부일배 거나하게 억지술을 먹인 다음 드디여 제 진짜속을 털어놓았다.

≪여보게나 이 사람, 내 오늘 자네를 청한건 다름아니라 좀 요긴히 할 이야기 가 있어서네.≫

≪무슨 이야기인데요?≫

≪실은 그런게 아니라 우리 좀 내기를 해보자고 해서 그러네.≫

≪허 참 주인님두, 주인님께서야 세상 없는것이 없이 사니말이지만 나같은건 털면 먼지밖에 없는데 무엇을 가지고 내기를 하리라고 그러십니까?≫

≪헤헤헤 공연한 소리, 그런게 아니라 우리 한푼 밑천들일것 없는 거짓말 내기를 하되 거짓말을 더 신통히 하여 이기는쪽에서 요구되는대로 대방의것을 가질내기 하잔말일세.≫

≪하 주인님도, 우리 집에야 무엇이 값진것이 있다고 그러십니까?≫

≪하, 그래도 정 없을수야 있겠나? 흐흐흐 하긴 그러기에 이건 전적으로 자네 를 생각해 하는 소리네.≫

부자놈이 하도 치신치신 달라붙어 못살게 구는통에 어리무던한 농군은 그러자고 대답할수밖에 없었다.

집에 돌아와 술이 깬 뒤 아무리 생각해보아야 부자놈의 술꼬임에 빠져 취중 대답한 일이 미타하여 잠을 잘수가 없었다.

린색하기로 소문난 부자놈이 자기 남편을 청해다가 곤죽이 되도록 술을 먹인 여기엔 꼭 자기와 련관되는 과렴치한 잔꾀가 숨어있다는것을 언녕 눈치챈 안해 는 남편을 위로하였다.

≪당신은 념려도 많으시네요. 그만한 일을 가지고 다 그러십니까?≫

그러면서 다음번에 불리워가게 되면 여사여사하라고 하였다.

이튿날 농군은 불리워갔다.

≪자 그럼 자네부터 거짓말을 하여보게나.≫

그리하여 농군을 안해가 시켜주던 그대로 난생 첫 거짓말 한마디를 하게 되였다.

≪난 며칠전에 스물한돐 생일을 쉬웠사옵니다.≫

≪음, 그래 쇠였지.≫

≪그때 장거리에 나가서 소 뒤다리 하나 사다가 열두가지 채를 볶아놓고 온 동네 남녀로소를 세끼나 접관을 했는데도 절반이나 남지 않았겠습니까?≫

그러자 부자는 ≪음, 그럴수 있네, 그럴수가 있어. 한데 그게 뭐 대단한가? 나는말이야 전번 나의 생일에 모기 뒤다리 하나 떠다가 열두가지 채를 볶아놓고 장장 사흘이나 온 동네 사람 접관을 했는데도 절반이나 남지 않았겠나?≫

≪아니 거짓말!≫

≪거짓말?≫

≪거짓말 아니구요!≫

≪허허, 됐네!됐네! 바로 우리들 내기가 거짓말 잘 하는 내기가 아닌가!≫

그리하여 결국 부자놈이 내기에서 이겼다.

≪허허허, 미안한대로 인젠 당신이 안해를 내놓아야겠네. 집에 가거든 이포단장 곱게 시켜놓고 날 기다리가고 하게나.≫

부자놈은 좋아서 거덜나나 남편은 수심에 잠겨 한쪽 어깨가 축처져 돌아왔다.

그러자 안해는 ≪당신은 참, 제가 우정 일을 그렇게 만들어놓았는데두 공연한 근심만 다 하시네요. 앞으로 일은 제가 조처할테니 아무 걱정 마세요.≫라고 하였다.

과연 그 이튿날 부자놈이 왔다.

이때 농군의 안해는 혼자 홰나무음달에서 짤깡짤깡 베를 짜고있었다.

부자놈은 농군의 안해를 보자 너무 좋아 소리쳤다.

≪여보 작은마누라, 인젠 팔자를 고쳤으니 어서 나를 따라 우리 집에 갑시다.≫

그러자 농군의 안해는 부자를 쏘아보면 말했다.

≪아니 언제 봐뒀던 서방님이라고 백주에 남의 유부녀보고 마누라, 마누라 하며 야단이오?≫

그 말에 부자는 집의 남편과의 내기에서 승자로 되여 지금 곧 부인을 데리러 왔다는것을 일장설화하였다.

그러자 농군의 안해는 ≪그렇게 큰일이 있었다는데 어찌하여 우리 랑군님께서는 일언반구 말도 없었을가요? 공연히 체신에 밑지는 소리 마시고 어서 돌아가세요. 저의 시집편 식구들이 만만치 않으니 공연히 큰 봉변을 당하지 말고요!≫라고 하였다.

부자놈은 너무도 맹랑하여 ≪좋소, 좋소 그럼 당신 남편하고 무릎맞춤을 하겠으니 그때 보기요, 헌데 남편은 어디로 빼돌렸소?≫

≪참 부자나으리도, 랑군님이 도둑질해온 물건이라고 빼돌리겠어요? 흥! 어떤 방자한자는 넋빠진 짐승처럼 계집사냥을 다니지만 성실하고 근면한 우리 주인님께서는 꼭두새벽부터 풀사냥을 나가셨지요.≫

잔뜩 욕만 얻어먹고 섰던 부자놈은 사세를 보니 다틀려졌지만 그대로 돌아가자니 자격지심만 꺾이는지라 또 걸고들었다.

≪아니 여보 촌부인, 소문엔 섬섬옥수 그 재간 월궁의 상아라던데 짜는 그 베가 왜 이리도 거치오?≫

≪호, 세상물정 무불통지인줄 알았더니 과연 백지우에 또 백지시군요 그래 석승베가 거칠지 않고 칠승베가 거칠답데까?≫

≪그런데 베실날은 왜 이리도 붉노?≫

≪쉬죽을 먹인게 붉지 않고 좁쌀콩죽을 먹였기로 노랗겠나요?≫

≪그런데 부인의 마음은 왜 오동지달 쇠덩이보다 더 차오?≫

≪순박하고 단정한 한 남편을 섬기는게 우리 녀성의 미덕인데 공연히 물욕에 빠져 허랑방탕아의 노래개로 평생을 미미히 망치오리까!≫

농군안해의 서리발치는 어엿한 대답에 부자놈은 그만 얼이 빠져 집에 내빼고 말았다.

며칠후였다. 밥도 무맛이요. 술도 고기도 입에 당기지 않고 본댁 열두첩 다 싫어난 부자놈은 그냥 만만치 않으면서도 꽃처럼 청초한 농군의 안해를 손아귀에 넣어보려고 전전긍긍하다가 한수를 생각해내고 농군을 불렀다.

이번엔 전번 조건부로 장기내기를 하겠으니 안해와 꼭 상론하고 올라오라는 것이였다. 그래서 농군은 근심하는데 안해는 대수롭지 않게 말했다.

《그가 무슨 내기를 하자던 그대로 대답하고 내기를 하세요. 그러되 한가지만은 꼭 잊지 마세요. 아무리 내기에서 이겼다 해도 우리 집에 와서 첫번째로 잡아쥔 물건외는 절대 더 줄수 없다는 조건을 들이대야 해요!》

남편은 또 부자집에 불리워갔다.

《그래 자네 안해와 말하고 왔는가?》

《예, 말하고말고요.》

《그럼 됐네, 우리 내기장기를 두어보세!》

그러자 농군은 이렇게 말했다.

《하지만 조건이 있습니다.》

《무슨 조건인가?》

《주인님도 보다싶이 우리 집엔 아무것도 알뜰한것이 없읍지요. 그런즉 당신께서 이겼다 해도 처음 잡아쥐는 물건 하나만을 줄수 있지 그다음것은 못주겠나이다. 하지만 내가 이기면 나의 소원대로 다 주어야 되지요.》

농군의 말에 부자는 코웃음쳤다.

《허허 못난놈. 네놈 집에 너의 해달같은 부인을 내놓고야 뭐 욕심날게 있담. 그러니 너의 녀편네를 내놓고 뭘 잡아쥐겠냐?》

부자놈은 얼른 대답했다.

《암, 그렇게 합세!》

그리하여 농군은 부자와 장기를 두게 되였다.

하나 난생 장기라곤 두어보지 못한 젊은 농군이 무슨 수로 부자놈을 당할수 있겠는가? 농군은 몇수 못지나 지고말았다. 그러자 부자놈은 입이 함박만큼 벌어졌다.

《자, 됐네, 됐네! 내 인젠 소원을 푼셈이니 술 한턱내지!》

이튿날 부자놈은 가마를 가지고 거덜거리며 농군의 집에 왔다.

때는 마침 질질 끓는 삼복철이라 새각시네는 집문을 다 활 열어놓았다.

차라리 잘되였다고 생각한 부자놈은 문으로 들어서며 소리쳤다.

《여보 마누라, 꽃가마를 가지고 왔으니 어서 올라타오.》

한데 인적기라곤 없어 맞은켠 사랑쪽으로 가니 사랑칸에서 찰랑찰랑 물소리가 났다. 그래서 살펴보니 농군의 안해가 서늘한 사랑칸에서 함지에 물을 잔뜩 떠놓고 목욕을 하고있는것이였다.

《여보 마누라, 꽃가마를 가지고 왔으니 어서 나오오.》

부자놈은 뙤창구멍으로 들여다보며 속삭이듯이 말했다.

그러자 농군의 안해는 《예, 어제 이야기를 들었사와요. 내 생각에도 이따위 집에서 한평생 고달프게 살고싶지 않아요. 그러니 바빠하실게 있나요. 당신도 어서 들어와 땀이나 좀 들이고 함께 가자요.》

그 말을 듣고 농군의 안해를 들여다본 부자놈은 속이 막 근질거려 더 견딜수 없었다. 부자놈은 앞뒤를 가릴 경황도 없이 문고리를 꽉 잡아쥐고 문을 홀 잡아당겼다.

그러나 문은 끄떡도 하지 않았다.

《아니 여보, 어서 문을 벗겨!》

부자놈은 또 한번 문고리를 잡아당기며 소리쳤다.

바로 이때였다. 그 농군은 마을사람들과 같이 집뒤에서 우르르 쓸어나와 부자를 에워쌌다.

《자, 부자님께서는 우리 집 사랑간 문고리가 몹시 욕심나던 모양이지요?》

젊은 농군의 말에 부자놈은 손을 움츠려치우며 꺽꺽 거렸다.

《난, 난 문고리를 잡아쥔 일이 없어.》

《그럼 어디 손을 좀 봅시다.》

부자놈은 홍, 내가 문고리를 잡아쥐였던들 손자리가 나랴싶어 손을 얼른 내놓았다.

총명한 농군의 안해는 문고리에다 언녕 참깨기름을 살살 발라놓았기에 부자놈의 손엔 참기름이 묻었다.

《자 이건 문고리의 기름이 아니고 뭐요?》

부자놈은 그저 멍해 섰는데 농군의 안해 어느새 문을 와락 열고 나오며 남편보고 말했다.

《여보세요, 부자님께서 우리 사랑칸 문고리가 욕심나서 오자마자 약속대로 문고리부터 잡았는데 어서 문고리나 떼드리지 않고 뭘 하세요?》

그러자 남편은 얼른 문고리를 떼여 부자놈의 손에 쥐여주면서 말했다.

《자, 가지고 가서 쌍문고리 해달고 천년만년 실컷 살아보오.》

그통에 만중에서는 웃음소리가 와하하 터져나왔다.

그리하여 부자놈은 총명하고 어여쁜 농군의 안해를 빼앗으려다가 도리여 그의 총명에 빠져 온 마을 사람들 앞에서 개꼴망신 당한후로부터 다시는 더 농군의 안해를 빼앗을 생각을 엄두조차 못내였다 한다.

구술자: 장오복 / 수집지점: 길림성 안도현 송강진 / 수집시간: 1983년 6월

# 도교를 멨던 네사람

옛날옛적 내란을 당한 나라의 한 정승대감이 삼십륙계 줄행랑을 놓아 정처없이 내빼게 되였다.

한데 정승대감이란 작자 본시부터 어찌나 린색하고 고약한지 자기는 장장하일 수백리 정처없는 길 도교에 앉아 부채질에 먹고 마시며 신선스레 가면서도 도교를 멘 시중군들에게는 바로 쉬우지도 않을뿐더러 끼니조차 먹이질 않았다.

이에 한사람이 참다못해 세 교군들을 둘러보며 말했다.

≪여보게 이렇게 몰렴치한 작자를 메고 가다가는 지레 죽겠네. 차라리 인젠 팽개치고 우리도 제갈길을 가버리세.≫

그러자 세사람이 말했다.

≪그래서야 쓰나. 그래도 일국 정승인데 끝까지 모시고 가야지.≫

≪흥! 우리 무슨 선대돈을 받아먹었던가, 걷어치우세.≫

이리하여 그 사람은 그만 제갈데로 가버리고말았다.

이에 나머지 세사람이 서로 엇바꾸며 계속 도교를 메고 가게 되였다.

날은 점점 뜨거워났다.

≪여보게 안되겠네. 우리도 싹 걷어치우고 제갈길을 가버립세. 이따위 작자를 계속 떠메고 가다가는 지레 죽겠네.≫

한사람이 참다못해 또 이렇게 의견을 내놓았다.

≪그래서야 쓰나. 그래도 정승대감인데 나중에사 우리 일을 후히 생각해줄 때가 있겠지!≫

≪홍, 동량감은 애시적부터 알아본다고 난 언녕부터 이 정승령감의 사람됨됨을 알고있다네.≫

그 사람은 코방귀를 뀌며 제갈데로 가버리고 말았다.

하여 인젠 나머지 두사람만 도교를 메고 계속 길을 가게 되였다.

이번에는 가파른 올리막길에 이르렀다.

교군들이 좀 쉬고 싶었으나 정승대감은 눈을 딱 부릅뜨고 계속 길을 다그치라 호령했다.

≪여보게 안되겠네. 계속 이렇게 가다가는 지레 황천엘 가겠네.≫

뒤에서 가던 사람이 마침내 앞사람을 보고 속삭이듯 말했다.

≪그래서야 쓰나. 멜라거든 끝까지 다 메야지.≫

앞사람의 말이다.

≪그럼 자네나 실컷 떠메고 가세나.≫

이렇게 말한 뒤사람은 그 자리에서 가마채를 탁 놓고 제갈길을 내빼고말았다.

일이 이렇게 되자 나머지 한사람은 혼자 도교를 멜수 없는지라 할수없이 대감을 없고 계속 가파른 비탈길을 오를수밖에 없었다.

고약한 정승대감은 등에 업혀서도 소잔등에 채찍질하듯 시중군을 못살게만 굴었다.

어느덧 고개길을 다 오르게 되였다.

그러나 고개길에 다오르자마자 그 시중군은 두말없이 숨을 거두고말았다.

구술자: 오경숙할머니 / 수집지점: 북경시 / 수집시간: 1983년 8월

# 색시그루는 다홍치마적에

우리 민족 항간에는 《색시그루는 다홍치마적에 앉혀야 한다.》는 속담이 있다.

이 속담에는 다음과 같은 이야기가 깃들어있다.

옛날옛적 구대외독자를 둔 어느 한 집에서 무남독녀로 애지중지 고이 자란 여염집 딸을 며느리로 맞아들이게 되였다.

시부모는 며느리를 끔찍이도 아끼고 생각해주었다.

3일만에 며느리가 일어나 첫밥을 지으려 하는데 시부모가 말했다.

《아니 이 사람아, 왜 일어났는가? 어서 들어가 누워, 밥이야 우리가 짓지 않으리.》

닷새만에 며느리가 동이 이고 나가려는데 시부모가 또 말했다.

《아니 이 사람아, 물독에 물이 떨어지겠는가? 어서 들어가 푹 쉬거라.》

시집온지 두달만에 밭일을 나가려 하는데 시부모 또 호미를 빼앗아쥐고 말했다.

《아니 이 사람아, 게서 밭김을 매지 않는다면 입에 거미줄 치겠는가? 무더운데 어서 음달에 가 부채질이나 하거라.》

이렇게 어루만지고 쓸어주고 두둔해주기만 하다보니 원체 친부모 손끝에 떠받들려 호강스레 자라던 며느리 인제는 밥짓고 물긷고 밭일하는 법도 영영 다 잊어버리고 그저 먹고는 자고 자고는 먹을줄밖에 모르는 귀부인으로 되고 말았다.

나중엔 시아버지 불 때고 시어머니 지어놓은 밥도 질다거니 딱딱하다거니 반찬도 짜다거니 싱겁다거니 야단을 치면서 시부모를 못살게 굴었다.

이렇게 두세해가 지나자 시부모는 며느리를 당해낼수 없었다.

시부모는 참다 못해 며느리 행세를 아들에게 일러바치면 아들은 우악스레 달려들어 매질을 들이대서 온 집안은 초상난 집처럼 부산하기 그지없었다.

그해 겨울 어느날이였다. 시부모는 득병하여 자리에 눕게 되였다.

하나 해주는 밥 고이 먹고 늦잠만 자던 며느리가 일어나 화로 불을 보니 불이 꺼졌다.

≪에구, 늙으면 잠이 없다는데 상기도 일어나지 않나요.≫

며느리가 건성을 피우며 돌아가지만 시부모는 일어나지 못했다. 며느리는 화가 치밀어 욕지거리하며 이불솜 뭉텅 뜯어내 꿍쳐쥐고 홀 밖으로 나갔다. 그러나 삼태성도 기울지 않은 꼭두새벽에 뉘 집에 가서 불을 얻어올수 있겠는가?

며느리는 굴뚝에 연기나는 집을 따라 가다나니 아래 동네까지 가게 되였다.

한 집을 찾아 들어갔는데 마침 자기 나또래의 새파란 각시가 아궁에 불을 지피고 가마에 백옥같은 입쌀을 살살 일어안치는것이였다.

며느리가 들어서자 각시는 반색을 하며 불을 쪼이라 하였다. 한데 각시 혼자 일어나 아침을 짓고있는 일이 이상하여 ≪시부모들은 없어요?≫하고 물었다. 그러자 각시는 ≪아침밥을 짓는데 시부모님네들을 찾아서는 무엇하겠소.≫라고 하는것이였다.

≪아, 그럼 늘 혼자 때식을 한다는말인가요?≫

하고 목청을 돋구자 각시 손으로 입을 가리키며 ≪혼자 하지 않구요.≫라고 하였다.

그제사 시부모님들이 새벽잠에서 깨여날세라 이렇게 새벽마다 혼자 가만히 일어나 아침밥을 짓고있다는것을 알게 되였다.

(참 별난 각시 다 있구나!)

이렇게 생각하며 지켜섰는데 때가 되여 온 식솔이 일어났다. 며느리는 차례차례로 아침문안을 올린후 세수물을 떠올리고는 아버님 상 따로, 어머님 상 따로, 남편 상 따로 각기 정갈하고 맛지게 차려놓았다. 그리고는 ≪밥은 너무 딱딱하시지나 않는지요?≫하고 일일이 묻는것이였다.

이에 감심이 된 며느리는 그길로 불을 싸쥐고 집에 돌아왔다.

집에 와보니 시부모는 그냥 자리에서 신음하고 남편은 묵은밥 몇술 뜨고 사냥을 나갔다.

며느리는 얼른 불을 지펴 아침을 짓기 시작했다.

어쩌다 짓는 밥이라 아버님 상 따로, 어머님 상 따로, 남편상 따로 차려놓다보니 어느덧 보리저녁때가 되였다.

≪아버님 일어나 진지 잡수세요.≫

≪어머님도 일어나 진지 드세요.≫

이렇게 시부모님을 깨우고 세수물을 올리자 늙은이는 자리를 거두고 일어났다. 밥은 밥도 죽도 아니지만

≪이 사람아, 음식맛이 좋구나!≫라고 말했다.

시부모는 몇해만에 처음 며느리가 지은 음식을 먹는지라 밥그릇 밑굽을 내였다.

남편이 노루를 잡아 둘러메고 돌어오자 각시 얼른 받아놓고 ≪시장하실텐데 어서 진지부터 드세요.≫라고 말하며 밥상을 차려놓았다.

≪여보, 이게 대체 웬 일이요?≫

남편이 눈이 둥글해 묻자 각시 아미를 푹 숙이고 대답하였다.

≪여보세요. 용서해줘요. 전 시부모님을 잘 모시지 못했어요. 오늘 아래마을집 며느리의 미덕을 보고 많은것을 깨닫게 되였어요.≫

그말 듣고 시부모도 며느리도 팔목을 하나씩 잡고 말했다. ≪아니다! 네가 그렇게 된건 시부모들이 버릇을 길러주었던것이다.≫

시부모는 이에 색시그루는 다홍치마적부터 잘 앉혀야 한다는것을 심심하게 깨달았다.

그때로부터 며느리는 시부모를 잘 공대하고 시부모는 며느리를 잘 일깨워주고 사랑하여 이 집은 아주 화목하게 잘 지냈다고 한단.

구술자: 서복음(62세) / 수집지점: 길림성 화룡진 / 수집시간: 1983년 5월 31일

# 가장 총명한 신랑감

옛날옛적 시골 어느 한 집에서 과년한 딸 셋을 두었더랍니다.

어느 하루 아버지는 세 딸에게 로비를 내주면서 산지사처에 널려 사는 일가친척집에 가있으면서 연줄을 밟아 가장 총명한 신랑감들 얻어오라고 하였습니다.

아버지의 분부를 받은 세 딸은 즉시 집을 떠났습니다.

정한 기한이 다되자 세 딸은 제가끔 집에 돌아왔습니다.

≪아버지! 아버지의 분부대로 세상에서 가장 총명한 신랑감을 택했습니다.≫

맏딸의 말에 둘째딸도 ≪아버지, 저도 이 세상에서 가장 총명한 신랑감을 골랐습니다.≫라고 했습니다.

셋째딸도 역시 꼭같은 말을 올렸습니다.

세 딸의 말이 끝나자 아버지는 웃으며 말했습니다.

≪허허, 너희들 모두 총명한 신랑감을 정했다고들 하니 매우 기쁜 일이다. 하지만 그저 너희 말만 듣고서야 어찌 그 진가여부를 알수 있겠니? 어서 애비가 보게 너희들 신랑감을 데려들오너라.≫

그러자 세 딸은 즉시 자기들 신랑감을 데려왔는데 맏딸은 벼슬아치를 데려오고 둘째딸은 선비를 데려오고 막내딸은 농군을 데려왔답니다.

≪좋다! 내 지금 글제를 내여 그대들 총명을 가늠해보려 하는즉 마지막 시구 가운데다 <바이 없도다>를 넣어 한수씩 지어 읊어보라.≫

그 말이 떨어지자 벼슬아치총각이 얼른 기름기 번지르르한 입술을 쓱 문지르고나서 입을 떼였습니다.

벼룩이등에 초당을 지었더니
마루 달 곳이 바이 없도다.

뒤미처 글깨를 뽐내는 선비가 맞받았습니다.

일침에 쌍룡을 그렸더니
여의주 달 곳이 바이 없도다.

마지막으로 순박한 농군총각이 지어 읊었습니다.

해년년 농사에 노적가리 쌓아도
농군배 불릴 쌀은 바이 없도다.

다 듣고난 아버지는 말했습니다.

≪잘 들었네. 이번엔 시구가운데 <먹고>와 <마신다>, <두어라 본시는>를 넣되 마지막 글귀는 꼭 <과연 그렇지 않은가!>가 들어가게 네행 절구시를 지어 읊어보게나.≫

그 말이 떨어지자 벼슬아치총각이 보란듯이 배를 쑥 내밀고 얼른 입을 떼였습니다.

밥은 매마르매 퍼먹고
죽은 질진대 마신다지만
두어라 본시는 계집들이 짓는 물건이라
과연 그렇지 않은가!

그러자 둘째 선비도 그를 따라 입술을 나풀거리며 입을 떼였습니다.

엿은 굳은매 깨여먹고
감주는 걸진대 마신다지만
두어라 본시는 비천한자들이 만든 물건이라
과연 그렇지 않은가!

그러자 셋째 농군총각은 피씩 웃더니 이렇게 입을 떼였습니다.

관리 제 잘난체해도 먹고야 세도요
수재 또한 마셔야 뽐을 내거늘
두어라 본시는 비천한자들만이 으뜸이라
과연 세상사 그렇지 않은가!

그 말에 벼슬아치와 수재는 상놈이 자기들을 모욕한다고 펄펄 뛰였습니다.

이에 아버지는 웃으며 ≪됐네, 됐네. 공연히 붉으락푸르락할것 없네. 아무리 상놈이요, 비천한자요 하고 해도 그런 사람들이 없으면 관리나 수재도 살아갈수 없지 않은가? 글이란 항시 실제에 맞아야 하는데 그래 벼룩이등에다 초당을 지을수 있느냐? 또 아무리 그러기로 베개 하나에다 그 큰룡 두마리를 어찌 다 그릴수 있겠느냐? 하지만 마지막 사람의 글을 보게. 해년년 농사에 노은죽 농군들의 신세를 그 얼마나 심통히도 잘 그려냈느냐! 그러니 셋째딸의 신랑감이 가장 총명한 사람이라고 보네!≫

그 말에 벼슬아치총각과 선비총각은 벼락맞은 소마냥 대튀만 뚝 떨구고 지지벌개 더 아무 말도 못하더랍니다.

구술자: 김계한 / 수집지점: 길림성 안도현 송강진 / 수집시간: 1983년 3월 26일

# 린색한 지주

옛날옛적 한곳에 감기고뿔마저 남에게 주기 아까와하는 한 린색한 지주가 있었다.

하루는 햇찹쌀떡을 상다리 부러지게 한상 차려놓고 먹어대고있는데 난데없는 쉬파리 한마리가 앵-하고 날아들어오더니 콩가루고물에 살랑 앉았다 날아나는 것이었다.

지주는 아무리 생각해도 파리발에 묻어간 콩가루물이 아까와 견딜수 없었다.

하여 그는 먹다말고 맨버선발바람으로 파리를 쫓기 시작했다.

한참 쫓다가 생각해보니 버선바닥이 해질것 같았다. 그래서 그는 얼른 버선을 벗어 허리춤에 차고 쫓기 시작했다.

또 한참 쫓다가 생각해보니 활개짓에 비단저고리가 여간 판나지 않을것만 같았다. 그래서 그는 저고리를 벗어 어깨에 걸쳐메고 뒤쫓기 시작했다.

또 한참 쫓다가 생각해보니 새로 지어 입은 명주바지가랭이가 쓰리워 판날것 같았다. 그래서 그는 얼른 바지마저 벗어 안고 파리를 쫓아갔다. 한참 파리를 쫓다가 다시 생각해보니 땀에 감투가 삭을가 걱정이 되였다.

그래서 그는 또 감투마저 벗어 안고 파리를 쫓아갔다.

그런데 젖먹던 힘까지 다 내여 기를 쓰고 파리를 쫓던 그가 돌뿌리에 채워 코가 콩가루고물이 될줄이야 누가 알았으랴!

한참 까무러쳤다가 간신히 기여 일어나 다시 파리를 뒤쫓으려 했으나 파리는 벌써 온데간데 없었다.

그리하여 실망한 그는 한 손에는 버선과 옷과 감투를, 다른 한 손에는 박살난 코를 감싸쥐고 하늘을 향해 씨벌거렸다.

≪아이구! 그놈의 도적놈을 놓쳐버리다니, 내 이제아무 때고 네 놈을 붙들기만 하면 끓는 가마에 튀해치우고야 말리라!≫

구술자: 신현구 / 수집지점: 길림성 안도현 차조구 / 수집시간: 1964년

# 세 정승의 회고담

리조때의 일이다.

하루는 세 정승이 퇴조하여 리정승 댁에 뫼여 주석을 베풀고 일배 일배 부일배 권커니작커니 흉허물없이 자유자재로 흉금들을 터쳐놓고 심중의 이야기들을 마음껏 나누게 되였다.

그러다 한 정승이 ≪우리 다른 잡담도 다 좋지만 그보다 한평생 살아오던 가운데 좋은일 궂은일 또한 무수할터라 오늘 이 좌석을 빌어 평생에서 가장 기쁘고 보람있던 일 한가지씩 이야기해보는것이 어떻소?≫하였다.

하여 맨 먼저 박정승이 자기의 신상담을 꺼내였다.

≪일찍 우리 가친님께서 평양감사로 도임하셨는데 그때 나 역시 가부를 따라 평양에 오지 않았겠소. 그로부터 학당공부 열심타가 점점 숙성해지면서 귀여운 기생 하나를 사귀였다. 그때로부터 매일이나 다름없이 그 기생과 함께 세월을 보내는 도중 뜻밖에도 나라에서 사화가 일어나서 중죄자는 직참하구 경죄자는

탈관삭직을 시키는판에 우리 아버님께서도 불행히 탈관삭직이 되여 도로 상경하여 내려가게 되지 않았겠소. 그러니 나 역시 바늘귀에 꿰운 실의 신세라 정든 기생을 버리고 아버님 따라 상경할수밖에 있소? 헌데 그때 나와 사귀였던 그 기생이 하는 말이 <서방님, 저도 서방님 따라 함께 가겠나이다.>한단말이요. 그래 내가 <안된다. 우리 아버니도 허윤 안하실터, 내 또한 미장가전이라 기생부터 데리고 가다니 당키나 한 소리냐?>했더니 그 기생이 울며 <이번에 못데리고 갈망정 그럼 장차는 남의 구애 받지 않고 임의로 데려가고 가까이 앉힐수 있도록 학업을 잘 닦으라.>하지 않겠소? 그러마고 상경한후 그 기생이 그때에만 몰두했지. 그 보람이 있어 수년후에 나는 마침내 평양 대동찰방으로 내려오게 되였거던. 하루는 평양감사가 련광정에 때아닌 연석을 베풀고 숱한 벼슬아치와 기생들을 모아 질탕히 노는데 대동찰방 나는 제일 말석에 밀려 술 한잔 바로 권하는 기생마저 없는 막신세가 되고말았지. 나의 신세 이리 되여 수년전의 그 기생이 한옆에서 눈물을 흘리며 나를 보는데 수색이 몹시 이글어졌더군. 그러니 이때 나의 심사야 더 일러 무엇 하겠소. 바로 이때였소. 상전이 벽해된다더니 갑자기 련광정 남문, 북문, 동서문에서 <암행어사 출도야!>크게 웨치면서 청파역졸들이 연회청 중심에로 내달아들어오지 않겠소? 뒤이어 암행어사 좌정하더니 <전임 평양감사는 이 즉석에서 봉고파직시키고 그 후임자로 대동찰방 박아무개를 승직시킵신다!>하지 않겠소? 나라에서는 그래도 청렴하고 배속에 든것이 있는 나를 알아본셈이지. 하 창졸간 이렇게 되니 본관은 똥을 싸며 쩔쩔매는데 나는 꿈같은 아연한 기쁨속에서 감사의 의관을 권하는대로 정제하고 그일석에 암행어사와 더불어 정좌하지 않았겠소? 이렇게 되니 아까 방금까지도 나를 괄세하고 업신여기던 무리들이 내앞에 곰배곰배 읍해뵈일제 나의 그 기생은 너무도 기뻐 울음반, 웃음 반 미처 몸둘바를 몰라하니 내 일생에서 이보다 더 즐겁고 기쁜 때는 없었소.≫

박정승이 말을 마치자 이번에는 김정승이 입을 열었다.

≪모년 모월 모일인즉 내가 장가든 날인데 그때 나의 친구들이 나와 두루 희롱삼아 말하기를 <첫날밤 신부 말을 시키라, 가령 말을 시키면 우리가 한턱 단단히 내고 그리 못하면 한턱 단단히 치러야 한다는것이 아니겠소? 이렇게 되여 약조를 해놓고 그날 밤 신부와 더불어 합방을 하는 때 아무리 말을 시켜볼

려고 해도 짜장 량반댁 새각시느라고 얼른 대답을 해줘야 말이지. 말을 시키다 못해 맥이 진해 그제는 할수없이 살코를 구르며 잠에 떨어졌는데 이때 웬 사람이 대문을 쾅쾅 두드리며 <이 집 새신랑님이 대과급제를 하셨습니다. 이 집 새신랑 이 대과급제를 하셨습니다.>하고 고성질호 아뢰는것이 아니겠소? 내 짐짓 깊은 잠에 곯아떨어진체하였더니 장모되는 이가 정지에서 자기 딸을 부르며 <야, 우리 사위 대과급제를 했다는 대희보로구나. 보아하니 곤히 자는것 같은데 네 얼른 깨워 급히 알려드려라.>하더군. 이 친구가 어찌는가 보자고 얼른 그대로 살코를 굴렀더니 그제사 조심조심 나를 흔들어 깨우며 <유하세요? 유하세요?>

그제사 내 놀라 깨 눈을 뜨는체하니 <서방님께서 오늘 대과벼슬을 하셨다는 희소식이 왔나이다.>하더군. 하, 이러고보니 새신부 말을 시켰겠다, 대과급제를 했겠다 이때가 나의 평생에서는 제일 기쁘더란말이요.≫

마감으로 리정승이 한결 심중한 어조로 자기의 평탄치 않은 신상담을 피력하 였다.

≪내 일찍 모년 모월 모일에 전라좌도 암행어사로 제수되여 내려가지 않았겠 소? 한번은 읍에서 무인지경 칠십리인 구가, 천가 마을인 구첨동에 이르게 되였 소. 때는 초경이나 잘되였는데 어느 한 집 문전에 다가가니 불은 빤한데 창문지 는 너펄너펄 다 떨어지지 않았겠소? 어찌된 집인가 문창새로 가만히 들여다보니 젊은이를 깔고 앉은 로부가 비수를 들이대며 <이놈아 네놈 먼저 죽어야 한다!> 하니 그밑에 깔리운 아들이 <아버지 제가 먼저 죽겠습니다. 어서 찍어주십시 오.>하는것이 아니겠소? 하도 급한 사정이라 나는 다짜고짜 문을 떼고 들어가 로인을 불렀소! 그러니 그 로인장이 할수없이 아들의 배우에서 스르르 내리더군. 그래서 내 <객의 귀 석자?(客耳三尺) 내 방금 문전에서 들은 말 있으니 조금도 은의치 말고 일일이 진속하시오.>하니 그 로인장이 후- 장탄식하고나서 하는 말이 <내 불량한 아들을 두었습니다. 이놈이 저 건너 친동수의 처를 보고 말희롱 을 했답니다. 지나가는 녀자를 보고 짬이 있으면 놀러 다니시오라고 인사로 한 말이 본디 옳은 례의건만 세력 큰 천동수 일가의 행패지근으로 족히 되여 남의 유부녀를 백주에 희롱했다고 그 벌충으로 래일날 그 집 늙은 천가는 나의 처에게, 그 아들 동수는 나의 자부한테 재취장가를 들겠노라 택일까지 보내와서 이대로 있다가는 이 밤으로 나의 늙은 로처와 며느리 죽을터라 차라리 그걸 보기 앞서

아들을 죽이고 나 죽자하던중이올시다.>한단말이요. 생각하니 이번 일 하나만
으로는 일이 이 지경 된것이 아니겠는지라 그 먼저는 어떤 매듭진 일이 없었느냐
캐물었더니 그 로인장 하는 말이 늙은 천가 얼마전에 진갑을 쇠게 되는 때 그
집안이 흥성한 턱을 대고 애역소 한마리 부조하라던것을 차마 그리 못했더니
이에 앙심먹고 그런다는것이였소. 생각하니 과연 기가 막히더군. 그래서<예서
읍이 얼마나 먼가?> 물었더니 그 로부의 대답이 <예 무주읍이 거금 칠십리땅입
니다.>하더군

내 생각되는바 있어 <까마귀 지저귀여 죽은 일 없느니 안심코 래일오전까지
기다리면 좋은 소식 있을테니 그리 알고 이 밤을 무사히 지우라.>했소. 그리고
그 댁에서 변고가 날가보아 따로 수종사령 몇몇을 떼두어 계명때까지 지켜 새우
도록 했지요. 그러고나서 나는 그밤으로 무주읍을 치달아 내려가게 되였더랬소.
내려가자 바람으로 자야밤중 원을 깨워 불러 대령시켰소.

<이 고을에 광대 몇명이나 되는고?>

<서른여덟입네다.>

<그중 천근장사는 몇명이나 되는고?>

<네, 사오명 잘되나이다.>

<그럼 그중 넷만 추려내고 세상없이 신기한 승교 한채 꾸미는외 청색, 적색,
흑색, 황색 오색으로 다섯벌의 의관을 지어 계명전까지 바치라!>

밤사이 만들어진 의관을 그날 아침 첫닭울기 앞서 모여온 네 장사들에게 입히
고 씌우고 창까지 들린후 알락달락한 신교에 앉아 구천동에 다달으니 그때 바로
천동수네 부자가 신랑복색 뜨르르 차려입고 가마 두채에 승교하여 막 달려들고
있는판이였소. 일이 이 지경으로 되니 구가, 천가 온 마을 남녀로소 실로 인산인
해더군. 이때 내 신교에서 훌쩍 뛰여내리며

<인간들은 들을지어다. 우리 일행은 오늘 옥황대제의 명을 받아 이리 왕림한
천국의 사자이노라.>

그래놓고 가마속을 향해 역시 고성대독으로

<동방에 청제신장(靑帝神將)이 방위 찾아 서라!>≫

<남방에 적제(赤帝)신장이 방위 찾아 서라!>

<서방에 백제(白帝)신장이 방위 찾아 서라!>

<북방에 흑제(黑帝)신장이 방위 찾아 서라!>하였지. 그러자 네 신장이 네 귀에 위엄이 서리발같이 서고 한가운데는 황제신장 내가 방위 찾아 선 뒤 또 불호령을 내렸지.

<우리오늘 천동수네 각악무도한 부자 붙들러 왔노니 당사자는 각금 헌신하라!>

그러니 어느 령이라서 거역을 하겠소? 얼마전까지만해도 위엄이 등등하여 유부녀를 잡아가겠다 휩쓸며 들이닥치던 두 부자놈 얼굴색이 흙색이 되여 벌벌 떨며 나서더군. 이때 내가 한번 머리를 끄떡하자 신장 넷이 욱 달려들어 그 부자 두놈을 량쪽 겨드랑이에 꽉 껴안고 나는듯이 달려 한 못에다 쓸어넣어 죽여버리지 않았겠소.

이렇게 하여 구천동의 그 불쌍한 구씨네 온 식솔들 건져주게 되였소.

그후 칠팔년이 지나 우연히 그곳을 지나다 옛일이 궁금한지라 내 다시 한번 거사하던 그곳에 가보게 되였는데 그 마을에 전에 없던 큰 팔간 기와집이 한채 있지않겠소? 그래 물어보니 그 무슨 노복을 둔 부자집 아닌 농군의 집이라기에 그 주인을 찾아 말수작을 걸면서 <당신이 이런 향곡에 살면서 어찌하여 노복 하나 두지 않고 이렇게 잘 지내는가?>》물었더니 그때 보담은 퍼그나 늙은 로인장이 나를 알아보지 못하고 하는 말이

<녜! 내 일찍 호협한 아들놈의 주둥이땜에 저 건너말 천동수 부자지간께 멸족지환을 당하다가 뜻밖에도 하늘 옥황대제께서 내려보내신 오방신장의 덕을 입어 요행 모면구출되였더니 그뒤로부터 온 마을에서 저 늙은이네는 과히 옥황상제께서 굽어살피시는분이라 크게 떠받들어 모시며 구가, 천가 량성에서 새롭게 집을 지어주고 전답을 일궈주고 살림도구까지 새로이 갖추어주어 지금은 이리 잘 지내간답니다.>하지 않겠소?

그 말을 들을 때 내 정말 기쁘고 기뻐 저도 몰래 눈에서 눈물이 솟거니 맺거니 하다가 마침내는 뚝! 뚝! 흘러떨어지지 않겠소!》

리정승의 신상담을 다 듣고난 두 정승은 못내 감심이 되여 무릎을 쳤다.

《옳네! 나라 중임을 맡은 관리로서 무엇보다 하토백성들의 각골지통을 내 일처럼 여기고 언제나 알뜰히 쓰다듬어주는것만이 가장 기쁘고 보람있는 일이요!》

이때로부터 세정승은 임금을 도와 더 큰 힘으로 만백성을 알뜰히 어루만져 애무하면서 나라를 잘 다스려 나갔다고 한다.

구술자: 최국현 / 수집지점: 안도현 차조구 / 수집시간: 1968년 8월 11일

# 보배구슬

옛날옛적, 어느 산골마을 한 집에 늙으신 어머니와 나어린 딸 모녀가 근근독식 살아가고있었다.

어머니는 년로다병하시고 딸은 아직 철없다보니 일손이 없어서 하루 한끼 입에 풀칠하기도 어려웠다.

그러던 어느날 저녁때였다.

어머니가 한 부자집 앞을 지나다가 다 추려 쓰고 내버린 삼베검불 한무데기를 보았다.

(이것을 가져다 까근히 손질하면 쓸수 있는데…) 이렇게 생각한 어머니는 그걸 주어다 밤새껏 추리고 추려 실을 비빈 다음 베 석자를 짱짱 짰다.

이튿날 이른아침, 어머니는 그 베천을 딸 복녀에게 주면서 《애 복녀야, 오늘 이 베를 장마당에 가지고 가서 팔아 쌀되나 사오렴.》하고 말했다.

복녀는 어머님의 분부대로 그 베 석자를 장에 가지고 가서 판 다음 쌀 서되를 사가지고 집으로 돌아섰다. 집으로 오는데 앙상한 몸을 드러낸 웬 낯모를 녀자애가 길 한가운데 앉아서 엉엉엉 구슬피 울고있었다.

《애, 넌 왜 울고있니?》

복녀가 묻자 그 애는 그냥 울면서 말했다.

《우리 집에는 어머님이 앓아 누워계시는데 벌써 사흘째나 미음 한모금 못마시고 계셔요. 생각다못해 동냥을 나왔으나 부자들은 쌀 한알 주기는커녕 개만 추겨요.》

그 말을 들은 복녀의 가슴은 몹씨 쓰라렸다.

≪애, 너무 슬퍼 말어. 마침 쌀이 좀 있으니 얼른 가져다 밥을 지어 앓아 누워계신 어머님께 대접해라.≫

복녀는 이렇게 말하며 쌀 서되를 몽땅 처녀애에게 주었다.

≪언니, 고마와요≫

그 처녀애는 머리가 땅에 닿을 지경으로 굽혀 인사를 하고나서 쌀을 이고 오쫄오쫄 집으로 떠나는것이였다.

복녀가 집에 돌아오자 어머니는 물었다.

≪복녀야, 그래 쌀은 사왔느냐?≫

그러자 복녀는 길에서 있었던 일을 어머님에게 낱낱이 이야기했다.

복녀의 말을 들은 어머니는 딸의 머리를 쓰다듬어주며 말하였다.

≪착한 애야, 참 잘했구나! 네 맘이자 내 맘이구나! 하지만 우린 당장 무엇을 먹는단말이냐?≫

그러자 복녀는 얼른 대답했다.

≪어머니, 제가 곧 뒤동산에 올라가 산나물을 뜯어오겠어요.≫

말을 마친 복녀는 뒤동산으로 나는듯이 달려갔다.

이리하여 그날도 그들 모녀는 산나물죽으로 끼니를 에때웠다.

며칠이 지난 어느날이였다. 어머니는 또 한 부자집에서 내버린 삼검불을 주어다가 오리오리 실을 부벼 밤새껏 베 석자를 짱짱 짰다.

어머니는 날이 희붐히 밝아오자 베를 복녀에게 주면서 신신당부했다.

≪애, 오늘 이걸 팔아 쌀을 바꿔오너라. 여위여가는 네 얼굴을 차마 볼수 없구나.≫

≪네, 어머니 분부대로 하겠어요!≫

복녀는 장에 가서 베를 팔아 또 쌀 세되를 바꿔가지고 돌아섰다.

복녀가 발걸음을 다그쳐 집으로 총총 돌아오는 때였다. 갑자기 등뒤에서 그를 부르는 석쉼한 소리가 들려왔다.

≪애, 처녀야! 네 이고 가는게 쌀이 아니냐?≫

복녀가 뒤를 돌아다보니 람루한 두루마기를 입은 백발이 성성한 로인 한분이 타래지팽이를 짚고 서서 자기를 부르고있는것이였다.

《네, 할아버지, 쌀입니다.》

복녀가 선뜻이 대답하자 그 할아버지는 매우 기뻐하며 쩔룩쩔룩 다가와 말씀했다.

《애, 의지가없는 이 늙은이는 옹근 며칠동안이나 쌀 한알 구경 못하다보니 참 허기져 죽겠구나. 이 늙은것을 불쌍히 생각해서 그 쌀을 나한테 줄수는 없겠느냐?》

복녀는 할아버지의 말씀을 듣자 가슴이 섬뜩해자고 애가 타올랐다.

하긴 그럴수도 있다. 년로다병한 어머니가 쌀 한알구경 못하고도 밤낮없이 일하느라 초체해진 모습이 눈앞에 방불히 떠올랐던것이다.

(아, 이 일을 어쩌면 좋을가?》

그러나 길가에 서계시는 할아버지의 초췌한 얼굴과 람루한 옷매무시를 살펴보니 가련하기 그지없었다. 세상에서 이 할아버지야말로 제일 불쌍한것 같이 생각되였다.

(이런 요긴한 때에 모른체하고 지나면 할아버지는 길바닥에서 세상을 뜰수도 있지 않는가?)

이렇게 생각한 복녀는 쌀자루를 얼른 할아버지에게 드렸다.

《할아버지, 얼마 되지 않는 쌀이지만 가져다 끓여 잡수세요.》

그러자 할아버지는 쌀자루를 받아들고 말했다.

《애, 기특한 애로구나! 한데 이 쌀을 자루채 나에게 주면 넌 어쩔셈이냐?》

《할아버지, 우리 집 걱정은 마세요. 어서 갖다 잡수세요!》

복녀가 이렇게 말하고 돌아서는데 그 할아버지는 다시 복녀를 멈춰세웠다.

《애, 나의 집은 저 산을 넘고 강을 건네야 하는데 내 기력으로는 쌀을 지고 갈수 없구나! 내가 좀 이여다 줄수는 없겠느냐?》

할아버지의 말에 복녀의 두다리는 바들바들 떨렸다.

그도 그럴것이다. 런 며칠이나 밥 한끼 못먹은 그가 어떻게 산을 넘고 강을 건너갈수 있으랴. 하지만 할아버지의 청구를 마다할수 없는지라 얼른 대답했다.

《할아버지, 마음 놓으시라요. 제가 가져다드리겠어요.》

복녀는 할아버지와 함께 떠났다. 복녀는 콩알같은 땀방울을 흘리며 산 넘고 강 건너 해질녘에야 할아버지네 댁에 다달았다.

단간초옥 할아버지네 댁은 가마 한짝에 이빠진 질그릇 몇개밖에 없었다.

마음 착한 복녀는 얼른 집안을 정갈하게 치우고 손수 밥을 지어 할아버지에게 드렸다.

≪애, 너도 먹거라.≫

할아버지가 권했으나 복녀는 들넘을 안했다.

할아버지는 드디여 수절을 놓으시며 말했다.

≪이 기특한 애야! 오늘 나 때문에 고생 많이 했다. 너에게 줄 무슨 희한한 물건은 없구나. 자, 작은거지만 이게라도 받아가지고 가려무나.≫

할아버지는 품속에 깊이 간직했던 반짝반짝 빛나는 구슬 한알을 그의 손에 쥐여주었다.

≪할아버지, 이건 귀중한 물건이겠는데 그만두세요.≫

복녀의 말에 할아버지는 ≪허허, 구슬 한알이 중하면 얼마나 중하겠느냐, 어서 가지고 가서 쓰려무나.≫

≪네? 쓰다니요?≫

≪응, 그래, 그래! 살살 굴리며 소원을 말하면 소원성취 시켜줄것이다.≫

≪할아버지! 귀중한 구슬은 할아버지가 지니고 계셔야 해요! 전 아무것도 싫어요.≫

복녀는 이렇게 사양하면서 할아버지를 쳐다보는데 로인은 구슬을 땅바닥에 굴리며 말했다. ≪구슬아, 구술아! 네 얼른 꽃가마를 내여 마음 착한 복녀를 집까지 태워다주렴.≫

그러자 구슬안에서 삼씨알만한 물건이 쏙 빠져나오더니 오색당실로 수놓은 휘황한 꽃가마로 착착 펼쳐지고 복녀는 어느새 꽃가마에 인진되여 두둥실 떠서 집으로 돌아오게 되였다.

이때 복녀가 할아버지께 인사를 하려고 뒤돌아보니 할아버지도, 초막집도 온데간데 없었다.

복녀는 구슬을 꼭 쥐고 꽃가마에 실려 집에 돌아왔다.

복녀가 방에 들어사자 어머니는 반색하며 물었다.

≪애, 오늘 왜 이렇게 늦어왔냐? 쌀을 가지고 오느라 늦었니?≫

복녀는 어머니앞에 꿇어앉아 죄송스레 오늘 있었던 일을 자초지종 이야기하면서 품속에서 구슬을 한알 꺼내놓았다.

그러자 어머니는 눈부신 그술을 받아쥐고 딸의 머리를 쓰다듬으며 말했다.

《복녀야, 너는 오늘도 착한 일을 한 보람으로 하늘이 베푼 덕을 입었는가보다.》

어머니는 방에서 구슬을 살살 굴리며 말했다.

《구슬아, 구슬아! 콩이라도 좀 내놓으면 우리 복녀에게 닦아서 먹이겠는데…》

그러자 구슬은 똑또르르 굴러가며 점점 커져 나중에는 둥글둥글 수박만해지더니 그속에서 연해연방 노랑콩알이 막 쏟아져나왔다. 모녀는 그 콩알을 닦아서 맛보는데 참으로 깨고소한 별미의 콩이였다.

어머니는 또 구슬을 굴리며 《구슬아, 구슬아! 인젠 쌀이나 좀 내놓으면 우리 복녀에게 밥이나 한끼 해먹이겠는데…》하고 말하였다.

그러자 이번엔 백옥같이 희고 깸알같이 여문 입쌀이 막 쏟아져나왔다.

참으로 꿈같이 신기하고 기쁜 일이였다. 소원을 말하며 굴리기만 하면 무엇이나 소원대로 쏟아져나왔다. 참으로 세상에 둘도 없는 만능 보배구슬이다. 이 보물은 세상에서 가장 마음이 착한 사람만이 가질수 있는 보배였다.

그리하여 복녀네는 마을의 가난한 사람들에게 먹을것, 입을것을 골고루 나눠주며 여생을 아무 근심걱정 없이 잘살았다고 한다.

구술자: 안응철 / 수집지점: 길림성 안도현 송화대대 / 수집시간: 1981년 10월 21일

# 석돌이와 부자

옛날옛적 어느 한 시고에 석돌이란 애가 있었다.

그런데 험한 일에 부대끼고 무서운 가난에 쪼들리던 아버지, 어머니는 드디어 한날 한시에 한많은 세상을 하직하고말았다.

≪아버지, 어머니! 왜 저를 두고 먼저 가시나요? 제 혼자 어찌 살아가요? 어서 저도 함께 데려가주세요!≫

졸지에 량친을 여읜 석돌이는 날마다 울기만 하였다.

그러던 어느날 마을의 한 부자가 찾아와 석돌이를 구슬려댔다.

≪애 석돌아, 넌 이제부터 우리 집에 가 살자.≫

그러나 석돌이는 도리머리를 저었다.

그러자 교활한 부자는 말하였다.

≪애, 우리 집에 가서 일만 잘하면 끼니마다 이밥에다 고기반찬까지 배불리 먹을수 있지. 해해, 어디 그뿐이냐, 네가 보고싶어하는 아버지, 어머니 계신 하늘 나라에도 꼭 보내줄테다.≫

≪그게 정말인가요?≫

천진한 석돌이는 하늘나라로 보내준다는 말에 무등 기뻐하였다.

그러자 부자는 눈알을 팽글팽글, 입술에 침을 살살 발라가며 말했다.

≪해해해, 정말이 아니구! 삼년만 일해준다면 너의 아버지, 어머니가 간 천당 으로 꼭 보내줄테다!≫

그리하여 석돌이는 부자네 집으로 갔다. 부자는 그에게 잘 먹이고 잘 입히 지 않을뿐만아니라 하루종일 마른일 궂은일, 헐한 일 힘든 일 가리지않고 마구 시켰다.

하지만 마음 착한 석돌이는 애오라지 아버지, 어머니 계신 곳으로 가기 위해 무슨 일이나 시키는대로 척척 해나갔다.

삼년세월이 흘러갔다. 석돌이도 어느덧 열한살을 먹게 되였다.

부자놈은 옹근 삼년동안 공짜로 석돌이를 부려먹였으니 인젠 뒤동산 넘어 큰 련못에 빠쳐 죽여야겠다고 작심하였다. 그것은 석돌이가 철이 들면 가만있지 않으리라고 생각했기때문이다.

어느날 부자는 석돌이보고 말했다.

≪애 석돌아, 인젠 아버지, 어머니가 보고싶지않느냐?≫

≪주인님, 어찌 보고싶지 않겠어요. 어서 절 하늘나라로 보내주세요!≫

≪응, 그래, 그래! 하늘나라로 보내주구말구! 어서 떠나자꾸나.≫

부자는 석돌이를 데리고 뒤동산으로 올라갔다. 뒤동산너머 련못가에는 하늘을 꿰찌를듯 치솟은 백년묵은 당나무 한그루가 서있었다.

≪애, 어서 이 나무에 바라오르거라!≫

석돌이는 나무에 기여올라갔다. 부자놈은 또 소리쳤다.

≪애, 더 높은 나무가지에로 기여오르거라!≫

석돌이가 나무가지끝에 올라가자 부자놈은 또 소리쳤다.

≪인젠 련못쪽에 있는 나무가지끝에로 나가거라!≫

석돌이가 휘친휘친한 나무가지끝에로나가자 부자놈은 또 소리쳤다.

≪인젠 하늘나라 천당으로 날아가게 될것이니 두눈을 꼭 감고 두손을 활 놓아라!≫

석돌이는 시키는대로 두눈을 꼭 감은 다음 두손을 활 놓았다.

그런데 이게 웬 일인가?

씽-하고 호수가운데로 돌맹이처럼 떨어져내려오던 석돌이가 다시 하늘로 둥둥 떠올라가는것이였다.

련못가운데서 유유히 헴치며 놀던 기러기떼들이 이 처참한 광경을 보고 있다가 끼룩끼룩 일시에 날아오르면서 불쌍하고 착한 석돌이를 얼른 떠싣고 날아난것이다.

≪끼룩! 끼룩!≫

석돌이는 기러기등에 실려 훨훨 기분 좋게 하늘로 날고 날고 또 날았다.

이 광경을 꿰해서 보고있던 부자놈은 드디여 그 무슨 생각이 번개같이 떠올라 무릎을 탁 쳤다.

(오, 그렇지! 이제 보니 이곳이야말로 하늘천당으로 가는 진짜 성지로구나! 흐흐흐 그렇고말고! 그러니 나도 이 기회를 놓치지 말고 하늘로 날아오른다면 천년만년 장생불사하며 만복을 누릴수 있지! 흐흐흐 어서 집에 있는 돈전 모조리 짊어지고 와서 하늘나라고 올라가야지!)

이렇게 생각한 부자놈은 그길로 헬레벌떡 집에 달려가서 돈이란 돈과 금은붙이 보물이란 몽땅 꿀망태에 쑤셔넣어 짊어지고 비지땀을 뚝뚝 흘리며 다시 이곳에 왔다.

단나무밑에 간 그는 미처 숨돌릴 새도 없이 스스로 말하고 행동에 옮겼다.

≪어서 이 당나무에 기여오르거라!≫

헐헐거리며 당나무에 오르자 그는 또 말했다.

≪가장 높은 나무가지에 오르거라!≫

아츨하게 바라올라 그는 또 말했다.

≪인제는 련못가지로 나간 나무가지에로 나가거라.≫

휘친휘친한 나무가지를 잡고 바라나가서 그는 또 스스로 말했다.

≪인젠 하늘나라 천당으로 승천을 하게 될것이니 두눈을 꼭 감고 두손을 활 놓아라!≫

두손을 활 놓자 무거운 쇠붙이를 잔뜩 걸머진 부자놈은 한아름 돌덩이처럼 풍덩-깊고깊은 련못에 꺼꾸로 처박히고말았다.

그리하여 마음 착한 석돌이는 선량한 사람들의 가르침을 받아 다시는 부자놈이 떠벌이던 하늘나라따위를 믿지 않고 한평생 힘써 일하면서 잘살았다고 한다.

구술자: 전신숙 / 수집지점: 길림성 안도현 송강진 / 수집시간: 1982년 11월 11일

# 어사 박문수의 이야기

## ≪까만밤≫ 세말에 삼천냥

대감 박문수가 어명을 받들고 조선 팔도 고을고을을 비행하며 민정을 고루 살펴가던 때 일이다.

한번은 초립파의 망혜의 상거지 행색에 한 산간초옥에 류숙을 청했는데 그 집인즉 모자 단 두식구이건만 꺼질듯이 궁해서 그날 밤이 아버지 아사해간 첫 제일이건만 수중에 무일푼이라 모친이 머리태 짤라 겨우 제사밥을 지어놓는 형편이였다.

박문수 알알이 그 눈치 알면서도 우정 ≪남과 같이 이목구비 수족이 성한데다 둘이 일하는데 어찌하여 이다지도 곤궁한가?≫따져 물었더니 그 아들의 대답인

즉 이러하였다.

≪여보시오 손님, 말씀 마시우. 차마 입밖에 낼 말은 아니지만 이간치 꼬지꼬지 캐물으시기에 말씀드리는데 남 못지 않게 일한들 무슨 소용이 있사옵니까? 고을 관아에선 사흘이 멀다하고 쌀세요, 나무세요, 지어는 부뚜막솥세까지 짜가는 형편이여서 이만 명줄이 붙어있는것만해도 천만다행이지요…≫

≪응, 고을 군수놈의 탐관패덕으로 뭇백성들이 입에 거미줄을 치게 된것이로 구나!≫

이렇게 생각한 박문수 당장 군수놈부터 도륙을 내일 작정으로 비밀리에 집을 나서 어느결에 삼색라줄 불러모아 출도준비 단속한후 다시 투숙처에 되돌아와 그집 아들에게 약간의 돈을 내놓으면서 신신당부했다.

≪날새기전 밤 세말을 사서 먹물을 풀어 골고루 염색하여 잘 말리우라. 그 까만 밤을 아무때 고을의 장거리에 가지고나가서 팔되 한말에 천냥, 한푼 긇아도 팔지말라.≫

이튿날, 박문수 고을 관아로 올라가니 과연 군수란 작자 민정을 다 제쳐놓고 계집들을 옆에 끼고 주안상을 베풀고 음탕하게 혼자만자 폭음폭식을 감행하고 있는것이였다.

이에 박문수 홍패를 내드니 암행어사 출도라 군수는 물론이요, 초목금수도 벌벌 떨었다.

박문수 좌정한후

≪군수 너 듣거라, 너의 본분인즉 선정치민이건만 성정이 포악무도한데다가 음탕부화하여 밖으로는 백성들의 고혈을 짜내고 안으로는 주색만을 일삼으면서 우에 임금을 속여 아래의 처처에 한숨이요, 곳곳에 눈물이니 그 죄는 네 스스로도 심산이 있으렸다.≫하니 군수놈 그제야 애걸복걸 빌고들었다.

박문수 계속하여 엄명을 내렸다.

≪나라에서는 지금 까만 밤이 급히 수요되니 군수 네 돈으로 세말을 즉시 사오너라. 값은 여하간 한푼 깎지말고 사올지라!≫

뉘앞이라 어명을 거역하랴, 군수 자기 금고의 은전을 몽땅 꺼내 한말에 천냥씩, 세말에 삼천냥 주고 까만밤을 사다 박문수에게 드린건 더 말할 필요도 없다.

이렇게 박문수는 그 군수놈을 봉고파직시키고 가난한 이 고을의 농부들을 구제해주었다고 한다.

구술자: 최관익 / 수집지점: 길림성 안도현 차조대대 / 수집시간: 1970년 8월

## 박어사의 덕행

어사 박문수가 조선 전라, 경상도 방방곡곡 민가의 선악과 질병도탄을 낱낱이 살피며 효자렬부를 표방하고 탐관오리를 숙청하는 거사를 수행하면서 다니던 때 일이다.

그때 마침 혈혈단신 파의파립으로 정처없이 분주히 떠돌아다니다가 한 산간 협곡에 당진했는데 때는 마침 일락서산 눈앞에는 단지 쓸쓸하고 적막한 외호동 네뿐이였다.

≪아하, 이를 어이하나?≫

문수 근심하며 발걸음을 조여 가보니 풍우조차 피치못할 몹시 헐망한 두간 초옥이였다.

≪주인 계시우?≫

세번을 불러서야 정지문이 살며시 열리더니 스무살이 될락말락한 한 처녀가 나오는것이였다.

여염집 과년한 규수를 대하자 박문수 차마 말이 얼른 떨어지지 않으나 사정은 사정인지라 렴치불문하고 ≪과객이 하루밤 류해가기를 청하오.≫하자 처녀는 선뜻 허락하며 말했다.

≪이 몇해동안 가세가 말이 아니여서 과객마저 발길을 끊었는데 오늘 이렇게 찾아오시니 기쁜 마음 한량없사오며 그저 집이 하도 루추하여 저어할뿐이옵니다.≫

박문수는 웃방으로 인진되여 들어가보니 밖에서 보기보다는 한결 아담하고 정결하다.

집안에서 아래웃방 문턱을 사이두고 문수는 처녀에게 물었다.

≪그래 성씨는 어떻게 쓰오?≫

≪전주 리씨라 부르옵니다.≫

≪부모는 안계시오?≫

≪량친부모 다 일찍 돌아가셨사옵니다.≫

≪그럼 혈혈단신 외몸이란말인고?≫

≪수상오라버니가 있사옵니다.≫

≪그래 오래비도 미장가전이란말인고?≫

≪네, 그렇사옵니다.≫

≪보아하니 과년할텐데 어이된 일이요?≫

≪로인님에게 말씀드리기 황송하오나 부친님 생전에 우리 오라버니는 고개너머에 김부자 딸과 혼인을 했사옵니다. 한데 부친님이 특병하야 돌아가시자 김부자는 이런저런 구실로 우리 가산을 허물어가고 또 가세가 피페해지자 언약마저 식언하고 딸을 명문거족의 가문에 주게 했사옵니다. 래일이 바로 그 딸의 혼일인데 우리 오라버니는 그 집에 잡역으로 갔사옵니다.≫

≪무엇이? 전일의 사위가 오늘의 잡역을 갔다구?!≫

박문수 들어보니 기막히는 일이였다.

바로 이때 문이 찌쿵 열리며 한 떠꺼머리총각이 들어섰다. 일견하니 옷매무시는 비록 람루하나 탁 트인 이마에 두눈이 부리부리하고 두귀 솔방울같은 영준한 청년이다.

그는 들어서자마자 손님을 보더니 반가와 부복하여 뵙는것이였다.

≪손님 오셨소이까?≫

≪음, 인제야 돌아오는고?≫

≪그래 올해 몇살인고?≫

≪스물셋입니다.≫

≪한데 왜 장가는 못들었는고?≫

박문수 직방배기로 들이대자 총각은 눈물이 글썽하여 사실을 피력하는데 과연 처녀의 말과 같았다.

박문수 다 듣고 기우듬히 누워 불공평한 세상사를 통탄하며 거미줄같이 복잡한 생각을 서리우는데 썩 늦게야 저녁상이 들어왔다.

구복이 몹시 출출하더니차라 얼른 일어나보니 이밥에 색색이 다른 어물에 육붙이 반찬, 소담한 반주술…가세에 비해서는 너무도 놀라운 진수성찬이였다.

박문수 수절들기전에 깜짝 놀라며 어데서 난 진수성찬인가고 물으니 그것은 오라버니 한달 품삯으로 받아온 몇해만에 처음 차려보는 성찬이라는것이였다.

불쌍한 두 오누이 정성이 담긴 음식을 들던 박문수는 생각되는바가 있어 총각을 불렀다.

≪내 돈을 줄터이니 오늘밤 신부름을 해주겠는고?≫

≪손님께서 돈은 무슨 돈이옵니까. 제가 행할수 있는 일일하면 기꺼이 해올리겠습니다.≫

총각은 박문수의 서한을 품속에 넣고 밤길 20리를 조여 떠났다.…

총각네 집에서 한밤을 설때리고난 박문수는 날이 밝자 총각과 같이 곧추 김부자네 집을 찾아 떠났다.

김부자네 집에서는 잔치를 벌리고 손님을 맞느라 한창 야단이였다.

박문수 거드름을 피우고 돌아가는 김부자를 보고 ≪듣자니 이 집에 오늘 경사가 있다는데 이 과객도 좀 참여할가 하오≫하자 김부자 난데없는 불청객의 아래우를 훑어보고

≪이놈, 어서 썩 물러가지 못할고? 여봐라─≫하고 종들을 부르는것이였다.

박문수가 얼뜨기거지인체하고 제발제발 사정하자

≪이놈, 몇때 잘 굶어 배가죽이 등허리에 다가붙어다니 저기 저 한구석 말석에 가 앉아 주는 떡덩이나 얻어먹고 얼른 가라!≫하고 눈알을 부라리였다.

박문수 막무가내로 한구석에 쭈크리고 앉아 게걸스레 밑굽을 빤빤 내고있는데 신랑행차 들어왔다.

지난밤 약정해놓은 역졸들이 다 왔는지라 박문수는 마패를 흔들며 암행어사 출도를 불렀다.

암행어사 출도라면 산천초목도 벌벌 떠는판에 잔치고 뭐고 온집 안밖이 란장판이 된것은 두말할것도 없고 원근 각처에서 모여온 한다하는 나부랭이들도 쥐구멍을 찾지 못해 야단이였다.

이때 박문수 김부자를 포박하여 안전계하에 꿇어앉히고 ≪이놈, 너는 네 죄를 알것이다. 너는 죽어 마땅하다.≫라고 호령하니 김부자 벌벌 떨며 ≪제발 목숨만 살려주시오.≫하고 애걸복걸하였다.

어사 박문수 김부자를 한바탕 질책하고나서

≪좋다, 네 살 욕심이 있으면 당장 고개너머에 있는 리씨 총각을 불러 너의

딸과 혼례를 이루어주고 오늘 온 새신랑은 너의 사위 녀동생의 의향을 물어 피차지간 마음에 든다면 동시에 짝을 무어 앞뒤가 공평케 하라!≫

≪네네, 천만지당한 말씀이옵니다.≫

그리하여 김부자 딸과 리씨총각, 새신랑과 리씨 신랑 누이동생을 의복단장시키고 각각 쌍쌍으로 청실홍실 느리게 하니 어느 누가 기뻐지지 않으랴!

게다가 고개너머 리총각에게는 땅 열마지기까지 갈라주게 하여 사람들은 저저마다 문수를 세상 유일무이의 명관이라 찬탄해마지않았다.

아니, 어사 박문수의 미담은 그때뿐아니라 지금까지도 항간에 널리 전해지고 있다.

구술자: 최국현 / 수집지점: 길림성 안도현 차조구 / 수집시간: 1968년 7월 28일

# 봉의 김선달의 이야기

### 량반을 골려주다

때는 리조말엽, 금풍이 소슬한 어느 가을철 추석밑인데 김선달은 볼 일이 있어서 서울로 급급히 올라가던차 수중에 로자도 별로 없는지라 보행하게 되였다. 며칠이나 걸었던지 발이 부르트고 다리가 지쳐 할수없이 로변 한 려관에 주인을 정하고 아래목을 차지하게 되였다.

그런데 얼마후 밖에서 길 치우라는 소리 요란하더니 또 ≪빨리 방을 내라!≫는 호령소리가 련달아 났다. 뒤미처 주인이 들어와서 선달을 보고 ≪얼른 일어나 저 웃목으로 옮기오.≫라고 말하였다.

김선달이 ≪여보, 손님은 다 일반인데 먼저 왔으니 여기는 떼놓은 내 자리가 아니란말이요?≫라고 말하자 주인은 얼른 말을 받았다.

≪이 객은 보통객이 아니라 서울에 사는 김참판나으리신데 이번 추석에 친산

성묘하러 예서 하루밤 쉬여가게 되니 잔말 말고 어서 일어나 올라가오. 조금만 잘못하면 나까지 봉변을 당하게 되오.≫

선달은 할수없이 쫓기워 웃목으로 올라갔다.

웃목은 온돌이 차지만 아무것도 없고 아래목은 덥지만 돗자리며 보료를 깔고 병풍까지 둘러치기에 선달은 잔뜩 부아가 났다.

이윽고 밖에서 상복을 입고 백마를 탄 량반이 하인 사오명을 데리고 들어오는데 나이로 보아서 삼십여세, 이모구비를 보아서 심술이 곱지 못한 인물인데 방안에 들어오자 혼자 척 아래목을 차지하고 공연히 이래라 저래라 호통치며 주인만 못견디게 구는것이였다.

좀 있다가 저녁밥상이 올라왔다. 밥상을 보니 반찬도 색색인데다 개장은 두사발이나 놓아 구미를 돋구는것이였다. 한데 개장을 본 김참판은 당장 주인을 불러 ≪이놈! 눈깔이 멀었나, 개장을 놓다니? 죽일놈 같으니라구, 다시 차려들 못올가?≫하고 호통쳤다. 주인은 ≪네, 그저 잘못되였습니다. 철모르는 녀인들이 그랬으니 용서하여 주시오.≫하고 굽실거리며 상을 들고 나가서 다시 차려왔다. 그제야 배 터지게 먹어대고 상을 물린후 두건과 상복을 벗어 병풍뒤에 놓고 드르누워 코를 고는것이였다.

본래 개장국을 즐기는 선달은 돈이 없어 한그릇도 못먹고 누웠다가 그 꼴을 보고는 잠이 오지 않아서 이리뒤척 저리뒤척하는데 아래목 량반은 드르렁드르렁 코를 더 골아대는것이였다.

바로 이때 선달은 얼른 일어났다.

≪이놈 어디 좀 보자.≫

선달은 량반의 상복과 두건을 가만히 들고 나와서 두건은 쓰고 상복은 입은다음 뒤쪽 주인 있는 정지문앞에 가서 가는 목소리로 ≪여보 주인 있소?≫하고 불렀다.

부인이 듣고 ≪방금 볼일이 있어서 나갔습니다. 누구십니까?≫하며 문을 열려는것을 막으며 ≪나는 다른 사람이 아니라 서울서 온 김참판이요. 그런데 아까 가져왔던 개장 좀 남은것이 없소? 나는 본래 개장을 좋아하지만 상자의 몸으로 다른 손님 보는데서 먹을수 없어서 그저 겉으로 주인을 책망했으나 견물생심으로 개장생각이 나서 왔으니 한그릇만 주오.≫

≪네, 있습니다. 이리 들어오시지요.≫

≪아니, 여기 어두운데가 좋소. 누가 볼수도 없고. 어서 이리 내보내오.≫

좀 있으니 과연 양념을 잘한 개장 한그릇을 내보냈다.

개장 한그릇을 더 청해서 들이마신 선달은 방에 돌아와 두건과 상복을 벗어 제자리에 놓고는 자리에 누웠다.

이튿날 일찍 일어나서 조반을 먹고 밥값을 치러주고 떠나려고 하는데 김참판도 식사후 결산하고 떠날 차비를 하였다.

바로 이때였다. 주인집 부인이 하인을 붙잡고 지난밤 참판나으리가 잡순것을 채 회계하지 않았다고 하였다. 그러자 김참판은 말우에서 듣고 눈을 뚝 부릅뜨며

≪뭐야? 밤에 무엇을 먹었단말이냐?≫

이에 주인 마누라도 그만 성이 나서 ≪여보, 입은 째져도 주라는 바른대로 불라고 그래 지난밤 잡순것이 없단말이요? 상자의 몸으로 남 보는데 개장 먹기가 부끄럽다 하며 어두운후에 정지문앞에 와서 두그릇이나 자시고도 도리여 제쪽에서 호통질을 한단말이요.≫

이때 김선달이 와락 달려들어

≪이놈, 소위 량반의 상자놈이 남의 음식을 먹고도 값을 내기는 고사하고 도리여 호령부터 한단말이냐?≫하고 김참판의 다리를 말에서 나꾸채니 그는 공중거리로 땅에 뚝 떨어졌다.

하인들이 더러 달려들었으나 선달이 물리치는바람에 김참판은 할수없이 제가 잘못하였다고 련신 사과하며 빌었다.

그리하여 그는 김선달이 먹은 개장 두그릇 값을 주인 녀편네에게 물어주지 않을수 없었다.

구술자: 윤영남 / 수집지점: 길림성 안도현 명월구 룡산촌 / 수집시간: 1960년 9월

## 엿을 안겨놓고 뭇매질

서울의 한 려관에서 김선달은 량반나부랭이들이 한 방 모여앉아 엿장수의 엿을 억지 렴가로 빼앗아 처먹으며 거들먹거리는 꼴불견으로 보았다.

(이놈들을 어떻게 보기 좋게 골탕을 먹이나?)

하고 궁리하던 김선달은 밤깊어 모두 곯아떨어졌을때 엿장수의 궤에서 엿이
란 엿을 몽땅 꺼내서 입을 벌리고 누운 량반놈들의 입에다 두세가락씩 물려놓기
도 하고 손에 쥐여놓기도 하였다.

새벽녘, 천한 상민출신이라 엿장수와 함께 한쪽켠 구석에 몰려 자던 김선달은
우정 잠꼬대하는척하며 엿장수를 깨워놓았다.

엿장수가 일어나 보니 량반놈들이 엿가락을 입에 문놈도 있고 잔뜩 거머쥔놈
도 있었다. 의심이 든 엿장수는 자기 엿궤를 열어보니 한가락도 없는것이였다.

밸이 곤두선 그는 량반이고 뭐고 가릴 경황이 없이 늘어져 자는놈들에게 무리
매를 안기기 시작했다.

《소위 량반자세하는놈들이 온 저녁 헐값으루 처먹구두 부족해서 또 이렇게
남몰래 꺼내여 처먹다 늘어진단말이냐?》

이제나저제나 하고 때를 기다리던 김선달도 그 매질소리에 벌떡 일어나면서
《어허, 한심한지고! 소위 량반이라는것들이 임자하곤 물어도 안보구 자야밤중
이렇게 처먹구 늘어졌단말이지? 음, 이놈들 아직 매맛이라곤 못본놈들이로군!》
하며 엿장수를 도와 량반놈들 때리기를 물방치질하듯하였다.

구술자: 김봉삼 / 수집지점: 길림성 안도현 경성촌 / 수집시간: 1969년 7월 9일


## 집주인을 패주다

길주 석산이란 곳에선 한때 아무리 각골한 손님이라도 재워주지 않기에 이름
이 났다.

어느 한번 김선달이 그곳을 지나다가 날이 저물어 투숙을 청했는데 집집하다
이 핑게 저 핑게 대면서 받지를 않았다.

그러다가 마지막 한 집을 찾아 먼저 창호지를 구멍내고 들여다보니 계등을
환히 밝혀놓고 주인내외가 앉아 잡담을 하고있는것이였다.

이때 김선달이 《주인 계십니까?》하고 부르니 급기야 등불이 훌 꺼지고 주인
녀자가 집안에서 《우리 집 주인은 나가고 없습니다.》하고 대답하였다.

《주인이 없어?》

김선달은 대뜸 문을 뚝 떼고 들어가 불을 켜대고 웃목에 앉은 주인을 보며

≪이자 방금 주인 아주머니는 주인은 외출하고 없다 했는데 여기 유뷰녀 혼자 있는 빈집에 초저녁부터 들어박혀있는 놈은 필시 간부겠구나!≫하고 달려들어 머리채를 끄집어쥐고 뚜드려패며 ≪간부를 잡았소! 간부를 잡았소!≫하고 소리 치니 주인녀자 그제사 김선달께 동동 매달리며 ≪아니애요 이 사람은 바깥주인 이애요.≫

≪남편이라? 그럼 왜 주인이 없다고 했소?≫

그제야 주인 녀편네와 주인이 자기의 잘못을 연방 빌면서 용서를 바랬다. 이때로부터 이곳에선 손님대접을 잘했다고 한다.

구술자: 김경보 / 수집지점: 길림성 안도현 경성촌 / 수집시간:1970년 7월 22일


## 평양감사께 편지하다

전에 서생들을 잘 가르치는 한 글방선생이 있었는데 그의 살림형편은 말이 아니여서 조석거리도 극난이였다.

이를 본 마을 사람들은 네 한잎, 내 한잎 모아 글방선생에게 주면서 평양에 가 벼장사를 하라고 하였다. 평양의 인정, 물정을 모르는 그는 벼를 파는데 구매 자들이 요구하는대로 모두 외상을 주었다.

성명, 주소 변변히 적지 않고 달라는대로 주다보니 절반값도 못받고말았다. 이에 락담한 그는 한 려관에들어 식음을 전폐하고 꿍꿍 잃게까지 되였다. 때마침 이곳을 지나가던 선달이 그 사정을 알게 되였다.

선달은 우선 그 선생을 안심시켜놓고 즉시 평양감사께 급한 편지를 썼다. 편지에는 백성들의 질고를 한몸으로 헤아려주는 감사의 위엄으로 한 궁한 선비 가 이곳에 벼장사를 왔다가 본전도 못건진것을 여차여차하게 하여 벼값을 시각 급히 받아줌이 어떠냐고 썼다.

평양감사는 편지를 받아보고 자기 위엄을 떨칠때라 생각되여 얼른 ≪모월 모일 아무 사람한데서 벼를 외상으로 가져간 사람들은 이틀내로 단박 그 값을 한푼 어김없이 감영으로 가져오라. 그러지 않고 계속 요행을 바라며 시침을 따고 불응한다면 당장 군졸들을 풀어 벼를 산 사람들을 남김없이 사출하며 극형에 처하리라!≫라고 방을 써서 내붙였다.

그랬더니 과연 그날로 벼값이 쭉쭉 올라왔다. 김선달은 이렇게 감사의 위엄을 빌어 그 가난한 선생을 구해주었다 한다.

구술자: 김경보 / 수집지점: 길림성 안도현 경성촌 / 수집시간: 1970년 7월 22일

## 남초시의 이야기

봉의 김선달과 동시대에 함북 명천엔 초시남류라고 하는 사람이 있었다.
그는 실재했던 선달형의 인물로 아홉번이나 초시에 급제했던탓에 사람들은 본명 남류 대신 남초시라 불렀다.

### ≪상시관이 매관했소!≫

남초시가 아홉번째로 서울에 올라가 과거를 보았는데 그만 또 락방되었다.
글재주는 아무리 생각해도 남에게 뒤떨어지지 않는데 락방됐다니 실로 기막힌 노릇이였다.

두루두루 궁리한 남초시는 상시관한테 2~3일 기한내로 금 3백냥을 올리겠으니 너그러이 돌보아달라는 쪽지를 올리였다.

상시관은 쪽지를 받아보고 삼백냥의 거액이란 돈을 받은후 초시자리라도 주겠노라고 내렸다.

남초시 일시 이렇게 약조는 올렸으나 돈 세푼도 없는데 어디 금 삼백냥이 있어서 매관매직을 하겠는가!

이에 남초시는 이튿날 서울의 골목골목을 돌아다니며 ≪이번 과거에 상시관이 매관했소!≫, ≪이번 과거에 상시관이 매관했소!≫하고 웨쳐댔다.

이 소식은 상시관의 귀에까지 들어가게 되였다. 상시관은 큰일났는지라 얼른 남초시를 불러들여 ≪여보, 내 그 돈 삼백냥을 한푼 받지 않고 벼슬을 주겠으니

다시는 그렇게 웨치지 말아주오.≫하고 제발제발 빌었다.

그리하여 남초시는 아홉번이나 초시를 하였다 한다.


### 부자의 귀빰을 철썩 치다

남초시 한번은 서울 장안을 두루 돌고나서 배가 딱 고파 괴춤을 들춰보니 돈 세푼밖에 없었다.

그때 돈 세푼으로 풀죽 한그릇밖에 살수 없어 남부끄러운대로 사서 먹는데 한 부자가 곁에서 보더니 자기도 한그릇 사먹는것이였다.

≪아니 당신은 돈이 없어서 이따위 풀죽을 다 사먹소?≫

하고 초시가 묻자 부자는 ≪돈은 많지만 내 생전 먹어보지 못했는데 당신이 사서 아주 맛갈스레 훌훌 먹는것을 봐서 맛 좋은 음식인줄 알고 사먹는거요.≫라고 하였다.

이때 남초시는 그의 귀빰을 철썩 치며

≪내사 돈이 없어서 풀죽을 사먹지만 당신이사 돈이 아까와 이걸 사 먹소?!≫


### ≪거저깨≫를 거두다

남초시 한곳을 지나가다가 날이 저물어 한 집에 찾아들어갔다. 들어가보니 열식솔인데 서너줌 보리를 넣고 죽을 쑤는것이였다. 한데 세상일을 알길 없는 세살짜리 어린것은 밥을 내라고 악을 쓰고 울어대는것이였다.

하루밤을 묵으면서 각골한 사정을 통찰해본 남초시는 이튿날 그곳 동장을 찾아 갔다.

≪동장어른 들을진저. 도청에서 <거저깨>거두러 왔으니 속속히 응부하시오!≫

≪네, 그렇습네까? 거저까라니 대체 무엇을 거두는것입니까?≫

≪가히 여유가 있는 집에서만 거두되 매호 보리 두말, 귀밀 두말식 거두시오.≫

동장은 즉시 쌀 수십말을 마련하여 남초시가 이른곳에 보내였다.

한데 아무리 생각해봐도 《거저깨》세금이란 생전 들어도 못본것이여서 동장은 면에 올라가 물어봤는데 면에서는 그런 일을 알지도 못하고있었다.

그제야 감쪽같이 속히운줄 안 동장은 두루 수소문하여 초시를 찾아 따졌더니 초시가

《그러게 내 뭐라든가, 진작부터 그 무슨 세금으로 거두라 했는가? 그저 없는 사람이 가져다 먹는다고 <거저깨>라지 않던가!≫라고 했다.

남초시의 말에 동장은 기가 막혔으나 더 아무 말도 못하였다.

구술자: 김경보, 김성용 / 수집지점: 길림성 연길현 천보산진 / 수집시간: 1970년 8월


# 전백록의 이야기


전백록은 지금으로부터 400여년전, 함북 온성군 태생이라 한다. 일찍 경상, 전라 수사를 지냈다고 하는데 전라수사때 왜의 침입을 막아내고 백성들의 아픈 사정을 잘 돌보아주어 백성들은 그를 장군이라 일컬었다 한다. 그는 소시적부터 총명이 과인하여 차차 벼슬길이 높아져 나중에는 정승가지 했고 마침내는 임금의 총애를 받게되여 룡상에 여섯시간 앉아있기까지 했다고 한다.

아래의 이야기는 그가 정승으로 있던 때의 일이라고 전해지고있다.


### ≪군이 돌아앉습데다≫

전백록은 구변이 좋아 무슨 난감한 일이라도 이리저리 둘러대기를 식은죽 먹기로 하는지라 임금은 그를 떠보려고 라졸더러 ≪아침 백록이 조회에 올 때 그가 상치 않을 정도로 불문곡직 면상을 치라!≫고 했다.

때마침 백록이 조회에 오는 때 그 라졸은 임금의 면전에서 백록의 뺨을 갈

기였다.

뜻밖의 매를 맞았으나 때가 때이니만큼 어색하고 울분한대로 조회를 마치게 되였는데 백록이 보니 자기가 맞을때 임금님도 난감하여 홱 돌아앉는것이였다.

조회끝에 임금이 ≪전신은 거기 좀 서게.≫해놓고 묻기를 ≪신이 오늘아침 조회에 올 때 무슨 일이 없었던가?≫

백록이 얼른 대답하였다.

≪네, 없을리 있습니까? 라졸이 들어오며 저의 면상을 치니 군이 돌아앉습데다.≫


≪저는 수탉이올시다.≫

임금이 하루는 신들을 보고 ≪긴히 쓸 일이 생겼으니 래일 조회때는 모두 닭알 하나씩 가지고 나오라.≫라고 했다.

그 다음날 아침, 조회끝에 만조백관이 모두 닭알 하나씩 내놓는데 백록이만은 맨주먹이였다.

≪어찌하여 전신만은 백수로 왔는고?≫

그러자 백록이 부수리를 툭툭 치면서 말했다.

≪꼬꼬- 꼬끼요- 저는 수탉이올시다. 수탉이 있어야 암탉이 낳는 알도 있는 법이 아니겠습니까?≫


≪제가 아버지질 하지요.≫

임금이 하루는 만조백관들더러 모두 건을 쓰고 오라고 명했다.

건이란 대개 아버지가 돌아가면 쓰는건데 임금의 령이라 모두들 쓰고 왔다.

그런데 이날따라 백록이만 맨 머리바람으로 왔다.

≪어이하여 전신은 건을 쓰지 않았는가?≫

임금이 묻자 백록이는 머리 조아려 앉은 만조백관들 가운데 털썩 드러눕는것이였다.

≪아니, 왜 그러냐?≫

≪예, 건이란건 본시 아버지가 돌아가셔야 쓰는것인데 만조백관이 모두 그 건을 썼으니 내가 아버지질 할수밖에 또 있습니까?≫


## ≪정말 그런줄로 전갈입니다.≫

어느날 임금이 타고 다니는 룡마 벌대청이 그만 죽어버렸다. 한데 그때는 누구든 그 말을 임금 앞에 꺼내기만 하면 엄벌을 받게 되여있었으므로 말이 죽은지 아흐레 되도록 누구도 이를 임금에게 감히 전갈하지 못하고있었다.

그래서 결국 백록이가 임금앞에 들어가 여쭈게 되였다.

전백록은 입궁하자 곧 임금을 뵙고 ≪전하께 아뢰나이다. 지금 벌대청이 불행하게도 병든지 삼일이 되옵고 눈 감은지 3일이 되옵고 모시 끊은지 3일이 되옵니다.≫하고 말했다.

임금이 듣고 ≪그럼 죽었단말이로구나!≫

그제야 백록이 있다가 ≪전하께서 그리 말씀하시니 정말 그런줄로 전갈입니다.≫


## ≪저는 주검이올시다≫

또 한번은 임금이 배록의 지혜를 떠보려고 좌우 신하 모든 문무백관들에게 백록이 모르게 다음날 조회때 모두 베감투를 쓰고 나오라고 했다.

이튿날 아침, 백록이 보니 남들은 다 베감투를 썼는데 오직 자기만이 안썼는지라 문무백관들앞에 털썩 나가 쓰러지며 죽은체하였다.

임금이 보고 ≪문무백관 모두 베감투를 쓰고 왔는데 전신만은 왜 베건도 아니 쓰고 죽은체하고 털썩 드러눕기까지 하뇨?≫

백록이 얼른 일어나면서 대답하였다.

≪전하도 아시다싶이 주검 없이 베건을 쓰는 법이 어디 있사옵니까? 그래서 저는 잠간 주검이 되였던것입니다.≫

## 문상 앞서 축하

어느날 전백록이 한 집에 조산을 갔는데 때마침 그 집 아들이 서울에서 과거에 장원급제하고 아버지 상사를 당하여 돌아왔다고 한다.

이에 그는 조상하는 좌석에서 그 아들과 다음과 같이 문상했다.

≪영광은 희한하구 하하하… 상사는 망극하겠습니다. 어이 어이…≫

구술자: 림경률, 최국현, 허진 / 수집지점: 길림성 안도현 석문구

수집날자: 1969년 8월~1970년 8월

# 학자 최춘물의 이야기

지금으로부터 150년전, 최춘물이란 대학자가 있었다. 글을 놓고 말하면 무불통지나 세상물정이라곤 전혀 몰라 늘 주위 사람들의 웃음을 사군 했다 한다.

≪언제 그런 리치에 다 통했소?≫

어느날, 봄철이라 일군들이 모두 밭갈이를 나갔는데 난데없는 싹바람이 터져 삽시에 이영새를 다 벗기였다. 이때 며느리가

≪아버님, 이영새가 뜹니다.≫라고 하자

≪그럼 어쩐다?≫

최학자는 매돌장같은 책을 덮으며 근심부터 하는데 며느리 또 아뢰였다.

≪여염집들에서는 사닥다리 놓구 올라가 혹 동이기도하구 혹 지질러놓기도 합더이다.≫

≪아, 그럼 우리두 그래사지비, 거 얼른 사닥다리를 얻어오나.≫

최학자 사닥다리를 디디며 올라가 대수 손질해놓고 내려오겠는데 암만해도 꺼꾸로 내려가야만 옳을것 같았다. 그러나 꺼꾸로 내려가지고 하니 도무지 걸음

이 안되였다. 때마침 이웃집 사람들이 일을 다 하고 들어오다가 이 광경을 보고 급히 뛰여 올라가 뒤로 내려오게 했어야 내렸다.

이에 학자는 혀를 차며 생각에 잠겼다.

무식자 농군의 지혜가 과연 무섭구나! 하긴 론어, 맹자, 사서, 삼경을 통달한 자기도 모르는것을 다 통하고있으니말이다.

그래서 학자는 농군을 보고 말했다.

《오늘 당해보니 당신은 아주 리치에 통합데그려! 글공부하는 기척두 언제 사닥다리 타구 내려오는 리치에 다 통했소?》


## 《알없는 안경도 보이는가!》

한번은 그의 아들이 면에서 둘도 없는 좋은 안경을 사다 올리였다.

차차 그 안경을 욕심낸 한 협잡군이 일부러 찾아와서 알이 없는 빈테안경을 학자에게 주며 말했다.

《선생님, 이 안경을 써보십시오.》

받아쓰고 먼산을 내다보니 눈앞이 갑갑하지도 않고 환하엿다.

《허, 거 내것보담 낫구만!》

《그럼 선생님, 제해하구 바꾸시지 않겠습니까?》

《그럼 소원대루 하세. 하지만 당신이 밑져두 많이 밑지지 않을가?》

《일없습니다. 소 한짝이 나들겠습니까?》

그렇게 바꿔놓고 안경을 쓴채 잠이 들었는데 그 아들이 들어와 보고 물었다.
《아니 아버지는 왜 빈테안경만 쓰고계십니까?》

최학자 그제사 눈을 크게 뜨고

《빈테안경이라니?》

《아버지 안경말입니다.》

그러자 최학자는 성을 버럭 내며 소리쳤다.

《에익 미친놈! 그래 안경알이 없다면 이리 잘 보이겠는가!》

## ≪외상으론 팔지 말지어다≫

한해는 소를 기르는데 그 애역소가 아주 좋아 오고 가는 사람마다 욕심을 내였다.

이런 때 팔면 된값을 받을것이리라 최학자는 생각하고 소를 팔겠다고 소문을 내였는데 하루는 협잡군이 찾아들엇다.

≪선생님, 그새 안녕하십니까?≫

≪예, 한데 난 당신이 백지강산인데…≫

≪물론 그러실테지요. 난 선생님 배하에 여러번 다녀갔지만 선생님은 늘 권서에만 묻혀계셨으니까요.≫

≪그래 무슨 일로 왔소?≫

≪소를 파신다기에 왔는데요.≫

≪팔지요.≫

≪얼마를 받으시렵니까?≫

≪아들 말이 얼마면 팔겠다고 합데다.≫

≪그럼 제가 사겠습니다. 그런데 선생님, 오늘은 지나가던차라 래일아침 일찍 돈을 갖다드리면 안되겠습니까?≫

≪그럼 그럽세나.≫

그리하여 그가 소를 끌어갔다.

그러나 열사흘이 지났어도 소 사간놈은 나타나지 않았다. 그제야 속은줄 알고 분해 떨었으나 무슨 소용이 있겠는가?

학자는 림종시에 자기 아들을 머리맡에 불러놓고 말했다.

≪애, 인제는 유언이나 남기고 죽겠는데 지필묵을 갖추고 내 부르는대로 적거라!≫

아들이 지필묵을 갖추어가지고 머리맡에 다가앉자 최학자는 또박또박 유언을 남기였다.

≪장차 소는 팔아두 절대 외상으로는 팔지 말거라.≫

한나절을 생각다가 덧붙이기를

≪또 앞날 안경을 바꿔두 어루만져보구 바꿀지어다.≫라고 했다.

구술자: 최국현 / 수집지점: 길림성 안도현 차조구 / 시집시간: 1969년 8월 16일

# 부자를 마음껏 희롱하다

김삿갓은 어드덧 함경도 안병땅을 지나가게 되였다.

한곳을 지나면서 보니 큰 차일을 치고 잔치를 벌린 집이 멀리 앞에 보이였다.

(옳지 됐구나 저기 가서 한끼 얻어나 먹자.)

이렇게 생각한 김삿갓은 부지런히 그 집을 향해 걸음을 조여갔다.

어느덧 마당에 들어선즉 집안밖에는 숱한 사람들로 와글바글 끓고 어육굽는 냄새, 술냄새로 물썩물썩 코를 찔렀다.

바로 이 집은 부자 회갑날이였던것이다.

김삿갓은 고을상객들이 앉아서 상을 받고있는 대청마루 그속에 덥석 끼여들었다.

그가 앉자마자 우둑지게 생긴 그 집 아들녀석이 우쭐 일어서더니 ≪아니 이놈! 걸인행색에 이게 도대체 어디라구 막 끼여드는거냐? 냉큼 물러가지 못할가?≫ 하고 눈을 딱 부라렸다.

그러나 김삿갓도 결코 만만하지 않았다.

≪아니 여보시오. 아무리 행색이 어지럽다고 이 좋은 경사날에 술 한잔, 떡 한개쯤 못줄거야 무에 있소?≫

그러자 그 아들은 다짜고짜 그의 앞가슴을 잔뜩 거머쥐였다.

≪이놈, 정 얻어먹으러 왔다면 저 아래 말석에서 주는대로 한잔 마시고 가버릴 것이지 이게 대체 어느 좌석이라고 하필 상석에 올라왔는가말야. 당장 나가지 못해?≫

일이 이쯤 되자 김삿갓은 내 그만 졌다는듯 장한숨 크게 내쉬고 일어나 뚜벅뚜벅 대청을 나가면서 커다란 소리로 시를 읊었다.

인도인가불대인(人到人家不待人)

주인인사난위인(主人人事難爲人)

(사람이 사람집에 왔건만 사람대접 않으니 주인의 인사는 사람답지 못하도다.)

이때 주인령감이 저만큼 높은 상좌에서 이 광경을 물끄러미 내다보더니 그만 얼굴이 심각해졌다.

그는 인차 반신을 일구며 소리쳐 김삿갓을 불렀다.

《여보 젊은 량반, 내 아무래도 실례가 컸나본데 어서 이리 되돌아와 앉으시오.》

김삿갓이 그 말 들은체도 않고 계속 걸어나가니 이번에는 그 부자 고성으로 자기 아들에게 분부를 내렸다.

《애 이 사람 큰애야, 저 손님 그럴분이 아니니 어서 나가 모셔들이도록 하거라!》

방금까지 우락부락하던 큰아들이 아비의 령을 듣고 다시 생각해보니 회갑잔치날 부명을 어겨서는 안되겠는지라 다시 찍소리 못하고 쫓아나가 김삿갓의 앞을 막았다.

《여보시오, 선비량반, 방금은 감히 몰라보고 무례를 했는데 어서 되돌아 들어갑시다.

《원 아무리 행색이 초라키로 말끝마다 걸인걸인하니 이거 사람괄시가 너무하지 않소?!》

김삿갓이 정색하니 큰아들은 쩔쩔매였다.

《아무튼 모두 내 잘못이니 어서 들어가십시다. 알고보니 다학다박하신 선비신 모양인데 더구나 우리 가친 회갑일에 좋은 글 한수 지어주시고 가시지요》

그제야 김삿갓은 노기가 좀 풀리는듯싶었다.

《정 그러시다면 내 이왕지사 예까지 온바라 축하의 글이나 한수 쓰고 돌아가리다.》

김삿갓이 돌아서자 부자는 또 소리쳤다.

《어서 오시오, 어서! 철없는 아이들이 실례했으니 널리 량해하시고 좋은 글이나 하늣 지어주시오.》

…이윽고 술기가 제법 거나하게 오르고 취흥이 도도해지자 김삿갓은 받았던 상을 슬쩍 밀치고 돌아앉더니 《축수연》(助手宴)이라 제목을 정한 뒤 쓰기 시작했다.

피좌인불사인(彼坐人不似人)

(저기 앉은 늙은이 사람같지를 않아)

이렇게 한구가 떨어지자 좌중은 물끓듯 소란해졌다.

《허 이거 너무하는군, 내 그만큼 사과했는데두.》

좋아라 시구를 들여다보다가 크게 실망하여 외면하는 회갑당사자의 떨리는 말소리.

《허, 이게 무슨놈의 해괴망측한 축수연이야?》

입을 딱 벌리고 선채로 떡 굳어지는 큰아들.

《허, 이건 고금에 망측도 하구먼.》

술렁거리는 부자들.

그러나 그는 조금도 개의치 않고 야멸찬 웃음을 픽 웃고 다시 술 한잔 쭉 따르고 써번지는 김삿갓.

의시천상강신선(疑是天上降神仙)

(아마도 하늘에서 하강한 신선같도다.)

《암, 그러면 그렇겠지, 어쩐지 당초 말투부터가 보통 시객이 아니더라니까.》

그제야 너무 좋아 무릎을 치는 주인령감.

《난 괜히 거지를 불러들이는줄로만 알았더니 참, 시두 좋지만 령감의 안질이 과연 비범하단말이여.》

《암 비범하고말고!》

주인부자의 비위를 맞추며 돌아가는 그옆의 부자령감들.

《헌데 자제분은 몇이나 두셨습니까?》

다시 주인령감을 향해 정색하고 묻는 김삿갓.

《허, 꼭 일곱이요, 일곱!》

《참, 다복도 하십니다.》

일단 이렇게 말하며 다시 필을 들어 쓰는 김삿갓.

안중칠자개위도(眼中七子皆爲盜)

(눈앞의 일곱아들 모두가 도적놈이어늘)

《아니 여보, 당신이 도대체 누군데 우리 일곱형제보고 생뚱같은 도적놈이라 하는거요?》

다시 눈살을 꽂꽂이 일구면 잡아먹을듯 덤벼드는 맏아들.

《저런 빌어먹을놈의 거러지가…》

그 말 따라 장승처럼 벌떡벌떡 자리를 차고 일어서는 여섯 형제.

그러나 김삿갓은 다시한번 모멸찬 웃음을 픽 웃더니 필을 들어 써내려갔다.

투득왕도헌수연(偸得王桃獻壽宴)

(몰래 왕도 훔쳐 수연에 바치였도다.)

《아참 신기하고 장한 절시로군.》

그제야 또 무릎을 치는 주인부자.

《암 시선이 아니구사 이런 절묘한 시구가 어떻게 나오겠소?》

뒤따라 아양을 쏟는 부자무리들.

《아이구 선비님, 어서 한잔 더 듭시다.》

마구 엎어질듯 모여와 두손 바쳐 술을 권하는 부자아들들.

《얘들아! 이 선비한데 나에게 들어온 옷중 보아서 한벌 내다드려라!》

마침내 부자는 하도나 흥에 겨워 《취중에 사촌께 팔간기와집 지어준다.》고 이렇게 큰맘을 쓰기까지 하였다.

허나 그 소리에는 가타부타 아랑곳 않고 《한끼 대접 잘 받고 가오이다.》하고 벌떡 일어나는 김삿갓.

이렇게 김삿갓은 비범한 시재로 부자놈들을 실컷 골려주고 그곳을 유유히 떠나 다시 방랑의 일로에 올랐다.

구술자: 서영식, 서영찬 / 수집시간: 1969년 11월 18일 / 수집지점: 길림성 안도현 차조구

## 《황소는 알속에서 까나오이다.》

옛날옛적 어느 여름날, 고을에서도 한다하는 량반들이 할 일이 없이 퇴마루에서 코를 맞대고 앉아 진종일 바둑을 두는데 때마침 한 농군이 황소를 몰고 그앞을 지나가고있었다.

이를 본 한 량반이 《소는 저렇게 큰 짐승이지만 알에서 까나온단말이요.》라고 했다.

그러자 또 한 량반이 있다가 ≪허참, 별소릴 다 듣겠군. 저리 큰 소가 어떻게 알에서 까나오겠는가? 새끼로 태여나서 자라나겠지.≫하였다.

≪하, 알에서 까나온다는데.≫

≪원 당치않은 소리.≫

이렇게 내 옳거니 네 그르거니 하더니 나중에는 옥신각신 다투게 되였다.

량반들은 티각태각하며 시비를 가르다 못해 하는수없이 농군을 불러다 묻기로 했다.

농군이 그들앞에 이르자 량반들은 눈을 뚝 부릅뜨고 호통을 쳤다.

≪여봐라 이놈, 그래 소란 도대체 새끼로 태여나느냐? 아니면 알에서 까나오느냐? 이놈, 대답이 틀리면 당장 육장벌레를 만들고말리라.≫

이 말을 들은 농군은 생각해보았다. 만약 소가 알에서 까나온다고 하면 저쪽 량반한테 된욕을 볼것이요, 소가 새끼로 태여난다고 하면 이쪽 량반한테 된욕을 볼판이라 얼른 시침을 뚝 따고 대답을 올렸다.

≪저 새끼낳는 암소가 있지 않소이까?≫

≪응 그래 그래 있지.≫

≪그게 바로 새끼로 태여난것이옵고≫

≪음, 그럼 그렇겠지.≫

≪또 새끼 못낳는 이따위 둥글 황소가 있지 않소이까?≫

≪음 그래 그래!≫

≪이게 바로 동그스름한 알에서 까나온것인줄로 아뢰옵니다.≫

그러자 두 량반은 무릎을 탁 치며 이렇게 뇌까렸다.

≪음 그럼 그렇겠지! 소란 원체 새끼로도 태여나고 알에서도 까나오는 물건이란말일세!≫

구술자: 주만천 / 수집시간: 길림성 안도현 구일툰 / 수집시간: 1959년

# 뺨 얻어맞은 사또

옛날 어느 한 고을에 미욱한 새 사또가 부임해왔다.

소위 지체높은 량반출신덕을 입어 한자리 톡톡히 하기는 했으나 워낙 호화사 치만을 일삼아온데다 또한 사람 됨됨이 부실하여 십년공부에 가자 뒤다리 하나 도 변변히 배워주지 못한 주제라 고을의 정사는 다 뒤전이였다.

그래서 부임한 첫날부터 주색잡기와 못된짓을 정업으로 아까운 광음만을 허 송세월하건만 그도 늘 무료하여 아침만 먹으면 동헌마루에 썩 나앉군 한다.

어느날 아침, 키가 훤칠 크고 두눈이 솔방울같은 떠꺼머리총각이 그의 앞을 지나가고 있었다.

(옳지, 저놈을 불러들여다 심심풀이나 하렸다.)

이런 생각이 떠오른 사또는 얼른 수종사령을 시켜 총각을 불러들였다.

《여봐라-》

《예-이》

《저기 저놈을 당장 잡아들이렸다.》

《예-이》

이런 뜻밖으로 새 사또의 호출장을 받은 총각은 사령들께 끌려와 동헌마루에 납작 엎드려 아미를 조아리게 되었다.

《존귀하옵신 사또님께서 무슨 지엄한 분부 계시옵나이까?》

《음, 다른 일 아니로다. 내 오늘 너와 더불어 소일삼아 장기 한수 두려고 하는데 어서 이리 올라오렸다!》

사또의 말에 총각은 얼른 대답이 나가지 않았다.

《황송하온 말씀이오나 소인이야 한낱 날품 팔고 땅 파는 하토땅 버러지로서 어느 여가에 장기수를 배웠겠사오며 간혹 장기 멕수는 겨우 면했다손치더라도 어찌 지존하옵신 사또어르신님의 상대가 되오리까?》

총각이 말이 떨어지기 바쁘게 사또는 눈알을 뒤룩거리며 소리쳤다.

《이놈! 어른이 놀자면 놀았지 무슨 잔사설이 그다지도 많은고!》

그리하여 총각은 사또의 우격다짐에 의해 할수없이 사또와 더불어 장기를 두게 되였는데 총각은 워낙 날품을 팔면서 가처에 류리표박하던 몸인지라 일찍 돌림장기를 두어봤고 또 보고 들은 기기묘묘한 수 또한 많아 장기에 들어서는 펄쩍 날았다. 하지만 처음에는 겨우 먹이나 알등말등한 정도로 서툴게 놀아주었다. 이에 열이 바짝 오른 사또는 제 흥에 한술 더 뜨고 들었다.

≪이 사람, 그저 이렇게 공 놀아서야 무재미가 아닌가, 그러니 붙인바하곤 진짜내기를 겁세.≫

그 말에 총각은 ≪사또님두 보시다싶이 저야 겨우 날품을 팔아 쌀되나 얻어다 먹는 신세에 무엇이 있어 진짜 내기를 하겠나이까?≫

총각이 이렇게 말하자 사또는≪하, 네놈 잔설도 많다, 그럼 어디 뺨치기라도 합세.≫라고 했다.

그리하여 그들은 진짜 뺨치기 장기를 두게 되였다.

총각은 처음 겨우 방어나 하는척하며 써주었다. 그러자 사또는 더욱 기고만장하여 으시대였다.

그러나 총각이 일단 도정신하여 제법 장기수를 척척 쓰게 되자 사또는 불과 몇수만에 우거지상이 되고 군은 떼우고말았다.

≪자 인젠 약속대로 뺨을 쳐야겠수다.≫

사또 어찌할바를 모르고 앉아있는데 어느새 총각의 넙적가래같이 크고 불갈구리같이 우악한 손이 사또의 귀뺨을 후려쳤다. 어쩌나 호되게 얻어맞았던지 사또의 눈에서는 불이 번쩍 퉁기고 입에서는 시뻘건 피까지 줄줄 흘러나왔다.

사또는 펄펄 뛰였다.

≪사또님, 소인은 인젠 일이 있어서 그만 물러가오리다.≫

총각의 말에 사또는 얻어맞은 볼떠구니를 잔뜩 붙들고 잡아먹을듯 생매소리를 쳤다.

≪이놈! 남의 귀토을 쳐놓고 그저 달아나? 안돼! 이번에는 이발 빼기내기를 하렸다!≫

그러자 총각은 속심으로 기뻤다. 앞이 한대를 앓고 있어 마침 의원으로 이 뽑으로 가던길이였던것이다.

그러나 총각은 조금도 그런 내색을 내지 않고 말했다.

≪원님, 거 너무 하시지 않소이까?≫

≪이놈아, 하자면 하지 또 무슨 잡말이냐?≫

그러면서 사또는 라졸을 불러 짚게까지 갖다놓았다. 이번엔 엉터리 수를 써서라도 총각을 지우고야말겠다고 앙심을 먹었다.

총각은 다시 사또와 이발빼기 장기를 두게 되였다.

몇수 써서 불리하게 되자 사또는 전후좌우 수하 라졸들을 모조리 불러들여 훈수를 들게 했다.

이때 총각은 져주어 앓던 앞이나 속 씨원히 빼고 가자 작심하고 져주었다.

≪여봐라, 이놈을 묶어놓고 앞이 한대를 뽑거라!≫

사또는 방금전에 귀빰을 얻어맞았던 일은 새까맣게 잊고 이번엔 목에 피대까지 일궈세워가지고 으시대며 불호령했다. 그러나 라졸들이 손 쓰기도전에 젊은 총각은 ≪사또님, 장부일언이 중천금이라 붙들것까지야 있소이가?≫하며 사또의 앞에서 입을 쩍 벌렸다.

≪자, 명철하옵신 사또님, 어서 뽑으시지요.≫

라졸들은 달려들어 총각의 입안을 들여다보니 앞이 한대 까맣게 죽어서 간들거리는지라 같은 값이면 뽑기 쉬운 이를 뽑는다고 흔들리는 이를 짚게로 쑥 잡아빼였다.

사또는 그제야 심심풀이에 분풀이까지 다했다는듯 허허허, 하고 웃어대는데 총각이 사또보고 ≪이 뽑으려 가는길에 다행히 사또님을 만나서 돈 한푼 안들이고 앓던 이를 뽑게 되여 소인은 대단히 기쁜 마음으로 돌아가나이다.≫하고 하직을 고했다.

미련한 사또는 그제야 자기가 총각한테 속은것을 알고 ≪엉? 너, 너 뭐락꼬?≫하며 꺽꺽 거릴 때 젊은 총각은 어느새 바람같이 획-하고 저 멀리로 사라져버렸다.

구술자: 조인창 / 수집지점: 길림성 안도현 명월진 / 수집시간: 1961년

# 개한테 고기를 떼운 서생

옛날옛적 한 고을에 미욱한 서생이 살았다.

하루는 그가 생선생각이 나서 어물점에 찾아갔다. 마침 어물점에는 방금 잡아온 팔뚝같은 이면수가 자배기마다에 펄펄 뛰고있었다.

≪헤헤, 나두 발은 꽤나 긴가보지.≫

서생은 기뻐서 이렇게 혼자소리를 했다.

고기 담은 자배기곁에는 나이 듬직한 고기장사령감이 쪽걸상에 앉아 나무가지로 파리를 쫓으면서 입심좋게 사구려를 엮어대는것이였다.

≪이면수요 이면수! 펄펄 뛰는 이면수요 이 고기를 사다가 배를 살짝 갈라놓고 내장염통 뽑아내고 맑은 물에 휘휘 씻어 자름자름 토막치고 펄펄 끓는 기름에 이리저리 굴려내여 마늘 고추 양념에다 소금 간장 살짝 치면 그맛이 천하일미라오! 둘이 먹다 하나 죽어도 모를테니 사구려, 이 고기를 사구려! 이 고기를 못사면 두고두고 후회가 되다!≫

그 말을 들으니 서생은 스스로 입안에서 군침이 돌았다.

≪옳지, 저 말을 베껴다가 그대로 해먹으면 되겠다!≫

서생은 얼른 호주머니에서 지필묵을 꺼내여 고기장사령감이 고아대는 사구려소리를 한마디도 빼지 않고 적어넣었다. 그러고나서 물고기 한꿰미를 사들고 집으로 돌아왔다.

그는 집마당에 들어서는길로 고기꿰미를 마당구석 울바자에 걸어놓고 마누라를 불렀다.

마누라를 앞에 세워놓고 어물점에서 베껴온 물고기 료리법을 읽기 시작했다.

서생이 한창 목청을 돋구어 종이장에 적은 글을 읽고있을 때 밖에서 그 집 황둥개가 고기냄새를 맡고 마당으로 들어왔다. 황둥개는 씩씩거리며 코를 벌름거리면서 마당을 빙빙 돌다가 울바자에 걸어놓은 물고기를 꿰미채로 덥석 물고 밖으로 내뺐다.

이것을 본 서생의 마누라는 비자루를 꺼꾸로 쥐고 개를 쫓아나가며 소리를 질렀다.

≪아이구, 저놈의 개새끼 물고리를 물어간다! 내 너를 끓는 물에 뒤해치우고 말테다!≫

물고기료리법을 읽고있던 서생은 마누라가 요란한 소리를 지르는바람에 웬일인가 해서 대문밖을 내다보니 개가 물고기를 물고 앞에서 뛰고 마누라는 비자루를 꺼꾸로 들고 그뒤를 쫓고있었다.

서생은 큰소리로 마누라를 꾸짖었다.

≪여보 마누라! 내가 지금 물고기료리법을 읽고있는데 잘 듣지 않고 개는 왜 쫓는거요?≫

≪개가 물고기를 꿰미채로 물고가는데 눈을 펀히 뜨고 그저 떼우겠나요?≫하며 마누라는 한사코 개를 쫓아뛰였다.

≪떼우기는 무얼 떼운다고 그러는가? 개가 물고기를 물어간들 제까짓게 료리법을 모르고야 무슨 수로 그 물고기를 먹는단말이요? 헤헤헤… 료리법은 내 손에 있소!≫하며 서생은 손에 쥔 종이를 내흔들었다.

≪그래, 종이장만 들고있으면 물고기가 절로 입으로 들어가는가요? 어이구 참!≫

마누라의 푸념에 서생은 서생대로 한숨을 내쉬며 이렇게 대꾸하는것이였다.

≪당신은 언제 봐두 무식한게 흠이라니까!≫

구술자: 김경보 / 수집지점: 길림성 안도현 경성촌 / 수집시간: 1979년 7월 30일

# ≪쌀은 쌀나무에 열리느니라≫

옛날 어느 고을에서 장장주야 굼벵이처럼 글방에 들어박혀 골방아 찧어가며 ≪하늘련, 따디, 가물현, 누르황≫하며 글공부만 하던 두 량반의 아들이 하루는 내 옳거니 네 그르거니 말다툼을 벌리였다.

≪아니야, 쌀은 고간 뒤주에서 난데두! 우리 집 계집종이 늘 고간 뒤주에서

쌀을 퍼내는걸 내 눈으로 봤다니까!≫

이렇게 한 량반의 아들이 고아대자 다른 한 량반의 아들은 목에 피줄은 세웠다.

≪흥, 쌀이 어떻게 뒤주에서 날수 있어. 쌀은 틀림없이 쌀독에서 나는거야! 나도 독에서 퍼내는걸 눈을 봤다니까!≫

옳거니 그르거니 집이 떠나갈듯 쟁론은 그칠줄 몰랐다. 이때 상방에서 곰방대만 뻑뻑 빨던 점잖은 량반대감이 그만 듣다못해 미닫이문을 활 열어제끼고 눈을 부라리며 곰방대를 내저으며 큰소리로 꾸짖었다.

≪정녕 송충이같은 녀것들! 글공부하는 량반의 자식으로 그래 여태 쌀이 어데서 나는지를 몰라?! 쌀은 쌀나무에 열리니라! 쌀나무에 열려!!≫

구술자: 최금녀 / 수집지점: 길림성 안도현 보광현 / 수집시간: 1957년 7월

# 호미이야기

옛날 시고에 있는 아버지가 도회지에 공부를 간 아들에게 편지를 띄워 ≪호미를 사오라≫고 했다.

어려서부터 서탁앞에서 금지옥엽으로만 고이 자란 아들은 ≪호미≫란 도대체 어떻게 생긴 물건이고 무엇에 쓰는지 암만 궁리해도 알바 없는지라 대서옥편을 펼쳐가며 ≪호미라? 호미라? 옳지 호는 범호요, 미는 꼬리미라, 호미란 원체 범꼬리였구나!≫하고 장장 한나절을 애써 그 뜻을 알아내였다.

하여 그는 이튿날부터 ≪호미≫사려고 매일 가게를 훑어보았다. 달포나 분주히 돌아다녀서야 거액의 돈으로 사냥군에게서 호미를 사려고 호피 옹근 한장을 사지 않으면 안되였다.

시골로 귀향한 아들은 아버지께 ≪호미구하기란 청천의 별 따기옵데다.≫하며 공손히 범꼬리를 올리였다. 의외의 ≪호미≫를 받은 아버지는 ≪아니, 호미는

어찌하고 웬 범꼬리를 사왔느냐?≫하고 물으니 아들은 도리여 ≪참, 아버지두, 이거야말로 진짜 백년대호의 꼬리옵니다.≫라고 하였다.

≪에익 미욱한 녀석같으니! 백년대호 아니라 만년대호라도 범꼬리로 그래 김을 맨다더냐?≫하고 아버지는 성을 내였다.

≪아버지, 그야 제 어찌 압니까? 호미란 범호, 꼬리 미라 일점 불차한 범꼬리라, 아버지 편지대로 저는 효성을 다했습지요.≫

이 말에 아버지는 ≪십년공부 나무아미타불이라 헛되게 보냈구나. 첫 십년공부에 범꼬릴 잘라왔으니 후십년엔 필연코 대호를 끌어들일터인즉 애, 애당초 오늘부턴 나하고 농사글을 읽어야겠다.≫고 했다 한다.

구술자: 최금녀 / 수집지점: 길림성 안도현 량병공사 / 수집시간: 1960년


# 제 꾀에 제 속다


옛날옛적 한 마을에 몹시 린색한 사람이 살고있었다.

하루는 아들이 아버지를 보고 ≪아버지, 이웃집에서 지금 잠간만 삿갓을 빌려달라는데 어찌하랍니까?≫라고 하자 아버지는 말했다.

≪네 얼른 가서 말해라. 삿갓은 농궤속 깊이 넣어두었더니 쥐가 쏠아서 인젠 못쓴다고말이다.≫

그 다음날 아들은 또 아버지한테 달려와서 말했다.

≪아버지, 이웃집에서 요즘 쥐가 너무 성해서 하루밤만 고양이를 빌려달라고 하는데 어찌하랍니까?≫

그러자 아버지는 말했다.

≪이 못난녀석아, 그리도 알머리가 없느냐? 고양이를 빌려줄 마음만 태산같지만 요새 고양이가 감기에 걸려 콜록콜록 기침만 깆으니 빌려가도 아무 쓸모 없다고 여쭈어라!≫

며칠후 이웃집에서 또 집에 일이 있으니 잠간 다녀가시라고 아들이 왔다.

이때 이 집 아들은 이 일을 아버지에게 알리면 전날처럼 알머리 없다고 욕만 먹을것 같아서 아래집 아들을 보고 말했다.

≪아버지가 계시지만 하지만 요새 된감기에 걸려 콜록콜록 기침만 잦기에 가신다 해도 아무 쓸모 없으니 그대로 돌아가라.≫

아들이 이렇게 말하자 아버지는 웃방에서 안나오는 기침만 쿨럭쿨럭 잦어댔다.≪참 안되였구만. 앓지만 않으면 우리 아버지 생일잔치에 가서 막걸리도 마실 수 있겠는데…≫

건너집 아들의 말을 들은 아버지는 이때 웃방에서 너무나 맹랑하여 무릎을 탁 치며 저도 모르게 중얼거렸다.

≪아뿔싸, 제 꾀에 제 속았군!≫

구술자: 최근오 / 수집지점: 안도현 차조구 / 수집시간: 1981년 12월


## 매돌 지고 나귀 타다

한 부자집 사위가 처가집에 가서 떼질끝에 매돌을 얻어오게 되였다.

사위는 몇십근 잘되는 매돌을 등에다 걸머지고 나귀등에 올라앉아 집으로 떠났다.

몇리 길을 가고나니 무거운 매돌이 두어깨를 짓누르다못해 나중에는 궁둥이로 자꾸 내려가는바람에 매돌을 취엄느라고 어깨춤을 추다나니 부자집 사위는 얼굴에 주먹같은 땀방울이 비오듯 흘렀고 등때기에서 사람과 매돌이 엇갈아 방아를 찧는바람에 등에 업은 짐이 천근처럼 무거워 나귀는 혀를 가로 물게 되였다.

이에 길가던 사람들이 망측한 꼴을 보고

≪아니, 매돌을 일부러 힘겹게 질건 뭐요. 나귀등에 갈라 처매고 앉으면 사람 헐쿠, 나귀 헐할텐데…≫라고 말하면서 웃었다.

그 말을 듣고 부자집 사위는 제편에 혼자 중얼거렸다.

≪원, 우둔하구 무지몽매한 사람들 다 보겠네. 그래 사람 믿구 사는 짐승께 이처럼 무거운 망짝까지 처맬수 있어? 내가 매돌 나귀타면 나귀가 얼마나 헐하다구… 사람이란 어디까지나 자기가 부리는 짐승을 아껴쓸줄 알아야 하는 법이란말이야!?≫

구술자: 신현구 / 수집지점: 길림성 안도현 차조구 / 수집시간: 1968년

# 두 사돈의 부채질

몹시 무더운 어느 여름날, 두 사돈이 마주앉아 한담들을 하면서 땀을 들이고있었다.

맞은편 사돈이 부채를 반쯤 펼치고 살랑살랑 흔드는데 이쪽 사돈이 보고서 말했다.

≪참 사돈도 그렇게 부채질을 하고서야 살림살이를 어떻게 피워나갈수 있겠소?≫

그러자 맞은편 사돈이 의아해서 ≪아니 그럼 부채질을 어떻게 해야 한단말이요?≫하고 물으니 이쪽컨 사돈은 부채를 쫙 펼쳐든채 고개만 연신 까딱까딱 하였다.

맞은편 사돈이 의아해서 ≪아니 그건 도대체 무슨 부채질이요?≫하고 묻자 이쪽컨 사돈이 얼른 대꾸하였다.

≪돈 주고 산 부채인데 공연히 펄쩍펄쩍 흔들어 판낼게 뭔가말이요?! 이렇게 고개를 까땍까땍 흔들어두 될걸 가지구!≫

구술자: 유병두 / 수집지점: 길림성 안도현 복흥대대 / 수집시간: 1979년 6월 2일

# 새끼낳이를 하는 함지

옛날 한 마을에 공것이라면 오금을 못쓰는 엄선달이라는 사람이 살았다. 그는 공것을 먹어보려고 동네집 모든 호주들의 생일날은 물론 잔치집, 회갑집들과 일년제, 삼년제를 지내는 집들과 아이들의 첫돌 생일날까지 빈틈없이 적어놓고 뻔질나게 찾아다니는가 하면 마을에 이런 일이 들지 않는 날이면 마당에 나서서 집집의 굴뚝을 지키다가 때아닌 군불을 때는 집을 찾아가 얻어먹기도 했다.

공짜라면 이처럼 오금을 못쓰는 그였지만 자기것에 대해서는 남들이 아예 털끝 하나 다치지 못하게 했다.

그래서 남들이 자기의 비자루 하나, 호미 한자루를 빌어써도 빌어쓴 값을 어김없이 꼭꼭 받아내군 했다.

어느 한번 이웃에 사는 김서방이 엄선달의 함지 하나를 사흘동안 빌어썼다.

김서방은 수중에 당장 돈이 없는지라 생각다못해 함지 빌어쓴 값으로 새끼함지 하나를 덧붙여 임자에게 돌렸다.

≪이거 무슨 함지요?≫

엄선달이 새끼한지를 가리키며 물었다.

≪이건 자네의 그 함지가 새끼를 낳은거네.≫

김서방이 대답했다.

그 말을 들은 엄선달은 함지 하나 빌려주고 사흘만에 새 함지 하나를 더 벌었으니 이거야말로 해볼만한 노릇이라고 생각했다.

그런지 며칠후에 김서방이 또 함지 빌리러 왔다.

이번에는 큰 함지를 빌리라고 했다.

≪에-있네, 있어!≫

엄선달은 부리나케 고간에 뛰여들어가 구석쪽에 나딩구는 낡아빠진 큰 함지를 가져다 김서방에게 주었다.

엄선달은 큰 함지를 빌렸고 그 함지가 언제 새끼를 낳아서 자기에게 가져다주겠는가 하고 날마다 기다리는데 벌써 열흘이 지나갔다.

열하루가 되는 날 기다리고 기다리던 김서방이 엄선달을 찾아왔다.

≪이 사람 김서방, 거 함지가 새끼를 낳았겠지?≫

엄선달이 급히 물었다.

≪여보게 새끼가 다 뭔가? 그 함지는 그만 죽었네.≫

김서방이 대답했다.

≪아니 뭐라나? 함지가 죽다니? 함지두 죽구살구 한단말인가?≫

엄선달은 몹시 놀라는 기색이였다.

김서방이 그 말을 듣고 ≪하, 자네 왜 이렇게도 답답한가? 세상에 새끼를 낳는 함지가 있을라니 늙어 죽는 함지가 왜 없겠나?≫라고 하니 엄선달은 두주먹을 불끈 쥐고 씩씩거리며 김서방네 집으로 뛰여갔다.

김서방의 집에 이른 엄선달은 빌려준 그 함지가 밑굽이 빠진채 저만큼 두엄무지에 나가 뒹굴고있는것을 보았다.

화가 상투밑까지 치민 엄선달은 발로 함지를 막 걷어차며 욕설을 퍼부었다.

≪이 못난것아! 다른 함지는 사흘이면 새끼 하나씩 척척 낳는데 너는 왜 새끼 하나 못낳구 이렇게 돼졌느냐?≫

구술자: 유서래 / 수집지점: 길림성 안도현 송강진 / 수집시간: 1092년

# 입총으로 범을 쏘다

전에 한사람이 범은 값가는 보배란 말을 듣고 범사냥을 떠났다.

산발을 타고 며칠이나 다니다가 범 한마리를 만나게 되였다.

범을 만난 그는 너무도 기뻐 활을 재워 들었는데 흐뭇한 생각이 회오리쳤다.

≪범의 피골육혈은 모두 값을 헤아릴수 없는 무가지보라 가죽은 벗겨 팔아 밭을 장만하고 고기는 각을 떠 팔아 더덩실 높은 기와집을 사고 뼈와 피를 팔아선 좋은 옷감을 필로 사들여야지. 그렇지, 요즘 범아, 땅!!≫

한데 범은 나가넘어지기는커녕 냅다 뛰여 달아나는것이였다.

하도 기쁜김에 화살을 당겨놓은것이 아니라 그만 입총으로 ≪땅!!≫하고 범을 쏘았던것이다.

구술자: 박기렬 / 수집지점: 길림성 안도현 차조구 / 수집시간: 1968년 10월 2일

# 장기봉

백두산온천에 가면 그 맞은켠 우중충 높이 솟은 울바자벼랑바위우에 두사람이 정답게 마주앉아 장기를 두고있는 형태의 기암을 볼수 있다. 사람들은 이 바위를 장기봉이라 부르는데 여기에는 이런 전설이 깃들어있다.

아득히 먼 옛날에 천국 옥황상제의 두 아들이 칠선녀한테서 백두산이 천하절경이라는 말을 듣고 내속이 근질근질하던차에 하루는 호화롭고도 거치장스러운 별의를 활활 벗어내치고 흰구름을 잡아타고 백두산천지로 내려왔다.

천지의 못가에 내려앉아 감탄을 금치 못하며 백두산 십류기봉을 차례로 돌아보고난 그들은 천길만장의 흰갈기를 날리며 떨어지는 폭포수를 따라 온천에 내려와 목욕을 하고 평퍼짐한 곳을 찾아앉아 장기를 두게 되였다.

어느덧 열흘이란 시간이 흘렀다. 백두산의 기묘한 자연미에 홀딱 취해서 노니는 그들 두 귀공자는 열흘이란 시간이 담배 몇대 피우는참에 지나지 않았으나 옥황은 두 귀공자가 열흘이 지나도록 상천회궁하지 않아 초조하기 그지없었다.

≪애들이 왜 상기도 회궁하지 않느뇨?≫

옥황은 생각다못해 우뢰대신을 불러 우뢰로 귀띔하도록 엄명을 내렸다.

꽝 꽈르릉- 꽝 꽈르릉-

천지를 들었다놓으며 요란한 우뢰소리가 울렸다. 하지만 두 귀공자는 그 소리를 들었는지라말았는지 저들의 놀음에만 정신을 팔았다.

또 열흘이란 시간이 흘렀다. 퍼르딩딩해난 옥황상제는 또 비대신을 불러 비를 퍼부어 두 아들을 부르라고 엄명을 내렸다.

쏴 좔좔- 쏴 좔좔-

비는 무섭게 동이들이로 쏟아졌다. 그러나 두 아들은 장삼소매를 툭툭 앉아 천애절벽으로 창창 쏟아져내리는 폭포수를 바라보며 의연히 장기만을 두고있었다.

어느덧 한달이 지났다. 대노한 옥황상제 이번에는 눈대신을 불러들였다. 눈을 퍼부어 백두산을 살풍경으로 만들어놓는다면 두 아들이 할수 없어 회궁할줄로 여겼던것이다.

눈이 펑펑 쏟아져내렸다.

눈이 내리니 온 산은 도리여 소복단장되고 수십길 폭포수엔 수정고드름이 천사만사로 드리워 그 기묘함이 일월도 무색할 지경이였다. 이에 두 아들은 유람에 더더욱 성수가 났다.

이러다나니 두 귀공자가 내려간지도 옹근 백날광음이 흘렀다. 보아하니 두 귀공자는 천상일을 까맣게 잊어버리고 하토에 재미를 붙여 돌아올 기미가 아니였다.

《허, 괘씸한지고. 제 아무리 백두산이 절승경개라할세 어쨌든 하토불모의 땅이거늘 옥황궁 귀공자로 그런 어줍은 곳에 정신을 팔고있으니 더는 용서할수 없도다!》

이렇게 단념한 옥황은 황후와 만조배관의 권유에도 불구하고 불벼락을 쳐 두 아들을 죽여버리기로 작심하였다.

번쩍! 버번쩍!

방아가닥같은 불뭉치가 백두산 폭포수아래 온천건너편 너래방석돌우에 내리박혔다.

이 찰나에 백두산 산신두령이 두 귀공자가 자기 소원대로 천년을 두고, 만년을 영원토록 백두산에 머물러 즐기게 하려고 조화를 부려 그 불뭉치를 가로질러 막았다.

옥황은 악이 치받쳤으나 백두산 산신두령을 당해낼수 없었다.

그리하여 백두산에서는 두 귀공자가 비가 오나 눈이 오나 변함없이 오늘 이때까지 날에 날마다 편안히 마주앉아 장기를 둘수 있게 되였다고 한다.

구술자: 백설남 / 수집지점: 안도현 송강진 / 수집시간: 1978년 1월

# 천하

백두산천지의 북켠목으로부터 천문봉과 룡문봉사이를 지나 형애절벽 폭포목에 이르기까지 녀인의 가리마와도 같이 곧추 홀러 흐르는 한줄기의 맑디맑은 강이 있는데 예로부터 이를 일러 천하라 했다. 이 천하에는 예로부터 전해오는 전설이 깃들어있다.

옛날옛적 어느 하루 천국의 옥황대제가 천하세계를 내려다보매 동켠의 고고 산정에 큰 련못이 있는데 그 무엇이 간단없이 타래쳐 횡행하면서 어지러이 뛰노는지라 이상히 생각하고 사자를 내려보내게 되었다.

천하세계에 내려갔던 사자가 다시 승천회궁하여 하는 말이 기기묘묘한 십륙기봉 꺼구러 비기고 담담한 진달래, 만병초향기 그윽한 천지야말로 천하 절승 가관인데 가석하게도 동해에서 기여든 삼두흑룡 두마리 자의로 횡행하면서 무모한짓만 자행하는지라 인가가 피폐하고 산수 또한 기를 펴지 못하여 인제는 불모의 땅이나 다름없이 되었노라고 하였다.

≪그래서야 될 말인고!≫

옥수로 옥상을 탕- 치고 일어난 옥황대제 즉시 그 흉룡을 몰아내리라 작심하고 다시 세 사지에게 구리저가락 한모씩 내주면서 내려가 여사여사하라 명했다.

어명을 받은 세 사자 그 즉시로 천지가에 내려가 삼두흑룡을 호출했다.

≪삼두흑룡, 너희들 듣거라! 지고지존하신 옥황대제의 명을 받들어 우리 오늘 내려왔노니 한시 급히 환고향할지어다!≫

그러자 두 삼두흑룡은 사발눈을 잔뜩 부릅뜨고 번뜩이는 비늘몸을 비비 탈면서 랭소했다.

≪핫하하하! 우리더러 환고향하라고?≫

≪핫핫핫핫! 우리가 뉜줄 알고 감히…≫

≪너희들 듣거라! 우주현황을 좌우하는 옥황대제의 엄명을 감히 어기면 그 재화 예측키 어려우니 예서 더 무모한짓을 하지 말고 제고장으로 옮겨갈지라!≫

그러나 삼두흑룡은 으하하하! 앙천대소만 할뿐이였다.

두 삼두흑룡이 연거퍼 앙천대소하자 천천하늘에는 난데없는 칠흑 두름이 떠오고 뒤미처 뢰성벽력이 일고 천지수가 사품치며 길길이 뛰여 일어났다.

세 사자는 그먼 세찬 파도에 휘감겨들었다. 삼두흑룡은 의기양양하여 미친듯이 웃어댔다. 그러나 정신을 차리고 못가에 나온 세 사자가 구리저가락 내던지자 물은 쪽-쭉 찌기시작했다.

이에 당황해난 삼두흑룡은 구새통같은 여섯개의 아가리를 짝, 짝 벌려 물을 뿜어내기 시작했다. 그리하여 천지물은 또 삽시에 불어났다.

이때 세 사자는 다시 구리저가락 한개씩 꺼내여 천지못에 척척 내던졌다.

그러자 천지물은 팥죽가마처럼 부글부글 괴여오르더니 뒤미처 펄펄 흰김을 내뿜으며 끓기 시작했다.

이에 바빠난 삼두흑룡은 이리저리 자맥질을 치며 긴몸을 구불구불 징그럽게 휘둘러대다가 선불맞은 노루처럼 연신 아츠러운 비명을 내지르며 북쪽 산령을 박지르고 냅다 뛰였다.

그리하여 천지못에서 갖은 행패와 심술을 부리던 흑룡이 영영 자취를 감추게 뒤였고 두 삼두흑룡이 비명을 지르며 허겁지겁 도망친 그 자리로 천지수가 흐르면서 지금의 천하가 생겼다고 한다.

구술자: 안응철 / 수집지점: 길림성 안도현 송강진 / 수집시간: 1981년 10월 21일

# 칠선녀와 마디풀

우리 나라 동북변강 구름우에 치솟은 백두산! 백두산 상상봉에는 해마다 움트고 아지 치고 꽃피고 열매 맺는 풀이 무려 천여종인데 그중에서도 한초(寒草), 마관(麻批草), 갈대(葦子草)에는 유표하게 그 꺾은 자리가 완영한데 이 마디풀에는 다음과 같은 이야기가 깃들어전해지고있다.

멀고먼 옛날의 어느해 여름이다.

하늘천구의 칠선녀 어느날 천궁의 동쪽정원을 거닐다가 지상국을 내려다보았

다. 그런데 기봉기암에 둘러쌓인 못에서 숱한 은룡금룡들이 헤염치며 눈부신 빛을 내뿜고있는것을 보았다.

(아, 저기는 필시 인간세사의 지상락원인가보다.)

이렇게 생각한 칠선녀는 지상락원에 내려가보고싶은 마음이 불붙듯 간절했다.

칠선녀는 마침내 칠색령롱한 무지개를 잡아타고 백두산천지가에 내려오게 되였다.

천지기슭에 내려와 보니 과연 하늘에서 볼수 없는 명실상부의 명승지이다.

서남봉 기슭을 타고 쓱 기여올랐다가 잠시 천지못에 뚝 떨어지고 다시 산봉으로 치달아올라 청송 백송 봇나무의 창창한 림해를 덮어 뭉게뭉게 피여나는 몽몽한 흰구름의 그 장엄한 기상도 가관이였지만 천지를 옹위해 의좋게 둘러앉은, 조물주의 특이한 수예로 조각되고 빚어진 십륙기봉은 더더욱 장관이였다.

잘잘 끓는 삼복염천에도 빙설을 듬뿍 떠인 백두, 허리중둥에 구름띠 필필로 둘러 띤 백운봉, 노루, 사슴 정답게 모여 목청을 틔운다는 록명봉, 룡이 노닐어 그 이름 지었다는 룡문봉, 목을 빼들고 독수리 망을 보는 응준봉, 구름 따라 요염하게 흔들리는 자하봉, 천수폭포수를 쏟아내고 부셔내는 천곡봉, 천년묵은 대소 고스란히 꿇어엎드려 효자에게 호골수 내여바쳤다는 와호봉, 백포의를 떨쳐입은 백암봉, 파아란 돌빛 아름다운 청석봉, 하늘떠인 천문봉, … 그리고 그 십륙기봉 그대로 꺼꾸로 비낀 30리 둘레의 주옥같이 맑디맑은 천지에 양광은 천사만사 은룡금룡을 희롱하고 물학은 쌍쌍 날고 물새는 지종지종 서로서로 정답게 부르고있다.

홀린듯 취한듯 섰던 자매 칠선녀 드디여 칠보 단장 비단옷을 훌훌 벗어놓고 앞다투어 미역을 감기 시작했다.

미역을 다 감고난온 일곱선녀는 애오라지 백두의 산정에서만 볼수 있는 생생한 두견화를 꺾어가지고 풀밭에 모여앉아 오손도손 이야기했다.

《이런 천하명승지를 가진 이 나라 사람들은 얼마나 행복하냐!》

《그렇지 않구 참말 행복해!》

그들은 오손도손 이야기하다가 살며시 눈을 감고 풀밭에 드러누웠다, 그런데 웬 뾰족한것이 얄밉게도 그들의 보들보들한 뒤잔등을 콕 찔러놓았다. 그래서 옆으로 돌아누웠는데 또 옆구리를 콕, 콕 찔러주는것이였다.

이에 큰언니선녀 발딱 자리를 차고 일어난 찬찬히 여겨보니 그것은 끝이 파아란 풀이였다.

≪애들아, 우리의 흥을 깨뜨리는 요놈의 풀을 모조리 꺾어놓으면 어때?≫

이에 자매선녀 모두 호응나섰다.

≪그래 한두번만 내려와 놀 곳도 아니니까!≫

≪그래 그래! 일후엔 제 집도 드나들듯할테니까!≫

≪한긴 이제 몇해후엔 우리 저마다 귀동자, 귀동녀의 손목을 잡고 아기자기 거닐테니까!≫

≪호호호, 호호호…≫

그리하여 일곱선녀는 섬섬옥수로 파아란 풀줄기 끝을 하나하나 꺾어놓기 시작했다.

이로부터 여름 한철이면 하루가 멀다하게 칠선녀는 백두산에 내려와 미역을 감고 천궁으로 돌아갈 때면 한초, 마관초 갈대풀의 줄기끝을 어김없이 꺾어놓군 하였다.

백두산 상상봉의 마디풀은 이렇게 생겨난것인데 유람객들을 더 유쾌하게 해주고있다.

구술자: 류가전 / 수집시간: 1978년 / 수집지점: 길림성 안도현 송강진

# 령지

멀고먼 옛날, 장백산기슭의 한 외딴 막집에 부지런한 총각 하나가 살고있었다.

이때 그의 나이 불과 이십사오세였건만 활재주 백발백중이여서 아무리 용맹을 자랑하는 산중대왕 호랑일지라도 그의 앞에서는 쩔쩔매며 돌아갔고 아무리 높이 나는 까마귀일지라도 그이 화살촉끝을 벗어나지 못하였다.

그해 초가을 어느날 저녁, 그가 살풋 잠에 들었는데 갑자기 밖에서 ≪사람

살려요!≫하는 절명궁지에 빠져 구원을 청하는 웬 녀인의 비명소리가 아츠럽게 들려왔다.

깜짝 놀라 밖으로 내달아가니 삼단같은 머리 풀어해친 웬 처녀가 정신없이 황황 달려오고있었다.

그뒤에는 체토이 불에 그슬린 진대나무통 같고 수염머리 삼검불같이 더부룩한 꿀종지눈의 잔인한 빛이 둘둘 흘러떨어지는 서슬푸른 장정이 쌍수에 비수를 잡아쥔채 우악스레 좇아오고있었다.

일견, 추격하는자 필시 불의의 불한당이라고 단정한 젊은 포수는 녀인을 얼른 자기뒤에 세웠다. 그 장정놈은 헐레벌떡 다가오자 막아나선 총각을 보고 눈알을 뒤룩거리며 소리쳤다.

≪이놈아, 나의 처자를 그래 네놈이 상관할테냐?≫

그 말이 끝나기도전에 녀인이 바딸 나서며 소리쳤다.

≪아니예요! 이놈은 온갖 잔재간을 다부려 못된짓이란 못된짓은 다 골라하면서 녀인겁탈을 일삼는 흑룡요물이예요!≫

처녀의 말에 젊은 포수는 대뜸 활시위를 당겨 그놈의 정리를 내쐈다. 코앞에서 당긴 화살 어느놈이라서 당할소냐.

≪으-악≫

그자는 마침내 그자리에 쓰러졌다… 그놈을 요정내자 처녀는 깊이깊이 사례하면서 그 자리를 떠나갔다.

이 일이 있은 다음날부터다. 장백산에는 전례없던 눈이 쏟아져내리기 시작했다.

하루가 가고 이틀이 가고 사흘이 가도 눈은 좀체 멎지를 않았다. 하여 길길이 쌓인 눈에 온 장백수림은 촌보가 극난으로 되였다.

그날 밤 수심이 만면한 포수 밖을 내다보는데 사람 그림자 언뜰하기에 얼른 뒤좇아나가보니 인적기는 간곳없고 무전에는 감자며 풋나물자루가 고즈넉이 놓여져있었다.

≪아니 이것은 누가 가져온것일가?≫

총각포수는 일회일경하여 한참이나 주위를 살폈으나 오로지 사위는 백설천지 일뿐이였다.

그 다음날이였다. 그날도 눈은 여전히 하염없이 펑펑 퍼붓는데 일의 시말을 꼭 잡아쥐고야말겠다고 생각한 총각은 사립 문뒤에 몸을 숨겼다. 좀 있더니 아니나다를가 웬 녀자가 바람처럼 휙 나타나는데 그의 어깨에는 무거운 자루가 걸머메워져있었다. 처녀가 자루를 삽작만뒤에 살짝 내려놓고 몸을 돌려 사라지려는 순간 총각은 화닥닥 뛰쳐나가 처녀의 두손을 그러쥐였다. 그러자 처녀는 아무 말도 없이 고개만 다소곳 숙이였다.

《저 당신은?》

총각은 떨리는 소리로 말을 떠듬거리렸다.

그러자 소녀는 《그래 저를 못알아보시겠어요?》라고 하였다.

땀에 폭 젖어 흐트러진 채좋은 머리는 련당못에 월광이 어리광부리며 춤추는듯하고 이슬을 머금은듯 예지로 빛나는 두눈은 동방에 돋은 새별같고 발그레한 량볼은 방금 무르익는 도화요, 당실한 코마루아래 입술은 주홍필로 담싹 찍어놓은듯, 희디흰 이발은 박씨를 줄줄이 박아놓은듯… 오, 얼마전 자기가 구해주었고 또 그뒤에는 자기의 량도쌀을 가져오기까지 한 바로 그 처녀인줄을 어찌 몰라보랴!

《그런데 그때는 그럴 경황이 못되여 미처 물어보지를 못했는데… 나이는 얼마이며 어디에 사는지?》

그러자 처녀는 방긋 웃으며 《저의 나이 올해 스물하나이고 예서 멀리 떨어진 백두산 저쪽 기슭에 외홀로 사는 령지라고 불러요.》라고 하였다.

그러면서 자기는 일찍 애시적에 부모님 따라 어지럽고 소란한 세상을 피하여 심산찾아 예사는데 부모님마저 련거퍼 돌아가시닌 인젠 외홀로 살아간다는것과 이 가을 따라 흑룡의 원쑤를 갚노라고 백룡놈이 온갖 심술조화를 다 부려 지금 눈이 기막히게 퍼붓고 이로하여 량식이 어려울것을 짐작하고 자기의것을 갈라왔다는것을 거침없이 이야기했다. 그 말을 들은 총각은 처녀의 신상담이 꼭 자기 일 같은데 놀라는 한편 처녀에 대한 고마움과 감격으로 가슴이 막 끓어번졌다.

《고맙소! 내 영영 이 은고 잊을수 없소! 그런데 그 백룡놈은 언제나 요정을 낸담!》

그러자 처녀는 말했다.

《그놈도 흑룡 못지 않은 천하요물인데 좀체 잘 나타나지를 않는답니다. 그놈

을 없애려면 아직 시간이 더 가야 할거예요.≫

≪어쨌든 내 그놈을 꼭 없애치우고야말겠소!≫

총각과 처녀는 밤이 깊도록 이런 말들을 애틋이 주고받았다.

그 이듬해 진달래 아질자질 피는 봄날 그들은 드디여 알뜰한 새가정을 이루게 되였다. 꿀같이 달디단 나날이 흘러갔다.

이때로부터 두 재간둥이내외 맘맞추고 손맞추니 피여나니 웃음이요, 피워가니 살이였다.

하나 속담에 호사다마라더니 뒤미처 불행은 그림자 마냥 그들의 뒤를 따라왔다.

이듬해 오월, 젊은 포수는 이름모를 병으로 털썩 드러눕게 되였다. 령지가 그 머리맡을 맴돌며 정성껏 간호해주고 분주히 동서남북으로 뛰여다니며 명약이란 명약은 모조리 구해왔건만 병은 갈수록 더 위중해만 갔다.

남편의 병세가 몹시 기우는것을 본 령지의 마음의 그늘도 날이 갈수록 짙어만 갔다.

이러던 어느 하루 령지는 남편을 보고 말했다.

≪서방님, 며칠간만 집에서 고생하세요. 제가 좀 멀리 갔다와야겠어요.≫

그 말을 들은 남편은 자기 안해의 남다른 재간을 모르는바 아니지만 먼길에 차마 안해를 내놓을수 없어서 ≪아니 어떤 일이 있더라도 못가요.≫하고 만류했으나 령지는 ≪저로 해서 근심을랑 마세요. 내 며칠새에 꼭 약을 구해올테니깐요.≫하며 기어이 떠났다.

령지 떠난 사흗날 점심때였다. 령지가 온몸이 피투성이 되여 뜰안에 들어섰다. 남편은 일어나 마주 달려갔다.

≪아니 이게 어찌된 일이요.≫

그러자 령지는 눈물을 흘리며 말했다.

≪집 떠난지 3일만에 나는 백두산 심처 막치기로 들어갔지요. 마침내 일이 되느라고 골짜기건너에 만병통치한다는 불초명약이 있겠지요. 그런데 골은 깊고 산세는 험해 그대로 건늘수가 있어야지요, 생각 끝에 그리고 막건너뛰여가려는데 백룡이 혀를 날늘거리며 앞을 막아나섰지요 <이년, 인제사 네년이 갈데가 어디메냐? 나의 동료 흑룡이 못채운 야욕까지 합쳐 오늘 네년을 실컷 맛볼터이

다. 으하하하하!>하고 달려들었지요. 나는 뿌리치고 달렸어요. 그러나 그놈은 기어이 쫓아와 저의 몸을 타래치려 했지요. 나는 그놈에게 릉욕을 당하느니 차라리 깨끗이 자결하려고 렬길벼랑에 몸을 던졌지요. 아, 당신이 나를 찾으려거든 집을 나서 곧추곧추 동쪽을 바라고만 오세요. 그러면 한 산비탈아래 두그루의 홍송이 마주선 바로 거기에 제가 고이 잠들어있어요!≫

그러면서 령지는 포수의 한가슴에 얼굴을 파묻고 구슬피구슬피 흐느껴울었다.

그통에 깜짝 놀라 깨여나니 그것은 일장 백일몽이였다.

≪아, 이게 어인 악몽이냐?≫

자리에서 벌떡 일어난 포수는 어디에서 그런 힘이 솟구치는지 그길로 동쪽을 바라고 정신없이 내달렸다.

그 얼마나 내달렸던지 바로 앞에 큰 바위 하나가 집채같이 뿌리박고 섰는데 거기에는 홍송 두그루가 서있고 그 앞은 깊은 골짜기였다.

≪아, 예가 바로 령지가 일러주던 곳이 아니냐?≫

젊은 포수 허위단심 그리로 뛰여내려갔다.

≪앗!≫

드디여 젊은 포수는 저도 모르게 비명을 지르며 그 자리에 목석처럼 굳어져버렸다.

거기에는 피투성이 된 자기 안해 령지가 고이 잠들고 있었던것이다.

≪아, 령지는 나로 하여 떠났다가 그놈때문에 귀한 목숨을 바쳤구나!≫

남편은 안해의 시체를 걷어안고 목놓아 대성통곡하였다.

그런데 이때 어디선가 핫하하하! 하고 미친듯한 웃음소리가 들려왔다.

젊은 포수 쳐다보니 천년묵은 락락장송우에 허연 비늘을 뒤집어쓴 룡 한놈이 득의양양 꽈리틀고 앉아 깨고소한 너털웃음을 웃고있었다.

젊은 포수는 벌떡 일어나 화살 하나를 재워 그놈을 견주었다.

이때 백룡은 흉한 비늘을 잔뜩 일궈세워가지고 허장성세 덮쳐내려왔다. 그러나 젊은 포수는 화살은 련달아 그놈의 정수리와 심장에 푹푹 꽂히였다.

백룡은 무섭게 악을 썼으나 끝끝내 너무러지고야말았다. 백룡을 깨끗이 요정낸 포수는 그 다음날 령지를 한 봇나무밑에 고이고이 장사지내주었다.

그 이듬해 오월이였다. 젊은 포수는 령지가 세상 뜬 한돐을 맞으며 성묘를 갔다.

≪령지! 령지!≫

젊은 남편은 애타게 땅을 치며 통곡했다.

그러자 비몽사몽간 령지가 생글생글 웃으며 나타나 손바닥마큼한 붉디붉은 버섯을 내놓았다.

≪여보세요. 서방님! 너무 상심마시고 어서 이것을 가져다 골수깊이 파고든 병을 떼세요.≫

≪아, 이건 뭐요?≫

≪이건 바로 제가 서방님께 드리는 새로운 만병통치명약이에요!≫

≪아, 령지!≫

남편은 너무나 감격하여 령지를 꽉 끌어안았다.

그때 선뜩하여 훌 놀라 깨고보니 자기는 바로 령지의 차디찬 무덤의 나무를 끌어안고 있었고 그 나무에는 붉디붉은 타는듯한 버섯이 돋쳐있었다.

이때로부터 장백산에는 령지의 이름을 따서 명명한 새로운 명약-령지가 번성하게 되였다.

구술자: 이문봉 / 수집시간: 1979년 9월 27일 / 수집지점: 길림성 안도현 이도백하진

# 쇄자새

안개 자오록 낀 날이거나 비가 출출 내리는 날이면 장백산기슭에서 ≪쇄자! 쇄자!≫ 하는 날새의 처량한 울음소리가 들려오군 한다.

예로부터 사람들은 이 새를 쇄자새라 부르는데 쇄자새의 구슬픈 울음소리에는 다음과 같은 이야기가 깃들어있다.

멀고먼 옛날, 백두산밑 어는 한 마을에 모진 가난으로 하여 일찍 아버지, 어머니를 여의고 부자집 머슴으로 살아가는 나어린 한 소녀가 있었다.

소녀는 마음씨 곱고 일솜씨가 잽싼데다 총명하기까지 하여 하나를 시키면 둘을 해내고 둘을 시키면 셋을 해내면서 무슨 일이나 막힘이 없이 척척 해내군 하였다.

하건만 밑창 빠진 항아리 없이 욕심에 모기간을 빼내먹을 린색에다 오동지달 쇠덩이같은 인정을 지닌 부자놈은 쩍하면 ≪일도 변변히 못하는 년이 돌아앉아 처먹기만해?≫하면서 앞남산이 꺼꾸로 비낀 멀건 죽그릇마저 발로 걷어차 쏟아 버리며 일재촉을 하였다.

소녀 나이 열두살이 되는 해 여름, 부자놈은 그에게 소까지 방목하게 하였다.

나어린 소녀의 몸으로 수십마리의 소를 먹이기만 여간만 힘에 부친 일이 아니였다.

남들이 단잠에 떨어진 꼭두새벽에 일어나서 싱싱한 이슬풀을 뜯어야 했고 열기를 확확 내뿜는 한낮이면 기를 쓰고 달려드는 모기, 등에를 쫓아야 했으며 저녁 늦게까지 소배를 뚱뚱하게 불려야만 하였다.

마일 수십마리 소중에서 단 한마리라도 배가 물항아리만치 부르지 않으면 매맞기가 일수였다.

그래도 하늘 맑고 따뜻한 날은 소보기가 괜찮았다. 그러나 바람이 몹시 불거나 비가 억수로 내릴는 날에는 여간만 고생스럽지 않았다. 주린 배를 안고 비바람에 오돌오돌 떨리면서 방목해야 했다.

그러던 어느날이였다. 모진 채찍비가 줄줄 쏟아져내리기 시작했다.

악독한 부자놈은 소녀가 행여 방목을 나가지 않을가봐 언녕부터 긴 장죽을 물고 나앉아 얄미운 호통을 내뿜었다.

≪애 이년아, 왜 상기도 꾸물거리고만 있느냐? 어서 썩 방목을 못나갈가?≫

소녀는 ≪예, 나가와요≫ 한마디 대답하고는 그길로 수십마리 소를 몰고 마을 나섰다.

소녀는 세찬 비바람속에서 이산저산 넘으며 소를 먹여가지고 어두워서야 집으로 돌아왔다.

소녀가 물참봉이 되여 오돌오돌 떨며 들어오자 부자놈은 언제나 하는 버릇 그대로 외양간 문어구에 뚱뚱한 배를 내밀고 서서 ≪한마리, 두마리, 세마리…≫ 하고 들어오는 소들을 세기 시작했다.

≪마흔, 마흔하나, 마흔둘!≫

예까지 세고난 부자놈은 눈이 홱 뒤집혔다.

≪아니 이년아, 얼룩송아지 한마리는 어찌했느냐?≫

≪예? 그럴리가 없겠는데요?≫

그래서 다시 세여보았으나 역시 알락송아지 한마리가 없었다.

≪이년아! 당장 송아지를 찾아와. 찾아오지 못하면 내 집에 들어설 생각도 말아!≫

매정한 부자놈은 그길로 당장 송아지를 찾아오라고 불쌍한 소녀를 내쫓았다.

온종일 죽 한끼도 변변히 먹지 못하고 오돌오돌 떨던 소녀는 비가 쏟아지는데 다시 송아지를 찾아 떠나지 않으면 안되였다.

소녀는 이산저산 넘어가며 송아지를 불렀다.

≪쇄자! 쇄자!≫

들려오는것은 산울림과 비소리뿐이였다.

≪쇄자! 쇄자!≫

소녀는 피라는 목청으로 또 송아지를 불렀으나 들려오는것은 그저 산울림과 비소리뿐이였다.

새벽녘까지 부르며 헤매던 소녀는 그만 지탱하지 못하고 쓰러지고말았다. 쓰러진 소녀는 영영 일어날줄을 몰랐다.

이때로부터 장백산기슭에는 ≪쇄자! 쇄자!≫하고 구슬피 울어예는 새가 생겼는데 그 새는 다름아닌 부자놈의 채찍에 못이겨 처참히 죽은 소녀의 넋이 쇄자새로 됐다는것이다.

지금도 물안개 끼고 어둑침침하거나 비가 출출 내리는 여름날이면 쇄자! 쇄자! 하고 쇄자새가 구슬피 운다.

구술자: 유룡순, 최림춘 / 수집지점: 길림성 안도현 홍룡촌 / 수집시간: 1979년

# 청 량 샘

　사면이 청산에 첩첩히 둘러싸인 안도현 복림동에 이르면 일년 사시장철 용용
솟아오르는 샘이 있다. 이곳 사람들은 이 샘을 두고 청량샘이라고 부른다.

　천고의 왕가물에도 한방울 줄어들세라 용용 솟구치는 이 샘에는 아직 세상에
널리 알려지지 않은 애절한 이야기가 깃들어있다.

　머나먼 옛날, 이 샘터의 북골에는 성이 강가라는 부자가 살았는데 그 집에는
청이라는 처녀머슴과 량이라는 총각머슴이 있었다. 손부터 여물고 마음이 비단
결같은 청이도, 억대우같이 힘꼴쓰는 선량한 장사 량이도 일찍 부모를 여의고
빚 갚음으로 이 집에 와서 머슴질을 하고 있었던것이다.

　허구한 날, 쓰라린 채찍밑에서 우마처럼 살아가는 그들에게는 언제 한번 마음
놓고 웃을 겨를조차 없었다.

　무서운것은 세월이라 나이들이 헴을 차리게 되면서부터 무겁고 힘든 일을
서로 도와주고 기쁨과 서러움을 서로 함께 나누는 사이에 그들이 가슴속에는
남몰래 순박한 사랑이 씨앗이 싹트기 시작하였다. 어느땐가 한번은 량이 멀건
시래기죽을 마시고 일밭으로 나가는데 이 일이 가슴에 못박혀 아파난 청이는
남몰래 긁어두었던 누룽지를 치마폭에 감싸쥐고 달려나가 량이에게 주었다. 그
런후부터 량이는 일터에게 돌아오면 청이를 도와 단숨에 열두독의 물을 길어주
군 하였다.

　오가는 정은 점점 깊어져 청이는 밤에 량이의 옷을 깨끗이 빨아주고 탐탐히
기워줬으며 량이는 함박눈이 쏟아져 박우물길을 덮으면 청이가 물동이 이고
나서게 새벽에 박우물길을 쓸어주었다. 이렇게 그들 둘은 일찍 애시적에 느껴보
지 못했던 사람의 희열로 하여 모진 부대낌속에서도 한가닥 즐거움이 있었다.
웃음을 모르던 청이의 얼굴에는 함박꽃처럼 밝고 **환환** 웃음이 피여났고 량이의
얼굴에도 만화방창 호시절의 춘풍처럼 애애한 화기가 떠돌았다.

　바로 청이 열여덟에 잡아들던 해, 산등서이마다 울긋불긋 진달래 만발한 화창
한 봄날이였다. 그날도 량이는 콩보리밥에 된장찌개를 싼 점심그릇망태를 걸머
지고 산등성이에 밭갈이를 떠났다. 반나절 일을 필하고 홀로 앉아 점심그릇을

펼치는 때였다.

《사람 살려요, 사람 살려요!》

산골짜기 으늑진 곳에서 절명궁지에 **빠진** 웬 녀성의 다급한 목소리가 아츠럽게 들려왔다.

불길한 예감이 든 량이는 벌떡 자리를 차고 일어나 소리나는 쪽으로 번개같이 뛰여갔다. 달려간 량이의 입에서도 저도 모르게 《앗!》하는 소리가 튀여나왔다. 말라깽이 강부자놈이 청이의 순정을 짓밟으려고 짐승같이 달려들고있었다.

강부자놈은 야수같은 색마여서 꽃같이 아름답고 눈같이 정결한 청이를 호시탐탐 노려왔지만 집에서는 악귀같은 녀편네의 독살에 못이겨 야욕을 채우지 못하다가 오늘 청이를 홀로 외딴 곳에 일러내놓고는 뒤를 밟아왔던것이다.

량이는 부글부글 끓어오르는 분을 참지 못해 강부자놈의 뒤덜미를 나꿰채며 벼락같이 소리쳤다.

《이 늙다리야! 백주대낮에 이게 웬 망발이냐!》

연연한 머슴처녀를 자신만만히 욱대기다가 매 앞의 꿩이 되고 고양이 앞의 쥐가 된 강부자놈이였건만 도리여 주인처사를 하느라고 제사 우쭐댔다.

《너 한낱 머슴놈이 감히 내 일에 참견을 해? 홍, 어디 두고보자!》

비칠비칠 가재걸음을 하면서 도망쳐간 강부자놈은 과연 얼마 안지나 나부랭이들을 데리고 다시 이곳에 나타났다. 그놈은 다짜고짜 나부랭이들을 시켜 량이에게 뭇매를 안기게 했다.

량이도 만만치는 않았다. 그는 팔뚝같은 물푸레나무중둥을 꺾어들고 새까맣게 달려드는 나부랭이들을 삼대베듯 쓸어눕혔다. 청이도 량이를 도와 쓰러지는 개다리들을 돌로 짓쫓고 이발로 물어뜯었다. 그러나 독불장군이 없다고 아무리 힘꼴쓰는 량이라고 혼자서 꼬리에 꼬리를 물고 개미처럼 달려드는 나부랭이들을 당해낼수 없었다. 드디여 그 자리에 푹 쓰러지고말았다.

량이를 만신창으로 만든 강부자놈은 청이에게 달려들어 그를 외딴 막으로 잡아끌었다. 청이는 몸부림치며 악을 섰으나 강부자놈은 《철이 다 든 계집애가 왜 이리도 주책없이 놀아? 내 말만 잘 들으면 세상 부럼없이 호강을 누릴텐데…》하고 얼리고 닥치며 잡아끌었다.

청이는 안간힘을 다했으나 강부자놈을 당해낼수 없었다. 그는 끌려가면서 사랑하는 사람을 부르고 또 불렀다.

《량이여, 량이여!》

그러나 들려오는것은 오로지 처량한 산울림뿐이였다.

《량이여, 량이여!》

청이는 량이를 잃게 되자 더는 살고싶은 생각이 나지않았다. 그는 차라리 자결할망정 몸을 망칠수는 없다고 생각하고 번개같이 강부자놈의 손아귀를 뿌리치고 산마루에 치달아올랐다. 산마루에 오른 청이는 치마를 뒤집어쓰고 벼랑 아래로 떨어졌다. 한데 선녀들이 모셔갔나, 땅이 안아들였나 청이 몸을 던진 곳에는 빈 구뎅이만 우물처럼 푹 패워있을뿐 청이는 온데간데 없어졌다.

바로 이때였다. 피못이 되여 쓰러졌던 량이가 정신을 차리고 일어났을 때 청이는 오간 곳이 없고 강부자놈은 고양이 쫓던 개모양으로 산마루만 멍하니 쳐다보고있었다. 량이는 아름드리 돌바위를 뽑아들고 강부자놈의 뒤로 슬금슬금 다가가서 그의 대갈통을 후려갈겼다.

순간, 하늘에서 《꽈르릉—쾅!》하고 뢰성벽력이 터지면서 일진광풍이 확 몰려오더니 강부자놈의 시신을 터지면서 일진광풍이 확 몰려오더니 강부자놈의 시신을 휘말아가버렸다.

이윽하여 청이를 받아들인 깊디깊은 구뎅이에 갑자기 오색채운이 눈부시게 서리더니 흰저고리에 감장치마를 곱게 받쳐입은 청이 생시나 다름없이 방실방실 웃으며 량이를 불렀다.

《량이, 끝끝내 강부자놈을 요정냈군요. 어서 이리로 오세요! 인젠 마음놓고 우리 함께 일년 사시장철 즐겁게 노래하며 지내자요!》

《아, 청이!》

청이를 본 량이는 기뻤던지 저도 모르게 아찔한 벼랑아래로 훌쩍 뛰여내려 청이를 덥석 끌어안았다. 그러자 두 청춘남녀를 한가슴에 깊숙이 포옹해들인 구뎅이에서는 갑자기 맑디맑은 정가로운 샘이 콸콸 솟아오르기 시작했다.

그리하여 이때로부터 이 고장 사람들은 이 샘을 청량샘이라 불렀다고 한다.

구술자: 최을선, 최금녀 / 수집지점: 길림성 안도현 구일툰 / 수집시간: 1995년 9월

# ≪최총각보고 졸≫새

음력 오월이 되면 장백산기슭 그 어디를 가나 첫새벽에 ≪최총각보고졸≫, ≪최총각보고졸≫하고 울어예는 새를 볼수 있는데 예로부터 우리의 선조들은 이 새를 최총각 그리워 우는 처녀새라고 불러왔다.

이 ≪최총각보고졸≫새에는 다음과 같은 이야기가 깃들어있다.

멀고먼 옛날, 조선 함경도 명천지방에 한 부자가 있었는데 그 집에는 마음 곱고 길쌈 잘하는 해달처럼 어여쁜 무남독녀 외동딸이 있었다.

그리고 그 마을 끝머리에는 가세는 구차하나 건장하고 일 잘하는 최씨총각이 살고있었다.

어느덧 그들 나이 스무살을 잡아들자 마을사람들은 두 청춘남녀를 두고 자자히 공론들을 벌리였다.

≪저런 출중한 처녀는 어떤데로 시집을 가겠는지 참말이지 우리 마을에서 놓치기 아쉬운걸.≫

≪그러게말이요. 문벌만 허물 아니면 최씨총각의 훌륭한 배필감인데…≫

그런데 세상일은 묘하기도 했다. 그 무슨 타고난 인연이였던지 일 잘하고 맘씨고운 두 남녀는 마을사람들의 소원대로 서로서로 백년살자 앞날을 기약하는 끔찍한 사이로 되였던것이다.

그러나 이 일은 순조롭지 못하였다. 돈 많고 지체 높고 권세있는 부자는 자기 집 딸이 외도토리 가난뱅이놈과 짝을 뭇는것은 상전이 벽해되기전에는 천부당만부당하는 일이라고 애당초 펄펄 뛰였다.

그러나 딸도 만만치를 않았다. 재물이란 있다가도 없고 없다가도 생기는 법이거늘 그게 무슨 쓸데가 있다고, 오직 사람 됨됨이 똑똑하고 부지런하고 튼튼하면 된다고 자기 주견을 굽히려 안했다.

화가 치민 부자는 생각다못해 어느 하루 최씨총각을 불러들였다.

≪이놈아, 네가 감히 내 딸을 꾀여 장가를 들겠다지만 그 꼴로는 애당초 어방도 없다! 돈 한짐 벌어오기전에는 아예 생각지도 말아!≫

그러면서 돈을 벌려거든 저 타도타관 북국으로 당장 떠나라고 을러메였다.

마음 곧은 최씨총각은 사랑하는 처녀와의 백년가약 성취하기 위해서 그 길을 갈수밖에 없다고 생각하였다.

그리하여 행장을 꾸며 지고 묘연한 북국을 향해 길을 떠나게 되였다.

≪여보, 내 꼭 돈을 한짐 벌어가지고 환고향할테니 그때를 기다려주오.≫

떠나는 날 최씨총각은 처녀의 두손을 꼭 잡으며 이렇게 말했다.

≪여보세요, 부디 몸조심하여 하루속히 돌아오세요!≫

처녀도 눈물을 흘리며 신신당부했다.

이때는 바로 음력 오월이였다.

최씨총각은 고향을 등지고 사랑하는 처녀를 뒤에 두고 산 설고 물 설은 이국땅으로 떠났다.

처녀는 최씨총각이 떠난 그날부터 손에 손을 꼽아가며 총각이 돌아오기를 학수고대하였다.

하루가 가고 한달이 가고…달은 바뀌고 세월은 흘러도 사랑하는 최씨총각한 테서는 일점 소식조차 없었다.

≪아, 어이하여 한장의 소식조차 없단말인가! 창공의 저 달이야 님의 행방 알련만!≫

처녀는 날마다 밤마다 가슴을 쥐여뜯으며 애간장을 태우지만 한번 떠난 최씨 총각께선 영무소식이였다.

음흉한 야심이 송편속처럼 꽉 들어찬 이 고약한 부자놈은 최씨총각을 핍박하여 떠나보내놓고는 그길로 자객을 뒤따르게 하여 중도에서 최씨총각의 명을 앗아냈다.

그러나 이 일을 알길없는 처녀는 기다리고 또 기다렸다. 한해가 다 가도 그냥 종무소식이라 처녀는 더 참지 못하고 남몰래 집을 뛰쳐나와 최씨총각을 찾아 이국땅으로 떠났다.

불원천리 생길을 헤쳐 이국땅에 이른 처녀는 사처에 수소문하여 최씨총각을 찾기 시작하였다.

마을에 이르면 집집을 찾아 묻고 벌과 골안에 이르면 ≪명천 최총각!≫, ≪명천 최총각!≫하고 불렀다.

그러나 세상을 뜬 총각이 다시 소생하여 화답할리 만무했다.

하지만 처녀는 님 향한 일편단심으로 옹근 두달동안을 찾고 또 찾다가 마침내 장백산기슭에 이르렀다.

이렇게 먹지도 못하고 자지도 못하고 쉬지도 못하며 애타게 최씨총각을 찾던 처녀는 어느날 나무숲속에 쓰러진채 영영 일어나지 못하고말았다.

이런 일이 있은후로부터 장백산기슭에서는 ≪최총각보고졸≫ ≪최총각보고졸≫하는 그 처녀의 원혼의 새가 생겨나서 울어예고 있다고 한다. 그런데 이 새는 음력 오월로부터 꼭 두달동안을 울면서 찾다가 맥이 진하여 차차 그 자취를 감추군 한다고 한다.

구술자: 김수현 / 수집지점: 길림성 안도현 차조구 / 수집시간: 1980년 2월 9일

# 소쩍새

천고의 명물보배 한가슴 가득 지닌 장백의 림해속에 소쩍! 소쩍! 울어예는 새가 있는데 사람들은 이 새를 소쩍새라고 부른다.

이 새가 소쩍! 소쩍! 우는데는 다음과 같은 전설이 깃들어있다.

먼 옛날, 장백산기슭의 한 마을에 소작살이한 한 머슴총각이 있었다. 그는 헌투레 옷을 입고 날마다 배를 곯으면서도 일년 열두달 삼백륙십오일을 하루와 같이 일하였다.

남먼저 밭갈고 남 앞서 씨뿌리고 삼복염천에도 일손을 놓지 않아 과연 알찬 나락 개꼬리같은 풍년이삭이 금물결쳤다.

(올해사 틀림없이 죽물은 면하겠지.)

머슴총각은 염근 곡식을 남먼저 베여들여 남먼저 떨며 흐뭇한 생각에 잠겼다.

총각이 마당질을 끝내자 뒤미처 부자놈이 마름들을 거느리고 소작받이를 왔다.

부자는 눈알을 뒤룩거리며 말했다.

≪음, 올해는 대풍인데 지난해 빚 열섬을 몽땅 내야겠네.≫

마름놈이 주산알을 떨꺽떨꺽 놓더니 뒤미처 졸개들이 알곡무지에 우르르 달려들어 마구 퍼담기 시작했다.

≪한말이요, 두말이요 … 아흔아홉말이라—≫

예까지 세이고난 부자는 눈살을 찌프렸다.

≪이 사람 아직도 한말이나 부족되네.≫

≪주인님, 일년농사 몽땅 이뿐이온데 종자, 식량은 고사하고 상기 소작료문세니 이게 어찌된 일입니까?≫

총각의 눈에서는 불이 번쩍 일었다. 그러자 부자는 ≪좋아, 그럼 이렇게 하자. 자네 처지 딱하니 내 전혀 모르쇠 댈수 없는 일이라 나머지 한말은 오는해에 받기로하지.≫라고 말했따.

≪한데 당장은 무얼 먹으란말입니까?≫

≪하, 이 사람 그래 내가 자네를 굶기겠나, 우선 나의 쌀뒤주를 채운 다음 종자와 장리 쌀은 얼마든지 주겠으니 그건 넘려 말게! 헤헤, 우선 계산이사 똑똑히 해야 할게아니야 말일세.≫

총각은 눈앞이 아찔했다.

≪좋소! 내 껍데기까지 다 벗겨가오!≫

그날 저녁 어슬녘이다. 홰불 추켜들고 부자집으로 달려가는 한사람이 있었다. 마당에 이르러 집안을 한참동안 응시하며 동정을 살피던 총각은 ≪홍, 이놈! 네 영화가 그래 만고장청할줄 알았더냐?≫하며 지붕에다 홰불을 꾹- 질러박았다.

노한 불길은 총각의 분노와 증오를 담아 삽시에 활활 타번지며 삼단같은 불길을 일으켰다. 그러자 안에서 부자놈이 비명을 지르며 뛰여나왔다.

부자놈을 본 총각은 화등잔같은 두눈을 뚝 부릅뜨고 쏘아보았다.

≪이놈, 오늘 너 죽고 나 죽자!≫

총각은 악 소리치는 부자놈을 끌어안고 불무지속에 획- 뛰여들었다.

이때로부터 장백산밀림속에는 전에 없던 새가 나타나 소쪽, 소쩍 울기 시작했는데 그 새는 다름아닌 천추의 원한을 품고 불속에 뛰여든 총각의 원혼이 새로 된것이다.

소쩍, 소쩍! 이것은 소같이 쌀 벌어주고 소같이 돈 벌어주고도 헐벗고 굶주리며 소말처럼 살다가 죽은 총각의 원혼이 새로 되여 《소같이 살쩍! 소같이 살쩍!》하고 슬피 운다는 의미하고 전한다.

구술자: 최금녀 / 수집지점: 길림성 안도현 이도백하 / 수집시간: 1961년 9월

# 대구와 가재미

바다에 사는 대구가 옛조상때부터 지금처럼 아가리가 큰것이 아니고 가재미 또한 본래부터 입과 눈이 지금처럼 비뚠것이 아닙니다. 대구가 입이 커지고 가재미가 입과 눈이 비뚤어진데는 다음과 같은 사연이 깃들어있답니다.

대구네 집엔 아들 대구가 어느덧 숙성한 총각이 되여 장가갈 때가 되였습니다.

얼른 마땅한 자리를 정하고 장가를 보내줘야겠다고 생각한 아버지대구는 아들대구를 불러앉히고 물었습니다.

《애, 너도 인제는 나이 적지 않으니 장가를 가야 할게 아니냐? 그래 네 생각에는 어떠냐?》

그러자 아들대구는 몹시 기뻐 입부터 헤 벌어졌습니다.

《언녕 보아둔데가 있는데 네가 좋다면 말해주마.》

《보아둔데가 있다구요?》

《있구말구! 내 볼라니까 가재미 색시가 점잖구 이쁘더라. 오늘 허락받으러 가는게 어떠냐?》

그 말에 아들대구는 너무도 기뻐 입이 점점 함박만큼 벌어졌습니다. 그러나 아들대구는 마음에 짚이는데가 있어서 아버지대구께 말했습니다.

《아버지, 그 집에서 우리같은 가문에다 허락을 할가요?》

《글쎄 그 집에서 허락하겠는지 모르겠구나.》

한숨 펄펄 쉬며 두루 궁리하던 대구아버지는 마침내 큰 용단을 내렸습니다.

≪에라, 예로부터 견물생심리라 했거늘 묵직한 선물을 가지고 가서 바짝 조르면 안될리가 있겠는가?≫

하여 그는 세세대대 모아두엇던 금붙이며 은붙이며 산호초 등속을 한짐 가득 싸지고 가재미댁을 찾아갔습니다.

한보따리 덩실하게 싸진것을 본 아버지가재미는 대뜸 허락했습니다. 그리고는 딸가재미를 불러 그 뜻을 물었습니다.]

≪애, 내 보건대 대구네 집은 문벌을 보나 당자를 보나 더 나무랄데가 없는것 같은데 네 뜻은 어떠냐?≫

그러자 딸가재미는 빼뚤데리고 돌아앉았습니다.

≪아니 너 부끄러워 그러냐? 그럼 좋단말이지?≫

아버지가재미의 말을 듣고 딸가재미는 더욱 화가 동해 빽 돌아앉으며 입과 눈을 실그러뜨렸습니다. 그는 여염집 대구아버지와 자기 아버지앞에서 감히 입을 열어 무례하게 싫다고 직방배기로 말할수 없었던것입니다.

≪아니 이 철없는것아, 그렇게 잘살고 인사범절 높은 댁을 나무리면 어떤데를 갈테냐?≫

아버지가재미가 와락 성을 내자 딸가재미는 뒤방으로 들어가버렸습니다. 이에 답답하고 급해난 아버지가재미는 딸가재미를 따라 들어와 또 졸라댔습니다.

딸가재미는 그제야 꾹 닫았던 입을 열고야말았습니다.

≪아버지, 아무리 그렇다 해도 생김새도 풍속도 전혀 다른 대구와 어떻게 한평생을 지내나요? 정 재물이 욕심 나신다면 아버지나 가세요!≫

≪어, 너너 정말 이러기냐?≫

아버지가재미는 펄펄 뛰였습니다. 그러나 길길이 올리뛴들 무슨 소용이 있겠습니까? 당사자인 딸가재미가 죽어도 싫다고 딱 잡아뗴는데야! 그래서 혼사일은 성사되지 못하고말았습니다.

그런 일이 있은후부터 대구입은 남달리 커졌고 가재미의 입과 눈은 비뚤어지게 되였다고 합니다.

구술자: 현장룡 / 수집지점: 길림성 안도현 공영대대 / 수집시간: 1979년 5월

# 그제야 깨달은 어미양

옛날옛적 어느 양지바른 풀동산에 어미양이 새끼양 다섯마리와 더불어 오손도손 정답게 살아가고있었습니다.

하루는 다섯 오누이를 방금 재워놓고 앉았는데 밖에서 누군가 ≪주인 계십니까?≫하고 불렀습니다.

어미양이 문틈으로 살그머니 내다보니 며칠이나 굶었는지 배가죽이 등허리에 착 달라붙은 흉측스러운 승냥이였습니다.

어미양은 겁에 질려 문도 열지 못하고 떨리는 목소리로 되물었습니다.

≪거 누구시옵니까?≫

≪난 승냥이어른이시다.≫

≪무슨 일로 날 찾아오셨습니까?≫

≪배고파 먹을걸 좀 달라고 왔네.≫

≪우리 집엔 풀밖에 없는데 풀밥이라도 드릴가요?≫

≪흥, 내가 고기붙이밖에 안먹는줄 자넨 모르는가?≫

≪글쎄요 승냥이님도 알다싶이 우리 양은 고기를 먹지 아니하니 승냥이님께 드릴만한 고기붙이 음식이라곤 전혀 없는데요.≫

≪없다? 그래 너의 새끼 다섯은 살찐 고기덩이가 아니고 솜뭉친가?≫

≪예?! 아무리 그러기로서니 저의 새끼양을 어찌…≫

어미양은 눈앞이 아찔해서 아래말을 더 잇지 못했습니다.

≪자, 잔소리 말고 문을 반반 다 마스고 들어가 다섯새끼에다 네놈까지 몽땅 먹어치우기전에 얼른 한마리만 내놓아!≫

승냥이가 입을 짝짝 벌리고 시뻘건 혀를 날름거리며 앞발로 문을 탁탁, 호통을 뽑는통에 어미양은 겁에 질려 승냥이의 요구를 들어주는수밖에 다른 방도가 없었습니다.

≪그럼 오늘 하나 드리면 다시는 안오시겠습니까?≫

어미양은 울면서 물었습니다.

≪암, 그야 더 이를데 있나. 이래뵈여도 나는 량심이 있고 의리가 깊은지라

다시 또 올리 있나, 안심하게.≫

승냥이는 어미양의 물음에 듣기 좋게 대답하였습니다.

어미양은 눈물을 머금고서 쌕쌕 단잠에 든 사랑하는 새끼양 한마리를 승냥이에게 내주었습니다.

으름장 한마디에 새끼양 한마리를 콜콜히 받아먹은 승냥이는 이튿날에 또 양우리를 찾아왔습니다.

≪주인 계시오?≫

≪거 누구시옵니까?≫

≪나 승냥이네.≫

≪오늘은 또 무슨 일로 오셨습니까?≫

≪난 오늘도 자네 신세를 좀 져야겠네.≫

≪예? 신세라니요?≫

≪난 또 배가 고파서 이렇게 찾아왔네.≫

≪다신 안오시겠다 하지 않았습니까?≫

≪글쎄 다시 오지 않자고 했지만 배가 딱 고프니 할수 있나? 오늘 하나만 더 주게.≫

≪그럼 인젠 정말로 다시 안오시겠어요?≫

≪암, 그거야 여부가 있나.≫

그리하여 늙은 양은 또 할수없이 눈물을 흘리며 자기의 귀한 새끼 한마리를 승냥이게게 고즈넉이 내여바쳤습니다.

그런데 하루가 지난 다음 밖에서 또 누가 불렀습니다.

≪주인 계시오?≫

어미양이 내다보니 또 그 승냥이였습니다.

이때 새끼양들은 어미곁에 모여서서 어미의 동정만 살피고있었습니다.

≪애들아! 저 승냥이란놈이 또 왔구나. 암만해도 너희들중 어느 누가 선뜻 나서야만 할것 같구나.≫

어미양은 찢어지는듯한 가슴을 그러쥐고 눈물이 그렁해서 새끼양 세마리를 바라보며 말했습니다.

그 말에 그중 제일 크고 령리한 맏아들 양이 있다가 ≪어머니, 어머니는 왜 승냥이한테 속아서 승냥이 하자는대로만 하는가요? 어머니는 너무도 나약해요.≫라고 했습니다.

≪그래 그러잖으면 너희들도 다 죽고 나도 죽겠는데 무슨 방도가 따로 있니?≫

어미양은 땅이 꺼지게 한숨만 내쉬였습니다.

≪어머니! 그래 우리 형제들을 오늘 하나 승냥이놈에게 내주고 래일 하나 내주고… 늘 이렇게만 해보세요. 이제 며칠 안되여 우리 나머지 세 형제자매는 물론 나중에는 어머니까지 그놈에게 잡혀가게 되지요. 그러니 차라리 그놈과 생사결단하고 싸우는것이 지당한줄로 아룁니다.≫

맏아들양은 강경히 말했습니다.

≪그래 우리 힘으로 능히 승냥이를 당해낼수 있단말이냐?≫

≪우리가 미약한 미물이긴 하지만 마음과 힘을 합쳐나서기만 하면 저놈을 꼭 이길수 있습니다. 어머니 우리 이렇게 하자요.≫

≪어떻게?≫

맏아들양이 어미양의 귀에 대고 소곤거리니 어미양은 말없이 고개를 끄덕이였습니다.

≪아니 왜 여태 대답이 없나?≫

이때 승냥이는 밖에서 불같이 독촉했습니다.

≪아니 인젠 다시는 안오시겠다고 하시지 않았습니까?≫

≪글쎄 어제는 그렇게 말했다만 오늘 또 배가 딱 고프니 할수 없구나.≫

≪참 승냥이님두, 매일 이렇게 하시면 이건 너무 하시지 않습니까?≫

≪잔말 말고 하나만 더 내보내게!≫

≪그럼 래일부턴 정말로 안오시겠지요.≫

≪암 안오구말구!≫

≪정말 꼭 맹세합니까?≫

≪맹세하구말구. 내 감히 하늘에 대고 맹세하네.≫

≪그럼 좋아요. 오늘 하나만 주겠으니 이 문어구로 가까이 다가오세요.≫

≪문께로 가까이 가선 뭘 하나?≫

≪가까이 오셔서 눈만 딱 감고 계시란말이예요. 그랬다가 제가 <자 보세요>

할때 눈을 확 뜨시고 대체 제가 마지막으로 어떻게 살찌고 맛좋은 새끼양을 선물로 드리는가 보시란말이예요.≫

≪하, 그런가. 아무튼 자네야말로 어질구 착한 친구란말일세.≫

승냥이는 좋은김에 어슬렁어슬렁 문께로 바싹 다가섰습니다.

승냥이가 눈을 떡 감자 네마리의 양은 일시에 문으로 훅 뛰쳐나가면서 날카로운 뿔로 승냥이의 두눈을 팍팍 찔러놓았습니다.

이제나저제나 맛진 양이 바쳐지기를 기다리고있던 승냥이는 불시에 두눈을 찔려서 앞뒤를 분간할수 없엇습니다.

≪어이 이놈들. 네놈들이 정 이럴내기냐?≫

승냥이는 발버둥치며 으르대였으나 앞못보는 신세에 어떻게 할수가 없었습니다.

이때 양들은 아직도 제노라고 호통치며 맴도는 승냥이의 코, 귀, 목, 배, 허리, 엉뎅이… 어데라없이 쇠살창같은 뿔로 연해연방 사정없이 찌르고 찔렀습니다.

≪으흐 흠흠…≫

승냥이는 더 어찌할수가 없어서 허둥지둥 도망치다가 얼마 못가 열길 스무길 벼랑바위에 뚝 떨어지고말았습니다.

그제야 어미양은 세 새끼양을 붙안고 눈물을 흘리며 ≪과연 너희들만 아니였던들 모두가 무리죽음을 당할번했구나. 과연 이제야 나는 우리가 비록 약소하다 하더라도 뭉쳐 싸우기만 하면 천하무적이란 진리를 잘 깨달았구나.≫라고 의미심장하게 말했습니다.

이때로부터 양들은 이 풀동산에서 다시금 복을 누리며 즐겁게 살아나가게 되였답니다.

구술자: 리민성 / 수집지점: 길림성 안도현 차조구 / 수집시간: 1970년 11월

# 수개구리의 울음주머니

한여름날 수개구리들이 꽉꽉꽉 울 때면 머리뒤쪽에 불룩한 혹이 나옵니다.

이 울음주머니혹은 어쩌하여 생겨났을가요? 여기에는 이런 이야기가 깃들어 있답니다.

옛날옛적 어느 깊숙한 련못속에 오빠개구리와 누이동생개구리가 오손도손 살아가고있었답니다.

어느 하루 누이동생개구리가 물속에서 련못가로 폴짝폴짝 뛰여나와 이리저리 살펴보니 황소 한마리가 천천히 풀을 뜯고있었습니다.

올리 보고 내리 보고 가로 보고 세로 보고 뒤로 보고 멀리 보고 했으나 난생처음 보는 큰짐승인지라 그것이 도무지 무엇인지 알수가 없었어요.

《참 이건 무슨 짐승일가?》

누이동생개구리는 생각다못해 오빠개구리한테 물으면 알것이라 생각되여 집으로 풍풍 뛰여들어갔지요.

《오빠, 오빠! 내 이자 방금 련못가로 나가보니 무슨 짐승인지 아주 크고큰것이 언덕에서 막 풀을 뜯어먹고 있지 않겠어요.》

오빠개구리 그 말을 듣고 《그래 우리만치 크더냐?》

누이동생개구리 그 말에 《더 커요.》

《뭐 더 크더라구?》

《네. 더 크고말고요.》

《부질없는 소리. 그래 이 세상에 우리보다 더 큰 동물이 어디 있단말이냐?》

오빠개구린 코웃음을 쳤습니다.

《아니 정말이예요.》

《시끄럽다. 여직껏 살아와도 이 세상에 우리 개구리보다 더 큰 동물이 있단 말은 들어보질 못했다.》

《참 오빠두. 늘 련못안에만 있으니 세상을 통 모르고있군요.》

《련못안에 살아두 세상일은 모조리 다 안다.》

오빠개구린 큰소릴 쳤습니다.

《어쨌든 그 짐승은 우리보담 몇배 더 크던데요 뭐.》

누이동생개구리 하도 우기는바람에 도대체 어느만치 크기에 그러냐싶어 오빠개구린 따지고들게 되였어요.

오빠개구리는 자기 배를 불룩하게 내밀며 물었습니다.

《그럼 이마만침 크더냐?》

누이동생개구리 얼른 대답하기를 《더 켜요!》

그러자 오빠개구리 그제는 숨을 모아 내쉬여 배를 버쩍 늘구며 물었습니다.

《그럼 이만 하더냐?》

《아이구 더 크다는데두요.》

오빠개구리 다시 두다리로 냉큼 뛰여 일어서며 《그럼 이만 하더냐?》

《아이고 오빠도 더 크다는데두요!》

오빠개구리 다시 두팔마저 버쩍 추며들며

《그럼 이만침 크더냐?》

《아이고 오빠도 더 크다는데두요.》

오빠개구리 생각다못해 그제는 두볼을 바짝 힘주어 불구며 반버리소리로

《그럼 이마만큼 크더냐?》

《아이고 오빠도 더 크고 크다는데두요!》

누이동생개구리 말에 열이 난 오빠개구리는 다시 입에 힘주어 볼을 바짝 불구었습니다.

《꽉!》

그통에 머리 량쪽에는 혹같은것이 불쑥 삐여져나왔습니다.

《꽉꽉! 그래 이렇게 불구었는데두 이보다 더 큰 짐승이 또 있더란말이냐? 꽉꽉 모를 소리야, 모를 소리야 꽉, 꽉!》

그 며칠뒤였어요. 오빠개구리는 마침내 누이동생개구리를 따라 함께 련못가로 나왔습니다.

나와서보니 정말 집채같이 큰 황소가 풀을 뜯고있는데 자기를 개구리보다 몇몇 천배나 더 컸습니다.

《자 봐요. 이래도 우리보다 작나요?》

그 말에 오빠개구리는 너무도 무안하여 물속에 첨벙 뛰여들어 숨어버렸습

니다.

이때로부터 《우물안 개구리 세상일 통 모른다.》는 말이 생겨났고 숫개구리들이 울 때면 머리 량쪽에 혹이 불쑥불쑥 삐여져나오게 되였다고 합니다.

말하자면 제밖에 없노라 뽐만 잔뜩 내다가 그 벌을 받은 표적인셈이지요.

구술자: 윤영남(80세) / 수집시간: 1983년 12월 / 수집지점: 길림성 명월진 룡산촌

# 부엉이의 재판

실버들 휘늘어져 하늘하늘 춤추는 어느 여름날 새들 합창단에서는 새로이 가수 하나를 받아들일 광고를 내붙이였습니다.

광고를 본 꾀꼴새와 까마귀는 동시에 시험받으러 왔습니다.

먼저 꾀꼴새가 우아한 목청으로 노래를 불렀어요.

꾀꼴새의 간드러진 노래를 들은 뭇새들은 저도 몰래 어깨를 으쓱으쓱 추세우더니 노래가 끝나자 하늘땅이 떠나갈듯 짜락짜락 박수갈채를 보내면서 그 몇번이고 재청까지 요구했지요.

그다음에는 까마귀의 차례였어요.

《까욱까욱 각까욱…》

까마귀의 노래는 너무 단조롭고 무미건조하여 듣기가 여간 거북하지 않았어요.

모두가 얼굴을 찡그렸지요.

그리하여 꾀꼴새가 새합창단에 뽑히게 되였습니다.

그러나 까마귀는 뭇새들의 판단에 불복했습니다.

《안돼! 너따위 우매한 뭇새들의 말이 무슨 쓸모가 있담. 어쨌든 최후 판단은 왕님께서 해야 해!》

까마귀가 하도 우기는통에 뭇새들은 그다음날 새중의 왕인 부엉새를 찾아가

최후 의견을 듣기로 하였습니다.

일을 이쯤 만들어놓고난 까마귀는 얼른 그날 밤으로 강변에 나가 큼직한 개구리 두마리를 잡아가지고 급급히 부엉새를 찾아갔습니다.

그 이튿날, 부엉새는 뭇새들앞에 나타났습니다.

부엉새왕은 우선 꾀꼴이와 까마귀를 자기앞에 불렀습니다.

≪자, 그럼 지금부터 다시 한번 노래를 불러보거라!≫

부엉새의 명령에 따라 먼저 꾀꼴새가 목청을 가다듬어 우아하게 노래 부르기 시작했습니다.

봄이 왔네 꾀꼴꾀꼴

즐거운 봄이라네 꾀꼴 꾀꼴꼴…

그다음은 까마귀가 노래를 불렀습니다.

봄이 왔네 까욱

봄이 왔네 깍까욱…

이때 부엉이가 아무리 들어봐도 꾀꼴새의 노래는 까마귀의 갈리고 따분한 노래보다 몇곱절 나았습니다.

그러나 이미 까마귀의 푸짐한 선물을 받아먹고 부엉새로서는 차마 꾀꼴새가 낫다고 할수는 없었습니다.

그래서 그는 정색하고 꾀꼴새에 대해서는 목청은 괜찮으나 어딘가 모르게 음색이 틀렸으며 곡조가 맞지 않는다고, 까마귀에 대해서는 비록 노래가 단조로운것 같지마는 그래도 음색이 무척 고우며 전도가 양양한만큼 합창단에서는 반드시 까마귀를 받아야 한다고 판결을 내렸습니다.

이때로부터 항간서는 ≪평생원한 무이와≫(平生願恨无二蛙)라는 말이 생겨났다고 합니다.

구술자: 신현구 / 수집지점: 길림성 안도현 차조구 / 수집시간: 1963년 7월

# 두꺼비와 쥐

어느 하루 두꺼비가 먹이를 찾아다니다가 강냉이밭에 들어가보니 어느새 쥐가 강냉이를 막 뜯어먹고있다가 알은체를 하며 ≪얘 두꺼비야, 너도 와서 강냉이나 뜯어먹어라.≫하였습니다.

그러자 두꺼비는 도리질했습니다.

≪난 딴건 먹어도 곡식은 안먹는다.≫

≪그럼 넌 무얼 먹고 사나?≫

≪파리나 다른 벌레를 잡아먹지.≫

≪파리나 다른 벌레들을?≫

≪응. 그렇단다.≫

쥐가 코를 감싸쥐며 ≪아이고 더럽다. 내곁에 오지도말아.≫라고 하자 두꺼비는

≪무엇이 더러워? 넌 곡식만 도둑질해 먹으면서 오히려 나를 더럽다고?≫하고 하였습니다.

이때 쥐는 발끈 성이 나서 ≪무엇이 나더러 도둑놈이라구? 흥, 온몸에 옴쟁이처럼 울룩불룩 헌 딱지천지인데다가 머루알같은 눈깔만 뒤룩거리는 주제에 야, 야. 네사 정말 보기도 흉측하다. 어서 저쪽으로 비켜!≫

하고 말하며 깡충 뛰여 두꺼비 얼굴을 확 긁었습니다.

그바람에 두꺼비 얼굴엔 피가 쪽 배여나왔습니다.

두꺼비 그제는 크게 성이 나서 ≪이놈 네 어째 죽고싶어 이러느냐!?≫

쥐는 저만치에서 다시 빙글빙글 두꺼비 턱밑에 바싹다가들며 코웃음쳤습니다.

≪흥! 네까짓게 나를 죽여? 어디 재간이 있으면 죽여보아라.≫

이때 몹시 성난 두꺼비의 온몸에서는 희고 찐득찐득한 물이 막 나왔습니다.

≪흥, 그런데 땀은 왜 흘려?!≫

쥐는 계속 골려주었습니다.

≪이놈 어디 죽어봐!≫

두꺼비는 쥐에게 덮쳐들었습니다.

≪애개개 나 죽는다! 찍- 찍!≫

쥐는 새된 소리를 지르며 졸지에 나가 쓰러졌습니다.

두꺼비의 역하고 맵고 쓴 몸의 물이 그의 입에 막 들어갔던것입니다.

이 일이 있은후로부터 두꺼비의 잔등에서는 찐득찐득한 독물이 나오게 되였고 쥐는 찍-찍 울게 되였다고 합니다.

구술자: 윤영남(80세) / 수집지점: 길림성 명월진 룡산촌 / 수집시간: 1983년 12월

# 고산장군

## -정영석 채록

# 어머니와 아들

　태고적에 있은 일이다. 어느 해변가에 체대가 몹시 큰 흉악한 새가 있었는데 어떤 사람들은 그 새를 너시라고 불렀고 어떤 사람들은 그 새를 덩덕새라고 불렀다. 그 새는 몇백년을 묵더니 나중에 요귀로 변하였다. 그 새는 어떤 때엔 아름다운 공작새로 변하였으며 어떤 때는 악어로 변하여 사람을 잡아먹었다. 이렇게 되자 살기 좋던 해변가는 무인지경으로 변했고 그 누구도 다시는 바다가로 고기잡으러 나가지 않았다.

　그때 바다가의 어느 한 산기슭에 모자가 살고 있었는데 어머니는 습증이란 병에 걸려 고통속에서 모대기였다. 의사는 어머니더러 매일 한번씩 바닷물에 목욕을 하면 나을수 있다고 하였다. 그런데 그 새 때문에 바다가에 나갈수 없었다.

　어느날 열다섯살난 아들이 어머니의 손목을 잡고 졸랐다.

　≪어머니, 어서 갑시다요. 바다가로 갑시다요. 그따위 요귀가 무서워서 어머니의 병구완을 못해드리겠나요.≫

　어머니넌 한숨을 크게 내쉬며 서글프게 대답했다.

　≪나어린 네가 무슨 재간으로 요귀를 당해내고 이 에미를 돌본단말이냐?≫

　≪어머니, 저도 인젠 어린애가 아니예요. 저에게도 황소같은 힘이 있어요!≫ 아들은 주먹으로 자기 가슴을 탕탕 두드리며 부르짖었다.

　그래도 어머니는 머리만 가로저었다.

　≪힘으로 그 요귀를 없앨수 있다면 바다가의 그 숱한 사람들이 왜 모두 피나했겠니? 모두가 합심하면 그 힘이 적으냐?≫

　어머니는 의미심장하게 말하였다.

　≪그러면 어떻게 하면 되나요?!≫

　아들은 안타깝게 물었다.

　≪지혜와 재간으로만 요귀를 대처할수 있으니 네가 정녕 숱한 사람들이 다시 바다에 나가 고기를 잡게 하고 이 에미의 병도 떼여주고싶거든 지금부터 지혜와 재간을 련마하여라.≫

어머니가 아들에게 기대어린 목소리로 말하였다.

그때로부터 아들은 활쏘기재간을 익혔다. 아들은 첫새벽에 활을 메고 뒤산에 오르면 저녁어둠이 깃들어서야 집으로 돌아오군 하였다. 아들은 삼년 석달을 하루와 같이 비가 오나 눈이 오나 활쏘기련습을 하더니 활재주가 대단하여 백발백중이였다.

이쯤하면 되겠다고 생각한 아들은 어느 하루 어머니를 모시고 들판으로 나갔다. 때는 바로 봄철이라 강남으로 갔던 기러기들이 줄을 지어 날아오고 있었다. 아들은 화살을 제꺽 꺼내여 활시위에 메우고 하늘 공중에 대고 슬쩍 쏘았다. 그랬더니 화살 하나에 기러기 두 마리나 떨어졌다.

≪어머니, 이만하면 활쏘기재간이 어때요?≫

아들은 신심가득히 물었다.

≪활쏘기재간은 대단하구나!≫

어머니는 아들의 재주를 칭찬하였다.

≪인젠 바다가의 요귀를 찾아가도 되겠지요?≫

아들은 어머니 얼굴을 쳐다보며 물었다.

≪그런데 만약 네가 쏜 화살에 맞아 죽지 않으면 어떻게 하겠느냐?≫

어머니는 엄한 목소리로 아들에게 물었다.

아들은 어머니처럼 깊이 생각하지 못했던것이다.

≪듣자니 그 요귀의 온몸에 돌처럼 단단한 깃털이 꽉 덮여있다더구나.≫

어머니는 근심어린 목소리로 말하였다. 아들은 머리를 수그렸다. 그 이튿날부터 아들은 끝에 올무가 있는 바오래기로 먼곳에 있는 물건을 옭아매는 련습을 했다. 3년이 지난후 그의 올무에 걸리기만 하면 빠져나가는 짐승이 없었다. 이쯤하면 되겠다고 생각한 아들은 어느 하루 어머니를 모시고 뒤산에 올랐다. 때마침 가을철이라 피둥피둥 살진 토끼 한 마리가 장바 여라문컬레밖에서 숲속으로 달리고있었다. 아들은 허리춤에서 제꺽 바오래기를 풀어내여 공중에 대고 휙휙 서너번 휘두리더니 바오라기 한끝을 던졌다. 바오래기 끝에 맨 올무가 면바로 토끼의 목에 가 걸렸다. 아들이 슬슬 바오래기를 잡아당기니 살진 토끼가 고분고분 끌려왔다.

≪어머니, 이만하면 바오래기를 던지는 재간이 어때요.≫

아들이 시뚝해서 말하였다.

≪너 바오라기 던지는 재간이 대단하구나!≫

어머니는 기쁨어린 목소리로 말하였다.

≪인젠 바다가의 요귀를 찾아가도 되겠지요?≫

아들은 어머니의 말이 떨어지기 바쁘게 물었다.

≪그런데 요귀를 옭맨 바오래기가 끊어지면 무슨 방법으로 요귀를 요정낸단 말이냐?≫

어머니가 걱정어린 목소리로 말하였다. 아들은 거기까지는 생각지 못했는지라 저절로 머리가 숙어졌다. 그 이튿날부터 아들은 창던지는 련습을 했다. 아들은 또 광풍이 부나 폭우가 쏟아지나 가리지 않고 삼년 석달을 애써 련습했더니 그 재간이 이만 저만이 아니였다. 이쯤하면 되겠다고 생각한 아들은 어느 하루 어머니를 데리고 늪가에 나갔다. 수정같이 맑은 늪속에는 숱한 고기들이 떼를 지어 노닐고있었다.

≪어머니, 저 늪속 맨밑 바닥에서 엉기적엉기적 기여가는 천년 묵은 자라가 보이나요?≫

아들이 손가락질하며 물었다.

≪보이고말고!≫

어머니는 머리를 끄덕이며 대답하였다.

아들은 한쪽 끝에 바오래기가 달린 창을 추켜들더니 천년 묵은 자라를 겨냥하고 던졌다. 던진창은 요술이라도 피우듯 요리조리 뭇고기들은 상하지 않게 피해가며 날아가더니 면바로 천년 묵은 자라의 목에 가 콱 꽂혔다. 아들이 바오래기를 슬슬 당기니 천년 묵은 자라가 순순히 끌려나왔다.

≪어머니 제 창던지는 재주가 어때요?≫

두 번이나 어머니에게 코떼운적이 있는 아들은 조심스레 물었다.

≪참 훌륭하구나!≫

어머니는 몹시 기뻐하였다.

≪인젠 바다가의 요귀를 찾아가도 되지 않을가요!≫

아들은 자신있게 물었다.

≪가보아라. 그러되 덤비지 말고 명심해야 하느니라.≫

어머니는 마침내 응낙하였다. 어머니가 응낙하자 아들은 활, 바오라기, 창을 지니고 바다가의 요귀를 찾아떠났다.

사흘만에 아들은 요귀가 사는 바다가에 도착하였다. 저녁해가 뉘엿뉘엿 지는데 멀리 백사장을 내다보니 후미진 벼랑아래에 줄져앉은 돌집들이 한눈에 안겨왔다. 가까이 다가가 보니 사람의 힘으로는 도저히 움직일수 없는 큼직큼직한 돌들을 날라다 쌓아만든 돌집이었다.

아들이 조심조심 여기저기를 살펴보는데 문득 자취소리가 났다. 아들은 제꺽 집모퉁이에 몸을 숨기며 활에 화살을 메웠다. 살펴보니 백발이 성성한 로인이 장작 한아름을 안고 자기쪽으로 다가오고있었다.

≪사람이요, 귀신이요?≫

아들은 낮으면서도 위엄있는 목소리로 물었다. 로인은 흠칫 놀라며 젊은이를 바라보곤 대답대신 황겁히 손가락을 자기의 입에 가져다대고 소리를 내지 말라 하면서 가운데 제일 큰 돌막집을 가리키면서 팔을 벌려 날개를 치는 흉내를 내였다. 아들은 늙은이를 데리고 산굽이에 와서 조용히 물었다.

≪로인은 대체 누구십니까?≫

≪나도 그 너시라는 요귀에게 붙잡혀와서 죽지 못해 사는 목숨이요. 그런데 젊은이는 대체 누구이기에 이 무서운 곳으로 찾아왔소?≫

로인은 의혹에 찬 음성으로 물었다.

≪원래 이 바다가에서 살았는데 어려서 어머니를 따라 먼곳에 피난갔다가 다시 오는 길이옵니다.≫

아들이 솔직하게 사실대로 대답하였다.

≪요귀가 있는줄을 알면서 다시 찾아온단말이요?≫

로인은 못미덥다는듯이 두눈을 쪼프리며 물었다.

≪그놈을 없애치우지 않고서야 이 바다가가 어떻게 태평무사하겠습니까.≫

≪그래, 자네가 요귀를 잡으러 왔단말인다?!≫

≪그렇습니다.≫

아들은 힘있게 대답하였다.

≪그렇다면 자네에게 무슨 재간이 있나?≫

아들은 활과 바오라기, 창을 가기켰다. 로인은 알만하다는듯이 고개를 끄덕이였다.

≪저 가운데 큰 돌집에서 요귀가 살겠지요?≫

아들이 물었다.

≪그렇다네. 지금 한창 잔다네. 이제 조금 지나면 저놈이 깨여나 다른 돌집안에 갇혀있는 사람들중에서 아무나 끌어내여 잡아먹는다네.≫

아들은 더 지체할수 없었다. 그는 로인더러 길을 인도하게 하고 돌집에 살금살금 접근하였다. 요귀가 돌집안에서 코고는 코바람에 문이 들썽들썽하였다. 아들은 돌집지붕우에 기여올랐다. 그는 만단의 준비를 다하여놓고는 요귀가 잠에서 깨여나기를 기다렸다. 왜냐 하면 요귀가 잘 때면 감은 눈에도 비늘철편같은것이 덮여있기에 좀체로 손 댈 곳이 없기때문이였다. 이윽하여 요귀가 잠에서 깨여나 날개를 푸득거렸다. 잠기 어린 요귀는 두눈을 겨우 뜨고 엉기적엉기적 문으로 다가가고있었다. 이때를 기다리던 아들은 활시위를 힘껏 당겼다. 놓았다. 화살은 돌틈으로 날아들어가 면바로 요귀의 왼쪽 눈통을 뚫고 들어가 오른쪽 눈으로 빠져나왔다. 두눈을 잃은 요귀는 비명을 울리며 몸부림쳤다. 아들은 쉴새없이 화살을 날렸다. 허나 그 화살들은 돌덩이처럼 단단한 깃털에 맞혀 모두 땅에 떨어지고말았다.

화살이 날아오는 방향을 짐작한 요귀는 씽천정으로 날아오르더니 앞발로 천정을 덮은 돌덩이를 와락 밀어버렸다. 그러자 아들은 망석같은 돌덩이에 실려 허궁떨어졌다. 너시는 두귀를 도사리고 아들의 자취소리를 들으려 하였다. 아들은 바오래기를 요귀에게 힘껏 던졌다. 올무가 신통하게 요귀의 목에 걸리자 아들은 바오라기 한 끝에 망석같은 바위돌에 칭칭 감아놓았다. 올무가 목을 조이자 요귀는 온몸의 깃털을 꼿꼿이 일궈세우고 바위있는데로 덮쳐들었다. 아들은 꼿꼿이 일어서는 깃털사이로 요귀의 염통을 겨누고 창을 힘껏 던졌다. 창끝은 요귀의 염통에 가 박혔다. 요귀는 몸뚱아리를 비틀더니 끝내 죽어버렸다. 이 소식을 들은 어머니가 숱한 사람들을 데리고 달려왔다.

≪장하다 내 아들아!≫

어머니는 아들을 품에 안고 너무도 기뻐서 어쩔줄을 몰라했다. 이때부터 사람들은 바다에서 마음껏 고기를 잡으면서 살았고 어머니의 습증도 떨어졌다.

구술자: 김규찬 / 수집시간 :1979년 12월 6일 / 수집지점: 훈춘진 정화가

# 부엌돌이

　옛날옛적 한 임금이 어느 고을로 내려갔다가 이런 일에 봉착하였다. 그 일인즉 그 고을 어느 마을에 살인사건이 났었는데 무능한 그 고을 군수가 3년이 지나도록 파안하지 못하자 민심이 황황해져 나중엔 마을사람들이 한집두집 부락을 뜬다는것이였다.

　임금은 즉석에서 그 군수를 파직시키고 방을 내붙였는데 열흘내에 흉수를 붙잡아내는 사람은 그의 귀천을 가리지 않고 그 고을 군수로 봉한다는것이였다. 그러되 만약 그 누가 진상을 속이고 거짓을 꾸민다면 나라의 임금을 우롱한 죄로 릉지처참한다고 똑똑히 밝혔다.

　이렇게 되자 방을 내붙인지 달포가 지나도록 감히 나서는 사람이 없었다. 원래 살인안건이란 파안힉 어려운데다가 서뿔리 건드리였단가는 임금님을 우롱한 죄로 몰릴가봐 겁이 났던것이다.

　그때 천수동이란 두메산골에 한 소년이 있었는데 어려서 부모를 여의고 이집 저집 떠돌아다니며 나무나 패여주고 불이나 때주며 그날그날을 연명한다고 모두들 그를 부엌돌이라 불렀다.

　하루는 부엌돌이가 나무짐을 지고 고을에 있는 장터에 왔다가 토성에 나붙은 방을 보게 되었다.

　≪도대체 죽은 사람은 어떤 사람이라오?≫

　부엌돌이가 자기처럼 방을 들여다보는 쪽지게군에게 물었다.

　≪수암동마을 최첨지네 무남독녀 외딸이 죽었다오.≫

　부엌돌이처럼 허술하게 옷을 입은 쪽지게군이 하는 대답이였다.

　≪당신이 그것을 어떻게 그리도 잘 알고있소?≫

　부엌돌이가 다잡아물었다.

　≪내가 사는 마을이 바로 수안동이요. 나도 근간에 이사하려고 사처로 다니는 중이요.≫

　쪽지게군이 하는 대답이였다.

　≪그래 살인안건 하나 때문에 온 부락이 이사 한단말이요?≫

《그러지 않으면 무슨 방법이 있소 이근간에 하루 건너 돼지가 죽는다, 닭이 잃어진다 하는 게 온 부락엔 뒤숭숭한 소문밖엔 없소 산신령을 노엽혀서 재난이 밀려든다.…》

쪽지게군의 이야기를 들을수록 부엌돌이 머리속에는 생각되는바가 있었다.

《그래, 내가 이 안건을 파안해주면 고향에서 그냥 살려오?》

부엌돌이는 쪽지게군이 가엾어서 이렇게 말을 꺼냈다.

《당신에게 그럴 재간이 있소?》

쪽지게군은 못미덥다는듯이 부엌돌이를 쳐다 보았다.

《그게 뭐 그리 대단하오.》

부엌돌이는 대수롭지 않게 대답하였다.

《그렇다면 당신이 고을군수질도 할만하겠소 그려.》

《하라하면 못할거야 없지. 그런데 그것보다 고향을 떠나 타향에서 류리걸식 할 당신들의 신세가 불쌍해서 그러오.》

《그럼 좀 수고해주오.》

쪽지게군은 부엌돌이의 어였한 자태에서 믿음이 가서 이렇게 청을 들었다.

이렇게 되어 부엌돌이는 고을 관청으로 찾아가게 되었다.

부엌돌이가 름름하게 관청대문안에 들어서려 하는데 장승같은 문지기가 앞길을 가로막았다.

《너 이 거지같은놈이 이곳이 어딘줄 알고 함부로 발을 들여놓는거냐?》

문지기가 호통치는 소리였다.

《거 말버릇 고약하다. 나라 임금님이 방을 내붙여 귀천을 가리지 않고 고을군수감을 고르는데 네가 대관절 어떤놈이기에 감히 내 앞길을 막는단말이냐?》

부엌돌이가 가슴을 내밀고 도도히 내쏘는 말이였다.

부엌돌이의 기세에 억눌려 문지기는 할수없이 길을 내주었다.

대청에 아전 하나가 틀거지를 차리고 앉아 있었다.

《아뢰오 천수동에 사는 부엌돌이가 임금님의 방을 보고 살인흉수를 붙잡겠다고 찾아왔소이다.》

부엌돌이가 우렁우렁한 목소리로 아뢰자 아전은 번쩍 머리를 들었다.

《성벽에 나붙은 방을 네 눈으로 똑똑히 보았단말이뇨?》

아전은 못미덥다는듯이 부엌돌이의 아래우를 훑으며 물었다.

≪보았소이다.≫

부엌돌이는 배포유하게 대답하였다.

≪열흘시이에 파안하지 못하면 목이 날아난다는것도 안단말이냐?≫

≪알고있소이다.≫

부엌돌이는 태연자약하게 대답했다.

≪그럴진대 무슨 다른 요구는 없는고?≫

≪있사옵니다. 임금님의 방에는 이 살인안건을 파안하는데는 모든 수단과 방법을 다 허용했으즉 제가 래일부터 고을군수의 행색으로 출동해야겠사오니 군수의 의표단장과 독교를 마련해주옵소서.≫

임금님의 어명이 있는지라 아전은 울면서 겨자먹기로 부엌돌이의 요구에 응하는수밖에 없었다.

이튿날 부엌돌이는 고을군수로 의표단장하고는 수졸들을 거느리고 독교를 잡아타더니 살인현장인 수암동으로 곧추 향했다.

부엌돌이네 일행이 수암동에 이르자 온 마을이 법석 끓어번졌다. 새로운 고을 군수가 행차했으니 아마도 큰일이 있으리라 짐작했던것이다.

부엌돌이는 마을 맨 첫집에 점심을 준비시켰다. 그리고 수졸들을 거느리고 마을주위를 한바퀴 휘 돌아보았다.

점심식사를 할 때에는 수졸들을 시켜 아무도 접근하지 못하게 하였다.

점심식사가 끝나자 부엌돌이는 다시 독교를 잡아타고 관청으로 돌아왔다.

사흘이 되던 날, 부엌돌이는 또 독교를 마련하라 분부하였다.

아전들은 두볼이 잔뜩 부었으나 열흘기한이 있는지라 할수없이 독교를 잡아타고 이번엔 혼자서 수암동으로 향했다. 그는 마을에 들려 마을복판에 있는 집에다 점심을 준비시켰다.

점심식사가 끝나자 역시 아무 말도 없이 독교를 잡아타고 관청으로 돌아왔다.

나흘이 되던 날 부엌돌이는 독교를 잡아타고 숱한 수졸을 거느리고 수암동으로 오더니 이번엔 마을 맨 끝에 있는 집에다 점심을 준비시켜먹고는 관청으로 돌아왔다.

닷새가 되던 날 부엌돌이는 수졸들을 물리치고 홀몸으로 독교를 잡아타고 수암동마을로 왔다.

부엌돌이는 수암동마을의 맨 첫집에 들렸다.

《나를 알만한고?》

부엌돌이가 집주인을 불러놓고 물었다.

《새로 부임해오신 군수님에게 며칠전에 점심까지 대접시켰는데 몰라볼리 있소이까.》

집주인은 황송스레 머리를 조아렸다.

《그날 내가 점심을 먹고 돌아간후 누가 이 집에 와서 무어라고 묻지 않던고?》

부엌돌이가 주인의 두눈을 똑바로 들여다보며 물었다.

《네, 저 마을뒤켠에 사는 리포수가 왔다 갔나이다.》

《와서 무어라고 하던고?》

《새로 부임된 군수님께서 뭘 하러 왔던가고 묻곤 돌아갔나이다.》

《틀림없겠지?》

《어찌 감히 군수님에게 거짓말을 하오리까.》

《네가 금방 나에게 한 말들을 그 누구에게 다시 외웠다가는 목이 날아날터인즉 그리 알고 입을 봉할지어다. 알겠는고?》

《알겠나이다.》

부엌돌이는 으름장을 놓곤 독교를 잡아타더니 마을복판에 자리잡은 그 집으로 찾아갔다.

자기가 그날 점심을 먹고 간후 누가 왔다 갔는가고 물으니 역시 마을뒤에 사는 홀아비 리포수라는것이였다.

《뭘 하러 왔던고?》

부엌돌이가 물으니

《새로 부임된 군수님께서 뭘 하러 왔던가고 묻곤 인차 돌아갔나이다.》하고 집주인인 과부아낙네가 부들부들 떨면서 대답하였다.

부엌돌이는 금방 한 말들을 누구에게도 다시 옮겨놓지 말라고 당부하고 독교를 잡아타더니 이번엔 마을 맨 끝에 있는 집으로 찾아갔다. 누가 왔다 갔는가고 주인에게 물으니 역시 리포수가 왔다 갔다는 대답이였다.

부엌돌이가 생각하던바와 같이 죄지은놈이 발등이 저려 가만히 앉아있을리 만무했던것이다.

관청에 돌아온 부엌돌이는 수암동마을뒤에사는 홀아비 리포수를 즉시 잡아들이라 호령을 내렸다.

포도군사들이 그놈을 잡아들여 허틀에 올리니 주리도 틀기전에 리포수놈은 자기가녀색을 탐내여 살인하던 과정을 그대로 실토하였다.

임금이 이 소식을 듣고 크게 기뻐하면서 무릎을 치더니 부엌돌이를 그 고을의 군수로 봉하였다.

부엌돌이는 99살까지 그 고을을 다스렸는데 만백성의 찬사가 후세에까지 오래오래 전해졌다고 한다.

구술자: 신봉호 / 수집시간: 1985년 11월 29일 / 수집지점: 왕청현 중평향

# 백사슴

옛날 어느 두메산골에 젊은 부부가 살고있었는데 살림은 째지게 가난했지만 부부지간의 정만은 두터워 말을 주고받아도 언제 한번 어성을 높일 때가 없었다.

몇해가 지나자 그들에게도 꽃같이 귀여운 딸애가 태여났다. 딸애는 돌전에 벌써 걸음마를 탔고 세 살을 잡아들면서 못하는 말이 없었으니 젊은 부부의 기쁨은 한입으로 이루다 말할수 없었다.

그들은 딸애의 이름을 이쁜이라고 지었다.

어느날 남편이 일밭에 나갔다가 저녁무렵에 집으로 돌아오는데 어린 이쁜이가 울면서 동구밖에서 아버지를 기다리고있었다.

《이쁜아, 너 왜 울면서 여기까지 왔니?!》

멀리서부터 자기 딸을 알아본 아버지는 허둥지둥 달려와 딸애를 껴안으며 다급히 물었다.

≪엄마가 몹시 앓아요.≫

이쁜이가 흐느끼며 대답하였다.

≪어떻게 앓느냐?!≫

≪배를 끌어안고 몸부림치고있어요.≫

남편은 어린 딸을 둘쳐업고 단김에 집까지 달려왔다.

남편이 급급히 문을 열고 집안에 들어가보니 안해는 급병으로 모대기던 끝에 정신을 잃고 쓰러져있었다.

≪여보, 정신 차리오! 이게 도대체 어찌된 일이요?!≫

남편은 이쁜이를 등에서 내려놓기 바쁘게 안해의 가슴을 쥐여흔들며 애타게 부르짖었다.

허나 안해는 두눈을 꼭 감은채 정신을 차리지 못했다.

남편은 숨돌릴 새도 없이 의원을 불러온다, 약을 지어온다 갖은 애를 다 썼다. 허나 나중에 터밭까지 다 팔아가며 안해를 극진히 치료했으나 안해의 병은 좀체로 돌아서지 않았다.

병이 들어 보름이 되던 날 안해는 첩약을 지으러 떠나는 남편을 부르더니 남편의 손목을 꼭 부여잡고 떨리는 목소리로 겨우 입을 열었다.

≪여보, 이쁜이를 다 키워놓지 못하고… 저승길로 떠나니… 나를 사랑하던 그 마음까지 다 하여 꼭 이쁜이를 잘 키워주세요…≫

이렇게 말하는 안해의 두눈에서는 눈물이 비오듯 흘러내렸다.

≪여보, 그런 말을랑 하지 마오. 내가 급히 가서 약을 달여올터이니 그 약만 먹으면 인차 나을거요.≫

남편도 눈물이 그렁그렁하여 이렇게 말하였다. 남편이 약을 달이려고 하니 안해가 두눈을 꼭 감은채 머리만 가로저으며 손목을 놓지 않았다.

≪엄마! 울지마.≫

이쁜이가 어머니의 뺨을 타고 줄줄 흘러내리는 눈물을 닦으며 말하였다.

그 소리에 이쁜이의 어머니는 눈을 천천히 떴다. 이쁜이 어머니는 떨리는 손으로 이쁜이의 얼굴을 쓸어만졌다.

≪이쁜아…아버지 말을…잘 듣거라.…≫

말을 마친 이쁜이 어머니의 머리가 한쪽으로 기울어졌다.

≪여보! 백년을 함께 살자던 당신이 나와 이쁜이를 남겨두고 혼자 저승길로 떠나다니 이게 웬 말이요?!≫

남편은 통곡하며 안해의 어깨를 뒤흔들었으나 안해는 두눈을 감은채 영영 대답이 없었다.

≪엄마! 엄마!…≫

어린 이쁜이가 제 어미의 젖가슴을 뜯으며 흐느껴울었다.

장례가 끝났으나 남편은 사흘동안이나 안해의 무덤을 지키다가 배고파 우는 이쁜이가 너무도 불쌍하여 이쁜이를 등에 업고 산에서 내려왔다.

그때로부터 남편은 어린 이쁜이의 손목을 끌고 다니며 품팔이로 그날그날을 연명해갔다.

돌제사가 지나고 이듬해에 잡아들자 마음씨 착하고 부지런한 남편에게 여기 저기에서 후처를 맞아들이라는 권고도 많았고 후처자리도 여러곳이 나타났다.

허나 남편은 죽은 안해의 옛정을 못잊어 모든 정성을 이쁜이에게 쏟을뿐 후처 맞을 생각은 꼬물만치도 하지 않았다. 이쁜이가 어엿하게 커가는 모습이 그에게 는 제일 큰 락이였다.

이렇게 남편은 삼년 석달이란 세월을 보냈다. 그러던 어느날 이 남편에게 한 녀인이 돌이갓 지난 어린것을 업고 찾아와 혼인을 자청하였다. 녀인의 얼굴은 비록 박색이였지만 말만은 천하변설이여서 얼음우에 박밀듯하였고 비위장판이 여서 부끄러움이란 조금도 몰랐다. 찾아들어온복을 차던지겠느냐 하면서 곁에 서 하도 권고하고 그 녀인이 백번도 넘어≪이쁜이를 내 낳은 친딸보다 더 극진히 사랑해주고 이쁜이 아버지를 성심성의로 공대하겠사요≫하고 곱씹는바람에 남편은 끝내 그 녀인을 후처로 맞아들이고말았다.

그런데 석달이 지나고 반년이 지나니 그 녀인의 본색이 차츰 드러나 말과 행실이 판판 달랐다. 자기가 업고 온 딸고 이쁜이사이에 쪽을 놓는것이 날이 갈수록 뚜렷하고 남편만 집에 없으면 잡일은 몽땅 이쁜이에게 시키고 식사때면 누룽지만 주었다.

나어린 이쁜이는 일곱 살부터 가마목일을 도맡아해야 했다.

네 식구를 먹여살리려고 첫새벽에 집을 나선 남편은 늘 날이 저물어서야 집으 로 돌아왔다. 남편은 후처가 들어왔으니 이쁜이를 잘 거둬주리라고만 믿었지고생시키리라고는 생각지도 못했다. 차츰 헴이 든 이쁜이도 계모의 소행을 아버지에게 이야기하려다가도 가뜩이나 자기 때문에 몇해째 마음고생을 하시는 아버지가 가슴이 아파하실가봐 참고참았다. 하루의 고된 일이 끝나고 날이 저물면 이쁜이는 창턱에 턱을 고이고 밖을 내다보며 아버지가 돌아오기를 기다리다가도 너무도 지쳐 잠이 들군 하였다.

계모는 배불리 먹고 초저녁잠을 실컷 자고나 남편이 돌아올쯤 되면 부스스 일어나 이쁜이를 흔들어깨워선 자리에 바로 눕게 하곤 이불을 덮어주었다. 하기에 남편은 이쁜이가 고생하는걸 꼬물만치도 눈치채지 못하고있었다.

《애들이 저녁을 먹었소?》

어느 하루 밥상에 마주앉은 남편이 이렇게 물었다.

《아유—당신두 참, 어느때라고 애들이 저녁도 먹지 않고 자겠어요. 오늘은 이쁜이가 기름떡이 먹고싶다기에 찹쌀을 절구에 찧어 기름떡을 구워주었더니 어찌나 맛있게 먹던지 난 한입도 못먹어봤어요.》

후처의 감언리설에 남편은 미적지근한데가 있으면서도 꾹 참았다.

엎친데덮친격으로 이쁜이에게는 불행에 불행만 찾아왔다. 이쁜이가 열세살나던 해에 나무짐을 지고 나무 팔러 갔던 아버지가 돌아오는 길에 그만 지쳐서 객사하고말았다.

《아버지— 난 어쩌라요! 날 버리고 아버지까지 저승으로 가시면 이 험악한 세상에서 난 누굴 믿고 사나요, 아버지……》

아버지의 시체를 붙안고 통곡하는 이쁜이의 울음소리를 듣는 사람들은 애간장이 다 타는듯하였다.

마음씨 착한 마을사람들이 그의 시체를 뒤산령너머 본처의 산소옆에 나란히 묻어주었다. 아버지까지 세상을 뜨자 이쁜이에 대한 계모의 학대는 하루하루 더 심해갔다.

악독한 계모는 욕하고 때리고 실컷 부려먹다 못하여 그것도 성차지 않아 나중엔 이쁜이를 죽여버리려고 간계를 꾸몄다. 그것은 이쁜이가 집에 있으면 얼마 되지 않은 가정재산이라도 남의 눈이 무서워서 독차지 할수 없었고 또 다른 남편을 얻자 해도 아이가 둘씩 있다면 말썽거리가 될가봐 꺼렸기때문이였다.

이쁜이가 열여섯살나던 해 오월 단오날이였다. 고약한 계모는 자기가 데리고 온 딸은 곱게 의표단장시켜 그네터에 내보내고 이쁜이앞에는 큰 버들광주리를 내놓으며 호통쳤다.

《애 이쁜아, 너도 인젠 열여섯살을 먹었으니 이 에미가 불쌍한줄 알아야겠다. 내가 혼자서 너희들을 키우느라 얼마나 고생했느냐. 오늘은 날씨도 좋으니 산에 가서 고사리나 뜯어오너라. 이 광주리가 조금이라도 곯았다가는 밤중이 되어도 돌아올 생각을 말아라!》

《어머니, 오늘은 단오날인데 저도 그네터에 구경가면 안되나요?》

이쁜이는 머리를 다소곳이 숙이고 겨우 이렇게 물었다.

《애비에미 다 죽은 네 주제에 무슨 명절이 있다더냐! 어서 산으로 못떠나겠니?》

계모는 비자루를 추켜들고 사납게 소리질렀다.

이쁜이는 큰 광주리를 머리에 이고 눈물로 옷섶을 적시며 터벅터벅 집을 나섰다. 마을앞 수양버들 휘늘어진 그네터에서는 마을처녀들이 그네를 뛰느라 야단이였고 그옆 모래불씨름터에서는 사내들의 씨름이 한창이였다. 이쁜이는 저도 몰래 걸음을 멈추고 멍히 그쪽을 내다보았다.

《거기서 꾸물거리며 뭘 하는거냐! 해가 다 떨어지겠다!》

계모의 사나운 욕설이 이쁜이의 귀청을 때렸다.

이쁜이는 호—한숨을 내쉬곤 발길을 옮겼다. 얼마를 걸었던지 이쁜이는 저도 모르게 산을 넘고 령을 넘어 양지바른 언덕에 이르렀다. 머리우에서는 까치가 깍깍깍 울었다. 이쁜이가 머리를 들고 앞을 내다보니 어머니와 아버지의 산소가 눈앞에 확 안겨왔다. 아버지와 어머니의 산소를 보자 이쁜이는 와락 설음이 북받쳐올라 광주리를 팽개치고 부모님의 령전에 쓰러지며 대성통곡하였다.

《그립고그리운 아버지 어머니, 왜 불쌍하고 가련한 이쁜이를 홀로 남겨두었나요. 아버지 어머니, 전 이젠 더는 못살겠어요! 아버지 어머니, 이 딸이 불쌍커든 어서 빨리 아버지와 어머니가 계시는 저승으로 데려가주세요. 네? 으흐흑……》

이쁜이가 이렇게 넋을 잃고 땅을 치며 통곡하는데 산소뒤의 참나무숲이 우수수 설레이더니 희디흰 백사슴 두 마리가 문득 나타났다. 두 백사슴은 서럽게 통곡하고있는 이쁜이의 뺨을 살살 핥아주며 입을 열었다.

《이쁜아, 어이하여 이토록 서럽게 우느냐?》

암사슴이 먼저 물었다.

≪백사슴아, 오늘 내가 죽으면 아버지와 어머니가 계시는 저승으로 나를 데려다주렴.≫

암사슴의 목을 끌어안고 이쁜이는 더 서럽게 울었다.

≪귀여운 이쁜아, 하늘이 무너져도 솟아날 구멍이 있다는데 한창 피여나는 꽃나이에 자결한다니 웬 말이냐?!≫

암사슴의 두눈에서도 맑은 이슬 같은 눈물이 한방울두방울 굴러떨어졌다. 이쁜이는 두 백사슴에게 계모의 악행을 하나도 숨김없이 다 이야기 했다.

≪우리가 너를 도와줄테니 슬퍼말아라. 어서 저 큰 광주리를 내 뿔에 걸고 너도 내 등에 올라타거라.≫

수사슴이 이쁜이의 손등을 핥아주며 말하였다.

이쁜이는 눈앞에 벌어진 일이 꿈만 같아 멍히 제자리에 굳어져있었다.

≪어서.≫

암사슴이 주둥이로 이쁜이의 등을 떠밀며 재촉하였다.

그제야 이쁜이는 흐르는 눈물을 손등으로 훔치고는 백사슴들이 시키는대로 하였다. 이쁜이가 수사슴의 등에 오르자 두 백사슴은 휙휙 바람을 일구며 나는데 눈깜박할새에 뉘연한 산등이에 와 이쁜이를 사뿐 내려놓았다. 이쁜이가 앞을 내다보니 산등성이는 온통 고사리천지였다. 보얀 솜털이 난 야드르한 고사리는 수십년을 뜯어도 다 뜯을것 같지 못했다.

≪어서 한광주리 가득 뜯어라. 그러면 계모도 사람인데 너를 계속 구박하겠느냐.≫

암사슴이 말하였다.

≪뜯기는 뜯어도 이렇게 먼곳에서 어떻게 집까지 가져간단말이니?≫

이쁜이는 호 하고 한숨을 지으며 대답하였다.

≪우리가 이곳으로 올 때처럼 너를 태워다주마.≫

수사슴이 인츰 대답하였다. 그제야 이쁜이는 고사리를 뜯기 시작하였다. 한참 뜯으니 광주리가 찼다. 이쁜이가 백사슴이 시키는대로 다시 수사슴의 등에 오르니 두 백사슴은 날기 시작하였다.

이쁜이는 눈깜박할새에 다시 아버지, 어머니 산소에 이르렀다.

《이후에도 급한 일만 있으면 이곳에 와서 <백사슴아!> 하고 불러라. 그러면 우리가 와서 너를 도와줄테니 절대 죽을 생각을랑 하지 말아라.》

암사슴이 이쁜이의 손등을 핥아주며 신신당부하였다.

《고맙다 백사슴아! 이 은공을 어떻게 갚으면 좋단말이냐?》

이쁜이는 너무도 고마 와 목이 꺽 메며 뜨거운 눈물을 흘렸다. 이쁜이가 줄줄 흘러내리는 눈물을 손등으로 쓱쓱 문지르고 다시 바라보니 두 사슴은 온데간데 없이 사라지고 산발엔 자욱히 안개가 내렸다. 이쁜이가 먹음직한 고사리를 한광주리 가득 이고 집에 돌아오니 계모는 몹시 놀랐다. 이해 봄은 모진 가물이 들어 이 근처 산기슭에는 고사리가 보기 드물었던것이다.

《어머니, 고사리를 뜯어왔어요.》

이쁜이는 고사리광주리를 내려놓으며 계모에게 공손히 이야기했다.

《흥, 네년이 분명 어디 가서 누가 뜯어놓은것을 훔쳐온것이 틀림없다. 더러운 년! 냉큼 솔직히 실토하지 못하겠니?》

계모는 얼굴이 검으락푸르락해서 앙칼스레 소리질렀다.

《훔친것이 아니예요. 정말 제 손으로 뜯은것이예요.》

이쁜이는 너무도 억울하여 울상이 되었다.

《그럼 네 손으로 뜯었다 치자. 그렇다면 네가 오늘 운수가 좋아서 큰 고사리 밭을 만난게 틀림없을것이다. 그러면 지금 이 길로 당장 다시가서 한광주리 더 뜯어가지고 오너라! 뜯어오지 못할 때에는 네가 거짓말을 한것이니 그때에는 내가 네 종아리를 분질러놓을테다. 어서!》

계모는 이번에 더 큰 광주리를 내놓으며 호통쳤다.

《어머니, 인젠 오래지 않아 해가 지고 어두워지겠는데 점심도 먹지 못한 내가 어떻게 또 산에 오른단말이예요? 래일 뜯어오면 안되나요?》

이쁜이는 계모에게 사정하였다.

《뭐가 어쩌고어째? 점심때가 금방 지났는데 무슨 군소리냐! 배고프면 내가 먹을것을 줄테니 당장 갔다 오너라!》

계모는 씽하니 부엌간으로 들어가더니 거멓게 탄 누룽지를 한웅큼 들고 나와 이쁜이에게 던져주며 이쁜이를 내쫓았다. 이쁜이는 할수없이 빈광주리를 머리 에 이고 집을 나섰다.

여름의 긴긴해도 이젠 지친듯 서산우로 뉘엿뉘엿 지는데 범과 승냥이가 득실거리는 심산속으로 들어갈걸 생각하니 입에서는 한숨소리요 눈에서는 눈물뿐이라 이쁜이는 이 세상에서 더는 살고싶은 생각이 없었다. 그는 마지막으로 아버지 어머니 산소에 찾아가 작별인사나 드리려고 터벅터벅 무거운 발걸음을 옮겨 뒤산을 넘었다.

≪그립고 그리운 아버지 어머니, 외로운 이딸은 아버지 어머니를 따라 저승길로 떠납니다. 이 딸이 마지막으로 드리는 절이오니 받아주옵소서.≫

이쁜이는 얼굴에 눈물을 말끔히 닦고는 흩어진 머리를 쓸어넘기며 두무릎을 꿇고 큰절을 세 번 하였다. 그리고는 허리띠를 풀어 참나무가지우에 걸었다.

≪나를 도와준 백사슴들아, 이쁜이가 너희들의 은혜도 갚지 못하고 가니 너그럽게 생각해다오.≫

이쁜이가 허리띠를 목에 거는데 문득 또 참나무숲이 우수수 설레이더니 두 백사슴이 나타났다.

≪불쌍하고 가련한 이쁜아, 하늘이 무너져도 솟아날 구멍이 있다는데 이팔청춘 꽃나이에 죽는다니 웬 말이냐?! 어서 나의 등에 올라라.≫

수사슴이 성큼 이쁜이앞으로 다가서며 다정히 말하였다.

≪고맙다 백사슴아! 그러데 나는 너희들을 위해 한 일도 없는데 무슨 면목으로 너희들의 신세를 또 진단말이냐?≫

이쁜이는 너무도 고마 와 어떻게 처사했으면 좋을지 몰라 망설이였다.

≪귀여운 이쁜아, 우리는 너를 도우러 온거지 너의 신세를 보려고 오지 않았다.그저 우리가 시키는대로만 하면 모든 일이 제대로 될터인즉 그리 알고 어서 등에 올라라.≫

암사슴도 이렇게 말하며 빨갛게 꽃이 핀 크나큰 산삼 두 뿌리를 이쁜이의 손에 쥐여주었다. 이쁜이가 암사슴의 재촉에 못이겨 수사슴의 등에 오르니 두 백사슴은 휙휙 소리를 내며 날고 날아서 산을 넘고 강을 건넜다.

이튿날아침, 동녘하늘에 금빛찬란한 둥근 해가 방긋이 솟아오르는데 이쁜이와 두 백사슴은 고을 뒤산마루에 이르렀다.

≪이쁜아, 저아래 큰길을 내려다보아라. 지금 나라 어사께서 출도하고계신다. 우리가 지금 저 어사와 대면하겠은즉 너는 어사를 만나거든 주저말고 속에 쌓였

던 사연들을 다 여쭈어라.≫

암사슴이 이쁜이에게 여차여차하라고 차견차견 알려주었다.

이쁜이가 산아래를 내려다보니 큰길로 승교가 오는데 그 좌우엔 라졸 수십명이 새납을 불고 꽹과리를 치면서 행차하는것이 틀림없는 어사출도였다.

≪어서 내 등에 올라라. 저 승교를 타고 오는분이 바로 나라 임금님의 명을 받들고 각지를 순찰하시는 어사님이다.≫

수사슴이 다시 자기 등을 들이대며 이쁜이를 재촉하였다.

이리하여 백사슴을 찬 이쁜이가 빨갛게 꽃이핀 산삼 두뿌리를 들고 어사의 승교를 마주하고 산마루에서 내리기 시작하였다.

어사가 승교에 앉아 앞을 내다보니 문득 멀리로부터 두 백사슴이 꽃같은 처녀를 등에 태우고 마주오는지라 너무도 놀랍고 희귀하여 두눈이 휘둥그래서 물었다.

≪여봐라, 이게 도대체 어찌된 일인고?!≫

≪백사슴이란 옛적부터 천지신명이라 하셨거늘 오늘 어사님의 행차에 두 백사슴이 꽃같은 규수를 태우고 어사님을 마중함은 필유곡절인가 아뢰나이다.≫

어사님을 배동하던 고을군수의 대답이었다.

≪여봐라, 여러 수졸들은 량옆으로 넓게 길을 내고 저 백사슴과 규수의 앞을 막지 말어라!≫

어사가 명을 내리니 새납, 꽹과리 소리도 뚝 멎고 여러 수졸은 량옆으로 공손히 길을 내였다. 두 백사슴은 이쁜이를 태우고 의젓이 걸어왔다. 어사는 급급히 승교에서 내리더니 두 백사슴앞에 무릎을 꿇었다.

≪신령께서 분부가 계시오면 이 목숨 다 바쳐 받들겠나이다.≫

어사가 이렇게 아뢰는데 이쁜이가 사슴의 등에서 사뿐 내려 어사에게 큰절을 올리며 무릎을 꿇었다.

≪소녀는 이 고을 혈암동에 사는 비천한 인간이올시다.…≫

이렇게 말을 뗄 이쁜이는 백사슴이 시켜주던대로 계모의 악행을 자초지종 이야기하고는 산삼두뿌리를 백사슴이 신임어사에게 드리는 선물이라고 하면서 어사에게 드렸다. 어사는 무릎을 탁치며 이 일이 필시 천지신명이 자기의 앞길을 지시함이라 생각하였다. 그리하여 두 백사슴께 다시 큰절을 하며 말하였다.

≪신령께서 소인을 믿어주신다면 이 불쌍한 소녀를 나에게 맡겨주옵소서. 그러면 신령님의 뜻대로 처사하겠나이다.≫

그런데 절을 마치고 머리를 들고보니 백사슴이 온데간데없이 사라졌다.

≪규수께선 어서 승교에 오르라. 내 천지신명의 뜻을 받았거늘 모든 일이 신속히 풀릴것이니 안심할지어다.≫

어사가 이쁜이를 승교안에 안내하였다. 어사는 이쁜이를 승교에 태워가지고 먼저 고을에 들려 좋은 비단옷으로 이쁜이를 곱게 단장시켰다.

이쁜이가 어사의 승교를 잡아타고 무사들의 호위하에 자기가 살던 혈암동마을에

나타나니 온 마을 남녀로소가 구경하느라고 모두 달려 나왔으나 승교에 앉아 있는것이 이쁜인줄은 어느 누구도 아는 사람이 없었다.

이쁜이는 무사들을 시켜 구경군들속에 끼여있는 계모를 잡아오게 하였다.

≪그대에게 이쁜이란 딸이 있었는고?≫

이쁜이가 날카로운 목소리로 물었다.

무사들에게 잡혀 부들부들 떨며 꿇어앉은 계모는 감히 머리도 들지 못하고 모기소리만한 소리로 대답하였다.

≪네, 있었나이다.≫

≪지금은 어디에 있는고?≫

이쁜이가 재차 물었다.

≪오월 단오날에 산에 가지 말라고 그렇게도 말렸는데 기어이 혼자서 고사리 뜯으러 갔다가 그만 호랑이에게 물려 불쌍히 죽었나이다. 으흐흑…≫

계모는 제법 비감한체 눈물까지 흘려가며 엮어대였다.

≪너 이 악독한년아! 머리를 들고 나를 보아라!≫

이쁜이가 이렇게 호통치니 그 목소리가 하도 귀에 익은 소리인지라 계모가 머리를 들고 승교를 쳐다보니 승교에 앉은것이 진작 죽은줄로만 짐작했던 이쁜이였다. 계모는 얼굴이 흙빛이 되어 풀썩 땅에 주저앉았다.

≪네년의 악행을 생각하면 릉지처참해도 내원을 다 풀수 없다만 그래도 한시기나마 나의 아버지를 섬긴 정을 봐서 용서하니 오늘부터 저 앞산 절당에 가 밖으로 나오지 말고 더러운 목숨이나 부지해가거라.≫

이쁜이가 이렇게 호령하니 무사들이 계모를 끌고 앞산 절당으로 갔다.

이쁜이가 다시 고을에 돌아오니 어사가 밖에서 이쁜이를 맞아주었다.

어사는 이쁜이의 처사가 너무도 명철하고 총명이 과인한지라 크게 탄복하며 이쁜이를 자기의 큰며느리로 맞아들였다.

구술자: 김규찬 / 수집시간: 1979년 12월 25일 / 수집지점: 훈춘진 정화가

# 포수와 장재비

아득히 멀고먼 옛날 권세를 부리며 땅을 많이 차지하고 숱한 머슴들을 부려먹는자를 일러 장재비라고 불렀다.

그때 어느 한 고을에 심보가 아주 고약한 장재비가 살고있었다. 땅도 수백쌍이 되었고 소와 말도 수백마리나 있었다. 이 교활하고 린색한 장재비에게 속히워 숱한 머슴군들이 이집에 와서 몇해씩 뼈빠지게 일을 해주고는 나중엔 빈손을 털고 쫓겨나군 하였다.

한입 건너 두입 건너 이 소문이 널리 퍼지자 나중엔 이 장재비네 집으로 찾아와 머슴질을 하려는 사람이 없게 되었다.

수백쌍의 옥토에 오곡이 누렇게 익었지만 걷어들일 사람이 없게 되고 수백마리의 소와 말이 피둥피둥 살이 져서 온 산판에 널려있어도 관리하는 사람이 없게 되자 늙은 장재비는 그만 울화가 터져 구들에 드러누운것이 달포가 지나도록 일어나지 못했다.

늙은 장재비가 때식을 전폐하고 끙끙 신음하자 더럭 겁이 난것은 늙은 장재비의 마누라였다. 늙은 장재비가 그러다 죽기나 하면 랑패가 되고 고생할것은 자기였기때문이였다. 그것도 그럴것이 한평생 손가락 하나 까딱하지 않고 앉아서 받쳐주는 진수성찬이나 벋아먹으며 호의호식하던 장재비의 마누라는 자기 혼자 산다는것은 하늘의 별 따기처럼 어렵게 생각되였기 때문이다.

이렇게 되자 늙은 장재비의 마누라는 서울친가에 가 놀고있는 딸에게 급급히 소식을 띄웠다.

늙은 장재비에겐 무남독녀 외딸이 있었는데 요염하게 생긴데다가 하루에도 천리길을 걷는 재간이 있다 하여 그의 이름을 천리향이라 불렀다.

천리향은 제 애비가 급병으로 생명이 위급하다는 전갈을 받자 그날로 집으로 돌아왔다. 그 애비가 있기에 자기도 돈을 물쓰듯하며 부귀영화를 누리고 있음을 천리향은 너무나 잘 알고 있었기 때문이었다.

급급히 돌아와 대문안에 척 들어선 천리향의 두눈은 휘둥그래졌다. 예전에 머슴군들로 법석끓던 뜨락은 쥐죽은듯 조용하고 인적 없는 덩실한 기와집은 꼭마치 무덤처럼 스산하기 짝이 없었다.

천리향은 황황히 제 애비 방으로 향했다. 피골이 상접하여 두눈을 꼭 감고있는 늙은 장재비는 꼭마치 송장같았고 그옆에 쭈크리고 앉아 쿨쩍거리며 울고있는 제 에미는 락태한 고양이몰골이였다.

≪도대체 무슨 병환이건대 의사도 청하지 않고 울고만 있소?≫

례의범절 모르고 응석속에서 제멋대로 자란 천리향은 제 애비가 앓는데도 꽥꽥 소리치며 울고있는 제 에미한테 힐문하였다.

늙은 장재비는 금지옥엽으로 키워오던 무남독녀외딸의 목소리를 듣자 두눈을 번쩍 떴다. 그리곤 부들부들 떨리는 손으로 천리향의 손목을 꼭 붙잡고 하소연하였다.

≪내 딸 천리향아, 네가 왔구나! 인젠 우리 가문이 끝장나는가보다. 저앞에 수백쌍 개똥밭에 낟알이 누렇게 익어 땅에 떨어져도 거두어들일 머슴군 한놈 찾아오지 않으니 이 늙은 애비가 무슨 방도가 있단말이냐! 으흐흑…≫

늙은 장재비는 딸앞에서 아이들처럼 엉엉 울었다.

≪아버진 요만한 일을 가지고 병석에 누워서 통곡하시나요? 내가 얼른 방법을 댈테니 어서 일어나 진지나 드세요.≫

천리향은 대수롭지 않게 말하며 제 애비 머리를 받들어 제겨 일쿼앉혔다.

≪아니?! 네게 무슨 방법이 있단말이냐?!≫

늙은 장재비는 두눈이 화등잔만해졌다.

≪아버지는 내가 하루에 천리길을 더 걷는 천리향이라는걸 깜박 잊으셨나보

군요.≫

≪그것과 머슴군들을 데려오는것이 무슨 상관이 있단말이냐?≫

≪아버지는 지금 인차 각처에 방을 내붙이세요. 나와 달음박질시합을 해서 나를 이기는 사람에게는 황금 3천냥에 딸까지 주어 사위로 삼고 나에게 지는 사람은 우리 집에서 10년씩 머슴군질을 해야 한다고말이예요.≫

천리향이 지산만만히 하는 소리였다.

≪그래, 그게 정말 될듯싶으냐?!≫

늙은 장재비는 반신반의하였다.

≪되구말구요!≫

≪그렇다면 네가 물새도 따라잡는다는 저 아래 물방아간집 셋째아들도 이길만하냐?≫

≪아버지가 정 못미더우면 래일아침 내가 그와 시합을 할테니 아버지의 두눈으로 직접 보세요.≫

딸의 말에 늙은 장재비는 웃음집이 흔들흔들 하면서도 종래로 남의 말을 쉽사리 믿지 않는 괴벽한 성미인지라 제 딸의 말도 믿기 어려워 제눈으로 그 결과를 본후에야 방을 내리라 작심하였다.

이튿날아침 늙은 장재비는 물방아간집 셋째 아들을 청해왔다. 린색하고 교활한 늙은 장재비는 시합에서 혹시 자기 딸이 질가봐 황금은 내걸지 못하고 묵은 옥수수 열말을 내걸었다.

시합이 시작되였다.

첫시작엔 물방아간집 셋째아들이 퍽 앞섰다.

그런데 얼마 안가서 천리향이 제꺽 따라잡았다.

또 한참 달리니 천리향이 또 뒤떨어졌다. 그러던것이 강을 건너자 또 앞서는것이였다. 보아하니 천리향이 물방아간집 셋째를 놀리는판이였다.

결국 장바 한컬레만한 거리를 사이두고 물방아간집 셋째는 천리향에게 졌다.

두 번 시합했는데 모두 같은 결과였다.

≪요 보배둥아! 네가 이 늙은 애비를 구해주었구나!≫

늙은 장재비는 너무도 좋아 천리향을 붙안고 덩실덩실 춤까지 추었다.

늙은 장재비는 인차 온 나라 각처에 방을 붙였다.

방이 나붙자 그 이튿날부터 끌날같이 끌끌한 젊은이들이 늙은 장재비네 집으로 쓸어들었다.

그들중 일부는 황금과 계집에 눈이 어두워 무턱대고 덤벼치는 량반집 자식도 있었지만 대부분은 살림이 궁하여 도처에서 류리걸식하다가 요행을 바라고 온 가난한 집 젊은이들이였다.

시합은 늙은 장재비네 집 앞마당에서 시작하였다.

늙은 장재비네 집 앞마당에서 60리를 남으로 나가면 꼬부랑고개라고 부르는 높은 령이 있는데 그 령밑에는 일년 사시장철 퐁퐁 솟아나는 옹달샘이 있었다. 그 옹달샘곁에는 해묵은 가래토시 나무가 한그루 서있었다. 누가 먼저 옹달샘에서 샘물 한바가지를 떠가지고 그우에 가래토시나무잎 세 개를 띄워가지고 돌아오면 이기는 것으로 결정되여있었다.

한달이 지나고 두달이 지났건만 천리향을 이기는 젊은이가 없었다.

계약서에 붉은 지장들을 꾹꾹 찍었는지라 시합에서 진 끌끌한 젊은이들은 울면서 겨자먹기로 10년머슴살이를 시작하지 않으면 안되였다.

이렇게 되자 석달이 못가서 건장한 젊은이 4, 50명이 늙은 장재비네 밭에서 일하게 되었고 장재비네 뜨락을 거두고 가축, 가금을 기르는 머슴군들만 해도 수두룩했다.

장재비네 집안팎은 또다시 흥성거리기 시작하였다.

이렇게 1년 남짓이 지나니 늙은 장재비에게는 근 백여명에 달하는 머슴군들이 있게 되었다.

늙은 장재비는 너무도 좋아서 입을 다물지 못했다.

3년이 지나자 늙은 장재비는 나라에서 으뜸가는 부자가 되었다.

이 소문이 온 나라에 쫙 퍼지자 늙은 장재비 보다도 그 천리향이란 계집을 잡아죽일년이라고 주먹질하는 사람이 더 많았다.

이 시기 백두산 밀림속에 성이 곽가라고 한 젊은 포수가 살고있었다.

어느 하루 사냥을 나갔던 곽포수가 돌아오는 길에 우연히 늙은 장재비네 밭머리를 지나게 되었다. 밭머리에 서있는 큰 홰나무밑에 자리를 잡고 다리쉼이나 하자고 담배를 붙여문 곽포수는 무심결에 밭에서 일하는 수백명의 끌끌한 젊은이들을 보고 깜짝 놀랐다. 몇해전에 이곳을 지나며 볼 때엔 불과 몇십명도 되나마나한 늙은 머슴군들이 일했는데 오늘은 늙은 머슴 하나도 없이 끌끌한 젊은 머슴 수백명이 땀벌창이 되어 일하니 정말 모를 일이였다.

곽포수는 궁금한 심정을 눅잦히며 김매는 선줄군들이 어서 돌아오기를 기다렸다.

때는 바로 삼복철이라 날씨는 마치 시루속처럼 물쿠고 더웠다.

이윽고 사래 긴 밭고랑을 타고 맨 앞장에서 매나가던 선줄군이 돌아왔다.

《여보시오, 김을 매느라 고생도 많으신데 와서 담배나 붙이며 땀이나 들이십시오.》

곽포수의 걸걸한 목소리였다.

《고맙수다.》

젊은 머슴군도 반갑게 곽포수의 담배쌈지를 받으며 홰나무그늘속으로 들어왔다.

담배 한 대씩 거의 태우자 둘사이엔 스스럼없이 이야기가 오갔다.

《그래, 어떻게 되어 부모처자를 다 버리고 타향에 와서 이 모진 머슴살이를 살게 되었소?》

곽포수는 풋면목이나 익히자 궁금하던바를 물었다.

그러자 젊은 머슴군은 한숨을 크게 내쉬곤 여차여차하게 되어 이 늙은 장재비네 집에서 10년 머슴살이를 살지 않으면 안되게 되었다고 한탄하는것이였다.

곽포수가 다 듣고보니 정말 한심한 일이였다.

곽포수는 이 수백명 나젊은 머슴군들이 한없이 불쌍하였다. 그들은 모진 고난속에서 건져주고싶었다. 그런데 그들을 구원하자면 천리향이란 이 계집년을 이겨야겠는데 한평생 푸수질해온 자기는 활쏘는 재간밖에 없는지라 혼자의 힘으로는 안될것이 번연하였다. 곽포수가 곰곰이 생각해보니 천리향이란 이 요귀같으년을 없애려면 꼭 여럿이 협력해야 될것 같았다.

그래서 곽포수는 이때로부터 사냥질을 그만두고 엿장사질을 하면서 3년 세월을 돌아다니며 자기와 손을 잡을만한 협력군을 찾았다.

삼년 석달이 거의 차가던 삼복철 어느날 정오무렵이였다.

이날도 곽포수는 어깨에 엿궤짝을 메곤 이고을에서 저 고을로 협력군을 찾아다니던 걸음에 한 고개마루를 넘게 되었다.

고개마루에 오르자 곽포수는 나무그늘을 찾아 엿궤작을 내려놓곤 다리쉼을 하며 산아래를 내려다보았다. 그런데 어떤 사람이 다리 하나를 멜끈으로 동여 어깨에 걸치고 한쪽 다리로 껑충껑충 뛰면서 고개길을 오르는데 두다리로 걷는 사람보다 더 빨랐다.

곽포수는 하도 신기하여 담배쌈지를 꺼내들고 한 대 말아 피우면서 그 사람이 가까이 다가오기를 기다렸다.

《여보시오. 날씨가 무더운데 길손도 여기에 와 땀이나 들이고 가시오.》

그 사람이 가까이에 다가오자 곽포수가 말을 건넸다.

《네, 고맙수다.》

길손도 사양없이 그늘속으로 들어오더니 곽포수곁에 와앉았다.

서로 통성명이 끝나자 곽포수가 물었다.

《길손은 왜 한쪽 다리는 동여서 어깨에 걸치고 다니시오?》

《내 제자랑이 아니요만 손님이 묻는 말이니 대답하지 않을수 없구만. 난 한쪽 다리로만 걸어도 닫는 말보다 더 빠르다오. 두다리로 걸으면 걸음이 나는것 같이 빨라서 이렇게 한쪽 다리로만 걸어다니는거요.》

길손은 정색하여 대답하였으나 곽포수는 믿어지지 않아 그 길손에게 물었다.

《길손 그 재간을 한번 나한테 보여줄수 없겠소?》

《그것이 뭘 그리 대단해서 그러오? 정 보고 싶다면 한번 보여줄수 있소.》

《내 이전엔 포수질을 했소. 그래서 그것이 습관이 되어 지금도 활과 화살을 갖고 다니는데 내가 5리밖에 서있는 늙은 오동나무중턱을 쏠테요. 그러면 내가 열 개를 셀 때까지 당신이 그곳에 가서 화살을 뽑아들고 돌아올만하오?》

곽포수가 엿궤밑에서 활과 화살을 꺼내며 넌지시 물었다.

길손은 대수롭잖게 대답하였다.

《좋도록 하오.》

말을 마친 길소은 인츰 동여맨 다리의 멜끈을 풀고는 다리를 두손으로 꽉 붙잡고 소리쳤다.

《어서 활을 쏘오!》

곽포수가 활시위를 팽팽히 당겼다가 슬쩍 놓는 순간 길손도 다리를 활 놓았다.

그러자 길손이 앉았던 자리에서 먼지가 풀썩 일더니 사람이 보이지 않았다.

과연 뛰는놈우에 나는놈이 있다더니 곽포수가 아홉하는 소리가 끝나기도전에 길손은 화살을 뽑아들고 곽포수앞에 당도했다.

《과연 대단하오!》

곽포수는 너무도 희한하여 길손의 두손을 맞잡고 칭찬을 아끼지 않았다.

《당신의 활쏘기 재간을 보여줄수 없겠소?》

이번엔 길손이 곽포수에게 청을 들었다.

《잘 쏘지는 못하지만 대수 눈가림이나 할수 있소. 정 보고싶다면 좋도록 하오.》

곽포수는 이렇게 대답하고나서 동전잎만한 둥근 풀잎을 뜯어서 길손의 코끝에 붙여주며 백보밖에 가서 옆으로 서있으라 하였다.

한쪽 다리를 다시 멜끈으로 동여 어깨에 걸친 길손은 껑충껑충 뛰어서 백여보밖에 가 곽포수가 말한대로 섰다.

곽포수가 화살을 활시위에 메워서 지그시 당겼다가 슬쩍 놓았다.

길손은 코앞이 선뜩하며 쉭—소리가 나기에 손으로 코등을 만져보았다. 풀잎은 온데간데 없고 코등도 상한 자리가 없는지라 길손은 곽포수의 활쏘기재간에 크게 탄복하였다.

《대단하오! 정말 대단하오!》

길손은 곽포수의 손목을 꽉 쥐고 흔들었다.

《이 험한 세상에서 우리 서로 결의형제를 뭇고 살아가는것이 어떠하오?》

곽포수는 자기가 찾던 협력자를 만났는지라 이렇게 말을 걸었다.

《좋은 생각이요! 형님으로 모시겠으니 동생이라 불러주오.》하고 길손도 쾌히 응낙하였다.

이렇게 되자 곽포수와 길손사이엔 못하는 말이 없게 되었다.

곽포수가 시골 어느곳에 린색하고 교활한 늙은 장재비가 있는데 그 늙은 장재비에게 천리향이라는 잘 뛰는 계집년이 있기 때문에 시합에서 진 숱한 끌끌한 젊은이들이 부모처자를 떠나 장재비네 집에서 10년 머슴살이를 살게 되어 저마다 통탄하면서 눈물을 흘리더라고 말하자 길손이 장담하며 나섰다.

《형님, 시합하러 갑시다. 내 한쪽 다리를 동여매고서도 그따위 계집년쯤은

식은죽먹기로 이기겠소.≫

　곽포수가 보니 이 길손이 재간은 있는데 너무 자만하는 꼴이 시합을 해도 실수할 것 같았다. 그렇다고 이러쿵저러쿵 잔소리를 할수도 없는 처지였다. 곽포수의 생각엔 이제 천리도 더 내다보는 사람을 하나만 더 만났으면 일이 성사될것 같았다.

　이리하여 곽포수는 이 구실 저 구실 대면서 그 길손을 데리고 사처로 돌아다니며 멀리를 내다보는 인재를 물색하였다.

　그러던 어느날이였다.

　곽포수와 그 길손이 한 고개마루에서 다리쉼을 하고있었는데 멀리 산아래로부터 어떤 사람이 머리를 한광주리나 되게 싸매고 성큼성큼 올라오고있었다.

　≪여보시오, 보아하니 길손도 먼길을 걷는것 같은데 담배나 한 대 붙이고 가시우.≫

　역시 곽포시가 걸걸한 목소리로 먼저 말을 건넸다.

　≪네, 고맙수다.≫

　그 길손도 사양없이 곽포수네쪽으로 다가오더니 스스럼없이 서로 통성명을 하였다.

　곽포수가 그 길손을 피끗 훑어보니 낡은 천으로 한쪽 눈을 싸매였는데 다른 한쪽 눈도 빠끔히 내놓은것이 퍽 괴이하였다.

　≪여보시오. 길손 실례인지는 모르겠는데 한가지 물어도 별일없겠는지오?≫

　곽포수가 조심스레 말을 꺼내였다.

　곽포수에게서 담배쌈지를 받아들고 엄지손가락만큼 실하게 담배를 말고있던 길손은 머리도들지 않고 대수롭지 않게 대답하였다.

　≪어서 물으시우다.≫

　≪그 눈은 왜 그리 두툼하게 동이고 다니시오?≫

　≪허허허, 내 이 눈말이요? 한쪽 눈으로만 보아도 산너머 500리밖이 보이는데 두눈으로 보면 멀리만 보이고 가까운 곳이 잘 보이지 않아 한쪽 눈마저 이렇게 절반이상 가리우고 다니는거요.≫

　한쪽 눈을 싸매고 다닌다는 길손의 오만한 대답이였다.

　≪허참, 내 살아오다가 이런 나발쟁이는 처음 보는데.≫

　다리 하나를 동여매고 다니는 길손이 어처구니없다는듯이 코방귀를 뀌면서 비꼬아댔다.

≪뭘?! 내가 거짓말쟁이라고? 허참 내 원, 병신이 바른게 없다더니 저런 인간을 두고 하는 말인가부지.≫

한쪽 눈을 싸맨 길손도 지려 하지 않았다.

≪뭘?! 내가 병신이라고? 눈깔이 좋아서 그리 잘 본다는 자식이 그래 내가 절름발이돼보이는거야?≫

두 길손은 서로 주먹을 내흔들며 목에 피대를 세웠다.

≪여보게들, 우리 서로 초면인데 아무 연고도 없이 서로 헐뜯고 싸울거야 있나. 누구의 말이 진담이고 누구의 말이 거짓인가 우리 한번 실제 행동을 보는 게 어떤가?≫

곽포수가 둘사이를 가로 막으며 말하였다.

≪거참 좋은 의견이요!≫

≪나도 대찬성이요!≫

두 길손은 씩씩거리며 곽포수의 말에 찬성하였다.

≪좋네, 자네들이 동의한다면 이렇게 하는게 어떤가?≫

곽포수는 이렇게 말을 이으며 엇궤짝밑에서 활과 화살을 꺼내들었다.

≪저 아득히 보이는 산아래 한 10리쯤 먼곳에 기우뚱하게 서있는 아름드리 황철나무가 보이나?≫

곽포수가 묻자

≪보이오!≫하고 두 길손은 이구동성으로 대답하였다.

곽포수는 그들의 대답이 떨어지기 바쁘게 화살을 메워 여섯 살을 련속 쏘았다. 화살은 아름드리 황철나무를 향하여 별찌같이 날아갔다.

≪금방 내가 쏜 화살에 맞아 황철나무잎이 몇이 떨어졌소?≫

곽포수가 두 길손을 둘러보며 넌지시 물었다.

≪모두 여섯잎이 떨어졌는데 그중 한잎은 벌레가 먹어서 이파리는 다 떨어지고 줄거리만 남은거요.≫

한쪽 눈을 싸맨 길손이 제꺽 대답하였다.

≪여보게 동생, 자네가 걸음이 빠르니간 얼른가서 주어오게.≫

곽포수의 말이 떨어지자 한쪽 다리를 동여맨 길손이 얼른 멜끈을 풀었다.

그러자 그가 앉았던 자리에서 먼지만 풀썩할뿐 사람은 온데간데없이 사라졌다.

한쪽 눈을 싸맨 길손이 멀리 바라보니 다리를 동였던 길손이 어느새 황철나무 밑에 가 황철나무잎이 몇 개가 떨어졌는가 찾아보고있었다. 한쪽눈을 싸맨 길손은 사람을 잘못 보고 허튼소리를 친 자신을 몹시 후회하였다.

한쪽 다리를 동였던 길손이 황철나무밑에 이르러 보니 과연 황철나무잎이 여섯잎이 떨어졌는데 그중 한잎은 정말 벌레가 먹어서 줄기만 남은것이였다. 이렇게 되자 그는 소홀히 남을 비웃은것을 후회하였다.

이리하여 두 길손은 서로의 재간에 크게 탄복한나머지 고향과 나이까지 다시 물어가며 재차통성명하였다.

≪여보게들, 보아하니 우리 셋이 이렇게 한자리에 모임은 천지신명의 뜻인가 보오. 그러할진대 우리 셋이 형제를 맺는것 어떻소?≫

곽포수가 두 길손을 둘러보며 의미심장하게 하는 말이였다.

≪좋은 생각이요!≫

≪정말 훌륭한 생각이요!≫

두 길손도 적극 찬성해나섰다.

이리하여 셋이 결의 형제를 맺었는데 곽포수가 맏형이 되고 한쪽 다리를 동여 메고 다니던 길손이 둘째형이 되고 한쪽 눈을 싸매고 다니던 길손이 셋째동생이 되었다.

셋이 뜻이 합치되자 둘째는 다시 멜끈으로 한쪽 다리를 동여서 어깨에 걸치고 셋째는 다시 헌 천으로 한쪽 눈을 싸매였다. 그들은 곽포수를 따라 늙은 장재비를 찾아 떠났다.

천길 바다속은 끝이 있어도 늙은 장재비의 욕심만은 한이 없었다. 금은보화가 창고에 차넘치고 뒤주마다에서 하얀 입쌀이 썩어났지만 늙은 장재비는 그래도 머슴군들을 더 끌어들이지 못해 바득바득 애를 썼다.

이날도 늙은 장재비가 돗자리에 올방자를 틀고 앉아 젊고 끌끌한 젊은이들이 언제 대문안에 들어서겠는가 눈이 까매서 기다리는데 때마침 세 젊은이가 대문안에 들어섰다. 늙은 장재비는 또 머슴군 셋이 늘었구나 하고 속으로 기뻐하였다.

≪주인장 계십니까?≫

≪밖에 누가 왔느냐?≫

늙은 장재비는 시치미를 따고 한쪽 옆으로 돌아앉으며 큰소리를 쳤다.

《집의 따님과 달음박질시합을 해볼가 하고 불원천리 찾아왔소이다.》

곽포수가 성큼성큼 장재비앞으로 다가가며 웅글진 목소리로 대답하였다.

《음, 글럴진대 너희들도 내가 조선 팔도 방방곡곡에 내붙인 그 방을 보았다는 말이겠지?》

늙은 장재비가 거드름을 피우며 말하였다.

《네, 보았나이다.》

우락부락한 두 동생이 서뿔리 나설가봐 곽포수는 두 동생에게 눈짓하며 자기가 장재비의 말을 받았다.

《욕망이 그러하다면 좋을대로 해보아라. 내 백만부자로 재산이 부족하여 머슴을 두는게 아니로다. 너희들도 소문을 들었겠지만 나에겐 금지옥엽으로 키운 무남독녀외딸이 있다. 내 출중한 젊은이를 골라 사위를 삼고 재산을 물려주려 할뿐이로다. 으흠, 으흠…》

늙은 장재비는 제법 선심이나 쓰는체 그럴듯하게 엮어내려갔다.

《알겠나이다.》

곽포수가 침착하게 대답하였다.

《그럴진대 너희들은 우선 먼저 시합조건부터 똑똑히 알아야 하느니라.》

《알고있소이다.》

《지금 인차 시합을 시작하여도 되겠느냐?》

《그러기를 원하옵니다.》

곽포수가 이렇게 선뜻 대답하자

《애, 천리향아, 이 젊은이들을 안내하여라.》

늙은 장재비가 안칸에 대고 소리쳤다.

이윽하여 안방문이 드르륵하고 열리더니 요염하게 생긴 계집년이 사발 두 개를 들고 해죽거리며 나왔다.

《어느분부터 시작하겠나이까?》

천리향이 간교하게 웃으며 셋을 둘러보고 비양조로 묻는것이었다.

《나부터 하겠소!》

둘째가 이제까지 겨우 참았다는듯이 껑충껑충 외발뜀으로 앞에 나섰다.

늙은 장재비와 천리향은 두눈이 휘둥그래졌다.

《두다리가 성한 사람도 어렵겠는데 하물며 절름발이가 어떻게 시합한단말인고?》

늙은 장재비가 의혹에 어린 목소리로 물었다.

《한다리로 뛰든 두다리로 뛰든 상관하지 마십시오.》

둘째가 랭기 풍기는 목소리로 대답하였다.

《그럼 좋다! 여기에 계약서가 있으니 어서 이리 와서 지장들을 찍어라. 너희들중 그 누가 만약 내 딸을 이긴다면 황금 3천냥에 내 딸까지 주겠지만 지는 날에는 우리 집에서 10년 머슴살이를 살아야 하느니라.》

늙은 장재비가 후사에 빈틈이 없도록 든든히 하는 잡도리였다.

《계약서대로 처사하겠나이다.》

셋은 이구동성으로 대답하곤 저마다 식지에 인즙을 가득 묻혀가지곤 계약서에 큼직큼직하게 지장을 찍었다.

《나으리께서도 계약서에 지장을 찍어얍지요.》

곽포수가 늙은 장재비로 하여금 뒤걸음을 치지 못하도록 한수 떴다.

《아무렴, 나도 찍어야지. 찍고말고! <장부일언 중천금>이라 사람이 신용이 없어서야 되나.》

늙은 장재비는 자신만만히 아주 익숙한 동작으로 지장을 찍었다.

곽포수는 동인 다리를 푸는 둘째의 어깨를 가볍게 두드렸다. 그것은 시합에서 자만하지 말고 꼭 이겨야 한다는 암시였다.

둘째는 히죽히죽 웃으며 형님께서 근심말라고 눈짓까지 하였다.

시합이 시작되였다.

처음엔 둘이 어슷비슷이 달렸다.

곽포수는 시름이 놓이지 않아 막내동생을 불러놓고 둘째의 일거일동을 주시해보면서 수시로 자기에게 알려달라고 하였다.

《몇리를 달렸느냐?》

《10리를 넘었소.》

《어디까지 갔느냐?》

《강가에 도착했소.》

《얼마를 떨궈놨느냐?》

《5리를 떨궈놨소.》

......

늙은 장재비가 곽포수와 막내동생곁에서 그들의 말소리를 들으며 앞을 아무리 내다보아도 자기 눈에는 아무것도 보이지 않는지라 너무 수상하여 물었다.

《너희들은 무얼 보고 하는말이냐?》

《네, 우리 서로 속으로 시합하면서 생각하는바를 주고받나이다.》

곽포수의 능청스러운 대답이였다.

(과연 무식한놈들이구나.)

늙은 장재비는 속으로 비웃었다.

둘째는 한달음에 꼬부랑고개밑에 도착하였다. 그는 손에 들고 온 사발에 옹달샘에서 수정 같이 맑은 물을 한사발 가득 떴다. 그리곤 가래토시나무가지에서 이파리 3개를 뜯어서 물우에 띄워가지곤 되돌아섰는데 눈감박할새에 다시 강가에 도착하였다.

둘째가 뒤를 돌아보니 그제야 천리향이 꼬부랑고개밑에 도착하여 옹달샘에서 물을 뜨고 있었다.

《흥! 그래도 세상에 네년을 따라잡는 사람이 없다고 허풍쳤지? 내 인제 한쪽 다리를 동여서 어깨에 걸치고 너에게 본때를 보여주마.》

둘째는 이렇게 혼자 중얼 거리며 강가에 쭈크리고 앉더니 멜끈으로 한쪽 다리를 동이기 사작했다.

이 광경을 바라보던 막내동생이 다급하여 곽포수의 귀가에 대고 낮은 목소리로 소곤거렸다.

《형님 큰일났소!》

《웬 일이냐?》

곽포수도 나직이 되물었다.

《둘째 형님이 옛병이 도졌소!》

《옛병이라니?!》

《멜끈으로 다시 한쪽 다리를 동이오!》

막내 동생의 다답이 떨어지기 바쁘게 곽포수는 엿궤짝밑에서 활과 화살을 꺼내더니 막내동생 더러 손가락으로 방향을 가리키라 하였다.

막내동생은 둘째형님이 금방 맨 멜끈의 매듭을 가리켰다.

곽포수는 막내동생이 가리키는 손가락 방향을 향하여 활을 쏘았다. 화살이 번개같이 날아가 멜끈을 툭 끊어놓자 둘째가 와뜰 놀라며 땅에 떨어진 화살을 멍해보았다. 그런데 어느새 천리향이 따라와 둘째의 옆을 스쳐지나며 발길로 둘째의 물사발을 탁 걸어찼다.

그러자 샘물은 다 쏟아지고 빈 사발만이 데굴데굴 굴러갔다.

《호호호, 그래도 날 앞섰다고 좋아했지? 이 뻔뻔스런자식아. 어서 10년 머슴살이나 할 준비를 하여라. 호호호…》

천리향은 둘째를 돌아보며 코웃음쳤다.

둘째는 큰 형님의 당부를 저버린것이 몹시 후회되였다. 그렇다고 제자리에 눌러앉아 한탄만 할 수가 없었다. 그는 끊어진 멜끈을 힘껏 땅에 팽개쳤다. 그리곤 이를 악물고 사발을 쥐여들더니 다시 꼬부랑고개를 향해 달려갔다.

둘째가 다시 사발에 샘물을 가득 떠가지고 그우에 생생한 가래토시나무잎을 세 개 띄웠을 때에는 천리향이 이미 절반 길을 거의 달려왔을 때였다.

둘째는 땀벌창이 되어 달리기 시작했다.

《어디까지 왔냐?》

곽포수가 안타깝게 부르짖었다.

《40리까지 왔소.》

막내동생도 도정신하여 둘째의 일거일동을 주시하며 대답하였다.

《얼마를 뒤떨어졌는냐?》

《3리나 뒤떨어졌소.》

《또 얼마를 왔느냐?》

《20리까지 왔소.》

《또 얼마를 뒤떨구어놓았는냐?》

《따라잡았소!》

《또 얼마를 왔느냐?》

《10리까지 왔소!》

《또 얼마를 뒤떨구어놓았는냐?》

≪1리를 앞섰소!≫

......

(산골놈들이 무지하기도 하다! 이제 당장 머슴질하겠는데도 좋아서 야단이니? 허참, 내원…)

늙은 장재비는 그들의 나직한 속삭임소리를 들으며 제 궁리를 굴렸다.

(이놈들을 어디에다 부려먹는다? 사지와 오관이 변변치 않으니 외양간에서 소똥이나 쳐내는 일쯤이야 할수 있겠지…)

그러다 늙은 장재비는 곽포수네가 금방 자기가 듣지 못하게 귀속말을 속삭이며 활을 쏘던 일이 피뜩 생각났다.

≪너희들은 금방 무얼 보고 활을 쏘았나?≫

≪네, 이 동생이 숲속에 산토끼가 나타났다고 알려주기에 심심풀이로 쏜겁니다.≫

곽포수가 엉뚱하게 대답하였다.

(보아하니 이놈들은 머슴살이맛을 모르는 얼뜨기들이구나.…)

늙은 장재비가 제 생각에 흐뭇해하는데 갑자기 셋째가 기쁨 어린 목소리로 웨쳤다.

≪둘째형님이 이겼소!≫

늙은 장재비가 와뜰 놀라며 앞을 내다보니 둘째가 한손엔 샘물을 떠담은 사발을 들고 한손으로는 턱밑에 땀을 훔치며 앞에서 달려오고 자기 딸 천리향은 그뒤에서 아득바득 따라오고있었다.

둘째는 끝내 시합에서 이기고야말았다.

늙은 장재비는 대경실색하여 얼빠진 사람처럼 땅바닥에 털썩 주저앉아 부들부들 떨고 천리향은 통곡하며 땅에 쓰러졌다.

≪허허허, 우리 셋중에서 제일 약할줄로 알고 없신보던 <절름발이> 하나도 못당하니 우리 성한 사람들과 시합하면 어림도 없겠군! 허허허, 여보시오, 주인장, 어서 계약서대로 합시다그려.≫

곽포수가 호탕하게 웃으며 큰소리로 이렇게 말하니 늙은 장재비는 얼굴이 흙빛이 되어 손이야 발이야 엎디여 빌었다.

≪내가 황금 만냥에 쌀 천석을 줄테이니 제발 내 딸만은 다치지 말아주오.≫

≪황금도 싫고 쌀도 싫소! 우리는 당신이 대답한대로 당신의 보배딸 천리향을 가지겠소! 당신의 이 요귀같은 딸년을 가져다가 숱한 머슴군들앞에서 릉지처참할테요. 그래서 그년 때문에 당신네 집에 와 10여년씩 억울하게 머슴질한 그들의 원한을 풀어줘야겠소. 그렇지 않소 동생들?≫

곽포수가 우렁우렁한 소리로 이렇게 말을 하자

≪옳소! 그년을 살려두었다간 젊은이들을 모두 망치겠소!≫

두 동생이 동시에 찬동하였다.

일이 이쯤되니 늙은 장재비는 물론 그의 마누라와 귀동딸 천리향까지 곽포수네 앞에 두무릎을 꿇고 코등이 땅에 닿도록 머리를 조아리며 한번만 용서해달라고 빌었다. 그리고 다시는 그런 악한짓을 하지 않겠노라 다짐하였다.

≪그럼 좋다! 네놈들이 정녕 죄를 느끼고 일후엔 다시 악한짓을 하지 않겠다니 계약서에 어느날 어느 시각에 누구와 시합한 결과 졌기에 너희 집에 있는 머슴 수백명이 몇 년 일한 삯전을 몽땅 돌려주어 집으로 돌려보낸다고 써라. 이렇게 하고싶지 않으면 네 딸년을 내놓아라.≫

곽포수의 말소리에 산천초목도 설레임으로 화답하였다.

늙은 장재비는 울며 겨자먹기로 곽포수의 말대로 하는수밖에 없었다.

수백명 머슴군이 몇 년동안 일한 삯전을 몽땅 가지고 떠나니 늙은 장재비는 알거지로 변해버렸다. 그는 제 울분을 못이겨 시합이 끝난 사흘만에 죽고말았다.

이때로부터 하늘에서 신령이 내려와 전문 장재비들을 없앤다는 소문이 나라 각곳에 떠돌았다.

장재비들은 질겁을 먹고 자기들은 장재비가 아니라 지주나 부자라고 자칭했지만 백성들은 그냥 장재비라고 불렀다. 장재비들은 할수없이 일을 나라 임금에게 고해바쳤다.

그 당시 나라 임금은 제일 큰 장재비인지라 자기의 목숨이 두려워 즉석에서 어명을 내렸다. 그 어명이즉 일후에 그 누가 장재비라는 말을 다시 입밖에 내였다간 릉지처참한다는것이였다.

이리하여 이때로부터 장재비라는 말이 세상에서 차츰 소실되게 되었는데 지주 혹은 부자라는 말이 장재비라는 말을 대체하게 되었다. 한다.

구술자: 김규찬 / 수집시간: 1980년 1월 5일 / 수집지점: 훈춘진 정희가

# 턱턱이

어사 박문수가 인재를 물색하려고 허술한 차림새에 홀몸으로 나라 각지를 돌던중 하루는 시골길을 걷게 되었다.

때는 바로 삼복철7월인지라 박문수는 지친데다가 너무도 더워 큰 홰나무밑에서 땀을 들이며 다리쉼을 하게 되었다. 박문수가 담배 한 대를 거의 피우는데 멀리로부터 열대여섯살되여보이는 한 더벅머리소년이 터벅터벅 이쪽으로 걸어 오고 있었다. 가까이에 다가온걸 보니 초라한 옷차림에 미투리 서너켤레를 어깨에 둘러메였는데 맨발로 걷고있었다.

《더운데 땀이나 들이고 가렴아.》

박문수가 소년에게 쉬라고 권고하였다.

《고맙소이다.》

더벅머리소년은 스스럼없이 대답하며 그늘쪽으로 들어와 박문수곁에 앉았다.

《그런데 넌 미투리를 지고 다니면서 왜 맨발 바람으로 걷느냐?》

박문수가 이상하게 생각되여 물었습니다.

《갈 길이 멀고먼데 이곳은 길이 좋으니 미투리를 아끼느라 그러오다.》

더벅머리소년의 꾸밈없는 대답니었다.

《넌 그래 어디로 가느냐?》

박문수는 호기심이 부쩍 동하여 더벅머리소년의 옆에 바싹 다가앉으며 물었다.

《서울로 과거시험치러 가는 길이오다.》

더벅머리소년은 점잖게 대답하였다.

《그래, 네가 글공부를 했단말이냐?!》

《<공자> <맹자> <4서5경>쯤이야 누군들 읽지 못하겠소이까.》

《오, 그러고보니 우린 한길이구나. 그런데 난 서울로 일자리 얻으러 떠나는 막벌이군이다.》

박문수가 넌지시 더벅머리소년을 보고 말하였다.

《나으리는 소인을 업수이 보고 자신의 신분을 속이나이다.》

더벅머리소년은 먼산을 바라보며 박문수의 말에 대꾸하였다.

≪네가 무얼 보고 그렇게 판단하느냐?≫

박문수는 더벅머리소년의 말에 가슴이 꿈틀하여 이렇게 다잡아물었다.

≪붓끝같은 손길은 막벌이군의 손이 아니오다. 그리고 하시는 마디마디 말씀이 비범한 통찰력으로 차넘치니 필시 서울량반인줄로 여기옵니다.≫

박문수는 속으로 은근히 탄복하면서 그런 내색은 내지 않고 슬며시 화제를 돌렸다.

≪얘, 저 숲속에 놀라서 뛰여가는 노루의 심장이 몇근이나 될것 같으냐?≫

≪일곱근이오다.≫

더벅머리소년은 추호의 주저도 없이 툭 찍어 대답하였다.

≪저울에 뜨지도 않고 네가 어떻게 아느냐?≫

≪지금 저 노루는 맹수들에게 놀라 네굽뜀을 하는게 아닙니까. 그러니 그 심장이 몹시 놀라서 두근닷근할게 번연하지 않습니까. 두근에 닷근을 합하면 일곱근입니요 뭐.≫

더벅머리소년의 대답에 박문수는 홍미가 점점 도도해졌다.

박문수는 더벅머리소년을 좀 더 떠보리라 마음먹었다.

≪너 산에 가서 노루알을 얻어올만하냐?≫

박문수의 해괴한 물음이였다.

≪얻어올수는 있는데 노루가 새끼를 까느라고 품고있습데다.≫

더벅머리소년의 능청스러운 대답이였다. 박문수가 얼른 더벅머리총각의 대답에 퉁을 놓았다.

≪에끼, 이자식, 닭이 닭알을 품어서 병아리를 까는것은 있어도 노루가 알을 품는다는 소리는 금시초문이다.≫

≪그럴진대 새끼를 낳는 노루가 알을 어떻게 낳사옵니까?≫

더벅머리소년의 당돌한 물음이였다.

≪과연 총명이 과인하고나! 네가 바로 내가 찾던 나라의 인재로다!≫

박문수는 너무도 기뻐서 무릎을 치며 감탄하고는 더벅머리소년을 데리고 서울로 올라왔다. 박문수가 인재를 데려왔다는 소문을 듣고 임금은 그 즉시로 더벅머리소년을 불러들이라 하였다.

임금은 사전에 준비해두었던 정교한 참대광주리를 내놓았다. 광주리덮개를 여니 광주리속에는 금방 까난 새새끼가 두 마리 있었다.

≪이것이 무슨 새인고?≫

임금이 더벅머리소년에게 묻는 말이였다.

더벅머리소년은 한참 광주리속을 들여다보더니

≪턱턱이인줄로 아뢰나이다.≫하고 큰소리로 대답하였다.

≪에익, 무지한놈! 학새끼를 보고 턱턱이라니 소웃다 꾸레미 터질 소리로다.≫

임금이 대노하여 소리쳤다.

≪임금님에게 아뢰나이다. 우리 시골에서는 학이 갓 까나왔을 때에는 턱턱이라고 부르옵니다. 마치 닭알속에서 닭이 금방 까나왔을 때 병아리라고 부르듯이 말입니다.≫

더벅머리소년은 리치에 딱 맞게 대답하였습니다.

≪오, 그렇지! 그래! 턱턱이, 병아리, 네 대답에 도리가 있다.≫

임금이 크게 기뻐하며 그 즉석에서 더벅머리소년에게 한림학사라는 벼슬을 주었다한다.

구술자: 정화룡 / 수집시간: 1967년 / 수집지점: 훈춘현 반석향 신농촌

# 두꺼비의 충고

돌우에 꽃이 피고 삼라만상이 노래불렀다는 태고적에 있은 일이다. 몹시 무더운 어느날 정오무렵이였다. 강변으로 시원히 미역감으러 나가던 두꺼비는 문득 어디선가 들려오는 어린애의 자지러진 울음소리에 걸음을 멈추고 귀를 기울였다. 울음소리는 큰길 남쪽 사래긴 조밭머리에 서있는 늙은 버드나무밑에서 들려왔다. 애간장이 타는 그 울음소리에 차마 그저 스쳐지날 수 없어 두꺼비는 껑충껑충 그리로 향했다.

두꺼비가 앞을 내다보니 사래긴 조밭 한쪽 끝머리에서 젊은 부부가 기음을 매고있었는데 거리가 너무 멀어서 어린애의 울음소리를 듣지 못했는지 아니면 매던 이랑이나 다 매고 돌아가려고 애쓰는지 부지런히 호미질만 할뿐 아이쪽으로는 머리도 돌리지 않았다.

두꺼비가 늙은 버드나무밑둥에 다가가 보니 대여섯달이 되나마나한 사내애가 발버둥질치면서 울고있었는데 드러난 팔다리와 얼굴에 파리, 모기, 하루살이가 새까맣게 덮쒸워 물어뜯고있었다. 두꺼비는 미역감으러 가려던 생각을 버리고 어린애옆에 쭈크리고 앉아 자기의 긴 혀를 휘둘러대며 부지런히 파리, 모기, 하루살이를 잡아먹었다. 어린 아기는 다시 잠들기 시작하였다. 두꺼비는 그제야 자리를 뜨려 하였다.

그런데 참말로 이상한 일이였다. 금방까지도 멀리서 어렴풋이 아기의 울음소리가 들리는것 같아 바질바질 애간장을 태우며 김을 매던 젊은 부부가 정작 가까이에 와보니 어린애는 그냥 쌔근쌔근 단잠을 자고있었던것이다. 너무도 놀랍고 이상하여 제자리에 굳어진채 멍하니 어린 자식을 굽어보던 젊은 부부는 어뜩 눈길에 어린애 한쪽옆에 편안히 앉아 긴 혀를 휘두르면서 날아드는 파리와 모기, 하루살이를 잡고있는 두꺼비를 발견하였다. 그제야 영문을 알아차린 젊은 부부는 감격에 어린 눈길로 두꺼비를 바라보았다.

《고맙다 두꺼비야! 네가 오늘 우리네 귀염둥이를 보살펴줬구나!》

《정말, 네가 파리와 모기, 하루살이를 잡아주지 않았더면 우리네 귀염둥이는 숱한 울음을 울었을거야.》

젊은 부부는 두꺼비에게 감사를 드렸다.

《지나가던걸음에 우는 아기가 너무도 가엾기에 조금 돌봐준건데 뭘…》

두꺼비는 머리를 숙이며 되려 무색해하였다.

《어머나! 저 구렝이를…》

아기를 안고 일어섰던 젊은 안해가 풀숲에 늘어진 구렝이를 보고 새된 소리를 질렀다.

남편도 그 소리에 화닥닥 놀라며 호미자루를 추켜들고 박투할 태세를 취하였다.

《내버려두시우다. 그 고얀놈이 글쎄 귀여운 어린것을 해치려고 덮쳐들기에

내가 죽여버렸으니 겁내지 마시우다.≫

두꺼비는 껑충껑충 뛰여가더니 발끝으로 죽어뻐드러진 구렝이의 대갈통을 툭툭 걷어찼다.

≪세상에 복두꺼비가 있다더니 오늘에야 만났구나! 복두꺼비야, 네가 아니였더면 우리 귀염둥이는 큰 화를 입을번했구나! 이 은공을 어떻게 갚는단말이냐, 응, 복두꺼비야?≫

젊은 남편은 두꺼비의 처사에 너무도 감격하여 어떻게 치하했으면 좋을지 몰라했다.

≪여보세요, 만물의 령장인 우리 인간이 은혜를 몰라서야 되겠나요. 우리 이 복두꺼비를 우리 집으로 데려갑시다.≫

젊은 안해가 자기의 남편에게 간절히 청구하였다.

≪크게 한 일이 없으니 더 미안해마시고 어서 집으로들 돌아가시우다.≫

두꺼비는 이렇게 대답하곤 자리를 뜨려 했다.

≪그럴 법이 어디 있담! 은공은 은공으로 갚아야지!≫

젊은 남편은 두꺼비가 미처 어쩔새도 없이 옆에 있던 삼태기에 두꺼비를 제꺽 담아들고 쎙쎙 집으로 향했다. 이때로부터 두꺼비는 복두꺼비로 불리우며 사람들의 보살핌속에서 아무 근심걱정도 모르고 편안히 살게 되였다.

두꺼비가 사람들의 따뜻한 보살핌속에서 아무런 근심걱정도 모르고 편안히 잘산다는 소문이 온 누리에 쫙 퍼지자 하루는 까치, 종달새, 쭉쭉새, 비둘기, 소쩍새, 부엉이가 두꺼비를 찾아왔다.

≪안녕하세요, 복두꺼비아저씨?≫

여러 새들이 일시에 날아들며 이렇게 친절히 문안을 드리였다.

≪아유, 너희들이 어쩌다 놀러왔니! 어서 들어오너라.≫

두꺼비는 반갑게 그들을 맞아들이였다. 깨끗한 뜨락 한쪽 모퉁이에는 젊은 부부가 사처에서 주어온 보기 좋은 돌로 지어준 두꺼비의 집이 있었던것이다. 집앞에는 꽃밭이고 꽃밭두리에는 가쯘한 나무 가지를 세운 울타리였다.

≪집안이 널찍하니 어서 들어들 가렴?≫

두꺼비가 집안을 가리키며 친절히 권고하였다.

≪밖이 시원해서 더 좋아요.≫

새들은 두꺼비의 돌집에 들어가지 않고 뜨락의 여기저기에 앉았다.

≪오늘은 무슨 바람이 불어 온단 소식도 없이 이렇게들 왔니?≫

복두꺼비도 자리를 찾아앉으며 물었다.

≪우리는 복두꺼비아저씨에게 청을 들러 왔어요.≫

언제나 입이 빠르고 목청이 쟁쟁한 종달새가 먼저 대답하였다.

≪무슨 청이 있느냐?≫

≪아저씨는 얼마나 행복하게 살고있어요? 우리도 어떻게 하면 아저씨처럼 사람들의 보살핌을 받으며 편안히 살가 하고 아저씨한테 문의하러왔어요.≫

이번엔 까치가 끼여들었다.

≪그래, 모두들 나의 충고를 들어러 왔단말이냐?≫

두꺼비는 정에 겨운 눈길로 여러 새들을 둘러보며 되물었다.

≪그래요!≫

여러 새들은 이구동성으로 높이 대답하였다.

≪너희들이 진정나의 충고를 듣고싶다면 내가 나의 경험을 이야기 할테니 들어보아라. 우선 사람들의 동정과 사라을 받자면 먼저 사람들에게 해로운짓을 하지 말고 사람들에게 유익한 일들을 찾아야 하느니라.…≫

두꺼비가 이렇게 말을 떼자 ≪난 복두꺼비아저씨처럼 파리나 모기를 잡는 지술도 없고 구렁이같은 나쁜놈들을 족치는 힘도 없는데 어떻게 하면 사람들에게 리로운 일들을 할수 있단 말이예요?≫ 하고 종달새가 안타까와 종알거렸다.

≪나도 그래요!≫

≪나두 그렇소!≫

≪나도…≫

……

여러 새들이 벌집을 쑤셔놓은듯이 일시에 와작 떠들어댔다.

≪급해들 말어라. 내가 천천히 이야기할테니 들어보고 도리가 있으면 한번 시험해보면 되지않니?≫

두꺼비는 내심하게 여러 새들이 조용해지기를 기다렸다가 천천히 입을 여는 것이었다.

≪그럼 나부터 알려줘요!≫

《나부터!》

《나부터!》

……

여러 새들이 또 다시 와작 떠들어댔다.

《이렇게 성급하고서야 무슨 일을 성사할수 있단말이냐? 우리 함께 천천히 의논해보자꾸나. 애 종달새야. 넌 노래를 잘 부르지 않느냐?》

두꺼비는 여러 새들을 진정시키고 먼저 종달새에게 물었다.

《그래요. 그런데 사람들이 어디 내 노래를 좋아해요?》

종달새는 사람들이 자기의 좋은 노래를 리해하여 못주는것이 못내 서운해서 맥없이 대답하였다.

《너는 어떻게 부르느냐?》

《<요리조리 비—비—, 요리조리 비—비—> 이렇게 부르죠 뭐.》

《그게 무슨 뜻이냐?》

《내가 날며 노래부를 때면 요리조리 아지랑이 피여나는 봄이니 농사를 지을 때가 되었다는 뜻이애요.》

《참 훌륭한 노래구나! 그런데 넌 그 노래를 왜 아무 때나 부르는거냐?》

《나는 심심하면 노래를 불러요. 그리고 목청을 가다듬느라고도 불러요.》

《그래서야 사람들이 어떻게 너의 노래의 뜻을 리해하겠느냐. 그러지 말고 지금부터 넌 노래를 이른봄마다 불러라. 그러면 사람들이 네 노래를 듣고 연장을 메울것이고 네 노래를 들으면서 밭을 갈것이니 너를 더없이 귀여워할것이다. 그러되 어른들과 아이들이 피곤하여 휴식하는 한낮엔 노래를 부르지 말어라. 그들이 편안히 휴식하게말이다.》

《그러면 사람들이 정말 나를 귀여워할가요?!》

종달새는 무등 기뻤다.

《아무럼, 두고보렴!》

두꺼비는 머리를 끄덕이며 대답하였다.

《야—좋구나!》

까치는 즐겁게 소리치며 나풀나풀 춤까지 추었다.

《내 노래는 어때요?》

이번엔 소쩍새가 깡충 두꺼비앞으로 나섰다.

≪넌 어떻게 노래를 부르느냐?≫

두꺼비는 소쩍새의 어깨를 다독이며 다정히 물었다.

≪<소쩍—소쩍 소쩍—소쩍, 소쩍—땅 소쩍—땅> 이렇게 불러요.≫

≪그건 무슨 뜻이냐?≫

≪<소쩍—소쩍 소쩍—소쩍>하느건 올해에 세월이 좋으니 늦곡을 심어도 풍작을 거둘수 있다는 뜻이고 <소쩍—땅 소쩍—땅>하는것은 올해 세월이 그닥 좋지 않으니 조숙종을 심으면 좋다는 뜻이예요.≫

≪네 노래의 뜻이 참 좋구나! 그런데 넌 노래를 낮에만 부르니 낮이면 일에 분망한 사람들이 언제 네 노래를 들을새 있겠느냐. 그러니 이렇게하면 어떻겠니?≫

≪어떻게말이예요?≫

소쩍새도 성급히 두꺼비를 쳐다보니 또 물었다.

≪농군들이란 저녁이면 밤깊도록 농사일로 골머리를 썩이고있느니라. 그러니 넌 낮에 노래를 부르지 말고 밤이면 밤 깊도록 은은히 노래를 불러라. 그러면 사람들이 네 노래를 알아듣고 너를 더없이 반가와할거다.≫

≪정말이예요?!≫

소쩍새도 뛸듯이 기뻤다.

≪아무렴, 두고보려무나!≫

두꺼비는 소쩍새의 어깨를 힘있게 툭 쳤다.

≪아이, 좋아라!≫

소쩍새는 너무도 좋아서 제자리에서 뱅글뱅글 돌면서 어쩔줄을 몰라했다.

≪내 노래는 어떻소?≫

이번엔 쭉쭉새가 두꺼비앞에 다가서며 물었다.

≪너는 노래를 어떻게 부르느냐?≫

두꺼비는 내심하게 말하였다.

≪<쭉쭉쭉—쭉쭉쭉—>하고 부르오.≫

≪그건 무슨 뜻이냐?≫

≪초저녁에 부르는건 저녁마실을 하는분들이 너무 늦게 놀면 이튿날 일에

지장이 있으니 일찍 돌아가 주무시라는 뜻이고 새벽에 부르는건 어서 일어나 조반들을 지어 자시고 일밭으로 나가라는 뜻이죠 뭐.≫

≪네 노래도 참 좋구나! 그런데 초저녁에 부르니 노래는 좀 낮고도 느리게 불렀으면 좋겠다. 이미 피곤하여 잠이 든 사람들이 잠에서 깨여나지 말게스리말이다. 그리고 새벽에 부를 때에 좀 높고도 빠르게 불러라. 그래야 단잠에서 사람들이 깨여날 수 있을거다. 그렇게만 하면 사람들이 너를 더없이 좋아할거다.≫

≪정말이요?!≫

≪아무렴, 두고보려무나!≫

두꺼비는 역시 힘있게 머리를 끄덕였다.

≪야―좋구나!≫

쭉쭉새도 좋아서 빙글빙글 돌며 춤을 추었다.

≪내 노래는 어떻소?≫

두눈을 두리번거리며 여러 새들과 두꺼비 말에 귀를 강구고있던 부엉이가 우렁우렁한 목소리로 입을 열었다.

≪너는 어떻게 노래를 부르느냐?≫

두꺼비가 부엉이쪽으로 다가서며 다정하게 물었다.

≪<부―엉, 부―엉> 이렇게 부르오.≫

≪그건 무슨 뜻이냐?≫

≪모르오.≫

부엉이는 나직한 목소리로 대답했다.

≪그래서야 되겠느냐. 내 생각엔 이렇게 했으면 좋을것 같구나…≫

≪어떻게말이요?≫

부엉이는 성급히 물었다.

≪너는 노래를 <부엉―부엉>하고 부르지 말고 <부홍―부홍> 하고 불렀으면 좋겠다.≫

≪그건 또 무슨 뜻이요?≫

부엉이는 리해가 되지 않는다는듯이 두눈을 데룩거렸다.

≪<부―홍, 부―홍> 이것은 세상사람들이 모두 부유해지고 홍성하라는 뜻이다.네가 이렇게 노래를 부르면 세상사람들이 더없이 너를 좋아할거다.≫

≪정말이우?!≫

≪아무렴, 두고보려무나!≫

두꺼비는 신심에 가득찬 목소리로 대답하였다.

≪야—정말 좋구나!≫

부엉이는 너무도 좋아 덩실덩실 어깨춤을 추었다.

이때로부터 두꺼비의 충고대로 종달새는 이른봄 일찍 반공중에 높이 떠서어서 농사차비를 하라고 ≪요리조리 비—비, 요리조리 비—비—≫ 하고 노래불렀고 까치는 반가운 손님이 올 때마다 주인집 대문이나 처마가에 앉아≪깍깍깍, 깍깍깍≫하고 즐겁게 노래불렀고 소쩍새는 밤마다 ≪소—쩍, 소—쩍≫하고 풍년 농사차비를 하라고 노래불렀으며 소쩍새는 초저녁과 첫새벽이면 사람들의 잘 시간과 깨여날 시간을 알려주느라고 ≪소쩍—소쩍, 소쩍—땅 소쩍—땅≫하고 노래불렀고 부엉이는 만백성이 모두 날따라 부유해지고 흥성하라고 ≪부—훙, 부—훙≫하고 노래부르기 시작했는데 오늘 이때까지 그냥 이렇게 노래부른다고 한다.

구술자: 김규찬 / 수집시간: 1981년 2월 16일 / 수집지점: 훈춘진 정화가

# 측 은 이

오랜 옛날옛적의 일이였다. 산 좋고 물 맑은 한 시골에 어려서 부모를 여의고 이집저집 떠돌아다니며 물이나 길어주며 그날그날을 겨우 연명해가는 측은이라고 부르는 불쌍한 한 아이가 있었다.

그는 열두살나던 해에 성이 민가라는 부자집에 부엌데기로 들어갔다. 그 부자집앞 휘늘어진 능수버들가에 아담한 서당 한 채가 있었다. 서당에서는 매일 마을 부자집아이들이 와서 공부를 하고있었다.

매일 부자집아이들이 글읽는 소리가 랑랑히 들려올 때마다 측은이는 글공부

를 하고싶은 생각이 불불듯 일어났다. 공부만 했으면 부자집아이들 못지 않게 장원급제라도 할것만싶었다.

마음이 어질고 부지런한 측은이는 어둑새벽에 일어나 물을 긷고 소를 먹인 다음 나무를 팼다. 그는 하루 일을 잼싸게 끝낸후 짬만 있으면 서당으로 달려갔다 허나 월사금도 못 물고 책도 없는 신세에 서당안으로 들어가 부자집아이들과 함께 글공부를 할수 없었다. 측은이는 창턱너머로 부자집아이들의 책을 들여다 보면서 글자들을 익히며 배우군 하였다. 어느덧 열흘이 지나고 석달이 지났다. 측은이의 일거일동을 유심히 살펴보군하던 서당훈장은 어느 하루는 동정에 겨워 말을 떼였다.

《애 측은아, 네가 그토록 공부하고싶으면 내가 밤마다 너에게 가르쳐줄터이니 낮에는 일을 하고 밤이면 나를 찾아오너라.》

《고맙습니다 선생님! 그런데 저에겐 월사금을 물 돈도 없고 책과 연필도 없어요.》

측은이는 감격 어린 목소리로 대답하였다.

《너에게서는 월사금을 받지 않겠다. 그리고 내가 너에게 모래판을 만들어줄 터이니 붓과 종이 근심을 하지 말거라.》

서당훈장이 측은이의 어깨를 다독이며 말하였다.

《정말인가요?!》

눈물어린 측은이의 두눈은 새별처럼 빛났다.

《아무렴!》

서당훈장은 머리를 끄덕이며 대답하였다.

《고마와요. 선생님!》

측은이는 너무도 기뻐서 넓적 엎디여 서당훈장에게 절하였다.

이렇게 되어 측은이는 남들이 다 자는 밤마다 서당훈장의 집으로 다니며 3년 석달을 공부하니 원래 총명이 과인한 측은이인지라 하나를 배워주면 열을 통하고 열을 배워주면 백을 통하였다.

때마침 그해 7월에 나라에서는 과거를 본다고 각지에 방을 내붙였다.

돈냥이나 있는 부자집들에서는 소를 잡아 자식을 보양시킨다, 로자를 마련한다. 하며 야단법석이며 이번 과거에서 자기 자식들을 장원급제를 시키려고 서둘렀고 부자집자식들은 과거시험을 보기도전에 진작 정승벼슬이라도 한것처럼 으시 대였다.

부자집자식들의 꼬락서니를 보다못해 하루는 측은이도 서당훈장을 찾아가 자기도 과거시험치러 보내달라고 청을 들었다.

서당훈장도 진작 생각이 있었던지라 그날 밤으로 측은이가 일하는 민부자네 집을 찾아갔다.

《주인장 계십니까?》

《어유 이걸, 서당훈장님께서 어떻게 이렇게 밤중에 찾아오셨소이까! 어서 들어오십시우다.》

민씨가 아양을 떨었다 민씨의 막내아들도 서당에서 공부를 하는지라 민씨는 돈과 권세는 있어도 서당훈장만은 경솔히 대하지 않았다. 서당훈장은 민씨의 안내를 받아 객방에 들어갔다.

《여봐라, 어서 주안상을 갖춰오너라.》

민씨가 아래칸에 대고 분부하였다.

《한가지 일을 상론하려고 찾아왔소이다.》

서당훈장이 민씨와 마주 앉자 말을 꺼냈다.

《무슨 일이 그리 급하오이까? 술잔이나 들면서 천천히 이야기하시우다.》

《아니, 저녁식후여서 술생각이 아예 없수다.》

《훈장님의 부탁이면야 무슨 일인들 못해드리겠나이까.》

《이번 과거시험에 집에 자제분도 참가시키겠는가고 문의하러 왔소이다.》

《그거야 물론입죠. 하다못해 진사벼슬이라도 해야 내 이 민씨의 체면이 서지 않겠습니까.》

《저의 생각도 그러하오이다.》

《그런데 혹시 무슨 어려운 일이라도 없는지?》

교활한 민씨는 세귀눈을 깜박거렸다.

《네, 별로 큰일은 없사온데 과거보러 가는 제자들의 책과 짐이 많아 근심이오다...》

《아, 그만한 일쯤이야 해결해 못드리겠나이까. 제가 짐군을 냅지요!》

민씨가 시원스레 대답하였다.

≪내 보건대 집에 자제님도 있고 하니 이 집에서 머슴질하는 측은이를 데리고 갔으면 하는데…≫

서당훈장의 말이 채 끝나가도전에 민씨가 말허리를 잘랐다.

≪어서 데리고 가십시오. 내 원래 우리 애의 뒤바라질을 하라고 붙여보낼 생각을 진작 하였댔수다.≫

이리하여 측은이도 세 부자집 아이들과 함께 서울길에 오르게 되었다.

시골에서 서울까지 가는 길은 멀고도 험했다. 세 부자집 아이들과 년세가 많은 서당훈장은 당나귀를 타고 책과 짐을 등에 처맨 당나귀는 측은이가 몰고 뒤따랐다. 때는 바로 삼복철이라 하늘에서는 불비라도 퍼붓는듯 매우 무더웠다.

사흘째되는 날 저녁무렵에 측은이네 일행은 흑송령고개마루에 올랐다.

그들은 지친데다가 해까지 지자 할수없이 무인지경인 흑송령고개마루에서 하루밤을 지내지 않으면 안되였다.

그믐달이 으스름하게 비치는데 하늘에서는 먹장같은 검은구름떼들이 흘러갔고 수림에서는 승냥이울음소리가 소름이 끼치도록 들려왔다.

세 부자집 아이들은 두눈이 말똥말똥하여 자지 않고 서당훈장이 깊은 잠에 빠지기를 기다렸다. 오는 길에 그들은 가만가만 음험한 쑥덕공론을 하였던것이다. 자기들 보다 몇갑절 공부를 자한 측은이가 만약 자기들과 함께 과거시험에 참가하는 날이면 자기들이 영낙없이 락방될것이니 서울가는 길에 없애버리기로 합의를 보았다.

밤이 깊어가자 년세가 많은 서당훈장은 지쳐서 드릉드릉 코를 골기 시작했다. 이때 갑자기 민씨네 아이가 단잠이 든 측은이를 흔들어 깨웠다. 뒤를 보겠는데 무서우니 동무해달라는것이였다. 마음씨 착한 측은이는 두눈을 비비며 일어나 민씨네 아이의 뒤를 따라 걸었다. 그는 다른 두 부자집 아이들이 가만가만 자기 뒤를 밟으리라고는 꿈에도 생각지 못하였다.

민씨네 아들은 뒤는 안보고 자꾸 수림속을 꿰지르고 걷기만 하였다. 측은이는 의혹스레 물었다.

≪왜 이리 멀리가나?≫

≪잠자리가 가까우면 냄새가 풍겨와 어쩌니?≫

민씨네 아들은 능청스레 대답하였다.

한참 걸어가던 측은이는 뒤에서 버스럭소리가 나기에 피뜩 돌아보니 다른 두 부자집아이들도 어느새 자기뒤를 따라오고있었다. 측은이가 얼결에 물었다.

≪너희들은 왜 따라오니?≫

≪우리도 뒤를 보러 왔다.≫

두 부자집 아이들이 능글맞게 대답하였다.

측은이는 다시 돌아서서 걷기 시작했다.

그런데 문득 휘파람소리가 나더니 세 부자집 아이들은 일시에 측은이에게 욱 덮쳐들어 미리 준비했던 헌 헝겊으로 측은이의 입을 틀어막곤 비오래기로 손과 발을 꽁꽁 묶었다.

≪헤헤헤, 거지가 서울구경하고싶었지? 과거시험을 쳐서 벼슬자리도 얻고싶은게지? 헤헤, 천당에 가서 암행어시질이나 해라!≫

부자집아이들은 이렇게 너털웃음을 쳐가며 측은이를 끌고 가서 벼랑아래로 내리던졌다. 그리고는 제자리로 돌아와 쿨쿨 자는체하였다.

이튿날 아침은 사위가 온통 자욱한 안개천지였다.

서당훈장이 잠에서 깨여나보니 측은이가 보이지 않는지라 세 부자집 아이들과 물었다. 셋은 모두가 도리질을 하며 모르쇠를 놓았다.

서당훈장은 목이 쉬도록 측은이의 이름을 부르며 반나절이나 사처로 헤매며 찾고찾았으나 측은이의 그림자도 보이지 않았다.

≪과거시험이 늦겠는데 어서 떠나자요!≫

≪측은이는 심부름하기 싫으니 도망친것 같아요.≫

≪거지같은자식이 우리가 과거보러 간다고 일부러 심술을 피운것 같아요.≫

……

세 부자집 아이들은 이렇게 서로 찧고 께끼며 어서 떠나자고 서당훈장을 재촉하였다.

서당훈장은 더는 측은이를 찾을 가망이 보이지 않자 크게 한숨을 쉬곤 하는수 없이 다시 서울길에 올랐다.

입은 헌 헝겊에 틀어막히우고 손과 팔은 바오래기에 꽁꽁 묶이워 천길 벼랑에서 떨어진 측은이는 날샐녘에야 정신을 차렸다. 깨고보니 그는 벼랑중턱 바위틈에 깊숙이 뿌리를 박은 참솔나무가지에 걸렸던것이다.

자욱히 안개낀 천길 벼랑밑에서는 세찬 물결이 굽이치는 소리만 들려올뿐, 어슴푸레한 새벽어둠속에서 측은이는 오르지도 내리지도 못하는 신세가 되었다.

소쩍소쩍하며 소쩍새가 구슬프게 울어댔다.

가련한 자기 신세를 생각하니 측은이는 눈물만 비오듯 흘러내렸다. 이 험악한 세상에서 측은이는 더는 살고싶지 않았다. 측은이는 차라리 이 한많은 세상을 떠나리라 마음먹고 몸을 뒤채였으나 아무리 움직여도 몸을 뺄수가 없었다. 오래동안 신고하던 끝에 측은이는 다시 어렴풋이 잠이 들었다.

이때 어디선가 청아한 두루미울음소리가 들려왔다. 그 소리에 깨여난 측은이가 두눈을 번쩍뜨고 하늘을 쳐다보니 희디흰 백두루미 세 마리가 자기한테로 날아오고있었다.

≪불쌍한 측은아, 울지 말거라, 우리가 너를 도와주러 왔다.≫

엄지두루미가 말하였다.

≪말만 들어도 고맙다. 너희들이 어떻게 나를 구한단말이냐?≫

측은이는 눈물을 비오듯 흘리며 말하였다. 두루미들은 여차여차하면 구할수 있다고 하면서 엄지두루미와 수두루미는 측은이를 밑에서 받치고 새끼두루미는 주둥이로 측은이의 손과 발을 꽁꽁 묶어놓은 바오래기를 쪼아 끊었다. 그런후 두루미 세 마리가 측은이를 태워가지곤 서울뒤산에 와 내렸다.

≪저 서울 보판에 고래등같은 기와집이 한정승네 집이느니라. 너는 이 길로 곧추 한정승네 집으로 찾아가거라.≫

엄지두루미가 하는 말이였다.

≪내가 한정승네 집에 가서 무얼한단말이냐?≫

측은이는 의혹에 가득차서 엄지두루미에게 물었다.

≪한정승에게는 무남독녀 외딸이 있는데 7년째 중병으로 몹시 앓고있느니라.≫

≪찾아간들 의원도 아닌 내가 무슨 방법으로 한정승의 귀동딸의 병을 고친단말이냐?≫

그러자 엄지두루미가 날개를 푸드득하더니 입속에서 빨간 구슬 한알을 꺼내여 측은이의 손에 쥐여주며 알려주었다.

≪이 구슬로 환자의 온몸을 한번 문지르면 병든 곳에 병증이 나타나느니라.≫

≪병증이 나타난들 의술과 약이 없는 내가 무슨 방법으로 고친단말이냐?≫

측은이는 안타까와 또다시 물었다.

이번엔 수투루미가 날개를 푸드득하더니 입속에서 파란 구슬 한알을 꺼내여 측은이의 손에 쥐여주며 말하였다.

≪이 구슬로 병증이 돋아난 곳을 두 번 문지르면 병자가 동통을 모르고 혼곤히 잠이 드느니라.≫

≪동통을 모르고 잠이 든들 깨여나면 또 아플터이니 병근을 뽑지 못하고서야 무슨 쓸데 있단말이냐?≫

손바닥우에 놓인 빨간 구슬과 파란 구슬을 굽어보며 측은이는 한숨만 쉬였다.

그러자 새끼두루미가 날개를 푸드득하더니 입속에서 노란 구슬 한알을 꺼내여 측은이의 손바닥우에 놓아주며 신심 가득히 말하였다.

≪이 구슬로 병증이 돋은 곳을 세 번 문지르면 병근은 온데간데 없어지고 환자는 완쾌해지느니라.≫

≪그 말이 정말이냐?!≫

측은이는 놀랍게 부르짖으며 그 노란 구슬을 보고 또 보았다.

≪틀림이 없을테니 명심하거라.≫

엄지두루미가 신신 당부하였다.

≪고맙다! 정말 고마 와, 흰두루미들아!≫

정신없이 구슬을 들여다보며 입속으로 중얼거리다가 측은이가 머리를 드니 흰두루미들이 온데간데없이 사라졌다.

측은이는 세알의 구슬을 속옷속에 깊이 간수 한후 두루미들의 부탁을 속으로 되새기며 한정승네 집을 향하여 발길을 옮겼다.

한정승네 집근처에 이르러보니 숱한 사람이 대문앞에 몰려서 서성거리고있었다. 측은이가 가까이 다가가 바라보니 큰 대문우에 큼직한 방을 내붙였는데 한정 승이 자기 딸의 병만 고쳐주는 사람에게는 황금 5천냥을 주겠다는 내용이였다. 대문안으로 들낙날락하는 사람들을 여겨보니 조선 팔도에서 모여온 한다하는 의사들인것 같았다.

두루미들의 말이 과연 사실이였다. 그리하여 측은이는 주위의 사람들이 다 듣도록 탄식소리를 내였다.

≪불쌍하구나! 한정승의 귀동딸이 귀인을 못만나 죽어가는구나!≫

≪뭐뭐, 어찌고 어째? 이 가나한 거지놈이 여기가 어디라고 함부로 주둥아리를 놀리는거냐? 뼈다귀가 부러지기전에 어서 썩 물러가지 못하겠니?≫

측은이의 탄식소리가 끝나기도전에 숱한 라졸들이 욱 몰려오더니 측은이의 먹살을 잔뜩 틀어잡고 행패를 부렸다.

≪왜들 이리 고약하게 구느냐?≫

측은이도 어성을 높여가며 라졸들과 밀고닥치며 따지고 들었다.

이렇게 되자 한정승네 대문앞이 온통 소란스럽게 되었다.

떠드는 소리에 한정승의 마누라가 밖에 나왔다가 이 정경을 목격하고 라졸들의 이야기를 들은후 호령하였다.

≪옛말에 <유걸에게서도 홍나무채를 빈다>고 했거늘 보아하니 그 아이 옷은 비록 람루하나 생김새가 영특하고 하는 말이 나이에 비해 너무도 숙성했으니 어서 객방으로 모셔드려라!≫

그제야 라졸들이 할수없이 측은이를 놓아주었다.

≪네가 글을 아느냐?≫

측은이가 객방에 들어서자 한정승 마누라가 물었다.

≪글공부 못했으면 서울로 과거보러 왔겠나이까.≫

측은이는 점잖은 목소리로 대답하였다.

≪네가 그래 정말 과거보러 왔단말이냐?!≫

한정승 마누라는 놀라면서 측은이의 아래우를 천천히 뜯어보았다.

≪장부일언 중천금이라 믿어도 과히 틀림없을 것이오이다.≫

≪건 그렇다치고, 내 한가지 묻겠다, 네가 무엇을 보고 내 딸이 귀인을 못만나 죽어간다고 탄식했느냐?≫

≪집에 귀동딸의 병세야 마님께서 더 잘 아실텐데 물어서 무얼 하나이까? 저 대문에 붙은 방이 집에 따님의 병세가 위급함을 말하는것이고 조선 팔도에서 한다하는 의원들이 아직도 따님의 규방으로 들락날락하는걸 봐서 병이 아직 낫지 않은것이니 이것이 그래 귀인을 못 만남이 아니고 무엇이오리까.≫

≪그럼 내 딸의 병을 고쳐줄수 있는 귀인이 너란말이냐?!≫

≪소인이 비록 천지신명은 아니오나 집의 딸의 병만은 고쳐드릴수 있을것 같사오이다.≫

《이런 고마운 일이라구야! 어서 내 딸의 병을 보아다오!…》

한정승 마누라는 허둥지둥 덤비며 측은이를 이끌어 자기 딸의 규방으로 안내하였다.

금과 은으로 장식하고 비단으로 수놓은 한정승 딸의 규방은 눈부시게 휘황하였으나 꽃같은 딸은 얼굴색이 백지장이 되어 비단이불속에서 신음소리를 내며 누워있었다.

백발이 성성한 의원들이 한정승의 귀동딸의 신변에서 뱅뱅 돌아치고있었다.

《미안하옵지만 마님만 남으시고 다른 사람들은 잠시 이 방에서 물러나게 해주옵소서.》

측은이의 말이 떨어지기 바쁘게 한정승 마누라가 사람들을 자기 딸의 규방에서 몰아 내였다.

측은이는 품속에서 구슬 세알을 꺼내였다. 처음에 엄지두루미가 시켜주던대로 붉은 구슬로 귀동딸의 온몸을 한번 문질렀다. 그리고 옷을 벗겨보니 명치끝우에 동전잎만한 검은 멍이 돋아났다. 측은이는 수투루미가 시켜주던대로 파란 구슬로 그 동전잎만한 검은 멍을 두 번 문지르니 귀동딸은 신음소리를 멈추고 사르르 잠이 들었다. 측은이가 새끼두루미가 시켜주던대로 노란 구슬로 검은 멍이 든 그 자리를 세 번 문지르니 백지장같던 한정승의 귀동딸의 얼굴에 혈색이 돌았고 조금 지나더니 벌떡 일어나 앉으며 배고프다고 하였다.

이렇게 되자 한정승네 집안은 기쁨으로 들끓었다.

한정승이 이 소식을 듣고 버선바람으로 달려나와 측은이를 붙잡고 이 은공을 어떻게 갚으면 좋으냐고 물으니 측은이가 서울로 과거보러 오던 경과를 쭉 이야기했다.

한정승이 그 즉시로 병조판사를 불러 그 세 부자집 자식들을 자식들을 잡아들이라 하더니 곤장 백개씩쳐서 귀양살이를 보내였다.

나라 임금이 이 소식을 듣고 측은이를 불러들이더니 측은이는 나라가 부흥하라고 옥황상제께서 점지해보낸 나라의 동량이라면서 그에게 어사벼슬을 주었다.

측은이가 자기가 공부하던 과정을 임금에게 아뢰니 임금이 크게 탄복하며 그 시골 서당훈장을 불러 들이더니 큰 벼슬을 주고 국록을 받도록 하였다.

구술자: 김규찬 / 수집시간: 1979년 11월 27일 / 수집지점: 훈춘진 정화가

# 금덩이

멀고먼 옛날옛적이였다. 어느 한 두메나 심산골에 마음씨 착하고 부지런한 로인 한분이 끌날같은 아들 삼형제를 데리고 화목하게 살고있었다.

하루는 로인이 세 아들을 앞에 불러다놓고 이렇게 말하였다.

≪애들아, 우리 넷이 저아래 산비탈의 손바닥만한 뙈기밭에서 한평생 일해보았자 겨우 근근 득식이나 하였지 가난에서는 벗어날것 같지 못하구나!≫

≪그럼 이렇게 하면 가난에서 벗어날 수 있을가요?≫

세 아들이 인차 아버지의 말씀을 받아 물었다.

≪내 오래동안 생각해봤는데 너희들이 의향이 어떨지 모르겠구나.≫

로인은 세 아들의 얼굴을 빗질하여보며 의논조로 말을 이었다.

≪아버지, 어서 말씀하세요. 우린 아버지 말씀대로 하겠나이다.≫

맏아들이 가슴을 치며 맹세를 하였다.

≪아버지, 어서 말씀하세요! 아버지의 분부라면 우린 거역하지 않겠나이다.≫

둘째도 뒤질세라 결심을 보였다.

그런데 셋째만은 묵묵부답이였다.

≪셋째야, 너의 생각은 어떠하냐?≫

로인이 셋째에게 물었다.

≪아버지가 시키는대로 하겠소이다.≫

셋째는 마지못해 대답바하였다.

≪너희들 셋이 다 동의한다면 내가 이야기하겠다. 너희들도 알다싶이 저아래 말라버린 강바닥이 있지 않느냐. 강굽이 이미 딴곳으로 옮겨졌으니 그곳을 우리 넷이서 래일부터 일하고 돌아올 때마다 그 강바닥에 들려 돌을 하나씩 주어오는 것이 어떻냐? 주어온 돌로는 담벽을 쌓고 주어낸 강바닥은 옥답으로 만들게스리 말이다.≫

아버지는 자기가 오래동안 품어오던 생각을 툭 털어놓았다.

≪강바닥에 그 많은 돌을 어떻게 다 주어냅니까?≫

셋째가 볼부은 소리를 쳤다.

그러자 맏이가 벌떡 일어서며 면박을 주었다.

≪그렇다면 네 생각엔 한평생 이렇게 살아도 좋다는 말이냐?≫

≪싫으면 넌 그만두렴아!≫

둘째도 퉁명스레 셋째를 쏘아주었다.

≪내 그러기에 너희들과 의논하는게 아니냐? 내가 좀 더 젊었어도 내 힘으로 먼저 시작해보았겠다. 그런데 젊었을적엔 너희들 에미가 시름시름 앓고있어 그 병시중을 들라니 너희들을 키울라 하다나니 세월이 다 흘렀구나. 인젠 나이도 먹고 늙어 내 힘으로는 어쩔수 없구나. 내가 인제 살면 몇해를 더 살겠니? 인젠 너희들도 다 자랐으니 장가를 들고 세간도 나야 할게 아니냐? 그런데 네 에미가 죽고 나까지 늙고보니 생각뿐이구나.…≫

로인은 자신의 신세를 하소연하였다.

≪아버지, 힘든 일은 우리가 할테니 아버진 가르치기만 해주십시오.≫

성급한 맏이가 누구먼저 나섰다.

≪아버지, 래일부터 우리가 그 일을 시작할테니 근심하지 마십시오.≫

둘째는 맏이를 호응해나섰다.

≪셋째야, 넌 어쨌으면 좋겠느냐?≫

로인은 또 침묵을 지키는 셋째에게 물었다.

≪형님들이 하는대로 하겠어요.≫

셋째는 크게 한숨을 내쉬더니 마지못해 겨우 대답하였다.

≪너희들이 모두 동의한다면 우리함께 한마음한뜻으로 일해보자꾸나. 그런데 우리함께 무엇을 성사하려면 무슨 약속이라도 있어야 하지 않겠는냐?≫

로인이 생각에 잠기며 하는 소리였다.

≪좋아요? 그 누가 만약 빈손으로 집으로 돌아오면 대소한사이라도 밖에서 자는것이 좋겠어요.≫

역시 맏이가 직방배기로 말하였다.

≪좋아요!≫

≪그렇게 하자요≫

둘째와 셋째도 대답하였다.

이렇게 합의가 되자 로인은 그 이튿날부터 세 아들을 데리고 뙈기밭에서 일하고 집으로 돌아올 때마다 마른 강바닥에 들려 큰돌을 하나씩 주어가지고 집으로 돌아왔다.

로인은 이렇게 삼년 석달을 하루와 같이 강바닥의 돌을 주어다간 집주위에 담을 쌓았다. 그렇게 되자 강바닥의 돌도 점점 적어져 차츰 옥토로 변해갔다. 그러던 어느날이였다. 저녁무렵부터 우 뢰가 울고 번개가 번쩍이더니 소나기가 억수로 퍼붓기 시작하였다. 로인은 그래도 약속대로 돌 하나를 안고 맨먼저 집으로 돌아왔다.

맏이와 둘째도 물참봉이 되였지만 역시 돌을 주어가지고 돌아왔다.

그런데 셋째만은 늦어서야 돌아왔는데 발목을 풀쳐 빈손으로 절룩거리며 집으로 돌아왔다.

네 식구가 한상에 모여앉아 저격식사를 끝마치자 로인은 셋째한테 말을 걸었다.

≪오늘 저녁에 셋째는 밖에서 자야겠다.≫

그러자 둘째가 아버지를 말렸다.

≪아버지, 소낙비가 계속 억수로 퍼붓는 이 추운 밤에 셋째가 어떻게 밖에서 잡니까?!≫

≪아버지, 셋째는 발목을 상하여 빈손으로 왔으니 한번만 용서해주십시오.≫

하지만 로인은 엄연한 기색으로 맏아들의 간청을 거절해버렸다.

≪우리 넷이 함께 의논하여 세운 약속을 오늘은 네가 이 구실, 래일은 내가 저 구실 하면서 서로 지키지 않는다면 그것이 무슨 약속이며 그 약속을 앞으로 누가 지키겠느냐?≫

로인의 말에 세 아들은 머리를 숙였다.

로인은 셋째아들을 굽어보며 부드러운 목소리로 말하였다.

≪막냉이야, 내가 밖에 나가 너를 동무해줄터이니 이 삿갓을 쓰고 어서 나가자.≫

로인은 큰 삿갓 두 개를 벗기더니 하나는 자기가 쓰고 하나는 셋째아들에게 내밀며 밖에 나갈 잡도리를 하였다.

늙고 허약한 아버지가 자기 때문에 찬비 퍼붓는 밤에 밖에서 지울것을 생각하니 셋째아들의 가슴은 오리오리 찢어지는것만 같았다. 그래서 셋째아들은 아버지앞에 무릎을 꿇고 빌었다.

≪아버지, 제 혼자 가서 돌을 주어오겠으니 제발 아버지는 밖에 나오시지 말아주십시오.≫

말을 마친 셋째아들은 인차 밖으로 나섰다.

셋째가 찬비가 퍼붓는 어두운 밤에 혼자서 밖에 나서자 아버지와 두 형도 따라 나섰다. 먹물을 뿌린듯한 캄캄한 밤에 억수로 퍼붓는 찬비를 맞아가며 로인과 세 아들은 강바닥에서 저마다 큼직큼직한 돌덩이를 주어가지고 집에 돌아와 쌓던 돌각담우에 올려놓았다.

이튿날아침이였다. 로인이 일터에 나가려고 세 아들을 데리고 밖에 나서니 비는 어느새 멎고 칠색령롱한 꽃무지개가 집뒤에 와 뿌리를 박았다. 로인이 세 아들을 데리고 달려가보니 엊저녁에 찬비속에서 주어온 네 개의 큰 돌덩이는 원래 네 개의 크나큰 금덩이였다.

이때로부터 로인은 그 금덩이들을 팔아서 가난한 사람들에게 쌀을 나누어주면서 오래오래 잘 살았다고 한다.

구술자: 초광록 / 수집시간: 1979년 12월 30일 / 수집지점: 훈춘진 신안가

# 메추리와 꿩

옛날 하늘과 땅이 갈라져서 제일 큰 눈이 내린 어느해 겨울이였다. 열길 고목이 다 눈속에 묻히게 되자 산에서 살던 숱한 짐승들과 날새들이 얼어죽고 굶어죽었다.

그러던 어느날 정오무렵에 모진 기아와 혹한속에서 겨우 살아난 장꿩 한 마리가 양지쪽 큰 벼랑밑으로 날개를 퍼덕이며 겨우 날아왔다. 장꿩은 벼랑밑에 쌓인 눈이 다 녹았으리라 짐작하고 먹을것을 찾아왔던것이다. 벼랑밑의 눈은 과연 거의다 녹고 땅이 적지 않게 드러나있었는데 뜻밖에도 메추리가 그곳에서 햇볕

을 쪼이며 졸고있었다.

≪애, 메추리야, 이 큰 눈에 넌 어떻게 살아났니?!≫

장껑은 메추리를 보자 너무도 놀랍고도 반가와 큰소리로 물었다.

≪아이유! 장껑형님, 그새 무사히 지냈어요?≫

메추리는 벌떡일어나며 장껑을 반갑게 맞았다.

≪무사하다는게 다 웬 소리냐. 우리네 다섯식구중 둘은 굶어죽고 하나는 얼어죽고 까투리와 난 살길을 찾아 헤매다 서로 갈라진것이 행방불명이란다. 으흐흑…≫

장껑은 콩알같은 눈물을 뚝뚝 떨구며 겨우말을 잇는것이였다.

≪형님두, 요만한 눈 때문에 굶어죽고 얼어죽다니 그게 어디 될 말이요.≫

메추리는 베고 누웠던 주머니를 헤치더니 개암알처럼 영근 식량을 한바가지를 푹 떠내여 장껑에게 먹으라고 주었다. 그리고는 자기는 부른배를 슬슬 만지는것이였다.

굶주릴대로 굶주린 장껑은 너무도 감격하여 제격 식량바가지를 받으며 사의를 드렸다.

≪감사하다 메추리야, 이 은공을 언제면 다 갚겠느냐.≫

≪시장하겠는데 어서 자시오.≫

메추리의 말이 떨어지기 바쁘게 장껑은 목을 끼룩거리며 먹어댔다. 배가 불룩하게 먹고나서 장껑은 피뜩 머리에 떠오르는것이 있어 메추리에게 물었다.

≪애, 메추리야, 너도 지난 가을에 장만했던 겨울식량을 굴쥐놈한테 도적맞히지 않았니?≫

≪몽땅 도적맞혔죠 뭐. 허나 그게 뭐 대순가요. 굴쥐놈이 내 식량을 도적질해갔으니깐 도적맞힌 식량을 굴쥐놈한테 가서 받아오면 되지뭐.≫

메추리는 태연자약하게 대답하였다.

≪심보가 고약한 굴쥐놈이 그래 도적질해간 식량을 고분고분 너에게 돌려주더란말이냐?≫

장껑은 두눈이 휘둥그래서 물었다.

≪형님두 도적맞힌 식량을 도로 찾겠거든 내가 시키는대로만 하면 될거요.≫

≪어떻게말이냐?≫

장꿩이 너무도 성근하게 묻자 메추리는 여차여차 하라고 일깨워주었다.

≪그래, 내가 그놈하고 시합해서 지게 되면 그놈의 종질을 하겠다고 대답하란 말이냐?≫

장꿩은 어이없다는듯이 두눈이 퀭해서 두덜 거렸다.

≪형님은 정말 무골충이구만. 그래 굴쥐하고 시합해볼 용기도 없고 굴쥐를 이길수 있다는 신심도없단말이요? 흥 싫으면 그만두라요. 난 그래도 장꿩형님이 용감한 투사인줄 알았더니 알고보니 겁쟁인걸 가지고…≫

메추리는 성난 눈길로 장꿩을 흘겨보며 툭 내쏘았다.

≪내 말은 그 그런 뜻인게 아니라…저, 굴쥐란놈이 교활한놈이여서…≫

≪ 때문에 굴쥐같은놈들하고는 지혜와 용맹으로 싸워야만 이길수 있다는거예요.≫

≪내가 가서 굴쥐하고 시합하면 될만할가?≫

메추리가 성을 내자 장꿩은 누그러들어 빌붙다싶이 물었다.

≪형님이 가서 지게 되면 내가 갈테니 근심말고 가서 한번 겨뤄봐요. 길고 짜른거야 대보아 알게 아니요.≫

메추리의 고무와 격려에 힘을 얻은 장꿩은 그길로 굴쥐네 집을 향하여 떠났다. 장꿩이 굴쥐네 집에 도착하여 대문을 두드리니 과연 메추리의 말 그대로 늙은 굴쥐놈이 기지개를 켜면서 대문을 열었다.

≪아유, 장꿩아저씨! 평생 우리 집에 놀러 오시지 않더니 오늘은 무슨 여가가 있어서 이렇게 오셨소?≫

늙은 굴쥐놈이 너스레를 떨면서 제법 그럴듯하게 장꿩을 맞아들였다. 굴쥐네 대문안에 들어서서 사위를 둘러본 장꿩은 너무도 기가 차서 말이 나오지 않았다. 자기네는 식량이 떨어져서 굶어죽을 지경인데 굴쥐네는 찰떡을 친다. 두부를 앗는다, 막걸리를 빚는다… 흔전만전하며 야단법석이였다. 이 정경을 보면 볼수록 장꿩은 분통이터졌다. 장꿩은 지난 초겨울 어느날 자기가 온 집 식구를 거느리고 친척집 잔치에 간 틈을 타서 굴쥐놈이 기여들어 온 겨울 먹을 식량을 몽땅 도적질해간 일이 생각났었다. 그것도 다람쥐가 알려줬으니 알았지 그렇지 않았더면 도적놈이 누군지도 모를번했다. 그 식량만 있었던들 이번 큰눈에 죽을 고생은 하지 않았을것이다.

≪여봐라, 어서 주안상을 차리고 손님접대를 준비하여라.≫

늙은 굴쥐놈이 호통쳤다.

≪예—잇!≫

수십마리의 굴쥐들이 이구동성으로 대답하였다.

그제야 장뀡은 번쩍 제 정신이 들었다. 장뀡은 방망이질하는 가슴을 누르며 자기가 온 목적을 생각했다. 어떻게 하든 식량을 얻어가는것이 관건이였다. 수백마리나 되는 굴쥐들이 한곳에 모여 사는 이곳에서 서뿔리 행동했다가는 큰 코를 다친다는것을 장뀡은 너무도 잘 알고있었다.

≪자, 어서 객실로!≫

늙은 굴쥐가 멍해 서있는 장뀡을 객실로인도하였다. 그런데 장뀡은 자리에 앉아서도 메추리가 알려주던 말들이 생각나지 않았다. 분김에 신경을 쓰고보니 깜박 잊어버렸던것이다.

≪자, 그런데 온 뜻이나 시원히 듣고서 술잔을 들기요.≫

늙은 굴쥐가 또 선손을 쓰는것이였다.

≪저, 저…≫

장뀡은 입은 벌렸으나 말이 나가지 않았다. 장뀡은 시합에서 지면 종질을 어떻게 하겠느냐는 생각이 앞섰던것이다.

≪보아하니 아저씨는 말을 떼기 거북해하는것 같은데 내가 먼저 이야기하지. 나는 이 겨울철을 잡으면서 어디 나가 마실을 다닐 곳도 없고 하여 심심풀이로 수수께끼 시합을 벌렸다오. 그런데 내기없는 수수께끼 시합이 무슨 재미가 있겠소. 그래서 내가 쌀 한섬을 내걸었소. 내가 낸 수수께끼를 맞추면 쌀 한섬을 주고 못맞추면 그대신 우리 집에서 석달동안 절구질을 하기로 내기를 걸었소. 어떻소, 왔던김에 한번 심심풀이를 할 생각은 없소?≫

늙은 굴쥐가 이렇게 늘어놓자 ≪해보기요≫하고 장뀡은 어망결에 대답했다. 올 때부터 수수께끼시합을 하자고 온 장뀡이였으니까요.

≪자, 그럼 시작하기요. 내가 수수께끼를 내면 대답해보오. 내 수염이 어째서 누렇소?≫

늙은 굴쥐는 몇오리 안되는 자기의 수염을 만지면서 물었다. 장뀡은 코등에 진땀이 빠질빠질 돋았다. 메추리가 두세번 곱씹어가면서 이 문제를 어떻게 대답하라고 알려줬는데 장꿩은 아무리 생각해도 생각나지 않았던것이다.

≪내가 이 곰방대의 담배를 다 태울 때까지 시간을 줄테니 잘 생각해보오.≫

늙은 굴쥐놈은 곰방대에 담배를 눌러담으며 제법 점잖게 말하였다. 장꿩은 생각할수록 점점 당황해났다. 늙은 굴쥐놈은 곰방대의 담배를 다 피우자 재떨이에 대통을 톡톡 두드려 재를 털었다.

장꿩은 끝내 생각해내지 못했다.

≪자, 그럼 내절로 이야기하지. 내 이 수염은 팔도강산을 다 돌아다니며 세상 풍상고초를 겪을대로 겪어서 누렇게 된거요.≫

늙은 굴쥐놈이 이렇게 해석하자 성미가 곧은 장꿩은 조금도 고려없이 인차 이렇게 내쏘았다

늙은 굴쥐놈은 두눈을 부릅뜨고 장꿩을 노려보며 무어라고 말하려다가 꾹 참는것이었다.

≪첫번째 수수께끼를 못맞추었으니 두 번째이자 마지막 수수께끼를 내겠소. 여기를 보오. 내 이마가 왜 이렇게 벗어졌겠소?≫

늙은 굴쥐가 입귀에 음험한 웃음을 띄우고 묻는 말이였다.

장꿩은 또다시 긴장해났다. 어느새 모여왔는지 수백마리의 굴쥐들이 그들을 겹겹이 둘러싸고 흥미진진하게 구영하고있었다. 이 수수께끼도 메추리가 어떻게 대답하라고 알려줬는데 평소에 머리쓰기를 좋아하지 않고 허풍치기만 좋아하던 장꿩은 진작 잊어버렸던것이다. 장꿩이 머리를 긁적이며 대답을 못하자 이번에도 늙은 굴쥐가 먼저 입을 열었다.

≪공짜를 먹으라고 벗어진것이요.≫

그러자 장꿩은 인차 반박했다.

≪풀밭에 메뚜기는 공짜를 못먹어도 이마만 벗어졌습데!≫

그러자 늙은 굴쥐놈은 대노했다.

≪여보라, 이놈을 실컷 때려줘라. 수수께끼를 맞추지 못하겠으니 나를 모욕하는구나.≫

늙은 굴쥐놈이 이렇게 호령하자 숱한 굴쥐들이 장꿩에게 달려들었는데 어떤 놈은 밥을 푸던 밥죽으로 어떤놈은 불을 때던 부지깽이로 어떤놈은 떡메로 장꿩을 때렸다. 장꿩은 어쩌지 못하고 반주검이 되도록 실컷 언어맞았다.

하루를 기다리고 이틀을 기다리고 사흘을 기다려도 장껑이 돌아오지 않자 메추리는 장껑을 찾아 굴쥐네 집으로 갔다.

≪굴쥐님 계시오?≫

메추리는 속으로는 굴쥐를 밉살스럽게 보면서도 장껑을 구원하기 위하여 ≪님≫자까지 붙여가며 듣기 좋게 소리치고는 대문을 두드렸다.

그러자 대문이 삐꺼덕 열리며 늙은 굴쥐가 나왔다.

≪아유, 메추리형님이구만! 난 또 누구라고. 어서 들어오오. 지난번 수수께끼 시합에서 이기고 또 올줄 알고 기다리던침인데…헤헤헤≫

늙은 굴쥐가 너스레를 떨었다.

≪그새 무고하셨소? 하도 심심하여 소풍하러 나왔던김에 들렸소.≫

메추리도 늙은 굴쥐의 비위를 맞춰주며 대답했다. 객실에 자리를 마주하자 늙은 굴쥐는 또 다시 먼저 입을 열었다. 늙은 굴쥐는 이번에 톡톡히 봉창하리라 작심했던것이다.

≪이번 시합은 좀 크게 노는게 어떻소?≫

≪어떻게말이요?≫

≪내가 낸 수수께끼를 맞추면 내 저 우리 집 창고의 식량을 몽땅 주겠소!≫

그러자 메추리는 신심 가득히 대답하였다.

≪내가 못맞추면 한평생 이 집에서 종질하겠소!≫

그런데 이때에 집뒤에서 쿵쿵 소리가 났다.

≪저건 무슨 소리요?≫

메추리가 물으며 뒤창문을 여니 장껑이 땀벌창이 되어 절구질을 하고있었다.

≪아유, 장껑형님은 거기서 뭘 하오?≫

메추리가 물었다.

≪장껑이 놀러 왔다가 심심해서 절구질을 한다네.≫

늙은 굴쥐가 앞질러 대답하였다.

≪장껑형님, 까투리아주머니가 찾아왔습데.≫

메추리는 만난적이 없었던듯이 꾸며대며 장껑에게 말을 건네였다.

≪까투리가 살았더냐?!≫

장껑은 너무도 놀랍고 반가와 눈물을 줄줄 흘렸다.

≪장꿩형님, 이리 들어와 우리네 수수께끼시합이나 구경하오.≫

메추리가 넌지시 말을 뗐다.

≪안되네. 장꿩은 수수께끼시합에서 졌으니 아직도 우리 집에서 두달 스무이 레동안 절구질을 해야 한네.≫

늙은 굴쥐가 랭랭한 목소리로 말하였다.

≪굴쥐님, 그럼 이렇게 하면 어떻겠소? 이미 우리가 시합을 크게 버렸던바에 내가 지면 장꿩형님과 까투리아주머니까지 다 모시고 여기에 와서 한평생 머슴 살이를 하는게 어떻겠소? 그대신 굴쥐님이 지면 장꿩형님까지 함께 돌려주는게 어떻겠소?≫

메추리가 늙은 굴쥐에게 바투 들이댔다.

늙은 굴쥐가 눈알을 판들판들 굴리며 생각해보니 그러는것이 꿩 먹고 알 먹고 둥지 털어 불때기였다.

≪그렇게 해보세!≫

늙은 굴쥐가 통쾌하게 대답했다.

≪장꿩형님이 여기 들어와 구경해도 일없겠지요?≫

≪아무렴!≫

이렇게 되어 장꿩도 절구질을 멈추고 메추리곁에 와앉았다.

≪맞출만 하겠느냐?≫

장꿩은 뭇매를 맞고 혼이 났는지라 겁기어린 목소리로 메추리에게 가만히 물었다. 메추리는 대답대신 안심하라고 눈짓하였다.

≪자, 메추리형님 그럼 시작해볼가요?≫

늙은 굴쥐는 시합에서 이기려고 급히 서둘렀다.

≪좋도록 하기요≫

메추리는 태연자약하게 대답하였다.

≪역시 수수께끼 두 개요. 처음것은 이렇소. 메추리형님, 저 앞고개를 넘어오 며 막을 몇을 보았소?≫

(에억, 고약한놈, 막이란 초막, 풀막, 원두막같은것이겠는데 무인지경에 무슨 막이 있단말이냐?) 이렇게 생각한 장꿩이 벌떡 일어서며 내쏘려는데 메추리가 장꿩을 눌러앉히며 천천히 대답하였다.

≪두개 보았소. 올리막 하나 내리막 하나!≫

늙은 굴쥐는 메추리가 귀신같이 알아맞추니 입이 딱 벌어졌다. 이 수수께끼는 굴쥐가 한번도 써보지 않던 제일 어려운것인데 메추리가 어렵지 않게 맞췄던것이다.

(네가 처음것은 맞췄다만 다음거야…흥) 늙은 굴쥐는 이렇게 자기절로 자기를 위안하며 입을 열었다.

≪내가 생콩5백섬을 먹었더니 속탈이 나는구만, 무슨 약을 썼으면 내 병이 떨어질것 같소?≫

≪도끼등속에서 등심을 뽑아내여 배꼽에 붙이면 만병통치인줄로 아뢰오.≫

≪도끼등에 무슨 등심이 있단말이요?!≫

≪삿자리눈으로 보고 바늘귀로 들으면 알리오.≫

≪사자리눈으로 어떻게 보고 바늘귀로 어떻게 듣는단말이요?!≫

≪그럴진대 한말 생콩도 들어가기 어려운 굴쥐님이 배속에 5백섬의 생콩은 어떻게 들어가오?≫

늙은 굴쥐는 끝내 입이 막히고말았다. 악에 바친 늙은 굴쥐는 소리쳤다.

≪여봐라!≫

그 소리에 수백마리 쥐들이 뛰여나와 메추리와 장끼를 빙 둘러쌌다. 이러하리라는것을 미리 예견한 메추리인지라 ≪뼈종, 뼈종 또르르-≫하고 신호를 보냈다. 그러자 밖에서 대기하고있던 얼룩고양이가 ≪야옹!≫ 하고 뛰여들었다. 메추리는 늙은 굴쥐의 심보를 너무도 잘 알고있는지라 알룩고양이아저씨에게 구원을 요구했던것이다.

≪여봐라! 듣거라, 네놈들이 훔쳐온 식량을 몽땅 내여놓고 수수께끼시합에서 진 뭇짐승들을 다 내여놓으면 네 목숨을 살려주고 그것을 거부할 때에는 추호의 사정도 두지 않을터이니 두중하나를 택하여라!≫

메추리가 추상같이 호령하였다. 그러자 늙은 굴쥐는 할수없이 창고의 식량을 몽땅 털어내여놓았다. 식량이 없어지자 굴쥐들은 먹을것을 찾아사처로 흩어졌다. 이리하여 수백마리씩 함께 모여 살던 굴쥐들은 제마끔 몇 마리씩 흩어져살게 되었는데 그때로부터 굴쥐라는 이름도 차츰 소실 되었다.

메추리는 장끼를 데리고 다시 보금자리에 돌아와 함께 화목하게 살았는데 장펭의 몸은 그때에 굴쥐들에게 뭇매를 맞은 어혈로 지금까지 앞 가슴은 뻘겋고 목은 희고 엉뎅이쪽은 꺼멓다고한다.


# 고산장군


아득히 멀고먼 옛날옛적이였다. 어느 한 곳에 산봉우리가 어찌도 늪은지 구름을 뚫고 은하수에 닿았다고 하여 높을 《고》자에 메《산》자를 붙여 고산이라고 부르는 높은 산이 있었다. 그 높은산 양지바른 남쪽기슭에 한 젊은이가 어머니를 모시고 살고있었다. 젊은이의 키는 구척이요 허리는 곰의 허리인데다 팔은 원숭이 팔에 가슴은 호랑이의 가슴이라 힘이 어찌도 센지 아름드리 통나무도 뿌리채 뽑았다. 모두들 이 젊은이를 고산에 사는 힘장수라 하여 고산장군이라 불렀다.

고산장군은 오랜 신병으로 앓고계시는 어머니를 봉양하느라고 30이 넘도록 장가도 들지 않았다. 그는 매일 산에 가서 나무를 하여서는 산더미처럼 쪽지게에 담아지고 백여리밖인 장터에 가 팔았다. 그리곤 그 돈으로 어머니에게 대접할 초약과 색다른 음식들을 사오군 했다. 때는 바로 8월 한가위 추석날이였다. 이날도 고산장군은 아침때식을 걷어 치우자 낫과 바오래기를 쪽지게에 처매며 산에 오를 잡도리를 하였다.

《애야, 오늘은 추석날인데 나무를 그만두고 놀이터에라도 가보려무나. 씨름판도 굉장할텐데…》

어머니가 아들을 말리며 하시는 말씀이였다.

《어머니께서 병환으로 자리에 누워계시는데 이자식이 혼자 놀이터에 간들 무슨 흥이 나겠나이까. 듣자오니 산삼이 보약중의 보약이라니 오늘 그거나 몇뿌리 파다가 어머니에게 대접하겠나이다.》

고산장군이 어머니를 위안하며 공손히 하는 대답이였다.

≪다 썩은 고목에 천수를 친들 되살아나겠느냐. 이 에미 병도 인젠 고질이 되었으니 더는 근심하지 말고 어서 놀러 가거라.≫

≪산삼을 잡수시면 어머니의 몸은 꼭 쵀설겁니다.≫

≪부모를 잘못 만나 너까지 고생이구나. 남들은 호의호식하며 글공부까지 하는데 너는 이 앓는 에미 때문에 명절조차 마음 편안히 놀지 못하니 이 에미 마음인들 어이 펴안하겠느냐…≫

어머니는 말끝을 맺지 못하며 주르르 눈물을 흘렸다.

≪어머니, 괴로워하지 마옵소서. 제가 어머니 말씀대로 오늘은 산으로 가지 않고 놀이터에 가 놀겠으니 더는 락루하시지 마옵소서.≫

고산장군이 이렇게 말해서야 어머니는 울음을 그치고 웃는 얼굴로 아들더러 어서 놀러 가라고 재촉했다.

≪어머니, 그럼 자식은 다녀오겠나이다.≫

고산장군이 머리를 숙이며 조용히 고하니

≪오냐, 어서 가보아라. 이 에미 근심은 말고 마음껏 놀다가 오너라.≫하고 어머니는 웃는 얼굴에 기꺼운 음성으로 대답하였다.

고산장군이 놀이터에 당도하니 수양버들 휘늘어진 그네터에서는 와-와- 하며 처녀들의 그네뛰기가 한창이였고 강변 모래불에서는 젊은이들의 씨름판이 한창이였다. 그런데 고산장군이 자세히 둘러보니 젊은이들 저저마다 아버지와 어머니, 나어린 동생까지 데리고 와서 함께 즐기고 있었다.

≪내가 불효자식이로다. 병중에 계시는 어머니를 집에 홀로 두고 나혼자 놀이터에 오다니…≫

이렇게 생각한 고산장군은 그길로 발길을 돌려 산삼캐러 떠났다.

고산장군은 구슬땀을 뚝뚝 떨구며 심산계곡을 넘고넘었다. 그런데 온하루를 찾고 찾았지만 산삼은 한뿌리도 보이지 않았다.

어느덧 해가 서산에 뉘엿뉘엿 지고있었다. 그래도 고산장군은 오직 산삼을 캐여 어머니에게 대접시키려는 일념으로 계속 심산속에서 헤매고 또 헤매였다.

이때 문득 어디선가 녀 자의 울음소리가 처량하게 들려왔다. (이 심산벽지에 인기라고는 없는데 웬 녀 자가 이토록 구슬프게 운단말인가?) 고산장군은 이렇게 생각하며 놀랍고도 의심스러워 울음소리 나는 쪽을 향해 두주먹을 부르쥐고 달려갔다.

고산장군이 한참 달려가다 앞을 내다보니 천길벼랑우에 칠색령롱한 꽃무지개가 걸려있었다. 울음소리는 그 천길벼랑밑에서 나고있었다. 고산장군이 다가가보니 천길벼랑밑에는 만년 묵은 홰나무가 서있었는데 그 홰나무밑에는 흰옷을 입은 백발할머니가 앉아서 주먹으로 땅을 치며 통곡하고있었다.

고산장군이 아무리 생각해보아도 보통인간같지는 않았다. 그리하여 고산장군은 배발할머니앞으로 다가가 두무릎을 꿇며 공손히 물었다.

≪천지신명께선 무슨 연고로 이토록 구슬프게 통곡하시나이까?≫

≪내 이 세상이 너무도 어지럽고 인간들이 너무도 불쌍해서 그러노라.≫

백발할머니가 울음을 그치고 하는 대답이였다. 그런데 그 목소리가 은쟁반에 옥을 굴리는듯 어찌도 청아하고 듣기 좋은지 분명 신선의 목소리이지 인간의 목소리는 아니였다.

≪소인이 비록 무지하우나 천지신명께서 무엇이고 분부가 있사오면 목숨을 내걸고 행하겠나이다.≫

고산장군이 머리를 수그리며 아뢰였다.

≪내 오늘 그대가 이곳으로 올줄 알고 여기서 기다렸노라. 그대 원래 천하호걸로 인간세상에 태여났거늘 어찌 재난속에서 죽어가는 만백성을 구원하지 않고 두메산골에서 허송세월하는고?≫

백발할머니가 책망하는 말이였다.

≪황송하오나 저에게는 저를 낳아서 금지옥엽으로 키워준 은혜가 태산같은 어머니가 계시온데 오랜 신병으로 병석에 누워계시나이다.…≫

고산장군은 오늘 팔월 추석날에도 놀이터에서 놀지 않고 산삼을 캐러 온 일까지 다 이야기했다.

≪내 진작부터 다 알고있도다. 그대 정녕 부모에게 효자이고 나라에 충신일진대 래일 첫새벽에 오룡사로 떠날지어다.≫

천지신명이 분부하였다.

≪그럼 병환에 계시는 우리 어머님은 누가 보살피겠나이까?≫

고산장군은 가슴을 치며 안타까이 부르짖었다.

≪이것을 가져다 달여서 어머니에게 대접시키면 그대 어머님의 병환은 즉석

에서 효험을 볼터인즉 그대는 더는 어머니 때문에 근심하지 말지어다.≫

백발할머니는 이렇게 말하며 도라지같은것이 수북이 쌓인 버들광주리를 고산장군에게 주었다.

≪감사하오이다.≫

고산장군은 큰절을 올리며 감사를 드렸다.

고산장군이 버들광주리를 안고 돌아서려는데 백발할머니가 고산장군을 불러세워놓고 두루미털로 만든 부채와 정교한 지팽이를 주면서 말하였다.

≪이 부채와 지팽이도 가지고 갈지어다. 오룡상에 가면 큰 쓸모가 있을테니 잊지 말고 잘 간수할지어다.≫

고산장군이 부채와 지팽이를 어디에 어떻게 쓰는가고 물으니 백발할머니는 여차여차하게 쓴다고 알려주고는 오룡사로 가는길까지 가리켜주었다.

≪무지한 인간에게 앞길을 점지해주시니 백골난망이오이다.≫

고산장군이 다시한번 큰절을 하고 머리를 드니 백발할머니는 온데간데 없이 사라지고 천길벼랑밑에는 새하얀 안개가 자욱히 끼여있었다.

고산장군은 천지신명이 하던 부탁을 곰곰이 되새기며 부채와 지팽이, 도라지같은것이 수북이 담긴 버들광주리를 가슴에 안고 단숨에 집까지 달려왔다.

≪왜 이토록 늦었느냐?≫

어머니는 머리우에 손을 얹고 문밖에서 눈이 빠지게 고산장군을 기다리고있었다. 고산장군은 두손으로 어머니의 손목을 꼭 붙잡고 산에서 천지신명을 만났던 일을 자초지종 쭉 이야기했다.

≪나라가 위급하고 만백성이 사선에서 헤매일진대 사내대장부가 어찌 제 에미 하나 때문에 산중에 묻혀있겠느냐. 어서 천지신명의 부탁대로 오룡사로 떠나거라.≫

어머니가 이렇게 말씀하시자 고산장군은 크게 감격하였다.

≪어머니, 그럼 이 자식은 래일 첫새벽에 오룡사로 떠나겠나이다.≫

고산장군이 이렇게 대답하며 가슴에 안고 온 버들광주리를 헤치니 원래 도라지인것이 아니라 모두가 몇백년씩 묵은 산삼과 령지였다.

천지신명이 시켜주던대로 고산장군은 그날 밤으로 산삼과 령지를 달여서 어머니에게 대접시켰다. 그랬더니 과연 약효가 있어 이튿날새벽엔 어머니가 몇십년만에 처음으로 자리를 거두고 손수 새벽조반을 지었다.

새벽조반이 끝나자 고산장군은 어머니의 전송을 멀리까지 받으며 오룡사를 향해 떠났다.

천지신명이 말하던 그대로 고산에서 동남쪽으로 1천 3백리를 나가니 병풍처럼 군산속에 둘러싸인 깊은 산중에 지은지 몇백년이 된다는 크고도 오랜 절당이 있었다. 절당앞에는 사방둘레가 몇십리되는 큰 늪이 있었는데 늪주위는 천길 절벽이요 늪 한쪽 모퉁이로는 물이 흘러내려 만길폭포를 이루고있었다. 이 절당을 오룡사라고 불렀다. 절당에는 간교하기를 천하에 짝이 없고 흉악하기를 악어에 못지 않은 늙은 도승이 있었는데 사람들은 그를 주지라고 불렀다.

늙은 주지는 넘불을 외우면서 절당앞 늪에다 다섯 마리의 룡을 길렀는데 모두가 악물로서그중엔 백룡 한 마리, 청룡 두 마리, 황룡 두 마리가 있었다.

하루는 늙은 주지가 어떻게 하면 목탄을 두드리며 동냥을 다니지 않아도 편안히 앉아서 실컷 먹고 마시며 마음껏 제 욕심을 채울수 있을가하고 궁리하고 또 궁리하던 끝에 한가지 흉계를 꾸며냈다.

늙은 주지는 즉시로 절당앞 늪가로 달려나왔다. 늙은 주지는 넘불을 외우면서 백룡을 불렀다.

≪내 보배둥이 백룡아!≫

그러자 늪 한복판에서 삽시에 소용돌이가 일더니 백룡이 불쑥 물우에 솟구치며 물었다.

≪주지님, 무슨 일로 부르셨소이까?≫

≪내 오늘 너의 재간을 보고싶어 너를 불렀으니 한번 구경시켜주렴아.≫

늙은 중이 백룡에게 말했다.

≪무슨 재간을 보시려 하나이까?≫

백룡이 물우에 서너길 솟아오르며 오만스레 물었다.

≪네가 큰 폭우를 내리게 하여 저아래 수십개 마을을 홍수속에 잠그고 수만평의 옥답을 진펄로 만들게 할만하냐?≫

늙은 주지가 음흉한 눈길로 백룡을 굽어보며 묻는 말이였다.

≪그까짓 재간도 없으면 내가 무슨 백룡이겠소이까. 지금 당장 보시려 하나이까?≫

·백룡이 긴 수염을 너불대며 뽐내였다.

≪그랬으면 여북 좋겠느냐!≫

늙은 주지는 웃음집이 흔들흔들하여 백룡의 말을 받았다.

≪그럼 어서 오룡사에 들어가 폭우를 피하며 마음껏 구경하옵소서.≫

백룡은 이렇게 말하며 긴 꼬리를 획 내젓더니 다시 물속으로 들어갔다.

늙은 주지는 백룡의 말대로 폭우를 피하느라 급급히 오룡사에 돌아와 절당앞 늪만 주시하였다.

이윽고 늪 한복판이 다시 소용돌이 치더니 수십길 물기둥과 함께 백룡이 불쑥 반공중에 솟아 올랐다. 백룡은 하늘에서 돌아치며 흰거품을 내뿜었다. 그러자 온 하늘이 삽시에 먹장같은 검은 구름에 뒤덮이며 천둥이 울기 시작했다.

그때로부터 석달 열흘을 폭우가 내렸는데 과연 백룡의 말대로 오룡사아래의 수십개 마을은 홍수에 밀려 페허로 되고 수만평의 옥답은 지펄로 되고말았다.

그러나 홍수는 오래가지 못했다. 비구름이 밀려가고 해빛이 쨍쨍 내리쬐자 밭을 잠겄던 물은 다 말라버리고 검은 땅에서는 새싹이 파랗게 움트기 시작했다.

사람들은 더 이악스레 달라붙었다. 그들은 집터전에 새로 집들을 짓고 밭에는 늦곡식인 메밀을 심었다.

늙은 주지는 자기의 타산이 수포로 돌아가자 성이 머리끝까지 치밀었다. 그는 더 음흉한 궤계를 꾸몄다.

늙은 주지는 씩씩거리며 늪가에 달려나가 이번엔 두 황룡을 불렀다.

≪내 보배둥이 황룡들아!≫

·그러자 늪 한복판에서 소용돌이가 일더니 시누런 황룡 두 마리가 불쑥 물우에 솟아 올랐다.

≪무슨 일로 우리를 찾으셨나이까?≫

≪내 오늘 너희들의 재간을 보고싶어 이렇게 너희들을 부렀단다.≫

늙은 주지가 이렇게 말을 떼자 황룡이 물었다.

≪무슨 재간을 보시려 하나이까?≫

≪너희들이 모래바람을 일궈 저아래 수만평되는 옥답을 삽시에 모래로 못덮겠느냐?≫

늙은 주지는 이를 사려물고 소리쳤다.

≪그까짓 재간도 없으면야 우리가 무슨 룡이겠소이까. 지금 곧 구경하시려 하나이까?≫

두 황룡은 거드름을 피우며 대답했다.

≪구경을 시켜준다면야 여북 좋겠는냐!≫

늙은 주지는 기뻐서 벙긋이 웃었다.

≪그럼 어서 오룡사에 들어가 구경이나 하옵소서.≫

두 황룡은 이렇게 말을 맺고는 꼬리를 휙휙 휘두르더니 다시 늪속으로 사라졌다.

늙은 주지는 급급히 오룡사로 돌아와 창문을 열고 늪만 주시하였다.

이윽고 늪 한복판에 큰 물기둥 두 개가 솟아 오르더니 뒤이어 두 황룡이 반공중에 솟아올랐다. 두 황룡은 누런 거품을 내뿜으며 하늘에서 조화를 부렸다. 그러자 갑자기 회오리바람이 터지면서 온 천지에 모래가 흩날렸다. 사람들은 눈을 뜰수 없어 문밖출입도 하지 못했다. 그리하여 사흘만에 오룡산아래의 수만평이되는 옥답은 몽땅 모래밭으로 변해버렸다. 농사군들은 살수 없어 정든 고향을 버리고 살길을 찾아 사처로 흩어졌다. 이 정경을 내려다보던 늙은 주지는 이발을 사려물고 헐떡거리며 늪가로 달려와 두 청룡을 불렀다.

≪청룡들아!≫

그러자 삽시에 늪에서 큰 파도가 일더니 청룡 두 마리가 불쑥 물우에 솟아올랐다.

≪무슨 일로 우리를 부르셨나이까?≫

두 청룡은 늙은 주지앞으로 다가오며 물었다.

≪내 오늘 너희들의 재간을 보고싶어 불렀다.≫

늙은 주지는 음흉한 웃음을 지으면서 말했다.

≪무슨 재간을 보시려 하나이까?≫

두 청룡은 성수나서 물었다.

≪저기 저아래에서 사처로 피난하는 사람들을 큰물로 에워 몽땅 오룡사로 올라오게 할수 없느냐?≫

≪그까짓 재간도 없으면 우리가 무슨 룡이란 말이오이까. 지금 당장 보시려 하나이까.≫

두 청룡은 긴 수염을 내휘두르며 거드름을 피웠다.

≪지금 당장 구경시켜준다면 여북 좋겠느냐!≫

늙은 주지는 기뻐서 어쩔바를 몰라했다.

≪요구대로 해드릴테니 마음껏 구경하옵소서.≫

두 청룡은 말을 맺고는 늪속으로 사라졌다.

이윽고 늪 한복판에서 큰 파도가 일더니 청룡 두 마리가 하늘에 솟아올랐다. 청룡 두 마리는 하늘에서 산아래를 향하여 물을 내뿜어 평지에 큰 홍수가 지게 하였다. 이렇게 되자 숱한피난민들이 물에 막혀 갈길이 없어 할수없이 오룡사로 몰려들기 시작했다. 이 정경을 내려다보던 늙은 주지는 자기의 음흉한 궤계가 실현되여가자 너무도 흡족하여 입도 다물지 못했다. 아이들의 울음소리, 늙은이들의 탄식소리가 오룡사에 차고넘쳤다.

≪내 그대들을 불쌍히 여겨 오룡사에 받아들였은즉 하느님의 뜻에 따라 내 그대들에게 먹을것과 안식처를 마련해줄터이니 이제 더는 단 곳으로 갈 생각을 말지어다. 나무아미타불 관세음보살…≫

늙은 주지는 이렇게 듣기 좋게 씨벌며 숱한 중들을 시켜 몇십년 쌓아두었던 곰팽이 낀 쌀을 난민들에게 나누어주었다. 피난민들은 늙은 주지의 검은 심보를 알리 없었다. 기아에 허덕이는 자기들에게 곰팡이 낀 쌀이라도 나누어주고 안식처를 마련해준다니 늙은 주지가 고맙게만 생각되였다. 이리하여 오룡사주위에 풀막을 치고 농사를 시작한 사람이 9백여명되였는데 그들의 식솔까지 합치면 3천여명이 되었다.

모두가 이악스레 일한 보람으로 첫해에 대풍이 들었다.

그들이 한창 기쁨에 겨워 성수나게 타작하는데 늙은 주지가 어슬렁어슬렁 집집의 탈곡장을 돌아다녔다.

≪여봐라, 모두들 듣거라. 내 너희들이 기아에 허덕일 때 선심을 베풀어 먹을 것을 주고 안식처를 마련해주었으며 옥토까지 내주어 농사를 짓게 했은즉 너희들도 인젠 살만하게 되었으니 배은망덕할수야 없지 않느냐. 그러니 먹을 식량과 종자만 남겨두고 나머지는 몽땅 오룡사에 바치도록 하여라.≫

늙은 주지가 이렇게 호통치자 그 누구도 감히 못바치겠다는 말을 입밖에 낼 엄두도 못하였다.

《만약 그 누가 배은망덕하여 천벌을 받는것이 두렵지 않거든 마음대로 해보아라.》

늙은 주지는 만나는 사람마다 이렇게 으름장을 놓는것이였다.

그런데 사람이 많으면 천층만층 구만층이라더니 3천명 인간중에 담이 커서 산 호랑이 수염을 뽑는자가 있는가 하면 담이 콩알만하여 구불떡거리는 지렁이를 보고서도 기혼해 넘어가는 위인도 있었다.

그 호랑이 수염을 뽑는다는 담대한 사나이가 아무리 생각해봐도 살아갈 앞길이 막막했다. 일년동안 피땀을 흘려가며 애써 지은 량식을 늙은 주지에게 바쳐야 할것을 생각하니 분통이 터질 일이였다. 그래서 그 사나이는 생각다못해 혼자서 늙은 주지를 찾아갔다. 늙은 주지는 늪가에서 다섯 룡을 데리고 한창 흥에 겨워 놀고있었다.

《존귀하신 도사님, 한번만 더 은혜를 베풀어주옵소서.》

그 사나이는 늙은 주지에게 사정사정했다.

《식량을 못바치겠다는말인고?》

도사허울을 쓴 늙은 주지는 벌써 넘겨짚고 표독스레 쏘아붙였다.

《얼마라도 좋으니 량식을 좀 더 남겨두게 해주옵소서.》

《천벌이 두렵지 않은고?》

《천벌이 두려우면 도사님을 찾았겠나이까.》

《에익, 고약한놈이로다. 나무아미타불 관세음보살…》

늙은 주지는 사나이를 더는 거들떠보지도 않고 넘불을 외웠다.

그러자 늪속에서 다섯 룡이 불쑥 솟아오르더니 사나이를 덥석 물고 늪속으로 사라졌다. 이때로부터 어느 누구도 다시는 감히 늙은 주지의 말을 거역하지 못했다. 그리고 얼굴이 좀 예쁘게 생긴 처녀들은 이팔청춘만 되면 늙은 주지에게 불리워갔는데 오룡사에 들어간 처녀들은 숱하지만 오룡사에서 나오는 처녀는 하나도 볼수 없었다. 만약 그 누가 도망치려 하면 어느새 흉악한 다섯 룡이 나타나 행패질을 하는바람에 어느 누구도 도망칠 엄두를 내지 못했다. 시간이 흐를수록 늙은 주지의 심보는 점점 더 고약해져서 나중엔 자기의 오룡사를 나라의 국사로 만들고 나라의 임금도 자기의 손아귀에 넣으려 꿈구었다.

고산장군은 발 이 오룡사의 늙은 주지를 찾아가는 길이였다. 고산장군이 도보로 백날을 걸어서 한 심산속 골짜기에 이르니 늙은 로인 두분이 서로 마주앉아 주먹으로 땅을 치면서 통곡하고있었다. 고산장군은 하도 괴이하여 로인들앞으로 다가가며 물었다.

≪묻기 황송하옵니다만 로인들께서 무슨 일로 이다지도 애닲게 통곡하시나이까?≫

우렁우렁한 목소리에 두 로인은 화뜰 놀라 머리를 들고 앞을 보니 천하호걸이라 그중 한 로인이 크게 한숨을 내쉬며 하소연하는것이였다.

≪대대손손 자식들이 중놈이 될것을 생각하니 너무도 원통해서 통곡하오. 그러데 그대는 도대체 누구시오?≫

≪네, 길가던 행객이올시다. 그런데 재차 묻기 외람하옵니다만 자식들이 무슨 할 일이 없어서 중질을 한단말입니까?≫

고산장군이 로인들옆에 다가앉으며 또 물었다.

그랬더니 두 로인이 서로 앞다투어 늙은 주지의 악행을 토로하는것이였다.

≪≪주지 온다! 어베주지 온다!≫ 이렇게 말하면 울던 애들도 겁을 먹고 울음을 그친다오.≫

≪그토록 나쁜 주지를 왜 가만놔둡니까?≫

고산장군이 이상하다는듯이 물었다.

그랬더니 두 로인은 서로 말머리를 채가며 다섯 룡이 어떠어떠한 괴물이라고 내리옆었다. 원래 이 두 로인은 늙은 주지의 령을 받들고 이곳에 와 골짜기어구를 지티는것이였다.

(오, 이래서 천지신명께서 나더러 오룡사에 가라고 했구나!) 고산장군은 두 로인의 이야기를 다 듣고나니 가슴속에서 주지에 대한 증오가 부글부글 끓어올랐다.

≪이제 오룡사까지 가려면 몇리길을 더 걸어야 합니까?≫

고산장군이 두 로인에게 묻자 두 로인은 눈이 휘둥그래서 고산장군을 바라보았다.

≪젊은이, 오룡사가 어떤 곳인지나 알고 찾아왔소?≫

한 로인이 한참만에야 겨우 이렇게 입을 열었다.

≪오룡사에 가면 영낙없이 목숨을 잃게 될거요. 그런데 왜 하필이면 넓고넓은

세상에 갈 곳이 없어서 오룡사를 찾아왔소?≫

다른 한 로인이 고산장군의 손목을 잡고 말리면서 말하였다.

≪저는 오룡사의 늙은 주지를 찾아가옵니다.≫

고산장군은 평온한 기색으로 대답하였다.

그러자 두 로인은 더욱 놀랐다.

≪그대 옷차림을 보니 중같지도 않은데 오룡사의 늙은 주지를 찾아간다니 이게 웬 말이요?!≫

한 로인이 기겁하여 부르짖었다.

≪이 근간에 오룡사를 국사로 만든다면서 늙은 주지는 중외에는 아무도 오룡사를 출입하지 못하게 한다오.≫

다른 한 로인이 그 로인의 말을 이었다.

(듣고보니 이 늙은 주지놈이 진짜 나라의 역적이로구나! 이런놈이 살판치니 나라가 어찌 태평하고 만백성이 무고하랴!)

고산장군은 속으로 먹은 마음을 굳게 믿으면서 로인들과 하직하였다.

그가 로인들이 알려준대로 깊은 골짜기를 세 개 넘고 전암봉에 올라서니 과연 군산준령에 에워싸인 큰 절당이 흰구름속에 어렴푸레 바라보이였다. 오룡사앞에 당도하니 10리 늪엔 안개가 자욱히 꼈는데 물속에서는 다섯 룡이 조화를 부리면서 놀고있었다.

≪얘야, 오룡사 도사께서 어디에 계시느냐?≫

고산장군은 늪가에 나와 거니는 어린 중을 보고 물었다.

고산장군의 웅장한 체구와 출중한 용모를 멍하니 쳐다보던 어린 중은 군말없이 고산장군을 오룡사 안채로 안내하였다.

고산장군이 어린 중을 따라 열두대문을 열고 대청에 이르러보니 온 벽체는 금빛으로 번쩍거리고 바닥은 호랑이가죽을 깔았는데 높은 등의자에는 피둥피둥 살이 진 까까머리 늙은 중이 목에건 념주를 매만지며 두눈을 감은채 념불을 외우고있었고 늙은 중의 뒤에는 나어린 두 녀 자애가 큰 부채를 가지고 늙은 중엑 부채질을 해주고 있었다. 보아하니 이 늙은 중이 바로 주지가 틀림없었다.

고산장군은 늙은 주지의 앞에 무릎을 꿇며 큰절을 올렸다.

≪그대는 도대체 누구인데 무슨 일로 이렇게 담대히 나를 찾는고?≫

늙은 주지가 눈도 뜨지 않고 묻는 말이였다.

《험산준령에서 범과 동무하며 살아오던 무지한 인간이 도사님께서 덕성이 높으시다는 소문을 듣고 도사님의 슬하에서 덕이나 쌓아볼가 하여 불원천리하고 찾아왔나이다.》

고산장군의 사려깊은 대답이였다.

그 말에 늙은 주지는 두눈을 번쩍 떴다. 늙은 주지는 첫눈에 고산장군이 천하장수임을 알아보았다. 그리하여 늙은 주지는 황급히 자리에서 일어나 고산장군을 부축해일으키며 너스레를 떨었다.

《그럼, 그대가 팔도강산에 소문이 자자하던 고산장군이 분명하구려! 고사장군이 이 오룡사로 찾아옴은 내 이 오룡사가 필시 국사로 될 징조이니 내 어찌 기쁘지 않겠는고! 여봐라, 어서 큰 주연을 베풀어 고산장군을 위로하여라.》

늙은 주지는 너무도 좋아서 안절부절 못하며 여러 중들을 불러 분부까지 내리는것이였다.

고산장군은 늙은 주지에게 끌려 연회청으로 들어섰다. 잠간새에 큰 주연상이 차려졌는데 상우에는 천하에 별의별 음식이 다 있었다.

《내 그러지 않아도 천하에 힘장수를 하나 골라 신변에 두고싶던차에 그대가 왔으니 이건 신령님의 뜻인가보오. 허허허, 자, 어서 술잔을 들기요.》

늙은 주지는 잠시도 진정하지 못했다. 늙은 주지는 연거푸 고산장군에게 술을 권했다. 교활한 주지는 거나하게 취한체하면서 이모저모로 고산장군을 시탐하였다.

고산장군과 늙은 주지가 술 일곱독을 마셨는데 그 누구도 정신만은 말뚱말뚱했다.

《보아하니 그대는 진짜호걸이요. 나와 이렇게 술동무를 한 사람은 이 세상에 자네 하나뿐이요. 자, 오늘 우리 기쁜김에 실컷 마시자구.》

《도사님, 소털같은 날에 도사님을 모시고 술마실 기회는 얼마든지 있을줄로 아옵니다. 소인의 근심이라면 도사님께서 그 년로한 몸에 혹시과음이 해로울가 해서 저어하나이다.》

고산장군이 주지의 기색을 살피며 뜻이 있어하는 말이였다.

《이 늙은것을 그처럼 아껴주니 고맙소, 고마워! 내 비록 몸은 늙었지만 넘불

을 외운 덕에 3백년은 살것 같소. 자, 술이나 마시자구. 혼자서 그래도 여덟독이
야 마셔야 사내대장부지 허허허…≫

술이 들어갈수록 늙은 주지의 말도 더 잦아졌다. 고산장군은 주연상에서 늙은
주지에게 어리무던한 좋은 인상과 호감을 주었다.

이때로부터 어언간 3년이란 세월이 흘렀다. 고산장군은 모든 일에서 세심히
생각하고 처사하였다.

고산장군은 차츰 늙은 주지의 신임과 총애를 받기 시작했는데 나중엔 늙은
주지가 제일 믿는 심복으로 되었다.

하루는 늙은 주지가 고산장군을 데리고 늪가에 나와 목탁을 세 번 두드리고는
념불을 외웠다. 그랬더니 다섯 룡이 거의 동싱 불쑥 솟구쳐올랐다.

≪다섯 룡아, 든거라, 오늘부터 너희들은 이 고산장군의 말대로 할지어다.≫

늙은 주지가 이렇게 웅얼거리니 다섯 룡은 알았다는듯이 대가리를 끄덕이고
는 물속으로 사라지는것이었다.

늙은 주지는 인젠 자기는 손가락 하나 까닥하지 않고 고산장군을 내세워 모든
일을 처사하게 하고는 자기는 고이 누워서 만복을 누리려는 심사였다.

고산장군은 때가 되었다고 느끼며 이젠 손을 쓰리라고 작심했다. 고산장군은
매일 아침 일찍 일어나 천지신명이 주던 지팽이를 짚고 늪주위를 산책하였다.
그랬더니 이상하게도 그가 짚고 간 지팽이자리마다 깊숙한 구멍이 생기면서
늪물이 소리없이 그리로 새여나갔다.

≪고산장군님, 왜 이 늪물을 뽑아버립니까?≫

룡들이 고산장군을 보고 물었다.

≪이 늪물이 썩어서 냄새가 얼마나 고약하냐. 내 이제 하늘에서 맑고 깨끗한
천수를 내려다 너희들에게 주려고 그러니 너희들은 근심하지 말어라.≫

다섯 룡은 고산장군의 말을 믿었다. 그것은 주지가 룡들더러 고산장군의 말을
들으라고 하였기때문이였다.

석달이 지나자 늪물은 절반이나 줄어들었다.

고산장군은 해빛이 쨍쨍 내리쪼이는 한낮이면 늪옆에 높이 솟은 태산봉에
올라앉아 천지신명이 주던 두루미털로 만든 부채를 가지고 슬슬 늪쪽에 대고
부채질하였다. 그러자 늪물이 부글부글 끓기 시작했다.

《고산장군님, 제발 살려주옵소서! 우리는 뜨거워 못견디겠으니 어서 천수를 주옵소서.》

다섯 룡이 몸부림치며 애걸복걸 하였다.

《룡인 너희들이 요만한 고통도 못견디고서야 하느님이 주는 천수를 무슨 면목으로 받는단말이냐. 이제 조금만 더 참으면 모든 것이 다 제대로 될터인즉 꼼짝말고 좀 더 참고있어라. 더러운 늪물을 깨끗이 없애야 깨끗한 천수를 받아들 일수 있느니라.》

고산장군은 조화를 부리지 못해 안달아하는 다섯 룡을 눅잦혀놓았다.

늪물이 거의 말라들자 다섯 룡도 용을 쓸수 없었다. 룡도 물을 떠나서는 없는 가부다.

일이 어쯤되자 고산장군은 늙은 주지를 찾아 들어갔다.

《도사님, 큰일이 났소이다. 저앞 늪물이 부글부글 끓으면서 다 말라드니 불길 한 징조인가 아뢰나이다. 다서 다섯 룡도 거의 죽어가나이다.》

고산장군이 늙은 주지에게 능청스레 알리였다.

《뭐…뭐…뭐?! 늪물이 끓고 다섯 룡이 죽어간다구?! 에쿠! 내 보배둥이들이 다 죽어가면 난 어떻게 한단말이냐…》

밤낮으로 주색에 빠져있던 늙은 주지는 고산장군의 말에 혼비백산하여 초풍 기절할 지경이였다.

《고…산장군, 이…이게 도대체 어찌된 영문이요?!》

늙은 주지는 고산장군의 팔소매를 붙잡고 애처롭게 부르짖었다.

《도사님, 저 태산봉에 올라가 내려다보시면 모든 것이 확연할것이오니 어서 태산봉에 오르시와요.》

고산장군이 이렇게 귀띔하니 늙은 주지는 젖먹던 힘까지 다하여 단숨에 버선 바람으로 태산봉에 올랐다.

늙은 주지가 태산봉에 금방 오르니 고산장군도 인차 태산봉밑에 이르렀다.

태산봉이란 원체 늪 북쪽에 솟은 천길 괴암 절벽인데 봉우리부분은 평퍼짐하 게 크지만 밑둥은 아스라한 절벽이였다.

늙은 주지는 사태를 만구하려고 급급히 념주를 매만지며 념불을 외웠다. 그 념불을 듣자 다섯 룡이 꿈틀거리기 시작했다.

　고산장군은 더는 지체할수 없었다. 그는 늪쪽을 향하고 태산봉밑등을 힘껏 걸어찼다.

　그러자 태산봉 천길절벽이 고산장군의 발길에 따라 늪속으로 넘어지면서 와시시 무너져내렸는데 늙은 주지는 눈깜빡할새에 바위돌에 깔려 만신창이 되어 죽어버렸다. 그바람에 황룡 한 마리도 깔려죽었다.

　나머지 네 마리 룡들은 혼비백산하여 뿔뿔이 도망쳤는데 백룡은 3백리를 날고는 어느 한 산꼭대기에 대가리를 부딪쳐 죽어버렸다. 후세사람들은 이곳을 룡의 대가리가 박산난 곳이라고 하여 룡두산이라 불렀다. 청룡 두 마리는 피똥을 갈기며 5백리를 날다가 끝내 기진맥진하여 몸부림치다가 죽어버렸는데 그발람에 산골짜기가 다 평평해져서 큰 벌판이 생겼다. 후세사람들은 이곳을 쌍룡벌이라 불렀다. 다른 한 황룡은 동해바다를 향하고 7백리를 날았는데 나중엔 기진맥진하여 땅에 떨어졌다. 황룡은 죽으면서도 동해바다가로 나가보려고 발악했는데 그바람에 깊숙하고 큰 웅뎅이가 생겼다. 세월이 흐르니 그 깊숙하고 큰 웅뎅이가 생겼다. 세월이 흐르니 그 깊숙하고 큰 웅뎅이에 물이 고여 늪이 되었는데 후세 살람들은 이 늪을 룡늪이라고 부렀다.

　늙은 주지와 다섯 룡이 죽어버리자 오룡사 하늘우에 칠색령롱한 쌍무지개가 걸렸다.

　고산장군은 오룡사의 금고와 량식창고를 헤쳐 숱한 금은보화와 식량을 무고한 백성들에게 골고루 나누어주었다.

　고산장군이 어머니가 계시는 고산으로 돌아가려 하니 백성들이 눈물을 흘리며 못가게 말렸다. 이리하여 고산장군은 할수없이 어머니를 이곳으로 모셔오게 되었다.

　고산장군은 만백성을 거느리고 오래오래 잘 살았는데 후세사람들은 고산장군을 잊지 못해 큰 비석까지 세웠다 한다.

　　　　　　구술자: 김규찬 / 수집시간: 1979년 12월 1일 / 수집지점: 훈춘진 정화가

# 황소 멍멍이와 수탉

옛날옛적에 황소, 멍멍이, 수탉이 한 울안에서 의좋게 살았다. 부지런한 황소는 밭을 갈고 수레를 끌고 산에 가 나무도 실어왔다. 멍멍이는 하루종일 집을 지키고 수탉은 새벽마다 깨여날 시간을 알려주었다.

사람들은 화목하고 부지런한 그들에게 포근한 집도 지어주고 맛나는 먹이도 주었다.

마음씨 어질고 착한 황소는 맛나는 먹이가 생기면 자기는 들에 나가 풀이나 뜯어먹을지언정 콩이나 알뜰한 먹이는 멍멍이와 수탉에게 주었다. 멍멍이도 황소를 본받아서 자기는 쌀뜨물을 먹을지언정 좋은 먹이는 수탉에게 남겨주었다. 어린 수탉도 처음엔 사양했으나 좋은 먹이를 보니 너무도 먹고싶어 주는대로 받아 먹었다. 그런데 날이 가고 달이 바뀌우며 세월이 지나자 수탉에게는 나쁜버릇이 생겼다. 예전엔 황소나 멍멍이가 좋은 먹이를 자기에게 주면 사양하는 말이라도 하던것이 나중엔 좋은 먹이만 생기면 응당 자기가 먹어야 한다며 제절로 손을 내미는것이였다. 그래도 황소와 멍멍이는 어린 수탉이 헴이들면 나을거라고 생각하면서 번번이 참고 양보하였다. 그러던 어느해 봄이였다. 봄내 혼자서 밭갈이를 도맡은 황소는 지치게 되었다. 주인집 농부는 황소가 불쌍하여 짚에다 삶은 콩과 옥수수따위를 듬뿍듬뿍 섞어주면서 인젠 그만 체면을 차리라고 당부하였다.

황소는 생각해보니 밭갈이를 끝내려면 기운을 취야겠는데 풀과 짚만으로는 힘을 낼것 같지 않았다. 그래서 자기 몫에서 수탉에게 줄것을 조금 내여놓고는 난생처음으로 곡식이 섞인 여물을 먹었다. 먹고나니 힘도 부쩍 났다.

≪애, 수탉아, 네 먹이를 남겨두었다.≫

이웃에 놀러 갔던 수탉이 돌아오자 황소가 남겨두었던 알뜰한 먹이를 내놓으며 말했다.

≪요까짓것을!≫

수탉은 불만스레 두덜거렸다.

≪그건 집주인이 황소를 먹으라고 준거야. 황소는 밭갈이에 지쳤어. 그러면서

도 너를 생각해서 자기 몫에서 갈라내놓은거야!≫

옆에 있던 멍멍이가 툭 내쏘았다.

≪황소만 지치고 난 아니 지친줄 아니? 황소야 봄철에만 바쁘지만 나는 사시
장철 새벽이면 깨여나 시간을 알린단다. 목이 다 쉬여도 누가 날 알아주니?≫

수탉이 멍멍이에게 지려하지 않았다.

≪황소가 왜 봄철에만 바쁘니? 여름엔 후치질을 하고 가을엔 신거질하고 겨울
엔 땔나무를 실어들이는데 그래도 네가 황소보다 더 바쁘단말이냐?≫

멍멍이의 목소리는 점점 높아갔다.

≪그래도 그런거야 몽땅 낮에 하지 않니? 난 남들이 제일 달콤한 단잠에 취했
을 때 두눈을 잡아뜯으며 일어나선 목이 쉬도록 소리치니 그래 누가 진짜 고생하
니?≫

수탉의 음성도 점점 높아갔다.

≪애, 수탉아, 고생이야 누군들 하지 않겠니. 너 멍멍이를 좀 보렴. 너야 그래
초저녁부터 밤중까지야 실컷 자고 새벽에야 깨여나서 일하지 않니? 그렇지만
멍멍이는 온 밤을 지새며 집을 지키지 않니. 그래도 언제 한번 자기 입으로 자기
가 고생한다고 떠들더냐.≫

황소가 옆에서 듣다못해 끼여들었다.

≪멍멍이야 그래도 낮잠을 자지만 난 낮잠은 아니 잔다.≫

수탉은 이렇게 종알거리며 소구유에 깡충 뛰여들어가더니 발로 소여물을 헤
집으며 콩과 옥수수를 찾아먹었다.

황소와 멍멍이는 눈초리가 꼿꼿해졌다.

≪너 당장 소구유에서 내려오지 못하겠니?≫

멍멍이가 노기찬 목소리로 내쏘았다.

교만한 수탉은 대답 대신 똥물을 쭉 갈기곤 그 똥물을 소먹이짚에 버무렸다.

황소가 무어라 말하려는데 분이 머리끝까지 치민 멍멍이가 어느새 구유에
홀쩍 뛰여들어 수탉의 볏을 물어서 구유에서 끌어내였다. 이렇게 되여 멍멍이와
수탉은 대판싸움이 벌어졌다. 멍멍이는 수탉의 볏을 물고 이리저리 태를 쳤고
수탉은 예리한 발톱으로 멍멍이의 입을 사정없이 찢어놓았다. 말리지 않았다간
큰일이 날것 같았다.

≪애들아, 그만둬라! 애들아, 그만두래두!≫

황소는 네발을 구르며 소리쳤다. 황소가 겨우 멍멍이와 수탉의 싸움을 뜯어 말렸는데 수탉의 볏은 붉은 피로 물들었고 멍멍이 입은 한뼘이나 찢어졌다. 그리 하여 황소가 너무나 안타까와 땅이 꺼지게 발을 굴렀는데 네 발쪽이 다 쪼개여져 그만 두쪽으로 되었다.

이때로부터 황소와 수탉, 멍멍이와 수탉사이가 버성기게 되었는데 황소와 멍 멍이는 수탉을 보고도 못본체하였다. 그래서 ≪소 닭보듯 한다≫≪개 닭보듯 한다≫는 속담이 세상에 생겨났으며 수탉의 볏은 빨갛고 멍멍이 입은 크게 찢어 졌으며 황소의 통발쪽은 모두 두쪽으로 되었다고 한다.

구술자: 리마리야 / 수집시간: 1970년 1월 20일 / 수집지점: 훈춘현 반석향 신농촌

# 림기응변

어사 박문수가 나라 인재들을 물색하느라고 각지로 돌아다니다 하루는 어떤 시골 마을어구에 당도하였다. 박문수가 금방 마을어구에 들어서니 죽창을 비껴 든 어린아이 네댓 우르르 몰려나와 앞길을 막았다.

≪왜 무리하게 길손의 앞길을 막는거냐?≫

박문수가 물었다.

≪우리네 사또님의 분부가 계시옵니다. 남녀로소를 불문하고 무릇 이 길을 지나가는 사람은 큰 돌 하나씩 날라다 저앞 후미진 길을 메워야 한답니다.≫

한 여라문살 먹은 애가 박문수의 묻는 말에 대답하였다.

≪무모한것이로다. 어찌 길 가는 행객더러 돌덩이를 나르게 한단말이냐?≫

박문수가 버럭 성을 내였다.

≪거 누가 큰소리로 떠드는가냐?≫

귀청을 때리는 호령소리에 박문수가 고개를 들고보니 산기슭 둔덕진 곳에

어린 소년이 풀로만든 벙거지를 쓰고 앉아있었다. 그리고 그 애 앞에는 여라문명 되는 남자애들이 죽창을 들고 좌우로 벌려 서있었다.

≪한 길가던 행객이 사또님의 분부에 불복하나이다.≫

박문수의 앞을 막던 아이가 큰소리로 벙거지를 쓴 아이에게 아뢰였다.

보아하니 아이들이 ≪사또놀음≫을 놀고있는것이였다. 박문수는 애들의 도도한 흥을 깨뜨리고 싶지 않았다. 그래서 애들앞에 다가가 언성을 높여 말하였다.

≪사또님에게 여쭈어주오. 길가던 행객이 급히 사또님에게 문의할 일이 있으니 한번 대면시켜달라고 말이요.≫

≪길손이 사또님을 대면하려 하나이다.≫

한 아이가 제법 복창까지 길게 하였다.

그러자 벙거지를 쓴 아이가 령을 내렸다.

≪그 길손을 모셔들이여라.≫

박문수가 ≪사또≫앞에 당도하여 넓적 엎드리며 아뢰였다.

≪사또님에게 문의하여도 일없겠나이까?≫

≪어서 묻도록 하라.≫

≪사또≫질하는 어린이의 틀거지 잡힌 대답이였다.

≪길가는 행객들을 시켜 큰 돌덩이를 운반함은 무슨 연고입니까?≫

≪두눈을 뻔히 뜨고 물으니 필시 무지한 인간이로다. 저앞 후미진 곳에 해마다 홍수가 지면서 뜯어간 길이 보이지 않는고? 다니는 사람들이 이 길을 닦지 않으면 누가 이 길을 손질하겠는고? 가고오는 사람마다 큰 돌덩이 하나씩만 들어다 후미진 곳을 메우면 만사대길일것이 아닌고.≫

박문수가 듣고보니 참 기특한 생각이였다.

박문수 눈에 이 ≪사또≫질하는 애가 평범한 아이 같지 않았다. 그래서 좀 더 떠보리라 작심하고 다시 말을 꺼냈다.

≪사또님에게 한가지 급히 청구할 일이 있사온데 여쭈어도 되겠사온지?≫

≪어서 말하도록 하라.≫

≪사또≫질하는 소년이 태연자약하게 대답하였다.

≪제가 지금 석천동에서 오는 길인데 마을엔 큰 재난이 들었나이다. 변학도보다 더 지독한 신관사또가 마을에 왔는데 점심에 여든가지 밥에 십리탕을 먹겠으

니 당장 서둘라는것이옵니다. 만약 제떵에 대접하지 못할 때에는 온 마을 남녀로소를 불문하고 혹형에 처하겠다는것이옵니다.≫

박문수가 이렇게 말하자

≪하하하, 하하하…≫하고 ≪사또≫질하는 소년이 호탕하게 웃었다.

≪그래, 그 숱한 사람들속에 요만한 일도 해결할 사람이 없어 여기까지 왔단말인고? 하하하…≫

≪사또님의 고견을 듣겠나이다.≫

박문수는 자기가 문제를 만들고도 ≪사또≫질하는 소년이 너무도 호탕하게 웃는바람에 어안이 벙벙하여 이렇게 말했다.

≪오리 두 마리를 잡아서 국을 끓이면 오리오리 십리탕이 아닌고? 그리고 쉰 보리밥에 서른피낟밥을 섞어서 함께 떠놓으면 쉰에 서른을 합한것이니 여든 가지 밥이 아니고 무엇인고?≫

과연 총명이 과인한 ≪사또≫소년이였다.

박문수는 아이들의 담력을 떠보느라고 가슴속에서 어패를 꺼내들고 부드러운 목소리로 말하였다.

≪내가 바로 암행어사 박문수로다.≫

어패를 본 애들은 ≪와≫학 뿔뿔이 도망치는데 오직 ≪사또≫질하던 애만은 천천히 일어서더니 점잖은 목소리로 말하였다.

≪소인이 오늘 어사님앞에서 실례했나이다.≫

말을 마친 아이 ≪사또≫는 뒤로 돌아보지 않고 말을로 걸어들어가는것이였다.

후에 박문수가 그 애를 한 고을의 원을 시켰더니 어찌도 현명한지 찬양소리가 후세에가지 길이 전해졌다고 한다.

구술자: 리마리야 / 수집시간: 1965년 3월 5일 / 수집지점: 훈춘현 반석향 신농촌

# 개미와 메돼지

옛날옛적 개미와 메돼지가 이웃으로 살았는데 늘 싸움질만 하였다. 메돼지는 개미가 작다고 깔보았고 개미는 메돼지가 게으르다고 비웃었다.

사실 개미는 부지런하고 메돼지는 게을렀다.

봄부터 가을까지 부지런한 개미는 겨울에 먹을 식량을 다 마련하지만 게으른 메돼지는 온 여름 빈둥빈둥 놀다가도 겨울이면 먹을것이 없어 눈보라속에서 주린 창자를 걷어안고 사처로 헤매군 했다.

그래도 메돼지는 언제 한번 개미 일을 탄복한적이 없었다. 오히려 개미를 업수이 보고 늘 못살게 굴었다. 총명하고 약삭바른 개미들이 제때에 굴속으로 피하거나 돌틈사리에 몸을 피했으니말이지 그러지 않으면 큰 해를 입을번한적이 한두번이 아니였다.

악에 받친 개미들도 메돼지한테 톡톡히 보복한적이 한두번이 아니였다. 메돼지가 곤하게 잠들 때면 개미들은 살금살금 메돼지귀구멍안으로 기여들어갔다. 개미들이 예리한 이발로 메돼지의 귀청을 물어뜯을 때면 메돼지는 너무도 바빠서 네발뜀을 하면서 아우성을 쳤다.

이렇게 되여 메돼지와 개미는 서로 적수가 되어버렸다.

천지개벽후에 이 세상에 제일 큰 홍수가 졌을 때였다. 세상만물이 다 물속에 잠기게 되였다. 큰 나무밑둥에 집을 짓고 살던 엄지개미는 석달동안 장마비가 퍼붓자 수백만마리의 자기 집 식솔들을 거느리고 먹을것을 푼푼히 장만해가지고 큰 나무우에 올라갔다. 그런데 산더미처럼 큰 홍수가 사납게 들이닥치는바람에 버드나무밑뿌리가 뽑혀 둥둥 떠내려가게 되였다. 허나 개미들은 떠내려가는 큰 버드나무우에 올랐기에 죽음을 모면하게 되였다.

개미들이 정처없이 둥둥 물에 떠내려가는데 문뜩 사품치는 물속에서 가련한 소리가 들려왔다.

≪개미야, 날 살려다우! 난 더는 지탱할수 없구나. 개미야, 날 제발 사려다우.…≫

엄지개미가 내려다보니 세찬 물결속에서 메돼지가 허우적거리면서 소리를 내는것이였다.

≪괘씸스런 메돼지를, 가만놔둬요!≫

≪이전에 우릴 그리도 못살게 굴던놈이 싼통이야!≫

≪이제 조금만 더 있으면 죽을거얘요.≫

……

새끼개미들이 떠들어대는 소리였다.

엄지개미도 메돼지에 대해 괘씸한 생각이 없는것은 아니였다. 평소에 자기들을 너무도 업수이 여겨온 메돼지였으니가요. 허나 다시 생각해보니 메돼지도 좋은 일 할 때가 있었다. 성수만나면 땅도 제법 맥이 드는줄 모르고 뚰졌다. 만약 거기다 곡식만 가꾼다면 식량근심은 진작 없었을것이다.

≪애들아, 죽어가는 저 메돼지를 구원해야 한다. 우리가 만약 저런 처지에 빠졌다면 너희들 생각은 어떻겠느냐?≫

엄지개미는 새끼개미들을 내심하게 타일렀다. 메돼지는 개미들이 던져주는 나뭇가지를 쥐고 끝내 큰 버드나무우에 올랐다. 정처없이 떠내려가던 개미네와 메돼지는 어느 한 섬에 이르렀다. 이 섬에는 아주 흉악한 구렝이 한 마리가 살고 있었다.

≪누가 감히 내 허가도 없이 내 섬에 오른단 말이냐?≫

개미네와 메돼지가 섬에 오르자 구렝이가 두눈을 부라리며 호통쳤다.

≪이 큰 홍수에 집을 잃고 떠내려오던중 살길을 찾아 섬에 올랐소.≫

엄지개미가 앞에 썩 나서며 말했다. 구렝이가 보니 개미들중에서도 제일 이악스러운 불개미무리였다. 안경사와 살모사도 쩔쩔매는 불개미들이 아닌가.

≪그럼 좋다. 내가 시키는 두가지 일만 제대로 하면 너희들을 이 섬에서 살도록 하겠다. 만약 내가 말한대로 하지 못하면 이 섬에서 물러가야 한다.≫

구렝이가 살기띤 목소리로 말하였다.

≪그럼 무슨 일인지 상세히 말하오.≫

엄지개미가 캐고들었다.

구렝이도 속으로 네놈들이 혼나봐라 하면서 조건을 말하였다.

≪처음 할 일은 저앞에 황무지를 일구고 조를 하루사이에 열두말을 심어야겠다.≫

≪조 열두말을 어떻게 하루사이에 다 심는단 말이냐?≫

메돼지가 기가 차서 소리쳤다.

≪근심말고 너는 땅이나 뚜져라. 심는건 우리가 맡겠다.≫

엄지개미가 메돼지를 타일렀다. 메돼지는 구슬땀을 뻘뻘 흘리며 주둥이로 땅을 뚜지고 엄지개미는 숱한 새끼개미들을 거느리고 부지런히 조를 심었다. 개미와 메돼지가 열두말 조를 금방 다 심어놓자 해가 꼴깍 넘어갔다.

구렝이는 두눈이 휘둥그래졌다.

이튿날아침이였다.

≪오늘은 두 번째 일을 해야겠다. 내가 어제 그만 실수하여 차조를 준다는게 그만 메조를 줬구나. 그러니 다시 심어야겟는데 어제 심은 메조를 몽땅 다시 파내야겠다. 한알이라도 적었다가는 안될줄 알아라.≫

구렝이는 이번에야 어쩌지 못하리라고 여겼다.

엄지개미는 구렝이의 음흉한 궤계에 분통이 터졌지만 꾹 참고 새끼개미들을 데리고 일터에 나갔다.

부지런하고 매사에 간간한 개미들은 자기가 심은 조를 똑똑히 기억하고있는지라 반나절도 안되여 열두말이나 되는 조를 다 파왔다.

≪한알이 모자라는구나!≫

조알을 세여받던 구렝이가 고함쳤다.

≪내 자식가운데 하나가 어려서부터 한쪽다리를 잘못 쓰기에 뒤에 떨어졌는데 조금 있으면 돌아올거요.≫

엄지개미가 신심어린 소리로 대답하였다.

과연 조금 지나니 한 새끼개미가 한쪽다리를 살룩살룩 절면서 조 한알을 물고 힘겨웁게 걸어오고있었다.

메돼지는 너무도 감격하여 한달음에 달려가 새끼개미를 제꺽 업고 왔다. 하여 개미와 메돼지는 이 섬에 발을 붙이게 돼였으며 그때부터 사이가 버성겨졌던 개미와 메돼지는 서로 화목하게 되였답니다.

구술자: 리마리야 / 수집시간: 1962년 5월 7일 / 수집지점: 훈춘현 반석향 신농촌

# 대왕과 나무군

숙종대왕이 왕위에 금방 올랐을 때의 일이다. 대왕이 나라를 다스리려고 하니 국세가 하도 혼란하고 백성들의 원성이 날따라 높아가는지라 그 원인을 밝히고 저 수졸도 마다하고 거지행색으로 나라 각지를 암행시찰하였다. 대왕이 서울근처에 있는 어느 한 고을에 나갔다가 밤늦게야 장안뒤산을 넘게 되었는데 산마루에 금방 올라서니 문득 어제선가 애간장이 끊어지는듯한 웬 사나이의 통곡소리가 들려왔다.

(도대체 어찌된 일인고?)

대왕은 더럭 의심이 들어 속으로 이렇게 되뇌이며 통곡소리가 나는 곳으로 살금살금 다가갔다. 때는 바로 보름날이라 쟁반같은 둥근달이 반 공중에 높이 걸려 온 누리를 대낮같이 환하게 비춰주고있었다. 대왕이 아름드리 통나무뒤에 바싹 몸을 숨기고 가만히 앞을 내다보니 장바 서너컬레되나마나 한 거리에 있는 큰 너럭바위우에서 한 스무살되나마나 한 더벅머리 총각이 주먹으로 바위돌을 사정없이 내리치며 서럽게 통곡하고있었다.

≪…원통하고도 원통하고나! 저 더럽고 야비한 서울량반놈들한테 속히운 일이 통분하고나! 나라 대왕이 아무리 현명하다 할지언정 대왕밑에서 요직을 차지한 박대감같은 탐관오리들이 나라도처에서 살판치고서야 나라가 어찌 부흥하며 민심이 어찌 안정되랴! 아, 원통하고나! 으흐흑… 박대감에게 뢰물을 먹인 부자집자식들은 낫놓고 기윽자도 모르는 바보라도 과거시험이야 잘 치든 못치든 다 중요되여 사또, 어사…별의별 벼슬을 다 하지만 가난한 집 자식들은 과거시험을 아무리 잘 쳐도 자원급제는 고사하고 십년공부가 물거품이 되고마니 천하에 이런 법이 어디에 또 있다더냐! 아, 기막힌 세상! 내 가슴이 터지는구나! 으흐흑…≫

대왕이 귀를 강구고 들을수록 이 근간에 자기가 보고 듣고 생각하던바와 너무도 신통하게 맞아떨어지는지라 한걸음에 달려가 덜먹총각을 다잡고 자초지종을 묻고싶었지만 만사에 세심한 대왕인지라 좀 더 참고 보리라 작심하고는 부글부글 끓어번지는 마음을 눅잦혔다.

≪이 더러운 박대감놈아! 네놈에게 천벌이 내릴 날이 있을거다. 덕은 쌓은데로 가고 악은 행한데로 간다했거늘 네놈이 지은 죄는 하늘이 알거다.…≫

덜먹총각은 두눈에서 불씨를 떨구며 목청이 터지도록 저주를 퍼부었다.

대왕은 듣다못해 쓱 앞으로 나서며 말을 걸었다.

≪이거 좀 실례합시다. 담배를 피우겠는데 그만 부시를 잃어버려서 담배 불을 붙일수 없수다그려. 부시를 좀 빌릴수 없을는지요?≫

총각은 흠칠 놀라며 머리를 번쩍 쳐들고는 손등으로 눈물을 쓱쓱 닦으며 앞에 선 사람을 뜯어보았다. 초라한 옷차림새에 부시를 빌어 담배를 피우려는걸 보니 량반같지는 않았다.

≪보아하니 당신도 나처럼 가난한 사람같구려. 나는 삼수갑산에서 사는 나무군이 올시다. 그런데 당신은 도대체 누구시오?≫

총각이 대왕을 보고 물었다.

대왕은 한밤중에 장안뒤산에 올라 주먹으로 바위돌을 치며 통곡하던 이 덜먹총각의 내막을 알고싶었고 박대감의 소행도 좀 더 자세히 듣고 싶었던지라 자신의 신분을 감추고 대답하였다.

≪나도 과거시험을 치러 왔던 시골사람이요.≫

≪그럼 당신도 과거시험에서 락방된 사람이요?≫

총각은 대왕의 행동과 언행에서 어딘가 자기와 신세가 비슷하다고 느껴져 동정에 가득찬 음성으로 또 물었다.

≪두말할게 있소? 시험관인 박대감에게 뢰물 한푼 못 먹였더니 진사 한자리 못 얻은채 이 꼴락서니가 되어 고향에 돌아가는길이요.≫

대왕은 젊은이의 비위를 거슬리지 않으려고 그럴듯하게 내리였었다.

≪그러고 보니 다리 부러진 노루가 한곳에 모인격이 되었소그려. 자, 이 담배 쌈지속에 부싯돌과 부시깃까지 다 있으니 어서 한 대 피우오.≫

총각은 품속에서 담배쌈지를 꺼내여 대왕에게 내밀었다.

≪그럼 우리 서로 바꿔서 피우기요. 내 쌈지의 담배도 진짜 시골토초요.≫

대왕도 담배쌈지를 꺼내여 총각에게 내밀며 총각의 곁에 다가앉았다. 이렇게 되어 대왕과 총각은 한자리에 앉아 서로 맞불을 붙여가며 담배를 피웠다.

담배 한 대를 한절반 태우고나니 가뜩이나 가슴속에 울분이 가득하던 총각은 친구처럼 느껴진 대왕에게 자기의 가련한 신세를 하소연하지 않고서는 견딜수가 없었다.

《당신이 시골에서 왔다니 말을 하오만 우리 집도 두메산골에 있소. 나의 아버지와 어머니는 모두 가난한 농군이요. 감자나 심고 보리농사나 지어서야 어디 생계를 유지하겠습데. 그래서 나는 여덟살부터 아버지를 따라 나무집을 지고 다녔소. 그래서 근처에서는 나를 나무군자식이라고도 불렀다오. 나에게도 득복이라는 좋은 이름이 있었지만 아버지와 어머니외에는 불러주는 사람이 없었소. 내가 과거보러 서울로 떠나려하니 부모님은 물론이고 동네에서까지도 얼마나 말렸는지 아오? <애, 오르지 못할 나무는 바라보지도 말라고 네가 과거를 본다니 너무도 한심하구나!>어머니가 푸념질하는 소리였소. 허나 한번 마음 먹으면 굽힐줄 모르는것이 나의 성미였소. 나는 기어이 떠나려고 서둘렀소. 부모님은 할수없이 문앞터전을 팔았고 친척들은 네 한푼 내 한푼 모아서 나의 로비를 갖춰주었소. 난 서울에 온지 벌써 석달 열흘이 지났소. 그런데 내 이 꼴로 집으로 돌아가게 되었으니 집에 돌아간들 무슨 낯으로 부모님과 친척들을 만난단말이요. 으흐흑…》

총각은 더는 말을 잇지 못하고 또다시 울음을 터뜨렸다.

《여보시오, 하늘이 무너져도 솟아날 구멍이 있다고 그까짓 과거에 락방됐기로 그토록 상심할거야 있소. 사내대장부가 무슨 일을 한들 그까짓 진사따위 량반 나부랭이만 못하겠소.》

대왕이 총각의 마음을 떠보느라고 말하였다.

그 말에 총각은 머리를 번쩍 들었다.

《그 말이 옳소! 나도 그렇게는 생각하오. 그런데 사람이 분해서 어디 참겠소? 박대감에게 뢰물을 못먹여 과거에서 락방되다니…으흐흑…》

《울어서 무슨 소용이 있소?》

《소용이 없는줄 내 번연히 아오. 내 하도 가슴이 갑갑하여 이 장안뒤산에 올라 저기 발밑에 내려다보이는 서울 복판 고래등같은 박대감네 집을 내려다보며 가슴속에 쌓이고쌓였던 울분이나 실컷 토하고 래일은 시골로 돌아가려던참이요.》

《보아하니 당신은 과거시험만은 비슷학 친것 같소다.》

대왕이 또 한번 총각을 떠보았다.

≪내 제자랑은 아니요만 이번에 과거시험만은 정말 자신있게 쳤소. 하지만 출신이 비천하고 뢰물을 못먹이다보니 벼슬하기가 하늘에 장대겨눔이구만요.≫

≪그럼 당신은 <사서오경>을 정통했단말이요?≫

≪그것도 정통 못하고서야 과거보러 어찌 오겠소?≫

총각의 대답엔 신심이 차넘쳤다.

≪그런데 당신은 그 구차한 살림살이에 서당 글은 어떻게 읽었소?≫

대왕은 속으로 묻고싶던바를 하나하나 물어 내려갔다.

≪우리 시골마을에도 서당이 있었소. 그런데 월사금을 물 돈이 없어서 서당에 들어가 공부는 못하고 모래판을 만들어가지고 창턱너머로 들여다보며 공부했소. 그것도 아버지를 도와 나무짐을 장에 가서 팔고 돌아와서말이요.≫

≪참 고생스레 공부했구만!≫

대왕의 입에서 탄복하는 소리가 흘러나왔다.

≪그만한 고생도 이겨내지 못하고서야 무슨 뜻을 이룩할수 있겠소.≫

≪참 지당한 말이요. 보아하니 과거시험도 과연 잘 쳤는데 나라에서 당신에게 감사나 사또 같은 벼슬을 준다면 능히 감당할수 있겠소그려.≫

대왕은 총각을 바라보며 이렇게 말머리를 돌렸다.

≪그만한것도 못할게면 당초에 과거시험치러 나서지도 않았겠소.≫

총각은 어이없다는듯이 이렇게 대답하며 코방귀를 뀌였다.

≪그럼 대감벼슬도 할수 있겠소?≫

대왕이 바싹 들이대였다.

≪시키면야 못할것두 없지.≫

≪정승벼슬은 어떻소?≫

≪좀 힘들겠지만 노력하면 될거우.≫

≪그럼 왕질은 못하겠소?≫

≪?!…≫

총각은 두눈을 부릅뜨 대왕을 쏘아보며 한참동안 대답이 없더니 와락 달려들어 대왕의 멱살을 틀어쥐였다.

≪너 이놈! 넌 도대체 어떤 놈이기에 감히 입밖에 그런 소리를 내는거냐?

응, 이 돼먹지 못한!놈아 내가 과거시험을 보고 장원급제를 하려는것이 나라의
충신을 되어 만백성을 위하자는 거지 그래 나라의 역적이 되어 왕권을 찬탈하러
오줄 알았더냐? 에익, 고약한놈! 네놈의 심보가 틀려먹었다!≫

총각은 이렇게 대성질호하며 솥뚜껑같은 손바닥으로 대왕의 빰을 이쪽저쪽
북치듯 갈겼다.

≪이놈, 다시한번 그따위 허튼소리를 쳐봐라. 내 네놈의 사등뼈를 꺾어주마!≫

주먹은 코앞이요 법은 먼곳에 있는지라 대왕은 미처 어쩔새없이 호되게 얻어
맞았다.

대왕이 얻어맞으며 가만히 생각해보니 조금만 더 서뿔리 말했다가는 더 맞을
것 같았다. 그래서 총각앞에 두무릎을 꿇고 빌었다.

≪여보시오 이 무식한놈이 부별없이 한번 혀끝을 잘못 놀렸으니 제발 너그럽
게 용서해주시우.≫

그러자 총각은 움켜잡았던 멱살을 놓아주며 손찌검을 그만두었다.

≪너 이놈! 다시 그런 허튼소리를 치겠느냐?≫

총각이 두눈을 뚝 부릅뜨고 대왕을 쏘아보며 다짐을 받았다.

≪내 모르고 한번이지 알고서야 다시 그럴리 있겠소.≫

≪그 말이 진심에서 하는 말이냐?≫

≪내 감히 어찌 거짓말을 하리오. 잘못했으니 제발 목숨만 살려주오.≫

대왕은 총각에게 수없이 머리를 조아리며 백번 맹세를 다졌다.

≪사람이 어찌 일생에 한번 실수도 없으리오만 천하에 용납 못할 죄가 나라
역적죄요 나라가 없이 어찌 백성이 있으며 왕이 없어야 무슨 신하가 있으리오.
내 오늘 초면에 좀 무리한짓을 한것 같은데 섭섭해마오.≫

총각이 사과하며 두손으로 대왕을 부추겨앉히였다.

≪알고보니 그대야말로 나라의 진짜충신익 남아호걸이요! 앞으로 이 무지한
인간을 많이 도와주오.≫

대왕이 총각을 바라보며 진심으로 말하였다.

≪피차일반이요 앞으로 서로 알고 지내기요 그런데 이거 그만 내가 지나쳤구
만…≫

대왕의 이마에서 흘러내리는 붉은 피를 보자 총각은 급급히 자기의 옷섶을

찢어서 대왕의 이마를 싸매주었다.

《당신은 오늘 밤 어디서 주무시려오? 잘 곳이 없으면 나와 함께 가기요. 저아래 뒤골목 두부장사질을 하는 할멈네 집이 나의 하숙집이요 함께 가서 하루 밤 류하기요.》

총각은 상냥하게 대왕에게 권고했다.

《고맙소! 정말 감사하오! 그런데 나는 급히 가볼데가 있어 이 밤으로 가봐야 겠소. 래일아침 내가 당신을 찾아가겠으니 그때에 함께 시골로 동행하는것이 어떻소?》

대왕은 진정에 젖은 목소리로 말하였다.

《좋도록 하오 그런데 서울거리엔 밤마다 부자놈들의 보쌈치기가 많으니 공연히 보쌈치기에 들어 목숨을 잃지 않도록 조심해다니오.》

총각은 이렇게 한마디 충고를 남기고는 썽하니 산아래로 내려갔다.

《진짜 나라의 충신이로다!》

대왕이 궁궐안에 들어서자 왕후와 문무백관이 우르르 달려나와 대왕을 맞았다. 그들은 대왕의 피에 얼룩진 얼굴을 보고 대경실색하였다.

《아니?! 대왕님께서 어이하여 면상이 이다지도 험하게 되셨나이까?》

왕후가 눈물을 흘리며 이렇게 묻자 대왕은 웃는 낯으로 아주 범상하게 대답하였다.

《내 오늘 밤 저 뒤산을 넘어오다가 그만 실수하여 이렇게 되었노라.》

《인젠 밤중에 다시는 순시를 다니시지 마옵소서.》

왕후가 대왕의 옷소매를 붙잡고 간곡히 사정 하였다.

《낮에만 다녀서야 어찌 만백성의 가슴속 말들을 다 들을수 있겠는고?》

대왕은 의미심장하게 말하였다.

《정녕 그러하옵신대 일후엔 수졸이라도 데리고 다니옵소서.》

왕후가 이렇듯 간곡하게 청을 드니 대왕은 얼굴에 숭엄한 표정을 지으며 대답하였다.

《내가 나라의 왕이줄 안다면 누가 감히 내앞에서 나의 귀에 거슬리는 소리를 하겠는고?》

왕후와 문무백관은 대왕의 현명함에 크게 탄복하며 머리를 깊이 수그렸다.

이튼날아침 대왕은 자기가 타고 다니는 어마와 독교를 보내여 나무군총각을 궁궐로 모셔드리도록 어명을 내렸다.

3정승 6판사가 대왕의 어명을 받들고 나무군 총각을 모시러 떠났다.

삘리리 뚱땅 새납소리 꽹과리소리에 천지가 진동하는데 3정승 6판사의 인도하에 어마와 독교가 서울 장안 뒤골목 두부장사할멈네 대문앞에 들이닥치자 온 골목이 발칵 뒤집힌것 두말할것 없고 두부장사할멈도 숨이 한줌만해서 부들부들 떨었다.

《이 집이 두부장사할멈네 집이요?》

사모관대를 한 김정승이 묻는 말이였다.

《네, 그러하옵니다.》

두부장사할멈은 머리가 땅에 닿도록 무릎을 꿇고 엎드리며 아뢰였다.

《이 집에 시골에서 서울로 과거보러 온 나무군총각이 있는고?》

《네, 있사옵니다.》

《어서 그 총각을 이리로 불러내올지어다.》

《네, 그리하겠나이다.》

두부장사할멈이 급급히 방안에 되돌아와 보니 나무군총각은 큰 대자로 번듯이 누워 아직까지도 드르렁드르렁 코를 골고있었다.

《여보게 젊은이, 어서 일어나라구! 큰일이 났어! 큰일이 났다니깐!》

두부장사할멈이 나무군총각을 잡아흔들며 황겁히 소리쳤다.

나무군총각이 두눈을 비비며 일어나 앉아보니 온 뜨락이 버글버글 끓고있었다.

《도대체 어찌된 영문이예요?》

잠에서 채 깨지 못한 나무군총각이 물었다.

《자네 어제저녁에 밖에 나가 무슨 일을 저질렀나?》

할멈은 두눈이 종지만하여 물었다. 총각은 어제저녁 일이 머리에 선히 떠올랐으나 시치미를 뚝 떼고 얼부무렸다.

《일은 무슨 일, 아무 일도 없었어요.》

《일을 저지르지 않았으면 자네를 붙잡으러 왔겠나?》

《나를 붙잡아요?!》

≪잔말말고 어서 나가 보라니깐! 3정승 6판사가 출도했어!≫

나무군총각은 그제야 바지춤을 추면서 늘쩡늘쩡한 걸음으로 문밖에 나섰다.

≪그대가 시골에서 서울로 과거보러 왔던 나무군총각인고?≫

김대감이 마주오며 묻는 말이였다.

≪그러하옵나이다.≫

나무군총각은 황송스레 허리를 굽혔다.

≪대왕님의 어명이니 지체말고 어서 어마에 올라 궁궐로 행할지어다.≫

≪도대체 어찌된 영문이옵니까?≫

≪더 묻지 말고 어서 어마에 오를지어다.≫

대왕의 어명이라니 더 거절하기는 어려웠으나 나무군총각이 생각해보니 어마란 원래 대왕이 타는거지 백성이 타는것이 아니였다. 그리하여 그는 어마를 지나 독교에 올랐다.

어마와 독교가 3정승 6판사에게 옹위되여 왕궁에 들어서자 대왕이 문무백관을 거느리고 대문밖에서 나무군총각을 영접하였다.

≪과연 둘도 없는 하느님이 점지한 나라의 충신이로다!≫

대왕은 나무군총각이 자기가 타고 다니는 어마에 오르지 않고 독교에 올라 들어오는것을 보고 또 한번 크게 탄복하였다.

나무군총각이 독교에서 내리며 보니 이마를 싸맨 대왕이 바로 지난밤 자기에게 뺨을 맞던 사람이였다.

나무군총각은 급급히 대왕앞에 무릎을 꿇고 엎드려 말하였다.

≪죽을 죄를 지었으니 대왕님의 처분을 기다리나이다.≫

대왕은 급급히 나무군총각을 부축하여세웠다.

≪우리 가문이 세세대대 내려오면서 왕위를 이어오다가 오늘에야 그대같은 진정한 나라의 충신을 만났으니 내 이 기쁨을 한입으로 다 표달할길 없도다 그대 내곁을 떠날 생각을 말지어다.≫

이어서 대왕은 문무백관을 둘러보며 어명을 내렸다.

≪여봐라! 이 나라 충신을 어서 궁궐안에 모셔드리고 국연을 베풀지어다.≫

나무군총각이 미처 황송하다는 말을 대왕에게 올리기도전에 여러 정승들에게 옹위되여 궁궐안으로 안내되였다.

후에 이 나무군총각은 대감이 되어 대왕을 도와 나라를 다스렸는데 나라가 크게 부흥하고 만백성이 복을 누리며 잘살았다고 한다.

구술자: 김규찬 / 수집시간: 1981년 1월 20일 / 수집지점: 훈춘진 정화가

# 머슴군과 량반

옛날 어느 한 시골에 심보가 아주 고약한 량반이 살고있었다.

하루는 그 량반이 머슴군을 고르려고 고을장터에 나갔더니 마침 한 끌끌한 젊은이가 일자리를 찾느라고 사처로 헤매고있었다.

《자네 농사질을 할줄 아나?》

량반이 젊은이의 아래우를 뜯어보며 묻는 말이였다.

《어려서부터 농사일에 뼈가 굵어졌소이다.》

젊은이는 실한 팔뚝을 걷어올리며 대답하였다.

《그렇다면 우리 집에 가 일해볼 생각은 없나?》

《한달에 삯전 얼마씩 주겠소이까?》

《좁쌀 다섯말이면 어떤가?》

량반이 세귀눈을 깜박거리며 젊은이의 대답을 기다렸다.

젊은이가 속으로 궁리해보니 좁쌀 다섯말이면 산골에 홀로 계시는 어머니를 봉양하기는 문제없을것 같았다.

《일만 잘하면 한말 더 줄수도 있지.》

량반은 젊은이가 얼른 대답이 없자 이 끌끌한 감농군을 놓칠것 같이 이렇게 덧붙였다.

《삯전이야 달마다 계산하겠습지요?》

젊은이는 확실한 대답을 얻으려고 다시 물었다.

《아무렴! 월말이면 꼭꼭 계산하겠네.》

량반은 목청을 돋구어 장담하였다.

이렇게 되어 젊은이는 량반을 따라가게 되었다. 때는 바로 봄철이라 밭갈이가 한창이였다. 량반집 머슴군으로 된 젊은이는 새벽에 일어나서 일밭에 나가면 저녁 어두워서야 돌아왔다. 파종이 끝나자 욕심 많은 량반은 머슴군 젊은이더러 황무지를 일구라고했다. 젊은이는 좁쌀 다섯말을 어서 급히 어머니에게 가져다 드리고싶은 심정에서 군말없이 부지런히 황무지를 일구었다.

한달이 다 차가는 날이였다.

이날도 젊은이는 새벽조반을 치르고 일터에 나섰다. 나무뿌리와 풀뿌리를 다 거둬낸 황무지를 이제 가대기로 이랑만 지으면 훌륭한 옥토가되는판이다. 저녁에 일만 끝나면 좁쌀 다섯말을 받을것을 생각하니 머슴군 젊은이는 힘이 샘처럼 솟아났다. 그 좁쌀을 기아에 허덕이던 어머니에게 가져다드린다면 어머니가 얼마나 기뻐하실가!

젊은이는 밭이랑을 마저 지으려고 황소등에 부지런히 채찍질을 하였다.

그런데 이때에 등뒤에서 량반의 불효령이 들려왔다.

≪너 이 고약한놈! 그 말 못하는 황소가 네것이 아니라고 그렇게도 지독하게 때린단말이냐! 네 이 무지한놈이 내 황소를 어떻게 힘하게 부렸기에 소가 병이 들어 기운을 못쓰겠느냐. 내 오늘 제 눈으로 보지 않았던면 큰일을 저지를번했고나!≫

≪소에게 여물을 떨구지 않았고 힘꼴도 제대로 쓰나이다. 아까는 보습이 큰 돌에 걸렸기에 소가 주춤했을뿐이외다.≫

젊은이는 억울하여 겨우 이렇게 대답하였다.

≪내 그 황소가 3백냥짜리인데 그 여윈 꼴을 보아라.≫

량반은 그냥 펄펄 뛰였다.

≪온 봄철을 밭갈이한 황소가 어찌 여위지 않겠소이까.≫

≪듣기 싫다! 당장 그 황소를 가져가고 3백냥을 내놓아라!≫

량반은 고래고래 소리 질렀다.

30냥도 받기 어려운 늙다리황소를 300백냥내라니 어처구니 없는 일이였다.

≪저에게는 1전한푼 없소이다.≫

젊은이는 솔직히 대답하였다.

≪좋다, 그러면 내가 이번만은 용서할터이니 그대신 삯전으로 줄 좁쌀 다섯말을 안주고 내 황소를 못쓰게 한 값으로 석달동안 우리 집에서 머슴살이를 더 살아야겠다. 알겠느냐?≫

머슴군 젊은이가 속으로 생각해보니 이 량반의 처사가 대단히 고약하였다. 보아하니 뼈빠지게 일해주고도 좁쌀 다섯말을 받기는 다 틀린 일이였다. 머슴군 젊은이는 량반놈에게 톡톡히 버릇을 가르쳐주리라 작심하면서도 겉으로는 그런 내색을 내지 않고 이렇게 조용히 대답하였다.

≪그렇게 하소이다.≫

량반은 속이 흐뭇하여 집으로 돌아갔다. 어언간 여름철에 잡아들었다.

머슴군 젊은이는 매일매일 부지런히 밭에 나가 기음을 매였다. 한뙈기를 다 매면 그곳에 소를 풀어놓아 곡식을 먹게 하곤 자기는 다른 뙈기에 넘어가 기음을 매였다.

그러던 어느날 량반이 밭머리에 나왔다가 두눈이 희뜩 번져졌다. 글쎄, 기음까지 다 맨 밭에 소가 들어서서 곡식을 결단내고있었다.

≪야, 이 머슴군놈아! 소가 밭에 들어섰는데 넌 두눈을 뜨고도 뭘 하느냐?≫

량반이 두발을 동동 구르며 고함을 질렀다.

≪어르신님께서 나더러 김을 매라 하였지 언제 소를 보라 하셨소이까? 저는 소가 밭에 들어간것을 보면서도 그 소가 어르신님의 3백냥짜리 보배소인지라 봄에 밭갈이를 하느라 여위였기에 살이 빨리 오르라고 가만 놔뒀소이다.≫

머슴군젊은이가 능청스럽게 대답하였다.

≪에익, 무지한놈은 할수 없군. 일후부터 무엇이나 본것이면 제때에 나한테 와서 알려라.≫

량반은 자기 절로 밭에 든 소를 끌어내며 당부하였다.

젊은이는 그 꼴이 우스워서 속으로 깨고소하게 웃었다.

그러던 며칠후였다. 하루는 머슴군 젊은이가 일밭으로 나가는데 량반집 둘째아들이 숲속을 누비며 당나귀를 끌어가고있었다. 도박과 오입질에 이골이 튼 이 량반집 둘째아들이 남의것을 훔쳤으리라 짐작한 머슴군 젊은이는 먼발치에서 슬금슬금 뒤를 밟았다.

아니나다를가 량반집 둘째아들이 장에 끌고가 판 당나귀는 아랫마을 최첨지네 당나귀였다.

머슴군젊은이는 그 길로 아랫마을로 내려가 최첨지에게 이 일을 알려주면서 당나귀값을 받겠거든 여차여차하라고 하였다. 당나귀를 잃고 속을 태우던 최첨지는 그 즉시로 량반네 집으로 찾아왔다. 이렇게 되어 량반과 최첨지사이엔 대판 싸움이 벌어졌다.

≪당신이 무슨 근거로 내 아들이 당신의 당나귀를 훔쳤다고 떠벌이는거요?!≫

량반이 펄쩍 뛰며 고래고래 고함을 질렀다.

≪당신의 둘째아들을 내놓소! 내 그자식과 말 할테니 어서 내놓으란말이요!≫

최첨지도 지려하지 않았다. 이때 젊은이가 쓱 들어섰다.

≪나으리님, 떠들지 마옵소서. 내 눈으로 똑똑히 보았나이다. 장에 가서 스물일곱냥 받았소이다.≫

머슴군젊은이는 량반의 귀가에 대고 제법 정색해서 말했다.

≪어떻소? 이래도 못내놓겠소? 정 고집을 부리면 고을우너님한테 소송하겠소!≫

최첨지가 머슴군젊은이의 말이 떨어지기 바쁘게 량반에게 호통쳤다. 이렇게 되어 량반은 분김에 둘째아들을 불러들이였다. 량반의 둘째아들은 풀이 죽어 당나귀를 판 돈 스물일곱냥을 고스란히 내놓았다.

최첨지가 돌아가자 량반의 머슴군젊은이에게 분풀이를 하였다.

≪에익, 무지한놈! 누가 그런 일을 말하라고 했느냐?≫

≪지난번 나으리께서 무슨 일이든 본것이면 다 나으리게 말하라 하시지 않았습니까?≫

머슴군젊은이는 억울한 기색을 지으며 되물었다.

≪말을 해도 때와 장소가 있지, 아무 곳에서나 함부로 말하면 되느냐? 이담부턴 집안에서 생긴 일은 절대 이야기하지 말아라! 에익, 무지한 놈…≫

량반이 두덜거리자 머슴군젊은이는 속으로는 깨고소해하면서도 겉으로는 ≪네, 그렇게 합지요.≫하고 공손히 대답하였다.

석달이 거의 차가는 어느날이였다. 그날은 마침 웃동네에 사는 량반의 형의 환갑날이여서 량반은 온집 식솔을 거느리고 환갑잔치먹으러 가면서 머슴군젊은이더러 집을 잘 지키라고 당부 하였다.

그런데 저녁녘에 량반이 집으로 돌아오며 보니 자기 집 지붕우로 삼단같은 불길이 치솟고있었다. 량반이 급급히 달려와 보니 머슴군젊은이가 도끼를 들고 사립문밖에 서있었다.

《야, 머슴군놈아 이게 어찌된 일이냐?》

량반이 황급히 물었다.

《환갑집에 가지고 갈 엿을 달이느라 불을 너무 넣더니 굴뚝에서 불이 났는가 보나이다.》

젊은 머슴군의 대답이였다.

《그럼 왜 인차 불을 끄지 않았느냐?》

《내가 발견했을 때에는 이미 늦었소이다.》

《그러면 왜 동네사람들에게라도 말해서 불을 끄지 않았느냐?》

《나으리께서 집안에서 생긴 일은 절대 말하지 말라고 하시지 않았소이까.》

젊은이가 이렇게 대답하자 량반은 풀썩 제자리에 주저앉으며 통곡하였다.

《어이쿠! 내 이 무지한 머슴군놈 때문에 망하는구나!》

《무지한 소인은 이만 물러가나이다.》

젊은이는 이렇게 한마디 남기곤 태연히 그곳을 떠났다 한다.

구술자: 김재섭 / 수집시간: 1980년 6월 24일 / 수집지점: 훈춘진 단결가